DANIELLE STEEL

Schiff über dunklem Grund
Herzschlag für Herzschlag

Autorin

Danielle Steel, als Tochter eines deutschstämmigen Vaters und einer portugiesischen Mutter in New York geboren, lebte als junges Mädchen lange Jahre in Europa. Seit 1977 schreibt Danielle Steel – die heute Mutter von neun Kindern ist und in San Francisco lebt – große Romane, die sie innerhalb weniger Jahre zur meistgelesenen Autorin der Welt machten.

www.daniellesteel.com

Die Danielle Steel Collection

Abschied von St. Petersburg (41351) – Alle Liebe dieser Erde (06671) – Auf den Flügeln der Freiheit (35219) – Das Geschenk (43741) – Das Haus hinter dem Wind (09412) – Das Haus hinter dem Wind/Es zählt nur die Liebe (35202) – Das Haus von San Gregorio (06802) – Der Preis des Glücks (09921) – Der Ring aus Stein (06402) – Die Liebe eines Sommers (06700) – Doch die Liebe bleibt (06412) – Ein zufälliges Ereignis (43970) – Es zählt nur die Liebe (08826) -Familienbilder (09230) – Fünf Tage in Paris (35273) -Gesegnete Umstände (35079) – Glück kennt keine Jahreszeit (06732) – Herzschlag für Herzschlag (42821) – Jenseits des Horizonts (09905) – Jenseits des Horizonts/Der Preis des Glücks (35112) – Juwelen (35160) – Liebe zählt keine Stunden (06692) – Nachricht aus der Ferne (43037) – Nichts ist stärker als die Liebe (35023) – Nie mehr allein (06716) – Nur einmal im Leben (06781) – Palomino (06882) – Sag niemals adieu (08917) – Schiff über dunklem Grund (08449) – Sternenfeuer (42391) – Stiller Ruhm (35503) – Töchter der Sehnsucht (41049) – Träume des Lebens (06860) – Unter dem Regenbogen (08634) – Unter dem Regenbogen/Sternenfeuer (35376) – Unverhofftes Glück (35722) – Väter (42199) – Verborgene Wünsche (09828) – Verlorene Spuren (43211) – Verlorene Spuren/Nie mehr allein (35527) - Vertrauter Fremder (06763) – Vertrauter Fremder/Die Liebe eines Sommers (35055) – Wer Unrecht tut (35284) – Wie ein Blitz aus heiterem Himmel (35284)

DANIELLE STEEL

SCHIFF ÜBER DUNKLEM GRUND

HERZSCHLAG FÜR HERZSCHLAG

Zwei Romane
in einem Band

BLANVALET

Umwelthinweis:
Alle bedruckten Materialien dieses Taschenbuches
sind chlorfrei und umweltschonend.

Blanvalet Taschenbücher erscheinen im Goldmann Verlag,
einem Unternehmen der Verlagsgruppe Random House.

Taschenbuchausgabe Januar 2003
Schiff über dunklem Grund
Titel der Originalausgabe: Crossings
Originalverlag: Delacorte Press, New York

Herzschlag für Herzschlag
Titel der Originalausgabe: Heartbeat
Originalverlag: Delacorte Press, New York

Umschlaggestaltung: Design Team München
Satz: IBV Satz- und Datentechnik GmbH, Berlin
Druck: Elsnerdruck, Berlin
Verlagsnummer: 35792
MD · Herstellung: Heidrun Nawrot
Made in Germany
ISBN 3-442-35792-6
www.blanvalet-verlag.de

3 5 7 9 10 8 6 4

Schiff über dunklem Grund

Aus dem Amerikanischen
von Hermann Völkel

1

Das Gebäude 2129 Wyoming Avenue bot einen prachtvollen Anblick. Die imposante, reich gegliederte und dekorierte Fassade zierte ein großes goldenes Wappen, über dem die Trikolore in der leichten Brise wehte, die am Nachmittag aufgekommen war. Vielleicht war diese Brise auf Monate hinaus die letzte, derer man sich in Washington erfreuen konnte, denn man schrieb bereits Juni, den Juni des Jahres 1939. Für Armand de Villiers, den Botschafter der Republik Frankreich, waren die letzten fünf Jahre viel zu schnell vergangen. Er saß in seinem Arbeitszimmer mit Blick auf den gepflegten Garten, starrte eine Zeitlang geistesabwesend hinaus auf den Springbrunnen, zwang sich jedoch schließlich dazu, seine Aufmerksamkeit wieder den Aktenbergen zu widmen, die sich auf seinem Schreibtisch auftürmten. Trotz des betörenden Fliederdufts, der die Luft erfüllte, gab es für ihn viel zu tun, zu viel. Gerade jetzt. Es war ihm zu diesem Zeitpunkt bereits klar, daß er wieder bis spät in die Nacht in seinem Amtszimmer sitzen würde, wie es die Vorbereitungen für seine Rückkehr nach Frankreich schon seit zwei Monaten erforderten. Er hatte gewußt, daß seine Abberufung bevorstand, doch als sie ihm im April offiziell mitgeteilt wurde, war es für ihn dennoch ein schmerzlicher Moment gewesen. Beim Abschied von Wien, London, San Francisco und den anderen Stationen seiner diplomatischen Karriere war es ihm ebenso ergangen. Die Bindungen an Washington erwiesen sich nun jedoch als stärker, enger als alle anderen zuvor. Es entsprach Armands Wesen, daß er dort, wo er hinversetzt wurde, Wurzeln schlug, Freundschaften schloß, die neue Umgebung liebgewann, und deshalb fiel es ihm immer schwer, wegzugehen. Aber diesmal ging er nicht einfach weg auf einen neuen Posten, sondern zurück in sein Heimatland.

Sein Heimatland. Es war schon viele Jahre her, daß er dort gelebt hatte, doch nun wurde er dort gebraucht. In ganz Europa herrschte nervöse Spannung, vollzogen sich tiefgreifende Änderungen. Er konnte das Eintreffen der täglichen Berichte aus Paris, die ihm zumindest einen gewissen Eindruck vermittelten von dem, was dort vorging, kaum erwarten. Washington schien Lichtjahre entfernt von den Problemen, die Europa heimsuchten, von den Ängsten, die sich im Herzen Frankreichs ausbreiteten. Hier in den Staaten hatte man nichts zu befürchten, doch drüben in Europa war sich dessen jetzt niemand mehr so sicher.

Es war kaum ein Jahr her, daß man in Frankreich die Überzeugung vertrat, der Kriegsausbruch stehe unmittelbar bevor, doch nach dem zu urteilen, was Armand so erfuhr, gab es inzwischen viele, die diesen Gedanken für abwegig hielten. Auf Dauer könne aber trotzdem niemand die Augen vor der Wahrheit verschließen, hatte er zu Liane gesagt. Seit dem Ende des spanischen Bürgerkrieges vor vier Monaten war offensichtlich geworden, daß die Deutschen mit ihrem Flugplatz in der Nähe von Irún den Südwesten Frankreichs bedrohten. Armand mußte allerdings einsehen, daß nicht wenige diese Tatsache einfach nicht zur Kenntnis nehmen wollten. Seit Beginn des Jahres hatte man sich in Paris, zumindest nach außen hin, viel gelöster, lockerer gegeben als zuvor. Er hatte selbst diese Feststellung gemacht, als er sich über Ostern dort aufhielt zu den geheimen Gesprächen mit dem Bureau Central, in denen ihm auch die Beendigung seiner Mission in Washington eröffnet worden war.

Damals war er tagtäglich zu einem glanzvollen gesellschaftlichen Ereignis eingeladen worden, ganz im Gegensatz zum Sommer des Vorjahres, der Zeit vor dem Münchener Abkommen, die im Zeichen unerträglicher Spannung gestanden hatte. Diese Spannung hatte sich urplötzlich gelöst und einem hektischen Treiben Platz gemacht. Paris zeigte sich von seiner besten Seite: es gab Partys, Bälle, Opernaufführungen, Kunstausstellungen und Galas, als meinten die Franzosen, durch Betriebsamkeit, Tanz und Gelächter verhindern zu können, in einen Krieg hineingezogen zu werden. Armand war einerseits entrüstet gewesen über die von seinen Freunden zur Schau getragene Ausgelassenheit, andererseits konnte er nachfühlen, daß sie auf diese Weise ihre Angst verdrängten. Nach seiner Rückkehr hatte er mit Liane über seine Beobachtungen gesprochen.

»Man bekommt den Eindruck, daß sie soviel Angst haben, daß sie nicht aufhören wollen, fröhlich zu sein, denn wenn sie es täten, würde ihnen diese Angst wieder bewußt werden und sie müßten weinen und sich verstecken wie furchtsame Kinder.« Aber ihre Fröhlichkeit würde den Ausbruch des Krieges nicht abwenden, Hitlers langsamen, aber stetigen Vormarsch in Europa nicht aufhalten. Armand befürchtete zuweilen, daß derzeit nichts und niemand den Führer aufhalten könnte. Für ihn war Hitler ein gemeingefährlicher Wahnsinniger. Es gab zwar einige hochgestellte Persönlichkeiten, die sich dieser Einschätzung anschlossen, aber auch viele, die meinten, Armand wäre in den langen Jahren im Dienste seines Landes zum Pessimisten geworden.

»Hat dich das Leben in den Staaten zum Schwarzseher gemacht, alter Junge?« hatte sein bester Freund Bernard gespöttelt, als sie sich in Paris wiedertrafen. Beide kannten sich schon seit ihrer Jugend in Bordeaux; Bernard war inzwischen Direktor von drei der größten Banken Frankreichs. »Das ist doch lächerlich, Armand. Hitler würde es nie wagen, uns anzugreifen.«

»Die Engländer sind nicht deiner Ansicht, Bernard.«

»Die Engländer! Die sind ängstlich wie alte Weiber. Und außerdem mögen sie militärische Sandkastenspiele. Irgendwie fasziniert sie der Gedanke, daß Hitler sich mit ihnen anlegt, weil sie nichts Besseres zu tun haben.«

»So ein Unsinn!« Armand hatte Mühe gehabt, die Beherrschung nicht zu verlieren, denn Bernard war nicht der einzige, der sich abfällig über die Engländer äußerte, und am Ende seines vierzehntägigen Aufenthalts war er ziemlich verärgert aus Paris abgereist. Von den Amerikanern hatte er erwartet, daß sie das Damoklesschwert nicht bemerken würden, das über Europa hing, nicht aber, daß seine Landsleute seine Ansichten über die zunehmende Bedrohung, die Gefährlichkeit Hitlers und die sich anbahnende Katastrophe für abwegig hielten. Seitdem hatten ihn Zweifel geplagt, ob Bernard und die anderen nicht doch recht hätten und er sich zu sehr um sein Land sorgte. Vielleicht war es ganz gut, daß er nun nach Frankreich zurückgeholt wurde, denn dadurch würde er die Lage besser einschätzen können.

Liane hatte die Nachricht von der Abberufung ohne Murren aufgenommen; sie war es gewöhnt zu packen und ihm an einen anderen Ort zu folgen. Seine Berichte über die in Paris herrschende Stimmung hatte sie jedoch mit einiger Besorgnis zur Kenntnis genommen. Sie war eine intelligente Frau, die im Laufe der Jahre von Armand viel über die weltpolitischen Zusammenhänge gelernt hatte, und Armand übernahm seit ihrer Hochzeit gern die Rolle ihres Lehrers. Sie war jung und wißbegierig gewesen und hatte alles erfahren wollen über seine Karriere, die Länder, in denen er Frankreich repräsentiert hatte, und die politischen Auswirkungen seines Tuns. Er mußte lächeln, als er an die letzten zehn Jahre dachte. Sie hatte jede, auch die kleinste Information, aufgesaugt wie ein trockener Schwamm und sich als eine sehr gelehrige Schülerin erwiesen.

Mit der Zeit hatte sie sich eine eigene Meinung gebildet, die mit seiner nicht immer übereinstimmte. Oft geschah es auch, daß sie eine Überzeugung, die sich mit seinen Ansichten deckte, viel entschiedener vertrat als er. Ihre heftigste Auseinandersetzung lag noch nicht lange zurück; sie hatte sich Ende Mai an der *St. Louis* entzündet, jenem Schiff, das mit Goebbels' Segen mit 937 Juden an Bord von Hamburg nach Havanna ausgelaufen war, dort aber nicht anlegen durfte. Es hatte den Anschein, als müßten die Flüchtlinge auf dem vor dem Hafen ankernden Schiff zugrunde gehen. Von verschiedensten Seiten wurden verzweifelte Versuche unternommen, ein anderes Aufnahmeland zu finden, um ihnen die Rückfahrt nach Hamburg in ein ungewisses Schicksal zu ersparen. Liane hatte sich, die persönliche Bekanntschaft mit dem Präsidenten nützend, für sie verwendet, doch ohne Erfolg: Die amerikanische Regierung weigerte sich, ihnen Asyl zu gewähren. Armand hatte mitansehen müssen, wie Liane unter Tränen zusammenbrach, als sie erkannte, daß all ihre Bemühun-

gen – und die zahlloser anderer – vergeblich gewesen waren. Vom Schiff kam die Nachricht, man werde lieber Massenselbstmord begehen als nach Hamburg zurückfahren. Schließlich erklärten sich Frankreich, England, Holland und Belgien bereit, die Bedauernswerten aufzunehmen, doch damit war die Auseinandersetzung zwischen Armand und Liane nicht beendet. Sie war das erste Mal in ihrem Leben von Amerika enttäuscht worden, und ihre Erregung darüber war maßlos. Armand konnte zwar nachfühlen, was in ihr vorging, doch betonte er ihr gegenüber immer wieder, Roosevelt habe Gründe dafür gehabt, die Flüchtlinge nicht aufzunehmen. Daß Armand bereit war, Roosevelts Entscheidung zu akzeptieren, machte sie nur noch wütender. Sie fühlte sich verraten von ihrem Volk, das sich die Verteidigung der Freiheit auf die Fahne geschrieben hatte. Wie konnte Armand eine Entschuldigung dafür finden, daß man diese verzweifelten Menschen nicht aufgenommen hatte? Er versuchte ihr zu erklären, daß ihre Kritik an den Verantwortlichen nur zum Teil berechtigt sei und man akzeptieren müsse, daß Regierungen sich manchmal gezwungen sähen, unverständlich und unpopulär erscheinende Entscheidungen zu treffen. Wichtig sei doch nur, daß die Flüchtlinge nun trotz allem in Sicherheit wären. Es hatte noch einige Tage gedauert, bis Lianes Erregung abgeklungen war, jedoch wiederum nicht so weit, daß sie es vermied, sich anläßlich eines Damentreffens mit der Präsidentengattin auf eine lange und mitunter heftige Diskussion einzulassen. Mrs. Roosevelt brachte Verständnis auf für Lianes Verärgerung, denn das Schicksal der Passagiere der *St. Louis* hatte auch sie nicht unberührt gelassen, doch war es ihr nicht gelungen, ihren Gatten umzustimmen. Die USA mußten sich an die festgelegte Einwanderungsquote halten, und diese war bereits erreicht. Auch Mrs. Roosevelt betonte, daß sich für die Flüchtlinge schließlich doch noch alles zum Guten gewendet habe. Liane aber war durch dieses Ereignis auf die Nöte der Menschen in Europa aufmerksam geworden und hatte Einsichten gewonnen in das, was fern vom friedlichen Leben vorging. Mehr und vor allem Genaueres darüber zu erfahren, war auch ein Grund, weshalb sie mit Armand nach Frankreich gehen wollte.

»Tut es dir nicht leid, daß du nun wieder deine Heimat verlassen mußt?« hatte er sie mit zärtlichem Blick bei einem gemeinsamen Abendessen zu Hause gefragt, als sich die Aufregung um die *St. Louis* gelegt hatte.

Ihre Antwort war nur ein Kopfschütteln. »Ich möchte wissen, was in Europa vorgeht, Armand. Hier habe ich das Gefühl, von all dem viel zu weit weg zu sein.« Sie hatte ihn angelächelt. Die zehn Jahre ihrer Ehe waren sehr glücklich gewesen. »Glaubst du wirklich, daß es bald Krieg geben wird?«

»Nicht für dein Land, Liebling.« Er erinnerte sie immer wieder daran, daß sie Amerikanerin war, weil er es für wichtig hielt, daß sie sich die Verbundenheit mit ihrer Heimat weitgehend bewahrte und nicht völlig von seinen Ansichten und seinen Bindungen an Frankreich in Beschlag genommen wurde. Sie war schließlich ein Individuum mit dem Recht auf eine eigene, aufgrund ihres Hintergrunds und ihrer Erfahrungen gebildete Meinung. Bisher war es auch, abgesehen von einigen kleineren Meinungsverschiedenheiten, die er eher als belebend für ihre Beziehung empfand, nie zu wirklichen Konflikten gekommen. Er respektierte ihre Ansichten und bewunderte den Eifer, mit dem sie für ihre Überzeugungen eintrat. Sie war eine starke Persönlichkeit mit einem bewundernswerten Intellekt. Er hatte dies bereits in dem Moment festgestellt, als er sie als Mädchen mit fünfzehn Jahren in San Francisco kennenlernte. Sie war ein bezauberndes Kind von beinahe ätherischer Schönheit gewesen und verfügte trotz der Tatsache, daß sie jahrelang allein mit ihrem Vater gelebt hatte, über ein für ein Mädchen dieses Alters ungewöhnliches Wissen und eine erstaunliche Reife.

Armand konnte sich noch genau daran erinnern, wie sie in ihrem weißen Leinenkleid und dem großen Strohhut im Garten des Konsulats in San Francisco herumgeschlendert war, die Gespräche der »Erwachsenen« verfolgt, sich jedoch nicht an ihnen beteiligt, sich dann plötzlich mit einem schüchternen Lächeln an ihn gewandt und in akzentfreiem korrekten Französisch eine Bemerkung über die Rosen gemacht hatte. Ihr Vater war so stolz auf sie gewesen.

Armand lächelte, als er an ihren Vater dachte. Harrison Crockett war ein außergewöhnlicher Mensch gewesen. Streng, aber gleichzeitig gutmütig, den Eindruck eines Aristokraten erweckend, aber auch schwierig, weil er zurückgezogen lebte und sich nur um seine Tochter kümmerte, ein erfolgreicher Reeder – ein Mann, der aus seinem Leben etwas gemacht hatte. Sie waren sich kurz nach seiner Ankunft in San Francisco bei einem kleinen, langweiligen Dinner vorgestellt worden, das der scheidende Konsul vor seiner Abreise nach Beirut gab. Armand wußte damals, daß Crockett eine Einladung erhalten hatte, war aber überzeugt davon, daß er ihr nicht Folge leisten würde, denn Harrison Crockett versteckte sich die meiste Zeit hinter den Mauern seiner aus Ziegelsteinen erbauten Villa mit herrlichem Ausblick auf die Bucht. Sein Bruder George war viel häufiger bei gesellschaftlichen Anlässen zugegen und einer der begehrtesten Junggesellen San Franciscos, vielleicht nicht so sehr wegen seines charmanten Wesens, sondern eher wegen seiner Verbindungen und seines so erfolgreichen Bruders. Aber zur Verwunderung aller war Harrison zu dem kleinen Dinner gekommen. Er hatte sich kaum an den Gesprächen beteiligt und war sehr früh wieder gegangen, hatte sich aber zuvor noch so nett mit Odile, Armands Gattin, unterhalten, daß diese darauf bestand, ihn und seine Tochter zum Tee einzuladen. Harrison hatte Odile von Liane erzählt, mit besonderem Stolz auf ihre hervorragenden Französischkenntnisse hingewiesen und sie als ein »äußerst bemerkenswertes Mädchen« bezeichnet. Beide hatten sie über diese Bemerkung lächeln müssen, als Odile sie ihm später berichtete.

»Eine schwache Stelle hat also auch er. Er sieht wirklich so aus, als würde er über Leichen gehen, wie viele es ihm nachsagen.«

Odile war jedoch anderer Ansicht. »Ich glaube, das siehst du falsch, Armand. Auf mich macht er den Eindruck, als wäre er seht einsam. Und seine Tochter ist sein ein und alles.« Mit dieser Beobachtung hatte Odile richtig gelegen. Kurz danach erfuhren beide, auf welch tragische Weise er seine Gattin verloren hatte, eine bildhübsche junge Frau von neunzehn Jahren, die er vergötterte. Er hatte lange Zeit keinen Gedanken an eine Heirat verschwendet, weil ihn der Aufbau seines Reederei-Imperiums viel zu stark in Anspruch nahm, doch als er dann in den Ehestand trat, hatte er ganz offensichtlich eine sehr gute Wahl getroffen.

Arabella Dillingham Crockett war nicht nur schön, sondern auch intelligent, und zusammen mit Harrison hatte sie zahlreiche rauschende Bälle gegeben. Sie war durch das Haus geschwebt, das Harrison für sie hatte bauen lassen und das den Vergleich mit einem Palast nicht zu scheuen brauchte, wie eine Märchenprinzessin, angetan mit den Rubinen, die er im Orient für sie erstanden hatte, mit Diamanten so groß wie Taubeneier und exklusiv für sie gefertigten Diademen von Cartier im golden schimmernden Haar. Die Geburt ihres ersten Kindes wurde von ihnen sehnsüchtigst erwartet; Harrison hatte sogar einen Gynäkologen aus England und zwei Hebammen von der Ostküste kommen lassen. Doch auch sie konnten nicht verhindern, daß Arabella im Kindbett starb. Der Witwer verwandte nun all seine Liebe auf das Kind, ein Mädchen, das seiner Mutter immer ähnlicher wurde und das er vergötterte wie einst seine Gattin. In den ersten zehn Jahren nach dem Tod seiner Frau verließ er das Haus nur, wenn die Geschäfte es erforderten. Crockett Shipping gehörte zu den größten Reedereien der USA, unter deren Flagge viele Fracht- und Passagierschiffe an den Küsten Südamerikas und an der Westküste der Vereinigten Staaten und zwei Luxusliner nach Hawaii und Japan fuhren.

Harrison Crockett zeigte nur noch Interesse für seine Schiffe und seine Tochter. Außer seinem Bruder, mit dem er zusammen die Geschäfte der Reederei führte, gab es ein Jahrzehnt lang kaum jemanden, mit dem er Kontakte pflegte. Als Liane alt genug dafür war, verbrachte er mit ihr einen Urlaub in Europa und zeigte ihr die Sehenswürdigkeiten von Paris, Berlin, Rom und Venedig. Nach ihrer Rückkehr gegen Ende des Sommers begann er allmählich damit, Freunde und Bekannte wieder in sein Leben einzubeziehen, denn er hatte erkannt, wie einsam seine Tochter war, wie sehr ihr die Gesellschaft anderer Kinder, anderer Menschen fehlte. In der Folge ging er häufig mit ihr zu Märchenaufführungen oder ins Marionettentheater, oder er fuhr mit ihr an den Lake Tahoe, wo er ein hübsches Ferienhaus gekauft hatte. Harrison Crockett lebte nur dafür, Liane Alexandra Arabella zu umsorgen und zu verwöhnen.

Sie war auf die Namen ihrer Großmütter und ihrer Mutter, dreier außergewöhnlicher Frauen, getauft worden, und auf wunderbare Weise schienen sich in ihr Charme und Schönheit aller drei zu vereinen. Jeder, der Liane kennenlernte, war von ihr angetan, denn die Tatsache, daß ihr jeder Wunsch von den Augen abgelesen wurde, daß sie ein Leben in Luxus führte, hatte ihr nicht geschadet. Sie war ein natürliches, ruhiges, unkompliziertes Mädchen, außerdem für ihr Alter erstaunlich klug und verständig, was sicherlich davon herrührte, daß sie viele Jahre allein mit ihrem Vater gelebt und die Gespräche zwischen ihm und ihrem Onkel interessiert verfolgt hatte, in denen es um die Abwicklung der Reedereigeschäfte und die Verhältnisse in jenen Ländern ging, in deren Häfen ihre Schiffe anlegten. Sie fühlte sich auch in der Gesellschaft ihres Vaters viel wohler als in der von Gleichaltrigen, und schließlich begleitete sie ihn überallhin, so auch an einem Frühlingstag des Jahres 1922 zum Tee ins französische Konsulat.

Die de Villiers schlossen sie sogleich in ihr Herz, und in den folgenden drei Jahren entwickelte sich ein freundschaftliches Verhältnis zwischen dem Diplomatenehepaar und dem Witwer und seiner Tochter. Armand und Odile kamen oft an den Lake Tahoe zu Besuch, fuhren mit Liane auf einem der Crockett-Liner zum Urlaub auf Hawaii, und schließlich nahm Odile Liane sogar mit nach Frankreich. Odile wurde für Liane beinahe zu einer zweiten Mutter. Harrison Crockett war darüber keineswegs unglücklich; er freute sich im Gegenteil darüber, daß Liane sich gerne leiten ließ von einer Frau, für die er Achtung und Sympathie empfand. Liane war damals fast achtzehn.

Im Herbst dieses Jahres – Liane besuchte inzwischen das Mills College – begann Odile über ständige Rückenschmerzen, Appetitlosigkeit und häufige Fieberausbrüche zu klagen. Schließlich kamen auch noch heftige Hustenanfälle dazu, die chronisch zu werden schienen. Die Ärzte konnten anfangs keine organische Ursache finden und legten Armand nahe, Odile nach Frankreich zurückkehren zu lassen, da sie vermutlich an Heimweh leide. Da sie aber von ihrer ganzen Wesensart her nicht zur Schwermut neigte, bestand er darauf, daß sie noch andere Ärzte konsultierte. Er drängte sie, einen Mediziner in New York aufzusuchen, den Harrison empfohlen hatte, doch sie konnte die Reise nicht mehr wie geplant antreten, weil sie schon viel zu schwach dazu war. Man entschloß sich zu einer Operation, doch es war bereits zu spät: Odile de Villiers war unheilbar an Krebs erkrankt. Die Ärzte teilten diesen Befund Armand mit, der am Tag darauf unter Tränen Harrison Crockett über diese schreckliche Nachricht informierte.

»Ich kann ohne sie nicht leben, Harry ... Ich kann es nicht ...« Armand hatte ihn verzweifelt angestarrt, als Harrison, Tränen in den Augen, verständnisvoll nickte. Er erinnerte sich nur zu gut an das, was er vor achtzehn Jahren durchlitten hatte. Und im Laufe ihres Gespräches stellte sich, bittere Ironie des Schicksals, eine weitere Parallele heraus: Als Harrison seine Arabella verlor, war er wie jetzt Armand dreiundvierzig Jahre alt gewesen.

Armand und Odile waren zwanzig Jahre verheiratet gewesen, und ein Leben ohne sie war für ihn unvorstellbar. Im Unterschied zu den Crocketts war ihre Ehe jedoch kinderlos geblieben. Sie hatten sich zu Beginn ihrer Ehe zwei oder drei Kinder gewünscht, doch Odile war nie schwanger geworden, und mit der Zeit hatten sie sich damit abgefunden, daß ihnen die Elternschaft versagt bleiben würde. Armand hatte sogar einmal zu Odile gesagt, es wäre gut, daß sie keine Kinder hätten, denn er müsse so nicht mit ihnen in einen Wettstreit um ihre Aufmerksamkeit treten. Auf diese Weise war es ihnen beiden gelungen, das Leben zu zweit über all die Jahre in einer Flitterwochen-Atmosphäre zu führen. Doch nun plötzlich fiel die Welt, die sie sich gemeinsam aufgebaut hatten, wie ein Kartenhaus in sich zusammen.

Odile wußte nicht, daß sie Krebs hatte, und Armand tat alles, damit sie die schreckliche Wahrheit nicht erfuhr, doch sie ahnte, daß ihr Ende nahte. Im März schließlich verstarb sie in den Armen ihres Gatten. Liane hatte ihr an jenem Nachmittag noch einen Besuch abgestattet und ihr einen Strauß gelber Rosen mitgebracht. Sie hatte einige Stunden an ihrem Bett gesessen und dabei von Odile viel mehr Trost empfangen, als sie ihr zu spenden in der Lage war. Odile hatte eine Ruhe ausgestrahlt, die mit der Ergebenheit einer Heiligen zu vergleichen war, und versucht, Liane all ihre Liebe in einer letzten, zärtlichen Geste zu beweisen. Als Liane, mit den Tränen kämpfend, nach dem Abschied an der Tür noch einmal zurückschaute, hatte Odile sie einen kurzen Augenblick mit ernsten Augen angesehen.

»Kümmere dich um Armand, wenn ich nicht mehr bin, Liane. Du hast dich ja schon so gut um deinen Vater gekümmert.« Odile hatte im Laufe ihrer Bekanntschaft mit Harrison erkannt, daß es Liane mit ihrer sanften Art, die jedes Herz erweichte, zu verdanken war, daß er nicht zu einem verbitterten Einsiedler geworden war. »Armand mag dich«, hatte sie mit einem schwachen Lächeln gehaucht, »und er wird dich und deinen Vater brauchen, wenn ich euch verlasse.« Sie sprach von ihrem Tod, als würde sie sich auf eine Reise begeben. Liane hatte sich bemüht, die Wahrheit über den Gesundheitszustand dieser Frau, die ihr so ans Herz gewachsen war, vor sich selbst zu verbergen. Odile jedoch wußte, wie es um sie stand, und sie wollte, daß alle, zu allererst ihr Gatte, dann Liane, dieser Wahrheit ins Auge sahen, daß sie sich auf das Unausweichliche vorbereiteten. Armand versuchte davon abzulenken, indem er mit ihr über Fahrten nach Biarritz sprach, das sie in jüngeren Jahren mit Vorliebe besucht hatten, für den Sommer eine Kreuzfahrt an Bord einer Jacht entlang der französischen Mittelmeerküste oder eine weitere nach Hawaii plante, doch immer wieder zwang Odile alle, die ihr nahestanden, dazu, sich seelisch einzustellen auf das, was kommen würde und schließlich auch kam in der Nacht nach Lianes letztem Besuch.

Odile hatte als letzten Wunsch geäußert, hier in Amerika begraben zu werden und nicht daheim in Frankreich, weil sie nicht wollte, daß Armand diese traurige Reise allein unternehmen müßte, denn sowohl ihre wie auch seine Eltern waren bereits längere Zeit tot. Sie entschlief mit dem einzigen Bedauern, daß sie keine Kinder geboren hatte, die sich nun Armands annehmen könnten, doch diese Aufgabe hatte sie ja Liane anvertraut.

Die ersten Monate waren ein einziger Alptraum für Armand. Es gelang ihm aber, seine Amtsgeschäfte fortzuführen, doch das war bereits alles. Trotz des Todes seiner Gattin wurde von ihm in einem gewissen Umfang erwartet, daß er wichtige Persönlichkeiten, die San Francisco besuchten, zu kleinen offiziellen Dinners empfing. Es war Liane, die alles für ihn erledigte, wie sie es schon so lange für ihren Vater getan hatte. Damals lastete trotz des geschulten Personals des französischen Konsulats eine doppelte Verantwortung auf ihr. Liane kümmerte sich um alles und jedes und nahm Armand die meiste Arbeit ab. In diesem Sommer bekam ihr Vater sie selten am Lake Tahoe zu Gesicht, und sie schlug sogar eine Reise nach Frankreich aus. Sie hatte eine Mission zu erfüllen, ein Versprechen mit aller Konsequenz zu erfüllen – eine ungeheure Verpflichtung, die sie als Mädchen mit neunzehn Jahren da eingegangen war.

Eine Zeitlang fragte sich Harrison Crockett, ob hinter Lianes Bemühungen mehr stecken würde, doch nachdem er sie genauer beobachtet hatte, war er überzeugt, daß dem nicht so war. Er ahnte, daß ihr das, was sie für Armand tat, in gewisser Weise über ihren eigenen Schmerz hinweghalf. Der Tod von Odile hatte sie tief getroffen. Da sie ohne Mutter aufgewachsen war, hatte sie sich stets nach einer Frau gesehnt, mit der sie so sprechen konnte, wie es mit ihrem Vater, ihrem Onkel oder mit Freundinnen nicht möglich war. Während ihrer Kindheit war sie von Gouvernanten, Köchinnen und Dienstmädchen, aber nur wenigen Freundinnen umgeben gewesen, und die Frauen, mit denen ihr Vater im Laufe der Jahre zeitweise liiert war, hatte sie nie kennengelernt, weil er sie nie mit nach Hause brachte. Odile war es vorbehalten gewesen, diese Lücke in ihrem Leben zu füllen; nun aber war sie durch ihren Tod wieder entstanden, und der Schmerz über diesen Verlust schien nur dann etwas nachzulassen, wenn sie etwas für Armand tun konnte. Sie hatte dabei das Gefühl, in gewisser Weise wieder mit Odile zusammenzusein.

Armand und Liane standen bis zum Ende des Sommers unter dem Schock von Odiles Tod, der nun bereits ein halbes Jahr zurücklag. Daß sie ihn überwunden hatten, fiel ihnen beiden an einem Nachmittag im September auf, als sie im Garten des Konsulats von Odile sprachen, ohne daß sie beide zu weinen begannen. Armand erzählte sogar eine lustige Geschichte auf Kosten von Odile, und Liane lachte darüber. Es war ihnen gelungen, trotzdem weiterzuleben, obwohl sie es anfangs nicht für möglich hielten, aber nur, weil sie sich aneinander hatten aufrichten können. Armand hatte Lianes schmale Hand ergriffen und sie festgehalten. Tränen glitzerten in seinen Augen, als er sie liebevoll ansah.

»Danke, Liane.«

»Wofür?« Sie tat, als wüßte sie es nicht, doch sie wußte es sehr genau. Er hatte für sie ebensoviel getan. »Sei nicht albern.«

»Bin ich auch nicht. Ich bin nur so unendlich dankbar.«

»Im letzten halben Jahr waren wir beide sehr aufeinander angewiesen«, sprach sie ganz offen und ließ ihre Hand in der seinen ruhen. »Ohne sie wird das Leben völlig anders sein.« Es war bereits völlig anders geworden, für sie beide.

Er nickte nachdenklich. »Wie recht du hast.«

Liane war damals noch zwei Wochen an den Lake Tahoe gefahren, und ihr Vater freute sich, sie wieder einmal bei sich zu haben. Er machte sich immer noch viele Sorgen um sie, und am meisten beunruhigte ihn die Art, wie sie sich ständig um Armand kümmerte, denn sie erinnerte ihn daran, wie sie sich um ihn kümmerte. Odile de Villiers hatte ihm bereits vor zwei Jahren bedeutet, daß Liane sich mit anderen Dingen beschäftigen sollte, als einen einsamen, älteren Mann zu umsorgen. Für ein junges Mädchen wie sie gäbe es doch noch etwas anderes. Harrison hatte sich diesen Rat zu Herzen genommen und Lianes Debüt für den letzten Herbst geplant, doch als Odile erkrankt war, hatte seine Tochter ihn gebeten, die Vorbereitungen einzustellen.

Bei ihrem Besuch am Lake Tahoe brachte er dieses Thema wieder zur Sprache. Er sagte, sie habe nun lange genug getrauert und die Partys würden sie auf andere Gedanken bringen. Sie entgegnete ihm, daß sie Debütantinnenbälle irgendwie lächerlich fände und außerdem für Geldverschwendung halte. Harrison hatte sie nur ganz verwundert angesehen. Sie war eines der reichsten Mädchen in ganz Kalifornien, die Erbin der Crockett Shipping Lines, und von daher schien es ihm sonderbar, daß sie auch nur einen Gedanken an die Kosten verschwendete.

Ab Oktober besuchte sie wieder das Mills College und hatte daher weniger Zeit, Armand bei seinen kleinen Empfängen zur Hand zu gehen, doch dieser kam nun auch allein zurecht, obwohl er Odile stets schmerzlich vermißte, wie er Harrison bei einem Mittagessen im Club gestand.

»Ich will es dir ganz offen und ehrlich sagen, Armand«, hatte Harrison ihm darauf erwidert. »Du wirst sie nie völlig vergessen können. Aber es wird anders sein als zu Anfang. Irgend etwas wird dich immer wieder an sie erinnern. Eine bestimmte Situation ... ein Wort ... ein Kleid, das sie trug ... ein Parfüm ... Aber du wirst nicht mehr jeden Morgen aufwachen und das Gefühl haben, als würden zentnerschwere Lasten auf dir liegen, so wie es zu Anfang ist.« Die eigenen Erfahrungen kamen ihm deutlich wieder in Erinnerung, als er sein Weinglas austrank und der Ober ihm nachschenkte.

»Gott sei Dank weicht dieses Gefühl mit der Zeit. Ohne deine Tochter wäre ich völlig hilflos und verloren gewesen.« Armand lächelte. Es gab für ihn keine Möglichkeit, seinen Dank in irgendeiner Weise abzustatten, seinen Freund wissen zu lassen, welch große Hilfe seine Tochter ihm gewesen war und welche Zuneigung er zu ihr entwickelt hatte.

»Sie hat euch beide sehr geliebt, Armand. Und daß sie dir half, hat ihr geholfen, über Odiles Tod hinwegzukommen.« Er war ein lebenskluger Mann und scharfer Beobachter und spürte damals, daß da etwas war, von dem Armand selbst noch nichts spürte, doch er behielt es für sich. Er hatte das Gefühl, als wüßten weder Armand noch Liane, wie sehr sie einander brauchten, mit oder ohne Odile. Während der letzten sechs Monate war zwischen ihnen etwas geschehen, was sie so stark verband, daß sie die Wünsche des anderen im voraus erahnten. Er hatte dies bemerkt, als

Armand am Wochenende an den Lake Tahoe gekommen war, aber ihnen seine Beobachtung nicht mitgeteilt. Harrison wußte, daß, wenn er es getan hätte, beide erschrocken gewesen wären, insbesondere aber Armand, der sicher sofort das Gefühl bekommen hätte, Odile in gewisser Weise betrogen zu haben.

»Hat Liane schon Lampenfieber wegen ihres großen Auftritts bei ihrem Ball?« fragte Armand, der sich etwas über Harrison und den Eifer amüsierte, mit dem dieser sich in die Vorbereitungen gestürzt hatte. Er wußte, daß Liane dieser Ball eher gleichgültig war. Sie machte ihr Debüt, um ihrem Vater einen Gefallen zu erweisen, weil sie wußte, was man von ihr erwartete, und vor allem aus Pflichtbewußtsein. Armand schätzte diesen Charakterzug an ihr. Es war kein blindes, unreflektiertes Pflichtgefühl, sondern getragen von der Rücksicht auf die Mitmenschen. Sie trachtete stets danach, das Richtige zu tun, weil sie wußte, was es für andere bedeutete. Wäre es nach ihr gegangen, so hätte dieser Ball und die darauffolgende Party nicht stattgefunden, doch dann wäre ihr Vater sehr enttäuscht gewesen, und das wollte sie nicht.

»Um die Wahrheit zu sagen«, seufzte Harrison und lehnte sich auf seinem Stuhl zurück, »ich glaube, daß sie schon zu alt dafür ist, was ich ihr gegenüber aber nie eingestehen würde.« Sie erschien ihm plötzlich viel erwachsener als ihre Schulkameradinnen. Im letzten Jahr war sie noch um einiges reifer geworden, und weil von ihr schon seit längerer Zeit verlangt wurde, wie eine Frau zu denken und zu handeln, fiel es schwer, sich vorzustellen, wie sie in einer Schar kichernder Mädchen das erste Mal zu einem Ball ging.

Als der große Tag dann gekommen war, wurde überdeutlich, wie recht ihr Vater gehabt hatte. Die anderen Mädchen waren nervös, ängstlich und aufgeregt, doch als Liane am Arm ihres Vaters das Parkett betrat, sah sie in ihrem weißen Satinkleid, das blonde Haar hochgesteckt und gehalten von einem Perlennetz, wie eine junge Königin aus. Armand fiel das einzigartige Feuer in ihren blauen Augen auf, als er sie beobachtete, und er verspürte ein seltsames Gefühl.

Die glanzvolle Party, die Harrison einige Tage später zu Ehren seiner Tochter ausrichten ließ, fand im noblen Palace an der Market Street statt. Zwei Kapellen sorgten ununterbrochen für musikalische Unterhaltung und der Champagner war direkt aus Frankreich importiert. Liane trug ein weißes, am Saum mit Hermelin besetztes Samtkleid, das ebenfalls aus Frankreich kam.

»Heute abend siehst du wirklich aus wie eine Königin, meine kleine Freundin«, raunte Armand ihr zu, als sie miteinander einen langsamen Walzer tanzten. Armand war von Harrison zu dieser Party eingeladen worden. Ihr eigentlicher Begleiter war der Sohn eines guten Freundes ihres Vaters, doch sie fand ihn dumm und langweilig und war froh, ihm für eine Zeitlang entronnen zu sein.

»Ich komme mir in diesem Kleid ein bißchen komisch vor«, hatte sie ihm schelmisch lächelnd auf sein Kompliment entgegnet. Einen Augenblick lang hatte sie dabei ausgesehen wie fünfzehn, und plötzlich versetzte der Gedanke an Odile Armand einen schmerzhaften Stich. Er wünschte sich, daß sie Liane nun sehen könnte, sich mit ihm freute, Champagner trank ... doch der Gedanke an sie verging, und er wandte seine Aufmerksamkeit wieder Liane zu.

»Ist doch noch eine nette Party geworden, oder? Daddy hat ja auch keine Kosten und Mühen gescheut.« Daß ihr Vater soviel Geld ausgegeben hatte, war ihr nicht ganz recht, es kam ihr übertrieben vor, aber auf der anderen Seite zeigte er sich auch großzügig, wenn es darum ging, karitative Organisationen finanziell zu unterstützen.

»Hast du dich gut amüsiert, Armand?«

»Noch nie so gut wie in diesem Augenblick.« Er sah sie mit seinem galantesten Lächeln an und sie mußte darüber lachen, denn er verhielt sich ihr gegenüber selten so. Gewöhnlich behandelte er sie eher wie seine jüngere Schwester oder seine Lieblingsnichte.

»Das klingt so gar nicht nach dir.«

»Wirklich? Was meinst du eigentlich genau damit? Bin ich gewöhnlich nicht nett zu dir?«

»Doch, aber gewöhnlich sagst du mir, daß ich dem Butler

das falsche Fischbesteck aus dem Tresor gegeben habe ... daß das Limoges-Service für das Mittagessen zu formell sei ... oder daß ...«

»Halt! Hör auf damit. Sag' ich das wirklich alles zu dir?«

»In letzter Zeit nicht mehr, aber ich muß zugeben, daß es mir fehlt. Kommst du gut zurecht?«

»In letzter Zeit nicht so gut. Das Personal weiß nicht einmal, welches Limoges ich meine, bei dir dagegen ...« Er hielt inne und wunderte sich über das, was er gesagt hatte. Was sie ihm geschildert hatte, klang wie die Unterhaltung zwischen Eheleuten, doch konnte er sich ihr gegenüber kaum so verhalten haben ... oder doch? War er so daran gewöhnt, daß Odile alles wußte, daß er einfach davon ausgegangen war, Liane würde diesen Platz einnehmen können? Das war unbedacht, ja unvernünftig von ihm gewesen; um so erstaunlicher, daß Liane in den letzten Monaten all das tatsächlich für ihn getan hatte. Plötzlich erkannte er, wie sehr er sie vermißt hatte, seit sie wieder auf dem College war, aber nicht wegen ihrer Hilfe im Haushalt, sondern weil es so angenehm gewesen war, sich nach einem Empfang, nach einem Dinner oder morgens am Telefon mit ihr zu unterhalten.

»Worüber denkst du denn nach?« fragte sie ihn keck. Seine Hand lag plötzlich schwer um ihre schlanke Taille.

»Ich habe über das nachgedacht, was du sagtest. Du hast recht. Ich war nicht nett zu dir.«

»Unsinn. Ich werde dir wieder helfen, sobald dieser ganze Trubel endlich vorbei ist.«

»Hast du denn nichts Besseres zu tun?« Er schien überrascht. So hübsch, wie sie war, mußten ihr doch die Verehrer nur so nachlaufen. »Keinen Freund, keine große Liebe?«

»Ich glaube, ich bin dagegen immun.«

»Das ist ja sehr interessant. Hast du dich etwa dagegen impfen lassen?« scherzte er. Der Walzer war zu Ende, aber sie blieben auf der Tanzfläche; Harrison Crockett beobachtete sie wohlwollend. »Erzählen Sie mir mehr über diese Immunität, die Sie da entwickelt haben, Miß Crockett.«

Sie klang ganz nüchtern und sachlich, als sie ihm während des nächsten Tanzes antwortete. »Ich glaube, ich habe viel zu lange mit meinem Vater gelebt. Ich weiß, wie die Männer sind.«

Armand lachte laut auf. »Das ist ja eine schockierende Feststellung!«

»Nein, so war es nicht gemeint.« Auch sie mußte nun lachen. »Ich wollte damit nur sagen, daß ich weiß, was es heißt, einem Mann den Haushalt zu führen, ihm morgens den Kaffee einzuschenken und auf Zehenspitzen herumzuschleichen, wenn er schlechtgelaunt von der Arbeit kommt. Ich kann die Jungen in meinem Alter mit ihren romantischen und völlig unrealistischen Vorstellungen einfach nicht ernst nehmen. Meist wissen sie nicht einmal, wovon sie reden, haben noch nie eine Zeitung gelesen und verwechseln Tibet mit Timbuktu. Und in zehn Jahren kommen sie genauso grantig wie Daddy aus dem Büro und schnauzen ihre Frauen beim Frühstück an. Es fällt mir schwer, mir ihr romantisches Geschwätz anzuhören, ohne lachen zu müssen. Ich weiß, was später kommt.«

»Ich muß dir recht geben. Du hast schon einige Erfahrungen gemacht.« Irgendwie empfand er Mitleid mit ihr. Er erinnerte sich an das romantische »Geschwätz«, das Odile und er einander erzählt hatten, als sie, sie mit einundzwanzig und er mit dreiundzwanzig, heirateten. Sie hatten jedes Wort geglaubt von dem, was sie einander versicherten, und dieser Glaube hatte sie Schwierigkeiten und Enttäuschungen überwinden und einen Krieg überleben lassen. Liane war durch das Leben mit ihrem Vater ein wichtiger Teil ihrer Jugend verlorengegangen. Doch irgendwann würde auch sie einen Mann kennenlernen, vielleicht einen, der etwas älter war als sie, und sich in ihn verlieben, und dann würden ihre Gefühle stärker sein als der Gedanke an die Brummeleien am Frühstückstisch.

»Woran denkst du?«

»Daß du dich eines Tages verlieben und deine Meinung ändern wirst.«

»Vielleicht.« Aber sie schien wenig überzeugt. Die Kapelle legte eine kleine Pause ein, und Armand geleitete sie zu ihrem Tisch zurück.

Etwas hatte sich aber seit diesem Tag in ihrem Verhältnis verändert. Als Armand ihr wieder begegnete, sah er sie mit anderen Augen. Sie schien ihm plötzlich viel fraulicher zu sein; das Warum konnte er sich nicht ganz erklären. Zugegeben, die anderen Mädchen auf dem Ball und der Party waren eigentlich noch Kinder gewesen, und im Vergleich zu ihnen wirkte Liane viel erwachsener. Er fühlte sich ihr gegenüber befangen, denn er hatte zu lange in ihr nur das bezaubernde Mädchen gesehen. An ihrem zwanzigsten Geburtstag konnte er jedoch nicht mehr die Augen davor verschließen, daß sie eine Frau geworden war.

Armand war beinahe erleichtert, als sie kurz nach ihrem Geburtstag an den Lake Tahoe fuhr, um die Sommermonate dort zu verbringen. Sie half ihm nun nicht mehr im Konsulat, denn er wollte sie nicht ausnützen, und außerdem kam er nun allein ganz gut zurecht. Er sah Liane nur einmal, anläßlich eines Essens, das ihr Vater gab, was noch immer ein seltenes Ereignis darstellte. Unter Aufbietung einiger Willenskraft gelang es Armand auch, sich bis zum Ende des Sommers vom Lake Tahoe fernzuhalten. Doch dann bestand Harrison darauf, daß er sie über das Wochenende besuchte, und als er Liane sah, spürte er sofort, was Harrison schon lange gewußt hatte. Er war verliebt in die junge Frau, die er bereits kannte, als sie noch ein Kind gewesen war. Seit Odiles Tod waren inzwischen eineinhalb Jahre vergangen, und obwohl er sie noch immer schmerzlich vermißte, kreisten seine Gedanken ständig um Liane. Er bemerkte, daß er sie die ganze Zeit anstarren mußte, und als sie an einem lauen Sommerabend miteinander tanzten, führte er sie bald wieder zum Tisch zurück, als könne er es nicht ertragen, ihr so nahe zu sein, ohne sie in seine Arme zu schließen. Liane ahnte zunächst nichts von seinen Gefühlen. Sie tollte in seiner Nähe am Strand herum, räkelte sich in einem Liegestuhl, redete munter drauflos, wie sie es schon immer getan hatte, erzählte ihm lustige Begebenheiten und war bezaubernder als je zuvor. Erst am letzten Tag bemerkte sie, daß seine Augen ständig auf ihr ruhten, daß er sich anders verhielt als sonst, und sie wurde ruhiger, als würde auch sie allmählich vom Zauber der Liebe erfaßt.

In den Wochen danach focht Armand einen ständigen Kampf mit sich aus, ob er mit Liane, die nun wieder das College besuchte, Kontakt aufnehmen sollte oder nicht. Schließlich hielt er es nicht mehr länger aus und rief sie an, nur um sich hinterher bittere Vorwürfe zu machen. Er hatte nur anrufen und sich erkundigen wollen, wie es ihr ginge, doch sie klang so seltsam niedergeschlagen am Telefon, daß er seiner Sorge Ausdruck verlieh, ob mit ihr denn alles in Ordnung sei. Es sei alles in Ordnung, versicherte sie ihm zwar, doch befand sie sich in einem Zwiespalt, aus dem sie keinen Ausweg sah. Mit ihrem Vater konnte sie über die verwirrenden Gefühle, die sie empfand, nicht sprechen. Sie hatte sich ebenso heftig in Armand verliebt wie er sich in sie, und das trotz der Erkenntnis, daß er fünfundvierzig Jahre alt war und sie noch nicht einmal einundzwanzig, daß er nur durch den Tod geschieden worden war von einer Frau, die sie geliebt und verehrt hatte. Schuldgefühle plagten sie, wenn sie an Odile und ihre letzten Worte dachte: »Kümmere dich um Armand, Liane ... er wird dich brauchen.« Doch er brauchte sie nun nicht mehr so dringend, und Odile hatte sicher nicht gemeint, sie solle sich so intensiv um ihn kümmern.

Es folgten drei schlimme Monate für die beiden. Liane hatte andere Dinge im Kopf als ihre Ausbildung, und Armand konnte sich kaum auf seine Tätigkeit konzentrieren. Sie sahen sich an den Weihnachtstagen wieder, als Harrison Gäste eingeladen hatte, und um die Jahreswende hatten beide den Kampf aufgegeben. Armand lud Liane eines Abends zum Essen ein und rang sich das Eingeständnis seiner Gefühle für sie ab. Er war überrascht, als sie ihm Empfindungen gleicher Intensität offenbarte. Von nun an trafen sie sich regelmäßig an den Wochenenden an verschwiegenen Plätzen, um nicht zum Stadtgespräch zu werden, und schließlich suchte Liane das Gespräch mit ihrem Vater. Sie hatte erwartet, daß er ihr von dieser Verbindung abraten, möglicherweise sogar verärgert reagieren könnte, doch er nahm die Nachricht mit Freude und Erleichterung zur Kenntnis.

»Ich habe mich bereits gefragt, wann ihr endlich merkt, was ich schon seit zwei Jahren weiß.« Sie starrte ihn nur ungläubig an.

»Du hast es gewußt? Aber wieso? Ich wußte nicht ... wir wußten ja selbst ...«

»Ich bin eben etwas älter und klüger als ihr zwei, das ist alles.« Harrison Crockett hatte mit Genugtuung beobachtet, wie die beiden sich verhalten, wie sie, jeder für sich, ihre Gefühle vorsichtig und unter Berücksichtigung der Vergangenheit ausgelotet hatten. Er wußte, daß die beiden es sich nicht leicht gemacht hatten, und auch der Altersunterschied zwischen ihnen erschien ihm unbedenklich. Liane war eine außergewöhnliche junge Frau, von der er sich nicht vorstellen konnte, daß sie mit einem Mann gleichen Alters glücklich würde. Was Liane anging, so wischte sie die Vorbehalte, die Armand anfangs wegen der vierundzwanzig Jahre, die sie trennten, angemeldet hatte, einfach vom Tisch. Und Armand machte sich inzwischen keine Gedanken mehr über solche Kleinigkeiten. Er betete Liane an. Er fühlte sich wie neugeboren und drängte auf eine baldige Heirat. An Lianes einundzwanzigstem Geburtstag wurde ihre Verlobung bekanntgegeben. Den beiden kam das Leben wie ein Traum vor, doch kaum waren vierzehn Tage vergangen, erhielt Armand die Nachricht, daß seine Zeit in San Francisco abgelaufen und er zum neuen Botschafter in Wien ernannt worden sei. Liane und er erwogen, auf der Stelle zu heiraten, doch ihr Vater erhob Einspruch. Er bestand darauf, daß Liane erst das College abschloß, was bedeutete, daß die Hochzeit erst in einem Jahr stattfinden würde.

Liane war bestürzt über diese Aussicht, doch beugte sie sich dem Wunsch ihres Vaters. Die beiden Liebenden waren sich einig, daß sie dieses Jahr irgendwie überstehen, sich so oft wie möglich besuchen und täglich miteinander korrespondieren würden.

Es war ein schwieriges Jahr für beide, doch es ging vorüber, und so wurden Armand de Villiers und Liane Crockett am 14. Juni 1929 in St. Mary's in San Francisco getraut. Armand hatte einen Monat Urlaub genommen für die »Hochzeit des Jahres«, wie die Zeitungen in San Francisco schrieben. Die Frischvermählten verbrachten kurze Flitterwochen in Venedig, bevor sie nach Wien fuhren, wo auf Liane nun die Aufgaben einer Botschaftergattin warteten. Sie fand sich in dieser neuen Rolle erstaunlich schnell zurecht; Armand bemühte sich zwar, ihr alles so leicht wie möglich zu machen, doch sie benötigte seine Hilfe kaum. Nach den Jahren mit ihrem Vater und den sechs Monaten, in denen sie Armand nach Odiles Tod geholfen hatte, wußte sie von allein, was sie zu tun hatte.

Im ersten halben Jahr kam ihr Vater zweimal zu Besuch. Die Sehnsucht nach seiner Tochter veranlaßte ihn dazu, denn geschäftliche Verbindungen zu Europa hatte er nicht. Bei seinem zweiten Aufenthalt konnte Liane, obwohl sie genau wußte, wie er reagieren würde, ihm die freudige Nachricht nicht länger vorenthalten, daß sie im nächsten Sommer ein Kind bekommen würde. Harrison nahm sie auf, wie von ihr vorausgesehen: mit Bestürzung und Entsetzen. Er war besorgt um seine Tochter, weil ihn die Erinnerung an den Tod ihrer Mutter bei ihrer Geburt plagte. Er sparte nicht mit guten Ratschlägen, so zum Beispiel, daß sie in die Staaten zurückkehren, sich die besten Ärzte holen und ständig im Bett bleiben solle, und reiste schließlich nur äußerst widerwillig ab, nicht ohne Liane das Versprechen abgenommen zu haben, ihm täglich zu schreiben. Im Mai, sechs Wochen vor dem errechneten Geburtstermin, kam er wieder nach Wien und machte alle verrückt mit seinen grundlosen Befürchtungen, aber Liane brachte es nicht übers Herz, ihn wieder nach Hause zu schicken. Als bei ihr die Wehen einsetzten, hatte Armand alle Hände voll zu tun, um den Schwiegervater irgendwie abzulenken und zu beschäftigen, doch zum Glück kam das Kind sehr bald: Es war ein süßes, pausbäckiges Mädchen mit einem blonden Haarschopf, das da um 17.45 Uhr in einem Wiener Krankenhaus das Licht der Welt erblickte. Als Harrison Liane drei Stunden danach besuchte, war sie gerade beim Abendessen und lachte, als hätte sie den Nachmittag mit Bekannten beim Tee verbracht. Er konnte das alles nicht glauben, und Armand erging es ebenso. Er starrte seine geliebte Frau an, als hätte sie ganz auf sich gestellt das größte Wunder aller Zeiten vollbracht. Er liebte sie mehr als alles auf der Welt und dankte Gott für dieses neue Leben. Er war überglücklich, und als zwei Jahre später in London ihre zweite Tochter geboren wurde, war er wieder genauso außer sich. Diesmal hatten sie jedoch Lianes Vater dazu überreden können, solange in San Francisco zu bleiben, bis das Baby geboren war. Ihrer Erstgeborenen hatten sie nach reiflicher Überlegung den Namen Marie-Ange Odile de Villiers gegeben. Sie hatten sich beide diesen Namen gewünscht und waren sicher, daß Odile sich darüber gefreut hätte. Ihre zweite Tochter wurde auf den Namen Elisabeth Liane Crockett de Villiers getauft, worüber sich Lianes Vater unendlich freute.

Er kam zur Taufe nach London und war so entzückt von dem Baby, daß Liane es sich nicht verkneifen konnte, ihn deswegen ein wenig auf die Schippe zu nehmen. Sie bemerkte aber auch, daß er schlecht aussah. Er war bereits achtundsechzig, aber immer gesund gewesen, doch nun sah er viel älter aus. Liane machte sich Sorgen um ihn, als sie ihn zu seinem Schiff begleitete und sich von ihm verabschiedete. Sie machte Armand gegenüber diesbezüglich eine Bemerkung, doch dieser beachtete sie kaum, weil er gerade mit schwierigen diplomatischen Verhandlungen mit den Österreichern und Engländern befaßt war, und das bereute er später zutiefst. Harrison Crockett erlag an Bord des Schiffes einem Herzinfarkt.

Liane flog ohne die Kinder nach San Francisco, und als sie neben dem Sarg ihres Vaters stand, bemächtigte sich ihrer das Gefühl, einen schweren, schier unüberwindbaren Verlust erlitten zu haben. Ihr wurde bewußt, daß das Leben ohne ihn nie mehr so sein würde wie früher. Ihr Onkel George traf bereits Vorbereitungen, um in Harrisons Haus zu ziehen und seine Rolle bei Crockett Shippings zu übernehmen, doch im Vergleich zu ihrem Vater war ihr Onkel, was menschliche Größe anbelangte, nur bescheidenes Mittelmaß. Liane war froh, daß sie nun nicht mehr in San Francisco lebte und mitansehen mußte, wie der alte, mürrische Junggeselle versuchte, das Leben ihres Vaters zu leben, und dabei allmählich alles veränderte. Nach einer Woche reiste sie wieder aus San Francisco ab, Trauer im Herzen, die noch größer war als die um Odile, und sie war dankbar dafür, daß sie nach Hause zu Armand und ihren Kindern fahren und sich den Aufgaben widmen konnte, die als Botschaftergattin auf sie warteten.

Seit dieser Zeit fühlte sie sich ihrem Heimatland kaum noch verbunden. Ihr Vater war das einzige Bindeglied zwischen ihr und den Staaten gewesen, aber er war nun tot. Sie hatte zwar das von ihm geerbte Vermögen, doch wäre es ihr viel lieber gewesen, er würde noch in ihrer Mitte weilen. Alles, was ihr nun noch etwas bedeutete, waren ihre Töchter und ihr Mann und das Leben mit ihnen.

Zwei Jahre später verließen sie London, weil Armand als Botschafter nach Washington versetzt wurde. Beide freuten sich darüber, denn sie würden dort vielfältige und wichtige Aufgaben wahrnehmen müssen. Ihre Vorfreude wurde nur dadurch getrübt, daß Liane kurz nach ihrer Ankunft in den USA als Folge einer stürmischen Überfahrt und einer bis dahin nicht problemfrei verlaufenen Schwangerschaft eine Fehlgeburt erlitt; es wäre ein Junge gewesen. Aber abgesehen davon erinnerten sich jetzt beide gern an diese Jahre in Washington mit prunkvollen Bällen in der Botschaft, glanzvollen Empfängen für Staatsoberhäupter, Einladungen ins Weiße Haus und den Bekanntschaften mit prominenten Politikern. Es waren Zeiten, die ihr Leben sehr abwechslungsreich gestalteten und zu zahlreichen Freundschaften führten. Dies sollte nun vorbei sein; es fiel ihnen schwer, sich mit dem Gedanken vertraut zu machen, daß die Jahre in Washington so schnell vergangen waren. Nicht nur sie selbst, sondern auch ihre Töchter würden ihre Freunde und Bekannten vermissen. Marie-Ange und Elisabeth, inzwischen neun und sieben Jahre alt, kannten keine anderen Schulen als die in Washington. Armand hatte die Kinder bereits in Schulen in Paris angemeldet, was ohne weiteres möglich war, da beide perfekt Französisch sprachen; dennoch würde es für sie eine große Umstellung sein. Und da man in Europa mit Krieg rechnen mußte, war äußerst ungewiß, was alles auf sie zukommen würde. Armand hatte mit Liane bereits über diese Möglichkeit gesprochen; wenn etwas geschehen würde, würde er die drei zurück in die Staaten schicken. Liane könnte bei ihrem Onkel in San Francisco unterkommen, im Haus ihres Vaters, und dort wüßte er sie in Sicherheit. Aber im Augenblick waren dies nur Gedankenspielereien, denn noch herrschte Frieden in Frankreich. Armand stellte sich nur immer wieder die bange Frage, wie lange noch.

Sein Hauptaugenmerk mußte im Moment jedoch den Vorbereitungen zur Übergabe der Amtsgeschäfte an seinen Nachfolger gelten, und so wandte er sich wieder den Akten auf seinem Schreibtisch zu. Als er das nächste Mal auf die Uhr sah, war es bereits kurz vor zehn. Er stand auf und streckte sich. In letzter Zeit fühlte er sich so alt; Liane hatte ihm zwar liebevoll versichert, sie merke davon nichts, doch er spürte seine sechsundfünfzig Jahre in den Knochen.

Er schloß die Tür seines Amtszimmers hinter sich und wünschte den beiden Wachposten in der Halle eine gute Nacht. Dann steckte er den Schlüssel in das Schloß des privaten Lifts, der ihn nach oben in seine Gemächer bringen würde, und stieg mit einem matten Lächeln und einem Seufzer der Erleichterung ein. Nach all den Jahren freute er sich immer noch darauf, nach getaner Arbeit zu Liane nach Hause zu kommen. Sie war eine Frau, wie man sie sich nur erträumen konnte. In den zehn Jahren ihrer Ehe hatte sie stets Verständnis, Geduld und Humor bewiesen und ihn hingebungs- und liebevoll umsorgt. Im dritten Stock kam der Lift zum Stehen, und Armand öffnete die Tür zu der mit Marmor ausgelegten, reich verzierten Halle, die zu seinem Arbeitszimmer, dem großen, holzgetäfelten Salon und zum Eßzimmer führte, und er konnte riechen, daß in der Küche noch etwas Köstliches zubereitet wurde. Als er die Marmortreppe zum obersten Stock hochblickte, sah er sie: mit ihrem blonden Haar, ihren blauen, ungeschminkten Augen und ihrer makellosen Haut sah sie noch genauso reizend aus wie vor zehn Jahren. Sie war eine selten schöne Frau, und er genoß jeden Augenblick mit ihr, obwohl diese Augenblicke in der letzten Zeit recht selten geworden waren, weil er so fürchterlich viel zu tun hatte.

»Hallo Liebster«, begrüßte sie ihn, nachdem sie die Treppe heruntergekommen war. Sie umarmte ihn und kraulte seinen Nacken, so wie sie es immer getan hatte in den letzten zehn Jahren, und wie immer rührte ihn diese zärtliche Geste an.

»Wie war dein Tag, oder sollte ich das nicht fragen?« Er lächelte sie voller Stolz an, voller Stolz, daß sie ihm gehörte. Sie war eine bildhübsche Frau, ein ganz seltenes Juwel.

»Ich bin mit dem Packen fast fertig. Du wirst unser Schlafzimmer nicht wiedererkennen, wenn du nach oben kommst.«

»Wirst du dort sein?« Seine Augen funkelten, als er sie ansah, auch noch nach einem solchen langen Tag.

»Natürlich.«

»Dann ist das alles, was ich erkennen möchte. Was machen die Kinder?«

»Sie vermissen dich.« Er hatte seine Töchter seit vier Tagen nicht mehr gesehen.

»Nächste Woche auf dem Schiff werden wir genügend Zeit haben, uns um sie zu kümmern.« Er lächelte Liane an. »Unsere Reservierung wurde heute bestätigt, und« – sein Lächeln wurde noch breiter – »ich habe eine Überraschung für dich, Chérie. Ein Herr, der eine der vier großen Luxus-Suiten gebucht hatte, mußte die Buchung rückgängig machen, weil seine Frau erkrankt ist. Das bedeutet ...« Es schien fast so, als warte er auf einen Trommelwirbel. Liane lachte, nahm ihn am Arm und zog ihn sanft ins Eßzimmer. »Das bedeutet, daß man als kleine Gefälligkeit für einen müden, alten Botschafter, der in sein Heimatland zurückkehrt, diese Luxus-Suite auf der *Normandie* uns überläßt. Vier Schlafzimmer, ein eigenes Eßzimmer, das wir benutzen könnten, aber sicher nicht werden, weil wir uns im großen Speisesaal amüsieren werden. Aber vielleicht gefällt es den Kindern, ein eigenes Eßzimmer und einen kleinen Salon mit einem Klavier zu haben. Und wir können abends auf unserer eigenen Terrasse sitzen und die Sterne beobachten ...« Er geriet beinahe ins Schwärmen, denn er freute sich sehr auf die Überfahrt mit dem Schiff. Seit Jahren hatte er die tollsten Loblieder über die *Normandie* gehört, aber nie die Gelegenheit gehabt, sich selbst einen Eindruck zu verschaffen. Nun konnte er seiner Frau dieses besondere Vergnügen bereiten. Sie hätte selbst mit Leichtigkeit den Preis für alle vier Luxus-Suiten bezahlen können, doch hätte er das nie zugelassen; in diesen Dingen hatte er seinen Stolz. Er freute sich darauf, sie ein wenig verwöhnen zu können, und noch mehr freute er sich darüber, daß sie fünf Tage ganz für sich haben würden. Die letzten, anstrengenden Tage in der Botschaft in Washington würden dann hinter ihm liegen und seine Gedanken würden noch nicht um die Aufgaben kreisen, die ihn in Frankreich erwarteten.

»Ist das keine gute Nachricht?«

»Ich kann es kaum erwarten.« Und dann lachte sie hell auf, als sie an der großen, für zwei gedeckten Tafel Platz nahmen. »Da wir ein Klavier in unserer Kabine haben, sollte ich da nicht vorher noch etwas üben? Ich habe seit Jahren nicht mehr gespielt.«

»Madame belieben zu scherzen. Hmmm« – die Düfte aus der Küche erweckten seine Neugier –, »das riecht ja phantastisch.«

»Danke. Soupe de poisson für meinen Herrn und Gebieter, Omelettes fines herbes, Salade de cresson, Camembert und Schokoladensoufflé, falls die Köchin bis dahin nicht eingenickt ist.«

»Könnte mir denken, daß sie mich am liebsten umbringen würde wegen der unmöglichen Zeiten, zu denen sie noch arbeiten muß.«

»Mach dir deswegen keine Gedanken, Liebster.« Liane hauchte ihm einen Kuß zu, und das Mädchen servierte die Suppe.

»Habe ich dir eigentlich schon gesagt, daß wir morgen zum Dinner ins Weiße Haus eingeladen sind?«

»Nein.« Aber Liane war daran gewöhnt, kurzfristig zu disponieren. Sie hatte schon Festessen für über hundert Gäste innerhalb von zwei Tagen organisiert.

»Der Anruf kam heute.«

»Wem zu Ehren wird denn dieses Dinner gegeben?« Die Suppe schmeckte ausgezeichnet. Liane liebte diese gemütlichen Mahlzeiten zu zweit und fragte sich, genau wie Armand, wie oft ihnen dafür noch Zeit bleiben würde, wenn sie erst einmal in Frankreich wären. Beide vermuteten, daß Armand sehr viel zu tun haben würde und sie ihn eine Zeitlang selten zu Gesicht bekommen würde. Zumindest am Anfang.

Armand lächelte ihr geheimnisvoll zu. »Der morgige Abend ist für ganz spezielle Gäste.«

»Wen denn?«

»Für uns. Ein kleines, improvisiertes Dinner für uns vor unserer Abfahrt.« Bereits drei Wochen zuvor hatte der offizielle Abschiedsempfang stattgefunden. »Freuen sich die Kinder schon auf das Schiff?«

Liane nickte. »Sehr.«

»Aber bestimmt nicht so sehr wie ich. Es muß wirklich ein tolles Schiff sein.« Dann sah er, daß sie ihn wieder anlächelte. »Hältst du mich für arg kindisch, weil ich mich so auf die Fahrt freue?«

»Nein, bestimmt nicht. Du bist ein wunderbarer Mensch, und ich liebe dich.«

Er ergriff ihre Hand und streichelte sie. »Liane ... ich bin sehr glücklich mit dir.«

2

Der große schwarze Citroën, der im Jahr zuvor per Schiff aus Frankreich herübertransportiert worden war, hielt vor dem Weißen Haus und Liane stieg aus. Sie trug ein Kostüm aus schwarzem Satin mit breiten Schultern und schlanker Taille und darunter eine weiße Organdy-Bluse. Armand hatte ihr das Kostüm bei Jean Patou gekauft, als er Ostern in Paris war, und es stand ihr ausgezeichnet. Bei Patou kannte man ihre Maße, und Armand wählte stets Geschenke für sie aus, die genau zu ihrem Typ paßten. Mit ihrer großen, schlanken Figur und ihren langen blonden Haaren sah sie aus wie ein Mannequin, als sie aus dem Wagen stieg, gefolgt von Armand im Smoking. Der heutige Abend würde ein eher zwangloses Beisammensein werden, und dementsprechend trugen die Herren keinen Frack.

Zwei Butler und ein Mädchen standen in der Eingangshalle bereit, um den Damen die Mäntel abzunehmen und die Gäste hinaufzuführen zum privaten Eßzimmer der Roosevelts. Und natürlich waren auch Wachen in der Eingangshalle postiert.

Es bedeutete eine große Ehre, privat ins Weiße Haus eingeladen zu werden. Liane freute sich ganz besonders über diese Einladung, obwohl sie schon mehrmals mit der Präsidentengattin Eleanor und anderen Damen hier gespeist hatte. Im ersten Stock warteten bereits der Präsident und seine Gattin, die ein einfaches Kleid aus grauem Crêpe de Chine von Traina Norell und eine hübsche Perlenkette trug. Diese Frau wirkte stets bescheiden und unauffällig. Ganz gleich, von wem ihre Kleider oder ihr Schmuck entworfen worden waren, sie sah immer so aus, als hätte sie ein älteres Kleid, einen Pullover und bequeme Schuhe an. Sie war der mütterliche Typ von Frau, bei dem man sich sofort geborgen fühlte.

»Hallo, Liane!« Eleanor hatte sie zuerst gesehen und lief ihr entgegen. Der Präsident unterhielt sich bereits angeregt mit dem britischen Botschafter, Sir Ronald Lindsay. »Nett, euch beide zu sehen.« Auch Armand bedachte sie mit einem freundschaftlichen Lächeln, worauf dieser ihr galant die Hand küßte.

»Wir beide werden Sie am meisten vermissen, Madame.«

»Aber bestimmt nicht so sehr wie ich!« erwiderte sie mit ihrer hohen, dünnen Stimme, deretwegen sie oft verlacht wurde, die jedoch für jene, die sie näher kannten, einen vertrauten, tröstlichen Klang hatte; sie war nur eines von vielen liebenswürdigen Attributen von Eleanor. Es gab kaum jemand, der sie nicht schätzte, und Liane war in den letzten fünf Jahren zu einer ihrer treuesten Verehrerinnen geworden, woran auch die kürzlich mit ihr ausgetragene, heftige Kontroverse über die *St. Louis* nichts änderte. Armand hatte Liane bereits im Auto gebeten, dieses Thema nicht wieder zur Sprache zu bringen. Sie hatte seinen Wunsch mit einem gehorsamen Nicken zur Kenntnis genommen und dann leise gelacht. »Hältst du mich wirklich für so taktlos?« Armand hatte die Frage entschieden verneint, doch war es eben seine Art, ihr oft väterliche Ratschläge zu erteilen.

»Wie geht es den Kindern?« erkundigte sich Liane. Die Enkel der Roosevelts tobten häufig im Weißen Haus herum.

»Munter wie eh und je. Und was machen die Mädchen?«

»Sie sind schon ganz aufgeregt und kaum zu bändigen. Jedesmal, wenn ich ihnen den Rücken zudrehe, räumen sie die Koffer aus, weil sie irgendeine Puppe suchen, oder stellen sonst was an.« Die zwei Frauen lachten. Eleanor hatte selbst fünf Kinder großgezogen und wußte deshalb nur allzu gut Bescheid.

»Ich beneide Sie nicht um die Packerei. Für mich ist sie schon schlimm genug, wenn wir im Sommer nach Campobello gehen. Ich glaube, ich hätte meine Kinder nie alle heil nach Frankreich gebracht. Eines von ihnen wäre bestimmt als Mutprobe über Bord gesprungen und wir hätten das Schiff anhalten müssen. Mir graut schon allein bei dem Gedanken. Aber Marie-Ange und Elisabeth sind ja nicht so wild. Sie sollten eine ruhige Überfahrt haben.«

»Wir hoffen es«, fügte Armand hinzu, und dann gesellten sich die drei zu den anderen Gästen, dem britischen Botschafter und seiner Gattin, den Duponts aus Delaware, dem allgegenwärtigen Harry Hopkins, einem Verwandten von Eleanor, der sich vierzehn Tage in Washington aufhielt, und Russel Thompson und seiner Frau Maryse, einem Paar, mit dem Liane und Armand häufig Kontakt hatten. Er war Rechtsanwalt mit guten Verbindungen zur Roosevelt-Administration, sie eine gebürtige Französin.

Zuerst wurden Cocktails serviert, und nach ungefähr einer halben Stunde bat der Butler zu Tisch. Wenn Eleanor ein Dinner gab, dann durfte man sicher sein, daß ein superbes Menü mit erlesenen Speisen serviert wurde, und so war es auch diesmal. Die Tafel im privaten Eßzimmer, in dem die Wandgemälde mit Szenen aus dem amerikanischen Bürgerkrieg sofort ins Auge fielen, war mit einem in Blau und Gold gehaltenen Spode-Service und mit schwerem Silberbesteck für elf Personen gedeckt. Große Arrangements mit blauer und weißer Iris, gelben Rosen und weißem Flieder sowie lange weiße Kerzen in silbernen Kandelabern bildeten den Tischschmuck. Der Präsident lenkte die Unterhaltung geschickt immer wieder auf Themen, die alle interessierten, und würzte sie ab und an mit einer Anekdote aus dem Kongreß oder dem Senat. Während des Essens wurde nicht über die Möglichkeit eines Krieges gesprochen; erst beim Dessert ließ sich dieses Thema nicht länger vermeiden. Nach dem üppigen Mahl mit Kaviar, gebratener Ente, geräuchertem Lachs, Endiviensalat und einer großen Auswahl französischer Käsesorten waren aber alle so gesättigt, daß die Diskussion weniger kontrovers zu werden schien, als sie es zu Beginn des Abends vielleicht geworden wäre. Doch dieser Eindruck trog. Es kam zu teilweise heftigen Auseinandersetzungen, weil Roosevelt auf seinem Standpunkt beharrte, weder in Europa noch in den Vereinigten Staaten sei Grund zur Besorgnis gegeben.

»Das kann doch nicht Ihr Ernst sein«, erregte sich der britische Botschafter. »Hier in diesem Land werden doch bereits Kriegsvorbereitungen getroffen. Man denke nur an die neu festgelegten Routen für die Handelsmarine und die Erhöhung der Produktion in bestimmten Industriezweigen, allen voran in der Stahlindustrie.« Die Briten wußten sehr wohl, daß Roosevelt kein Träumer war; er wußte, was kommen würde, doch war er nicht bereit, es in der Öffentlichkeit, nicht einmal im Kreis guter Freunde und hoher Diplomaten zuzugeben.

»Es ist keine Sünde, gewappnet zu sein«, verteidigte sich der Präsident. »Es kann nur gut sein für ein Land, heißt aber wiederum nicht unbedingt, daß Unheil droht.«

»Vielleicht nicht für Ihr Land ...« Der britische Botschafter wirkte plötzlich ernst, beinahe niedergeschlagen. »Sie wissen ebenso gut wie wir, was da drüben vorgeht. Hitler ist ein Wahnsinniger. Mein Gegenüber wird es Ihnen bestätigen.« Er deutete auf Armand, und dieser nickte. Seine Ansicht war allen bekannt. »Was hört man denn diese Woche aus Paris?«

Alle Augen waren auf Armand gerichtet, der sich seine Antwort wohl überlegte. »Was ich im April sah, täuscht über die wahren Verhältnisse hinweg. Jeder versucht so zu tun, als würde das Unvermeidliche nie eintreffen. Meine einzige Hoffnung ist nur, daß es nicht so bald passiert.« Er warf seiner Gattin einen zärtlichen Blick zu. »Wenn etwas geschieht, werde ich Liane zurückschicken müssen. Aber viel schlimmer wäre«, – er wandte den Blick von seiner Frau den anderen zu – »daß ein Krieg in Europa für Frankreich, für uns alle eine Katastrophe wäre.« Er sah den britischen Botschafter an, und als sich ihre Blicke trafen, wußten beide, daß sie die gleiche schreckliche Vision hatten. Als alle nachdenklich schwiegen, erhob sich Eleanor und gab damit für die Damen das Zeichen, sich in ein Nebenzimmer zurückzuziehen, wo für sie Kaffee gereicht wurde, und die Herren auf einen Brandy und eine Zigarre allein zu lassen.

Liane erhob sich nur zögernd, denn ihr mißfiel dieser Moment bei jedem Dinner. Sie hatte stets das Gefühl, sie würde den wichtigsten Teil der Unterhaltung versäumen, wenn die Männer unter sich waren und ihre Meinung zu den aktuellen Problemen frei äußerten, ohne ihre Worte aus Rücksicht auf die Damen wohl abzuwägen. Auf der Heimfahrt fragte sie Armand deshalb, was ihr entgangen wäre.

»Ach, nichts Besonderes. Die Diskussion verlief so wie immer in der letzten Zeit. Befürchtungen, Beschwichtigungen und Dementis, Roosevelt verteidigt seinen Standpunkt, und die Engländer sind überzeugt zu wissen, was kommt. Thompson hat uns allerdings beigepflichtet. Er sagte mir im Vertrauen, er wäre sicher, daß, wenn es Krieg gibt, Roosevelt innerhalb von Jahresfrist eingreifen würde. Der Krieg wäre gut für die Wirtschaft, aber das war ja schon immer so.« Liane sah ihn entsetzt an, doch hatte sie von ihrem Vater so viel über wirtschaftliche Zusammenhänge gelernt, daß sie wußte, daß Armand mit seiner letzten Bemerkung recht hatte. »Auf jeden Fall werden wir bald zu Hause sein und uns selbst eine Meinung darüber bilden können, was dort vorgeht.« Für den Rest der Fahrt schwieg Armand, hing seinen Gedanken nach, und Liane rief sich den Abschied von Eleanor noch einmal in Erinnerung. »Sie müssen mir unbedingt schreiben, meine Liebe ...«

»Das werde ich«, hatte Liane versprochen.

»Alles Gute für Sie beide.« Eleanors Stimme klang belegt, und ihre Augen wurden feucht. Sie hatte Liane in ihr Herz geschlossen und ahnte, daß Schlimmes geschehen würde, bevor sie sich wiedersehen würden.

»Ihnen auch.« Die beiden Frauen hatten sich umarmt, und dann war Liane in den Citroën gestiegen und mit ihrem Gatten die kurze Strecke zur Botschaft, die noch ihr Zuhause war, zurückgefahren.

Als sie dort ankamen, begleitete sie der Chauffeur nach drinnen, wo die beiden Wachtposten ihnen eine gute Nacht wünschten. Dann fuhren sie nach oben, wo alles ruhig zu sein schien. Die Bediensteten waren bereits zu Bett gegangen, und auch die Kinder würden schon längst schlafen. Auf dem Weg zu ihrem Schlafzimmer zupfte Liane jedoch ihren Gatten am Ärmel und legte den Finger an die Lippen. Sie hatte Schritte und das Klicken eines Lichtschalters gehört.

»Was ist?« flüsterte er, denn er hatte nichts bemerkt. Liane aber öffnete nur lächelnd die Tür zu Marie-Anges Zimmer.

»Guten Abend, meine Damen.« Armand wunderte sich, daß sie mit normaler Lautstärke sprach, doch dann vernahm er Kichern und das Trippeln von Füßen. Die beiden Mädchen hatten sich im Bett von Marie-Ange versteckt und liefen nun lachend auf ihre Eltern zu.

»Habt ihr uns etwas Süßes mitgebracht?«

»Natürlich nicht!« Armand sah immer noch etwas verwundert drein, doch dann mußte auch er darüber lachen, wie gut Liane ihre Töchter kannte. »Warum seid ihr denn noch wach? Wo ist denn Mademoiselle?« Das französische Kindermädchen sollte ja eigentlich dafür sorgen, daß sie zu Bett gingen und auch dort blieben. In der Regel gelang es ihm auch, doch ab und zu schlugen ihm die Mädchen ein Schnippchen.

»Sie schläft. Aber es war so heiß ...« Elisabeth sah mit den großen blauen Augen ihrer Mutter zu ihm hoch und rührte damit immer etwas tief in seinem Herzen an. Er hob sie hoch und nahm sie auf seinen starken Arm. Er war ein großgewachsener, kräftiger Mann, der trotz seiner sechsundfünfzig Jahre jugendlich wirkte. Nur die Falten in seinem Gesicht und das volle weiße Haar deuteten auf sein wahres Alter hin, doch seine Töchter kümmerten sich nicht darum, daß ihr Vater viel älter war als ihre Mutter. Für sie war nur wichtig, daß es ihr Papa war, und sie liebten ihn so sehr, wie er sie liebte.

»Ihr solltet doch schon längst schlafen. Was habt ihr denn angestellt?« Er vermutete, soweit kannte er seine Töchter, daß Marie-Ange etwas ausgeheckt und Elisabeth nur zu gerne mitgemacht hatte. Er hatte richtig vermutet, denn als Liane das Licht anschaltete, sahen sie, daß der Fußboden übersät war mit Spielzeug, das die beiden wieder aus den großen Kisten und Koffern ausgepackt hatten, in denen bereits die Kleider, Mäntel, Hüte und Schuhe der Mädchen, die Liane stets in Paris kaufte, verstaut worden waren.

»O mein Gott!« seufzte Liane. Die Kinder hatten bis auf die Kleidung alles ausgepackt. »Was um Himmels willen habt ihr denn bloß gemacht?«

»Wir haben Marianne gesucht«, erklärte Elisabeth ganz unschuldig und lächelte ihre Mutter mit ihrer Zahnlücke an.

»Du wußtest doch, daß ich sie noch nicht eingepackt habe.« Marianne war die Lieblingspuppe von Elisabeth. »Sie liegt auf dem Tisch in deinem Zimmer.«

»Wirklich?« Beide Mädchen begannen zu kichern. Sie hatten sich einen Spaß gemacht. Ihr Vater sah sie zwar an, als wolle er mit ihnen schimpfen, doch er brachte es nicht übers Herz, weil sie so lebhaft waren und vom Wesen her ihrer Mutter so ähnlich, daß er ihnen nie richtig böse sein konnte. Er hatte auch keinen Grund dazu, denn das Kindermädchen hielt sie an der kurzen Leine und Liane war eine wunderbare Mutter. Er mußte also gegenüber den Kindern nicht den gestrengen Vater spielen. Dennoch redete er ihnen jetzt ins Gewissen, forderte sie auf, ihrer Mutter beim Packen zu helfen und nicht alles wieder durcheinander zu bringen. Sie müßten ja bald fertig sein, denn in zwei Tagen würden sie nach New York fahren.

»Wir wollen aber nicht nach New York«, erklärte Marie-Ange ernst. »Wir wollen hierbleiben.« Liane setzte sich mit einem Seufzer auf Marie-Anges Bett; Elisabeth kletterte auf ihren Schoß, während sich Marie-Ange mit ihrem Vater auf französisch unterhielt. »Wir wollen nicht weg. Uns gefällt es hier.«

»Aber wollt ihr denn nicht auf das Schiff? Dort gibt es doch ein Puppentheater, ein Kino, und sogar einen Zwinger für Hunde.« Er hatte ihr dies alles schon einmal erzählt, doch nun schien sie nicht mehr so begeistert wie zuvor. »Und in Paris werden wir alle sehr glücklich sein.«

»Nein, das glaube ich nicht«, widersprach sie. »Mademoiselle sagt, es gibt bald Krieg. Wir wollen nicht nach Paris, wenn es dort Krieg gibt.«

»Was ist denn Krieg?« flüsterte Elisabeth ihrer Mutter zu.

»Krieg ist, wenn Menschen miteinander kämpfen. Aber in Paris werden sie nicht kämpfen. Es wird genauso sein wie hier.« Armands und Lianes Blicke trafen sich, und Liane konnte aus seiner Miene schließen, daß man ein ernstes Wort mit dem Kindermädchen reden sollte. Er wollte nicht, daß sich die Kinder ängstigten.

»Wenn Marie-Ange und ich kämpfen, ist das dann auch Krieg?« erkundigte sich Elisabeth.

Die anderen lachten. Bevor jedoch Armand oder Liane etwas sagen konnten, beantwortete Marie-Ange die Frage. »Nein, du dummes Ding. Krieg ist, wenn Menschen mit Gewehren kämpfen.« Sie wandte sich an ihren Vater. »Das stimmt doch, Papa?«

»Ja, aber es hat seit langem keinen Krieg mehr gegeben, und wir müssen uns auch jetzt keine Sorgen machen, daß es einen gibt. Ihr aber müßt jetzt schleunigst ins Bett, und morgen helft ihr, die Sachen wieder einzupacken, die hier herumliegen. *Au lit, mesdemoiselles!*« Er gab sich streng und überzeugte damit beinahe seine Töchter, doch Liane würde er nie überzeugen können. Er war wie Wachs in ihren Händen. Sorgen bereitete ihm nur, daß die Kinder sich vor einem Krieg in Frankreich fürchteten.

Liane trug Elisabeth in ihr Zimmer, und Armand brachte die Älteste zu Bett. Fünf Minuten später trafen sich die beiden in ihrem eigenen Schlafzimmer. Liane mußte immer noch lachen über den Streich der Mädchen; Armand hingegen saß mit sorgenvoller Miene auf der Bettkante und zog seine schwarzen Lackschuhe aus.

»Warum jagt diese Gans den Kindern Angst ein mit dem Gerede vom Krieg?«

»Sie hört eben das gleiche wie wir«, seufzte Liane und begann, ihr schwarzes Jackett aufzuknöpfen. »Ich werde morgen mit ihr darüber reden.«

»Das solltest du.« Seine Miene war ernst, doch seine Stimme klang zärtlich, als er Liane betrachtete, wie sie sich in ihrem Ankleidezimmer auszog. Zwischen ihnen beiden bestand immer noch etwas, das es ihm unmöglich machte, von ihr zu lassen, auch nach einem solch langen Tag wie diesem. Er sah ihre pfirsichzarte Haut, nachdem sie die weiße Organdy-Bluse abgestreift hatte, eilte in sein Ankleidezimmer, legte seinen Smoking ab und kam einige Augenblicke danach in einem weißen Seidenpyjama unter seinem blauen Morgenmantel auf bloßen Füßen ins Schlafzimmer zurück. Sie lag bereits im Bett und lächelte ihn an; der Spitzenbesatz ihres rosa Nachthemds lugte unter dem Laken hervor, als er das Licht löschte.

Er schlüpfte zu ihr ins Bett und ließ seine Hand ihren Arm hochgleiten, bis er die samtene Haut ihres Nackens streicheln konnte, und dann wieder hinunter, bis sie ihre Brust berührte. Liane lächelte in der Dunkelheit und suchte seinen Mund mit ihren Lippen. Vergessen waren die Kinder, die Mademoiselle, der Präsident, der Krieg, als sie sich in der Dunkelheit umarmten, sich gegenseitig auszogen ... verdrängt von dem Verlangen nach dem anderen, das in all den Jahren eher noch stärker geworden war. Als sich Armands Hand auf ihren nackten Schenkel legte, stöhnte Liane leise auf, und sie öffnete ihre Schenkel, um ihn zu empfangen; sie roch den fast verflüchtigten Duft seines Aftershave, als er sie erneut küßte, und als er in sie eindrang, erst sanft, dann immer leidenschaftlicher, verspürte sie zum ersten Mal nach langer Zeit wieder den Wunsch nach einem weiteren Kind, und als sie sich noch feuriger küßten, war es Armand, der leise aufstöhnte.

3

Vor 875 Park Avenue stand der Portier auf seinem Posten. Seine Uniformjacke war aus schwerem Wollstoff, und der Kragen schnitt ihm in den Hals. Die Mütze mit den goldenen Litzen lastete wie Blei auf seinem Kopf. In dieser zweiten Juniwoche war das Thermometer hier in New York auf 30° gestiegen, doch er mußte immer noch mit Mütze, Jacke, korrekt sitzender Krawatte und weißen Handschuhen hier auf seinem Posten stehen und den Bewohnern des Hauses freundlich zulächeln. Mike hatte seinen Dienst um sieben Uhr morgens begonnen, und jetzt war es bereits achtzehn Uhr. Die Hitze hatte kaum nachgelassen, doch er mußte immer noch eine Stunde lang hier stehen, bevor er endlich eine leichte Hose, ein kurzärmeliges Hemd und bequeme alte Schuhe anziehen und ohne Mütze und Krawatte nach Hause gehen konnte. Und dann würde er sich als erstes ein kühles Bier genehmigen. Er beneidete die beiden Männer, die gerade in den Lift stiegen. Die haben es gut; die sind drin, wo's angenehm kühl ist.

»Guten Abend, Mike.« Er sah hoch und tippte mechanisch mit den Fingern an die Mütze, doch diesmal fügte er dem Gruß noch ein besonders freundliches Lächeln hinzu. Unter den Bewohnern des Hauses gab es viele, die ihm gleichgültig waren, doch diesen Mann, Nicholas Burnham – von seinen Freunden Nick genannt –, mochte er, weil er immer ein freundliches Wort für ihn übrig hatte und sich mit ihm unterhielt, während er auf seinen Fahrer wartete. Sie redeten über Politik und Baseball, die Streiks der letzten Wochen und Monate, die Lebensmittelpreise und die Hitze. Bei Nick hatte Mike stets den Eindruck, als habe er Mitleid mit ihm, weil er den ganzen Tag im Freien stehen, Taxis rufen und Damen mit ihren Pudeln grüßen mußte, um seine achtköpfige Familie zu ernähren. Nick schien Verständnis für seine Lage aufzubringen, und das war es, was Mike an ihm so gefiel. »Na, wie haben Sie den Tag so überstanden?«

»Ganz gut.« Es entsprach nicht ganz der Wahrheit, denn seine geschwollenen Füße schmerzten, aber das schien plötzlich nicht mehr so schlimm. »Und Sie?«

»Es war sehr heiß in der Stadt.« Mike wußte, daß Nick Burnham ein Büro in der Wall Street hatte und im Stahlgeschäft tätig war. Die *New York Times* hatte ihn einmal als den erfolgreichsten jungen Unternehmer in den USA bezeichnet, und das mit seinen achtunddreißig Jahren. Mike stieß sich nicht an dem

Standes- und Einkommensunterschied, der zwischen ihnen bestand, akzeptierte die Dinge so, wie sie nun einmal waren. Außerdem zeigte sich Nick ihm gegenüber stets großzügig bei den Trinkgeldern und Weihnachtsgeschenken. Mike wußte allerdings auch, daß Nick es nicht leicht hatte in seiner Ehe. So sehr er Nick mochte, so sehr haßte er seine Frau Hillary, eine hochnäsige Modepuppe, behängt mit ausgefallenem Schmuck und teuren Pelzen, die ihm nie ein freundliches Wort oder ein Lächeln schenkte. Wenn die beiden abends ausgingen, dann hatte Mike schon häufiger mitbekommen, daß sie Nick eine bissige Bemerkung an den Kopf warf. Sie war in seinen Augen ein richtiges Biest, noch dazu ein verdammt hübsches. Er hatte sich schon oft gefragt, wie Nick es schaffte, ein so ausgeglichener und freundlicher Mensch zu bleiben, obwohl er mit einer solchen Frau verheiratet war.

»Hab' heute den Herrn Sohn mit seinem neuen Baseball-Schläger gesehen.« Nick mußte lachen.

»Irgendwann in der nächsten Zeit werden Sie wohl Fensterscheiben klirren hören.«

»Machen Sie sich keine Sorgen. Wenn der Ball hier runterfliegt, werd' ich ihn fangen.«

»Danke, Mike.« Er gab ihm einen freundschaftlichen Klaps auf den Arm und verschwand im Inneren des Gebäudes. Mike lächelte vor sich hin. Nur noch eine Dreiviertelstunde, und morgen würde es vielleicht nicht mehr so heiß sein. Und wenn es wieder so heiß werden würde ... könnte er auch nichts daran ändern. Zwei Männer kamen auf den Eingang zu, Mike grüßte und mußte an John denken, Nicks Sohn. Ein netter Bengel, seinem Vater wie aus dem Gesicht geschnitten, bis auf das schwarze Haar, das er von seiner Mutter geerbt hatte.

»Ich bin da!« rief Nick wie jeden Abend, kaum daß er die Wohnung betreten hatte, und wartete darauf, daß sein Johnny auf ihn zugelaufen kam. Doch heute war von ihm nichts zu sehen. Statt dessen kam ein Dienstmädchen mit weißer Schürze und Häubchen aus der Küche. »Abend, Joan.«

»Guten Abend, Mr. Burnham. Mrs. Burnham ist noch oben.«

»Und mein Sohn?«

»Ich glaube, er ist in seinem Zimmer.«

»Danke.« Er lief den langen, mit dicken Teppichen ausgelegten Flur zu Johns Zimmer hinunter. Die Wohnung war im letzten Jahr völlig renoviert worden. Alles war in Weiß, Beige und Creme gehalten, was freundlich und zugleich exklusiv aussah. Die ganze Angelegenheit hatte ihn ein Vermögen gekostet, nicht zuletzt, weil Hillary für die Durchführung insgesamt drei Innenausstatter und zwei Innenarchitekten benötigt hatte, doch das Ergebnis war annehmbar ausgefallen, und sie schien zufrieden zu sein. Es war nicht unbedingt eine Wohnung, in der ein kleiner Junge nach Herzenslust herumtollen konnte, und deshalb hatte Nick darauf bestanden, daß wenigstens das Kinderzimmer nach seinen Vorstellungen gestaltet wurde. In ihm herrschten Rot- und Blautöne vor, und die Möbel waren aus solider Eiche. Die Malereien an den Wänden waren zwar nicht unbedingt Nicks Geschmack, doch die Hauptsache war für ihn, daß sich Johnny einigermaßen wohl fühlte in diesen Räumlichkeiten, die aus dem Schlafzimmer für das Kindermädchen, seinem großen Zimmer, einem kleineren mit einem Schreibtisch, an dem schon Nick in seiner Kindheit gesessen hatte, und einem großen Spielzimmer bestanden. Nick klopfte sachte an die Tür zu Johns Zimmer, die gleich darauf aufgerissen wurde von einem übers ganze Gesicht strahlenden Sohn. Nick hob ihn hoch und drückte ihn an sich.

»Aber Daddy! Du erdrückst mich ja!« protestierte John lachend.

»So so. Nun, wie geht es denn meinem großen Jungen?« Er setzte ihn wieder ab. John sah mit leuchtenden Augen zu ihm hoch.

»Mir geht's gut. Mein neuer Schläger ist große Klasse.«

»Fein. Hast du schon eine Fensterscheibe zerdeppert?«

»Natürlich nicht!« entrüstete sich John. Sein Vater strich ihm über das pechschwarze Haar. Es war schon verblüffend, wie sich nach Meinung vieler Leute in dem Jungen die hervorstechendsten Merkmale seiner Eltern – Hillarys helle, makellose Haut und ihre Haarfarbe, Nicks grüne Augen – aufs glücklichste vereinten, obwohl die beiden doch so verschieden waren: Hillary schwarzhaarig, klein und zierlich, Nick dagegen blond, groß und kräftig.

»Kann ich den Schläger mit aufs Schiff nehmen?«

»Da bin ich mir nicht so sicher, junger Mann. Vielleicht, wenn du versprichst, ihn im Koffer zu lassen.«

»Aber ich muß ihn unbedingt mitnehmen, Daddy. In Frankreich gibt's doch keine Schläger.«

»Das stimmt allerdings«, bestätigte Nick. In Frankreich, wo sie für ein Jahr, oder, wenn sich die Lage zuspitzen sollte, auch nur für sechs Monate leben würden, gab es sie nicht. Nick hatte sich aus geschäftlichen Gründen entschieden, nach Paris überzusiedeln und die Leitung der dortigen Niederlassung selbst zu übernehmen: Hier in New York führte währenddessen sein Stellvertreter die Geschäfte weiter. Für ihn war es keine Frage gewesen, ob er Hillary und John mitnehmen sollte; ohne sie wäre er nicht für so lange Zeit weggegangen. Hillary war zwar anfangs überhaupt nicht einverstanden mit seinen Plänen, doch schien sie sich nun damit abgefunden zu haben. John war sofort begeistert gewesen; er freute sich schon darauf, die amerikanische Schule in der Nähe der Champs Élysées zu besuchen. Für sich und seine Familie hatte Nick ein schönes Haus an der Avenue Foch gemietet. Es gehörte einem französischen Grafen, der in der unsicheren Zeit vor dem Münchener Abkommen nach Lausanne gezogen war, sich dort gut eingelebt und es nun mit der Rückkehr nicht eilig hatte. Für Nick, Hillary und den Jungen war dies die ideale Lösung.

»Gehst du mit mir zum Abendessen, Daddy?« Das Kindermädchen hatte John gerade bedeutet, daß es Zeit dafür wäre, und er sah seinen Vater erwartungsvoll an.

»Ich glaube, ich sollte erst einmal nach oben zu deiner Mutter gehen.«

»Okay.«

»Nachdem du gegessen hast, können wir uns ja noch ein bißchen unterhalten. Einverstanden?«

»Einverstanden.« John lächelte noch einmal seinem Vater zu, bevor er dem Kindermädchen folgte. Nick blieb noch einen Augenblick im Zimmer und blickte nachdenklich auf seinen alten Schreibtisch. Er hatte ihn mit zwölf Jahren von seinem Vater bekommen, kurz bevor er dann ins Internat kam. Wenn es nach ihm ginge, würde sein Sohn nie ein Internat besuchen müssen; er hatte diese Jahre gehaßt, sich von der Familie ausgestoßen gefühlt. Nick war schon vor langer Zeit zu dem Entschluß gekommen, John dieses Gefühl unter allen Umständen zu ersparen. Außerdem hatte er den Jungen viel zu gern, als daß er es ertragen könnte, ihn wegzugeben.

Er zog die Tür hinter sich zu, lief zurück in die Eingangshalle und stieg dann langsam die Treppe hoch, die zu Hillarys und seinen Schlafräumen führte.

Oben angelangt, sah er, daß die Tür zu Hillarys Zimmer offenstand, und er hörte sie mit schriller Stimme nach dem Mädchen rufen, das gleich darauf mit Pelzen im Arm aus dem Ankleidezimmer kam.

»Nicht die, zum Donnerwetter! Mein Gott ...« Sie stand mit dem Rücken zu ihm, ihr schwarzes Haar fiel seidenweich auf die Schultern ihres weißen Morgenrocks, doch schon an der Art, wie sie so dastand, erkannte er, daß sie sich ärgerte. »Du dummes Stück, ich habe gesagt, die Zobel, den Nerz und den Silberfuchs ...« Sie hatte inzwischen Nick bemerkt und drehte sich zu ihm um; beide sahen sich einen Augenblick schweigend an. Er hatte sie wer weiß wie oft gebeten, die Dienstboten nicht anzuschreien, aber sie hatte es ihr ganzes Leben lang schon so gemacht, und sich zu ändern, kam ihr nicht in den Sinn. Sie war erst achtundzwanzig, wirkte jedoch mit ihrem gepflegten Haar, dem sorgfältig geschminkten Gesicht, den langen roten Fingernägeln und ihrem ganzen Auftreten wie eine Dame von Welt. Sogar jetzt, nur mit dem Morgenrock bekleidet, war sie die Eleganz in Person. »Hallo, Nick.« Ihre Stimme klang frostig, doch sie blieb stehen, als Nick auf sie zuging und sie flüchtig auf die Wange küßte. Dann wandte sie sich wieder an das Dienstmädchen und gab ihm Anweisung, diesmal allerdings, ohne die Stimme zu erheben: »Hol mir jetzt die richtigen Pelze.« Dennoch war der schneidende Befehlston nicht zu überhören.

»Du bist nicht gerade nett zu dem Mädchen.« Da war er wieder, dieser leicht vorwurfsvolle Ton, den sie sicher schon zum hunderttausendsten Male hörte, der sie aber völlig kalt ließ. Nick war zu allen Leuten nett, außer zu ihr. Er hatte ihr Leben ruiniert, aber er hatte bekommen, was er wollte. Nick Burnham setzte stets das durch, was er wollte, aber nicht mehr bei ihr. Nicht mehr, redete sie sich immer wieder ein. Das eine Mal genügte. Aber sie hatte ihn dafür büßen lassen in den letzten neun Jahren. Wäre Nick nicht gewesen, würde sie immer noch in Boston sein, vielleicht inzwischen verheiratet mit dem spanischen Granden, der damals so verrückt nach ihr gewesen war ... die Gattin eines Granden ... das klang nach etwas ... »Du siehst müde aus, Hil.« Er strich sanft über ihr Haar und sah ihr in die Augen, fand jedoch nicht die Spur von Zärtlichkeit darin.

»Bin ich auch. Was glaubst du, wer hier alles einpackt?« Die Dienstboten, war Nick versucht zu erwidern, doch er verkniff sich diese Bemerkung. Er wußte, daß sie wirklich meinte, alles ganz allein erledigt zu haben. »Mein Gott, ich muß alles einpacken für dich und für Johnny, dann die Bettücher, Tischdecken, das Geschirr ...« Ihre Stimme klang gereizt. Nick wandte sich von ihr ab, ging hinüber zu dem Sofa und setzte sich.

»Ich kann meine Sachen sehr gut selbst einpacken, das weißt du. Und ich habe dir schon ein paar Mal gesagt, daß in dem Haus in Paris alles vorhanden ist, was wir brauchen. Wir müssen nicht unser eigenes Geschirr und unsere eigene Bettwäsche mitnehmen.«

»Sagst du. Weiß der Kuckuck, wer schon alles in den Betten geschlafen hat.« Nick wollte ihr spontan antworten, daß es keine schlechteren Leute sein könnten als die, die schon in ihrem Bett geschlafen hatten, doch er verzichtete darauf, weil das Mädchen, sichtlich nervös, mit den Pelzen zurückkam, diesmal mit den richtigen: zwei Zobelmänteln, einem Nerz und der Silberfuchs-Jacke, die Hillary von irgendwem zu Weihnachten geschenkt bekommen hatte. Die Zobel, der Nerz und der Chinchilla-Mantel, den sie hierlassen wollte, waren von ihm, doch die Herkunft des Silberfuchses war ihm schleierhaft. Nick vermutete, daß sie ihn von diesem schmierigen Ryan Halloway hatte.

»Was schaust du denn so?« Ohne es zu wollen war sein Blick an dem Silberfuchs hängengeblieben. Er hatte bereits mehrmals Anlaß zu einer heftigen Auseinandersetzung gegeben, die Nick nun aber unter allen Umständen zu vermeiden suchte. »Fang nicht wieder damit an, Nick. Du weißt, ich muß nicht mit dir nach Paris gehen.«

Mein Gott, seufzte er, nicht schon wieder. Es war ein langer Tag gewesen, er war müde und verschwitzt und verspürte nicht den geringsten Wunsch, sich mit ihr noch zu streiten. »Müssen wir das wirklich alles noch einmal durchkauen, Hil?«

»Nein, müssen wir nicht. Wir könnten einfach hierbleiben.«

»Nein, das können wir nicht. Ich will ein Jahr lang die Niederlassung in Paris selbst führen, weil ich einige große Abschlüsse in Europa gemacht habe, und das weißt du ganz genau. Also gehen wir alle. Ich kann mir nicht vorstellen, daß das Leben in Paris so schrecklich sein sollte.» Sie allerdings konnte es. Aus einem ganz bestimmten Grund war sie entschlossen, in New York zu bleiben. »Was soll denn das ganze Theater, Hil. Du warst doch immer sehr gern dort.«

»Ja, aber nur für ein paar Wochen. Warum, um alles in der Welt, kannst du nicht hin und her fliegen?«

»Weil ich dann bald dich und John überhaupt nicht mehr zu Gesicht bekäme, verdammt noch mal.« Er sprang erregt auf, und das Mädchen huschte aus dem Zimmer, weil es wußte, wie sich die Streitereien zwischen den beiden gewöhnlich entwickelten. Er würde schließlich die Beherrschung verlieren und zu schreien anfangen und sie mit dem nächstbesten Gegenstand nach ihm werfen. »Können wir das Thema denn nicht endlich lassen? Warum akzeptierst du denn nicht einfach, daß wir nach Frankreich gehen? Mein Gott, das Schiff fährt doch schon in zwei Tagen!«

»Laß es doch fahren, oder fahr allein.« Sie setzte sich aufs Bett, streichelte den Silberfuchs und sah verächtlich zu ihm hoch. »*Du* brauchst mich doch dort drüben nicht.«

»Meinst du? Ich glaube aber eher, daß *du* mich für ein Jahr loshaben willst, damit du dauernd zu diesem Kerl nach Boston fahren kannst.« Er wußte seit Jahren, daß sie ihn mit wechselnden Liebhabern betrog, doch aus Sorge um John, nicht zuletzt auch um seines eigenen Seelenfriedens willen, dachte er nicht an eine Auflösung ihrer Ehe. Die Scheidung seiner Eltern war der Grund gewesen, weshalb er sich in seiner Kindheit einsam und unglücklich gefühlt hatte, und er hatte sich geschworen, seinem Sohn das gleiche Schicksal zu ersparen. Er war verheiratet, wollte und würde es auch bleiben, ganz gleich, was Hillary tat. Dennoch häuften sich die Fälle, in denen er, ohne daß er es wollte, seiner Verärgerung Luft machte. »Hil, hast du eigentlich nie Angst, daß du schwanger werden könntest?«

»Von dir kaum, wie du selbst weißt. Und von Abtreibung hast du anscheinend auch noch nichts gehört ... außerdem bin ich nicht so, wie du mich immer hinstellst. Kinder sind nicht mein Fall, lieber Nick, oder hast du das vielleicht schon vergessen?« Sie merkte, wie ihn ihre Worte trafen, aber das berührte sie nicht. Beide nahmen nun schon seit Jahren keine Rücksicht mehr auf die Gefühle des anderen.

»Nein, das habe ich nicht.« Er hatte die Hand zur Faust geballt und seine Gesichtsmuskeln zuckten, aber seine Stimme klang seltsam ruhig. Sie hatte ihm das, was vor neun Jahren geschehen war, nie verziehen. Sie war die schönste Debütantin von ganz Boston gewesen. Er erinnerte sich noch genau an den atemberaubenden Kontrast, den ihr schwarzes Haar mit dem weißen Kleid bildete, das ihre Eltern aus Paris hatten kommen lassen. Viele Männer hatten sie umschwärmt. Bei ihrer Geburt war ihr Vater bereits Mitte Fünfzig, ihre Mutter neununddreißig gewesen, und beide hatten sich eigentlich schon mit der Kinderlosigkeit abgefunden, als Hillary doch noch kam. Sie war von Anfang an verwöhnt und verhätschelt worden von ihren Eltern und Großeltern, hatte alles bekommen, was sie sich wünschte. Und dann, am Abend ihres Debüts, hatte sie Nick gesehen: groß, blond und blendend aussehend, in seiner Begleitung eines der hübschesten Mädchen von Boston. Ein Raunen war durch den Saal gegangen, als er ihn betreten hatte ... Nick Burnham ... Nick Burnham ... ein Vermögen im Stahlgeschäft ... einziger Erbe. Mit seinen neunundzwanzig Jahren war er einer der reichsten jungen Männer Amerikas, gutaussehend und vor allem noch ledig. Hillary hatte sich fast losgerissen von dem Jungen, mit dem sie gerade tanzte, um Nick kennenzulernen. Durch einen Freund ihres Vaters waren sie einander vorgestellt worden, und danach hatte sie alles daran gesetzt, ihn zu umgarnen. Es gelang ihr auch scheinbar mühelos. Nick war in der Folgezeit häufiger nach Boston gekommen, dann im Sommer auch nach Newport, und dort war es dann auch geschehen. Hillary wollte, daß er sie mehr begehrte als jede andere Frau zuvor; sie gab sich ihm hin, weil sie meinte, ihn zu lieben, und weil sie ihn besitzen wollte.

Sie hatte nicht damit gerechnet, beim ersten Mal gleich schwanger zu werden, doch sie wurde es. Nick war zunächst schockiert über die Diagnose des Arztes; Hillary reagierte auf sie völlig hysterisch. Sie wollte keinen dicken Bauch bekommen, kein Baby zur Welt bringen ... Sie hatte in seinen Armen geweint und dabei so kindlich ausgesehen, daß er über sie hatte lachen müssen. Sie dachte damals an Abtreibung, doch er wollte nichts davon wissen. Sie war eine bezaubernde Kindfrau, und der Gedanke, von ihr ein Kind geschenkt zu bekommen, gefiel ihm, nachdem er den anfänglichen Schock überwunden hatte, immer besser. Er bat ihren Vater um eine Unterredung und hielt um ihre Hand an, sagte ihm aber nicht, daß sie ein Kind erwartete. Kurze Zeit später fand in Newport die Hochzeit statt. Hillary sah in dem weißen Spitzenkleid, das schon ihre Mutter an ihrem Hochzeitstag getragen hatte, wie eine Märchenprinzessin aus, doch ihr glückliches Lächeln war nur Fassade. Sie wollte Nick, nicht aber das Kind. Obwohl er sich rührend um sie sorgte und sie verwöhnte, waren die ersten Wochen und Monate ihrer Ehe für sie eine einzige Qual, weil sie wußte, daß er sie wegen des Kindes geheiratet hatte, und sie nicht bereit war, mit dem Kind in den Wettbewerb um seine Gunst und Zuneigung zu treten.

Je näher der Geburtstermin rückte, desto intensiver kümmerte sich Nick um sie – er machte ihr teure Geschenke, half ihr, das Kinderzimmer einzurichten, versprach, ihr in ihrer schweren

Stunde beizustehen, doch konnte er dadurch nicht verhindern, daß sie im neunten Monat in schwere Depressionen verfiel. Diese Depressionen trugen nicht unwesentlich zum komplizierten Verlauf der Geburt bei, bei der Hillary und das Baby fast ums Leben gekommen wären. Die Todesangst und die Schmerzen, die sie dabei durchlitt, verzieh sie Nick nie. Ihre depressive Phase dauerte noch weitere sechs Monate an. Nick glaubte schon, er wäre der einzige, der den kleinen John jemals lieben würde, doch schließlich schien Hillary sich gefangen zu haben.

Leider hatte es aber nur den Anschein gehabt, denn um die Weihnachtszeit fuhr sie ohne den Jungen nach Boston, um ihre Eltern zu besuchen. Sie kam aber nicht wie geplant gleich nach den Feiertagen zurück, erfand immer neue Ausreden, weshalb sie länger bleiben müsse, doch dann erfuhr Nick, daß sie eine Party nach der anderen besuchte und sich und anderen vorspielte, sie sei nicht verheiratet, sondern wieder die Debütantin, die sich ungehemmt amüsieren dürfe. Nach einem Monat fuhr Nick nach Boston, um sie zurückzuholen. Es kam zu einem handfesten Krach, und Hillary bat danach ihren Vater, bleiben zu dürfen, weil sie nicht verheiratet sein, in New York leben und die liebende Mutter spielen wolle. Ihr Vater war bestürzt über ihr Verhalten und erinnerte sie daran, daß sie Nick freiwillig geheiratet habe und er ihr ein guter Ehemann sei, sie eine Verpflichtung gegenüber dem Kind habe und zumindest den Versuch unternehmen müsse, ein normales Eheleben zu führen. Sie kehrte daraufhin nach New York zurück wie ein Lamm, das zur Schlachtbank geführt wird, denn sie fühlte sich von allen verraten und verkauft. Am meisten haßte sie Nick, weil er das war, was sie in ihrem Leben nie werden wollte, nämlich erwachsen. Ihr Vater hatte vor ihrer Abfahrt noch mit Nick gesprochen und sich die Schuld am Verhalten seiner Tochter gegeben. Er wisse, daß man sie als Kind verwöhnt habe, doch hätte er nie geglaubt, daß sie annehmen könnte, das würde ein Leben lang so bleiben. Nick hatte ihm versichert, daß man Geduld mit ihr haben müsse und sie mit der Zeit in ihre Rolle hineinwachsen, die Verantwortung für sich, ihr Kind und ihren Mann übernehmen würde.

Damals hatte er selbst noch daran geglaubt und es auch mit jener Geduld versucht, die er ihrem Vater versprochen hatte, doch ohne Erfolg. Sie zeigte weiterhin kein Interesse an ihrem Sohn und fuhr im folgenden Sommer nach Newport, nahm allerdings den kleinen John und das Kindermädchen mit, um sich keinen Vorwürfen auszusetzen. Sie blieb den ganzen Sommer dort. Als Nick sie zwischendurch besuchte, mußte er feststellen, daß sie, gerade einundzwanzig geworden, eine stürmische Romanze mit dem Bruder einer Freundin hatte. Der junge Mann hatte gerade erst seinen Abschluß in Yale gemacht und hielt sich für den Größten, weil er mit Hillary Burnham schlief, was er auch in alle Öffentlichkeit hinausposaunte, bis Nick ihn aufsuchte und ihm gehörig die Meinung sagte, worauf der junge Mann wie ein geprügelter Hund nach Boston zurückfuhr. Aber das eigentliche Problem war Hillary. Nick nahm sie mit zurück nach New York und versuchte, ihr ins Gewissen zu reden, doch wiederum vergeblich. Sie pendelte weiterhin zwischen New York, Boston und Newport hin und her und hatte Affären, wenn ihr die Gelegenheit dazu günstig erschien. Ihren letzten Liebhaber, diesen Ryan Halloway, hatte sie kennengelernt, als Nick sich in Paris aufhielt. Die Männer bedeuteten ihr nichts, und das wußte Nick auch, aber es war ihre Art, ihn immer wieder darauf hinzuweisen, daß sie sich nie und nimmer verheiratet fühlen würde, daß er sie nicht besitzen könne, daß sie niemandem verantwortlich sei, weder ihm noch ihrem Sohn oder ihrem Vater, der vor sechs Jahren gestorben war. Ihre Mutter hatte schon lange die Hoffnung aufgegeben, sie noch irgendwie beeinflussen, ändern zu können, und auch Nick hatte schließlich resigniert. Er mußte sie eben nehmen, wie sie war, eine auffallend schöne Frau mit Verstand, den sie leider kaum einsetzte, und Humor, der ihm in den seltenen Fällen, wo sie sich vernünftig miteinander unterhielten, immer wieder gefiel. Aber inzwischen stritten sie sich eigentlich nur noch, oder er ging ihr aus dem Weg. Er hatte ein-, zweimal an Scheidung gedacht, die er wohl ohne Schwierigkeiten hätte durchsetzen können, doch würde man sehr wahrscheinlich ihr das Sorgerecht für John zusprechen. Wenn die Mutter nicht gerade Prostituierte oder drogensüchtig war, entschieden die Gerichte meist zu ihren Gunsten. Um seinen Sohn behalten zu können, mußte er also wohl oder übel mit Hillary unter einem Dach wohnen, solange es für ihn irgendwie noch auszuhalten war. Es hatte allerdings schon häufiger Zeiten gegeben, in denen er meinte, es nicht länger aushalten zu können.

Er hatte im stillen gehofft, sie würde sich, wenn sie erst einmal in Paris wäre, etwas ändern, aber noch war nicht gewiß, ob sie überhaupt mitkommen würde. Er wußte, daß sie kurz nach Weihnachten die Affäre mit Ryan beendet hatte, vermutete jedoch, daß sie im Begriff war, eine neue Beziehung anzuknüpfen. Wenn sich eine neue Liebschaft anbahnte, wirkte sie stets so aufgeregt und nervös wie ein Rennpferd vor dem Start. Nick hatte inzwischen eingesehen, daß es nichts gab, wodurch er sie von ihren Amouren abhalten konnte, und war bereit, mit ihr zu leben, wenn sie sie einigermaßen geheimhielt. In den letzten Jahren war zwar ihr Verhältnis zu John etwas herzlicher geworden, doch sorgte Nick dafür, daß ihm nichts fehlte, war ihm ein solch liebevoller Vater, wie er ihn in seiner eigenen Kindheit immer schmerzlich vermißt hatte. Er würde sich nie scheiden lassen und dadurch den Sohn verlieren, den er so unsagbar liebte. John war sein ein und alles, um ihn drehte sich sein ganzes Leben; er war bereit, dafür den hohen Preis zu zahlen, sich mit Hillarys Seitensprüngen und Launen abzufinden.

Er ließ sie nicht aus den Augen, als sie sich an ihrem Frisiertisch ihr Haar kämmte, ihn im Spiegel beobachtete und dann, als bereite es ihr Vergnügen, ihn zu provozieren, einen kräftigen Schluck aus dem mit Whisky-Soda gefüllten Glas trank, das auf dem Frisiertisch stand. Plötzlich bemerkte er, daß sie unter ihrem weißen Morgenrock ein schwarzes Seidenkleid trug.

»Gehst du weg, Hil?« Seine Stimme klang ruhig, doch sein Blick sprach Bände.

Sie zögerte nur einen winzigen Augenblick. »Um die Wahrheit zu sagen: ja. Die Boyntons geben heute abend eine Party.«

»Komisch«, – er lächelte gequält, denn er kannte sie inzwischen nur zu gut – »ich habe die Einladung überhaupt nicht gesehen.«

»Ich habe vergessen, sie dir zu zeigen.«

»Macht nichts.« Er ging in Richtung Tür; sie drehte sich zu ihm um und fragte: »Willst du nicht mitkommen, Nick?«

Er wandte sich zu ihr um und sah sie an. Möglicherweise fand bei den Boyntons tatsächlich eine Party statt. Er ging selten zu irgendwelchen geselligen Veranstaltungen, weil er so nicht mitansehen mußte, wie sie sich in eine Ecke verdrückte und mit einem alten Bekannten oder einer neuen Eroberung flirtete.

»Nein, danke. Ich habe mir Arbeit mitgebracht.«

»Sag dann später aber nicht, ich hätte dir nicht das Angebot gemacht, mich zu begleiten.«

»Werde ich nicht.« Er stand in der Tür und sah, wie sie wieder zum Glas griff. »Bestell ihnen meine Größe und komm nicht so spät.« Sie nickte. »Noch etwas, Hil ...« Er zögerte.

»Ja, Nick?«

Er entschloß sich, es auszusprechen. »Sorg dafür, daß New York nicht in Flammen steht, wenn du weggehst. Was du auch immer machst, denk daran, daß das Schiff in zwei Tagen ausläuft, und du mit mir kommst.«

»Was soll das heißen?« Sie stand auf und blickte ihn fragend an.

»Das heißt, daß du mit mir kommst, ob du nun ein gebrochenes Herz hier zurückläßt oder nicht. Du bist meine Frau, auch wenn du das immer wieder vergißt.«

»Das vergesse ich nie.« Bitterkeit schwang in ihrer Stimme mit. Sie haßte es, mit ihm verheiratet zu sein, um so mehr, weil er ihr gegenüber soviel Nachsicht geübt hatte. Sie empfand deswegen Schuldgefühle, doch sie wollte sich nicht schuldig fühlen. Sie wollte frei sein.

»Viel Spaß.« Er ließ die Tür leise hinter sich ins Schloß fallen und ging hinunter, um sich wie versprochen noch ein wenig mit seinem Sohn zu unterhalten. Kaum hatte er den Raum verlassen, legte Hillary den Morgenrock ab, unter dem nun das rückenfreie schwarze Seidenkleid zum Vorschein kam, das sie bei Bergdorf Goodman gekauft hatte. Sie legte die Diamant-Ohrringe an und sah ein letztes Mal in den Spiegel. Sie wußte, sie würde Philip

Markham auf dieser Party treffen, und wunderte sich, als sie das Glas leerte, über Nick und seinen sechsten Sinn, der ihn immer alles erahnen ließ. Bis jetzt war noch nichts gewesen zwischen ihr und Phil, doch im August würde er nach Paris kommen, und was dann geschehen könnte ... wer weiß ...

4

Das große, elegante Schiff lag am Pier 88 im Hudson River. Armand war aus dem Citroën ausgestiegen und sah zu den drei Schornsteinen hoch, die sich gegen den blauen Himmel abhoben. Trotz seiner 80000 Bruttoregistertonnen war es das schnellste Schiff auf allen Weltmeeren. Der Anblick dieses Schiffes war atemberaubend; man versank beinahe in ehrfurchtsvollem Schweigen ob seiner Schönheit. Auf See, in voller Fahrt, sah es noch eindrucksvoller aus, doch bereits hier an seinem Liegeplatz war zu erkennen, um welches Meisterwerk der Schiffbaukunst es sich handelte.

»Papa, Papa! Ich möchte auch gucken.« Elisabeth war nach ihrem Vater als erste ausgestiegen und stand einen Augenblick neben ihm; ihre kleine Hand suchte die seine. »Ist es das?«

»Nein«, lächelte Armand seiner jüngeren Tochter zu, »*sie* ist es. *La belle Normandie.* Sieh sie dir genau an, mein Mädchen. Ganz gleich, wie viele Schiffe noch gebaut werden, eine zweite *Normandie* wird es nie mehr geben.« Armand übertrieb nicht. Alle, die in den sieben Jahren seit dem Stapellauf der *Normandie* auf ihr gefahren waren, stimmten darin überein, daß sie das schnellste und eleganteste Schiff war, eine Insel des Luxus.

Armand drehte sich kurz um, da er bemerkt hatte, daß Liane hinter ihn getreten war. Für einen Augenblick hatte er alles um sich vergessen. Der Anblick des Schiffes rührte ihn derart, daß er beinahe geweint hätte. Die *Normandie* erfüllte sein Herz mit einem besonderen Stolz auf sein Vaterland. Sie war ein wunderbares Schiff, dem man im kleinsten Detail ansah, mit wieviel Liebe es gebaut worden war.

Liane spürte, was Armand bewegte, und empfand genauso. Als er sie ansah, lächelte sie.

»Du siehst ganz wie ein stolzer Vater aus«, scherzte sie.

Er nickte nur, schämte sich seiner Emotionen nicht. »Welch ein Triumph Frankreichs.«

Marie-Ange hatte sich derweil zu ihrer Schwester gesellt, und die beiden Mädchen hüpften ungeduldig hin und her. »Gehen wir jetzt an Bord, Papa? Wann gehen wir denn endlich?«

Liane nahm sie an die Hand, und Armand gab dem Chauffeur und dem Träger Anweisungen. Fünf Minuten später schritten sie durch den hohen Bogengang mit der Aufschrift COMPAGNIE GÉNÉRALE TRANSATLANTIQUE und stiegen dann in einen Lift, der sie auf eine höhere Ebene des Kais brachte. Es gab drei verschiedene, diskret voneinander getrennte Eingänge für die 1942 Passagiere, die an Bord erwartet wurden, nämlich PRÈMIERE CLASSE, TOURISTE und CABlNE. Die erste Klasse war mit 864 Passagieren belegt. Als Liane, Armand und die Mädchen das Deck betraten, war es kurz nach Mittag. Sie waren um fünf Uhr morgens in Washington mit dem Zug abgefahren und eine halbe Stunde zuvor in New York eingetroffen. Ein Wagen des französischen Konsulats hatte sie am Bahnhof abgeholt und direkt zum Pier 88 an der West 50th Street gebracht.

»Bonjour, Monsieur, Madame.« Der Schiffsoffizier beugte sich hinunter zu den beiden Mädchen in ihren blaßblauen Organdy-Kleidchen, zu denen sie Strohhüte, weiße Handschuhe und schwarze Lackschuhe trugen. *»Mesdemoiselles, bienvenue à bord.«* Dann wandte er sich an Armand. Der junge Offizier tat seine Arbeit gern. Er war nun schon einige Jahre mit der Aufgabe des Eincheckens der Passagiere betraut und hatte in dieser Zeit Thomas Mann, Stokowski, Giraudoux, Saint-Exupéry, Filmstars wie Douglas Fairbanks, Staatsoberhäupter, Kardinäle und Sünder und gekrönte Häupter aus beinahe jedem europäischen Land an Bord begrüßt. Es war für ihn allein schon interessant, darauf zu warten, daß die Passagiere ihren Namen nannten, wenn er sie nicht schon auf den ersten Blick erkannte, was häufig vorkam. »Monsieur?«

»De Villiers.«

»*Ambassadeur?*« erkundigte sich der junge Mann. Armand bestätigte es mit einem Nicken.

»*Ah, bien sûr.*» Natürlich. Beim Blick auf die Passagierliste sah er, daß die de Villiers eine der vier Luxus-Suiten bewohnen würden. Er wußte nicht, daß es sich dabei um eine Gefälligkeit der »Transat«, wie die CGT genannt wurde, handelte. »Man wird Sie sofort zu Ihrer Suite, der Trouville-Suite, begleiten.« Auf seinen Wink hin erschien ein Steward, der Liane die Reisetasche abnahm. Die großen Schrankkoffer waren bereits vorausgeschickt und an Bord geschafft worden, und das übrige Gepäck, das sie per Bahn mitgebracht hatten, wurde ihnen ausgehändigt, nachdem sie die Suite betreten hatten. Der Service auf der *Normandie* ließ wirklich nichts zu wünschen übrig.

Die Trouville-Suite war eine von zwei Suiten, die sich auf dem Sonnendeck befanden, hatte eine eigene Terrasse mit Blick hinunter auf das Freiluft-Café und umfaßte vier Schlafräume, einen für Armand und Liane, einen für jedes der Mädchen und den für das Kindermädchen. Daneben standen noch zusätzliche Räume für die Unterbringung von Dienstboten zur Verfügung. Einer von ihnen wurde von Armands Assistenten Jacques Perrier bewohnt, der mitfuhr, damit Armand während der Reise noch etwas arbeiten konnte. Die übrigen »Studios« wurden von ihnen nicht benützt und blieben deshalb verschlossen. Auf diesem Deck war außer ihnen nur noch eine Familie in der Deauville-Suite untergebracht, die vom Zuschnitt her der Trouville-Suite entsprach, aber ansonsten völlig anders ausgestattet war. Jede der vier Première-Classe-Kabinen auf diesem Schiff war in einem anderen Dekor gehalten, so daß keine Suite der anderen glich. Auch die einzelnen Räume unterschieden sich bis ins kleinste Detail. Als sich Armand und Liane in ihrer Suite umsahen, trafen sich ihre Blicke, und Liane begann zu lachen. Alles war so hübsch und extravagant eingerichtet, daß sie genauso aufgeregt und beeindruckt war wie die Mädchen.

»*Alors, ma chérie.*« Er stand neben dem Klavier im Foyer und lächelte ihr zu. »*Qu'en penses-tu?*« Was meinst du dazu? Was konnte sie schon dazu meinen. Hier war es so schön, daß man nicht nur die nächsten fünf Tage hier verbringen könnte. Am liebsten würde man für immer an Bord der *Normandie* bleiben. An der Miene ihres Gatten konnte sie erkennen, daß er ebenso dachte.

»Es ist einfach phantastisch.« Bereits auf dem Weg zu ihrer Kabine waren ihnen die vielen Holzvertäfelungen, Glasflächen und Skulpturen im Art-déco-Stil aufgefallen. Dies war mehr als ein schwimmendes Hotel, eher eine schwimmende Stadt, in der alles perfekt war, alles, aber auch wirklich alles harmonierte. Sie setzte sich auf das mit dunkelgrünem Samt bezogene Sofa. »Armand, bist du sicher, daß das alles nicht nur ein Traum ist? Du wirst mich doch nicht irgendwann aufwecken, und wir sind wieder in Washington?«

»Nein, mein Schatz.« Er setzte sich neben sie. »Es ist wirklich wahr.«

»Aber was diese Suite kostet, Armand!«

»Ich sagte dir doch bereits, daß sie uns anstelle der De-luxe-Kabine zugewiesen wurde, die ich gebucht hatte.« Voller Stolz lächelte er seiner Gattin zu. Es machte ihn glücklich, wenn sie glücklich war, und man konnte ihr ansehen, daß sie genauso überwältigt war wie er. Auf den Reisen mit ihrem Vater hatte sie bereits großen Luxus kennengelernt, doch das hier war etwas ganz Besonderes, Einmaliges. Allein schon die Tatsache, auf der *Normandie* zu sein, vermittelte einem das Gefühl, an einem historischen Ereignis teilzunehmen. Man konnte sich gut vorstellen, daß es kein zweites Schiff wie dieses geben würde und die Leute noch lange von ihm schwärmen würden. »Darf ich dir etwas zu trinken bringen, Liane?« Er öffnete die zwei Türen, hinter denen sich eine große, gutsortierte Hausbar verbarg, und Liane starrte erst den Getränkevorrat und dann ihn ungläubig an.

»Du liebe Zeit! Damit könnte man ja eine ganze Kompanie versorgen!« Armand hatte unterdessen eine Flasche Dom Perignon geöffnet. Er füllte ein Glas und reichte es ihr, schenkte sich danach selbst eines ein, hob es und prostete ihr zu. »Auf die beiden schönsten, bezauberndsten Frauen der Welt ... *la Norman-*

die ... et ma femme.« Liane sah sehr glücklich aus, als sie einen Schluck von dem perlenden Champagner trank, sich dann erhob und zu ihm ging. Sie hatte das Gefühl, wieder in den Flitterwochen zu sein. »Sollen wir einen kleinen Spaziergang machen und uns ein wenig umsehen?« schlug Armand vor.

»Können wir denn die Mädchen allein lassen?«

Er sah sie amüsiert an und lachte. »Ich glaube, die beiden kommen hier ganz gut allein zurecht.« Außerdem half ihnen Mademoiselle bereits dabei, die Puppen und die Spielsachen auszupacken.

»Ich weiß schon ganz genau, was ich mir ansehen möchte.«

»Und das wäre?« Er sah ihr zu, wie sie ihr langes blondes Haar kämmte und verspürte ein plötzliches Verlangen nach ihr. Er war in den letzten Wochen so beschäftigt gewesen, daß er kaum Zeit für sie gehabt hatte. Aber hier auf dem Schiff würde ihnen hoffentlich genug Zeit bleiben, um spazierenzugehen, von Deck zu Deck zu bummeln und sich zu unterhalten. Er hatte sich sehr einsam gefühlt, als ihm nicht einmal mehr Zeit für die Gespräche mit ihr geblieben war. Aber auf der Fahrt, so hatte er sich geschworen, würden er und Jacques Perrier nur von neun bis zwölf arbeiten, und der Rest des Tages würde ihm zur freien Verfügung stehen. Für Jacques Perrier war diese Reise natürlich ebenfalls ein Erlebnis. Er war im gleichen Alter wie Liane und hätte normalerweise auf einem weniger komfortablen Schiff und in der zweiten Klasse nach Frankreich zurückfahren müssen. Als Belohnung für die ihm in den fünf Jahren ihrer Zusammenarbeit erwiesenen treuen Dienste hatte sich jedoch Armand für ihn verwendet, so daß ihm eine besondere Ermäßigung gewährt worden war und er die Überfahrt mit ihnen auf der *Normandie* machen konnte. Liane hatte sich für Jacques gefreut, doch hoffte sie nun, daß er nicht ständig zu Armand kam. Genau wie ihr Gatte freute sie sich darauf, mit ihm allein sein zu können. Die Kinder würden mit dem Kindermädchen schwimmen gehen, den Zwinger für die mitreisenden Hunde besichtigen, die Kinderspielsäle, das Puppentheater und das Kino besuchen können. Die Mädchen würden also beschäftigt sein, und Jacques würde für sich hoffentlich auch Beschäftigung finden. Als sie die Suite verließen, fragte Liane Armand, ob Jacques seiner Meinung nach bereits an Bord wäre.

»Ich nehme es an. Er wird uns nach der Abfahrt sicher aufsuchen.« Jacques war bereits vor zwei Tagen nach New York vorausgefahren, hatte Freunde besucht und würde sicher mit ihnen Abschied feiern. »Nun, was möchtest du dir denn gern ansehen, Liane?«

»Alles!« Ihre Augen leuchteten wie die eines kleinen Mädchens. »Ich möchte die Bar sehen mit den mit Leder verkleideten Wänden, den Wintergarten ... den großen Salon ... auch den Rauchsalon für die Herren. Im Prospekt sieht er ganz pompös aus.« Sie hatte sich gründlich auf die Reise vorbereitet. Armand schien amüsiert.

»Ich glaube nicht, daß du Gelegenheit haben wirst, dir den Rauchsalon anzusehen.« Wieder sah er sie zärtlich an. Sie trug ein hübsches rotes Seidenkostüm. Es war kaum zu glauben, daß sie nun schon zehn Jahre verheiratet waren; sie sah immer noch aus wie neunzehn. Auf ihn, der soviel älter war als sie, wirkte sie immer fast wie ein Kind. Sie gaben ein auffallend hübsches Paar ab, als sie nun Arm in Arm zum Bootsdeck hinunterstiegen und von der Promenade den Blick auf New York in der Hitze des klaren Junitages genossen. Hier auf dem Schiff wehte jedoch eine angenehme leichte Brise. Danach gingen sie wieder unter Deck und warfen einen kurzen Blick in den großen Salon der ersten Klasse und das Theater. Lianes Gedanken kreisten um den Swimming-pool.

»Er hat einen flachen Bereich für Nichtschwimmer. Das ist gut so für die Mädchen.«

»Für die beiden Wasserratten? Um die mußt du dir wirklich keine Sorgen machen.«

»Trotzdem ist mir wohler, wenn ich weiß, daß das Becken abgeteilt ist. Meinst du, das Bad ist schon offen?« Sie wollte alles sofort sehen.

»Ich vermute, es wird erst nach Abfahrt des Schiffes geöffnet.« Die *Normandie* war bekannt für ihre rauschenden Abschiedspartys, bei denen einige bestimmt auf den Gedanken gekommen wären, sie an den Swimming-pool zu verlegen. In diesem Fall wäre es dann wohl unmöglich gewesen, die Besucher zum Verlassen des Schiffes zu bewegen. Es war sowieso schon schwierig genug. Überall sah man Besucher, die die prächtige Ausstattung des Schiffes bewunderten.

Sie bummelten weiter, sahen sich kurz in der Bibliothek um, und gleich dahinter entdeckte Liane den Wintergarten, über den sie schon viel gelesen hatte, doch als sie ihn dann betrat, kam sie aus dem Staunen nicht mehr heraus. Sie meinte, in einem grünenden und blühenden Dschungel zu stehen. In marmornen Springbrunnen plätscherte das Wasser, exotische Vögel flatterten in riesigen Glasvolieren. Man hatte den Eindruck, im Freien zu stehen, weil sich der Wintergarten am Bug des Schiffes befand. Liane hatte so etwas noch nie gesehen und blickte ihren Gatten ungläubig an. Mehr denn je schien es ihr, sie würde träumen.

»Er ist noch viel, viel schöner als auf den Fotos im Prospekt.« Dies galt aber nicht nur für den Wintergarten, sondern für das ganze Schiff. Bereits bei diesem kurzen Rundgang hatten sie eine Pracht gesehen, die mit Fotos, Zeichnungen, ja sogar Worten kaum zu beschreiben war. Man kam sich vor wie in einem Märchenland, in dem außergewöhnliche, interessante Menschen sich in einer Umgebung bewegten, die den Prunk der Schlösser von Versailles und Fontainebleau noch übertraf. Beide waren sich einig, daß sie noch nie etwas Großartigeres gesehen hatten, und auf dem Weg zurück zum Heck, zu ihrer Suite auf dem Sonnendeck, wo sie die nächsten Tage verbringen würden, vernahmen sie viele geflüsterte Bestätigungen ihrer Eindrücke: »Wunderbar ... *incroyable* ... *un miracle* ... *extraordinaire* ... bemerkenswert ... ein königliches Schiff.« Man verglich sie ständig mit anderen Schiffen, doch jedesmal mit dem gleichen Ergebnis: Sie war einzigartig. Die *Normandie.* Ein Kunstwerk. Die Krone der französischen Flotte.

»Sollen wir nachsehen, ob Jacques schon hier ist, Liane?« Sie gingen auf dem Weg zu ihren Räumen gerade an den Studios vorbei, und seine Frage versetzte ihr einen kleinen Stich. Sie wollte

Jacques jetzt nicht sehen, eigentlich überhaupt nicht. Sie wollte Armand für sich haben, die ganze Reise allein mit ihm verbringen. Es tat ihr fast leid, daß die Kinder dabei waren. Es wäre zu schön gewesen, ihn die nächsten fünf Tage nur für sich zu haben.

»Wenn du möchtest, Armand.« Sie beugte sich seinem Wunsch, denn sie wußte, wie sehr Armand Jacques brauchte. Dennoch wäre es angenehmer gewesen, wenn die beiden an Bord überhaupt nicht hätten arbeiten müssen. Aber es war nun einmal nicht zu ändern; Armand hatte seine Verpflichtungen. Er klopfte an die Kabinentür, und Liane registrierte mit Erleichterung, daß niemand darauf antwortete. Von irgendwoher kam ein Steward.

»Sie suchen Monsieur Perrier, Exzellenz?«

»Ja.«

»Er ist mit Freunden im Café. Darf ich Ihnen den Weg dorthin zeigen?«

»Nein, nein danke, ist schon in Ordnung. Hat noch Zeit bis nach der Abfahrt.« Zumindest wußte er nun, daß der junge Mann an Bord war. Er war sich dessen fast sicher gewesen, hatte sich trotzdem aber noch einmal vergewissern wollen, denn es mußten noch einige wichtige Depeschen abgeschickt werden.

»Vielen Dank.«

»Keine Ursache. Darf ich mich vorstellen: Jean-Yves Herrick. Ich stehe Ihnen für die Fahrt als Chef-Steward zur Verfügung.« Armand erkannte an dem Akzent des jungen Mannes, daß er aus der Bretagne stammte. »Ein Brief für Sie von Kapitän Thoreaux liegt in Ihrer Suite.«

»Vielen Dank.« Armand folgte Liane in das Foyer, und tatsächlich lag da neben dem riesigen Blumenstrauß und zwei Körben mit Obst, die ihre Freunde aus Washington geschickt hatten, ein Brief vom Kapitän, der sie einlud, das Ablegen des Schiffes von der Brücke aus zu beobachten. Es handelte sich hierbei um ein seltenes, nur ganz wenigen vergönntes Privileg, und Liane war hocherfreut.

»Glaubst du, wir dürfen die Kamera mitnehmen?«

»Ich sehe keinen Grund, weshalb nicht. Willst du dich noch einmal nach den Kindern umschauen, bevor wir gehen?« Doch die Kinder waren nicht in ihren Räumen. Statt dessen fand Liane einen Zettel, auf dem das Kindermädchen ihr mitteilte, daß sich die Mädchen den Hundezwinger und den Tennisplatz auf dem oberen Sonnendeck ansehen wollten. Sie war beruhigt und machte sich mit Armand auf den Weg zur Brücke, die sich auf demselben Deck am Bug des Schiffes und, wie sich herausstellte, genau über dem Wintergarten befand, der Liane so fasziniert hatte.

Zwei Offiziere standen vor dem Steuerhaus Wache, um Neugierigen den Zutritt zu verwehren. Armand zeigte ihnen den Brief von Kapitän Thoreaux, worauf sie zu ihm geführt wurden. Der Kapitän, ein drahtiger, weißhaariger Seebär mit tiefen Falten um tiefliegende, blaue Augen küßte Liane die Hand, begrüßte danach Armand per Handschlag, hieß sie an Bord willkommen und erläuterte ihnen die Einrichtungen.

»Wir sind alle sehr stolz auf unser Schiff«, erklärte er lächelnd. Die *Normandie* hatte nämlich gerade wieder das Blaue Band für die schnellste Atlantik-Überquerung gewonnen.

»Sie ist also nicht nur ein sehr schönes Schiff, viel schöner, als wir es erwartet hatten, sondern auch ein schnelles«, stellte Armand fest. Er sah sich etwas genauer um und war beeindruckt von all den Geräten und Instrumenten. Karten waren auf einem großen Tisch ausgebreitet, und der Kapitän und sein Erster Offizier standen auf einer erhöhten Plattform, von der aus sie die Bewegungen des Schiffes kontrollierten. Armand erinnerte sich daran, daß er kurz nach dem Stapellauf einmal etwas von unangenehmen Vibrationen gehört hatte, doch auch dieses Problem war in kürzester Zeit gelöst worden. Außerdem hieß es, daß die *Normandie* aufgrund ihrer besonderen Kielkonstruktion nur einen geringen Wellengang verursachte. Sie war eben in jeder Beziehung ein solch außergewöhnliches Schiff, wie es sich nicht einmal ihre Planer und Erbauer erträumt hatten.

Von einer Ecke aus, wo sie niemandem im Weg standen, beobachteten Liane und Armand, wie das Schiff ablegte, von Schleppern aus dem Hafen gezogen wurde und dann im leichten Bogen nach Osten fuhr, bis schließlich der Hafen von New York am Horizont verschwand. Armand zeigte sich noch einmal beeindruckt von der Manövrierfähigkeit des Schiffes und von der eingespielten Mannschaft unter Kapitän Thoreaux.

»Wir hoffen, daß Sie eine angenehme Reise haben«, wünschte ihnen Thoreaux zum Abschied. »Und es wäre mir eine große Ehre, wenn Sie meiner Einladung zum Dinner heute abend Folge leisten würden. Wir haben wie immer sehr interessante Gäste an Bord.« Armand nahm die Einladung an und fragte sich, wer wohl noch an Bord wäre und wen sie am Tisch des Kapitäns kennenlernen würden. Er hoffte, daß Liane Bekanntschaften schließen und somit etwas Ablenkung haben würde, während er und Jacques arbeiteten. Sie bedankten sich noch einmal beim Kapitän und gingen zurück in die Trouville-Suite.

Es war inzwischen drei Uhr nachmittags, und Armand schlug vor, Tee und Sandwiches bringen zu lassen oder ins Restaurant zu gehen. Liane streckte sich auf dem breiten, mit blauem Satin bezogenen Bett aus, und Armand las ihr die Speisekarte vor. Doch schon bald unterbrach sie ihn lachend. »Wenn ich das alles esse, kannst du mich in Frankreich vom Schiff rollen.«

»Du könntest es dir aber leisten, ein, zwei Pfund zuzunehmen.« Sie war wirklich sehr schlank, beinahe mager, doch ihm gefiel es. Sie erinnerte oft an ein Fohlen, vor allem dann, wenn sie mit den Mädchen auf dem Rasen herumtollte. Liane wirkte stets jugendlich, besonders aber jetzt, als sie das rote Seidenkostüm abstreifte und darunter spitzenbesetzte Satindessous zum Vorschein kamen. Armand legte, nun von einem ganz anderen Verlangen erfüllt, die Speisekarte weg und wollte zu ihr gehen, als es klingelte. Er zögerte nur einen Augenblick. »Entschuldige Ich bin gleich wieder zurück.«

Liane seufzte. Sie wußte genau, wer da geklingelt hatte: der eifrige Jacques Perrier mit der Hornbrille, dem dunklen Anzug und der immer prall gefüllten Aktentasche. Enttäuscht mußte sie feststellen, daß dank Jacques die zweiten Flitterwochen mit Armand zu Ende sein würden, bevor sie überhaupt begonnen hatten. Sie konnte hören, wie sich die beiden Männer im Foyer unterhielten. Bald darauf kam Armand zu ihr zurück.

»Ist er gegangen?« Liane, immer noch nur mit Büstenhalter, Strumpfhalter und Strümpfen bekleidet, setzte sich auf.

»Nein ... es tut mir leid, Liane ... es sind Telegramme angekommen ... ich muß mich ... es wird nicht lange dauern ...« Er suchte ihren Blick, um zu sehen, wie sie es aufnahm. Aber sie lächelte ihn nur an.

»Ist schon gut. Ich verstehe. Arbeitet ihr hier?«

»Nein, ich dachte, es wäre besser, wenn wir in seine Kabine gehen. Laß dir etwas zu essen bringen. Ich bin in einer halben Stunde zurück.« Er küßte sie flüchtig auf den Mund und verschwand. Liane sah sich die Speisekarte an, doch sie war nicht hungrig. Wenn sie hungrig war, dann nach Armand, nach gemeinsamen Stunden mit ihm, von denen sie nie genug bekommen konnte. Sie legte sich wieder aufs Bett, genoß das sanfte Schaukeln des Schiffes und schlief schließlich ein. Im Traum fand sie sich mit Armand an einem herrlichen Strand im Süden Frankreichs wieder. Sie wollte zu ihm, doch ein Wachtposten versperrte ihr den Weg. Der Wachtposten hatte die Gesichtszüge von Jacques Perrier. Sie schlief etwa zwei Stunden; Marie-Ange und Elisabeth tummelten sich unterdessen mit ihrem Kindermädchen im Swimming-pool.

In der Deauville-Suite stand Hillary Burnham sichtlich verärgert vor der Hausbar. Sie enthielt viele Flaschen Champagner, aber allem Anschein nach keinen Scotch.

»Blöde Bar! Diese Franzmänner denken auch nur an ihren Scheißsekt!« Sie warf die Tür zu und drehte sich um zu Nick; ihre dunklen Augen schimmerten wie Onyxe, ihr schwarzes Haar fiel wie Seide auf ein sehr elegantes Kleid aus weißem Crêpe de Chine. Sie hatte den dazu passenden Hut achtlos auf einen Stuhl geworfen, als sie den Salon der Suite betrat, und kaum Notiz genommen von der prächtigen Ausstattung. Danach wies sie das Mädchen an, die Koffer auszupacken und den schwarzen Satinrock und die himbeerfarbene Jacke zu bügeln, die sie am Abend tragen wollte.

»Möchtest du dich nicht erst ein wenig umsehen, bevor du

zu trinken anfängst, Hil?« Nicks Augen folgten ihr, als sie sich kopfschüttelnd von der Bar entfernte, und sie erinnerte ihn wieder einmal an ein launisches, todunglückliches Kind. Er hatte nie den Grund herausfinden können, weshalb sie so war. Gut, man könnte sagen, sie sei als Kind verzogen worden, fühle sich durch die Ehe eingeengt und enttäuscht vom Leben, doch reichte dies als Erklärung ihres Verhaltens nicht aus. Trotz ihrer schnippisch-verletzenden Art war sie immer noch eine sehr schöne Frau, die auch jetzt noch Herzklopfen bei ihm verursachen konnte. Es stimmte ihn traurig, daß es ihm nicht gelang, bei ihr die gleichen Empfindungen auszulösen. Er hatte noch das winzige Fünkchen Hoffnung gehabt, daß sie sich hier auf dem Schiff anders geben würde, daß sie, herausgerissen aus ihrem Freundes- und Bekanntenkreis und ihrem unsteten Leben, wieder zu dem Mädchen werden würde, das er einst kennengelernt hatte, doch auch das war nun endgültig erloschen. Am gestrigen Abend hatte sie von ihrem Ankleidezimmer aus noch heimliche Telefongespräche geführt und war dann um elf Uhr für einige Stunden verschwunden. Er hatte sie nicht gefragt, wohin. Das spielte nun wirklich keine Rolle mehr; sie gingen für ein Jahr ins Ausland, und Hillary war gezwungen, die Brücken hinter sich abzubrechen. »Möchtest du ein Glas Champagner?« Seine Stimme klang höflich, doch nicht mehr so freundlich wie zuvor.

»Nein danke. Ich werde mich mal ein bißchen in der Bar umsehen.« Sie warf einen Blick auf den Plan des Schiffes, sah, daß sich eine Bar direkt auf dem Deck darunter befand, zog sich noch schnell die Lippen nach und lief zur Tür. John stand mit dem Kindermädchen draußen auf der Terrasse und beobachtete aufgeregt, wie die Skyline von New York am Horizont verschwand. Einen Augenblick war Nick unschlüssig, was er tun sollte, doch dann entschied er sich, Hillary zu folgen. Einerseits wollte er ihr damit zu erkennen geben, daß die Reise eine gute Gelegenheit darstellte, alte Gewohnheiten zu ändern, andererseits hatte er den Wunsch, sie etwas im Auge zu behalten. Das, was er ihr in New York hatte durchgehen lassen, würde er in diesem Jahr in

Paris nicht dulden. Die amerikanische Kolonie in Paris war nicht sehr groß; er würde darauf achten, daß sie dort keine Skandale verursachte. Und wenn sie ein ähnlich rastloses Leben führen würde wie in den letzten Jahren, blieb ihm nichts anderes übrig, als ihr ständig nachzulaufen. »Wo gehst du denn hin?« fragte sie ihn überrascht.

»Ich habe mir überlegt, daß ich ja mitgehen könnte. Falls du nichts dagegen hast.«

»Überhaupt nichts.« Sie sprachen miteinander wie Fremde. Sie gingen hinunter in die Bar auf dem Bootsdeck, die Tag und Nacht geöffnet war und jene Wandverkleidung aus Leder hatte, von der Liane gesprochen hatte. Die Bezeichnung »Bar« stellte wohl eine Untertreibung dar, denn es handelte sich eher um einen großzügig aufgeteilten Saal, mit Blick auf die Promenade Erster Klasse, auf der sich viele Passagiere versammelt hatten, um das Ablegemanöver zu beobachten. Pärchen- oder grüppchenweise kamen sie nun herein, mit fröhlichen, lachenden Gesichtern, in denen sich das Reisefieber spiegelte. Nur Hillary und er schienen schweigend dazusitzen; so zumindest kam es Nick vor, als er das muntere Treiben ringsum beobachtete. Es war schon seltsam, daß es anscheinend nichts gab, worüber er sich mit seiner Frau, der Mutter seines Sohnes, unterhalten konnte, doch dann gelangte er zu der Einsicht, daß der eine kaum noch etwas über den anderen wissen konnte. Er wußte von ihr nur, daß sie ständig zu irgendwelchen Partys ging, sich neue Kleider kaufte, und sich so oft wie möglich nach Boston oder Newport absetzte. Unter diesen Voraussetzungen war es mehr als seltsam, daß sie nun beide hier an einem Tisch saßen, und während sie einen Scotch mit Soda bestellten, drängte sich ihm die Frage auf, ob sie sich durch seine Anwesenheit eingeengt fühlen würde. Ihm fiel nicht einmal eine geschickte Wendung ein, mit der es ihm gelingen könnte, ein Gespräch in Gang zu bringen. Was sagt man eigentlich zu der Frau, die einem seit neun Jahren aus dem Weg geht? »Na, wie geht's dir denn? Wo hast du denn die ganze Zeit gesteckt? ... Guten Tag: Gestatten Sie, mein Name ist ...« Er mußte unwillkürlich lächeln über die Absurdität ihrer Situation, und als er hochblickte, bemerkte er, daß sie ihn mit einer Mischung aus Neugier und Mißtrauen ansah.

»Worüber lachst du, Nick?«

Er war versucht, ausweichend zu antworten, überlegte es sich jedoch anders. »Über uns beide. Ich versuchte mich daran zu erinnern, wann wir beide das letzte Mal an einem Tisch gesessen haben, ohne daß einer von uns nach kurzer Zeit aufstand und anderweitige Verpflichtungen vorschützte. Darüber mußte ich lachen.« Er wollte sie nicht absichtlich wütend machen, er wünschte sich, daß sie beide wieder Freunde werden könnten. Vielleicht würde ihnen beiden das Jahr in Paris guttun; vielleicht würde sie sich ohne die Möglichkeit, zu ihrer kleinen Clique in Boston davonzulaufen, um ein Mehr an Gemeinsamkeit bemühen. Er legte seine Rechte sanft auf die ihre, spürte unter seinen Fingern den Ring mit dem zehnkarätigen Diamanten, den er ihr einmal geschenkt hatte. Er hatte sie anfangs mit Schmuck verwöhnt; die Freude über seine Aufmerksamkeiten schien bei ihr jedoch selten so groß wie die, die er darüber empfunden hatte, daß er sie sich leisten konnte, und deshalb hatte er ihr keine Geschenke mehr gemacht. Er wußte, daß sie von anderen Geschenke erhielt, die Fuchsjacke zu Weihnachten zum Beispiel, oder die Smaragdbrosche, die sie häufig trug, als wolle sie ihn damit provozieren ... den Rubinring ... Er riß sich von diesen Gedanken los, denn sie würden beiden im Moment überhaupt nichts nützen. Er sah ihr tief in ihre dunklen Augen und lächelte ihr zu. »Hallo, Hillary. Schön, daß du hier bist.«

»Wirklich?« Ihre Verärgerung schien zu weichen und einer Spur von Traurigkeit Platz zu machen. »Ich weiß nicht, warum es so sein soll, Nick. Ich bin dir ja kaum eine gute Ehefrau.« Es klang nicht nach einer Entschuldigung, sondern eher verbittert.

»Wir sind uns in den letzten Jahren fremd geworden, das ist richtig, aber es muß ja nicht für immer so sein.«

»Es ist aber schon immer so gewesen, Nick. Ich bin inzwischen erwachsen geworden, aber du weißt so gut wie nichts von mir, und, ehrlich gesagt, ich auch nichts mehr von dir. Ich erinnere mich noch ganz schwach daran, daß wir vor langer Zeit zusammen zu irgendwelchen Partys gegangen sind, daß du blendend ausgesehen hast, ein aufregender Mann warst, und wenn ich dich jetzt so ansehe, dann siehst du immer noch so aus ...« Sie konnte seinen Blick nicht länger ertragen, schlug die Augen nieder. »Aber du bist nicht mehr derselbe.« – »Habe ich mich in all den Jahren so verändert?« Auch ihn erfaßte ein Anflug von Traurigkeit. Eine Aussprache wie diese hätten sie bereits vor langer Zeit führen sollen, hatten sie aber immer ängstlich vermieden, und nun plötzlich saßen sie hier in der Bar eines Schiffes, das gerade aus dem Hafen ausgelaufen war, und schütteten einander ihr Herz aus. »Bin ich wirklich ein anderer geworden, Hil?«

Sie nickte. Ihre Augen hatten sich mit Tränen gefüllt. Dann sah sie ihm wieder ins Gesicht. »Ja, Nick. Du bist jetzt mein Mann.« Es schien, als koste es sie einiges an Überwindung, dieses Wort auszusprechen, und er bemerkte an der Art, wie sich ihre Schultern bewegten, daß die alte Unruhe sie wieder erfaßt hatte. Sie warf sich in ihren Sessel zurück, als wolle sie vor ihm flüchten.

»Ist das denn so schlimm?«

»Für mich ...« Es fiel ihr schwer, ihren Gefühlen Ausdruck zu verleihen, gerade ihm gegenüber. »Für mich ist es sehr schlimm. Ich glaube, ich bin nicht für die Ehe geschaffen, Nick.« Diesmal klang es wie eine nüchtern-sachliche Feststellung, die Verbitterung war gewichen, und sie sah wieder aus wie eine hübsche Debütantin, die Debütantin, die er, mit ihren eigenen Worten, »vergewaltigt«, geschwängert, aus ihrem Elternhaus »entführt« und zur Heirat »gezwungen« hatte. Sie hatte ihre Biographie schon vor langer Zeit umgeschrieben und glaubte inzwischen an das, was sie sich zurechtgelegt hatte. Es wäre zwecklos gewesen, sie darauf hinzuweisen, daß sie den Wunsch gehabt hatte, mit ihm zu schlafen, sie genauso viel Schuld daran hatte wie er, daß sie schwanger geworden war und daß er versucht hatte, das Beste daraus zu machen, während sie diesen Versuch nicht einmal unternommen hatte. »Ich fühl' mich durch die Ehe eingesperrt ... wie ein Vogel, der nicht fliegen kann, nur in seinem Käfig herumhüpfen kann und von den anderen ausgelacht wird. Ich komme mir ... so häßlich vor ... als wäre ich nicht mehr so wie früher.«

»Aber du bist jetzt noch viel schöner als früher.« Das war nicht einfach so dahingesagt; Nick meinte es wirklich. Hillary Burnham war eine schöne Frau. Das einzige, was manchmal nicht schön an ihr war, war ihr Verhalten, doch diese Bemerkung behielt er für sich. »Du bist eine auffallend schöne Frau geworden. Aber das kam ja auch nicht überraschend. Du warst schon ein auffallend schönes Mädchen.«

»Aber ich bin kein Mädchen mehr, Nick. Ich bin aber auch keine Frau.« Sie suchte nach Worten. »Du weißt nicht, was es für eine Frau heißt, verheiratet zu sein. Es ist, als ob man in den Besitz des Mannes übergeht, als wäre man ein Ding. Niemand sieht in dir noch den Menschen, der du bist.« Nick war dieser Gedanke noch nie gekommen, und er schien ihm im Moment auch recht ungewöhnlich. War das der Grund für ihre Auflehnung, für ihre Affären? Der Kampf darum, als eigenständige Persönlichkeit erkannt, ernstgenommen zu werden? Dieser Aspekt war für ihn völlig neu.

»Aber für mich bist du kein Ding. Du bist meine Frau.«

»Und was heißt das im Grunde?« Das erste Mal seit einer halben Stunde schwang wieder Aggressivität in ihrer Stimme mit. Sie bedeutete einem vorbeihuschenden Kellner, daß sie noch einen Scotch haben wollte. »Meine Frau. Das klingt genau wie ›mein Tisch, mein Stuhl, mein Auto‹. Meine Frau. Was bin ich denn, wenn ich irgendwo mit dir hingehe? Ich bin Mrs. Nicholas Burnham. Ich hab' nicht mal mehr einen eigenen Namen, verdammt noch mal. Johnnys Mutter ... als wäre ich ein Hund. Aber ich will ich sein, Hillary!«

»Nur einfach Hillary?« Er sah sie mit einem traurigen Lächeln an.

»Nur einfach Hillary.« Sie wich seinem Blick nicht aus, sah ihn lange an und trank einen Schluck.

»Bist du das für deine Freunde, Hil?«

»Für ein paar. Die Leute, die ich kenne, kümmern sich einen Dreck darum, wer du bist. Ich habe es satt, dauernd nur von Nick Burnham zu hören – Nick Burnham dies ... Nick Burnham das ... Sie sind also Mrs. Nicholas Burnham ... Burnham, Burnham,

Burnham!!« Sie schrie es beinahe heraus. Er bedeutete ihr, doch etwas leiser zu sprechen.

»Laß mich doch mal ausreden, zum Donnerwetter. Du weißt ja nicht, wie's ist.« Es tat ihr gut, ihm das alles in einer Deutlichkeit sagen zu können, wie es noch nie möglich gewesen war. Vielleicht verstand er jetzt, was hinter ihrem unbändigen Freiheitsdrang steckte. Das Komische war nur, daß sie sich anfangs gerade durch die Tatsache, daß er Nicholas Burnham war, und alles, was mit seinem Namen zusammenhing, zu ihm hingezogen fühlte, und das wußte Nick auch. »Ich will dir noch etwas sagen. In Boston kümmert sich kein Mensch darum, wer du bist, Nick.« Dies entsprach nicht ganz der Wahrheit, das wußten beide, doch sie fühlte sich erleichtert dadurch, daß sie es ihm an den Kopf warf. »Ich hab' dort meinen eigenen Freundeskreis, und meine Freunde haben mich schon gekannt, bevor ich dich geheiratet habe.« Es war ihm nie aufgefallen, daß dieser Umstand für sie eine solche Bedeutung haben könne, um ihr Selbstwertgefühl zu steigern, doch als er zu überlegen begann, trat ein Steward auf sie zu.

»Mr. Burnham?«

»Ja, bitte?« Nick dachte sofort an Johnny. Ihm war bestimmt etwas passiert, und nun verständigte man ihn.

»Ich darf Ihnen eine Nachricht vom Kapitän überbringen.« Nick sah hinüber zu Hillary und bemerkte, daß ihre Augen wütend funkelten. Und mit einem Mal wurde ihm bewußt, daß sie ihm doch noch etwas verschwiegen hatte: Sie war eifersüchtig auf ihn.

»Vielen Dank.« Nick nahm den goldumrandeten Umschlag entgegen, öffnete ihn und nahm die Karte heraus. »Kapitän Thoraux gibt sich die Ehre, Sie zum Dinner heute abend um 21 Uhr in den Grande Salle à Manger einzuladen.« Dieses zweite Dinner – das erste fand bereits zwei Stunden früher statt – war den prominenteren Gästen vorbehalten.

»Was soll das Theater? Kriechen sie dir schon in den Hintern, Nick?« Sie trank ihr Glas aus.

»Bitte, Hil, etwas leiser.« Er sah sich um, ob jemand ihre Bemerkungen mitbekommen hatte. Die Vorstellung, daß man ihm in den Hintern kriechen würde, war ihm unangenehm. Trotzdem führte kein Weg an der Tatsache vorbei, daß er ein einflußreicher Mann war und man ihn deswegen hofierte. Er war sich seines Einflusses bewußt, ließ sich jedoch nach außen hin kaum etwas davon anmerken, und deshalb war es um so unverständlicher, daß seine Gattin sich an seiner gesellschaftlichen Position stieß. Er wäre der letzte gewesen, der andere mit Nachdruck auf sich aufmerksam gemacht hätte. Aber sie hatte das alles schon viel zu oft gehört. »Der Kapitän lädt uns zum Dinner ein.«

»Wieso? Wollen sie etwa, daß du diesen Dampfer hier kaufst? Hab' gehört, daß man diesen Pott den schwimmenden Schuldenberg Frankreichs nennt.«

»Das mag vielleicht zutreffen, aber dieses Schiff ist das Geld wert, das es gekostet hat.« Er hatte es schon lange aufgegeben, ihr direkt auf ihre Fragen zu antworten, wenn sie schlechter Laune war, und das machte sie noch wütender. »Die Einladung ist für neun Uhr. Möchtest du jetzt etwas essen?« Es war erst halb fünf. »Wir könnten hier etwas essen oder in den Grand Salon gehen.«

»Ich habe keinen Hunger.« Sie hatte einen Ober herbeigewunken, um einen neuen Drink zu bestellen, doch er schüttelte den Kopf und der Ober entfernte sich wieder.

»Behandle mich nicht wie ein kleines Kind, Nick«, zischte sie erbost. Ihr ganzes Leben lang war sie bevormundet worden, von ihrem Vater, ihrer Mutter, den Gouvernanten und schließlich von Nick. Die einzigen, die es nicht taten, waren Männer wie Ryan Halloway und Philip Markham. Sie behandelten sie wie eine erwachsene Frau. »Ich bin schon längst erwachsen, Nick, und wenn ich noch etwas trinken will, dann bestell' ich's mir auch.«

»Wenn du zuviel trinkst, wirst du nur seekrank davon.«

Sie verzichtete darauf, sich mit ihm auf weitere Diskussionen einzulassen, nahm ihre goldene Puderdose von Cartier heraus und zog sich, während er die Getränkerechnung unterschrieb, die Lippen nach. Sie gehörte zu den Frauen, die kaum etwas dafür tun müssen, um überall Aufsehen zu erregen, und als sie jetzt mit Nick hinaus auf das Promenadendeck ging, drehten sich viele Köpfe nach ihr um.

Sie standen eine Zeitlang schweigend nebeneinander an der Reling, und Nick dachte über das nach, was sie ihm in dem einstündigen Gespräch über sich erzählt hatte. Es war ihm nie zuvor aufgefallen, daß es ihr so sehr zuwider war, mit ihm verheiratet zu sein; zumindest hatte er nicht gewußt, aus welchen Gründen. Sie wollte ein eigenständiges Leben als Frau führen, keinem Mann gehören. Möglicherweise hatte sie recht damit, daß sie nie hätte heiraten sollen. Doch nun war es zu spät. Er würde sie nie freigeben, nie und nimmer auf Johnny verzichten. Als er sie so neben sich stehen sah, verspürte er für einen Augenblick den Wunsch, den Arm um sie zu legen, doch sein Instinkt sagte ihm, daß das verkehrt wäre. Er seufzte, als er die Pärchen sah, die an ihnen vorübergingen, denn er sehnte sich nach der Freundschaft, die sie zu verbinden schien. Mit Hillary hatte er dieses Gefühl freundschaftlicher Verbundenheit nie empfunden. Ihr Verhältnis war, zu Anfang zumindest, von jugendlicher Verliebtheit und sexuellem Verlangen bestimmt gewesen, doch ein Gefühl der Zusammengehörigkeit war zwischen ihnen nicht gewachsen. Er fragte sich, ob sie jemals mehr gemeinsam gehabt hatten als das Schlafzimmer.

»Worüber denkst du nach, Nick?«

»Über uns. Über das, was wir haben und nicht haben.« Er wußte, daß er sich mit dieser Antwort auf gefährliches Terrain begab, doch es kümmerte ihn wenig. Der Wind blies ihm ins Gesicht, und er fühlte sich hier seltsam frei. Ihn schien jener Zauber erfaßt zu haben, den man Schiffsreisen zuschreibt, jenes Gefühl, in einer anderen Welt zu sein. Die Regeln, an die man sich im Alltag so streng hielt, schienen hier nicht mehr zu gelten.

»Was haben wir denn, Nick?«

»Das weiß ich manchmal nicht so genau. Jedenfalls weiß ich, was wir am Anfang hatten.«

»Und was war das?«

»Ich habe dich sehr geliebt, Hil.«

»Und nun?« Sie sah ihn mit einem durchdringenden Blick an.

»Ich liebe dich immer noch.« Aber warum? fragte er sich. Warum? Vielleicht wegen Johnny.

»Trotz allem, was ich dir angetan habe?« Sie bekannte sich zu ihren Verfehlungen, manchmal zumindest. Auch sie fühlte sich hier freier, insbesondere nach den beiden Gläsern Whisky.

»Ja.«

»Du bist sehr tapfer.« Sie meinte es ehrlich, aber sie sagte nicht, daß sie ihn liebte, denn es wäre das Eingeständnis gewesen, daß sie zu ihm gehörte, was sie aber auf keinen Fall mehr wollte. Sie schüttelte ihr Haar im Wind und sah hinaus aufs Meer, sprach, ohne ihn anzusehen, als wolle sie ihm keinen Einblick in ihre Seele gewähren oder ihn nicht noch mehr verletzen, als sie es bereits getan hatte. »Was soll ich für dieses Dinner heute abend anziehen?«

»Was du möchtest.« Seine Stimme klang plötzlich müde und traurig. Den entscheidenden Moment, in dem er sie fragen wollte, ob sie ihn noch liebe, hatte er verpaßt. Aber vielleicht spielte das auch keine Rolle mehr; vielleicht hatte sie recht. Sie waren verheiratet, sie war seine Frau, sein Besitz. Aber er wußte auch, daß er sie nie sein eigen nennen könnte. »Die Herren kommen im Frack. Vielleicht solltest du etwas Entsprechendes wählen.«

In diesem Fall würde das Kostüm, das sie von ihrem Mädchen hatte bereitlegen lassen, nicht das richtige sein. Auf dem Weg zurück zu ihrer Kabine auf dem Sonnendeck ging sie im Geiste ihre Garderobe durch, die sie mitgenommen hatte, und entschied sich schließlich für ein malvenfarbenes Abendkleid aus Satin.

In der Deauville-Suite angekommen, warf Nick als erstes einen Blick in Johnnys Zimmer, doch er war von seinem Rundgang mit dem Kindermädchen noch nicht zurück, und Nick tat es plötzlich leid, daß er nicht selbst mit ihm diesen Spaziergang gemacht hatte. Als er zu Hillary zurückkam, war sie nur noch mit einem weißen Satin-Hemdchen und Strümpfen bekleidet. Sie sah so schön aus wie noch nie. Sie gehörte zu den Frauen, die bei einem Mann den Wunsch auslösen, sie einfach auf der Stelle zu nehmen. Als er sie kennenlernte, war dem nicht so. Aber in den letzten Jahren hatte er diesen Wunsch verspürt. Sehr oft sogar.

»Mein Gott, du solltest dein Gesicht sehen!« Hillary ließ ihr kehliges Lachen ertönen, als Nick auf sie zuging. »Du siehst aus, als hättest du was Schlimmes im Sinn, Nick Burnham!« Aber es schien sie nicht zu stören. Sie blieb einfach stehen, der Träger ihres Hemdchens war ihr von der Schulter gerutscht. Er sah, daß sie keinen Büstenhalter trug. Jede Faser ihres Körpers schien ihn zu reizen.

»Wenn du nicht in ernste Schwierigkeiten kommen willst, dann steh hier nicht so rum, Hil!«

»Und was für Schwierigkeiten sind das?« Er stand direkt vor ihr, spürte die Wärme, die ihr Körper ausstrahlte. Doch diesmal ließ er sich nicht auf ein Wortgeplänkel ein, sondern preßte seine Lippen auf die ihren, ohne daran zu denken, daß sie ihn zurückweisen könnte. Bei Hillary wußte er es nämlich nie; es hing davon ab, wie wichtig ihr der jeweilige Liebhaber war. Aber im Moment gab es keinen Liebhaber. Sie befand sich auf einem Schiff, mitten auf dem Meer, zwischen zwei Welten, legte ihre Arme um ihren Mann, und er hob sie einfach hoch, trug sie ins Schlafzimmer, stieß mit einem Fuß die Tür zu, legte sie aufs Bett und riß ihr das Hemdchen vom Körper. Sein Mund fand jeden Zentimeter ihrer zarten Haut. Sie gab sich ihm hin mit einer Leidenschaft, die ihn an die ihrer ersten Begegnungen erinnerte, nun aber auch die Erfahrungen beinhaltete, die sie in den Jahren seither gesammelt hatte. Aber diese Erfahrungen störten ihn im Moment nicht, denn er verspürte nur ein wildes Verlangen nach ihr, das nicht nachzulassen schien, das ihre Körper sich aufbäumen ließ, bis sie schließlich erschöpft nebeneinander lagen. Er beobachtete sie danach im Schlaf, und ihm wurde bewußt, daß sie in ihrem Gespräch vor über einer Stunde die Wahrheit gesagt hatte. Sie war seine Frau, daran gab es keinen Zweifel. Aber er würde sie nie besitzen. Kein Mann würde sie je besitzen können. Hillary gehörte sich selbst; das war schon immer so und würde immer so bleiben. Als er sie so friedlich in seinen Armen ruhen sah, gelangte er zu der bittersüßen Erkenntnis, daß er stets das Unmögliche gewollt hatte. Sie war wie ein wildes Tier, das man erfolglos zu zähmen versucht. Und sie hatte auch damit recht gehabt, daß er sich insgeheim wünschte, sie zu besitzen.

5

Die Damen, die an jenem Abend den Grande Salle à Manger betraten, trugen perfektes Make-up, tolle Frisuren und phantasievolle Abendkleider, in der Mehrzahl Modelle der Pariser Haute Couture. Das Glitzern ihrer Juwelen wurde nur noch übertroffen vom Glanz der Lichter, so hell wie einhundertfünfunddreißigtausend Kerzen und, von den verspiegelten Wänden, die zwanzig Meter länger waren, als die des Spiegelsaals von Versailles, tausendfach reflektiert. Der über zehn Meter hohe Saal war erfüllt von einer Symphonie aus rubinrotem Taft, saphirblauem Samt, smaragdgrünem Satin und Goldlamé. Liane sah reizend aus in einem schulterfreien, schwarzen Taftkleid mit Rüschenschleppe, das sie bei Balenciaga erstanden hatte. Die Attraktion des Abends war jedoch zweifellos Hillary Burnham in einer enganliegenden, griechischem Vorbild nachempfundenen Robe aus malvenfarbenem Satin, die ihre makellose Figur derart gut zur Geltung brachte, daß alle, auch der Kapitän, den Atem anhielten. Um den Hals trug sie eine Kette aus riesigen Perlen. Doch nicht die Perlen zogen die Blicke auf sich, sondern ihr rabenschwarzes Haar, ihre helle, samtene Haut, ihre funkelnden Augen und die geschmeidigen Bewegungen ihres Körpers, als sie auf den Tisch des Kapitäns zuschwebte.

Der Tisch des Kapitäns stand vor der eindrucksvollen Bronzestatue, einer Friedensgöttin mit hocherhobenem Kopf, doch Hillary trug ihren Kopf noch höher, als sie, gefolgt von Nick im Frack mit weißer Schleife, an die Tafel trat.

»Guten Abend, Herr Kapitän.« Ihre tiefe, rauchige Stimme ließ alle Gespräche am Tisch einfach verstummen.

Kapitän Thoreaux erhob sich, verbeugte sich gekonnt, fast zackig, und küßte ihr die Hand.

»Madame ... bonsoir.« Er wandte sich um zu den bereits an der Tafel sitzenden Gästen und stellte sie als »Madame Nicholas Burnham« vor, danach Nick. Mit Ausnahme von Liane waren alle Gäste am Tisch beträchtlich älter, gehörten zu der Generation Armands und des Kapitäns. Die Damen trugen elegante, aber etwas überladene Garderobe und viel Schmuck, als ob man ihr Übergewicht nicht bemerken würde, wenn sie ihre Matronenfiguren entsprechend mit Juwelen behängten. Aber nach Hillarys Erscheinen schenkte ihnen sowieso niemand mehr Beachtung. Die Augen der Männer hefteten sich an Hillary und ihr Abendkleid, das wie angegossen wirkte, vorne hochgeschlossen war, dafür im Rücken bis zur Taille ausgeschnitten und viel von ihrer zarten Haut enthüllte, die in jedem Mann das Verlangen auslöste, sie zu berühren. »Guten Abend allerseits.« Hillary gab sich keine Mühe, sich an die Namen der anderen, die ihr der Kapitän genannt hatte, zu erinnern, und würdigte nur Armand eines zweiten Blickes, der seine Orden und Auszeichnungen zum Frack trug und sehr eindrucksvoll aussah. Sie versuchte auch nicht, mit Liane ins Gespräch zu kommen, obwohl sie ihr genau gegenübersaß. Nick hingegen schien, gewissermaßen als Ausgleich, um besondere Freundlichkeit bemüht, unterhielt sich angeregt mit den beiden älteren Damen, die neben ihm saßen, und einem älteren Herrn, der sich als englischer Lord herausstellte. Liane bemerkte, daß Nick seine Frau häufig ansah, allerdings nicht so sehr aus Zuneigung, wie Armand der Liane zwei-, dreimal zuzwinkerte, sondern anscheinend, um sie zu kontrollieren. Er tat zwar so, als könne er nicht hören, was Hillary sagte, doch Liane gewann den Eindruck, daß er seiner Frau nicht traute, und zwischen dem Plateau de fromages und dem Soufflé Grand Marnier wurde ihr auch der mutmaßliche Grund klar. Hillary unterhielt sich seit längerem mit dem italienischen Prinzen zu ihrer Linken und sagte ihm gerade, daß sie Rom immer wenig interessant gefunden habe. Dabei lächelte sie ihn jedoch sehr freundlich an, als wolle sie sich so trotz dieser abschätzigen Bemerkung seine Bewunderung und Verehrung erhalten. Gleich darauf sprach sie Armand an: »Ich hab' gehört, Sie sind Botschaf-

ter.« Aus dem Blick, mit dem sie Liane musterte, war zu erkennen, daß sie nicht wußte, ob es sich bei ihr um seine Tochter oder seine Gattin handelte. »Sie reisen mit Ihrer Familie?« – »Ja. Mit meiner Frau und meinen Töchtern. Von Ihrem Gatten habe ich erfahren, daß auch Ihr Sohn an Bord ist. Vielleicht könnten die Kinder ja einmal miteinander spielen.« Hillary nickte, doch schien sie verärgert. Es sah irgendwie so aus, als wären Kinderspiele nicht gerade das, was sie im Sinn hatte. Sie wirkte wie eine Raubkatze, auf der Suche nach leichter Beute, und bei ihrem Aussehen, dachte Liane bei sich, dürfte es ihr nicht schwerfallen, eine zu finden. Liane amüsierte sich über die höfliche Abfuhr, die Armand ihr erteilt hatte. Um ihn mußte sie sich nie Sorgen machen; wenn sie ihn an jemand anderes verlor, dann nur an Jacques Perrier. So wie am heutigen Nachmittag. Die beiden hatten so lange gearbeitet, daß Armand gerade noch rechtzeitig in die Trouville-Suite zurückkam, um zu baden und sich umzuziehen. Liane war zwar an diese Hektik gewöhnt, doch hatte sie gehofft, ihn hier auf dem Schiff häufiger zu sehen. »Ich muß wohl diesen Jacques Perrier über Bord werfen«, hatte sie ihm im Scherz gedroht, als sie das Bad einlaufen ließ und ihm einen Kir brachte. Armand hatte gelacht und war dankbar gewesen für das Verständnis, das seine Frau trotz allem aufbrachte. Allerdings hatte er nicht gesehen, wie sie kurz zuvor auf der Terrasse gestanden und mit sorgenvollem Blick aufs Meer hinausgeschaut hatte. Sie sehnte sich nach der Zeit zurück, als er noch keinen so verantwortungsvollen Posten bekleidete, von den Amtsgeschäften weniger stark in Anspruch genommen wurde und mehr Zeit für sie hatte. Zuletzt hatte er sich so selten um sie gekümmert.

Danach kreisten ihre Gedanken um Nick Burnham. Er machte einen netten Eindruck, ging aber kaum aus sich heraus, war höflich und gebildet, schien alles ganz genau zu beobachten, doch wußte man beim Dessert nicht mehr über ihn als zu Beginn des Dinners. Liane fragte sich, ob er sich vielleicht so zurückhaltend gab, um das mehr auffällige Verhalten seiner Frau irgendwie auszugleichen, die es anscheinend bewußt darauf anlegte, ihre Umgebung zu schockieren. Ihr Kleid war zwar nicht unpassend, aber von ihr ganz offensichtlich als Blickfang gewählt worden. Eines stand jedenfalls zweifelsfrei fest: Schüchtern war Hillary Burnham bestimmt nicht.

Nicholas sah seine Frau an diesem Abend mit anderen Augen. Er hatte von dem Moment an, als sie als seine Gattin vorgestellt worden war, darauf geachtet, wie sie sich nach ihrem offenen Gespräch am Nachmittag in der Bar verhalten würde. Er hatte gehofft, es hätte sie etwas verändert, wurde aber enttäuscht. Als der Kapitän die verhängnisvollen Worte »Madame Nicholas Burnham« sagte, fühlte sie sich herausgefordert, allen das Gegenteil zu beweisen. Nick empfand beinahe Mitleid mit ihr, als er sah, wie sie verzweifelt versuchte, sich von den Fesseln zu befreien, die ihr so zuwider waren. Aber er konnte ihr nicht helfen. Schon ein freundlicher Blick von ihm schien sie derart zu ärgern, daß sie ihre Aufmerksamkeit Armand zuwandte und ihm einen vielversprechenden Blick zuwarf. Der Botschafter schien ihn jedoch nicht zu bemerken.

»Wir sind nicht in Boston oder New York, Hil«, flüsterte Nick ihr zu, als sich alle in den Grand Salon begaben. »Wenn du dir hier und jetzt einen schlechten Ruf einhandelst, dann bleibt er für die nächsten fünf Tage an dir hängen.« Er spielte damit auf ihre erfolglosen Flirtversuche mit Armand, dem Kapitän und zwei anderen Gästen an. »Macht mir überhaupt nichts aus. Alles langweilige alte Knacker.«

»Ach wirklich? Ich hatte den Eindruck, als gefiele dir der Botschafter.« Dies war seine erste bissige Bemerkung während dieser Reise, doch er hatte plötzlich das ganze Theater satt. Auch wenn er sich darum bemühte, ihr gegenüber Verständnis aufzubringen, verletzte oder verärgerte sie ihn. Ganz offensichtlich war sie darauf aus, sich gegen ihn aufzulehnen, und das beunruhigte ihn, weil ihr Verhalten dann noch unberechenbarer wurde.

»Tu dir selbst einen Gefallen, solange du hier auf dem Schiff bist.«

»Und der wäre?«

»Benimm dich.«

Sie blieb wie angewurzelt stehen und sah ihm frech ins Gesicht. »Aber warum denn? Nur weil ich deine Frau bin?«

»Fang doch nicht wieder damit an. Außerdem bist du es nun einmal. Hier auf dem Schiff sind fast tausend wichtige und einflußreiche Leute, und wenn du nicht scharf aufpaßt, meine Liebe, dann wissen bald alle, was du bist.« Er war so wütend geworden, daß er es nicht länger verbergen konnte und wollte.

»Und was bin ich?« Sie lachte ihn herausfordernd an, ohne jedes Verständnis für seine Besorgtheit. Er hätte ihr am liebsten die Worte »eine Nutte« entgegengeschleudert, doch der Kapitän hatte sich inzwischen zu ihnen gesellt, und Hillary fragte ihn charmant lächelnd: »Wird heute getanzt?«

»Selbstverständlich, gnädige Frau.« Der Kapitän und die anderen Offiziere hatten im Laufe der Jahre auf diesem Schiff schon viele Frauen ihres Typs gesehen, die einen älter, die anderen jünger, auf alle Fälle aber verwöhnt, gelangweilt von ihrem Leben an Land, ihrer Ehe und der Ehemänner überdrüssig, doch nur sehr wenige waren so schön wie Hillary gewesen. Sie stand nun neben dem für sie und Nick reservierten Tisch im Grand Salon, doch trotz der pompösen Ausstattung des Saals mit illuminierten Springbrunnen aus Kristall, sechs Meter hohen Fenstern und in Glas eingeschliffenen Schiffsdarstellungen an den Wänden zog Hillary die Blicke aller Männer auf sich. Sie ließ nach dem üppigen Mahl im Speisesaal überhaupt nicht die Spur von Müdigkeit erkennen, strahlte prickelnde Frische aus wie der ununterbrochen fließende Champagner. Die Kapelle hatte inzwischen zu spielen begonnen, und der Kapitän wandte sich an Nick: »Gestatten Sie, daß ich Ihre Gattin um den ersten Tanz bitte?«

»Aber natürlich.« Nick gab lächelnd sein Einverständnis und beobachtete, wie die beiden auf die Tanzfläche schritten. Die Kapelle spielte einen langsamen französischen Walzer und Hillary schwebte, geführt vom Kapitän, graziös übers Parkett. Bald tummelten sich auch andere Paare auf der Tanzfläche, unter ihnen Armand und Liane. »Hast du dich denn nun Hals über Kopf in diese Sirene aus New York verliebt?« fragte ihn Liane.

»Nein, das habe ich nicht. Die Schöne von der Westküste beeindruckt mich viel mehr. Glaubst du, daß ich bei ihr Chancen habe?« Er führte ihre Finger an seine Lippen und küßte sie, wandte dabei nicht den Blick von ihr. »Gefällt es dir, Chérie?«

»Ja, sehr«, erwiderte sie mit einem Lächeln. Sie war nirgendwo glücklicher als in Armands Armen.

»Sie ist schon toll, oder?« Der Gedanke an Hillary ließ sie nicht ruhen, doch Armand verzog keine Miene.

»Die *Normandie?* Ja, da hast du recht.«

»Nun hör aber auf«, lachte Liane. »Ich weiß, daß du dieses Gerede nicht magst, aber es macht mir Spaß. Du weißt genau, wen ich meine. Ich meine die Burnham. Sie ist die schönste Frau, die ich je gesehen habe.«

»Stimmt.« Er nickte und lächelte weise.

»Die Schöne und das Tier in einer Person. Ich beneide ihn nicht. Ich glaube jedoch, daß er genau weiß, was er an ihr hat. Er läßt sie keinen Moment aus den Augen. Und sie weiß es, kümmert sich aber überhaupt nicht darum.«

»Das würde ich nicht sagen«, widersprach Armand kopfschüttelnd. »Meiner Ansicht nach tut sie alles, um ihn zu ärgern. Einer Frau wie ihr könnte man den Hals umdrehen.«

»Vielleicht ist er unsterblich in sie verliebt.« Liane gefiel die Vorstellung von einer leidenschaftlichen Romanze.

»Glaube ich wiederum auch nicht. Tief in seinem Herzen scheint er unglücklich zu sein. Weißt du, wer er ist?«

»Mehr oder weniger. Ich habe seinen Namen schon ein paar Mal gehört. Er ist in der Stahlbranche, oder?«

Armand lachte.

»Er ist nicht ›in‹ der Stahlbranche. Man kann sagen, ihm gehört sie. Vor einigen Jahren war er der jüngste und erfolgreichste Unternehmer in den Staaten. Sein Vater starb sehr früh und hinterließ ihm nicht nur ein beinahe unvorstellbar großes Vermögen, sondern auch ein riesiges Unternehmen. Er hat es weitergeführt und noch ausgebaut, so daß man ihn heute als den führenden Kopf in der Stahlindustrie bezeichnen kann. Ich glaube, er fährt nach Europa, weil er große Lieferverträge mit Frankreich abgeschlossen hat.«

»Zumindest steht er also auf unserer Seite.«

»Nicht immer.« Liane sah Armand erstaunt an.

»Er liefert auch an die Deutschen. Aber so führt man eben einen Großkonzern. Manchmal ohne Herz, aber immer mit fester Hand und klarem Verstand. Es ist sehr schade, daß er sich gegenüber seiner Frau nicht so durchsetzen kann.«

Liane mußte dies alles erst einmal verdauen. Sie war nicht wenig erschüttert über die Tatsache, daß Burnham nicht nur Stahl an die Franzosen, sondern auch an die Nazis lieferte. Es erschien ihr als ein Verrat an all ihren Idealen, und sie wunderte sich, daß sich Armand so leicht damit abfand, daß Geschäft eben Geschäft sei. Andererseits war er mit der internationalen Politik viel vertrauter als sie, und Kompromisse waren für ihn die Regel.

»Bist du bestürzt über Burnham, Liane?«

Sie nickte nachdenklich. »Ja, ziemlich.«

»Aber das ist eben der Lauf der Welt.«

»Zum Glück bist du da anders, Armand.« Ihr Idealismus rührte ihn. Sie glaubte fest an ihn und seine Integrität, und das bedeutete ihm sehr viel.

»Ich bin auch nicht im Stahlgeschäft, Liebes. Ich arbeite zur Ehre und zum Wohle Frankreichs in fremden Ländern. Das ist eine völlig andere Sache.«

»Aber in beiden Fällen sollten die gleichen Prinzipien gelten. Was Recht ist, muß auch Recht bleiben.«

»So einfach ist es leider nicht immer. Und nach dem zu urteilen, was man so hört, ist er ein ehrlicher, anständiger Mensch!« Diesen Eindruck hatte auch Liane gewonnen, war sich dessen aber nun nicht mehr so sicher.

Sie fragte sich, ob die Schwierigkeiten mit seiner Frau daran lagen, daß sie ihn nicht respektierte. Aber kaum war ihr dieser Gedanke in den Sinn gekommen, verwarf sie ihn wieder. Hillarys Verhalten konnte damit nichts zu tun haben. Sie war unfreundlich, verwöhnt und egoistisch, wahrscheinlich sogar schon von jeher. Sie hatte eine zynische Art an sich, die durch nichts zu verbergen war, und ihre Schönheit wurde aufgewogen durch das Böse, das in ihr steckte.

»Von seiner Frau würde ich das allerdings nicht behaupten.«

»Wohl kaum«, fügte Liane lächelnd hinzu.

»Es gibt nicht viele Männer, die so glücklich sind wie ich«, flüsterte er ihr ins Ohr, als er sie an den Tisch zurückführte. Sie tanzte danach mit dem Kapitän, dem italienischen Prinzen und noch einmal mit ihrem Mann. Schließlich verabschiedeten sich beide und gingen zurück in die Trouville-Suite. Liane war froh darüber, daß sie endlich mit Armand allein sein konnte. Sie gähnte, als sie das hübsche schwarze Taftkleid auszog. Armand war in sein Ankleidezimmer gegangen, und als er zurückkam, lag sie bereits im Bett und wartete auf ihn. Ihm kamen seine eigenen Worte wieder in den Sinn, daß es nicht viele Männer gäbe, die so glücklich seien wie er, und nachdem er zu Bett gegangen war, bestärkte Liane ihn noch in dieser Meinung, und beide schliefen eng aneinandergeschmiegt ein.

In der Deauville-Suite nebenan war alles ganz anders. Hillary machte wie gewöhnlich Theater, weil Nick sie gezwungen hatte, mit ihm zurück in die Suite zu gehen. Sie hatte nämlich unter den anderen Gästen einen interessanten Tänzer gefunden, und Nick hatte ihr vorgeworfen, sie benehme sich unmöglich. Als ihm schließlich ihr unverschämter Flirt mit dem anderen zuviel wurde, hatte er dem Kapitän für die Einladung gedankt und sich mit ihr zurückgezogen.

»Was glaubst du eigentlich, wer du bist?«

»Derjenige, den du am meisten haßt, dein Mann, der das Ende der goldenen Kette hält, mit der du dich gefesselt fühlst.« Er hatte sie angelächelt, um den in ihm aufsteigenden Ärger zu überspielen, doch sie war ins Schlafzimmer gegangen und hatte die Tür hinter sich zugeknallt. Diesmal war es Nick, der Zuflucht im Alkohol suchte und sich einen Scotch einschenkte. Als er so dasaß und trank, mußte er an Armand und Liane denken. Die beiden waren ein nettes Paar; besonders gefallen hatte ihm Lianes elegantes und sicheres Auftreten. Auf ihre ruhige Art war sie eine Frau, die einen nachhaltigen Eindruck hinterließ. Ihre Anmut war nicht verborgen geblieben, auch wenn Hillary die Aufmerksamkeit gepachtet zu haben schien. Nach dem vierten Whisky pur kam er zu der Einsicht, daß er ihre Kapriolen gründlich satt hatte. So gründlich, wie sie es kaum für möglich halten würde, so gründlich, wie er es sich meist selbst nicht eingestehen wollte, weil der damit verbundene Schmerz unerträglich gewesen wäre. Gegen drei Uhr morgens stellte er schließlich die Flasche weg und ging zu Bett. Er war froh, daß Hillary eine Tablette genommen hatte und schon längst schlief.

6

Die Seeluft hatte die übliche Wirkung. Am anderen Morgen schienen alle früher als gewöhnlich aufzustehen, so gut geschlafen zu haben wie seit Jahren nicht mehr und einen größeren Appetit zu entwickeln, so daß die Stewards alle Hände voll zu tun hatten. Armand saß mit den Mädchen und Mademoiselle in dem zur Suite gehörenden Speisezimmer beim Frühstück, während Liane noch badete. Die Kinder warteten schon darauf, hinauszugehen und das Schiff weiter erkunden zu dürfen.

»Was wollt ihr denn heute tun?« fragte Armand seine Töchter zwischen zwei Bissen Räucherhering, und Marie-Ange verzog das Gesicht, während sie ihn beim Essen beobachtete.

»Möchtest du probieren?« Sie schüttelte nur heftig den Kopf.

»Nein, danke, Papa. Wir gehen mit Mademoiselle schwimmen. Kommst du mit?«

»Leider nicht, denn ich muß heute morgen mit Monsieur Perrier arbeiten, aber vielleicht eure Mutter.«

»Was soll ich tun?« Liane kam in einem weißen Kaschmir-Kleid und weißen Wildlederschuhen, das lange blonde Haar im Nacken zum Knoten gebunden, in das Speisezimmer. Sie sah so frisch aus wie der junge Morgen und Armand wünschte sich, er wäre länger im Bett geblieben, damit sie noch Zeit für die Liebe gehabt hätten.

»Guten Morgen, ihr beiden.« Liane gab den Mädchen einen Kuß, begrüßte das Kindermädchen und küßte Armand auf die Stirn.

»Du siehst wundervoll aus, Liebling.« Es war ihm anzusehen, daß er es ganz ehrlich meinte, und sie lächelte ihm zu.

»Und das um diese Tageszeit?« Sie schien überrascht und zufrieden zugleich. Er bemerkte immer, was sie trug und wie sie aussah, und sie konnte es ihm an den Augen ablesen, wenn sie ihm besonders gefiel. Auch sie wünschte sich nun, daß er länger im Schlafzimmer geblieben wäre. Er hatte es mit dem Aufstehen recht eilig gehabt, weil viel Arbeit auf ihn wartete, ihr aber auch versprochen, bis zum Mittagessen damit fertig zu sein.

»Also, wofür habt ihr mich denn nun eingeplant?«

»Fürs Schwimmen mit den Mädchen. Was meinst du dazu?«

»Keine schlechte Idee.« Sie lächelte ihren Töchtern zu. »Ich würde aber vorher gern noch etwas einkaufen und auch ein wenig spazierengehen. Aber keine Angst; fürs Schwimmen bleibt immer noch genügend Zeit.« Sie schenkte sich eine Tasse Tee ein und fuhr, zu Armand gewandt, fort: »Du weißt, wenn ich nicht zusehe, daß ich einige Kalorien verbrauche, sehe ich bei diesem reichlichen Essen aus wie eine Kugel, wenn wir nach Le Havre kommen.« Sie warf einen Blick auf seinen inzwischen halbleeren, trotzdem noch gut gefüllten Teller und nahm sich eine Scheibe Toast. »Ich glaube eigentlich nicht, daß diese Gefahr besteht.« Er ließ es zu, daß Liane ihm eine letzte Tasse Tee einschenkte und sah auf die Uhr. Als wäre dies ein verabredetes Signal gewesen, klingelte es. Das Kindermädchen ging hinaus und kam einen Augenblick später mit Jacques Perrier, der die obligatorische Aktentasche unter dem Arm hatte, wieder herein. Er grüßte erst Liane, dann Armand. *»Bonjour, Madame ... Monsieur l'Ambassadeur ... Tout le monde a bien dormi?«* Er setzte sich zögernd auf den ihm angebotenen Platz, weil er sobald wie möglich mit der Arbeit beginnen wollte, und Armand erhob sich mit einem Seufzer.

»Ich fürchte, meine Damen, die Pflicht ruft.« Er warf seinem Assistenten einen aufmunternden Blick zu, ging ins Schlafzimmer, um seine Aktentasche zu holen, und kam kurze Zeit später wieder heraus, nun ernst und sachlich dreinschauend.

»Wir gehen jetzt.« Er winkte den Mädchen beim Verlassen des Speisezimmers noch einmal zu und schlug dann Perrier vor, hinunter in den Rauchsalon zu gehen. Um diese Uhrzeit würde kaum jemand dort sein, und sie könnten ungestört arbeiten. Perrier hatte nichts dagegen einzuwenden. Er war bereits gestern abend dort gewesen, weil ihn der Tanz im Grand Salon nicht besonders interessierte und er in Ruhe Akten studieren wollte, um sich für den nächsten Tag vorzubereiten. Auf dem Weg zurück in seine Kabine hatte er im angrenzenden Restaurant noch einen Brandy und einen kleinen Imbiß zu sich genommen. Gegen Mitternacht war er dann zu Bett gegangen, kurz bevor auch Liane und Armand ihre Suite aufgesucht hatten.

»Haben Sie gut geschlafen, Perrier?« erkundigte sich Armand, während sie die prächtige Treppe in den Rauchsalon hinunterstiegen, zu dem Frauen keinen Zutritt hatten. Der Fumoir sollte den Herren Club-Atmosphäre bieten, doch war er mit den goldenen Flachreliefs an den Wänden, die ägyptische Jagdszenen darstellten, und seiner Raumhöhe, die der von zwei Decks entsprach – im übrigen charakteristisch für fast alle Gemeinschaftsräume der *Normandie* –, viel großzügiger ausgestattet als ein normaler Clubraum. Armand fand eine stille Ecke mit zwei großen Ledersesseln und einem Tisch und schob die Bordzeitung zur Seite. Sie hatten genug zu tun.

»Danke, ich habe sehr gut geschlafen.«

Armand sah sich erst noch einmal um, bevor er seine Aktentasche öffnete. »Ein großartiges Schiff, meinen Sie nicht auch, Perrier?«

»Ganz Ihrer Meinung.« Sogar er, der kaum Interesse an solchen Dingen zeigte, war vom Moment seiner Ankunft an Bord beeindruckt von der atemberaubenden Schönheit des Schiffs, dem wundervollen Design, geschaffen von den besten Künstlern und Handwerkern des Landes, das überall auffiel, angefangen bei den Holzvertäfelungen über die Skulpturen bis hin zum exquisit geschliffenen Glas. Das Auge konnte sich kaum satt sehen an dieser Pracht, die Sinne waren wie berauscht, sogar hier im Rauchsalon.

»Wollen wir anfangen?«

»Sehr wohl, Exzellenz.« Aktenordner wurden auf den Tisch

gelegt, Vorgänge besprochen, Perrier machte sich fleißig Notizen und legte den betreffenden Ordner zur Seite, wenn die Angelegenheit erledigt war. Sie hatten ungefähr eineinhalb Stunden gearbeitet, als Armand zufällig in diesem Moment von den Akten hochblickte und Nick Burnham hereinkommen sah. Er trug einen Blazer, weiße Hosen und eine Krawatte, die ihn als Absolventen der Yale-Universität auswies. Er suchte sich ein ruhiges Plätzchen an der gegenüberliegenden Seite des Raumes, nahm die Bordzeitung zur Hand und begann zu lesen, sah aber zwischendurch immer wieder auf die Uhr, was Armand zu der richtigen Vermutung veranlaßte, er sei mit jemandem verabredet. Armand fragte sich, ob er auch einen Assistenten auf die Reise mitgenommen hatte. Es gab viele Geschäftsleute, die das taten, aber Nick schien irgendwie nicht der Typ dafür zu sein. Er sah eher aus wie der Unternehmer, der nach Feierabend Arbeit Arbeit sein läßt und sich anderen Dingen widmet, wirkte auch nicht so gehetzt wie viele seiner Kollegen. In diesem Moment kam ein älterer Mann herein, der sich suchend umblickte. Nick erhob sich sofort. Der Mann ging mit strammem Schritt auf ihn zu, begrüßte ihn mit einem festen Händedruck und bestellte bei einem der Kellner einen Drink. Dann nahmen beide Platz und unterhielten sich angeregt, und Armand war sich sicher, daß es um geschäftliche Dinge ging. Nick nickte häufig mit dem Kopf, schrieb sich immer wieder kurz etwas auf, bis sich schließlich sein Gegenüber zufrieden im Sessel zurücklehnte und sich eine Zigarre anzündete. Sie waren bei ihrem Gespräch offensichtlich zu einem positiven Ergebnis gekommen. Nach einer Weile stand der Fremde auf, schüttelte Nick zum Abschied die Hand und verließ den Rauchsalon durch den Ausgang zum Restaurant. Nick ließ ihn nicht aus den Augen, bis er verschwunden war, und ging dann noch einmal seine Notizen durch. Armand war überrascht, wie sich Nicks Miene inzwischen verändert hatte. Während der Unterredung mit dem Fremden hatte er entspannt und interessiert gewirkt, doch nun hatte sein Gesicht einen ernsten, fast verkniffenen Ausdruck angenommen. Vielleicht nahm ihn der Beruf doch stärker in Anspruch als vermutet.

Armand war überzeugt, daß bei dem eben beendeten Gespräch mit riesigen Beträgen jongliert worden war, was aber Nick anscheinend völlig kalt gelassen hatte. Als er ihn nun beobachtete, wie er die Unterredung anhand seiner Aufzeichnungen noch einmal überdachte, spürte er, daß diese offensichtliche Gleichgültigkeit nur Fassade war, ein Trick, den er sich zugelegt hatte, um seine Geschäftspartner in falscher Sicherheit zu wiegen. Nick wirkte nun überhaupt nicht mehr gelassen und entspannt: Man merkte ihm an, daß sein Gehirn auf Hochtouren arbeitete. Ein bemerkenswerter Mann, dachte Armand bei sich und verspürte plötzlich den Wunsch, sich vor Ende der Überfahrt noch länger mit ihm unterhalten zu können. Nick bemerkte Armand erst beim Gehen und lächelte ihm freundlich zu. Ihm hatte gefallen, wie Armand Hillarys Fehlverhalten am gestrigen Abend überspielt hatte, wie er ihr auf höfliche Art deutlich gemacht hatte, daß er für ihre Flirtversuche nicht empfänglich war. Nick war froh darüber gewesen, denn eine Affäre von Hillary mit einem Mann aus dem kleinen Kreis der Erste-Klasse-Passagiere käme ihm äußerst ungelegen, und er hatte von Armand den Eindruck gewonnen, daß er ein Ehrenmann sei. Dieser Eindruck beruhte auf Gegenseitigkeit und zwischen beiden Männern entstand so etwas wie ein stilles Einvernehmen, als Nick ihm zulächelte und Armand sich wieder auf seine Arbeit konzentrierte.

Nick ging hinaus auf das Promenadendeck, um etwas frische Luft zu schnappen, und als er nach oben blickte, sah er Liane, das Gesicht dem Wind zugewandt, auf der Terrasse der Trouville-Suite stehen. Er beobachtete sie eine Zeitlang. Diese Frau strahlte einen besonderen Liebreiz aus; in ihrem weißen Kaschmir-Kleid wirkte sie wie eine Elfenbeinfigur. Nick erinnerte sich wieder an ihr unauffälliges, sicheres Auftreten am Abend zuvor. Dann sah er, daß ihre Töchter auf die Terrasse kamen und aufgeregt auf sie einplapperten, und kurz darauf ging sie mit ihnen zurück in die Suite, ohne Nick bemerkt zu haben.

Liane sah sich, wie beim Frühstück vereinbart, mit den Kindern erst noch in den Geschäften um, um ein kleines Präsent für Armand auszusuchen. Sie entschied sich für eine Krawatte von

Hermes. Die Kinder baten darum, auch ein Geschenk für ihren Vater kaufen zu dürfen und hatten bereits eines ausgesucht, ein kleines Bronzemodell der *Normandie* auf einem Marmorsockel, das er in Paris auf seinen Schreibtisch stellen könne. Liane erfüllte ihnen diesen Wunsch. Sie brachten ihre Einkäufe in die Suite und gingen dann mit dem Kindermädchen zum Schwimmen.

Die Schwimmhalle mit ihren bunten Fliesenmustern und Mosaiken bot einen außergewöhnlich hübschen Anblick. Das Becken selbst war fünfundzwanzig Meter lang und wirkte trotz der vielen Schwimmer, die sich im tiefen Bereich tummelten, nicht überfüllt. Die Mädchen in ihren roten Badeanzügen kreischten vor Vergnügen, als ihre Mutter und das Kindermädchen sie in den flachen Bereich führten. Liane, die einen marineblauen Badeanzug mit weißem Gürtel trug, setzte sich erst noch eine weiße Bademütze auf, bevor sie am tiefen Ende ins Becken sprang. Mit langen Zügen schwamm sie zurück zu den Mädchen, die im Wasser herumplätscherten und bereits mit anderen Kindern Bekanntschaft schlossen. Besonders gut schienen sich die beiden mit einem kleinen Jungen in einer roten Badehose zu verstehen, der, wie Elisabeth von ihm gerade erfahren hatte, John hieß. Als Liane ihn sich näher ansah, fielen ihr sofort die leuchtend grünen Augen, seine helle Haut und die pechschwarzen Haare auf, und sie meinte, ihn irgendwo schon einmal gesehen zu haben. Seine Augen und sein Lächeln kamen ihr sehr bekannt vor.

Liane bat dann das Kindermädchen, ihre beiden Töchter weiter zu beaufsichtigen, um selbst eine Zeitlang ungestört schwimmen zu können. Während sie so ihre Runden drehte, bemerkte sie, wie die anderen Badegäste Grüppchen bildeten, sich mit Vornamen ansprachen und wie die Kinder bereits Bekanntschaften gemacht hatten. Liane aber sah niemanden, den sie kannte. Mit den anderen Passagieren war sie kaum in Kontakt gekommen, weil sie ohne Armand, der ja so beschäftigt war, nicht ausgehen wollte. Sie gehörte ganz bestimmt nicht zu den Frauen, die in den Geschäften herumstanden und plauderten oder beim Tee im Grand Salon einander kennenlernten.

Nach über einer Stunde mußte Liane ein Machtwort sprechen, um ihre beiden Töchter aus dem Wasser zu bekommen. Sie ging mit ihnen in die Suite zurück, zog sie für das Mittagessen um und begleitete sie zum Speisesaal für Kinder. Den beiden Mädchen hatte es, als sie am Abend zuvor mit dem Kindermädchen dort gegessen hatten, sehr gut gefallen, nicht zuletzt wegen der lustigen Elefantenzeichnungen von Laurent de Brunhoff an den Wänden. Als Liane ging, sah sie den Jungen vom Swimming-pool mit seinem Kindermädchen hereinkommen. Sie lächelte ihm zu und eilte zurück in die Suite, um sich frisch zu machen. Es waren nur noch zehn Minuten bis zum Mittagessen und sie hoffte, Armand würde jeden Moment kommen. Doch kaum hatte sie sich das beige Wollkleid von Chanel übergezogen, klingelte es und ein Steward brachte ihr eine Nachricht. Armand und Jacques hatten ihr Pensum noch nicht erledigt und würden keine Mittagspause einlegen, um so schnell wie möglich fertig zu werden, damit Armand wenigstens den Nachmittag mit ihr verbringen könne. Einen Augenblick lang war Liane aufs tiefste enttäuscht, doch sie bedankte sich lächelnd bei dem Steward und ging allein hinunter in den *Grande Salle à Manger*.

Der Tisch, an den sie plaziert wurde, war eigentlich für acht Personen gedeckt, doch zwei Paare verzichteten auf das Mittagessen, so daß nur noch ein nettes älteres Ehepaar mit ihr speiste. Liane kam schnell mit ihnen ins Gespräch. Die Frau trug Diamanten so groß wie ein Stück Würfelzucker und hielt sich in der Unterhaltung etwas zurück. Dafür war ihr Mann um so redseliger. Beide kämen aus New Orleans, wo er in der Ölbranche tätig sei. Sie hätten viele Jahre in Texas und davor in Oklahoma gelebt, sich aber auf ihre alten Tage für New Orleans entschieden. Liane kannte die Stadt, weil sie mit Armand einmal dort gewesen war. Sie versuchte, sich so lange wie möglich mit den beiden zu unterhalten, doch beim Nachtisch war der Gesprächsstoff bereits erschöpft. Bevor der Kaffee serviert wurde, entschuldigte sich das Ehepaar damit, daß es Zeit für ein Mittagsschläfchen wäre, und Liane blieb allein am Tisch zurück. Sie kam sich ziemlich verlassen vor in dem riesigen Saal und sehnte sich danach, daß Armand bald mit der Arbeit fertig sein würde. Sie aß noch etwas frisches Obst und trank eine Tasse Tee, erhob sich danach und ging hinaus auf Deck, wo sie beinahe mit Nick Burnham zusammenstieß, der mit einem Jungen spazierenging. Sie sah sofort, daß es der Junge war, den sie und die Mädchen am Swimmingpool und danach im Kinder-Speisesaal gesehen hatten, und ihr wurde auch klar, weshalb er ihr so bekannt vorgekommen war, denn er sah Nick sehr ähnlich. Sie lächelte erst dem Jungen und dann Nick zu, bevor sie den Jungen fragte: »Na, wie war denn das Essen?«

»Sehr gut.« Er strahlte übers ganze Gesicht, freute sich, daß sein Vater Zeit für ihn hatte.

»Wir gehen ins Kasperletheater.«

»Wollen Sie nicht mitkommen?« schlug Nick vor. Liane zögerte; eigentlich wollte sie in der Suite auf Armand warten. Aber sie könnte ihm ja eine Nachricht hinterlassen und mit den Mädchen hingehen, die Kinder dort notfalls auch allein und später vom Kindermädchen abholen lassen. »Eine gute Idee. Ich hole nur meine Töchter. Wir treffen uns dann dort.« Auf dem Weg zur Suite fragte sie sich kurz, wo Hillary Burnham wäre, wußte aber gleich darauf auch schon die Antwort; sie war nicht der Typ von Frau, von dem man erwarten konnte, daß er sich viel um Kinder kümmert. Marie-Ange und Elisabeth spielten, als Liane in die Suite kam; das Kindermädchen hatte ihnen einen Mittagsschlaf verordnet, doch Liane bewahrte sie nun davor. Sie schrieb Armand einen Zettel: »Bin mit den Mädchen im Kasperletheater. Hol uns dort ab. Küßchen, Liane.«

Dann liefen die drei zum Kinderspielsaal, in dem sogar ein Karussell stand. Nick und John warteten bereits auf sie und hatten ihnen Plätze reserviert. Kaum hatten sie sich gesetzt, gingen auch schon die Lichter aus und die Vorstellung begann. Die nächste Stunde verging wie im Flug. Die Kinder lachten und schrien vor Vergnügen, amüsierten sich köstlich und klatschten begeistert, als sich Kasperle wieder von ihnen verabschiedete.

»Das war lustig«, kommentierte John und sah seinen Vater dankbar an. »Dürfen wir jetzt Karussell fahren?« Gerade hatten Stewardessen damit begonnen, das Karussell anzuschieben, den Kindern beim Aufsteigen zu helfen und großzügig bemessene Portionen Eis zu verteilen. Die *Normandie* war nicht nur für Erwachsene, sondern auch für Kinder ein Märchenland. Marie-Ange und Elisabeth hielten es nicht länger bei ihrer Mutter aus, kletterten auf die Pferde neben ihrem neuen Freund und alle drei winkten fröhlich, als sich das Karussell zu drehen begann.

»Fast nicht zu glauben, was es hier für die Kinder alles gibt«, sagte Nick zu Liane. »Fast mag ich dieses Spielzimmer lieber als die Räume für Erwachsene.«

»Mir geht es genauso.« Eine Weile sahen sie schweigend den Kindern zu.

»Wir haben Ihren Sohn schon heute morgen beim Schwimmen gesehen, und er kam mir so bekannt vor.« Sie lächelte Nick an. »Bis auf die Haarfarbe sieht er genauso aus wie Sie.«

»Und die Mädchen sind Ihnen wie aus dem Gesicht geschnitten.« Das hatten zwar schon viele Leute behauptet, doch Liane meinte, Elisabeth würde eher ihrem Vater ähnlich sehen. Die beiden Mädchen hatten auf jeden Fall Lianes blondes Haar geerbt; Armands Haare waren zwar schon seit vielen Jahren grau, doch konnte man deutlich erkennen, daß sie früher einmal dunkel gewesen sein mußten.

»Diese Reise ist für sie ein Riesenspaß.« Liane nickte etwas geistesabwesend, weil sie gerade der Gedanke beschäftigte, ob die Reise für sie selbst und Nick ein Riesenspaß werden würde. Ihr wurde schmerzlich bewußt, daß Armand seit der Abfahrt kaum Zeit für sie gehabt hatte, und Hillary und Nick waren ebenfalls nicht gemeinsam beim Mittagessen gewesen. Sie fragte sich, was einer Frau vom Typ Hillarys wohl Spaß machte, und gab sich selbst die Antwort darauf: Wahrscheinlich war es für sie das Höchste, gewagte Kleider, teuren Schmuck und schicke Pelze zu tragen und von Männern umschwärmt zu werden. Es war schwer, sich Hillary vorzustellen, wie sie mit ihrem Sohn schwimmen ging, auf der Terrasse ein Buch las oder Tennis spielte. Als könne er ihre Gedanken lesen, wandte sich Nick mit einer Frage an Liane:

»Haben Sie schon Tennis gespielt?«

»Nein. Ich spiele auch nicht sehr gut.«

»Ich auch nicht, aber wenn Sie irgendwann Lust auf ein Match haben, würde ich gerne mit Ihnen spielen. Ich habe Ihren Mann heute vormittag im Rauchsalon sehr beschäftigt gesehen und würde Ihnen, wenn er nichts dagegen einzuwenden hat, gern als Partner zur Verfügung stehen.«

Liane spürte, daß er mit seinem Angebot keine Hintergedanken verband und es nur gemacht hatte, weil er sich einsam fühlte.

»Spielt Ihre Frau auch Tennis?« Nick meinte, einen leichten Vorwurf aus ihrer Frage herauszuhören.

»Nein. Als Mädchen hat sie gespielt, aber nur sehr ungern. Sind Sie aus San Francisco?«

Sie fragte sich, woher er das wußte, und das war ihr anzumerken. Lächelnd lieferte er ihr die Erklärung: »Irgendwer hat gestern abend Ihren Mädchennamen erwähnt. Crockett, wenn ich mich recht erinnere.« Sie nickte. »Mein Vater stand mit dem Ihren in geschäftlichen Verbindungen.« Dies war nicht weiter verwunderlich; ihr Vater hatte mit seinen Frachtern Stahl in alle Welt geliefert.

»Wir haben eine Niederlassung dort. Eine schöne Stadt, leider komme ich nur selten hin.«

»Nun ja, Europa ist ja auch nicht schlecht.«

»Allerdings.« Er fühlte sich eigentlich überall wohl, wo es ihn hinverschlug. Schade nur, daß man von Hillary nicht das gleiche behaupten konnte; sie hatte ja ganz spezielle Gründe dafür, daß sie nicht von zu Hause weg wollte.

»Übernimmt Ihr Mann einen neuen Posten in Frankreich?«

»Zumindest für die nächsten Jahre. Er ist schon so lange im Ausland, daß man wohl der Meinung war, ihn für eine gewisse Zeit zurückholen zu müssen.«

»Wo waren Sie denn zuvor?«

»Erst in Wien und dann in London.«

»Wien ist auch eine Stadt, die mir gut gefällt. Ich hoffe, von Berlin aus irgendwann einen Abstecher dorthin machen zu können.«

»Werden Sie in Berlin wohnen?«

»Nein, in Paris. Ich werde aber aus geschäftlichen Gründen häufiger hinfahren.« Er hatte bemerkt, wie sie zusammengezuckt war, als er Berlin erwähnte. »Ich verkaufe Stahl, Mrs. de Villiers, und kann mir meine Kunden leider nicht immer aussuchen.« Armand hatte es ähnlich ausgedrückt. Doch sie war anderer Meinung und ließ es auch erkennen. »Die Zeit wird kommen, wo wir uns alle entscheiden müssen, auf welcher Seite wir stehen.«

»Da stimme ich Ihnen zu. Aber es wird, nach dem, was man so hört, noch eine Weile dauern. Und in der Zwischenzeit muß ich meine Verträge erfüllen, nicht nur die mit den Franzosen.«

»Verkaufen Sie auch an die Engländer?«

»Nicht mehr. Sie haben sich anderweitig gebunden.«

»Vielleicht, weil sie mit Ihren Kontakten zu Berlin nicht einverstanden sind.« Kaum hatte sie den Satz beendet, errötete sie, weil sie spürte, daß sie zu weit gegangen war.

»Entschuldigen Sie bitte ... ich wollte nicht ...« Aber Nick lächelte nur begütigend. Er fühlte sich nicht angegriffen, empfand aber Sympathie dafür, daß sie so freimütig ihre Meinung äußerte.

»Sie müssen sich nicht entschuldigen; vielleicht haben Sie sogar recht. Recht haben Sie auf jeden Fall mit dem, was Sie zuerst sagten, daß nämlich die Zeit kommen würde, wo wir uns entscheiden müssen, auf welcher Seite wir stehen. Ich versuche nur, meine persönlichen Überzeugungen nicht in geschäftliche Entscheidungen einfließen zu lassen. Ich muß einen Stahlkonzern leiten und kann mir dabei Gefühle nicht leisten. Dennoch habe ich Verständnis für Ihren Standpunkt.« Er sah sie sehr freundlich an, und es war ihr nun noch peinlicher, daß sie sich so vergessen hatte. Er war ein äußerst zuvorkommender, gutaussehender Mann, darüber hinaus auch noch offen und ehrlich, gab sich ganz natürlich. Er vermittelte den Eindruck von Stärke und Zuverlässigkeit, und das zeigte sich auch in der Art, wie er mit seinem Sohn sprach, als die Kinder wieder zu ihnen zurückgekommen waren. Man hatte bei ihm das Gefühl, man könne sich jederzeit mit seinen Problemen an ihn wenden.

Liane bemerkte dann Armand in der Tür stehen und nach ihr

Ausschau halten. Sie winkte ihm, und als er auf sie zukam, bemerkte sie, daß er fast so müde aussah wie zu Hause.

»Wie war's im Kasperletheater?« Er küßte sie zärtlich auf die Wange, sah hinüber zu den Mädchen, die mit John wieder Karussell fuhren, und begrüßte dann Nick mit Handschlag.

»Sind Sie fertig mit der Arbeit, Exzellenz?«

»Mehr oder weniger. Zumindest aber für heute.« Er warf Liane einen zärtlichen Blick zu. »Hast du dich beim Mittagessen sehr allein gelassen gefühlt?«

»Sehr. Aber Mr. Burnham war so freundlich, uns hier Gesellschaft zu leisten. Die Mädchen haben seinen Sohn heute morgen beim Schwimmen kennengelernt und gleich mit ihm Freundschaft geschlossen. – Wo ist denn Jacques? Hast du ihn über Bord geworfen?«

»Ich wollte, ich könnte es. Aber seine Aktentasche würde nicht untergehen, einfach bis Le Havre hinter mir herschwimmen wie ein Hai und mich auffressen, wenn ich meinen Fuß an Land setze.« Liane und Nick Burnham lachten. Danach unterhielten sich die drei noch eine Weile über das Schiff. Am Abend wurde im Theater ein Stück gegeben, das im letzten Winter in Paris ein Riesenerfolg gewesen war, und Liane und Armand freuten sich schon darauf.

»Wollen Sie und Ihre Frau nicht mitkommen?«

»Meine Frau versteht leider kein Französisch«, erklärte Nick bedauernd. »Aber wir könnten uns für danach zu einem Drink verabreden.« Liane und Armand hielten es für eine gute Idee, doch als sie kurz nach acht aus dem Theater kamen, waren die Burnhams nicht im Grand Salon, und Liane überredete Armand, in den Wintergarten zu gehen, der sie so fasziniert hatte. Sie saßen einige Stunden dort zwischen den Aquarien mit seltenen Fischen und den Volieren mit exotischen Vögeln, unterhielten sich, tranken Champagner und sahen hinaus in die Nacht. Armand gestand im Laufe des Gespräches, er wäre recht froh darüber, daß die Burnhams nicht gekommen seien. Es hätte ihn sicher einiges an Mühe gekostet, sich Hillary vom Leibe zu halten. Nick hingegen fände er sehr sympathisch, und Liane stimmte ihm zu.

»Er hat mich gefragt, ob ich nicht mit ihm einmal Tennis spielen würde, während du arbeitest. Hättest du etwas dagegen?«

»Überhaupt nicht. Ich fühle mich sowieso schon schuldig, daß ich dich so allein lasse und du nicht weißt, was du tun sollst.«

Liane lachte.

»Auf diesem Schiff? Ich müßte mich schämen, wenn ich hier nicht wüßte, was ich tun soll.«

»Es gefällt dir also hier?«

»Sehr gut sogar.« Sie beugte sich zu ihm hinüber und flüsterte ihm ins Ohr. »Und ganz besonders in diesem Augenblick.« Schließlich gingen sie zurück zum Restaurant, hinaus auf die Promenade und suchten dann ihre Suite auf. Es war inzwischen fast zwei Uhr geworden und Liane war sehr müde.

»Arbeitest du morgen früh wieder?«

»Ich muß, leider. Du kannst ja mit Burnham Tennis spielen. Ich finde überhaupt nichts dabei.« Liane sah ebenfalls keinen Haken an der Sache. Nick gehörte nicht zu den Männern, die bei einer verheirateten Frau Annäherungsversuche machen würden; außerdem hatte er ja mit seiner schon Schwierigkeiten genug. Armand und Liane machten es sich im Bett bequem. Armand hatte zwar die Absicht gehabt, mit Liane zu schlafen, doch bevor er sein Vorhaben in die Tat umsetzen konnte, war er bereits eingeschlafen.

7

»Wo willst du denn um diese Zeit schon hin?« Nick trank gerade seinen Frühstückskaffee im Speisezimmer, John und sein Kindermädchen spielten draußen auf der Terrasse, als Hillary hereinkam in weißen Hosen und einem roten Seidenhemd, das wie ein Herrenhemd geschnitten war. Es betonte ihr glänzendes schwarzes Haar und ihren blassen Teint. Sie war bereits am Tag zuvor verschwunden und hatte Nick später mit der Erklärung abgespeist, sie wäre zum Swimmingpool gegangen, hätte sich dort massieren und danach eine Gesichtsmaske im Kosmetiksalon machen lassen. Die Prozedur hatte fast den ganzen Tag gedauert.

»Ich geh' ein bißchen spazieren.« Sie sah ihn mit einem frostigen Blick an.

»Möchtest du nichts essen?«

»Nein, danke. Ich geh' wahrscheinlich gleich noch zum Schwimmen und ess' erst danach.«

»Gut. Wo treffen wir uns zum Mittagessen?«

Sie zögerte, aber nur einen kurzen Augenblick. Sie unternahmen diese Fahrt trotz allem gemeinsam, und sie wußte, daß sie ihm wenigstens etwas entgegenkommen mußte.

»Wie wär's mit dem Restaurant?«

»Willst du nicht im großen Speisesaal essen?«

»Die Leute an unserem Tisch gehen mir auf die Nerven.« So sehr, daß sie sich am Abend zuvor vor dem Dessert entschuldigt hatte und weggegangen war. Es hatte zwei Stunden gedauert, bis Nick sie wiedersah. Bei ihrer Rückkehr erklärte sie, sie hätte sich unten auf dem Deck der Touristenklasse etwas umgesehen, und daß es ihr dort viel besser gefallen hätte. Er hatte gemeint, sie solle nicht da hinuntergehen. »Warum denn nicht?« hatte sie erstaunt und verärgert zugleich zurückgefragt, und er hatte ihr erklärt, allein schon ihr Schmuck würde sie gefährden, doch sie hatte ihn ausgelacht. »Hast du Angst, daß mich die Proleten da unten überfallen?« Er hatte ihr keine Antwort gegeben; sie hatte nur weitergelacht, dennoch aber einen etwas freundlicheren Eindruck gemacht als zuvor, der allerdings gleich wieder verflogen war, als er vorschlug, sich mit den de Villiers zu treffen. Sie hatte sich nur abfällig über das Botschafterehepaar geäußert und war zurück in die Kabine gegangen, um sich einen Drink einzuschenken. Ihm fiel auf, daß sie hier auf dem Schiff viel trank. Sie hatte zwar auch schon in New York getrunken, doch war er dort nicht sooft in ihrer Nähe, daß ihm das ganze Ausmaß bewußt geworden wäre. Hier aber war nicht zu übersehen, wie schnell der Flaschenvorrat in der Hausbar abnahm. Sie schien das meiste in ihren Privaträumen zu trinken.

»Hil ...«, sprach er sie an, als sie sich zum Gehen wandte,

»möchtest du, daß ich dir heute Gesellschaft leiste?« Er hatte irgendwie das Gefühl, daß er in ihrer Nähe bleiben sollte. Er hatte sich geschworen, daß sich auf dieser Reise etwas ändern würde, doch bis jetzt war alles beim alten geblieben. Wahrscheinlich würde sich auch überhaupt nichts ändern können, weil sie ihn nie an sich herankommen ließ. Auch jetzt wieder. Sie schüttelte den Kopf.

»Danke, nicht nötig. Ich will nämlich vor dem Mittagessen noch zur Massage.«

»Die Massagen müssen gut sein.« Mißtrauen schwang wieder in seiner Stimme mit, doch schon im nächsten Moment ärgerte er sich über das, was ihm da in den Sinn gekommen war. Es war einfach verrückt, so wenig Vertrauen zu seiner Frau zu haben. Allerdings hatte sie ihm schon so oft Hörner aufgesetzt, daß er immer gleich das Schlimmste vermutete.

»Sind sie auch.«

»Dann bis zum Mittagessen.« Sie nickte und schloß die Tür hinter sich, ohne sich von ihrem Sohn zu verabschieden. Johnny kam kurz darauf herein und sah sich suchend um. »Ist Mami weggegangen?«

»Ja. Sie ging zum Schwimmbad zur Massage wie gestern.«

John sah seinen Vater erstaunt an und schüttelte den Kopf. »Sie weiß doch nicht einmal, wo es ist. Ich wollte es ihr zeigen, aber sie hat gesagt, sie muß was anderes machen.«

Nick tat so, als hätte das nichts zu bedeuten, aber nun hatte er die Bestätigung: Sie trieb wieder ihre Spielchen. Aber wo? Und mit wem? In der Touristenklasse? In der Kabinenklasse? Mit einem Zahlmeister auf einem anderen Deck? Er konnte ihr doch nicht überallhin nachlaufen. Beim Mittagessen würde er sie zur Rede stellen. Doch nun mußte er seine Aufmerksamkeit seinem Sohn zuwenden.

»Möchtest du dir die Hunde ansehen?«

»Ja, gern«, strahlte John. Sie gingen hinauf auf das obere Sonnendeck, wo ungefähr ein Dutzend Pudel, aber auch ein Bernhardiner, eine Dänische Dogge, ein Pekinese und zwei kleine, nicht gerade ansehnliche Möpse spazierengeführt wurden. John spielte mit ihnen und streichelte sie, während sein Vater gedankenverloren hinaus aufs Meer blickte. Er mußte wieder an Hillary denken, fragte sich, wo sie wohl steckte. Er verspürte kurz den Drang, das ganze Schiff auf den Kopf zu stellen und sie zu suchen, doch dann sagte er sich wieder, weshalb eigentlich. Er führte diesen Kampf nun schon neun Jahre und hatte ihn schon vor langer Zeit verloren, das wußte er nur zu gut. Auch hier auf dem Schiff war sie dieselbe wie in Boston oder New York. Sie war durch und durch verdorben, schon von allem Anfang an. Das einzige, wofür er ihr dankbar war, war sein Sohn. Er wandte sich um und ein Lächeln huschte über sein Gesicht. John hielt einen der kleinen, schniefenden Möpse im Arm.

»Daddy, wenn wir in Paris sind, bekomm' ich dann einen Hund?«

»Vielleicht. Wollen erst einmal sehen, wie groß das Haus ist.«

»Wirklich? Ich bekomm' vielleicht einen Hund? Toll!« Johns Augen leuchteten.

»Wir werden sehen. Aber setz doch mal deinen kleinen Freund hier ab und ich gehe mit dir in den Spielsaal zu deinen anderen Freunden.«

»Okay. Aber gehen wir wieder einmal hierher?«

»Aber sicher.« Beim Weggehen sah Nick kurz den Tennisplatz und erinnerte sich an sein Angebot an Liane am Vortag. Ihr Mann schien keine Einwände gehabt zu haben, und ein Match käme ihm gerade recht, um Dampf abzulassen. Entweder das oder etwas in der Kabine gegen die Wand werfen. Irgendwie mußte er in der Zeit bis zum Mittagessen etwas finden, um seine Aggressionen loszuwerden. Es tat ihm fast leid, daß er bis jetzt noch keinen Mann kennengelernt hatte, mit dem er hätte spielen können. Hillary hatte zumindest in dem einen Punkt recht gehabt, daß man mit den anderen Passagieren an ihrem Tisch im *Grande Salle à Manger* nicht viel anfangen konnte. Es waren überhaupt nur wenige junge Menschen an Bord; es war eine sehr teure Reise, und diejenigen, die sich die erste Klasse leisten konnten, gehörten bereits seit längerem zu den »Arrivierten«. Unter ihnen waren bekannte Journalisten und Schriftsteller, Rechtsanwälte und Bankiers, Musiker und Dirigenten, und alle hatten, genau wie Armand, einen gewissen Status erreicht. Und außer der Frau des Botschafters und seiner eigenen gehörte niemand seiner Altersstufe an. Er war es gewöhnt, immer der jüngste Mann zu sein, doch für einen Moment bedauerte er es nun. Es wäre schön gewesen, wenn er einen gleichaltrigen Freund in seiner Nähe hätte wissen können.

Er begleitete seinen Sohn hinunter zum Spielsaal, wo er auch die Töchter von Armand und Liane entdeckte, und nach kurzem Zögern entschloß er sich dann, auf die Promenade vor dem Restaurant zu gehen. Dort angekommen, sah er Liane, ein Buch lesend, auf einer Bank sitzen. Der Wind spielte mit ihrem blonden Haar.

Er war sich nicht schlüssig, was er tun sollte, doch dann ging er auf sie zu. »Hallo.« Sie sah überrascht hoch und lächelte dann, als sie ihn erkannte. Sie trug einen rosa Kaschmirpullover, graue Hosen und eine zweireihige Perlenkette, womit sie für einen Morgenspaziergang an Bord korrekt gekleidet war, aber andere Pläne hatte sie sowieso nicht. »Störe ich?« Er stand, die Hände in den Taschen, mit dem Rücken zum Wind, hatte wieder den blauen Blazer und die weißen Flanellhosen an, aber heute dazu eine hellrote Fliege. »Nicht im geringsten.« Sie schlug das Buch zu und rückte auf der Bank zur Seite.

»Ist der Herr Botschafter wieder bei der Arbeit?«

»Leider ja. Sein Sekretär kommt jeden Morgen um neun Uhr und schleift ihn weg, ganz gleich, ob er mit dem Frühstück fertig ist oder nicht.«

»Ich habe den Sekretär gesehen. Ich muß zugeben, er sieht wirklich nicht so aus, als ob er Spaß verstehen würde.«

»Tut er auch nicht, aber aus ihm wird einmal ein guter Botschafter werden. Zum Glück war Armand nie so«, fügte sie lächelnd hinzu.

»Wie haben Sie sich denn kennengelernt?« Seine Frage war etwas indiskret, doch die beiden interessierten ihn sehr. Es war ganz offensichtlich, daß eine besonders innige Zuneigung sie verband, und dies trotz des großen Altersunterschiedes und der Tatsache, daß Armand so beschäftigt war. Aber sie schien dafür Verständnis aufzubringen und immer geduldig auf ihn zu warten. Er fragte sich, wie man es anstellen mußte, um eine solche Frau kennenzulernen. Vielleicht, indem man sich nicht Hals über Kopf in eine achtzehnjährige Debütantin verliebt. Aber Liane mußte, das war am Alter ihrer ältesten Tochter zu erkennen, auch sehr jung geheiratet haben; er schätzte sie allerhöchstens auf dreißig. Sie war in Wirklichkeit zweiunddreißig und schon immer viel reifer gewesen, als es die Zahl der Jahre vermuten ließ, Frau genug, um eine Ehe eingehen zu können – anders als Hillary, das verwöhnte Mädchen, das mit Nick zum Traualtar geschritten war.

»Wir haben uns in San Francisco kennengelernt, als ich noch sehr jung war.«

»Sie sind es immer noch.«

»Nein, nein.« Sie lachte. »Damals war ich noch ein Kind, und ...« Sie zögerte einen Augenblick, doch auf einem Schiff erzählt man anderen Menschen Dinge, die man normalerweise eher für sich behält. Sie verfiel nun diesem Zauber und sah ihn mit einem offenen Blick aus ihren blauen Augen an. »Armand war damals mit einer anderen Frau verheiratet, einer Frau, die ich sehr schätzte und liebte. Meine Mutter starb bei meiner Geburt, und Odile, Armands Frau, war wie eine Mutter zu mir. Armand war zu der Zeit Generalkonsul in San Francisco.«

»Ist er dann geschieden worden?« fragte Nick, nun noch neugieriger geworden. Irgendwie wollte es ihm nicht in den Kopf, daß Liane, dieses unschuldig wirkende Geschöpf, eine Ehe zerstören könnte.

»Nein. Sie starb, als ich achtzehn war, und Armand war beinahe am Ende. Wir alle waren es, wenn ich es recht sehe. Ich war fast ein ganzes Jahr wie betäubt.«

»Und dann hat er sich in Sie verliebt?« Allmählich ergab die Geschichte einen Sinn.

Lianes Augen nahmen einen entrückten Ausdruck an, als sie die Vergangenheit wiederauferstehen ließ. »Nun, so schnell ging das auch wieder nicht. Es hat fast zwei Jahre gedauert, bis wir uns über unsere Gefühle klar wurden und sie einander eingestanden.

An meinem einundzwanzigsten Geburtstag haben wir uns dann verlobt.«

»Und danach geheiratet und eine glückliche Ehe geführt.« Ihre Geschichte klang wie ein Märchen, und sie gefiel ihm. Liane schüttelte den Kopf.

»Nein. Gleich nach unserer Verlobung wurde Armand versetzt. Nach Wien. Und mein Vater hat darauf bestanden, daß ich erst meinen Abschluß am Mills College mache. Ein Jahr lang waren wir getrennt, ein schlimmes Jahr für uns beide, doch wir haben es durchgestanden. Wir haben uns jeden Tag geschrieben, und nach meinen Abschlußprüfungen kam er zurück, wir haben geheiratet und sind dann gemeinsam nach Wien gegangen.« Sie lächelte. »Die Zeit in Wien war wunderschön; wir waren sehr glücklich dort. Aber eigentlich auch danach in London. Marie-Ange und Elisabeth sind in der Zeit zur Welt gekommen. Und dann ging's zurück in die Staaten.«

»Worüber Ihr Vater sicher sehr erfreut war.« Kaum hatte er dies gesagt, wurde ihm auch schon die Unsinnigkeit seiner Bemerkung bewußt. Er erinnerte sich schwach, daß ihr Vater vor ungefähr sieben, acht Jahren verstorben war.

»Mein Vater hat es leider nicht mehr erlebt. Er starb kurz nach Elisabeths Geburt. Aber das scheint alles schon solange her zu sein.«

»Sind Sie noch oft in San Francisco gewesen?«

»Nein. Ich fühle mich dort nicht mehr zu Hause. Ich bin schon zu lange weg und habe nur noch meinen Onkel dort, zu dem ich eigentlich nie eine enge Beziehung hatte ... Mein Zuhause ist bei Armand.«

»Er kann sich wirklich glücklich schätzen.«

Sie lachte. »Nicht immer. Ab und zu hat er auch seinen Kummer mit mir, ich bin bestimmt keine Heilige. Aber er ist sehr gut und freundlich zu mir und ein sehr kluger Mann. Ich bin glücklich, daß ich mit ihm schon solange zusammensein darf. Mein Vater war der Ansicht, daß ich mit einem jüngeren Mann nie auskommen würde, und ich glaube, er hatte recht. Ich habe zu lange mit meinem Vater zusammengelebt.«

»Ist Ihr Gatte ihm sehr ähnlich?« Er wollte noch mehr über sie erfahren, gerade jetzt, nachdem sie ihm ihre Geschichte erzählt hatte.

»Nein, überhaupt nicht. Aber mein Vater hat mich auf das Leben gut vorbereitet. Ich habe ihm den Haushalt geführt, zugehört, wenn er und mein Onkel geschäftliche Dinge besprachen. Ich wäre bestimmt nicht zufrieden gewesen, wenn ich keine Aufgabe gehabt hätte.«

»Waren Sie ein Einzelkind?«

»Ja.«

»Genau wie meine Frau. Aber sie ist kaum mit den Realitäten des Lebens konfrontiert worden, hat nie Verantwortung übernehmen müssen. Sie ist in dem Glauben aufgewachsen, das Leben bestehe nur aus Feiertagen, Geburtstagspartys und Debütantinnenbällen. Gut, man kann seinen Spaß haben, aber es sollte doch nicht der alleinige Lebensinhalt sein.«

»Sie ist sehr schön, und deshalb ist es kein Wunder, daß sie von Anfang an verwöhnt wurde. Frauen, die so aussehen wie sie, haben oft ganz falsche Vorstellungen vom Leben.« Als sie das sagte, verspürte er sofort den Wunsch, sie zu fragen: »Und wie ist das bei Ihnen? Warum sind Sie anders?« Liane war auch sehr schön, aber auf eine andere Art, viel unauffälliger und fraulicher als Hillary. Doch er verzichtete auf diese Frage und lenkte das Gespräch in eine andere Richtung.

»Irgendwie ist es seltsam, daß sich unsere Wege nie gekreuzt haben, wo doch unsere Väter in geschäftlichen Kontakten miteinander standen und wir ungefähr im gleichen Alter sind.« Und, was er nicht ausgesprochen hatte, sie beide zu dem kleinen Kreis der wohlhabendsten Familien des ganzen Landes gehörten. Wenn sie ein College an der Ostküste besucht hätte, hätte er sie sicher auf einer Party oder einem Ball kennengelernt, doch war es ihnen vom Schicksal wohl so vorbestimmt gewesen, erst hier auf der *Normandie,* auf hoher See, miteinander Bekanntschaft zu machen.

»Mein Vater hat jahrelang wie ein Einsiedler gelebt. Die Leute, die mein Vater kannte oder mit denen er geschäftlich zu tun hatte, habe ich kaum gesehen. Er hat den Tod meiner Mutter nie ganz verwunden. Es war direkt ein Wunder, daß ich Armand und Odile überhaupt kennenlernte, aber er wollte wohl ein bißchen mit meinem Französisch angeben.« Sie erinnerte sich immer noch an Odiles Schilderung von ihrem ersten Zusammentreffen mit Harrison, mußte nun wieder daran denken und sich beinahe zwingen, ihre Aufmerksamkeit wieder Nick zuzuwenden.

»Ach übrigens, wo ist denn Ihre Frau?« Ihre Frage war keineswegs indiskret, doch bereute sie sie sogleich, als sie das Funkeln in seinen Augen sah.

»Sie wollte zur Massage, und deshalb war ich auf der Suche nach Ihnen.« Liane schien darüber erstaunt und legte das Buch auf die Bank. »Ich habe mich gefragt, ob es mir gelingen könnte, Sie zu dem Tennisspiel zu überreden, von dem wir gestern bereits sprachen. Hätten Sie nun Lust dazu? Auf dem Platz ist zur Zeit niemand. Ich war gerade oben, weil John die Hunde sehen wollte. Wie steht's damit: Könnten Sie sich für ein schnelles Match von Ihrer Lektüre losreißen?«

Sie zögerte einen Augenblick und sah auf die Uhr. »Ich habe mich mit Armand zum Mittagessen verabredet. Er versprach, sich heute dafür Zeit zu nehmen.«

»Das macht nichts. Ich treffe mich um eins mit Hillary im Restaurant.«

»Dann wollen wir.« Sie lächelte ihm aufmunternd zu. Seit sie mit Armand verheiratet war, hatte sie keine Bekannschaften mit Männern angeknüpft, doch jetzt freute sie sich darauf, einen Partner zum Tennis zu haben. »Ich ziehe mich schnell um und komme dann hoch.«

»Sagen wir: in zehn Minuten?« Er sah auf seine goldene Uhr von Cartier.

»Einverstanden.« Sie gingen gemeinsam hoch zu ihren Kabinen und trafen sich zehn Minuten später am Tennisplatz wieder, sie in einem weißen Faltenrock, der ihre schlanken Schenkel halb bedeckte, er in weißen Shorts und einem Tennissweater über einem Hemd von Brooks Brothers. Sie spielten locker und gelöst, er gewann zwei Sätze, doch dann überraschte sie ihn im dritten

Satz und gewann ihn mit 6:2. Sie freute sich über diesen Erfolg, er sprang übers Netz, um ihr zu gratulieren, und plötzlich fühlten sie beide sich irgendwie befreit und voll jugendlichem Schwung.

»Sie haben mich angelogen. Sie spielen sehr gut.« Liane war noch ganz außer Atem von diesen drei Sätzen, doch es hatte ihr viel Spaß gemacht.

»So gut nun auch wieder nicht. Und so schlecht, wie Sie sagten, sind Sie ja in Wirklichkeit auch nicht.« Genau diese Ablenkung hatte er dringend nötig gehabt, und er fühlte sich nun viel wohler. »Das Spielen hat mir gutgetan.«

»Sie müssen sich hier ziemlich eingesperrt vorkommen. Das Schiff ist zwar riesig, doch irgendwie ist man trotzdem eingeengt. Mir macht das wohl nicht soviel aus, weil ich ziemlich träge bin, doch bei Ihnen ist das vermutlich anders.«

»Nicht unbedingt. Ich bin nur manchmal etwas gereizt, weil ich so viel zu bedenken habe.« Sie mußte gleich wieder an seine Verträge mit den Franzosen und den Deutschen denken, doch sie störte sich nun nicht mehr so daran. Er war ein netter Mann, der einen anständigen und integren Eindruck machte. Es war schwer, Nick Burnham nicht zu mögen, und allmählich fühlte sie sich in seiner Gesellschaft wohl. »Wie dem auch sei, das Tennisspielen hat mir sehr geholfen. Vielen Dank dafür.«

»Nicht der Rede wert. Vielleicht ist es genau der richtige Ausgleich für das viele Essen«, fügte sie lächelnd hinzu.

»Dann sollten wir wieder spielen. Morgen um die gleiche Zeit?«

»Einverstanden.« Sie sah auf die Uhr. »Nun muß ich mich aber beeilen, sonst muß Armand auf mich warten.«

»Grüßen Sie ihn von mir«, rief er ihr nach, als sie davonlief.

»Werde ich. Und viel Spaß beim Mittagessen.« Sie winkte ihm noch einmal zu und verschwand.

Er stand noch lange da, blickte hinaus aufs Meer und ließ alles noch einmal Revue passieren, was sie gesagt hatte. Und Armand war wirklich der richtige Mann für sie, was sie auch zu wissen schien. Ganz im Gegensatz zu Hillary, die ihn, nichts Gutes ahnend, um ein Uhr im Restaurant auf sich zukommen sah. Er trug wieder den Blazer und die weißen Hosen, sie ein blaues Seidenkleid und hochhackige blaue Wildlederschuhe.

»Wie war die Massage?« Er winkte einen Ober herbei und bestellte zwei Scotch.

»Sehr gut.«

»Wo, sagtest du, hast du dich massieren lassen?« Er tat ganz gleichgültig, schwenkte sein Glas in der Hand und sah sie mit einem durchbohrenden Blick an.

»Verlangst du von mir Rechenschaft, Nick?«

»Ich weiß nicht, Hil. Meinst du, ich sollte?«

»Was macht denn das für einen Unterschied, ob ich bei der Massage war oder nicht?« Sie blickte gelangweilt zur Seite, doch sie wirkte nur nach außen ruhig. Innerlich breitete sich bei ihr Nervosität aus.

»Mir macht das sehr viel aus, wenn du mich anlügst. Und ich habe dir schon einmal gesagt, daß alles, was du hier auf dem Schiff tust, sofort überall herumerzählt wird. Ich habe den Eindruck, daß du zuviel Zeit unten in der zweiten Klasse verbringst, und ich bitte dich, damit aufzuhören.«

»Aha, der feine Herr hat wieder was dagegen. Was soll ich denn hier oben? Ist doch das reinste Altersheim. Da unten sind wenigstens ein paar junge Leute, Leute, mit denen ich mich unterhalten kann. Vergiß nicht, lieber Nick, daß ich nicht so alt bin wie du.«

»Aber auch nicht so clever. Denk daran. Ich will dich nicht in deiner Kabine einsperren müssen.« Seine Augen funkelten wütend, doch sie lachte nur.

»So ein Quatsch. Ich müßte doch nur dem Mädchen klingeln. Wie willst du es denn machen? Mich am Bett festbinden?«

»Ich habe den Eindruck, dafür hast du bereits selbst gesorgt. Wen hast du denn hier auf dem Schiff getroffen, Hil? Einen alten Freund aus New York? Oder hast du einen neuen aufgegabelt?«

»Weder noch. Nur ein paar junge Leute, die etwas weniger luxuriös reisen als wir.«

»Dann tu mir bitte den Gefallen und laß dich nicht mehr bei ihnen blicken. Mach dich doch nicht lächerlich, indem du das bedauernswerte reiche Mädchen spielst, das sich unter das Volk mischt.«

»Die denken da anders.«

»Da wäre ich mir nicht so sicher. Das ist doch ein uraltes Spiel. Ich habe es früher doch auch so gemacht, wenn ich auf einem Schiff war. Aber damals war ich jung, Student und ledig. Auch wenn es dir auf die Nerven geht, Hil, ich muß dich daran erinnern, daß du verheiratet bist und nicht da hinunter gehörst. Dein Platz ist hier oben. Es gibt Schlimmeres im Leben.«

»Viel nicht.« Sie wirkte wieder wie das verzogene kleine Mädchen. »Mir kommt's hoch, wenn ich diese stinkfeinen Knacker auch nur sehe.«

»Dann kotz dich aus. In zwei Tagen sind wir in Paris, und solange hältst du es hier oben noch aus.« Sie gab ihm keine Antwort, sondern bestellte sich noch einen Scotch. Ihr Mittagessen bestand aus einem halben Sandwich. Nick bummelte anschließend mit ihr durch die Geschäfte, um sie auf andere Gedanken zu bringen, doch als er kurz beim Swimming-pool vorbeischaute, um John abzuholen, verschwand sie einfach. Er wartete in der Kabine auf sie, und als sie zurückkam, verspürte er eine solche blinde Wut in sich aufsteigen, daß er die Beherrschung verlor und sie ohrfeigte. In diesem Moment sah er, daß Johnny die Tür seines Zimmers einen Spalt geöffnet hatte und herausschaute, und schnell fand er die Beherrschung wieder. Sie hatte ihn schon so oft zur Weißglut gebracht, doch war dies das erste Mal gewesen, daß er den Drang verspürte, sie zu schlagen. Er zog sie in das Schlafzimmer; es war nicht zu übersehen, daß sie wieder einiges getrunken hatte. Und dann entdeckte er etwas, was ihn traf wie ein Schlag: Ihren Hals zierte ein Knutschfleck. Zitternd vor Wut zerrte er sie zum Spiegel, um ihn ihr zu zeigen.

»Wie kannst du es wagen, so hierherzukommen, du alte Nutte! Wie kannst du es wagen!« Er war sicher, daß Johnny ihn durch die Tür hören konnte, doch das war ihm im Moment einerlei. Sie riß sich von ihm los.

»Was hätte ich sonst machen sollen? Da unten bleiben?«

»Wäre vielleicht besser so.«

»Vielleicht werd' ich das auch.«

»Um Himmels willen, Hillary, was ist mit dir los? Schämst du dich denn überhaupt kein bißchen? Mußt du dich denn in jedes Bett legen?« Sie antwortete ihm mit einer Ohrfeige. »Ich hab' es dir schon oft gesagt. Ich mach', was ich will, verdammt noch mal. Ich gehör' dir nicht, begreif das doch endlich, du Blödmann. Du kümmerst dich doch nur um deine Stahlwerke, deine Verträge und den Riesenkonzern, den du Johnny einmal vererben willst. Und was hab' ich davon? Was geht mich dein Konzern an? Mir ist das alles scheißegal. Hast du gehört? Ich scheiß' auf dich und deine Firma!« Sie hielt plötzlich inne, weil ihr bewußt wurde, daß sie den Bogen überspannt hatte. Nick drehte sich nur wortlos um und ging durch die offene Tür langsam hinaus auf die Terrasse. Sie beobachtete ihn erst eine Zeitlang, bevor sie ihm nachging. Er stand über die Reling gebeugt und drehte ihr den Rücken zu, als sie sich mit belegter Stimme entschuldigte. »Es tut mir leid, Nick.«

»Laß mich in Ruhe.« Es klang, als würde es ein beleidigter kleiner Junge sagen, und sie verspürte einen leichten Stich im Herzen. Doch nur ganz kurz, denn Mitleid mit ihm, ihrem größten Feind, konnte sie sich nicht leisten. Er war derjenige, der sie in Ketten legte, während sie frei sein wollte. Er drehte sich zu ihr um, und sie sah die Tränen in seinen Augen. »Geh wieder rein.«

»Du weinst?« Sie schien geschockt.

»Ja, ich weine.« Er schämte sich seiner Tränen nicht, und das schockierte sie noch mehr. Männer weinen nicht. Starke Männer weinen nicht. Zumindest nicht die, die sie kannte. Aber Nick Burnham weinte. Er war stärker als all die anderen, und tief in seinem Innern ärgerte er sich, nicht über sie, sondern über sich selbst und die große Dummheit, die er begangen hatte, indem er sie überhaupt geheiratet hatte. »Es ist aus zwischen uns, Hillary.«

»Du willst dich scheiden lassen?« Es klang, als wäre sie erleichtert und erfreut.

Er sah sie mit einem bohrenden Blick an. »Nein, das will ich nicht. Und laß es dir ein für allemal gesagt sein: Ich werde mich nie scheiden lassen. Wenn du aus dieser Ehe heraus willst, dann gibt es nur einen Weg: Du gehst allein. An dem Tag, an dem du damit einverstanden bist, laß ich mich sofort von dir scheiden. Doch bis dahin bist du mit mir verheiratet, komme, was wolle. Vergiß das nie. Aber von heute an kümmere ich mich einen feuchten Kehricht um das, was du machst.«

»Mit ›allein‹ meinst du ohne Johnny, oder?« Der freudige Ton war aus ihrer Stimme gewichen.

»Genau.«

»Das werd' ich nie machen.«

»Und warum nicht? Er ist dir doch genauso egal wie ich.« Seine Feststellung entsprach zwar den Tatsachen, doch würde sie es ihm gegenüber nicht zugeben. Zumindest nicht im Moment.

»Ich werd' ihn niemals aufgeben«, erwiderte sie trotzig. Nick brachte es immer wieder fertig, ihr alles zu vermiesen. Erst hatte er in ihr Hoffnungen auf eine Scheidung geweckt, als er sagte, es wäre aus zwischen ihnen, nur um dann hinzuzufügen, daß sie auf ihren Sohn verzichten müßte. »Ohne Johnny niemals.«

»Wieso?« fragte er provozierend. Er bemerkte, daß sie wenigstens so viel Anstand gehabt hatte, den Fleck an ihrem Hals durch einen Schal zu verdecken. Plötzlich verspürte er wieder den Drang, sie zu schlagen.

»Was würden denn die Leute sagen, wenn ich meinen Sohn nicht mehr hätte?«

»Was denn? Und überhaupt, seit wann kümmerst du dich darum, was die Leute sagen?«

»Schon immer. Es würde bestimmt heißen, ich wär' Alkoholikerin oder so was.«

»Bist du ja auch fast schon. Schlimmer noch, du bist eine Hure.«

»Wenn du mir weiter Schimpfwörter an den Kopf wirfst, du Idiot, dann kriegst du deinen Sohn nie.«

»Vergiß nicht, was ich dir gesagt habe. Wenn du willst, kannst du sofort frei sein. Aber ohne Johnny.« Sie wollte ihm mit einer zynischen Bemerkung antworten, doch dann verzichtete sie darauf, weil sie einsehen mußte, daß er am längeren Hebel saß.

Wenn sie die Scheidung einreichte, dann bliebe ihr als einzige Begründung Ehebruch, doch damit würde sie nicht durchkommen. Nick war ihr treu; sie merkte es an der ungestümen Art, wie er sie ab und zu nahm, daß er allein war mit sich und seiner Leidenschaft. Und sie war allein mit sich und ihrer ohnmächtigen Wut auf ihn. Sie würde von ihm nie das bekommen, was sie wollte, jetzt nicht, und auch später nicht, davon war sie überzeugt, als sie wieder hineinging. Aber warum sollte sie ihm Johnny lassen? Er war schließlich ihr Sohn, und in einigen Jahren würde es wahrscheinlich ganz nett sein, ihn um sich zu haben, denn sie mochte junge Leute. Sie würde ihn und seine Freunde dann bestimmt mögen; sie mochte nur keine kleinen Kinder, das war der Unterschied. Sie würde ihn nicht bei Nick lassen, niemals. Das würde sie nie verwinden können. Die Leute würden noch Jahre danach hinter ihrem Rücken erzählen, Nick hätte sie aus dem Haus gejagt. Das würde sie sich nicht nachsagen lassen. Wenn sie ihn verlassen würde, dann müßte allen klarwerden, daß es *ihre* Entscheidung gewesen war.

Nick stand noch lange auf der Terrasse. Ihm war bewußt, daß sie an einem entscheidenden Punkt angelangt waren. Das erste Mal hatten sie ernsthaft von Scheidung gesprochen, auch wenn es aus Wut und Verärgerung heraus geschehen war. Aber sie mußte ja auch hier noch auf dem Schiff in fremde Betten hüpfen. Er wußte nun jedenfalls endgültig, woran er mit ihr war, und war entschlossen, sie von jetzt an einfach zu ignorieren. Vielleicht würde sie dessen mit der Zeit überdrüssig werden, davonlaufen und ihn mit Johnny allein lassen. Er würde seinem Sohn ein schönes Leben bieten können, ganz gleich, ob er noch einmal heiraten würde oder nicht. Aber das waren im Moment nur Gedankenspielereien. Noch war er mit Hillary verheiratet, belastet mit all dem Kummer, den das bedeutete. Er starrte hinaus auf das Meer und die untergehende Sonne und dachte über sein Leben und seinen Sohn nach. Schließlich raffte er sich dennoch dazu auf, in die Suite zurückzugehen, um sich umzuziehen. Die Tür zur Deauville-Suite fiel hinter ihm ins Schloß.

Erst als sie das Geräusch der zufallenden Tür hörte, war es Liane, die die ganze Zeit in ihrem Liegestuhl auf der Terrasse der Trouville-Suite gesessen hatte und unfreiwillig Zeuge dieser Auseinandersetzung geworden war, möglich, sich zu erheben und ebenfalls hineinzugehen. Nick und Hillary hatten sie nicht sehen können, nachdem sie herausgekommen waren, und sie hatte es auch nicht gewagt, sich irgendwie bemerkbar zu machen. Sie wollte die beiden nicht merken lassen, daß sie alles mitangehört hatte. Sie empfand tiefes Mitleid mit ihm, als sie sich in ihrer Kabine hinsetzte. Wie einsam er doch war, und welch ein freudloses Leben er führte. Was würde er nun tun?

»Du liebe Zeit, wer ist denn gestorben?« Armand war hereingekommen und küßte sie, während sie an ihrer Frisierkommode saß und auf den Boden starrte.

»Wie? ... Ach, du bist's.« Sie versuchte zu lächeln, doch es wollte ihr nicht gelingen, weil Kummer sie bedrückte. Liane nahm stets Anteil an den Problemen ihrer Mitmenschen.

»Hast du etwa jemand anders erwartet?«

»Natürlich nicht.« Sie lächelte ihm nun zu, doch er sah ihr an, daß etwas nicht in Ordnung war.

»Was ist denn los mit dir, mein Liebling?«

Ihr Blick verriet ihre Bestürzung. »Ich habe gerade eine schreckliche Szene miterlebt.«

»Ist jemand verletzt worden?« Er wirkte besorgt.

»Nein. Nick Burnham und seine Frau haben sich gestritten.«

»Ein Ehekrach? Wie kam es denn, daß du alles mitbekommen hast?«

»Ich saß draußen im Liegestuhl und habe gelesen. Die Tür zu ihrer Terrasse war offen, und so konnte ich hören, wie sie sich drinnen stritten, und als sie auf die Terrasse kamen, konnten sie mich von da, wo sie standen, nicht sehen. Anscheinend hat sie hier auf dem Schiff mit einem anderen geschlafen.«

»Das würde mich nicht wundern. Aber es ist auch zum Teil seine Schuld, wenn er seine Frau nicht besser im Auge behält.«

»Wie kannst du so etwas sagen?« fragte sie entrüstet. »Was ist denn das für eine Frau, wenn sie so etwas tut?«

»Ein Flittchen, würde ich sagen. Aber allem Anschein nach hat er ihr vorher einiges durchgehen lassen.« Liane gab ihrem Gatten in diesem Punkt recht.

»Trotzdem, Armand, der Mann tut mir leid ... Außerdem hat er gesagt, sie kümmere sich nicht um den Jungen.« Tränen traten ihr in die Augen, und Armand zog sie an sich.

»Und nun möchtest du die beiden am liebsten adoptieren, damit sie in Frankreich bei uns wohnen, nicht wahr? Ach, Liane, du hast ein viel zu weiches Herz. Die Welt ist voll von Leuten, die ein solch alptraumhaftes Leben führen.«

»Aber er ist so ein netter Mann und hat es wirklich nicht verdient.«

»Das mag durchaus sein. Du mußt aber nicht mit ihm Mitleid haben. Er kommt schon zurecht, und du hast anderes zu bedenken.« Armand wußte, wie Frauen fühlen, wie sie sich durch zu großes Mitleid manchmal in Situationen hineinmanövrieren, die sie später bereuen, und er wollte Liane davor bewahren. In gewisser Hinsicht war sie noch voller unschuldiger Naivität, und er wußte, daß er sie vor sich selbst in Schutz nehmen mußte. »Was ziehst du denn heute abend an?«

»Ich weiß noch nicht ... ich ... Ach, Armand, wie kannst du nur so einfach über diese Sache hinweggehen?«

»Was sollte ich denn deiner Ansicht nach sonst tun? Hinübergehen und seine Frau erschießen?«

»Nein, natürlich nicht.« Sie mußte lachen. »Aber trotz allem, er ist schlimm dran ... und der arme Junge ...«

»Zerbrich dir darüber nicht den Kopf. Vater und Sohn verstehen sich doch sehr gut miteinander, und vielleicht läuft sie eines Tages mit einem anderen weg. Das wäre für beide möglicherweise sogar das Beste, was ihnen passieren könnte. Aber laß dich nicht in die Familienangelegenheiten der Burnhams hineinziehen; kannst du wissen, ob sie nicht gerade im Bett Versöhnung feiern? Vielleicht mag er sie gerade deswegen.«

»Was ich bezweifle.« Er sah Liane prüfend an und fragte sich, ob hinter ihrem Mitgefühl mehr stecken könnte, als vordergründig zu erkennen war, doch er kam zu einem negativen Ergebnis.

»Ich habe heute mit ihm Tennis gespielt. Er hat Näheres über uns wissen wollen, und aus dem, was er sagte, war für mich zu entnehmen, daß er mit ihr nicht glücklich ist.«

»Was zumindest beweist, daß er ganz normal empfindet. Aber noch einmal: Es ist sein Problem, nicht unseres. Und nun bitte ich dich, vergiß den Fall. Möchtest du ein Glas Champagner?« Sie zögerte erst einen Augenblick, bejahte dann seine Frage, und gleich darauf kam er mit zwei Sektkelchen zurück, reichte ihr einen und küßte sie zärtlich auf Wange, Hals und Lippen, und sie verdrängte die Gedanken an Nick und seine Frau. Sie mußte Armand recht geben: Sie konnte in dieser Sache überhaupt nichts tun. »Nun sag mir doch bitte, was du für die Gala heute abend anziehst.« Sie waren wieder an den Tisch des Kapitäns gebeten worden, und die heutige Gala war das glanzvollste Ereignis dieser Überfahrt. Der morgige Abend würde dann der letzte auf dem Schiff sein, denn übermorgen würden sie in Le Havre einlaufen.

»Ich dachte an das rote Moiré-Kleid.«

»Du wirst traumhaft darin aussehen.« Ein Blick in seine Augen verriet ihr, daß er es genau so meinte, wie er es sagte.

»Danke.« Sie setzte sich wieder an ihre Frisierkommode und beobachtete im Spiegel, wie er sich auszuziehen begann. »Seid ihr mit der Arbeit fertig geworden?«

»Mehr oder weniger.« Er drückte sich absichtlich so vage aus.

»Was heißt das?«

»Wir werden sehen.«

»Aber du kommst doch heute abend mit zur Gala, oder?«

»Aber natürlich.« Er ging zu ihr hinüber und küßte sie zwischen die Schulterblätter. »Es könnte nur sein, daß ich nicht lange bleiben kann.«

»Du willst nach der Gala noch mit Jacques arbeiten?« Mit einem Mal war ihr alles zuwider, die Fahrt, die Leute an Bord und vor allem, daß Armand nie Zeit für sie hatte. Sie wünschte, sie wäre wieder zu Hause oder schon in Frankreich.

»Jacques und ich müssen vielleicht noch etwas tun. Wollen erst mal sehen, wie spät es wird.«

»Ach, Armand ...«, seufzte sie völlig niedergeschlagen.

»Ich weiß, ich weiß. Mir kommt es so vor, als hätte ich dich auf der Fahrt überhaupt noch nicht gesehen. Und dabei sollten es doch für uns die zweiten Flitterwochen werden. Aber leider habe ich bis zur Ankunft noch einen Berg von Arbeit zu bewältigen. Liane, ich verspreche dir, ich versuche mein Bestes.«

»Ich weiß, und ich will mich ja auch nicht beklagen. Ich dachte eben nur, daß du wenigstens heute abend ...«

»Das dachte ich auch.« Nur hatte er nicht bedacht, wieviel Akten Perrier mitgeschleppt hatte. Armand kam zwischen ihren täglichen Zusammenkünften kaum noch zum Atemholen, doch er mußte sich vorbereiten, auch wenn Liane darunter litt. »Wie gesagt, wir wollen erst einmal sehen. Vielleicht bin ich so betrunken, daß ich nach der Gala nicht mehr arbeiten kann.«

»Du bringst mich da auf eine Idee ...«

»Wage es nicht!« rief er ihr scherzhaft-drohend nach, als sie im Bad verschwand.

Zur selben Zeit schenkte sich Hillary nebenan in der Deauville-Suite wieder einen Scotch ein. Es war ein anstrengender Tag für sie gewesen, anstrengender als Nick es sich vorstellte, denn ihr Liebhaber war so brutal gewesen, daß er ihr beinahe sämtliche Rippen gebrochen hätte. Er hatte behauptet, nicht zu wissen, daß sie verheiratet wäre, und als sie ihm ihren Ehering zeigte, hatte er darauf bestanden, ihr ein kleines Andenken für Nick mitzugeben. Dieses »Andenken«, der Knutschfleck, hatte zu der grundsätzlichen Auseinandersetzung geführt, die sie beide solange vermieden hatten. Hillary fühlte sich irgendwie erleichtert, obwohl ihr das, was Nick gesagt hatte, überhaupt nicht gefiel.

Er stand da und musterte sie. Er sah aus, als wäre er an diesem Nachmittag um zehn Jahre gealtert.

»Gehst du mit zur Gala?« Er legte zwar keinen Wert darauf, wollte allerdings wissen, was er dem Kapitän sagen sollte, wenn sie nicht mitkam.

»Ja, das hatte ich vor.«

»Du mußt nicht, wenn du nicht willst.« Das waren völlig neue Töne, und Hillary wußte nicht recht, wie sie reagieren sollte.

»Möchtest du lieber, daß ich mitgehe?« Seine veränderte Einstellung ihr gegenüber beunruhigte sie nicht wenig, aber sie wußte auch, daß sie das, was sie gesagt hatte, nicht mehr rückgängig machen konnte. Sie erinnerte sich, wie niedergeschlagen, in seinem Innersten zutiefst verletzt, er draußen auf der Terrasse vor ihr gestanden hatte, doch davon war nun nichts mehr zu spüren. Er sah sie völlig gleichgültig an mit einem eisigen Blick.

»Du hast die Wahl. Aber tu uns beiden einen Gefallen. Wenn du dich dafür entscheidest, dich mit an den Tisch des Kapitäns zu setzen, dann versuch, dich anständig zu benehmen. Falls das zuviel verlangt ist von dir, dann iß irgendwo anders.«

»Etwa hier in der Suite?« Sie wollte sich nicht wie ein ungezogenes Kind behandeln lassen, weder von ihm noch von diesem Kerl unten in der zweiten Klasse. Sie war nicht besonders erpicht darauf, wieder hinunterzugehen. Sie hatte das Gefühl, die Sache würde ihr über den Kopf wachsen. Hier oben mit Nick in der ersten Klasse wäre sie auf jeden Fall sicherer.

»Mir ist es scheißegal, wo du ißt. Aber wenn du mit mir zusammen bist, weißt du, wie du dich zu verhalten hast.«

Sie sagte kein Wort, sondern ging ins Bad und knallte die Tür hinter sich zu.

8

Als Hillary an diesem Abend gefolgt von Nick die Treppe in den Grande Salle à Manger herunterkam, lächelte sie nicht ihr verführerisches Lächeln. Sie wirkte ziemlich nervös und abgespannt. Dennoch erregte sie wieder Aufsehen, diesmal mit einem hochgeschlossenen weißen Satinkleid mit langen Ärmeln, besetzt mit silbernen Pailletten und winzigen kleinen Perlen, und als sie durch den Saal schritt, zog sie wieder alle Blicke auf sich, denn das Kleid war hinten in Tropfenform ausgeschnitten und entblößte ihren Rücken von den Schultern bis knapp unterhalb der Taille. Nick schien sich jedoch nicht um den Eindruck zu kümmern, den seine Frau hinterließ, und nahm mit einem freundlichen Lächeln gegenüber von Liane Platz. Sie bemerkte sofort, daß sein Blick nun anders war, kälter und irgendwie traurig, und erinnerte sich an die Auseinandersetzung, die sie miterlebt hatte. Als sie Nick so musterte, spürte sie, daß Armand sie beobachtete, und sie warf ihm einen besänftigenden Blick zu. Er hatte sie nämlich noch oben in der Kabine gebeten, sich nicht anmerken zu lassen, daß sie wußte, was zwischen den Burnhams vorgefallen war. Sie hatte ihm geantwortet, daß er sie nicht noch eigens darauf hinweisen müsse, doch er hatte widersprochen.

»Doch, das muß ich. Ich kenne dich doch. Du hast ein weiches Herz und fühlst mit jedem, dem etwas Schreckliches widerfahren ist. Es wäre Burnham sicher sehr peinlich, wenn er merken würde, daß du alles weißt. Für ihn ist es doch schon schlimm genug, daß ihm seine Frau Hörner aufgesetzt hat.«

Armand fand die Geschichte immer noch unglaublich, doch konnte er sich vorstellen, daß Hillary keinerlei Skrupel gehabt hatte. Als sie an der Tafel Platz nahm, konnte er nicht widerstehen, sie genau wie die anderen Gäste anzustarren. Sie war eine außergewöhnlich schöne Frau, aber auch, und das war ihr anzusehen, ein abgefeimtes Luder. Vielleicht trug sie, so überlegte sich Liane, als sie zu Armand hinüberblickte, dieses hochgeschlossene Kleid nur, um damit den Knutschfleck am Hals zu verdecken.

Armands Blick verriet Liane, daß er wußte, womit sie sich in Gedanken beschäftigte, und so wandte sie sich dem Herrn zu ihrer Linken zu. Es war ein ernst dreinblickender Deutscher mit einem Monokel und zahlreichen Auszeichnungen und Orden am Frack, Graf Farbisch aus Berlin. Er war Liane sofort unsympathisch gewesen, und Armand hatte in ihm sogleich den Mann erkannt, mit dem Nick Burnham im Rauchsalon verhandelt hatte. Er fragte sich, ob die beiden zu erkennen geben würden, daß sie einander bereits kannten, und sah, wie der Graf kurz nickte und Nick den Kopf neigte. Der Kapitän stellte alle Gäste an seinem Tisch einander vor; mit Ausnahme der Burnhams und der de Villiers war die Gruppe anders zusammengesetzt als beim letzten Mal. Liane fiel wieder einmal auf, wie wenig Leute sie bisher kennengelernt hatte.

»Ist das wahr, Madame de Villiers?« hörte sie Kapitän Thoreaux fragen, und sie errötete, weil sie nicht bei der Sache gewesen war und nicht wußte, worauf sich seine Frage bezog. Sie war heute abend nicht in der richtigen Stimmung. Der Krach zwischen den Burnhams und der unsympathische Graf zu ihrer Linken, der alle Anwesenden mit Nazi-Propaganda langweilte, waren ihr so auf den Magen geschlagen, daß sie es bedauerte, daß sie und Armand nicht allein in ihrer Suite speisten.

»Entschuldigen Sie, Herr Kapitän, ich habe nicht ...«

»Ich sagte, daß unser Tennisplatz gut besucht ist und erfuhr, daß Sie und Mr. Burnham heute morgen gespielt haben.«

»Ganz richtig«, antwortete Nick für sie und widmete ihr ein freundliches, nicht im geringsten anzügliches Lächeln. »Und Madame de Villiers hat mich sogar geschlagen. Sechs-zwei.«

»Nachdem ich zwei Sätze verloren hatte.« Liane lachte, doch war ihr heute abend nicht leicht ums Herz. Und ihre Beklemmung wurde noch größer, als sie den Blick in Hillarys Augen sah.

»Hat er Sie wirklich geschlagen? Das überrascht mich aber, denn er ist ein miserabler Spieler.« Alle, die an der Tafel saßen, waren leicht entsetzt über diese taktlose Bemerkung, und Liane beeilte sich zu kontern.

»Ihr Gatte spielt viel besser als ich.« Sie spürte, daß Armand sie ansah. Und ihr deutscher Nachbar begann wieder damit, seiner Tischdame zur Linken, einer Amerikanerin, von den großartigen Veränderungen vorzuschwärmen, die Hitler bewirkt habe. Einen Augenblick war sich Liane nicht mehr sicher, ob sie dieses Dinner durchstehen würde. Die Atmosphäre bei Tisch war so gespannt, daß nicht einmal der Château d'Yquem, der Margaux, der Champagner und das superbe Menü vom Kaviar bis zum Soufflé sie lockern konnten. Die Weine und Speisen wurden an diesem Abend in so erdrückender Fülle gereicht, daß alle erleichtert schienen, als man in den Grand Salon zum Galaball aufbrach. Er wurde zu einem fröhlichen, stimmungsvollen Ereignis, nur für eine nicht: Liane.

»Du hättest der Burnham nicht diese Antwort geben sollen«, flüsterte Armand ihr beim Tanzen leicht vorwurfsvoll zu.

»Ich weiß. Entschuldige.« Liane bereute es selbst. »Aber diese Frau ist so unausstehlich, Armand. Ich konnte mich einfach nicht mehr beherrschen. Wenn ich ihr nicht Antwort gegeben hätte, dann hätte ich wahrscheinlich diesem Grafen mein Glas Wein ins Gesicht geschüttet. Wer ist das eigentlich? Mir ist ganz schlecht geworden von seinen Lobreden auf Hitler.«

»Ich bin mir nicht sicher, vermute aber stark, daß er etwas mit der Reichsführung zu tun hat. Ich sah, wie er sich mit Burnham im Rauchsalon unterhielt.« Seine Worte ließen sie verstummen, denn sie erinnerte sich daran, daß Armand gesagt hatte, Nick Burnham würde mit den Deutschen Geschäfte machen. Und sie war immer noch bestürzt darüber. Er schien doch ein so anständiger Mensch zu sein. Wie konnte er den Nazis Stahl liefern, die ihn offensichtlich dazu verwendeten, sich im Widerspruch zum Versailler Vertrag zu bewaffnen. Es war ein offenes Geheimnis, daß die Deutschen seit Jahren rüsteten, doch daß ein Landsmann ihnen dabei half, war ihr völlig unverständlich. Weil Liane an diesem Abend soviel durch den Sinn ging, empfand sie es fast als Wohltat, als gegen elf Uhr Jacques Perrier erschien und sich kurz mit Armand unterhielt, und er ihr gleich darauf erklärte, sie müßten noch arbeiten. Es tat ihr nicht leid, daß sie sich so früh vom Kapitän verabschieden mußten, weil ihre Laune auf dem Nullpunkt war. Sie war froh, als sie in der Suite das rote Moiré-Kleid, das sie erst drei Stunden zuvor angezogen hatte, wieder ausziehen konnte. Es war wunderbar gearbeitet und gefiel ihr ausnehmend gut, doch nun warf sie es, nachdem Armand gegangen war, achtlos auf einen Stuhl und machte es sich mit ihrem Buch im Bett bequem. Sie hatte ihm versprochen, daß sie auf ihn warten würde, obwohl er gesagt hatte, es wäre nicht nötig. Aber auch das Buch brachte sie heute nicht auf andere Gedanken. Sie mußte immer wieder an die Burnhams denken, an Nick und seine ihr unverständlichen Geschäftsverbindungen und an Hillary und ihre widerwärtige Art. Nach einer halben Stunde legte sie das Buch weg, stand auf, zog Hosen und einen warmen Pullover an, ging hinaus auf die Terrasse und setzte sich in den Liegestuhl, in dem sie auch gesessen hatte, als Nick und Hillary sich stritten. Aus dem Grand Salon war leise Musik zu hören, und als sie die Augen schloß, sah sie im Geiste die tanzenden Paare. Sie war nicht böse darüber, daß sie nicht unter ihnen war. Mit Armand und in besserer Stimmung hätte sie die Gala sicher genossen; da er nun aber arbeitete, wäre es für sie kein Vergnügen gewesen, mit dem Kapitän, dem deutschen Grafen und anderen ihr völlig fremden Männern zu tanzen.

Liane war aber nicht allein mit ihren trüben Gedanken an diesem Abend. Als Nick über Hillarys letzte Eskapade nachdachte, sah er alles andere als fröhlich aus. Hillary hatte ihre gute Laune bald wiedergefunden, einmal mit dem Kapitän und dem Grafen getanzt und schließlich auch mit einem jungen Italiener, der auf dem Schiff bereits für einigen Wirbel gesorgt hatte. Er war mit einer Frau an Bord gekommen, mit der er nicht verheiratet war, und dieses Pärchen hatte sich inzwischen einen zweifelhaften Ruf erworben wegen seiner bis in die Morgenstunden dauernden Partys, bei denen es dem Vernehmen nach auch zu Gruppensex gekommen war. Die beiden paßten sehr gut zu Hillary, stellte Nick verbittert für sich fest und rührte mit dem goldenen Sektquirl, den er bei solchen Anlässen stets bei sich trug, mißmutig in seinem Champagnerglas. Diesen Quirl hatte er vor Jahren von einem deutschen Freund geschenkt bekommen, der erfahren hatte, daß er die Kohlensäure im Champagner nicht vertragen würde. Seitdem er ihn benützte, hatte er nie mehr einen dicken Kopf gehabt.

Nick war traurig, als er jetzt an Deutschland dachte. Männer wie der Graf hatten immer mehr an Einfluß gewonnen und unterstützten Hitler dabei, das Land ganz allmählich an den Abgrund zu führen. Oberflächlich betrachtet ging es den Deutschen allerdings noch nie so gut; die Menschen hatten Arbeit, die Wirtschaft florierte, doch die Saat des Bösen keimte immer stärker. Er hatte es bereits vor zwei Jahren festgestellt, es zwischendurch bei Besuchen in Berlin, München oder Hannover bestätigt gefunden, und war nun beunruhigt darüber, was er diesmal vorfinden würde. Er hatte mit dem Grafen vereinbart, in drei Wochen in Berlin zu sein und noch einmal mit ihm über die Lieferverträge zu sprechen. Er stand mit ihm nun schon über ein Jahr in geschäftlichen Verbindungen, doch die Abneigung gegen ihn war nicht kleiner, sondern eher größer geworden.

Genau wie Liane gelang es ihm ebenfalls nicht, sich auf die Unterhaltung zu konzentrieren. Irgendwie war ihm heute abend alles zuviel; außerdem hatte er es satt, Hillarys Flirtversuche mitansehen zu müssen. Als er sein Champagnerglas leergetrunken hatte, ging er unauffällig zum Kapitän und erklärte ihm, er habe in seiner Kabine noch etwas zu arbeiten, wolle aber seiner Frau nicht den wundervollen Abend verderben, und ob er sich wohl entschuldigen dürfe ... Der Kapitän zeigte vollstes Verständnis, fügte allerdings noch scherzend hinzu, daß sein Schiff inzwischen ein schwimmendes Büro geworden sei. Er spielte damit darauf an, daß Armand sich bereits zurückgezogen hatte, um noch etwas zu arbeiten.

»*Je regrette infiniment, Monsieur Burnham* ... daß Sie heute abend ebenfalls noch arbeiten müssen.«

»Ich bedaure es auch, Herr Kapitän.« Beide tauschten ein freundliches Lächeln aus, und Nick entfernte sich, froh darüber, dem Trubel entfliehen zu können. Er hatte den Eindruck, daß es ihm keinen Augenblick länger möglich gewesen wäre, freundlich zu lächeln.

In seiner Kabine angekommen, ließ er sofort den Chefsteward kommen und bat ihn, eines der Studios herzurichten, da er es für den verbleibenden Zeitraum der Überfahrt als Arbeitsraum benötige. Der Steward war keineswegs überrascht über diese Bitte, war er doch viel ausgefallenere Wünsche gewöhnt. Es war ja nur logisch, daß Mr. Burnham jetzt, da es nicht mehr weit bis Le Havre war, arbeiten mußte. Zwei Stewards erledigten das Notwendige, und nach einer Viertelstunde bezog Nick das bis dahin ungenutzte Studio neben der Suite. Er ließ nicht einmal eine Nachricht für Hillary in der Suite zurück, denn er war der Ansicht, er schulde ihr nun keine Erklärungen mehr. Nick sah sich in dem im Art-déco-Stil eingerichteten Raum um, der gewöhnlich von Sekretären, Dienstboten oder kleinen Kindern bewohnt wurde. Er gefiel ihm ausnehmend gut, und plötzlich fühlte er sich so frei und entspannt wie noch nie zuvor während dieser Reise. Er ging hinaus auf die Terrasse, vertrat sich etwas die Füße, und dann sah er nebenan auf der Terrasse der Trouville-Suite Liane, den Kopf nach hinten gelehnt, die Augen geschlossen, in ihrem Liegestuhl sitzen. Er nahm an, daß sie schlafen würde, und starrte deshalb eine Zeitlang zu ihr hinüber, doch dann, als spüre sie, daß jemand sie beobachtete, öffnete sie die Augen, blickte überrascht in seine Richtung und setzte sich im Liegestuhl auf.

»Sie sind nicht auf dem Ball, Mr. Burnham?«

»Wie Sie sehen.« Er lächelte freundlich zu ihr hinüber. »Ich wollte Sie nicht stören.«

»Haben Sie auch nicht. Ich habe nur die Stille der Nacht genossen.«

»Genau wie ich. Eine Wohltat nach all dem Geschwätz.«

Sie lächelte verständnisvoll. »Manchmal ist es eine echte Strapaze, meinen Sie nicht auch?«

»Wenn ich noch länger ein freundliches Gesicht hätte machen müssen, wäre ich an die Decke gegangen.«

Sie lachte laut auf. »Mir ging es genauso.«

»Aber als Frau eines Botschafters müssen Sie es doch sehr oft. Für mich wäre das nichts auf die Dauer.«

»Manchmal wird es mir auch tatsächlich zuviel.« Aus irgendeinem Grund fiel es ihr leicht, ihm gegenüber so ehrlich zu sein. »Meist macht es mir nichts aus. Mein Mann hilft mir auch sehr dabei, indem er mir viel abnimmt.« Nick mußte bei ihren Worten sofort wieder an Hillary denken, wie sie mit diesem Italiener tanzte, und als Liane seine Miene beobachtete, spürte sie, daß sie seinen wunden Punkt getroffen hatte. »Entschuldigen Sie, ich wollte damit nicht ...« Aber dadurch wurde alles nur noch schlimmer. Nick sah sie mit einem traurigen und gequälten Lächeln an.

»Sie müssen sich nicht entschuldigen. Wie es um meine Ehe steht, ist doch ein offenes Geheimnis. Wir haben kaum noch etwas gemeinsam außer unserem Sohn und dem gegenseitigen Mißtrauen.«

»Es tut mir leid. Das muß sehr schwer für Sie sein.«

Er seufzte leise, sah erst zum Sternenhimmel hoch, bevor er seinen Blick wieder ihr zuwandte. »Es muß wohl so sein ... Ehrlich gesagt, Liane, ich weiß es nicht mehr. Zwischen uns ist es schon lange so.« Es war das erste Mal, daß er sie mit dem Vornamen angesprochen hatte, doch sie hatte nichts dagegen. »Ich vermute, daß sie sich nun größere Freiheiten herausnimmt als zuvor, aber sie hat sich von Anfang an gegen diese Ehe gewehrt.« Er versuchte zu lächeln, doch es gelang ihm nicht recht. »Das ist ein großer Unterschied im Vergleich zu dem, was Sie mir von sich und Ihrem Mann erzählten.«

»In einer Ehe herrscht nie alle Tage Sonnenschein. Auch wir beide haben ab und zu unsere Schwierigkeiten, aber wir haben zumindest gemeinsame Ziele und Interessen.«

»Und dann sind Sie auch noch ganz anders als meine Frau.« Und plötzlich wurde ihm bewußt, daß sie den Streit am Nachmittag mitbekommen haben mußte. Wieso er auf diesen Gedanken kam, wußte er selbst nicht recht, doch es konnte nicht anders sein. Und Liane spürte, daß er es ahnte. Hätte er sie jetzt gefragt, hätte sie es nicht geleugnet. Sie sah ihm an, daß er jemanden brauchte, mir dem er sich ganz offen unterhalten konnte, und sie war dazu bereit; er schien es zu fühlen und war ihr dankbar dafür. »Meine Ehe ist ein schlechter Witz, Liane, noch dazu einer, der ganz auf meine Kosten geht. Sie hat mich von Anfang an mit anderen Männern betrogen. Sie mußte sich und anderen beweisen, daß sie zu niemandem gehört, am allerwenigsten zu mir.«

»Sind Sie ihr immer treu gewesen?«

»Ja, ich bin ihr immer treu gewesen. Warum, weiß ich selbst nicht. Vielleicht aus Dummheit.« Und er kam sich wirklich wie ein Dummkopf vor, wenn er an ihren Knutschfleck dachte, bei dem Gedanken wurde etwas tief in seinem Innersten aufgewühlt. »Ich sollte Sie nicht mit meinen Problemen belästigen, Liane. Ich muß Ihnen ja wie ein Idiot vorkommen, wenn ich Ihnen so von meiner Frau vorjammere. Wissen Sie, das blödeste an der Geschichte ist, daß ich nicht einmal weiß, ob ich für sie überhaupt noch etwas empfinde. Ich sah sie heute mit einem anderen tanzen, und es hat mir überhaupt nichts ausgemacht. Ich mache mir Gedanken darüber, was die Leute sagen, was sie sehen, aber über sie mache ich mir keine mehr. Früher war das einmal anders. Aber jetzt ist es allem Anschein nach aus und vorbei.« Er sah hinaus aufs Meer und dachte an die Zukunft. Er würde bei ihr bleiben, bis Johnny erwachsen wäre, das war sicher, aber was dann? Er drehte sich wieder zu Liane um. »Ich habe manchmal das Gefühl, als wären die schönen Zeiten, die Momente des Glücks, das Gefühl, verliebt zu sein, unwiderruflich vorbei. Ich glaube nicht, daß ich sie noch einmal erleben werde.«

Er sagte es mit leiser, trauriger Stimme, und sie erhob sich aus ihrem Liegestuhl und ging an das Geländer, das beide Terrassen trennte.

»Sagen Sie das nicht. Sie haben noch viele Jahre vor sich, und wer weiß, was die Zukunft bringt.« Armand hatte das schon oft gesagt und auf sich als bestes Beispiel verwiesen. Nach dem Tod von Odile, nach einem Jahr tiefster Verzweiflung, war urplötzlich Liane in sein Leben getreten.

»Wissen Sie, was die Zukunft für mich bringt? Verhandlungen, Lieferverträge und Essen mit Geschäftspartnern. Das ist sehr wenig, woran man sich aufrichten kann.«

»Aber Sie haben ja noch Ihren Sohn.«

Er nickte; sie glaubte, Tränen in seinen Augen zu sehen. »Das ist wahr, und ich danke Gott dafür. Ohne ihn wollte ich nicht mehr leben.« Seine Zuneigung zu seinem Sohn berührte sie zwar zutiefst, doch zugleich sagte sie sich, daß das für einen Mann seines Alters zu wenig war. Er brauchte eine Frau, der er seine Liebe schenken könnte und die sie erwidern würde. Niedergeschlagen sah er sie an. »Ich bin jetzt Ende Dreißig und habe das Gefühl, als gäbe es für mich nichts mehr, wofür es sich zu leben lohnt.« Sie hätte nie geglaubt, daß es so in ihm aussehen würde. Auf sie hatte er den Eindruck eines zuversichtlichen, lebensbejahenden Mannes gemacht, doch zu der Zeit wußte sie ja noch nichts von Hillarys Seitensprüngen.

»Warum lassen Sie sich denn nicht einfach scheiden und sich das Sorgerecht für den Jungen zuerkennen?«

»Glauben Sie wirklich, daß ich eine Chance hätte?« Der Klang seiner Stimme verriet, daß er nicht daran glaubte.

»Ja, doch.«

»Bei uns in den Staaten, wo man die Mutterschaft so hoch in Ehren hält? Außerdem müßte ich dann offenlegen, welchen Lebenswandel sie führt, und der Skandal würde uns alle ruinieren. Ich möchte nicht, daß Johnny es erfährt.«

»Irgendwann wird er es aber doch erfahren.«

Er nickte. In dieser Hinsicht hatte sie völlig recht. Aber er wußte auch, daß seine Chancen, das Sorgerecht für Johnny zu erhalten, sehr gering waren. Hillary konnte auf das riesige Vermögen ihrer Familie zurückgreifen, und bisher war ihm noch kein Fall bekannt, in dem ein Gericht zugunsten des Vaters entschieden hätte. Auch er würde unterliegen, dessen war er sich sicher. »Ich glaube, ich muß mit dem zufrieden sein, was ich im Moment habe. Aber zunächst, für ein Jahr, sind wir erst einmal in Europa. Ich werde viel zu tun haben.«

»Nicht nur Sie.« Liane starrte eine Zeitlang hinaus in die Nacht, bevor sie sich wieder zu ihm umwandte. »Wenn man hier so aufs Meer hinausschaut, fällt es schwer zu glauben, daß da draußen eine Welt voller Probleme liegt.« Sie war gespannt darauf, was sie in Frankreich vorfinden würde, wenn Armand damit recht hatte, daß der Krieg bevorstehe. »Was werden Sie machen, wenn es Krieg gibt? Zurück in die Staaten gehen?«

»Sehr wahrscheinlich. Wenn ich kann, bleibe ich vielleicht noch so lange, bis ich alles einigermaßen abgewickelt habe. Aber ich glaube nicht, daß wir in diesem Jahr noch etwas zu befürchten haben.« Er wußte, daß die Nazis Vorbereitungen zum Krieg trafen, das war am Umfang seiner Lieferungen abzulesen, aber er wußte auch, daß sie damit noch nicht fertig waren. »Hoffentlich kommen wir alle noch rechtzeitig nach Hause. Amerika wird ja wahrscheinlich nicht in einen Krieg hineingezogen werden. Zumindest sagt Roosevelt das.«

»Armand behauptet, Roosevelt meint nicht das, was er sagt.« Sie gab ihre Meinung ganz offen kund. »Er glaubt, er bereitet das Land seit einigen Jahren auf den Krieg vor.«

»Ich bin der Ansicht, er geht nur auf Nummer Sicher. Außerdem ist es gut für die Wirtschaft und die Leute haben Arbeit.«

»Für Sie muß es aber auch gut sein.« Es klang nicht wie ein Vorwurf, sondern wie eine nüchterne Feststellung, die außerdem noch zutreffend war. Die Stahlindustrie hatte Hochkonjunktur. Nick sah sie prüfend an.

»Für Sie aber auch.« Er wußte nur zu gut, wie gut die Geschäfte bei Crockett Shipping liefen, insbesondere in den letzten Jahren. Sie war sich im klaren, worauf er abzielte, doch sie schüttelte den Kopf.

»Ich gehöre nicht mehr dazu.« Nicht mehr, seit ihr Onkel Nachfolger ihres Vaters geworden war. Dieses Kapitel ihres Lebens hatte sie schon vor langer Zeit abgeschlossen.

»Aber Sie haben doch noch Anteile, Liane.« Sie war die einzige Erbin ihres Vaters, und er wunderte sich darüber, wie wenig sie das nach außen erkennen ließ, ganz im Gegensatz zu Hillary, die ihre teuren Kleider, ihre Pelze und ihren Schmuck demonstrativ zur Schau trug. Liane wirkte irgendwie ruhig und unauffällig. Wer ihren Mädchennamen nicht kannte, käme wohl kaum darauf, welche gesellschaftliche Stellung sie innehatte. »Auch Sie tragen Verantwortung.«

»Wem gegenüber?« fragte sie sichtlich bekümmert.

»Wenn es Krieg gibt, dann werden mit Ihren Schiffen Truppen befördert. Sie werden in den Kampf ziehen, und viele Männer werden ihr Leben lassen.«

»Aber dagegen können wir doch nichts tun.«

»Leider haben Sie recht. Ich mache mir manchmal Gedanken darüber, daß der von mir gelieferte Stahl verwendet wird, um riesige Kriegsmaschinerien aufzubauen. Aber was kann ich daran ändern?«

»Aber Sie liefern doch auch an die Deutschen, oder?«

Er zögerte kurz. »Ja. In drei Wochen werde ich nach Berlin fahren. Aber ich habe auch geschäftliche Verbindungen mit Italien, Belgien, England und Frankreich. Geschäfte sind Geschäfte, keine Frage der Moral, Liane.«

»Aber die Menschen, die sie abschließen, tragen moralische

Verantwortung.« Sie sah ihm direkt ins Gesicht, als erwarte sie mehr.

»So einfach ist es eben nicht.«

»Das sagt Armand auch immer.«

»Womit er völlig recht hat.«

Sie schwieg eine Zeitlang, denn er hatte sie an etwas erinnert, worüber sie sich lange keine Gedanken mehr gemacht hatte: ihre Verantwortung für die Reederei ihres Vaters. Sie hatte die Dividenden eingestrichen, ohne sich noch zu fragen, wohin die Schiffe fuhren und was sie beförderten. Das tat ihr nun leid. Andererseits fühlte sie sich auch irgendwie ganz ohnmächtig, weil sie sich nicht vorstellen konnte, von Onkel George darüber Rechenschaft zu verlangen; er würde ein solches Ansinnen aufs heftigste zurückweisen. Wenn ihr Vater noch leben würde, wüßte sie sicher viel mehr.

»Kannten Sie meinen Vater, Nick?«

»Leider nein. Wir hatten damals einen Repräsentanten an der Westküste, und ich war in New York und habe Tag und Nacht geschuftet.«

»Er war ein außergewöhnlicher Mensch.« Es fiel ihm nicht schwer, das zu glauben, denn er brauchte nur Liane anzusehen. Ohne daß es ihm recht bewußt wurde, ergriff er ihre Hand.

»Sie sind es auch.«

»Nein, das bin ich nicht.« Sie zog ihre Hand nicht zurück. Die seine war warm und kräftig, anders als die feingliedrige Hand Armands, der man bereits Zeichen des Alterns ansah.

»Sie wissen selbst nicht, was für ein guter Mensch Sie sind, und das macht zum Teil auch das Besondere an Ihnen aus. Und auch nicht, wie klug und stark Sie sind. Sie haben mir sehr geholfen. Ich hatte alles so satt, aber seit ich hier bei Ihnen stehe, sieht das Leben plötzlich nicht mehr so grau in grau aus.«

»Es liegt bestimmt nicht an mir. Aber irgendwann werden auch Sie wieder bessere Tage sehen.«

»Weshalb sind Sie da so sicher?« Er hielt noch immer ihre Hand, und sie lächelte ihn freundlich an. Er war ein gutaussehender Mann in den besten Jahren, und es tat ihr um ihn leid, daß er sie mit einer solchen Frau vergeuden mußte. Aber sie sah bessere Zeiten für ihn voraus.

»Ich glaube an Gerechtigkeit, das ist alles.«

»Gerechtigkeit?« Er schien amüsiert.

»Ich glaube, daß man im Leben Schwierigkeiten überwinden muß, um stark zu werden, und wer sich mit Anstand aus der Affäre zieht, wird schließlich dadurch belohnt, daß gute Menschen um ihn sind und es ihm gut geht.«

»Sie glauben das wirklich?«

»Ja.«

»Da bin ich viel skeptischer.« Das war Armand auch, vielleicht überhaupt die meisten Männer, aber sie war dennoch überzeugt, daß das Leben Gerechtigkeit walten ließ, zumindest in der Mehrzahl der Fälle. Damit konnte man zwar nicht erklären, warum manchmal Kinder und junge Menschen sterben müssen, doch im allgemeinen, davon war sie überzeugt, erhielt jeder Mensch vom Leben jenen Lohn, den er sich verdient hatte. Hillary würde den ihren bekommen, aber auch Nick. »Aber ich hoffe und wünsche, daß Sie recht haben, meine Freundin.«

Es gefiel ihr, daß er sie so bezeichnete, denn es entsprach genau ihren Gefühlen für ihn. Sie waren Freunde geworden.

»Ich hoffe, wir sehen uns irgendwann in Paris, vorausgesetzt, Sie werden vom Leben in diplomatischen Kreisen nicht zu stark in Anspruch genommen.«

»Und Sie von Ihren Stahlgeschäften.« Sie lächelte ihn an und zog ihre Hand zurück. »Es heißt, daß man auf einem Schiff schneller Freundschaft schließt, sich schneller verliebt, aber an Land schnell wieder alles vergißt.« Sie sah ihm ernst in die Augen, und er schüttelte den Kopf.

»Ich werde Sie nicht vergessen. Wenn Sie einen Freund brauchen, dann rufen Sie einfach an. Burnham Steel steht im Pariser Telefonbuch, allerdings als Burnham Compagnie.« Es war schön für sie zu wissen, wo er zu erreichen war, doch konnte sie sich nicht vorstellen, daß sie ihn anrufen würde. An Armands Seite fehlte ihr eigentlich nichts. Es erschien ihr viel wahrscheinlicher, daß Nick sie beide brauchen würde.

Sie standen noch eine Zeitlang schweigend beieinander und blickten hinaus auf das dunkle Meer. Schließlich sah Liane mit einem Seufzer auf die Uhr. »Ich fürchte, mein Mann hat noch viel zu tun. Ich wollte eigentlich wach bleiben und auf ihn warten, doch es ist schon spät, und ich sollte besser zu Bett gehen. Morgen ist der letzte Tag auf See und ich muß alles wieder einpacken.« Sie hatte viele Kleider mitgenommen, aber es hatte ja auch so viele festliche Anlässe gegeben. Die Männer hatten es da leichter; sie konnten jeden Abend im selben Frack kommen. »Komisch, wir sind noch nicht lange auf dem Schiff, aber es kommt mir wie eine Ewigkeit vor.«

Er lächelte. »Mir geht es genauso.« Aber er sehnte die Ankunft nun herbei; er hatte genug von der Reise, war froh, daß sie nur noch einen Tag unterwegs waren. Und dann kam ihm plötzlich eine Idee. »Hätten Sie morgen noch Lust auf ein Tennis-Match?«

»Gern, wenn Armand keine Zeit für mich haben sollte.« Sie wünschte sich inständig, daß er nicht arbeitete. Nick war ihr zwar sehr sympathisch, doch sehnte sie sich fast verzweifelt danach, mit ihrem Gatten einige gemeinsame Stunden zu verbringen.

»Abgemacht. Ich werde Sie morgen vormittag suchen, und dann können Sie mir ja Bescheid geben.«

»Danke, Nick.« Sie sah ihn lange an und berührte dann zärtlich seinen Arm. »Alles wird wieder gut werden. Sie werden sehen.«

Er antwortete nicht, sondern lächelte nur und winkte ihr zum Abschied zu. »Gute Nacht.« Sie war wirklich eine außergewöhnliche Frau. Er wünschte sich, er hätte sie vor zehn, zwölf Jahren kennengelernt. Sie war eine Frau, die sich mit älteren Männern verstand; er vermutete, daß ihr Vater dafür verantwortlich gewesen war. Und deshalb hätte sie sich wahrscheinlich auch nicht für ihn interessiert, wenn er sie mit sechsundzwanzig kennengelernt hätte. Und er hätte sie sicher überhaupt nicht beachtet, denn damals faszinierten ihn Frauen, deren Schönheit ihm den Atem raubte, die die ganze Nacht durchtanzten. Das wiederum konnte er sich nicht von Liane vorstellen, denn sie wirkte so solide, gesetzt und vernünftig ... dennoch würde er sie gerne mitten in der Nacht barfuß durch einen Garten laufen sehen ... oder beim Schwimmen, oder am Strand liegen ... sie inspirierte ihn zu Visionen von Ruhe, Glück und Schönheit. Als er in das Studio zurückging, das er sich hatte herrichten lassen, verspürte er das erste Mal seit langem so etwas wie inneren Frieden.

9

»Wo warst du denn die ganze Nacht?« Hillary, noch leicht verkatert vom vielen Champagner, sah ihn nicht gerade freundlich an, als er in die Suite kam und sich eine Tasse Kaffee einschenkte.

»In meiner Kajüte.«

»Und wo ist die?«

»Nebenan.«

»Ach so. Ich habe gesehen, du hast deine Sachen weggebracht.«

»Und deswegen die ganze Nacht geheult, vermute ich«, erwiderte er ironisch, bestrich ein Croissant mit Butter und las dabei in der Bordzeitung.

»Warum bist du denn bloß ausgezogen, verdammt noch mal?«

»Du weißt es nicht?« Er sagte es seltsam ruhig, und sie sah ihn mit zwiespältigen Gefühlen an.

»Sind getrennte Räume jetzt bei uns der neue Trend? Oder hast du dich gestern abend nur über mich geärgert?«

»Spielt das noch eine Rolle, Hil?« Er sah von der Zeitung hoch und legte sie weg. »Ich dachte mir, es wäre besser so. Du schienst dich gestern abend gut zu amüsieren, und ich wollte dir den Spaß nicht verderben.«

»Mir? Nicht dir selbst? Spielst du heute wieder Tennis, Nick?« Es klang zuerst ganz harmlos, doch an ihrem Blick konnte er erkennen, daß da noch etwas kam.

»Wie geht's deiner kleinen Freundin, der Frau Botschafter?« Sie sah mit teuflischem Vergnügen, daß er zusammenzuckte. »Ich vermute, daß du mit ihr mehr gemacht hast, als nur Tennis gespielt. Eine kleine Bordromanze etwa?« Bei ihren Worten klang die ganze Hinterlist durch, die ihre Gedanken bestimmte.

»Das ist doch wohl eher dein Metier.«

»Da bin ich mir nicht so sicher.«

»Dann kennst du mich aber schlecht. Oder sie. Du darfst andere Menschen nicht mit deinen Maßstäben messen, denn sie gelten nicht für sie.«

»Aha, der liebe Nick, ein richtiger Heiliger. Deine Freundin ist also die Unschuld in Person?« Sie lachte laut, stand auf und lief im Raum auf und ab. »Da hab' ich aber meine Zweifel. Für mich sieht sie wie eine Nutte aus.«

Nick sprang auf, ein gefährliches Funkeln in den Augen.

»Sprich nicht so über einen Menschen, den du überhaupt nicht kennst. Die einzige Nutte an Bord bist du, nach allem, was ich von dir weiß, und wenn du dir in dieser Rolle gefällst, dann soll's mir recht sein, aber du hast kein Recht, über andere abschätzig zu reden. Du kannst von Glück sagen, wenn es die anderen nicht über dich tun und dich als Nutte bezeichnen.«

»Das würde niemand wagen.«

»So, wie du es treibst, wird es nicht mehr lange dauern, bis es soweit ist.«

»Und das würde dir wohl noch Spaß machen?« Sie beobachtete ihn, verwundert über seine Haltung. Es schien ihm alles mit einem Mal nichts mehr auszumachen. Er war nicht wütend, auch nicht traurig, sondern völlig gleichgültig. Und das einzige, was ihn geärgert hatte, war ihre Bemerkung über Liane gewesen.

»Ich bin mir nicht mehr sicher, ob mich noch berührt, was die Leute über dich sagen. Ich kenne ja die Wahrheit. Was spielt das dann noch für eine Rolle?«

»Hast du vergessen, daß ich deine Frau bin? Das, was ich mache, fällt auf dich zurück.«

»Ist das so etwas wie eine Drohung?«

»Nein, eine Tatsache.«

»Die dich aber vorher nie von deinen Eskapaden abgehalten hat, und daß sie dich nun und in Zukunft davon abhält, wage ich zu bezweifeln. Seit Jahren wissen in Boston und New York alle über dich Bescheid. Das einzige, was sich nun geändert hat, ist, daß ich bereit bin, mich damit abzufinden.«

»Ich kann machen, was ich will?« rief sie erstaunt.

»Solange du dabei einigermaßen diskret vorgehst. Das sollte doch für dich etwas Neues sein.«

»Du Schwein …« Sie lief auf ihn zu, wollte ihn schlagen, aber er hielt ihren Arm fest. Sie war überrascht darüber, wie fest er zupackte. Er war ein kräftiger Mann und hatte nicht länger Angst davor, ihr gegenüber seine Kraft auszuspielen.

»Es hat keinen Zweck mehr, Hil.« Weder ihre Wut noch ihr Charme bezweckten bei ihm noch etwas. Sie begann zu weinen.

»Du haßt mich, stimmt's?«

Er sah ohne eine Regung auf sie herunter und war selbst überrascht darüber, wie wenig er noch für sie empfand. Vor einigen Tagen hatte er noch Hoffnungen gehabt, aber gestern hatte sie sie endgültig zunichte gemacht. Er war nicht traurig darüber; es war gut so.

»Nein, das tue ich nicht.«

»Aber ich bin dir ganz egal, oder? Du hast mich nie geliebt.«

»Das ist nicht wahr, Hil.« Er setzte sich und seufzte matt. »Ich habe dich einmal sehr geliebt«, gestand er leise. »Ich habe dich geliebt, aber du hast seit Jahren gegen mich angekämpft. Und jetzt sieht es so aus, als ob du schließlich doch gewinnen würdest. Du willst nicht mehr meine Frau sein, aber du bist es. Damit werden wir beide leben müssen. Ich bin nicht bereit, dich gehen zu lassen, wegen unseres Sohnes, aber ich kann dich nicht zwingen, etwas zu empfinden, wozu du nicht in der Lage bist, ich kann nicht einmal verhindern, daß du zu einem anderen ins Bett steigst. Nun, ich werde das Spiel mitspielen, Hillary, nach den Regeln, die du festgelegt hast. Aber erwarte nicht, daß ich für dich noch etwas empfinde so wie früher. Das kann ich nicht. Du hast es mir unmöglich gemacht. Du wolltest es so, und du hast es geschafft.« Er erhob sich und ging zur Tür.

»Wo willst du hin?« Aus ihrem Blick sprach plötzlich Furcht. Sie wollte zwar nicht seine Frau sein mit all den sich daraus ergebenden Konsequenzen, aber sie brauchte ihn trotzdem. »Raus.« Er warf ihr einen bedauernden Blick zu. »Ich kann nicht so weit weg. Du weißt zumindest, daß ich irgendwo auf dem Schiff bin. Ich bin sicher, deine Freunde werden sich schon um dich kümmern.« Er schloß die Tür hinter sich und ging hinüber in sein Studio. Eine halbe Stunde später traf er sich mit seinem Sohn am Swimming-pool, tollte mit ihm eine Zeitlang im Wasser herum, ließ ihn dann bei seinen neuen Freunden und ging zurück, um sich umzuziehen. Er hoffte, mit Liane Tennis spielen und ihr sagen zu können, wie sehr sie ihm am Abend zuvor geholfen hatte. Aber als er sie sah, bummelte sie mit Armand auf der Promenade vor dem Restaurant und lachte gerade über etwas, das er gesagt hatte. Er wollte die beiden nicht stören und ging deshalb in den Rauchsalon, und weil er kein Bedürfnis hatte, seiner Frau irgendwo über den Weg zu laufen, blieb er den ganzen Nachmittag dort. Kurz vor dem Abendessen ging er zurück in sein Studio, um seinen Frack anzuziehen, und dann hinüber in den Salon der Suite, um seine Frau abzuholen. Sie trug ein schwarzes Taftkleid und den Silberfuchs. Aber nicht einmal das störte ihn; es schien, als hätte er sich über Nacht von all den Qualen befreit, die sie ihm jahrelang bereitet hatte. Der Knutschfleck an ihrem Hals war das auslösende Moment gewesen.

»Du siehst hübsch aus.«

»Danke.« Sie sah ihn mit einem kühlen, distanzierten Blick an. »Ich wundere mich, daß du überhaupt gekommen bist.«

»Ich weiß es auch nicht recht. Aber wir haben auch sonst immer miteinander zu Abend gegessen.«

»Wir haben auch in einem Zimmer geschlafen.« Er wollte sich nicht auf eine Diskussion über diesen Punkt einlassen, weil die Tür zu Johnnys Zimmer offenstand.

»Nach diesen neuen Spielregeln ist es anscheinend in Ordnung, wenn wir gemeinsam in der Öffentlichkeit auftreten, aber die privaten Kontakte werden auf ein Minimum beschränkt.«

»So ungefähr ist es.« Er stellte es ganz kühl und gelassen fest und ging dann zu Johnny, um ihm gute Nacht zu sagen. Sein Junge strahlte, als er ihm den Kopf tätschelte.

»Du riechst gut, Daddy.«

»Danke, der Herr. Aber ich kann das Kompliment zurückgeben.«

Der Junge roch nach Seife und Shampoo, und Nick wünschte, er könnte noch ein wenig bei seinem Sohn bleiben, aber Hillary stand bereits ungeduldig in der Tür.

»Fertig?«

»Ja.« Johnny lief zurück zu seinem Kindermädchen, um das mit ihr begonnene Spiel fortzusetzen, und Nick und Hillary gingen in den Grande Salle à Manger und nahmen an dem für sie reservierten Tisch Platz, obwohl sich Hillary ja abfällig über die anderen Tischgäste geäußert hatte. Aber das spielte nun keine Rolle mehr, denn es war sowieso der letzte Abend an Bord.

Ein Hauch von Wehmut war überall zu spüren, bei den Grüppchen, die im Grand Salon zusammenstanden, bei den Pärchen, die tanzten oder an Deck spazierengingen. Nick sah auch Armand und Liane promenieren, hätte gern mit ihr gesprochen, doch schien ihm der Zeitpunkt dafür ungünstig.

»Bist du traurig, daß die Reise nun bald vorbei ist?« Armand blickte stolz auf Liane, die in ihrem blaßblauen Organzakleid und den in blassem Blau und Gold gehaltenen Satinschuhen besonders reizend aussah. Sie hatte außerdem Ohrringe aus in Gold gefaßten Aquamarinen und Diamanten und eine dazu passende Halskette angelegt, die sie von ihrer Mutter geerbt hatte. »Habe ich dir eigentlich schon gesagt, wie bezaubernd du heute abend aussiehst?«

»Danke, Liebster.« Sie stellte sich auf die Zehenspitzen und küßte ihn auf die Wange. »Und zu deiner ersten Frage: Ja, ich bin etwas traurig, aber auch andererseits recht froh. Es war eine wunderschöne Reise, aber ich möchte jetzt nach Hause.«

»Jetzt schon?« Es machte ihm Spaß, sie ein wenig zu necken. »Willst du nicht wenigstens eine Zeitlang bei mir in Paris bleiben?«

»Du weißt genau, was ich meine. Ich will so schnell wie möglich nach Paris und dort unser Domizil einrichten.«

»Was dir, wie ich dich kenne, auch im Handumdrehen gelingen wird. Nach einer Woche sieht alles so aus, als würden wir schon zwanzig Jahre dort wohnen. Ich wundere mich immer wieder, wie du das machst, Liane.«

»Vielleicht bin ich eben die geborene Diplomatengattin.«

Beide wußten, daß dem so war. Sie grinste spitzbübisch. »Oder eine Zigeunerin. Manchmal habe ich den Eindruck, es gibt da keinen Unterschied.«

»Laß das nur ja nicht im Bureau Central verlauten.« Sie bummelten um das Schiff, genossen die laue Sommernacht und unterhielten sich über die Tage an Bord.

»Ich hätte mir gewünscht, mehr Zeit mit dir verbringen zu können. Mir tut es fast leid, daß ich Perrier mitgenommen habe. Er ist so gewissenhaft und pflichtbewußt.«

Sie lächelte ihm zu. »Genau wie du.«

»Wirklich? Nun ja, vielleicht wird es besser, wenn wir in Paris sind.« Sie lachte nur über seine Bemerkung.

»Worauf gründet sich denn deine Annahme?«

»Auf meine Wünsche. Ich möchte mehr Zeit mit dir verbringen.«

»Ich auch.« Sie seufzte, doch es klang nicht unglücklich. »Aber ich habe Verständnis für deine Lage.«

»Ich weiß, aber es sollte nicht so sein. In Wien war es ganz anders.« Damals war ihnen Zeit geblieben für lange Spaziergänge nach dem Mittagessen und sie hatten die Nachmittage miteinander verbringen können. Aber er hatte nun eine andere Position inne, und auch die weltpolitische Lage hatte sich geändert.

»Damals warst du auch noch kein so wichtiger Mann, Liebster.«

»Das bin ich auch heute noch nicht. Nur überarbeitet, und die Zeiten sind auch nicht die besten.« Sie nickte und mußte plötzlich wieder an ihre Unterhaltung am gestrigen Abend mit Nick denken. Sie hatte Armand eine vage Andeutung davon beim Frühstück gemacht, aber er hatte ihr nicht richtig zugehört, weil er in Eile gewesen war, denn Jacques wartete bereits auf ihn.

Sie standen schweigend an der Reling, sahen hinaus aufs Meer, und Liane hoffte inständig, daß sich nach ihrer Ankunft in Paris Armands Befürchtungen als unbegründet herausstellen würden, zumindest zum Teil. Sie wünschte sich keinen Krieg. Sie wünschte sich, daß ihn die Arbeit nicht so stark in Anspruch nahm, wünschte sich wie er mehr Zeit für gemeinsame Unternehmungen. Sie hatte sehr persönliche Gründe dafür, daß es keinen Krieg gab.

»Gehen wir zurück, Chérie?« Sie gingen zurück zu ihrer Suite und schlossen in dem Augenblick die Tür hinter sich, als Nick auf dem Weg zu seinem Studio um die Ecke bog. Er blieb kurze Zeit stehen und dachte an den gestrigen Abend und die Frau, deren Hand er für einige Minuten gehalten und die ihm gesagt hatte, eines Tages würde alles für ihn wieder gut werden. Er hoffte, daß dieser Tag bald kam.

10

Die *Normandie* lief am nächsten Morgen um zehn Uhr in den Hafen von Le Havre ein, als die meisten Passagiere gerade ihr Frühstück beendeten. Ihre Koffer waren gepackt, die Kabinen aufgeräumt, die Kinder angezogen, die Kindermädchen bereit, und alle waren traurig, daß sie nun von Bord mußten, denn die Romanzen, die sich auf dem Schiff angesponnen hatten, schienen zu reizvoll, die geschlossenen Freundschaften zu kostbar. Aber die hektische Aktivität am Kai bewies, daß nun alles vorbei war. Kapitän Thoreaux stand auf der Brücke und achtete darauf, daß das Anlegemanöver korrekt ablief, und für ihn war wieder eine Überfahrt zu Ende. Er hatte die *Normandie* sicher nach Frankreich zurückgebracht.

In der Trouville-Suite waren Armand und Liane bereit, um an Land zu gehen, und die Mädchen waren schon ganz aufgeregt. Sie hatten von der Terrasse aus beobachtet, wie das Schiff anlegte, und zu John hinübergewunken, der dann zurück in die Kabine zu seinen Eltern gegangen war. Nick hatte allen Stewards ein großzügiges Trinkgeld gegeben, und die Koffer waren bereits abgeholt worden. Am Pier wartete ein Auto auf die Burnhams, die nun hinuntergingen in den Grand Salon, wo sich alle Passagiere trafen, die bevorzugt abgefertigt wurden.

»Fertig, Chérie?« Liane nickte und folgte Armand hinaus, dahinter die Kinder. Liane hatte das beige Kostüm mit dem rosa Besatz angezogen, das ihm so gut gefiel, und eine rosa Seidenbluse. Sie sah sehr hübsch darin aus, so, wie man sich die Gattin eines Botschafters vorstellte. Sie warf einen Blick über die Schulter auf die Mädchen mit ihren geblümten Organzakleidchen und den Strohhüten, ihre Lieblingspuppen im Arm, und auf das Kindermädchen in seinem graugestreiften Kostüm.

Nur wenige Passagiere waren aufgerufen worden, sich zur bevorzugten Abfertigung im Grand Salon einzufinden. Für die übrigen fanden Paß- und Zollkontrollen im großen Speisesaal statt, so daß sie das Schiff erst in ungefähr einer Stunde verlassen konnten, aber rechtzeitig genug, um den Zug nach Paris zu erreichen. Als Liane sich umsah, erkannte sie unter den Wartenden auch den Grafen, der an der Tafel des Kapitäns gesessen hatte. Insgesamt etwa ein Dutzend Menschen, Inhaber von Diplomatenpässen oder Prominente, kam in den Genuß dieser schnellen Abfertigung. Während sie warteten, gesellte sich auch Armands Sekretär Jacques Perrier mit seiner schweren Aktentasche zu ihnen, seine Miene ernst und sorgenvoll wie immer. Er erinnerte ständig an unerledigte Arbeit.

Während Armand sich mit ihm kurz unterhielt, kam Nick für einen Augenblick herüber, um sich von Liane zu verabschieden.

»Ich wollte Ihnen gestern abend schon Wiedersehen sagen, aber Sie und Ihren Mann auch nicht stören, als Sie auf dem Deck bummelten ...« Seine Augen schienen ihr Gesicht zu streicheln, und sie verspürte das starke Bedürfnis, seine Hand zu halten, doch Zeit und Ort schienen ihr dafür nicht geeignet.

»Ich freue mich, Sie noch einmal zu sehen, Nick.« Sie hatte das Gefühl, sich durch den Abschied von ihm zugleich auch von dem letzten Stück ihrer Heimat zu trennen. Und plötzlich verspürte sie Heimweh. »Ich hoffe, für Sie geht in Paris alles in Ordnung.« Sie sah dabei nicht hinüber zu Hillary, aber er wußte, was sie meinte, und lächelte.

»Es wird. Es ist schon etwas besser geworden.« Sie verstand nicht ganz, was er meinte, stellte sich aber vor, es wäre zu einer nicht erwarteten Annäherung zwischen ihm und seiner Frau gekommen. Vielleicht hatte er ihr verziehen und sie versprochen, sich zu ändern. Liane hoffte es für ihn, denn sie konnte ja nicht ahnen, daß seine Bemerkung sich auf das neue Gefühl der Freiheit bezog, das er seit dem Abend, an dem sie sich unterhalten hatten, verspürte. »Es wäre schön, wenn wir in Kontakt bleiben würden.«

»Ich bin sicher, wir werden Sie irgendwann in Paris wiedersehen. Es ist doch eine kleine Stadt.«

Ihre Blicke trafen sich und blieben eine kurze Ewigkeit aneinander hängen. Sie war sich über ihre Empfindungen überhaupt nicht im klaren. Der Abschied von ihm fiel ihr so schwer wie der von einem Freund oder einem Bruder, und das, obwohl sie ihn kaum kannte. Aber es mußte wohl an jenem Zauber liegen, den das Schiff verbreitete, und bei diesem Gedanken huschte ein Lächeln über ihr Gesicht.

»Alles Gute für Sie ... und Johnny ...«

»Danke ... gleichfalls ...«

»Liane! *On y va.*« Armand schien es plötzlich eilig zu haben. Er wollte so schnell wie möglich von Bord und hatte eben erfahren, daß sie nun gehen könnten. Er kam zurück zu Liane und schüttelte Burnham die Hand, und kurz danach waren sie auch schon auf dem Pier, wo ihr Gepäck in einen kleinen Lieferwagen geladen wurde. Liane, Armand und die Kinder stiegen hinten in einen großen, bequemen Citroën ein, während Jacques Perrier und das Kindermädchen vorne neben dem Chauffeur Platz nahmen. Als ihr Wagen und der kleine Lieferwagen losfuhren, sah Liane einen großen, schwarzen Duesenberg vorfahren, dessen Fahrer von Nick Anweisungen erhielt. Sie drehte sich noch einmal um und sah ihn winken, winkte zurück, um sich dann Armand zuzuwenden, der ihr eine Neuigkeit mitzuteilen hatte.

»In der italienischen Botschaft findet heute abend ein Empfang statt. Ich muß hingehen, aber du kannst, wenn du möchtest, im Hotel bleiben. Du wirst alle Hände voll zu tun haben, die Kinder ins Bett zu bringen.« Er sah auf die Uhr. Die Fahrt würde ungefähr drei Stunden dauern.

»Wer weiß denn, wann die Möbel ankommen?« Sie versuchte, sich auf die vor ihr liegenden Aufgaben zu konzentrieren, doch Nicks Gesicht ging ihr nicht aus dem Sinn. Ob sie ihn jemals wiedersehen würde? Aber sie hatte es ja prophezeit. »Paris ist eine kleine Stadt«, hatte sie gesagt, doch nun kamen ihr Zweifel.

Armand war im Gegensatz zu ihr ganz mit der Gegenwart beschäftigt. »Die Möbel kommen in sechs Wochen, aber bis dahin werden wir es im Ritz wohl aushalten.« Auch für einen Botschafter war es ungewöhnlich, daß er dort wohnte, aber er hatte ausnahmsweise zugestimmt, daß Liane, die die Idee dazu hatte, auch die Kosten übernahm. Es ärgerte ihn natürlich ein wenig, daß er sich nicht so großzügig zeigen konnte, aber er wußte, daß sie darauf auch keinen Wert legte, und andererseits wäre es unklug gewesen, ihr Vermögen nicht irgendwie zu nützen. Es war so groß, daß ein längerer Aufenthalt im Ritz es nur unwesentlich verringerte.

Die Mädchen plapperten während der Fahrt beinahe ununterbrochen, und Liane war froh, sich mit Armand unterhalten zu können, denn gleich nach ihrer Ankunft würde er ja weggehen müssen. Es tat ihr deshalb fast leid, als schließlich der Eiffelturm am Horizont auftauchte und sie kurz darauf am Arc de Triomphe vorbei in Richtung Place de la Concorde fuhren. Mit einem Mal wünschte sie sich, die Uhr zurückdrehen und in die Geborgenheit des Schiffes zurückkehren zu können. Sie war sich nicht mehr sicher, ob sie gerüstet war, sich der Herausforderung, die Paris für sie bedeutete, zu stellen.

Drei Pagen begleiteten sie nach oben zu der von ihnen gebuchten Suite, die aus einem großen Zimmer für die Mädchen, einem angrenzenden für das Kindermädchen, dem Salon, dem Schlafzimmer von Armand und Liane, einem Ankleidezimmer und einem Arbeitszimmer bestand. Armand sah sich im Schlafzimmer um und schmunzelte über die Kofferberge. »Nicht schlecht, was?«

Liane sah nicht gerade glücklich aus, als sie sich aufs Bett setzte. »Ich vermisse das Schiff. Am liebsten wäre es mir, wir könnten wieder zurück. Ist das nicht verrückt?«

»Nein.« Er streichelte ihr Gesicht, und sie schmiegte sich an ihn. »Das geht jedem so. Schiffe haben etwas Besonderes an sich, und die *Normandie* ist noch dazu ein ganz besonderes Schiff.«

»Da hast du recht.« Sie lächelten einander liebevoll zu, doch Armand hatte leider keine Zeit für Zärtlichkeiten.

»Ich fürchte, Chérie, daß die Herren, bei denen ich mich melden muß, mich länger mit Beschlag belegen, und dann ist ja noch dieser Empfang ...« Sein Blick drückte Bedauern aus. »Möchtest du lieber hierbleiben oder mitkommen?«

»Ganz ehrlich: Ich möchte lieber hierbleiben und mich schon ein bißchen eingewöhnen.«

»Nichts dagegen.« Er ging ins Bad, um sich frisch zu machen, und kam eine halbe Stunde später im Smoking wieder heraus. Liane pfiff anerkennend, als sie ihn sah. »Du siehst aber vornehm aus!« Er mußte lachen. Sie hatte inzwischen ihr Kostüm ausgezogen und trug nun einen Morgenrock aus weißem Satin; überall im Zimmer standen offene Koffer herum. »Das schlimmste ist, daß ich die ganzen Sachen in einigen Wochen wieder einpacken muß, wenn wir hier ausziehen.« Liane setzte sich aufs Bett und stöhnte. »Warum hab' ich das alles nur mitgeschleppt?«

»Weil du meine schöne und elegante Frau bist.« Er gab ihr einen flüchtigen Kuß. »Und wenn ich mich jetzt nicht beeile, versetzen sie mich auf irgendeinen abgelegenen Posten, Singapur zum Beispiel.«

»Habe gehört, daß es dort recht schön sein soll.«

»Leg es nicht darauf an!« rief er ihr zu und drohte mit dem Finger. Er ging noch schnell ins Zimmer der Mädchen, um sich von ihnen zu verabschieden, und dann nach unten. Die Rezeption hatte bereits angerufen, daß der Citroën bereitstand. Als er die Eingangshalle mit raschen Schritten durchmaß, verspürte er eine plötzliche Erregung, als erwache er zu neuem Leben. Er war wieder daheim, daheim in Frankreich. Nun mußte er nicht mehr auf Nachrichten aus zweiter Hand warten. Er war hier und würde bald ganz genau wissen, was vorging.

Als Armand am Abend den Élysée-Palast verließ, war er bestürzt über die Ruhe, die seine Kollegen an den Tag legten. Sie schienen völlig sicher zu sein, daß der Frieden noch lange erhalten bleiben würde, gestanden zwar ein, daß Hitler eine Bedrohung darstellte, waren aber felsenfest davon überzeugt, er würde die Maginot-Linie nie überschreiten können. Armand war anderer Ansicht, wollte nichts davon hören. Er hatte hören wollen, daß Frankreich für den Krieg gerüstet war, aber es wurden keine Vorsichtsmaßnahmen getroffen. Er hatte geglaubt, er käme nach Frankreich, um mitzuhelfen, ein Feuer zu bekämpfen, doch anstatt ihn zupacken zu lassen, forderte man ihn auf, untätig dabeizustehen und das Lodern der Flammen zu bewundern. Mit dem beunruhigenden Gefühl, auf totales Unverständnis gestoßen zu sein, stieg er wieder in den Citroën und gab dem Chauffeur Anweisung, in die Rue de Varenne am linken Seine-Ufer zu fahren. »L'Ambassade d'Italie.«

In der italienischen Botschaft herrschte die gleiche Gelassenheit, wie er sie in den heiligen Hallen des Élysée angetroffen hatte. Der Champagner floß in Strömen, und man sprach von Urlaubsplänen, diplomatischen Empfängen und Bällen. Niemand erwähnte die drohende Kriegsgefahr auch nur mit einem Wort. Nach zwei Stunden, in denen er viele Bekannte begrüßte, kehrte Armand zu Liane ins Ritz zurück, und war froh, als er sich in einen Sessel fallen lassen und mit ihr einen kleinen Imbiß einnehmen konnte.

»Ich verstehe es nicht. Alle amüsieren sich glänzend.« Es war beinahe so, wie er es im April erlebt hatte. »Sind denn alle blind?«

»Vielleicht wollen sie die Gefahr nicht sehen.«

»Aber warum?«

»Wie war's im Élysée?«

»Auch nicht anders. Ich hatte angenommen, es würden die brennenden außenpolitischen Probleme diskutiert, aber es wurde nur über wirtschaftliche Dinge und die Sicherheit gesprochen, die die Maginot-Linie bietet. Ich wollte, ich könnte mich ebenso sicher fühlen.«

»Hat man denn überhaupt keine Angst vor Hitler?« fragte Liane, die das alles nicht begreifen konnte.

»In gewissem Sinne schon. Man glaubt, daß es irgendwann zum Krieg zwischen den Deutschen und den Engländern kommen wird, aber man hofft immer noch auf ein Wunder.« Mit einem Seufzer zog er die Smokingjacke aus; er wirkte erschöpft, enttäuscht und um Jahre gealtert. Liane fühlte sich an einen Ritter erinnert, der bereit ist, in die Schlacht zu ziehen, aber feststellen muß, daß der Kampf nicht stattfindet, und plötzlich tat er ihr unendlich leid. »Ich weiß nicht, Liane. Vielleicht sehe ich Gespenster. Möglicherweise war ich zu lange aus Frankreich weg.«

»Ich glaube es nicht. Aber es ist schwer zu sagen, wer recht hat. Vielleicht denkst du weiter voraus als alle anderen, oder aber, sie leben schon solange mit der Kriegsgefahr, daß sie sich daran gewöhnt haben und nicht glauben können, daß noch etwas passiert.«

»Es wird sich zeigen.«

Sie nickte und rollte den Servierwagen weg. »Denk jetzt nicht mehr daran. Du nimmst dir alles viel zu sehr zu Herzen.« Sie massierte zärtlich seinen Nacken, und kurze Zeit später zog er sich aus, ging zu Bett und fiel sofort in einen unruhigen Schlaf. Liane war jedoch noch nicht müde und blieb deshalb noch im Salon sitzen. Sie mußte immer noch an das Schiff denken und wünschte sich, sie könnte jetzt hinaus an Deck gehen und aufs Meer schauen. Sie fühlte sich mit einem Mal so weit von zu Hause weg, obwohl sie Paris von früheren Besuchen kannte, doch diesmal war alles anders. Sie fühlte sich hier noch nicht heimisch; sie wohnten noch im Hotel anstatt in einem eigenen Haus, sie hatte noch keine Freunde hier ... Dabei fiel ihr Nick ein. Sie fragte sich, wie die Ankunft der Burnhams in Paris gewesen war. Es schienen inzwischen Jahre vergangen zu sein, seit sie sich auf der Terrasse unterhalten hatten, und doch waren es erst zwei Tage. Sie erinnerte sich, daß Nick gesagt hatte, sie könne ihn anrufen, wenn sie einen Freund brauche, aber sie würde von dieser Möglichkeit nicht Gebrauch machen, weil es sich nun nicht mehr ziemte. Auf dem Schiff war es etwas anderes gewesen; aber hier in Paris schickte es sich für sie als Frau von Armand nicht mehr, mit einem anderen Mann freundschaftlichen Umgang zu pflegen.

Als sie schließlich ins Schlafzimmer ging, schnarchte Armand leise in dem großen Doppelbett. Vielleicht war diesem für ihn enttäuschend verlaufenden Tag doch noch eine gute Seite abzugewinnen. Wenn die Lage in Frankreich nicht so ernst war, wie er befürchtet hatte, dann bliebe ihnen vielleicht mehr Zeit für sich selbst, für Spaziergänge im Bois de Boulogne, in den Tuilerien ... vielleicht sogar für gemeinsame Einkaufsbummel ... oder Bootsfahrten mit den Kindern. Frohgestimmt ob solcher Aussichten schlüpfte sie ins Bett und löschte das Licht.

11

Hillary betrat das Haus an der Avenue de Foch gefolgt von ihrem Chauffeur, der schwer an sieben großen Kleiderkartons von Dior, Madame Grès und Balenciaga und mehreren kleineren Päckchen trug. Sie hatte einen schönen Tag verbracht, und der Abend würde noch schöner werden, denn Nick war immer noch in Berlin.

»Stellen Sie sie da drüben ab.« Sie stöhnte, als sie über die Schulter blickte und das ratlose Gesicht des Fahrers sah, zeigte dann auf einen Stuhl. *»Ici.«* Er stellte die Kartons, so gut es ging, auf dem Stuhl in der langen, marmornen Eingangshalle mit dem riesigen Kristallüster ab. Es war ein schönes Haus, und Nick hatte es sofort gefallen. Ganz im Gegensatz zu Hillary. Sie hatte immer etwas auszusetzen: es gäbe keine Dusche, das Wasser im Bad wäre nie warm genug, überall flögen Mücken herum; ihr wäre ein Appartement im Ritz viel lieber gewesen. Die von Nicks Pariser Repräsentanten ausgesuchten Dienstboten waren ihr zu unfreundlich, sie sprachen und verstanden außerdem kaum Englisch, und seit Tagen jammerte sie über die Hitze.

Sie lebten nun bereits seit einem Monat in Paris, und selbst Hillary mußte zugeben, daß derzeit einiges geboten wurde. Alle sprachen davon, daß Paris, nach der allgemeinen Unsicherheit vor dem Münchener Abkommen im Sommer des Vorjahres, nun wieder zu alter Fröhlichkeit zurückgefunden hatte. Die Kostümbälle und glanzvollen Diners waren beinahe nicht mehr zu zählen. Der Comte Etienne de Beaumont hatte vor Wochen zu einem Kostümfest eingeladen, bei dem die Gäste als Figuren aus Racines Schauspielen verkleidet erschienen waren, und Maurice de Rothschild hatte dadurch Aufsehen erregt, daß er die berühmten Diamanten seiner Mutter am Turban und Renaissance-Schmuck von Cellini an der Schärpe trug. Madame Menol hatte in Versailles ein Gartenfest für 750 Gäste veranstaltet, bei dem drei Elefanten die Attraktion waren und für Gesprächsstoff sorgten. Das größte Fest war von Louise Macy gegeben worden, die dafür das berühmte Hotel Sale gemietet und mit Mobiliar von unschätzbarem Wert, zusätzlichen Installationen, einer mobilen Küche und einigen tausend Kerzen ausgestattet hatte. Die Gäste waren gebeten worden, wertvollen Schmuck zu tragen, und alle hatten dieser Bitte Folge geleistet. Hillary hatte sich für diesen Anlaß eine Tiara mit zehn vierzehnkarätigen Smaragden, umrahmt von kleinen Diamanten, bei Cartier ausgeliehen. Sie hatte in Paris bisher keine Langeweile gehabt, sich aber dennoch nicht wirklich amüsiert, und deshalb für die verbleibenden Sommerwochen andere Pläne geschmiedet. Mit ein wenig Glück würde sie mit den Bekannten aus Boston, die sie zufällig getroffen hatte, in Südfrankreich sein, bevor Nick aus Berlin zurückkam. Seit ihrer Ankunft in Frankreich hatte er in ihr ein ungutes Gefühl geweckt. Seine Einstellung, die er am letzten Tag der Überfahrt umrissen hatte, hatte sich nicht geändert. Er war ihr gegenüber kühl und distanziert, zwar immer höflich, aber ohne besonderes Interesse an dem, was sie tat. Er legte nur dann Wert auf ihre Anwesenheit, wenn er mit Geschäftspartnern aß oder die Frau eines Industriellen zum Tee vorbeikam. Er hatte ihr mit aller Deutlichkeit klargemacht, was er von ihr erwartete, und sie hatte festgestellt, daß ihr seine neue Haltung noch weniger gefiel als die alte. Früher, als er alles daran setzte, um zu ihr freundlich zu sein, hatte sie deshalb ihm gegenüber Schuldgefühle empfunden, und das hatte sie geärgert; nun, da sie den Eindruck hatte, in seinem Leben nur noch eine winzige Nebenrolle zu spielen, ärgerte sie das noch mehr. Schon eine Woche nach der Ankunft hatte sie den Entschluß gefaßt, es ihm heimzuzahlen. Sie würde sich nicht länger zu den Essen mit Geschäftspartnern aus der Versenkung holen, sich vor Gästen wie ein Tanzbär vorführen lassen. Das Leben in Paris war ihr bereits vergällt. In der Woche, in der er nicht hier war, hatte sie deshalb Pläne entwickelt. Sie ging in die Bibliothek und sah hinaus in den Garten, wo Johnny mit dem Kindermädchen und dem kleinen Hund spielte, den ihm sein Vater gekauft hatte, einen Terrier, der für Hillarys Geschmack viel zuviel bellte. Auch jetzt ging ihr das Lachen und das Bellen auf die Nerven, außerdem hatte sie Kopfschmerzen von der Hitze und dem Trubel in der Stadt beim Einkaufen. Sie warf ihren Hut auf einen Stuhl, streifte die Handschuhe ab, ging hinüber zu dem hinter der Wandvertäfelung verborgenen Barschrank und erschrak auf halbem Wege zu Tode, als sie hinter sich eine Stimme hörte.

»Guten Abend.« Sie fuhr herum und sah Nick hinter dem großen Schreibtisch in der Ecke sitzen. Sie hatte ihn nicht bemerkt, als sie hereingekommen war. »Wie hast du den Tag verbracht? Was machst du denn hier?« Sie war alles andere als erfreut darüber, ihn zu sehen.

»Ich wohne hier, wenn ich nicht irre.« Obwohl er sich hier in Paris, wie in der letzten Nacht auf dem Schiff, meist in seinem Zimmer verschanzt hatte. Aber außer der dadurch zum Ausdruck gebrachten Geringschätzung ihrer Person störte sich Hillary nicht weiter daran. Was sie störte war, daß sie in den Jahren zuvor nach eigenem Gusto hatte entscheiden können, ob sie ihn abwies oder in ihr Bett ließ, und er sie nun durch seinen Schritt dieser Entscheidungsmöglichkeit beraubt hatte. Dies war allerdings kein Verlust, dem sie lange nachtrauern mußte, denn sie hatte ja unterdessen einiges in die Wege geleitet. Und nun saß er hinter dem Schreibtisch und beobachtete sie wie die Katze die Maus, und am liebsten hätte sie ihn geohrfeigt. »Warum schenkst du dir denn keinen Drink ein? Laß dich durch mich nicht in deinen Gewohnheiten stören.«

»Werd' ich auch nicht.« Sie ging zum Barschrank und schenkte sich einen doppelten Scotch ein. »Wie war's in Berlin?«

»Interessiert es dich?«

»Eigentlich nicht.« Sie waren seit der Aussprache unheimlich ehrlich zueinander. Beide empfanden es als eine Art Befreiung, daß die Fronten nun geklärt waren.

»Wie geht's Johnny?«

»Gut. Ich nehm' ihn in ein paar Tagen mit nach Cannes.«

»Wirklich? Mit wem denn noch, wenn ich fragen darf?«

»Ich hab', als du weg warst, Bekannte aus Boston getroffen, mit denen ich jetzt am Wochenende nach Cannes fahre.« Sie sah ihn herausfordernd von unten herauf an. Wenn er schon wollte, daß jeder sein eigenes Leben führte, dann sollte er es auch so haben.

»Darf ich fragen, wie lange du wegbleiben wirst?«

»Weiß ich noch nicht. In Paris ist's mir viel zu heiß. Ich werd' krank hier.«

»Tut mir leid, das zu hören. Dürfte ich trotzdem ungefähr wissen, wie lange du da unten bleiben willst?«

Sie erkannte ihren Mann kaum noch an dem Ton, der in seiner Stimme lag. Während des letzten Monats war er bedeutend härter und strenger geworden, und sie hatte ihn schon im Verdacht, er habe sich eine Geliebte zugelegt, aber das konnte sie wiederum doch nicht glauben. Dazu wäre er ein zu großer Schlappschwanz, würde sie ihm gern ins Gesicht schleudern, wenn er sie danach fragen würde, ob sie es ihm zutraute, aber leider hatte er ihr bisher nicht den Gefallen getan und tat es auch jetzt nicht. Er saß nur da und erwartete von ihr eine Antwort. Sie starrte in ihr Glas.

»Einen Monat. Vielleicht länger ... Ich komme erst im September zurück«, entschied sie sich spontan.

»Dann wünsche ich dir viel Vergnügen.« Er lächelte frostig. »Aber schlag' dir aus dem Kopf, Johnny mitzunehmen.«

»Darf ich fragen, wieso?«

»Weil ich ihn gerne sehen möchte und keine Lust habe, jedes Wochenende nach Cannes zu fahren.«

»Das ist endlich mal was Positives. Aber du kannst den Jungen doch nicht hier in der Stadt lassen.«

»*Ich* werde mit ihm wegfahren.« Sie wollte ihm eine schnippische Antwort geben, doch dann zögerte sie, und es war ihr anzusehen, daß sie überlegte. Sie hatte nicht wirklich den Wunsch, ihren Sohn mitzunehmen, und darauf hatte Nick abgezielt.

»Also gut. Ich laß' ihn hier.« Nick hatte sich nicht vorstellen können, daß sie so schnell auf seinen Vorschlag eingehen würde, und nun mußte er sich Gedanken machen, wohin er mit Johnny fahren könnte. Er hatte die Absicht gehabt, sich sowieso einige Tage freizunehmen, und nun hatte er den besten Vorwand dafür. Trotz der wachsenden Aggressivität, die er in Berlin bemerkt hatte, war er immer noch zuversichtlich, daß der Krieg nicht in der nächsten Zeit ausbrechen würde, und deshalb wäre es sehr angenehm, mit Johnny irgendwo in Frankreich Urlaub zu machen, noch dazu, wo sie nun allein fahren würden.

»Wann, sagtest du, fährst du weg?« Nick stand auf und ging um den Schreibtisch herum; sie starrte ihn an und verbarg dabei ihren Haß nicht im geringsten.

»In zwei Tagen. Ist das früh genug?«

»Ich wollte es nur wissen. Ißt du heute abend hier mit mir?«

»Hab' schon was anderes vor.« Er nickte und ging hinaus in den Garten. Johnny jubelte, als er seinen Vater sah, lief auf ihn zu und flog in seine Arme. Hillary beobachtete sie kurz vom Fenster aus, drehte sich dann um und ging nach oben.

Sie reiste schließlich zwei Tage später ab als geplant, doch Nick bekam sie kaum zu Gesicht, weil er abends immer länger arbeitete. Er lud sie zu einem Essen mit Geschäftsfreunden aus Chicago ein, aber sie schlug die Einladung aus, mit der Begründung, sie sei zu stark mit Packen beschäftigt, und zwingen wollte er sie nicht.

Er sah sie noch am Morgen ihrer Abreise, als eine große Limousine vorfuhr, um sie abzuholen. Einen Moment lang interessierte ihn, mit wem sie nach Cannes fuhr, doch er verzichtete dann darauf, ihr irgendwelche Fragen zu stellen. »Dann wünsche ich dir viel Spaß.« Sie bat ihn am Abend zuvor um Geld für die Reise, er gab es ihr anstandslos, doch sie bedankte sich kaum dafür.

»Also dann bis September«, rief sie ihm fröhlich zu, als sie in einem roten Seidenkleid mit weißen Tupfen und einem dazu passenden Seidenhut zur Tür lief.

»Du könntest zwischendurch ruhig auch ab und zu deinen Sohn anrufen.« Sie nickte nur und eilte zum wartenden Wagen. Es war das erste Mal seit langer Zeit, daß er sie mit einem fröhlichen, glücklichen Gesicht gesehen hatte, und als er nun ins Haus zurückging, um sich für die Fahrt ins Büro fertigzumachen, tat es ihm irgendwie leid, daß er so unnachgiebig auf den Fortbestand ihrer Ehe pochte. Wenn sie bei ihm so unglücklich war, dann hatten sie beide es besser verdient. Und als er sich die Krawatte band und die Anzugjacke anzog, mußte er an Liane denken und daran, wie es ihr wohl ginge. Er hatte die de Villiers bei keiner der Gesellschaften gesehen, die er besucht hatte, und vermutete, daß sie eher bei Empfängen in diplomatischen Kreisen anzutreffen waren, zu denen er jedoch bis jetzt noch keinen Zugang hatte. Er wußte, daß in einigen Wochen ein großes Essen in der polnischen Botschaft stattfinden sollte, an dem sie sicher teilnehmen würden, doch er würde keinesfalls dort anwesend sein. Er wollte unter allen Umständen vermeiden, daß sein großzügiges Verhalten gegenüber den Polen irgendwie ruchbar wurde, denn es würde ihnen nur schaden, wenn herauskäme, daß sie sich ebenfalls bewaffneten. Die diplomatischen Kreise, durch die er den Polen neulich ein Angebot zugespielt hatte, waren überrascht gewesen über die äußerst niedrigen Preise, die er ihnen einräumte. Aber für ihn war es der einzig mögliche Weg gewesen, ihnen fünf Minuten vor zwölf noch zu helfen.

Die Deutschen hatten vor kurzem das Liefervolumen erhöht, und Nick neigte immer stärker dazu, die Verträge auslaufen zu lassen und seine geschäftlichen Kontakte mit den Nazis abzubrechen. Er verspürte ein immer größeres Unbehagen, wenn er nach Deutschland fuhr; die Geschäfte waren zwar sehr einträglich, aber das konnte nichts daran ändern, daß er es nicht länger mit seinem Gewissen vereinbaren konnte, das Dritte Reich zu beliefern. Man konnte nun einfach nicht mehr übersehen, was sich da anbahnte. Liane hatte recht gehabt. Der Zeitpunkt, sich für eine Seite entscheiden zu müssen, rückte immer näher. Für ihn war er sogar schon gekommen. Bevor er ins Büro fuhr, verabschiedete er sich noch von Johnny und war froh, daß der Junge über die Abreise seiner Mutter nicht traurig zu sein schien. Er hatte ihm versprochen, mit ihm nach Deauville an die Kanalküste zu fahren und ihn dort reiten lernen zu lassen. Beide freuten sich bereits auf diesen Urlaub, der am 1. August beginnen und mindestens vierzehn Tage dauern sollte.

»Mach's gut, Großer. Bis heute abend.«

»Tschüs, Daddy.« Er hatte den Baseballschläger und einen Ball aus seinem Zimmer geholt. Als Nick im Auto noch einmal zum Haus zurückblickte, sah er, daß eine Scheibe eines Fensters im Salon zerbrochen war. Er mußte lachen, weil er sich daran erinnerte, wie er dem Portier in New York gesagt hatte, daß das eines Tages passieren würde, und der Fahrer drehte sich darauf zu ihm um.

»Oui, Monsieur?«

»Ich sagte nur: Das ist Baseball.«

Der Chauffeur nickte nur verständnislos.

12

Am 31. Juli kam die Wohnungseinrichtung von Armand und Liane aus Washington, und noch in derselben Woche bezogen sie das Haus am Place du Palais-Bourbon, das Armand bereits im April gemietet hatte. Die nächsten zehn Tage schuftete Liane wie ein Berserker. Sie machte fast alles allein, wußte genau, wo sie etwas hinhaben wollte, und brauchte das Personal eigentlich nur zum Abstauben oder Geschirrspülen. Alles andere erledigte sie selbst, und es machte ihr Spaß. Zumindest hatte sie dadurch eine Beschäftigung, nachdem sie Armand so selten sah. Die Träume von den Spaziergängen im Bois de Boulogne oder den Tuilerien waren wie Seifenblasen geplatzt. Das Bureau Central nahm ihn völlig in Beschlag. Er aß mit seinen Kollegen zu Mittag, kam abends erst nach acht Uhr nach Hause, und wenn er eine Einladung zu einem Abendessen hatte, wurde es noch viel später.

Dies war ein gewaltiger Unterschied zu Washington, wo Liane als Botschaftergattin eingebunden war in seine gesellschaftlichen Verpflichtungen. Hier in Paris ging er meist allein weg; es war eher die Ausnahme als die Regel, wenn er sie irgendwohin mitnahm. Ihr einziger Lebensinhalt bestand derzeit darin, sich um die Mädchen zu kümmern, und wenn Armand dann abends endlich nach Hause kam, war er meist zu müde, um sich noch länger mit ihr zu unterhalten. Er aß vielleicht noch eine Kleinigkeit, ging aber dann bald völlig erschöpft zu Bett und schlief sofort ein. Sie war sehr einsam und sehnte sich nach der Zeit in Washington, London oder Wien zurück. Für sie war das ein ganz neues Leben, eines, das ihr wenig Freude machte, und er spürte es, obwohl sie sich kaum beklagte. Sie kam ihm vor wie eine kleine, verwelkende Blume in einem vernachlässigten Garten, und er machte sich deswegen schwere Vorwürfe, doch politisch geriet manches langsam in Fluß. Man wurde sich allmählich der von Hitler drohenden Gefahr bewußt und traf Vorkehrungen, obwohl man immer noch der festen Überzeugung war, vor ihm sicher zu sein. Armand lebte richtig auf, wenn er an den nicht enden wollenden Besprechungen und Konferenzen teilnahm. Er fühlte sich in seinem Element, sie hingegen wie ein Fisch auf dem Trockenen, und das wußte er auch, aber an diesem Zustand konnte er kaum etwas ändern.

Als er eines Abends nach Hause kam, traf er sie dabei an, als sie im Salon ein Bild aufhängte. Innerhalb kürzester Zeit war es ihr wieder gelungen, eine behagliche Atmosphäre zu schaffen, und er war ihr dankbar dafür. Er ging auf sie zu, half ihr von der Leiter, küßte sie und hielt sie etwas länger als sonst in seinen Armen.

»Du fehlst mir, mein Kleines. Ich hoffe, du weißt das.«

»Manchmal.« Sie seufzte und legte den Hammer auf dem Tisch ab und sah ihn dann mit einem traurigen Lächeln an. »Manchmal habe ich allerdings das Gefühl, daß du vergessen hast, daß ich auch noch da bin.«

»Das könnte ich nie vergessen, mein Kleines. Ich habe eben nur soviel zu tun.«

Aber das war ihr ja nicht verborgen geblieben.

»Werden wir jemals wieder ein richtiges Familienleben führen?«

Er nickte. »Hoffentlich bald. Im Moment jedoch spitzt sich die Lage ziemlich zu. Wir müssen abwarten, was geschieht ... Wir müssen bereit sein ...«

Seine Augen leuchteten dabei so hell auf, daß sie der Mut verließ. Sie spürte, daß sie ihn an Frankreich verloren hatte, was so ähnlich war, als hätte sie ihn an eine andere Frau verloren, nur schlimmer, weil sie sich nicht direkt mit der Konkurrentin um seine Gunst auseinandersetzen konnte. »Was ist aber, wenn es Krieg gibt, Armand? Was dann?«

»Wir werden sehen.« Auch ihr gegenüber trat er als der vorsichtige Diplomat auf, aber sie hatte nicht gefragt, was aus seinem Land, sondern was aus ihr werden würde.

»Dann sehe ich dich überhaupt nicht mehr.« Das klang wenig hoffnungsvoll, eher traurig und verzweifelt, und an diesem Abend war ihr auch nicht danach, ihm zuliebe ein freundliches Gesicht zu machen.

»Wir leben in einer schwierigen Zeit, Liane, hab Verständnis dafür.« Er wäre von ihr enttäuscht gewesen, wenn sie dieses Verständnis nicht aufbrächte, und das wußte sie. Sie hatte ein schweres Kreuz zu tragen, mußte bereit sein, die gleichen Opfer auf sich zu nehmen wie Armand, und das war manchmal zuviel von ihr verlangt. Wenn sie doch nur einen ruhigen Abend gemeinsam verbringen könnten, Zeit zum Reden hätten, wenn es nur eine Nacht gäbe, in der er nicht zu müde für die Liebe wäre ... Ihr Blick sprach Bände.

»Sicher, habe ich doch. Möchtest du etwas zu essen?«

»Ich habe bereits gegessen.« Sie sagte ihm nicht, daß sie mit dem Essen auf ihn gewartet hatte. »Was machen die Kinder?«

»Denen geht es gut. Ich habe ihnen versprochen, nächste Woche mit ihnen nach Neuilly zu einem Picknick zu fahren, wenn ich mit dem Haus fertig bin.«

Die beiden Mädchen vermißten ihren Vater ebenfalls sehr. Wenn die Schule begann, würden sie neue Freunde kennenlernen, doch im Augenblick hatten sie nur ihre Mutter und das Kindermädchen.

»Du bist die einzige Frau, die es in einer Woche fertigbringt, ein Haus richtig wohnlich einzurichten.« Er lächelte ihr zu, als er sich in einen Sessel fallen ließ.

»Ich bin froh, daß wir nicht mehr im Hotel sind.«

»Ich auch.« Er sah sich um unter den vertrauten Dingen und fühlte sich endlich wieder zu Hause. Lange hatte er sich in den letzten Wochen sowieso nicht in den eigenen vier Wänden aufgehalten. Er war so beschäftigt, daß es ihm nicht einmal aufgefallen wäre, wenn in der Wohnung ein einziges Durcheinander geherrscht hätte, vermutete Liane. Armand erhob sich und ging ins Schlafzimmer; sie folgte ihm.

»Möchtest du noch eine Tasse Kamillentee?« Er setzte sich aufs Bett, nahm ihre Hand und küßte sie.

»Du bist so gut zu mir, Chérie.«

»Ich liebe dich ja auch sehr.« Und außerdem war er schon so oft gut zu ihr gewesen. Es war nicht seine Schuld, daß er nun soviel zu tun hatte, und ewig konnte es ja so auch nicht weitergehen. Früher oder später würden die Probleme gelöst sein. Sie hoffte nur, daß sie sich nicht in einem Krieg entluden.

Sie ging in die Küche, um ihm den versprochenen Tee zuzubereiten, kam bald darauf mit einem Tablett zurück ins Schlafzimmer und stellte es vorsichtig auf dem Nachttischchen ab. Als sie jedoch Armand die Tasse reichen wollte, sah sie, daß er bereits eingeschlafen war.

13

»Na, mein Junge, was meinst du?« Nick und John hielten ihre Pferde an; sie waren die ganze Zeit am Strand entlanggeritten, und die Sonne versank blutrot im Meer. Die Woche in Deauville war herrlich gewesen. »Wie wär's mit dem Abendessen?«

»Au ja.« In der letzten Stunde hatte er sich gefühlt wie ein Cowboy auf einer Ranch. Der große Schimmel, den er ritt, hatte ihm sofort gefallen. Er sah hinüber zu seinem Vater, der auf einer Fuchsstute saß. »Schön wär's, wenn wir heute abend Hamburger essen könnten, wie auf einer richtigen Ranch.«

Nick lächelte. »Das wäre bestimmt nicht schlecht.« Aber einen Hamburger und einen Milkshake würden sie nirgends bekommen. »Wärst du aber auch mit einem schönen, saftigen Steak zufrieden?«

»Auch gut.«

Auf Johnnys Wunsch hatten sie am Nachmittag mit Hillary in Cannes telefoniert. Sie war überrascht gewesen von diesem Anruf. Nick hatte dem Jungen verschwiegen, daß er vorher bereits viermal angerufen hatte, ohne sie anzutreffen. Sie war nun über einen Monat weg, und inzwischen war ihm einiges zugetragen worden. Zu den »Freunden«, mit denen sie nach Cannes gefahren war, hatte sich auch ein gewisser Philip Markham hinzugesellt. Er war ein Playboy der schlimmsten Sorte, der schon vier Ehen hinter sich hatte, und nun war sein Name in Zusammenhang mit Hillary Burnham genannt worden. Nick war völlig gleichgültig, was sie tat, doch hatte er sie gebeten, diskret zu sein. Offensichtlich war sie dazu nicht fähig. Sie fuhr mit ihren Freunden jeden Abend ins Spielcasino nach Monaco, tanzte bis in die frühen Morgenstunden und hatte eine wilde Party im Carlton gefeiert, die sogar in Paris für Schlagzeilen gesorgt hatte. Nick hatte eine Zeitlang mit dem Gedanken gespielt, sie anzurufen und zu bitten, sich etwas zusammenzunehmen, doch dann war ihm klar geworden, daß es dazu schon zu spät war. Er hatte keine Gewalt mehr über sie; sie würde das genaue Gegenteil von dem tun, was er von ihr verlangte.

»Es war schön, daß wir heute mit Mama gesprochen haben.« Der Junge schien seine Gedanken erraten zu haben.

»Wünschst du dir, daß sie hier wäre, John?«

»Manchmal. Aber hier mit dir ist es auch sehr schön.«

»Das freut mich.«

»Was glaubst du: Kommt sie bald wieder?« Die Frage traf Nick wie ein Keulenschlag, denn dadurch wurde ihm wieder bewußt, daß Johnny sie beide gern hatte, obwohl sich Hillary kaum um ihn kümmerte. Sie hatte ihm zwar aus Südfrankreich einige Geschenke geschickt, ihn aber nur zwei-, dreimal angerufen, und Nick hatte wie stets versucht, diesen Mangel an Zuwendung auszugleichen. Aber irgendwann würde sein Sohn doch die Wahrheit über sie erfahren.

»Ich weiß nicht, wann sie zurückkommt. Vielleicht in vierzehn Tagen oder drei Wochen.« Johnny nickte nur und sagte dann nichts mehr, als sie die Pferde in den Stall zurückbrachten und zum Hotel gingen.

Wie besprochen, bestellten sie ein Steak zum Abendessen, bevor sie auf ihr Zimmer gingen und Nick seinem Sohn aus seinem Lieblingsbuch vorlas, so wie er es bisher jeden Abend getan hatte. Er hatte nicht einmal das Kindermädchen mit nach Deauville genommen, weil er Johnny ganz für sich haben wollte.

An ihrem letzten Tag spielten sie Tennis, hielten am Strand ein Picknick und ritten dann gegen Abend wieder aus. Als sie vor dem Hotel saßen und den Sonnenuntergang bewunderten, der noch prächtiger ausfiel als der vor einigen Tagen, sah Nick seinen Sohn lächelnd an.

»Wir beide, du und ich, werden uns noch sehr lange an diesen Urlaub erinnern.«

Es war wirklich die schönste Zeit, die sie je miteinander verbracht hatten. Nick ergriff die Hand seines Sohnes, und Hand in Hand saßen beide noch lange in der Abenddämmerung. Johnny bemerkte die Tränen in den Augen seines Vaters nicht.

Am Tag nach ihrer Rückkehr nach Paris mußte Nick einige Tage zu Gesprächen mit dem Inhaber einer Textilfabrik nach Lyon fahren. Vier Tage nach der Rückkehr aus Lyon trat er die, wie er hoffte, letzte Reise nach Berlin an. Johnny hatte gefragt, ob er ihn nicht mitnehmen könne, doch Nick hatte ihm erklärt, es würde sich nicht lohnen, da er in spätestens drei Tagen wieder zurück sein würde. In Berlin stellte er eine völlig andere Atmosphäre fest, eine gewisse Hochstimmung, und bald erkannte er auch, warum.

Man schrieb den 24. August, und in der Nacht war der deutsch-sowjetische Nichtangriffspakt unterzeichnet worden. Die Vorverhandlungen hatte man im geheimen durchgeführt, der Vertragsabschluß selbst stellte eine Sensation dar. Der größte potentielle Feind des Reiches war damit ausgeschaltet worden. Nicht nur Nick wußte sofort, daß durch diesen Pakt die Gefahr für Frankreich und das übrige Europa enorm gestiegen war. Er hatte es plötzlich sehr eilig, nach Paris zu seinem Sohn zurückzukommen. Man konnte ja nie wissen, ob nicht irgend etwas geschah, wodurch er in Berlin festgehalten werden würde. Insgeheim war er froh darüber, daß er für Polen getan hatte, was er hatte tun können.

Am Nachmittag nahm er einen Termin wahr und setzte sich danach in den nächsten Zug nach Paris. Als er in der Ferne den Eiffelturm sah, fühlte er sich unendlich erleichtert. Er wollte jetzt nur noch bei Johnny sein, fuhr nach Hause in die Avenue Foch und umarmte seinen Sohn, der gerade beim Frühstück saß.

»Du bist aber schnell zurückgekommen, Dad!«

»Ich hatte solche Sehnsucht nach dir.«

»Ich auch!«

Das Mädchen brachte ihm eine Tasse Kaffee, und er plauderte ein wenig mit dem Jungen, während er die Tageszeitungen durchsah. Er war neugierig auf die Reaktion in Paris, die genau wie von ihm erwartet ausgefallen war. Die allgemeine Mobilmachung war angeordnet, die Vorbereitungen auf den Ernstfall waren in die Wege geleitet und alle verfügbaren Truppen zur Verteidigung der Maginot-Linie ins Grenzgebiet verlegt worden.

»Was bedeutet das, Daddy?« Johnny hatte ihm beim Lesen über die Schulter gesehen. Nick erklärte ihm die von dem Bündnis zwischen Deutschen und Russen ausgehende Gefahr für Frankreich. Der Junge sah ihn mit großen Augen an. »Meinst du, es gibt Krieg?« Der Grund für seine Frage war nicht Angst, sondern eher Interesse und Neugier. Er war ja auch noch ein kleiner Junge, der nichts von den Schrecken des Krieges ahnte und alles interessant fand, was mit Gewehren zu tun hatte.

Nachdem Johnny hinaus in den Garten zum Spielen gegangen

war, ging Nick in die Bibliothek, nahm den Telefonhörer ab und ließ sich mit dem Hotel Carlton in Cannes verbinden.

Der Zeitpunkt war gekommen, seine Frau zurückzuholen, ganz gleich, ob es ihr paßte oder nicht.

Von der Hotelrezeption erhielt er die Auskunft, Hillary müsse im Haus sein, man werde sie ausrufen lassen, und er solle doch später noch einmal anrufen. Nick ließ sich jedoch nicht so leicht abwimmeln. Wenn sie im Hotel wäre, dann sollte man sie doch bitte ausfindig machen, und schließlich fand man sie auch, im Zimmer eines anderen, wie er richtig vermutete, doch das war ihm völlig egal. Sie mochte sein, was sie wollte, in erster Linie war sie die Mutter seines Sohnes, und er wollte sie jetzt in Paris haben, für den Fall, daß sich die Lage dramatisch zuspitzte.

»Entschuldige, daß ich dich belästigen muß, Hil.«

»Ist was passiert?« Ihr erster Gedanke war, daß Johnny etwas zugestoßen sei; sie wirkte nervös, als sie, das Telefon in der einen Hand, den Hörer in der anderen, völlig nackt in Philip Markhams Zimmer auf und ab lief. Sie warf ihm über die Schulter einen fragenden Blick zu und drehte sich dann, auf Nicks Antwort wartend, von ihm weg.

»Hast du heute schon Zeitung gelesen?«

»Du meinst die Sache mit den Deutschen und den Russen?«

»Genau das meine ich.«

»Du liebe Zeit, Nick. Ich dachte schon, Johnny ist etwas passiert.« Erleichtert ließ sie sich auf einen Stuhl fallen, und Philip begann, ihre Schenkel zu streicheln.

»Ihm geht's gut. Aber ich möchte, daß du nach Hause kommst.«

»Sofort?«

»Ja, sofort.«

»Warum denn? Ich wollte sowieso nächste Woche fahren.«

»Das ist vielleicht schon zu spät.«

»Für was?« Der alte Spinner wird nervös, dachte sie für sich, und sie mußte lachen, als sie Philip, der sich inzwischen wieder auf das zerwühlte Bett gelegt hatte, Grimassen schneiden und obszöne Gesten machen sah.

»Ich glaube, daß es Krieg gibt. Die Mobilmachung ist angeordnet worden, und es kann jeden Tag losgehen.«

»So schnell geht's ja bestimmt auch wieder nicht.« Vor ihrer Abreise aus New York hatte sie sich Sorgen über die Möglichkeit eines Krieges gemacht, doch nun schien sie ihr sehr gering.

»Ich möchte mich nicht mit dir streiten, Hil. Komm nach Hause, und zwar sofort!« Er war laut geworden und hatte mit der Faust auf den Tisch geschlagen, und während er versuchte, sich wieder in die Gewalt zu bekommen, wurde ihm bewußt, daß er sich nicht nur um seinen Sohn, sondern auch um sie sorgte. Er hatte immer geglaubt, erst in einem Jahr würde die Lage in Europa kritisch werden und seiner Familie drohe deshalb hier keine Gefahr. Nun aber machte er sich bittere Vorwürfe, daß er sie mitgenommen hatte. »Bitte, Hillary ... Ich war gerade erst in Berlin und weiß, wovon ich rede. Vertrau mir ein einziges Mal. Ich möchte dich hier in Paris haben, wenn etwas passiert.«

»Mach dir doch nicht in die Hosen. Nächste Woche komm' ich sowieso.« Philip reichte ihr ein Glas Champagner.

»Muß ich erst selber kommen und dich holen?«

»Würdest du das machen?« Ihre Stimme klang überrascht, und er nickte.

»Das würde ich machen.«

»Also gut. Mal sehen, was sich machen läßt. Ich geb' heut' abend eine kleine Party für ein paar Freunde und ...«

»Vergiß das. Ich habe dir gesagt, du sollst dich schleunigst in den nächsten Zug nach Paris setzen.«

Sie sprang erregt auf. »Und ich sag' dir, daß ich eine Party ...« Er ließ sie nicht ausreden.

»Wenn du es anders nicht tust, dann sag doch deinem sauberen Philip, er soll dich nach Hause bringen. Bring ihn mit hierher, wenn du willst, aber komm. Dein Kind ist hier, und das Land steht vor einem Krieg.«

»Was meinst du eigentlich damit?« Ihre Stimme zitterte. Es war das erste Mal, daß Nick von Philip gesprochen hatte. Sie hatte geglaubt, er wisse nichts von ihm, und daß er es wußte, steigerte ihre Wut nur noch.

»Hillary, ich habe dir gesagt, weshalb ich anrufe. Sonst gibt es nichts mehr.« Seine Stimme klang plötzlich matt.

»Ich will, daß du mir erklärst, was du gerade gemeint hast.«

Sie hatte das Champagnerglas abgestellt und sich neben Philip gesetzt.

»Ich werd' dir gar nichts erklären. Du hast gehört, was ich von dir will. Ich erwarte dich unverzüglich zurück.«

Dann legte er auf. Sie saß da und starrte den Hörer an.

»Was war denn?« fragte Philip Markham, aber ihre Miene verriet ihm die Antwort. »Weiß er von uns beiden?«

»Anscheinend.«

»War er wütend?«

»Überhaupt nicht, nicht deswegen. Er war wütend, weil ich nicht gleich nach Paris fahre, so wie er es haben will. Er meint, daß es schon bald kracht.« Sie trank einen Schluck und sah den Mann an, der neben ihr lag und seit zwei Monaten ihr Geliebter war. Er paßte sehr gut zu ihr, denn er war genauso abgebrüht, vergnügungssüchtig und verdorben wie sie.

»Er könnte recht haben. Gestern abend in der Bar war nur davon die Rede.«

»Die Franzosen sind sowieso alle Scheißer. Wenn es Krieg gibt, dann fahr' ich heim, aber nicht nach Paris, sondern nach Boston oder New York.«

»Wenn du noch dort hinkommst. Will er sofort zurück?«

»Ich weiß nicht. Er hat nichts davon gesagt. Er will nur, daß ich nach Paris zu meinem Sohn komme.«

»Aber sicherer wärst du wahrscheinlich hier. Wenn die Deutschen Bomben schmeißen, dann zuallererst auf Paris.«

»Schöner Gedanke.« Nachdenklich hielt sie ihm das leere Glas hin, und er schenkte ihr nach. »Was meinst du: Soll ich nach Paris fahren?«

Er setzte sich auf und küßte sie zwischen ihre Brüste. »Irgendwann, Mädchen. Aber nicht jetzt.« Seine Lippen wanderten zu einer Brustwarze und liebkosten sie, und als Hillary sich auf das Bett zurücklehnte, vergaß sie alles, was Nick am Telefon zu ihr gesagt hatte. Erst am Nachmittag, als sie am hoteleigenen Strand lag, dachte sie wieder daran, und eine innere Stimme sagte ihr, sie solle nach Hause fahren. Als sie und Philip sich am Abend für die Party umzogen, teilte sie ihm ihren Entschluß mit. Er zuckte nur mit den Schultern. »Ich bring' dich in ein paar Tagen heim. Mach dir keine Sorgen.«

»Und was dann?« Sie saß vor dem Spiegel und kämmte ihr Haar. Es war das erste Mal, daß sie ihm eine derartige Frage stellte, und er sah sie überrascht an.

»Müssen wir uns darüber Gedanken machen?«

»Ich mach' mir keine Gedanken, ich frag' ja nur. Bleibst du eine Zeitlang bei mir in Paris?« Er grinste übers ganze Gesicht.

»Nick Burnham wäre bestimmt hocherfreut!«

»Natürlich nicht bei uns im Haus, du Idiot. Du wohnst im Ritz oder im George Cinq. Das kannst du dir doch leisten.« Er lebte vom Geld seiner Mutter, woraus er kein Geheimnis machte. Er machte auch kein Geheimnis daraus, daß er nicht auf eine dauerhafte Bindung aus war. Seine vier Scheidungen hatten ihn einiges gekostet; eine fünfte Ehe wollte er nicht eingehen. Hillary war deshalb die ideale Partnerin für ihn, denn sie war bereits verheiratet und hatte ihm von Anfang an klipp und klar erklärt, sie tauge nicht für die Ehe. Er war deshalb um so mehr überrascht über ihre besorgte Miene.

»Du hast dich doch hoffentlich nicht in mich verliebt, oder?« Er sagte es mit jener unglaublichen Gleichgültigkeit, die sie an ihm so faszinierte. Er gehörte nicht zu den Männern, die sie, wie einst Nick, ohne weiteres haben konnte; um ihn mußte sie kämpfen, und das gefiel ihr. Er war der erste Mann, der ihr – nicht ohne eine gewisse Bewunderung – ganz offen gesagt hatte, sie wäre eine kleine Nutte.

»Für eine Frau ist es sehr gefährlich, in mich verliebt zu sein. Frag nur einmal ein bißchen herum.«

»Das muß ich nicht erst. Ich weiß genau, was du bist. Du bist genauso skrupellos wie ich.«

»Soso.« Er zog ihren Kopf sanft an den Haaren nach hinten, küßte ihren Mund und biß ihr dann in die Lippen. »Dann passen wir ja vielleicht ganz gut zusammen.« Er wollte es sie keinesfalls merken lassen, aber er war von ihr mehr angetan, als er es anfangs für möglich gehalten hatte. In New York war sie für ihn nur ein reizvolles Abenteuer gewesen; sie hatte ihn ganz unverhohlen aufgefordert, sie in Frankreich zu besuchen. Damals hatte sie jedoch geglaubt, ihn nicht haben zu können; nun war es für beide eine kleine Überraschung, daß sie ihn, nachdem sie den Sommer mit ihm verbracht hatte, immer noch wollte. »Vielleicht bleibe ich eine Zeitlang in Paris.« Er fand den Gedanken, einen Monat im George Cinq zu verbringen, recht reizvoll, und das Gerede von einem Krieg beunruhigte ihn nicht. »Ich werd' dir mal was sagen: Ich fahr' dich Anfang nächster Woche nach Paris zurück. Genügt das, oder meinst du, daß Nick vorher angerast kommt, um dich zu holen?«

»Nicht sehr wahrscheinlich. Er hat zu viel mit unserem Sohn und seinen Geschäften zu tun.«

»Gut. Ich ruf' gleich morgen das Hotel an und frag', ob ich meine Suite haben kann.«

Sie ging nach nebenan, um sich für die Party fertig anzuziehen, und als sie wieder ins Zimmer kam, pfiff er anerkennend durch die Zähne. Sie trug ein tiefdekolletiertes, rotes Organzakleid, das ihren Körper kaum verhüllte und ihm sehr gut gefiel. So gut, daß er es ihr mit einem lüsternen Blick vom Leib riß, sie aufs Bett stieß, sich auf sie warf und sie so heftig nahm, daß sie kaum noch Atem holen oder einen Gedanken an das sündhaft teure Dior-Kleid, das zerfetzt am Boden lag, verschwenden konnte.

14

Am Sonntag, den 27. August, gingen Nick und John zum Gare de l'Est, um bei der Abfahrt der Soldaten dabeizusein. Die Mehrzahl der Soldaten wurde in die Festungen an der Nordgrenze verlegt, und Johnny beobachtete sie ehrfürchtig, als sie die Züge bestiegen. Nick hatte zuerst gezögert, als sein Sohn ihn gebeten hatte, mit ihm zum Bahnhof zu gehen, sich dann allerdings doch dazu entschlossen, ihm dieses historische Ereignis nicht vorzuenthalten. Seit seinem Anruf in Cannes hatte er nichts mehr von Hillary gehört. Ein zweites Mal wollte er sie nicht anrufen; er hatte sich ja deutlich genug ausgedrückt.

Am selben Nachmittag warteten Liane und die Mädchen am Place de Palais-Bourbon darauf, daß Armand nach Hause kam. Er war nun auch das Wochenende über im Bureau Central. Trotz der Hektik, die dort herrschte, wirkte er unerwartet ruhig, vielleicht deshalb, weil inzwischen alles in Gang gekommen war. Überall hingen Plakate mit der Aufschrift APPEL IMMEDIAT, in denen die männliche Bevölkerung zum Wehrdienst aufgerufen wurde. Den Mädchen waren sie auf dem Rückweg vom Park aufgefallen, und Liane versuchte ihnen zu erklären, was das alles bedeutete, denn ihr Vater hatte ja keine Zeit dazu. Elisabeth war noch zu jung, um alles verstehen zu können, und hatte außerdem panische Angst vor Gewehren, aber Marie-Ange war sehr interessiert an dem, was da vor sich ging. Sie hatte dem Kindermädchen und ihrer Schwester bereits andere Plakate vorgelesen, in denen Verhaltensmaßregeln für einen Gasangriff und die nächtliche Verdunkelung bekanntgemacht wurden.

Liane hatte den beiden erklärt, der Grund, weshalb so viele Autos auf der Straße seien, wäre, daß viele Menschen Paris verlassen würden. Oft hatten sie einen Teil ihrer Habe, Tische, Stühle, Kinderwagen, Haushaltsartikel auf dem Autodach verstaut. Die Evakuierung hatte begonnen, und die Bevölkerung war aufgefordert worden, keine Lebensmittel zu hamstern und nicht in Panik zu geraten.

Als Liane mit den Kindern an diesem Nachmittag in den Louvre gehen wollte, um sie etwas abzulenken, mußten sie feststellen, daß er geschlossen war; ein Wärter sagte ihnen, daß ein Großteil der Kunstschätze bereits in die Kolonien in Sicherheit gebracht wurde. Und überall auf den Straßen, wo sich die Menschen über den zwischen Berlin und Moskau geschlossenen Pakt unterhielten, hörte man immer wieder den Satz »Nous sommes cocus« – »Wir sind hintergangen worden.« Auch Armand hatte ihn zu Liane gesagt, die das, was geschehen war, überhaupt noch nicht fassen konnte.

»Meinst du, daß uns die Deutschen morgen angreifen?« hatte Marie-Ange in ihrer Unschuld beim Frühstück gefragt. Liane hatte traurig den Kopf geschüttelt. Sogar die Kinder schienen nur noch auf das eine zu warten.

»Ich glaube es nicht. Ich hoffe und bete, daß sie es nicht tun.«

»Aber ich habe gehört, wie Papa gesagt hat ...«

»Ihr sollt nicht zuhören, wenn sich Erwachsene unterhalten.« Aber kaum hatte sie es gesagt, fragte sie sich auch schon, wieso eigentlich nicht. Sie alle hörten doch genau hin, wenn andere sich unterhielten, in der Hoffnung, Neuigkeiten zu erfahren. Liane wollte Marie-Ange so viel wie möglich erklären, aber so, daß sie sich nicht fürchtete. Aber im Grunde fürchteten sie sich alle. Hinter der Ruhe, die man nach außen zur Schau trug, verbarg sich Angst. Dies wurde vor allem deutlich, als am Donnerstag darauf wie üblich die Sirenen heulten, aber nur ganz kurz, damit bei der Bevölkerung nicht der Eindruck entstand, ein Luftangriff stehe bevor. Als die Sirenen ertönten, hatte die ganze Stadt den Atem angehalten, um dann erleichtert aufzuatmen, als sie gleich wieder verstummten.

Am 1. September hielten wieder alle den Atem an, als bekannt wurde, daß die Deutschen in Polen einmarschiert waren. Im Jahr zuvor, beim Einmarsch der Deutschen in die Tschechoslowakei, war es ebenso gewesen, doch nach dem Münchener Abkommen hatte man sich wieder beruhigt. Man hatte Hitler die Tschechoslowakei in der Hoffnung überlassen, daß es keine weiteren Opfer geben würde. Jetzt aber, gestärkt durch den Nichtangriffspakt mit den Russen, glaubten die Deutschen, von den übrigen Nationen Europas nichts mehr befürchten zu müssen, und hatten deshalb Polen überfallen. Armand brachte die schlimme Nachricht mit, als er zum Mittagessen nach Hause kam, und Liane konnte die Tränen nicht mehr zurückhalten. »Die armen Menschen. Können wir ihnen denn nicht irgendwie helfen?«

»Wir sind zu weit weg, Liane. Das gilt auch für die Engländer. Irgendwann werden wir ihnen natürlich helfen können, aber eben nicht jetzt. Im Moment ...« Er konnte den Satz nicht beenden.

Am selben Nachmittag saß Nick in der Bibliothek des von ihm gemieteten Hauses an der Avenue Foch und starrte zum Fenster hinaus. Er hatte versucht, Hillary im Carlton in Cannes telefonisch zu erreichen, denn seit seinem Anruf war eine Woche vergangen, und sie war noch immer nicht nach Hause gekommen. Von der Rezeption hatte er erfahren, daß sie am Morgen abgereist sei, man aber leider nicht wisse, wie sie nach Paris fahren würde. Er hoffte, daß sie mit dem Zug fahren und bald eintreffen würde. Er machte sich wieder die bittersten Vorwürfe, daß er sie und Johnny mit nach Europa genommen hatte, wo jetzt jede Stunde damit zu rechnen war, daß der Krieg ausbrach.

Am nächsten Tag wartete ganz Europa gespannt auf Nachrichten über die Vorgänge in Polen. Als Armand am Abend nach Hause kam, erzählte er Liane, was er durch diplomatische Kanäle erfahren hatte. Warschau stand in Flammen, es tobten heftige Kämpfe, aber die Polen waren ein tapferes Volk, das sich nicht so schnell ergeben würde. Sie würden bis zum letzten Blutstropfen gegen die Deutschen kämpfen, entschlossen, in Ehren zu sterben.

In dieser Nacht dämpften Armand und Liane das Licht, wie es die Verdunkelungsvorschriften vorsahen; beide überkam ein seltsames Gefühl, als sie in dem abgedunkelten Raum saßen. Sie fanden keinen Schlaf, und Liane konnte an nichts anderes denken als an die Menschen, die in Polen gegen die Deutschen kämpften. Sie dachte an Frauen wie sie, die mit zwei Töchtern zu Hause saßen ... oder mußten diese Frauen und Kinder etwa auch um ihr Leben kämpfen? Ein schrecklicher Gedanke.

Wieder einen Tag später, am 3. September, drehten sich ihre Gedanken nicht nur um Polen. Armand kam diesmal nicht zum Mittagessen nach Hause, um ihr die Nachricht zu überbringen; sie sah ihn erst spät in der Nacht. Aber sie hörte schon vorher im Radio, daß das englische Schiff *Athenia* westlich der Hebriden von einem deutschen U-Boot versenkt worden war. Die britische Regierung reagierte sofort und erklärte Deutschland den Krieg, und Frankreich schloß sich eingedenk der Garantieerklärung für Polen an. Die Jahre der Mutmaßungen und des Rätselratens waren vorüber. Europa befand sich im Krieg. Liane saß am Fenster im Salon und starrte mit Tränen in den Augen in den Himmel über Paris; später ging sie ins Kinderzimmer und erzählte es ihren Töchtern, die daraufhin zu weinen anfingen, auch das Kindermädchen weinte. Die beiden Frauen und die zwei kleinen Mädchen saßen lange zusammen. Schließlich hieß Liane ihre Töchter, sich das Gesicht zu waschen, und sie selbst ging in die Küche, um das Mittagessen vorzubereiten. Es war nun vor allem wichtig, daß sie die Ruhe bewahrten. Das Weinen würde nichts nützen, erklärte sie ihnen.

»Und außerdem müssen wir alles, was uns möglich ist, tun, um Papa zu helfen.«

»Wird Papa jetzt auch Soldat?« Elisabeth sah sie mit ihren großen blauen Augen an. Liane schüttelte den Kopf und streichelte ihr tröstend übers Haar.

»Nein. Papa dient seinem Vaterland auf andere Art.«

»Außerdem ist er zu alt dafür«, ergänzte Marie-Ange nüchtern. Liane war überrascht über diese Bemerkung. Sie selbst dachte nie an Armands Alter und war deshalb erstaunt, daß ihre Tochter sich darüber Gedanken gemacht zu haben schien. Er wirkte so jugendlich und dynamisch, daß sein Alter für sie keine Rolle spielte. Elisabeth nahm ihren Vater auch sofort in Schutz.

»Papa ist nicht alt!«

»Ist er doch!« Bevor Liane eingreifen konnte, war zwischen den Mädchen der schönste Streit im Gange. Sie war nervlich so angespannt, daß sie den beiden am liebsten eine Tracht Prügel verabreicht hätte. Nach dem Essen schickte sie sie mit Mademoiselle zum Spielen in ihr Zimmer, denn sie wollte sie nicht in den Garten lassen. Wer wußte schon, was alles passieren konnte. Nun, da Frankreich in den Krieg eingetreten war, war alles möglich, ein Gas- oder ein Luftangriff beispielsweise, und deswegen wußte sie sie lieber im Haus. Sie sehnte sich danach, mit Armand sprechen zu können, aber sie wagte es nicht, ihn anzurufen.

»Daddy, heißt das, daß wir nach New York zurückfahren müssen?« Johnny sah ihn mit großen Augen an. Nick hatte ihm gerade erklärt, was geschehen war, und der Junge schien entsetzt. Anfangs hatte ihn die Tatsache, daß es Krieg geben würde, irgendwie fasziniert, doch hatte sein Vater, als er ihm vom Kriegseintritt Frankreichs erzählte, so ernst ausgesehen, daß er nun die ganze Tragweite erahnte. »Aber ich möchte jetzt nicht nach Hause.« Es gefiel ihm in Frankreich. Plötzlich packte ihn blankes Entsetzen. »Wenn wir zurückfahren, darf ich dann meinen Hund mitnehmen?«

»Aber selbstverständlich.« Nick setzte sich auf das Bett im Zimmer des Jungen und dachte nach, aber nicht über den Hund, sondern über Hillary. Sie war vor zwei Tagen aus Cannes abgereist und noch immer nicht eingetroffen. Nach einer Weile ließ er Johnny allein und ging hinunter in die Bibliothek. Als er die Nachricht von der Kriegserklärung in der Firma gehört hatte, war er sofort nach Hause geeilt, um seinen Sohn zu beruhigen, und nun fragte er sich, ob er zurückfahren sollte. Er entschied sich dann dafür, seine Sekretärin anzurufen und zu sagen, er wäre im Notfall zu Hause telefonisch zu erreichen, denn er wollte so lange bei Johnny bleiben, bis neue Nachrichten kamen. Aber sie flossen nur spärlich. Nach der Kriegserklärung herrschte eine eigenartige Ruhe in Paris. Der Massenexodus aus der Stadt dauerte an, doch im großen und ganzen lief alles fast wie gewohnt weiter. Von Panik war nichts zu spüren.

Am späten Nachmittag klingelte es an der Haustür. Kurz danach war aus der Halle Stimmengewirr zu hören, und wieder einen Augenblick später ging die Tür der Bibliothek auf und eine braungebrannte Hillary kam herein.

»Hillary, um Himmels willen ...« Er fühlte sich wie jemand, der ein verlorengeglaubtes Kind wiederfindet: Sollte er sie nun umarmen oder ohrfeigen?

»Hallo, Nick.« Sie machte einen seltsam ruhigen Eindruck. Nick bemerkte sofort ein großes Diamant-Armband, das überhaupt nicht zu dem leichten Sommerkleid paßte, das sie trug, doch er sagte nichts über dieses teure Geschenk, das sie offensichtlich von ihrem neuesten Liebhaber erhalten hatte.

»Wie geht's dir?« erkundigte sie sich knapp.

»Weißt du eigentlich, daß Frankreich und England Deutschland den Krieg erklärt haben?«

»Hab's gehört.« Es schien sie nicht weiter zu berühren. Sie setzte sich auf die Couch und schlug die Beine übereinander.

»Wo hast du denn bloß gesteckt, verdammt noch mal?«

»In Cannes.«

»In den letzten beiden Tagen, meine ich. Ich habe angerufen, und da hieß es, du wärst abgereist.«

»Ich bin mit Freunden zurückgefahren.«

»Mit Philip Markham etwa?« Es war absurd. Frankreich war in den Krieg eingetreten, und er fragte sie nach ihrem neuen Liebhaber.

»Fängt das schon wieder an? Ich dachte, darüber sind wir schon längst hinaus.«

»Das steht im Moment nicht zur Debatte. Dies ist nicht der richtige Zeitpunkt, um in Frankreich herumzugondeln.«

»Du hast gesagt, ich soll zurückkommen, und jetzt bin ich da.« Ihre Augen blitzten ihn feindselig an. Sie hatte es noch nicht für nötig erachtet, nach ihrem Sohn zu fragen. Als er sie jetzt so dasitzen sah, spürte er, daß er anfing, sie zu hassen.

»Genau neun Tage, nachdem ich dich bat, sofort zurückzukommen.«

»Ich konnte nicht so schnell weg.«

»Mein Gott, du hast einen Sohn, und es ist Krieg!«

»Deshalb bin ich ja nun da. Und wie geht's weiter?«

Er holte tief Luft. Er hatte sich den ganzen Tag den Kopf zerbrochen und sich zu einem Entschluß durchgerungen, der ihm zwar innerlich widerstrebte, den er aber dennoch in die Tat umsetzen mußte. »Ich schicke euch beide zurück, wenn es irgendwie möglich ist, euch sicher nach Hause zu bringen.«

»Das ist keine schlechte Idee.« Sie lächelte; es war das erste Mal, seit sie wieder hier war. Sie hatte sich mit Philip über dieses Thema unterhalten, bevor er am George Cinq ausgestiegen war. Er hatte gesagt, er würde sie mit nach New York nehmen, ob es Nick passe oder nicht. Aber nun hatte Nick das Problem für sie auf ganz einfache Weise gelöst. »Wann fahren wir?«

»Ich werde das von meinen Leuten in der Firma herausfinden lassen. Leicht wird es jedenfalls nicht sein.«

»Daran hättest du schon im Juni denken müssen.« Sie stand auf, lief nervös im Zimmer herum und sah ihn dann über die Schulter an. »Aber du warst damals wahrscheinlich so scharf auf deine Geschäfte mit den Nazis, daß du nicht daran denken konntest, in welche Gefahr du uns da bringst. Du bist auch mit schuld daran, daß es Krieg gibt. Wer weiß denn, was die Nazis mit dem Stahl gemacht haben, den du ihnen geliefert hast?« Dieser Gedanke hatte Nick nun schon seit Wochen gequält. Sein einziger Trost bestand darin, daß er alle noch laufenden Verträge mit den Deutschen vor zwei Tagen gekündigt hatte. Seine Gesellschaft würde zwar hohe Verluste hinnehmen müssen, aber er war nicht länger bereit, mit dem Reich Handel zu treiben. Es tat ihm nur leid, daß er diesen Schritt nicht früher unternommen hatte. Während er seine Frau beim Auf- und Abgehen beobachtete, fiel ihm wieder ein, was Liane auf dem Schiff gesagt hatte. »Der Zeitpunkt wird kommen, wo wir uns für eine Seite entscheiden müssen ...« Er war gekommen und er hatte sich entschieden, aber leider zu spät, und nun mußte er damit leben. Es war kaum ein Trost für ihn, daß er ja auch nach Großbritannien, Frankreich und Polen geliefert hatte. Was ihn jetzt so schmerzte, war allein die Tatsache, daß er Deutschland dabei geholfen hatte, Waffen herzustellen. Aber im Moment schmerzte ihn noch mehr, daß Hillary diesen Stachel noch tiefer in sein Fleisch gestoßen hatte, und er sah sie nun mit unverhohlener Verwunderung an.

»Warum haßt du mich eigentlich so sehr, Hil?«

Sie schien einen Moment nachzudenken und zuckte dann mit den Schultern. »Ich weiß es nicht ... Vielleicht, weil du mich immer an das erinnerst, was ich nicht bin. Du wolltest immer etwas, was ich dir nicht geben konnte.« Mit dieser Tatsache hatte er sich erst vor kurzem abgefunden. »Du hast mir zuviel gegeben, hast mich von Anfang an erdrückt damit. Du hättest eine nette Lehrerin heiraten sollen, die dir acht Kinder geschenkt hätte.«

»Das wollte ich aber nicht. Ich habe dich geliebt«, erwiderte er traurig.

»Aber jetzt nicht mehr, oder?« Sie mußte diese Frage stellen, seine Antwort darauf hören, die für sie endgültig die Freiheit bedeuten würde.

Er schüttelte den Kopf. »Nein, ich liebe dich nicht mehr. Es ist so besser für uns beide.«

Sie nickte. »Das stimmt.« Dann holte sie tief Luft und ging zur Tür. »Ich geh' zu Johnny. Meinst du, wir werden bald fahren können?«

»Ich hoffe es.«

»Fährst du eigentlich mit, Nick?«

Er schüttelte den Kopf. »Im Moment kann ich noch nicht. Aber ich komme sobald wie möglich nach.« Sie nickte und verließ den Raum. Er ging ans Fenster und blickte hinaus in den Garten.

15

Am Abend des 6. September nahmen Armand und Liane gegen Mitternacht noch eine kleine Mahlzeit zu sich. Armand wollte nur einen Löffel Suppe und ein Stück Brot; er war so müde, daß er nichts anderes essen konnte. Hinter ihm lag ein unendlich langer Tag, an dem eine Besprechung die andere gejagt hatte. Aus Polen waren schlimme Nachrichten gekommen. Warschau war zwar noch nicht gefallen, aber die Situation war sehr kritisch; dem polnischen Volk drohte die Massenvernichtung. Liane konnte in Armands Gesicht den Kummer und die Sorge um sein Land lesen.

»Liane ... Ich muß dir etwas sagen.« Sie fragte sich, welche schlechte Nachricht er ihr nun mitteilen würde. Es schien ja nur noch solche zu geben.

»Ja?«

»Die *Aquitania*, ein englisches Schiff, hat gestern im Hafen von Southampton festgemacht. Sie wird noch einmal in die Staaten fahren, wo sie zum Truppentransporter umgebaut wird. Und wenn sie abfährt«, – er preßte die Worte mit erstickter Stimme hervor – »wenn sie abfährt, dann möchte ich, daß du mit den Kindern an Bord bist.« Sie saß ihm gegenüber und hatte schweigend zugehört. Er beobachtete sie genau. Zuerst zeigte sie keine Reaktion, doch dann schüttelte sie langsam den Kopf.

Sie setzte sich kerzengerade auf und sah ihm mitten ins Gesicht. »Nein, Armand, wir fahren nicht.«

Diese Antwort hatte er nicht erwartet. »Wie kannst du das sagen! Frankreich befindet sich im Krieg! Du mußt zurückfahren. Ich will dich und die Kinder in Sicherheit wissen.«

»Auf einem englischen Schiff, wo es auf dem Atlantik nur so von deutschen U-Booten wimmelt? Sie haben die *Athenia* versenkt, und das gleiche Schicksal kann dieses Schiff treffen.«

Armand schüttelte den Kopf. Die Schreckensmeldungen aus Warschau waren ihm noch zu frisch im Gedächtnis, als daß er seiner Familie erlauben würde, in Frankreich zu bleiben. »Wir wollen uns deswegen nicht streiten.« Er war zu müde, um mehr zu sagen, und bei Liane auf einen Widerstand gestoßen, wie er ihn nicht erwartet hatte.

»Werden wir auch nicht. Die Kinder und ich bleiben hier bei dir. Wir haben schon einmal darüber gesprochen. Es sind ja noch andere Frauen und Kinder hier. Warum sollten ausgerechnet wir weggehen?«

»Weil es für euch in den Staaten sicherer ist. Roosevelt hat gerade wieder beteuert, daß er nicht in den Krieg eintreten wird.«

»Hast du denn kein Vertrauen in Frankreich? Es wird bestimmt nicht so überrannt werden wie die Tschechoslowakei oder Polen.«

»Und wenn die Bomben fallen, willst du dann auch noch mit den Kindern hier sein, Liane?«

»Andere haben das im letzten Krieg auch überlebt.« Er war so müde, daß er am liebsten hier am Tisch eingeschlafen wäre, und konnte sich deshalb nicht länger mit ihr auseinandersetzen. Sie sprachen am anderen Morgen gleich nach dem Aufstehen wieder darüber, aber ihre Haltung war noch unnachgiebiger. Sie wies alle von ihm vorgebrachten Argumente zurück, und als er sich gegen halb acht fertig machte, um ins Amt zu gehen, sah sie ihn ein letztes Mal mit einem sanften Lächeln an. »Ich liebe dich, Armand. Mein Platz ist hier an deiner Seite. Bitte mich nicht mehr, zu gehen. Ich werde nicht wegfahren.«

Er sah ihr lange in die Augen. »Du bist eine außergewöhnliche Frau, Liane, aber das weiß ich ja nicht erst seit heute. Du hast die Wahl. Meiner Ansicht nach solltest du in die Staaten zurückgehen, solange es noch möglich ist.«

»Was soll ich denn dort? Mein Zuhause ist hier bei dir.«

Er hatte Tränen in den Augen, als er ihr einen Abschiedskuß gab. Er war von ihrer Treue so bewegt wie noch nie zuvor. Sie war ebenso tapfer wie die Menschen in Polen. »Ich liebe dich.«

»Ich liebe dich auch«, flüsterte sie ihm zu und küßte ihn. Sie wußte, daß er erst wieder gegen Mitternacht nach Hause kommen würde, völlig erschöpft, doch er opferte sich ja für eine gute Sache auf. Sein Vaterland befand sich im Krieg. Aber sie blieb. Sie würde immer an seiner Seite stehen.

16

»Bist du fertig?« Johnny nickte mit großen, traurigen Augen, seinen kleinen Terrier im Arm, neben sich das Kindermädchen. »Hast du auch deinen Baseballschläger eingepackt?« Wieder nickte der Junge, doch nun liefen ihm dicke Tränen über die Wangen; sein Vater zog ihn an sich. »Ich weiß, mein Sohn ... ich weiß ... Du wirst mir auch sehr fehlen ... aber doch nur für kurze Zeit.« Er hoffte inständig, daß dem auch wirklich so wäre. Aber im Moment konnte er noch nicht zurück. Er mußte die Interessen seines Unternehmens in Europa wahren.

»Aber ich will nicht ohne dich nach Hause fahren, Dad.«

»Ich komme doch bald nach ..., ich verspreche es ...« Über den Kopf des Kindes hinweg sah er zu Hillary, die seltsam ruhig wirkte. Die Reisetaschen standen neben ihnen in der Halle – ihr ganzes Gepäck, denn jedem Passagier waren nur zwei Gepäckstücke gestattet. Dennoch würde das Schiff voll beladen sein, und trotz der illustren Namen auf der Passagierliste würde es keine Luxusreise werden. Hunderte von wohlhabenden amerikanischen Touristen waren vom Kriegsausbruch überrascht worden und hatten sich verzweifelt an ihre Botschaften gewendet. Alle für September vorgesehenen Abfahrten aus britischen oder französischen Häfen waren gestrichen worden. Die *Normandie* war am 28. August in New York angekommen und auf Anweisung ihrer Eigner nicht mehr ausgelaufen. Auch die Fahrten von Amerika aus waren eingestellt worden; der amerikanische Botschafter in London, Joseph F. Kennedy, kabelte verzweifelt nach Washington, man solle doch Schiffe schicken, um die vielen hier festsitzenden Touristen abzuholen. Darauf wurden die *Washington*, die *Manhattan* und die *President Roosevelt* losgeschickt, doch wann sie eintreffen und wieder auslaufen würden, war unklar; die *Aquitania* war das einzige Schiff, für das ein Abfahrtstermin feststand. Diese Fahrt war die letzte vor der Requirierung.

Allen war die bei dieser letzten Überfahrt durch deutsche U-Boote drohende Gefahr bewußt, doch wegen ihrer Bauweise war die *Aquitania* weniger anfällig für Unterwasserattacken als andere Schiffe. Bei ihrer Fahrt nach Southampton war sie mit großer Geschwindigkeit und ohne Beleuchtung auf einem Zickzackkurs über den Atlantik gelaufen.

Hillary, Nick, Johnny und das Kindermädchen stiegen in den großen schwarzen Duesenberg, der vor dem Haus in der Avenue Foch wartete. Sie fuhren nach Calais, wo Nick eine Jacht gemietet hatte, die sie nach Dover übersetzte, wo wieder ein Wagen wartete, der sie dann nach Southampton brachte. Die Fahrt war zwar nicht gefährlich, aber sehr anstrengend, und als sie kurz vor dem Auslaufen des Schiffes an den Pier kamen, war Hillary, zu ihrem eigenen Erstaunen, den Tränen nahe. Sie hatte plötzlich Angst, daß das Schiff auf hoher See versenkt werden würde, und schmiegte sich, wie es sonst überhaupt nicht ihre Art war, ganz eng an Nick, als sie den Hinweis lasen, der alle Passagiere aufmerksam machte, bevor sie an Bord gehen durften. Darin hieß es, sie würden die Überfahrt auf eigenes Risiko antreten auf »einem Kriegsschiff, das ohne Vorwarnung versenkt werden« könne. Deutlicher konnte die Gefahr, der sie sich aussetzten, nicht beschrieben werden. Die drei Burnhams umarmten sich noch einmal, bevor sie an Bord gingen. Nick hatte nur noch eine kleine Innenkabine buchen können mit einem normalen Bett für seine Frau und zwei Liegeplätzen für Johnny und das Kindermädchen. Aber zumindest hatten sie, wie er sofort bemerkte, ein eigenes Bad.

Er blieb so lange bei ihnen, bis das letzte Signal ertönte, das Besucher zum Verlassen des Schiffes aufforderte, doch bevor er ging, umarmte er noch einmal seinen Sohn.

»Sei ein braver Junge und paß für mich auf deine Mutter auf. Und befolge auf dem Schiff ganz genau, was sie dir sagt. Das ist sehr wichtig.«

»Ach, Daddy ...« Seine Stimme zitterte genau wie die von Nick. »Glaubst du, wir werden versenkt?«

»Nein, das glaube ich nicht. Ich werde die ganze Zeit an euch denken. Und wenn ihr zu Hause seid, dann schickt mir Mami sofort ein Telegramm.«

»Was mach' ich denn mit meinem Hund?« Der kleine Terrier lag zitternd unter dem Bett. Johnny hatte ihn an Bord geschmuggelt, obwohl es geheißen hatte, Haustiere dürften nicht mitgenommen werden. Nick hatte ihm erklärt, daß dem Hund nichts geschehen würde, wenn er auf See entdeckt werden würde, denn die Engländer seien ja bekannt als Hundenarren. »Was mach' ich dann mit meinem Hund, wenn wir sinken?«

»Ihr werdet nicht sinken. Und wenn, dann halte ihn ganz fest und steck ihn unter deine Schwimmweste.« Nick wußte nicht, wie er sich besser aus der Affäre hätte ziehen können, und hielt die Hand seines Sohnes fest, als er sich wieder aufrichtete und an Hillary wandte. »Paß auf dich auf, und auf John ...« Er sah hinunter auf seinen Sohn, der seine Tränen nicht länger zurückhalten konnte.

»Das werd' ich. Alles Gute, Nick.« Ein Schluchzen unterdrückend, umarmte sie ihn. »Komm bald nach.« In diesen letzten Minuten an Bord schienen die zwischen ihnen beiden bestehenden Gefühle des Hasses zu schwinden, denn ihnen war bewußt geworden, daß sie sich möglicherweise nicht mehr wiedersehen würden. Das Kindermädchen saß auf seiner Koje und schluchzte. Die Fahrt würde alles andere als einfach werden, das wußte Nick, als er das Schiff schließlich verließ. Ihm blieb nur noch, dafür zu beten, daß die *Aquitania* unversehrt an ihrem Ziel ankam.

Er stand am Kai und winkte ihnen so lange nach, bis er sie nicht mehr sehen konnte. Dann überwältigten ihn seine Gefühle; er schlug die Hände vors Gesicht und fing an zu weinen. Ein vorbeigehender Matrose blieb neben ihm stehen, räusperte sich und klopfte ihm auf die Schulter.

»Es wird schon alles gutgehen, Kumpel ... Sie ist ein prima Schiff, wirklich ... bin mit ihr von New York rübergekommen ... ist unheimlich schnell und wendig ... Die Deutschen werden sie nicht kriegen.« Nick war dankbar für diese aufmunternden Worte, aber nicht zu einer Antwort fähig. Ihm war, als sei mit diesem Schiff alles, wofür es sich zu leben lohnte, entschwunden. Er ging hinein in die Wartehalle, um einen Schluck Wasser zu trinken, als er die an der Wand angeschlagene Passagierliste erblickte. Er ging hin und sah sie durch, als würde er dadurch wieder ganz nahe bei Johnny sein. Er fand ihre Namen: »Burnham, Mrs. Nicholas; Burnham, Master John ...« Das Kindermädchen war etwas weiter unten aufgelistet, doch dann erstarrte das Blut in seinen Adern zu Eis, als er den Namen »Markham, Mr. Philip« las.

17

Normalerweise beförderte die *Aquitania* bei 972 Mann Besatzung 3230 Passagiere, doch für die letzte Fahrt waren alle entbehrlichen Teile der Innenausstattung aus- und zusätzliche Schlafgelegenheiten eingebaut worden, um Platz für weitere 400 Passagiere zu schaffen. Die Verhältnisse waren sehr beengt; es gab viele Familien, die wie Hillary, Johnny und das Kindermädchen in einer Kabine reisten, unter normalen Umständen jedoch zwei, drei Kabinen oder eine ganze Suite belegt hätten. Diese Überfahrt war überhaupt anders als eine normale Seereise. Das Abendessen wurde um vier und fünf Uhr nachmittags serviert, und bei Einbruch der Dunkelheit wurde die gesamte Beleuchtung ausgeschaltet. Die Passagiere waren gebeten worden, bis dahin ihre Kabinen aufzusuchen, um Unfälle auf den dunklen Gängen zu vermeiden. Alle Fenster des Schiffes waren mit schwarzer Farbe angestrichen worden, und den Passagieren hatte man nahegelegt, die sanitären Einrichtungen zu nützen, ohne dabei das Licht anzuschalten, ein Umstand, an den sich alle schnell zu gewöhnen schienen. Es befanden sich viele Amerikaner, aber auch Engländer an Bord. Insbesondere die Engländer schienen die Ruhe weg zu haben, kamen sie doch jeden Abend, als wäre alles wie sonst, im Smoking zum Abendessen.

Das, was von der ursprünglichen Ausstattung des Schiffes noch vorhanden war, erinnerte an elegante Salonräume des 19. Jahrhunderts und bildete einen eigenartigen Kontrast zu den überall an den Wänden angebrachten Verhaltensregeln für den Fall eines U-Boot-Angriffs.

Am zweiten Tag auf See schien Johnny die Trennung von seinem Vater so weit überwunden zu haben, daß Hillary glaubte, ihn mit Philip Markham bekannt machen zu können. Sie erklärte ihm, er sei ein alter Freund aus New York, den sie zufällig hier auf dem Schiff wiedergetroffen habe. Während sich Philip und Hillary unterhielten, beobachtete Johnny sie voller Mißtrauen. Als er dann die beiden am anderen Morgen an Deck spazierengehen sah, sagte er zu seinem Kindermädchen: »Ich mag diesen Mann nicht.« Das Kindermädchen schimpfte zwar deswegen mit ihm, doch zeigte dies bei ihm keine Wirkung, denn am Abend sagte er das gleiche zu seiner Mutter. Sie ohrfeigte ihn, aber er weinte nicht einmal. »Du kannst mich schlagen, das macht mir überhaupt nichts aus. Wenn ich groß bin, bleibe ich bei meinem Daddy.«

»Ich etwa nicht?« Ihre Hände zitterten immer noch; sie versuchte, wenigstens ihre Stimme wieder unter Kontrolle zu bringen. Der Junge war aufgeweckter, als es ihm selbst guttat, und sie war froh, daß er nicht alles gleich Nick erzählen konnte. Sie fragte sich, ob er sie beobachtet hatte, als sie sich küßten. Sie hatte bisher jede Nacht in ihrem eigenen Bett verbracht, allerdings unfreiwillig, denn in Philips Kabine waren noch drei Männer untergebracht. »Was meinst du denn damit, daß du bei deinem Daddy bleiben willst? Ich bleibe doch auch bei ihm.«

»Nein, das tust du nicht. Du bleibst bestimmt bei *dem.*« Er weigerte sich sogar, Philips Namen auszusprechen.

»Das ist doch dummes Zeug.« Aber genau darüber hatte sie sich erst vor kurzem mit Philip unterhalten. Für Nicks Ansicht, sie müßten verheiratet bleiben, konnte sie sich absolut nicht erwärmen. Wenn sie ihn nach seiner Rückkehr in die Staaten dazu brächte, in die Scheidung einzuwilligen, oder einen Grund fände, sich von ihm scheiden zu lassen, würde sie Philip heiraten. »Ich will das nicht mehr von dir hören.« Und sie hörte es auch nicht mehr. Er sprach von da an überhaupt nur noch das Nötigste mit seiner Mutter, hielt sich mehr an sein Kindermädchen, verbrachte die meiste Zeit in der Kabine und spielte mit seinem Hund. Für alle Beteiligten war die Reise sehr anstrengend. Da das Schiff keinen geraden Kurs steuerte, sondern immer wieder Ausweichmanöver ausführte, dauerte die Überfahrt länger als gewöhnlich. Als die *Aquitania* schließlich in New York anlegte, wünschte sich Hillary, nie wieder auf ein Schiff gehen zu müssen. Sie war noch nie zuvor in ihrem Leben so froh darüber gewesen, in New York zu sein. Trotzdem blieb sie nur kurz; einige Tage nach der Ankunft brachte sie Johnny zu ihrer Mutter nach Boston.

Johnny konnte nicht verstehen, weshalb er bei seiner Großmutter bleiben sollte. »Fahren wir denn nicht wieder nach Hause?«

»Nein, ich fahre allein. Ich muß doch erst die Wohnung wieder in Schuß bringen.« Sie war drei Monate lang verwaist gewesen, und Hillary gab vor, sie hätte viel zu tun, um sie wieder herzurichten. Doch vierzehn Tage später meldete Hillarys Mutter Johnny in einer Bostoner Schule an. Sie erklärte ihm, es sei ja nur für kurze Zeit, damit er nicht soviel Unterricht versäume, bis die

Wohnung fertig wäre. Kurz danach wurde Johnny Zeuge eines Gesprächs, in dem seine Großmutter eingestand, daß die Anmeldung in der Schule ihre Idee gewesen sei und sie keine Ahnung habe, wann Hillary ihn abholen würde; sie schiene sich wohl damit Zeit zu lassen. Johnny wußte weshalb, sagte allerdings niemandem etwas. Wahrscheinlich war sie bei diesem Mann, diesem Mr. Markham ... Er wollte seinem Vater darüber schreiben, überlegte sich dann aber, daß dies wohl keine so gute Idee sein würde, weil sich sein Vater wahrscheinlich sehr große Sorgen deswegen machen würde. Er könnte es ihm ja immer noch erzählen, wenn er wieder hier wäre. Nick hatte ihm nämlich in seinem letzten Brief geschrieben, er würde so bald wie möglich, vielleicht sogar schon kurz nach Weihnachten kommen. Aber bis Weihnachten waren es noch über zwei Monate, und für Johnny schien das eine Ewigkeit zu sein.

Er fühlte sich sehr einsam bei seiner Großmutter, die ja auch schon älter war und keine Geduld mit Kindern hatte. Er war froh, daß sie ihm wenigstens erlaubt hatte, seinen Hund mitzubringen.

Eine Woche nachdem Nick den letzten Brief an Johnny geschrieben hatte, traf er Armand und Liane zufällig bei einem kleinen Essen, das der amerikanische Konsul gab. Für Armand und Liane war es seit Monaten die erste Einladung, die sie gemeinsam wahrnahmen. Liane trug ein hübsches, langes Abendkleid aus schwarzem Satin, aber sie sah müde aus. Allen merkte man die Anspannung an, obwohl nach außen hin davon in Paris nichts zu spüren war. Warschau, die Schwesterstadt im Osten, war einen Monat zuvor, am 27. September, gefallen. Die Polen hatten sich tapfer gegen die Deutschen zur Wehr gesetzt, aber nachdem am 17. September auch noch die Rote Armee einmarschiert war, waren bald alle Anstrengungen vergebens. Auch Nicks Stahllieferungen hatten nicht mehr viel genützt.

»Wie geht es Ihnen?« fragte Nick, der neben Liane an der Tafel saß; Armand war am anderen Ende plaziert worden. Auf Nick machte er den Eindruck, als sei er inzwischen um zehn Jahre älter geworden. Er hatte bis zu achtzehn Stunden täglich gearbeitet, und das war nicht spurlos an ihm vorübergegangen. Armand sah aus wie ein alter Mann, obwohl er gerade erst siebenundfünfzig geworden war.

»Den Umständen entsprechend gut«, erwiderte Liane leise. »Leider nimmt Armand keinerlei Rücksicht auf seine Gesundheit.« Auch sie hatte bemerkt, wie mitgenommen er aussah, doch sie konnte nichts dagegen unternehmen. Er würde sich fordern, bis es seine Kräfte überstieg, aus Liebe zu seinem Vaterland. Diese Liebe war so stark, daß er keine Rücksicht auf seine Familie nahm, sie die meiste Zeit allein ließ, aber Liane akzeptierte inzwischen auch das. Sie hatte keine andere Wahl. Seit kurzem arbeitete sie freiwillig beim Roten Kreuz mit; sie konnte zwar im Moment nicht viel, doch zumindest etwas tun. Das Rote Kreuz organisierte die Flucht deutscher und osteuropäischer Juden über Frankreich nach Südamerika, den Vereinigten Staaten, Kanada und Australien, und so konnte sie ein wenig dazu beitragen, Menschenleben zu retten. »Was macht der kleine John?«

»Ihm geht es gut. Allerdings weiß ich nicht genau, wo er ist.« Nick hatte geglaubt, er sei in New York, doch Johnny hatte ihm geschrieben, er wäre bei seiner Großmutter in Boston. Nick vermutete, es handelte sich dabei um einen Besuch.

Liane aber schien ihm nicht ganz folgen zu können. »Ist er denn nicht hier bei Ihnen?«

Nick schüttelte den Kopf. »John konnte im September noch mit der *Aquitania* mitfahren. Was ich meinte, war, daß ich dachte, er wäre in New York. Nun aber scheint es so, als wäre er bei meiner Schwiegermutter in Boston.«

»Sie haben ihn ganz allein nach Hause geschickt?« fragte Liane sichtlich bestürzt. Es war dasselbe Schiff, mit dem auch sie, hätte sich Armand durchgesetzt, gefahren wäre!

»Nein, nein. Seine Mutter ist mitgefahren. Ich wollte nicht, daß sie noch länger hier sind. Jetzt sind sie wenigstens in Sicherheit.« Liane nickte verständnisvoll; es war die vernünftigste Lösung, obwohl sie selbst anders entschieden hatte. Sie vermutete, daß Hillary Burnham sehr froh darüber gewesen war, abreisen zu können. Sie hatte Gerüchte gehört, daß da zwischen ihr und Philip Markham etwas sei; so etwas sprach sich in der kleinen Ausländerkolonie in Paris sehr schnell herum. Sie fragte sich, wie es Nick wohl in der Zwischenzeit ergangen war. Auch er sah abgekämpft aus, wenn auch nicht so sehr wie Armand. Sie erinnerte sich an ihr Gespräch auf dem Schiff, das nun schon eine Ewigkeit zurückzuliegen schien, und doch waren seitdem erst vier Monate vergangen.

»Und wie geht es Ihnen?«

»Es geht so.« Dann senkte er die Stimme, um ihr ganz offen zu sagen, was ihn bewegte. Sie war eine Frau, die ihn stets dazu veranlaßte. »Ich muß eben mit meinen Fehlern und Fehleinschätzungen leben.« Sie wußte sofort, daß er damit seine Lieferverträge mit den Deutschen meinte.

»Sie sind nicht der einzige, der die Lage falsch beurteilt hat. Denken Sie doch nur daran, was in den Staaten so gesagt wird. Roosevelt will nächstes Jahr wiedergewählt werden und verspricht deshalb, daß die Amerikaner nie in diesen Krieg hineingezogen würden. Irgendwie ist das verrückt.«

»Aber sein Herausforderer Willkie sagt das auch. In dieser Beziehung besteht zwischen beiden kein Unterschied.«

»Wer gewinnt die Wahl denn Ihrer Meinung nach?« fragte Liane. Irgendwie war es schon seltsam; Europa stand in Flammen, und sie unterhielten sich über die kommenden Präsidentschaftswahlen in Amerika.

»Roosevelt natürlich.«

»Zum dritten Mal?«

»Zweifeln Sie etwa daran?«

Sie lächelte. »Eigentlich nicht.« Sie war froh, sich mit ihm über dieses Thema unterhalten zu können. Es war ein Stück Heimat und Realität inmitten der alptraumhaften Situation, in der sie sich befanden.

Schon bald nach dem Essen brach die kleine Gesellschaft auf, und Armand fuhr mit Liane nach Hause. Er gähnte während der ganzen Fahrt im Dienstwagen und tätschelte die Hand seiner Frau. »Ich habe gesehen, daß Burnham auch da war, konnte mich aber leider nicht mit ihm unterhalten. Wie geht es ihm?«

»Gut.« Sie hatten keine solch persönlichen Gespräche geführt wie auf dem Schiff, aber das war auch zu erwarten gewesen.

»Ich wundere mich, daß er immer noch hier ist.«

»Er sagte, er würde nach Weihnachten nach Hause fahren. Sein Sohn und seine Frau sind bereits mit der *Aquitania* weg.«

»Wahrscheinlich zusammen mit Philip Markham.«

»Hast du davon gewußt?« fragte sie ihn ganz erstaunt, denn er hatte ihr gegenüber nie eine Andeutung gemacht. Sie hatte von der Sache durch Landsleute erfahren, die sie irgendwann kennengelernt hatte. Sie lächelte ihn schelmisch an. »Gibt es eigentlich irgend etwas, das du nicht weißt, Armand?«

»Ich hoffe nicht. Es ist meine Aufgabe, alles zu wissen.« Er hatte auch von Burnhams geheimen Geschäften mit Polen erfahren, verriet es ihr jedoch nicht. Dann musterte er verstohlen den Fahrer; beruhigt stellte er fest, daß es sich um einen zuverlässigen Mann handelte.

»Wirklich?« rief Liane überrascht. So hätte sie seine Arbeit nun wirklich nicht beschrieben. Aber in dieser Zeit änderte sich sowieso alles sehr rasch.

Armand wechselte schnell das Thema. »Es war schön, dich wieder einmal so hübsch angezogen zu sehen, Chérie. Fast so wie früher, als wir in einer friedvollen Welt lebten.« Sie nickte nachdenklich, denn das, was er gesagt hatte, ging ihr nicht aus dem Sinn, aber sie wollte ihn jetzt im Auto auch nicht danach fragen, weil sie seinen verstohlenen Blick zum Fahrer bemerkt hatte. Schon seit einiger Zeit erzählte er ihr nichts mehr von seinen dienstlichen Aufgaben, sondern brachte nur noch solche Neuigkeiten mit, die sie am nächsten Tag auch in den Zeitungen lesen konnte. Er war viel verschlossener als früher. Und auch so abgespannt wie noch nie zuvor. Ende August hatten sie das letzte Mal miteinander geschlafen. Und heute abend würden sie, so vermutete sie, auch keine Gelegenheit dazu haben, denn er döste bereits im Wagen ein. Sie weckte ihn, als sie am Place du Palais-Bourbon angekommen waren, und ging mit ihm nach oben. Als sie sich ausgezogen hatte und ins Schlafzimmer kam, lag er bereits im Bett und schlief.

18

Am 30. November griffen sowjetische Truppen Finnland an. Inzwischen bekam Liane Armand überhaupt nicht mehr zu Gesicht. Sie hatte das Gefühl, daß sich nicht nur die politische Ordnung Europas, sondern auch ihre Ehe langsam auflöste. Sie hatte immer geglaubt, sie könne Frankreich dienen, indem sie ihm diente, doch ging er nun immer mehr auf Distanz zu ihr. Er schwieg sich aus, war in Gedanken meist woanders, kümmerte sich kaum noch um die Kinder; auch auf sexuellem Gebiet spielte sich bei ihnen nichts mehr ab. Er setzte alle seine Energien zum Wohle Frankreichs ein und erlaubte ihr nicht, ihn mit den ihren zu unterstützen. Er erzählte ihr überhaupt nichts mehr von seiner Arbeit, und sie hatte es aufgegeben, ihn danach zu fragen. Sie hatte den Eindruck, ganz allein mit den Mädchen zu sein, die natürlich ebenfalls bemerkten, daß sich etwas geändert hatte, doch aus Rücksicht auf Armand versuchte Liane, es zu vertuschen.

»Papa ist eben sehr beschäftigt. Ihr wißt ja, es ist Krieg.« Aber insgeheim fragte sie sich doch, ob das der einzige Grund war und nicht doch noch etwas anderes dahintersteckte. Er nahm zu jeder Tages- und Nachtzeit an geheimen Besprechungen und Konferenzen teil, fuhr ein-, zweimal sogar am Wochenende weg, ohne ihr sagen zu können, mit wem und wohin. Ihr kam sogar einmal der Verdacht, er hätte eine Geliebte, doch das mochte sie nun doch nicht so recht glauben. Was auch immer in seinem Leben vorging, er schloß sie davon aus. Sie hätte ebensogut zurück in die USA fahren können, so selten sah sie ihn. Und hin und wieder fragte sie sich, wie es wohl Nick ohne seinen Sohn in dem großen Haus an der Avenue Foch erging.

Nick fühlte sich sogar noch einsamer als Liane. Sie hatte zumindest noch ihre Töchter um sich, er überhaupt niemanden. Seit er Hillary im September an Bord der *Aquitania* gebracht hatte, hatte er nichts mehr von ihr gehört und nur Briefe von Johnny und einen von seiner Schwiegermutter bekommen. Aus dem, was sie ihm schrieb, konnte er nur entnehmen, daß Hillary in New York sehr viel zu tun hätte und Johnny aus einem nicht näher bezeichneten Grund noch länger bei ihr bleiben würde. Nick wußte genau, womit Hillary beschäftigt war; entweder mit diesem Philip Markham oder einem anderen Kerl. Und dabei wäre ihr der Junge nur im Wege gewesen, genau wie damals im Sommer. Es drehte Nick den Magen um bei dem Gedanken, daß der Junge nun allein bei seiner Großmutter in Boston war, aber an dieser Tatsache ließ sich im Moment nichts ändern. Er hatte vorgehabt, bis kurz nach Weihnachten in Paris zu bleiben, doch hatte sich herausgestellt, daß er dann noch nicht abreisen konnte. Er hatte es sich zur Aufgabe gemacht, den Franzosen zu helfen, und diese Aufgabe erforderte, daß er länger blieb. Er hoffte nun, im April nach New York zurückgehen zu können, schrieb Johnny aber nichts davon, weil er in dem Jungen nicht Hoffnungen wecken wollte, die er vielleicht wieder nicht erfüllen konnte; er teilte ihm nur mit, er käme bald. Außerdem kabelte er seinen Leuten in New York, sie sollten Weihnachtsgeschenke für den Jungen besorgen und sie nach Boston schicken. Sie waren natürlich kein Ersatz für den Vater oder die Mutter, doch wenigstens etwas; mehr konnte Nick derzeit nicht für John tun. Aber es war auf jeden Fall mehr als das, was er selbst an Weihnachten hatte.

Er stand allein in der Bibliothek und sah hinaus in den Garten, wo er Johnny so oft beim Spielen beobachtet hatte und der nun öde und leer war, die Bäume kahl ... der Rasen graubraun ... Auch im Haus rührte sich nichts, keine Weihnachtslieder, kein Christbaum, kein erwartungsvoller Kinderblick beim Auspacken der Geschenke, kein fröhliches Lachen. Nur seine eigenen Schritte waren zu hören, als er die letzte, noch vor Kriegsausbruch gekaufte Flasche Brandy in der Hand, die Treppe zu seinem Schlafzimmer hochging und hoffte, für einige Stunden das schmerzliche Gefühl der Trennung von seinem einzigen Sohn vergessen zu können. Aber nicht einmal der Brandy half; nach drei großen Gläsern stellte er die Flasche weg. Sie genügten gerade, um seine Schwermut so weit zu vertreiben, daß er sich hinsetzen und einen Brief an Johnny verfassen konnte, in dem er ihm schrieb, wie sehr er ihn vermißte, und ihm versicherte, daß das nächste Weihnachtsfest ganz anders werden würde. Nick Burnham fand in dieser Nacht kaum Schlaf.

19

In den ersten vier Monaten des neuen Jahres herrschte in politischer Hinsicht ein Schwebezustand, es war eine Zeit, in der sich nichts ereignete und die in Frankreich als *»drôle de guerre«* bezeichnet wird. Die französischen Truppen standen an der Maginot-Linie, bereit, ihr Vaterland zu verteidigen, doch sie wurden nicht gefordert. Und in Paris lief das Leben fast normal weiter. Nach dem anfänglich zu beobachtenden Schock änderte sich so gut wie nichts, ganz im Gegensatz zu London, wo die unangenehmen Folgen der Lebensmittelrationierung sich bemerkbar machten, Sirenen schrillten und beinahe jede Nacht Luftschutzübungen stattfanden. In Paris hingegen war alles ganz anders.

Hier waren Nervosität und Spannung nur unterschwellig zu spüren; man wähnte sich in einem falschen Gefühl der Sicherheit, glaubte, daß sich an der gegenwärtigen Situation nichts ändern würde. Armand ging weiterhin zu seinen geheimen Besprechungen und Treffen, doch Liane reagierte darauf nicht mehr mit stiller Duldung, sondern mit zunehmender Verärgerung. Er könne ihr doch zumindest etwas über seine Tätigkeit erzählen, hielt sie ihm einmal vor, früher habe er ihr doch auch in allen Dingen vertraut, warum nun auf einmal nicht mehr? Aber Armand fuhr unbeirrt in seinen geheimnisvollen Aktivitäten fort, verschwand manchmal gleich für einige Tage. Liane erhielt dann nur einen Anruf aus dem Amt, in dem es hieß, Monsieur wäre weggefahren.

Die kaum nennenswert veränderte Situation in Paris erlaubte Nick, seine Geschäfte weiterzuführen. Allgemein war man der Ansicht, daß dieser Zustand noch einige Zeit andauern würde. Nick wollte eigentlich im April abreisen, doch dann schien ihm in Paris alles so friedlich zu sein, daß er sich entschloß, noch einen Monat zu bleiben. Und dieser Monat wurde der entscheidende. Am 10. Mai marschierten deutsche Truppen in den Niederlanden, Belgien und Luxemburg ein – und am 15. Mai kapitulierten die Niederlande. Der deutsche Vormarsch richtete sich nun gegen die Nordgrenze Frankreichs. Urplötzlich war es mit der trügerischen Ruhe vorbei, Angst und Schrecken breiteten sich aus. Nun wurde klar, daß Hitler nur den rechten Augenblick abgewartet hatte, um loszuschlagen. Die Vermutungen der Briten hatten sich bewahrheitet. Als Liane sich mit ihrem Mann über dieses Thema unterhalten wollte, wich er aus; er hatte alle Hände voll zu tun mit seinen geheimen Missionen.

Amiens und Arras fielen am 21. Mai, Belgien kapitulierte eine Woche später, am 28. Mai. Inzwischen hatte am 24. Mai die Evakuierung britischer und französischer Verbände aus Dünkirchen begonnen. Die Meldungen über die Verluste an Menschenleben, die die schlimmsten Befürchtungen übertrafen, lähmten Paris. Als am 4. Juni, nach elf schrecklichen Tagen, die Evakuierung beendet wurde, hielt Churchill eine Rede vor dem britischen Unterhaus, in der er zum bedingungslosen Kampf in Frankreich und in Großbritannien und auf den Meeren aufrief: »... wir werden an den Stränden kämpfen, wir werden an den Landeplätzen kämpfen, wir werden auf den Feldern kämpfen und in den Straßen, wir werden in den Hügeln kämpfen; wir werden uns nie ergeben!«

Sechs Tage danach trat Italien in den Krieg ein, und am 12. Juni ereignete sich die größte aller Tragödien: Paris wurde zur offenen Stadt erklärt. Die französische Regierung hatte sich entschlossen, Paris dem Gegner kampflos zu überlassen. Am 14. Juni, dem elften Hochzeitstag von Armand und Liane, marschierten deutsche Truppen in der Hauptstadt ein, und bald darauf wehten Hakenkreuzfahnen von allen größeren Gebäuden. Vom Fenster ihres Hauses am Place du Palais-Bourbon sah eine weinende Liane die verhaßten Hakenkreuzbanner im Wind flattern. Sie hatte Armand seit dem Tag zuvor nicht mehr gesehen und machte sich Sorgen um ihn. Ihre Tränen galten jedoch nicht nur ihrem Mann, sondern auch der französischen Nation. Die Franzosen hatten ihr Land, die USA, um Hilfe gebeten, sie aber nicht erhalten, und eine Folge davon war, daß Paris nun den Nazis in die Hände gefallen war. Bei diesem Gedanken brach ihr beinahe das Herz.

Armand kam an diesem Nachmittag zu Fuß und auf Schleichwegen nach Hause, um sich zu vergewissern, daß Liane und seine Töchter wohlauf waren. Er fand seine Frau weinend in ihrem Schlafzimmer und nahm sie in seine Arme. Dann wies er sie an, die Vorhänge zuzuziehen und die Türen abzuschließen; die Deutschen würden ihnen zwar nichts tun, doch wäre es besser, ihre Aufmerksamkeit nicht zu erregen. Er selbst müsse schnellstens wieder zurück ins Amt. Sie hätten zwar schon am Vortag ganze Wagenladungen von Akten vernichtet, doch wäre noch viel zu tun, bevor sie die Stadt offiziell den Deutschen übergeben könnten. Beiläufig erwähnte er auch, daß das Kabinett von Ministerpräsident Reynaud übermorgen zurücktreten und sich nach Bordeaux absetzen würde. Liane sah ihn zutiefst erschrocken an.

»Gehst du auch mit?«

»Natürlich nicht. Glaubst du wirklich, ich würde euch hier allein lassen?« Seine Stimme klang müde, scharf und verärgert, und sie verstand nicht, was er sagte.

»Aber mußt du nicht? Armand ...«

»Wir unterhalten uns später darüber. Aber tut nun, was ich euch gesagt habe, und bleibt im Haus. Sorge dafür, daß die Kinder ruhig bleiben. Schicke die Dienstboten nicht nach draußen ...« Er rief ihr noch einige Verhaltensratschläge zu und verschwand dann. Auf den Straßen war kein Mensch zu sehen; alle blieben in den Häusern. Die Cafés und Geschäfte waren geschlossen. Paris wirkte wie eine ausgestorbene Stadt, als die deutschen Truppen einzogen. Diejenigen, die sich zur Flucht vor den anrückenden Deutschen entschlossen hatten, hatten bereits vor Tagen die Stadt verlassen, diejenigen, die zum Bleiben entschlossen waren, versteckten sich in ihren Wohnungen. In der Nacht wagten sich einige von ihnen auf die Balkons und schwenkten Hakenkreuzfähnchen; als Liane das sah, wurde ihr übel. Solche Verräter, solche Schweine. Sie hätte sie am liebsten angeschrien, doch dann zog sie leise die Vorhänge zu und wartete auf Armands Rückkehr. Seit Tagen fragte sie sich nun schon, wie es weitergehen sollte. Jetzt gab es keine Fluchtmöglichkeit mehr; sie befanden sich in den Händen der Deutschen. Sie hatte gewußt, als sie sich bei Kriegsausbruch dafür entschieden hatte, bei Armand zu bleiben, daß dies geschehen könnte, doch eigentlich nie wirklich mit dieser Möglichkeit gerechnet. Paris würde nie eingenommen werden, hatte sie geglaubt. Und das traf ja auch zu. Die Stadt war dem Feind ausgeliefert worden.

Armand kam erst am zweiten Tag nach der letzten Unterhaltung im Morgengrauen nach Hause. Er war seltsam ruhig, sah blaß aus, sagte nichts, als er sich angezogen aufs Bett legte. Er schlief nicht, unterhielt sich aber auch nicht mit Liane, sondern lag einfach nur schweigend neben ihr. Nach zwei Stunden erhob er sich, ging ins Bad und zog den Mantel an. Es war offensichtlich, daß er weggehen wollte, aber wohin? Dort, wo er gearbeitet hatte, hatten sich doch die Besatzer eingenistet.

»Wohin gehst du?«

»Reynaud tritt heute zurück. Ich muß dabeisein.«

»Ist das notwendig?« Er nickte nur. »Und was dann?«

Er sah seine Gattin mit Trauer im Blick an. Der Augenblick war gekommen, ihr endlich reinen Wein einzuschenken. Monatelang hatte er ganz seinem Land gehört und nicht Liane. Es war fast so, als gehöre er zwei Frauen, doch er hatte nicht die Kraft für beide. Ihm kam es so vor, als würde er Liane betrügen, die ihm doch soviel Geduld, Vertrauen und Liebe entgegenbrachte. Nun mußte er es ihr gestehen; zu lange hatte er nun schon seine Geheimnisse für sich behalten. »Reynaud geht heute nach Bordeaux, Liane.« Dieser Satz verhieß nichts Gutes, obwohl Armand ja schon vor zwei Tagen davon gesprochen, aber auch beteuert hatte, er würde nicht mitgehen. «Vorher erfolgt allerdings die offizielle Kapitulation.«

»Und wir werden dann von den Deutschen regiert.«

»Indirekt. Marschall Philippe Pétain wird mit Billigung der Besatzungsmacht unser neuer Präsident. Er wird unterstützt von Pierre Laval und Admiral Jean François Darlan.« Das klang wie eine offizielle Verlautbarung, und Liane sah ihn entgeistert an.

»Ist das dein Ernst, Armand? Pétain wird mit den Deutschen kollaborieren?«

»Zum Wohle Frankreichs.« Das, was sie da hörte, war für sie unfaßbar. Und auf welcher Seite stand er in diesem undurchschaubaren Durcheinander? Auf der von Reynaud und der alten Ordnung, oder auf der des Kollaborateurs Petain? Es fiel ihr unsagbar schwer, diese Frage zu stellen, aber sie konnte nicht anders.

»Und du?« Aber kaum hatte sie die Frage ausgesprochen, erkannte sie, daß er ihr die Antwort darauf bereits vor zwei Tagen gegeben hatte, als er ihr sagte, Reynaud würde sich nach Bordeaux absetzen und er hierbleiben. Bei dieser Erkenntnis krampfte sich ihr der Magen zusammen, und sie mußte sich auf die Bettkante setzen. Sie sah ihn mit großen, fragenden Augen an. »Armand, antworte doch.« Er zögerte, setzte sich zu ihr aufs Bett. Vielleicht sollte er ihr doch mehr sagen, als er ursprünglich vorgehabt hatte. Er hatte sie sehr vernachlässigt in der letzten Zeit, doch war es notwendig gewesen, sie aus allem herauszuhalten. »Armand?« Tränen traten ihr in die Augen.

»Ich bleibe bei Pétain.« Er tat sich sichtlich schwer, es auszusprechen, doch indem er es ihr anvertraute, fiel ihm auch ein Stein vom Herzen. Sie schüttelte nur den Kopf und schluchzte und sah ihn dann völlig verzweifelt an.

»Ich kann das einfach nicht glauben.«

»Ich habe aber keine andere Wahl.«

»Warum?« Die Frage war ein einziger Vorwurf. Er beugte sich zu ihr und flüsterte: »Weil ich so Frankreich besser dienen kann.«

»Bei Pétain? Bist du noch bei Sinnen?« schrie sie ihn an, doch dann bemerkte sie etwas in seinem Blick, das sie verstummen ließ. Sie senkte die Stimme. »Was meinst du damit?«

Er nahm ihre Hände in die seinen.

»Liane ... du hast dich wundervoll gehalten bei all dem, was du im letzten halben Jahr durchmachen mußtest ... du hast große Tapferkeit und Stärke bewiesen ... manchmal sogar mehr als ich ...« Er seufzte und sprach dann ganz leise weiter, so daß nur sie ihn verstehen konnte. »Pétain vertraut mir. Er kennt mich noch aus dem Ersten Weltkrieg, wo ich ihm unterstellt war. Er zweifelt nicht an meiner Ergebenheit.«

»Ich weiß immer noch nicht, was das alles bedeuten soll, Armand.« Sie flüsterten beide, obwohl sie nicht wußte, weshalb, doch dann dämmerte ihr, daß er im Begriff war zu erklären, worüber sie sich all die Monate den Kopf zerbrochen hatte.

»Das bedeutet, daß ich hier in Paris bleibe und für Pétain arbeite.«

»Für die Deutschen also?« Diesmal war es eine echte Frage und keine Anklage.

»So wird es den Anschein haben.«

»Und in Wirklichkeit?«

»Arbeite ich für die andere Sache, so gut ich kann. Widerstand wird im ganzen Land aufkeimen. Die Regierung geht möglicherweise nach Nordafrika. Ich bleibe mit Reynaud, de Gaulle und anderen in enger Verbindung.«

»Und wenn sie es herausfinden, werden sie dich töten.« Die mit Mühe zurückgehaltenen Tränen brachen um so heftiger wieder hervor. »Armand, auf was läßt du dich da ein?«

»Es ist die einzige Möglichkeit, die mir bleibt. Ich bin zu alt, um mit den anderen zu fliehen. Es wäre auch überhaupt nicht meine Art. Ich war mein ganzes Leben lang im diplomatischen Dienst. Ich weiß, was ich tun muß, um ihnen zu helfen. Ich spreche Deutsch ...« er konnte den Satz nicht beenden, da sie ihn ganz plötzlich an sich gezogen und umarmt hatte.

»Wenn es schiefgeht ... Ich könnte es nicht ertragen ...«

»Es wird nicht schiefgehen, weil ich sehr vorsichtig sein werde. Ich werde hier sicher sein.« Sie wußte genau, was er damit meinte und was er als nächstes sagen würde, aber sie wollte es nicht hören. »Und ich möchte, daß du mit den Kindern zurückgehst in die Staaten, sobald ich euch aus Frankreich herausbringen kann.«

»Ich will nicht von dir weg.«

»Du hast keine andere Wahl. Ich hätte mich schon im September nicht darauf einlassen dürfen, daß du bleibst. Aber ich wollte dich hier bei mir haben ...« Er sprach mit stockender Stimme. Er wußte, wie schwer die letzten neun Monate für sie gewesen waren, und er machte sich Vorwürfe, daß er sie aus egoistischen Gründen hierbehalten hatte. Doch nun war alles ganz anders geworden. »Wenn du bleibst, Liane, gefährdest du dadurch meine Mission ... und die Mädchen ... Es ist nun viel zu gefährlich für euch hier in Paris. Du mußt fahren, sobald ich es arrangieren kann.« Sie hatte furchtbare Angst bei dem Gedanken, daß er allein hier in Frankreich bleiben und als Agent gegen die Deutschen und Pétain arbeiten würde.

Aber trotz der Angst um ihn war sie, nachdem er zu seiner Unterredung mit Pétain und den Deutschen weggegangen war, so erleichtert wie selten zuvor. Sie hatte gespürt, daß da etwas vor sich ging, und die Unsicherheit, um was es sich dabei handelte, hatte ihr schwer zu schaffen gemacht, so schwer, daß sie beinahe das Vertrauen in Armand verloren hatte. Nun fühlte sie sich deswegen schuldig. Sie empfand aber auch etwas, was sie seit langem nicht mehr für ihn empfunden hatte, nämlich hohe Achtung und tiefe Zuneigung. Er hatte sie eingeweiht, ihr damit bewiesen, daß er ihr vertraute, und sie hatte den Glauben an ihn wiedergefunden. In der schlimmsten Stunde Frankreichs hatte sich ihre Ehe wieder gefestigt. Als sie in die Küche ging, um den Mädchen das Frühstück zu machen, war ihr so leicht ums Herz wie schon lange nicht mehr.

Am Nachmittag wurde Pétain offiziell als französischer Staatschef eingesetzt. Reynaud floh, wie von Armand vorausgesagt, nach Bordeaux. Brigadegeneral Charles de Gaulle fuhr nach London, um über die Entsendung von Truppen nach Nordafrika zu verhandeln, und Churchill versprach, die französische Widerstandsbewegung nach besten Kräften zu unterstützen. Am 18. Juni forderte de Gaulle die Getreuen in Frankreich in einer kurzen Rundfunkansprache auf, »den Kampf fortzusetzen«. Liane hörte die Rede im Radio, das sie in ihrem Ankleidezimmer versteckt hatte, damit es nicht entdeckt werden würde, falls die Deutschen plötzlich ins Haus kämen; Armand hatte gesagt, man müsse nun jeden Moment damit rechnen. Am Abend berichtete sie dann Armand über de Gaulles Ansprache. Bei dieser Gelegenheit sagte er ihr, daß er ein Schiff für sie ausfindig zu machen versuche. Es wäre sehr wichtig, daß sie Frankreich so schnell wie möglich verließ; würde sie später fahren, könnte das den Verdacht von Pétains Leuten erregen. Wenn sie unverzüglich abreisen würde, könne er sich noch damit herausreden, sie sei Amerikanerin und nicht einverstanden damit, daß er nun den neuen Herren diene, und so hätten sie sich getrennt. Später wäre das wohl kaum mehr möglich.

Vier Tage danach war Armand in Compiègne dabei, als Hitler, Göring und Keitel, der Chef des Oberkommandos der Wehrmacht, die Bedingungen des Waffenstillstands verlasen und faktisch die neuen Machthaber in Frankreich wurden. Diese Zeremonie brach ihm fast das Herz, und als die Kapelle »Deutschland, Deutschland über alles« spielte, meinte er, es würde zuviel für ihn werden, doch er brachte es fertig, alles lächelnd durchzustehen. Er betete darum, daß die Besatzung eines Tages enden würde; er hätte in diesem Moment gern sein Leben gegeben, wenn er dadurch Frankreich von den Deutschen hätte freikaufen können. Als er am Abend zu Liane nach Hause kam, wirkte er angegriffener als je zuvor. Er hatte all die Jahre so jugendlich ausgesehen, doch in den letzten Monaten hatte sie bemerkt, wie er immer schneller alterte. Und das erste Mal seit langer Zeit berührte er sie in jener Nacht mit der Zärtlichkeit und Leidenschaft der früheren Jahre. Danach lagen sie Seite an Seite, hingen ihren Gedanken und Träumen nach, und Armand versuchte, die Ereignisse des Tages aus seinem Gedächtnis zu verbannen. Er hatte mitansehen müssen, wie sein Vaterland, dem seine Liebe zuallererst galt, gedemütigt worden war. Liane bemerkte, daß er weinte.

Sie zog ihn tröstend an sich. »Weine nicht, Liebster ... Eines Tages ist alles wieder gut.« Aber sie wünschte sich, daß er mit den anderen nach Bordeaux gegangen wäre, anstatt sich hier in Paris auf dieses waghalsige Unterfangen einzulassen.

Er holte tief Luft und sah sie nachdenklich an. »Ich muß dir noch etwas sagen, Liane.« Sie fragte sich, welche Hiobsbotschaft er ihr noch mitteilen würde, und in ihren Augen war Angst zu lesen. »Ich habe ein Schiff für dich und die Mädchen ausfindig gemacht. Einen Frachter. Er liegt noch vor Toulon; bis jetzt ist er noch nicht entdeckt worden. Er war auf dem Weg zurück nach Nordafrika und sollte unseren dortigen Befehlshabern unterstellt werden, hat aber nach dem Einmarsch der Deutschen in Paris in einiger Entfernung vor der Küste Anker geworfen. Es gibt noch viele, die in der gleichen Lage sind wie du; es ist vielleicht die letzte Gelegenheit, aus Frankreich heraus und zurück nach Amerika zu kommen. Ich bringe euch nach Toulon. Ein Fischerboot wird euch dann zum Frachter übersetzen. Ich weiß, daß es nicht ohne Risiko ist, aber es wäre viel riskanter, wenn ihr bleiben würdet.«

»Riskant ist es vor allem für dich, Armand.« Sie setzte sich im Bett auf und blickte traurig herab auf den Mann, den sie liebte. »Warum gehst du denn nicht nach Nordafrika und arbeitest dort für den Widerstand?«

Er schüttelte den Kopf. »Ich kann nicht. Dort gibt es zwar auch vieles zu tun, aber ich habe hier meine Aufgabe zu erfüllen.« Er lächelte wehmütig. »Und du hast ebenfalls eine Aufgabe zu erfüllen. Du mußt weg von hier und die Kinder und mein Geheimnis mitnehmen. Erst wenn dieser Alptraum zu Ende ist, kannst du wieder zu mir zurückkommen.« Er quälte sich ein bittersüßes Lächeln ab. »Vielleicht gehe ich dann sogar in Ruhestand.« Aber wann würde das sein?

»Du solltest jetzt aus dem Dienst ausscheiden.«

»So alt bin ich noch nicht.«

»Aber du hast schon genug getan für dein Land.«

»Und nun werde ich mein Bestes geben.« Sie wußte, daß er es tun würde, und konnte nur beten, daß es ihn nicht das Leben kosten würde.

»Gibt es denn keine Aufgabe, die weniger gefährlich ist?«

»Liane ...« Er zog sie in seine Arme. Sie kannte ihren Mann nur zu gut. Es war viel zu spät für den Versuch, ihn noch umstimmen zu wollen. Ihr einziger Trost bestand darin, daß er ihr vor ihrer Abreise die Wahrheit gesagt hatte. Sie hätte es nicht verwinden können, wenn sie hätte glauben müssen, daß er mit Pétain und den Deutschen kollaborierte. Zumindest wußte sie die Wahrheit.

Sie würde sie zwar niemandem sagen können, weil jede Indiskretion ihn das Leben kosten würde, doch die Hauptsache war, daß sie Bescheid wußte. Und eines Tages würde sie den Mädchen alles sagen können, die nun noch viel zu jung waren, um etwas zu verstehen.

Sie brauchte lange, um all ihren Mut zusammenzunehmen und ihn zu fragen, was sie als letztes wissen wollte: »Wann fahren wir?«

Er antwortete nicht sofort, sondern schloß sie noch fester in seine Arme. »Morgen abend.« Sie erschrak. Trotz aller Bemühungen, tapfer zu sein, gelang es ihr nicht, die Tränen zurückzuhalten.

»Nicht ... mein Engel ... Wir werden bald wieder vereint sein.« Doch wann das sein würde, stand in den Sternen. Sie lagen beide in dieser Nacht noch lange wach nebeneinander, und als der Morgen graute, wünschte sich Liane, daß der Tag nie zu Ende gehen würde.

20

Am späten Nachmittag bestiegen sie ein geliehenes Auto und fuhren, ausgestattet mit Armands neuen Papieren, über Nebenstraßen Richtung Toulon. Liane trug ein schwarzes Kostüm und einen schwarzen Schal. Den Mädchen hatte sie Hosen, Blusen und solides Schuhwerk angezogen. Beide hatten einen kleinen Koffer mit wenigen Habseligkeiten bei sich; alles andere mußten sie in Frankreich zurücklassen. Es wurde wenig gesprochen während der Fahrt. Die Mädchen schliefen, und Liane sah Armand häufig an, als wolle sie die letzten Stunden mit ihm so gut wie möglich nützen. Sie konnte es kaum glauben, daß sie und die Kinder bald wegfahren würden.

»Das wird schlimmer als mein letztes Jahr im College«, scherzte sie leise, um die Mädchen nicht zu wecken. Beide erinnerten sich an das Jahr nach ihrer Verlobung, als er bereits in Wien war und sie noch das Mills College in Oakland besuchte. Doch die nun vor ihnen liegende Zeit der Trennung könnte länger sein als ein Jahr, wie lange, das konnte niemand sagen. Hitler hatte Europa in seinen Würgegriff genommen, und es würde Zeit in Anspruch nehmen, ihn zu lockern. Aber sie wußte, daß Armand alles in seiner Macht Stehende tun würde, damit das Ende der Besatzung so bald wie möglich kam. Und außer ihm gab es ja noch unzählige andere, die sich genauso bedingungslos dieser Aufgabe verschrieben hatten. Sie mußte in diesem Zusammenhang an die Reaktion des Kindermädchens denken. Als sie ihr eröffnet hatte, daß sie mit den Kindern in die Staaten zurückgehen würde, sie aber leider nicht mitnehmen könne, war sie darüber alles andere als unglücklich gewesen. Sie sagte ihr, sie hätte sowieso nicht länger für einen Gefolgsmann von Pétain gearbeitet, und gestand ihr, sie würde sich der Résistance anschließen. Dieses Geständnis war nicht ungefährlich, aber das Kindermädchen hatte Vertrauen zu Liane, und die beiden Frauen hatten sich schluchzend umarmt, und auch die Mädchen hatten geweint. Der ganze Tag war ein einziges, schmerzliches Abschiednehmen gewesen, doch der schlimmste Abschied stand ihnen noch bevor. Er kam, als Armand die weinenden Mädchen in den wartenden Fischkutter hob. Liane umarmte ihn ein letztes Mal mit einem flehenden, tränenerfüllten Blick.

»Armand, komm mit ... Liebster, bitte ...«, stammelte sie, denn ihre Stimme wollte ihr nicht mehr gehorchen. Er aber schüttelte nur den Kopf und zog sie noch fester in seine starken Arme.

»Ich kann nicht. Hier wartet eine Aufgabe auf mich.« Er sah noch ein letztes Mal hinüber zu den Mädchen auf dem Boot und blickte ihr dann tief in die Augen. »Vergiß nicht, was ich dir gesagt habe. Ich werde dir Briefe zukommen lassen, verschlüsselt oder offen, je nachdem, wie es mir möglich ist. Aber auch wenn du kein Wort von mir hörst, sollst du wissen, daß es mir gutgeht ... Verzage nicht, Chérie ... sei tapfer ...«, versuchte er sie mit brüchiger Stimme zu trösten, doch auch seine Augen füllten sich mit Tränen. Dennoch zwang er sich ein Lächeln ab. »Ich liebe dich von ganzem Herzen, von ganzer Seele, Liane.« Sie schluchzte, küßte ihn ein letztes Mal, und dann half er ihr ins Boot. »Gute Fahrt, meine Liebe ... *au revoir, mes filles ...*«

Der Kutter legte sofort ab, und da stand er nun in seinem Nadelstreifenanzug einsam auf dem Steg, die leichte Brise spielte mit seiner weißen Mähne, und er winkte dem Boot nach. *»Au revoir ...«*, flüsterte er noch einmal, als der kleine Kutter im Dunst des anbrechenden Tages verschwand. *»Au revoir ...«* Und er betete darum, daß dies nicht ein Abschied für immer gewesen war.

21

Es dauerte nicht einen, sondern fast zwei Tage, bis der Kutter den Frachter, die *Deauville,* erreichte ... Sie hatte sich weiter von der Küste entfernen müssen, um nicht entdeckt zu werden, doch die Fischer aus Toulon wußten genau, wo sie ankerte. Sie waren in der letzten Woche mehrmals zum Frachter gefahren und hatten auf dem Rückweg immer gefischt, um Fang vorweisen zu können, falls sie kontrolliert werden würden. Bisher waren sie zum Glück unbehelligt geblieben. Die *Deauville,* die ihre Fracht in Nordafrika gelöscht hatte, konnte etwa sechzig Passagiere, in der Mehrzahl Amerikaner, aber auch zwei französische Juden, ein Dutzend Engländer, die in Südfrankreich gelebt hatten, und einige Kanadier aufnehmen. Es war ein bunt zusammengewürfelter Haufen von Leuten, die froh darüber waren, aus Frankreich fliehen zu können.

Tagsüber hielten sich die Passagiere an Deck auf, nachts saßen sie mit der Mannschaft im überfüllten Speisesaal. Alle warteten darauf, daß das Schiff abfuhr. Der Kapitän hatte ihnen gesagt, sie würden in der Nacht losfahren; er erwarte noch eine Frau und zwei kleine Mädchen, die Familie eines amerikanischen Diplomaten. Als Liane und die beiden Mädchen an Bord kamen, stellten sie sofort fest, daß sie die einzigen weiblichen Wesen auf dem Schiff waren, aber Liane war viel zu erschöpft, um sich deswegen Gedanken zu machen. Die Mädchen hatten die ganzen zwei Tage um ihren Papa geweint, und alle drei stanken sie nach Fisch. Elisabeth war ständig seekrank, und Liane hatte nur an Armand denken müssen. Der Beginn ihrer Heimreise in die Staaten war ein einziger Alptraum gewesen, doch sie hatten sie nun einmal begonnen und mußten sie wohl oder übel zu Ende bringen. Sie war es Armand schuldig, sich um die Kinder zu kümmern, bis sie wieder vereint wären, aber jedesmal, wenn sie daran dachte, hatte sie Mühe, die Tränen zurückzuhalten. Sie und die Kinder waren so erschöpft, daß sie den Matrosen der *Deauville* in die Arme fielen und von ihnen fast zu ihrer Kabine getragen werden mußten. Die Mädchen hatten Sonnenbrand und fröstelten, und Liane selbst war zu müde, um noch einen Schritt laufen zu können. Sie schlossen die Tür hinter sich ab, ließen sich auf die Kojen fallen und schliefen sofort ein. Liane wachte erst spät in der Nacht wieder auf, als sie das sanfte Schaukeln des Schiffes spürte. Bei dem Blick aus dem Bullauge bemerkte sie, daß das Schiff fuhr. Sie fragte sich, ob ein U-Boot den Frachter unterwegs angreifen würde, aber zum Umkehren war es nun zu spät, und außerdem hätte Armand es sowieso nicht gestattet. Es war nun nichts mehr daran zu ändern: Sie waren auf der Heimreise. Sie deckte noch die Mädchen mit einer Decke zu, schlüpfte dann wieder in ihre Koje und schlief weiter bis zum Morgengrauen.

Gleich nach dem Aufstehen duschte sie in einem Gemeinschaftsbaderaum, den sie sich mit mindestens fünfzehn Männern teilen mußte, denn für die Passagiere in den fünfzehn Kabinen standen nur vier Baderäume zur Verfügung, vor denen sich meist lange Warteschlangen bildeten, allerdings noch nicht zu dieser frühen Stunde, und so konnte sie bald wieder zurück in ihre Kabine. Das erste Mal seit drei Tagen fühlte sie sich frisch und hungrig.

»Madame?« Es klopfte leise an der Tür, und als sie öffnete, stand draußen ein Matrose, der ihr eine dampfende Kaffeetasse entgegenhielt. *»Du café?«*

»Merci.« Sie setzte sich wieder auf die Koje und trank vorsichtig einen Schluck, gerührt über diese Aufmerksamkeit. Da sie die einzige Frau an Bord war, kam sie wahrscheinlich in den Genuß von Gefälligkeiten, die sonst niemandem erwiesen wurden. Aber irgendwie schien ihr das nicht ganz fair zu sein, denn sie saßen ja alle in einem Boot. Sie mußte selbst lachen über diesen schlechten Scherz. So sehr es ihr widerstrebte, Frankreich und Armand zu verlassen, so dankbar war sie für die Fluchtmöglichkeit. Sie gelobte, sich hier an Bord so nützlich zu machen wie nur irgend möglich, doch als sie mit ihren Töchtern in den Speisesaal kam, sah sie, daß alles seinen geordneten Gang ging. Das Frühstück wurde in mehreren Schichten serviert, und die Passagiere beeilten sich, um für die Nachfolgenden Platz zu machen. Alles lief in einer Atmosphäre der Kameradschaft und Hilfsbereitschaft ab, und sie wurde auch nicht von anzüglichen Blicken verfolgt. Einige der Männer kümmerten sich liebevoll um die Mädchen. Die meisten waren Amerikaner, die aus irgendeinem Grund bei Kriegsausbruch nicht mehr hatten rechtzeitig abreisen können. Liane fand bald heraus, daß sich unter den Passagieren ein gutes Dutzend Journalisten befand, zwei der Kanadier Ärzte waren und es sich bei den übrigen in der Mehrzahl um Geschäftsleute handelte, die so lange wie möglich in Frankreich ausgeharrt hatten. Es wurde viel gesprochen über Hitler, die Kapitulation Frankreichs, die kampflose Aufgabe von Paris ... de Gaulles Rundfunkrede ... Churchill ... Der Raum war erfüllt von Gerüchten und unterschiedlichen Bewertungen der neuesten Nachrichten, und plötzlich entdeckte sie am anderen Ende des Saales eine vertraute Gestalt, einen großen blonden Mann in Seemannskleidung, die ihm nicht richtig zu passen schien, weil die Jacke um die Schultern spannte und die Hosen viel zu kurz waren. Sie glaubte, ihren Augen nicht zu trauen, doch als er sich umdrehte, um sich Kaffee aus der Kanne nachzuschenken, trafen sich ihre Blicke, und er starrte ungläubig zu ihr herüber. Doch gleich darauf verwandelte sich sein Erstaunen in ein freundliches Lächeln, er erhob sich und kam zu ihr herüber, um ihr die Hand zu schütteln und die Mädchen zu umarmen.

»Was um alles in der Welt machen Sie denn hier?« begrüßte Nick Burnham sie überschwenglich. Dann deutete er, ihrem Blick folgend, auf seine viel zu kurzen Hosen. »Mein Gepäck fiel ins Wasser, als ich an Bord kam. Ich freue mich riesig, Sie alle hier zu sehen. Wo ist denn Ihr Gatte?« Er sah sich um, bemerkte dabei ihren traurigen Blick und wußte dann die Antwort.

»Er ist in Frankreich geblieben«, erklärte sie ihm mit belegter Stimme.

»Geht er nach Nordafrika?« fragte er leise. Sie schüttelte nur den Kopf; sie hatte nicht den Mut, ihm zu gestehen, daß Armand nun in Pétains Diensten stand und lenkte daher das Gespräch in eine andere Richtung.

»Ist es nicht seltsam, Nick? Vor einem Jahr lernten wir uns auf der *Normandie* kennen. Und was ist nun aus uns geworden? Frankreich ist von den Deutschen besetzt ... wir sind auf der Flucht ... wer hätte das gedacht ... Ich hatte geglaubt, Sie wären schon lange weg.«

»So clever war ich leider nicht. Es schien alles so normal, daß ich mich entschloß, noch länger zu bleiben, und als dann der Krieg ausbrach, war es zu spät. Ich hätte im März mit der *Queen Mary* zurückfahren können. Aber statt dessen – nun ja, das wichtigste ist ja wohl, daß wir jetzt nach Hause kommen. Zwar nicht so komfortabel wie bei der Herfahrt, aber was soll's.«

»Wie geht es John?«

»Ihm geht's gut. Ich fahre nach Hause, um ihn endlich von seiner Großmutter wegzuholen, bei der er seit seiner Rückkehr ist.« Es war ihm anzumerken, daß Liane mit ihrer Frage ein ihm unangenehmes Thema angeschnitten hatte. Dennoch deutete er auf drei leere Plätze. »Setzen Sie sich doch. Ich komme gleich wieder, und dann können wir uns noch ein wenig unterhalten.«

»Gibt es hier eigentlich keinen Tennisplatz?« scherzte sie. Es war wirklich ein seltsamer Zufall, daß sie ihn ausgerechnet hier wiedertraf, sie verspürte aber auch eine gewisse Erleichterung darüber. Plötzlich reduzierte sich die Flucht vor dem Krieg auf ein bizarres Abenteuer. Und sein Blick verriet ihr, daß er ähnlich dachte.

»Irgendwie ist das alles verrückt. Und das Verrückteste ist, Sie ausgerechnet hier zu treffen.« Er hatte gestern beinahe den ganzen Tag damit zugebracht, herauszufinden, wie die einzelnen Passagiere von der *Deauville* erfahren hatten, und dabei die unmöglichsten Geschichten gehört. Er ging an seinen Tisch, holte seine Kaffeetasse, kam dann zurück zu Liane, um sich kurz mit ihr zu unterhalten und für später zu verabreden. Sie würden auf dieser Fahrt noch viel Zeit für Gespräche haben. Sie wußten nicht, wann sie in New York ankommen würden. Die Dauer der Überfahrt hing davon ab, wie weit sie vom geplanten Kurs abweichen mußten, um die Gefahr eines Zusammentreffens mit feindlichen U-Booten zu vermeiden. Nick hatte gehört, daß der Kapitän ein ausgefuchster Seebär wäre und sehr zuversichtlich, sie sicher nach Amerika zu bringen, und gab diese frohe Botschaft an Liane weiter, als sie sich gegen Mittag auf dem Oberdeck wiedersahen.

»Na, wie ist es Ihnen denn so ergangen in der Zwischenzeit?« Die Mädchen spielten mit ihren Puppen in der Sonne, Liane saß auf einer Treppenstufe, und Nick lehnte an der Reling. »Wir treffen uns auch wirklich an den unmöglichsten Orten wieder ...«

Seine Gedanken wanderten ein Jahr zurück, als er hinaus aufs Meer sah und sich dann wieder zu Liane umdrehte. »Wissen Sie eigentlich noch, daß ich auf der *Normandie* die Deauville-Suite gebucht hatte? Man könnte an das Schicksal glauben«, sagte er kopfschüttelnd.

»Und erinnern Sie sich noch daran, daß wir über den Krieg sprachen, als würde er nie stattfinden?«

»Ihr Gatte war ganz anderer Ansicht. Und ich Idiot habe ihm damals nicht geglaubt. Und Sie sagten, ich würde eines Tages vor der Entscheidung stehen, mit wem ich Lieferverträge abschließe. Wie recht Sie doch hatten!«

»Aber Sie haben schließlich doch die richtige Entscheidung getroffen, oder?« Dabei mußte sie wieder an Armand denken. Wie sollte sie erklären können, daß er nun für Pétain arbeitete?

Nick sah sie nachdenklich an. »Erscheint Ihnen das alles nicht auch so unwirklich? Ich weiß nicht ... aber manchmal komme ich mir vor, als wäre ich das letzte Jahr auf einem anderen Planeten gewesen.«

Sie nickte verständnisvoll. »Wir wurden alle von dem, was geschehen ist, einfach mitgerissen.«

»Für uns wird es deshalb zu Hause eine große Umstellung sein. Dort will man nichts hören von dem, was wir gesehen haben.«

»Glauben Sie wirklich?« Sie war erschrocken über diesen von ihm geäußerten Gedanken. Der Krieg in Europa war eine furchtbare Realität. Wie konnte man sie in den USA einfach ignorieren? Doch dann wurde ihr bewußt, daß sich die Menschen dort sicher fühlten und Europa für sie so weit entfernt war. Sie schüttelte den Kopf. »Sie haben sehr wahrscheinlich recht.«

»Wo werden Sie und die Kinder wohnen, Liane?«

Über dieses Thema hatte sie auf der Fahrt nach Toulon kurz mit Armand gesprochen. Er hatte ihr geraten, nach San Francisco zu ihrem Onkel George zu gehen, doch sie hatte diesen Rat strikt abgelehnt; in Washington würde sie sich viel eher zu Hause fühlen. »Ich will nach Washington. Unsere ganzen Freunde sind dort. Außerdem können die Kinder in ihre alte Schule zurück.« Sie hatte vor, anfangs im Shoreham-Hotel zu bleiben, falls sie dort ein Zimmer bekäme, und dann zu versuchen, in Georgetown ein möbliertes Häuschen zu mieten, in dem sie das Ende des Krieges abwarten könnten. Sie war sich zuerst noch nicht einmal sicher, ob sie ihren Onkel benachrichtigen würde, daß sie wieder in den Staaten war – er würde es sowieso an den Bewegungen auf ihrem Konto erkennen –, doch dann sagte sie sich, daß sie es ihm einfach schuldig wäre. Er hatte ihr nie besonders nahegestanden, und deshalb wollte sie vermeiden, daß er sie drängte, an die Westküste, »nach Hause«, zu kommen. In all den letzten Jahren war ihr einziges Zuhause dort gewesen, wo sie mit Armand lebte.

Liane sah Nick an und machte sich Gedanken über seine Pläne. Es gab da einige Punkte, die sie interessierten. »Gehen Sie zurück nach New York, um in der alten Umgebung weiterzuleben?« Sie sah in dieser Frage die einzige Möglichkeit, von ihm etwas über seine Frau zu erfahren. Er nickte bedächtig.

»Ich hole Johnny aus Boston zurück.« Und dann sah er Liane mit einem offenen Blick an. Er war ihr gegenüber bereits bei anderen Gelegenheiten grundehrlich gewesen und sah keine Veranlassung, es diesmal nicht zu sein. »Ich weiß nicht, was Hillary nach ihrer Rückkehr gemacht hat. Ich habe ihr geschrieben, ihr mehrmals Telegramme geschickt, aber außer einem im September, in dem sie mir mitteilte, sie wären gut in New York angekommen, habe ich nichts mehr von ihr gehört. Ich habe den Verdacht, daß sie sich überhaupt nicht um Johnny kümmert.« In seinen grünen Augen zeigte sich ein Flackern, und er verspürte den Wunsch, ihr nun davon zu erzählen, daß er Philip Markhams Namen auf der Passagierliste der *Aquitania* gesehen hatte. Er hatte es bisher noch niemandem gesagt.

»Schreibt John denn in seinen Briefen, wie es ihm geht?« Sie stellte sich die gleichen Fragen wie Nick, vor allem aber die eine: Warum hatte Hillary ihren Sohn nach Boston gebracht?

»Es scheint ihm nicht schlecht zu gehen. Er fühlt sich nur ziemlich einsam.«

Liane lächelte sanft. »Ich bin sicher, er vermißt Sie sehr.« Sie hatte ja bereits im Jahr zuvor festgestellt, welch liebevoller Vater er war.

»Ich vermisse ihn auch.« Beim Gedanken an seinen Sohn verschwand das Flackern aus seinen Augen. »Ich bin mit ihm kurz vor Kriegsausbruch noch in Deauville an der Kanalküste gewesen ... Es war eine schöne Zeit ...« Beide verstummten, weil ihnen wieder das besetzte Paris einfiel. Irgendwie war es immer noch unfaßbar, daß sich Paris nun in den Händen der Deutschen befand, und Liane mußte an Armand und die schwierige Lage denken, in die er sich begeben hatte. Sie hatte große Angst um ihn, konnte aber mit niemandem darüber sprechen, nicht einmal mit Nick. Er beobachtete sie genau und meinte zu wissen, worüber sie nachdachte: es konnte sich nur um Armand handeln. Sie starrte hinaus aufs Meer, und er legte ihr sanft seine Hand auf den Arm. »Es wird ihm schon nichts passieren, Liane. Er ist ein kluger und fähiger Mann.« Sie nickte, erwiderte jedoch nichts.

Die große Frage war, ob seine Klugheit ausreichen würde, die

Besatzer zu täuschen. »Als ich Johnny letztes Jahr aufs Schiff brachte, wurde mir auch ganz schlecht bei dem Gedanken an die deutschen U-Boote. Aber sie sind gut nach Hause gekommen, obwohl es damals schon gefährlich war.« Er schaute ihr direkt in die Augen. »Auch wenn es in seiner Umgebung von Deutschen nur so wimmelt, wird Ihrem Gatten nichts geschehen. Er war sein Leben lang Diplomat, und das wird ihm nun zugutekommen, ganz gleich, was passiert.« Ganz gleich, was passiert ... Wenn Nick die Wahrheit wüßte.

Sie sah ihn traurig an, und Tränen traten in ihre Augen. »Ich wollte bei ihm bleiben.«

»Das glaube ich gern. Aber es war klüger, abzureisen.«

»Ich hatte auch keine andere Wahl. Armand bestand darauf. Er sagte, ich würde sonst die Kinder in Gefahr bringen ... Tränen erstickten ihre Stimme. Sie drehte sich um, denn Nick sollte sie nicht weinen sehen. Doch dann spürte sie, wie er tröstend den Arm um sie legte, und da stand sie nun auf dem Deck und weinte in seinen Armen. Tränen waren hier auf dem Schiff nichts Ungewöhnliches mehr, auch nicht bei den Männern. Für alle Passagiere war die Abreise aus Europa mit schmerzlichen Gefühlen verbunden. Und es kam Liane plötzlich auch nicht seltsam vor, sich an Nicks Schulter auszuweinen, an der Schulter des Mannes, dessen Weg sich ab und an mit dem ihren gekreuzt hatte, den sie eigentlich kaum kannte, der ihr aber so vertraut geworden war. Sie hatten sich unter außergewöhnlichen Umständen getroffen, in Situationen, in denen es ihnen beiden möglich gewesen war, ganz offen miteinander zu sprechen. Vielleicht lag es auch ganz einfach an seiner Art. Aber darüber dachte sie nun nicht weiter nach. Sie lehnte sich an ihn und war dankbar für sein Mitgefühl. Er ließ sie eine Zeitlang weinen und klopfte ihr dann zur Aufmunterung ganz leicht den Rücken.

»Wollen wir nicht reingehen und eine Tasse Kaffee trinken?« Im Speisesaal gab es ständig Kaffee, der sich großen Zuspruches seitens der Passagiere erfreute. Was sollten sie auch anderes tun als herumsitzen und sich unterhalten, an Deck spazierengehen oder in der Kabine bleiben, schlafen oder einander ihre Erlebnisse erzählen? Das Schiff war ja kein Luxusliner und bot keine Möglichkeiten zur Zerstreuung. Und die wenigen Bücher, die im Speisesaal in einem Regal gestanden hatten, waren von denen, die als erste an Bord gekommen waren, längst entliehen. Es war schwer, seinen Erinnerungen zu entfliehen, wenn die einzige Ablenkung darin bestand, hinaus auf das Meer zu starren. Man mußte unwillkürlich zurückdenken an die Ereignisse der letzten Wochen und Monate, an die Menschen, von denen man getrennt worden war ... Liane setzte sich an einen leeren Tisch. Sie putzte sich die Nase mit einem Spitzentüchlein, das ihr die Kinder zum Geburtstag geschenkt hatten, und versuchte zu lächeln.

»Entschuldigen Sie.«

»Was soll ich entschuldigen? Daß Sie Ihren Mann lieben? Daß Sie so menschlich reagiert haben? Das doch nicht. Als ich Johnny auf die *Aquitania* gebracht hatte und dann allein am Kai stand, als sie abfuhr, habe ich auch geheult wie ein Schloßhund.« Er erinnerte sich noch gut an den Matrosen, der ihm auf die Schulter geklopft und ihn getröstet hatte, aber geholfen hatte das nicht viel. Noch nie zuvor in seinem Leben hatte er einen solchen Trennungsschmerz empfunden. Liane sah ihn inzwischen fragend an. Er hatte Hillary mit keinem Wort erwähnt.

»Aber Sie sagten mir doch, daß Ihre Frau mitgefahren wäre.« Sie war ziemlich verwirrt. Hatte er seinen Sohn etwa ganz allein nach Hause fahren lassen?

»Stimmt.« Nun hielt er den Zeitpunkt für gekommen, es ihr zu sagen. »Sie ist mitgefahren – mit Philip Markham. Kennen Sie ihn?« Nick starrte in seinen Kaffee; die Hand mit der Tasse zitterte leicht.

»Ich habe von ihm gehört.« Eine Zeitlang waren sein Name und der von Hillary in Paris in aller Munde gewesen.

Nick lächelte verbittert. »Ein bekannter Playboy, um genau zu sein. Meine Frau hat einen bewundernswerten Geschmack. Sie hat den Sommer mit ihm in Südfrankreich verbracht.«

»Wußten Sie, daß er auch auf dem Schiff sein würde?«

Nick schüttelte den Kopf. »Ich sah seinen Namen erst auf der Passagierliste, als das Schiff schon ausgelaufen war.«

Die nächste Frage konnte sie sich einfach nicht verkneifen; aber inzwischen dürfte er ja ihre direkte Art schon gewöhnt sein. »Betrifft Sie das alles immer noch so stark?«

Er sah ihr direkt ins Gesicht, bemerkte, wie zart ihr Teint war, und stellte sich zum wiederholten Male die Frage, wie zwei Frauen nur so verschieden sein konnten. »Was mir Sorgen macht, ist nicht die Tatsache, daß sie meine Frau ist. Ich hatte nie die Möglichkeit, es Ihnen zu erzählen, aber nach unserem Gespräch in jener Nacht auf der *Normandie* habe ich kaum noch etwas für sie empfunden. Sie hatte es zu weit getrieben. Und in Paris habe ich mich nicht mehr um das gekümmert, was sie tat. Aber ich mache mir Sorgen um Johnny. Wenn sie so weitermacht, lernt sie womöglich eines Tages einen Mann kennen, der zu ihr paßt, und dann könnte es sein, daß sie Johnny zu sich nehmen möchte. Bis jetzt war sie damit zufrieden, mit mir verheiratet zu sein und mir Hörner aufzusetzen. Und ich bin an dem Punkt angelangt, wo ich damit leben kann.« Er zögerte einen Augenblick, entschloß sich dann jedoch, Liane seine Gefühle zu gestehen. »Ich habe Angst ... eine Heidenangst davor, Johnny zu verlieren.«

»Das werden Sie nie und nimmer.«

»Doch. Sie ist seine Mutter. Wenn wir geschieden werden, kann sie machen, was sie will. Sie kann wer weiß wohin ziehen, und was dann? Dann sehe ich ihn vielleicht einmal im Jahr für vierzehn Tage.« Über dieses Problem hatte er sich schon oft den Kopf zerbrochen, besonders aber in letzter Zeit. Dadurch, daß er nichts von Hillary hörte, fühlte er sich in der Vermutung bestätigt, daß sich in den letzten Monaten einiges geändert hatte. Zuvor hatte sie sich irgendwie noch verpflichtet gefühlt, ihm ab und zu Bericht zu erstatten. Aber seit ihrem Telegramm im September hatte er absolut nichts mehr von ihr gehört.

»Ich wußte nicht, daß sie so großes Interesse an dem Jungen zeigt.«

»Es ist auch kein echtes. Aber sie legt sehr großen Wert darauf, was die Leute von ihr halten. Und wenn sie den Jungen nicht mitnimmt, würde man über sie die schlimmsten Sachen sagen. Deshalb wird sie nach außen die fürsorgliche Mutter spielen wollen, ihn aber mit seinem Kindermädchen irgendwohin abschieben, wenn er sie bei ihren Eskapaden stört. Als sie letzten Sommer mit Markham in Cannes war, hat sie ihn nur zweimal angerufen.«

»Was wollen Sie nun tun, Nick?«

Er seufzte, trank seinen Kaffee aus und stellte die Tasse ab. »Wenn ich zu Hause bin, werde ich sie wieder an die kurze Leine nehmen. Ich werde sie daran erinnern, daß sie mit mir verheiratet ist und auch bleiben wird. Sie wird mich deswegen hassen, aber das ist mir egal. Für mich ist es die einzige Möglichkeit, meinen Sohn zu behalten. Und nur das zählt für mich.«

Liane hatte Mut gefaßt, während sie ihm zuhörte. Sie würde ihm sagen, was sie dachte. Sie befanden sich wieder auf einem Schiff, auf der Fahrt zwischen zwei Kontinenten, und nichts würde falsch verstanden werden. »Sie haben eine bessere Frau verdient, Nick. Ich kenne Sie nicht sehr gut, aber soviel weiß ich. Sie sind ein herzensguter Mann, der viel zu geben hat. Und sie wird es Ihnen nie danken, sondern Ihnen nur Kummer bereiten, der Ihnen das Herz bricht.«

Er nickte, denn sie hatte ihm schon großen Kummer bereitet. Aber sein Herz würde nicht daran zerbrechen, sondern an einer Trennung von seinem Sohn. »Ich danke Ihnen für Ihre netten Worte.« Sie lächelten einander an. In diesem Augenblick kam eine Gruppe von Journalisten herein, um Kaffee zu trinken. Einer von ihnen hatte eine Flasche Whisky dabei, um dem Kaffee ein besonderes Aroma zu verleihen. Aber weder Nick noch Liane nahmen den angebotenen Schluck an. Nick dachte über das nach, was Liane gesagt hatte. »Das Problem ist nur: Wenn ich eine andere Frau fände, müßte ich meinen Sohn aufgeben oder zumindest darauf verzichten, daß er bei mir lebt. Aber das werde ich niemals.«

»Es wäre ein hoher Preis.«

»So oder so. Aber in zehn Jahren wird er erwachsen und alles anders sein.«

»Wie alt sind Sie dann?«

»Ende Vierzig.«

»Dann hätten Sie wirklich lange auf Ihr Glück warten müssen.«

»Wie alt war denn Ihr Gatte, als Sie heirateten?«

»Sechsundvierzig.«

»Dann wäre ich nur drei Jahre älter. Und vielleicht habe ich das Glück und finde eine Frau wie Sie.« Sie errötete und schlug die Augen nieder, und er berührte zärtlich ihre Hand. »Ich möchte Sie nicht verlegen machen. Aber es ist wahr: Sie sind eine wundervolle Frau, Liane. Ich habe Ihnen schon bei unserem ersten Zusammentreffen gesagt, wie glücklich Armand mit Ihnen sein muß, und ich habe es wirklich so gemeint.« Sie schaute auf und sah ihn mit einem traurigen Blick an.

»Ich habe ihm in diesem Jahr in Paris das Leben recht schwer gemacht.« Nun, da sie wußte, was er in dieser Zeit gemacht hatte, kamen ihr Schuldgefühle. »Ich habe nicht gewußt, unter welchem Druck er stand. Wir haben uns kaum gesehen und ...« Wieder traten ihr Tränen in die Augen, und sie schüttelte den Kopf. Seit Tagen hatte sie sich Vorwürfe gemacht wegen ihrer Verärgerung über Armand während der letzten Monate. Wenn sie geahnt hätte ... Aber woher hätte sie es wissen sollen?

»Sie beide müssen mit einer ungeheuren Belastung gelebt haben.«

»Das stimmt«, bestätigte sie seufzend. »Aber nicht nur wir, sondern auch unsere Töchter. Vor allem aber Armand. Und nun hat er nicht einmal mehr uns, die ihm helfen könnten, sie mitzutragen.« Aber im Grunde hatte er sie in diesem Jahr nicht dazu gebraucht, hatte er alles von ihnen ferngehalten und auf sich genommen. Aus ihrem Blick sprach Angst, als sie Nick nun ansah. »Wenn ihm etwas geschieht ...«

»Es wird ihm nichts geschehen. Er ist viel zu klug, um Risiken einzugehen. Er wird alle Schwierigkeiten meistern. Sie müssen nur auf ihn warten.« Und er wußte, daß sie das tun würde, denn sie war die Frau dazu.

Sie gingen wieder hinaus auf Deck, standen eine Weile an der Reling und machten sich dann auf die Suche nach den Mädchen.

Sie hatten sich inzwischen sehr gut allein beschäftigt, die Reise machte ihnen Spaß, die große Langeweile hatte noch nicht eingesetzt. Liane befürchtete jedoch, daß sie irgendwann eintreten würde. Sie sah Nick erst gegen Abend wieder, und dann machte er mit den Kindern an einer geschützten Stelle an Deck Ratespiele. Sie waren zuvor noch im Speisesaal gewesen, doch die meisten Männer waren nach dem Abendessen sitzengeblieben, um zu trinken und sich zu unterhalten, und Liane hatte es für besser gehalten, mit den Mädchen nach draußen zu gehen. Es war zwar noch niemand ausfällig oder rabiat geworden, doch die Möglichkeit dazu bestand. Obwohl niemand auf dem abgedunkelten Schiff davon sprach, bemerkte man doch, daß alle unter einer großen Nervenanspannung standen. Die Angst vor einem U-Boot-Angriff wurde immer größer, und diese Angst war nur durch Alkohol zu vertreiben. Deshalb tranken die Männer, und zwar nicht zu wenig.

Liane saß bei Nick und versuchte mit ihm, die Mädchen mit kleinen Geschichten und Rätseln bei Laune zu halten, was ihnen auch gelang; es wurde viel gelacht an diesem Abend. Schließlich brachte Liane ihre Töchter zu Bett. Sie legte ihnen, die Weisungen des Kapitäns befolgend, die Schwimmwesten ans Fußende ihrer Kojen, gab ihnen einen Gutenachtkuß und ging noch einmal an Deck, um etwas frische Luft zu schnappen, denn in der winzigen Kabine war es drückend heiß. Die *Deauville* beförderte normalerweise zwanzig Passagiere in fünf Doppel- und zehn Einzelkabinen; nun aber waren sechzig Männer, eine Frau und zwei Mädchen und einundzwanzig Besatzungsmitglieder an Bord. Belegt mit vierundachtzig Personen schien das Schiff aus allen Nähten zu platzen; der Lärm, der aus dem Speisesaal kam, wurde immer lauter. Liane schloß die Augen und ließ sich den Wind ins Gesicht wehen. Sie fröstelte ein wenig, doch das machte ihr nichts aus. Es war angenehm, nicht unter Deck sein zu müssen.

»Ich dachte, Sie seien schon im Bett.« Sie drehte sich lächelnd um, als sie Nicks vertraute Stimme hinter sich hörte.

»Ich habe die Kinder zu Bett gebracht, war aber noch nicht müde.«

Er nickte. »Ist es in Ihrer Kabine auch so heiß?«

»Sehr heiß.«

Er lachte. »In meiner ist es so heiß wie in einem Backofen, und das bei sechs Leuten.«

»Sechs?« rief sie überrascht.

»Ja. Ich habe die größte Kabine hier auf der Deauville, die De-Luxe-Suite, wenn man so will, und deshalb wurden noch fünf Betten hineingestellt. Ganz einfache Feldbetten, aber niemand stört sich daran.« Sie alle waren froh, überhaupt mitgekommen zu sein. »Aber um Ihnen die Wahrheit zu sagen: Ich schlafe nicht dort.«

»Aber wo denn dann?«

»Der Kapitän hat mir ein ruhiges Plätzchen unter der Brücke gezeigt, und dort haben sie mir eine Hängematte hingehängt. Dort stört mich niemand, es ist windgeschützt und wenn ich etwas um die Ecke schaue, kann ich den Sternenhimmel sehen ... einfach herrlich.« Er sah wirklich zufrieden aus; trotz seines riesigen Vermögens hatte er sich den Sinn für die kleinen Dinge des Lebens bewahrt. Er war ein gutmütiger, heiterer Mensch, der sich völlig natürlich gab. In dieser Beziehung waren er und Liane sehr ähnlich. Beide gehörten zu den reichsten der Reichen in den Staaten, doch man sah es ihnen überhaupt nicht an. Er trug seine geborgte Seemannskluft, sie graue Flanellhosen und einen alten Pullover, außer einem schmalen Ehering keinen Schmuck, ihr Haar flatterte im Wind, und beide schienen sich so völlig wohl zu fühlen. Alle an Bord waren erstaunt gewesen, als sie erfuhren, wer Nick war, und hätten sie erfahren, daß es sich bei Liane um die Erbin von Crockett Shipping handelte, wären sie wohl noch verblüffter gewesen. Beide wirkten so bescheiden, und dies war einer ihrer hervorstechendsten Charakterzüge. »Darf ich Ihnen eine Tasse Kaffee oder etwas anderes zu trinken bringen?« fragte Nick nach einer Weile.

»Danke nein. Ich gehe sowieso bald zu Bett. Die Kinder unterhalten sich sonst die ganze Nacht, wenn ich nicht komme. Sie können wegen der Hitze auch nicht schlafen.«

»Soll ich für sie in meinem Versteck noch eine Hängematte

anbringen lassen? Für zwei weitere wäre dort kein Platz, aber die Kinder könnten in der einen schlafen, und Sie hätten Ihre Ruhe in der Kabine.« Sie lächelte über diesen gutgemeinten Vorschlag.

»Aber dann würden Sie die ganze Nacht kein Auge zumachen, weil sie Geschichten von Ihnen hören wollten und Ihnen ein Loch in den Bauch fragen würden.«

»Das würde mir überhaupt nichts ausmachen.« Sie glaubte es ihm aufs Wort, aber sie wollte die Mädchen doch lieber in ihrer Nähe haben.

Nach einer Weile wünschte sie ihm eine gute Nacht und ging zu ihrer Kabine. Auf dem Weg dorthin mußte sie noch einmal an den seltsamen Zufall denken, der sie wieder auf einer Atlantik-Überquerung zusammengeführt hatte. Bevor sie zu Bett ging, wollte sie sich erst einmal die Haare waschen. Sie hatte sie bereits dreimal gewaschen, aber der Fischgeruch vom Kutter schien noch immer nicht verschwunden zu sein. Was war das für eine Fahrt gewesen! Sie lächelte vor sich hin, als sie sich auszog. Wenn es nicht so tragisch wäre, wäre es fast schon wieder komisch. Zumindest hielt sie die Erinnerung an die Kutterfahrt hin und wieder davon ab, die ganze Zeit um Armand zu weinen. Es gelang ihr kaum, an ihn zu denken, ohne daß ihr dabei die Tränen kamen. Auch jetzt hatte sie mit ihnen zu kämpfen, als sie sich im Dunkeln an dem winzigen Waschbecken die Haare wusch und danach mit einem Handtuch abtrocknete. Beim Betreten der Kabine hatte sie die Mädchen aufgefordert, doch endlich Ruhe zu geben, und an ihren gleichmäßigen Atemzügen merkte sie, daß sie endlich eingeschlafen waren.

Kaum hatte sie sich in ihre Koje gelegt und mit einem dünnen Laken zugedeckt, als eine Sirene heulte. Sie rappelte sich hoch und versuchte sich an die Bedeutung des Signals zu erinnern. War es ein Feueralarm, die Warnung vor einem Angriff aus der Luft; oder sank das Schiff? Sie sprang aus ihrer Koje, packte die Schwimmwesten und rüttelte die Mädchen wach.

»Macht schnell, Kinder ... schnell ...« Sie zog Elisabeth, die trotz des Lärms noch ganz verschlafen war, die Weste über. Dann half sie Marie-Ange beim Anlegen der Weste, gab ihnen ihre Schuhe, zog sich selbst die Schwimmweste über ihr Nachthemd und öffnete die Kabinentür. Sie hatte nicht einmal Zeit, in der Dunkelheit nach ihren eigenen Schuhen zu suchen, doch das spielte jetzt keine Rolle. Sie schob die Kinder hinaus auf den Gang, auf den sich auch die anderen Passagiere drängten. Die meisten waren noch wach gewesen, aber einige Männer sahen genauso verschlafen aus wie die Mädchen. Sofort erhob sich ein lautes Stimmengewirr, denn jeder wollte wissen, was denn eigentlich geschehen wäre; einer schrie herum, weil er seine Schwimmweste nicht finden konnte. Liane und die Kinder wurden einfach mitgerissen von der zum Ausgang strömenden Masse, und als sie an Deck kamen, sahen sie den Grund für das Sirenensignal: am Horizont leuchtete ein riesiger Feuerschein. Von den französischen Besatzungsmitgliedern, die an Deck hantierten, erfuhren sie, daß ein aus Halifax kommender Truppentransporter vor zwei Tagen von einem U-Boot torpediert worden war. Die *Deauville* hatte gerade erst ein Funksignal aufgefangen von Männern in einem Rettungsboot, die auch einen Sender dabeihatten. Der Sender war jedoch so schwach, daß die Signale die *Deauville* nicht schon vorher erreicht hatten. Das Schiff brannte seit zwei Tagen und hätte über viertausend Soldaten nach England bringen sollen.

Diese Informationen und der Anblick des brennenden Schiffes schufen eine gespenstische Atmosphäre in der Stille der Sommernacht. Vor einer Stunde hatte noch eine leichte Brise geweht, doch auch die hatte sich inzwischen gelegt. Man konnte sich des Eindrucks nicht erwehren, Kurs auf die Hölle zu nehmen, und alle Augen waren auf das Inferno am Horizont gerichtet.

Der Kapitän kam mit einem Megaphon von der Brücke und hielt eine Ansprache in Englisch, um die Passagiere, von denen die Mehrzahl ja aus Amerika kam, direkt auf sich aufmerksam machen zu können.

»Wer von Ihnen medizinische Kenntnisse oder solche in Erster Hilfe oder Krankenpflege hat, wird gebraucht. Wir wissen nicht, wie viele Männer von der *Queen Victoria* noch am Leben sind ... Die beiden Ärzte an Bord möchten sich bitte sofort bei mir melden ... Wir brauchen jede Unterstützung.« Die letzten aufgeregten Stimmen verstummten. »Wir können keine anderen Schiffe um Hilfe anfunken, weil wir dadurch unsere Position verraten würden.« Nun herrschte völlige Stille. Allen wurde mit einem Mal bewußt, daß die feindlichen U-Boote durchaus noch in der Nähe sein und die *Deauville* angreifen konnten. Das auf der *Queen Victoria* wütende Feuer führte ihnen drastisch vor Augen, welches Schicksal auch ihnen beschieden sein könnte.

»Die Rettung der Überlebenden kann also nur durch uns ganz allein erfolgen ... Alle, die irgendwelche medizinischen Kenntnisse besitzen, möchten jetzt zu mir kommen.« Sechs, sieben Männer eilten zum Kapitän, der sich kurz mit ihnen unterhielt und dann wieder das Megaphon nahm. »Ich bitte Sie, Ruhe zu bewahren. Wir brauchen Verbandsmaterial ... Handtücher ... Bettlaken ... saubere Hemden ... und Medikamente. Uns stehen nur begrenzte Mittel zur Verfügung, aber wir werden tun, was wir können. Wir werden uns dem Schiff so weit wie möglich nähern und so viele Überlebende aufnehmen, wie es uns möglich ist.« Bereits jetzt waren zwei, drei Rettungsboote auf dem Wasser zu erkennen, doch war keine Aussage möglich, wie viele Boote abgesetzt worden waren oder wie viele Schiffbrüchige im Meer schwammen. »Der Speisesaal wird als Krankenstation behelfsmäßig ausgerüstet. Ich möchte mich nun für Ihre Hilfe bedanken. Wir haben eine lange Nacht vor uns.« Er hielt kurz inne, bevor er »Gott helfe uns« hinzufügte. Liane verspürte den starken Wunsch, ein abschließendes »Amen« auszurufen, und wandte sich dann ihren Töchtern zu.

»Ich bringe euch jetzt in die Kabine und will, daß ihr schön brav dort bleibt. Wenn etwas passiert, dann komme ich sofort zu euch. Wenn ich nicht kommen sollte, dann geht ihr an den Ausgang zum Deck, aber auf keinen Fall woanders hin, und wartet dort, bis euch jemand mitnimmt.« Sie war sicher, daß sich im Ernstfall jemand um die Kinder kümmern würde, wenn es ihr nicht mehr gelingen sollte, zu ihnen zu kommen. »Macht keinen Lärm in der Kabine, seid ganz ruhig. Wenn ihr Angst habt, könnt ihr ja die Tür auflassen. Kommt jetzt, wir gehen.«

»Aber wir wollen bei dir bleiben«, erklärte Marie-Ange mit weinerlicher Stimme für sich und ihre Schwester, der bereits die Tränen über die Wangen liefen.

»Das geht jetzt nicht. Ich muß sehen, daß ich mich hier nützlich machen kann.« Sie hatte während ihrer Tätigkeit für das Rote Kreuz in Paris einen Erste-Hilfe-Kurs absolviert, stellte sich aber die Frage, ob sie sich jetzt in diesem Durcheinander an das Gelernte noch erinnern würde. Aber zwei helfende Hände würden immer wieder gebraucht werden, und deshalb lief sie mit den Kindern zur Kabine, zog dort die beiden Laken von ihrer Koje ab und von denen der Mädchen jeweils eines. Sie könnten sich mit Decken zudecken, aber wahrscheinlich würden sie sie bei der Hitze in der Kabine nicht brauchen. Wohl aber, falls sie sich ebenfalls in die Rettungsboote begeben müßten. Sie nahm die Decke von ihrer Koje und öffnete dann den kleinen Kleiderschrank. Den Mädchen hatte sie für die Fahrt mehrere Baumwollblüschen eingepackt; vier davon würde sie als Verbandsmaterial für die Überlebenden der *Queen Victoria* opfern. Sie legte noch drei Handtücher, einige Seifenstücke und das Fläschchen mit den Schmerztabletten zurecht, das sie von ihrem Pariser Zahnarzt erhalten hatte. Ansonsten konnte sie an Material nichts weiter zur Verfügung stellen. Sie zog sich in aller Eile an, nahm die bereitgelegten Sachen unter den Arm, gab den Mädchen einen Gutenachtkuß, ermahnte sie, die Schwimmwesten anzubehalten, und wandte sich zum Gehen, als Elisabeth ihr zurief: »Wo ist denn Mr. Burnham?«

»Ich weiß es nicht«, rief Liane zurück und eilte hinaus auf den Gang. Es war ihr nicht recht, daß sie die Kinder allein lassen mußte, aber in der Kabine waren sie sicherer aufgehoben als an Deck.

Als sie in den Speisesaal kam, gab der erste Offizier den dort anscheinend vollständig versammelten Männern gerade kurze, knappe Anweisungen. Er werde nun eine Einteilung in Dreiergruppen vornehmen. Nach Möglichkeit würden die Gruppen so zusammengestellt, daß mindestens ein Mitglied über Erste-Hilfe-Kenntnisse verfügte. Die zwei Ärzte hatten inzwischen damit begonnen, die nötigen Materialien zu sammeln, und einer von ihnen hielt einen kurzen Vortrag über die Versorgung von Brandwunden. Vielen drehte sich dabei der Magen um, aber an der Realität kam nun niemand mehr vorbei. Als Liane ihre Sachen abgab, sah sie Nick am anderen Ende des Saals. Sie winkte ihm zu, und er kam gerade noch rechtzeitig zu ihr, um vom ersten Offizier in dieselbe Gruppe eingeteilt zu werden. Er würde vorzugsweise Gruppen bilden aus Leuten, die sich kannten, erklärte er kurz, weil dadurch die Zusammenarbeit erleichtert würde. Dann erschien der Kapitän, um eine weitere Durchsage zu machen.

»Wir nehmen an, daß bei der auf den Angriff folgenden Explosion die meisten Besatzungsmitglieder und Soldaten getötet wurden, doch es gibt Überlebende. Nur wenige haben sich in die drei, vier Boote retten können, die meisten treiben im Wasser. Die Bahrenträger nehmen nun ihre Positionen draußen an Deck ein. Meine Männer bringen die Überlebenden an Bord. Sie werden gleich an Ort und Stelle behandelt, wozu jede Hand gebraucht wird, oder hier hereingebracht. Die Ärzte werden Ihnen sagen, wer von Ihnen sie hier unterstützen soll. Und ich möchte mich noch bei denen bedanken, die ihre Kabinen zur Verfügung gestellt haben. Wir wissen noch nicht, ob wir von diesem Angebot Gebrauch machen werden, doch es könnte sein.« Er sah sich noch einmal um in dem überfüllten Raum, nickte grüßend und ging. Es würde noch ungefähr eine Stunde dauern, bis sie die ersten Überlebenden auffischen konnten, und deshalb standen nun alle in Dreiergruppen wartend an Deck. Nick erzählte Liane, daß mindestens die Hälfte der Passagiere ihre Kabinen zur Verfügung gestellt und sich bereiterklärt hatte, an Deck zu schlafen, damit die Verwundeten unter Deck untergebracht werden konnten. Die Besatzungsmitglieder hatten bereits damit begonnen, in den Kabinen Hängematten anzubringen, um eine größere Anzahl von Liegeplätzen zu schaffen. Er sprach es zwar nicht direkt aus, aber aus allem, was er ihr erzählt hatte, konnte sie schließen, daß auch er seine Kabine aufgegeben hatte. Er schlief zwar sowieso schon unter freiem Himmel, doch hätte es ihm bestimmt auch sonst nichts ausgemacht. Er hatte sich als einer der ersten als freiwilliger Helfer gemeldet und wirkte jetzt, als er neben ihr an Deck stand und ihr eine Tasse Kaffee hinhielt, der stark nach Whisky roch, sehr ruhig.

»Danke ... ich möchte nicht ...« Sie wollte die Tasse ablehnen, doch er duldete keine Widerrede.

»Trinken Sie sie. Sie werden einen kräftigen Schluck nötig haben, bevor die Nacht vorbei ist.« Es war bereits ein Uhr, aber es lag noch eine lange Nacht vor ihnen. Nick sah sie mit einem besorgten Blick an. »Haben Sie schon einmal den Geruch von verbranntem Fleisch gerochen, Liane?« Sie schüttelte den Kopf und trank einen Schluck. »Dann machen Sie sich auf einiges gefaßt.« Niemand wußte, wie viele Menschen das Feuer überlebt hatten. Auch die Männer, die von einem der Rettungsboote sendeten, konnten keine genaueren Angaben machen. Sie waren weit von der *Queen Victoria* abgetrieben worden und hatten meist nur Tote im Wasser schwimmen sehen. Die *Deauville* hatte nur einmal einen kurzen Funkspruch abgesetzt, um sie wissen zu lassen, daß ihr SOS-Ruf empfangen worden war. Ansonsten ruhte der Funkverkehr aus Angst vor feindlichen U-Booten. Als sie jedoch näher an das brennende Wrack herangefahren war, hatte man ihnen die Annäherung mit der Morselampe angekündigt. Aus dem Rettungsboot waren darauf schwache Lichtsignale zu sehen, deren Bedeutung Nick Liane erklärte: »Sie haben ›Gott sei Dank‹ gemorst.« Alle warteten angespannt; das Rauchen war an Deck nicht gestattet, und der Whisky, den einige mitgebracht hatten, schien nicht zu beruhigen, sondern eher das Gegenteil zu bewirken. Leichen trieben am Schiff vorbei, einmal sogar ein großes, verkohltes Stück Holz, an das sich vielleicht ein Dutzend Männer klammerten, die bis zur Unkenntlichkeit verbrannt waren. Es dauerte lange, bis ein Ruf von der Wasseroberfläche anzeigte, daß die ersten Überlebenden gefunden worden waren; Matrosen der *Deauville* halfen zwei Männern in ein Gummifloß, das vorsichtig an Bord gehievt und von der ersten Dreiergruppe in Empfang genommen wurde. Die beiden Männer hatten schwerste Verbrennungen und wurden deshalb unverzüglich zu den Ärzten in den hell erleuchteten, zum

Operationssaal umfunktionierten Speisesaal gebracht. Die Beleuchtung entsprach zwar nicht der angeordneten Verdunkelung, doch in diesem Notfall konnte man darauf keine Rücksicht nehmen. Liane hatte die verbrannten Körper ungläubig angestarrt, mit aufsteigender Übelkeit zu kämpfen gehabt und sich instinktiv an Nick geklammert. Er hatte nichts zu ihr gesagt; dafür spürte sie seine Hand in der ihren. Und kurz darauf empfand sie keinen Ekel und keine Angst mehr, als sie mit Nick und einem Kanadier drei Männern an Deck half, von denen zwei Verbrennungen am ganzen Körper, der dritte nur im Gesicht und an den Händen, dafür aber Beinbrüche erlitten hatte. Liane stützte diesem Mann den Kopf, als Nick und der Kanadier ihn auf eine Bahre legten.

»Es war die Hölle ... Sie haben uns am Bug und am Heck erwischt ...«, röchelte der junge Mann mit glasigem Blick, sein Gesicht eine einzige Masse von verbranntem Fleisch. Liane kämpfte mit den Tränen, als sie versuchte, ihn zu beruhigen.

»Jetzt ist alles vorbei ... Es wird schon wieder gut ...« Das hätte sie auch zu ihren Töchtern gesagt, wenn sie sich verletzt hätten, und sie kümmerte sich liebevoll um den jungen Mann, als die Ärzte seine Wunden versorgten. Dann fand sie sich plötzlich allein, ohne Nick, in dem improvisierten Operationssaal wieder und sah, wie die Ärzte die gebrochenen Beine schienten. Einer der Ärzte bat sie dann zu bleiben und ihm zu helfen, und sie assistierte ihm beim Aufbringen von Salben auf Brandwunden, dem Verbinden von Fleischwunden und bei der Amputation einer Hand. Sie sah in dieser Nacht so viel menschliches Leid, daß es ihr für immer im Gedächtnis bleiben würde.

Gegen sechs Uhr morgens ruhten sich die Ärzte das erste Mal für einen Augenblick aus und sahen sich die Notizen an, die jemand gemacht hatte. Es befanden sich nun zweihundertvier Überlebende der *Queen Victoria* an Bord, und es hatte den Anschein, als wären keine weiteren mehr aufzufinden. Vor einer halben Stunde waren noch Männer mit leichten Verletzungen aus einem Rettungsboot an Bord und in eine der freigemachten Kabinen gebracht worden. Die Kabinen waren inzwischen mit bis zu vierzehn Mann in Hängematten, Kojen oder Schlafsäcken auf dem Boden belegt. Die Luft war erfüllt von dem Geruch verbrannten Fleisches, und im Speisesaal sah es aus wie in einem Feldlazarett. Die aus dem Wasser gefischten Männer waren mit Teer und Öl verschmiert gewesen, und das Säubern der Wunden, die schwierigste und heikelste Aufgabe, war Liane übertragen worden, deren geschickte Hände den Ärzten sofort aufgefallen waren. Als sie sich nun zu den Ärzten setzte, hätte sie keinen weiteren Patienten mehr versorgen können. Ihr ganzer Körper schmerzte, ihr Nacken, ihre Arme, ihr Kopf, ihr Rücken; doch wenn jetzt doch noch ein Verletzter hereingebracht worden wäre, wäre sie genau wie alle anderen wieder aufgestanden und hätte sich um ihn gekümmert. Die Passagiere der *Deauville* gingen langsam wieder unter Deck. Sie hatten getan, was ihnen möglich war, und viele Überlebende der *Queen Victoria* würden im Endeffekt ihnen ihr Leben zu verdanken haben.

Für viele der Männer war dies die erste Bekanntschaft mit den Schrecken des Krieges gewesen. Für die Ärzte war die Arbeit noch lange nicht getan; es hatten sich bereits Freiwillige gemeldet, die in Schichten die Betreuung der Verletzten bis zur Ankunft in New York übernehmen wollten. Doch das Schlimmste war überstanden. Gegen acht Uhr standen viele schweigend an Deck und sahen zu, wie die *Queen Victoria* unter lautem Getöse und in den Himmel schießenden Dampffontänen sank. Der Kapitän und die Mannschaft suchten noch zwei Stunden lang die See ab, aber sie entdeckten kein Lebenszeichen mehr, sondern nur auf den leichten Wellen dahintreibende Leichen. Von den in der Nacht Geborgenen waren inzwischen neun gestorben, so daß die Gesamtzahl der an Bord befindlichen Überlebenden nun einhundertfünfundneunzig betrug. Alle waren in den von den Passagieren geräumten Kabinen untergebracht, und die Passagiere schliefen nun zum Teil in den Mannschaftsräumen, aber auch in Hängematten und Schlafsäcken. Man hatte Liane und den Mädchen eine Sonderstellung einräumen wollen, aber Liane hatte darauf bestanden, daß auch ihre Kabine für die Unterbringung von Verletzten genutzt wurde. Gegen vier Uhr war sie kurz mit einem Besatzungsmitglied unter Deck gegangen, um die Mädchen in die Kabine des ersten Offiziers zu tragen. Der Offizier zog für die Dauer der Fahrt in die Kabine des Kapitäns um, und die Kinder konnten zu zweit in seinem Bett schlafen.

»Et vous, Madame?« hatte sie der Matrose gefragt, aber sie hatte nur kurz mit den Schultern gezuckt.

»Ich kann irgendwo auf dem Boden schlafen.« Danach war sie wieder in den Speisesaal geeilt, um den Ärzten zu helfen. Das Stöhnen der Verwundeten wurde mit der Zeit ebenso monoton wie das Motorengeräusch des Schiffes und das Plätschern der Wellen. Aber als die *Queen Victoria* sank, war alles still an Bord. Kurz darauf griff der Kapitän wieder zum Megaphon.

»Je vous remercie tous ... Ich danke Ihnen allen ... Sie haben heute nacht das Unmögliche möglich gemacht ... Auch wenn es den Anschein hat, daß zu wenige überlebt haben, so darf ich Ihnen zum Trost sagen, daß ohne Ihre Hilfe fast zweihundert Menschen mehr umgekommen wären.« Unterdessen war durchgesickert, daß insgesamt dreitausendneunhundert Opfer der *Queen Victoria* zu beklagen waren.

Die Passagiere und Besatzungsmitglieder wechselten sich bei der Pflege der Verwundeten ab. Das Hauptaugenmerk galt der Vermeidung von Infektionen, die für die Männer, die solange gegen das Meer angekämpft hatten, Amputationen oder den Tod bedeutet hätten. Einige der Geborgenen lagen im Fieberdelirium, doch nur zwei weitere waren gestorben, und die meisten Probleme hatte man im Griff. Die *Deauville* hatte durch die Bergung der Schiffbrüchigen einen ganzen Tag verloren und setzte nun ihre Fahrt Richtung New York fort. Wann sie dort ankommen würde, war noch völlig ungewiß. Sie hatte nicht einmal die halbe Strecke zurückgelegt, und der Kapitän würde weitere zeitraubende Abweichungen vom geraden Kurs in Kauf nehmen, um ein Zusammentreffen mit deutschen U-Booten zu vermeiden.

Erst am zweiten Tag nach der Bergung ließ sich Liane dazu überreden, sich in der Kabine des ersten Offiziers zum Schlafen zu legen. Die Mädchen waren irgendwo auf dem Schiff; Besatzungsmitglieder hatten sich ihrer angenommen, und die meiste Zeit verbrachten sie, wie Liane erfahren hatte, auf der Brücke.

Aber sie konnte kaum noch einen klaren Gedanken fassen, als sie sich auf dem schmalen Bett ausstreckte und innerhalb von Minuten in einen tiefen, bleiernen Schlaf fiel. Als sie wieder erwachte, war es dunkel. Sie hörte ein Geräusch irgendwo im Zimmer, setzte sich in dem ungewohnten Bett auf und versuchte sich zu erinnern, wo sie sich befand. Da hörte sie eine vertraute Stimme.

»Wie geht's dir?« erkundigte sich Nick. Sie waren beide irgendwann, während sie sich um die Verletzten kümmerten, vom förmlichen »Sie« zum kameradschaftlichen »Du« übergegangen. In dem schwachen Mondschein, der durch schmale Streifen am Rahmen des zur Verdunkelung schwarz gestrichenen Fensters in die Kabine fiel, konnte sie gerade sein Gesicht erkennen, als er an ihr Bett kam. »Du hast sechzehn Stunden geschlafen.«

»Du liebe Zeit!« Sie schüttelte den Kopf, um richtig wach zu werden. Sie hatte noch immer die verschmutzte Kleidung an, die sie nun schon seit zwei Tagen trug. »Was ist mit den Männern?«

»Einigen geht's schon viel besser.«

»Sind noch welche gestorben?«

Er schüttelte den Kopf. »Nein, bis jetzt nicht. Hoffentlich bleibt es so, und sie halten durch, bis wir in New York sind. Einige können sogar schon wieder spazierengehen.« Aber im Moment machte er sich mehr Gedanken um Liane. Sie hatte beinahe Übermenschliches geleistet in dem behelfsmäßigen Operationsraum. Er hatte es immer wieder beobachten können, wenn er einen neuen Verwundeten hineinbrachte. »Möchtest du etwas essen? Ich habe dir ein Sandwich und eine Flasche Wein mitgebracht.« Aber der Gedanke ans Essen ließ Übelkeit in ihr aufsteigen. Sie schüttelte den Kopf, setzte sich auf die Bettkante und bat ihn, sich zu ihr zu setzen.

»Ich kann jetzt unmöglich etwas essen. Und was ist mit dir? Hast du zwischendurch schlafen können?«

»Lange genug.« Sie sah ihn lächeln und holte tief Luft. Was hatten sie bis jetzt alles durchgemacht!

»Und wo sind die Mädchen?«

»Sie schlafen in meiner Hängematte oben an Deck. Dort kann ihnen nichts passieren, und der Wachhabende hat ein Auge auf sie. Decken haben sie auch genug. Ich wollte nicht, daß sie hier herunterkommen und dich wecken. – Bitte, Liane. Ich möchte, daß du etwas ißt.« Jetzt, da sich viermal soviel Menschen an Bord befanden als zu Beginn der Fahrt, waren die Lebensmittel rationiert worden, doch der Koch leistete Großartiges, und bisher hatte noch niemand hungern müssen. Die Vorräte an Kaffee und Whisky schienen unerschöpflich zu sein; es war genug für alle da. Er reichte ihr das Sandwich, entkorkte eine halbvolle Flasche Wein, griff in die Tasche seiner geborgten Jacke, zog eine Tasse heraus und schenkte ihr ein.

»Nick, ich kann nicht ... mir würde schlecht werden.«

»Trink ihn trotzdem. Aber iß vorher das Sandwich.« Sie versuchte einen kleinen Bissen und spürte, wie sich ihr Magen zusammenkrampfte, doch als dieses anfängliche Gefühl der Übelkeit gewichen war, schmeckte ihr das Sandwich, und danach auch der erste Schluck Wein. Sie reichte ihm die Tasse, und er trank ebenfalls einen Schluck.

»Ich sollte aufstehen und sehen, was ich helfen kann.«

»Sie sind so lange ohne dich ausgekommen, daß sie es schon noch eine Stunde schaffen werden.«

Sie lächelte ihn an; ihre Augen hatten sich inzwischen an die Dunkelheit gewöhnt. »Ich würde wer weiß etwas geben für ein heißes Bad!«

»Und saubere Klamotten. Wenn ich meine Hose ausziehe, könnte ich sie in die Ecke stellen und sie würde stehenbleiben, so verdreckt ist sie.« Und plötzlich mußten sie beide an die *Normandie* denken und lachen. Sie lachten, bis ihnen die Tränen kamen. Mit einem Mal waren sie weit weg von der furchtbaren Realität der verwundeten Überlebenden, abgelenkt durch die Erinnerung an nun absurd erscheinende Galaabende und Dinner in Frack und Abendkleid. »Weißt du noch, was wir alles in den Koffern mitgeschleppt haben?« Wieder brachen beide in schallendes Gelächter aus, ein Gelächter, in dem sich ihre Anspannung und ihre Erschöpfung löste. Hier auf dem Frachter, in zerrissener und verdreckter Kleidung, zusammengepfercht mit nun fast dreihundert Männern, erschien die *Normandie* mit ihrem Hundezwinger, Rauchsalon, Grand Salon, mit den Promenaden und De-Luxe-Suiten als Schiff voller Narren. Sie war ein schönes, elegantes Schiff, doch die Tage auf ihr gehörten längst der Vergangenheit an, und nun saßen sie hier auf einem schmalen Bett, tranken miteinander eine halbe Flasche Wein und mußten jeden Moment damit rechnen, von einem U-Boot torpediert zu werden. Allmählich beruhigten sich beide wieder, und Liane beobachtete die Schatten auf Nicks Gesicht.

»Es ist kaum zu glauben, wie sich unser Leben verändert hat.«

»Bald wird sich die ganze Welt verändern. Dies ist nur der Anfang. Wir wurden nur viel früher einbezogen als alle anderen.« Er sah ihr tief in die Augen, spürte trotz der Dunkelheit die Anziehungskraft, die sie auf ihn ausübten, und ohne zu überlegen sprach er aus, was ihn bewegte. Wer wußte schon, ob sie in einer Stunde noch am Leben wären, ob er noch einmal die Gelegenheit dazu bekommen würde. »Du bist wunderbar, Liane. Schöner als alle Frauen, die ich bis jetzt kennengelernt habe ... Deine Schönheit ist nicht nur äußerlich, sie kommt von innen ... Ich war so stolz auf dich gestern.«

»Ich glaube, ich konnte das alles nur durchstehen, weil ich wußte, daß du in der Nähe bist. Ich spürte, daß du in Gedanken bei mir warst.« Mit einem Mal vergaßen sie alles um sich herum, sie fühlten sich, als wären sie ganz allein auf der Welt, und er nahm ihre Hand, zog sie an sich, und ihre Lippen berührten sich, und sie erwiderte seinen Kuß. Sie saßen lange in inniger Umarmung und küßten sich mit einer verzweifelten Leidenschaft, die geboren wurde aus dem Wissen, dem Tod ins Auge zu schauen und dennoch zu leben.

»Ich liebe dich, Liane ... ich liebe dich ...« Seine Lippen liebkosten ihren Hals, ihr Gesicht, ihren Mund, und eine nicht ihr gehörende Stimme schien ihm zu antworten.

»Ich liebe dich, Nick ...«, flüsterte sie, und er sagte ihr zärtliche Worte, während ihre Kleider von ihnen abzufallen schienen, sie auf das Bett sanken und sich ihre Körper aneinanderpreßten; vergessen waren andere Menschen, andere Schicksale, andere Zeiten ... Sie waren beide die einzigen Überlebenden einer vergangenen Zeit, und alles, was zählte, war der Taumel der Leidenschaft, dem sie sich hingaben, als sie sich liebten und danach eng aneinandergeschmiegt einschliefen.

22

Nick und Liane erwachten langsam, als helle Sonnenstrahlen durch die schwarze Farbe in die Kabine drangen. Er sah sie an und bereute nichts, und an ihrem ruhigen, friedvollen Blick erkannte er, daß es ihr ebenso erging. Er betrachtete ihren zarten, wohlgeformten Körper, ihre großen blauen Augen und ihr zerzaustes blondes Haar und lächelte ihr zu.

»Ich habe es wirklich so gemeint letzte Nacht. Ich liebe dich, Liane.«

»Ich liebe dich auch«, erwiderte sie und fragte sich im nächsten Moment, wieso sie es hatte sagen können, denn sie liebte doch Armand. Irgendwie war ihr aber, als wäre sie mit Nick schon seit langer Zeit in Liebe verbunden. Sie hatte oft an ihn denken müssen in den einsamen Monaten, als Armand immer verschlossener geworden war, und von Beginn an eine tiefe, unerklärliche Achtung vor ihm empfunden. Es war eine andere Art Liebe als die, die sie bis dahin kennengelernt hatte, und sie verspürte keine Schuldgefühle beim Gedanken an das, was zwischen ihnen geschehen war. Sie hatten einander geholfen, Schreckliches durchzustehen, und deshalb gehörte sie zu ihm, zumindest hier und jetzt. »Ich weiß nicht, wie ich dir sagen soll, was ich fühle ...« Sie suchte nach Worten, aber an seinem Blick konnte sie erkennen, daß er sie verstand.

»Du mußt es auch nicht. Ich weiß es. Und du mußt dir deswegen keine Vorwürfe machen. Wir brauchen einander jetzt. Vielleicht sogar schon seit einiger Zeit.«

»Und wenn wir zu Hause sind?«

Er schüttelte nur den Kopf. »Darüber müssen wir uns im Augenblick nicht den Kopf zerbrechen. Im Moment leben wir hier mit all diesen Menschen auf diesem Schiff und haben überlebt.

Das gilt es jetzt zu feiern, indem wir einander mit noch mehr Liebe begegnen. Weiter müssen wir nicht denken.« Und irgendwie leuchtete ihr das alles ein. Er küßte sie zärtlich auf den Mund, und sie ließ ihre Hände über seinen Rücken, seine Arme und Schenkel wandern. Sie fühlte, daß sie ihn wieder begehrte, und fragte sich, ob sie damit Unrecht taten oder ob es nur ihre ganz persönliche Art und Weise war, einander zu bestätigen, daß sie am Leben waren. Sie stellte ihm keine weiteren Fragen, und sie liebten sich ein zweites Mal. Danach stand sie auf, und er beobachtete sie, während sie sich an dem kleinen Waschbecken wusch. Es war ihr nicht unangenehm oder peinlich, denn ihnen beiden kam es so vor, als würden sie sich schon seit Jahren intim kennen. Es war noch nicht lange her, daß sie beide mit der Realität des Todes konfrontiert worden waren, und deshalb war nun alles, was mit dem Leben in Zusammenhang stand, viel natürlicher. »Ich sehe mal nach den Mädchen, während du dich anziehst.« Er lächelte ihr zu und fühlte sich so glücklich wie schon lange nicht mehr. »Und dann versuch' ich, irgendwo eine leere Dusche zu finden. Treffen wir uns oben auf eine Tasse Kaffee, bevor wir unseren Krankenpflegerdienst beginnen?«

»Ja, gern.« Sie küßte ihn noch einmal, als er ging, und als die Gedanken an Armand sie wieder an Recht und Unrecht ihres Tuns zweifeln ließen, verdrängte sie sie einfach. Es würde ihr nicht guttun, wenn sie jetzt darüber nachgrübeln würde. Später müßten sie und Nick mit sich ins reine kommen, aber nicht jetzt. Noch waren sie nicht in Sicherheit, noch hatten sie nicht einmal die Hälfte einer gefährlichen Reise zurückgelegt, und aus diesem Grunde war es zu früh für etwas anderes, als jeden Tag, jede Stunde ganz bewußt zu erleben, die Gefühle sprechen zu lassen. Das erste Mal seit langem war sie dankbar dafür, daß sie lebte. Sie traf Nick und ihre Töchter vor der Kombüse. Die Mädchen sahen inzwischen ebenso verdreckt aus wie alle an Bord und erzählten ihr, daß sie stundenlang auf der Brücke und im Funkraum gewesen waren. Allem Anschein nach verstanden sie sich auch sehr gut mit dem Smutje, denn er hatte ihnen gestern einen kleinen Kuchen geschenkt, den er irgendwie zusammengezaubert hatte. Es war schon bemerkenswert, wie sich die Kinder diesem ungewohnten Lebensstil angepaßt hatten; sie schienen überhaupt keine Angst zu haben. Sie sagten noch, wie schön sie es fänden, unter freiem Himmel zu schlafen, und liefen dann zurück auf die Brücke, während Nick und Liane wieder unter Deck gingen. Bevor sie in den ersten Raum mit Verwundeten hineingingen, suchte sie seine Hand und sah ihm fragend in seine grünen Augen.

»Meinst du, wir sind alle verrückt geworden?«

Er schüttelte den Kopf. »Nein, Liane. Die Menschen sind seltsame Wesen. Sie passen sich beinahe jeder Situation an. Starke Menschen gehen nicht zugrunde.« Und ohne daß es übertrieben klang, fügte er hinzu: »Du und ich, wir beide sind starke Menschen. Ich wußte das bereits, als wir uns das erste Mal sahen, und es hat mir an dir gefallen.«

»Wie kannst du so etwas behaupten?« flüsterte sie, damit niemand sonst es hören konnte. »Ich habe in meinem Leben stets alles gehabt, was ich mir wünschte. Ich bin verwöhnt und geliebt worden. Ich kann nicht von mir sagen, ob ich stark oder schwach bin.«

»Dann denke darüber nach, was du im letzten Jahr durchlebt hast. Angst, Zweifel, Einsamkeit, die ersten Kriegsmonate. Ich weiß, ohne daß ich dabei war, daß dich auch nicht ein einziges Mal der Mut verlassen hat. Und ich habe meinen Sohn auf ein Schiff gebracht, ohne zu wissen, ob es heil ankommen würde. Ich habe ihn wegfahren lassen, weil ich trotz der damit verbundenen Risiken überzeugt war, daß er, wenn er dort ankommt, zu Hause besser aufgehoben ist. Ich habe Jahre der Einsamkeit an der Seite meiner Frau durchlebt ... und ich bin darüber hinweggekommen. Wir haben die Schrecken jener Nacht überstanden, obwohl wir beide noch nie zuvor so etwas gesehen hatten. Und wir werden auch den Rest überstehen, weil wir nun einander gefunden haben«, setzte er leise hinzu. Dann gingen sie hinein in den Raum mit den Verwundeten, und Liane wagte kaum zu atmen, so stark war der Gestank von Schweiß, Blut, Erbrochenem und verbranntem Fleisch. Aber Seite an Seite kümmerten sie sich stundenlang um die Patienten, führten sie die Anweisungen der

Ärzte aus, und als sie sich danach mit anderen Passagieren an Deck trafen und ihre Essensrationen teilten, fühlten sie sich vereint in einer wundervollen Atmosphäre aus Kameradschaft und Galgenhumor. Das machte sie zwar nicht immun gegen die Tragödien, die sie miterlebten, doch half es ihnen, die Sorgen zu verdrängen und über kleine Dinge zu lachen. Das gab Liane neue Geduld im Umgang mit den Kindern, als sie sie später wiedersah, und erfüllte sie mit einer leidenschaftlichen Sehnsucht nach Nick, die sie noch nicht erlebt hatte. Liane war noch nie so verliebt gewesen, hatte sich noch nie so voller Elan und jung gefühlt. Ihr Leben mit Armand gehörte zu einer anderen Welt. Sie liebte, verehrte ihn, sah zu ihm auf, doch nun hatte sie etwas Neues kennengelernt, einen Mann, der sie mitzureißen schien, bei dem sie das Gefühl hatte, einer verleihe dem anderen durch seine Anwesenheit noch größere Kraft. Groß war der Unterschied zu ihrer Beziehung zu Armand eigentlich nicht, doch er bestand.

Nick und Liane arbeiteten noch einmal gemeinsam in der Schicht von einundzwanzig bis ein Uhr, und dann gingen sie in die Kabine des ersten Offiziers, die für sie frei war, weil die Mädchen auf eigenen Wunsch wieder in Nicks Hängematte schliefen. Sie fielen auf das schmale Bett, liebten sich mit einer Leidenschaft wie nie zuvor und schliefen dann eng umschlungen ein. Als sie aufwachten, liebten sie sich wieder, schlüpften dann zusammen unter die Dusche, bevor die anderen aufstanden, und gingen an Deck, um den Sonnenaufgang zu beobachten.

»Es mag für dich verrückt klingen, aber ich war noch nie so glücklich wie jetzt. Vielleicht ist es vermessen, angesichts des Leids hier auf dem Schiff von Glück zu sprechen ... aber ich empfinde es eben so.« Er legte den Arm um sie und zog sie an sich. »Mir geht es auch so.« Es kam ihnen beiden so vor, als wären sie von Anfang an für dieses Leben bestimmt gewesen. Und sie fragte nicht länger danach, was morgen oder übermorgen sein würde. Sie wollte es nicht mehr wissen.

Während der folgenden sechs Tage versahen sie gemeinsam ihren Pflegedienst an den Verwundeten, nahmen mit den Mädchen die Mahlzeiten ein und schliefen miteinander in der Kabine des ersten Offiziers. Es war ihnen alles beinahe schon zur festen Gewohnheit geworden, und deshalb traf es sie wie ein Schock, als der Kapitän verkündete, sie würden übermorgen in New York eintreffen. Bis dahin war die *Deauville* bereits zwölf Tage unterwegs. Nach der Mitteilung des Kapitäns sahen sie sich nur schweigend an. Sie machten wie gewohnt ihre Rundgänge bei den Verwundeten, aber als sie in jener Nacht in die Kabine kamen, sah Liane Nick mit großen, fragenden Augen an. Die Überfahrt war bald zu Ende, und das war auch wichtig, damit die Verwundeten endlich in Kliniken kamen, doch sie wünschten sich beide, sie würde weitergehen. Liane seufzte, als sie sich in dem inzwischen vertrauten Dunkel der Kabine aufs Bett setzte; sie war in der letzten Woche zu ihrem Zuhause geworden. Und es widerstrebte ihr, Nick nun zu fragen, was werden sollte, doch er erriet ihre Gedanken.

»Ich habe oft und lange darüber nachgedacht, Liane.«

»Ich ebenfalls. Aber mir sind keine Antworten eingefallen. Zumindest nicht die, die ich mir wünsche.« Sie hatte sich gewünscht, ihn vor Armand kennengelernt zu haben, doch das Schicksal hatte es nicht so gewollt, und nun mußte sie an ihre Ehe mit Armand denken. Sie konnte ihn nicht einfach abschieben. Aber würde sie Nick vergessen können? Sie fühlte sich ihm nun ebenfalls verbunden, ja mehr noch: Sie brauchte ihn, weil er inzwischen ein Teil ihres Lebens geworden war. Wie sollte sie das Armand erklären? Oder sollte sie ihm alles verschweigen? Obwohl sie, solange sie ihn kannte, ihm gegenüber stets aufrichtig gewesen war? Sie wußte, was sie Armand schuldig war, und doch wollte sie Nick nicht aufgeben. Es schien ihr unmöglich, eine Entscheidung zu fällen. Nick hingegen hatte bereits eine getroffen.

»Ich werde mich von Hillary scheiden lassen. Ich hätte es schon vor Jahren tun sollen«, erklärte er mit ruhiger Stimme.

»Und was ist mit John? Wirst du ohne ihn leben können?«

»Ich habe vermutlich keine andere Wahl.«

»Da hast du zu Beginn dieser Fahrt aber noch ganz anders geredet. Du wolltest nach Hause und ihn von seiner Großmutter wegholen. Könntest du wirklich glücklich werden, wenn du ihn nur ein-, zweimal im Monat siehst und genau wüßtest, daß Hillary ihn vernachlässigt?« Sorge sprach aus ihrem Blick, und sie sah sie auch in seinen Augen.

»Entweder sein Glück oder meines. Unseres.«

»Kannst du dich ruhigen Gewissens für eines entscheiden?«

»Was sollte ich sonst tun?«

»Du weißt es selbst schon. Wenn du dich von deiner Frau scheiden läßt, um mit mir zu leben, wirst du es immer zu einem gewissen Teil bereuen. Du wirst jedesmal, wenn du Marie-Ange oder Elisabeth siehst, an Johnny erinnert werden und damit an das, was du aufgegeben hast, um bei mir zu sein. Ich kann dir nicht dazu raten. Und, um ehrlich zu sein, ich bin selbst noch nicht soweit, um mich entscheiden zu können. Ich weiß nicht, was ich tun soll. Ich habe versucht, in der letzten Woche nicht daran zu denken. Ich bin Armand gegenüber immer ehrlich gewesen, und nun kann ich es plötzlich nicht mehr sein. Wenn ich daran denke, daß ich es ihm sage ... oder schreibe ... oder damit warte bis nach dem Krieg ... rebelliert in mir etwas. Ich erschauere bei dem Gedanken, was ich ihm und den Kindern damit antun würde.«

Sie sah den Mann, den sie auf diesem Schiff so liebgewonnen hatte, traurig an. »Er vertraut mir, glaubt an mich. Ich habe ihn nie zuvor betrogen, und mir ist auch jetzt nicht wohl dabei.« Tränen traten ihr in die Augen, und ihre Stimme wurde heiser. »Aber ich kann nicht von dir lassen.«

»Ich liebe dich, Liane. Von ganzem Herzen«, rief Nick fast verzweifelt.

»Ich liebe dich auch, wenn du das von mir wissen willst. Aber ich liebe auch Armand. Ich will halten, was wir einander vor elf Jahren gelobt haben. Ich hätte nie gedacht, daß ich ihm untreu werden würde. Und das Komische ist, ich empfinde es nicht einmal so, als wäre ich ihm untreu geworden. Du warst einfach da, und ich habe mich in dich verliebt. Ich möchte bei dir bleiben ... aber ich weiß nicht, was mit ihm geschehen soll. Wenn ich ihm jetzt davon erzähle, könnte ihn das unvorsichtig werden lassen und im Endeffekt sein Todesurteil sein. Wir gehen dahin, wo Frieden ist, er ist in Frankreich geblieben, um für den Frieden zu kämpfen. Habe ich das Recht, ihn so im Stich zu lassen? Habe ich ihm das vor elf Jahren versprochen? Daß ich ihn verlasse, wenn es hart auf hart kommt? Nein, das wäre nicht fair.«

»Das Leben ist nie fair. Und zu den Dingen, die mir von Anfang an an dir gefallen haben, gehört deine Verläßlichkeit. In unserem Fall ist Fairneß leider nicht möglich. Ganz gleich wie wir uns entscheiden, wir müssen immer etwas aufgeben, immer ist jemand der Verlierer ... Johnny oder Armand, du oder ich.«

»Eine solche Entscheidung dürfen wir nicht fällen. Es wäre so, als stände man mit einer Pistole in der Hand da und müsse entscheiden, wen man erschießt.«

Er nickte und nahm ihre Hand in die seine, und dann saßen sie lange schweigend nebeneinander und grübelten. Schließlich verdrängten sie die Gedanken an andere und schliefen miteinander. Sie kamen in dieser Nacht zu keiner Lösung, auch nicht am anderen Tag, als sie ihr gewohntes Pensum erledigten, und als sie sich abends in die Kabine zurückzogen, umarmten sie sich noch enger, heftiger als je zuvor. Es war ihre letzte Nacht an Bord, und sie wußten beide, daß danach alles anders sein würde. Wenn sie sich dafür entschieden, miteinander zu leben, müßten sie viele Hindernisse überwinden und würden dabei über sich und andere viel Leid bringen; würden sie voneinander lassen, wäre es für sie beide ein nicht zu verschmerzender Verlust. Nur noch diese eine Nacht hatten sie Zeit für sich und ihre Liebe.

Der Morgen dämmerte bereits, als sie wieder über dieses Thema sprachen, und diesmal war es Liane, die es anschnitt. Sie setzte sich im Bett auf, streichelte sein Gesicht, küßte seine Lippen und sah auf ihn hinunter wie auf ein Kind. Sie hatte diesen Moment immer weiter hinausgeschoben, aber nun war es nicht mehr länger möglich. In einigen Stunden würden sie das Schiff verlassen, und vorher mußte eine Lösung gefunden werden. Sie wußte, was zu tun war, und nahm so Nick die Entscheidung ab.

»Du weißt, was wir zu tun haben, oder?«

Er schaute zu ihr hoch, und beide sagten lange Zeit nichts.

»Du mußt zurück zu deinem Sohn. Ohne ihn wärst du mit uns nie und nimmer glücklich.«

»Und wenn ich das Sorgerecht beantrage?«

»Wirst du es erhalten?«

Er antwortete ihr mit derselben Aufrichtigkeit: »Wahrscheinlich nicht. Aber ich könnte es ja wenigstens versuchen.«

»Und würdest dadurch erreichen, daß der Junge zum Streitobjekt zwischen seinen Eltern wird, die er beide gern hat. Das könntest du dir nie verzeihen, und das weißt du genausogut wie ich. Und genausowenig könnte ich mir verzeihen, wenn ich Armand verlassen würde. Wir beide, du und ich, sind Menschen, die ein Gewissen haben, unsere Verantwortung ernst nehmen, ganz besonders gegenüber denen, die wir lieben. Für Menschen, die nicht so sind wie wir, ist alles viel einfacher. Sie können einfach Ade sagen und verschwinden. Wir können das nicht. Ich weiß, daß du es nicht kannst, und ich kann es auch nicht. Wenn Johnny dir nicht so am Herzen läge, hättest du dich schon lange von deiner Frau scheiden lassen. Aber du hast es nicht getan. Und ich kann nicht zulassen, daß du es jetzt unseretwegen tust.« Er nickte.

»Außerdem ist es für mich alles andere als einfach. Ich liebe Armand noch immer«, flüsterte sie. Tränen traten ihr in die Augen, und sie wich seinem Blick aus.

»Was willst du nun tun, Liane?« Er nahm ihre Hand und streichelte ihren Arm. Er wünschte sich, das Schiff wäre wieder im Mittelmeer, und sie könnten noch einmal von vorne anfangen. Aber das war eben nicht möglich, und sie mußten sich mit den Tatsachen abfinden, so schmerzlich das auch sein mochte. »Wie stellst du dir die Zukunft vor?«

»Ich warte das Kriegsende ab.«

»Allein?« Er sehnte sich danach, mit ihr zusammensein zu können. Sie war eine Frau, die einen Mann brauchte, um ihm all die Liebe schenken zu können, die sie zu geben imstande war, und auch er wollte sie mit der Liebe verwöhnen, die ihn erfüllte.

»Natürlich allein.«

»Meinst du nicht ...« Eine Idee schoß ihm durch den Kopf, die ihm in den letzten Tagen schon einmal gekommen war, und er war gespannt auf ihre Reaktion. Aber kaum hatte er zu sprechen begonnen, schüttelte sie schon den Kopf.

»Das könnte ich nicht. Wenn wir unser Verhältnis noch länger fortsetzten, kämen wir nie mehr voneinander los. Wir waren jetzt vierzehn Tage zusammen, und trotzdem fällt es mir sehr schwer, dich gehenzulassen. In ein, zwei Jahren wäre es noch schlimmer, wahrscheinlich nicht zu ertragen.« Sie seufzte. »Ich glaube, für uns ist jetzt der Zeitpunkt gekommen, stark zu sein, so stark, wie du es sagtest. Uns bleibt keine andere Wahl. Wir haben uns ineinander verliebt. Wir haben zwei Wochen für uns gehabt. Eine wunderbare Zeit ... eigentlich ein ganzer Lebensabschnitt, den ich nie vergessen werde, aber es gibt keine Fortsetzung, für keinen von uns.«Ihre Stimme versagte, und ihre Augen füllten sich mit Tränen. »Und wenn wir heute von Bord gehen ... müssen wir nach vorne schauen, nie zurück ... außer, um uns zu erinnern, wie sehr wir uns geliebt haben, und dem anderen Glück zu wünschen ...«

Auch er hatte nun Tränen in den Augen. »Darf ich dich von Zeit zu Zeit anrufen?«

Sie schüttelte den Kopf und sank dann schluchzend auf ihn nieder, und seine Arme hielten sie, benetzt von ihren Tränen, er war selbst kaum in der Lage, die seinen zurückzuhalten, über eine Stunde lang. Es gab keinen anderen Ausweg. Sie mußten sich trennen, auch wenn es für sie ebenso schmerzlich war wie für den Mann, dem die Ärzte vor einigen Tagen in ihrer Gegenwart die Hand amputiert hatten.

23

Sie verabschiedeten sich kurz nach acht Uhr mit einem letzten Kuß und schmerzerfülltem Blick. Er schickte die Mädchen hinunter zu ihr in die Kabine, und Liane half ihnen, sich für die Landung fertigzumachen. Die drei sahen aus wie Vagabunden, aber das fiel nicht weiter auf, denn alle, die sich nun an Deck versammelten, sahen so aus. Der Kapitän hatte mitgeteilt, daß sie New York gegen Mittag erreichen würden. Er hatte bereits über Funk Helfer und Krankenwagen für die Schiffbrüchigen angefordert. Drei von ihnen waren zwar inzwischen an Wundinfektionen verstorben, dennoch kehrte die *Deauville* mit der stolzen Zahl von einhundertneunzig Überlebenden des Desasters der *Queen Victoria* zurück. An Deck herrschte eine überschwengliche Stimmung, alles redete fröhlich durcheinander. Die Mädchen hatten sich mit allen ursprünglichen Passagieren und der ganzen Besatzung angefreundet, und auch die Verwundeten, die nicht bettlägerig waren, standen an Deck, um das Einlaufen des Schiffes in den Hafen zu beobachten. Alle waren viel zu aufgeregt, um essen oder trinken zu können, und man hatte den Eindruck, sie wären schon ein ganzes Jahr zusammen, als sie nun Seite an Seite an der Reling standen und einander mit Vornamen ansprachen. Nur Nick und Liane schienen nicht von der allgemeinen Hochstimmung angesteckt. Er blickte niedergeschlagen drein, sie wich ihren Töchtern nicht von der Seite; nur ab und zu trafen sich ihre Blicke. Als die Mädchen kurz nach unten gingen, umarmte er sie flüchtig, und sie hielt kurz seine Hand. Beide konnten sich nicht vorstellen, wie sie ohne den anderen weiterleben könnten, und doch gab es für sie keine andere Möglichkeit. Für sie hieß es Abschiednehmen von ihrem Traum und zurückkehren in die Wirklichkeit, wo sie getrennte Wege gehen mußten und nicht wußten, ob sie einander jemals wiedersehen würden. Und wenn sie sich irgendwann nach Kriegsende wiedersehen würden?

Armand wäre dann immer noch ihr Mann, die Mädchen zu Teenagern herangewachsen, und er wäre aus Rücksicht auf seinen Sohn immer noch mit Hillary verheiratet. Den Bruchteil einer Sekunde lang empfand er so etwas wie Haß gegenüber Johnny. Aber Johnny hatte keine Schuld an ihrem Dilemma, ebensowenig Armand. Sie beide hatten etwas gewollt, was sie nicht bekommen würden, und nun mußten sie sich ihrer Verantwortung sich selbst gegenüber sowie gegenüber Armand und Johnny stellen. Ihm war klar, daß Liane recht hatte, aber als schließlich die Skyline von New York am Horizont auftauchte, wurde ihm bewußt, daß ihm in seinem Leben noch nie etwas Schmerzlicheres widerfahren war als die bevorstehende Trennung.

Jubel brach an Deck aus, als die Freiheitsstatue in Sicht kam, und kurz danach wurde die *Deauville* von Schleppern in den Hafen gebracht. Löschboote spritzten Wasserfontänen in die Luft, und am Anlegeplatz standen die Krankenwagen in langen Reihen. Als die *Deauville* festgemacht hatte, stürmten Fotografen und Reporter an Bord, um die Ankömmlinge zu interviewen.

Liane schien fast alle Überlebenden der *Queen Victoria* mit Namen zu kennen, und als sie einen der Männer zum Abschied auf die Wange küßte, brach ein wahres Blitzlichtgewitter los. Die Passagiere schienen das Schiff nur widerwillig verlassen zu wollen; sie umarmten sich, tauschten Adressen aus, klopften sich auf die Schultern, bedankten sich bei Kapitän und Besatzung, nahmen schließlich doch ihre Koffer und Reisetaschen und gingen von Bord. Auf Paß- und Zollkontrollen verzichteten die Behörden großzügigerweise. Liane, Nick und die Mädchen waren unter den letzten, die das Schiff verließen, und als sie unten auf dem Kai standen, schauten sie sich ungläubig an.

»Wir sind zu Hause«, stellte Nick ohne jede Begeisterung fest. Auch Liane konnte sich nicht freuen.

»Noch nicht ganz«, schränkte Liane ein, denn sie mußte ja noch mit den Mädchen zur Grand Central Station und von dort mit dem Zug nach Washington.

»Aber bald.« Nach außen hin ließ sich Nick kaum anmerken, welcher Aufruhr der Gefühle in ihm herrschte. Er rief ein Taxi und bestand darauf, sie zum Bahnhof zu begleiten, und kaum waren sie eingestiegen, lachten er und Liane laut los. »Wir müssen ja aussehen wie Landstreicher«, sagte er, auf seine geborgte Kleidung deutend, die er immer noch trug.

Soweit er sich erinnern konnte, war dies das erste Mal, daß er von einem Schiff kam und keine Limousine auf ihn wartete.

Sie lachten und scherzten während der Fahrt mit den Kindern und kamen viel zu schnell am Grand Central an. Liane kaufte die Fahrkarten, und danach gingen sie zum Bahnsteig. Liane hatte sich überlegt, ob sie nicht hier in New York erst einmal in einem Hotel übernachten sollten, dann aber diesen Gedanken verworfen. Wenn sie noch länger hiergeblieben wäre, hätte sie sehr wahrscheinlich der Versuchung nicht widerstehen können, sich mit Nick zu treffen. Es war also besser, wenn sie gleich weiterfuhr. Nick brachte ihre wenigen Habseligkeiten ins Abteil, und dann war unweigerlich der Moment des Abschieds gekommen.

»Auf Wiedersehen, Onkel Nick. Komm uns doch bald mal besuchen«, rief Elisabeth, und Marie-Ange schloß sich diesem Wunsch an. Für sie beide war er schon lange nicht mehr »Mr. Burnham«.

»Das werde ich. Und paßt gut auf eure Mutter auf.« Liane bemerkte an seiner Stimme, wie nahe ihm dieser Abschied ging, und sie kämpfte mit den Tränen. Es gelang ihr nicht mehr, sie zurückzuhalten, als sie sich ein letztes Mal umarmten und er ihr »Mach's gut, Liebste« ins Ohr flüsterte. Dann verließ er langsam das Abteil, winkte ihnen noch einmal kraftlos zu und lief hinaus auf den Bahnsteig, wobei er sich verstohlen die Tränen aus den Augen wischte. Als der Zug sich in Bewegung setzte, standen Liane und die Kinder am Fenster, und sie winkten einander zu. Dann hieß Liane die Kinder sich setzen, und sie hauchte Nick einen Kuß zu und formte mit den Lippen die Worte »Ich liebe dich«. Sie winkten einander zu, bis sie sich aus den Augen verloren.

Mit einem Seufzer ließ sich Liane auf den Sitz fallen, während die Mädchen sich im Abteil umsahen und die Bedeutung der vielen Knöpfe und Schalter zu erkunden versuchten. Sie schloß die Augen und sah Nicks Gesicht vor sich und sehnte sich mit jeder Faser ihres Herzens danach, es berühren zu können, ein einziges Mal noch ... für einen kurzen Augenblick ... Sie sah sich wieder in der Kabine des Ersten Offiziers in Nicks Armen liegen, und verspürte den Schmerz eines unermeßlichen Verlusts, und dann sagte sie, unfähig, ihr Schluchzen noch länger unterdrücken zu können, irgend etwas zu den Mädchen, ging hinaus auf den Gang und schloß die Tür hinter sich.

»Kann ich Ihnen helfen?« erbot sich ein großer, farbiger

Schaffner in einer weißen Livree, doch sie war zu keiner Antwort fähig. In Tränen aufgelöst schüttelte sie den Kopf. »Wirklich nicht?« fragte der Farbige voller Mitgefühl nach, doch sie schüttelte wieder nur den Kopf.

»Alles in Ordnung«, brachte sie schließlich doch noch heraus. Aber nichts war in Ordnung. Wie konnte sie ihm auch erklären, was in den letzten zwei Wochen alles geschehen war: daß sie nach der Kapitulation von Paris ihren Ehemann dort zurückgelassen, mit einem Frachter trotz der U-Boot-Gefahr den Atlantik sicher überquert, ein Schiff sinken, Hunderte von Leichen im Wasser treiben gesehen hatte, daß sie fast zweihundert Männer mit schlimmen Verletzungen und Brandwunden gepflegt ... sich in einen Mann verliebt hatte, dem sie gerade hatte Lebewohl sagen müssen, und den sie vielleicht nie mehr wiedersehen würde ... Sie konnte das alles nicht in Worte fassen, als sie mit gebrochenem Herzen am Fenster des dahinratternden Zuges lehnte.

Nick ging in der Grand Central Station schweren Schrittes, mit gesenktem Kopf und feuchten Augen in Richtung Ausgang. Er wirkte so niedergeschlagen, als wäre eben sein bester Freund in seinen Armen verstorben. Er nahm sich ein Taxi und fuhr zu seiner Wohnung, doch Hillary war nicht da. Von einem neuen Dienstmädchen erfuhr er, sie wäre mit Freunden in Cape Cod – und der Zug eilte weiter in Richtung Washington.

24

Liane und ihre Töchter quartierten sich gegen acht Uhr abends im Shoreham-Hotel ein, und Liane fühlte sich, als hätte sie tagelang nicht geschlafen. Sie waren alle drei noch nicht aus ihrer verschmutzten Kleidung herausgekommen, müde und erschöpft, und die Mädchen quengelten. Sie hatten in den letzten Wochen und Monaten so viel durchgemacht, daß es ihnen nun schwerfiel zu begreifen, daß sie wieder in den Staaten waren. Die Menschen wirkten so glücklich, heiter und normal. Hier sah man keine besorgten Gesichter wie in Paris vor der Kapitulation, keine Hakenkreuzfahnen und keine Verwundeten wie auf dem Schiff; alles, was ihnen in der letzten Zeit so vertraut geworden, aber kaum als normal zu bezeichnen war, fehlte hier. Und als Liane in ihrem Bett lag, mußte sie schwer mit sich ringen, um nicht Nick in New York anzurufen und all die von der Vernunft diktierten, aus der Verantwortung gegenüber den ihnen Nahestehenden getroffenen Entscheidungen rückgängig zu machen. Sie sehnte sich nur noch danach, in seinen Armen zu liegen. Und Nick kämpfte ebenso schwer mit sich, um nicht das Shoreham in Washington anzurufen.

Am anderen Morgen schickte sie ein Telegramm an Armand ab, in dem sie ihm mitteilte, daß sie heil angekommen waren. Über die Bergung der Schiffbrüchigen durch die *Deauville* wurde in allen Zeitungen berichtet, illustriert mit einem Foto, das Liane zeigte, wie sie den jungen, auf einer Bahre liegenden Kanadier zum Abschied auf die Wange küßte. Im Hintergrund war Nick zu erkennen, wie er sie mit einer sorgenvollen Miene beobachtete, die nicht zu den glücklichen Gesichtern der übrigen Umstehenden paßte. Als sie das Foto in der Zeitung betrachtete, fühlte sie wieder diese zentnerschwere Last auf ihrer Brust, und die Mädchen bekamen es dadurch zu spüren, daß sie bei jeder Kleinigkeit sofort aufbrauste. Es hatte sich in der letzten Zeit so viel und so schnell verändert, daß die Kinder unleidlich waren und Liane übernervös reagierte. Sie hatten viel durchmachen müssen, und das war nicht spurlos an ihnen vorübergegangen. Als Liane später mit ihrem Onkel George in San Francisco telefonierte, um ihm zu sagen, daß sie wieder in den Staaten wäre, hätte sie ihn beinahe angeschrien. Er machte zahlreiche taktlose Bemerkungen über die Franzosen, so zum Beispiel, sie hätten den Deutschen Paris auf dem Silbertablett präsentiert und alles, was nun käme, nicht anders verdient. Es fehlte nicht mehr viel, und sie wäre explodiert.

»Gott sei Dank seid ihr ja nun da. Wie lange denn schon?«

»Seit gestern. Wir kamen mit einem Frachter.«

»Mit der *Deauville* etwa?« Die Berichte waren auch in den Zeitungen in San Francisco erschienen, allerdings ohne Foto.

»Ja.«

»Ist dein Mann denn verrückt, dich auf einen solchen Seelenverkäufer zu schicken? Es muß doch noch andere Möglichkeiten gegeben haben, dich aus Frankreich herauszubringen. Warst du auch an der Rettung beteiligt?«

»Ja.« Ihre Stimme klang müde und deprimiert. Sie wollte Armand nicht ihrem Onkel gegenüber rechtfertigen müssen, sie wollte nicht nachdenken müssen, weil sie nur an Nick denken konnte. »Wir haben hundertneunzig Männer gerettet.«

»Ich hab's gelesen. Und es war nur eine Frau an Bord, eine Krankenschwester mit zwei Kindern.«

Liane lächelte matt. »Keine richtige Krankenschwester, Onkel George. Nur die Mädchen und ich.«

»Um Himmels willen ...« Er brabbelte weiter und fragte sie, wann sie nach San Francisco kommen würde, und sie antwortete, sie käme nicht. »Was sagst du da?«

»Wir sind seit gestern abend in Washington und bleiben hier. Wir werden ein Haus mieten.«

»Kommt nicht in Frage.« Nach allem, was sie durchgemacht hatte, verspürte sie keine Lust, sich mit ihrem Onkel anzulegen.

»Wir haben fünf Jahre hier gewohnt, unsere Freunde und Bekannten sind hier, und die Mädchen können wieder in ihre alte Schule gehen.«

»Lächerlich. Warum hat Armand euch denn nicht zu mir geschickt?«

»Weil ich es nicht wollte.«

»Nun gut, wenn du wieder zur Vernunft gekommen bist, bist du herzlich willkommen. Eine Frau ohne Mann gehört nicht in eine fremde Stadt. Du kannst hier bei mir wohnen, hier, wo dein Zuhause war, als du von Washington überhaupt noch nichts wußtest. Ist doch alles Unsinn, Liane. Es wundert mich direkt, daß du nicht nach London oder Wien gehen wolltest.«

Seine Ansichten mißfielen ihr, doch sie blieb ruhig. »Ich hatte die Absicht, bei Armand in Paris zu bleiben.«

»Wenigstens war er so vernünftig, dir das auszureden. Lange wird er sowieso nicht mehr dort bleiben. De Gaulle, dieser Spinner, ist schon auf dem Weg nach Nordafrika, und die übrigen Mitglieder der Vorkriegsregierung haben sich auf ganz Frankreich verteilt. Wundert mich, daß Armand überhaupt noch in Paris ist. Ist er nicht aus dem Dienst ausgeschieden?«

Sie würde ihm nicht erzählen, daß Armand für Pétain arbeitete. »Nein.«

»Dann ist er wahrscheinlich genau wie die anderen auf der Flucht. War vernünftig von dir, mit den Mädchen zurückzukommen. Wie geht es ihnen eigentlich?« Bei dieser Frage klang seine Stimme etwas versöhnlicher, und Liane holte ihre Töchter an den Apparat und ließ sie mit ihm sprechen. Sie war erleichtert, als das Gespräch schließlich beendet war. Sie und ihr Onkel hatten noch nie etwas gemeinsam gehabt; er war ganz anders als ihr Vater. Er hatte sich stets kritisch darüber geäußert, daß ihr Vater damals sein Leben und seine Sorgen mit ihr teilte und sie über geschäfts- und weltpolitische Dinge informierte. Seiner Meinung nach war dies die falsche Erziehung für ein junges Mädchen gewesen, und als sie zu einer jungen Frau herangewachsen war, hatte er sie als für seinen Geschmack »viel zu modern« bezeichnet. Er hatte kein Geheimnis aus der Geringschätzung ihrer Person gemacht und auch wenig von Armand gehalten, weil er für sie viel zu alt wäre. Und als sie nach der Hochzeit nach Wien übersiedelten, hatte er ihr Glück gewünscht mit der Bemerkung, sie werde es brauchen. Danach hatten sie bei den seltenen Anlässen eines Zusammentreffens immer unterschiedliche Standpunkte vertreten, vor allem in bezug auf Crockett Shipping. Onkel George sorgte zwar dafür, daß die Geschäfte florierten, doch die Art, wie er es tat, fand nicht Lianes Billigung. Das einzige, was sie als positiv an ihm empfand, war, daß er ihr Vermögen vergrößerte, und sie den Kindern einmal um so mehr vererben konnte; ansonsten konnte sie dem rechthaberischen, von sich eingenommenen, altmodischen und langweiligen Junggesellen nichts abgewinnen.

Sie telefonierte noch am Vormittag mit einem Makler und vereinbarte mit ihm die Besichtigung dreier möblierter Häuser in Georgetown. Sie hatte sich ein kleines, einfaches Häuschen vorgestellt, in dem sie mit den Kindern das Kriegsende abwarten, ab und zu einige Freunde und Bekannte empfangen und ansonsten eher zurückgezogen leben könnte. Die Zeiten glanzvoller Feste in der französischen Botschaft und anderswo waren vorbei, aber sie würde sie, dessen war sie überzeugt, nicht missen.

Sie entschied sich für das zweite Haus, das sie sich ansah, und leitete alles in die Wege, damit sie binnen Wochenfrist einziehen konnten. Danach sah sie sich nach einer Haushaltshilfe um, und sie fand sie in der Person einer netten, älteren Farbigen, die Kinder mochte und auch vom Kochen einiges verstand. Sie kleidete sich und ihre Töchter neu ein, kaufte ihnen sogar einige neue Spielsachen, da sie ja keine mitgebracht hatten. Liane war froh darüber, sich mit irgend etwas Nützlichem beschäftigen zu können, das sie zumindest zeitweise von ihren Gedanken an Nick ablenkte, doch gab es Augenblicke, in denen die Sehnsucht nach ihm sie umzubringen drohte. Sie fragte sich, ob er inzwischen nach Boston gefahren war und Johnny abgeholt hatte. Ihre Gedanken kreisten immer wieder um das Schiff, als hätte sie dort die meiste Zeit ihres Lebens verbracht. Es wollte ihr fast nicht in den Sinn, daß es nur vierzehn Tage gewesen waren. Immer wieder hielt sie sich vor, daß sie nicht an Nick, sondern an Armand denken sollte.

Sie schrieb ihrem Mann einen Brief und teilte ihm die neue Anschrift mit, und einige Zeit nach dem Einzug ins neue Haus erhielt sie seine Antwort. Es war ein kurzer Brief, weil er in Eile gewesen war, und fast die Hälfte von dem, was er geschrieben hatte, war von der Zensur geschwärzt worden. Nun wußte sie zumindest, daß er wohlauf war. Er gab seiner Hoffnung Ausdruck, daß sie und die Kinder sich im alten Freundeskreis schnell wieder einleben würden, und trug ihr auf, Eleanor herzlich zu grüßen; sie wußte sofort, daß sie natürlich auch dem Präsidenten Grüße übermitteln sollte.

Alles in allem aber wurde es für Liane und ihre Töchter ein langer und langweiliger Sommer in Washington. Alle Freunde und Bekannten waren nicht in Washington, sondern in Cape Cod, Maine oder anderswo, die Roosevelts wie gewohnt in Campobello; es wurde September, bis sie einige von ihnen wiedersahen.

Aber schon lange zuvor meinte Liane, verrückt zu werden bei dem Unterfangen, die Mädchen bei Laune zu halten und die Gedanken an Nick zu verdrängen. Jeden Tag hoffte sie aufs neue, er würde anrufen oder ihr einen Brief schreiben, obwohl sie ja vereinbart hatten, keinen Kontakt miteinander aufzunehmen. Statt dessen erhielt sie ab und zu stark zensierte Briefe von Armand, in denen er ihr so gut wie nichts mitteilte. Sie hatte den Eindruck, mit den Mädchen in einer Art Vakuum zu existieren, und fragte sich oft, wie lange sie das aushalten würde.

Wenn sie Nachrichten hörte oder Zeitungen las, kam es ihr vor, als befände sie sich auf einem anderen Planeten. Fünftausend Kilometer jenseits des Atlantik, in der Alten Welt, tobte Krieg; hier aber kauften die Leute wie gewohnt ihre Lebensmittel ein, fuhren mit ihren Autos herum, gingen in Kinos, während ihr Mann in dem von den Nazis besetzten Paris lebte und Hitlers Wehrmacht immer größere Teile Europas verwüstete. Auf der ersten Seite einer Washingtoner Zeitung wurde in großer Aufmachung darüber berichtet, daß das berühmte Juweliergeschäft von Tiffany & Co. in New York nach fünfundvierzig Jahren am angestammten Sitz in die 7. Straße umgezogen sei. Das neue Geschäftsgebäude besäße eine Klimaanlage, die sicherstellte, daß im Inneren stets angenehme Temperaturen herrschten, wäre es draußen auch noch so warm oder kalt. Bei dieser Nachricht auf Seite eins fragte sich Liane, wer verrückt geworden war: ihre Umwelt oder sie selbst.

Am 17. August war von Hitler die Seeblockade gegen Großbritannien verhängt worden; Armand hatte es in seinem Brief so verklausuliert angedeutet, daß es nicht von der Zensur gestrichen wurde, aber als sie den Brief erhielt, hatte sie es längst aus den Nachrichten erfahren. Am 20. August las sie in der Zeitung von einer ergreifenden Rede Churchills im Unterhaus. Drei Tage danach wurde London bombardiert und die Luftschlacht um England begann. Wegen der ständigen Luftangriffe verbrachten die Londoner bald mehr Zeit in den Luftschutzbunkern als in ihren Häusern. Als Elisabeth und Marie-Ange wieder in ihre alte Schule gingen, wurden die Londoner Kinder evakuiert. Mehrere

Schiffe mit Schulkindern waren bereits von englischen Häfen mit Ziel Kanada ausgelaufen.

Mitte September erhielt Liane endlich einen Anruf von der Präsidentengattin; sie hätte am liebsten vor Freude geheult, als sie ihre unverkennbare Stimme vernahm.

»Ich habe mich sehr über Ihren Brief gefreut, den ich in Campobello erhielt. Sie müssen ja eine schreckliche Überfahrt mit der *Deauville* erlebt haben.« Sie sprachen eine Zeitlang darüber mit dem Ergebnis, daß Liane nur wieder verstärkt an Nick denken mußte. Nach dem Telefongespräch saß sie lange allein im Garten und versuchte sich zum wer weiß wievielten Male vorzustellen, wie es ihm ging. Sie fragte sich außerdem, wie lange sie sich noch so in Sehnsucht nach ihm verzehren, wie lange sie das Gefühl bedrücken würde, nur noch halb am Leben zu sein. Vor zwei Monaten hatten sie sich auf dem Bahnsteig der Grand Central Station verabschiedet, und seitdem lebte er in ihrem Herzen weiter. Jeder Artikel, den sie las, jeder Gedanke, jeder Brief, jeder Tag schien irgendwie die Erinnerung an ihn wieder zu wecken. Sie durchlitt Höllenqualen, und sie wußte, daß es ihm ebenso erging, aber sie wagte nicht, ihn anzurufen. Sie hatten versprochen, nicht miteinander zu telefonieren, und sie mußte einfach so stark sein, es nicht zu tun. Es gelang ihr zwar auch, aber sie weinte viel häufiger als je zuvor und zeigte sich ihren Töchtern gegenüber oft gereizt und nicht ansprechbar. Die gutmütige Haushaltshilfe erklärte den Mädchen, der Grund für das Verhalten ihrer Mutter läge in der Abwesenheit ihres Vaters; wenn er wiederkäme, würde auch sie wieder glücklich sein. Und die Mädchen bestätigten, daß sie alle glücklicher wären, wenn der Krieg endlich vorbei wäre. Liane fand sich in einer gesellschaftlich isolierten Position wieder. Die Leute, die sie zuvor dauernd eingeladen hatten, als Armand den Posten des Botschafters bekleidete, wußten nun nicht so recht, wie sie sich ihr gegenüber verhalten sollten, denn sie war im Grunde nun eine alleinstehende Frau. Man versprach ihr zwar immer wieder, sie einmal einzuladen, doch bis jetzt hatte es noch niemand getan. Ende September wurde sie endlich doch einmal von der Präsidentengattin zu einem Essen im Familienkreis im Weißen Haus gebeten. Liane fühlte sich irgendwie erleichtert, als sie mit einem Taxi vorfuhr und das vertraute Portiko sah, und freute sich auf niveauvolle Gespräche – und darauf, von Eleanor politische Neuigkeiten aus erster Hand zu erfahren. Sie genoß das Essen in diesem Kreis, bis der Präsident sie nach dem Dessert auf die Seite nahm und ganz offen mit ihr sprach.

»Ich habe von Armand gehört, meine Liebe. Es tut mir sehr, sehr leid.« Einen Augenblick meinte sie, ihr bliebe das Herz stehen. Hatte er etwas erfahren, was sie nicht wußte? Hatten die Nazis in Paris gewütet? War Armand tot? Gab es ein geheimes Kommunique, von dem sie nichts erfahren hatte? Sie wurde kreidebleich, und der Präsident berührte ihren Arm. »Ich verstehe nun, weshalb Sie ihn verlassen haben.«

»Aber ich habe ihn nicht verlassen ... nicht in diesem Sinne ...« Sie sah Roosevelt verwirrt an. »Ich verließ Paris, weil es besetzt worden war, und er meinte, wir wären hier sicherer. Ich wäre bei ihm geblieben, wenn er es zugelassen hätte.«

Die Miene des Präsidenten verfinsterte sich. »Wissen Sie, daß er unter Pétain mit den Deutschen kollaboriert?«

»Ich ... ja ... Ich weiß, daß er in Paris bleiben wollte, um mit ...«

Roosevelt schnitt ihr das Wort ab. »Verstehen Sie, was das heißt, Liane? Dieser Mann, Ihr Gatte, begeht Verrat an Frankreich!« Er sagte es in der Manier eines Richters, der ein Todesurteil verkündet, und Liane spürte, wie ihr die Tränen in die Augen traten. Was konnte sie zu Armands Verteidigung vorbringen? Das, was sie wußte, konnte sie niemandem anvertrauen, nicht einmal dem Präsidenten der Vereinigten Staaten höchstpersönlich. Sie konnte nichts tun, um den Namen ihres Mannes reinzuwaschen. Und sie hatte nicht daran gedacht, daß man in den Staaten erfahren würde, in wessen Diensten Armand stand. Sie sah Roosevelt hilflos an.

»Frankreich ist ein besetztes Land, Herr Präsident. Dies sind ... keine normalen Zeiten«, stammelte sie.

»Diejenigen, die Frankreich die Treue halten, sind geflohen. Einige von ihnen sind derzeit in Nordafrika. Auch sie wissen, daß das Land besetzt wurde, aber sie arbeiten nicht mit Pétain zusammen. Sie könnten genausogut gleich mit einem Nazi verheiratet sein, Liane, das wäre ebenso verwerflich. Können Sie damit leben?«

»Ich bin mit dem Mann verheiratet, den ich liebe, und das seit nun elf Jahren.« Und dem zuliebe sie sich von einem Mann getrennt hatte, für den sie tiefe Gefühle empfand.

»Sie sind mit einem Verräter verheiratet.« Und am Klang seiner Stimme wurde ihr bewußt, daß sie von nun an ebenfalls als Verräterin betrachtet wurde. Solange man geglaubt hatte, sie hätte Armand aus freien Stücken verlassen, war alles in Ordnung gewesen. Da sie aber zu Armand stand, machte sie sich damit in den Augen ihrer Mitmenschen genauso schuldig wie er. Daß der Präsident so dachte, war an seiner Miene und der Art, wie er sich von ihr verabschiedete, unmißverständlich abzulesen.

Eleanor rief sie in der Folge nie mehr an, und innerhalb einer Woche wußte ganz Washington, daß Armand ein Verräter wäre und für Pétain und die Nazis arbeitete. Liane war bestürzt über die Gerüchte, die ihr zugetragen wurden. Sie erhielt sogar einige Anrufe, in denen sie beschimpft wurde. Schließlich wußte sie nicht mehr, was sie mehr traf, die Gerüchte über Armand oder die Nachricht am 2. Oktober, daß die *Empress of Britain*, ein englisches Schiff, mit dem Kinder nach Kanada in Sicherheit gebracht werden sollten, von deutschen U-Booten versenkt worden war. Ihr wurde übel, als sie sich an die nach dem Brand der *Queen Victoria* im Wasser treibenden Leichen erinnerte und daran denken mußte, daß nun unschuldige Kinder das gleiche Schicksal getroffen hatte.

Sie wähnte sich in einem ständigen Alptraum, als sie versuchte, mit der Bestürzung über diese Ereignisse und ihren privaten Problemen fertig zu werden. Irgendwie schaffte sie es, sich mit Warten auf Briefe von Armand und den Diskussionen am Telefon mit ihrem Onkel, der ihr dauernd in den Ohren lag, sie solle doch nach Kalifornien kommen, von einem Tag in den anderen hinüberzuretten. Es hatte nicht lange gedauert, bis auch ihr Onkel von den in Washington kursierenden Gerüchten gehört hatte.

In der Klatschspalte einer Zeitung war sogar eine versteckte Anspielung auf eine Reederstochter zu lesen gewesen, über deren Haus in Georgetown nun die Hakenkreuzfahne wehe.

»Ich hab' dir schon immer gesagt, daß dieser Mann nichts taugt«, bellte George Crockett ins Telefon.

»Du weißt nicht, wovon du sprichst, Onkel George.«

»Und ob ich das weiß. Du hast mir nicht gesagt, daß er aus diesem Grund in Paris geblieben ist.«

»Er erfüllt seine Pflicht zum Wohle Frankreichs.« Sie hatte den Eindruck, als könne sie diesen Satz tausendmal wiederholen, und trotzdem würde ihr niemand Glauben schenken. Nur sie und Armand kannten die Wahrheit. Und es gab niemanden, dem sie sie hätte anvertrauen können. Sie fragte sich, ob Nick inzwischen auch schon von den Gerüchten erfahren hatte.

»Zum Wohle Frankreichs! Daß ich nicht lache. Der Mann ist ein Nazi, Liane.«

»Er ist kein Nazi. Wir sind ein von den Deutschen besetztes Land.« Ihre Stimme klang ebenso müde, wie sie sich fühlte, und sie war den Tränen nahe.

»Zum Glück haben ›wir‹ hier keine Besatzer. Vergiß nicht, Liane, daß du eine Amerikanerin bist. Und es ist allerhöchste Zeit, daß du dahin gehst, wo du hingehörst. Ich glaub', du hast zu lange im Ausland gelebt und weißt nicht mehr, wer du eigentlich bist.«

»Ich weiß es sehr wohl. Ich bin Armands Frau, und das solltest du nicht vergessen.«

»Vielleicht kommst du eines Tages ja doch noch zur Vernunft. Hast du in der Zeitung von den Kindern gelesen, die getötet wurden, als das englische Schiff sank? Er ist einer von denen, die für ihren Tod verantwortlich sind.« Diese Behauptung traf Liane wie ein Keulenschlag. Sie wußte nur zu gut, was die Versenkung eines Schiffes bedeutete.

»Wag es nicht noch einmal, das zu behaupten! Wag es nicht!« schrie sie, am ganzen Körper zitternd, in den Hörer und hängte dann einfach auf. Der Alptraum würde anscheinend nie zu Ende gehen, zumindest nicht in absehbarer Zeit. Und sie erinnerte sich jeden Tag aufs neue an das, was Nick gesagt hatte: »Starke Menschen gehen nicht zugrunde.« Aber als sie dann jede Nacht weinend in ihrem Bett lag, vermochte sie ihm nicht länger zu glauben.

25

Nachdem Nick in seine New Yorker Wohnung gekommen war und von dem Dienstmädchen erfahren hatte, daß Hillary in Cape Cod und Johnny immer noch in Boston wäre, hatte er einige Telefongespräche geführt, dann seinen grünen Cadillac aus der Garage geholt und war mit ihm nach Gloucester gefahren. Er glaubte zu wissen, wo Hillary sich aufhielt, und manche Hinweise von Freunden hatten ihn in dieser Annahme nur bestärkt. Er kündigte seinen Besuch nicht vorher telefonisch an, sondern fuhr wie ein geladener Gast vor dem großen, alten Haus vor, ging mit energischen Schritten die Treppe hinauf und klingelte an der Haustür. Es war ein herrlicher Juli-Abend, und offensichtlich fand drinnen eine Party statt. Ein Dienstmädchen mit weißer Schürze und Spitzenhäubchen öffnete ihm freundlich lächelnd die Tür. Es schien ein wenig verwundert über Nicks grimmig entschlossene Miene, doch er bat es höflich, ihn Mrs. Burnham zu melden, die, wie er erfahren habe, hier zu Gast sei. Dem Mädchen war inzwischen aufgrund seiner Kleidung klargeworden, daß er nicht die Absicht hatte, zum Essen zu bleiben. Er gab ihm seine Visitenkarte, worauf es sich entfernte und kurz darauf wiederkam, nun noch nervöser als zuvor. Es bat ihn, ihm in die Bibliothek zu folgen, wo Mrs. Alexander Markham, Philips Mutter, ihn empfing. Er hatte die alte Dame vor vielen Jahren kennengelernt und erkannte sie sofort wieder. Sie trug ein eisblaues Abendkleid, das ihre große, schlanke Gestalt betonte, zahllose Diamantringe an den Fingern, und sah ihn durch eine Lorgnette prüfend an. Ihr Haar hatte fast die gleiche Farbe wie ihr Kleid.

»Junger Mann, was kann ich für Sie tun?«

»Guten Abend, Mrs. Markham. Es ist lange her, seit ich das Vergnügen hatte, Sie kennenzulernen.« Er trug weiße Leinenhosen, ein weißes Seidenhemd, einen Blazer und eine Schleife, schüttelte ihr die Hand und stellte sich vor. »Ich bin Nicholas Burnham.« Sie wurde unter dem Puder eine Nuance blasser, ließ sich jedoch ansonsten nichts anmerken. »Ich habe erfahren, daß meine Frau das Wochenende hier verbringt. Ich möchte mich für Ihre Großzügigkeit bedanken, sie einzuladen.« Er lächelte, ihre Blicke trafen sich, und sie beide wußten ganz genau, was gemeint war, und er war bereit, das Spielchen mitzuspielen, wenn schon nicht aus Rücksicht auf Hillary, dann zumindest aus Rücksicht auf die alte Dame. »Ich bin gerade aus Europa zurückgekommen. Meine Frau weiß noch nicht, daß ich zurück bin, und deshalb dachte ich mir, ich fahre hierher und bereite ihr damit eine kleine Überraschung.« Und um zu beweisen, daß er keine bösen Absichten verfolgte, fügte er hinzu: »Ich möchte mit ihr heute abend noch nach Boston weiterfahren und dort unseren Sohn abholen. Ich habe ihn nicht mehr gesehen, seit ich ihn und meine Frau im September auf die *Aquitania* brachte.« Die alte Dame musterte Nick erst noch einmal sehr genau, bevor sie ihm antwortete.

»Ich befürchte, Ihre Gattin ist nicht hier, Mr. Burnham.« Sie nahm elegant auf einem Stuhl Platz und saß dann kerzengerade, so daß ihr Rücken nicht die Lehne des Stuhls berührte.

»Dann tut es mir leid. Ihre Cousine muß mir eine falsche Auskunft gegeben haben, als ich sie anrief, bevor ich hierher kam.« Er wußte, daß sich die beiden Frauen sehr nahestanden, hatten sie doch ein Brüderpaar geheiratet. »Sie sagte, sie hätte Hillary letztes Wochenende hier gesehen. Da meine Frau noch nicht wieder zu Hause ist, vermutete ich, sie wäre noch hier.«

»Ich weiß wirklich nicht, wie …« Bevor sie den Satz beenden konnte, kam ihr Sohn ins Zimmer gestürzt.

»Mutter, um Himmels willen, du mußt dich nicht …« Er blieb abrupt stehen, weil er sah, daß er zu spät gekommen war. Er hatte seiner Mutter sagen wollen, daß sie sich nicht mit Nick Burnham herumärgern müsse. Nick drehte sich um und sah Philip direkt ins Gesicht.

»Hallo, Markham.« Alle drei sahen sich einen Moment stumm an. Dann ergriff Nicholas wieder das Wort. »Ich bin gekommen, um Hillary abzuholen.«

»Sie ist nicht da«, antwortete Philip höhnisch.

»Das habe ich eben auch schon von Ihrer Frau Mutter gehört.«

Aber Hillary strafte sie beide Lügen, denn sie kam in diesem Augenblick in einem hauchdünnen, in Gold und Weiß gehaltenen Abendkleid in die Bibliothek. Mit ihrem hochgesteckten schwarzen Haar, ihrer tiefen Bräune und den diamantenen Ohrgehängen war sie weiß Gott ein bezaubernder Anblick. Sie blieb an der Tür stehen und starrte Nick an. »Du bist's tatsächlich. Ich dachte, es wär' ein schlechter Scherz.«

»Ein sehr schlechter Scherz sogar, meine Liebe. Allem Anschein nach bist du nicht einmal hier.« Hillarys Blick wanderte von Philip zu seiner Mutter, und dann zuckte sie mit den Schultern.

»Trotzdem, danke schön. Aber es spielt keine Rolle. Ja, ich bin hier. Also was nun? Warum bist du eigentlich hier?«

»Um dich nach Hause zu holen. Aber zuvor holen wir erst noch Johnny ab. Ich habe ihn seit zehn Monaten nicht mehr gesehen, oder hast du das vergessen?«

»Nein, hab' ich nicht.« Ihre Augen begannen zu funkeln.

»Wie lange ist's eigentlich her, daß du ihn gesehen hast?« fragte Nick mit einem stechenden Blick in ihre Richtung.

»Nicht einmal 'ne Woche«, antwortete sie wie aus der Pistole geschossen.

»Sehr gut. Und nun geh und pack deine Sachen, damit wir diese netten Leute hier nicht länger bei ihrer Party stören.« Seine Stimme klang ruhig und gelassen, doch wer ihn kannte, wußte, daß er innerlich kochte.

»Sie können sie nicht so einfach hier wegholen«, meldete sich Philip zu Wort. Nick sah ihn gleichgültig an.

»Warum nicht? Sie ist doch meine Frau.«

Mrs. Markham beobachtete alles sehr genau, sagte jedoch nichts. Hillary wollte zeigen, daß sie keine fremde Hilfe benötigte.

»Ich bleibe hier.«

»Darf ich dich daran erinnern, daß wir immer noch verheiratet sind? Oder hast du in meiner Abwesenheit die Scheidung eingereicht?« Er bemerkte, wie Hillary und Philip einen nervösen Blick austauschten. Sie hatte das Scheidungsverfahren zwar nicht in die Wege geleitet, es aber vorgehabt, und Nicks unverhofftes Auftauchen brachte die Pläne, die sie und ihr Liebhaber geschmiedet hatten, ziemlich durcheinander: Sie standen nämlich kurz davor, ihre Verlobung bekanntzugeben. Mrs. Markham war darüber alles andere als glücklich; sie wußte, was für eine Frau Hillary war, und mochte sie deswegen nicht. Überhaupt nicht. Sie hatte es auch ihrem Sohn gesagt. Dieses Mädchen wäre schlimmer als alle seine früheren Frauen und würde ihn ein Vermögen kosten. »Ich habe dich etwas gefragt, Hillary«, ließ Nick nicht locker. »Hast du die Scheidung beantragt?«

Sie antwortete ihm in der ihm so vertrauten trotzköpfigen Art. »Nein, das habe ich noch nicht. Aber ich werde es bald tun.«

»Sehr interessant. Und mit welcher Begründung?«

»Böswilliges Verlassen. Du hast erst gesagt, du kommst an Weihnachten, und dann, im April.«

»Und die ganze Zeit bist du Ärmste aus Sehnsucht nach mir fast vergangen. Nur komisch, daß ich auf meine Briefe oder Telegramme nie eine Antwort erhielt.«

»Ich dachte, du kriegst sowieso keine Post – weil doch Krieg ist und so«, stammelte sie. Er lachte laut auf.

»Aber nun bin ich ja zu Hause, und alles ist wieder gut. Nun hol deine Sachen, damit wir fahren können. Ich bin sicher, Mrs. Markham will uns nicht länger zuhören.« Er schaute in Richtung der alten Dame und bemerkte, daß sie lächelte.

»Um ehrlich zu sein: Das Gegenteil ist der Fall. Ich amüsiere mich sehr gut. Alles erinnert mich an ein Drama, es ist jedoch viel unterhaltsamer, weil es Wirklichkeit ist.«

»Grausame Realität.« Nick lächelte verbindlich und wandte sich wieder an seine Frau. »Nur zu deiner Information – wir können uns später noch genauer darüber unterhalten –: Ich bin so lange in Frankreich festgehalten worden, weil ich mit Angelegenheiten von nationalem Interesse befaßt war, mit Lieferverträgen, die große Bedeutung für die Wirtschaft und die Militärs unseres Landes haben, falls es zu einer direkten Konfrontation mit den Deutschen kommt. Es wird dir sehr schwerfallen, das Gericht davon zu überzeugen, daß ich dich verlassen hätte. Ich glaube, es würde Verständnis aufbringen für meine lange Abwesenheit.«

Man konnte Hillary deutlich anmerken, wie die Wut in ihr hochstieg, und auch Philip schien nicht gerade erfreut. »Ich dachte, du verkaufst an die Deutschen. Letztes Jahr hast du es doch gemacht, oder?«

»Ich habe alle Verträge gekündigt, dadurch beträchtliche Verluste erlitten, aber der Präsident zeigte sich sehr zufrieden, als ich es ihm mitteilte.« Ganz zu schweigen von seinem äußerst günstigen Angebot an Polen, worüber der Präsident ebenfalls sehr erfreut gewesen war. Schachmatt, Freunde. Nick lächelte seine Zuhörer triumphierend an.

»Mit ›böswilligem Verlassen‹ wirst du also kein Glück haben, und Ehebruch kommt ebenfalls nicht in Frage.« Während er dies sagte, verdrängte er für einen Moment die Gedanken an Liane, die ihn seit ihrem Abschied in der Grand Central Station nicht mehr losgelassen hatten. »Ich fürchte, wir müssen weiterhin verheiratet bleiben und uns um unseren Sohn kümmern, der in Boston darauf wartet, von uns abgeholt zu werden. Komm nun, die Party ist vorbei.« Die drei sahen sich lange an; Mrs. Markham hatte die Szene ganz genau beobachtet und hielt nun den Zeitpunkt für gekommen, sich einzuschalten.

»Bitte gehen Sie, und holen Sie Ihre Sachen, Hillary. Wie Ihr Mann bereits sagte: Die Party ist vorbei.« Hillary sah erst sie, dann Philip entgeistert an, und ging schließlich auf Nick zu.

»Das kannst du doch nicht machen, verdammt noch mal. Erst bleibst du fast ein ganzes Jahr weg und kommst dann einfach, um mich wie einen irgendwo abgestellten Koffer mitzunehmen.« Sie holte aus, um ihn zu ohrfeigen; doch er hielt ihren Arm fest.

»Nicht hier, Hillary. Das wäre nicht klug«, sagte er mit ruhiger Stimme.

Nach dieser Brüskierung durch Nick stürmte sie aus der Bibliothek, Philip hinterdrein. Mrs. Markham bat Nick, sich zu setzen, und bot ihm etwas zu trinken an. Beide entschieden sich für einen doppelten Bourbon, und Nick entschuldigte sich, daß er sie solange von ihren Gästen fernhielt.

»Sie müssen sich nicht entschuldigen. Im Vertrauen«, sagte sie lächelnd, »ich habe diese Szene genossen. Und Sie haben mir einen großen Gefallen erwiesen. Ich mache mir Sorgen um Philip.« Eine Weile saßen sie sich schweigend gegenüber und sahen einander an. Dann hatte Mrs. Markham sich ein Urteil über Nick gebildet. Er gefiel ihr; er hatte viel Mut, und sie bewunderte ihn dafür, daß er es wagte, dieser Schlampe, mit der er verheiratet war, die Stirn zu bieten. »Sagen Sie, Nick ... ich darf Sie doch Nick nennen?«

»Aber natürlich.«

»Wie haben Sie sich dieses Früchtchen eingehandelt?«

»Ich hatte mich unsterblich in sie verliebt, als sie neunzehn war.« Er seufzte, dachte an Liane, und sah dann wieder Mrs. Markham an. »Sie war damals bildhübsch.«

»Das ist sie ja auch heute noch. Aber sie ist eine gefährliche Frau. Nein«, korrigierte sie sich mit einem Kopfschütteln, »keine Frau ... ein Mädchen ... ein verwöhntes Kind.« Und mit einem bedeutungsvollen Blick fügte sie hinzu: »Sie wird meinen Sohn kaputtmachen, wenn er sich von ihr einfangen läßt.«

»Ich fürchte, sie wird erst meinen Sohn kaputtmachen«, erwiderte Nick ruhig. Sie nickte zufrieden, als wäre ihr etwas bestätigt worden.

»Sie werden es aber nicht zulassen. Wehren Sie sich dagegen, daß sie Sie psychisch und physisch zerstört. Sie brauchen eine ganz andere Frau.«

Etwas Seltsameres als das, was in der halben Stunde, seit er hier war, abgelaufen war, hatte Nick seit langer Zeit nicht erlebt. Er mußte lächeln, als er an Liane dachte. Sie war in der Tat eine ganz andere Frau. Und er war beinahe versucht, Mrs. Markham zu erzählen, daß er diese Frau bereits gefunden hatte ... aber auch wieder verloren ...

In diesem Moment kam Hillary mit ihren Koffern, einem Pudel, dem Mädchen und Philip wieder in die Bibliothek. Nick bedankte sich höflich bei Mrs. Markham für ihre Gastfreundschaft, und Hillary verabschiedete sich von ihr und ihrem Sohn, wobei sie ihrem Gatten einen bitterbösen Blick zuwarf.

»Glaub ja nicht, daß du so davonkommst. Ich will nur hier keine Szene machen, weil sie gerade eine Party geben.«

»Das ist ja ein völlig neuer Zug an dir. Seit wann nimmst du denn auf andere Rücksicht?« Er schüttelte Mrs. Markham die Hand, nickte ihrem Sohn zu, nahm Hillary am Arm und ging mit ihr hinaus. Der Butler trug das Gepäck hinter ihnen her und verstaute es im Auto. Nick startete den Wagen und fuhr in Richtung Boston davon.

»Das lass' ich dir nicht durchgehen, vergiß das nicht«, schäumte sie. Sie war so weit von ihm weggerückt, wie es nur ging, und kochte vor Wut. Auf dem Rücksitz hechelte der Pudel, dessen Krallen die gleiche Farbe hatten wie Hillarys Fingernägel.

»Ich dir aber auch nicht.« Der freundliche Ton, den er bei den Markhams angeschlagen hatte, war gewichen. »Und je früher dir das in den Kopf geht, desto besser für uns alle.«

Er hielt am Straßenrand und sah sie mit einem Blick an, der ihr sagte, daß er sich nicht länger von ihr auf der Nase herumtanzen lassen würde. »Wir sind verheiratet und haben einen Sohn, den du vernachlässigst. Aber wir werden verheiratet bleiben. Und von jetzt an wirst du dich anständig benehmen, oder ich trete dir in aller Öffentlichkeit in den Arsch.«

»Du drohst mir?!« kreischte sie ungläubig.

Nick antwortete ihr in gleicher Lautstärke. »Endlich hast du es kapiert! Du hast unseren Sohn praktisch das ganze letzte Jahr allein gelassen, und damit ist es nun endgültig aus und vorbei. Verstanden? Zur Abwechslung bleibst du mal daheim und bist eine gute Mutter. Und wenn du in diesen Markham verliebt bist, dann macht das nichts weiter. In neun Jahren, wenn Johnny achtzehn ist, könnt ihr von mir aus machen, was ihr wollt. Dann werd' ich mich scheiden lassen. Ich bezahl' euch sogar noch die Hochzeit. Doch bis dahin gibt's nichts anderes.« Er senkte die Stimme. »Für die nächsten neun Jahre bleibst du Mrs. Nicholas Burnham, ob es dir paßt oder nicht.« In ihren Ohren klang es wie ein Todesurteil, und sie begann zu weinen.

Nachdem sie vor dem Haus von Hillarys Mutter angehalten hatten, stieg Nick aus, ohne sie eines Blickes zu würdigen, ging zur Tür, klingelte, und stürzte in das Haus, als ihm geöffnet wurde. Johnny war schon im Schlafanzug auf seinem Zimmer und sah so einsam und verloren aus wie selten ein Kind. Doch als er seinen Vater sah, stimmte er ein wildes Freudengeschrei an.

»Daddy! Daddy! ... Du bist da! ... Du bist endlich da! Mama hat gesagt, du würdest nie mehr wiederkommen.«

»Was hat sie gesagt?« erkundigte er sich erschrocken.

»Daß es dir in Paris viel besser gefällt.«

»Und hast du ihr das geglaubt?« Nick setzte sich auf das Bett; seine Schwiegermutter stand draußen auf dem Gang und beobachtete sie mit Tränen in den Augen.

»Eigentlich nicht«, flüsterte der Junge. »Nicht, wenn ich deine Briefe gelesen habe.«

»Ich war da drüben so einsam, daß ich fast jede Nacht geweint habe. Du darfst nie mehr glauben, daß es mir irgendwo gefällt, wo du nicht bist. Ich werde dich nie wieder allein lassen.«

»Versprichst du das?« Dem Jungen traten die Tränen in die Augen, aber auch Nick.

»Ich schwöre es. Meine Hand darauf.« Sie besiegelten das Versprechen mit einem feierlichen Handschlag, und Nick zog Johnny wieder in seine Arme.

»Fahren wir bald nach Hause?«

»Wie lange brauchst du zum Packen?«

Johnny strahlte überglücklich. »Du meinst sofort? Nach New York in unsere Wohnung?«

»Genau das meine ich.« Er drehte sich um zu seiner Schwiegermutter. »Entschuldige, daß ich dir das antun muß, aber ich kann keinen Tag länger ohne ihn leben.«

»Und er ohne dich auch nicht«, sagte sie traurig. »Wir haben unser Bestes versucht, aber ...« Sie brach in Tränen aus, und Nick legte beruhigend den Arm um sie.

»Ist schon gut. Ich verstehe. Es wird alles wieder gut.«

Sie lächelte ihn unter Tränen an. »Wir haben uns solche Sorgen um dich gemacht. Als Paris kapituliert hat, haben wir befürchtet, du wärst den Deutschen in die Hände gefallen.« Sie holte tief Luft und schneuzte sich. »Wann bist du zurückgekommen?«

»Heute morgen. Mit der *Deauville.*«

»Mit dem Schiff, das die Schiffbrüchigen geborgen hat?« Er nickte bestätigend. »O mein Gott ...« Johnny hatte einige Gesprächsfetzen mitbekommen und bat seinen Vater, ihm die ganze Geschichte zu erzählen. Nick dachte im ersten Moment daran, ihm zu sagen, daß die Villiers-Töchter auch auf diesem Schiff waren, überlegte es sich dann doch anders. Er wollte nicht, daß Hillary irgend etwas davon erfuhr. Eine halbe Stunde später verabschiedeten sie sich unter Tränen mit dem Versprechen, einander anzurufen und zu schreiben. Aber Johnny war so fröhlich und aufgeregt, als er mit seinem Terrier, den ihm sein Vater in Paris geschenkt hatte und der inzwischen ausgewachsen war, in den Wagen stieg, daß der Abschied nicht allzu traurig ausfiel, denn auch seine Großmutter wußte, daß es für ihn das beste war, wenn er nun mit seinen Eltern nach Hause fuhr. Eine weitere Überraschung war für ihn, daß seine Mutter im Auto saß.

»Was machst du denn hier, Mami? Ich dachte, du bist in Gloucester.«

»War ich auch. Dein Vater hat mich abgeholt.«

»Aber du hast doch gesagt, du bleibst drei Wochen dort ...« Johnny schien ziemlich verwirrt und Nick wechselte das Thema. »Warum bist du denn nicht mit hineingekommen, um deine Mutter zu begrüßen, Hillary?«

»Ich wollte den Pudel nicht allein im Auto lassen, und wenn er in ein fremdes Haus kommt, wird er nervös.« Johnny genügte diese Erklärung anscheinend. Nick stellte mißmutig fest, daß Hillary den Jungen sehr frostig begrüßt hatte.

Der Junge schlief während der Fahrt ein, und nach der Ankunft in New York trug Nick ihn hoch in die Wohnung, legte ihn in sein Bett und deckte ihn unter den erstaunten Blicken des Dienstmädchens zu. Sie waren endlich wieder zu Hause, alle drei. In der

Nacht lief Nick in der Wohnung herum, entfernte die Schonbezüge von den Möbeln und versuchte, sich einzugewöhnen. Hillary sah ihn danach in seinem Arbeitszimmer sitzen und in den Nachthimmel über New York starren. Er war in Gedanken so weit weg, daß er es nicht bemerkte, als sie ins Zimmer kam. Und als sie ihn da sitzen sah, hatte sie nicht mehr die Kraft, sich mit ihm, der sie am heutigen Abend im wahrsten Sinne des Wortes aus dem Hause der Markhams entführt hatte, zu streiten. Sie blieb einfach stehen und schaute ihn an. Für sie war er ein Fremder; sie konnte sich kaum noch daran erinnern, wie es war, mit ihm verheiratet zu sein. Es schien ihr hundert Jahre her, daß sie das letzte Mal miteinander geschlafen hatten, und sie wußte, sie würden nie mehr miteinander schlafen, aber das kümmerte sie nicht weiter. Sie erinnerte sich nur an das, was er ihr im Wagen gesagt hatte. Die nächsten neun Jahre hatte er gesagt ... neun ... Sie sprach die Zahl leise vor sich hin, und dadurch wurde er auf sie aufmerksam.

»Du bist noch wach?«

»Ich konnte nicht schlafen. Es ist zu heiß.«

Er nickte nur. Er hatte ihr kaum noch etwas zu sagen. Aber wenn er mit Liane zusammen war, konnte er nächtelang reden. »Johnny schläft doch, oder?«

»Ja. Für dich dreht sich anscheinend alles nur noch um ihn.«

Er nickte wieder. »Aber es war nicht immer so. Und in mancher Hinsicht spielst auch du noch eine Rolle für mich.«

Solange es um ihren Sohn ging, dann ja. Aber sonst nicht, das wußten beide.

»Warum willst du eigentlich, daß ich deine Frau bleibe?«

»Seinetwegen. Er braucht uns beide, und das noch lange.«

»Neun Jahre«, wiederholte sie.

»Ich werde dir keine Schwierigkeiten machen, solange du dich ihm gegenüber anständig benimmst.« Er wollte sie fragen, wie sie es mit ihrem Gewissen hatte vereinbaren können, Johnny fast ein ganzes Jahr allein zu lassen. Wie einsam mußte sich erst der Junge gefühlt haben, wenn er sich schon ohne ihn in Paris so verlassen vorgekommen war.

»Wünschst du dir denn für dich selbst nicht noch ein bißchen mehr, Nick?« Er wurde für sie zu einem immer größeren Rätsel. Sie wollte nicht hier bei ihm sein, das war ihnen beiden bewußt, und deshalb mußte sie es nicht mehr vor ihm verbergen. Sie konnte immer noch nicht recht fassen, daß er sie hierhergebracht hatte, aber er war eben eine starke Persönlichkeit, zu stark, als daß es ihr gelingen könnte, sich ihm gegenüber durchzusetzen. Und dies war auch ein Grund, weshalb sie ihn bisweilen abgrundtief haßte.

»Doch, ich wünsche mir selbst noch etwas anderes, aber dafür ist jetzt nicht der richtige Zeitpunkt.«

»Vielleicht hast du nur noch nicht die Richtige kennengelernt.« Er gab ihr nicht gleich eine Antwort, und einen Moment fragte sie sich, ob er nicht doch ... aber das war nicht seine Art. Sie wußte, daß er ihr stets treu gewesen war. Diese Tatsache hatte ihr jedoch nie etwas bedeutet, sondern sie sogar geärgert.

»Vielleicht hast du recht«, erwiderte er schließlich und stand mit einem Seufzer auf. »Gute Nacht, Hil.« Er ließ sie einfach stehen und ging hinauf ins Gästezimmer, in das er seine Sachen gebracht hatte. Seit der Nacht vor einem Jahr auf der *Normandie*, als er aus der Suite ausgezogen war, hatten sie nie mehr gemeinsam in einem Zimmer geschlafen, und es würde wohl auch in Zukunft nie mehr dazu kommen.

Im Sommer mietete Nick ein Haus in Marblehead und nahm sich den ganzen August frei, um sich um Johnny kümmern zu können. Hillary kam und ging, wie es ihr paßte. Er wußte, daß sie oft mit Philip Markham zusammen war, doch es berührte ihn nicht im geringsten. Sie ließ nun mehr Diskretion walten als in der Vergangenheit, und als sie feststellte, daß Nick ihr keine Hindernisse in den Weg legte, wurde sie etwas umgänglicher. Nick hatte den Eindruck, als habe Philip Markham irgendwie einen mäßigenden Einfluß auf sie.

Er war am glücklichsten, wenn er seinen Sohn ganz für sich hatte; während der einsamen Monate in Paris hatte er sich nach solchen Stunden gesehnt. Die Tage in Marblehead ermöglichten ihm aber auch, seinen Gedanken an Liane nachzuhängen. Er machte lange Spaziergänge am Strand, sah hinaus aufs Meer und erinnerte sich an die Überfahrt, die Bergung der Schiffbrüchigen, die stundenlangen Gespräche und die Nächte voller Leidenschaft in der winzigen Kabine. Es erschien ihm nun alles wie ein schöner Traum, und jedesmal, wenn er seinen Sohn sah, wurde ihm bewußt, daß sie beide die richtige Entscheidung getroffen, allerdings auch einen hohen Preis für ihre Liebe bezahlt hatten. Er dachte oft daran, sie anzurufen, um sich zu erkundigen, wie es ihr ginge, um ihr zu sagen, wie sehr er sie liebte und immer lieben würde, tat es aber nicht, weil er wußte, es wäre grausam für sie beide.

Im Herbst kam es dann einmal so weit, daß er den Hörer abnahm, um mit ihr zu telefonieren. Hillary war bereits seit einigen Tagen weg, Johnny schlief schon, und er hatte stundenlang im Salon gesessen, an den Klang von Lianes Stimme und die Zartheit ihrer Haut gedacht und war zu der Erkenntnis gekommen, daß er die Trennung von ihr nie würde überwinden können. Vielleicht, sagte er sich, hatte sie sie jedoch inzwischen überwunden. Er legte den Hörer wieder auf und entschloß sich statt dessen zu einem Spaziergang. Es war eine kühle, windige Septembernacht, und die frische Luft tat ihm gut. Er hatte es nicht eilig, wieder in die Wohnung zurückzukommen, weil er wußte, daß, falls Johnny aufwachen sollte, das Dienstmädchen noch da war, und so bummelte er bis gegen Mitternacht durch die Straßen von New York. Er lag danach noch lange wach und hörte, wie Hillary nach zwei Uhr zurückkam und die Tür zum Schlafzimmer leise schloß. Er konnte sich noch gut an die Zeiten erinnern, als er deswegen verrückt gespielt hätte, aber das war ja nun schon lange vorbei. Statt dessen machte ihn die Sehnsucht nach Liane verrückt.

26

Am 11. November 1940 wurde die Vichy-Regierung mit Pétain an der Spitze und Armand de Villiers in verantwortungsvoller Position gebildet. In Washington war sein offensichtlicher Verrat an der alten Ordnung Frankreichs nicht länger ein Geheimnis. Liane hatte sich inzwischen daran gewöhnt, daß sie gemieden, wie eine Aussätzige behandelt wurde. Niemand rief sie an, niemand lud sie ein. An vielen Tagen saß sie nur zu Hause herum und wartete darauf, daß die Mädchen wieder aus der Schule kamen. Oft fühlte sie sich an die Zeit in Paris nach Kriegsausbruch erinnert, als Armand fünfzehn Stunden am Tag im Amt zubrachte. Doch damals war er zumindest, wenn auch noch so spät, zu ihr nach Hause gekommen; nun konnte niemand sagen, wann sie wieder zusammensein würden. Manchmal fragte sie sich, ob es nicht ein großer Fehler gewesen war, daß sie Nick gesagt hatte, sie könnten sich nicht wiedersehen. Wem hätte es geschadet? Wer hätte davon gewußt? Sie hätte es gewußt und vor ihrem Gewissen rechtfertigen müssen, und vielleicht hätten schließlich die Mädchen etwas davon mitbekommen, und zuletzt Armand. Alles in allem hatte sie die richtige Entscheidung getroffen, obwohl sie der Gedanke an Nick peinigte. Seit vier Monaten quälte sie die Erinnerung an die zwei Wochen Überfahrt von Frankreich nach Amerika.

Armands Briefe waren kurz und kamen in unregelmäßigen Abständen; sie trugen keine Unterschrift und wurden nun von Mitgliedern der Résistance auf abenteuerlichen Wegen aus Frankreich nach Großbritannien geschmuggelt und dann mit Frachtern, Truppentransportern oder irgendeinem anderen Schiff, das gerade über den Atlantik fuhr, in die Staaten gebracht. Manchmal stellte sie fest, daß zwischendurch ein Brief verlorengegangen sein mußte, und sie fragte sich, ob die Überbringer getötet oder die Schiffe versenkt worden waren. Genaues konnte sie nicht in Erfahrung bringen. Aber was sie wußte, oder besser spürte, war, daß Armand sich nun ständig in großer Gefahr befand. Er bekleidete eine solch hohe Position, daß man ihn sofort töten würde, wenn sein Verrat an Pétain und den Nazis bekannt werden würde.

»... Wir sind derzeit sehr beschäftigt, Chérie. Wir konnten viele Leben retten, aber auch viele Kunstschätze, zum Beispiel aus dem Louvre, die wir in Scheunen, Schuppen und Heuhaufen überall in Frankreich versteckt haben, bevor sie nach Berlin abtransportiert werden konnten. Es wird möglicherweise sehr viel Zeit in Anspruch nehmen, bis wir sie, nach Heu und Gänsedreck riechend, eines Tages wieder holen können, aber wir erreichen damit, daß sie uns ein Stück weniger stehlen können ... noch das winzigste, historisch wertvolle Stück, das uns erhalten bleibt, ist ein Sieg für unsere Seite ... aber auch die Menschen, die wir verschwinden ließen, um ihr Leben zu retten. Das Wissen, daß wir dies erreicht haben, daß wir Leben retten konnten, macht es für mich erträglich, ohne Dein Lächeln, Deine Zärtlichkeit und Deine Liebe auskommen zu müssen ...«

Seine Briefe gingen ihr sehr zu Herzen, und sie mußte sich immer wieder die Frage stellen, ob das, was er tat, das damit verbundene Risiko eigentlich wert war. Ein Gemälde, eine Statue ... ein Stück Geschichte ... und das alles möglicherweise für den Preis seines Lebens? War er wirklich überzeugt davon, daß es wert wäre, dieses Risiko einzugehen? Aber sie spürte in seinen Briefen jene Leidenschaft und Ergebenheit, die er schon immer seinem Vaterland entgegengebracht hatte. Seine Liebe gehörte Frankreich, vor allem anderen. Er hatte seinem Land im Ausland gute Dienste erwiesen, und nun fühlte er sich verpflichtet, es vor denen zu retten, die es vernichten wollten.

Liane bewunderte die Prinzipien, die Armand veranlaßten, sich dieser Aufgabe zu widmen, doch als sie bemerkte, daß ihre Töchter von anderen Kindern gemieden wurden, stellte sie seine Entscheidung erneut in Frage. Wäre es nicht besser gewesen, nach Nordafrika oder mit de Gaulle nach London zu gehen, um von dort zu kämpfen, sich offen zu den »Freien

Franzosen« zu bekennen, als in Frankreich zu bleiben, dort die Nazi-Herrschaft zu unterminieren, aber keinen Lorbeer dafür zu ernten? Sie wußte, daß er noch viel wichtigere Aktivitäten entwickelte als die Rettung der französischen Kunstschätze, aber ihr war auch bewußt, daß er nun, genau wie in dem Jahr vor dem Fall von Paris, zur Verschwiegenheit verurteilt war, daß er ihr nichts mitteilen durfte, weil er sonst sein Leben und das anderer gefährdete, und so konnte sie nur ahnen, welche Risiken er einging, welche Ängste er durchlitt.

Wenn Armand in Paris an seinem Schreibtisch in seinem Amtszimmer saß, das von einer Hakenkreuzfahne verunziert wurde, sah er hinaus in den Himmel über Paris, dachte an Liane, die zärtliche Berührung ihrer Finger, ihr schönes Gesicht, den hellen Klang ihrer Stimme und mußte sich dann stets wieder zwingen, sich auf seine Arbeit zu konzentrieren. Seit ihrer Abreise aus Frankreich war er aus Überarbeitung, Schlafmangel und übergroßer nervlicher Anspannung erschreckend abgemagert. Außerdem litt er an einer Nervenreizung, die sein linkes Augenlid zucken ließ, doch ansonsten wirkte er nach außen wie die Ruhe in Person. Er schien sich der Sache der Vichy-Regierung so entschieden verschrieben zu haben, daß die eine wie die andere Seite enormes Vertrauen in ihn setzte. Seine einzige Sorge war das Wissen, daß die Zeit nicht für, sondern gegen ihn arbeitete. In den letzten zwei Jahren war er um fünfzehn Jahre gealtert, und der Spiegel bestätigte es ihm jeden Tag aufs neue. Er stand im achtundfünfzigsten Lebensjahr, fühlte sich jedoch schon wie fünfundneunzig. Aber ihn hielt das Bewußtsein aufrecht, daß er, wenn er seine alten Tage Frankreich widmen, ihm gute Dienste leisten konnte, er in Ehren sterben würde. Und er war überzeugt, Liane wisse dies auch. Er deutete es ihr gegenüber in seinen Briefen mehrmals an: *Si je meurs pour ma patrie, mon amour, je meurs en paix* – Wenn ich für mein Land sterbe, sterbe ich in Frieden. Wenn Liane diesen oder ähnliche Sätze las, zitterten ihr jedesmal die Hände. Sie wollte Armand nicht verlieren. Allerdings schrieb er ihr oft auch Anekdoten und Berichte über Husarenstücke, die von den Kameraden der Résistance inszeniert worden waren. Sie wunderte sich ab und zu über die Aktivitäten der Widerstandskämpfer und über Armands Mut, ihr davon zu berichten, aber auch darüber, daß sie von den Nazis nur selten dabei dingfest gemacht wurden. »Selten« bedeutete jedoch wiederum nicht, daß ihre Unternehmungen dadurch weniger gefährlich waren. Häufiger, als Liane es ahnte, entkamen sie nur äußerst knapp der Entdeckung.

Ende November geriet Armand in eine solch gefährliche Situation. Er hatte Dokumente handschriftlich kopiert, sie sich auf die Brust geklebt, und wollte sie Mittelsmännern übergeben, als er bei der Fahrt aus der Stadt von deutschen Soldaten angehalten wurde. Er rechtfertigte sich damit, er wolle einen alten Freund besuchen, und zeigte die Papiere vor, die ihn als Gefolgsmann Pétains auswiesen. Der deutsche Offizier ließ ihn erst nach langem Zögern weiterfahren, so daß die Dokumente in die richtigen Hände gelangen konnten. Am Abend kehrte Armand völlig erschöpft in das Haus zurück, das er für sich und Liane gemietet hatte, setzte sich langsam auf das Bett und dachte daran, daß er der Entdeckung nur um ein Haar entkommen war. Das nächste Mal könnte die Sache nicht mehr so glimpflich ablaufen. Aber auch als er traurig auf ihre, seit nunmehr fünf Monaten unbenutzte Hälfte des Bettes schaute, kamen ihm keine Zweifel an der Richtigkeit seines *Handelns. Auch jetzt nicht. »Ça vaut la peine, Liane ... ça vaut bien la peine ... pour nous, pour la France«,* sagte er laut vor sich hin. Es ist die Mühe wert ... es ist sie sehr wohl wert ... für uns, für Frankreich.

Ein Ereignis sorgte jedoch dafür, daß Liane sich dieser Ansicht nicht mehr anschließen konnte. Es geschah an einem Freitag nachmittag. Die Mädchen hätten eigentlich schon vor einer halben Stunde von der Schule nach Hause kommen müssen. Liane hatte mehrmals nervös auf die Uhr geschaut, als es klingelte. Sie ging zur Tür und öffnete, und dann stockte ihr das Blut in den Adern, als sie die Mädchen sah. Sie waren allein nach Hause gegangen, was an sich nichts Außergewöhnliches war, doch nun standen sie mit zerrissener Kleidung, roter Farbe im Haar und völlig verstört vor ihr. Liane erbebte und zog sie schnell ins Haus. Elisabeth schluchzte und zitterte am ganzen Leib, auch Marie-Ange weinte, aber Liane konnte erkennen, daß hinter ihren Tränen nicht nur Angst, sondern auch Wut steckte.

»Mein Gott ... was ist denn passiert?« Sie führte ihre Töchter in die Küche und wollte ihnen die Mäntel ausziehen, als sie wie vom Schlag getroffen innehielt. Auf Marie-Anges Rücken war mit roter Farbe ein Hakenkreuz gemalt. Unfähig, etwas zu sagen, drehte sie Elisabeth um und sah auch dort das ihr so verhaßte Symbol. Sie konnte ihre Tränen nun nicht mehr länger zurückhalten, zog ihre Töchter an sich, ohne darauf zu achten, daß auch sie sich mit Farbe beschmierte. Die drei standen in der Küche, ein Bild des Jammers, das Marcie, die Haushaltshilfe, so rührte, daß ihr ebenfalls Tränen über die schwarzen Wangen kullerten. »Meine armen Kleinen ... was haben sie mit euch nur gemacht?« Marcie befreite sie langsam aus Lianes Umklammerung und zog ihnen die Mäntel aus. Die Mädchen weinten noch heftiger, und auch Liane hatte Mühe, die Beherrschung wiederzufinden. Sie weinte nicht nur um sie, sondern auch um sich selbst, um Armand, um Frankreich und die Auswirkungen, die die schrecklichen Ereignisse dort auf sie hatten. Aber nun gab es kein Zurück mehr, und ihr war mit einem Mal auch klar, daß sie hier nicht bleiben konnte. Sie durfte die Kinder nicht länger diesem Psychoterror aussetzen. Ihr blieb nun keine andere Wahl mehr, als Washington zu verlassen.

Liane führte ihre Töchter ins Badezimmer, ließ die Wanne volllaufen und badete sie. Eine halbe Stunde später sahen sie wieder so aus wie die netten Mädchen, die sie immer gewesen waren, aber Liane wußte, daß sie dieses Erlebnis nie würden vergessen können. Verärgerung und Angst erfüllte sie, als sie die beschmierten und zerfetzten Mäntel wegwarf. Am Abend brachte sie den Kindern das Essen aufs Zimmer und blieb noch lange, um mit ihnen zu sprechen. Elisabeth sah sie an, als wäre ihre Kindheit zu Ende gegangen. Mit ihren acht Jahren hatte sie mehr erlebt als die meisten Kinder, die doppelt so alt waren: Sie hatte erfahren, was Schmerz, Trennung und Enttäuschungen bedeuteten.

»Sie haben gesagt, Papa ist ein Nazi ... Mrs. Muldock hat es Mrs. McQueen erzählt, und die hat es Annie gesagt ... aber Papa ist kein Nazi! Er ist keiner! Er ist keiner!« Und dann fragte sie ihre Mutter und Marie-Ange besorgt: »Was ist ein Nazi?«

Liane lächelte das erste Mal seit dem Vorfall am Nachmittag. »Wenn du nicht weißt, was ein Nazi ist, warum bist du dann so entsetzt?«

»Ein Nazi ist so etwas wie ein Räuber, oder ein schlechter Mensch, oder?«

»So ähnlich. Die Nazis sind ganz schlechte Deutsche. Sie führen Krieg gegen Frankreich und England und haben schon viele Menschen umgebracht.« Daß auch Kinder unter den Opfern waren, verschwieg sie.

»Aber Papa ist doch kein Deutscher.« In ihren Augen war nicht nur Sorge, sondern nun auch Verwirrung zu lesen. »Aber Mr. Schulenberg im Fleischladen ist ein Deutscher. Ist er ein Nazi?«

»Nein«, seufzte Liane. »Er ist ein Jude.«

»Nein, das kann er nicht sein. Er ist doch ein Deutscher.«

»Er ist beides. Aber die Nazis mögen auch die Juden nicht.«

»Bringen sie sie auch um?« Elisabeth war entsetzt, als ihre Mutter nickte. »Aber warum denn?«

»Das kann ich dir nicht so ohne weiteres erklären. Die Nazis sind sehr schlechte Menschen, Elisabeth. Die Deutschen, die nach Paris kamen, sind Nazis. Deshalb wollte Papa, daß wir abreisen, weil wir hier sicher sind.« Sie hatte es den Kindern schon mehrmals erklärt, doch hatten sie es nie recht begriffen; erst jetzt, als man ihnen rote Hakenkreuze auf den Rücken gemalt hatte, begannen sie zu begreifen. Der Krieg betraf sie nun ganz direkt. Aber Elisabeth quälte nun auch noch eine zusätzliche Sorge.

»Werden sie Papa umbringen?« Liane hatte ihre Augen noch nie so angsterfüllt gesehen, und sie wollte ihnen sagen, daß es nie geschehen würde, aber konnte sie es? Sie schloß ihre Augen und schüttelte den Kopf. »Papa wird nicht zulassen, daß es geschieht.« Und sie betete darum, daß es auch wahr sein würde, daß es ihm gelingen würde, seine Feinde so lange zu täuschen, wie es nötig war. Marie-Ange allerdings wußte mehr als Elisabeth; sie hatte ihr Essen nicht angerührt, denn sie stand immer noch unter dem Eindruck des schrecklichen Erlebnisses. Tränen liefen ihr übers Gesicht, als sie sich auf ihr Bett setzte.

»Ich gehe nie mehr in die Schule ... nie mehr! Ich hasse alle!«

Liane wußte darauf keine Antwort. Sie konnte ja die Kinder nicht für die Dauer des Krieges aus der Schule nehmen, aber sie konnte auch nicht zulassen, daß so etwas noch einmal geschah.

»Ich werde am Montag zur Direktorin gehen.«

»Das hilft auch nichts. Ich geh' nicht mehr in die Schule.«

Ihre Gefühle waren zutiefst verletzt worden, und auch Liane empfand Haß und Abscheu darüber.

»Und ich?« fragte Elisabeth ängstlich. Liane rührten die beiden, die leiden mußten wegen einer Sache, die sie nicht verstehen konnten. Wie konnte sie ihnen erklären, daß ihr Vater kein Nazi war, obwohl es den Anschein hatte, und daß er in Wirklichkeit gegen sie arbeitete? Eines Tages, wenn alles vorbei war, würde sie es ihnen sagen können. Aber war es dann noch wichtig? Sie wollten nun eine Antwort, doch sie war nicht in der Lage, sie ihnen zu geben. »Muß ich wieder hin, Mami?« fragte Elisabeth erneut.

»Ich weiß es nicht. Wir werden sehen.« Sie kümmerte sich am Wochenende sehr intensiv um ihre Töchter. Sie waren alle drei sehr niedergeschlagen, machten einen langen Spaziergang im Park und gingen in den Zoo, aber die Kinder waren anders als sonst. Sie erweckten den Eindruck, als wären sie geschlagen worden, und Liane sagte dies auch am Montag zur Direktorin. Die Kinder waren zu Hause geblieben, und Liane ging gleich am Morgen zu Mrs. Smith, der Schulleiterin. Sie schilderte ihr, in welchem Zustand die Kinder nach Hause gekommen waren und wie sehr sie darunter litten. »Wie konnten Sie das zulassen?«

»Aber ich hatte keine Ahnung ...«, erklärte die Direktorin ausweichend.

»Es ist hier in der Schule geschehen. Marie-Ange hat gesagt, daß es sieben Mädchen aus ihrer Klasse waren, die sie und ihre Schwester in einen leeren Raum zogen, ihnen mit Scheren die Kleidung zerschnitten und sie mit roter Farbe beschmierten. Sie haben sich wie Wandalen aufgeführt, und noch schlimmer ist, daß die Kinder einander für etwas bestrafen, von dem sie nichts verstehen, was sie nicht betrifft, nur weil ihre Eltern Gerüchte in die Welt setzen.«

»Aber Sie können doch von uns nicht erwarten, daß wir darauf Einfluß haben.«

Liane hob die Stimme. »Ich erwarte von Ihnen, daß Sie meine Kinder davor schützen.«

»Nach außen hin hat es den Anschein, Mrs. de Villiers, daß andere Kinder an dem schuld sind, was Ihren Töchtern widerfahren ist, doch im Grunde ist Ihr Mann daran schuld.«

»Was wissen denn Sie von meinem Mann? Er lebt im besetzten Frankreich, riskiert jeden Tag sein Leben, und Sie sagen mir, mein Mann habe Schuld an allem? Wir haben ein Jahr lang in Europa gelebt, nachdem der Krieg ausgebrochen war, wir waren in Paris, als die Stadt kapitulierte, verbrachten zwei Tage auf einem Haufen stinkenden Fischs auf einem Kutter, damit wir an Bord eines Frachters kamen, der uns hierherbringen sollte, und dann waren wir vierzehn Tage auf dem Atlantik, hatten Angst, daß uns die U-Boote erwischen, sahen fast viertausend Menschen sterben, als ein kanadisches Schiff torpediert wurde, und Sie wollen mir etwas von meinem Mann und dem Krieg erzählen, Mrs. Smith? Sie sitzen doch hier weitab vom Schuß in Georgetown und haben von all dem nicht die leiseste Ahnung.«

»Sie haben völlig recht«, erwiderte Mrs. Smith und erhob sich. Liane sah sie nicht an. Möglicherweise war sie zu weit gegangen, aber das war ihr in diesem Augenblick völlig egal. Sie hatten in der letzten Zeit zuviel durchmachen müssen. In Washington war es ihnen schlimmer ergangen als in Paris vor oder nach der Kapitulation, und es tat ihr leid, daß sie in die Staaten zurückgegangen war. Es wäre besser gewesen, wenn sie trotz der deutschen Besatzer bei Armand in Paris geblieben wären; wenn sie die Möglichkeit gehabt hätte, wäre sie mit dem nächsten Schiff wieder nach Europa gefahren. Aber es gab kein solches Schiff, und Armand hätte es nie und nimmer zugelassen. Sie hatten ja auch nicht bei der Überfahrt mit der *Deauville* ihr Leben riskiert, um vier Monate später den Staaten wieder den Rücken zu kehren. Liane wurde fast verrückt vor Verzweiflung.

Die Leiterin der Schule sah sie nun mit unverhohlener Verachtung an. »Sie haben recht. Ich weiß nichts vom Krieg, habe nicht die leiseste Ahnung, wie Sie es ausdrückten, aber ich weiß über Kinder und ihre Eltern Bescheid. Die Eltern unterhalten sich, die Kinder hören zu, und sie hören, daß Ihr Mann der Vichy-Regierung angehört und mit den Deutschen kollaboriert. Das ist ein offenes Geheimnis. Ich habe es bereits in der ersten Woche gehört, als die Mädchen wieder in die Schule kamen. Es hat mir sehr leid getan, denn Ihr Mann war mir sehr sympathisch. Doch seine, Ihre Kinder, müssen nun für seine Entscheidung büßen, genau wie Sie. Das ist nicht meine Schuld, auch nicht die Ihre, sondern eine Tatsache. Die Mädchen werden damit leben müssen. Und wenn sie es nicht können, müssen sie eben nach Paris zurück und dort mit den französischen und deutschen Kindern zur Schule gehen. Aber es ist Krieg, Sie wissen es, und ich weiß es, und die Kinder ebenfalls. Und Ihr Mann hat sich für die falsche Seite entschieden. Aus diesem Grund haben Sie ihn wahrscheinlich auch verlassen. Es geht auch das Gerücht um, daß Sie sich demnächst scheiden lassen wollen. Das würde den Kindern wenigstens etwas helfen.«

Liane fuhr entrüstet hoch. »Das behaupten die Leute?«

Mrs. Smith zeigte sich völlig unbeeindruckt.«Ja, das wird behauptet.«

»Da ist nichts Wahres dran. Ich liebe meinen Mann und stehe hundertprozentig hinter ihm, bei allem, was er tut, auch jetzt – und ganz besonders in der momentanen Situation. Er braucht uns, und wir brauchen ihn. Und wir haben Paris nur deshalb verlassen, weil er es wünschte, weil er uns in Sicherheit wissen wollte.« Liane begann, wie ihre Töchter vor drei Tagen, aus Enttäuschung, Ohnmacht und Wut zu weinen.

»Mrs. de Villiers, es tut mir leid, daß Sie soviel durchmachen müssen. Aber aus dem, was Sie sagten, kann ich nur schließen, daß Ihre ganze Familie mit den Deutschen sympathisiert. Und wenn dem so ist, müssen Sie auch den Preis dafür ...«

Liane ließ sie nicht mehr ausreden; sie konnte es nicht mehr länger ertragen. »Ich hasse die Deutschen. Ich hasse sie!« schrie sie, ging zur Tür und öffnete sie. »Und ich hasse Sie, weil Sie das, was mit meinen Kindern geschehen ist, nicht verhindert haben.«

»Nicht wir sind daran schuld, daß es geschehen ist, Mrs. de Villiers. Sie sind es. Und ich bin sicher, es ist für Sie und die Kinder besser, wenn Sie sich eine andere Schule suchen. Guten Tag, Mrs. de Villiers.« Liane warf die Tür ins Schloß und lief hinaus ins Freie. Als sie nach Hause kam, wollten die Mädchen natürlich wissen, was sich bei ihrer Unterredung mit der Direktorin ergeben hatte. Marie-Ange kam sofort die Treppe heruntergerannt.

»Muß ich wieder in die Schule gehen?«

»Nein. Geh nun wieder auf dein Zimmer und laß mich in Ruhe!« Liane ging ins Schlafzimmer, schloß die Tür, setzte sich aufs Bett und weinte. Warum mußte denn alles so schwierig sein? Nach einer Weile kamen ihre Töchter ins Zimmer, nicht aus Neugier, sondern um sie zu trösten. Sie hatte sich inzwischen wieder in der Gewalt, doch ihre Augen waren noch gerötet, und sie war verärgert über Armand, der sie in diese unmögliche Situation gebracht hatte. Sie bangte um ihn, und sie liebte ihn, doch haßte sie ihn auch. Warum um alles in der Welt hatte er nicht mit ihnen nach Hause kommen können? Aber es war ja nicht sein Zuhause, und sie wußte es nur zu gut. Frankreich war sein Zuhause und er war dort geblieben, um es zu verteidigen, allerdings auf eine Art, die sie niemandem erklären konnte.

»Mami? ...« Elisabeth kam langsam auf sie zu und schmiegte sich an sie.

»Ja, mein Kind?«

»Wir haben dich gern.« Diese Liebeserklärung rührte sie erneut zu Tränen.

»Ich habe euch auch gern.« Sie sah zu Marie-Ange. »Es tut mir leid, daß ich dich so angeschrien habe, als ich von der Schule kam. Ich war nur sehr wütend.«

»Wegen uns?« fragte ihre ältere Tochter besorgt.

»Nein, wegen Mrs. Smith. Sie versteht nicht, warum Papa nicht hier ist.«

»Konntest du es ihr nicht erklären?« fragte Elisabeth enttäuscht. Sie ging gern in die Schule, auch wenn sie nun von anderen Kindern nicht mehr nach Hause zum Spielen eingeladen wurde. Sie wollte weiter zur Schule gehen, auch ohne Marie-Ange.

Liane schüttelte den Kopf. »Nein, ich konnte es ihr nicht erklären. Es ist viel zu kompliziert, als daß man es jemandem im Moment erklären kann.«

»Wir müssen also nicht mehr hingehen?« bohrte Marie-Ange weiter.

»Nein, das müßt ihr nicht. Ich werde für euch beide eine neue Schule suchen müssen.«

»In Washington?«

»Das weiß ich noch nicht.« Sie hatte sich in der letzten halben Stunde mit dieser Frage beschäftigt. »Ich muß mir das noch überlegen.« Aber die Entscheidung wurde ihr noch am selben Nachmittag aufgezwungen. Sie sah Elisabeth neben dem Telefon stehen und weinen. »Was ist denn, meine Kleine?« erkundigte sie sich sogleich. Sie nahm an, sie würde ihre Freundinnen sehr vermissen, wenn sie überhaupt noch welche hatte.

»Nancy Adamson hat angerufen und gesagt, daß Mrs. Smith allen erzählt hat, daß wir aus der Schule rausgeworfen worden sind.«

Liane erschrak. »Hat sie das wirklich gesagt?« Elisabeth nickte. »Aber das ist nicht wahr ...« Sie rief sich das Gespräch wieder in Erinnerung; sie mußte zugeben, daß sie nicht protestiert hatte, als Mrs. Smith die Feststellung traf, für die Kinder wäre es besser, eine andere Schule zu besuchen. Sie seufzte und setzte sich neben ihre Tochter auf den Boden. »Wir sind uns einig geworden, daß ihr nicht mehr zurück in die Schule geht. Aber niemand hat euch aus der Schule rausgeworfen.

»Stimmt das auch wirklich?«

»Ehrenwort!«

»Aber sie mögen mich nicht mehr.«

»Wie kommst du denn auf diese Idee?« Aber nach dem Vorfall am letzten Freitag war es schwer, das Gegenteil zu beweisen.

»Aber sie mögen Papa nicht.«

Liane überlegte sich ihre Antwort sehr genau. »Nein, das stimmt auch nicht. Sie verstehen nur nicht, was Papa tut.«

»Was tut er denn eigentlich?«

»Er versucht, Frankreich zu retten, damit wir eines Tages wieder dort leben können.«

»Warum?«

»Weil das seine Aufgabe ist. Sein ganzes Leben hat er Frankreich in vielen Ländern repräsentiert. Er kümmert sich um die Interessen Frankreichs. Und das tut er auch jetzt. Er versucht, die Deutschen daran zu hindern, Frankreich für immer zu ruinieren.«

»Aber warum sagen dann alle, daß er die Deutschen mag? Mag er sie denn?« Die Fragen ihrer Tochter wurden ihr langsam zuviel, doch jede erforderte eine gut durchdachte Antwort. Das, was sie den Kindern jetzt sagte, würde ihnen jahrelang in Erinnerung bleiben, würde womöglich ihr ganzes Leben lang das Bild von ihrem Vater und ihr Verhältnis zu ihm beeinflussen.

»Nein, Papa mag die Deutschen nicht.«

»Haßt er sie denn?«

»Ich glaube nicht, daß Papa irgend jemanden hassen kann. Aber er haßt das, was die Deutschen Europa antun.« Elisabeth nickte nachdenklich. Mehr hatte sie nicht hören wollen, als daß ihr Vater ein guter Mensch war.

Sie ging langsam die Treppe hinauf zu ihrer Schwester. In jener Nacht gingen Lianes Gedanken lange hin und her. Sie mußte etwas tun, aber die Mädchen nur in eine andere Schule in Washington zu schicken, würde nicht genügen als Lösung. Sie wußte bereits die Antwort auf ihre Fragen, doch es widerstrebte ihr, sie in die Tat umzusetzen. Sie entschloß sich dazu, die ganze Sache noch einmal zu überschlafen, doch bis zum Morgen war ihr keine andere Lösung eingefallen. Sie ging zum Telefon und verlangte ein Gespräch nach Kalifornien. Er war selbst am Apparat.

»Liane? Ist etwas passiert?«

»Nein, Onkel George, das kann man so nicht sagen.«

»Aber du klingst so komisch, so erschöpft und müde.« Der

alte Herr hatte sie sofort durchschaut. Sie war in der Tat sehr erschöpft und müde, doch ihm gegenüber wollte sie es jetzt nicht eingestehen. Sie kehrte reumütig zu ihm zurück, und das war schon schlimm genug.

»Mir geht es gut.« Sie entschied sich dafür, ohne Umschweife gleich zur Sache zu kommen. »Möchtest du immer noch, daß wir zu dir kommen?«

»Aber natürlich!« rief er erfreut, und fügte dann noch hinzu: »Heißt das, daß du endlich zur Vernunft gekommen bist?«

»Man könnte es so sagen. Ich muß für die Mädchen eine andere Schule finden und dachte mir, wenn ich das schon mache, könnten wir auch gleich nach Kalifornien gehen.« George spürte sofort, daß tiefere Beweggründe vorliegen mußten. Sie war viel zu eigensinnig, als daß sie sein Angebot angenommen hätte, ohne in ernsten Schwierigkeiten zu stecken.

Sie besprachen nähere Einzelheiten. Liane kämpfte die ganze Zeit mit Tränen der Wut, aber andererseits war sie wieder froh, daß sie noch einen Zufluchtsort hatte. Es könnte alles noch viel schlimmer sein; in ganz Europa gab es sehr viele Menschen, die überhaupt kein Zuhause mehr hatten. »Onkel George?«

»Ja, Liane?«

»Danke, daß du uns bei dir aufnimmst.«

»Das ist doch selbstverständlich, Liane. Das hier ist doch auch dein Zuhause. War es immer schon.«

»Ich danke dir.« Er hatte es ihr sehr leicht gemacht und Armand mit keinem Wort erwähnt. Sie ging zu den Mädchen, um ihnen ihre Entscheidung mitzuteilen.

Marie-Ange sah sie danach kritisch an und stellte nüchtern fest: »Wir laufen weg, nicht wahr, Mami?«

Diese Bemerkung war beinahe zuviel des Guten. Liane fühlte sich so erschöpft, so ausgelaugt, daß sie noch eine Frage in dieser Richtung nicht mehr verkraftet hätte. »Nein, Marie-Ange, wir laufen nicht weg«, begann sie in einem Ton, der das Mädchen überraschte. »Wir laufen nicht weg, genausowenig, wie wir weggelaufen sind, als wir aus Paris weggingen. Wir machen das einzig Richtige, zum richtigen Zeitpunkt. Möglicherweise ist es nicht das, was wir uns wünschen, aber auf alle Fälle das Klügste, was wir machen können, und deshalb müssen wir es tun.« Danach sagte sie ihren Töchtern noch, sie sollten zum Spielen in den Garten gehen. Sie brauchte jetzt Ruhe, Zeit, um mit sich und ihren Gedanken allein sein zu können. Sie stand am Fenster des Schlafzimmers und beobachtete die Mädchen. In den letzten vier Monaten hatten sie alle drei mehr und bitterere Erfahrungen sammeln müssen als andere Menschen in ihrem ganzen Leben.

27

Am 28. November 1940 feierte ganz Amerika den Thanksgiving Day. Liane und die Mädchen verbrachten diesen Tag allein in ihrem Häuschen in Georgetown. Es kam ihnen so vor, als würden sie in einer Stadt wohnen, in der sie Fremde waren. Niemand rief an, niemand kam vorbei, niemand lud sie zum Essen ein. Sie gingen am Morgen zur Kirche, aßen zu Mittag den traditionellen Truthahn, aber sie fühlten sich, als befänden sie sich auf einer einsamen Insel.

Am Tag darauf packte Liane die Sachen zusammen, die sie nach ihrer Ankunft gekauft hatte und schickte sie per Bahn nach Kalifornien. Am Montag bestieg sie mit ihren Töchtern den Zug nach San Francisco, und als sie in ihrem Schlafwagen-Abteil Platz genommen hatten, mußte Liane kurz an Nick und den Abschied von ihm in der Grand Central Station denken. Er lag zwar erst vier Monate zurück, doch es schien ihr, als wäre inzwischen eine Ewigkeit vergangen. Sie fühlte sich erleichtert, als der Zug abfuhr; ihr und ihren Töchtern fiel der Abschied von Washington nicht schwer. Es war ein Fehler gewesen, hierherzukommen. Armand hatte ihr von Anfang an geraten, nach San Francisco zu gehen, aber damals hatte sie ja noch nicht wissen können, was sie jetzt wußte: welch hohen Preis sie für seine Rolle unter Pétain würde zahlen müssen.

Die Fahrt quer über den Kontinent verlief etwas eintönig, aber ohne Zwischenfälle. Die Mädchen spielten, lasen, beschäftigten sich mit sich selbst und stritten ab und zu, so daß Liane eingreifen mußte. Die meiste Zeit verbrachte sie jedoch mit Schlafen. Sie fühlte sich, als würde sie langsam die Kraft zurückgewinnen, die die letzten Monate in Washington und auch die Zeit davor sie gekostet hatten. Genau betrachtet, hatte sie eigentlich seit eineinhalb Jahren, seit ihrer Ankunft in Paris, kein normales Leben mehr geführt. Und nun hatte sie endlich die Gelegenheit, sich zu entspannen, einmal an nichts zu denken. Nur wenn der Zug unterwegs hielt und sie die Zeitungen las, wurde sie an das erinnert, was in der Welt vor sich ging. Im Süden Englands fielen Tag und Nacht Bomben, lagen anscheinend ganze Straßenzüge in Trümmern. Immer noch wurden Kinder evakuiert.

Churchill hatte der R.A.F. die Bombardierung Berlins befohlen, worauf Hitler seine Anstrengungen zur Zerstörung Londons verdoppelte.

Aber das schien alles so weit weg, als sie durch die schneebedeckten Weiten Nebraskas fuhren und in Colorado die Rocky Mountains am Horizont auftauchten. Als sie am Donnerstag morgen erwachten, waren es nur noch wenige Stunden bis San Francisco. Sie näherten sich der Stadt von Süden, bekamen als erstes ihre weniger schönen Bezirke zu Gesicht, und Liane war überrascht, daß ihr alles noch so vertraut vorkam. Nur sehr wenig hatte sich seit ihrem letzten Besuch nach dem Tode ihres Vaters vor acht Jahren verändert.

»Ist das San Francisco?« fragte Marie-Ange sichtlich enttäuscht. Die Kinder waren noch nie in Lianes Heimatstadt gewesen. Sie hatte auch keinen Grund dafür gesehen, denn ihr Vater lebte ja nicht mehr.

»Ja«, bestätigte Liane lächelnd. »Aber das hier ist nicht gerade der schönste Teil der Stadt.«

»Das sieht man.«

Onkel George erwartete sie mit seinem Chauffeur am Bahnhof und bereitete ihnen einen großen Empfang. Sie fuhren in einem großen Lincoln Continental nach Hause, der gerade erst aus Detroit geliefert worden war und den Mädchen sehr gut gefiel. Liane spürte, daß sich die beiden freuten, hier zu sein. George hatte jedem eine neue Puppe geschenkt, und als sie in Lianes Elternhaus ankamen, war sie gerührt von der Mühe, die er sich bei der Einrichtung der Zimmer für die Kinder gemacht hatte: sie waren voll mit Spielsachen, und die Wände zierten Disney-Figuren. Lianes Mädchenzimmer war für sie wieder hergerichtet worden; in ihm wartete ein riesiger Blumenstrauß auf sie. Das Wetter war mild, obwohl es ja bereits Anfang Dezember war, die Bäume trugen noch Laub, und im Garten blühten Blumen.

»Du hast das Haus prima in Schuß gehalten, Onkel George.« Er hatte zwar nach dem Tode ihres Vaters einige Veränderungen vorgenommen, aber nicht so viele, wie sie befürchtet hatte, und sie mußte anerkennend feststellen, daß alles in bester Ordnung war. Ihr Onkel war doch etwas gesetzter, der rauschenden Partys der früheren Jahre überdrüssig geworden, hatte sich verstärkt um die Reederei gekümmert und den Besitzstand von Crockett Shipping vermehrt. Nach der Ablehnung, auf die sie in Washington gestoßen waren, war Liane direkt froh, wieder daheim zu sein. Leider wurde ihr diese Freude bald nach dem Abendessen wieder vergällt. Die Kinder waren bereits zu Bett gegangen, und sie saß mit ihrem Onkel in der Bibliothek und spielte mit ihm Domino, wie sie es oft mit ihrem Vater getan hatte.

»Na ja, nun bist du doch noch zur Vernunft gekommen, Liane.«

»Wieso?« fragte sie und tat, als würde sie sich auf das Spiel konzentrieren.

»Du weißt ganz genau, was ich meine. Deine Heirat mit diesem Schwachkopf.«

Sie hob den Blick und sah ihn so ernst und durchdringend an, daß es ihn überraschte. »Ich möchte mich nicht mit dir über dieses Thema unterhalten, Onkel George. Ich hoffe, ich habe mich deutlich genug ausgedrückt.«

»Mir gegenüber solltest du nicht diesen Ton anschlagen, mein Mädchen. Du hast einen Fehler gemacht und weißt das ganz genau.«

»Davon weiß ich überhaupt nichts. Ich bin seit elfeinhalb Jahren verheiratet und liebe meinen Mann sehr.«

»Dieser Mann ist ein Nazi, und ich kann mir nicht vorstellen, wie du noch mit ihm zusammenleben kannst und willst, nachdem du das weißt.« Sie gab ihm keine Antwort. »Überleg dir doch: Er ist fast zehntausend Kilometer von hier entfernt, und du gehörst hierher. Wenn du jetzt die Scheidung beantragst, wird sie dir aufgrund besonderer Umstände gewährt. Du könntest sogar nach Reno, und in sechs Wochen wäre alles vorbei. Und dann könntest du mit den Mädchen hier, wo du hingehörst, ein neues Leben anfangen.«

»Ich gehöre nicht hierher. Ich bin nur hier, weil Frankreich besetzt ist und ich nirgendwo sonst hingehen kann. Wir gehören zu Armand, und sobald der Krieg zu Ende ist, werden wir wieder zu ihm gehen.«

»Du bist verrückt.«

»Dann wollen wir nicht mehr darüber reden, Onkel George. Es gibt außerdem Dinge, von denen du nichts weißt.«

»Zum Beispiel?«

»Das kann ich dir nicht sagen.« Ihr waren wie immer die Hände gebunden, und sie war Armand deswegen keineswegs dankbar. Aber langsam gewöhnte sie sich daran, zum Schweigen verurteilt zu sein.

»Das ist doch Unsinn, und das weißt du genauso gut wie ich. Und es gibt auf der anderen Seite viel, was ich weiß. Zum Beispiel, warum du so schnell aus Washington verschwunden bist – weil die Mädchen aus der Schule geworfen wurden, dich niemand eingeladen hat, man dich wie eine Aussätzige behandelt hat.« Er bemerkte die Trauer in ihrem Blick, als er sie ansah. Das, was er gesagt hatte, entsprach der Wahrheit. »Zumindest warst du so vernünftig, hierherzukommen, wo du ein normales Leben führen kannst.«

»Nicht, wenn du überall herumschreist, mein Mann wäre ein Nazi«, erwiderte sie, der Unterhaltung überdrüssig. »Wenn du nämlich so weitermachst, wird es uns hier genauso ergehen wie dort, und ich kann nicht alle fünf Monate irgendwo von neuem anfangen. Wenn du so redest, passiert den Mädchen bald das gleiche wie in Washington.« Sie wollte nicht wissen, woher er seine Informationen hatte; er hatte überall gute Verbindungen, und im Grunde spielte es auch keine Rolle. Was er gesagt hatte, traf zu, aber auch das, was sie ihm erzählte.

»Was soll ich denn deiner Ansicht nach über ihn erzählen? Daß er ein herzensguter Mensch ist?«

»Du mußt überhaupt nichts über ihn sagen, auch wenn du ihn nicht leiden kannst. Wenn du weiter so redest wie vorhin, dann garantiere ich dir, daß du genauso vor Wut und Ärger weinst, wie ich es getan habe, als die Mädchen mit zerfetzter Kleidung, roter Farbe im Haar und Hakenkreuzen auf dem Rücken nach Hause kamen.« Als sie den Vorfall erzählte, traten ihr die Tränen in die Augen, und er bekam Mitleid mit ihr.

»Das haben sie mit den Mädchen gemacht?« Sie nickte. »Wer?«

»Die anderen Kinder in der Schule. Kleine Mädchen aus guten Familien. Und die Schulleiterin sagte, sie könne nichts tun, damit sich so etwas nicht wiederholen würde.«

»Ich hätte ihr den Hals umgedreht.«

»Das hätte ich auch gern getan, aber damit wäre das Problem nicht aus der Welt geschafft. Sie drückte es so aus: Die Eltern reden und die Kinder schnappen etwas auf. Und sie hatte nicht unrecht. Wenn du also so redest, Onkel George, werden bald alle so reden, und die Mädchen werden es ausbaden müssen.« Er dachte lange nach und nickte dann bedächtig. »Ich verstehe. Mir gefällt das zwar nicht, aber ich habe begriffen.«

»Gut.«

Er schaute sie freundlich an. »Ich bin froh, daß du mich angerufen hast.«

»Ich auch.« Sie lächelte ihm zu. Sie hatten einander nie besonders nahegestanden, aber sie war ihm irgendwie sehr dankbar, daß sie bei ihm bleiben konnte. Er bot ihr Sicherheit in einer Situation, in der sie sie dringend benötigte. Das Leben hier in Kalifornien schien in solch geordneten Bahnen zu verlaufen und der Krieg war so weit weg, daß man sich beinahe einreden konnte, daß es ihn überhaupt nicht gäbe. Beinahe, aber eben doch nicht ganz. Zumindest aber fühlte man sich beruhigend weit weg.

Sie unterhielten sich noch eine Zeitlang über unverfänglichere Themen und gingen dann zu Bett. Liane schlief in ihrem alten Bett so gut wie seit langem nicht mehr, »wie eine Tote«, erzählte sie ihrem Onkel am Morgen. Nachdem er das Haus verlassen hatte, führte sie einige Telefongespräche, aber nicht mit Freunden, denn sie kannte kaum noch jemand hier, auch nicht mit verschiedenen Schulen, denn das hatte Onkel George bereits erledigt. Die Mädchen würden ab Montag nächster Woche in die von Mrs. Burke geleitete Schule gehen. Liane hatte etwas ganz anderes im Sinn, und bis zum späten Nachmittag, als ihr Onkel wieder zurückkam, hatte sie alles in die Wege geleitet.

»Was hast du gemacht?« fragte George konsterniert.

»Ich habe gesagt, ich hätte mir eine Beschäftigung gesucht.«

»Nun ja, wie man's nimmt. Aber wenn du etwas tun willst, warum schließt du dich nicht einem Förderverein oder etwas in der Richtung an?«

»Weil ich etwas Sinnvolles tun möchte. Ich werde für das Rote Kreuz arbeiten.«

»Doch nicht für Geld?«

»Nein.«

»Gott sei Dank.« Das hätte ihm gerade noch gefehlt. »Ich weiß nicht, Liane. Ich werd' aus dir nicht schlau. Warum mußt du denn unbedingt etwas tun? Und noch dazu jeden Tag?«

»Was sollte ich denn machen? Den ganzen Tag hier herumsitzen, hinunter auf die Bucht schauen und deine Schiffe zählen?«

»Es sind nicht nur meine, sondern auch deine Schiffe, und es würde dir bestimmt nicht schaden. Du siehst so blaß und abgemagert aus. Warum gönnst du dir denn keine Ruhe, spielst Golf oder Tennis oder was Ähnliches?«

»Das kann ich am Wochenende immer noch mit den Mädchen.«

»Du bist eine Verrückte, und wenn du nicht aufpaßt, wird aus dir auf deine alten Tage noch eine schrullige Jungfer.« Insgeheim war er jedoch stolz auf sie. Dies wurde deutlich im Gespräch mit einem alten Freund im Pacific Union Club am Tag darauf. Bei einem Scotch mit Soda lobte er Liane in den höchsten Tönen.

»Sie ist eine tolle Frau, Lou. Intelligent, abgeklärt, in mancher Hinsicht genau wie mein Bruder, und steht mit beiden Beinen auf der Erde. Sie hat in Europa einiges durchmachen müssen.« Er erzählte, daß sie die Kapitulation von Paris miterlebt hatte, nahm sich aber Lianes Warnung zu Herzen und verschwieg, daß sie mit einem Mann verheiratet war, der sich als Nazi erwiesen hatte.

»Ist sie verheiratet?« fragte sein Freund interessiert.

George wußte, daß er den Köder geschluckt hatte. Er wollte Liane helfen, hatte sich schon seit Tagen den Kopf deswegen zerbrochen, und war dann auf eine Idee gekommen.

»Ja, aber sie lebt von ihm getrennt, und ich glaube, es wird nicht lange dauern, bis sie nach Reno geht. Sie hat ihn seit einem halben Jahr nicht gesehen« – was ja den Tatsachen entsprach – »und weiß nicht, wann sie ihn jemals wieder zu Gesicht bekommen wird.« Dies war ebenfalls keine Lüge. Und dann ließ er die Katze aus dem Sack. »Ich würde sie gern mit deinem Sohn bekannt machen.«

»Wie alt ist sie?«

»Dreiunddreißig, und hat zwei nette Töchter.«

»Lyman auch.« Sein Gegenüber lehnte sich im Sessel zurück. »Er ist sechsunddreißig, wird im Juni siebenunddreißig.« Und einer der besten Anwälte in der Stadt, und außerdem nach Ansicht von George ein gutaussehender Mann. Er stammte aus einer guten Familie, hatte einen hervorragenden Universitätsabschluß, war angesehen und lebte in San Francisco. Er würde gut zu Liane passen, und wenn er ihr nicht gefiel, gab es noch ein Dutzend anderer Kandidaten. »Mal sehen, was ich machen kann«, erwiderte Lou.

»Ich könnte doch ein kleines Dinner arrangieren, oder?« Am nächsten Tag telefonierte er mit Freunden und Bekannten, und drei Tage später war alles so weit gediehen, daß er Liane am Abend von seiner Absicht, eine Einladung zu geben, unterrichten konnte. Sie war gerade aus der Rote-Kreuz-Zentrale nach Hause gekommen und guter Dinge, weil ihr die Arbeit dort Spaß machte, und außerdem hatte sie am Vormittag einen Brief von

Armand erhalten, der am Tag ihrer Abreise in Washington eingetroffen und ihr nachgesandt worden war. Er schien wohlauf und nicht unmittelbar in Gefahr zu sein, wie sie es stets befürchtete.

»Wie war's bei dir heute, Onkel George?« erkundigte sie sich, küßte ihn auf die Stirn und setzte sich auf einen Drink zu ihm. Das Leben hier war so angenehm, daß sie deswegen fast Schuldgefühle empfand, besonders, wenn sie an Armand und seine Gratwanderung zwischen den Fronten dachte. Sie wußte, wie schwer er es hatte, und sie saß hier, umgeben von dienstbaren Geistern, verwöhnt von ihrem Onkel, in einem prächtigen Haus mit schöner Aussicht.

»Nicht anders als sonst. Und bei dir?«

»Viel zu tun. Wir suchen zusätzliche Unterkünfte für Kinder aus Großbritannien.«

»Hoffentlich findet ihr viele. Wie geht's den Mädchen?«

»Gut. Sie sind oben und machen Hausaufgaben.« Am meisten freuten sie sich natürlich darüber, daß in zehn Tagen die Weihnachtsferien beginnen würden.

»Eine Frage, Liane. Würdest du mir helfen, eine kleine Einladung zu geben? Du hast das immer hervorragend gemacht, als dein Vater noch lebte.« Sie lächelte bei dem Gedanken daran und mußte sofort an Armand – alles schien sie irgendwie an ihn zu erinnern – und die Zeit nach Odiles Tod denken, als sie ihm so oft geholfen hatte.

»Aber natürlich, Onkel George. Sehr gern sogar.«

»Ich muß unbedingt wieder einmal Gäste einladen.«

»Hast du an etwas Besonderes gedacht?«

»Nein, überhaupt nicht. Ich habe an ein kleines Dinner für achtzehn Personen nächste Woche gedacht.« Er verschwieg ihr, daß bereits alle Gäste zugesagt hatten. »Was meinst du dazu? Wir könnten auch eine kleine Kapelle engagieren und nach dem Essen ein bißchen tanzen.«

»Tanzen? Bei einem kleinen Abendessen?«

»Tanzt du nicht gern?«

»Doch.« Und dann mußte sie schmunzeln, weil sie sich daran

erinnerte, was für ein Schwerenöter Onkel George gewesen und trotz seiner dreiundsiebzig Jahre anscheinend noch immer war. Sie fragte sich, ob er mit dieser Einladung nicht irgendwelche Hintergedanken verfolgte, vielleicht wollte er einer Witwe den Hof machen. »Ich freue mich, wenn ich dir helfen kann. Sag mir, was ich tun soll.«

»Ich lade die Gäste ein, und du kümmerst dich um den Rest. Kauf dir ein schönes Kleid, bestell Blumen, und so weiter. Du weißt ja, was zu machen ist.« Und ob sie das wußte!

Bevor die ersten Gäste eintrafen, sah sie selbst noch einmal nach dem Rechten. Der große, ovale Chippendale-Tisch war für achtzehn Personen gedeckt, die Dekoration bestand aus drei großen Arrangements aus gelben und weißen Rosen und eleganten silbernen Kerzenleuchtern, und als Tafeltuch hatte sie eines aus Spitze genommen, das noch von ihrer Mutter stammte. Die Musiker, die sie auf Wunsch ihres Onkels engagiert hatte, stimmten bereits im großen Salon ihre Instrumente. Sie sah sich noch einmal um und stellte gerade fest, daß alles zu ihrer Zufriedenheit ausgefallen war, als sie bemerkte, daß Marie-Ange und Elisabeth oben auf der Galerie standen und über die Balustrade guckten.

»Dürfen wir ein bißchen zuschauen?«

»Aber nicht zu lange.« Sie drohte lachend nach oben und warf ihnen eine Kußhand zu. Sie trug ein blaßblaues Abendkleid aus Satin, das sie am Tag zuvor bei I. Magnin gekauft und die gleiche Farbe wie ihre Augen hatte. Sie hatte das Haar hochgesteckt und fühlte sich so elegant wie seit langem nicht mehr.

»Du siehst aus wie eine Prinzessin!« rief Elisabeth von oben.

»Danke, mein Liebling.«

Dann kam auch Onkel George herunter, die Gäste trafen ein, und das Dinner konnte beginnen. Im Verlaufe des Abends stellte Liane nicht ohne Stolz fest, daß alle sich gut amüsierten. Onkel George hatte die Sitzordnung selbst aufgestellt, da er ja die Gäste kannte, und Liane saß zwischen Thomas MacKenzie, einem geschiedenen Börsenmakler mit drei Söhnen, ungefähr vierzig Jahre alt, und dem Rechtsanwalt Lyman Lawson, der gleichaltrig zu sein schien, ebenfalls geschieden war und zwei kleine Töchter hatte. Als sie zwischendurch bemerkte, wie ihr Onkel sie aus den Augenwinkeln beobachtete, wurde ihr klar, was er mit dieser Einladung bezweckte: Er wollte sie mit den ledigen Männern in der Stadt bekannt machen. Sie war darüber ehrlich entsetzt; schließlich war sie ja verheiratet.

Es wurde ein netter Abend, aber sie bekam es, nachdem sie die Absichten von George erkannt hatte, plötzlich mit der Angst zu tun. Beim Frühstück am nächsten Morgen wollte sie dieses Thema ganz vorsichtig zur Sprache bringen.

»Na, mein Mädchen, wie hat dir denn der gestrige Abend gefallen?« erkundigte sich ihr Onkel, sichtlich zufrieden mit sich selbst.

»Sehr gut. Es war ein sehr netter Abend. Ich möchte mich bei dir dafür bedanken.«

»Keine Ursache. Ich hatte mich schon seit längerer Zeit für einige Einladungen revanchieren wollen, aber so ohne Frau im Haus ...« Er versuchte, eine betrübte Miene aufzusetzen, doch es gelang ihm nicht, und Liane mußte lachen.

»Und das soll ich glauben?« Sie entschloß sich, den Stier bei den Hörnern zu packen. »Onkel George, darf ich dir eine sehr direkte Frage stellen?«

»Das kommt darauf an, wie direkt sie ist.« Er lächelte ihr aufmunternd zu. In der kurzen Zeit, in der sie nun bei ihm war, war sie in seiner Achtung beträchtlich gestiegen, auch wenn sie mit einem ihm nicht genehmen Mann verheiratet war. Aber das würde sich ja ändern lassen. Sie war eine vernünftige Frau, die auch an die Mädchen denken mußte. »Was möchtest du denn gern wissen?«

»Du versuchst doch nicht, mich ... mit den Junggesellen der Stadt ... äh ... zu verkuppeln?«

Er tat ganz unschuldig, schien amüsiert. »Wären dir die Verheirateten lieber?« Er selbst hatte stets eine Schwäche für verheiratete Frauen gehabt.

»Nein, Onkel George. Am allerliebsten wäre mir, wenn Armand hier wäre.«

Erst nach einer Weile nahm George den Gesprächsfaden wieder auf. »Ich glaube nicht, daß es dir schadet, wenn du einige Männer kennenlernst. Oder bist du anderer Ansicht?«

»Das kommt darauf an, ob sie Bescheid wissen über mich. Glauben sie, daß ich schon geschieden bin?«

»Ich kann mich nicht mehr so genau erinnern, was ich gesagt habe.« Er räusperte sich und vertiefte sich in seine Zeitung. Sie nahm sie ihm vorsichtig aus den Händen und sah ihn forschend an.

»Ich hätte gern eine Antwort. Ich glaube, wir unterhalten uns über wichtige Dinge.«

»Der Meinung bin ich auch.« Er wich ihrem Blick nicht aus. »Es ist an der Zeit, daß du dir die Sache durch den Kopf gehen läßt. Dein feiner Mann ist weit weg, macht Gott weiß was, worüber wir uns nicht unterhalten werden, weil du es nicht willst. Aber du weißt, was ich davon halte. Du hättest einen besseren verdient.«

»Da kann ich dir nicht recht geben.« Als sie das sagte, mußte sie an Nick Burnham denken, doch sie verdrängte diesen Gedanken. »Ich bin verheiratet, Onkel George, und gedenke es auch zu bleiben. Ich habe des weiteren die Absicht, meinem Mann treu zu bleiben.« Ihr fielen zwar die Nächte auf dem Frachter wieder ein, doch sie schob auch diese Erinnerungen beiseite. Sie durfte nicht mehr an Nick denken. Von ihm zu träumen, würde zu nichts führen.

»Ob du ihm treu bleibst oder nicht, ist ganz allein deine Angelegenheit. Ich dachte mir nur, es wäre gut für dich, wenn du Leute kennenlernen würdest.«

»Nett von dir. Aber zu versuchen, meine Ehe kaputtzumachen, ist nicht nett.«

»Das ist doch keine Ehe, Liane.« Der Nachdruck, mit dem er dies feststellte, überraschte Liane.

»Warum nicht?«

»Was verbindet dich noch mit ihm!«

»Du hast kein Recht, dir ein Urteil darüber zu erlauben.«

»Aber ich habe das Recht, sogar die Pflicht, dich darauf aufmerksam zu machen, daß du deine Jugend an einen alten Mann verschwendest, der anscheinend nicht weiß, was er tut. Und du bist dumm, wenn du nichts dagegen unternimmst.«

»Vielen Dank.« Sie stand auf und verließ das Zimmer, hatte Gewissensbisse, weil sie sich undankbar vorkam. Er hatte es nur gut mit ihr gemeint, aber er wußte nicht, was er damit anrichtete. Sie würde Armand nie wieder betrügen. Nie wieder. Und plötzlich kam sie sich sehr dumm vor, daß sie das Spielchen ihres Onkels so ahnungslos mitgespielt hatte.

Dieses Gefühl wurde noch verstärkt, als Lyman Lawson sie am Nachmittag in der Rote-Kreuz-Zentrale anrief und zum Essen einlud, doch sie lehnte ab mit der Begründung, sie hätte keine Zeit. Er war nicht der einzige, der sie anrief; auch der Börsenmakler versuchte, sie zu einem Treffen zu überreden. Ihr war äußerst peinlich, daß ihr Onkel offensichtlich den Anschein erweckt hatte, sie wäre ledig. Würde sie diese irrige Annahme aus der Welt schaffen, würde sie damit jedoch ihren Onkel als Lügner bloßstellen. Die ganze Sache wurde für sie noch schlimmer, als einige Tage später in der Zeitung eine kurze Notiz über George Crocketts attraktive Nichte aus Washington erschien, die sich von ihrem Mann getrennt habe und nun in San Francisco lebte. Es wurde in dem Bericht außerdem angedeutet, sie würde in naher Zukunft zu einem sechswöchigen Aufenthalt in Reno aufbrechen.

»Onkel George, wie konntest du das tun?« rief sie entrüstet, als sie am Abend, die Zeitung schwenkend, zu ihm in die Bibliothek kam.

»Ich habe überhaupt nichts damit zu tun!« erwiderte er völlig unbeeindruckt, denn er war überzeugt, richtig gehandelt zu haben.

»Mußt du aber. Lyman Lawson hat mich heute wieder angerufen. Was soll ich den Männern denn bloß sagen?«

»Daß du gern mal mit ihnen zum Essen gehen würdest.«

»Ich will aber nicht!«

»Es wäre für dich eine Abwechslung.«

»Ich bin verheiratet! Ver-hei-ra-tet! Kapierst du das nicht?«

»Du kennst meine Meinung, Liane.«

»Aber du weißt auch, was ich davon halte. Wie würdest du denn meinen Kindern erklären, daß ich meinen Mann betrüge? Glaubst du, sie würden einfach vergessen, daß ihr Vater jemals existierte? Glaubst du, ich kann ihn so einfach vergessen?«

»Ich hoffe, daß du es mit der Zeit kannst.«

Sie wußte nicht, wie sie sich gegen die von ihrem Onkel eingefädelte Kampagne zur Wehr setzen sollte. Er brachte Bekannte mit nach Hause, lud abends sehr oft Leute auf einen Drink zu sich ein und holte sie vom Roten Kreuz zum Mittagessen mit Freunden ab. Liane hatte bald das Gefühl, alle unverheirateten Männer in der Stadt kennengelernt zu haben, und keiner schien verstehen zu können, daß sie an ihrer Ehe festhalten wollte. Es war schon fast komisch, wenn es ihr nicht so auf die Nerven gegangen wäre. Sie flüchtete sich in ihre karitative Arbeit, verbrachte soviel Zeit wie möglich mit ihren Töchtern und schlug jede Einladung aus.

»Wann gehst du aus, Liane?« schnauzte George sie eines Abends beim Dominospiel an. Sie stöhnte auf und machte eine abwehrende Geste.

»Morgen früh, wenn ich zur Arbeit gehe.«

»Ich meine abends.«

»Wenn der Krieg vorbei und Armand wieder hier ist. Ist dir das früh genug, oder soll ich gleich ausziehen?« schrie sie ihn an, machte sich deswegen aber gleich Vorwürfe. Sie senkte die Stimme. »Bitte, Onkel George, ich flehe dich an: Laß mich in Ruhe. Es ist für uns alles schon schwierig genug. Mach es mir bitte nicht noch schwerer. Ich weiß, du meinst es gut, aber ich will nicht mit den Söhnen von deinen Freunden und Bekannten ausgehen.«

»Du solltest dankbar sein, daß sie mit dir ausgehen wollen.«

»Warum sollte ich? Für die bin ich doch nur die Erbin von Crockett Shipping.«

»Das ist es also, was dir nicht paßt. Ich kann dich beruhigen. Sie sehen mehr in dir. Du bist eine schöne und intelligente Frau.«

»Ist ja gut, ist ja gut. Aber das ist nicht der springende Punkt. Ich bin verheiratet, das ist es.« Sie sprach so laut, daß die Mädchen ihr Gespräch mithören konnten.

»Warum will Onkel George denn, daß du mit anderen Männern ausgehst?« fragte Marie-Ange neugierig am anderen Morgen.

»Weil er spinnt«, erwiderte Liane giftig, während sie sich zum Weggehen fertig machte.

»Wirklich? Du meinst, er ist verkalkt?«

»Nein, ich meine – ach, laß mich doch in Ruhe. Meine Güte ...« Der eigentliche Grund für ihre Nervosität war, daß sie seit zwei Wochen keine Nachricht von Armand erhalten hatte und sich große Sorgen machte, daß ihm etwas zugestoßen wäre. Aber mit dieser Angst konnte sie nicht auch noch ihre Töchter belasten. »Hör mal, Onkel George meint es gut mit mir, aber es ist alles so kompliziert, daß ich es dir jetzt nicht erklären kann. Vergiß es einfach.«

»Wirst du mit anderen Männern ausgehen?« Marie-Ange schien besorgt.

»Natürlich nicht, du Dummerchen. Ich bin doch mit Papa verheiratet.« Es kam ihr vor, als würde sie in der letzten Zeit nur noch diesen Satz sagen.

»Ich glaube, Mr. Burnham mag dich. Als wir auf dem Schiff waren, habe ich gesehen, wie er dich ein paar Mal ganz komisch angesehen hat.« Kindermund. Liane unterbrach ihre Vorbereitungen und sah ihre Tochter an.

»Er ist ein sehr netter Mann, Marie-Ange. Wir sind sehr gute Freunde, das ist alles. Und er ist auch verheiratet.«

»Nein.«

»Natürlich ist er verheiratet.« Liane war bereits müde, bevor der Tag richtig begonnen hatte. Sie zog sich die Schuhe an und konnte es kaum erwarten, das Haus zu verlassen. »Du hast doch seine Frau letztes Jahr auf der *Normandie* gesehen, und auch seinen Sohn John.«

»Ja, ich weiß. Aber gestern stand in der Zeitung, daß er sich scheiden läßt.«

»Wie bitte?« Liane meinte, ihr Herz setze aus. »Wo?«

»In New York.«

»Ich meine, wo in der Zeitung?« Sie hatte nur die Weltnachrichten auf der ersten Seite gelesen, weil sie sonst zu spät zur Arbeit gekommen wäre.

»Ich weiß es nicht mehr. Es stand nur drin, daß sie Krach miteinander haben und er sich von ihr scheiden lassen will. Er will seinen Sohn behalten, aber sie will ihn auch.«

Liane war wie benommen. Ein Dienstmädchen half ihr, die gestrige Zeitung zu finden. Marie-Ange hatte recht gehabt. Da stand es. Ein kleiner Artikel auf der dritten Seite. Nick Burnham und seine Frau würden die Gerichte bemühen. Sie und Philip Markham hätten in New York einen Skandal verursacht, und Nick habe die Scheidung eingereicht. Außerdem habe er das Sorgerecht für seinen Sohn beantragt, doch ob er es erhalten würde, wäre völlig ungewiß.

Als Liane in die Rote-Kreuz-Zentrale kam, war sie versucht, ihn anzurufen. Aber sie legte den Hörer wieder auf, bevor sie die Nummer des Fernamts wählte. Auch wenn er sich scheiden ließ, sie würde sich nicht scheiden lassen. Für sie hatte sich nichts verändert, auch nicht an ihren Gefühlen für ihn. Und Armand.

28

In der Woche vor Weihnachten kam Nick Burnham energischen Schrittes in das Büro seines Rechtsanwaltes.

»Haben Sie einen Termin bei Mr. Greer?« fragte die Sekretärin.

»Nein, ich habe keinen.«

»Tut mir leid, aber er hat gerade eine Unterredung mit einem Klienten und muß anschließend ins Gericht.«

»Dann warte ich solange.«

»Aber ich kann Sie nicht ...« Sie wollte ihn loswerden, doch als er ihr in die Augen schaute, wich sie einen Schritt zurück. Er war ein gutaussehender Mann, doch seine entschlossene Miene erweckte den Eindruck, als würde er bei der geringsten Provokation selbst vor einem Mord nicht zurückschrecken. Noch nie hatte sie einen solch wütenden Mann gesehen. »Wen darf ich melden?«

»Nicholas Burnham.« Sie hatte den Namen schon einmal gehört und ging nun in das Zimmer des Rechtsanwalts. Als der Klient zehn Minuten später Ben Greers Büro verließ, wurde Nick hineingebeten. »Hallo, Nick! Wie geht's?«

»Mehr schlecht als recht.«

»Na, na, mein Junge.« Er konnte an Nicks Gesichtsausdruck ablesen, daß die Dinge nicht zum besten standen. Er hatte Ringe unter den Augen, und seine Kiefermuskulatur war derart angespannt, daß man beinahe zu sehen glaubte, wie Nick die Wut herunterschluckte.

»Möchtest du etwas trinken?«

»Seh' ich etwa so schlecht aus?« Nick nahm Platz, lehnte sich, nun etwas entspannter wirkend, im Sessel zurück und versuchte ein Lächeln. »So schlimm ist alles nun auch wieder nicht.«

»Der Meinung bin ich nicht, denn sonst wärst du ja wohl nicht hier. Was kann ich für dich tun?«

»Meine Frau umbringen.« Es klang wie ein Scherz, doch Ben Greer war sich dessen nicht ganz sicher. Er hatte schon mehrmals in seiner Laufbahn solche versteinerten Gesichtszüge gesehen, und einmal mußte er am Ende den Klienten wegen Mordes anstelle der angestrebten Scheidung verteidigen. Nick holte tief Luft, fuhr mit der Hand durch sein Haar und sah Ben Greer traurig an.

»Wie du weißt, habe ich zehn Jahre lang versucht, meine Ehe zu retten, doch es ist mir nicht gelungen.« Jeder wußte das in New York, auch Mr. Greer. »Als ich im Juli aus Europa zurückkam, habe ich meiner Frau nachdrücklich erklärt, daß ich die feste Absicht hätte, die Beziehung aufrechtzuerhalten. Unsere Ehe war zu diesem Zeitpunkt ...«, er suchte verzweifelt nach Worten, »... allerhöchstens noch ein Zweckbündnis, doch ich wollte wegen des Kindes keine Scheidung.«

Greer nickte zustimmend. Er hatte diese Geschichte schon zigmal gehört. »Meine Frau hatte damals schon seit ungefähr einem Jahr ein Verhältnis mit Philip Markham. Ich sagte meiner Frau, ich würde, auch wenn es mir schwerfällt, dieses Verhältnis dulden, aber auf gar keinen Fall einer Scheidung zustimmen. Und was glaubst du, was dieser Scheißkerl gestern gemacht hat?«

»Ich sterbe vor Neugier.«

Nick konnte über diese Äußerung nicht lachen. »Er hat meinem Sohn eine Pistole an den Kopf gehalten. Als ich von der Firma nach Hause kam, saß er so, als wäre es ganz normal, in meinem Salon, richtete die Pistole auf John und sagte mir, daß er meinen Sohn töten würde, wenn ich Hillary nicht gehen ließe.« Nicks Gesicht wurde dabei kreidebleich, und der Rechtsanwalt runzelte die Stirn. Die Dinge standen nicht zum besten.

»War die Pistole geladen, Nick?«

»Nein, aber das wußte ich in dem Moment nicht. Ich stimmte daher einer Scheidung zu, worauf er die Pistole einsteckte ...« Nick mußte wieder an diesen Augenblick denken, biß die Zähne zusammen und ballte die Hände zu Fäusten.

»Was hast du anschließend gemacht?«

»Ich hab' den Scheißkerl zusammengeschlagen. Er hat jetzt drei gebrochene Rippen, 'nen gebrochenen Arm und zwei Zähne weniger. Hillary ist gestern abend ausgezogen und hat Johnny mitnehmen wollen. Ich habe ihr gesagt, daß ich sie und Markham umbringe, wenn sie meinen Sohn nicht in Ruhe lassen und sich noch einmal in meinem Haus blicken lassen, und das ist mein voller Ernst.«

»Nun, du hast ausreichend Gründe für eine Scheidung.« Das war natürlich keine Neuigkeit für Nick. »Kannst du aber auch einen Ehebruch nachweisen?«

»Mit Leichtigkeit.«

»Welche Gründe kannst du anführen, um das Sorgerecht für deinen Sohn zu beanspruchen?«

»Er hat meinen Sohn mit einer Pistole bedroht. Reicht das etwa nicht aus?«

»Die Waffe war aber nicht geladen, außerdem hat Markham es getan und nicht deine Frau.«

»Aber sie hat es geduldet. Sie saß da und hat ihn nicht daran gehindert.«

»Vielleicht wußte sie, daß die Waffe nicht geladen war. Ich gebe zwar zu, daß das ein fauler Trick war, aber es ist noch kein Grund, dir das Sorgerecht zuzusprechen.«

»Aber es gibt genügend andere Gründe. Sie ist eine Rabenmutter. Johnny war ihr immer ganz egal. Meine Frau hatte damals sogar eine Abtreibung in Erwägung gezogen. Seit seiner Geburt hat sie sich nie richtig um ihn gekümmert. Als ich nach dem Kriegsausbruch in Europa bleiben mußte, hat sie ihn zehn Monate lang einfach zu ihrer Mutter abgeschoben und ihn, bis ich zurückkam, kaum gesehen. Hillary ist keine verantwortungsbewußte Mutter. Oder siehst du das anders?« Nick war wütend aufgesprungen und lief erregt auf und ab. Er hätte nie auf Liane hören sollen. Es wäre besser gewesen, wenn er sich von Hillary schon vor sechs Monaten getrennt und um das Sorgerecht für seinen Sohn bemüht hätte. Aber er hatte es leider nicht getan, und nun hatte er auch sie verloren. Wenn er schon damals frei gewesen wäre, wer weiß, was dann geschehen wäre. Der Abschied von Liane schmerzte ihn immer noch so wie vor ungefähr einem halben Jahr.

»Ist Hillary bereit, auf das Sorgerecht zu verzichten?«

Nick mußte sich zwingen, seine Gedanken wieder zu ordnen, und er schüttelte den Kopf. «Sie fürchtet, die Leute könnten schlecht über sie reden, wenn sie das Kind aufgibt. Sie glaubt, man würde sie dann als eine Säuferin und Hure bezeichnen, was sie ja tatsächlich auch ist, aber sie ist nicht bereit, das auch in der Öffentlichkeit bekannt werden zu lassen. Warum sie es nicht will, ist mir schleierhaft, wo sie doch nichts getan hat, um geheimzuhalten, daß sie mit jedem schläft, der ihr über den Weg läuft.« Nick mußte zugeben, daß das in letzter Zeit nicht mehr der Fall war. Sie war Markham so treu, wie sie es ihm nie gewesen war.

»Das wird keine einfache Sache werden, Nick. Wirklich nicht einfach. Die Scheidung ist bei den vorliegenden Gründen nur ein Klacks, außerdem will sie ja auch geschieden werden.

Die Fälle hingegen, bei denen es auch noch um das Sorgerecht geht, sind ganz verzwickte Angelegenheiten. Meistens spricht das Gericht der Mutter das Sorgerecht zu, es sei denn, sie ist geistig nicht zurechnungsfähig. Selbst wenn sie eine Säuferin ist, wie du es nanntest, oder eine Hure, reicht das in den meisten Fällen noch nicht dafür aus, daß dem Vater das Sorgerecht zugesprochen wird. Die Gerichte vertreten die Meinung, daß die Kinder bei der Mutter, nicht beim Vater bleiben sollten.«

»Aber nicht in diesem Fall.«

»Vielleicht hast du recht. Aber wir müssen Beweise vorlegen, und das wird ein schmutziges Geschäft werden. Du wirst vor Gericht viel dreckige Wäsche waschen müssen. Willst du wirklich, daß dein Sohn das alles mitbekommt?«

»Nein, natürlich nicht. Aber wenn es nicht anders geht, werde ich es tun. Wenn du mir sagst, daß ich keine andere Wahl habe, dann werden wir eben eine Kampagne starten, die es in sich hat. Sie hat mir während der vielen Jahre genügend Munition geliefert, die ich jetzt rücksichtslos verschießen werde. Auf lange Sicht wird es für Johnny gut sein.«

Greer nickte zustimmend. Er mochte diese schwierigen Fälle. »Wenn du recht hast und sie den Jungen gar nicht unbedingt will, wird sie vielleicht nachgeben.«

»Sie muß.« Nick war jedoch selbst nicht felsenfest davon überzeugt, daß sie klein beigeben würde. »In der Zwischenzeit will ich eine richterliche Verfügung, die Markham den Umgang mit meinem Sohn verbietet!«

»Wo ist der Junge jetzt?«

»Er ist bei mir in unserer Wohnung. Ich habe dem Dienstmädchen gesagt, sie soll Hillary nicht hereinlassen, wenn sie ihre Sachen abholen will. Die werde ich selbst zu Markhams Wohnung schicken.«

»Sie hat aber ein Recht, das Kind zu sehen.«

»Wehe, wenn sie das verlangt. Nicht, solange sie mit einem Mann verkehrt, der eine Pistole auf meinen Sohn richtet.«

»Das war nur, damit du in die Scheidung einwilligst, Nick.«

»Nun, ich habe eingewilligt. Wirst du den Fall übernehmen?«

»Ja, aber eines möchte ich von vornherein klarstellen: Ich weiß nicht, wie das Gericht entscheiden wird, Nick.«

»Das ist mir im Augenblick egal. Versuch dein Bestes.«

»Wirst du befolgen, was ich dir rate?«

»Wenn es mir vernünftig erscheint.« Nick lächelte bei seinen Worten, während Greer vom Schreibtisch aus mahnend den Zeigefinger hob. »Schon gut, schon gut. Wie lange, glaubst du, wird es bis zur Urteilsverkündung dauern?« – »Wenn du dich mit deiner Frau einigen kannst, die Scheidung in Reno vornehmen zu lassen, dann nicht mehr als sechs Wochen. Was das Sorgerecht betrifft, mußt du möglicherweise lange auf das Urteil warten.«

»Wie lange etwa? Ich möchte Johnny und mich nicht zu lange damit belasten.«

»Vielleicht ein Jahr.«

»Mist. Aber wenn ich den Prozeß gewinne, wird sie dann für immer aus seinem Leben verschwinden?«

»Kann sein, du könntest aber auch versuchen, ihr das Sorgerecht abzukaufen.«

Nick schüttelte den Kopf. »Darauf würde sie sich nicht einlassen. Sie erbt sechs Millionen Dollar, und Markham hat auch ein kleines Vermögen.«

»Das geht also nicht. Wir müssen deinen Prozeß mit fairen und ehrlichen Mitteln gewinnen.«

»Und wenn das nicht geht, dann greif zu unlauteren Mitteln.« Nick und Ben Greer mußten bei dieser Bemerkung verschmitzt lächeln.

»Du sagst mir, zu welchen Mitteln, und ich werde entsprechend handeln. Ich werde die richterliche Verfügung heute für dich erwirken. Ich muß in einer halben Stunde im Gericht sein.« Er schaute dabei auf die Uhr. »Außerdem möchte ich dich irgendwann treffen, damit wir über unsere Kampagne reden. Wie wär's mit nächster Woche?«

Nick sah ihn enttäuscht an. »Geht es nicht früher?«

»Bis zur Verhandlung über das Sorgerecht wird es ohnehin mindestens sechs Monate dauern.«

»Also gut. Aber, Ben«, – er schaute den Rechtsanwalt mit durchdringendem Blick an – »denke immer an eines.«

»Und das wäre?«

»Ich will den Prozeß gewinnen.«

29

Nick sah Hillary mehrere Tage lang nicht mehr. Als sie dann in die Wohnung zurückkehrte, erwartete er sie bereits. Im Glauben, Nick sei im Büro, schloß sie mit ihrem Schlüssel, den sie ja noch besaß, die Wohnungstür auf und ging auf Zehenspitzen die Treppe hinauf. Nick hatte jedoch damit gerechnet, daß sie so etwas tun würde, und war deshalb nicht mehr in die Firma gegangen, seit sie ausgezogen war. Er hatte alle Anrufe in seiner Wohnung entgegengenommen und Johnny nicht mehr zur Schule gehen lassen. Johnny war gerade in seinem Zimmer, als Hillary die Tür öffnete. Nick stand direkt hinter ihr.

»Verlaß sofort das Haus.« Sie machte einen Satz, als sie seine Stimme hörte, und sah, daß sein Gesicht vor Zorn bleich war. Hillary verspürte plötzlich Angst, daß er sie schlagen würde.

»Ich komm', um meinen Sohn zu holen.« Sie versuchte ruhig zu wirken, doch Nick erkannte, daß sie am ganzen Körper zitterte. Sie wandte sich John zu. »Pack deine Sachen. Du kommst mit mir.« Der Junge blickte sofort seinen Vater an. »Johnny, geh bitte ins Arbeitszimmer, ich möchte mit deiner Mutter reden.«

»Du sollst deine Sachen packen!« rief Hillary. Nick ging ins Kinderzimmer und führte das verängstigte Kind heraus.

»Daddy, wird sie mich mitnehmen?«

»Nein, das wird sie nicht, mein Sohn. Es wird alles wieder gut werden. Sie ist nur ein bißchen aufgeregt. So, und jetzt geh nach unten. Bist ein braver Junge.«

Nick beobachtete den Jungen, wie er hinunter ins Arbeitszimmer rannte, drehte sich um und ging in das Schlafzimmer seines Sohnes zurück. Hillary war gerade dabei, Kleider in einen Koffer zu werfen. »Das hat keinen Zweck, Hil, das ist nur Zeitverschwendung. Ich rufe die Polizei, wenn du nicht gehst, und die wird dich dann rauswerfen. Oder du verschwindest lieber jetzt freiwillig und ersparst mir und dir den Ärger.«

»Du kannst meinen Sohn nicht hierbehalten. Ich werde ihn mitnehmen«, erwiderte sie mit funkelndem Blick.

»Du bist eine Nutte. Du verdienst es nicht, seine Mutter zu sein.« Hillary wollte ihren Ehemann ohrfeigen, doch er hielt ihren Arm fest. »So, und jetzt raus. Geh wieder zu deinem Scheißkerl, der mit dir zusammen sein will. Ich will es nicht mehr.«

Hillary starrte ihn in ohnmächtiger Wut an. Sie wußte, daß sie den Kampf so nicht gewinnen konnte, doch sie würde ihn am Ende gewinnen, komme, was wolle. »Das Kind gehört mir.«

»Nicht, solange du mit einem Mann zusammenlebst, der eine Pistole auf meinen Sohn richtete, um mich zu erpressen. Ich nehme an, daß ihr die richterliche Verfügung bekommen habt.«

Sie nickte. Markham hatte sie am Tag zuvor erhalten. »Gut, jetzt verlaß das Haus, bevor ich die Polizei rufe.«

»Du kannst mir meinen Sohn nicht einfach wegnehmen, Nick«, sagte sie weinerlich. Nick mußte sich zusammennehmen, um sie nicht zu schlagen. Statt dessen riß er die Tür auf und wartete, daß sie den Raum verließ.

»Du hast das Kind nie gewollt. Warum also ausgerechnet jetzt?«.

»Wenn ich das Kind nicht bekomme, ist mein Name ruiniert ...« Sie begann zu weinen. Philips Mutter bereitete ihnen schon genug Ärger. Der größte Teil seines Vermögens war durch seine vier Scheidungen aufgebraucht, und nun hatte er sich an seine Mutter gewandt mit der Bitte, ihm aus der finanziellen Klemme zu helfen. Er war gezwungen, sich ihr Wohlwollen zu erhalten, denn er war darauf angewiesen, sie einmal zu beerben. Zu Hillary hatte er gesagt, sie müßte unbedingt den Jungen bekommen, weil sonst nicht abzusehen wäre, wie seine Mutter reagieren würde. Sie hatte vorausgesagt, daß das nicht ohne weiteres möglich sein würde, denn sie kannte Nick zu genau. Während sie Nick nun ansah, wußte sie, daß eine ganze Menge Ärger auf sie wartete.

»Raus!«

»Wann kann ich ihn sehen?«

»Nach der Verhandlung.«

»Wann wird das sein?«

»Vielleicht im nächsten Sommer.«

»Bist du verrückt? Bis dahin kann ich mein Kind nicht sehen?«

Es stimmte zwar nicht mit dem überein, was sein Rechtsanwalt ihm erzählt hatte, aber das war ihm völlig gleichgültig. Er war nicht bereit, diese Frau in Johnnys Nähe kommen zu lassen. Nick zitterte noch bei dem Gedanken, wie Markham die Pistole auf das Kind gerichtet hatte, während sie ganz ruhig dabeisaß und alles geschehen ließ. Sie hatte vielleicht gewußt, daß die Waffe nicht geladen war, Johnny aber nicht. Der Junge war kreidebleich gewesen, hatte Todesängste ausgestanden und kaum zu atmen gewagt. Allein die Erinnerung an diesen Vorfall ließ in Nick den Wunsch wach werden, sie umzubringen.

»Nach allem, was du getan hast, hast du es nicht verdient, den Jungen jemals wiederzusehen.«

»Ich habe doch überhaupt nichts getan!« schrie sie ihn an. »Philip wollte dir doch nur einen Schrecken einjagen.«

»Herzlichen Glückwunsch. Hoffentlich werdet ihr glücklich. Das ist genau der richtige Mann für dich, Hil. Es ist nur schade, daß du ihn nicht schon viel früher kennengelernt hast.« Er packte sie am Arm, zog sie aus Johnnys Schlafzimmer hinunter in die Halle.

»So, raus jetzt, bevor ich dich hinausprügele.« Sie sah ihn kurz mit einem sonderbaren Blick an. Würde er seine Drohung wahrmachen, käme ihr das sehr zupaß. Sie war schwanger und wollte abtreiben lassen. Philip hatte versprochen, in New Jersey jemanden zu suchen, der die Abtreibung vornehmen würde. Er wollte genausowenig ein Kind wie sie, doch für den Fall, daß er keine einigermaßen seriöse Adresse genannt bekäme, hatte er den Vorschlag gemacht, zu heiraten, und zwar so bald wie möglich. Deshalb auch die Geschichte mit der Pistole. Sie mußten heiraten, bevor seine Mutter Wind von der ganzen Sache bekam.

»Wenn du mich bedrohst, Nick, wird dich Philip umbringen.«

»Das soll er mal versuchen.«

Sie ließ Nick nicht aus den Augen und ging langsam zur Eingangstür. Es wollte ihr kaum in den Sinn, daß diese Wohnung einmal ihr Zuhause gewesen war. Es bedeutete ihr jetzt nichts mehr, hatte ihr eigentlich auch nie etwas bedeutet. Auch was sie für Philip empfand, hatte sie für Nick nie empfunden. Als sie die Tür erreichte, drehte sie sich um und schaute ihn lange und verbittert an.

»Du wirst den Prozeß nicht gewinnen, Nick. Niemals. Man wird mir Johnny zusprechen.«

»Nur über meine Leiche.«

»Das« – lächelte sie ihn süßsauer an – »wäre einfach zu schön.« Mit dieser schnippischen Bemerkung verließ sie die Wohnung. Nick ging ins Arbeitszimmer, um nach John zu schauen. Er lag auf der Couch und weinte leise. Nick setzte sich neben ihn und strich ihm sanft übers Haar. »Es ist alles in Ordnung, mein Junge. Alles in Ordnung.«

Johnny drehte sich um und sah seinen Vater an. »Ich will nicht zu ihr und diesem Mann.«

»Das brauchst du auch nicht, glaube ich.«

»Bist du sicher?«

»Fast sicher. Es dauert zwar ein bißchen, aber wir werden gewinnen. Ich werde vor Gericht gehen, und wir werden dann bis zum letzten kämpfen.« Nick beugte sich nieder und küßte das Haar des Jungen. »Nach den Weihnachtsferien, mein Junge, gehst du wieder zur Schule, und alles wird wieder wie früher sein, abgesehen davon, daß nur noch wir beide hier wohnen, ohne Mami.«

»Ich habe gedacht, der Mann erschießt mich.«

Bei dem Gedanken daran biß Nick wieder die Zähne zusammen. »Dann hätte ich ihn auch getötet.« Nick zwang sich dann dazu, den Jungen anzulächeln. Sie mußten wieder zu einem normalen Leben zurückfinden. »So etwas wird nicht noch einmal passieren.«

»Aber was ist, wenn sie zurückkommen?«

»Das können sie nicht.«

»Warum nicht?«

»Das ist zu schwer zu erklären, aber das Gericht hat ihm ein Schriftstück zugeschickt, in dem ihm verboten wird, sich in deiner Nähe aufzuhalten.«

Während Johnny am Nachmittag in seinem Zimmer spielte, traf Nick Vorkehrungen. Von der New Yorker Polizei heuerte er drei Leibwächter an, die Johnny rund um die Uhr beschützen sollten. Einer von ihnen würde immer in der Nähe des Jungen sein, in der Wohnung, in der Schule und im Park. Sie würden Johnny wie Schatten folgen.

Am folgenden Tag lasen beide erleichtert in der Klatschspalte der Zeitung, daß Hillary und Philip Markham nach Reno gefahren waren. Nicks Rechtsanwalt hatte ihnen sofort mitgeteilt, daß Nick mit einer Scheidung in Reno einverstanden und sie, solange er sie nicht anfocht, auch rechtsgültig wäre. Hillary hatte keine Zeit vergeudet. Sie hatte es sehr eilig, geschieden zu werden, um dann Philip Markham heiraten zu können. Nick war glücklich; es war Heiligabend, und er wollte die Feiertage in aller Ruhe mit Johnny verbringen. Am ersten Weihnachtstag gingen sie zum Spielen in den Park. Nick hatte Johnny ein neues Fahrrad, einen Fußball und ein paar Skier gekauft. Der Junge probierte sie gleich auf einem kleinen Hügel aus, und ein Leibwächter stand etwas abseits und beobachtete sie lächelnd.

Johnny war ein aufgeweckter Junge und Nick ein guter Vater. Nick hoffte inständig, den Prozeß zu gewinnen. Bis dahin konnte ihm niemand den Jungen wegnehmen.

30

»Frohe Weihnachten, Onkel George.« Liane überreichte ihm ein großes Päckchen, während er sie verdutzt anschaute. Sie saßen vor dem Weihnachtsbaum in der Bibliothek. Seit Jahren war in diesem Haus kein Baum mehr aufgestellt worden, doch George wollte, daß die Kinder schöne Weihnachten verlebten.

»Ihr sollt mir doch nichts schenken!« Er schien ein bißchen

verlegen, als er das Geschenk auspackte. Er zeigte sich sehr erfreut, als er den in Dunkelblau und Weinrot gemusterten, seidenen Bademantel sah. Liane hatte ihm außerdem ein dazu passendes Paar marineblaue Wildleder-Pantoffeln gekauft. Sie hatte ihren Onkel wegen seines abgetragenen Bademantels schon oft geneckt, worauf er dann immer sagte, er hätte ihn schon vierzig Jahre und würde ihn immer noch gern anziehen. Die Mädchen schenkten ihm eine neue Taschenuhr, von der sie ebenso begeistert waren wie er.

Liane hatte ihre Töchter bei der Auswahl des Geschenks bei Shreve's beraten. Darüber hinaus hatten die Mädchen noch kleinere Geschenke in der Schule angefertigt: Aschenbecher, Schmuck für den Weihnachtsbaum und kleine Bilder. Elisabeth hatte für ihn außerdem einen Abdruck ihrer Hand in Ton gemacht. Es war ein Weihnachtsfest, das George zu Tränen rührte. Liane freute sich darüber ganz besonders, denn er hatte soviel für sie alle getan, daß es ein angenehmes Gefühl war, ihm zur Abwechslung auch einmal eine Freude machen zu können.

Am Heiligabend aßen sie zu Hause und fuhren anschließend gemeinsam durch die Stadt, um sich die Weihnachtsbeleuchtung anzuschauen. Während der Fahrt machte sich Liane Sorgen um Armand und fragte sich, wie er wohl das Weihnachtsfest in Paris verbringen würde. Sie vermutete, daß es für ihn sicherlich kein schönes Fest sein würde, denn sie wußte, wie sehr er sie und die Kinder vermißte. Es war das erste Mal in den elf Jahren, daß sie Weihnachten nicht gemeinsam feierten, und sie verspürte deswegen plötzlich einen dumpfen Schmerz in ihrer Brust.

Onkel George sah den traurigen Blick in ihren Augen, als sie am St. Francis ausstiegen, um Tee zu trinken. Es stimmte ihn ebenfalls traurig, denn er wünschte, daß sie Armand vergessen und einen anderen Mann kennenlernen würde, doch er wußte auch, daß sie an Weihnachten unweigerlich an ihren Gatten denken mußte.

»Onkel George, schau mal.« Die Kinder brachten beide auf andere Gedanken. Sie hatten gerade das riesige, im Foyer aufgebaute Lebkuchenhaus entdeckt. Es war so groß, daß sie darin hätten spielen können, und war mit Tausenden kleiner Bonbons und Tonnen von Zuckerwatte verziert. »Schaut doch nur!« Liane stand lächelnd neben den Mädchen, doch ihre Gedanken schweiften in die Ferne. Seit Tagen schon machte sie sich verzweifelte Sorgen um Armand.

»Monsieur de Villiers?« Armand schaute von seinem Schreibtisch auf. Es war Heiligabend, aber für ihn dennoch kein Grund, nicht zu arbeiten. Einige wenige seiner Kollegen waren ebenfalls im Amt, in dem seit Wochen eine angespannte Atmosphäre herrschte. Die Résistance hatte während des letzten Monats ihre Aktivitäten so verstärkt, daß Pétains Leute große Schwierigkeiten hatten, das Heft in der Hand zu behalten. Die Deutschen waren darüber alles andere als erfreut. Um ihre Entschlossenheit zu verdeutlichen, war es erst zwei Tage zuvor zur ersten öffentlichen Hinrichtung gekommen. Jacques Bonsergent wurde wegen »eines Gewaltaktes gegen einen Offizier der deutschen Armee« erschossen. Dumpfe Niedergeschlagenheit hatte sich danach in Paris ausgebreitet. Selbst die Lockerung der Ausgangssperre am Heiligabend konnte nichts daran ändern. Die Cafés durften in dieser Nacht bis halb drei nachts geöffnet bleiben, der Straßenverkehr mußte ab drei Uhr ruhen. Nach der Hinrichtung Bonsergents wollte jedoch niemand mehr ausgehen, abgesehen von den Deutschen.

In diesem Winter war es in Paris bitterkalt, und das Wetter entsprach ganz Armands Stimmung. Er hatte fast kein Gefühl mehr in den Händen, als er an seinem Schreibtisch saß und an Liane und seine Töchter dachte.

»Monsieur, haben Sie das schon gesehen?« Sein eifriger, junger Sekretär reichte ihm mit verächtlichem Blick ein Flugblatt. Es trug den Titel »La Résistance‹, datiert vom 15. Dezember 1940, und erhob den Anspruch, die erste Ausgabe des einzigen Bulletins seiner Art zu sein. Als Herausgeber der Schrift war das Nationale Komitee für öffentliche Sicherheit genannt; sie informierte darüber, »wie es wirklich ist«, und entlarvte die von der Besatzungsmacht verbreitete Propaganda. Es wurde unter anderem von den Studentendemonstrationen im November und von der anschließenden Schließung der Universität am 12. November berichtet. Weiter hieß es, daß die Untergrundbewegung ihren Einfluß hatte weiter ausbauen können; sie sei noch nie stärker gewesen als jetzt im Dezember. »*Soyez courageux, nos amis, nous vainquerons les salauds et les Boches. La France survivra malgré tout ... Vive de Gaulle!*« ... Seid tapfer, Freunde, wir werden die Verräter und die deutschen Schweine besiegen. Frankreich wird trotz allem überleben ... Es lebe de Gaulle! ...

Nachdem Armand das Flugblatt gelesen hatte, bedauerte er sehr, daß er es nicht Liane zeigen konnte. Er würde es auch nicht wagen können, es ihr in einem seiner Briefe zu schicken und behalten durfte er es auf keinen Fall. Armand gab es deshalb seinem Sekretär zurück und fragte sich, was aus Jacques Perrier geworden war. Er war im Sommer nach Mers-el-Kebir in Algerien gegangen, um de Gaulle zu unterstützen. Der französischen Flotte war dort eine schwere Niederlage zugefügt worden; mehr als tausend Menschen hatten dabei den Tod gefunden. Armand hatte vor ein, zwei Monaten erfahren, daß Perrier noch lebte, und hoffte, er würde den Krieg überleben. Sein Sekretär sah ihn nun fragend an und erwartete offensichtlich eine Reaktion.

»*Ça ne vaut pas grand-chose.*« Das hat nichts zu bedeuten. »Machen Sie sich darüber keine Gedanken.«

»Diese Schweine. Nennen sich die wahre Presse.«

Zum Glück gibt es sie, dachte Armand, und fragte sich, warum sich dieser junge Mann auf die Seite der Deutschen geschlagen hatte. Er unterstützte Armand, der nun in Paris offizieller Verbindungsmann zwischen Pétains Leuten und den deutschen Besatzern war, fast mit Übereifer. Ihre Aufgabe bestand darin, Kunstwerke, die den Deutschen zu übergeben waren, und die Namen von Juden und mutmaßlichen Résistance-Kämpfern weiterzumelden. Es war eine anstrengende Tätigkeit, und Armand sah um zehn Jahre älter aus, seit Liane nach Amerika gegangen war. Gleichzeitig bot diese Arbeit aber eine vorzügliche Gelegenheit für ihn, falsche Tatsachen weiterzuleiten, die Kunstschätze, von denen er Liane geschrieben hatte, zu retten, und Menschen bei der Flucht nach Südfrankreich zu helfen, indem er Berichte unterdrückte oder ihnen gefälschte Papiere zuspielte. Der junge Mann, der ihm das Flugblatt gegeben hatte, war das größte Hindernis dabei. Er war zu eifrig, wie auch jetzt wieder, wo er doch Weihnachten bei seiner Familie oder seiner Freundin verbringen könnte. Aber er versuchte mit allen Mitteln, Armand zu imponieren.

»Wollen Sie nicht langsam nach Hause gehen, André? Es ist schon spät.«

»Ich werde mit Ihnen gehen, Monsieur.« Er bewunderte Armand, weil er seiner Ansicht nach ein bedeutsamer Mann war, anders als die Verräter, die mit de Gaulle nach Nordafrika geflohen waren. Wenn er jedoch in diesem Moment Armands Gedanken hätte lesen können, wäre ihm ein eiskalter Schauer über den Rücken gelaufen. Armand kamen jedoch die vielen Jahre im diplomatischen Dienst zugute. Er war immer freundlich, ruhig und fleißig, hatte manchmal sogar brillante Ideen. Deshalb hatte Pétain ihn unbedingt haben wollen, deshalb schätzte ihn das deutsche Oberkommando so sehr, obwohl man sich dort nie ganz sicher war, ob man ihm bedenkenlos vertrauen konnte. Später vielleicht, aber jetzt noch nicht. Die Pétain-Regierung war noch nicht lange im Amt und bestand eben doch nur aus Franzosen, denen nicht zu trauen war. Es gab jedoch bei den Deutschen keine Zweifel daran, daß Armand ihnen sehr nützliche Dienste erwiesen hatte.

»Das kann noch Stunden dauern, André.«

»Macht nichts, Monsieur.«

»Wollen Sie denn nicht wenigstens einige Stunden an Weihnachten zu Hause verbringen?« Sie waren den ganzen Tag zusammen im Büro gewesen, und der junge Mann machte ihn mit seiner Anwesenheit nervös.

»Weihnachten ist nicht so wichtig wie das hier.«

Aber was hatten sie die ganze Zeit schon getan? Endlose Listen mit Namen von Juden waren sie durchgegangen, darunter von solchen, die nur ganz entfernte jüdische Vorfahren hatten, und sich angeblich in Vororten versteckt hielten. Die Arbeit machte

Armand krank, sein Sekretär tat sie dagegen gern. Armand hatte ganze Gruppen von Namen übergangen, wann immer es ihm möglich war, und heimlich Listen im offenen Kamin verbrannt.

Vollkommen entnervt entschloß sich Armand schließlich, nach Hause zu gehen. Es gab hier nichts mehr, womit er sich beschäftigen konnte. Außerdem mußte er sich endlich damit abfinden, daß niemand zu Hause auf ihn wartete. Er setzte André Marchand in der Rue Septième ab und fuhr zum Place du Palais-Bourbon, während ihm die Gedanken an Liane und die Kinder tiefen Kummer bereiteten.

»Gute Nacht, Kinder.« Liane gab ihnen einen Kuß, als sie schon in ihren Betten lagen. »Fröhliche Weihnachten.«

»Mami?« Marie-Ange hob den Kopf, nachdem ihre Mutter das Licht ausgeschaltet hatte, und Liane blieb in der Tür stehen.

»Ja, was ist?«

»Wann hast du das letzte Mal von Papa gehört?« Sie fühlte die ihr schon vertraute Mischung aus Sorge und Sehnsucht.

»Das ist noch nicht so lange her.«

»Geht es ihm gut?«

»Ja, es geht ihm gut, und er vermißt euch sehr.«

»Darf ich irgendwann einmal seine Briefe lesen?«

Liane zögerte zunächst, nickte dann aber. Es stand zuviel in den Briefen, was nur für sie bestimmt war, doch das Kind hatte ein Recht auf einen Kontakt zum Vater. Er hatte zuwenig Zeit und Papier, um den Kindern öfter schreiben zu können.

Den größten Teil seiner Energie und die meisten Gedanken sparte er sich für Liane auf. »Einverstanden.«

»Was schreibt er denn?«

»Zum Beispiel, daß er uns liebt; dann schreibt er über den Krieg und die Dinge, die er gesehen hat.«

Marie-Ange nickte zufrieden und sah im Licht, das vom Flur hereinschien, erleichtert aus. »In unserer Schule sagt niemand, daß er ein Nazi ist.«

»Er ist ja auch keiner.« In Lianes Stimme lag tiefe Trauer.

»Ja, ich weiß.« Nach einer kurzen Pause wünschte sie ihrer

Mutter eine gute Nacht und fröhliche Weihnachten. Liane ging noch einmal durch das Zimmer und gab ihr einen Kuß. Ihre Tochter war jetzt elf Jahre alt und entwickelte sich recht schnell.

»Ich hab' dich sehr lieb.« Liane mußte schlucken, um die Tränen zu unterdrücken. »Und Papi hat dich auch ganz lieb.«

Liane sah, daß ihre Tochter Tränen in den Augen hatte. »Ich hoffe, daß der Krieg bald vorüber ist. Ich vermisse ihn so sehr.« Sie schluchzte. »Ich war ... so böse ... als ... sie ihn ... einen Nazi ... genannt haben ...«

»Ruhig ... Liebling ... wir kennen die Wahrheit, und das ist alles, was wichtig ist.«

Marie-Ange stimmte ihr zu, drückte ihre Mutter noch einmal an sich und legte sich anschließend mit einem Seufzer zurück. »Ich möchte, daß Papi bald nach Hause kommt.«

»Er wird kommen. Wir müssen nur beten, daß wir bald wieder alle zusammen sind. So, und nun schlaf!«

»Gute Nacht, Mami.«

»Gute Nacht, Liebes.« Sie schloß leise die Tür und ging in ihr eigenes Schlafzimmer. Es war jetzt 20 Uhr, also schon 5 Uhr in Paris. Armand lag in seinem Bett, schlief fest und träumte von seiner Frau und den Kindern.

31

Im Dezember verbrachte Roosevelt einen vierzehntägigen Angelurlaub in der Karibik. Er kehrte von ihm mit einer revolutionären Idee zurück, dem sogenannten Leih- und Pacht-Programm für England. Im Rahmen dieses Programms würden die USA an Großbritannien auf Kredit riesige Mengen an Waffen liefern und ihrerseits britische Marinestützpunkte von Neufundland bis Südamerika benutzen dürfen. Den Vereinigten Staaten wäre es so möglich, ihre Neutralität zu wahren und gleichzeitig die Briten zu unterstützen. Roosevelts Vorschlag war konkreter Ausdruck des Umdenkungsprozesses, der in Amerika gegen Ende des Jahres 1940 in Gang gekommen war. Man hatte erkannt, daß Hitler für Europa eine tödliche Bedrohung darstellte, und die Bewunderung für England erreichte ihren Höhepunkt. Die Engländer waren ein tapferes Volk, das um sein Überleben kämpfte. Deshalb stieß Churchills Hilfeersuchen auch nicht auf taube Ohren: »Gebt uns die nötige Unterstützung, und wir werden unsere Pflicht erfüllen ...« Am 6. Januar sprach Roosevelt vor dem Kongreß. Mit Hilfe des Leih- und Pacht-Programms wollte er den Engländern die nötige »Unterstützung« gewähren. Es entzündete sich eine heftige Debatte, die zwei Monate lang geführt wurde. Sie hatte ihren Höhepunkt noch nicht erreicht, als Hillary Burnham als geschiedene Frau am 8. Februar aus Reno zurückkehrte.

Sie hatte etwas mehr als sechs Wochen mit Philip Markham im Riverside-Hotel gewohnt und nach ihrer Scheidung, so wie es Usus war, den schmalen Ehering, den sie von Nick bekommen hatte, in den Truckee-Fluß geworfen. Einen Diamantring, den Nick ihr zusammen mit dem Ehering geschenkt hatte, behielt sie, um ihn nach ihrer Rückkehr nach New York zu verkaufen. Aber sie hatte eigentlich andere, viel wichtigere Dinge im Kopf. Sie versuchte, Johnny nach der Schule zu sehen, doch sein Leibwächter ließ sie nicht in seine Nähe. Deshalb stürmte sie ohne Ankündigung in Nicks Büro, ohne sich von seiner Sekretärin daran hindern zu lassen. Sie blieb demonstrativ an der Tür stehen; sie trug einen neuen Zobel und einen großen Diamantring, der ihm gleich auffiel.

»Ach, der große Meister ist also doch da. An dich kommt man ja schwerer ran als an den Präsidenten.« Sie wirkte äußerst selbstbewußt, zu allem entschlossen, und sah wunderschön aus. Dagegen war Nick jedoch nun immun. Er schaute von seinem Schreibtisch auf, als sei er gar nicht überrascht, sie zu sehen.

»Hallo, Hillary. Was willst du?«

»Kurz und schmerzlos: meinen Sohn.«

»Verlang was anderes. Vielleicht hast du mehr Glück.«

»Nein. Wer ist der Gorilla, der wie ein Schießhund auf ihn aufpaßt?«

Nicks Augen blitzten unfreundlich. »Du hast also versucht, ihn zu sehen?«

»Genau das hab' ich. Er ist auch mein Sohn.«

»Nicht mehr. Das hätte dir schon viel früher einfallen müssen.«

»Du kannst mich nicht einfach so wegschicken, Nick, so gern du es auch tun würdest. Ich bin immer noch Johnnys Mutter.« Nicks Miene verriet seine Unnachgiebigkeit, als er aufstand und den Raum durchquerte.

»Du hast für den Jungen nie etwas übrig gehabt.« Doch er irrte. Seit kurzem hatte sie sehr viel für ihn übrig. Ihre Hochzeit mit Philip war für den 12. März angesetzt, und seine Mutter äußerte sich schon die ganze Zeit kritisch über das juristische Hickhack zwischen Nick und Hillary, das viel Staub aufgewirbelt hatte. Sie wollte unbedingt, daß Hillary das Sorgerecht zugesprochen bekam, um einen Skandal zu vermeiden. Es war für sie schon Skandal genug, daß Philip und Hillary zusammenlebten.

»Ich heirate in fünf Wochen und will, daß Johnny dann bei mir ist.«

»Warum? Damit die Leute nicht reden? Fang doch nicht damit an.«

»Er gehört zu mir. Philip und ich lieben ihn.«

»Das ist aber komisch.« Nick lehnte sich gegen seinen Schreibtisch. Er mied ihre Nähe. »Ich glaube mich daran zu erinnern, daß er derjenige war, der eine Pistole auf meinen Sohn gerichtet hat.«

»Um Himmels willen, hör doch endlich damit auf.«

»*Du* wolltest mich doch sprechen und nicht ich dich. Wenn dir nicht paßt, was ich sage, dann verschwinde.«

»Nicht, bevor du mir erlaubst, meinen Sohn zu sehen. Und wenn nicht ...«, ihre Augen funkelten ihn hinterlistig an, »... werde ich mir vom Gericht eine Verfügung besorgen, und dann wirst du dazu gezwungen.« Philip hatte mit ihr bereits seine Rechtsanwälte aufgesucht, und Hillary war von deren Stil beeindruckt gewesen. Es handelte sich bei ihnen um ganz ausgebuffte Advokaten.

»Ach ja? Aber warum ruft dann dein Anwalt nicht einfach meinen an, um darüber zu diskutieren? Du hättest dir das Fahrgeld hierher sparen können.«

»Das kann ich mir leisten.«

»Stimmt allerdings.« Er lächelte ironisch. »Aber dein Zukünftiger kann's nicht. Ich hab' gehört, daß er sein Geld verpulvert hat und seiner Mutter auf der Tasche liegt.«

»Du Scheißkerl ...« Er hatte genau ihren wunden Punkt getroffen. Sie ging zur Tür und riß sie auf. »Du wirst von meinen Rechtsanwälten hören.«

»Schöne Hochzeit.« Sie knallte die Tür zu, und er griff zum Telefon, um Ben Greer anzurufen. »Ich weiß, daß du das nicht hören willst, Nick, aber du mußt sie Johnny sehen lassen. Du läßt den Jungen doch bewachen, also kann nichts passieren.«

»Der Junge möchte sie aber nicht sehen.«

»Er ist noch zu jung, um das entscheiden zu können.«

»Wo steht das?«

»In den Gesetzen des Staates New York.«

»Mist.«

»Ich glaube, es wäre geschickter, wenn du sie ihn besuchen läßt. Vielleicht verliert sie, wenn sie ihn einige Male gesehen hat, irgendwann das Interesse daran. Außerdem wäre das für uns vor Gericht von Vorteil. Überleg dir das also ganz genau.«

Das tat Nick auch, doch er beharrte weiter auf seinem Standpunkt, als er Greer einige Tage später in dessen Büro aufsuchte.

»Du weißt, daß sie, wenn du es nicht zuläßt, eine Verfügung vom Gericht erwirken kann, durch die du gezwungen wirst, ihr Besuche bei Johnny zu erlauben.«

»Das sagte sie auch.«

»Da hat sie zufällig recht. Übrigens, wie heißen ihre Anwälte?«

»Es müssen die von Markham sein. Fulton und Matthews.« Bei den Namen runzelte Greer die Stirn. »Kennst du sie?«

Greer nickte. »Harte Burschen, Nick, mit allen Wassern gewaschen.«

»Noch raffinierter als du?« Nick lachte zwar bei seinen Worten, doch er machte sich Sorgen.

»Ich hoffe nicht.«

»Du *hoffst* nicht? Das ist keine Antwort. Kannst du gegen sie gewinnen oder nicht?«

»Ich kann es, habe auch schon gegen sie gewonnen, aber ich war ihnen auch einige Male unterlegen. Tatsache ist, daß sie von den versiertesten Anwälten der Stadt vertreten wird.«

»Das war klar. Na und?«

»Du läßt sie den Jungen besuchen.«

»Das macht mich krank.«

»Genauso krank macht es dich, wenn du dazu gezwungen wirst.«

»Schon gut, schon gut.« An diesem Abend beauftragte Nick seine Sekretärin, Hillary anzurufen und ihr einen Besuchstag am folgenden Wochenende vorzuschlagen. Er hatte eigentlich eine Absage erwartet, doch sie sagte zu. Zum vereinbarten Termin erschien sie in der Wohnung. Nick hatte vorher den Leibwächter instruiert, die Polizei zu rufen, wenn Markham sie begleiten würde, und ihn verhaften zu lassen. Aufgrund der richterlichen Verfügung, die er damals erwirkt hatte und die noch immer galt, war das sein Recht, doch Markham war klug genug, nicht mitzukommen. Hillary kam allein; sie sah in ihrem marineblauen Kostüm und dem Nerzmantel, den Nick ihr geschenkt hatte, recht ernst aus.

Nick blieb unten in seinem Arbeitszimmer, während der Leibwächter vor dem Kinderzimmer wartete. Nick hatte darauf bestanden, daß die Tür offen blieb. Für alle Beteiligten war dieser Besuch in jeder Hinsicht nicht einfach, und als Hillary ging, tupfte sie sich die Augen und küßte Johnny zum Abschied.

»Ich werde dich bald wiedersehen, Liebling.« Als sie gegangen war, schien der Junge verwirrt und durch die Tränen seiner Mutter verunsichert.

»Vati, sie hat gesagt, sie müßte jede Nacht im Bett weinen. Sie sah wirklich traurig aus …« Johnnys Miene verriet, daß er todunglücklich war, während er seinem Vater die Geschenke zeigte, die sie mitgebracht hatte: eine neue Baseballmütze, einige Spielzeugpistolen, einen großen Stoffbären, für den er eigentlich schon zu alt war, und eine Eisenbahn. Sie wußte nicht, was der Junge am liebsten mochte und hatte deshalb gleich alles gekauft. Nick mußte sich zwingen, sich eines Kommentares zu enthalten, denn er wußte, daß er den Jungen dadurch nur noch mehr durcheinanderbringen würde. Hillary spielte ihm etwas vor, und seiner Meinung nach war es besser, den Jungen nicht noch mehr zu verwirren, als er es ohnehin schon war. An der ganzen Situation änderte sich in den folgenden Wochen nichts. Hillary kam jeden Sonntag, mit Geschenken beladen, und weinte vor Kummer im Zimmer ihres Sohnes. Johnny nahm immer mehr ab und war extrem nervös. Nick erwähnte dies gegenüber seinem Rechtsanwalt.

»Hör mal, sie treibt das Kind zum Wahnsinn. Er weiß gar nicht mehr, was er von der ganzen Geschichte halten soll. Sie sitzt nur da, weint und erzählt ihm jede Menge Blödsinn, zum Beispiel, daß sie jede Nacht im Bett weinen müßte.«

Nick fuhr sich nervös mit der Hand durchs Haar. Er hatte am Morgen eine Auseinandersetzung mit seinem Sohn gehabt, als er sie eine Hexe genannt und Johnny sie daraufhin verteidigt hatte.

»Ich habe dir gesagt, daß es hart werden würde, und es wird noch schlimmer. Fulton und Matthews sind keine Dummköpfe; sie sagen ihr genau, was sie zu tun hat. Die beiden haben das Drehbuch geschrieben, und sie spielt ihre Rolle perfekt.«

»Ein schönes Theater, das sie da spielt.«

»Natürlich, aber was erwartest du sonst von ihr?«

»Sie ist zu allem fähig.«

Bis zu ihrem Hochzeitstag ließ Hillary keinen Besuchstermin aus. Anschließend verbrachte sie mit Philip drei Flitterwochen in der Karibik. Sie brauchte diese Pause dringend. Nach der Abtreibung, die Philip in Reno arrangiert hatte, war es ihr gesundheitlich nicht zum Besten gegangen, und ihre Besuche bei Johnny hatte sie als überaus anstrengend empfunden. Sie hatte es satt, ihm andauernd Geschenke kaufen und mit einem von Tränen durchnäßten Taschentuch herumfuchteln zu müssen.

»Was soll ich denn noch machen?« fragte sie Philip am Strand von St. Croix. »Er ist kein dummer Junge, dem man leicht was vormachen kann, und er ist verrückt nach seinem Vater. Ich hab' bereits den ganzen blöden Spielzeugladen leergekauft. Also was noch?«

»Nun, du solltest an eines denken. Meine Mutter hat gedroht, daß sie mir kein Geld mehr gibt, wenn das ganze Hickhack nach unserer Rückkehr nicht aufhört.«

»Du bist ein erwachsener Mann. Sag ihr, sie soll hin, wo der Pfeffer wächst.« Hillary verlor die Geduld. Die Hitze in der Karibik setzte ihr zu, machte sie nervös. »Was zum Teufel soll ich sonst noch tun?«

»Ich weiß nicht. Was ist mit deinem Erbe? Es könnte einfacher sein, da dranzukommen, als Burnham zu zwingen, das Kind herauszugeben.«

»Es ist fest angelegt und ich komm' erst ran, wenn ich fünfunddreißig bin. Das dauert noch sechs Jahre.«

Die Einkünfte, die sie aus den Zinsen erhielt, halfen zwar ein gehöriges Stück weiter, reichten jedoch den beiden nicht, um den gewohnten Lebensstil fortzuführen. Dazu brauchten sie Mrs. Markhams finanzielle Unterstützung.

»Dann müssen wir eben das Kind bekommen. Nick ist ein Dummkopf. Er wird nicht gewinnen, wenn wir vor Gericht gehen.«

»Sag *ihm* das.« Sie seufzte und schaute in die Sonne. »Er ist ein sturer Bock.« Sie wußte, wovon sie sprach.

»Er ist ein Idiot. Er verliert sowieso, und meine Mutter macht mich bis zur Urteilsverkündung verrückt.« Philip starrte hinaus aufs Meer; Hillary stand auf und lief am Strand entlang. Sie war verärgert darüber, daß Philip so sehr unter dem Pantoffel seiner Mutter stand. Es hatte früher nicht danach ausgesehen, doch nun war es eine Tatsache. Als Hillary zurückkam und sich neben Philip legte, seufzte sie und schloß wegen der grellen Sonne ihre Augen. Alle Probleme mit Johnny waren für sie jedoch schnell vergessen, als sich ihr Ehemann auf sie rollte und ihr das Oberteil des Badeanzugs herunterzustreifen begann.

»Philip, laß daß!« protestierte sie, aber sie lachte dabei. Er war ein Draufgänger, und das hatte ihr von Anfang an an ihm gefallen.

»Warum nicht? Es ist weit und breit kein Mensch zu sehen.«

»Aber was ist, wenn jemand kommt?«

Er brachte sie mit einem Kuß zum Schweigen, und kurz darauf lagen ihr Badeanzug und seine Badehose im Sand. Während sie am Strand lagen und sich liebten, dachte keiner von beiden auch nur für eine Sekunde an Johnny.

32

Am 1. April kamen Hillary und Markham nach New York zurück, aber Nick hörte erst eine Woche später von ihr. Es war ungewöhnlich warm und Hillary sagte ihm am Telefon, sie wolle mit Johnny in den Zoo gehen. Ihr Anruf machte seine Hoffnungen zunichte, sie würde möglicherweise ihre Besuche nach ihrer Rückkehr unterlassen; nun hatte sie sich doch wieder gemeldet. Er saß in seinem Büro und sprach verärgert in den Hörer:

»Warum ausgerechnet in den Zoo?«

»Wieso nicht? Er ist schon immer gerne in den Zoo gegangen.«

Das traf zwar zu, nur wäre Nick wohler bei dem Gedanken, ihr Besuch würde bei ihm zu Hause stattfinden, weil er dann mitbekäme, was vor sich ging. Dann kam ihm aber der Gedanke, daß, wenn er ihr den Wunsch abschlagen sollte, sie es dem Jungen erzählen würde und er dann für ihn der Buhmann wäre.

»Schon gut, schon gut.« Er würde den Leibwächter mitschicken, obwohl er von Hillary eigentlich nichts zu befürchten hatte. Sie würde die Zeit bis zur Gerichtsverhandlung nützen, dem Jungen Unmengen von Spielzeug zu kaufen, um Eindruck auf ihn zu machen. Er fühlte sich trotzdem wohler bei dem Gedanken, den Leibwächter dabei zu wissen.

Am Samstag nachmittag erschien sie pünktlich um zwei Uhr in einem roten Kostüm, mit einem dazu passenden Hut und weißen Handschuhen. Sie sah wie die Unschuld in Person und sehr hübsch aus.

»Hallo, Liebling, wie ging's dir denn so?«

Sie hatte Johnny umgurrt wie eine Taube, dachte Nick, als beide gegangen waren. Sie hatte sogar daran gedacht, sich für den Zoo flache Schuhe anzuziehen. Nachdem sie die Wohnung verlassen hatten, ging er in sein Arbeitszimmer, weil er noch etwas arbeiten wollte.

Da das Leih- und Pacht-Programm im März endlich verabschiedet worden war, erhielt sein Konzern umfangreiche Aufträge aus Washington. Nick war sogar zweimal nach Washington gefahren, um die Diskussionen im Kongreß zu verfolgen. Mit dem Ergebnis konnte er zufrieden sein. Es bedeutete für ihn zwar eine Menge zusätzlicher Arbeit, doch andererseits verdreifachte sich sein Umsatz. Dank des Krieges in Europa gingen die Geschäfte von Burnham Steel sehr gut.

Er hatte gerade die Hälfte des Aktenstapels durchgearbeitet, als es an der Tür klopfte und der Leibwächter atemlos hereinstürmte. Er war den ganzen Weg vom Zoo bis hierher gerannt, hielt die Pistole noch immer in der Hand und schaute Nick ziemlich gehetzt an.

»Mr. Burnham ... Johnny ist verschwunden.«

Sein Gesicht war leichenblaß, aber Nick war noch blasser, als er von seinem Stuhl hochsprang.

»Was?!«

»Ich weiß überhaupt nicht, wie das passieren konnte ... Ich verstehe das nicht ... Sie standen genau neben mir und sie wollte ihm etwas in der Nähe des Löwenkäfigs zeigen. Plötzlich sind beide losgerannt ... und dann waren da noch drei Männer. Sie hatten im Auto auf dem Rasen geparkt. Ich bin wie der Teufel gerannt, aber ich hatte Angst zu schießen und eventuell den Jungen zu treffen ...«

Der Mann hatte plötzlich Tränen in den Augen. Er mochte den Jungen, aber auch Nick, und nun hatte er so jämmerlich versagt. »Mein Gott ... Ich weiß nicht, wie ich's erklären soll ...« Er sah vollkommen hilflos aus, und Nick schüttelte ihn wie ein kleines Kind mit seinen kräftigen Händen.

»Sie haben tatenlos zugesehen, wie sie meinen Sohn mitgenommen haben. Sie haben zugelassen, daß meine Frau ...« Er war außer sich vor Wut und hatte große Mühe, sich zurückzuhalten. Er stieß den Mann gegen den Schreibtisch, griff dann nach dem Telefon, um die Polizei zu verständigen. Danach wählte er die Privatnummer von Greer. Seine schlimmsten Befürchtungen hatten sich bewahrheitet. Sein Kind war verschwunden. Knapp eine halbe Stunde später erschienen die Polizei und Greer fast gleichzeitig. »Sie hat meinen Sohn entführt«, sagte Nick mit zitternder Stimme. Der Leibwächter schilderte den Polizisten den Tathergang. Nick wandte sich an Ben: »Ich will, daß er gefunden wird und sie ins Gefängnis kommt.«

»Das geht nicht, Nick.« Ben schien zwar ebenfalls bestürzt, doch seine Stimme klang ruhig.

»Das muß gehen, verdammt noch mal. Wozu haben wir denn überhaupt ein Lindbergh-Gesetz?«

»Sie ist aber doch seine Mutter, das ist doch etwas ganz anderes.«

»Aber Markham ist nicht sein Vater. Der steckt dahinter. Mein Gott ...« Ben legte ihm beschwichtigend die Hand auf die Schulter.

»Sie werden den Jungen finden.«

»Und was dann?« Seine Augen füllten sich mit Tränen, und sein Unterkiefer bebte. »Dann verlier' ich ihn durch Gerichtsbeschluß, oder? Verdammt noch mal, gibt es denn überhaupt keine Chance, daß ich meinen Sohn behalte?«

Daraufhin ging er nach oben, schlug die Tür zu seinem Zimmer zu, vergrub das Gesicht in seinen Händen und begann leise zu weinen.

33

Liane las in San Francisco am nächsten Tag die Zeitungen. JOHNNY BURNHAM VERSCHWUNDEN! lauteten die Schlagzeilen, und gleich darunter: ERBE VON BURNHAM STEEL GEKIDNAPPT. Ihr Herz begann wie wild zu klopfen. Erst als sie mit zittrigen Händen den Artikel unter den Schlagzeilen las, wurde ihr bewußt, daß Hillary den Jungen entführt hatte. Sie wußte, daß Nick außer sich sein mußte, und dachte wieder daran, ihn anzurufen. Aber was konnte sie ausgerechnet jetzt tun? Ihr Mitgefühl und Bedauern ausdrücken? Unsinn wäre es, ihn zu fragen, wie es ihm ginge. Das war ihr schon beim Lesen des Berichts klargeworden. Nick mußte während der Suche nach Johnny vollkommen mit den Nerven fertig sein.

Während der folgenden zwei Monate verfolgte sie genau die Nachrichten. Johnny war immer noch nicht gefunden worden, und auch sonst gab es nur schlechte Nachrichten.

Rudolf Hess, Hitlers Stellvertreter, war angeblich in einem Anfall geistiger Verwirrung auf eigene Faust nach England geflogen mit der Absicht, die Engländer zu einem Waffenstillstand zu bewegen. Er wurde jedoch sofort inhaftiert, worauf Hitler ihn für verrückt erklärte. Anscheinend war er aber doch nicht ganz so verrückt. Ende Juni war klar, was er zu erreichen versucht hatte. Er wollte die britische Kapitulation erreichen, damit Hitler gefahrlos Truppen von der Westfront abziehen konnte. Am 22. Juni fiel Hitler in Rußland ein und brach damit den Nichtangriffspakt. Die Wehrmacht überschritt die Grenze der UdSSR gleichzeitig an mehreren Stellen, und zum Entsetzen aller starben bei den ersten Angriffen schon unzählige Menschen. Innerhalb weniger Tage war ein Gebiet größer als Frankreich besetzt.

Der Einfall in Rußland hatte zur Folge, daß am 25. Juli Roosevelts rechte Hand, Harry Hopkins, nach Moskau flog, um den Russen ein Leih- und Pacht-Programm anzubieten; er stieß jedoch auf Ablehnung. Hopkins konnte dennoch einen Erfolg vorweisen: er erreichte, Churchill und Roosevelt zu einem Zusammentreffen zu bewegen, das dann am 9. August in der Argentina Bay vor Neufundland stattfand und die sogenannte Atlantik-Charta zum Ergebnis hatte. Für Churchill und Roosevelt war es das erste Zusammentreffen überhaupt. Beide kamen per Schiff: Churchill auf der *Prince of Wales,* und Roosevelt auf der *Augusta.* Sie konferierten abwechselnd auf beiden Schiffen, die der Kriegslage entsprechend getarnt waren. Beide Verhandlungspartner waren mit den Ergebnissen ihres Zusammentreffens außerordentlich zufrieden, und man kam überein, England zusätzliche Hilfe zukommen zu lassen. Johnny aber war von seinem Vater immer noch nicht gefunden worden.

Schon einige Zeit zuvor war der Gerichtstermin verschoben worden. Nick Burnham hatte in den vier Monaten seit Johnnys Verschwinden fünfundzwanzig Pfund abgenommen. Ganze Heerscharen von Polizeibeamten und Leibwächtern hatten die Staaten bis in den letzten Winkel durchkämmt, sogar in Kanada wurden Nachforschungen angestellt. Der Junge blieb aber einfach unauffindbar. Dieses eine Mal war es Hillary tatsächlich gelungen, Nick zu übertölpeln. Ihm blieb nur zu hoffen, daß dem Jungen nichts geschehen war. Doch dann kam die wunderbare Wende. Am 18. August erhielt Nick einen geheimnisvollen Anruf. Eine anonyme Stimme behauptete, ein Kind, das John sehr ähnlich sehe, sei in Süd-Carolina in der Nähe eines früher sehr beliebten Badeorts gesehen worden; es wäre dort in Begleitung seiner Eltern, seine Mutter hätte blondes Haar. Nick charterte eine Maschine und flog selbst mit drei Leibwächtern an den bezeichneten Ort, wo noch ein Dutzend Männer zu ihnen stieß. Und so fanden sie sie – Johnny, Philip Markham und Hillary mit blond gefärbten Haaren. Sie hatten sich ein kleines, älteres Haus gemietet und lebten darin mit zwei schwarzen Dienstmädchen und einem älteren Butler. Markham hatte seiner Mutter versprochen, daß die Aufregung um ihn und Hillary zu Ende wäre, aber die Entführung hatte die Sache nur noch verschlimmert. Sie befürchtete nun, ihr Sohn müsse möglicherweise ins Gefängnis. Sie finanzierte das geheime Versteck, wo sie in Ruhe abwarten wollten, bis sich die Wogen geglättet hatten. Allerdings bestand sie darauf, daß sie den Jungen irgendwann zurückgaben. Wie sich schließlich herausstellte, hatte sie sich nicht mehr anders zu helfen gewußt, als Nick, den sie bei seinem Besuch schätzen gelernt hatte, den anonymen Tip zu geben.

Als Markham zum ersten Mal die Megaphone hörte, nachdem die Leibwächter das Haus umstellt hatten, war sein erster Gedanke, einfach loszurennen. Es war aber schon zu spät. Er sah sich zwei Männern gegenüber, die Pistolen auf ihn richteten.

»Nein, nicht ...« Er versuchte, seine Haut zu retten. »Nehmen Sie das Kind.« Die zwei Männer taten, wie ihnen geheißen, doch in diesem Moment trat Nick ihm wütend in den Weg.

»Falls du Scheißkerl es jemals wieder wagen solltest, auch nur in unsere Nähe zu kommen, bring' ich dich eigenhändig um. Hast du das kapiert?« Er packte ihn an der Kehle, und die Leibwächter sahen zu, wie Hillary auf die beiden zurannte und Nick am Arm festzuhalten versuchte.

»Um Gottes willen, laß ihn los.«

»Der liebe Gott hat damit überhaupt nichts zu tun.« Er drehte sich zu Hillary um und schlug ihr mit dem Handrücken ins Gesicht, worauf Philip ihn packte und ihm einen Schlag ans Kinn versetzte. Nick taumelte, rappelte sich aber sofort wieder auf und schlug Philip zu Boden.

»Aufhören! ... Aufhören!« schrie Hillary verzweifelt. Nick war jedoch nicht mehr zu bremsen in seiner Wut, packte Markham am Kopf, stieß ihn auf den Boden und ließ ihn einfach liegen. Markham blutete ziemlich stark aus einer Platzwunde über dem Auge und stöhnte leise im Schmutz vor sich hin. Hillary rannte auf Nick zu und brachte ihm Kratzer im Gesicht bei, aber er stieß sie einfach beiseite und ging geradewegs auf seinen Sohn zu. »Auf geht's, Junge. Gehen wir nach Hause.« Sein Unterkiefer schmerzte fürchterlich, aber als er Johnny an die Hand nahm und mit ihm, von den Leibwächtern begleitet, zu dem geparkten Wagen ging, waren die Schmerzen vergessen. Zurück blieben Hillary und Markham, der immer noch am Boden lag, und die beiden farbigen Dienstmädchen, die die Szene von der Veranda des kleinen Hauses aus beobachtet hatten. Im Wagen drückte Nick seinen Sohn eng an sich und küßte ihn, ließ seinen Tränen freien Lauf und schämte sich ihrer nicht. Die letzten vier Monate waren für ihn die Hölle gewesen, und er hoffte, etwas Ähnliches nie wieder durchleben zu müssen.

»Ach Daddy«, seufzte Johnny und schmiegte sich ganz eng an seinen Vater. Er war gerade zehn Jahre alt geworden und Nick hatte den Eindruck, als wäre er inzwischen ein ganzes Stück gewachsen. »Ich wollte dir sagen, daß mit mir alles in Ordnung ist, aber ich durfte dich nicht anrufen.«

»Haben sie dir weh getan, mein Junge?« Nick wischte sich die Augen, aber der Junge schüttelte den Kopf. »Nein, sie haben mir nichts getan. Mami hat gesagt, daß Mr. Markham jetzt mein Vater wäre. Als aber seine Mutter zu Besuch kam, sagte sie ihm, er muß mich zurückgeben, oder dir wenigstens Bescheid sagen, daß mir nichts passiert ist.« Nick beschloß, sich persönlich bei ihr für den Anruf zu bedanken. »Sie hat auch noch gesagt, daß sie ihm nie wieder Geld geben wird und daß er wahrscheinlich im Gefängnis landet.« Nick wünschte sich das zwar auch, aber er wußte jetzt schon, daß dies nicht der Fall sein würde. »Sie war immer sehr nett zu mir und fragte mich immer, wie es mir geht. Mami hat aber immer gesagt, sie wäre eine alte Hexe.« Die Leibwächter und Nick mußten lachen, und während der Fahrt hatte Johnny noch viel zu erzählen. Nick erfuhr von ihm schließlich allerdings nur noch, daß den beiden Entführern die Sache über den Kopf gewachsen war und sie nicht wußten, was sie mit dem Jungen anfangen sollten. »Müssen wir mit Mami jetzt immer noch vors Gericht?«

»So schnell wie möglich.« Nach dieser knappen Feststellung wirkte Johnny ziemlich niedergeschlagen. Als er jedoch zu Hause in seinem Bett lag und die Hand seines Vaters hielt, lächelte er wieder. Nick blieb bei ihm, bis er eingeschlafen war, ging dann leise in sein eigenes Zimmer und zerbrach sich den Kopf darüber, wie das alles enden würde.

In San Francisco las Liane am nächsten Tag die gute Nachricht. JOHNNY BURNHAM GEFUNDEN. Eine Woche später wurde der 1. Oktober als Gerichtstermin festgesetzt. Als die Verhandlung über das Sorgerecht schließlich begann, wurde die Berichterstattung darüber jedoch von der über das Zusammentreffen zwischen Averell Harriman, Lord Beaverbrook und Stalins Außenminister Molotow in Moskau aus den Schlagzeilen verdrängt. Das Ergebnis dieser Konferenz war ein von allen Teilnehmern unterzeichnetes Protokoll, in dem festgehalten wurde, daß die Vereinigten Staaten und England der Sowjetunion Hilfe zukommen lassen würden, und Harriman hatte mit den Sowjets ein Leih und Pacht-Abkommen bis zu einer Höhe von einer Milliarde Dollar getroffen. Stalin forderte, daß die Vereinigten Staaten direkt in den Krieg eingriffen, aber auf Roosevelts Anweisung wies

Harriman diese Forderung zurück. Rußland gab sich schließlich mit der Lieferung von Hilfsgütern und Waffen zufrieden. Nachdem die Übereinkunft getroffen war und die Diskussion darüber nachließ, konnte Liane lesen, daß in New York das Verfahren Burnham gegen Markham in vollem Gange war.

34

Hillary kam zum Gerichtsgebäude in einem dunkelgrauen Kostüm, einem weißen Hut, und ihr Haar hatte wieder seine natürliche Farbe. Sie befand sich in Begleitung ihrer Anwälte. Als sie sich zwischen beiden auf ihrem Stuhl niederließ, sah sie ungewöhnlich ernst aus. Nick nahm seinen Platz neben Ben Greer ein, der ihn immer wieder daran erinnern mußte, nicht so grimmig in Hillarys Richtung zu schauen.

Der Verhandlungsgegenstand wurde verlesen – das Sorgerecht für den zehn Jahre alten Sohn John – und beiden Parteien die Möglichkeit gegeben, eine Stellungnahme abzugeben. Ben Greer beschrieb Hillary als eine Frau, die eigentlich nie ein Kind haben wollte, ihren Sohn äußerst selten sah, ausgedehnte Reisen ohne ihn unternahm und während ihrer Ehe mit Nick Burnham zahllose intime Beziehungen zu anderen Männern unterhielt.

Die Anwälte Fulham und Matthews erklärten, daß Hillary ihren Sohn abgöttisch liebe und sie völlig aufgelöst und bestürzt gewesen sei, als ihr Mann ihr verbot, den Jungen mitzunehmen, als sie ihn verließ. Mr. Markham wurde als ein Mann geschildert, der Kinder sehr gerne habe und seiner Frau helfen wolle, für Johnny ein Heim zu schaffen. Die Anwälte von Hillary zeichneten dann ein negatives Bild von Nick Burnham. Er sei ein sehr eifersüchtiger und gewalttätiger Mann, der seine Frau bedroht und alles getan habe, um die Mutter-Sohn-Beziehung zu zerstören, und zwar nur deshalb, weil er über die Tatsache, daß seine Frau sich von ihm scheiden lassen wollte, nicht hinwegkam. Das Thema der Kindesentführung wurde von ihnen nur äußerst vorsichtig angegangen. Durch den Verlust des Kindes völlig verzweifelt und vollkommen hilflos angesichts der Drohungen von Nick, habe Hillary John bis zur Gerichtsverhandlung zu sich nehmen wollen. Dann sei ihr die Sache über den Kopf gewachsen. Sie habe Angst gehabt, zu Nick zurückzukehren, habe befürchtet, er würde dem Kind etwas antun. Während der Verhandlung mußte sich Nick sehr zusammennehmen, um nicht aufzuspringen und laut loszulachen angesichts des blühenden Unsinns, der aufgetischt wurde. Am schlimmsten aber traf ihn die Erkenntnis, daß die andere Partei ein ernstzunehmender Gegner war. Fulham und Matthew verstanden ihr Handwerk. Greer war zwar auch ein guter Anwalt, doch Nick beschlich das ungute Gefühl, er sei seinen Konkurrenten nicht gewachsen.

Die Dauer der Verhandlung war auf drei Wochen anberaumt worden; Johnny sollte als letzter Zeuge aussagen. Er erkrankte aber in der dritten Verhandlungswoche an Mumps, und der Vorsitzende vertagte seine Einvernahme auf den 14. November. Nick und sein Anwalt glaubten, daß die Unterbrechung für sie auch von Vorteil wäre; sie würde ihnen erlauben, nach weiteren Zeugen zu suchen und sie für die Verhandlung zu benennen. Nick war allerdings bald enttäuscht darüber, daß nur wenige zur Aussage bereit waren. Die meisten Leute wollten nicht in die Auseinandersetzung vor Gericht hineingezogen werden. Niemand wollte Genaueres sagen ... es sei alles schon so lange her ... Sogar Mrs. Markham war nicht bereit, für ihn als Zeugin aufzutreten. Sie glaubte, schon alles für ihn getan zu haben, indem sie ihn über den Aufenthaltsort des Kindes unterrichtet hatte; den Rest müsse er selbst erledigen. Ihrer Meinung nach war bereits zuviel Schaden angerichtet worden. Sein und ihr Name tauchten schon viel zu oft ständig in den Schlagzeilen auf, und sie konnte sich gleichermaßen bei ihm und ihrem Sohn dafür bedanken. Es war ihr auch jetzt völlig egal, wem der Junge zugesprochen wurde; im Grunde genommen wünschte sie alle zum Teufel. Die Zeugen, die Nick noch auftreiben konnte, waren einige Dienstmädchen, die auf Hillary nicht gut zu sprechen waren, allerdings auch nichts Wesentliches darüber aussagten, daß Hillary den Jungen schwer vernachlässigt hätte. Am Ende des zweiten Verhandlungstages schlug Nick die Hände über dem Kopf zusammen, als die Markhams gegangen waren und er sich mit Ben Greer beriet.

»Mein Gott, warum macht sie das, Ben? Ihr geht es doch nicht um das Kind.«

»Sie kann jetzt nicht mehr zurück, weil sie schon zu weit gegangen ist. Die meisten Gerichtsverhandlungen laufen ähnlich ab. Irgendwann sind sie zu Ende, und keiner hat es dann so gewollt, wie es kommt. Die Mühlen der Justiz sind nur schwer aufzuhalten, wenn sie einmal mahlen.«

Aus Verzweiflung versuchte Nick am nächsten Tag, ihr das Sorgerecht abzukaufen, und für einen kurzen Moment dachte er, die Schlacht sei gewonnen. Er entdeckte einen Anflug von Interesse in Markhams Miene, aber Hillary zeigte überhaupt kein Entgegenkommen. Als er dann völlig niedergeschlagen wegging, faßte Philip sie am Arm.

»Verdammt noch mal, warum hast du das Angebot abgelehnt? Wovon sollen wir denn die nächsten Jahre leben? An dein Vermögen kommst du nicht ran, und was meine Mutter gesagt hat, weißt du auch.«

»Das ist mir scheißegal. Von dem lass' ich mich nicht kaufen.«

»Du bist ein Dummkopf.« Er packte sie wieder am Arm, aber sie riß sich von ihm los.

»Ihr könnt mir alle zwei gestohlen bleiben. Ich will meinen Sohn haben.«

»Wieso das denn auf einmal? Du machst dir doch überhaupt nichts aus Kindern.«

»Das Kind gehört mir.« Als würde es sich bei ihm um einen Pelzmantel, ein Schmuckstück oder eine Trophäe handeln, die sie zwar nicht mochte, auf die sie aber Besitzanspruch anmeldete. »Warum sollte ich Nick irgend etwas freiwillig überlassen?«

»Nimm um Himmels willen das Geld.«

»Ich brauch' es nicht«, erklärte sie mit eiskalter Arroganz.

»Und ob. Wir haben doch beide das Geld nötig.«

»Deine Mutter wird schon wieder zur Vernunft kommen.«

Auf diese Möglichkeit baute auch er insgeheim. Wenn sie aber nicht einlenkte und ihnen finanziell unter die Arme griff, kamen Schwierigkeiten auf sie zu, an die er gar nicht zu denken wagte. Er würde vielleicht sogar arbeiten müssen, eine Aussicht, die ihm überhaupt nicht behagte. Und Hillary würde nie dazu bereit oder in der Lage sein, ihren Lebensunterhalt durch Arbeit zu verdienen. Sie hatte allerdings an etwas gedacht, das ihm noch gar nicht in den Sinn gekommen war. »Hast du noch nie etwas von Unterhaltszahlungen für Kinder gehört?« Sie lächelte ihn süß-sauer an. »Nick will bestimmt ganz sichergehen, daß es Johnny an nichts fehlen wird, und damit auch uns. Voila.« Sie machte eine leichte Verbeugung, und er mußte daraufhin nur noch grinsen.

»Dafür, daß du ein so hübsches Mädchen bist, bist du auch noch ziemlich schlau.« Er küßte sie auf die Wange, und sie gingen in den Gerichtssaal zurück. Der Richter hatte das Ende des Verfahrens vor dem Thanksgiving Day in Aussicht gestellt, und Nick fieberte diesem Termin mit gemischten Gefühlen entgegen. Was würde geschehen, wenn er unterlag? Was sollte er dann noch machen? Er konnte sich ein Leben ohne seinen Sohn überhaupt nicht vorstellen. An diese Möglichkeit wagte er nicht einmal zu denken. Und dann ging alles recht schnell: Der letzte Verhandlungstag kam, und die Anwälte hielten ihre Schlußplädoyers. Johnny war zuvor in den Zeugenstand gerufen worden, doch was er von sich gab, klang sehr naiv und ziemlich verworren. Er war zwischen seinen Eltern hin- und hergerissen; den Vater himmelte er an, und für seine Mutter, die im Gerichtssaal laut aufschluchzte, empfand er Mitleid.

Der Richter hatte erklärt, daß es normalerweise ein bis zwei Wochen dauern würde, bis er eine Entscheidung getroffen habe. Angesichts der nun fast seit einem Jahr unerträglichen Situation für alle Beteiligten, der landesweiten Publizität, die der Fall in der Presse gewonnen habe, und des Druckes, der auf dem Kind lastete, wollte er in diesem Falle möglichst schnell zu einem Spruch kommen. Sie würden über den Termin der Urteilsverkündung benachrichtigt werden. Ihnen bliebe im Augenblick nur, nach Hause zu gehen und abzuwarten. Als Nick das Gerichtsgebäude verließ, zuckten Blitzlichter auf, und wie üblich bedrängten ihn die Reporter mit ihren Fragen. »Was ist dabei herausgekommen? ... Wo ist der Junge? ... Wer wird gewinnen ... Glauben Sie, sie wird ihn wieder entführen? ...« Die Beteiligten hatten sich beinahe schon an dieses Theater gewöhnt, und als Hillary an diesem Tag mit Philip das Gerichtsgebäude verließ, lächelte sie den Presseleuten zu. Nachdem Nick in seinen Wagen gestiegen war, lehnte er sich weit zurück auf dem Sitz und schloß die Augen. Seit Johnny gefunden worden war, hatte er zwar wieder zugenommen, doch er fühlte sich doppelt so alt wie ein Mann von vierzig Jahren.

Er schaute zu Greer hinüber, der seine Notizen durchsah, und schüttelte den Kopf. »Weißt du, manchmal glaube ich, daß dieser Alptraum überhaupt kein Ende nimmt.«

»Doch.« Greer hob den Kopf von seinen Aufzeichnungen. »Ganz bestimmt sogar.«

»Aber wie?«

»Das können wir jetzt noch nicht vorhersagen. Wir müssen den Gerichtsbeschluß abwarten.«

Nick seufzte. »Kannst du nachfühlen, wie es ist, wenn dir jemand denjenigen, den du am meisten liebst, wegnimmt?«

Greer schüttelte langsam den Kopf. »Nein, das kann ich nicht. Ich kann mir aber vorstellen, was du durchmachst, und es tut mir sehr leid.« Für einen Moment redete er mit ihm nicht als Rechtsanwalt, sondern als Freund. »Ich wünsche mir um alles in der Welt, daß du gewinnst, Nick.«

»Ich auch. Was geschieht aber, wenn ich verliere? Kann ich dann Einspruch einlegen?«

»Natürlich. Aber das würde sich dann wieder fürchterlich in die Länge ziehen. Ich würde dir raten, zu warten. Laß ihr mit dem Jungen sechs Monate Zeit, und sie wird ihn dir nicht schnell genug zurückgeben können. Ich habe sie mir in den letzten Wochen genau angesehen. Sie ist tatsächlich so, wie du sie mir beschrieben hast: hart, gefühllos und gerissen. Der Junge ist ihr egal. Aber du hast etwas in die Wege geleitet, und sie will dich da treffen, wo es dir am meisten weh tut.«

»Das ist ihr ja auch gelungen.«

»Es wird ihr aber nicht völlig gelingen. Sie wird den Jungen zurückgeben, denk an meine Worte. Im Moment will sie nur gewinnen und in der Öffentlichkeit als fürsorgliche Mutter dastehen. Die Klischees vom guten Amerika, Mutterschaft, Friede, Freude, Eierkuchen. Du kennst es ja.«

Nick konnte seit einer Woche zum ersten Mal wieder lachen.

»Ich hätte nicht geglaubt, daß sie darauf etwas gibt. Sie ist mehr an Pelzen und Schmuck interessiert.«

Greer konnte sich nun auch ein Grinsen nicht verkneifen.

»Natürlich nicht vor Gericht. Sie ist eine clevere Frau, und ihre Anwälte sind auch nicht die schlechtesten.«

Nick sah den Mann an, der ihm inzwischen ein guter Freund geworden war. »Du warst auch nicht schlecht«, sagte er und fuhr mit einem Kloß im Hals fort: »Ob wir gewinnen oder verlieren, Ben, du warst großartig. Ich weiß, daß du dein Möglichstes getan hast.«

»Das will überhaupt nichts heißen, solange wir nicht gewonnen haben.«

»Wir müssen ganz einfach gewinnen.«

Greer nickte, und beide saßen für den Rest der Fahrt schweigend im Wagen.

Die darauffolgenden Tage des Wartens auf das Urteil bedeuteten für alle Beteiligten eine ziemliche Tortur. Nick wanderte stundenlang rastlos in seinem Zimmer herum, eilte ins Büro und hetzte wieder nach Hause zurück. Er versuchte, möglichst jede freie Minute mit seinem Sohn zu verbringen, während sich Greer manchmal wie ein werdender Vater vorkam. Noch nie hatte für ihn ein Fall eine solch persönliche Dimension angenommen. Hillary lief in der Wohnung von Markham wie eine Tigerin im Käfig herum. Sie wollte ausgehen, sich amüsieren, aber Philip gelang es, sich ihr gegenüber durchzusetzen, und er bestand darauf, daß sie zu Hause blieb.

»Was meinst du, wie das aussieht, wenn dich irgendso ein Klatschkolumnist im ›El Morocco‹ entdeckt?«

»Was soll ich denn den ganzen Tag machen? Hier rumsitzen und vielleicht für meinen Sohn ein Schaukelpferd basteln?«

»Nun hab dich nicht so. Reiß dich zusammen, wir haben es ja bald geschafft.« Er wollte seine Mutter keinesfalls irgendwie verärgern, denn so allmählich fing er an, ihr leid zu tun, und der kleinste Fehler konnte diese für ihn »günstige Entwicklung« zunichtemachen. Er mußte sich fast ausschließlich mit Hillary beschäftigen, um so zu verhindern, daß sie auf den Gedanken kam, ausgehen zu wollen. Es fiel ihr äußerst schwer, aber Philip gab nicht nach. Er spielte stundenlang Backgammon mit ihr, kaufte literweise Champagner, um sie bei Laune zu halten, und auch aus diesem Grund hoffte er sehnlichst, seine Mutter würde sich mit der Zeit erweichen lassen. Es kostete ihn eine schöne Stange Geld, Hillary zu verwöhnen, und er selbst stellte auch nicht gerade geringe Ansprüche. Sie beide hatten viel gemeinsam, und seine Mutter ließ keine Gelegenheit verstreichen, dies kritisch anzumerken. Beide machten sich jedoch nichts aus ihren Sticheleien, denn sobald sie über das Markham-Vermögen verfügen könnten oder die Unterhaltszahlungen für Johnny einträfen, würde es ihnen wieder gutgehen. Philip war nur daran gelegen, kein Risiko einzugehen, und das flüsterte er auch seiner Frau zu, als er sie zu dem riesigen Bett trug. Er hatte sie gerade ausgezogen und ihre Kleider auf den Fußboden geworfen, als das Telefon läutete.

Es war die Kanzlei Fulton und Matthews. Die Urteilsverkündung war auf 14 Uhr festgesetzt worden, der Richter hatte seine Entscheidung getroffen.

»Juchhu«, rief Hillary, völlig nackt neben dem Bett stehend. »Ab heute nacht kann ich tun und lassen, was ich will.« Johnny war vollkommen vergessen, als Philip sie aufs Bett zog und mit seinen Beinen ihre Schenkel spreizte.

35

Der Richter begab sich in seiner wallenden Robe gemessenen Schrittes und mit verschlossenem Gesicht in den Gerichtssaal. Der Gerichtsdiener leierte die üblichen Formeln herunter, alle erhoben sich von ihren Plätzen und setzten sich dann wieder. Nick saß auf seinem Platz und wagte kaum zu atmen. Da er Johnny die Aufregung hier nicht zumuten wollte, ließ er ihn zu Hause auf das Urteil warten. Auf dem Korridor vor dem Sitzungssaal drängten sich die Reporter. Wie Geier waren sie im Gerichtsgebäude eingefallen; jemand mußte ihnen einen Tip gegeben haben. Die beiden Parteien konnten sich nur mühsam einen Weg durch die Menge bahnen.

»Mr. Burnham«, sagte der Richter, »würden Sie bitte vortreten.« Nick schaute Ben ziemlich überrascht an, da er darauf nicht gefaßt war, genausowenig wie Ben, denn es stellte eine Abweichung vom üblichen Prozedere dar. Der Richter forderte dann Hillary auf, ebenfalls nach vorne zu kommen.

Beide befolgten die Aufforderung, und im Saal hätte man die berühmte Stecknadel fallen hören können. Der Richter wandte sich dann an die beiden. Er war ein älterer Mann mit gütigen Augen, und es war ihm am Gesicht abzulesen, daß er sich über diesen Fall besonders viele Gedanken gemacht hatte. Es handelte sich um eine komplizierte Angelegenheit, in der er eine schwerwiegende Entscheidung zu treffen hatte, obwohl für Nick schon von vorneherein feststand, wie die richtige Entscheidung zu lauten hatte.

»Ich möchte Ihnen sagen«, begann der Richter, »daß ich mir über Sie beide viele Gedanken gemacht habe. Mir kommt die undankbare Aufgabe zu, ein salomonisches Urteil fällen zu müssen. Wer soll das Kind bekommen? Soll es in zwei Teile geschnitten werden? Auf jeden Fall ist in einer Situation wie dieser das Kind der Leidtragende. Eine Scheidung ist schon eine unangenehme Sache an sich. Welchen Urteilsspruch ich auch fälle, er tut dem Jungen und einem von Ihnen weh. Es schmerzt mich sehr, daß Sie um des Kindes willen nicht in der Lage waren, die Probleme selbst zu lösen.« Nicks Handflächen waren feucht, und sein Hemd klebte ihm am Rücken fest. Er bemerkte allerdings auch, daß Hillary ziemlich nervös war. Keiner von ihnen hatte eine solche Rede erwartet, und sie machte alles nur noch schlimmer. »Jedenfalls waren Sie nicht in der Lage, die Sache selbst in die Hand zu nehmen. Geschieden sind Sie ja schon. Da Sie« – und dabei sah er Hillary an – »wieder verheiratet sind, bin ich zu der Überzeugung gekommen« – nun richtete er seinen Blick auf Nick, der nicht im geringsten auf das, was kommen sollte, vorbereitet war –, »daß der Junge bei Ihnen, Mrs. Markham, besser aufgehoben ist. Ihnen wird das Kind hiermit zugesprochen.« Er schaute fast väterlich auf Hillary, auf deren Schauspielerei er völlig hereingefallen war. Nick wurde sich plötzlich der Tragweite dessen, was hier gesagt worden war, bewußt und, ohne daran zu denken, wo er sich befand, drehte er sich zum Richter um und schrie fast: »Aber er hat meinen Jungen mit einer Pistole bedroht! Und nun wollen Sie dem mein Kind geben?«

»Ich spreche den Jungen Ihrer Frau zu. Außerdem war die Pistole nicht geladen, wenn ich mich recht erinnere. Ihre Frau wußte das übrigens auch. Im übrigen ...« Der Richter fuhr in seinem Monolog fort, und Nick fühlte sich einer Ohnmacht nahe. Er wußte nicht, ob er einen Herzanfall bekam, oder ob er aus Kummer sterben würde ... »dürfen Sie den Jungen besuchen. Sie können dem Gericht einen Zeitplan Ihrer Besuche vorlegen, oder wenn es Ihnen lieber ist, die Sache unter sich vereinbaren. Sie sind verpflichtet, Mrs. Markham den Jungen heute abend um 18 Uhr zu übergeben. Das Gericht ist zu dem Entschluß gekommen, die Unterhaltszahlungen für Ihren Sohn auf zweitausend Dollar im Monat zu veranschlagen, was für Sie bei Ihrem Vermögen keine allzu große finanzielle Belastung bedeutet.« Hillary hatte auf der ganzen Linie obsiegt und strahlte, als sie Philip und ihre beiden Anwälte umarmte, noch ehe die Verhandlung überhaupt zu Ende war. Während der Gerichtsdiener »Die Verhandlung ist geschlossen« rief, starrte Nick den Richter ungläubig an.

Er drehte sich auf dem Absatz um und rannte mit gesenktem Kopf aus dem Gebäude hinaus, Ben Greer hinter ihm her. Sie bahnten sich den Weg durch die wartende Menge, ohne Antworten auf irgendwelche Fragen zu geben. Als sie sich im Wageninneren auf die Sitze fallen ließen, schoß ein Fotograf noch schnell ein Bild. Nick starrte Ben fassungslos an.

»Ich kann das nicht glauben, was ich gerade gehört habe.«

»Mir geht es genauso.« Er wußte aber zu genau, was da gerade vor sich gegangen war. Er hatte ähnliche Verhandlungen schon zu oft erlebt, aber für Nick, der den Heimweg mit steinerner Miene im Auto saß und sich Gedanken machte, wie er es seinem Sohn beibringen konnte, brach eine Welt zusammen. Er mußte bis um 18 Uhr Johnnys Sachen gepackt haben und ihn seinem Schicksal überlassen, von dem er wußte, daß es nichts Gutes bringen würde. Einen Moment nur dachte er daran, das zu tun, was Hillary auch getan hatte: seinen Sohn einfach zu entführen. Sie würden sich aber nicht ein Leben lang versteckt halten können, und außerdem wäre es für seinen Sohn eine zu große Belastung. Er mußte tun, was ihm das Gericht auferlegt hatte, im Augenblick zumindest. Nick verließ den Wagen und ging ins Haus wie ein zum Tode Verurteilter zum Schafott. Ben folgte ihm, nicht sicher, ob er bleiben oder gehen sollte, und als er das Gesicht des Kindes sah, wünschte er, er hätte letzteres getan. So viel Kummer wollte er nicht noch einmal erleben wollen.

»Haben wir gewonnen?« fragte der kleine Johnny erwartungsvoll, aber Nick schüttelte den Kopf.

»Nein, Junge, wir haben verloren.« Der Junge sagte kein Wort, fing sofort zu weinen an, und Nick nahm ihn in seine Arme. Ben mußte sich abwenden, weil ihm ebenfalls die Tränen über das Gesicht liefen, und in diesem Moment haßte er sich selbst dafür, daß er nicht in der Lage gewesen war, den Fall zu gewinnen. Das Schluchzen des Jungen zerrte an seinen Nerven.

»Ich gehe nicht weg, Daddy! Nie!« Er sah seinen Vater fast trotzig an. »Lieber laufe ich weg.«

»Das tust du nicht. Du wirst dich wie ein Mann benehmen und tun, was das Gericht gesagt hat. Außerdem können wir uns jedes Wochenende sehen.«

»Ich will dich aber nicht nur am Wochenende sehen, sondern jeden Tag.«

»Wir müssen einfach das Beste aus der Sache machen. Ben meint auch, daß wir es noch einmal versuchen können. Wir müssen uns zwar ein wenig gedulden, aber wir könnten das nächste Mal gewinnen.«

»Nein, wir gewinnen ja doch nicht.« Der Blick des Jungen war ohne jede Hoffnung. »Außerdem will ich nicht bei denen leben.«

»Im Moment bleibt uns nichts anderes übrig. Wir müssen ein wenig Geduld haben. Ich werde dich jeden Tag anrufen, und du kannst das auch tun, sooft du willst ...« Seine Augen waren feucht von Tränen, und seine Stimme zitterte. Er drückte sein Kind an sich und wünschte sich, die Dinge wären ganz anders gekommen. Das Leben war so ungerecht ... Er liebte den Jungen über alles; er war für ihn das einzige, wofür es sich zu leben lohnte. Er durfte sich aber nun nicht selbst bemitleiden, sondern mußte auch an die Zukunft denken. Er fühlte sich verpflichtet, dem Jungen zu helfen. »Auf geht's, Junge. Packen wir deine Sachen.«

»Jetzt gleich?« rief Johnny erschrocken aus. »Wann muß ich denn gehen?«

Nick schluckte. »Um 18 Uhr. Der Richter meinte, wir sollten die Sache schnell hinter uns bringen. So ist das nun mal, Kumpel.« Er ging zur Tür und öffnete sie für ihn. Der Junge starrte ihn entgeistert an. Er sah aus, als ob er einen Schock erlitten hätte, und Nick ging es auch nicht viel besser. Für ihn und Johnny war es der schlimmste Tag in ihrem Leben. Als der Junge zögernd zur Tür ging, schaute er zu Nick hoch und erneut liefen Tränen über sein Gesicht.

»Wirst du mich auch jeden Abend anrufen?«

Sein Vater nickte und hatte ebenfalls wieder mit den Tränen zu kämpfen. »Selbstverständlich.«

»Schwörst du es mir?«

»Ich schwöre es.« Er hielt die Hand wie zum Schwur hoch, und Johnny warf sich ihm wieder in die Arme.

Sie gingen die Treppe hinauf, und die Dienstmädchen sahen ihnen zu, wie sie drei Taschen mit Spielsachen und Kleidern vollpackten. Nick hatte darauf bestanden, es selbst zu tun. Als er fertig war, schaute er sich im Zimmer um. »Das wär's dann. Du kannst den Rest hierlassen, damit du alles hast, wenn du einmal länger bei mir bleibst.«

»Glaubst du, daß sie das erlaubt?«

»Ganz sicher.«

Genau um 18 Uhr läutete es, und Hillary stand vor der Tür.

»Darf ich reinkommen?« Sie lächelte Nick provozierend freundlich an, und in diesem Moment haßte er sie mehr als je zuvor. »Sind Johnnys Sachen schon gepackt?« Es bereitete ihr teuflische Freude, Salz in seine Wunde zu reiben.

»Du bist wohl sehr stolz auf dich?«

»Der Richter ist ganz einfach ein kluger Mann.«

»Er ist ein Idiot.« Nick hoffte nur, daß Ben recht haben und sie mit der Zeit des Jungen überdrüssig werden würde. Johnny kam, stellte sich neben ihn und schaute seine Mutter mit Tränen in den Augen an.

»Fertig, Liebling?«

Er schüttelte den Kopf und klammerte sich an Nick, worauf sie ihren Ex-Gatten fragend anblickte.

»Sind seine Sachen alle bereit?«

»Ja«, erwiderte er auf die Taschen deutend. »Außerdem wollte ich mit dir über die Besuchszeiten reden.«

»Wie du willst.« Sie war nun gerne bereit, die Großzügige zu spielen; er dürfe den Jungen jederzeit besuchen. Hauptsache war für sie, daß das Gericht zu ihren Gunsten entschieden hatte. Das Kind gehörte ihr. Über ihre Vergangenheit konnte er reden, wie er wollte, das Sorgerecht für Johnny hatte er ihr dadurch nicht nehmen können. Sogar die Mutter von Philip hatte ihnen am Nachmittag gratuliert.

»Ich wollte dich auch etwas fragen.«

»Was denn?«

»Können wir denn nicht hineingehen?«

»Wozu überhaupt?«

»Ich möchte gerne mit dir allein reden.«

»Ich sehe dafür absolut keinen Anlaß.«

»Ich schon«, erwiderte sie und sah ihn durchdringend an.

Er schob den Jungen sanft beiseite und ging, gefolgt von ihr, langsamen Schrittes in seine Bibliothek.

»Wenn du nichts dagegen hast, möchte ich ihn dieses Wochenende sehen.«

»Ich werd's mir überlegen und dir Bescheid sagen. Ich bin noch nicht sicher, was wir für dieses Wochenende vorhaben.«

Es juckte ihn in den Fingern; am liebsten hätte er sie geschlagen. »Ruf mich heute abend an. Der Junge muß erst mal zur Ruhe kommen und das alles verkraften. Es wird ihm guttun, wenn er sobald wie möglich hierher zurückkommt.«

»Wer garantiert mir denn, daß du nicht mit ihm abhaust?«

»Das werde ich dem Jungen erst gar nicht zumuten.« Sie kannte Nick zu gut und wußte, daß er die Wahrheit sagte. »Worüber wolltest du mit mir reden?«

»Über meinen Scheck.«

»Was für einen Scheck?«

»Die Unterhaltszahlung. Da Johnny jetzt mit mir geht, nehme ich an, daß er jetzt fällig ist.«

Er starrte sie ungläubig an und zog, ohne ein Wort zu verlieren, eine Schublade auf, warf ein Scheckheft auf den Schreibtisch, beugte sich vor, um ihren Namen, die Summe einzutragen und zu unterschreiben, und überreichte den Scheck mit zitternder Hand.

»Ich finde dich zum Kotzen.«

»Danke.« Sie verließ den Raum, und er folgte ihr in die Halle, wo Johnny neben seinen Sachen wartete. Es gab kein Zurück mehr. Das bittere Ende war gekommen, die Schlacht verloren. Nick umarmte seinen Sohn ein letztes Mal und ließ dann den Aufzug kommen, während Johnny wieder zu weinen anfing. Er stellte die Taschen in den Lift, und Hillary nahm Johnny an der Hand und stieg mit ihm ein. Der Junge senkte den Kopf und weinte bitterlich, die Türen schlossen sich, und Nick stand verlassen und ganz allein vor der Wohnungstür. Er lehnte den Kopf an die Wand und fing hemmungslos zu weinen an.

36

Es war der Abend des 3. Dezember, als Johnny mit seiner Mutter in seiner neuen Heimat ankam. Drei Tage später erfuhr Liane das Ergebnis der Verhandlung aus der Zeitung, und sie konnte sich vorstellen, wie Nick zumute war. Sie hatte schon die ganze Zeit befürchtet, daß es so kommen würde. Dem Vater wurde das Sorgerecht nur in den seltensten Fällen zuerkannt, doch genau wie Nick, hatte sie bis zuletzt gehofft. Als ihr Onkel an diesem Morgen ins Frühstückszimmer kam, faltete sie gerade ziemlich verzweifelt die Zeitung zusammen.

»Steht etwas Schlimmes drin?« Er hatte sie vorher noch nie in einem solchen Zustand gesehen, und es dauerte noch eine Weile, bevor sie zu sprechen anfing. Er machte sich Gedanken darüber, ob vielleicht in Frankreich etwas passiert sei, doch beim Durchblättern der Zeitung hatte er nichts dergleichen gesehen. Endlich begann sie zu reden.

»Einem Freund von mir ist übel mitgespielt worden.«

»Jemand, den ich kenne?«

Sie schüttelte den Kopf. Er hatte wahrscheinlich vorher schon alles über die Verhandlung gelesen, aber sie hatte nie wissen lassen, daß sie Nick Burnham kannte. Der Gedanke daran, daß Nick seiner Frau das Kind überlassen mußte, machte sie ganz krank. Da es schon recht spät war, stand sie auf und ging zu ihrer Arbeitsstätte. Sie mußte den ganzen Tag über an ihn denken, und als sie dieses Mal den Telefonhörer abnahm, legte sie nicht gleich wieder auf. Sie ließ sich von der Vermittlung in New York die Nummer von Burnham Steel geben, und nachdem die Verbindung zustandegekommen war, fragte sie nach Nick. Man sagte ihr aber, daß er nicht im Hause sei. Sie unterließ es, ihren Namen zu nennen, und legte wieder auf. Sie überlegte sich, wo er sich wohl aufhielt, um mit sich und der Welt wieder einigermaßen ins reine zu kommen. Ihr kam sogar der Gedanke, daß er sie in seiner Verzweiflung anrufen könnte. Das war aber so gut wie unmöglich, da er von ihrem Wegzug an die Westküste nichts wußte.

Sie hatten keinen Kontakt mehr zueinander gehabt, und das war gut so. Sie hätte die Affäre nie fortsetzen können, ohne sich wegen Armand schwerste Vorwürfe zu machen, doch in Nicks Fall war genau das eingetreten, was nie hätte geschehen dürfen. Ihm war das Sorgerecht für seinen Sohn nicht zugesprochen worden, und nun hatte er überhaupt niemanden mehr. Dann mußte sie jedoch über sich selbst den Kopf schütteln, als sie feststellte, welch seltsame Gedanken sie beschäftigten. Sie hatten sich seit siebzehn Monaten nicht mehr gesehen, und er war nun fast seit einem Jahr geschieden. Wahrscheinlich hatte er jetzt eine charmante Freundin; vielleicht war sie sogar der Scheidungsgrund gewesen. Sie konnte nur hoffen, daß diese Frau ihn zu trösten verstand, falls so etwas überhaupt möglich war. Sie konnte sich gut vorstellen, wie sehr ihn der Verlust seines einzigen Kindes an die Frau, die er haßte, schmerzte.

»Du siehst so aus, als hättest du gerade erfahren, daß jemand gestorben ist«, kommentierte George am Abend ihre Stimmung. »Ich glaube, du rackerst dich für dieses blöde Rote Kreuz zu sehr ab.« Daß sie zudem heute, an einem Samstag abend, zu Hause saß, mißfiel ihm mehr als ihre Tätigkeit fürs Rote Kreuz.

»Was wir tun, ist überhaupt nicht blöd, Onkel George.«

»Warum schaust du dann so niedergeschlagen aus? Du solltest einfach mal ausgehen und dich ablenken.« Sie waren wieder einmal beim alten Thema angelangt.

Sie lächelte. Zumindest hatte er es inzwischen aufgegeben, für sie Treffen mit den Söhnen von Freunden und Bekannten zu arrangieren. Er hatte bald gemerkt, daß sie in dieser Hinsicht keinen Fingerbreit nachgeben würde. Ihr ganzer Lebensinhalt waren die Briefe von Armand. Von der Résistance aus Südfrankreich herausgeschmuggelt, kamen sie zerknittert und verschmutzt an; manchmal stapelten sie sich irgendwo wochenlang, bis jemand sie nach Spanien oder nach England bringen konnte. Sie atmete jedesmal erleichtert auf, wenn sie den Mädchen erzählen konnte, daß es Papa gutging. George wunderte sich insgeheim über ihre Standhaftigkeit und ihr Durchhaltevermögen. Er hatte während des Ersten Weltkrieges viele Frauen kennengelernt, die ihren Männern nicht so treu waren; Liane aber schlug mehr ihrem Vater als ihm nach. Das imponierte ihm an der jungen Frau, obgleich er es manchmal auch für etwas verrückt hielt.

»Weißt du, daß aus dir auch eine gute Nonne geworden wäre?« stichelte er an diesem Abend.

»Vielleicht habe ich nur die Berufung verpaßt.«

»Es ist nie zu spät.«

»Ich bin ja gerade dabei, dieses Leben zu proben.«

Sie spielten fast jeden Abend Domino und kabbelten sich auf diese nicht böse gemeinte Art. Sie konnte kaum glauben, daß Weihnachten schon wieder vor der Tür stand und sie nun schon seit einem Jahr in San Francisco war. Es kam ihr vor, als ob der Krieg schon eine Ewigkeit dauerte, obwohl er in Frankreich erst seit zwei Jahren im Gange war. Sie dankte Gott jede Nacht dafür, daß es Armand gutging. Seit kurzem machte er Andeutungen über seine Aktivitäten, und auch über André Marchand hatte er ihr geschrieben. Es gab allerdings überhaupt keine Anzeichen dafür, daß der Krieg bald zu Ende wäre. Die Engländer leisteten trotz der Bombardierung Londons erbittert Widerstand und, obwohl Tausende von deutschen Soldaten hinter den russischen Linien ihr Leben ließen, hatte es nicht den Anschein, als ob die Deutschen aufgeben würden. Für sie schien dies alles sehr weit, doch in dieser Nacht des 6. Dezember drang es ihr wieder einmal voll ins Bewußtsein, und sie wälzte sich unruhig in ihrem Bett hin und her, unfähig, ein Auge zuzumachen. Sie stand auf und wanderte ruhelos im Haus umher, und ihre Gedanken kreisten um Armand. Schließlich ging sie in die Bibliothek und setzte sich an den Schreibtisch. Sie schrieb die Briefe an ihn häufig mitten in der Nacht, weil sie sich dann voll darauf konzentrieren konnte. Seit Monaten hatte sie nicht mehr richtig schlafen können, und in dieser Nacht schrieb sie einen besonders langen Brief, obwohl sie wußte, daß das meiste zensiert werden würde. Er konnte sich mit ihr über die Widerstandsbewegung in Verbindung setzen, aber ihr war die Möglichkeit versperrt, ihn auf diesem Weg zu erreichen. Ihre Briefe mußten zuerst immer die deutsche Zensur in Paris passieren, und sie versuchte, dies beim Schreiben zu berücksichtigen. Als sie den Brief fertig hatte, stand sie auf, starrte eine Weile in die Dezembernacht hinaus, fühlte sich danach besser und ging wieder zu Bett.

Am nächsten Morgen plagte sie dennoch wieder ein ungutes Gefühl. Ihre Gedanken galten nur Armand, und wie immer achtete sie beim Durchblättern der Zeitung besonders auf die Artikel über den Krieg in Europa.

»Warst du das, der die letzte Nacht hier herumgegeistert ist, oder war es ein Einbrecher?« fragte Onkel George sie während des Frühstücks. Er wußte schon seit längerem von ihren mitternächtlichen Streifzügen. Als er einmal nachts Geräusche gehört hatte, war er mit einer geladenen Pistole aus seinem Schlafzimmer gekommen. Damals waren beide vor Schreck zusammengefahren und hatten laut aufgeschrien.

»Das muß ein Einbrecher gewesen sein, Onkel George.«

»Hat er die Weihnachtsgeschenke mitgenommen?« fragte Elisabeth. Sie war jetzt neun Jahre alt und glaubte nicht mehr an den Weihnachtsmann. Der Gedanke, daß ein Einbrecher die zahlreichen Weihnachtsgeschenke, die oben in einem Schrank verwahrt wurden, mitgenommen haben könnte, beunruhigte sie sehr.

»Ich werde einmal nachsehen«, erwiderte Liane schmunzelnd und lief mit ihren Töchtern in den Garten hinaus. Es ging ihnen gut in San Francisco, und obwohl sie ihren Vater immer noch sehr vermißten, hatten sie sich gut eingelebt. Die häßlichen Dinge, die ihnen in Washington widerfahren waren, waren hier nicht geschehen, nicht zuletzt, weil Onkel George darauf verzichtet hatte, den Ehemann seiner Nichte in der Öffentlichkeit als Nazi zu bezeichnen; Liane war ihm sehr dankbar dafür. Plötzlich fiel ihr Nick wieder ein, und sie fragte sich, wie es ihm nach dem Schock über den Verlust des Sorgerechts für John erging, aber sie wußte ja aus eigener Erfahrung, daß die Zeit Wunden heilte. Ihr war klar, daß es für ihn nicht einfach sein würde, aber mit der Zeit würde der Schmerz nachlassen, so wie es ihr jetzt ja auch erging, wenn sie an ihn denken mußte. Während sie in San Francisco ihr beschauliches Leben führte, mußte sie oft an ihn denken. Es überraschte sie des öfteren, wie nahe er ihr noch war, wenn sie die Augen schloß und an die Überfahrt auf der *Deauville* dachte. Aber allmählich kam ihr alles wie ein Traum vor. Manchmal vermischten sich nachts die Träume von Nick mit denen von Armand, und beim Aufwachen wußte sie dann nicht mehr, wo sie war, bei wem oder wie sie überhaupt hierhergekommen war. Wenn sie dann aber aus dem Fenster blickte, die Golden Gate Bridge sah und die Nebelhörner hörte, wußte sie wieder, wo sie war: weit weg von allen anderen. Nick war ein Teil ihrer Vergangenheit, an den sie sich gern erinnerte. Er hatte ihr etwas gegeben, was noch kein anderer Mann zuvor ihr gegeben hatte, und die Erinnerung an seine Worte hatten ihr in den letzten anderthalb Jahren über vieles hinweggeholfen. In dieser Zeit hatte sie sehr viel von der Kraft gebraucht, die er ihr beim Abschied bescheinigt hatte. Sie mußte sie immer dann aufbringen, wenn sie drei oder vier Wochen auf einen Brief von Armand warten mußte, eine neue Schreckensmeldung in der Zeitung las oder daran dachte, daß Armand in Paris mit den Deutschen zusammenarbeitete. Sie mußte diese Kraft jeden Tag von neuem für sich selbst, für ihre Kinder und sogar für ihren Onkel George aufbringen. Und sie mußte sie aufbringen, als sie an diesem Sonntag vom Kirchgang mit ihren Töchtern zurückkam und in ihrem Schlafzimmer das Radio einschaltete. Sie tat dies oft, um Nachrichten zu hören, aber nun stand sie regungslos mitten im Zimmer und konnte nicht fassen, was sie hörte. Sechs große Schlachtschiffe waren in Pearl Harbor versenkt oder zumindest schwer beschädigt worden, und nur sechzehn intakte Bomber waren der amerikanischen Luftwaffe erhalten geblieben. Die Japaner hatten im Morgengrauen einen Überraschungsangriff geflogen und eine Unzahl von Toten und Verwundeten hinterlassen. Es gab jetzt keinen Zweifel mehr daran, daß die Vereinigten Staaten urplötzlich auf hinterlistige Weise in den Krieg hineingezogen worden waren.

Mit klopfendem Herzen und leichenblassem Gesicht lief Liane die Treppe hinunter, um ihren Onkel zu suchen. Sie fand ihn in der Bibliothek, wo er mit Tränen in den Augen ebenfalls die Nachrichten hörte. Zum ersten Male in seinem Leben war sein

Vaterland, das er so hoch in Ehren hielt, angegriffen worden. Liane ging wortlos auf ihn zu, legte den Arm um ihn, und so hörten sie zu, wie wenig später Präsident Roosevelt eine Ansprache hielt. Es gab nun nichts mehr an der Tatsache zu rütteln, daß sich Amerika im Krieg befand. Der Kriegseintritt mußte am nächsten Tag nur noch vom Senat gebilligt werden, und drei Tage später, am 11. Dezember, erklärten Deutschland und Italien Amerika den Krieg. Der Kongreß verabschiedete einen gemeinsamen Beschluß über den Kriegszustand in den Vereinigten Staaten. Für die Amerikaner brach ein neues Kapitel ihrer Geschichte an, allerdings ein trauriges. Die Empörung über Pearl Harbor hielt immer noch an, und jeder stellte sich die Frage, ob die Japaner so kaltschnäuzig sein und es wagen würden, größere Städte auf dem Festland zu bombardieren. Plötzlich konnte sich niemand mehr sicher fühlen.

37

Am Morgen des 7. Dezember wurden auch die Menschen in New York von Panik erfaßt, doch das Entsetzen war hier lange nicht so groß wie an der Westküste. Hawaii war zwar relativ weit entfernt, dennoch schienen die Menschen gelähmt durch die ungeheuerliche Tatsache, daß amerikanisches Territorium von einer fremden Macht angegriffen worden war. Es wirkte auf sie schon fast wie eine Erleichterung, als Roosevelt in seiner Ansprache an die Nation den Kriegseintritt Amerikas gegen Deutschland bekanntgab. Die Vereinigten Staaten konnten endlich die Fesseln abstreifen und zurückschlagen. Die Amerikaner hofften nur, daß ihnen die Japaner nicht zuvorkamen und das übrige Land angriffen, so wie sie es mit Pearl Harbor getan hatten.

Nick hörte die Nachricht unterwegs. Nachdem Hillary Johnny abgeholt hatte, hatte er seinen Wagen aus der Garage geholt und war noch zu später Stunde ziellos herumgefahren. Am nächsten Morgen wachte er in seinem Wagen am Straßenrand irgendwo in Massachusetts auf. Er hatte nicht darauf geachtet, wo er hingefahren war, und im Grunde genommen war es ihm auch egal. Er wollte einfach fahren und dabei versuchen zu vergessen. Er rief Hillary noch an diesem Morgen an und sprach auch mit Johnny, aber als er sich erkundigte, ob Johnny das Wochenende bei ihm verbringen würde, sagte sie ihm, sie hätten andere Pläne. Sie wollten für ein paar Tage nach Palm Beach fahren und Mrs. Markham besuchen. Er konnte sich nur zu gut vorstellen, aus welchem Grund: um ihr in den Hintern zu kriechen und ihr noch mehr Geld abzuluchsen, obwohl sie es im Augenblick nicht dringend brauchten. Für ihn bedeutete ihr Plan nur, daß er Johnny eine Woche lang nicht sehen konnte. Nach dem Gespräch mit Hillary rief er in seinem Büro an und erklärte seinen Mitarbeitern, daß er sich eine Woche freinehmen würde. Jeder von ihnen kannte den Grund nur zu genau, und er machte sich auch erst gar nicht die Mühe, ihnen eine Erklärung dafür zu liefern; auf seine Arbeit hätte er sich sowieso nicht konzentrieren können. Die Zeit auf dem Lande war für ihn eine nötige Abwechslung. Obwohl ihn Johnnys Abwesenheit schmerzte, fühlte er sich bald besser. Er rief Johnny wie versprochen jeden Abend an, fuhr von einem Ort zum anderen, hielt sich in gemütlichen Kneipen auf und begnügte sich mit einfachen Mahlzeiten. Morgens stand er früh auf, um an zugefrorenen Seen lange Spaziergänge zu unternehmen. Es schien so, als ob ihn das Leben auf dem Lande wieder aufrichten würde. An dem Tag, an dem Pearl Harbor bombardiert wurde, war er bis gegen Mittag unterwegs und kehrte dann zu dem kleinen Gasthof zurück, in dem er übernachtete, um dort eine kleine Mahlzeit zu sich zu nehmen. Er aß eine Suppe, trank dazu ein Glas Bier und gönnte sich zum Abschluß noch ein großes Stück Käsekuchen. Als jemand am anderen Ende des Speisezimmers das Radio einschaltete, hörte er nur mit halbem Ohr zu, da er davon ausging, daß an einem Sonntag sowieso nichts Besonderes passieren könnte. Zuerst verstand er nicht richtig, was überhaupt gesagt wurde, aber dann hörte er doch genau zu, und ihm erging es wie Millionen zuvor: er erstarrte vor Entsetzen. Dann stand er wortlos auf und ging in sein Zimmer, um seine Sachen zu packen. Er wußte zwar nicht genau warum, aber er spürte, er müsse unverzüglich nach New York zurück. Das beschauliche Leben in New-England war vorbei. Nachdem er seine Rechnung beglichen hatte, rief er in Hillarys Wohnung an und hinterließ die Nachricht, daß er den Jungen am nächsten Wochenende auf jeden Fall zu sich holen würde. Die Fahrt zurück nach New York dauerte viereinhalb Stunden, und als er dort ankam, nahm er sich nicht einmal die Zeit, sich in seiner Wohnung umzuziehen, sondern fuhr direkt in sein Büro in der Wall Street, wo er sich in den Kleidern, die er in den Wäldern von Massachusetts getragen hatte, an seinen Schreibtisch setzte. Er wußte nun genau, was er zu tun hatte, und es war ihm klar, daß er hierhergekommen war, um zu sich selbst zu finden und seine Gedanken zu ordnen.

Auf der Heimfahrt hatte er die ganze Zeit Nachrichten gehört. Aufklärungsflugzeuge der Luftwaffe patrouillierten auf der ganzen Länge der Westküste, aber kein einziges feindliches Flugzeug wurde entdeckt. Nach dem Angriff auf Pearl Harbor fanden keine weiteren Überfälle mehr statt.

Nachdem er sich einige Notizen gemacht hatte, wählte er die Geheimnummer des Weißen Hauses. Man ließ ihn eine Zeitlang warten, aber dann kam der Präsident überraschend schnell an den Apparat. Jeder, der im öffentlichen Leben eine wichtige Rolle zu spielen glaubte, wollte an diesem Tag mit Roosevelt sprechen, doch Nick wußte, daß er als Chef von Burnham Steel bevorzugt behandelt werden würde.

Den Hörer ans Ohr gedrückt, machte er sich weiterhin Notizen. Während er in seiner etwas ramponierten Freizeitkleidung an diesem Sonntag abend telefonierte, fühlte er, daß er allmählich wieder zu seiner alten Selbstsicherheit zurückfand. Er hatte zum ersten Mal in seinem Leben eine Niederlage erlitten, aber sie würde ihn nicht aus der Bahn werfen. Eines Tages würde er Johnny zurückbekommen, vielleicht war es jetzt sogar ganz gut, daß er bei Hillary war. Ihm ging einiges im Kopf herum, und im Land selbst würde sich jetzt nach Kriegsausbruch vieles ändern. In der nächsten Zeit würde er keine freie Minute mehr haben. Als der Präsident ans Telefon kam, sah Nick von seinen Aufzeichnungen hoch und erklärte dann den Grund seines Anrufes. Es wurde ein sehr kurzes, aber sehr ergiebiges Gespräch, und Nick erfuhr alles, was er wissen wollte. Nun konnte er beruhigt nach Hause gehen, doch zuvor rief er noch Brett Williams an.

Brett Williams war gewissermaßen seine rechte Hand und hatte ihn in dem Jahr, in dem er sich in Europa aufgehalten hatte, hier in den Staaten vertreten. Fünf Minuten später hatte Nick ihn zu Hause am Apparat. Brett hatte den ganzen Nachmittag auf einen Anruf von ihm gewartet und war deshalb auch nicht sonderlich überrascht. Beide wußten, was auf sie zukam. Die Stahlbranche würde einen Boom erleben, doch der Anlaß dafür erfüllte sie mit einiger Sorge.

»Nun Nick, was glaubst du?« Es gab keine Begrüßung, kein Wort über die Rückkehr Nicks oder über den gescheiterten Versuch, das Sorgerecht für Johnny zu erhalten. Die beiden Männer kannten sich schon zu lange. Brett Williams hatte schon zu Lebzeiten von Nicks Vater bei Burnham Steel angefangen und war für Nick unersetzlich geworden.

»Ich glaube, daß verdammt viel Arbeit auf uns wartet und außerdem noch ganz andere Sachen ... Ich habe gerade mit Roosevelt gesprochen.«

»Du warst bestimmt nicht der einzige. Ich kann mir vorstellen, daß Gott und die Welt mit ihm telefoniert haben.«

Nick mußte lächeln. Williams war ein bemerkenswerter Mann. Er war auf einer kleinen Farm in Nebraska groß geworden, hatte ein Stipendium für die Harvard-Universität bekommen und danach ein Rhodes-Stipendiat in Cambridge. Seit seiner Kindheit auf den Feldern von Nebraska hatte er eine steile Karriere hinter sich.

»Ich habe mir ein paar Notizen gemacht. Peggy wird sie für dich morgen tippen. Ich möchte mit dir aber jetzt schon ein paar ganz spezielle Dinge besprechen.«

»Schieß los.«

Nick zögerte einen Augenblick, da er nicht wußte, ob er von seinem Vertrauten nicht zuviel verlangte. Aber Williams ließ ihn auch jetzt nicht im Stich; Nick wollte es nur noch einmal gerne von ihm selbst hören. Brett Williams war keineswegs überrascht über das, worum Nick ihn bat, genausowenig wie zuvor Präsident Roosevelt. In seiner Position blieb Nick nichts anderes übrig, und das wußten sie alle drei. Nick fragte sich nur, ob Johnny dafür Verständnis aufbringen würde.

38

Freitags holte Nick Johnny in Hillarys Wohnung ab. Er hatte alle geschäftlichen Angelegenheiten in der Firma abgewickelt und nun das ganze Wochenende für seinen Sohn frei. Der Junge war außer sich vor Freude, als er seinen Vater sah. Hillary stand in der Tür und beobachtete sie mit zusammengekniffenen Lippen. Sie und ihr Ex-Gatte hatten sich nicht viel zu sagen.

»Hallo, Hillary. Ich bringe ihn am Sonntag um sieben wieder zurück.«

»Fünf Uhr wäre vielleicht besser.« Für einen kurzen Moment flackerte zwischen ihnen wieder die alte Spannung auf, aber Nick beschloß, sich in Anwesenheit seines Sohnes nicht mit ihr auf eine Diskussion einzulassen. Er hatte schon zuviel mitgemacht, und Nick wollte ihm nicht die Freude auf das gemeinsame Wochenende verderben.

»Also gut.«

»Wo kann ich dich erreichen?«

»Bei mir zu Hause.«

»Sag ihm, er soll mich morgen anrufen. Ich möchte sichergehen, daß es ihm gutgeht.« Ihr Gerede ging Nick auf die Nerven, aber er nickte nur und sie gingen weg. Im Auto fragte er Johnny ausführlich aus, und obwohl der Junge lieber bei seinem Vater leben würde, mußte er zugeben, daß seine Mutter ihn anständig behandelte. Außerdem wäre die alte Mrs. Markham in Palm Beach sehr nett zu ihm gewesen. Sie hatte ihm eine Menge Geschenke gemacht und war mit ihm spazierengegangen. Johnny mochte sie. Der Junge sagte außerdem, daß er seine Mutter und

Philip nicht allzuoft zu Gesicht bekäme. Sie wären beide die meiste Zeit unterwegs, und Philip schien für Kinder nichts übrig zu haben.

»Sie sind schon in Ordnung. Aber wenn ich bei dir bin, ist es doch etwas anderes, Daddy.« Als er in sein ehemaliges Zimmer ging und sich aufs Bett warf, stand ihm die Freude ins Gesicht geschrieben.

»Willkommen zu Hause, mein Sohn.« Nick sah glücklich aus; der Schmerz der vergangenen neun Tage war fast vergessen. »Es ist schön, daß ich dich wieder bei mir habe.«

»Ich bin auch froh.« Sie aßen gemütlich zu Abend, und danach brachte Nick ihn ins Bett. Nick würde an diesem Wochenende viel mit seinem Sohn zu besprechen haben, doch die Zeit drängte nicht. Den Samstag verbrachten sie mit Schlittschuhlaufen im Central Park, gingen danach ins Kino und aßen hinterher noch einen Hamburger. Ihr Zusammensein verlief zwar nicht so zwanglos wie früher, Nick war aber dennoch froh, Johnny wenigstens für ein paar Tage bei sich zu haben. Am Sonntag erzählte er ihm dann, was er ihm schon das ganze Wochenende sagen wollte. Sie hatten bereits mehrmals über Pearl Harbor und die Konsequenzen daraus für die Vereinigten Staaten gesprochen, doch erst am Sonntag nachmittag erwähnte Nick, daß er sich freiwillig zur Marine melden würde.

»Willst du das wirklich tun?« fragte Johnny erschrocken. »Du willst wirklich gegen die Japsen kämpfen?« Er hatte diesen Satz in der Schule gehört, und Nick war unschlüssig, ob er die Art, wie sich sein Sohn ausdrückte, billigte, aber er nickte.

»Ich weiß nicht, wo ich hingeschickt werde, John. Sie können mich überallhin abkommandieren.« Der Junge dachte angestrengt nach und schaute dann seinen Vater traurig an.

»Das heißt also, daß du wieder weggehst. So wie damals in Paris.« Er erinnerte seinen Vater nicht daran, daß er ihm versprochen hatte, ihn nie mehr alleinzulassen, aber Nick bemerkte dennoch den Vorwurf in seinem Blick. Trotz der Tatsache, daß es in der ganzen Welt drunter und drüber ging, und Hawaii bombardiert worden war, hatte er plötzlich wegen seiner freiwilligen

Verpflichtung Schuldgefühle. Wegen dieser Verpflichtung hatte er auch mit Williams gesprochen. Für ihn, den Direktor eines der wichtigsten Industriekonzerne des Landes, wäre es ein Leichtes gewesen, sich zurückstellen zu lassen, doch er verzichtete darauf, weil er für sein Land kämpfen wollte. Sein Sohn lebte nicht länger bei ihm, und er wollte von allem, was passiert war, Abstand gewinnen. Weg von Hillary, weg vom Gericht, weg von der Qual einer Berufungsverhandlung und nicht zuletzt weg von dem vorwurfsvollen Blick seines Sohnes, der ihm nicht verzeihen konnte, daß es ihm nicht gelungen war, ihn bei sich zu behalten. Schon bei den Spaziergängen von Massachusetts war ihm bewußt geworden, daß er sein Leben radikal ändern mußte, und als er die Nachricht über Pearl Harbor hörte, wußte er sofort, was er zu tun hatte. Er hatte Roosevelt angerufen, um ihn über seinen Entschluß zu informieren und seine Wiederverpflichtung für die Marine zu beschleunigen. Sein Gespräch mit Brett hatte den Zweck gehabt, ihn zu bitten, während seiner Abwesenheit die Leitung von Burnham Steel zu übernehmen. Ihn konnte er als einzigen mit dieser Aufgabe betrauen. Nick wollte seinem Land so lange dienen, wie Brett sich bereiterklärte, den Konzern zu führen.

»Wann wirst du wegfahren, Dad?« fragte Johnny eigentlich recht gefaßt. In den letzten Monaten hatte er sehr viel erlebt und schien dadurch erwachsener geworden zu sein.

»Das weiß ich noch nicht genau, Johnny. Das hängt davon ab, wo sie mich hinschicken werden.« Johnny mußte das alles erst einmal verarbeiten. Schließlich nickte er verständnisvoll, aber die Stimmung war für den Rest des Nachmittags gedrückt, und Nick war froh, es ihm nicht schon früher gesagt zu haben.

Sogar Hillary fiel auf, wie zurückhaltend der Junge war, als Nick ihn wieder ablieferte. Sie schaute zuerst ihn, dann den Jungen an und fragte sofort: »Was ist denn passiert?«

»Ich habe ihm erzählt, daß ich mich freiwillig gemeldet habe.«

»Zur Marine?« Hillary war überrascht, als er nickte. »Du hast aber doch schon gedient.«

»Unser Land befindet sich im Krieg, oder hast du das noch nicht gewußt?«

»Du bist aber doch nicht mehr verpflichtet, du bist doch freigestellt.«

Nick bemerkte, wie sein Sohn interessiert zuhörte. »Ich fühle mich meinem Land gegenüber verpflichtet.«

»Soll ich jetzt die Nationalhymne singen?«

»Gute Nacht, John.« Er ignorierte ihre Bemerkung, ließ sie einfach stehen und gab seinem Sohn einen Abschiedskuß. »Ich rufe dich morgen an.« Am Dienstag würde er sich im Stützpunkt Quantico in Virginia melden und danach noch ein oder zwei Wochen dort verbringen. Er hatte seit seiner Entlassung ständig an Reserveübungen teilgenommen und mußte deshalb nicht erst noch Lehrgänge absolvieren. Außerdem würde er denselben Dienstgrad wie bei seiner Entlassung erhalten, nämlich Major.

Als Nick an diesem Abend in seine Wohnung zurückfuhr, überlegte er, was Hillary Johnny sagen würde. Daß er überhaupt nicht verpflichtet sei, in den Krieg zu ziehen? Daß er ein Spinner wäre? Was würde der Junge dann von ihm denken? Daß er ihn im Stich lassen würde? Als er versuchte, seine Gedanken zu ordnen, fühlte er sich plötzlich wieder sehr müde. Zu Hause ging er noch ein paar Akten durch. Vor Dienstag hatte er noch viel zu erledigen.

39

Als sich Nick am Dienstag morgen auf dem Stützpunkt in Quantico einfand, war er erstaunt darüber, wie viele Männer sich wieder zum Dienst verpflichteten. Er kannte noch einige Gesichter von Reserveübungen her. Die Zahl der jungen Männer, die sich freiwillig meldeten, erstaunte ihn. Außerdem war er überrascht, wie wohl er sich wieder in Uniform fühlte. Als er von der Kleiderkammer zurückkam, salutierte ein nervöser junger Soldat und sprach ihn mit Oberst an.

»Mein Dienstgrad ist General, Gefreiter« schnauzte Nick ihn an, wobei dieser sich fast in die Hose machte und Nick sich das Lachen verbeißen mußte.

»Jawohl, Herr General!« Der junge Soldat verschwand um die Ecke, und Nick mußte grinsen und wäre beinahe mit einem alten Freund zusammengestoßen, der die Szene beobachtet hatte.

»Du solltest dich schämen. Diese jungen Leute sind genauso Patrioten wie du. Vielleicht sogar noch bessere. Willst du dich hier von einer anstrengenden Woche im Büro erholen?« Der Mann, der ihn anredete, war Rechtsanwalt und mit Nick zusammen auf der Yale-Universität gewesen; später hatten sie gemeinsam an Reserveübungen teilgenommen.

»Was ist denn mit dir los, Jack? Hat dich die Anwaltskammer ausgeschlossen?«

»Natürlich, verdammt noch mal. Was glaubst du, warum ich hier bin?« Die zwei Männer lachten und gingen den Flur entlang. Es war Zeit, Befehle entgegenzunehmen. »Ich muß allerdings auch eingestehen, daß mir erst letzte Nacht eingefallen ist, daß ich übergeschnappt bin.«

»Das hätte ich dir schon in Yale sagen können«, lachte Nick seinen Freund verschmitzt an.

»Hast du eine Ahnung, wo sie uns hinschicken?«

»Nach Tokio ins Hotel Imperial natürlich.«

»Klingt nicht schlecht.« Nick mußte lachen. Es war schon irgendwie komisch, wieder beim Militär zu sein, aber keine allzu große Umstellung. Er hatte am Abend vorher mit Johnny telefoniert und glaubte am Ende ihrer Unterhaltung zu wissen, daß der Junge begriff, was er vorhatte. Er schien sogar stolz auf seinen Vater zu sein. Nick fiel ein Stein vom Herzen, als er seinen Sohn so reden hörte.

Sie grüßten den weiblichen Offizier, der ihnen beim Aushändigen ihrer Befehle zulächelte. Sie waren die bestaussehendsten Offiziere, die ihr seit Wochen zu Gesicht gekommen waren.

Sie bemerkte gleich, daß Jack Ames einen Ehering trug, nicht aber Major Burnham.

»Müssen wir die Kuverts gleich aufmachen, Leutnant, oder sollen wir noch warten?«

»Das bleibt Ihnen überlassen. Sie müssen sich nur rechtzeitig zum Dienst melden.« Jack öffnete als erster mit einem nervösen Lächeln seinen Umschlag. »Und der Gewinner bekommt ... Scheiße. San Diego. Was ist mit dir, Nick?«

Der öffnete seinen Umschlag und starrte auf das Blatt Papier. »San Francisco.«

»Und danach geht's nach Tokio, nicht wahr, mein Schätzchen?« Jack kniff der jungen Frau sanft in die Wange.

»Für Sie immer noch Leutnant.«

Als sie zu ihrem Quartier zurückgingen, wirkte Nick sehr nachdenklich.

»Was ist denn los? Hast du was gegen San Francisco?«

»Im Gegenteil.«

»Was paßt dir denn nicht?«

»Laut Befehl muß ich schon am nächsten Dienstag dort sein.«

»Na und? Hast du etwa was anderes vorgehabt? Vielleicht ist es noch nicht zu spät und du kannst deinen Entschluß rückgängig machen.«

»Darum geht es nicht. Ich muß übermorgen losfahren. Ich habe meinem Jungen gesagt ...« Gedankenverloren starrte er vor sich hin, und Jack wußte, wie ihm zumute sein mußte; er hatte selbst für eine Frau und drei Töchter zu sorgen. Er klopfte Nick auf die Schulter und ließ ihn allein mit seinen Gedanken. Am Abend rief Nick Johnny noch in Hillarys Wohnung an. Es fiel ihm nicht leicht, die Neuigkeit mitzuteilen. Er wußte bereits, daß er am Donnerstagabend mit dem Zug wegfahren mußte, vorher aber noch einen vollen Tag Urlaub bekommen würde. Um sich von seinem Jungen zu verabschieden, war dies recht wenig, aber es ging nun einmal nicht anders. Er sprach zuerst mit Hillary und erklärte ihr die Situation. Zum ersten Mal war sie ihm freundlich gesinnt und erlaubte ihm ohne weiteres, den Jungen am nächsten Abend abzuholen und am Donnerstag so lange bei sich zu behalten, wie er wollte. Dann gab sie Johnny den Hörer. Vorher erzählte sie Nick noch, daß er ihm die Nachricht selbst beibringen sollte.

»Hallo, Daddy.«

»Wenn schon, dann Major Daddy.« Er versuchte seiner Stimme einen unbeschwerten Klang zu geben, aber in Gedanken befaßte er sich schon mit dem Abschied. Er würde ihnen beiden nicht leicht fallen, und er fürchtete sich vor dem Gedanken, sein Sohn könnte sich im Stich gelassen fühlen. Er wußte aber auch, daß es jetzt für ihn kein Zurück mehr gab. »Wie geht's, mein Junge?«

»Mir geht's gut.« Das klang allerdings nicht sehr überzeugend, denn er hatte das, was Nick ihm zwei Tage zuvor erklärt hatte, immer noch nicht ganz verdaut. Und es sollte ja noch schlimmer kommen.

»Wie wär's, wenn du morgen abend zu mir kommen würdest?«

»Darf ich?« rief er aufgeregt. »Du meinst, Mami hat nichts dagegen?«

»Ich habe sie schon gefragt, und sie ist damit einverstanden.«

»Das ist ja toll.«

»Ich hole dich um fünf Uhr ab. Du kannst die Nacht über bei mir bleiben. Überleg dir schon mal, wo wir zum Essen hingehen.«

»Heißt das, du mußt danach schon abreisen?«

»Na klar. Schließlich bin ich ein wichtiger Mann.«

Sein Sohn mußte lachen. »Anscheinend ist es ziemlich einfach, bei der Marine zu sein.«

Nick protestierte. »Das würde ich nicht so schnell behaupten.« Es war zwar schon lange her, aber für einen kurzen Moment tauchte die Erinnerung an die Spezialausbildung vor achtzehn Jahren wieder auf. »Ich seh' dich dann also morgen nachmittag um fünf.« Er legte auf und ging nachdenklich auf sein Zimmer. Es würde ihm schwerfallen, sich von seinem Sohn verabschieden zu müssen, aber schlimmer als das, was ihnen wenige Wochen zuvor widerfahren war, konnte es nicht werden. Er dachte noch einmal an die Gerichtsverhandlung, verdrängte den Gedanken daran aber ganz schnell. Es tat ihm weh, sich daran erinnern zu müssen, wie Hillary Johnny in jener Nacht abgeholt hatte. Das, was jetzt auf ihn zukam, würde gewiß nicht leichter werden. Er sollte recht behalten. Am nächsten Abend versuchte er beim Essen, Johnny alles zu erklären. Der Junge saß die ganze Zeit nur da und starrte ihn an. Er zeigte sich weder überrascht, noch weinte er. Er sprach kein einziges Wort. Er schaute seinen Vater nur an, und die Art und Weise, wie er es tat, brach Nick fast das Herz.

»Nun komm, Junge. So schlimm ist es nun auch wieder nicht.«

»Du hast mir versprochen, mich nie mehr allein zu lassen. Das hast du mir fest versprochen, Daddy«, sagte er schließlich traurig.

»Wir haben aber doch Krieg, Johnny.«

»Mami hat gesagt, daß du aber gar nicht hinzugehen brauchst.«

Nick holte tief Luft. »Sie hat ja recht. Wenn ich wollte, könnte ich mich hinter meinem Schreibtisch verstecken. Das wäre aber nicht richtig. Könntest du dann noch stolz auf mich sein, wenn ich mich so verhalten würde? Die Väter deiner Freunde werden in ein paar Monaten auch in den Krieg ziehen. Wie wäre dir dann zumute?«

»Ich wäre dann trotzdem froh, wenn du bei mir wärst.« Er meinte es ehrlich, aber Nick schüttelte den Kopf.

»Möglicherweise würdest du dich meinetwegen schämen. Willst du wirklich nicht, daß ich für unser Land kämpfe?«

»Ich weiß es nicht genau.« Er starrte lange auf seinen Teller und sah dann Nick direkt an. »Ich wünsche mir eben, daß du nicht weggehst.«

»Mir wäre es auch lieber, die Japaner hätten Pearl Harbor nicht angegriffen, John. Es ist aber nun einmal passiert. Jetzt sind wir an der Reihe, und wir müssen uns verteidigen. In Europa wird schon seit langem gekämpft.«

»Du hast aber immer gesagt, wir würden niemals in den Krieg eingreifen.«

»Das war ein Irrtum, mein Junge. Ein großer Irrtum. Ich muß jetzt tun, was von mir verlangt wird. Ich werde dich wahnsinnig vermissen, aber wir müssen beide fest daran glauben, daß ich das Richtige tue.«

Dem Jungen standen die Tränen in den Augen. Er war von dem, was ihm sein Vater gesagt hatte, überhaupt nicht überzeugt. »Und wenn du nicht mehr zurückkommst?«

Nicks Stimme klang rauh, als er: »Ich werde aber« antwortete. Er wollte noch »Ich schwöre es« hinzufügen, aber er hatte ja schon einmal geschworen und mit seinem Schwur kein Glück gehabt. »Denk daran, mein Junge. Du mußt fest daran glauben, daß ich zurückkomme, dann kann überhaupt nichts schiefgehen.« Er erzählte ihm noch von San Francisco und bezahlte schließlich die Rechnung. Danach gingen sie nach Hause. Es war für Nick ungewohnt, wieder Uniform zu tragen. Als sie Hand in Hand aus dem Restaurant gingen, machte er sich Gedanken darüber, ob sein Sohn eines Tages stolz auf ihn sein oder sich von einer Mutter, die sich nicht um ihn kümmerte, von einem Richter, der kein Verständnis hatte, und von einem Vater, der davongelaufen war, um Soldat zu spielen, verraten fühlen würde. Als er an diesem Abend Johnny zu Bett brachte, war er sehr niedergeschlagen, und am nächsten Tag war alles noch schlimmer. Sie gingen lange im Park spazieren und schauten den Schlittschuhläufern zu, aber in Gedanken waren sie ganz woanders. Die Zeit ging für beide viel zu schnell vorbei. Um vier Uhr fuhren sie in einem Taxi zu Hillary zurück. Sie öffnete die Tür und sah ihren Sohn an. Er wirkte so traurig wie nie zuvor; sie beobachtete, wie Nick sich von ihm verabschiedete.

»Paß gut auf dich auf, mein Junge. Ich rufe dich von San Francisco aus an, wann immer ich Zeit habe.« Er kniete neben dem schluchzenden Jungen nieder. »Du mußt gut auf dich aufpassen, hörst du? Ich komme wieder zurück. Du weißt das ganz genau.« Johnny legte nur einfach seine Arme um Nicks Nacken.

»Geh bitte nicht weg ... geh nicht. Sie werden dich töten.«

»Niemals.« Nick hatte ebenfalls mit den Tränen zu kämpfen, und Hillary wandte sich ab. Zum ersten Mal rührten sie die Gefühle, die Vater und Sohn verbanden. Nick drückte den Jungen noch ein letztes Mal an sich und stand dann auf. »Geh jetzt hinein, mein Junge.« Als er ging, stand Johnny aber noch vor der Wohnungstür, und er drehte sich noch einmal um und winkte ihm zu. Dann lief er hinaus auf die Straße, versuchte, ein Taxi anzuhalten; ein großer blonder Mann in Uniform mit grünen Augen, die in Tränen schwammen.

Er holte sein Gepäck in seiner Wohnung ab und verabschiedete sich vom Dienstmädchen. Es brach in Tränen aus, und er umarmte es noch einmal, bevor er ging. Unten an der Haustür verabschiedete er sich mit Handschlag von Mike und fuhr dann zum Bahnhof. Als er sich im Abteil mit den anderen Männern niederließ, mußte er an das letzte Mal denken, als er einen Zug von innen gesehen hatte. Das war, als er Liane zum Bahnhof gebracht hatte, wo sie in den Zug nach Washington gestiegen war, und er allein auf dem Bahnsteig gestanden und dem Zug nachgeschaut hatte. In welch ungeahnten Bahnen ihr Leben doch inzwischen verlaufen war, zumindest sein eigenes. Er wünschte, daß sich bei ihr nichts geändert hatte und Armand noch am Leben war. Er konnte jetzt nachfühlen, was sie durchgemacht hatte, als sie in Toulon von ihrem Gatten hatte Abschied nehmen müssen. Auf der Fahrt an die Westküste mußte er die ganze Zeit an seinen Sohn denken, an dessen Gesicht, als er zu ihm aufgeschaut und zu weinen begonnen hatte. Er rief ihn unterwegs an, aber der Junge war außer Haus, und er mußte schnell wieder in den Zug zurück. Er wollte ihn gleich nach seiner Ankunft in San Francisco anrufen, aber er kam nicht dazu, weil er sofort von den ihm nicht mehr so vertrauten Regularien des Militärdienstes in Beschlag genommen wurde. Er war froh, als er schließlich in seine Pension gehen konnte. Die Marine hatte einige kleinere Hotels in der Market Street requiriert, da die regulären Quartiere bereits überfüllt waren. Als Nick an diesem Dienstagabend die Tür seines Zimmers hinter sich schloß, konnte er kaum glauben, daß er erst seit einer Woche wieder in der Armee war. Es kam ihm vor, als wären es Jahre; er hatte alles schon wieder so satt. Aber es war schließlich Krieg. Er hoffte nur, man würde ihm bald ein Bordkommando erteilen. Man sah jetzt fast nur noch Leute in Uniform. Das einzige, was er wollte, war ein ruhiger Platz zum Schlafen. Er lag im Dunkeln auf seinem schmalen Bett in der Pension und war gerade dabei einzuschlafen, als es klopfte. Er fluchte, als er sich auf dem Weg zur Tür irgendwo die Zehen anstieß, riß die Tür auf und sah sich einem nervösen Gefreiten mit einer Namensliste in der Hand gegenüber.

»Major Burnham?«

»Ja?«

»Es tut mir leid, Sie zu stören, aber ich habe den Auftrag, allen mitzuteilen ...« Nick dachte sofort an einen feindlichen Angriff und bemühte sich, dem Jungen genau zuzuhören. »Heute abend findet ein kleiner Empfang statt, der vom Roten Kreuz veranstaltet wird. Er wird zu Ehren der höheren Offiziere gegeben, die neu hier sind. Und weil bald Weihnachten ist ...« Nick lehnte sich seufzend an den Türrahmen.

»Deshalb haben Sie mich aufgeweckt? Ich bin fast viereinhalbtausend Kilometer mit dem Zug gefahren und habe die letzten fünf Tage kaum ein Auge zugemacht, und dann wagen Sie es, an meine Tür zu hämmern und mich auf ein Kaffeekränzchen zum Roten Kreuz einzuladen?« Er gab sich Mühe, ein böses Gesicht zu machen, mußte dann aber doch lachen. »Mann ...«

»Es tut mir leid, Herr Major ... der befehlshabende Offizier hat angeordnet ...«

»Geht der Befehlshabende auch zum Kaffeekränzchen vom Roten Kreuz?«

»Es ist kein Kaffeekränzchen, sondern eine Cocktailparty, Herr Major.«

»Wie schön.« Die Situation war einfach lächerlich. Er fiel fast in sich zusammen, als er zu lachen anfing, bis ihm die Tränen kamen. »Was für Cocktails gibt's denn? Limo mit Gin?«

»Nein, Herr Major, ich glaube – ich weiß nicht, Herr Major. Es ist einfach nur, weil die Leute hier zu den Marinesoldaten unheimlich nett waren, und der befehlshabende Offizier will, daß alle erscheinen, ... um unsere Dankbarkeit für ...«

»Wofür?«

»Ich weiß es nicht so genau, aber ...«

»Gut. Dann können Sie meine Uniform anziehen und für mich hingehen.«

»Das geht nicht, denn dann bekomme ich Arrest, weil ich mich für einen Offizier ausgegeben habe, Herr Major.« Der Gefreite war die ganze Zeit kerzengerade dagestanden, als ob er einen Stock verschluckt hätte.

»Ist das ein Befehl, Gefreiter, oder eine Einladung?«

»Ich glaube beides. Eine Einladung vom Roten Kreuz und ...« Nick schnitt ihm das Wort ab. »Ein Befehl von oben. Lieber Himmel. Wann beginnt der Zirkus?«

»Um achtzehn Uhr, Herr Major.« Nick schaute kurz auf die Uhr. Es war schon fast soweit.

»Scheiße. Mein Nickerchen kann ich vergessen. Danke.« Er wollte gerade die Tür schließen, als ihm noch etwas einfiel. »Wo findet denn die Feier überhaupt statt?«

»Es steht unten am Anschlagbrett.«

»Herr Major, heißt das!« rief Nick schmunzelnd. Zum Glück hatte ihn sein Humor nicht ganz verlassen. Der Gefreite bekam einen roten Kopf.

»Entschuldigen Sie, Herr Major.«

»Ist schon gut. Woher kommen Sie?«

»Aus New Orleans.«

»Wie gefällt es Ihnen denn hier?«

»Das kann ich jetzt noch nicht sagen, Herr Major. Ich war noch nicht in der Stadt.«

»Seit wann sind Sie denn hier?«

»Seit zwei Wochen. Ich war vorher in der Grundausbildung in Mississippi.«

»Das muß lustig gewesen sein.« Sie tauschten ein kumpelhaftes Lächeln aus. »Schade, Gefreiter; da Sie heute abend meine Uniform nicht anziehen wollen, setze ich wohl besser meinen Hintern in Bewegung und ziehe mich an.« Nick war einer der wenigen Glücklichen, die eine Dusche in ihrem Zimmer hatten. Er machte sich frisch, zog seine Ausgehuniform an und stand zwanzig Minuten später unten am schwarzen Brett. Die Adresse, wo dieser Empfang stattfand, war nicht zu übersehen: Mrs. Fordham MacKenzie, Jackson Street. Er wußte überhaupt nicht, wo das war, denn er war seit Jahren nicht mehr in San Francisco gewesen, und deshalb beschloß er, ein Taxi zu nehmen. Drei andere Offiziere hatten ebenfalls eine »Einladung« bekommen, und so fuhren sie zusammen dorthin. Der Wagen hielt vor einem imposanten Gebäude mit einem eisernen Tor und einem gepflegten

Garten. Einer der Offiziere pfiff leise durch die Zähne, während Nick das Taxi bezahlte. Sie gingen auf das eiserne Tor zu und läuteten an der Klingel. Ein Butler ließ sie ein, und Nick fragte sich, wie viele solche kleinen Empfänge Mrs. MacKenzie wohl schon gegeben hatte. Der Krieg hatte viele Männer in die Stadt gebracht. Er betrachtete es als nette Geste, daß sie ihr Haus den Angehörigen der Armee öffnete. Bis Weihnachten waren es nur noch zwei Tage.

Zwar hatte er Johnny seine Geschenke schon vor seiner Abreise gegeben, aber es würde gewiß ein einsames Weihnachtsfest für sie beide werden. Er war jetzt an der Westküste, weit weg von zu Hause, betrat gerade den Salon einer ihm unbekannten Gastgeberin, in dem Männer in Uniform und Frauen in Cocktailkleidern herumstanden und Kellner mit Tabletts voller Champagnergläsern herumliefen. Als er aus dem Fenster auf die Golden Gate Bridge schaute, kam ihm alles wie ein seltsamer Traum vor, und als er dann seinen Blick wieder im Salon umherschweifen ließ, sah er sie, ein Glas in der Hand, in einer Ecke stehen und sich mit einer Frau in einem dunkelroten Kleid unterhalten. Während er sie anstarrte, drehte sie ihren Kopf, und ihre Blicke trafen sich. Die Zeit schien für ihn stillzustehen, und für sie begann sich der Raum zu drehen. Er ging langsam auf sie zu, und sie hörte die Stimme zu ihr sprechen, die sie seit anderthalb Jahren nur in ihren Träumen gehört hatte. Alles um sie herum schien in einem Nebel zu versinken, als diese Stimme voller Zärtlichkeit ein einziges Wort sagte: »Liane ...« Sie sah zu ihm hoch, ungläubig und verwundert, und er lächelte sie an.

40

»Bist du's wirklich?« Nick sah Liane tief in die Augen, und die Frau in dem roten Kleid, mit der sich Liane gerade unterhalten hatte, zog sich still und leise zurück, als sie seinen erstaunten Gesichtsausdruck bemerkte. Liane lächelte und wußte nicht recht, was sie sagen sollte.

»Es muß wohl so sein.«

»Das ist doch alles nur ein Traum, oder nicht?«

»Kann schon sein, Herr Major. Wie geht es dir?« Sie lächelte freundlich, doch ihre Worte waren nicht sehr einladend. »Es ist alles so lange her.«

»Was machst du denn hier?« Er konnte seinen Blick einfach nicht von ihr wenden.

»Ich wohne jetzt hier. Seit einem Jahr.« Er sah ihr in die Augen, nach all den Dingen suchend, die er zu wissen begehrte, doch sie verrieten ihm nichts. Sie waren so groß und so schön wie früher, doch nun wie von einem Schleier bedeckt. Sie hatte Zeiten voller Schmerz und Leid durchlebt, und man sah es ihr an. Er dachte sofort an Armand, doch dann sah er den goldenen Ehering an ihrer Hand.

»Ich dachte, du bist in Washington.«

»Das hat nicht so recht geklappt.« Ihre Blicke trafen sich, und dann, langsam, erkannte er das alte, ihm so vertraute Lächeln. Viele, viele Monate lang hatte er davon geträumt. Es war das gleiche Lächeln wie damals, als sie in seinen Armen gelegen hatte. »Schön, dich zu sehen, Nick.«

»Wirklich?« Er war nicht so überzeugt davon. Sie sah verunsichert, fast erschrocken aus.

»Aber ja doch. Seit wann bist du schon hier in San Francisco?«

»Erst seit heute. Aber was um alles in der Welt machst du hier?« Diese Cocktailparty, die in der Hauptsache von Soldaten besucht wurde, schien nicht der rechte Ort für sie zu sein. Eines Mannes wegen konnte sie nicht gut hier sein, denn sie trug ja ihren Ehering. Und es entspräche auch nicht ihrer Art. Nicht der Art der Frau, der er vor siebzehn Monaten am Bahnhof in New York Lebewohl gesagt hatte. Es sei denn, alles hätte sich inzwischen geändert. Vielleicht hatte sie einfach die Einsamkeit nicht länger ertragen können.

»Ich arbeite beim Roten Kreuz. Das hier ist eine dienstliche Angelegenheit für uns.«

Er beugte sich vor und flüsterte ihr ins Ohr. »Für mich auch.«

Darüber mußte sie lachen; dann nahm ihr Gesicht sanfte Züge

an. »Wie geht's John?« Eigentlich hatte sie ihn zuerst nicht danach fragen wollen.

Nick holte kurz Luft und sah sie an. »Ihm geht's gut. Ich weiß nicht, ob du hier etwas über die Gerichtsverhandlung gelesen hast; jedenfalls sind Hillary und ich seit rund einem Jahr geschieden, und ich bin wegen des Sorgerechts vor Gericht gegangen und habe den Prozeß vor ein paar Wochen verloren. Das hat ihn ziemlich mitgenommen.« Mit einem Blick auf seine Uniform fügte er hinzu: »Und das da genauso.«

»Dich ja wohl sicher auch.« Ihre Stimme klang weich, und sie mußte ihm ständig in die Augen sehen, wußte aber gleichzeitig, daß die Distanz, die zwischen ihnen bestand, gewahrt bleiben mußte. Nie wieder durfte sie zulassen, daß sie verringert werden würde. Sie hatte es einmal zugelassen, und sie mußte sich seither ständig bemühen, die dadurch entstandene Verbundenheit zu verdrängen. »Ja, ich habe von der Verhandlung gelesen«, sagte sie mit jener sanften Stimme, die er so liebte. »Und ich habe mit dir gelitten.«

Er nickte und nahm einen Schluck aus seinem Glas. »Der Richter meinte, Johnny wäre bei ihr besser aufgehoben, da sie wieder verheiratet ist. Und weißt du, was dieses Schwein gemacht hat?« Sein Blick wurde zornig, als er ihr von Markham und der Sache mit der Pistole erzählte. »Ich wollte eigentlich Berufung einlegen, doch dann geschah der Überfall auf Pearl Harbor. Wenn ich zurück bin, werde ich es noch einmal versuchen; vielleicht ist sie dann bereit, ihn freizugeben. Mein Anwalt glaubt, daß sie mir nur eins auswischen wollte.«

»Warum denn nur?« fragte Liane verblüfft. Hatte er Hillary etwas von ihnen erzählt?

»Ich nehme an, weil sie mich nie geliebt hat, so verrückt das auch klingt. In ihren Augen waren die ganzen Jahre unserer Ehe ein Gefängnis.«

Liane fiel, genau wie ihm, sofort der Vorfall auf der *Normandie* wieder ein. »Wenn sie für jemanden ein Gefängnis war, dann doch wohl eher für dich.«

Er nickte. »Wie dem auch sei, jetzt ist jedenfalls alles vorbei.

Zumindest ist Johnny aus dieser Ehe hervorgegangen, also darf ich mich nicht beklagen. Jetzt muß ich ihn nur noch zu mir zurückholen.«

»Das wirst du auch schaffen«, sagte sie ruhig und voller Überzeugung. Sie erinnerte sich an seine eigenen Worte: »Starke Menschen gehen nicht zugrunde.«

»Hoffentlich hast du recht.« Er trank sein Glas Champagner aus und sah sie an. Sie war noch schöner als früher, aber sie wirkte nun ruhiger, ernster. Die Belastungen, mit denen sie leben mußte, hatten ihren Tribut gefordert, und doch war ihr Gesicht so schön wie eh und je, das Blau ihrer Augen schien noch leuchtender als früher zu sein, und ihr Haar war zu einem hübschen Knoten gebunden. Sie sieht sehr chic aus, dachte er und mußte darüber lächeln. »Wo wohnst du eigentlich hier?«

»Bei meinem Onkel George.«

»Und die Mädchen?«

»Denen geht's sehr gut.« Dann senkte sie den Blick. »Sie denken noch immer an dich.«

In diesem Moment schlossen sich noch zwei Männer in Uniform und eine Frau vom Roten Kreuz ihrer Unterhaltung an, und bald darauf verließ Liane die Party. Sie verabschiedete sich nicht von Nick, fuhr mit dem Wagen nach Hause, den sie sich von George geliehen hatte, und ging langsam ins Haus. Es war ein eigenartiges Gefühl gewesen, Nick wiederzusehen. Wunden waren wieder aufgebrochen, von denen sie gehofft hatte, sie seien verheilt. Doch was sollte sie dagegen tun? Sie hatte sich stets gefragt, ob sie ihn eines Tages wiedersehen würde, und nun war es geschehen. Seit sie sich das letzte Mal gesehen hatten, hatte sich für ihn alles geändert, für sie jedoch überhaupt nichts. Armand kämpfte noch immer in Frankreich ums Überleben, und sie wartete hier noch immer auf ihn.

»Wie war der Abend?« erkundigte sich George, der auf sie gewartet hatte.

»Sehr nett, danke.« Sie sah allerdings nicht so aus, als habe sie sich sehr gut amüsiert, als sie ihren Mantel ablegte.

»So? Was machst du denn dann für ein Gesicht?«

Sie lächelte. »Ich habe einen alten Freund getroffen. Aus New York.«

»Ach wirklich? Wen denn?«

»Nick Burnham.« Sie wußte selbst nicht genau, weshalb sie es ihrem Onkel erzählte, aber irgend etwas mußte sie ja sagen.

»Hat er etwas mit Burnham Steel zu tun?«

»Allerdings. Genau genommen ist er Burnham Steel.«

»Na, das ist ja ein Ding. Ich kannte nämlich seinen Vater, ist ungefähr dreißig Jahre her. Feiner Kerl. Ein bißchen verrückt ab und zu, aber wer war das nicht, damals. Und wie ist der Junge?« Liane mußte über seine Ausdrucksweise lächeln.

»Nett, und auch ein bißchen verrückt. Er ist gerade wieder in die Marine eingetreten, als Major. Er ist erst heute hier angekommen.«

»Du mußt ihn unbedingt hierher einladen, bevor er auf sein Schiff abkommandiert wird.« Plötzlich hatte George eine Idee. »Wie wär's mit morgen abend?«

»Onkel George, ich weiß nicht recht ...«

»Es ist Weihnachten, Liane, und der Mann ist allein. Kannst du dir vorstellen, was das bedeutet, in einer fremden Stadt? Sei doch nett zu dem Mann, um Gottes willen.«

»Ich weiß doch nicht einmal, wo ich ihn erreichen kann.« Und wenn sie es wüßte, würde sie es nicht tun, doch das sagte sie ihrem Onkel nicht.

»Ruf bei der Marine an. Die werden wissen, wo er steckt.«

»Ich glaube wirklich nicht ...«

»Schon gut, schon gut, vergiß es.« Und leise, so daß sie es nicht hören konnte, murmelte er: »Wenn der Junge nicht auf den Kopf gefallen ist, wird er dich anrufen.«

Der Junge war ganz und gar nicht auf den Kopf gefallen. Er war ins Hotel zurückgekehrt, saß lange in seinem Zimmer, sah unentwegt hinunter auf die Market Street und dachte an Liane und die seltsame Fügung des Schicksals, die sie wieder zusammengeführt hatte. Wenn der kleine Gefreite aus New Orleans heute abend nicht an seine Tür geklopft hätte ... Er nahm das Telefonbuch vom Schreibtisch und begann, den Namen George Crocketts zu suchen. Schnell hatte er die Adresse gefunden und blieb dann, den Blick darauf geheftet, eine Weile sitzen. Dort wohnte sie also, in der Straße, mit der Telefonnummer. Er notierte sie sich und rief am nächsten Morgen an. Sie war jedoch schon auf dem Weg zum Roten Kreuz, und ein freundliches Dienstmädchen gab ihm die Nummer, unter der sie dort zu erreichen war. Er wählte, und sie nahm den Hörer ab.

»So früh am Morgen arbeitest du schon, Liane? Du übernimmst dich.«

»Das sagt mein Onkel auch.« Ihre Hand zitterte, als sie seine Stimme vernahm. Sie wünschte, er hätte nicht angerufen, aber vielleicht hatte ihr Onkel doch recht. Vielleicht war eine Einladung zum Abendessen doch das Richtige. Und vielleicht würden die Träume, die sie verfolgten, schließlich doch vergehen, wenn sie sich ihm gegenüber nur wie eine gute Freundin verhielt.

»Was machst du denn heute mittag?«

»Ich muß eine Besorgung für Onkel George machen.« Das war gelogen, aber sie wollte nicht mit ihm allein sein.

»Hat das nicht Zeit?«

»Leider nicht.« Der Tonfall, in dem sie sprach, irritierte ihn, aber vielleicht waren noch andere Leute in ihrer Nähe. Andererseits hatte er ja auch nicht das Recht zu erwarten, daß alles wieder so sein müßte wie vor Monaten, nur weil er plötzlich in der Stadt aufgetaucht war, und am Abend zuvor hatte er nicht nach Armand gefragt. Er wußte, wie sie über all das dachte, aber das hatte er vorher schon akzeptiert. Er wollte sie einfach nur wiedersehen.

»Können wir am Freitag zusammen essen gehen?«

»Es geht wirklich nicht, Nick.« Sie saß an ihrem Schreibtisch und holte tief Luft. »Wie wär's mit heute abend? Warum kommst du nicht zum Essen zu uns, ins Haus meines Onkels? Es ist Heiligabend, und wir dachten ...«

»Wunderbar. Ich komme sehr gern.« Er wollte ihr keine Gelegenheit geben, es sich wieder anders zu überlegen. Sie gab ihm die Adresse, und er sagte ihr nicht, daß er sie sich bereits aufgeschrieben hatte. »Um wieviel Uhr?«

»Um sieben?«

»Ausgezeichnet. Ich werde da sein.« Er lachte siegesbewußt, als er den Hörer auflegte, und verließ mit einem Freudenschrei die Telefonzelle. Er fühlte sich nicht mehr wie vierzig. Er fühlte sich wieder wie fünfzehn und glücklicher, als er in den vergangenen siebzehn Monaten, oder vielleicht überhaupt jemals gewesen war.

41

Punkt sieben Uhr stand Nick in seiner schicken Uniform, beladen mit Weihnachtsgeschenken für die Mädchen, vor dem Haus der Crocketts. Er hatte schnell erkannt, wie sein Leben in San Francisco aussehen würde: Er hatte praktisch nichts zu tun. Man hatte ihn an einen Schreibtisch gesetzt und ihm die Organisation einiger kleinerer Nachschubdienste übertragen, aber im Grunde wartete er nur wie alle anderen auf den Befehl zum Auslaufen; er hatte also jede Menge Zeit, sich in der Stadt umzusehen und Freunde zu besuchen. Nun, da er Liane und die Mädchen gefunden hatte, war er froh über soviel Freizeit.

Der Butler führte ihn durch die große, stattliche Eingangshalle in die Bibliothek, wo die Familie bereits um den Weihnachtsbaum versammelt war. Es war das zweite Mal, daß sie Weihnachten bei Onkel George feierten, und die Mädchen warteten bereits gespannt darauf, was ihnen ihr Onkel diesmal schenken würde. Aber seine Geschenke waren erst einmal vergessen, als sie sich auf die Päckchen stürzten, die Nick ihnen mitgebracht hatte. George und Liane sahen ihnen lächelnd beim Auspacken zu. Er hatte ihnen schöne Spielsachen gekauft. Beide Kinder bedankten sich artig und umarmten ihn, und dann überreichte er George ein Päckchen, das offensichtlich ein Buch enthielt. Schließlich wandte er sich Liane zu und gab ihr ein kleines Kästchen. Es war überhaupt das erste Mal, daß er ihr etwas schenkte. Während der dreizehn Tage auf dem Schiff war keine Gelegenheit gewesen, ihr ein Geschenk zu machen, und danach waren sie sofort zum Zug gegangen. Anfangs hatte er oft mit Bedauern daran gedacht, daß er nie dazu gekommen war, ihr außer seinem Herzen noch mehr zu schenken. Zu gern hätte er sie im Besitz von etwas gewußt, was sie an ihn erinnerte. Er ahnte nicht, daß die Erinnerung, die er bei ihr hinterlassen hatte, dauerhafter war, als es ein Geschenk je hätte sein können, und daß sie tief in ihrem Innern weiterlebte.

»Aber Nick, das war doch nicht nötig.« Lächelnd hielt sie das Kästchen, das noch immer in Geschenkpapier eingewickelt war, in der Hand.

»Ich wollte aber. Komm schon, pack es aus. Es beißt nicht.« George sah ihnen interessiert zu. Er hatte das Gefühl, daß sich die beiden besser kannten, als er zuerst gedacht hatte, möglicherweise besser, als sie ihn wissen lassen wollten. Nick und er beobachteten ihre Augen, als sie das Kästchen öffnete. Es enthielt einen goldenen Armreif. Sie schob ihn über ihr Handgelenk, doch Nick griff nach ihrer Hand und flüsterte ihr zu. »Du mußt lesen, was drinsteht.« Sie nahm ihn wieder ab und sah, daß nur ein einziges Wort eingraviert war. »Deauville«. Dann streifte sie den Reif wieder über, sah ihn an und wußte nicht, ob sie das Geschenk annehmen sollte; aber sie hatte nicht den Mut, es ihm zurückzugeben.

»Er ist wunderschön. Das hättest du wirklich nicht tun sollen, Nick ...«

»Warum nicht?« Er wollte ihr zu verstehen geben, was er fühlte, und sprach zu ihr so leise, daß nur sie es hören konnten: »Ich wollte es schon vor langer Zeit tun; betrachte ihn als nachträgliches Geschenk.« Schließlich packte auch Onkel George das Präsent aus und zeigte sich hocherfreut. Es war ein Buch, das er schon immer einmal hatte lesen wollen, und er bedankte sich bei Nick mit einem herzlichen Händedruck. Danach erzählte er lustige Geschichten von sich und Nicks Vater, wie sie sich kennengelernt und einmal in New York so auf die Pauke gehauen hatten, daß sie beide beinahe im Gefängnis gelandet wären. »Gott sei Dank kannte er die ganzen Polizisten.« Sie waren die Park Avenue entlanggerast, und hatten dabei im Auto mit zwei Damen höchst zweifelhaften Rufs Champagner getrunken; George fühlte sich wieder jung und mußte lachen bei der Erinnerung an diese Begebenheit. Liane schenkte zwei Gläser ein, für Nick und für sich selbst. Sie trank einen Schluck und beobachtete Nick, wie er sich mit George unterhielt, und fühlte dabei das Schmuckstück an ihrem Arm. Sie spürte das Gewicht des Goldes, und noch mehr das des einen eingravierten Wortes. »Deauville«. Sie mußte dabei gegen die Erinnerungen ankämpfen und sich zwingen, dem Gespräch zu folgen.

»Ihr habt doch mal eine Überfahrt zusammen gemacht, nicht wahr?«

»Ja, zweimal sogar.« Nick lächelte sie an, und ihre Blicke fanden sich. Sie hatte George nichts davon erzählt, daß Nick auch auf der *Deauville* gewesen war ...

»Beide Male auf der *Normandie?*« fragte Georges etwas verwirrt, und Nick schüttelte den Kopf. Es war zu spät zu lügen, und sie hatten nichts zu verbergen. Jetzt nicht mehr.

»Einmal auf der *Normandie,* neununddreißig; letztes Jahr dann bei unserer Rückkehr auf der *Deauville.* Leider bin ich ein bißchen zu lange in Europa geblieben, und dann saß ich fest. Ich mußte alle Hebel in Bewegung setzen, um wieder nach Haus zu können. Als der Krieg ausbrach, habe ich meinen Sohn mit der *Aquitania* zurückgeschickt, aber ich bin bis nach der Kapitulation in Paris geblieben.« Das hörte sich recht unverdächtig an, und Liane, der George einen kurzen Blick zuwarf, war nichts anzumerken.

»Na, das muß ja eine schöne Fahrt gewesen sein, mit der Bergung auf hoher See.«

»Kann man wohl sagen.« Nicks Miene wurde ernst, als er an die Männer dachte, die an Bord gebracht wurden. »Wir schufteten wie die Verrückten, um ihr Leben zu retten. Liane war einfach einmalig. Die ganze Nacht half sie bei den Operationen, und danach kümmerte sie sich tagelang um die Verwundeten.«

»Da hat jeder mit angepackt, und jeder hat seine Aufgabe mehr als erfüllt«, warf sie schnell ein.

»Stimmt nicht.« Nick sah ihr in die Augen. »Du hast mehr für die Männer getan als jeder andere an Bord, und viele von ihnen wären ohne dich nicht mehr am Leben.« Sie antwortete nicht, und ihr Onkel lächelte.

»Ja, sie hat eine Menge Mut, meine Nichte. Viel Herz, nur manchmal nicht so viel Verstand, wie ich es gern hätte«, – er lächelte gütig – »aber mehr Mut als die meisten Männer, die ich kenne.« Die beiden sahen sie an, und sie errötete.

»Jetzt ist es aber genug. Was ist mit dir, Nick, wann mußt du zur See?« Es hörte sich gerade so an, als ob sie es kaum erwarten könne, und in gewisser Weise war dem auch so. Nicht, daß sie ihn in Gefahr wünschte; sie wollte nur selbst einer Gefahr entgehen, die sie immer dann verspürte, wenn er in ihrer Nähe war.

»Das steht in den Sternen. Gestern erst wurde mir ein Schreibtischposten zugeteilt, und das kann alles und nichts bedeuten. Sechs Monate, sechs Wochen, vielleicht nur sechs Tage. Die Befehle kommen aus Washington, und wir können nichts tun, als hier sitzen und warten.«

»Es hätte auch schlimmer kommen können, junger Mann. Das ist doch eine schöne Stadt.«

»Schön ist gar kein Ausdruck.« Er sah seinen Gastgeber lächelnd an und warf dann Liane einen flüchtigen Blick zu. Die Mädchen hatten nichts mehr von sich hören lassen, seit sie ihre Geschenke ausgepackt hatten; sie waren so ins Spielen vertieft, daß er sich nur eines wünschte: daß Johnny auch hier wäre. Dann rief der Butler zum Abendessen, und sie gingen in das große Eßzimmer. Beim Gang dorthin gab George Nick Erklärungen zu einigen Porträts, die an den Wänden hingen.

»Liane hat als Kind hier gelebt. Das Haus gehörte ihrem Vater.« Bei diesen Worten erinnerte sich Nick an eines der ersten Gespräche mit Liane auf der *Normandie,* als sie ihm von ihrem Vater, von Armand, von Odile und auch von Onkel George erzählt hatte.

»Ein prächtiges Haus.«

»Ich sehe gern, wie meine Schiffe vorbeiziehen.« Er sah hinaus auf die Bucht und wandte sich mit einem entschuldigenden Lächeln wieder zu Nick um. »In meinem Alter darf ich das jetzt wohl zugeben. Früher hätte ich vielleicht nicht zugegeben, stolz auf das zu sein, was ich erreicht habe.« Er blickte Nick genau an, wechselte dann das Thema und sprach mit ihm über die Stahlbranche. Er war erstaunlich gut informiert über die Geschäfte, die Nick in der letzten Zeit getätigt hatte, und zeigte sich beeindruckt davon, daß er in so jungen Jahren den Konzern übernommen und Großes geleistet hatte. »Wer leitet denn den Betrieb, jetzt wo Sie nicht da sind?«

»Brett Williams. Er gehörte zu den Leuten meines Vaters, und während ich in Frankreich war, regelte er für mich die geschäftlichen Angelegenheiten hier in den Staaten.« Er dachte einen Moment nach und schüttelte dann den Kopf. »Mein Gott, es kommt mir vor, als wäre das schon hundert Jahre her. Wer hätte damals gedacht, daß wir uns nun im Krieg befinden würden?«

»Ich habe immer damit gerechnet, und Roosevelt genauso. Er hat uns jahrelang vorbereitet, auch wenn er es nicht öffentlich eingestanden hat.« Liane und Nick sahen sich lächelnd an und mußten an ihre Überfahrt auf der *Normandie* denken, wo so viele überzeugt gewesen waren, es werde keinen Krieg geben.

»Leider war ich nicht so weitsichtig wie Sie. Ich wollte vielleicht das Menetekel gar nicht zur Kenntnis nehmen.«

»Wie die meisten damals, da stehen Sie nicht allein. Allerdings habe ich, zugegeben, nicht erwartet, daß uns die Japaner gleich so an die Gurgel springen würden.« Entlang der Küste waren Wachtposten aufgestellt worden, bei Nacht wurde Verdunkelung befohlen, und in Kalifornien wartete man gespannt, ob sie erneut zuschlagen würden. »Seien Sie froh, daß Sie jung sind und kämpfen können. Ich war schon für den Ersten Weltkrieg zu alt. Aber ihr werdet die Sache schon in Ordnung bringen.«

»Hoffentlich.« Die beiden Männer blickten sich lächelnd an, und Liane sah in eine andere Richtung. Gegenüber Armand zeigte sich ihr Onkel nie so aufgeschlossen, aber schließlich glaubte er ja auch, Armand würde mit den Deutschen kollaborieren. Es schmerzte sie, daß sie ihn nicht verteidigen konnte, und Nick wußte noch immer nichts von seiner Verbindung zu Pétain. Irgendwie hatte ihn diese schlimme Nachricht niemals erreicht. Sie hatte Angst vor dem Tag, an dem dies geschehen würde, und fragte sich, ob er es überhaupt je erfahren würde. Vielleicht erst nach dem Krieg, und dann wäre es nicht mehr wichtig.

Das Essen war ausgezeichnet; Nick verließ das Haus jedoch bald darauf und ging zurück in sein Hotel. George war zwar noch sehr rüstig, aber doch schon ein älterer Herr, und Nick wollte nicht übermäßig lange bleiben. Auch Liane schien müde zu sein, als er ging. Sie dankte ihm für den Armreif, und die Mädchen gaben ihm einen Kuß und bedankten sich nochmals für die Geschenke, bevor er sich verabschiedete. Als er aufstand, sah er Liane in die Augen.

»Ich hoffe nur, daß Weihnachten nächstes Jahr für uns alle schöner sein wird.«

»Das hoffe ich auch. Und ... danke, Nick.«

»Mach's gut. Ich ruf' dich an, vielleicht können wir mal zusammen zu Mittag essen.«

»Das wäre nett.« Sehr begeistert klang es allerdings nicht gerade, und als er gegangen war, brachte sie die Mädchen ins Bett und ging noch für ein paar Minuten hinunter zu Onkel George. Nick hatte großen Eindruck auf ihn gemacht, und er wollte wissen, warum sie ihn früher nie erwähnt hatte.

»So gut kenne ich ihn auch wieder nicht. Wir haben uns bloß ein- oder zweimal getroffen, auf den Schiffen und auf einigen Partys in Frankreich.«

»Kennt er Armand?«

»Natürlich. Er fuhr mit seiner Frau nach Europa, als wir ihn kennenlernten.«

»Aber er ist doch jetzt geschieden, nicht wahr?« Dann fiel ihm plötzlich der Skandal wieder ein, der das ganze Jahr über durch die Presse ging. Er las eigentlich selten über solche Dinge, aber diese Sache war sogar ihm aufgefallen. »Ach ja, das war eine ziemlich böse Geschichte. Sie ist mit einem anderen durchgebrannt, und dann kam es zum Streit über das Kind.« Er runzelte die Stirn. »Wo ist der Junge jetzt?«

»Letzten Monat bekam die Mutter das Sorgerecht zugesprochen. Wahrscheinlich hat er sich deswegen freiwillig verpflichtet.«

Ihr Onkel nickte und zündete sich eine Zigarre an. »Er ist ein feiner Kerl.«

Dann wünschte sie ihm eine gute Nacht, ließ ihn mit seinen Gedanken allein, und ging auf ihr Zimmer. Vorsichtig streifte sie den Armreif ab, den Nick ihr geschenkt hatte, und betrachtete ihn lange. Dann legte sie ihn entschlossen zur Seite und versuchte, ihn zu vergessen; doch selbst als sie in der Dunkelheit lag, wußte sie, wo er war. Deauville. Jenes eine Wort, das tausend verbotene Bilder in ihrer Erinnerung wachrief.

42

Nick rief sie am nächsten Tag an, um sich für den Abend zu bedanken und allen ein frohes Weihnachtsfest zu wünschen. Liane war fest entschlossen, die Unterhaltung nicht lange und nicht zu persönlich werden zu lassen, aber sie verspürte einen Stich im Herzen, als sie seine Stimme hörte. Er mußte furchtbar einsam sein ohne seinen Sohn und so weit weg von zu Hause. Deshalb brachte sie es nicht übers Herz, ihn einfach so abzufertigen.

»Hast du Johnny heute angerufen, Nick?«

»Natürlich.« Doch seine Antwort klang traurig. Sie hatte recht gehabt; er verlebte ein schlimmes Weihnachtsfest. »Er hat geweint wie ein kleines Kind. Das brach mir das Herz. Und seine Mutter fährt morgen für zwei Wochen nach Palm Beach, ohne ihn.« Er seufzte. »Nichts hat sich geändert, und ich kann jetzt einfach nichts dagegen tun.«

»Vielleicht, wenn du wieder zurück bist ...« Sie sprach aus, was er dachte.

»Dann werde ich allerdings etwas unternehmen. Mein Rechtsanwalt meint, auf die Berufungsverhandlung müsse ich sowieso einige Zeit warten. Wenigstens weiß ich, daß John bei ihnen in Sicherheit ist. Markham ist kein Dummkopf, aber alles, was ihn interessiert, ist ein angenehmes Leben. Er wird dem Jungen nichts tun.« Früher hatte er zwar anders darüber gesprochen, aber nun blieb ihm keine Wahl. Daß Hillary John nicht mit Liebe überhäufen würde, war ihm klar, aber wenigstens würde sie auf ihn aufpassen. Es war, als hätte er ihn für die Dauer des Krieges bei fremden Leuten gelassen. »Brett Williams wird ebenfalls ein wachsames Auge auf ihn haben, solange ich weg bin. Und wenn wirklich alles aus dem Ruder läuft, wird er die Sache in die Hand nehmen. Das war wohl das Beste, was ich vor meiner Abreise tun konnte.«

Sie hörte ihm zu und litt mit ihm; sie wußte, wie sehr er den Jungen liebte. Die Liebe zu seinem Sohn war ein wichtiger Grund gewesen, warum sie ihn hatte gehen lassen. »Hast du dich deswegen freiwillig gemeldet, Nick?«

»Mehr oder weniger ja. Ich mußte einfach raus. Schließlich ist ja auch Krieg. Wenn ich an letztes Jahr denke, ist es beinahe eine Erleichterung, so wie es jetzt ist.«

»Also, mach dich nicht verrückt, wenn sie dich auf See schicken.« Fast dachte sie, er wäre besser zu Hause geblieben, um selbst auf John aufzupassen, und manchmal dachte er das gleiche; aber er war doch froh, sich verpflichtet zu haben, besonders seit er sie wiedergefunden hatte.

»Noch bin ich ja nicht weg.« Dann entschloß er sich, die Initiative zu ergreifen. »Meinst du nicht, wir könnten uns heute treffen, Liane?«

Einen Moment lang herrschte Schweigen am anderen Ende der Leitung. »Ich müßte wirklich bei den Mädchen bleiben, und ...« Sie wußte nicht, was sie ihm sagen sollte. Er sollte wissen, daß sich für sie in den letzten eineinhalb Jahren nichts geändert hatte. Ihre Gefühle waren die gleichen wie damals, die für ihn, aber auch die für Armand. Und an ihrem Entschluß, ihr Verhältnis nicht fortzusetzen, hatte sich nichts geändert.

»Ich verstehe.« Doch wieder klang die Einsamkeit aus seinen Worten, und sie fühlte sich hin und her gerissen. In ihrem Kopf schrillte eine Alarmglocke, doch diesmal achtete sie nicht darauf. Was war schon dabei? Und schließlich war ja Weihnachten.

»Wenn du Lust hättest, heute nachmittag vorbeizukommen ...« Die Mädchen und ihr Onkel würden ja zu Hause sein.

»Und ob ich Lust hätte.«

»So gegen vier?«

Er hielt den Hörer fest in der Hand. »Danke, Liane. Das werd' ich dir nicht vergessen.«

»Sag nicht so was. Du bist doch ein alter Freund.«

Nach einem kurzen Moment des Schweigens sagte er schließlich: »Bin ich das wirklich? Nur ein alter Freund?«

»Genau das«, sagte sie mit sanfter, aber entschlossener Stimme.

»Gut zu wissen.«

Pünktlich um vier Uhr kam er an. Die Mädchen waren erfreut über seinen Besuch, Onkel George zeigte sich überrascht.

»Ich wußte nicht, daß wir uns so schnell wiedersehen würden.«

»Ich glaube, Ihre Nichte hatte Mitleid mit einem armen Seemann in einer fremden Stadt.« Onkel George lachte herzlich, und Nick setzte sich zu den Mädchen und spielte mit ihnen. Nach einer Weile schlug Liane vor, im Presidio spazierenzugehen. George sagte, er wolle zu Hause auf sie warten und sein neues Buch lesen, und lächelte Nick augenzwinkernd zu. Sie nahmen ihre Mäntel und gingen hinaus. Die Mädchen eilten freudig voraus, Marie-Ange mit plötzlich langen, etwas staksig wirkenden Beinen vornweg, und Elisabeth munter hinterdrein.

»Die beiden werden mal hübsche Mädchen. Wie alt sind sie jetzt?«

»Elisabeth ist neun, Marie-Ange elf. Und John? Wird er nicht auch bald elf?«

Er nickte. »Die Zeit vergeht viel zu schnell, nicht wahr?«

»Ja, manchmal.« Sie dachte an Armand; Nick bemerkte es sofort und wandte sich ihr zu.

»Wie geht's ihm? Ist er noch in Frankreich?«

Sie nickte. »Ja.«

»Ich dachte, er wäre inzwischen in Nordafrika.«

Dann sah sie Nick an und blieb stehen. Es war sinnlos, ihm etwas vorzumachen. Sie konnte es nicht länger ertragen. »Armand arbeitet für Pétain.«

Nick sah sie an, schien jedoch kaum überrascht.

»Weißt du, ich habe mir das schon damals auf dem Schiff gedacht. Ich weiß nicht warum, aber es war einfach so. Wie denkst du darüber, Liane?« Er wußte, daß Armands Entscheidung auf ihre Gefühle keinen Einfluß hatte, sonst hätte sie es ihm vorher gesagt.

»Das ist schwer zu erklären. Aber für die Mädchen ist das alles nicht leicht.« Sie erzählte ihm von Washington und den Hakenkreuzen, und er erschrak.

»Wie schrecklich für sie ... und dich ...« Er blickte ihr forschend in die Augen und sah, daß sie traurig war.

»Deswegen sind wir hierher gezogen. Seither ist es besser, dank Onkel George.«

»Weiß er Bescheid über Armand?«

»Er wußte es schon, bevor wir kamen.« Sie seufzte leise, und sie gingen weiter, um mit den Mädchen Schritt zu halten. Sie war erleichtert, daß sie Nick die Wahrheit gesagt hatte. Sie hatten schon immer offen miteinander sprechen können, und warum sollte sich das jetzt ändern? Schließlich waren sie noch immer Freunde. »Er ist natürlich dagegen und glaubt, ich sei verrückt.« Dann erzählte sie ihm, wie er während der ersten Wochen in San Francisco versuchte hatte, sie zu verkuppeln, und sie mußten beide lachen. »Er ist ein lieber alter Mann. Früher mochte ich ihn nicht besonders, aber er ist jetzt viel sanfter, nachgiebiger geworden.«

Nick lachte. »Das sind wir doch alle.«

»Er tut alles für uns.«

»Das freut mich. Ich habe mir viele Sorgen um dich gemacht. Irgendwie dachte ich immer, du seist noch in Washington. Wann bist du weg von dort?«

»Letztes Jahr. Gleich nach Thanksgiving.«

Er nickte und sah sie an. »Da steckt doch noch mehr dahinter, oder nicht?«

»Hinter was?« Sie konnte seinen Gedanken nicht ganz folgen.

»Hinter Armands Zusammenarbeit mit Pétain.«

Wieder blieb sie stehen und sah ihn überrascht an. Wie konnte er das wissen? Hatte sie etwas gesagt? Doch sie nickte. Sie vertraute ihm voll. Noch nie hatte sie es einem anderen Menschen gegenüber zugegeben, denn damit hätte sie Armand in Gefahr gebracht. Allerdings wußte sie, daß das Geheimnis bei Nick gut aufgehoben war. »Ja.«

»Das macht's für dich bestimmt nur noch schlimmer. Schreibt er dir manchmal?«

»Sooft er kann. Es ist sehr riskant für ihn, zuviel zu sagen. Die meisten Briefe erreichen mich über die Widerstandsbewegung.«

»Erstaunlich, was sie in Frankreich schon alles fertiggebracht hat.« Sie nickte, und sie gingen eine Weile schweigend weiter. Es verband sie noch mehr mit ihm, daß sie so offen zu ihm über Armand reden konnte. Er war ein wahrer Freund, und nach einer Weile sah sie ihn dankbar lächelnd an. »Ich bin froh, daß ich dir das alles sagen durfte. Manchmal glaube ich, ich werde verrückt. Jeder glaubt – oder jedenfalls glaubte jeder in Washington ...«

»So etwas würde er nie tun.« Er konnte sich nicht vorstellen, daß Armand wirklich für Pétain arbeitete. Auch wenn er den Mann kaum kannte, soviel wußte er doch. Hoffentlich, dachte er, sind die Deutschen nicht genauso clever.

Sie glaubte nun, ihm noch eine Erklärung zu schulden. Er hatte sich ihr gegenüber sehr anständig verhalten, und sie hatte es ihm damals nie gesagt. »Deswegen – ich konnte einfach nicht, Nick, wo er doch in Frankreich das alles für uns tut. Das hat er nicht verdient.«

»Ich weiß. Das verstand ich schon.« Er sah ihr zärtlich in die Augen. »Ist schon gut, Liane. Du hast das Richtige getan, und ich weiß, wie schwer das war.«

»Eben nicht.« Sie schüttelte den Kopf, und er sah, daß sie den Armreif trug, den er ihr am Abend zuvor geschenkt hatte. Es gefiel ihm, wie das schmale goldene Band an ihrem Handgelenk in der Wintersonne glitzerte.

»Für mich war es fast unerträglich. Ich habe bestimmt hundertmal den Hörer in die Hand genommen, um dich anzurufen.«

»Ich doch auch.« Sie lächelte und sah nach ihren Töchtern, die sich ein ganzes Stück entfernt hatten. »Es ist schon solange her, findest du nicht?« Sie sah ihm wieder in die Augen, und er schüttelte den Kopf.

»Nein. Mir kommt es vor, als wäre es erst gestern gewesen.«

Irgendwie erging es ihr ebenso. Er hatte sich nicht verändert, ebensowenig wie sie, obwohl in der Welt um sie herum jetzt so vieles anders war. Beinahe zu viel. Dann spielte er mit den Kindern Fangen; Liane schloß sich ihnen an, und sie liefen und lachten. Schließlich gingen sie mit roten Wangen und leuchtenden Augen zurück zum Haus, und George freute sich, als sie zurückkamen und das alte Haus wieder mit Leben erfüllten. Das war wirklich Weihnachten, dachte er, aber nicht nur er, sondern auch die Mädchen und Liane. Sie luden Nick ein, zum Essen zu bleiben, und als er an jenem Abend das Haus verließ, waren sie alle gute Freunde geworden. Liane begleitete ihn zur Tür. Er hielt einen Augenblick inne und lächelte sie an.

»Vielleicht hast du recht. Vielleicht ist es jetzt doch anders. Ich mag dich noch mehr als früher. Wir sind beide ein ganzes Stück erwachsener geworden.«

Sie lachte. »Du vielleicht, Nick. Ich bin wohl nur älter geworden.«

»Das kannst du jemand anders erzählen.« Er lachte und winkte, als er hinausging, wo bereits ein Taxi auf ihn wartete. »Gute Nacht, und vielen Dank. Frohe Weihnachten!« rief er aus dem davonfahrenden Taxi, und Liane ging mit einem glücklichen Lächeln ins Haus zurück. Zu glücklich, wie sie fand, als sie in den Spiegel sah. Sie fühlte sich so erleichtert, daß ihre Augen glänzten, als sie zu Bett ging, und sie konnte nichts dagegen tun. Es hatte ihr gutgetan, ihm ihr Herz ausschütten zu können.

43

Einige Tage nach Weihnachten erschien Nick mittags in der Rote-Kreuz-Zentrale. Er hatte am Vormittag in der Stadt einige Dinge zu erledigen gehabt und war nun frei. Als er in das Büro trat, hielt ein halbes Dutzend Frauen bei ihrer Arbeit inne und sah ihn staunend an. In seiner Uniform sah er noch eleganter aus als sonst. Liane lachte.

»Sieh dich bloß vor. Du sorgst hier sonst noch für einen Aufstand.«

»Das ist doch 'ne prima Werbung für dich. Kommst du mit zum Essen? Und erzähl mir bloß nicht, du hättest keine Zeit, oder du müßtest etwas für deinen armen alten Onkel George besorgen, ich glaube dir nämlich kein Wort. Wie wär's mit einem Mittagessen im Mark Hopkins, teure Freundin?« Sie zögerte, doch er nahm einfach ihren Hut und Mantel und hielt ihr die Sachen hin. »Auf geht's.« Er war einfach unwiderstehlich.

»Hast du denn gar nichts zu tun, im Krieg zu kämpfen oder so?«

»Noch nicht. Fürs Essen ist gerade noch Zeit, Gott sei Dank, und George sagte außerdem, daß du nie ausgehst. Es wird deinem Ruf nicht schaden, wenn du am hellichten Tag mit mir essen gehst. Wir können uns ja an verschiedene Tische setzen, wenn du willst.«

»Schon gut, schon gut, überredet.« Sie fühlten sich beide locker und beschwingt; fast wie damals auf der *Normandie* nach ihrem Tennismatch. Sie bekamen einen guten Platz im Restaurant und genossen die Aussicht. Nick erzählte ihr lustige Geschichten über seine Kameraden in der Kaserne und im Hotel, und zum ersten Mal seit Jahren fühlte sie, wie sie wieder auflebte. Es war angenehm, bei ihm zu sein; er war witzig und galant und überraschte sie plötzlich mit der Frage, was sie an Silvester machen würde.

»Halt, sag nichts. Laß mich raten. Du bleibst zu Hause bei Onkel George und den Mädchen.«

»Ganz genau!« Sie lächelte spitzbübisch. »Der erste Preis geht an dich.«

»Und du kriegst den Trostpreis. Warum gehst du nicht mit mir aus? Bei mir passiert dir ja nichts. Und wenn ich mich danebenbenehme, kannst du ja die Militärpolizei rufen und mich abholen lassen.«

»An was hattest du denn gedacht?«

»Ich habe also eine Chance?«

»Nicht die Spur. Ich möchte nur gern wissen, was ich verpasse.«

»Himmel noch mal«, grinste er. »Komm schon, Liane, es würde dir guttun. Du kannst dich doch nicht ewig in diesem Haus verkriechen.«

»Und ob ich kann. Ich bin dort glücklich.«

»Aber das ist nicht gut für dich. Wie alt bist du jetzt?« Er versuchte nachzurechnen. »Dreiunddreißig?«

»Ich bin vierunddreißig.«

»Ach so, dann ... Daß du schon so alt bist, wußte ich natürlich nicht. Also ich bin jetzt vierzig und alt genug, um zu wissen, was gut für dich ist. Darum meine ich, daß du mal wieder ausgehen solltest.«

»Du redest wie Onkel George.« Sie war amüsiert, aber nicht bereit, einzuwilligen.

»Moment mal. Gut und schön, ich bin vierzig, aber so alt wie er bin ich nun auch wieder nicht.«

»Im Herzen ist er es auch nicht. Du weißt ja, er war früher ein ziemlicher Schwerenöter.«

Nick lächelte. »Das kann man ihm jetzt noch ansehen. Aber bring mich nicht vom Thema ab. Was ist mit Silvester?«

»Erst ist es nur ein Mittagessen, und dann auf einmal Silvester. Weißt du, fast könnte man meinen, du wärst auch ein ziemlicher Schwerenöter.«

»Das ist nicht meine Art«, erwiderte er mit ernster Miene. »Ich dachte eher an einen ruhigen Abend mit zwei guten Freunden, die eine schwere Zeit hinter sich haben und die Spielregeln kennen, an die sie sich zu halten haben. Das haben wir uns wirklich verdient. Was würde ich denn sonst tun? In meiner Pension sitzen und Däumchen drehen, während du zu Hause bleibst. Wir könnten zum Beispiel zum Abendessen ins Fairmont gehen.«

»Könnten wir schon.« Sie sah ihn an, war sich aber noch immer nicht sicher. »Und es könnte wirklich nichts passieren?« Sie fragte ihn geradeheraus, und er sah ihr in die Augen.

»Nichts, was du nicht möchtest. Ich will ehrlich zu dir sein: Ich liebe dich noch immer; ich liebe dich, seit wir uns das erste Mal gesehen haben, und ich werde dich wohl immer lieben. Doch ich würde niemals etwas tun, was dich verletzen könnte. Ich verstehe deine Gefühle Armand gegenüber, und ich respektiere sie. Ich weiß, wo die Grenzen sind. Wir sind hier nicht auf der *Deauville*, nicht mal auf der *Normandie*. Wir sind wieder mitten drin in der Realität, im richtigen Leben.«

Sie sah ihn an und sagte leise: »Das waren wir damals auch.«

Zärtlich nahm er ihre Hand in die seine. »Ich weiß. Aber ich habe auch immer gewußt, was du danach tun würdest, und ich habe es respektiert. Ich bin jetzt frei, Liane, du aber nicht, und ich akzeptiere diese Tatsache. Ich bin nur einfach gern mit dir zusammen. Da war doch mehr zwischen uns als nur ...« Er wußte nicht, wie er sich ausdrücken sollte, doch sie verstand.

»Ich weiß.« Sie seufzte und lehnte sich lächelnd in ihrem Stuhl zurück. »Es ist schon seltsam, daß sich unsere Wege wieder kreuzten, nicht wahr?«

»Das kann man wohl sagen. Ich bin froh, daß es so ist. Ich habe nie wirklich daran geglaubt, dich jemals wiederzusehen, außer ich wäre einmal nach Washington gekommen und dir dort zufällig auf der Straße begegnet. Oder vielleicht irgendwann in Paris mit Armand ...« Sofort bedauerte er, seinen Namen erwähnt zu haben, denn sie reagierte darauf mit einem schmerzerfüllten Blick. »Liane, er hat eine Entscheidung getroffen, und du hast ihm beigestanden. Mehr kannst du nicht tun. Es ist für ihn nicht leichter, wenn du zu Hause sitzt, den Atem anhältst und dein Leben ruinierst. Du mußt dein Leben weiterleben.«

»Das tu' ich doch auch; deswegen habe ich die Arbeit beim Roten Kreuz angefangen.«

»Das dachte ich mir. Aber das kann doch nicht alles sein.«

»Ist es ja auch nicht.« Es klang sehr vernünftig, was er sagte. Wenn sie überhaupt ausgehen würde, dann nur mit ihm. Er hatte Verständnis für sie. Und wer weiß, wie lange er überhaupt noch hier wäre? Er konnte ja jeden Tag auf ein Schiff abkommandiert werden. »Also gut, mein Freund. Es wäre mir eine Ehre, mit Ihnen ins Jahr neunzehnhundertzweiundvierzig zu rutschen.«

»Vielen Dank, gnä' Frau.«

Er bezahlte die Rechnung und brachte sie zurück an ihren Arbeitsplatz; der Nachmittag verging wie im Fluge. Sie war glücklich, als sie zu Hause war bei George und den Kindern. Ihr Onkel bemerkte ihren frohen Blick, sagte aber kein Wort. Am Abend erwähnte sie beiläufig, daß sie an Silvester mit Nick zum Abendessen ausgehen würde.

»Wie schön.« Er kannte sie inzwischen gut und wagte nicht, mehr zu sagen; er hoffte jedoch, daß mit ihr und »Burnham junior« etwas im Gange war. Er vertiefte sich wieder in sein Buch, und sie ging nach oben zu ihren Töchtern. Später beim Abendessen fiel dann kein weiteres Wort über Nick.

Liane erwähnte seinen Namen nicht mehr, bis sie an Silvester in einem Kleid die Treppe herunterkam, das sie vier Jahre zuvor in Frankreich gekauft hatte; es war immer noch schön, genau wie sie. George betrachtete sie von oben bis unten mit einem fröhlichen Grinsen, während sie auf Nick wartete; er pfiff leise durch die Zähne, und sie mußte lachen.

»Donnerwetter ... gar nicht übel!«

»Vielen Dank, der Herr.«

Das lange Kleid aus schwarzer Wolle war hochgeschlossen, hatte lange Ärmel, und das Oberteil war mit winzigen, schwarzen Pailletten besetzt. Sie hatte ihr blondes Haar zu einem einfachen Knoten hochgesteckt, trug kleine Diamant-Ohrringe und eine zum Kleid passende Mütze. Ihre Kleidung war einfach, elegant und damenhaft, und sie stand Liane ausgezeichnet. Der Meinung war auch Nick, als er kam, um sie abzuholen. Er blieb einen Moment in der Eingangshalle stehen und sah sie wie gebannt an. Dann pfiff auch er, genau wie vorher George. Seit langer Zeit fühlte sie sich das erste Mal wieder wie eine Frau, die von den Männern bewundert wird, und es war ein gutes Gefühl. Nick begrüßte George, und Liane verabschiedete sich von ihrem Onkel mit einem Kuß auf die Wange.

»Komm mir nicht zu früh nach Hause. Es wäre ein Jammer, wenn du das schöne Kleid umsonst angezogen hättest; laß dich ruhig lange darin bewundern.«

»Ich werde mir alle Mühe geben, damit sie nicht zu früh nach Hause kommt«, sagte Nick augenzwinkernd, und alle drei lachten. Die Mädchen waren schon im Bett. Beide waren in festlicher Stimmung, als sie das Haus verließen und in Nicks geliehenem Wagen davonfuhren. »Mit meiner Uniform sehe ich leider nicht halb so elegant aus wie du, Liane.«

»Sollen wir tauschen?«

Er lachte, und sie kamen gutgelaunt im Fairmont an. Nick hatte einen Tisch im Venezianischen Zimmer reservieren lassen. Sie nahmen Platz, er bestellte Champagner; dann prosteten sie sich zu und tranken darauf, daß das kommende Jahr ein besseres werden möge als das zurückliegende. Danach bestellte Nick als Vorspeise Krabben und Kaviar und als Hauptgericht Steaks. Das Essen war zwar äußerst bescheiden im Vergleich zu den exotischen Köstlichkeiten auf der *Normandie*, aber es war sehr gut. Nach dem Dessert tanzten sie einige Male, und Nick fühlte sich wie Liane so glücklich wie seit langem nicht mehr.

»Es ist schön, mit dir zusammen zu sein; das war es schon immer.« Es war eines der ersten Dinge, die ihm in seinen schlimmen Tagen mit Hillary an ihr aufgefallen waren. Jetzt erwähnte er seine Frau erstmals, und Liane lächelte.

»Das hast du ja wohl schon lange hinter dir.«

»Zum Glück ja! Ich wußte es damals schon. Aber du weißt auch, warum ich bei ihr geblieben bin.« Wegen John. »Wie dem auch sei, die Zeiten sind vorbei, und jetzt haben wir schon fast ein neues Jahr.« Er blickte auf seine Uhr. »Willst du dir für dieses Jahr etwas Bestimmtes vornehmen, Liane?«

»Ich wüßte nicht, was.« Sie schaute ihn zufrieden lächelnd an. »Und du?«

»Ja, ich denke schon.«

»Und was?«

»Am Leben zu bleiben.« Er sah ihr in die Augen, und sie erwiderte seinen Blick. Beiden wurde in diesem Augenblick schlagartig wieder bewußt, daß er jederzeit abkommandiert werden könnte und die Zeit der unbeschwerten Restaurantbesuche nur von kurzer Dauer sein würde. Plötzlich hielt sie inne und dachte nach, über ihn, über Armand, über die anderen Männer in ihrer Umgebung, die in den Krieg ziehen würden. Sie sah viele Uniformen hier im Fairmont. San Francisco war über Nacht zu einer Stadt der Soldaten geworden.

»Nick ...«, begann sie, wußte aber dann nicht mehr, was sie sagen sollte.

»Laß nur; es war dumm von mir, das zu sagen.«

»Aber nein. Du mußt nur sehen, daß auch wahr wird, was du dir vorgenommen hast.«

»Das werde ich auch. Schließlich muß ich ja noch Johnny wiederbekommen.« Das war sein Ziel für die Zeit nach dem Krieg. »Würdest du in der Zwischenzeit gern tanzen?«

»Sehr gern.« Sie tanzten zur Melodie von »The Lady's in Love with You«, und nur Augenblicke später, so schien es ihnen, erklangen die Fanfaren, überall flog Konfetti, der Raum war plötzlich im Halbdunkel, die Menschen küßten sich, die Musik spielte weiter, und die beiden standen mitten auf der Tanzfläche und sahen sich in die Augen. Sie hielten sich in den Armen, er drückte sie fest an sich, ihre Lippen berührten sich, und als sie sich küßten, schien alles um sie herum auf einmal nicht mehr da zu sein; sie waren wieder auf der *Deauville* ... lagen sich in den Armen ... bis sie schließlich Luft holen mußten, doch Liane entzog sich seiner Umarmung nicht.

»Frohes neues Jahr, Nick.«

»Frohes neues Jahr, Liane.«

Dann küßten sie sich wieder, und es lag bestimmt nicht am Champagner, denn sie hatten nicht viel getrunken. Sie tanzten noch lange weiter, bis Nick sie schließlich nach Hause brachte und sie vor dem Haus ihres Onkels standen. Nick sah ihr in die

Augen. »Ich muß mich bei dir entschuldigen, Liane, ich habe heute abend gegen die Spielregeln verstoßen.« In Wahrheit aber hatte er zwei Jahre lang auf diesen Abend gewartet. »Es tut mir leid, ich wollte nicht ...« Doch sie legte ihren Finger auf seine Lippen.

»Nick, nicht ... es ist gut ...« Was er vorhin gesagt hatte über seinen Wunsch, am Leben zu bleiben, hatte sie tief in ihrem Innersten berührt. Sie wußte auf einmal, daß sie die Zeit nutzen mußten, solange sie noch konnten. Schon einmal hatten sie erfahren, daß es ein zweites Mal nie wieder geben würde, und diese zweite Gelegenheit war ihnen gegeben worden wie ein Geschenk. Sie konnte es jetzt nicht zurückweisen, und sie wollte es auch gar nicht mehr. Sie wollte nur ihn.

Er küßte ihre Fingerspitzen, ihre Augen, ihre Lippen. »Ich liebe dich so sehr.«

»Ich liebe dich auch.« Sie löste sich aus seiner Umarmung und sah ihn lächelnd an. »Wir dürfen diese Gelegenheit nicht ungenutzt verstreichen lassen. Wir haben damals getan, was wir tun mußten, und so wird es wieder sein ... aber jetzt ...« Er nahm sie wieder in die Arme, so heftig, daß sie fast erschrak.

»Ich werde dich lieben, solange ich lebe. Weißt du das?«

Sie nickte. »Und wenn du mich wieder fortschickst, werde ich gehen. Ich verstehe, daß es so sein muß.«

»Das weiß ich.« Er hielt sie fest in seinen Armen, und sie berührte sein Gesicht. »Dann müssen wir darüber kein Wort mehr verlieren.« Sie löste sich sanft von ihm und schloß dann die Tür auf. Er küßte sie noch einmal und wünschte ihr eine gute Nacht, und sie sah ihm nach, als er davonfuhr. Was einmal begonnen hatte, war nun nicht mehr aufzuhalten, und das wollte auch keiner von beiden. Fast zwei Jahre lang hatten sie ihre Gefühle unterdrückt, und nun konnten sie es nicht mehr länger ... es war unmöglich ... und sie bedauerte es nicht. Leise ging sie nach oben, zog ihr Kleid aus und legte sich ins Bett. In dieser Nacht träumte sie von niemandem. Ein eigenartig leichtes, friedvolles Gefühl der Fröhlichkeit erfüllte sie, und sie schlief traumlos bis zum nächsten Morgen.

44

Am Neujahrstag kam Nick sie besuchen, und sie saßen in der Bibliothek am offenen Kamin und unterhielten sich lange. Über den vergangenen Abend fiel kein weiteres Wort; es war, als ob sie schon immer zusammen gewesen wären, und sie hatte erwartet, daß er kommen würde. Selbst die Mädchen waren nicht überrascht, als sie vom Garten ins Haus zurückkamen und ihn sahen.

»Hallo, Onkel Nick.« Elisabeth fiel ihm um den Hals und warf ihrer Mutter einen schuldbewußten Blick zu, als ob sie etwas angestellt hatte. »Oder müssen wir immer noch ›Mr. Burnham‹ zu ihm sagen?«

»Was fragt ihr mich?« Sie lächelte die beiden an. Es war schön, ihn mit den Mädchen zu sehen. Es war lange her, daß sie einen Mann im Haus gehabt hatten, abgesehen von Onkel George, und sie wußte, daß es gut für die Kinder war.

»Also, Onkel Nick?« Elisabeth wandte sich wieder an ihn. »Dürfen wir?«

»Von mir aus gern.« Er strich ihr über das weiche, blonde Haar, das dem ihrer Mutter so sehr ähnelte. »Ich fühle mich richtig geschmeichelt.« Marie-Ange tat es ihrer Schwester gleich; dann liefen sie wieder hinaus in den Garten zum Spielen, und Onkel George kam die Treppe herunter.

»Ich habe gerade mein Buch zu Ende gelesen. Hervorragend.« Er lächelte Nick an. »Ich würde es Ihnen sehr gerne einmal leihen, wenn Sie Zeit haben, es zu lesen.«

»Vielen Dank.« Wie üblich kamen die Männer sofort auf die neuesten Nachrichten zu sprechen. Die Welt war immer noch schockiert darüber, daß die Japaner die britischen Schlachtschiffe *Prince of Wales* und *Repulse* vor der malaiischen Küste versenkt hatten, vier Tage nach Pearl Harbor. In beiden Fällen waren schreckliche Verluste an Menschenleben zu beklagen gewesen, und die *Prince of Wales* war mit ihrem kommandierenden Admiral untergegangen. Auf diesem Schiff hatten Churchill und Roosevelt in der Argentia Bay die Atlantik-Charta unterzeichnet. »Sie wissen wohl noch nicht, auf welches Schiff man Sie abkommandieren wird?«

»Nein, aber ich werde es wohl bald erfahren.« George nickte und wandte sich dann an Liane.

»Du sahst wirklich blendend aus gestern, mein Schatz. Ich hoffe, ihr hattet einen schönen Abend.«

»Es war wunderschön.« Dann erzählten sie davon, wieviele Soldaten sie im Hotel gesehen hatten. Es schien, als habe sich in den dreieinhalb Wochen seit Pearl Harbor das ganze Land zu den Streitkräften gemeldet, und es gab in ihrem Bekanntenkreis keinen jungen Mann, der nicht eingezogen worden war.

»Ich bin ja eigentlich überrascht, daß ich hierher geschickt wurde. Gerüchteweise war ja zu hören, die USA seien weit mehr daran interessiert, einen Vernichtungsschlag gegen die Deutschen zu führen, bevor sie Japan zur Räson bringen würden.« Unmittelbar nach Pearl Harbor hatten die Deutschen eine große U-Boot-Offensive im Atlantik gestartet, und manche Schiffe waren in beängstigend geringer Entfernung von der amerikanischen Ostküste versenkt worden. Die wichtigsten Häfen, New York, Boston und Norfolk, wurden daher vermint, mit Netzen und Küstenpatrouillen gesichert, und jedermann fragte sich, wie nahe sich die Deutschen wohl noch heranwagen würden. Für die gesamte Ost- und Westküste war jede Nacht Verdunkelung angeordnet worden.

»Anscheinend greifen sie jetzt von beiden Seiten an.« Onkel George starrte mit sorgenvoller Miene ins Kaminfeuer. Noch nie zuvor war sein Vaterland so direkt bedroht worden, und das war ein Schock für ihn. Dann sah er Nick an und schüttelte den Kopf. »Ich wollte, ich wäre noch jung genug, um mit Ihnen unser Land verteidigen zu können.«

»Ich nicht«, widersprach ihm Liane. »Irgend jemand muß schließlich hier bei uns bleiben, oder hast du das vergessen?« Er tätschelte lächelnd ihre Hand.

»Das, mein Schatz, ist allerdings mein einziger Trost.« Dann ließ er Nick und Liane allein und ging nach oben, um in seinem

Arbeitszimmer die Abendzeitung zu lesen. Nick sah Liane lange an und nahm ihre Hand.

»Der Abend gestern war für mich einfach wunderbar, Liane.«

»Für mich auch.« Sie sahen einander ruhig in die Augen. Auch jetzt bedauerte sie noch nicht, ihn am Abend zuvor geküßt zu haben. Er war wieder in ihr Leben getreten wie ein Schiff mit unbekanntem Ziel, und vielleicht würden sie ihre Reise eine Weile gemeinsam fortsetzen können. Wenn auch, wie sie wußte, nicht für lange, denn schließlich würde er auf ein Kriegsschiff abkommandiert werden. Am Morgen hatte sie bei sich gedacht, es sei vielleicht ihr Schicksal, daß sich ihre Wege von Zeit zu Zeit einmal kreuzten, damit jeder dem anderen die Kraft zum Weiterleben geben konnte. Er hatte es diesmal getan, wie er es früher schon einmal getan hatte. Über ein Jahr lang hatte sie sich nicht mehr so ruhig und ausgeglichen gefühlt wie an diesem Morgen, und es schien, als läge über ihnen eine Aura des Friedens.

»Und du bereust nichts?«

Sie lächelte. »Noch nicht.« Dann erzählte sie ihm, was sie am Morgen gedacht hatte.

»Seltsam, gestern nacht auf dem Heimweg dachte ich fast genau dasselbe. Vielleicht ist das alles, was wir jemals haben werden, aber vielleicht ist es auch genug.« Sie sahen sich lange in die Augen, und dann fragte er sie, was sie von der Idee hielte, die ihm am Morgen in den Sinn gekommen war. »Meinst du, du könntest dir ein paar Tage freinehmen, Liane?«

»An was hattest du denn gedacht?«

»Ich dachte, wir könnten für ein paar Tage nach Carmel fahren«, sagte er leise. »Was hältst du davon?«

Sie sah ihn ganz ruhig lächelnd an und wunderte sich über ihre eigene Reaktion. Sie entschloß sich dazu, sich das zu gönnen, wonach sie sich schon lange gesehnt hatte. Tief in ihrer Seele wußte sie, daß sie es danach nie wieder tun würde. Doch nur dies eine Mal ... dieses eine Mal noch ... »Das wäre bestimmt schön. Kannst du denn von hier weg?« Sie zwang sich dazu, nicht an Armand zu denken. Das konnte sie später immer noch.

»Ich brauche nur eine Telefonnummer zu hinterlassen, damit

ich erreichbar bin. Nächstes Wochenende habe ich drei Tage frei. Hast du, was das Hotel angeht, einen besonderen Wunsch?«

»Ich war schon jahrelang nicht mehr in Carmel ...« Sie dachte einen Augenblick nach. »Wie wär's mit dem Hotel Pine Inn?«

»Abgemacht. Können wir Freitag morgen fahren?« Dann runzelte er die Stirn. »Was ist mit den Mädchen? Werden sie nicht meutern, wenn du wegfährst?«

Sie überlegte kurz und schüttelte den Kopf. »Ich kann ja erzählen, ich müsse dort an einem Schulungskurs des Roten Kreuzes teilnehmen.«

Er grinste und kam sich vor wie ein Lausbub, der sein Mädchen aus dem Elternhaus entführt. »Das glauben sie bestimmt. Paß nur auf, in ein paar Jahren werden sie dir solche Geschichten erzählen.«

Sie lächelte Nick glücklich an. »Dann können sie aber was erleben!« Er lachte, und nachdem sie noch ein Weilchen geplaudert hatten, gingen sie hinaus in den Garten zu den Mädchen. Er verabschiedete sich kurz darauf, obwohl sie ihn eingeladen hatte, zum Abendessen zu bleiben; er war mit seinem Kommandeur zum Essen verabredet. Sie brachte ihn zur Tür. Sie waren allein in der marmornen Eingangshalle, und er küßte sie zärtlich und flüsterte: »Denk immer daran, wie sehr ich dich liebe.«

An diesem Wochenende und in der Woche darauf konnte er sich kaum einmal frei nehmen, doch am Donnerstag abend rief er sie an, um sicherzugehen, daß es bei ihrem Vorhaben bliebe. Onkel George hatte absichtlich nicht nach ihm gefragt, und Liane hatte ihn nicht ein einziges Mal erwähnt. »Ist für morgen alles klar?«

»Bei mir ja, und bei dir?« Sie hatte ihrer Familie erzählt, sie ginge zu einem dreitägigen Rotkreuzlehrgang nach Carmel, und alle schienen ihr zu glauben.

»Alles bestens.« Er lachte. »Weißt du, ich bin aufgeregt wie ein Primaner beim ersten Rendezvous.«

»Ich auch«, kicherte sie.

»Vielleicht ist es ja total verrückt, was wir da tun. Vielleicht war ja alles nur eine Schiffsromanze, und wir sind einfach hirnverbrannt, daß wir es noch mal miteinander versuchen.« Das war ein sehr offenes und ehrliches Wort, aber sie verstanden sich ja selbst jetzt noch so gut, nach dieser langen Zeit und einigen Küssen, die sie an vergangene Tage erinnerten.

»Wir könnten das Hotelzimmer unter Wasser setzen und so tun, als ob wir sinken.«

»Du hast auch schon bessere Witze gemacht.«

»Stimmt. Tut mir leid.« Doch sie mußte trotzdem lachen. Sie lachten sehr viel zusammen, soviel wie schon lange nicht mehr, und es tat ihnen beiden unendlich gut.

Am nächsten Vormittag ging sie beschwingt aus dem Haus und konnte ihre Freude kaum verbergen. Sie war froh, daß die Mädchen seit drei Tagen wieder zur Schule gingen und nicht sahen, wie sie das Haus verließ. Sie fuhr mit dem Taxi zu Nicks Pension, wo er bereits ungeduldig vor dem Eingang auf und ab ging und eine Zigarette rauchte.

»Du siehst aus, als ob deine Frau jeden Moment ein Kind bekommt«, neckte sie ihn, als er das Taxi bezahlte.

»Ich bekam plötzlich Angst, du würdest nicht kommen.«

»Sollte ich etwa nicht?« Doch statt ihr zu antworten, nahm er sie in die Arme und küßte sie. So blieben sie eine ganze Weile stehen, und zwei vorbeifahrende Marinesoldaten hupten und pfiffen.

»Woran denkst du?« Sie antwortete mit einem Lächeln. Sie war froh, daß sie gekommen war. Sie hatte im Taxi die gleiche Aufregung verspürt wie er, und einmal überkamen sie doch noch arge Zweifel, und sie wäre beinahe wieder zurückgefahren. Was wäre, wenn sie in einen Unfall verwickelt und George und die Kinder alles erfahren würden? Was wäre, wenn ... Doch nun war sie da, und sie war froh darüber. Er verstaute ihre Tasche im Kofferraum seines Leihwagens; dann fuhren sie los in Richtung Carmel, und sie sangen und lachten wie zwei Kinder.

Es war eine herrliche Fahrt die Küste entlang, und das Wetter war schön, wenn auch etwas kühl. In einem Restaurant an der Straße machten sie Rast und aßen zu Mittag, und gegen vier Uhr kamen sie in Carmel an, rechtzeitig genug, um vor Einbruch der Dunkelheit noch einen Spaziergang am Strand machen zu können. Sie stellten ihr Gepäck in ihrem Hotelzimmer im Pine Inn ab und gingen die kurze Strecke hinunter zum Strand. Sie steckten ihre Schuhe in die Manteltaschen und liefen durch den Sand, er barfuß, sie in ihren Seidenstrümpfen. Die Seeluft fühlte sich herrlich an auf der Haut, und als sie schließlich weit unten am Strand stehenblieben und sich niedersetzten, waren sie ganz außer Atem und lachten glücklich. Alles war so friedlich hier, gerade so, als ob auf der ganzen Welt alles in Ordnung wäre und immer bleiben würde.

»Man will gar nicht glauben, daß Krieg ist, nicht wahr?«

Nick blickte hinaus auf das Meer und dachte an die Kameraden auf den Kriegsschiffen. Carmel war gänzlich unberührt von dem Lärm und den Uniformen, die sie von San Francisco her kannten. Es war ein verschlafenes kleines Städtchen und blieb es, und Liane hoffte, es würde niemals erwachen. Sie hatte stets das Gefühl, sich darum zu bemühen, jeden Augenblick bewußt zu erleben, damit sie sich später immer wieder daran erinnern konnte.

»Es tut gut, einmal woanders zu sein. Meine Arbeit beim Roten Kreuz wird langsam bedrückend.« Sie seufzte und sah ihn an. Er war überrascht; er hatte gedacht, die Arbeit würde ihr gefallen.

»Wieso das?«

»Ich fühle mich einfach nicht ausgelastet. Tee für die Offiziere kochen und Listen schreiben, das ist nichts für mich. Ich würde viel lieber etwas Nützliches tun.« Wieder seufzte sie; er lächelte und mußte daran denken, wie hingebungsvoll sie auf der *Deauville* die Verwundeten gepflegt hatte.

»Ich weiß. An was hast du denn gedacht?«

»Ich weiß nicht recht; ich bin noch am Überlegen. Vielleicht eine Arbeit im Krankenhaus.«

Er nahm ihre Hand. »Die geborene Krankenschwester.« Dann küßte er sie, und sie lagen bis zum Einbruch der Dunkelheit nebeneinander am Strand. Langsam schlenderten sie zurück zum Hotel. Liane wurde mit einem Mal bewußt, daß sie nun wie ein ganz normales Ehepaar ein Wochenende miteinander verbringen würden. Auf dem Schiff waren sie während der allnächtlichen Verdunkelung in der stickigen, dunklen Kabine des ersten Offiziers gewesen, und hier hatten sie auf einmal ein hübsches, kleines Zimmer mit Dusche. Sie wurde verlegen, als sie zusammen in das Zimmer gingen und sie beide gleichzeitig in Richtung Badezimmer blickten. Sie kamen sich vor wie ein jungvermähltes Paar, und sie mußte kichern.

»Wer duscht zuerst, du oder ich?«

»Immer nach dir. Bei dir dauert es wahrscheinlich sowieso länger.« Sie nahm alles unter den Arm, was sie im Bad und zum Anziehen brauchte, und schloß die Tür hinter sich. Nach einer halben Stunde kam sie vollständig angezogen wieder heraus; Nick pfiff anerkennend durch die Zähne. »Donnerwetter! Welch ein Glanz in dieser kleinen Hütte!« In dem winzigen Badezimmer hatte sie mit ihren Sachen geradezu jonglieren müssen, und beinahe wäre ihr das Kleid in die Wanne gefallen; das fiel jedoch überhaupt nicht auf, wenn man sie jetzt so fein zurechtgemacht sah.

»Du bist dran.« Er ging ins Bad, und er brauchte tatsächlich nicht so lange wie sie. Als er wieder herauskam, trug er nur ein Handtuch um die Hüften. Er hatte vergessen, eine frische Uniform mitzunehmen.

»Warum umständlich, wenn's auch einfach geht?« grinste er, und sie mußte lachen.

»Es ist schon seltsam, oder nicht? Auf dem Schiff war alles viel unkomplizierter, und das auch noch unter den Umständen damals.« Doch sie wußten beide, woher das kam. Damals war ihnen alles vertraut, und nach dem ersten Mal hätte ihnen auch halb soviel Platz genügt. Nun aber war alles anders. Er stand in der Badezimmertür, sah sie zärtlich an, und ging dann langsam auf sie zu.

»Es ist so schrecklich lange her, Liane ... viel zu lange ...« Er blieb vor ihr stehen, ohne sie zu berühren, und sie legte ihre Arme um seinen Hals und küßte ihn.

Sehr sanft zog er sie an sich. Ihre Gefühle bedurften keiner Worte. Wo sie sich im Moment befanden oder wo sie die letzten eineinhalb Jahre gewesen waren, all das zählte mit einem Mal nicht mehr. Ihre Körper drängten sich aneinander; ihre Kleidung schien unter seinen Händen ganz von selbst abzufallen, sein Handtuch glitt zu Boden; er hob sie vorsichtig hoch und trug sie zum Bett. Seine Hände und seine Lippen erkundeten von neuem ihren Körper, und sie war atemlos vor Glück in seinen Armen. Stunden später erst lagen sie wieder nebeneinander, schläfrig, glücklich und zufrieden. Er stützte sich auf den Ellenbogen und sah zu Liane herab. Sie war schön wie nie zuvor. »Hallo, Liebling.«

Sie lächelte ihn mit umwölktem Blick an. »Du hast mir gefehlt, Nick ... mehr, als ich glaubte.« Sie küßte seine Schulter und seine Brust, und strich mit einem Finger langsam über seinen Arm. Es war sogar noch schöner gewesen als früher. Früher war es nur Leidenschaft gewesen, doch nun kam ein Gefühl der Wärme, der Vertrautheit und Geborgenheit noch hinzu.

Gegen zehn Uhr standen sie schließlich auf, und Nick schlenderte nackt und ungezwungen durch das Zimmer. Es war, als hätten sie schon immer zusammengelebt. Er lächelte ihr über die Schulter hinweg zu und fischte eine Packung Zigaretten aus seiner Jackentasche. »Tja, aus dem Abendessen wird wohl jetzt nichts mehr. Bist du schon am Verhungern?«

Lachend schüttelte sie den Kopf. Ans Essen hatte sie heute seit seinem ersten Kuß nicht mehr gedacht. »Vielleicht dürfen wir ja noch ein bißchen in der Küche herumstöbern.« Als sie sich angezogen hatten und hinuntergingen, fanden sie jedoch zu ihrer Überraschung noch einen geöffneten Speisesaal vor. Sie setzten sich an einen ruhigen Tisch in einer Ecke des Saales und genossen bei Kerzenlicht ihr Abendessen mit Champagner und Räucherlachs. Zum Dessert bestellte Nick sich ein Stück Apfelkuchen, und Liane machte sich ein bißchen über ihn lustig, weil das nicht so recht zum Hauptgericht paßte.

»Die schlechten Manieren habe ich mir wohl beim Militär angewöhnt.« Doch sie aß auch davon, und schließlich gingen sie wieder nach oben in ihr Zimmer. Der Mond stand leuchtend hell am Nachthimmel, und das Zimmer strahlte Ruhe und Gemütlichkeit aus. Kaum hatten sie die Tür hinter sich geschlossen, zog er sie wieder aufs Bett, und sie liebten sich noch einmal, bis Liane schließlich in seinen Armen einschlief, ein glückliches Lächeln auf ihren Lippen. Nick lag noch lange wach und betrachtete sie.

45

Sie wachten am nächsten Morgen auf und bestellten das Frühstück auf ihr Zimmer. Sie saßen nackt im Bett und knabberten an ihren Croissants und Blätterteigstückchen, jeder vom Tablett des anderen. Liane trank dazu englischen Frühstückstee, Nick schwarzen Kaffee. Sie blickte lächelnd zu ihm auf, und er strahlte.

»Ganz nett hier, was, Liane?«

»Nett ist gar kein Ausdruck.« Es war anders als ihr Leben mit Armand, anders als alles, was sie je erlebt hatte, und doch kam es ihr vor, als hätte sie schon immer so gelebt. Fast instinktiv hatte sie gewußt, was er zum Frühstück essen würde, daß er seinen Kaffee schwarz trank; sie wußte sogar, wie heiß er duschen würde. Später saß sie in der Badewanne, während er sich rasierte; er pfiff ein Liedchen, sie sang dazu, und dann sangen sie beide im Duett.

Als sie ihren Gesangsvortrag beendet hatten, wandte er sich ihr lachend zu. »Gar nicht übel, was? Vielleicht sollten wir uns als Gesangsduo beim Radio bewerben.«

»Warum nicht?« erwiderte sie. Sie zogen sich an und machten sich auf zu einem langen Spaziergang am Strand; danach bummelten sie durch zwei, drei Läden und Kunstgalerien. Er schenkte ihr ein kleines aus Holz geschnitztes Walroß, und sie kaufte für ihn eine goldene Kette mit einer kleinen, goldenen Möwe.

»Meinst du, du darfst das als Erinnerung an Carmel überhaupt tragen, wenn du deine Erkennungsmarke umhast?«

»Die sollen bloß versuchen, mich daran zu hindern.« Es waren nur billige, kitschige Souvenirs, doch sie wollten beide etwas haben, was sie später an Carmel erinnern würde. Sie kaufte kleine Geschenke für ihre beiden Kinder und Onkel George, dann gingen sie zurück ins Hotel und kuschelten sich in ihr großes, weiches Bett. Schließlich gingen sie wieder sehr spät hinunter zum Abendessen.

Am Sonntag blieben sie bis nach der Mittagszeit im Bett, und Liane wollte am liebsten überhaupt nicht aufstehen. Sie wünschte sich, ihre Idylle würde niemals enden, doch sie wußte, daß sie schon bald würden zurückfahren müssen. Sie saß mit geistesabwesendem Blick in der Badewanne und starrte auf die Seife in ihrer Hand.

Er sah sie an und schien ihre Gedanken lesen zu können. Er streichelte zärtlich ihr Gesicht, und sie sah ihn lächelnd an.

»Mach doch nicht so ein trauriges Gesicht, Liebste. Wir werden wiederkommen.«

»Glaubst du wirklich?« Schließlich konnte es jeden Tag soweit sein, daß er abkommandiert wurde und in den Krieg ziehen mußte. Doch wieder erahnte er, was sie dachte.

»Ganz bestimmt. Das verspreche ich dir.« Eine Stunde später verließen sie das Hotel, nachdem sie sich »nur noch ein letztes Mal« geliebt hatten und Liane danach kichernd den Zeigefinger gehoben hatte.

»Paß bloß auf! Die schlechten Manieren habe ich nur von dir. Vielleicht kann ich mir das später gar nicht mehr abgewöhnen.«

»Ganz bestimmt sogar. Seit dem letzten Mal habe ich schließlich siebzehn Monate lang Enthaltsamkeit geübt.«

»Ich ja auch.« Sie sah ihn traurig an. »Ich habe nachts oft von dir geträumt. Als ich dich bei Mrs. MacKenzie zufällig traf, hatte ich in der Nacht deine Stimme gehört; am Ende glaubte ich wirklich, ich sei von Sinnen.«

»Das ging mir genauso, als ich auf der Party auf einmal dich sah. In New York ist mir das immer wieder passiert. Ich sah jemanden auf der Straße gehen, sah dein blondes Haar, dachte, das muß sie sein; jedesmal rannte ich hinterher, und niemals warst du es wirklich. Damals müssen mich viele Frauen auf der Straße für verrückt gehalten haben. Und ich war es ja auch ...« Er sah ihr tief in die Augen. »Ich war verrückt, eine lange, lange Zeit, Liane.« Sie nickte.

»Wir sind es noch immer.« Sie hatten sich einfach drei Tage genommen, und sie wußten beide, daß sie das, was sie nun hatten, nicht würden behalten dürfen. Es war nur geliehen.

»Ich bereue nichts. Du?«

Sie schüttelte den Kopf. »Gestern mußte ich an Armand denken ... wie schlimm es für ihn in Paris sein muß ... und doch war mir irgendwie klar, daß sich durch das, was wir tun, für ihn absolut nichts ändern wird. Ich werde immer noch für ihn dasein, wenn der Krieg vorbei ist.« Auch Nick wußte das, und der Gedanke erfüllte ihn nicht mit Bitterkeit. Was Liane betraf, so hatte er diese Tatsache immer akzeptiert ... fast immer ... Er wußte auch, daß in Europa ein furchtbar strenger Winter herrschte, und sie wußte es wohl auch. Es hatte keinen Sinn, darüber zu reden. Sie konnte nichts für Armand tun, und er wußte, wie sehr sie sich Sorgen machte.

Langsam fuhren sie auf der Küstenstraße wieder zurück; kurz vor San Francisco machten sie zum Abendessen noch einmal Rast, und um acht Uhr waren sie zu Hause. Sie hatte das ganze Wochenende nicht zu Hause angerufen und hoffte, daß es den Mädchen gutging. Dann fiel ihr ein, daß Nick auch Johnny die ganze Zeit nicht angerufen hatte. Es schien, als wären sie in diesen drei Tagen nur füreinander dagewesen, in einer anderen Welt, in der nichts und niemand sonst für sie beide existierte. Während der letzten halben Stunde der Fahrt redeten sie über die Kinder, und Nick seufzte.

»Ich weiß ja, daß es ihm gutgeht, und doch mache ich mir so schrecklich viele Sorgen um ihn.« Dann wandte er sich Liane zu. »Ich muß dich etwas fragen ... etwas ganz Bestimmtes ...« Ihr Herz schlug schneller vor Aufregung, denn sie wußte plötzlich, daß es sehr wichtig sein würde.

»Nur zu. Was ist denn?«

»Wenn mir etwas zustößt ... ich weg bin ... versprichst du mir, daß du ihn besuchen wirst?«

Liane schwieg einen Moment lang zutiefst erschrocken.

»Glaubst du, Hillary würde mir das erlauben?«

»Warum sollte sie nicht? Sie hat nie etwas über uns erfahren. Außerdem ist sie jetzt wieder verheiratet.« Erneut seufzte er. »Am liebsten würde ich ihn bei dir lassen, dann wüßte ich, daß er für immer in guten Händen wäre.« Liane nickte bedächtig.

»Ja, ich werde ihn besuchen. Ich werde immer mit ihm in Kontakt bleiben.« Sie lächelte sanft. »Wie ein Schutzengel.« Dann legte sie ihre Hand auf die seine. »Doch dir wird nichts zustoßen, Nick.«

»Wer weiß.« Er hielt mit dem Wagen vor dem Haus ihres Onkels und sah sie in der Dunkelheit an. »Meine Frage war sehr ernst gemeint.«

»Meine Antwort war auch ernst gemeint. Wenn wirklich etwas passieren sollte, werde ich ihn besuchen.« Doch schon der Gedanke daran war ihr unerträglich.

Sie stiegen aus dem Wagen, und er trug ihre Tasche ins Haus. Es war niemand in der Nähe. Die Mädchen waren schon zu Bett, und Liane hoffte, sie würden ihn nicht sehen. Er hatte jedoch nicht gewollt, daß sie von seiner Pension aus ein Taxi nehmen mußte, und so hatte er sie nach Hause gefahren. Dann wandte sie sich ihm zu; sie standen direkt vor der Haustür und küßten sich lange.

»Ich ruf' dich morgen früh an.«

»Ich liebe dich, Nick.«

»Ich liebe dich, Liane.« Er gab ihr noch einen Kuß, bevor sie nach oben in ihr Schlafzimmer ging.

46

Armand saß in seinem Büro und hauchte in die Hände, um sie zu wärmen. Seit Wochen bestimmten ungewohnt viel Schnee und Eis das Straßenbild von Paris, und in den Häusern steckte die Kälte. Er konnte sich kaum noch daran erinnern, wann es ihm zum letzten Mal warm gewesen war. Seine Hände waren so kalt, daß er kaum schreiben konnte, auch jetzt, nachdem er sie einige Zeit gerieben hatte. Seine Dienststelle war vor einem Monat verlegt worden, befand sich nun zusammen mit dem Verwaltungsstab des Oberkommandos der Wehrmacht im Hotel Majestic. Der ihm entsprechende militärische Arm der Besatzer war der Kommandostab unter Oberst Speidel. Unglücklicherweise hatte Armand André Marchand mitnehmen müssen. Der junge Sekretär war so erfreut darüber, daß er jetzt mit den Deutschen im selben Gebäude untergebracht war, daß er noch größeren Arbeitseifer an den Tag legte. Es fiel Armand deshalb auch immer schwerer, seinen Haß ihm gegenüber zu verbergen. Armands Verantwortungsbereich war jetzt noch größer als vorher; die Deutschen vertrauten ihm nun blindlings. Er verbrachte viele Stunden bei ihrer Propagandaabteilung, um dabei zu helfen, den Franzosen den Eindruck zu vermitteln, welches Glück ihnen durch die deutsche Besatzung zuteil geworden wäre. Er traf sich häufig mit Oberst Speidel und General Barkhausen, um über den von ihnen so bezeichneten »Verwendungszweck der Kriegsbeute« zu beraten. Gerade in diesem Teilbereich konnte Armand heimlich sabotieren und eine Vielzahl der für Berlin bestimmten Kunstschätze auf die Seite schaffen. Sie verschwanden plötzlich spurlos, und die Résistance wurde dafür verantwortlich gemacht. Niemand schien wütender über die Verluste zu sein als Armand. Bis jetzt hatte noch niemand Verdacht geschöpft. Ferner traf er sich häufig mit Dr. Michel vom Reichswirtschaftsministerium, um über den gegenwärtigen Zustand der französischen Wirtschaft, über Preiskontrollen, die chemische Industrie, Papierherstellung, Arbeitsprobleme, Kredite, Versicherungen, Kohle, Stromversorgung und andere weniger wichtige Punkte zu diskutieren.

Die meisten der großen Hotels waren vom deutschen Oberkommando requiriert worden. Der Militärkommandant von Groß-Paris, General von Stutnitz, hatte seinen Sitz im Crillon, Speidel im Majestic. Der Verwaltungsstab war, was Armand nicht ungelegen kam, in der Nähe seiner Wohnung im Palais-Bourbon untergebracht. Der als Stadtkämmerer eingesetzte Oberkriegsverwaltungsrat Krüger residierte im Rathaus, General von Briesen, der Stadtkommandant von Paris, im Hotel Meurice, wo er auch blieb, nachdem er von General Schaumberg abgelöst wurde, weil er es so bezaubernd fand.

Überall in der Stadt hingen Plakate in französischer Sprache, die unmißverständlich darauf hinwiesen, daß die Verbreitung subversiver Schriften, Sabotage- und Gewaltakte, Streiks, Anstiftung zum Aufruhr oder sogar das Hamstern von Artikeln des täglichen Gebrauchs vom Kriegsgericht mit »unerbittlicher Härte« bestraft werden würden. Zwangsläufig kam es oft zu Verstößen gegen die Anordnungen der Besatzer, meistens durch Mitglieder der Résistance, bei denen, wie die Deutschen immer wieder der Öffentlichkeit mitteilten, es sich um »kommunistische Studenten« handele, die öffentlich erschossen würden, um so für jeden sichtbar ein Exempel statuieren zu können. Öffentliche Hinrichtungen fanden im Paris des Jahres 1942 fast täglich statt, und es herrschte eine gedämpfte und gedrückte Stimmung in der Stadt. Nur bei den heimlichen Treffen der Résistance war im besetzten Frankreich so etwas wie Hoffnung und Zuversicht zu spüren; ansonsten schienen Stadt und Land in tiefe Lethargie versunken zu sein. Aber nicht nur die Deutschen setzten den Franzosen arg zu, sondern auch die Natur. Den ganzen Winter hindurch waren die Menschen aufgrund der Kälte und der dadurch verursachten Lebensmittelknappheit wie die Fliegen gestorben. Armand sah eine sterbende Nation um sich herum. Die Deutschen hatten vor einiger Zeit bereits den Eindruck zunichte gemacht, sie würden »Vichy-Frankreich« unberührt lassen; sie waren auch dort einmarschiert und hatten jetzt ganz Frankreich in ihrer Hand. »Aber nicht für lange Zeit«, versprach de Gaulle noch immer in seinen Rundfunkansprachen, die von der BBC London ausgestrahlt wurden. Die schillerndste Figur in dieser schlimmen Zeit war ein gewisser Moulin, der fast allein die Organisation der Résistance betrieb. Obwohl niemand verstand, wie er es fertigbrachte, reiste er ständig nach London zu Treffen mit den dort wartenden Widerstandskämpfern und schaffte es danach, sich wieder in Frankreich einzuschleusen, um allen Hoffnung und neuen Mut zu machen. Armand hatte sich mit ihm nur zweimal getroffen, weil es für ihn viel zu gefährlich war. Er trat meist nur über Mittelsmänner mit ihm in Verbindung, und dies insbesondere nach dem Erlaß vom 15. Juli des letzten Jahres, als die Deutschen, was wertvolle Kunstwerke betraf, in ganz Frankreich hart durchgriffen. Sie verlangten nun, daß jedes einzelne Stück, das mehr als 100000 Francs wert war, von seinem Besitzer oder Verwahrer unverzüglich gemeldet wurde. Mit der Vernichtung oder Unterschlagung der Meldelisten war Armand im Winter 1941 und in den ersten Monaten des Jahres 1942 eifrig beschäftigt. Er wußte, daß er allein bereits Kunstwerke im Wert von Millionen Reichsmark für Frankreich hatte retten können. Aber noch wichtiger war, daß er versuchte, Menschenleben zu retten. Während der letzten Wochen war er aufgrund der bitteren Kälte, unter der Paris litt, krank gewesen. Er erwähnte es jedoch nicht in seinem Brief an Liane, den sie am Tag nach ihrer Rückkehr aus Carmel erhielt. Das einzige, was sie dem Brief entnehmen konnte, war, daß es mit seiner Arbeit gut lief. Doch zwischen den Zeilen las sie noch etwas, etwas, was sie vorher nie festgestellt hatte: Mutlosigkeit, die fast schon Verzweiflung war. Liane spürte aufgrund der Dinge, von denen Armand im Brief nicht sprach, daß es Frankreich unter der deutschen Besatzung schlecht erging, viel schlechter als angenommen. Sie stand, nachdem sie den Brief gelesen hatte, lange am Fenster und schaute hinunter auf die Golden Gate Bridge.

»Liane? Stimmt irgend etwas nicht?« Ihr Onkel war noch nicht ins Büro gegangen und hatte sie von der Tür aus beobachtet. Sie schien in sich zusammengesunken, ließ den Kopf hängen, und als sie sich ihm zuwandte, sah er, daß sie weinte.

»Nein. Es gibt nichts Neues. Ich habe einen Brief von Armand bekommen.« Er war von Moulin nach London herausgeschmuggelt worden, doch das konnte sie ihrem Onkel nicht erzählen. Er durfte von Armands Verbindung zur Résistance nichts wissen. Armand hatte ihr auferlegt, niemandem davon zu erzählen. Sie hatte es auch keinem gesagt außer Nick, doch ihm schenkte sie volles Vertrauen.

»Ist was passiert?«

»Ich weiß es nicht. Er klingt nur unheimlich traurig ... es ist alles so bedrückend.«

»Ein Krieg ist nun mal nicht schön.« Das war zwar eine Binsenweisheit, doch sie traf den Kern der Sache.

»Es klingt beinahe so, als sei er krank.« Sie kannte ihren Mann zu gut. Ihr Onkel verkniff sich die Bemerkung, es käme für ihn nicht überraschend, wenn ein Verräter bei der Zerstörung seines Vaterlandes krank werden würde.

»Es wird ihm schon gutgehen. Wahrscheinlich sehnt er sich nur nach dir und den Kindern.« Sie nickte und spürte plötzlich erste Schuldgefühle.

»Ja, ich glaube auch.«

»Wie war dein Kursus in Carmel?«

Ohne daß sie es verhindern konnte, leuchteten ihre Augen auf. »Es war wirklich schön.«

Er stellte keine weiteren Fragen, und beide gingen anschließend außer Haus. Am Nachmittag erzählte sie Nick von Armands Brief, als er sie von der Rote-Kreuz-Zentrale abholte. Er mußte sofort nur an eines denken und suchte in plötzlicher Panik ihren Blick. »Hast du deine Meinung über uns geändert?«

Sie sah ihn lange an und schüttelte dann den Kopf. »Nein, das habe ich nicht. Es ist nur so, als würde ich zwei voneinander getrennte Leben führen. Das alte mit Armand und das jetzt mit dir.« Er nickte erleichtert, während sie seufzte. »Ich mache mir seinetwegen große Sorgen.«

»Glaubst du, daß er in Gefahr ist?«

»Nicht mehr als sonst. Davon habe ich in seinem Brief auch nichts gemerkt. Armand schien nur furchtbar bedrückt zu sein, besonders über die Lage in Frankreich. Ich glaube, daß er sich über die Zukunft des Landes mehr Sorgen macht als über seine eigene oder unsere. Sein Vaterland bedeutet ihm alles.«

»Ich bewundere ihn«, sagte Nick leise. Er brachte sie anschließend nach Hause und nahm zusammen mit der Familie das Abendessen ein. Danach spielten Nick, Liane und Onkel George Domino, bis er schließlich zu seiner Pension zurückfuhr.

Liane ertappte sich dabei, wie sie sich fragte, wann sie wohl wieder so zusammensein würden wie in Carmel. Frauenbesuche waren in seiner Pension nicht gestattet, und sie hätte ohnehin keine Lust gehabt, dorthin zu gehen. Am Wochenende löste Nick das Problem mit dem Vorschlag, im Fairmont ein Zimmer zu nehmen. Im Vergleich zu anderen Paaren hatten sie ein Problem nicht: Sie besaßen beide genügend Geld. Dafür hatten sie genug andere Probleme. Sie machte sich Sorgen wegen Armand in Frankreich, und er wegen Johnny.

An diesem Wochenende hörte sie zu, als er seinen Sohn anrief, und beobachtete ihn beim Spielen mit ihren Töchtern, und ihr wurde wieder in aller Deutlichkeit klar, wie sehr ihm der Junge fehlte. Er konnte unglaublich gut mit Kindern umgehen. Nachdem sie die Kinder nach Hause gebracht hatten, fuhren sie zum Essen und suchten danach das Zimmer auf, das sie im Fairmont gemietet hatten. Die Mädchen übernachteten bei einer Freundin, und ihrem Onkel hatte Liane wieder etwas vorgeflunkert, das er ihr anstandslos abgenommen hatte.

»Glaubst du, daß er etwas ahnt, Nick?« Sie lächelte ihn an, während sie in ihrem Zimmer auf dem Bett lagen, Champagner tranken und Erdnüsse aßen. Diesmal gingen sie nicht in das Venezianische Zimmer; sie wollten allein sein. Nick schaute sie auf ihre Frage hin belustigt an.

»Wahrscheinlich. Er ist ja nicht auf den Kopf gefallen. Und wahrscheinlich hat er früher so was auch oft gemacht.«

Sie wußte das auch; dennoch wunderte sie sich. »Er hat keine Andeutungen gemacht.«

»Er kennt dich viel zu gut.«

»Glaubst du, daß er was dagegen hat?«

»Glaubst du das etwa?«

»Nein, ihm wäre es lieber, ich würde mich von Armand scheiden lassen und dich heiraten, glaube ich.«

»Mir auch – ich meine, das glaube ich auch«, verbesserte er sich schnell, als er den Blick in ihren Augen sah. Liane hatte große Angst, Nick gegenüber unfair zu sein. Sie war trotz alledem eine verheiratete Frau und konnte ihm in ihrer Zukunft keinen Platz einräumen. »Egal, mach dir darüber keine Gedanken. Solange die Sittenpolizei oder die Presse hier nicht auftaucht, kann uns nichts passieren.« Sie lachte bei dem Gedanken daran. Sie hatten sich an der Rezeption als Major Burnham und Frau eingetragen.

So ging es eine ganze Zeit zwischen ihnen weiter, mit Abendessen, langen Spaziergängen am Nachmittag und heimlichen Wochenenden im Fairmont; sie konnten sogar zwischendurch noch einen Abstecher nach Carmel machen. Im Februar spitzte sich die Lage jedoch zu. Singapur fiel den Japanern in die Hände. Japanische Landstreitkräfte hatten Java, Borneo, Niederländisch-Ostindien und einige andere Inseln im Südpazifik besetzt. Die Japaner waren sich ihrer Sache so sicher, daß sich General Nagumo nach Japan zurückzog. Nick erwartete jeden Augenblick, auf ein Schiff abkommandiert zu werden. Er rechnete jede Woche damit, den Marschbefehl zu erhalten, doch noch war es nicht soweit. Von amerikanischen Flugzeugträgern aus wurden erfolgreiche Angriffe auf japanische Stellungen auf den Gilbert- und Marshall-Inseln geflogen, doch die Schlüsselstellungen konnten von den Japanern gehalten werden.

An einem Märztag versetzte Nick, der gereizt wirkte, Liane in Erstaunen, als er nach dem zweiten Scotch mit der Faust kräftig auf den Tisch schlug.

»Verdammt noch mal, Liane, ich müßte eigentlich auch dort bei der kämpfenden Truppe sein. Warum um alles in der Welt muß ich hier in San Francisco faul auf meinem Hintern herumsitzen?« Sie verstand seine Erregung, versuchte ihn zu beschwichtigen, doch es schien ihr nicht zu gelingen.

»Geduld, Nick. Die Verantwortlichen wollen sicherlich den rechten Augenblick abwarten.«

»Und ich verbringe den Krieg damit, in irgendwelchen Restaurants und Hotelzimmern herumzusitzen.« Seine Miene verriet, daß er sich selbst anklagte, und diesmal ging sie darauf ein.

»Es ist deine eigene Entscheidung, Nick, und keine Verpflichtung.«

»Ich weiß ... ich weiß ... es tut mir leid ... es ist nur, daß ich hier herumsitze und langsam durchdrehe, verdammt noch mal. Es ist jetzt drei Monate her, daß ich mich freiwillig gemeldet habe. Zum Donnerwetter, und Johnny ist bei Hillary in New York. Ich habe jedesmal ein schlechtes Gewissen, wenn ich mit ihm telefoniere und er mir sagt, wie sehr er mich vermißt. Ich habe lange gebraucht, ihm zu erklären, warum ich kämpfen will, und nun sitze ich hier herum und amüsiere mich seit Wochen.« Die Sorgen, die Nick aussprach, bewegten Liane, und sie versuchte, ihn zu beruhigen. Sie hatte ihre eigenen Schuldgefühle gegenüber Armand, und es gab Augenblicke, in denen sie ihr Verhalten ebenfalls in Frage stellte. Sie konnte Nick jetzt nicht verlassen und wollte es auch nicht. Sie würden weiterhin zusammenbleiben, bis er wegging. Dann, das wußten beide, würde alles vorüber sein.

In letzter Zeit reagierte sie hin und wieder ungehalten gegenüber Nick, so zum Beispiel, als sie einen Brief von Armand bekommen hatte, in dem er über Rheuma in den Beinen klagte, das durch die anhaltende Kälte verursacht worden war. Am selben Tag hatte auch Nick über Rückenschmerzen geklagt, die vom vielen Tanzen am Abend vorher herrührten, woraufhin sie ihn erregt anfuhr. »Dann tanz doch nicht soviel, in Gottes Namen!«

Nick war über ihren ernsten, wütenden Gesichtsausdruck überrascht; er hatte sie noch nie so erlebt. »Du warst es doch, die vor zwei Uhr morgens nicht aufhören wollte.« Bei seinen Worten brach sie in Tränen aus. Als er sie tröstend in die Arme nahm, erfuhr Nick von ihren Sorgen. Unter Schluchzen erzählte sie ihm von Armands Brief.

»Ich glaube, er ist krank, Nick ... er ist fast neunundfünfzig Jahre alt ... es ist dort bitterkalt ...«

»Ist schon gut, Liebling ... ist schon gut ...« Er hatte immer Verständnis für ihre Sorgen. Es gab nichts, was sie ihm nicht erzählen konnte.

»Ich fühle mich manchmal so schuldig.«

»Mir geht es genauso. Aber wir wußten das alles von Anfang an. Für ihn ändert sich dadurch überhaupt nichts.« Liane schrieb Armand noch genauso oft wie früher; sie wußte nicht, wie sie ihm anders helfen konnte.

»Was ist, wenn die Deutschen ihn töten?«

Nick seufzte und überlegte, was er sagen sollte, um diese Befürchtungen zu zerstreuen, denn es bestand auch seiner Ansicht nach durchaus die Gefahr, daß die Deutschen ihn umbringen würden. »Das ist das Risiko, das er einging, als er sich dazu entschloß, dort zu bleiben. Ich glaube, er hält es für lohnenswert, sich darauf einzulassen.« Er konnte Armands Liebe zu seinem Vaterland gut nachempfinden. Nach dem zu urteilen, was Liane ihm erzählt hatte, mußte es schon fast Besessenheit geworden sein. »Liane, du mußt einfach darauf vertrauen, daß er am Leben bleibt. Etwas anderes kannst du nicht tun.«

»Ich weiß.« Sie dachte an den vorigen Abend, als sie zum Tanzen gegangen waren. »Aber wir leben hier in Saus und Braus, amüsieren uns die ganze Zeit.« Sie sprach damit den gleichen Gedanken aus, wie er ihn selbst schon geäußert hatte, und sie sahen einander lange und ernst an.

»Sollen wir damit Schluß machen?« fragte er und wartete gespannt auf ihre Antwort.

»Nein, das möchte ich nicht.«

»Ich auch nicht.«

Im April holte er sie eines Abends von der Rote-Kreuz-Zentrale ab. Er wirkte ziemlich bedrückt.

»Stimmt was nicht, Nick?«

Er sah sie mit traurigem Blick an und fühlte nicht die Erregung, die er eigentlich erwartet hatte. Er empfand nur, daß er etwas verlieren würde, und war darüber verzweifelt.«Unser Leben in Saus und Braus ist vorüber.«

Liane spürte, wie ihr ein Schauder über den Rücken lief. »Was meinst du damit?«

»Ich werde San Francisco morgen verlassen.« Sie hielt den Atem an, blickte ihn an und fiel ihm plötzlich weinend in die Arme. Beide hatten zwar gewußt, daß es irgendwann so kommen würde, doch im Augenblick konnten sie sich noch nicht damit abfinden.

»Oh, Nick ...« Angst ergriff sie wieder. »Wohin mußt du gehen?«

»Nach San Diego. Für zwei Tage. Dort liegt unser Schiff. Ich weiß nicht genau, mit welchem Ziel. Ich werde auf einen Flugzeugträger, die *Lady Lex,* abkommandiert.« Er versuchte zu lachen. »Eigentlich heißt das Schiff *Lexington.* Wir werden irgendwo im Pazifik eingesetzt.« Das Schiff war gerade zu Reparaturarbeiten zurückgekehrt, hatte Liane in der Zeitung gelesen. Während sie zurück zum Haus ihres Onkels fuhren, schwiegen beide. Als Onkel George sie so schweigsam und mit düsterer Miene sah, wußte er sofort, um was es ging.

»Ihr lauft aus, mein Junge?«

»Ja. Ich fahre morgen nach San Diego.« George nickte und beobachtete Liane. An diesem Abend wurde während des Essens kaum gesprochen; selbst die Kinder brachen nur selten das Schweigen. Als Nick sich später von ihnen verabschiedete, weinten sie fast genauso heftig wie an dem Tag, an dem sie ihren Vater hatten verlassen müssen. Nick stand den Mädchen in diesem Augenblick näher als Armand, denn sie hatten ihren Vater seit zwei Jahren nicht mehr gesehen, während Nick in den letzten vier Monaten fast ständig mit ihnen zusammengewesen war. Alle würden seine Abwesenheit spüren, besonders Liane, die ihn an der Haustür zärtlich küßte. Sie hatte ihm versprochen, am nächsten Tag mit dem Zug nach San Diego zu fahren, damit sie die Zeit vor dem Auslaufen des Schiffes zusammen verbringen könnten. Nick mußte einen Tag vor dem Ablegen auf dem Schiff sein. Es blieb ihnen daher nur ein Tag und eine Nacht.

»Wenn es möglich ist, rufe ich dich morgen abend im Hotel in San Diego an. Wenn nicht, komme ich übermorgen früh gleich zu dir.« Mit Tränen in den Augen nickte sie.

»Du fehlst mir schon jetzt.«

Er lächelte sie an. »Du mir auch.« Beide waren nicht auf den Schmerz vorbereitet, den sie jetzt fühlten. »Ich liebe dich.«

Sie winkte ihm nach, als er fortfuhr. Nachdem sie zurück ins Haus und auf ihr Zimmer gegangen war, legte sie sich auf ihr Bett und weinte bitterlich. Sie war nicht bereit, ihn aufzugeben ... nicht noch einmal ... nicht jetzt ... niemals ...

47

Lianes Zug traf um 23 Uhr am nächsten Abend in San Diego ein. Es war bereits Mitternacht, als sie im Hotel ankam, und sie wußte, daß Nick nicht mehr anrufen würde. Sie stand kurz nach sieben Uhr auf und wartete sehnsüchtig auf Nicks Anruf, der dann endlich kurz nach Mittag kam.

»Es tut mir leid, Liebling. Ich konnte dich nicht anrufen, denn ich mußte zu Sitzungen, Einsatzbesprechungen und Gott weiß wohin.«

Bei seinen Worten ergriff sie Panik. »Können wir uns sehen?« Sie schaute hinaus auf den Pazifik, während sie sprach, und versuchte sich vorzustellen, wo er wohl gerade war. Von ihrem Zimmer aus waren der Stützpunkt und der Hafen zu sehen.

»Wir können uns erst heute abend treffen. Und, Liane ...« Es widerstrebte ihm zwar, doch er mußte es ihr nun sagen. »Das wird auch schon alles sein. Ich muß mich morgen früh um sechs Uhr wieder im Stützpunkt melden.«

»Wann stecht ihr in See?« Sie hörte ihr Herz heftig klopfen.

»Das weiß ich nicht. Alles, was ich weiß, ist, daß ich morgen früh um sechs Uhr auf dem Schiff sein muß. Ich nehme an, daß wir übermorgen auslaufen. Aber sie sagen es uns nicht.« Aus Geheimhaltungsgründen war dies so üblich. »Entschuldige, aber ich muß jetzt Schluß machen. Ich seh' dich heute abend, sobald ich kann.«

»Ich werde hier sein.« Sie verbrachte den ganzen Tag in ihrem Zimmer, aus Angst, er könne früher kommen und sie würde ihn verpassen. Zehn Minuten vor sechs klopfte es an ihrer Tür. Es war Nick, und sie flog ihm, weinend vor Freude, in die Arme. Sie war überglücklich, ihn zu sehen. In den wenigen Stunden, die ihnen blieben, konnten sie noch so tun, als müsse er nicht weggehen.

»Du glaubst nicht, wie ich mich freue, daß du da bist, Liebling.«

»Ich freue mich auch.« Sie waren beide ein wenig erschöpft

von den Anstrengungen der letzten beiden Tage. Liane würde diese Zeit nie vergessen. Dieser Abschied war viel schlimmer als der, den sie in Paris überstanden hatte.

Sie unterhielten sich etwa eine halbe Stunde, weil sie sich noch so viel zu sagen hatten, und dann nahm er sie in seine Arme und trug sie zum Bett. Danach schien die Zeit stehenzubleiben. Sie verließen das Zimmer an diesem Abend nicht mehr, um zum Essen zu gehen, und sie schliefen auch die ganze Nacht nicht. Sie lagen nur im Bett, sprachen miteinander und liebten sich. Als Liane die Sonne aufgehen sah, zitterte sie am ganzen Körper. Sie wußte, daß die letzte Nacht mit ihm vorüber war.

Es war halb sechs, als er aufstand und sie mit ernster Miene ansah. »Mädchen, ich muß jetzt gehen ...«

»Ich weiß.« Sie setzte sich auf, wollte ihn zurück ins Bett ziehen, wollte die Zeit zurückdrehen.

Dann fragte er sie das, was ihn bereits seit zwei Tagen bewegte. »Wirst du mir schreiben, oder möchtest du es lieber nicht?« Sie hatten nämlich vor vier Monaten vereinbart, daß alles vorüber wäre, wenn er weggehen mußte.

»Ich werde schreiben.« Liane lächelte traurig. Sie schrieb ja auch Armand. Nun verlor sie bereits den zweiten Mann an den Krieg. Sie wußte nicht, wie sie sich verhalten würde, wenn er zurückkäme. Seit Wochen schon hatte sie sich diese Frage gestellt. Seit den Tagen auf der *Deauville* hatte sich etwas geändert; sie und Nick waren vier Monate zusammengewesen und nicht dreizehn Tage. Sie konnte ihn nun nicht mehr so leicht vergessen. Einmal oder zweimal hatte sie sogar daran gedacht, Armand nach dem Krieg zu verlassen, doch sie glaubte nicht, daß sie es konnte. Genausowenig, wie sie Nick Burnham verlassen konnte.

»Ich werde dir auch schreiben, aber es wird vielleicht eine Ewigkeit dauern, bis du meine Briefe bekommst.«

»Ich werde geduldig warten.«

Nick duschte sich nicht mehr, bevor er sich anzog, denn er wollte keine einzige der kostbaren Minuten mit ihr opfern. Er konnte auf dem Schiff duschen; er hatte dort viel Zeit dazu. Doch alles, was ihm jetzt noch blieb, waren einige Augenblicke mit

Liane. »Denk daran, was ich über Johnny gesagt habe.« Er hatte ihr Hillarys Adresse gegeben, doch Liane versicherte ihm erneut, daß sie sie nicht brauchen würde, denn er würde zurückkommen und sich selbst um Johnny kümmern können, worauf er geantwortet hatte: »Für alle Fälle.« Schließlich hatte sie die Adresse genommen, damit er beruhigt war.

Die letzten Augenblicke verstrichen wie die letzten Sekunden vor der Explosion einer Bombe. Sie standen in ihrem Zimmer, und er hielt sie fest in seinen Armen. »Ich muß dich jetzt hier alleinlassen.«

Erneut wurde Liane von Panik ergriffen. »Kann ich dich nicht noch bis zum Stützpunkt begleiten?«

Er winkte energisch ab. »Das würde alles nur noch schlimmer machen.« Sie nickte; Tränen liefen ihr übers Gesicht. Nick küßte sie ein letztes Mal und sah in ihre Augen. »Ich werde zurückkommen.«

»Ja, ich weiß.« Keiner von beiden fragte, was dann sein würde. Es war jetzt zu spät, daran zu denken. Alles, was ihnen jetzt noch blieb, war die Gegenwart und das, was ihnen das Schicksal noch bescheren würde. »Nick ... paß auf dich auf ...« Sie hielt ihn fest, als er aus dem Zimmer gehen wollte. Er nahm sie noch einmal in die Arme, und nach einem letzten Abschiedskuß rannte er die Treppe hinunter. Liane ging zurück in ihr Zimmer, schloß die Tür und setzte sich hin. Sie fühlte sich, als sei kein Funken Leben mehr in ihr. Zwei Stunden später saß sie immer noch an derselben Stelle und dachte an ihn. Als sie zufällig zum Fenster hinausschaute, sah sie ein riesiges Schiff, das langsam aus dem Hafen fuhr. Ihr Herz klopfte heftig. Es war ein Flugzeugträger; es konnte nur die *Lexington* sein, auf der sich Nick befand. Liane riß das Fenster auf, als wäre sie ihm dadurch näher. Sie beobachtete das Schiff, bis es schließlich am Horizont verschwand. Dann packte sie ihre Reisetasche. Zwei Stunden später saß sie wie ein Häuflein Elend im Zug nach San Francisco.

48

Liane schloß die Haustür auf und ging langsam die Treppe zu ihrem Schlafzimmer hinauf. Es war schon spät, und im Haus brannte kein Licht mehr. Als sie plötzlich eine Stimme hörte, fuhr sie zusammen, als sei eine Bombe neben ihr explodiert. Es war Onkel George. Er saß in ihrem dunklen Zimmer und hatte auf sie gewartet.

»Stimmt was nicht? ... Mit den Kindern?«

»Nein, denen geht's gut.« Er blickte sie forschend an, nachdem sie das Licht eingeschaltet hatte. Sie sah mitgenommen aus. »Fühlst du dich nicht wohl, Liane?«

»Mir geht's gut.« Aber ihr kamen sofort die Tränen, und sie drehte sich um, denn er sollte sie nicht sehen. »Wirklich ... mir geht's gut ...«

»Nein, das stimmt nicht, und du mußt dich deswegen auch nicht schämen. Ich hatte damit gerechnet. Deshalb bin ich hier.«

Wie ein kleines Kind warf sie sich plötzlich in seine Arme. »Ach, Onkel George ...«

»Ich weiß ... ich weiß ... er wird wiederkommen ...« Aber das würde Armand auch. Während der Zugfahrt hatte sie über die beiden Männer nachgedacht. Lianes Herz war zwischen ihnen hin- und hergerissen. Ihr Onkel gab ihr einen Brandy; er hatte eine Flasche und zwei Gläser in ihr Zimmer mitgebracht. Liane versuchte ein Lächeln.

»Womit habe ich bloß einen so lieben Onkel verdient?«

»Weil du eine herzensgute Frau bist, Liane«, sagte er ernst. »Und du hast einen herzensguten Mann verdient. So Gott will, wirst du auch einen bekommen.«

Sie nippte an ihrem Brandy und setzte sich. »Das Problem ist, Onkel George, daß ich gleich zwei herzensgute Männer habe.« Er gab ihr darauf keine Antwort. Wenig später ließ er sie allein. Liane ging anschließend zu Bett, und am anderen Morgen fühlte sie sich etwas besser.

An diesem Tag bekam sie einen Brief von Armand. Es schien

ihm jetzt auch besser zu gehen. Er freute sich anscheinend über »die jüngste Entwicklung«, schrieb jedoch nicht, worum es sich dabei handelte. Es war wärmer geworden in Paris, und seine Beine schmerzten nicht mehr so stark.

Einige Tage später kamen auch aus London gute Nachrichten. Die Briten hatten die erste Schiffsladung amerikanischer Nahrungsmittel erhalten, so daß eine drastische Kürzung der Lebensmittelrationen verhindert werden konnte.

Am 18. April wurde in der amerikanischen Presse in großer Aufmachung über den Bombenangriff auf Tokio berichtet, der von dem Luftwaffenexperten und Piloten Oberstleutnant James H. Doolittle geführt worden war. Er hatte mit einer Staffel von sechzehn umgebauten B-25-Bombern Kurs auf Japan genommen, obwohl eine Rückkehr zum Ausgangspunkt unmöglich war. Nach der Bombardierung Tokios war deshalb die Landung des Verbandes im nicht von den Japanern besetzten Teil Chinas geplant. Nur eine Maschine ging bei diesem tollkühnen Unternehmen verloren, und die Moral der Truppen stieg spürbar. Amerika hatte sich durch die Bombardierung Tokios gerächt, die Antwort auf Pearl Harbor gegeben.

Die Freude über den Doolittle-Coup wurde jedoch schon bald getrübt. Am Abend des 4. Mai sprach ganz Amerika nur noch von der Schlacht im Korallenmeer. Liane lag die ganze Nacht wach und betete für Nick. Die Schlacht tobte zwei Tage lang; General MacArthur war in weiser Voraussicht in Port Moresby auf Neuguinea zurückgeblieben und lenkte von dort aus die Operation. Am 6. Mai kam dann die schlimme Nachricht, daß die *Lexington* gesunken war. Wie durch ein Wunder waren dabei aber nur 216 Soldaten ums Leben gekommen; 2735 Mann konnten gerettet und an Bord des Schwesterschiffes der *Lady Lex,* der *Yorktown,* gebracht werden. Liane wußte aber nicht, ob Nick zu den 216 Getöteten oder zu den Überlebenden gehörte. Während sie Tag für Tag in ihrem Zimmer am Radio saß, fielen ihr die schauerlichen Szenen ein, die sich im Atlantik abgespielt hatten, als die *Queen Victoria* gesunken war. Sie betete darum, daß Nick sich unter den Überlebenden befand. Sie holte sich die Mahlzeiten auf ihr Zimmer, aß jedoch kaum etwas und brachte die vollen Teller wieder in die Küche zurück. Ihr Onkel saß währenddessen in der Bibliothek und verfolgte dort die Nachrichten. Es konnte Wochen, wenn nicht Monate dauern, bis sie etwas von Nick hören würden. Ohne daß Liane davon wußte, hatte George jemanden in der Reederei beauftragt, Brett Williams in New York anzurufen, doch er hatte auch keine Auskunft geben können.

Ebenfalls am 6. Mai mußte General Jonathan Wainwright kapitulieren und die Insel Corregidor in der Bucht von Manila den Japanern überlassen; er und seine Männer wurden gefangengenommen. Die Lage im Pazifik war prekär.

»Liane.« Am Morgen des 8. Mai, zwei Tage nach dem Untergang der *Lexington,* stand George in der Tür zu ihrem Zimmer. »Ich möchte, daß du zum Frühstück herunterkommst.«

Sie lag wie tot auf ihrem Bett und starrte ins Leere. »Ich habe keinen Appetit.«

»Das ist mir egal. Die Kinder glauben schon, daß du krank bist.« Sie erwiderte nichts darauf, blieb im Bett liegen und nickte schließlich matt. Als sie dann nach unten kam, sah sie tatsächlich schwach und kränklich aus; es war nicht weiter verwunderlich, denn sie hatte die letzten Tage bei zugezogenen Vorhängen in ihrem Zimmer verbracht und ständig Radio gehört. Die Kinder beobachteten sie, als fürchteten sie sich vor ihr. Liane nahm sich so weit zusammen, daß sie ihren Töchtern half, sich für die Schule fertig zu machen. Anschließend ging sie sofort wieder auf ihr Zimmer und schaltete das Radio ein. Es gab jedoch nichts Neues, denn die Schlacht im Korallenmeer war beendet.

»Liane.« George war ihr wieder zu ihrem Zimmer gefolgt. Sie sah ihn mit leerem Blick an. »Das darfst du dir nicht antun.«

»Es wird schon wieder werden.«

»Das wird es auch, das weiß ich. Damit hilfst du ihm nicht.« Er setzte sich auf die Bettkante. »Sie konnten in New York auch keine Auskunft geben. Wenn er gefallen wäre, hätten sie ein Telegramm erhalten. Ich bin deshalb sicher, daß er sich unter den Überlebenden befindet.« Sie nickte und kämpfte mit den Tränen. Es war einfach zu viel für sie, sich gleichzeitig um zwei Männer

Sorgen machen zu müssen. An diesem Tag erhielt sie einen Brief von Armand. 30000 Juden waren in Paris aus ihren Häusern geschleift worden. Es war wieder einer der Briefe, die von Moulin aus Frankreich herausgeschmuggelt und mit der *Gripsholm* über den Atlantik gebracht wurden ...

Die Juden waren acht Tage lang in Paris in einem Stadion ohne Wasser, Nahrung und Toiletten eingepfercht worden. Viele von ihnen, darunter Frauen und Kinder, waren gestorben. Die Welt wurde immer verrückter. Überall starben Menschen, brachten sich die Menschen gegenseitig um. Und plötzlich wußte sie, was sie zu tun hatte. Sie holte ein Kleid aus dem Schrank und warf es auf ihr Bett. Sie sah nun besser aus als an den Tagen zuvor.

»Wohin gehst du?«

»Zum Roten Kreuz.« Sie verschwieg ihm allerdings den wahren Grund. Sie nahm ein Bad und zog sich an. Eine Stunde später teilte sie den Leitern der Zentrale mit, daß sie ihre bisherige Tätigkeit nicht mehr aufnehmen, dem Roten Kreuz allerdings nicht ganz den Rücken kehren würde. Am Nachmittag verpflichtete sie sich im Marinehospital von Oakland als Hilfspflegerin; sie wurde der Chirurgischen Station zugewiesen, auf der die Schwerverwundeten behandelt wurden. Der Dienst dort war alles andere als einfach, doch als sie abends um acht Uhr nach Hause kam, fühlte sie sich so befreit wie seit Wochen nicht mehr. Das war die Arbeit, die sie schon längst hätte tun sollen, die sie schon immer hatte machen wollen. Nach dem Abendessen erzählte sie ihrem Onkel davon.

»Das ist eine Aufgabe, zu der viel seelische Kraft gehört, Liane. Bist du sicher, daß du gerade das machen willst?«

»Ja, ganz sicher«, antwortete sie voller Überzeugung, und an ihrem Gesicht konnte er ablesen, daß sie sich wieder gefaßt hatte. Sie unterhielten sich über die Juden in Paris, und er schüttelte den Kopf. Nichts war mehr so wie früher. Nichts war mehr sicher, nichts war mehr heilig. Deutsche U-Boote kreuzten vor der amerikanischen Küste, in ganz Europa wurden Juden aus ihren Häusern geholt, die Japaner töteten Amerikaner im Südpazifik. Die *Normandie* hatte vor drei Monaten im New Yorker Hafen gebrannt, als sie in einen Truppentransporter umgebaut werden sollte. In London fielen Tag und Nacht Bomben, die Frauen und Kinder töteten.

Während des nächsten Monats arbeitete Liane an drei Tagen in der Woche wie besessen im Marinehospital in Oakland. Sie verließ morgens um acht Uhr das Haus und kam um siebzehn oder achtzehn Uhr, manchmal sogar erst um neunzehn Uhr völlig erschöpft, nach Wundbenzin und Desinfektionsmitteln riechend, nach Hause. Ihre Kittel waren oft mit getrocknetem Blut befleckt, die Anstrengung stand ihr im Gesicht geschrieben, doch in ihren Augen war wieder Leben. Es war das einzige, was sie tun konnte, um zu helfen, und es war besser, als in einem Büro herumzusitzen. Einen Monat nach der Schlacht im Korallenmeer wurde sie mit einem Brief von Nick belohnt. Er lebte also! Sie setzte sich auf die Treppenstufen vor dem Haus und weinte vor Freude, während sie den Brief las.

49

Am 4. Juni begann die Schlacht um die Midway-Inseln, die bereits am folgenden Tag beendet war. Die Japaner hatten vier ihrer fünf Flugzeugträger verloren, und die Amerikaner jubelten über diesen großen Sieg. Liane wußte, daß Nick in Sicherheit war; er befand sich nun auf der *Enterprise* und somit nicht mehr im unmittelbaren Gefahrenbereich. Obwohl sie jedesmal, wenn sie Nachrichten hörte, vor Aufregung zitterte, wurde sie durch regelmäßig ankommende Briefe darüber unterrichtet, daß Nick lebte und es ihm gutging. Sie schrieb ihm fast jeden Tag, und so oft sie konnte, auch Armand.

Die letzten Briefe ihres Mannes schienen auf wachsende Spannungen in Paris hinzudeuten. Noch mehr junge Kommunisten waren erschossen, noch mehr Juden deportiert worden. Bei Armands häufigen Treffen mit dem Kommandostab zeigte sich immer deutlicher, wie hart die Besatzer in Paris durchgreifen wollten. Die Résistance hatte auf dem Lande eine für sie gefährliche Stärke erreicht, und deshalb schien es ihnen angebracht, ihre Macht und Unnachgiebigkeit in der Hauptstadt zu demonstrieren und so ein drastisches Exempel zu statuieren. Aus diesem Grund wandten sich die Deutschen immer häufiger an Armand und verlangten von ihm Erklärungen über Kunstwerke, die nicht gefunden werden konnten, über Leute, die plötzlich verschwunden waren, oder Auskünfte über Gefolgsmänner Pétains mit angeblichen Verbindungen zu Kommunisten. Die Deutschen brauchten immer jemanden, an den sie sich wenden konnten, wenn es ein Problem gab, für das sie keinen Schuldigen finden konnten, und dieser Jemand war Armand. Er stellte einen nützlichen Prellbock für Marschall Pétain dar, was jedoch auch ständig an seinen Nerven und Kräften zehrte.

Als er an einem warmen Junitag in seinem Amtszimmer im Hotel Majestic saß, kam André Marchand herein und ließ einen neuen Aktenstapel auf seinen Schreibtisch fallen.

»Was ist das?«

»Berichte über Leute, die gestern abend verhaftet wurden. Das Oberkommando will wissen, ob sich unter ihnen jemand befindet, der Dreck am Stecken hat.« Marchand tat nichts lieber, als seine Landsleute den Deutschen auszuliefern. Armand war traurig darüber, daß sie ihn nicht einzogen und nach Rußland an die Front schickten. Wenn Marchand unbedingt ein Deutscher sein wollte, dann mit allen Konsequenzen.

»Danke. Ich werde sie mir ansehen, wenn ich Zeit habe.«

»Das Oberkommando will die Berichte heute abend zurückhaben.«

»Gut. Ich werde mich beeilen.« Er fragte sich in letzter Zeit häufiger, ob Marchand ihm deshalb zugeteilt worden war, um seine Treue zu Pétain und den Deutschen zu überprüfen. Doch das war ein lächerlicher Gedanke. Marchand war fast noch ein Kind, ein junger, unwichtiger Mann; es schien äußerst unwahrscheinlich, daß man ihn als Wachhund eingesetzt hatte. Armand lächelte in sich hinein. Er war nun so übermüdet, daß er schon überall Gefahren sah. Die Nacht zuvor hatte er sogar den Eindruck gehabt, er werde verfolgt. Er vertiefte sich nun in die Berichte auf seinem Schreibtisch und rückte seine Lesebrille zurecht, die er seit kurzem trug. Er mußte ohnehin schnell fertig werden, denn er traf sich heute abend noch einmal mit Moulin, bevor dieser wieder nach London fuhr.

Um achtzehn Uhr verließ er, etwas früher als sonst, das Hotel Majestic und lief die kurze Strecke zu seiner Wohnung am Place du Palais-Bourbon. Er ging in die Küche, der man ansah, daß sie seit Monaten nicht mehr benutzt wurde. Die Wohnung war nicht mehr die, in der er einmal mit Liane und den Kindern gelebt hatte. Die Kupfertöpfe waren schwarz angelaufen, der Herd funktionierte nicht mehr, und die Vorratskammer war leer. Überall lag eine dicke Staubschicht, aber das war ihm völlig gleichgültig, denn er war nur noch zum Schlafen hier. An diesem Abend aß er ein Stück Wurst, das er unterwegs gekauft hatte, und einen Apfel. Er ging im Geiste noch einmal die Punkte durch, die er mit Moulin besprechen wollte, bevor er nach Neuilly fuhr. Als er den Wagen anließ, sah er sich vorsichtig um, doch er wurde nicht beobachtet.

Auf der Fahrt nach Neuilly gab es keine Probleme. Armand hatte jetzt eine Plakette an seinem Auto, die den in den Straßen postierten deutschen Soldaten anzeigte, daß er mit der Vichy-Regierung zusammenarbeitete. Er parkte sein Auto zwei Blocks von seinem Ziel entfernt und ging zu Fuß zu dem ihm bezeichneten Haus, wo er zuerst zweimal klopfte und anschließend klingelte. Eine alte Frau öffnete ihm, begrüßte ihn mit einem Nicken, schloß die Tür wieder und begleitete ihn in die Küche, von wo aus er die Treppe in den Keller hinunterstieg. Dort schoben sie nun zusammen einen Stapel alter Kisten beiseite, unter dem sich der Zugang zu einem von Widerstandskämpfern gegrabenen Tunnel verbarg. Armand kroch durch diesen Tunnel ins Nachbarhaus, wo drei Männer auf ihn warteten. Einer von ihnen hatte kurzes graues Haar und trug eine Arbeitshose, Mütze und einen schwarzen Pullover. Es war Moulin. Er streckte Armand die Hand entgegen, während die beiden anderen ihn beobachteten. Sie waren zusammen mit Moulin aus Toulon gekommen. Armand hatte sie noch nie gesehen, doch Moulin war ihm vertraut.

»Hallo, mein Freund.«

»Schön, Sie zu sehen.« Armand lächelte ihm freundlich zu. Er wünschte sich nur, den Mann besser zu kennen. Moulin tat viel für Frankreich; er galt schon jetzt als der Held der Résistance.

»Freut mich ebenfalls, Sie zu sehen.« Moulin schaute auf seine Uhr. Es blieb ihm nur eine halbe Stunde, bevor er sich wieder auf den Weg machen mußte. Seine Mission in Paris war für dieses Mal erledigt, und in der Nacht wollte er sich wieder über den Kanal nach England absetzen. »Ich möchte Ihnen einen Vorschlag machen, de Villiers.« Armand war überrascht, als er ihn hörte. »Was halten Sie davon, mit nach London zu kommen?«

»Aber warum?« Nichts, was mit seiner Arbeit zusammenhing, konnte dort von Nutzen sein. Er war nur in Paris wichtig. »Aus welchem Grund?«

»Aus gutem Grund. Um Ihr Leben zu retten. Wir haben allen Grund zur Annahme, daß man Sie verdächtigt.« Armand nickte, schien jedoch unbeeindruckt und furchtlos.

»Wie kommen Sie darauf?«

»Durch einige Berichte, die wir abfangen konnten.« In der vorangegangenen Woche waren zwei Offiziere, die mit einem Aktenkoffer des Oberkommandos zwischen zwei Dienststellen unterwegs waren, getötet worden; Speidel war außer sich gewesen.

»Also waren Sie das letzte Woche?« erkundigte sich Armand.

»Ja. In dem Koffer waren Berichte, die uns zu denken gaben ... wir sind nicht sicher ... aber wir wollen nicht warten, bis es zu spät ist. Sie sollten sich jetzt in Sicherheit bringen.«

»Wann?«

»Heute abend. Mit mir.«

»Ich kann aber nicht ...«, erwiderte Armand bestürzt, denn er hatte noch mindestens ein halbes Dutzend wichtige Vorhaben durchzuführen. Da waren zum Beispiel eine Plastik von Rodin, die er heimlich in der Provence verschwinden lassen wollte, eine Jüdin, die sich mit ihrem Sohn in einem Keller versteckt hielt, und ein Renoir von unschätzbarem Wert, der unter einem Gebäude vergraben war. »Es ist zu früh, ich brauche noch etwas Zeit.«

»Sie werden Ihnen möglicherweise keine Zeit lassen.«

»Sind Sie wirklich ganz sicher?«

Moulin schüttelte den Kopf.«Noch nicht. Wir wissen nichts Genaues, aber Ihr Name wurde in zwei Berichten erwähnt. Man beobachtet Sie.«

»Aber Sie haben doch die Berichte und nicht Speidel.«

»Wir wissen aber nicht, wer sie vorher schon gesehen hat. Darin liegt die Gefahr.« Armand schien sich des Risikos bewußt zu werden, war aber dennoch zum Äußersten entschlossen.

»Was ist, wenn ich trotzdem bleibe?«

»Glauben Sie etwa, daß sich das lohnt?«

»Ja, jedenfalls im Augenblick.«

»Können Sie das, was Sie noch zu machen haben, schnell erledigen?«

Armand nickte nachdenklich. »Ich kann es auf jeden Fall versuchen.«

»Dann machen Sie das. Ich werde in zwei Wochen zurück sein. Werden Sie dann mitkommen?« Armand nickte, doch verriet seine Miene, daß er noch zögerte, was Moulin auch sofort bemerkte. Es gab noch viele andere, die den Kampf nicht aufgeben wollten – auch wenn Vernunftgründe dagegen sprachen.

»Seien Sie nicht so verbohrt, de Villiers. Sie dienen Frankreich mehr, wenn Sie am Leben bleiben. Sie können auch von London aus sehr viel machen.«

»Ich möchte in Frankreich bleiben.«

»Sie können doch zurückkommen. Sie bekommen von uns neue Papiere, und wir bringen Sie anschließend irgendwo aufs Land.«

»Das würde mir gefallen.«

»In Ordnung.« Moulin stand auf und verabschiedete sich mit Handschlag. Er und seine beiden Begleiter verließen den geheimen Treffpunkt auf demselben Weg, den Armand gekommen war. Wenig später folgte er ihnen. Die drei Männer würden längst verschwunden sein, wenn er auf die Straße kam. Moulin schien die Gabe zu besitzen, sich in Luft auflösen zu können. Doch diesmal war es anders. Als Armand zu seinem Auto ging, bemerkte er in der Dunkelheit eine Bewegung, und wie aus dem Nichts stürmten wild um sich schießend Soldaten aus ihrer Deckung. Er drückte sich schnell in einen Hauseingang, und die Soldaten, die ihn zum Glück nicht bemerkt hatten, hasteten an ihm vorbei. In der Ferne sah er drei Männer laufen. Weitere Schüsse fielen, und Armand versteckte sich in einem Garten. Er fühlte plötzlich ein dumpfes Klopfen in seinem Bein, und als er es berührte, spürte er Blut. Er war von einem Querschläger getroffen worden.

Armand wartete lange, bis es wieder ganz ruhig geworden war, und schlich sich dann vorsichtig aus dem Garten auf die Straße. Er hoffte, daß Moulin wieder, wie schon so oft, entkommen war, und humpelte zurück zu dem Haus, in das ihn die alte Frau eingelassen hatte. Sie öffnete ihm und rief die anderen Bewohner, die anschließend sein Bein verbanden. Gegen Mitternacht fuhr er nach Hause; er zitterte am ganzen Körper und wünschte sich sehnlichst, daß er noch etwas Brandy hätte. Als er sich erschöpft in einen Sessel fallen ließ und den Verband betrachtete, wurde ihm bewußt, welche Probleme diese Verletzung für ihn mit sich brachte. Er würde am Morgen nicht humpelnd in seine Dienststelle kommen können. Im Augenblick war es auch zu warm, um glaubhaft machen zu können, er leide wieder unter Rheumatismus. Er probierte daher im Salon, ganz normal zu gehen, wobei er bei jedem Schritt vor Schmerz die Zähne zusammenbeißen mußte. Es wollte ihm nicht gelingen, aber er mußte es einfach schaffen. Er versuchte es immer wieder, der Schweiß tropfte ihm von der Stirn, und schließlich gelang es ihm, so zu gehen, daß niemand die Verwundung bemerken würde. Mit einem heftigen Stöhnen kroch er ins Bett; er war jedoch zu erschöpft, um gleich einzuschlafen. Er schaltete die Nachttischlampe an und nahm sein Notizbuch zur Hand. Er hatte Liane schon seit über einer Woche nicht mehr geschrieben, und er brauchte sie in dieser Nacht. Armand sehnte sich nach ihrer zärtlichen Fürsorge und ihrem Trost. Und in dem Brief, den er begann, tat er etwas, was er noch nie getan hatte: er schüttete ihr sein Herz aus, gestand ihr die quälenden Sorgen, die er sich um sein Vaterland machte. Er schrieb ihr die Wahrheit, und am Ende erwähnte er seine Verletzung.

Sie ist nicht so schlimm, Chérie, und auch nur ein kleines Opfer, das ich in diesem erbitterten Kampf gebracht habe. Andere haben viel mehr gelitten als ich. Es bedrückt mich, daß ich nicht mehr geben kann. Diese Wunde ist nichts ...

Armand schrieb auch von Moulins Vorschlag, mit ihm nach London zu gehen, und daß er möglicherweise in wenigen Wochen darauf eingehen und später mit neuen Papieren nach Frankreich zurückkehren würde.

Er sagte mir, daß man mich nach meiner Rückkehr irgendwo aufs Land bringen wolle. Vielleicht kann ich dann endlich aktiv am Kampf teilnehmen. Sie leisten dort Bemerkenswertes und machen den Deutschen ständig Schwierigkeiten ... Ich wäre Gott dankbar, wenn ich aus den feuchten Wänden meines Büros herauskäme.

Er faltete den Zettel vier-, fünfmal und versteckte ihn unter der Einlage in seinem Schuh für den Fall, daß ihm in der Nacht etwas zustieß. Am nächsten Tag verbarg er den Brief hinter einem Blumenkübel in der Rue du Bac. Diesen toten Briefkasten hatte er schon häufig benutzt, obwohl es ihm eigentlich lieber war, wenn er Moulin die Post persönlich aushändigen konnte. Er wußte jedoch, daß alle hier bisher versteckten Briefe Liane auch erreicht hatten. So war es auch mit diesem.

Als Liane den Brief zwei Wochen später las, liefen ihr die Tränen über das Gesicht. Er war blind in seiner Liebe zu Frankreich und wußte nicht mehr, auf was er sich einließ, das war Liane klar.

Als sie von seiner Verwundung erfuhr, war sie sehr bedrückt. Wenn er der Enttarnung nur um Haaresbreite entgangen war und Moulin ihn unbedingt nach London holen wollte, war es sicherlich schon fast zu spät. Doch Armand erkannte die Gefahr nicht, die ihm drohte. Verzweifelt fragte sie sich, wie sie ihn wachrütteln könnte. War er denn inzwischen so blind, daß ihm ein Porträt, eine Statue und eine ihm unbekannte Mutter wichtiger waren als seine Frau, Marie-Ange und Elisabeth? Sie hielt den Brief in ihren Händen und weinte fast eine halbe Stunde lang, bis sie plötzlich etwas tat, was sie seit langer Zeit nicht mehr gemacht hatte. Sie ging in die Kirche. Während sie dort in einer Bank saß und betete, erkannte sie, welchen Fehler sie begangen hatte. Ihre heimliche Beziehung zu Nick war schuld an allem. Sie hatte ihre Prinzipien verraten, ihrem Mann den Rücken gekehrt, und er mußte dies gespürt haben. Liane kam zu dieser klaren Erkenntnis, als hätte sie eine Vision. Wieder nach Hause zurückgekehrt, saß sie lange am Fenster und schaute auf die Golden Gate Bridge. Sie hatte Nick jeden Tag geschrieben, Armand dagegen nur ein- oder zweimal die Woche; er mußte gefühlt haben, daß sie sich ihm entfernt hatte. Sie wußte nun, was sie zu tun hatte; sie hatte es immer schon gewußt, aber nie wahrhaben wollen.

Liane brauchte Stunden, um diesen Brief zu schreiben. Sie starrte auf das Papier und glaubte, es doch nicht fertigbringen zu können. Es schmerzte sie mehr als der Abschied in der Grand Central Station oder im Hotelzimmer in San Diego, mehr als alles, was sie je erlebt oder getan hatte. Sie verspürte einen Schmerz, als würde sie sich einen Arm abhacken. Was Liane nun tat, schien dem Satz aus der Bibel zu entsprechen: »Wenn dir dein Auge zum Ärgernis wird, so reiße es aus.« Sie schrieb Nick, daß ihr jetzt ihr falsches Verhalten bewußt geworden sei und sie ihm Hoffnungen auf eine gemeinsame Zukunft gemacht habe, die sie nie würde erfüllen können. Armand brauchte sie jetzt; er brauchte ihre volle Unterstützung, ihre ungeteilte Aufmerksamkeit, ihr grenzenloses Vertrauen und alles, was sie ihm sonst noch schenken konnte. Und um ihm vorbehaltlos all das geben zu können, durfte sie ihn nicht länger betrügen. Liane schrieb Nick weiter, daß sie ihn von ganzem Herzen liebe, es aber eine Liebe sei, auf die keiner von ihnen beiden ein Anrecht habe. Sie wünschte ihm von Herzen alles Gute und fügte hinzu, daß sie jeden Tag für ihn beten, ihm jedoch nicht mehr schreiben würde. Abschließend versicherte sie ihm, daß sie ihr Versprechen einlösen und, sollte ihm etwas zustoßen, mit Johnny in Verbindung bleiben würde.

»Doch das wird nicht nötig sein, Geliebter ... ich bin sicher, daß Du zurückkehren wirst. Ich wünsche mir nur ...« Sie konnte die Worte nicht niederschreiben.

> Du weißt, was ich mir wünsche. Unsere Träume waren nicht geliehen, sondern gestohlen. Ich muß nun zu dem zurückkehren, zu dem ich gehöre, mit meinem Herzen, meiner Seele und meinem Geist, und zwar zu meinem Mann. Denke immer daran, wie sehr ich Dich geliebt habe. Gott sei mit Dir. Er wird Dich beschützen.

Mit einem Schluchzen, das ihr die Kehle zuschnürte, unterschrieb sie den Brief und verließ das Haus, um ihn einzuwerfen. Sie stand lange vor dem Briefkasten; ihre Hände zitterten, und das Herz schien ihr zu brechen. Mit einer Willenskraft, die sie sich selbst nicht zugetraut hatte, öffnete sie schließlich die Klappe des Briefkastens und warf den Brief ein. Sie wußte, daß er Nick erreichen würde.

50

Armand kam am Morgen nach dem Zwischenfall in Neuilly mit kreidebleichem Gesicht und schweißnassen Händen wieder in sein Arbeitszimmer, doch er humpelte nicht, als er zu seinem Schreibtisch ging und sich wie gewohnt dort niederließ. Marchand kam herein und brachte ihm einen Stapel Berichte, die er zu lesen, Formulare, die er auszufüllen hatte, und eine Auswahl von Mitteilungen der deutschen Generäle.

»Gibt es sonst noch etwas?«

»Nein, vielen Dank, Marchand.« Armands Gesichtszüge waren angespannt, doch seine Stimme klang ganz normal. Während der Woche entwickelte er beinahe fieberhafte Aktivität. Der Renoir von unschätzbarem Wert wurde aus dem Gebäude geschafft, der Rodin versteckt. Für die jüdische Frau und ihr Kind wurde im Keller eines Bauernhauses in der Nähe von Lyon ein

Unterschlupf besorgt. Es gab außerdem unzählige andere Dinge, um die er sich in aller Eile kümmerte, denn er wußte, daß ihm nur ganz wenig Zeit blieb. Die Schmerzen in seinem Bein wurden von Tag zu Tag schlimmer. Es war stark entzündet, doch verfügte er nicht über die nötigen Mittel für eine Behandlung. Jeden Tag fiel es ihm schwerer, sich dazu zu zwingen, so zu gehen, als fehle ihm nichts. Es erforderte größere Anstrengung als alles, was ihm bis dahin abverlangt worden war. Er war abgemagert, mit seiner Kraft fast am Ende, man sah ihm sein Alter an, ja, er wirkte sogar noch viel älter. Bedingt durch die zu erledigende Fülle an Arbeit saß er täglich noch bis weit nach dem Beginn der nächtlichen Verdunkelung an seinem Schreibtisch. Er war so mit der Vollendung seiner Mission beschäftigt, daß es immer länger dauerte, alle Notizen zu verbrennen. Darüber hinaus war es zu dieser Jahreszeit schwierig, das Feuermachen im Kamin plausibel zu begründen. Er erzählte Marchand oft, daß seine alten Knochen Wärme bräuchten, wobei er sich die Hände rieb und lachte. Marchand zuckte dann nur mit den Schultern und machte sich an seinem Schreibtisch wieder an die Arbeit.

Bis zu seinem nächsten Treffen mit Moulin verblieben ihm nur noch vier Tage, und er wußte, daß er sich beeilen mußte. An diesem Abend verließ er kurz nach zehn Uhr sein Büro. Zu Hause angekommen, hatte er das Gefühl, daß jemand in der Wohnung gewesen war. Er konnte sich nicht daran erinnern, den Stuhl so weit vom Schreibtisch weggeschoben zu haben. Doch er war zu müde, sich weiter darum zu kümmern. Seine Beinverletzung verursachte jetzt ein Pulsieren, das bis in die Hüftpartie ausstrahlte. Er müßte die Wunde in London untersuchen lassen. Armand ließ an diesem Abend in der Wohnung den Blick schweifen und schaute dann, nachdem er das Licht ausgeschaltet hatte, hinunter auf den Place du Palais-Bourbon. Sein Herz schmerzte bei dem Gedanken, Paris bald verlassen zu müssen. Doch er war schon einmal aus Paris weggegangen, er würde auch diesmal zurückkommen. Außerdem würde die Stadt bei seiner Rückkehr befreit sein.

»Bonsoir, ma belle.« Als er zu Bett ging, lächelte er bei dem

Gedanken an seine Stadt und seine Frau. Morgen würde er Liane schreiben ... oder vielleicht auch erst übermorgen ... er hätte ja nun auch keine Zeit. Sein Bein schmerzte jedoch so sehr, daß er schon vor Sonnenaufgang aufwachte. Nach dem vergeblichen Versuch, noch einmal Schlaf zu finden, rang er sich schließlich dazu durch, aufzustehen, sich an den Schreibtisch zu setzen und ihr zu schreiben. Als er ein Blatt Papier zu sich herüberzog, verspürte er das ihm nun schon vertraute, vom Fieber verursachte Frösteln.

Es gibt nicht viel Neues seit meinem letzten Brief. Ich habe die ganze Zeit nur gearbeitet, gearbeitet und nochmals gearbeitet, mein Liebling.

Dann fiel ihm plötzlich etwas ein, und er lächelte.

Ich befürchte, ein entsetzlicher Ehemann geworden zu sein. Vor zwei Wochen habe ich unseren 13. Hochzeitstag vergessen. Doch ich hoffe, daß du mir wegen der außergewöhnlichen Umstände verzeihst. Hoffentlich verlaufen unsere nächsten dreizehn Jahre ebenso harmonisch. Ich wünsche mit außerdem sehnlichst, daß wir bald wieder zusammen sind.

Anschließend schrieb er über seine Arbeit.

Leider geht es meinem Bein nicht so gut. Ich bereue nun, Dir überhaupt davon erzählt zu haben, weil ich fürchte, Du machst Dir zu viele Sorgen. Es ist ganz sicher nichts Schlimmes, doch ich muß jeden Tag gehen, und das trägt natürlich nicht zur schnellen Heilung bei. Ich glaube, ich bin ein alter Mann geworden, ein alter Mann jedoch, der sein Vaterland immer noch liebt ... *à la mort et à tout jamais* ... nicht nur bis zum Tod, sondern auch darüber hinaus, bereit, jeden Preis dafür zu bezahlen, ganz gleich, wie hoch er auch sein mag. Ich würde jederzeit mein Bein und mein Herz opfern für dieses Land, das ich so liebe. Im Augenblick wird es von den Deutschen noch geknebelt und gedemütigt, doch bald wird es wieder frei sein, und wir werden helfen, es wieder aufzurichten. Wir werden dann wieder zusammen und glücklich sein, Liane. Bis es soweit ist, bin ich beruhigt darüber, daß Du bei Deinem Onkel sicher untergebracht bist; es ist für Dich und unsere Töchter besser so. Ich habe es nie bereut, Euch zurück in die USA geschickt zu haben. Ihr werdet nie erfahren, wie schrecklich es ist, miterleben zu müssen, wie Frankreich sich unter dem Würgegriff der Deutschen verzweifelt windet ... Es bricht mir das Herz, daß ich schon bald mit Moulin Paris verlassen muß; das einzige, was mich tröstet, ist die Gewißheit, bald wieder hier zu sein, um dann noch verbissener kämpfen zu können.

Es war ihm nie in den Sinn gekommen, in England zu bleiben oder zu Liane zurückzukehren. Er dachte nur an Frankreich, auch als er den Brief schloß.

Vergiß nicht, den Kindern zu sagen, daß ich sie liebe, so wie ich auch Dich liebe, *mon amour* ... fast so sehr, wie ich Frankreich in mein Herz geschlossen habe ...

Er lächelte, als er fortfuhr:

... vielleicht sogar noch mehr, doch ich darf jetzt nicht daran denken, sonst vergesse ich, daß ich ein alter Mann bin, und kehre sofort zu Dir zurück. Ich wünsche Dir, Marie-Ange und Elisabeth alles Gute. Sag Deinem Onkel ein herzliches Dankeschön und grüße ihn von mir.

Dein Dich liebender Armand

Er unterschrieb den Brief mit einem schwungvollen Federstrich, so wie er es immer tat, und deponierte ihn auf dem Weg ins Büro an der gewohnten Stelle. Er hatte kurz daran gedacht, den Brief noch zurückzuhalten, bis er und Moulin die Stadt verlassen hätten, doch er entschied sich dagegen. Er wußte, wie wichtig seine

Briefe für Liane waren und welche Sorgen sie sich um ihn machte. Er konnte es den Fragen in ihren Briefen entnehmen, die ihn trotz Zensur noch erreichten.

Als er auf den Kalender über seinem Schreibtisch schaute, der an der Wand gegenüber der mit den Porträts von Pétain und Hitler stand, bemerkte er, daß es nur noch drei Tage bis zu seinem Treffen mit Moulin waren. Er überlegte gerade mit gerunzelter Stirn, was er als erstes tun müsse, als Andre Marchand lächelnd den Raum betrat. Er wurde begleitet von zwei deutschen Offizieren, die keine Miene verzogen.

»Monsieur de Villiers?«

»Was gibt's, Marchand?« Er konnte sich zwar an keinen Termin mit den Deutschen am heutigen Vormittag erinnern, doch sie bestellten ihn ja immer kurzfristig ins Rathaus, ins Meurice oder ins Crillon. Er blieb sitzen und wartete ab.

»Werde ich irgendwo erwartet?«

»Ja, Sie werden tatsächlich erwartet, Monsieur.« Marchands Lächeln wurde breiter.

»Die Herren vom Oberkommando möchten Sie heute morgen sprechen.«

»Na gut.« Er erhob sich und nahm seinen Hut. Selbst in diesen Zeiten trug er immer einen gestreiften Anzug mit Weste und einen Homburg, so wie er es in all den Jahren im diplomatischen Dienst getan hatte. Er folgte den Soldaten zum Auto, das ihn abholen sollte. Bei Gelegenheiten wie dieser wurde stets auf einen gewissen Stil geachtet, obwohl er selbst keinen großen Wert darauf legte. Es drehte sich ihm immer noch der Magen um bei dem Gedanken an das, was die Leute, das Wort »Verräter« flüsternd, dachten, wenn er an ihnen vorbeifuhr.

An diesem Tag wurde Armand nicht in das übliche Büro gebeten. Man führte ihn zur Militärkommandantur, und er fragte sich, welchen schmutzigen Auftrag man wohl diesmal für ihn hätte. Egal, um was es sich dabei auch immer handelte, er würde nicht mehr die Zeit haben, es durchzuführen. In drei Tagen würde er Paris verlassen.

»De Villiers?« Das mit starkem deutschen Akzent gesprochene Französisch war wie immer eine Beleidigung für sein Ohr, doch konzentrierte er sich jetzt voll darauf, beim Betreten der Kommandantur nicht zu hinken. Auf das, was folgte, war er ganz und gar nicht vorbereitet. Drei SS-Offiziere erwarteten ihn. Er war entlarvt worden. Eine ganze Sammlung von belastendem Material wurde vor ihm ausgebreitet, einschließlich halbverbrannter Papierfetzen, die er erst tags zuvor ins Feuer geworfen hatte. Während er dem befehlshabenden Offizier in die Augen sah, wurde ihm plötzlich alles klar. Er war von André Marchand verraten worden.

»Ich verstehe nicht ... das sind nicht ...«

»Ruhe!« schrie ihn der Offizier an. »Ruhe! Jetzt rede ich, und Sie hören zu! Sie sind wie alle anderen nur ein französisches Schwein, und wenn wir heute mit Ihnen Schluß machen, werden Sie quieken wie alle Dreckschweine!« Sie verlangten keinerlei Auskünfte von ihm, wollten überhaupt nichts von ihm wissen. Ihre einzige Absicht bestand darin, ihm zu zeigen, was sie wußten, ihm die Überlegenheit deutschen Geistes zu demonstrieren. Als der befehlshabende Offizier seine Anklagerede beendet hatte, die erbärmlich unvollständig war – sehr zur Erleichterung Armands, denn er stellte fest, daß sie Gott sei Dank kaum etwas Genaueres wußten – wurde er von den SS-Männern aus dem Raum geführt. Erst in diesem Augenblick spürte er einen kalten Schauder über seinen Rücken laufen, bemerkte er, daß er humpelte, dachte er an Liane und Moulin, und Verzweiflung überkam ihn. Zuvor war er ruhig und gefaßt gewesen, doch jetzt fühlte er, wie sein Blutdruck stieg und Tausende von Gedanken durch seinen Kopf jagten. Er sagte sich immer wieder, daß sich alles gelohnt habe. Das Vaterland ist es wert, sich zu opfern, sein Leben zu geben ... Diese Worte wiederholte er ständig, während man ihn an einem Pfahl im Hof des Oberkommandos festband. Bevor ihn die Kugeln trafen, rief er laut »Liane!«, und dieser Name hallte in dem Geviert wieder, als er, ein Märtyrer für sein Vaterland, in sich zusammensank.

51

Am 28. Juni 1942 wurden auf Long Island acht deutsche Agenten vom FBI festgenommen. Sie waren dort von U-Booten abgesetzt worden, und die amerikanische Öffentlichkeit wurde wieder einmal daran erinnert, wie dicht die Deutschen an der Ostküste entlangfuhren. Seit Anfang 1942 hatten sie bei geringen eigenen Verlusten ungeheuer viele Schiffe im Atlantik versenkt.

»Genau aus diesem Grund haben wir die Japaner interniert«, erklärte Lianes Onkel ihr während des Frühstücks. Nur wenige Tage zuvor hatte sie ihm gesagt, daß sie die Internierung für grausam und unnötig halte. Ihr eigener Gärtner und seine Familie waren in eines der Lager gebracht worden, und die Behandlung, die ihnen dort widerfuhr, war als menschenunwürdig zu bezeichnen. Sie bekamen kaum genügend Nahrung, lebten in Behausungen, in denen man normalerweise nicht einmal Tiere unterbringen würde, und die medizinische Versorgung war mehr als unzureichend. »Das ist mir scheißegal. Wenn wir das nicht täten, würden die Japaner genauso wie die Deutschen Agenten in unser Land einschleusen, die einfach untertauchen könnten, so wie es diese acht Agenten versucht haben.«

»Ich bin da anderer Meinung, Onkel George.«

»Ist das wirklich dein Ernst? Und das sagst du, obwohl Nick gegen die Japaner kämpft?«

»Ja, das ist mein Ernst. Die Leute in den Lagern sind Amerikaner.«

»Niemand weiß, ob sie wirklich loyal sind, und wir dürfen kein Risiko eingehen.« Über dieses Thema hatten sie sich schon früher gestritten, und deshalb entschloß er sich, es nicht weiter auszudiskutieren. »Arbeitest du heute wieder im Krankenhaus?« Sie war inzwischen eine ausgebildete Schwesternhelferin und hatte nun nicht mehr drei-, sondern fünfmal pro Woche Dienst.

»Ja«, antwortete sie.

»Du arbeitest zuviel«, bemerkte er etwas versöhnlicher.

Seit sie den Brief an Nick abgeschickt hatte, hatte sie sich in ihre Arbeit geflüchtet.

Die Gedanken an ihn ließen sie auch jetzt nicht wieder los, genau wie es in der Zeit nach der Fahrt mit der *Deauville* der Fall gewesen war ... Doch zu dem Trennungsschmerz kam nun noch Angst hinzu. Sie befürchtete, er könne aus enttäuschter Liebe unvorsichtig werden, den Tod herausfordern. Ihre einzige Hoffnung bestand darin, daß die Liebe zu seinem Sohn ihn immer ermahnen würde, vorsichtig zu sein. Sie wußte, daß sie keine andere Wahl gehabt hatte; ihre erste und vordringlichste Pflicht war es, zu ihrem Mann zu stehen. Sie hatte es zuvor einige Zeit nicht einsehen wollen, doch diese Zeit war vorüber.

»Was hast du heute vor, Onkel George?« Liane verdrängte wieder einmal die Gedanken an Nick, wie sie es unzählige Male am Tag tat. Sie mußte nun mit ihrer Schuld und der Angst leben, daß eine vage Ahnung von dem, was sie getan hatte, Armand geschadet haben könnte. Sie wollte versuchen, es ein klein wenig wiedergutzumachen, indem sie ihm jetzt wieder täglich schrieb, obwohl sie genau wußte, daß ihre Briefe ihn alle auf einmal erreichten, weil sie in der Zensurstelle in Paris erst einmal gesammelt und irgendwann bearbeitet wurden.

»Ich treffe mich heute mit Lou Lawson im Club zum Mittagessen.« Seine Miene verdüsterte sich und seine Stimme klang belegt, als er fortfuhr: »Sein Sohn Lyman ist in der Schlacht um die Midway-Inseln gefallen.« Liane schaute auf. Lyman Lawson war der Anwalt, mit dem ihr Onkel sie zu verkuppeln versucht hatte, als sie gerade erst in San Francisco angekommen war.

»Das tut mir leid.«

»Ja, mir auch. Es hat Lou sehr mitgenommen. Lyman war sein einziger Sohn.«

Dadurch wurde sie wieder daran erinnert, daß auch Nick in diesem Gebiet war. Doch sie durfte nicht daran denken, sonst würde sie verrückt werden. Nick kämpfte im Pazifik gegen die Japaner, Armand in Frankreich gegen die Deutschen. Ihr Herz war zwischen beiden hin- und hergerissen. »Ich muß jetzt zur Arbeit.« Es war der einzige Ort, wo sie ihre Gedanken verdrängen konnte, doch auch dort, und gerade dort, war der Krieg allgegenwärtig. Jeden Tag wurden Verwundete von Truppentransportschiffen zurück in die Heimat gebracht und in Krankenhäuser eingeliefert, und jeder von ihnen konnte seine eigene schreckliche Geschichte über den Krieg im Pazifik erzählen. Doch zumindest konnte sie ihnen helfen, ihre Schmerzen lindern, feuchte Umschläge auflegen, sie füttern und sie trösten.

»Arbeite nicht zuviel, Liane.«

Nachdem sie das Haus verlassen hatte, bedauerte er, daß sie nicht so war wie andere Mädchen. Die meisten verbrachten ihre Zeit damit, Partys für Offiziere zu organisieren. Aber nein, Liane mußte ja unbedingt Bettpfannen leeren, Flure schrubben und Männer sehen, die sich übergaben, wenn sie aus dem Operationssaal kamen. Und insgeheim mußte er sie deswegen bewundern.

Als sie zwei Wochen später von der Arbeit kam, fand sie einen Brief von Armand. Er klagte darin wieder über sein Bein, was ihr Sorgen bereitete. Er schrieb auch etwas davon, daß er mit Moulin nach London gehen würde, und in diesem Augenblick wußte sie, daß er in Schwierigkeiten war. Für einen Moment schlug ihr Herz schneller, erwachte in ihr Hoffnung ... wenn er herauskäme ... doch sie schwand wieder, als sie die nächsten Zeilen las. »Es bricht mir das Herz, daß ich schon bald mit Moulin Paris verlassen muß; das einzige, was mich tröstet, ist die Gewißheit, bald wieder hier zu sein, um dann noch verbissener kämpfen zu können.« Das war also alles, an was er jetzt dachte. Sie wurde fast zornig, als sie den Brief weiterlas. Er war neunundfünfzig Jahre alt. Warum konnte er die anderen nicht allein kämpfen lassen und zu ihr zurückkommen? Warum bloß? *à la mort et à tout jamais,* las sie ... sein Vaterland, das war sein ganzes Leben ... Es hatte Zeiten gegeben, in denen mehr, viel mehr zu seinem Lebensinhalt gehörte. Als sie so dasaß und auf seinen Brief starrte, wurde ihr bewußt, daß sich ihre Beziehung seit dem Tag, an dem sie von der *Normandie* an Land gegangen waren, vollkommen verändert hatte. Da waren erst diese qualvollen Monate vor Kriegsbeginn, als er wie ein Wahnsinniger arbeitete, dann die nervliche Anspannung in der Zeit zwischen September und der Kapitulation von Paris, als sie nicht wußte, was er überhaupt tat. Danach hatten sie und ihre Töchter Frankreich und Armand verlassen, damit er seinen einsamen Kampf gegen die Deutschen führen konnte, indem er vorgab, mit ihnen zusammenzuarbeiten. Es war fast zuviel für sie, als sie den Brief nochmals las und ihn anschließend beiseitelegte. Sie war todmüde. Sie hatte den ganzen Tag einen jungen Mann gepflegt, der in der Schlacht im Korallenmeer beide Arme verloren hatte. Er war zusammen mit Nick auf der *Lexington* gewesen, aber nur ein einfacher Gefreiter und kannte ihn deshalb nicht.

Als Liane zum Abendessen herunterkam, hatte George den Eindruck, daß sie an diesem Abend müder aussah als sonst. Sie wirkte schon seit Wochen abgespannt und erschöpft, und er vermutete, daß sie ihm irgend etwas verheimlichte.

»Hast du was von Nick gehört?« Sonst hatte sie ihm immer erzählt, wenn sie einen Brief von ihm erhalten hatte, doch seit geraumer Zeit war dies nicht mehr der Fall. Sie schüttelte nur den Kopf.

»Ich habe heute morgen einen Brief von Armand bekommen. Er scheint nervlich ziemlich am Ende zu sein, und sein Bein bereitet ihm immer noch Schwierigkeiten.« Sie wollte ihm jetzt beinahe die Wahrheit über Armand erzählen, doch dann entschloß sie sich, damit zu warten, bis er in England war.

»Und was ist mit Nick?« Er drängte auf eine Antwort, doch diesmal brauste sie auf.

»Armand ist mein Mann und nicht Nick.« Ihr Onkel war an diesem Abend ebenfalls recht gereizt und antwortete ihr deshalb unüberlegt und höhnisch: »Daran hast du aber den ganzen Frühling über nicht gedacht, oder?« Er hätte sich danach die Zunge abbeißen können, erst recht, als er ihren schmerzerfüllten Blick sah.

Mit kaum hörbarer Stimme erwiderte sie: »Das hätte ich aber besser tun sollen.«

»Liane, es tut mir leid ... ich wollte nicht ...«

Sie schaute ihn schuldbewußt an. »Du hast ganz recht. Ich habe einen großen Fehler gemacht. Es war unfair gegenüber Armand und gegenüber Nick.« Sie seufzte. »Vor einigen Wochen habe ich Nick geschrieben. Wir werden uns in Zukunft nicht mehr schreiben.«

»Aber warum? Der arme Kerl ...« Er war fassungslos ob dieser Mitteilung.

»Weil ich kein Recht dazu habe, Onkel George, das ist der Grund. Ich bin eine verheiratete Frau.«

»Aber er wußte das doch.«

Sie nickte. »Anscheinend bin ich die einzige, die es vergessen hat. Ich habe versucht, den Schaden wiedergutzumachen, soweit es möglich war.«

»Aber was ist mit ihm?« fragte er fast wütend. »Was glaubst du, wie er es aufnehmen wird, da draußen?«

Tränen traten ihr in die Augen. »Ich kann es nicht ändern. Ich habe gegenüber meinem Ehemann eine Verpflichtung.«

Er wollte mit der Faust auf den Tisch schlagen, wagte es jedoch nicht. Ihr Gesichtsausdruck verriet tiefen Kummer. »Liane ...« Doch ihm fehlten die Worte, und es gab auch nichts, was er ihr hätte sagen können. Er wußte, daß sie genauso stur war wie er.

An den darauffolgenden Tagen schien es, als würde sie in ihrer Verzweiflung immer länger arbeiten. Eine Woche, nachdem sie den Brief von Armand bekommen hatte, fand sie zu Hause einen Brief aus London vor, dessen Adresse in einer ihr unbekannten Handschrift geschrieben war. Sie konnte sich nicht vorstellen, von wem der Brief sein konnte. Während sie langsam die Treppe hinaufging, öffnete sie ihn. Ihr ganzer Körper schmerzte. Sie hatte wieder den ganzen Tag den jungen Mann gepflegt, der beide Arme verloren hatte. Er hatte sehr hohes Fieber, und es bestand immer noch die Gefahr, daß er starb.

Plötzlich blieb sie wie vom Schlag getroffen stehen und starrte wie gebannt auf den Brief. »*Chère Madame* ...« Der Brief begann genau wie jeder andere auch, doch was dann folgte, traf sie völlig unvorbereitet.

Ich bedauere, Ihnen mitteilen zu müssen, daß Ihr Mann in den Mittagsstunden des gestrigen Tages für sein Vaterland gefallen ist. Er starb wie ein Held. Hunderte von Leben und viele wertvolle Kunstschätze hat er gerettet. Wir werden ihm stets ein ehrendes Angedenken bewahren. Ihre Kinder können stolz auf ihren Vater sein. Wir trauern mit Ihnen um den Mann, dessen Tod ein schmerzlicher Verlust für Sie ist. Doch am schmerzlichsten ist dieser Verlust für sein Vaterland.

Der Brief war von Moulin unterschrieben. Liane sank langsam auf den obersten Treppenabsatz, las die Zeilen immer wieder, doch die Worte blieben dieselben. »*Chère Madame* ... Ich bedauere, Ihnen mitteilen zu müssen ...« Doch Moulin hatte unrecht. Am schmerzlichsten würde durch Armands Tod nicht sein Vaterland betroffen sein. Sie zerknüllte den Brief zu einem Ball und warf ihn hinunter in die Halle. Sie trommelte mit den Fäusten auf den Fußboden und weinte. Er war tot ... tot ... es war Wahnsinn gewesen, daß er geblieben war ... um gegen die Deutschen zu kämpfen ... um ... Sie hörte nicht, wie ihr Onkel nach ihr rief. Sie hörte überhaupt nichts mehr, als sie auf dem Boden lag und hemmungslos weinte. Er war tot. Und Nick würde auch sterben. Sie würden alle irgendwann sterben. Und wofür? Für wen? Sie schaute ihren Onkel mit leeren Augen an und schrie: »Ich hasse sie! ... Ich hasse sie! ... *Ich hasse sie!!!*«

52

Noch am selben Abend erzählte sie ihren Töchtern vom Tod ihres Vaters, die daraufhin in Tränen ausbrachen. Sie unterhielten sich noch lange, als sie die Kinder zu Bett brachte. Liane hatte sich wieder einigermaßen gefaßt, doch sie war kreidebleich. Sie hatte sich soweit beruhigt, daß sie ihnen nun die ganze Wahrheit erzählen konnte. Die Kinder waren überrascht, als sie erfuhren, daß ihr Vater vorgegeben hatte, er würde für Pétain arbeiten, um in Wirklichkeit die Résistance unterstützen zu können.

»Er muß sehr tapfer gewesen sein«, stellte Elisabeth mit traurigem Blick fest.

»Ja, das war er.«

»Warum hast du uns das nicht früher gesagt?« fragte Marie-Ange.

»Weil es für ihn eine Gefahr bedeutet hätte.«

»Wußte denn überhaupt niemand etwas davon?«

»Nur die Leute, für die er in der Résistance gearbeitet hat.«

Marie-Ange nickte verständig. »Werden wir jemals wieder nach Frankreich zurückkehren?«

»Irgendwann einmal.« Ihre Tochter hatte die Frage ausgesprochen, die sie sich selbst bereits gestellt hatte. Sie hatten kein Zuhause mehr; es gab keinen Ort, an den sie nach dem Krieg zurückkehren konnten, und es gab niemanden, auf den sie warten konnte. Und sie hatte keinen Ehemann mehr.

»Es hat mir dort eigentlich nicht so gut gefallen«, gestand Elisabeth.

»Es war eine schwere Zeit. Besonders für Papa.«

Die Kinder stimmen ihr zu und legten sich schließlich schlafen. Es war für sie alle ein langer Tag gewesen. Liane wußte jedoch, daß sie nicht würde schlafen können, und sie wollte auch noch nicht zu Bett gehen. Für sie war es eine seltsame Erkenntnis, daß er bereits seit drei Tagen tot war, und sie nichts davon gewußt hatte. Seinen letzten Brief hatte sie nach seinem Tod gelesen, der ihr zu diesem Zeitpunkt noch nicht bekannt war. Er hatte nur von seiner Liebe zu Frankreich ... und zu ihnen ... gesprochen, doch in erster Linie von seiner Liebe zu Frankreich. Für ihn hatte die Sache einen höheren Stellenwert gehabt als sein Leben. Während sie in die Bibliothek ging, verspürte sie ein eigenartiges Gefühl aus Zorn und Verzweiflung. Onkel George war noch auf; er machte sich Sorgen um sie.

»Möchtest du etwas trinken?«

»Nein, danke.« Sie ließ sich in einen Sessel fallen, lehnte sich zurück und schloß die Augen.

»Es tut mir leid, Liane«, versuchte er sie zu trösten. Er fühlte sich so hilflos, genauso hilflos wie Liane sich gefühlt hatte, als sie sich liebevoll um den Jungen kümmerte, der beide Arme verloren hatte. »Kann ich irgend etwas für dich tun?«

Sie öffnete langsam die Augen. Sie fühlte sich wie gelähmt und benommen. »Nein, ich glaube nicht. Es ist schon wieder vorbei. Wir müssen einfach lernen, uns damit abzufinden.«

Er nickte und konnte nicht anders, als an Nick zu denken. Er fragte sich, ob sie ihm jetzt wohl schreiben würde.

»Wie ist es passiert?« Er hatte es nicht gewagt, sie schon früher zu fragen, doch sie schien nun gefaßter zu sein.

Sie suchte seinen Blick. »Die Deutschen haben ihn erschossen.«

»Aber warum?« Er wagte nicht noch hinzuzufügen: »Gehörte er denn nicht zu ihnen?«

»Weil Armand für die Résistance gearbeitet hat, Onkel George.«

Mit weit aufgerissenen Augen starrte er sie ungläubig an. »Was hat er?«

»Er tat so, als würde er als Verbindungsmann zu den Deutschen für Pétain arbeiten, doch in Wirklichkeit hat er die ganze Zeit der Widerstandsbewegung Informationen geliefert. Er war der ranghöchste Informant in ganz Frankreich. Deshalb haben sie ihn erschossen.« Es lag kein Stolz in ihrer Stimme, sondern nur Trauer, als sie dies erzählte.

»Liane ...« Alle seine abfälligen Bemerkungen über Armand fielen ihm plötzlich wieder ein. »Aber warum hast du mir nichts davon erzählt?«

»Ich konnte niemandem davon erzählen. Selbst ich sollte es nicht wissen, und tatsächlich wußte ich auch lange Zeit nichts davon. Er erzählte es mir erst kurz vor unserer Abreise aus Frankreich.« Sie stand auf, ging zum Fenster und starrte lange hinunter auf die Brücke. »Aber irgend jemand muß es gewußt haben.« Sie drehte sich um und sah ihren Onkel an. »Die Deutschen haben ihn drei Tage, bevor er nach England gehen wollte, erschossen.« So viel hatte sie sich aus seinen Briefen und dem von Moulin zusammenreimen können. George ging zu ihr und schloß sie in seine Arme.

»Es tut mir so leid, unendlich leid.«

»Warum?« fragte sie, und es klang, als verzichte sie auf seine Anteilnahme. »Deshalb etwa, weil du jetzt weißt, daß er auf unserer Seite stand? Würde es dir genauso leid tun, wenn du immer noch glauben würdest, er hätte für die Deutschen gearbeitet?«

»Ich weiß nicht ...« Und nach einer Weile: »Wußte Nick davon?«

»Ja.«

»Was wirst du jetzt tun, Liane?« Er dachte dabei an Nick, und sie verstand ihn.

»Nichts.«

»Aber du wirst doch bestimmt ...«

Sie schüttelte den Kopf. »Das wäre ihm gegenüber unfair. Er ist ein Mensch und kein Jo-Jo. Vor einigen Wochen habe ich ihm noch geschrieben, es sei mit uns vorbei, und jetzt, wo Armand tot ist, sollen wir auf seinem Grab tanzen? Er war mein Mann, Onkel George, mein Ehemann! Und ich habe ihn geliebt.« Sie drehte sich von ihm weg, und ihre Schultern begannen zu zittern. Er wich nicht von ihrer Seite und konnte ihren Kummer in seinem eigenen Herzen verspüren. Sie warf sich in seine Arme und weinte fast so herzerweichend wie vorher auf der Treppe, als sie Moulins Brief zum ersten Mal gelesen hatte. »Ach, Onkel George ... Ich habe ihn auf dem Gewissen ... er wußte, daß ... er muß es gewußt haben ... von Nick ...«

»Liane, hör auf damit!« Mit festem Griff hielt er sie an den Schultern und schüttelte sie leicht. »Du hast ihn nicht auf dem Gewissen, das ist doch absurd. Dieser Mann hat mutig eine Aufgabe für sein Vaterland erfüllt, und das ist nicht einfach so von allein gekommen. Er hatte sich vor langer Zeit dazu entschieden; er kannte die Risiken und hat die Gefahren abgewogen, und er muß zu dem Ergebnis gekommen sein, daß es sich lohnte. Das alles hat nichts mit dir zu tun. Ein Mann trifft solche Entscheidungen ganz allein und ohne Rücksicht auf andere, auch ohne Rücksicht auf die Frau, die er liebt. Ich muß jetzt, da ich alles weiß, vor ihm den Hut ziehen. Der springende Punkt ist folgender: Es ist völlig nebensächlich, ob ihr beide, du und Nick, euch ineinander verliebt habt. Armand hat getan, was er für richtig hielt. Du hättest ihn nicht davon abhalten, ihn von seinem Entschluß abbringen können; du hast ihn keinesfalls auf dem Gewissen.« Die Logik seiner Argumentation wurde ihr nur langsam bewußt, aber schließlich hörte sie doch zu weinen auf.

»Bist du ganz sicher?«

»Ich bin felsenfest davon überzeugt.«

»Aber was ist, wenn er Verdacht geschöpft hatte? Wenn ihm in meinen Briefen aufgefallen ist, daß ich mich irgendwie verändert habe?«

»Er hätte wahrscheinlich noch nicht einmal gemerkt, wenn du überhaupt nicht mehr geschrieben hättest. Ein Mann, der eine solche Entscheidung trifft, Liane, steht voll und ganz dahinter. Es ist Pech, daß er entlarvt wurde, es ist sogar noch mehr als das, es ist eine Tragödie für dich, die Kinder und sein Vaterland. Du hattest mit all dem, was geschehen ist, nichts zu tun, und Nick auch nicht. Rede dir das nicht ein, Liane. Du mußt das Geschehene akzeptieren.« Sie erzählte ihm anschließend von Armands letztem Brief und von den Dingen, die er geschrieben hatte. Sie gab zu, daß es für sie auch Zeiten gegeben hatte, wo sie sich gefragt hatte, ob er sich für sie überhaupt noch interessierte oder nur für sein Vaterland. George nickte. Er hörte ihr bis tief in die Nacht zu, bis ihr Kopf schwerer wurde und sie schließlich auf der Couch einschlief. Er holte eine Decke aus seinem Zimmer und deckte sie damit zu. Sie war völlig ausgelaugt und erschöpft.

Als sie am nächsten Morgen aufwachte, war sie überrascht, wo sie sich befand, und gerührt, als sie die Decke erblickte. Sie erinnerte sich, daß sie mit ihrem Onkel gesprochen hatte, bis sie schließlich eingeschlafen war, und im Traum Nick und Armand gesehen hatte, die Arm in Arm spazierengegangen waren und sich dann mit einem Mann unterhalten hatten, den sie jedoch nicht kannte. Sie erschauderte nun bei dem Gedanken daran. Sie spürte, daß es sich bei dem Mann um Moulin gehandelt haben mußte. Aber sie wollte nicht über Armand nachdenken. Sie wollte, daß Nick am Leben blieb, auch wenn sie ihn nie wiedersehen würde. Er hatte sein ganzes Leben noch vor sich und außerdem einen Sohn, um den er sich kümmern mußte. Sie ging zum Fenster und schaute hinaus auf die Bucht.

»Und was wird aus uns?« flüsterte sie in Gedanken an Armand. »Was wird aus den Kindern?« Sie wußte keine Antworten auf ihre Fragen, als sie nach oben ging, um die Mädchen zu wecken.

53

Als Liane im Juli den Brief von Moulin erhielt, befand sich Nick gerade mit der Task Force 61 auf den Fidschi-Inseln, um dort für den Angriff auf Guadalcanal zu üben, wo die Japaner eine Landebahn gebaut hatten. Konteradmiral Fletchers Aufgabe bestand darin, eine Kampfformation aus drei Flugzeugträgern und ihren Begleitschiffen aufzubauen, um diese Landebahn einzunehmen. Die *Enterprise*, die *Wasp* und die *Sarratoga* bereiteten sich auf diesen Kampf vor. Nachdem die *Lexington* in der Schlacht im Korallenmeer gesunken war, wurde Nick vorübergehend auf die *Yorktown*, doch schon wenige Wochen später auf die *Enterprise* versetzt, um bei der Koordinierung von Marineinfanterie und anderen Marineeinheiten zu helfen. Er gehörte an Bord zu den wenigen Männern seines Ranges, die nicht Piloten waren. Nach der Schlacht im Korallenmeer war er zum Oberstleutnant befördert worden.

Am 6. August 1942 lief die *Enterprise* in die Gewässer um die Salomon-Inseln ein. Einen Tag später gingen die Marineinfanteristen an Land und nahmen innerhalb weniger Tage den Flugplatz ein, der anschließend wieder in Henderson Field umbenannt wurde. Die Schlacht im Gebiet von Guadalcanal dauerte mit unverminderter Heftigkeit an; die Japaner konnten ihre Stellungen halten, mit Ausnahme des Flugplatzes. Die Marine mußte in den folgenden Wochen einen hohen Blutzoll entrichten, doch die *Enterprise* behauptete sich, obwohl sie schwer beschädigt war. Als sie die schwersten Treffer erhielt, war Nick gerade an Bord. Er erhielt den Befehl, auf der *Enterprise* zu bleiben, als sie Anfang September wegen dringender Reparaturarbeiten Kurs auf Hawaii nahm.

Innerlich rebellierte Nick dagegen, auf dem Flugzeugträger warten zu müssen. Er wollte lieber mit den Truppen auf Guadalcanal bleiben, doch er wurde an Bord des schwer beschädigten Flugzeugträgers dringend gebraucht. In der Hickam Base auf Hawaii wartete er ungeduldig auf die Beendigung der Reparaturarbeiten und den erneuten Einsatz im Pazifik, als er die neuesten Nachrichten aus dem Kampfgebiet hörte. Auf Guadalcanal fielen Tausende von amerikanischen Marinesoldaten. In den fünf Monaten seit dem Auslaufen aus San Francisco hatte er nichts anderes als Krieg erlebt, im Korallenmeer, auf Midway und dann auf Guadalcanal, fast ohne Verschnaufpause dazwischen. Der Krieg half ihm, Liane aus seinen Gedanken zu verdrängen. Er hatte sich ja auch freiwillig gemeldet, um für sein Vaterland zu kämpfen. Als er Lianes Brief erhalten hatte, war er über das, was sie schrieb, erstaunt. Die Schuldgefühle waren ihr anscheinend erst nach seiner Abreise gekommen, und es gab nichts, was er hätte tun oder dazu sagen können. Er hatte schon ein Dutzend Antwortbriefe begonnen, doch sie alle wieder zerrissen. Sie hatte wieder einmal ihre Entscheidung getroffen, und wieder einmal hatte er keine andere Wahl, als sie zu respektieren. Nun gab es nur noch den Krieg, der ihn von seinem Kummer ablenken konnte, doch jede Nacht lag er stundenlang wach in seiner Koje und dachte an ihre gemeinsame Zeit in San Francisco. Und jetzt auf Hawaii war alles noch schlimmer. Er hatte nichts anderes zu tun, als den ganzen Tag am Strand zu sitzen und darauf zu warten, daß die *Enterprise* wieder einsatzbereit war ... Er schrieb seinem Sohn lange Briefe und fühlte sich genauso überflüssig wie damals in San Francisco. Es war ein herrlicher Herbst auf Hawaii, doch die Kämpfe im Südpazifik hielten mit unverminderter Stärke an, und er brannte darauf, dorthin zurückzukehren. Um sich die Zeit ein wenig zu vertreiben, meldete er sich freiwillig zum Dienst im Krankenhaus, sprach mit den Soldaten und scherzte mit den Krankenschwestern. Auf die Schwestern machte er den Eindruck eines gutgelaunten und umgänglichen Mannes, doch er bat keine um ein Rendezvous.

»Vielleicht mag er keine Frauen«, scherzte eine von ihnen. Doch sie alle lachten darüber. Er schien nicht der Typ zu sein.

»Vielleicht ist er verheiratet«, vermutete eine andere. Sie hatte sich tags zuvor lange mit ihm unterhalten und das Gefühl gewonnen, daß eine Frau eine große Rolle in seinem Leben spielte; sie hatte jedoch nicht viel aus ihm herausbekommen. Aber aus der Tatsache, daß er einmal »wir« gesagt hatte, schloß sie, daß er auf dem Festland nicht allein gelebt hatte, bevor er in den Krieg zog, und sie spürte den tiefen Kummer, der an seinem Herzen nagte. Ein Kummer, der für niemanden greifbar war und den niemand heilen konnte, denn Nick ließ niemand an sich herankommen.

Die Frauen im Stützpunkt sprachen viel von ihm. Er war ein auffallend gutaussehender Mann und unterhielt sich über gewisse Dinge ganz offen. Er sprach viel von seinem Sohn, einem elfjährigen Jungen namens John. Alle hatten schon von Johnny gehört.

»Weißt du, wer er ist?« fragte eines Tages eine Helferin eine Krankenschwester. »Ich meine, nicht beim Militär, sondern im Zivilleben.« Sie kam zwar aus den Bergen Kentuckys, doch Burnham Steel war ihr ein Begriff. Eine Bemerkung, die er in einem Gespräch mit ihr fallenließ, hatte sie auf die Idee gebracht, daß es sich bei ihm um den Stahlmagnaten handeln könne, und sie hatte sich daraufhin etwas umgehört. Ein Offizier bestätigte ihre Ahnung. »Er ist der Chef von Burnham Steel.« Die Krankenschwester schaute sie skeptisch an und zuckte mit den Schultern.

»Na und? Er ist jetzt ein Soldat wie jeder andere auch, der nicht weiß, was noch alles passiert.« Die Schwesternhelferin ließ sich durch diese Bemerkung jedoch nicht von ihrem Vorhaben abbringen, sich ihn zu angeln. Sie schwirrte um ihn herum, wenn er im Krankensaal war, doch er verhielt sich ihr gegenüber genauso wie gegenüber dem anderen weiblichen Personal.

»Es ist zum Verzweifeln: Du kommst an den Kerl nicht ran«, beklagte sie sich bei einer Freundin.

»Vielleicht wartet zu Hause jemand auf ihn.« Was für viele allerdings kein Grund war, sich entsprechend zu verhalten.

Ähnliches Interesse fand auch Lianes Person im Krankenhaus in Oakland.

»Hast du einen Freund, der im Krieg ist?« fragte eines Tages ein junger Soldat, der den Bauch voller Schrapnellsplitter hatte. Man hatte ihn bereits dreimal operiert, doch waren noch immer nicht alle Metallteile entfernt.

»Einen Mann.«

»Der im Korallenmeer dabei war?« Sie hatte mit ihm gleich nach seiner Einlieferung über die Ereignisse gesprochen, und er hatte festgestellt, daß sie sehr gut über sie informiert war. Ihr Blick nahm jedoch auf seine Frage hin plötzlich einen seltsamen Ausdruck an.

»Nein. Er war in Frankreich.«

»Was hat er denn dort gemacht?« fragte der junge Soldat sichtlich verwirrt. Ihre Antwort stimmte nicht mit dem überein, was er zu wissen glaubte und was sie ihm bereits erzählt hatte.

»Er hat gegen die Deutschen gekämpft. Er war Franzose.«

»So?« bemerkte er erstaunt. »Wo ist er jetzt?«

»Er ist tot.«

Es folgte eine lange Pause, in der er Liane beobachtete. Sie legte ihm eine Decke über die Beine, tat es wie immer sehr vorsichtig. Er mochte sie nicht nur deswegen, sondern auch, weil sie eine attraktive Frau war. »Es tut mir leid.«

Sie sah ihn an mit traurigem Lächeln. »Mir auch.«

»Hast du Kinder?«

»Zwei kleine Mädchen.«

»Sind sie auch so schön wie ihre Mutter?«

»Viel schöner«, antwortete Liane und ging weiter zum nächsten Bett. Sie arbeitete stundenlang in den Krankensälen, war immer freundlich, leerte Bettpfannen, hielt den Verwundeten den Kopf, wenn sie sich übergeben mußten. Sie erzählte nur wenig von sich. Es gab auch nichts zu erzählen. Ihr Leben war zu Ende.

Im September lud ihr Onkel sie schließlich zum Essen in ein Restaurant ein; es sei nun Zeit für sie, wieder ein normales Leben zu führen und nicht länger zu trauern. Liane schlug seine Einladung aus. »Ich kann nicht, Onkel George. Ich muß morgen früh wieder zur Arbeit, und ...« Es widerstrebte ihr, sich Entschuldigungen einfallen zu lassen dafür, daß sie nicht ausgehen wollte. Sie hatte überhaupt zu nichts Lust, außer zur Arbeit ins Hospital zu gehen, abends zurückzukommen, sich mit den Kindern noch eine Weile zu unterhalten und schließlich ins Bett zu gehen.

»Es würde dir aber guttun, mal auszugehen. Du kannst nicht jeden Tag nur zwischen hier und dem Krankenhaus hin und her rennen.«

»Warum nicht?« Sie sah ihn mit einem Blick an, der »Laß mich in Ruhe« ausdrückte.

»Weil du keine alte Frau bist, Liane. Du möchtest vielleicht so tun, aber du bist keine.«

»Ich bin Witwe. Das ist dasselbe.«

»Blödsinn ist das.« Sie erinnerte ihn an seinen Bruder und sein Verhalten nach dem Tod ihrer Mutter bei ihrer Geburt. Aber in ihrem Fall war es völlig fehl am Platze. Sie konnte sich nicht gleichzeitig mit ihrem Mann begraben lassen.

»Weißt du eigentlich, wie du im Moment aussiehst? Du bist spindeldürr, hast große Ringe um die Augen und das, was du anhast, hängt an dir wie an einem Kleiderständer.« Sie mußte über diese Beschreibung lachen und schüttelte den Kopf.

»Da hast du eine wirklich schöne Beschreibung gegeben.«

»Schau doch mal in den Spiegel.«

»Das mache ich besser nicht.«

»Wir wollen doch wieder vernünftig reden. Ich meine, du solltest endlich aufhören, die trauernde Witwe zu spielen. Du lebst. Es ist verdammt schade, daß er nicht mehr am Leben ist. Aber es gibt viele Frauen, die in der gleichen Situation sind wie du jetzt und die nicht mit verheultem Gesicht herumsitzen und so tun, als wär' ihr ganzes Leben vorbei.«

»Wirklich?« fragte sie ungehalten. »Was machen sie denn, Onkel George? Gehen sie etwa zu Partys?« Sie war zu Partys gegangen, hatte sich amüsiert, als Armand noch lebte, doch das war falsch gewesen, und sie würde es auch nicht mehr tun. Armand war tot. Überall auf der Welt starben jetzt die Männer im Krieg.

Sie wollte deshalb wenigstens alles in ihren Kräften Stehende tun, um denen zu helfen, die überlebten.

»Du könntest zumindest ab und zu zum Essen ausgehen. Was wäre schon dabei?«

»Ich möchte aber nicht.«

Dann entschloß er sich, das Thema anzuschneiden, das für sie tabu war.

»Hat Nick von sich hören lassen?«

»Nein.« Er spürte, wie sie sofort eine abwehrende Haltung einnahm.

»Hast du ihm geschrieben?«

»Nein. Ich habe auch nicht die Absicht, es zu tun. Du hast mich schon einmal gefragt, frag also bitte nicht wieder.«

»Warum denn nicht? Du könntest ihn zumindest über den Tod Armands unterrichten.«

»Warum sollte ich?« erwiderte sie wütend. »Was würde es schon nützen? Ich habe diesen Mann zweimal abgewiesen. Ich möchte ihn nicht noch einmal verletzen.«

»Zweimal?« fragte er erstaunt, und Liane ärgerte sich über sich selbst. Aber sie hatte sich nun einmal verplappert, und jetzt sollte er auch alles wissen.

»Das erste Mal, als wir zusammen auf der *Deauville* hierher kamen ... Wir verliebten uns, doch wegen Armand habe ich die Beziehung beendet.«

»Das wußte ich nicht.« Sie war in vielerlei Hinsicht eine ungewöhnlich verschwiegene Frau, und er konnte nur staunen über sie. Also hatten sie schon vorher ein Verhältnis gehabt. Er hatte es zwar vermutet, war sich aber nie ganz sicher gewesen. »Als er von hier wegging, muß es also noch viel schlimmer für euch gewesen sein.« Sie wich seinem Blick aus. »Ja, es war schlimm. Ich könnte das alles nicht noch einmal durchmachen oder es ihm wieder antun, Onkel George. Zuviel ist inzwischen geschehen. Es ist besser so, wie es jetzt ist.«

»Aber du würdest es ihm ja nicht noch einmal antun.« Er wollte nicht hinzufügen, daß sie ja jetzt schließlich frei war.

»Ich weiß nicht, ob ich mit der Schuld, die wir uns durch das aufgeladen haben, was wir getan haben, leben könnte. Ich glaube immer noch, daß Armand alles wußte. Aber selbst, wenn er keine Ahnung davon gehabt hat, war mein Verhalten trotzdem falsch. Man kann ein Leben nicht auf Fehlern aufbauen. Würde ich ihm jetzt schreiben, was käme dann dabei heraus? Er würde sich wieder Hoffnungen machen, und ich könnte vielleicht seinen Erwartungen nicht gerecht werden, wenn er zurückkommt. Ich möchte ihn nicht ein drittes Mal enttäuschen.«

»Aber er hat doch deine Gefühle gekannt, oder?«

»Ja, die kannte er. Er sagte immer wieder, er würde es mir überlassen, die Spielregeln für unsere Beziehung festzulegen, und für mich war die wichtigste, daß ich zu meinem Mann zurückkehren konnte. Schöne Spielregeln waren das!« Sie war sich selbst zuwider, hatte sich seit Monaten mit diesem Problem herumgequält. »Ich möchte nicht mehr darüber sprechen.« Sie nahm in Gedanken Abschied von einer Zeit, in der es zwei Männer gegeben hatte, die sie liebte. Jetzt hatte sie keinen mehr, oder zumindest keinen, den sie wiedersehen würde.

»Ich glaube, du machst einen Fehler, Liane. Ich meine, Nick kennt dich besser, als du dich selbst. Er könnte dir darüber hinweghelfen.«

»Er wird eine andere finden. Außerdem hat er noch Johnny, der auf ihn wartet.«

»Und du?« Er machte sich große Sorgen um sie. Bald würde sie unter der Last, die sie sich auflud, zusammenbrechen.

»Ich bin glücklich, so wie ich bin.«

»Das glaube ich nicht, und du auch nicht.«

»Ich habe aber nichts anderes verdient, Onkel George!«

»Wann hörst du endlich auf, dir selbst diese Vorwürfe zu machen?«

»Wenn ich meine Schuld wiedergutgemacht habe.«

»Und du glaubst, das hättest du noch nicht getan?« Sie schüttelte den Kopf. »Du hast deinen Mann verloren, den du betrogen zu haben glaubst, aber du hast bis zum Ende zu ihm gestanden. Du hast sogar einen Mann verlassen, den du geliebt hast. Du hast Armands Geheimnis die ganzen Jahre für dich behalten, obwohl ich dich mit meinen abfälligen Bemerkungen über ihn nicht in Ruhe ließ, und du bist aus Washington davongelaufen, weil alle dich deswegen schief angesehen haben. Glaubst du, daß das noch nicht reicht? Und jetzt verbringst du dein ganzes Leben damit, jeden Tag die Verletzten in den Krankensälen zu pflegen. Was willst du noch? Willst du ewig in Sack und Asche gehen?«

»Ich weiß es nicht, Onkel George. Vielleicht fühle ich mich wieder wohler, wenn der Krieg vorüber ist.«

»Dann ist uns allen wohler, Liane. Wir alle machen eine schlimme Zeit durch. Man möchte überhaupt nicht mehr daran denken, daß Juden aus ihren Häusern geschleift und in Lager gebracht werden, daß Kinder in London getötet werden, daß die Deutschen Menschen wie Armand erschießen, daß Schiffe versenkt werden, und, und ... Man könnte die Aufzählung bis ins unendliche fortsetzen. Doch trotz alledem mußt du jeden Tag wieder morgens fröhlich aufwachen, aus dem Fenster schauen und Gott danken, daß du lebst, und mußt den Menschen die Hand reichen, die du liebst.« Er streckte ihr eine Hand entgegen, und sie ergriff sie und küßte seine Finger.

»Ich liebe dich, Onkel George.« Sie wirkte wieder wie ein kleines Mädchen, und er fuhr zärtlich durch ihr seidiges blondes Haar.

»Ich liebe dich auch, Liane. Um dir die Wahrheit zu sagen, ich mag diesen jungen Mann. Ich würde mich freuen, wenn du eines Tages wieder mit ihm zusammen wärst. Es wäre für dich und die Mädchen gut. Ich lebe ja auch nicht ewig.«

»Doch, du wirst«, sagte sie lächelnd. »Du mußt ganz einfach.«

»Nein, das muß ich nicht. Denke daran, was ich dir gesagt habe. Das bist du dir selbst schuldig. Und ihm auch.« Doch sie nahm sich seinen Rat nicht zu Herzen. Sie ging wieder jeden Tag ins Krankenhaus in Oakland und opferte sich dort in den Krankensälen auf. Wenn sie dann nach Hause kam, schenkte sie ihm und den Kindern alles, was sie noch aus sich herausholen konnte.

Am 15. Oktober nahm die *Enterprise* wieder Kurs auf Guadalcanal, mit Nick an Bord, der es kaum erwarten konnte, wieder in vorderster Linie zu stehen. Die zwei Monate auf Hawaii hatten ihn fast zum Wahnsinn getrieben.

Am 23. Oktober erreichte die *Enterprise* schließlich Guadalcanal und schloß sich dem Verband der *Hornet* unter Konteradmiral Thomas Kinkaid an. Vier feindliche Flugzeugträger befanden sich im Kampfgebiet; die Japaner versuchten noch immer, den Flugplatz Henderson Field zurückzugewinnen, doch die Amerikaner hielten ihre Stellungen.

Am 26. Oktober befahl der Oberbefehlshaber der Marine im Südpazifik, Admiral Halsey, der *Enterprise* und der *Hornet,* die Japaner anzugreifen. Es entwickelte sich ein gnadenloser Kampf, in dem sich die japanischen Verbände als stärker erwiesen. Die *Hornet* wurde in Brand geschossen; auch die *Enterprise* mußte schwere Treffer hinnehmen, konnte aber den Kampf fortsetzen. Mit Hoffen und Bangen verfolgte Amerika die Nachrichten aus dem Kampfgebiet im Rundfunk. George fand auch Liane mit angsterfülltem Blick vor dem Radio sitzen.

»Du glaubst, daß er auch dort ist?«

»Ich weiß nicht.« Doch ihr Blick sagte ihm, daß sie davon überzeugt war.

»Ich weiß es auch nicht«, bemerkte er grimmig.

54

Am Morgen des 27. Oktober sank die brennende *Hornet* und riß Tausende von Soldaten mit in den Tod. Die *Enterprise* hatte schwere Treffer hinnehmen müssen. Oberstleutnant Burnham war gerade auf der Brücke und beobachtete die Crew bei der Bedienung der Geschütze, als eine 500-Pfund-Bombe das Flugdeck traf, an Backbord ein Loch in die Bordwand riß und einen Hagel von Metallsplittern verursachte. Es schien plötzlich überall zu brennen, tote oder verletzte Soldaten lagen auf dem ganzen Deck.

»Großer Gott, hast du diese Bombe gesehen?« Der Mann, der ganz in der Nähe stand, konnte es nicht fassen. Mit einem Satz stürzte Nick auf die Treppe zu.

»Wir haben keine Zeit, uns darüber zu unterhalten. Es brennt. Hol die Löschschläuche raus.«Soldaten rannten von allen Seiten herbei und versuchten, das Feuer zu löschen, während andere die Geschütze bedienten und die japanischen Sturzkampfbomber weiter unter Beschuß nahmen, die auf das Schiff zurasten und Bomben abwarfen. Eine japanische Maschine zerschellte auf dem Deck und verursachte eine heftige Explosion. Als Nick an Deck stand und den Wasserschlauch hielt, sah er plötzlich zwei Männer auf sich zukriechen. Er zog sie aus dem Feuer und hielt den Schlauch auf ihre brennende Kleidung. Als er sich gerade zu einem der Männer hinunterbücken wollte, kam es plötzlich hinter ihm zu einer gewaltigen Explosion. Er verspürte Wärme und eine seltsame Leichtigkeit in seinen Gliedern, als er von der Druckwelle hochgehoben wurde und Körperteile an sich vorbeifliegen sah. Er hatte das ganz sonderbare Empfinden, plötzlich schwerelos zu sein ... und als er an Liane dachte, fiel ihm auf, daß er lächelte.

55

Den ganzen November hindurch wurden Verwundete aus der Schlacht um Guadalcanal eingeliefert. Viele von ihnen wurden zunächst einige Tage in Hickam behandelt, andere kamen direkt nach Oakland. Alle Hospitäler waren überbelegt, so daß die Verwundeten auf Schiffen behandelt werden mußten, bevor sie in die USA zurückkehrten; nicht wenige starben auf der Reise. Liane sah jeden Tag, wie die Verletzten eingeliefert wurden, sah ihre verstümmelten Körper mit scheußlichen Verletzungen und Brandwunden. Die Geschichte von der 500 Pfund schweren Bombe hörte sie immer wieder.

Es erforderte einiges an Überwindung, mit anzupacken, wenn die Männer auf Bahren gebracht wurden, und Liane wurde dabei wieder an die *Deauville* erinnert, doch das, was sie hier sah, war viel schlimmer als alles zuvor.

Einmal glaubte sie, einer der Männer würde von Nick sprechen. Er phantasierte im Fieber von seinem Kameraden, der neben ihm auf dem Deck gestorben war. Als sie ihn später einmal darauf ansprach, sagte er, sein Kamerad habe Nick Freed geheißen; es war also nicht der Nick, den sie kannte. Zwei Tage später starb der Mann in ihren Armen.

Als sie am Abend des Thanksgiving Day in der Bibliothek saßen, sprach ihr Onkel, der die Ungewißheit nicht länger ertragen konnte, sie schließlich darauf an. »Warum rufen wir nicht einfach im Kriegsministerium an und erkundigen uns nach Nick?«

Sie lehnte seinen Vorschlag ab. »Wenn ihm etwas zustößt, werden wir davon aus den Zeitungen erfahren.« Es wäre für sie noch schlimmer, wenn sie wüßte, wo er sich befand, denn dann wäre sie bestimmt versucht, ihm zu schreiben, und das wollte sie nicht. Sollte er verwundet sein, so würde sie es erfahren. Und wenn er gefallen wäre, hätten alle Zeitungen des Landes vom Tod des Stahlmagnaten berichtet.

»Laß es sein, Onkel George. Er ist wohlauf.«

»Das kannst du nicht wissen.«

»Ich kann es nicht wissen, aber es muß so sein.« Sie hatte im Augenblick jedoch genug mit den Männern zu tun, die alles andere als wohlauf waren. Sie arbeitete jetzt mit den Krankenschwestern in Zwölfstundenschichten.

»Du müßtest eigentlich einen Orden bekommen, wenn der Krieg vorüber ist.«

Sie beugte sich zu ihm hinunter und küßte ihn lächelnd auf die Wange. Dann schaute sie auf ihre Uhr und stand auf. »Ich muß jetzt gehen, Onkel George.«

»Jetzt noch? Wohin?« Es war bereits neun Uhr, die Mädchen waren kurz zuvor auf ihr Zimmer gegangen. Er wunderte sich sehr, denn sie war seit Monaten nicht mehr so spät weggegangen.

»Wir sind zu wenig Leute im Krankenhaus, und ich habe versprochen, zurückzukommen.«

»Ich möchte nicht, daß du allein dorthin fährst.«

»Aber ich bin doch erwachsen, Onkel George.« Sie tätschelte beruhigend seinen Arm.

»Du bist verrückt.« Sie war tatsächlich noch verrückter, als er glaubte; verrückt vor Angst, Sehnsucht und Kummer, verrückt vor Ungewißheit über Nicks Schicksal. Tag für Tag hörte sie sich die schrecklichen Geschichten des Mannes an, den sie nun pflegte, und fragte sich, ob der Tote neben ihm auf dem Schiff Nick gewesen war oder ob er überhaupt auf diesem Schiff gewesen war. Kummer sprach ständig aus ihrem Blick. Am Montagmorgen nahm George Crockett die Sache selbst in die Hand und rief zum zweiten Mal innerhalb eines Jahres Brett Williams an.

»Hören Sie, ich muß wissen, wo er ist.«

»Das wollen wir auch.« Brett Williams wunderte sich über den alten Mann. Er wußte, um wen es sich handelte, sonst hätte er das Gespräch erst gar nicht entgegengenommen. Er fragte sich jedoch, warum George ein solches Interesse an Nicks Schicksal hatte, und vermutete, er sei ein guter Freund des alten Burnham gewesen. »Wir haben nichts von ihm gehört.«

»Aber Sie können es doch herausfinden. Rufen Sie im Weißen Haus an, im Außenministerium, im Pentagon oder sonstwo.«

»Das haben wir schon getan. Da herrscht ein solches Durcheinander, daß man nur ungenaue Angaben machen konnte. Viele Soldaten seien zusammen mit der *Hornet* untergegangen, die Überlebenden auf die verschiedensten Krankenhäuser verteilt. Es heißt, daß es noch ein oder zwei Monate dauern würde, bis Näheres zu erfahren ist.«

»Solange kann ich aber nicht warten«, brummte George.

»Warum denn nicht?« knurrte Brett Williams zurück. Er hatte jetzt genug; seit nunmehr einem Monat war er ein einziges Nervenbündel, weil er nicht wußte, wo Nick war. Johnny rief ihn ebenfalls fast täglich an. Er konnte dem Jungen ebensowenig Auskunft geben wie dem alten Herrn an der Westküste. Sogar Hillary hatte ihn angerufen; sie machte sich tatsächlich große Sorgen, daß Johnny seinen Vater verlieren würde. Sie war jetzt sogar bereit, ihm seinen Sohn zurückzugeben. »Wenn wir hier sitzen und Däumchen drehen müssen, dann können Sie das auch, verdammt noch mal.«

»Meine Nichte kann das eben nicht. Wenn wir nicht herausfinden, wo er steckt, wird sie sich zu Tode ängstigen.«

»Ihre Nichte?« fragte Brett verblüfft zurück. »Wer in Gottes Namen ist das denn?«

»Liane Crockett.« So hieß sie zwar bereits seit dreizehn Jahren nicht mehr, doch das hatte er in seiner Erregung ganz vergessen.

»Aber ...« Doch dann verstand Brett langsam. »Das habe ich gar nicht gemerkt, bevor er wegging ... Er hat mir nichts davon gesagt ...« Er fragte sich, ob der alte Herr auch die Wahrheit sagte, doch dem mußte wohl so sein, denn warum hätte er ihn sonst angerufen?

»Warum hätte er es Ihnen auch erzählen sollen? Sie war zu der Zeit verheiratet, ist aber jetzt Witwe ...« Er stockte und fragte sich, warum er diesem Unbekannten das alles überhaupt erzählte, doch er empfand es als Erleichterung, mit jemandem darüber zu sprechen. Es brachte ihn fast um den Verstand, wenn er sah, wie Liane vor Kummer dahinsiechte. »Hören Sie, wir müssen ihn finden.« Dann griff er zum Notizblock und zum Füller. »Wen haben Sie bisher angerufen?« Williams rasselte eine ganze Liste von Namen herunter. Er fing an, den alten Mann zu mögen, der sich nicht so leicht abweisen ließ und sich anscheinend sehr um seine Nichte und um Nick Burnham sorgte. Er überlegte deshalb, wen man sonst noch anrufen könnte, und sein Gesprächspartner machte eine Anzahl wertvoller Vorschläge. »Wollen Sie anrufen, oder soll ich es machen?« Er wußte ganz genau, daß es im Grunde keine Rolle spielte. Burnham Steel und Crockett Shipping waren gleichermaßen bekannt und wichtig.

»Lassen Sie es mich noch einmal versuchen; ich rufe Sie dann zurück, sobald ich etwas weiß.«

Zwei Tage später löste Brett sein Versprechen ein. Er hatte nicht viel Neues, aber immerhin etwas erfahren. »Er befand sich auf der *Enterprise*, als sie getroffen wurde, Mr. Crockett. Anscheinend ist er dabei ziemlich schwer verwundet worden. Wir wissen nur, daß er mit dem Schiff nach Hawaii gebracht worden ist. Heute morgen hat man dann herausgefunden, daß er in Hickam war.«

»Ist er noch dort?« Die Hand des alten Mannes, die den Hörer hielt, zitterte. Sie hatten ihn also gefunden ... aber lebte er noch? Wie schwer war er verwundet?

»Sie haben ihn letzte Woche auf die *Solace* gebracht. Sie ist zu einem Hospitalschiff umfunktioniert worden und unterwegs nach San Francisco. Aber, Mr. Crockett ...« Er wollte die Hoffnungen keinesfalls dämpfen, doch mußten sie alle die Sache realistisch sehen, auch die ihm unbekannte Nichte, ja vielleicht gerade sie. Er wußte nicht, daß sie von den Bemühungen ihres Onkels noch nichts erfahren hatte. George wollte ihr erst davon sagen, wenn er Genaueres wußte. »Wir haben keine Ahnung von seinem Gesundheitszustand. Als er in Hickam eingeliefert wurde, war sein Zustand kritisch, aber wir wissen nicht, wie es ihm ging, als er auf dieses Schiff gebracht wurde ... viele überleben die Fahrt nicht.«

»Ja, ich weiß.« George Crockett schloß die Augen. »Wir können jetzt nur noch beten.« Er wußte nicht genau, ob er noch warten oder es Liane gleich erzählen sollte. Vielleicht würde sie ihn, wenn es der Zufall wollte, in ihrem Krankenhaus zu Gesicht bekommen. Er öffnete die Augen. »Wie haben Sie das erfahren?«

Brett Williams lächelte. »Ich habe noch einmal den Präsidenten angerufen und ihm gesagt, daß Sie es unbedingt wissen wollen.«

»Er ist ein guter Mann. Ich habe ihm bei den letzten Wahlen auch meine Stimme gegeben.«

Brett Williams mußte lachen. »Ich auch.« Beide konnten im Augenblick in ein befreiendes Lachen in dieser schweren Zeit ausbrechen.

»Haben Sie eine Ahnung, wann das Schiff ankommen soll?«

»Das wußte man nicht genau. Morgen oder übermorgen.«

»Ich werde mich erkundigen, und sobald ich etwas weiß, gebe ich Ihnen Bescheid.« Er legte den Hörer auf und rief anschließend im Marinestützpunkt an. Die *Solace* sollte am nächsten Morgen gegen sechs Uhr einlaufen. Er mußte noch über vieles nachdenken an diesem Nachmittag, bevor er Liane wiedersah. Als sie schließlich um 22 Uhr nach Hause kam, war sie blaß und erschöpft.

Er saß mit ihr am Tisch, als sie ein Sandwich aß und eine Tasse Tee trank, und dachte daran, es ihr zu sagen, doch er konnte es einfach nicht. Was wäre, wenn Nick auf dem Schiff gestorben war? Er dachte weiter darüber nach. Was wäre, wenn er noch lebte?

Sie schlief noch nicht, als er eine Stunde später an ihre Schlafzimmertür klopfte. »Liane? Bist du noch wach?«

»Ja, Onkel George. Stimmt irgend etwas nicht? Fühlst du dich nicht gut?« Sie trug ein hellblaues Nachthemd und sah sehr mitgenommen aus.

»Nein, nein, mir geht's gut, Liebes. Setz dich.« Er deutete mit einem Finger auf einen Stuhl, auf den sie sich setzen sollte, und nahm selbst auf ihrem Bett Platz. Ein eiskalter Schauder lief ihr über den Rücken. Sie hatte das unangenehme Gefühl, daß er ihr etwas erzählen würde, was sie nicht wissen wollte. Das letzte Fünkchen Hoffnung erlosch, als sie ihn beobachtete. »Ich möchte dir etwas erzählen, Liane. Ich weiß nicht, ob du mir es übelnehmen wirst oder nicht.« Er holte tief Luft und fuhr fort. »Ich habe vor einigen Tagen Brett Williams angerufen.«

»Wer ist denn das?« Dann fiel es ihr plötzlich ein, und sie merkte, wie sich ihr ganzer Körper langsam verkrampfte. »Ja, und?« Es war, als würde sie in ein dunkles Loch fallen und tausend Tode sterben.

»Nick war bei Guadalcanal dabei.« Er versuchte, es ihr so schnell wie möglich zu erzählen. »Er ist verwundet worden ... ziemlich ernst, hieß es. Den letzten Mitteilungen zufolge lebte er aber noch.«

»Von wann sind die?« flüsterte sie.

»Von vor über einer Woche.«

»Wo ist er jetzt?«

Ihr Onkel sah ihr in die Augen. Sie waren voller Kummer, doch zeigte sich endlich wieder Leben in ihnen. »Auf einem Schiff, das gerade auf dem Weg nach San Francisco ist.«

Sie begann, leise zu weinen. Er ging zu ihr und legte ihr die Hand auf die Schulter.

»Liane ... er hat die Schiffsreise möglicherweise nicht überlebt. Du hast genug dergleichen gesehen, um das zu wissen.« Sie nickte und sah zu ihm auf.

»Weißt du, wie das Schiff heißt?«

Er nickte. »Die *Solace.* Sie wird morgen gegen sechs Uhr in Oakland einlaufen.« Sie saß ganz ruhig da, schloß die Augen und dachte nach. Sechs Uhr ... sechs Uhr ... in sieben Stunden würde alles vorüber sein ... würde sie alles wissen ... Sie öffnete die Augen und sah wieder zu ihrem Onkel auf. »Wir werden alles wissen, sobald das Schiff einläuft«, versuchte er sie zu beruhigen.

»Nein«, widersprach sie entschieden. »Nein. Ich möchte allein zum Hafen gehen.«

»Du allein wirst ihn aber vielleicht nicht finden.«

»Wenn er wirklich an Bord ist, werde ich ihn auch finden.«

»Aber, Liane ...« Und wenn er inzwischen gestorben war? Er wollte nicht, daß sie allein war, wenn ihr diese Nachricht mitgeteilt würde. Plötzlich kam ihm ein Gedanke. »Ich werde dich begleiten.« Sie küßte ihn zärtlich auf die Wange.

»Ich möchte allein gehen. Ich muß.« Sie lächelte, als sie sich an Nicks Worte von vor so langer Zeit erinnerte. »Ich bin eine starke Frau, Onkel George.«

»Das weiß ich«, erwiderte er mit feuchten Augen. »Aber vielleicht ist es zuviel für dich.« Sie schüttelte nur den Kopf, und kurz darauf verließ er ihr Zimmer. Die ganze Nacht hindurch saß sie im Dunkeln und starrte auf die Uhr. Um halb fünf duschte sie und machte sich fertig. Sie zog einen warmen Mantel an, denn als sie schließlich um fünf Uhr das Haus verließ, umfing sie dichter Nebel.

56

Eine Viertelstunde später fuhr Liane über die Bay Bridge. Es herrschte kaum Verkehr; nur zwei Lastwagen schienen ihr zu folgen. Nebel lag über der Bucht und der Brücke. Als sie den Marinestützpunkt erreichte, lagen dichte Nebelschwaden über dem Wasser. Ambulanzen standen bereit, um die vom Schiff kommenden Verletzten aufzunehmen. Ärzte und Sanitäter warteten, rieben sich die Hände, um sie warm zu halten. Sie wußten, daß das Schiff bereits die Golden Gate Bridge erreicht hatte; es konnte also nicht mehr lange dauern. Plötzlich sah Liane ein ihr aus dem Krankenhaus, in dem sie arbeitete, vertrautes Gesicht, einen jungen Marinearzt.

»Haben Sie dich auch zu diesem Einsatz geschickt, Liane? Ich glaube fast, daß du mehr und härter arbeitest als ich.«

»Nein. Ich bin hier, um zu schauen ... um herauszufinden ...« Er sah den Blick in ihren Augen und verstand. Sie war nicht dienstlich hier. Er wußte sofort, warum sie an diesem kalten Morgen zitternd dastand und wartete.

»Weißt du, wo er eingesetzt war?«

»Guadalcanal.« Sie hatten seit Monaten den nicht enden wollenden Strom von Verletzten, Versehrten und Toten, die von dort kamen, gesehen.

»Weißt du, wie schwer er verwundet worden ist?« Sie schüttelte den Kopf. Er berührte ihren Arm und sprach leise weiter. »Wir werden ihn schon wieder zusammenflicken.« Sie nickte nur, weil ihre Kehle wie zugeschnürt war, und ging dann weiter, um nach dem Schiff Ausschau zu halten. Wegen des dichten Nebels war es jedoch unmöglich, irgend etwas zu erkennen. Ganz langsam erschien schließlich in der Ferne ein Licht, und eine Schiffssirene ertönte. Sie sah eine Gruppe von Frauen auf dem Pier stehen, die ungeduldig warteten. Sie starrte angestrengt in den Nebel hinein und sah das Licht näher kommen. Dann plötzlich, wie aus dem Nichts, tauchte die *Solace* aus dem Nebel auf. Die Bordwände waren weiß gestrichen und mit großen roten Kreuzen versehen. Liane stand in der Kälte und hielt den Atem an. Es schien, als würde das Anlegen des Schiffes Stunden dauern. Die Ärzte liefen über den Pier. Als das Schiff endlich angelegt hatte, war urplötzlich alles in Bewegung.

Die Schwerverletzten wurden zuerst von Bord gebracht. Die Sirenen der Krankenwagen heulten auf. Liane blieb die Ironie des Ganzen nicht verborgen, als sie beobachtend daneben stand. Die Verwundeten waren tagelang mit dem Schiff unterwegs gewesen, und nun wurden sie unter Sirenengeheul in aller Eile in ein Krankenhaus gebracht. Doch bei einigen kam es wirklich auf jede Minute an. Als sie merkte, daß sie keine andere Wahl hatte, drängelte sie sich vor, um die Gesichter der Verwundeten erkennen zu können. Einige hatten jedoch zu schwere Gesichtsverletzungen, bei anderen waren die Köpfe verdeckt, wieder andere waren fast bis zur Unkenntlichkeit verbrannt. Lianes Magen begann zu revoltieren, als sie am Dock entlang lief, zwischendurch stehenblieb und nach Nick Ausschau hielt. Das hier war etwas anderes als die Arbeit im Krankenhaus. Sie suchte Nick; deshalb wollte sie jeden Mann sehen, und jedesmal war sie auf das Schlimmste gefaßt. Plötzlich hörte sie die Stimme des jungen Arztes.

»Wie heißt er?«

»Burnham ... Nick Burnham!« schrie sie zurück.

»Wir werden ihn finden.« Sie winkte ihm dankend zu. Er ging durch die Reihen der Verletzten, während sie an anderer Stelle suchte, doch Nick war nirgends zu finden. Nun kamen die gehfähigen Verwundeten langsam von Bord. Freudenschreie von der kleinen Gruppe der Frauen waren zu hören. Männer humpelten mit Freudentränen in den Augen von Bord. Plötzlich hörte Liane aus dem Nebel einen vielstimmigen Jubelruf, und als die Wartenden auf dem Pier nach oben zu den Decks des Schiffes blickten, sahen sie dort Hunderte von Männern, bandagierte, verletzte Soldaten, die laut ihrer Freude über ihre Rückkehr Ausdruck verliehen. Die Wartenden auf dem Dock erwiderten ihren Jubel, und Liane vergoß Tränen um diese Männer, um Nick, um sich selbst ... und Armand ... Viele würden ihre Heimat nie wiedersehen. Möglicherweise gehörte auch Nick dazu. Vielleicht hatte Onkel George falsche Informationen erhalten ... war er gefallen ... oder vielleicht überhaupt nicht auf diesem Schiff ... oder er hatte die Fahrt nicht überlebt. Das Warten wurde ihr immer unerträglicher, während die Männer langsam von Bord gingen. Es war jetzt bereits halb acht, der Nebel lichtete sich allmählich, und noch immer kamen Verletzte vom Schiff, doch Nick hatte sie noch nicht gefunden. Viele der anderen Frauen waren bereits gegangen. Der junge Arzt eilte durch die Reihen der Verletzten auf den Bahren, während die Ambulanzen zwischen Schiff und Krankenhaus hin und her pendelten.

»Noch immer nichts?« Der junge Arzt blieb einen Augenblick neben Liane stehen, die verzweifelt den Kopf schüttelte.

»Das ist vielleicht ein gutes Zeichen. Er kann ja noch kommen.« Oder überhaupt nicht mehr, dachte sie. Sie war bis auf die Knochen durchgefroren und wie benommen. Dann plötzlich erblickte sie ihn. Er bewegte sich langsam durch eine Gruppe von Männern, andere gingen vor ihm. Sein Kopf war gebeugt und sein Haar lang, doch sie erkannte ihn sofort. Als er sich näherte, sah sie, daß er an Krücken ging.

Liane stand wie angewurzelt, als sie ihn beobachtete. Sie fragte sich plötzlich, ob sie wirklich hatte hierher kommen sollen. Vielleicht war es doch falsch gewesen. Vielleicht wollte er sie überhaupt nicht mehr sehen. Als sie ihn mit ihren Blicken durch die Menge verfolgte, sah sie ihn etwas zu einem Mann zu seiner Rechten sagen. Plötzlich erblickte er sie und blieb stehen, regungslos, genau wie sie. Sie standen einfach da, während sich die Menge an ihnen vorbeischob. Dann, als gäbe es kein Zurück mehr, ging sie langsam auf ihn zu, hin und her geschubst von den Männern, die es eilig hatten, endlich nach Hause zu kommen. Es waren immer noch Rufe und Begrüßungsworte zu hören, alles lief durcheinander, und für einen Augenblick verlor Liane ihn aus den Augen, doch er stand noch an derselben Stelle, als sich die Menschenwand vor ihr wieder aufgelöst hatte. Sie fing an zu laufen, und lachte und weinte zugleich. Er senkte den Kopf, denn auch ihm kamen die Tränen, und er schüttelte ihn, als wolle er nein sagen, als wolle er sie nicht sehen. Sie verlangsamte ihren Schritt und sah, daß er das linke Bein verloren hatte. Doch dann gab es für sie kein Halten mehr; sie rannte auf ihn zu und rief seinen Namen: »Nick! Nick!« Er sah hoch mit einem Blick, in dem all das seinen Niederschlag gefunden hatte, was er seitdem erlebt hatte. Er packte seine Krücken und ging ihr entgegen. Sie fielen sich in die Arme und hielten einander fest. Zwischen ihnen beiden hatte sich nichts geändert, und doch war alles ganz anders.

Eine Ewigkeit war inzwischen vergangen, und um sie herum waren viele Männer gestorben. Der Nebel hatte sich unterdessen fast völlig gelichtet. Nick war endlich zu Hause, und Liane gehörte nun ihm. Er hatte immer recht gehabt. Starke Menschen gehen nicht zugrunde …

Herzschlag für Herzschlag

Aus dem Amerikanischen
von Dr. Ingrid Rothmann

Für Zara,
den süßen Herzschlag meines Lebens.
Möge das deine stets
reich an Liebe und Freude sein.
Und für ihren Daddy,
der mein Leben randvoll
mit Liebe, Freude und mit Herzschlägen füllt,
aus ganzen Herzen und mit Liebe.

d. s.

HERZSCHLAG

nimmermüde
pochend
 ratlos ob des Ziels,
  von Herzen
herzbewegend,
 süße Träume,
  Herzschlag,
 Klang so köstlich
  in meinen Ohren,
 gleich einer Hand,
die meine Ängste stillt,
 Schritte voller Liebe
  in der Nacht,
 heimlich gehütete Hoffnung,
  ewig hell,
Liebe, hell strahlend
 die Gabe des Höchsten,
sanftes
süßes Schlummerleid,
 das Wunder winziger
  Füßchen,
 aus einem einzigen
kostbaren Schlag geboren,
 eines süßen Liedes voll,
  mein Herz für immer
   dein sein soll,
ewige Fessel,
 ein Band, das nimmer reißt,

aus unserer Liebe
stark und rein,
ein leises Flüstern,
und das Kind schläft,
unsere Liebe
wird immer sein
gleich Sternenstaub so wundersam,
mein Herz auf ewig, ewig dein.

I

Das Geklapper der uralten Schreibmaschine füllte mit hartem Stakkato die Stille des Raumes. Eine blaue Rauchwolke hing in der Ecke des Raumes, in der Bill Thigpen arbeitete, die Brille hoch auf die Stirn zurückgeschoben. Kaffee in Plastikbechern stand gefährlich nahe am Schreibtischrand, Aschenbecher quollen über, während er mit angespannter Miene, die blauen Augen zusammengekniffen und auf den Text gerichtet, tippte. Schneller und schneller, dann ein hastiger Blick auf die hinter ihm unerbittlich tickende Uhr. Er tippte wie vom Teufel gejagt. Sein ergrautes Haar war so wirr, als hätte er schon tagelang vergessen, es zu kämmen. Sein Gesicht war glattrasiert, seine Züge, obwohl markant, ließen Sanftheit ahnen. Er war kein Mann, den man ohne Einschränkungen als gutaussehend hätte bezeichnen können, doch er wirkte stark und anziehend. Er war mehr als einen zweiten Blick wert – ein Mann, mit dem man gern zusammen war. Aber nicht jetzt, während er wieder stöhnend auf die Uhr sieht und die Finger noch schneller über die Tasten tanzen läßt. Und dann endlich Stille, eine hastige Unterschrift, schon im Aufspringen, ehe er einen Stapel Papierbögen an sich rafft – das Ergebnis siebenstündiger Arbeit. Er sitzt seit fünf Uhr morgens an der Maschine. Kurz vor eins ... fast schon Sendezeit ... Er rast durch den Raum, reißt die Tür auf, sprintet am Schreibtisch seiner Sekretärin vorüber und den Korridor entlang. Er weicht den Menschen aus, um Zusammenstöße zu vermeiden, und ignoriert die erstaunten Blicke und freundlichen Grüße, wenn er an Türen klopft, die sich nur einen Spalt breit öffnen, damit er eine Seite mit den eben verfaßten Änderungen durchschieben kann. Es ist ein vertrauter Vorgang, der sich einmal, zweimal, auch drei- oder viermal im Monat wiederholt, immer dann nämlich, wenn Bill der Meinung ist, die Serie liefe nicht mehr so, wie es seinen Vorstellungen entsprach. Als Autor der erfolgreichsten Fernsehserie schrieb er eine oder zwei Folgen höchstpersönlich um, wenn sie ihm nicht mehr gefielen, und war erst zufrieden, wenn er alles umgemodelt hatte. Sein Agent behauptete, er sei schlimmer als die neurotischeste TV-Mutter, wußte aber, daß er absolute Spitze war. Bill Thigpen besaß einen untrüglichen Instinkt dafür, was eine erfolgreiche Serienhandlung ausmachte. Geirrt hatte er sich noch nie. Bis jetzt nicht.

Die Serie ›Lebenswertes Leben‹ war noch immer die heißeste Nummer im amerikanischen TV, und sie war allein Bill Thigpens Baby. Anfangs hatte er fürs Fernsehen nur geschrieben, um sein nacktes Überleben zu sichern – damals, als er als junger Bühnenautor in New York fast verhungert wäre. Er hatte ein Konzept ausgearbeitet und zwischen zwei Theaterstücken das Drehbuch für eine Folge verfaßt. Als Autor für Off-off-Broadway-Bühnen, der als unbeugsamer Purist galt, fühlte er sich in erster Linie der Bühne verpflichtet. Daneben war er aber auch verheiratet, lebte in SoHo und nagte am Hungertuch. Leslie, seine Frau, war Tänzerin in Broadway-Shows und ebenfalls ohne Arbeit, weil sie ihr erstes Kind erwartete. Erst hatte er Witze gerissen und verkündet, falls es ihm glückte, mit der Serie einen Erfolg zu landen, der für ihn den Durchbruch bedeutete, wäre es eine Ironie des Schicksals. Doch während er sich mit dem Drehbuch abmühte und daneben ein Konzept für die ganze Serie ausarbeitete, hörte das Vorhaben auf, nur ein Witz zu sein, und seine Arbeit artete zur Besessenheit aus. Er mußte es schaffen ... für Leslie ... für das Baby. Und um ehrlich zu sein, ihm gefiel diese Arbeit ... nein, er liebte sie. Die Fernsehgewaltigen überschlugen sich vor Begeisterung. Adam, sein Sohn, und die Serie erblickten fast gleichzeitig das Licht der Welt, der eine ein strammer, neun Pfund schwerer Junge mit den blauen Augen seines Vaters und goldblonden Locken, das andere ein Versuchsballon im Sommerprogramm des Senders, der die Einschaltziffern nach oben schnellen ließ, so daß ein Schrei der Entrüstung ertönte, als die Serie im September wieder vom Bildschirm verschwand. Binnen zweier Monate wurde ›Lebenswertes Leben‹ fortgesetzt und Bill Thigpen hatte sich zum Autor der erfolgreichsten, jemals ausgestrahlten Tagesserie gemausert. Die wichtigsten Entscheidungen sollten später kommen.

Er schrieb einige der ersten Fortsetzungen selbst. Sie fielen gut aus, obwohl er Schauspieler und Regisseure fast in den Wahnsinn trieb. Seine Karriere am Off-off-Broadway hatte er mittlerweile so gut wie vergessen, und in kürzester Zeit war das Fernsehen sein ein und alles geworden.

Schließlich bot man ihm einen Haufen Geld, damit er sein Konzept verkaufte. Er hätte sich nun in aller Ruhe hinsetzen, Tantiemen kassieren und sich wieder seinen Bühnenstücken widmen können. Aber inzwischen war ›Leben‹, wie er es nannte, wie sein sechs Monate altes Söhnchen sein Baby geworden. Er brachte es nicht übers Herz, die Serie aus der Hand zu geben, geschweige denn, sie zu verkaufen. Er mußte unbedingt dranbleiben. Sie war für ihn Wirklichkeit, sie war voller Leben, und an das, was er in sie hineinschrieb, glaubte er auch. Er schrieb von den Tiefpunkten des Lebens, von Enttäuschung, Wut, Sorge, Triumph, Herausforderung, Aufregung, Liebe und von den einfachen Freuden. Die Serie war Ausdruck seiner ganzen Lebenslust, seiner eigenen Kümmernisse und seines Glücks. Sie gab den Menschen Hoffnung nach Verzweiflung, Sonnenschein nach Ungewittern, da das Grundthema und die Hauptcharaktere geradlinig und solid waren. Natürlich gab es daneben Bösewichte, die von den Zuschauern gehaßt wurden, aber die zugrundeliegende Anständigkeit sicherte der Serie die unerschütterliche Zuneigung ihrer Fans. Alles in allem war sie ein Spiegelbild der Grundwerte, die ihr Autor hochhielt. Lebendig, lebensfroh, redlich, vertrauensvoll, gütig, naiv, intelligent, kreativ. Und er liebte diese Serie wie ein eigenes Kind.

In den Anfängen der Serie war er einer ständigen Zerreißprobe ausgesetzt, da er das Verlangen hatte, ständig mit seiner Familie beisammen zu sein, daneben aber auch immer ein Auge auf die Dreharbeiten haben wollte, um sicherzugehen, daß alles richtig lief und nicht der falsche Drehbuchautor oder Regisseur eingesetzt wurde. Seinem ständigen Argwohn verdankte er es, daß er alles unter Kontrolle behalten konnte. Die anderen verstanden nichts von der Serie ... von seinem Baby. Ständig trieb er sich wie eine nervöse Glucke in nervöser Angst vor unvorhergesehenen Zwischenfällen, auf dem Set herum. Er ließ es sich nicht nehmen, immer wieder einzelne Folgen selbst zu schreiben und bei den Dreharbeiten in den Kulissen zu stehen und alles zu beobachten. Und nach dem ersten Jahr war die Rückkehr Bill Thigpens an den Broadway kein Thema mehr. Er war hängengeblieben, in die Falle getappt, verliebt ins Fernsehen und in die Serie. Von nun an sparte er sich auch sämtliche Vorwände, die er seinen Freunden aus Off-off-Broadway-Tagen vorgesetzt hatte, und gab offen zu, daß er seine Arbeit liebte. Er hatte nicht mehr die Absicht, sich irgendwie zu verändern, wie er Leslie einmal spätabends erklärte, nachdem er stundenlang am Schreibtisch gesessen hatte, zusätzliche Handlungsschwerpunkte konstruierte, neue Personen einführte und Strategien für das kommende Jahr entwickelte.

Er konnte die Personen der Handlung, seine Schauspieler, die Verwicklungen der Drehbücher und die daraus folgende Lawine von Tragödien seelischer Erschütterungen und Problemen nicht im Stich lassen, denn er war geradezu vernarrt in sie. Die Serie wurde fünfmal wöchentlich live gesendet, und auch wenn kein triftiger Grund für seine Anwesenheit im Studio vorlag, war es, als sei es für ihn wie Essen, Trinken, Liebe, Atem und Schlaf. Es gab Tagesautoren, die die Serie Tag für Tag weiterspannen und denen Bill ununterbrochen über die Schulter blickte, wohl wissend, was er machte. Und alle in der Branche gaben ihm recht. Er war gut, besser als gut sogar. Er war absolute Spitze, denn er besaß ein instinktives Gefühl für das, was ankam und was nicht, was die Menschen bewegte, welche Typen sie liebten und welche sie mit Genuß hassen würden.

Und als zwei Jahre später Tommy, sein Zweitgeborener, zur Welt kam, hatte ›Lebenswertes Leben‹ zwei Kritikerpreise und einen Emmy gewonnen. Nach dem ersten Emmy kam von der Produktionsgesellschaft der Vorschlag, nach Kalifornien umzuziehen. Von der kreativen Seite her würde alles einfacher sein, die Produktion ließ sich dort leichter koordinieren, außerdem hatte man das Gefühl, die Serie ›gehörte‹ einfach nach Kalifornien. Für Bill war es eine gute Nachricht, nicht aber für Leslie, seine Frau, die wieder arbeiten wollte, aber nicht als kleine Tänzerin am Broadway. Nachdem sie miterlebt hatte, daß Bill sich in den letzten zweieinhalb Jahren wie besessen in die Arbeit gestürzt hatte, hatte sie die Nase voll. Während er Tag und Nacht mit Inzest, Teenagerschwangerschaften und ehelichen Seitensprüngen befaßt war, hatte sie Ballettstunden genommen und wollte jetzt Ballett am Julliard unterrichten.

»Du willst was?« Bill starrte sie eines schönen Sonntagmorgens beim Frühstück verblüfft an. Alles war für sie prächtig gelaufen, er verdiente Geld wie Heu, und die Kinder gediehen großartig. Seiner Meinung nach hätte es nicht besser sein können. Bis zu jenem Morgen.

»Ich kann nicht mehr, Bill. Ich gehe.« Leslie sah ihn ruhig an. Ihre großen, braunen Augen blickten so sanft und kindlich wie damals, als er sie vor einem Theater kennengelernt hatte, mit einem Beutel für die Ballettutensilien in der Hand, zwanzig Jahre jung. Sie kam aus dem Staat New York und war immer anständig, nett und anspruchslos gewesen – eine sanfte Seele, mit ausdrucksvollen Augen und einem sehr zurückhaltenden, aber echten Sinn für Humor. In ihren Anfängen hatten sie viel zusammen gelacht, in den trostlosen, eiskalten Wohnungen, in denen sie hausten, bis er das schöne und sündteure Loft in SoHo hatte kaufen können. Er hatte sogar eine Übungsstange für sie anbringen lassen, damit sie ihre Aufwärmübungen und ihr übriges Programm absolvieren konnte, ohne eigens ein Studio aufsuchen zu müssen. Und jetzt, aus heiterem Himmel, erklärte sie ihm, daß alles aus und vorbei sei.

»Aber wieso denn? Was redest du da, Les? Hängst du so an New York?« Er stand vor einem Rätsel, als ihre Augen sich mit Tränen füllten und sie sich kopfschüttelnd abwandte. Dann sah sie ihn wieder an, und was er in ihren Augen las, versetzte ihm einen Stich – er sah Zorn, Enttäuschung und Niedergeschlagenheit. Plötzlich entdeckte er, was er schon Monate zuvor hätte bemerken sollen. Erschrocken stellte er sich die Frage, ob sie ihn überhaupt noch liebte. »Was ist denn? Was ist passiert?« Wie konnte ich das nur übersehen? fragte er sich. Wieso war ich mit Blindheit geschlagen?

»Ich weiß nicht ... du hast dich so verändert ...« Dann schüttelte sie wieder den Kopf, den ihr langes, dunkles Haar wie die dunklen Schwingen eines gefallenen Engels umwallte. »Nein ... das ist ungerecht. Wir beide haben uns verändert ...« Nach einem tiefen Atemzug versuchte sie es ihm zu erklären. Nach fünf Jahren Ehe und zwei Kindern war sie es ihm schuldig. »Ich glaube, wir haben die Plätze getauscht. Ich wollte ein großer Star am Broadway werden, eine kleine Tänzerin, die es bis nach oben schafft, während du nur Stücke schreiben wolltest, die ›integer‹ oder ›bedeutsam‹ sind. Und ganz plötzlich fängst du an ...« Sie zögerte mit einem kleinen traurigen Lächeln. »Du fängst an, Kommerzware zu schreiben, immer mehr – du bist besessen davon. In den letzten drei Jahren kreiste dein Denken einzig und allein um die Serie ... Wird Sheila Jake heiraten? Hat Larry wirklich versucht, seine Mutter umzubringen? Wessen Kind ist Hilary wirklich? Wird Mary von zu Hause durchbrennen? Und wenn, wird sie wieder rückfällig und greift zu Drogen? Ist Helen außerehelich? Wird sie John heiraten?« Leslie stand auf und lief im Raum auf und ab, während sie die vertrauten Namen herunterrasselte. »Ehrlich gesagt, sie machen mich rasend. Ich möchte nichts mehr von ihnen hören, ich möchte nicht mehr mit ihnen leben müssen. Ich möchte zu etwas Einfachem, Gesundem, Normalem zurückfinden, zum Tanzdrill, zur Freude, die einem Lehrtätigkeit bringen kann. Ich wünsche mir ein alltägliches, ruhiges Leben, ohne diesen aus den Fingern gesogenen Mumpitz.« Sie sah ihn unglücklich an, und er hätte am liebsten geheult. Was für ein Idiot er doch gewesen war ... während er mit seinen der Phantasie entsprungenen Freunden herumgespielt hatte, waren ihm die Menschen, die er wirklich liebte, abhanden gekommen, ohne daß er es bemerkt hatte. Und doch konnte er ihr nicht versprechen, daß er aufgeben würde, daß er die Serie aus der Hand geben und wieder zu den Stücken zurückkehren würde, um deren Aufführung er hatte bitten und betteln müssen. Er bezweifelte, ob er das jetzt noch fertiggebracht hätte. Und er liebte die Serie. Sie vermittelte ihm das Gefühl, gut zu sein, glücklich, erfolgreich und stark ... und ausgerechnet jetzt wollte Leslie ihn verlassen. Eine Ironie des Schicksals. Die Serie war ein Riesenerfolg, er auch, und sie sehnte sich nach ihrer Hungerzeit zurück.

»Es tut mir leid.« Er versuchte sich zur Ruhe zu zwingen und ihr mit Vernunftargumenten zu begegnen. »Ich weiß, daß die Serie mich in den letzten drei Jahren aufgefressen hat, aber ich hatte das Gefühl, ich dürfte nicht lockerlassen. Hätte ich zugelassen, daß sie mir entgleitet oder daß ein anderer sie übernimmt, wäre sie womöglich ins billige Genre abgeglitten und wäre zu einer jener lächerlichen, kleinkarierten, kitschigen Seifenopern herabgesunken, bei denen man eine Gänsehaut bekommt. Ich hätte das zulassen können. Aber meine Serie besitzt Integrität, ob du es eingestehst oder nicht, und das ist es, worauf die Menschen mit Begeisterung reagieren. Das heißt aber lange noch nicht, daß ich mich mein Leben lang darauf konzentrieren müßte. Ich glaube, in Kalifornien wird alles anders ... professioneller ... geregelter. Ich werde es sicher schaffen, mich öfter freizumachen.« Er schrieb auch jetzt nur noch gelegentlich eine Folge. Aber er hatte sich das letzte Wort in allem vorbehalten.

Leslie schüttelte ungläubig den Kopf. Sie kannte ihn besser. Als er seine ersten Stücke geschrieben hatte, war es ähnlich gewesen. Er hatte zwei Monate praktisch durchgearbeitet, ohne Pause, hatte kaum etwas gegessen, kaum geschlafen oder an etwas anderes gedacht, doch das hatte nur zwei Monate gedauert, und damals war ihr alles fabelhaft vorgekommen. Das war nicht mehr der Fall. Sie hatte alles gründlich satt – seine Verbohrtheit, seine Besessenheit und seinen Perfektionismus. Sie wußte, daß er sie und die Kinder liebte, aber nicht so, wie sie es sich wünschte. Sie wollte einen Mann, der um neun zur Arbeit ging, um sechs nach Hause kam, um mit ihr zu reden, mit den Kindern zu spielen, beim Zubereiten des Abendessens zu helfen und sie ins Kino auszuführen, und nicht einen Mann, der die ganze Nacht durcharbeitete und dann um zehn Uhr aus dem Haus stürzte, erschöpft, mit wirrem Blick und mit einem Stapel Anweisungen, mit Notizen und Drehbuchänderungen, die bei der Probe um halb elf berücksichtigt werden sollten. Es war zuviel, zu erschöpfend, zu kräfteraubend, und nach drei Jahre hatte sie endgültig die Nase voll. Sie war ausgebrannt, und wenn sie jemals wieder die Worte ›Lebenswertes Leben‹ hörte, oder die Namen der Charaktere, die er ständig vermehrte und verminderte, würde sie überschnappen.

»Leslie, versuch es noch einmal, bitte. Gib mir eine Chance. In L. A. wird sicher alles großartig sein. Stell dir vor, kein Schnee, keine Kälte. Für die Jungen ideal. Wir könnten mit ihnen an den Strand ... wir könnten hinter dem Haus einen Pool haben ... wir können Disneyland besuchen ...« Aber sie schüttelte noch immer den Kopf. Sie kannte ihn besser.

»Nein, ich könnte sie an den Strand und ins Disneyland führen. Du würdest arbeiten. Du würdest entweder eine ganze Nacht schreiben oder zur Probe laufen oder bei der Sendung zusehen oder in aller Eile Szenen streichen. Wann hast du die Kinder zum letzten Mal in den Bronx-Zoo oder sonstwohin geführt?«

»Schon gut, schon gut ... Ich arbeite also zuviel, deshalb bin ich ein schlechter Vater, ein Scheusal und ein miserabler Ehemann oder alles zusammen, aber um Himmels willen, wir waren jahrelang nahe am Verhungern. Und jetzt ... jetzt kannst du haben, was du willst, und die Kinder auch. Wir werden sie auf anständige Schulen schicken können, ihnen alle Wünsche erfüllen können, sie aufs College schicken. Ist das so schrecklich? Gut, wir hatten ein paar schwierige Jahre, aber es geht immer besser. Und jetzt willst du davonlaufen? Keine optimale Planung.« Er starrte sie an, und in seinen Augen glänzten Tränen, als er ihr die Hand entgegenstreckte. »Baby, ich liebe dich ... bitte tu es nicht ...« Doch sie kam ihm nicht entgegen. Sie senkte den Blick, damit sie den Schmerz in seinen Augen nicht sehen mußte. Sie wußte, daß er sie und die Kinder liebte. Doch das war unwichtig, denn sie wußte ebenso, daß sie das, was sie vorhatte, sich selbst zuliebe tun mußte. »Möchtest du hierbleiben? Ich könnte darauf bestehen, daß die Serie weiterhin hier produziert wird. Wenn das der Grund ist, dann zum Teufel mit Kalifornien ... dann bleiben wir eben hier.« Doch in seinen Ton hatte sich ein Anflug von Panik eingeschlichen, da er sie genau beobachtete und spürte, daß der Grund nicht Kalifornien war.

»Es würde nichts ändern.« Ihre Stimme war leise und sanft. Es tat ihr unendlich leid. »Es ist zu spät für uns. Erklären kann ich es nicht. Ich weiß nur, daß ich etwas anderes machen muß.«

»Was denn? Nach Indien gehen? Die Religion wechseln? Ins Kloster gehen? Wie anders ist das Unterrichten am Julliard? Was willst du damit sagen, verdammt? Daß du raus möchtest? Was zum Teufel hat das mit dem Julliard oder mit Kalifornien zu tun?« Schmerz und Verwirrung ergriffen von ihm Besitz und plötzlich, als letztes, kam Wut dazu. Warum mußte sie ihm dies antun? Womit hatte er das verdient? Er hatte hart gearbeitet und Karriere gemacht. Seine Eltern, hätten sie noch gelebt, wären stolz auf ihn gewesen, aber beide waren gestorben, als er Anfang Zwanzig gewesen war. An Krebs – beide, innerhalb eines Jahres, und Geschwister hatte er keine. Er hatte nur Leslie und die Jungen, und jetzt eröffnete sie ihm, daß sie ihn verlassen wollte, und er würde wieder allein sein. Ganz allein, ohne die drei Menschen, die er liebte, weil er etwas falsch gemacht hatte, er hatte zu schwer gearbeitet und war zu erfolgreich geworden. Und die Ungerechtigkeit dessen, was sie ihm antat, weckte seinen Zorn.

»Du verstehst es einfach nicht«, behauptete sie.

»Nein. Du sagst, du kommst nicht mit nach Kalifornien. Ich sage, wenn es dir etwas bringt, dann bleiben wir hier, egal was die Fernsehleute dazu sagen. Die müssen damit leben. Und was jetzt? Machen wir einen Neuanfang, oder wie? Was ist denn eigentlich, Les?« Zwischen Wut und Verzweiflung schwankend wußte er nicht, was er vorbringen sollte, um ein Zugeständnis ihrerseits zu bewirken. Er begriff nicht, daß sie eine Entscheidung getroffen hatte und sich nicht umstimmen ließ.

»Ich weiß nicht, wie ich es dir beibringen soll ...« Ihre Augen füllten sich mit Tränen, als sie ihn ansah, und einen Moment hatte er das verrückte Gefühl, er sei in eine Fortsetzung seiner Serie geraten und fände nicht mehr heraus. Würde Leslie Bill verlassen? Kann Bill sich wirklich verändern? Begreift Leslie, wie sehr Bill sie liebt? Er wußte nicht, ob er lachen oder weinen sollte, und unterließ beides. »Es ist vorbei. Vermutlich ist es das einzige, was zu sagen bleibt. Kalifornien hat damit nichts zu tun. Ich wollte es mir jetzt selbst nicht eingestehen, aber jetzt ist es geschehen. Ich kann nicht mehr. Ich möchte mein eigenes Leben – zusammen mit den Kindern. Ich möchte selbst etwas anfangen, Bill, ohne Tag und Nacht mit der Serie leben zu müssen ...« Und ohne ihn. Doch sie brachte es nicht über sich, das auszusprechen. Der Schmerz, der aus seinem Blick sprach, war so überwältigend, daß sie es nicht ertrug. »Es tut mir leid ...«

Er sah aus wie vom Blitz getroffen – totenbleich, die aufgerissenen blauen Augen, aus denen das Entsetzen sprach. »Du nimmst die Kinder mit?« Womit hatte er das verdient?

Beide wußten, daß die Kinder sein ein und alles waren, daran war nicht zu rütteln, auch wenn er sich nur selten mit ihnen beschäftigt hatte.

»Du kannst dich in Kalifornien nicht allein um sie kümmern.« Es war eine schlichte Feststellung, die er mit schreckgeweiteten Augen vernahm.

»Nein, aber du könntest ja mitkommen und mir helfen.« Ein matter Witz, aber keinem war nach Witzen zumute.

»Bill, nicht ...«

»Wirst du zulassen, daß sie mich besuchen?« Sie nickte, und er betete darum, daß es ihr ernst damit war. Einen Augenblick lang erwog er, die Serie fallenzulassen, in New York zu bleiben und sie zu bitten, ihn nicht zu verlassen. Zugleich aber spürte er, daß ihre Zeit abgelaufen war und er sich alle Mühe sparen konnte. In ihrem Herzen, mit Seele und Verstand, hatte sie ihn schon verlassen. Und er konnte sich den Vorwurf nicht ersparen, daß ihm nie etwas aufgefallen war. Hätte er rechtzeitig etwas gemerkt, dann wären Änderungen möglich gewesen. Er kannte sie gut genug, um zu wissen, daß dies jetzt nicht mehr möglich war. Es war vorbei – ohne Jammern und Wehklagen. Er hatte den Kampf längst verloren und wußte es nicht einmal. Sein Leben war gelaufen.

Die folgenden zwei Monate sollten zu einer Agonie werden, und wenn er daran zurückdachte, kamen ihm noch immer Tränen. Die Notwendigkeit, den Kindern die Neuigkeit beizubringen. Dann Leslies Umzug in eine Wohnung an der West Side, ehe er New York verließ. Seine erste Nacht allein im Loft. Immer wieder erwog er, die Serie aufzugeben und Leslie zu bitten, es wieder mit ihm zu versuchen, doch es war klar, daß die Tür zugeschlagen war und sich nie wieder öffnen würde. Und ehe er nach Kalifornien ging, mußte er entdecken, daß es einen Lehrer am Julliard gab, den sie sehr ›mochte‹. Sie hatte kein Verhältnis mit ihm, und Bill kannte sie gut genug, um ihr zu glauben, daß sie ihm treu gewesen war, doch sie stand im Begriff, sich in den Burschen zu verlieben – mit ein Grund, weshalb sie ihn verließ. Sie wollte frei sein, um ihre Beziehung zu dem anderen ohne Schuldgefühle gestalten zu können – und ohne Bill Thigpen. Sie und der befreundete Lehrer hätten sehr viel gemeinsam, beharrte sie, und mit Bill hatte sie nur die Kinder gemeinsam. Adam, der zunächst unter der Trennung sehr gelitten hatte, war mit seinen zweieinhalb Jahren rasch darüber hinweg, während der erst acht Monate alte Tommy überhaupt nichts mitbekommen hatte. Dafür fühlte Bill um so mehr, als er mit tränenfeuchten Augen in der Maschine saß, die langsam New York überflog und Kurs nach Westen nahm.

Kaum angekommen, stürzte Bill sich Hals über Kopf in die Arbeit an der Serie, arbeitete Tag und Nacht und schlief sogar auf der Couch in seinem Büro, während die Einschaltziffern weiterhin kletterten und die Serie unzählige Tagesprogramm-Emmys gewann. Und in den sieben Jahren, die Bill Thigpen nun in Kalifornien war, hatte seine Arbeitswut kaum nachgelassen. ›Lebenswertes Leben‹ war sein ganzer Stolz, sein täglicher Begleiter, sein Baby. Es gab keinen Grund mehr, dagegen anzukämpfen. Er erhob seine Arbeit zu seiner alltäglichen Leidenschaft.

Seine Söhne kamen abwechselnd an manchen Feiertagen und

im Sommer einen ganzen Monat auf Besuch. An seiner Liebe zu ihnen hatte sich nichts geändert. Daß dreitausend Meilen sie trennten und er sie am liebsten alle Tage um sich gehabt hätte, war für ihn nach wie vor sehr schmerzlich. In seinem Leben hatte es eine ganze Reihe von Frauen gegeben, aber seine einzigen ständigen Begleiter waren Gestalten der Serie. Sein eigentliches Leben spielte sich in seinen Ferien mit Adam und Tommy ab. Leslie hatte den Lehrer längst geheiratet, noch zwei Kinder bekommen und ihre Lehrtätigkeit aufgegeben. Mit vier Kindern hatte sie alle Hände voll zu tun, aber sie schien in diesem Leben aufzugehen. Sie und Bill plauderten gelegentlich am Telefon, besonders wenn ein Besuch der Jungen bevorstand oder wenn einer der beiden krank war oder sonst irgendein Problem auftauchte, doch abgesehen davon hatten sie sich nicht mehr viel zu sagen. An die Zeit ihrer Ehe konnte er sich kaum mehr erinnern. Der Schmerz der Trennung war überwunden, die Erinnerung an ihre gute gemeinsame Zeit verschwommen. Bis auf die Kinder war alles vorbei. Die beiden waren die wirkliche Liebe in seinem Leben. Wenn sie im Sommer einen Monat bei ihm waren, dann war seine Leidenschaft für sie größer als alles, was er für die Serie empfand, und auch die Aufmerksamkeit, die er ihnen widmete, war größer. Er nahm sich jedes Jahr einen Monat Urlaub, und einen Teil davon fuhren sie irgendwohin, den Rest verbrachten sie in L. A., gingen nach Disneyland, besuchten Freunde, gammelten herum, während er für sie kochte und sich rührend um sie kümmerte. Immer wenn sie wieder nach New York zurückflogen, überfiel ihn von neuem der Schmerz. Adam, der ältere der beiden, war jetzt fast zehn, sehr lebhaft, lustig, aber auch ernst und seiner Mutter sehr ähnlich. Tommy war ein kleiner Chaot, hin und wieder ein Baby, trotz seiner sieben Jahre, launenhaft, noch unausgegoren und zuweilen ungemein komisch. Leslie sagte oft zu Bill, daß Tommy in jeder Hinsicht sein Ebenbild sei, aber irgendwie konnte er selbst es nicht sehen. Er liebte beide über alles und an den langen einsamen Abenden in L. A. sehnte er sich nach einem gemeinsamen Leben mit ihnen. Es war das einzige, was er bedauerte, das einzige, was er nicht ändern konnte und was ihm zu schaffen machte, obwohl er dagegen ankämpfte. Doch der Gedanke, zwei Kinder zu haben, die er liebte und kaum zu Gesicht bekam, erschien ihm als hoher Preis für eine mißlungene Ehe. Wieso hatte sie die Kinder bekommen und nicht er? Wieso hatte sie die Belohnung für die verlorenen Jahre eingeheimst und er die Strafe? Was war daran gerecht? Nichts. Und es bewirkte nur, daß in einem Punkt seine Gewißheit wuchs. Er würde nie wieder zulassen, daß ihm so etwas passierte. Er würde sich nie wieder wie wahnsinnig verlieben, heiraten, Kinder in die Welt setzen und sie verlieren. Nie wieder. Und im Laufe der Jahre hatte er die perfekte Lösung des Problems gefunden. Schauspielerinnen. Scharenweise, wenn er Zeit hatte, was nicht oft der Fall war.

In seinen Anfängen in Kalifornien, als der Trennungsschmerz noch ganz frisch war, hatte er sich dankbar in die Arme einer künstlerisch ambitionierten Regisseurin fallen lassen und eine Affäre mit ihr angefangen, die ein halbes Jahr dauerte und fast zur Katastrophe geführt hätte. Sie war zu ihm gezogen und hatte sein Leben in die Hand genommen, Freunde eingeladen, seine Wohnung für ihn eingerichtet, über sein Leben bestimmt, bis er das Gefühl bekam, ersticken zu müssen. Sie war Absolventin der University of California, hatte in Yale weiterstudiert und redete ständig von Dissertation und Promotion. Sie wollte ›ernsthafte‹ Filme machen und redete ihm dauernd ein, ›Lebenswertes Leben‹ sei unter seinem Niveau. Von seiner Serie sprach sie, als handle es sich um eine Krankheit, von der er dank ihrer Hilfe bald kuriert sein würde. Kinder waren ihr zuwider, so sehr, daß sie die Fotos seiner Kinder immer wieder wegtat. Bemerkenswerterweise benötigte er ein volles halbes Jahr, um zu Atem zu kommen und Schluß zu machen. Es dauerte so lange, weil sie im Bett großartig war, weil sie ihn wie einen Sechsjährigen behandelte und er in einer Phase steckte, in der er sich verzweifelt danach sehnte, umhegt zu werden. Zudem gab es nichts, was sie über das Fernsehen in L. A. nicht gewußt hätte. Doch als sie so weit ging, ihm zu raten, er solle aufhören von seinen Kindern zu reden und sie vergessen, mietete er ihr für einen Monat einen Bungalow im Beverly Hills Hotel, gab ihr den Schlüssel, empfahl ihr, sich zu amüsieren, und sich nicht die Mühe eines Anrufes zu machen, wenn sie eine Wohnung gefunden hätte. Noch am gleichen Nachmittag schaffte er ihre Sachen in den Bungalow, und in den folgenden vier Jahren bekam er sie nicht mehr zu Gesicht, bis sie sich bei einer Preisverleihung über den Weg liefen und sie so tat, als kenne sie ihn nicht.

Was danach gekommen war, hatte er absichtlich leicht und locker gehalten. Schauspielerinnen, Starlets, Statistinnen, Models, Mädchen, die sich amüsieren wollten und es genossen, gelegentlich mit ihm auf Partys zu gehen, falls er nicht wegen einer Änderung an der Serie unter Druck stand. Mehr wollten sie nicht von ihm. Sie reihten ihn unter die anderen Männer in ihrem Leben ein und schienen es sich nicht weiter zu Herzen zu nehmen, wenn er sie nicht anrief. Manche kochten ab und zu ein Dinner für ihn – oder er für sie, da er gern kochte –, und diejenigen, die mit Kindern gut umgehen konnten, wurden manchmal zu einem Ausflug nach Disneyland aufgefordert, wenn die Jungen bei ihm waren, aber meist zog er es vor, die gemeinsame Zeit mit den Kindern allein zu verbringen.

Vor kurzem hatte Bill eine Beziehung mit einer der in der Serie beschäftigten Schauspielerinnen angefangen. Sylvia war ein hübsches Mädchen aus New York, die in der Serie eine wichtige Rolle spielte. Es war das erste Mal seit langem, daß er sich den Luxus einer Affäre mit jemandem gönnte, der für ihn arbeitete, doch sie sah so hinreißend aus, daß er nicht hatte widerstehen können. Zu ihrer Rolle war sie gekommen, nachdem sie jahrelang als Kinderstar und Model gearbeitet hatte und Covergirl bei *Vogue* gewesen war. Sie hatte ein Jahr in Paris bei Lacroix gearbeitet und ein halbes Jahr in L. A. Außer einigen Nebenrollen in Pleitefilmen hatte sie nichts vorzuweisen. Als Schauspielerin war sie, o Wunder, einigermaßen. Vor allem aber war sie ein liebenswertes Mädchen, eine Eigenschaft, die auch das Publikum spürte. Bill war selbst erstaunt, wie sehr er sie mochte. Mochte, nicht liebte. Liebe war etwas, das er für Adam und Tommy reservierte. Sylvia war dreiundzwanzig, und mitunter hatte er das Gefühl, sie benähme sich noch wie ein Kind. Ihrem liebenswerten

Wesen haftete zugleich etwas Einfaches und Naives an, das ihn berührte und amüsierte. Trotz ihrer Welterfahrenheit nach neun Jahren als Schauspielerin und Model, war sie von allem relativ unberührt geblieben und wirkte völlig ungekünstelt, was zuweilen erfrischend und ärgerlich zugleich war. Was hinter den Kulissen geschah, berührte sie nicht. Sie lieferte ihre Auftritte, die manchmal unübertrefflich waren, aber sie geriet allzu leicht in Fallstricke, die raffinierte Kolleginnen mit Wonne für sie auslegten. Es nützte auch nichts, daß Bill sie immer wieder ermahnte, auf der Hut zu sein und sich die unangenehmen Folgen der Intrigen zu ersparen, die hinter ihrem Rücken gesponnen wurden.

Sylvia schwebte jedoch kindhaft naiv durch alles hindurch und amüsierte sich auch noch, wenn Bill zu beschäftigt war, sich um sie zu kümmern, so wie jetzt schon seit Wochen, da er an der Ausarbeitung zweier Rollen arbeitete, die neu eingeführt wurden, während eine andere Rolle überraschend herausgenommen werden sollte. Es war immer sein Bestreben, die Serie frisch zu erhalten und das Publikum durch überraschende Wendungen zu fesseln.

Mit neununddreißig hatte er es zum ungekrönten König der Tagesserien gebracht, wie die stolze Parade seiner auf einem Regal im Büro aufgereihten Emmys bewies. Doch beachtete er die Emmys auch heute nicht, als er in sein Büro zurückkehrte und im Raum auf und ab zu laufen begann, von der Frage bewegt, wie die Darsteller der heutigen Folge auf die unerwarteten, in letzter Minute vorgenommenen Änderungen reagieren würden. Zwei der weiblichen Mitwirkenden kamen damit meist gut zurecht, aber einem seiner männlichen Helden blieb oft der Text weg, wenn es Überraschungen im letzten Moment gab, und wenn die Änderungen ihn zu nervös machten. Er war seit zwei Jahren dabei, und Bill hatte schon mehr als einmal erwogen, ihn zu ersetzen, aber er schätzte die menschlichen Qualitäten, die der Mann einbrachte, und seine überzeugende Darstellung, wenn er an das glaubte, was der Text ihn sagen ließ.

Es war eine Serie, die vielen Millionen im Land sehr viel bedeutete. Der Umfang der Zuschauerpost, die Bill, die Darsteller und die Produzenten bekam, war erstaunlich und der beste Beweis für ihre Beliebtheit. Im Laufe der Jahre waren Darsteller und Drehteam zu einer Familie zusammengewachsen. Die Serie war ihnen zu einem Zuhause geworden und hatte das Leben vieler, sehr begabter Menschen geprägt.

An diesem Nachmittag würde seine eigene Liebe, Sylvia, in ihrer Rolle als Vaughn Williams vor der Kamera stehen, als schöne jüngere Schwester der Hauptheldin Helen. Vaughn war in eine Affäre mit ihrem Schwager geschlittert und von ihm zum Drogenkonsum verführt worden, wovon in der Familie niemand etwas wußte, und schon gar nicht ihre Schwester. In ein Lügengewebe verstrickt, aus dem es kein Entrinnen zu geben schien, geriet sie immer tiefer unter den Einfluß ihres Schwagers John. Ein unheilvolles Ende war abzusehen. In einer unerwarteten Wendung der heutigen Folge sollte Vaughn Augenzeugin des von John begangenen Mordes an dem Drogendealer werden, der sie mit Stoff versorgt hatte. Grund genug für die Polizei, Vaughn zu verdächtigen. Es war nicht leicht gewesen, alle diese Ereignisse stimmig in Einklang zu bringen, und Bill hatte die Drehbuchautoren aufmerksam überwacht, stets bereit, bei Bedarf selbst einzuspringen. Es war genau jene Art von Wendung, die die Serie schon seit zehn Jahren am Leben erhielt. Bill war hochzufrieden mit der Vormittagsarbeit, die darin bestanden hatte, die nächsten Entwicklungen zu skizzieren, als er sich in seinem Büro setzte, sich eine Zigarette ansteckte und einen Schluck vom heißen Kaffee trank, den seine Sekretärin ihm hingestellt hatte. Er fragte sich, was Sylvia von den Drehbuchänderungen halten würde, die er ihr durch die Garderobentür gereicht hatte. Er hatte in der vorangegangenen Nacht ihre Wohnung um drei Uhr morgens verlassen und war ins Büro gefahren, um die Idee auszuarbeiten, die ihm schon den ganzen Abend über keine Ruhe gelassen hatte. Sie hatte geschlafen, als er ging. Um halb eins war die Atmosphäre in seinem Büro noch immer elektrisch geladen, als er aufstand, die Zigarette ausdrückte und ins Studio eilte, wo er beobachtete, wie der Regisseur die letzten Änderungen sorgfältig durchging.

Der Regisseur war ein alter Bekannter von Bill, ein Hollywood-Veteran, der die Serie übernommen hatte, nachdem er eine Reihe von Erfolgsfilmen fürs Fernsehen gedreht hatte. Für eine Seifenoper des Tagesfernsehens eine ungewöhnliche Wahl, aber Bill hatte genau gewußt, was er damit tat. Allan McLoughlin riß das ganze Team mit, und er war mit Sylvia und dem Darsteller des John in ein ernstes Gespräch vertieft, als Bill das Studio betrat und in einer stillen Ecke Aufstellung nahm, wo er alles beobachten konnte, ohne jemanden zu stören.

»Kaffee, Bill?« fragte ihn ein hübsches junges Scriptgirl. Sie hatte schon seit einem Jahr ein Auge auf ihn geworfen. Ihr gefiel sein Typ. Er war das, was manche ›Teddybär‹ nannten, groß, kraftvoll, warmherzig, klug, gutaussehend, aber nicht umwerfend, ein Mann, der gern lachte und dessen ruhige Art seine Arbeitswut nicht so kraß erscheinen ließ. Aber Bill schüttelte den Kopf. Sie war ein nettes Ding, er hatte in ihr aber nie mehr als das Scriptgirl gesehen. Er war viel zu sehr in seine Arbeit vertieft, um sich für etwas anderes als das Geschehen vor der Kamera oder für seine eigenen Ideen zu interessieren, während er sich die künftigen Irrungen und Wirrungen der Handlung ausdachte.

»Nein, danke.« Er lächelte dem Mädchen zu und widmete seine Aufmerksamkeit wieder dem Regisseur. Ihm fiel auf, daß Sylvia noch ihren Text studierte, und die Darsteller von Helen und John berieten sich leise in einer Ecke. Zwei als Polizisten kostümierte Männer warteten, und das ›Opfer‹, der Drogendealer, den John in der heutigen Folge töten sollte, trug bereits das blutgetränkte, beunruhigend echt wirkende Hemd und lachte und scherzte mit einem der Atelierarbeiter. Es war sein letzter Auftritt in der Serie, Text hatte er keinen mehr. Er würde schon tot sein, wenn die Kamera ihn erfaßte.

»Zwei Minuten«, sagte eine Stimme so laut, daß es niemand überhören konnte, und Bill spürte ein Flattern in der Magengrube. So wie immer. Dieses Lampenfieber verfolgte ihn seit seinen Anfängen als Schauspieler auf dem College. Und in New York hatte er eine Stunde, ehe der Vorhang sich über einem seiner Stücke hob, gegen Übelkeit kämpfen müssen. Und jetzt, zehn Jahre nachdem ›Lebenswertes Leben‹ aus der Taufe gehoben worden war, hatte er vor jeder Sendung noch immer diese Anwandlungen. Was, wenn alles eine Pleite wurde? Wenn die Einschaltquoten abgrundtief sanken? Wenn niemand mehr zusah? Wenn alle Darsteller plötzlich davonliefen? Wenn alle ihren Text schmissen? Wenn … Möglichkeiten, das Fürchten zu lernen, gab es unzählige.

»Eine Minute!« Die Schlinge, die sich um seinen Magen zog, wurde enger. Bills Blick suchte den Raum ab. Sylvia wiederholte mit geschlossenen Augen den Text ein letztes Mal, ruhig und gefaßt. Helen und John hatten bereits ihre Plätze auf dem Set eingenommen, bereit für die stürmische Auseinandersetzung, die den Auftakt dieser Folge bildete. Der Drogendealer verdrückte in seinem blutgetränkten Hemd seelenruhig ein großes Pastrami-Sandwich hinter den Kulissen, und keiner gab einen Laut von sich, als der Regieassistent eine Hand mit emporgestreckten Fingern hob und fünf Sekunden bis zum Sendebeginn anzeigte … vier … drei … zwei … einen Finger … Bills Magen sackte ab, die Hand senkte sich, und Helen und John fingen an, sich heftig zu zanken. Es fallen grobe Schimpfwörter, die aber die von der Zensur vorgegebenen Grenzen nicht überschreiten, bis die Situation sich bis zum Siedepunkt aufheizt. Der Text war Bill vertraut, obschon es wie immer winzige Abweichungen gab. Bei Helen mehr als bei John, doch bei ihr ging das immer glatt, und Bill hatte nichts dagegen, solange sie nicht zu sehr vom Text abwich oder den Partner aus dem Konzept brachte. So weit läuft es … die Tür knallt nach vier Minuten hochdramatischen Geschehens zu, es folgt ein Werbespot. Helen verläßt totenbleich das Set. Die Arbeit der Darsteller ist kurz, aber intensiv, Dialog und Situation so realistisch, daß sich bei allen das Gefühl von Wirklichkeit einstellt. Bill fängt ihren Blick auf und lächelt. Sie hat gute Arbeit geleistet, wie immer. Eine ausgezeichnete Schauspielerin. Sie verschwindet. Wieder wird eine Hand gehoben. Absolute Stille. Kein Geräusch, nicht einmal eine Münze, die in der Tasche klirrt, kein Schlüssel am Schlüsselring, kein Schritt. John taucht im abgeschiedenen Landhaus des Drogendealers auf, der Helen mit einem anonymen Anruf von dem Verhältnis ihres Mannes mit ihrer Schwester in Kenntnis setzte. Schüsse peitschen durch die Luft, man sieht die hingestreckte Leiche des Mannes mit dem blutgetränkten Hemd auf dem Boden. Eine Großaufnahme von Johns Gesicht, ein mörderischer Blick, Vaughn an seiner Seite. Ausblenden. Einblenden. Großaufnahme von Vaughn, wunderschön anzusehen, in ihrer kleinen, luxuriös ausgestatteten Wohnung. John hat sie, das brave Mädchen von einst, so weit gebracht, und man sieht, wie sie sich von einem Mann verabschiedet. Ohne daß es ausgesprochen werden müßte, weiß man, daß sie als Callgirl arbeitet. Vaughn blickt in die Kamera, verstört, schön und mit verschleiertem Blick. Bill beobachtet genau, wie die Handlung sich entfaltet, und seine Anspannung lockert sich, als der nächste Werbespot eingeblendet wird. Täglich ist es ein neues Stück, ein neues Drama, eine ganz neue Welt, deren Zauber nie aufhört, seine Neugierde zu reizen. Manchmal fragt er sich, wie das alles klappen kann, wie es kommt, daß die Serie so erfolgreich ist, doch er fragt es sich, weil er selbst noch immer so tief darinsteckt. Und er fragt sich, allerdings nur selten, was wohl geschehen wäre, wenn er sein Konzept verkauft oder vor Jahren die Serie im Stich gelassen hätte, wenn er in New York geblieben wäre und etwas anderes gemacht hätte – mit Leslie zusammengeblieben wäre und mit den Jungen. Ob sie jetzt mehr Kinder hätten? Ob er inzwischen wieder Stücke für den Broadway schreiben würde? Ob er es dort je geschafft hätte? Wären sie mittlerweile auf jeden Fall geschieden? Es war höchst sonderbar, zurückzuschauen und Betrachtungen darüber anzustellen.

Jetzt ging Bill aus dem Studio, beruhigt, daß die Folge gut lief, und er nicht bis zum Ende zu bleiben brauchte. Der Regisseur hatte alles im Griff, deshalb konnte Bill zurück ins Büro gehen, erschöpft, erleichtert, und ganz sicher, wie die nächsten Folgen verlaufen würden. An der Serie schätzte er besonders, daß man sich keine Laschheit oder Selbstzufriedenheit leisten konnte. Man konnte auch nicht dahindümpeln oder nach Schema F vorgehen oder immer wieder dieselben Handlungselemente aufwärmen. Man mußte die Serie taufrisch halten, Sekunde für Sekunde,

Stunde für Stunde, oder sie würde eingehen. Und er liebte die Erregung täglicher Herausforderung. In seinem Büro warf er sich auf die Couch und starrte aus dem Fenster.

»Na, wie ist es gelaufen?« fragte Betsy, seit fast zwei Jahren seine Sekretärin, was beim Fernsehen ein halbes Leben bedeutete. Sie arbeitete abends als Zweitbesetzung, Bill verfügte in ihren Augen über Wunderkraft.

»Tadellos.« Er schien entspannt und guter Dinge zu sein. Der Krampf in seinem Magen hatte sich in ein befriedigtes Summen aufgelöst. »Gibt es etwas Neues von der Produktion?« Er hatte ein paar neue Vorschläge für die Serie eingereicht und wartete nun auf Antwort, obwohl anzunehmen war, daß man ihn nach Belieben schalten und walten lassen würde.

»Noch nicht. Aber Lelan Harns soll gar nicht da sein und Nathan Steinberg auch nicht.« Die Götter, die sein Leben bestimmten, allwissend, allmächtig, alles vorausdenkend, alles sehend, alles ahnend. Er ging mit Nathan ab und zu angeln. Bill fand ihn sympathisch und behauptete, Steinberg sei zu ihm immer sehr nett gewesen, obwohl er allgemein als richtiges Ekel galt. »Machen Sie heute früher Schluß?« Betsy sah ihn hoffnungsvoll an. Zuweilen, wenn er bei Tagesanbruch gekommen war, ging er schon vor fünf, doch das kam selten vor, und er schüttelte den Kopf, als er an den Schreibtisch ging, hinter dem auf einem kleinen Tisch seine uralte Schreibmaschine thronte, eines der wenigen Andenken, die ihm von seinem Vater geblieben waren.

»Ich glaube, ich bleibe noch. Was wir heute angefangen haben, scheint zu klappen. Das bedeutet, daß für die nächsten Folgen Veränderungen nötig sind. Barnes muß man ganz streichen. Wir haben ihn umgebracht. Und Vaughn landet hinter Gittern, ganz zu schweigen davon, daß Helen John auf die Schliche kommt. Und dann entdeckt sie, daß ihre kleine Schwester sich das Geld für die Drogen unter Mithilfe ihres eigenen Göttergatten auf die ganz miese Tour verschafft.« Er strahlte, als er seine Beine unter dem Schreibtisch streckte und in einer Pose reinen Glücks und totaler Entspannung die Hände hinter dem Kopf verschränkte.

»Sie haben schon einen ganz verdrehten Verstand.« Betsy schnitt ein Gesicht und schloß die Tür zu seinem Büro, um gleich darauf wieder kurz hereinzusehen. »Soll ich für abends etwas aus der Kantine bestellen?«

»Allmächtiger ... jetzt weiß ich, daß Sie mich aus dem Weg schaffen wollen. Bringen Sie mir ein paar Sandwiches und eine Thermoskanne mit Kaffee. Wenn ich Hunger kriege, halte ich mich daran.« Aber meist wurde es Mitternacht, ehe er überhaupt auf die Uhr sah, bis dahin hatte sich auch sein Hunger verflüchtigt. Ein wahres Wunder, daß er nicht schon längst vom Fleisch gefallen war, stellte Betsy oft fest, wenn sie die Beweise dafür vorfand, daß er die Nacht durchgearbeitet hatte – überquellende Aschenbecher, vierzehn Becher kalten Kaffees und ein halbes Dutzend leere Snickers-Hüllen.

»Sie sollten sich tüchtig ausschlafen.«

»Danke, Mami.« Er grinste sie an, als sie die Tür schloß. Eine großartige Person, die er sehr schätzte.

Er lächelte in Gedanken an Betsy noch immer, als sich die Tür wieder öffnete und er aufblickte. Wie immer, wenn er sie sah, hielt er den Atem an, weil sie einen so umwerfenden Anblick bot. Es war Sylvia, noch immer in Kostüm und Maske, und einfach toll aussehend.

Sie war groß, überschlank und dabei wohlgeformt, mit vollen hohen Silikon-Brüsten, die förmlich danach riefen, von Männerhänden berührt zu werden, mit Beinen, so lang, daß sie bis unter die Arme zu reichen schienen. Sie war fast so groß wie Bill, dichtes schwarzes Haar hing ihr wie ein Wasserfall bis zur Taille, ihre sahnig weiße Haut ließ die grünen Katzenaugen noch auffallender erscheinen. Sie war ein Mädchen, das überall für Aufsehen gesorgt hätte, sogar in L. A., wo wegen der vielen Schauspielerinnen und Models schöne Mädchen alltäglich waren. Aber Sylvia Stewart war nirgends alltäglich, und Bill war der erste, der zugegeben hätte, daß sie auf die hohen Einschaltziffern einen sehr wohltuenden Einfluß ausübte.

»Gut gemacht, Kleines. Du warst super. Aber das bist du ja immer.« Sie nahm sein Kompliment mit einem Lächeln zur Kenntnis, und er stand auf und kam hinter seinem Schreibtisch hervor, um ihr einen halbernsten Kuß zu geben, als sie sich setzte, und die Beine übereinanderschlug. Er blickte mit Herzklopfen auf sie hinunter. »O Gott, du machst mich ganz fertig, wenn du hereinkommst und so aussiehst.« Sie trug das verführerisch wirkende kleine Schwarze aus der letzten Szene der Folge – einen richtigen Knüller. Die Kostümabteilung hatte es von Fred Heymann ausgeliehen. »Das Mindeste, was du tun könntest, ist ein Sweatshirt und Jeans anzuziehen.« Aber Jeans hätten nicht viel genutzt. Sie trug sie immer hauteng, so daß er einzig und allein daran dachte, wie er sie ihr ausziehen konnte, wenn er sie darin sah.

»Die Leute von der Kostümabteilung sagten, ich könnte das Kleid behalten.« Sie schaffte es, unschuldig und verführerisch zugleich auszusehen.

»Wie nett.« Wieder lächelte er ihr zu und ließ sich hinter seinem Schreibtisch nieder. »Sieht an dir sehr gut aus. Vielleicht könnten wir nächste Woche einmal ausgehen. Dann kannst du es tragen.«

»Nächste Woche erst?« Sie sah aus wie ein Kind, das eben erfahren hat, daß seine Lieblingspuppe bis nächsten Dienstag in Reparatur war. »Warum können wir nicht heute schon ausgehen?« Sie schmollte, was er amüsant fand. Es waren jene Szenen, in denen sie einzigartig war. Es war die andere Seite ihrer fabelhaften Erscheinung und ihres unwiderstehlichen Körpers.

»Dir ist sicher aufgefallen, daß sich neue Entwicklungen anbahnen und du eben im Gefängnis gelandet bist. Die Autoren müssen tonnenweise neue Szenen liefern, und ich möchte in der Nähe bleiben und einiges selbst schreiben oder zumindest kontrollieren, wie es läuft.« Wer ihn kannte, wußte, daß er in den nächsten Wochen achtzehn bis zwanzig Stunden täglich arbeiten, ständig kiebitzen und seine Überredungskunst spielen lassen würde und selbst viel umschreiben mußte, doch das Material, das er dann in der Hand hatte, machte den Aufwand wett.

»Können wir nicht übers Wochenende etwas unternehmen?« Sie schlug ihre Beine wieder übereinander und weckte damit Bills Erregung, aber begriffen hatte sie wohl nicht.

»Nein, das können wir nicht. Wenn ich Glück habe und alles glattläuft, dann können wir am Sonntag vielleicht Tennis spielen.«

Ihr Schmollen vertiefte sich. Sylvia schien gar nicht erbaut. »Ich wollte nach Vegas. Eine ganze Clique aus ›Mein Haus‹ fährt übers Wochenende dorthin.« ›Mein Haus‹ war ihre schärfste Konkurrenz-Serie.

»Sylvia, ich kann es nicht ändern. Ich muß arbeiten.« Wohl wissend, daß es einfacher war, wenn sie ohne ihn fuhr, als wenn sie blieb und ständig jammerte, schlug er ihr vor, sie solle trotzdem mit den anderen nach Vegas fahren. »Warum fährst du nicht mit? In der morgigen Folge kommst du nicht vor. Vielleicht wird es amüsant in Vegas. Und ich hocke ohnehin das ganze Wochenende im Büro.« Er deutete auf die vier Wände seines Büros. Obwohl es erst Donnerstag war, wußte er, daß mindestens drei oder vier arbeitsreiche Tage vor ihm lagen, in denen er den Autoren auf die Finger sehen mußte. Der Vorschlag, sie solle allein fahren, schien Sylvia zu gefallen.

»Wirst du nachkommen, wenn du hier fertig bist?« Wieder sah sie wie ein Kind aus. Manchmal vermochte ihre Unschuld ihn zu rühren, aber ihr Körper war ihm wichtiger, wie er zugeben mußte, und es war bislang für ihn eine sehr simple Beziehung gewesen, wenngleich eine, auf die er nicht sehr stolz war. Sylvia war eine nette Person, und er mochte sie, aber sie stellte alles andere als eine Herausforderung für ihn dar, und er wußte sehr wohl, daß auch er ihren Bedürfnissen nicht voll entsprach. Sie brauchte jemanden, der immer Zeit hatte, um mit ihr etwas Amüsantes zu unternehmen, um auf Eröffnungen und Parties zu gehen oder zu Zehn-Uhr-Dinners bei Spago, und er war meist durch seine Arbeit verhindert, mit Schreiben neuer Szenen beschäftigt oder zu müde, um noch irgendwohin zu gehen, dazu kam, daß Hollywood-Parties nie sein Fall gewesen waren.

»Ich glaube nicht, daß ich rechtzeitig fertig werde. Wir sehen uns Sonntagabend, wenn du wiederkommst.« Eine ideale Einteilung, mit der er sie sich vom Leib hielt, obwohl er sich gemein vorkam, daß er diese Überlegung anstellte. Aber es war einfacher, wenn er wußte, daß sie sich irgendwo amüsierte, sonst würde sie ihn alle zwei Stunden anrufen und sich erkundigen, wann er endlich fertig sei.

»Okay.« Sie stand auf, allem Anschein nach hocherfreut. »Es macht dir doch nichts aus?« Sie litt ein wenig unter Gewissensbissen, weil sie ihn allein ließ, aber er lächelte nur und begleitete sie an die Tür.

»Nein, es macht mir nichts aus. Aber gib bloß acht, daß die Clique von ›Mein Haus‹ dir nicht einen neuen Kontrakt aufschwatzt.« Sie lachte, und diesmal küßte er sie auf den Mund. »Du wirst mir fehlen.«

»Du mir auch.« Doch in ihrem Blick lag ein Anflug von Bedauern, so daß er sich fragte, ob etwas passiert sei. Es war etwas, das er in anderen Augen schon gelesen hatte – bei Leslies Augen angefangen. Es war etwas, das Frauen einem sagten, ohne es in Worte zu fassen, und es deutete das Gefühl an, einsam und allein zu sein. Er kannte es sehr gut, doch es gab nichts, was er jetzt ändern würde. Er hatte sich nie geändert, und mit neununddreißig war es dazu wohl auch zu spät.

Sylvia ging, und Bill machte sich wieder an die Arbeit. Er hatte einen Berg Notizen über die neuen Drehbücher und alle bevorstehenden Änderungen zu machen, und als er wieder von seiner Schreibmaschine aufblickte, war es draußen finster, und er erschrak, als er sah, daß der Zeiger der Uhr auf die Zehn zeigte. Plötzlich merkte er auch, daß er Durst hatte. Er stand auf, schaltete das große Licht ein und nahm sich ein Soda aus Bürobeständen. Betsy hatte sicher ein paar Sandwiches auf ihrem Schreibtisch für ihn zurückgelassen, aber er hatte keinen Hunger. Wenn die Arbeit gut lief, dann schien sie seinen Verstand zu ernähren, und als er durchging, was er zustandegebracht hatte, freute er sich. Nur noch eine Szene wollte er ändern, ehe er für heute Schluß machte. In den nächsten zwei Stunden hieb er wie verrückt auf die alte Royal ein und vergaß alles um sich herum, bis auf den Text, den er tippte. Und als er diesmal unterbrach, war es Mitternacht. Fast zwanzig Stunden hatte er jetzt hinter sich und war kaum müde – im Gegenteil, die Änderungen und die Arbeit, die so gut lief, versetzten ihn in ein Hochgefühl. Er nahm den Stapel Papiere, Ergebnis seiner Arbeit seit dem Nachmittag, schloß sie in ein Schubfach, trank noch ein Glas Soda auf dem Weg hinaus und ließ die Zigaretten auf dem Tisch liegen. Er rauchte nur selten, wenn er nicht über seiner Arbeit saß.

Er ging am Schreibtisch seiner Sekretärin vorüber, auf dem noch immer die Sandwiches in einem Pappkarton warteten, trat auf den mit Leuchtstoffröhren erhellten Korridor und passierte ein halbes Dutzend Studios, in denen kein Betrieb war. Nur in einem lief eine Spätabendshow, und eine Horde sehr wunderlich aussehender junger Leute in Punkaufmachung wartete auf ihren Auftritt. Er lächelte ihnen zu, da sie aber viel zu nervös waren, reagierten sie nicht. Er ging an dem Studio vorüber, aus dem die Elf-Uhr-Nachrichten ausgestrahlt wurden, und auch hier war schon alles dunkel. Alles war fürs Frühstücksfernsehen bereit.

Der Pförtner am Empfang händigte Bill seine Abmeldung aus, die dieser unterschrieb, nicht ohne einen Kurzkommentar über das letzte große Baseballmatch. Er und der alte Pförtner waren leidenschaftliche Dodgers-Anhänger. Und dann trat er ins Freie und sog die warme Frühlingsnacht tief ein. Um diese späte Stunde war der Smog erträglich, und bei Bill stellte sich sofort Hochstimmung ein. Da er seine Arbeit liebte, lohnte es sich für ihn, um diese unheilige Zeit noch im Büro zu sein und sich Storys über Phantasiemenschen auszudenken. Steckte er mitten in der Arbeit, dann kam ihm alles sehr sinnvoll vor, und nach getaner Arbeit war er immer froh. Mitunter konnte natürlich ein Alptraum daraus werden, wenn eine Szene nicht glücken wollte oder eine Rolle seinem Zugriff entglitt und sich anders entwickelte, als er es beabsichtigt hatte, aber meist war er mit Leib und Seele dabei. Es gab sogar Momente, in denen er bedauerte, daß es kein Ganztagsjob war, und er die Drehbuchautoren beneidete.

Mit einem zufriedenen Seufzen startete er sein Auto, einen 49er Chevrolet-Kombi mit Holzaufbau, den er vor sieben Jahren für fünfhundert Dollar einem Surfer abgekauft hatte. Er liebte dieses dunkelbraune Auto, das alles andere als im Bestzustand war, aber es hatte eine Seele und bot viel Platz. Seine Söhne waren begeistert, wenn sie auf Besuch kamen und darin herumkutschiert wurden.

Als er auf dem Santa Monica Freeway in Richtung Fairfax Avenue fuhr, merkte er, daß er doch Hunger hatte. Mehr als Hunger. Er war dem Verhungern nahe. Und er wußte, daß er nichts zu Hause hatte. Seit Tagen hatte er nicht mehr daheim gegessen. Er war zu beschäftigt gewesen und hatte auswärts gegessen, und das letzte Wochenende hatte er bei Sylvia in Malibu verbracht. Sie hatte das Haus einer einstigen Filmdiva gemietet, die schon seit Jahren in einem Altenheim lebte.

Bill hielt in Safeway an. Es war schon nach Mitternacht, als er in seinem Kombi auf dem Parkplatz vorfuhr und einen leeren Platz genau vor dem Haupteingang erwischte. Er parkte neben einem klapprigen alten roten MG-Kabrio, dessen Verdeck offen war und betrat den hellerleuchteten Supermarkt, der die ganze Nacht über geöffnet hatte. Während er seinen Einkaufswagen schob, überlegte er, worauf er Lust hatte. In einem der Gänge rotierten auf einem Grill Hähnchen, deren Duft ihm verführerisch in die Nase stieg. Er nahm sich eines, dazu ein Sechserpack Bier, Kartoffelsalat an der Delikatessen-Theke, Salami, Mixed Pickles und dann eilte er zur Frisch-Abteilung, um sich Salat, Tomaten und andere Zutaten zu holen. Je länger er nachdachte, desto hungriger wurde er, so daß er es kaum erwarten konnte, nach Hause zu kommen und endlich zu essen. Er konnte sich nicht mehr erinnern, ob er zu Mittag etwas zu sich genommen hatte. Plötzlich hatte er das Gefühl, als hätte er jahrelang nichts mehr gegessen. Ihm fiel ein, daß er Küchentücher brauchte und Toilettenpapier, für beide Badezimmer, sowie Rasiercreme, und ihm schwante, daß die Zahncreme knapp wurde. Es sah aus, als hätte er nie Zeit, für sich einzukaufen, und als er hellwach durch den Supermarkt wanderte, kam es ihm vor, als sei es mitten am Nachmittag. Er deckte sich mit Toilettenartikeln ein, mit Olivenöl, Kaffee, Pfannkuchenmischung, Wurst, Sirup für das nächste Frühstück zu Hause am Wochenende – und dann Kleiebrötchen, Frühstücksflocken, Eier, Ananas und einige frische Papayas. Er fühlte sich wie ein Kind im Kaufrausch, während er immer wieder neues Zeug in seinen Korb häufte. Endlich einmal war er nicht in Eile und mußte nicht zur Arbeit. Niemand erwartete ihn, und er konnte den Laden nach Belieben durchstöbern. Gerade versuchte er zu entscheiden, ob er noch ein Baguette und einen Brie haben wollte, als er um die Ecke bog und mit einem Mädchen zusammenstieß, das mit einer Armladung von Küchenrollen aus dem Boden gewachsen zu sein schien. Sie tauchte praktisch aus dem Nichts auf, und ehe er wußte, wie ihm geschah, hatte er sie mit seinem Wagen fast umgefahren, so daß sie erschrocken einen Sprung rückwärts tat und alles fallen ließ. Sie hatte etwas Auffallendes an sich, etwas Schönes, auf saubere, gesunde Weise, und er konnte nicht umhin, sie anzustarren, als sie sich umdrehte, um ihre Küchenrollen aufzuheben.

»Ach, tut mir leid ... ich ... Moment, ich helfe Ihnen ...« Er ließ seinen Wagen stehen und wollte ihr helfen, sie aber hatte sich wieder aufgerichtet und sah ihn lächelnd und sanft errötend an.

»Kein Problem.« Ihr Lächeln besaß Ausstrahlung und Kraft, ein Eindruck, zu dem ihre großen blauen Augen beitrugen. Sie sah aus wie ein Mensch, mit dem zu reden sich lohnte, und er kam sich vor wie ein kleiner Junge, als er sie anstarrte, wie sie ihren Wagen davonschob und ihm noch über die Schulter lächelnd einen Blick zuwarf. Fast war es wie eine Filmszene oder eine der Szenen, wie er sie für seine Serie schrieb. Junge trifft Mädchen. Er wollte ihr nachlaufen ... warten Sie ... stehenbleiben! Aber sie war schon fort, mit ihrem schimmernden dunklen Haar, das ihr locker bis knapp auf die Schultern fiel. Der Blick, mit dem sie ihn bedacht hatte, war aufrichtig und offen, doch ihr Lächeln war von Spott gefärbt gewesen, als hätte sie ihm eine Frage stellen oder über sich selbst lachen wollen. Während er seinen Einkauf beendete, kreisten seine Gedanken einzig um sie. Mayonnaise ... Kapern ... Rasiercreme ... Eier? Brauchte er Eier? Sauerrahm? Er konnte sich nicht mehr konzentrieren. Einfach lächerlich. Sie war hübsch, aber so toll auch wieder nicht. Sie wirkte frisch und adrett, wie die Absolventin eines vornehmen Colleges an der Ostküste. Sie hatte Jeans getragen, dazu einen roten Rollkragenpullover und Turnschuhe, und sein Herz setzte einen Schlag aus, als er sah, wie sie wenig später an der Kasse ihren Wagen auslud. Er blieb selbst stehen und sah sie an. So phantastisch ist sie gar nicht, sagte er sich. Ganz hübsch, gewiß ... sehr nett, aber für seinen von Kalifornien beeinflußten Geschmack zumindest, war sie viel zu normal. Sie sah aus wie jemand, mit dem man sich spätabends noch aussprechen konnte, der einen Witz oder eine Geschichte erzählen konnte, der aus Resten einen Nachtisch zauberte. Aber wozu brauchte er ein solches Mädchen, wenn Mädchen wie Sylvia sein Bett wärmten? Doch als er zusah, wie sie den leeren Einkaufswagen wegstellte, verspürte er ein undefinierbares Verlangen nach ihr und hätte nicht zu sagen gewußt, warum. Sie war jemand, den er gern kennengelernt hätte, und er fragte sich, wie sie heißen mochte, als er langsam auf sie zurollte. Hi ... ich bin Bill Thigpen ... sagte er sich im Kopf vor, als er seinen Wagen zu der Kasse schob, an der auch sie zahlte. Diesmal schien sie ihn nicht zu bemerken. Sie schrieb einen Scheck aus, leider konnte er den Namen nicht lesen, als er ihr über die Schulter spähte. Er konnte nur ihre linke Hand sehen, die das Scheckbuch hielt. Die Linke mit dem Goldreif. Mit ihrem Ehering. Mit einem Schlag spielte es keine Rolle mehr, wer sie war. Sie war verheiratet ... wie schade, falls du dich scheiden lassen solltest, ruf mich an ... mit verheirateten Frauen gab er sich nicht ab. Er hätte sie gern gefragt, wieso sie ihre Einkäufe so spät in der Nacht erledigte, aber das hätte keinen Sinn gehabt. Es war jetzt unwichtig.

»Gute Nacht«, sagte sie mit leiser Stimme, als sie ihre Einkaufstüten nahm und er seine Einkäufe aufs Förderband legte.

»Gute Nacht«, sagte er, während er ihr nachblickte. Gleich darauf hörte er ein Auto davonfahren, und als er zu seinem eigenen Wagen ging, war der kleine MG, der neben seinem Kombi gestanden hatte, nicht mehr da. Ob er ihr gehört hatte? Fast hätte er laut gelacht. Er mußte total überarbeitet sein, wenn er anfing, sich in wildfremde Frauen zu verlieben. »Okay, Thigpen«, brummte er, als er seinen Wagen mit viel Getöse und Auspuffgasen startete. »Immer mit der Ruhe, alter Junge.« Mit einem leisen Lachen fuhr er vom Parkplatz, und während der Fahrt nach Hause fragte er sich, was Sylvia in Las Vegas treiben mochte.

2

Als Adrian Townsend vom Supermarkt losfuhr, kreisten ihre Gedanken um Steven, der zu Hause auf sie wartete. Seit vier Tagen hatte sie ihn nicht mehr gesehen, da er in St. Louis eine Werbepräsentation bei einem potentiellen Kunden gehabt hatte. Steven Townsend war mit vierunddreißig der strahlende Stern der Werbeagentur, für die er tätig war. Es stand zu erwarten, daß er einmal die Niederlassung in L. A. übernehmen würde. Seit seinen sehr bescheidenen Anfängen im Mittleren Westen hatte er einen weiten Weg zurückgelegt, und sie wußte, wieviel ihm der Erfolg bedeutete. Er bedeutete ihm alles. Steven haßte Armut, wie er seine Kindheit und den Mittleren Westen haßte. Ein Stipendium der UCLA war für ihn vor sechzehn Jahren der Rettungsanker gewesen. Er hatte ein Diplom in Kommunikationswissenschaften erworben, wie Adrian drei Jahre später in Stanford. Ihre Leidenschaft hatte dem Fernsehen gegolten, während Steven sich von Anfang an der Werbung verschrieben hatte. Gleich nach dem Studium hatte er bei einer Firma in San Franzisko erste Erfahrungen gesammelt und daneben Abendkurse in Wirtschaftswissenschaften belegt. Seinen Abschluß in diesem Fach hatte er gemacht, als er nach Südkalifornien gekommen war. Kein Zweifel – Steven Townsend würde die Erfolgsleiter bis zur obersten Stufe erklimmen, ohne Rücksicht auf den Einsatz, den es erforderte. Er gehörte zu jenen Menschen, die ein Ziel ganz entschlossen anpeilten und es auch erreichten. Dabei wurde nichts dem Zufall überlassen und alles genau geplant. In Steven Townsends Leben gab es keine Fehleinschätzungen, keine Mißerfolge. Wenn er ihr von Klienten erzählte, die er kapern wollte, oder von einer Werbestrategie, die ihn reizte, dann konnte sie seine Entschlossenheit, seinen inneren Antrieb, seinen Mut nur bewundern. Dabei war ihm nichts in den Schoß gefallen. Sein Vater hatte in Detroit am Fließband gestanden, zu Hause hatten fünf Kinder auf ihn gewartet, drei Töchter und zwei Söhne, von denen Steven der jüngste war. Sein älterer Bruder war in Vietnam gefallen, die drei Mädchen hatten sich nicht von der Stelle gerührt und nie den Ehrgeiz gezeigt, ein College zu besuchen. Zwei von ihnen hatten noch als Teenager geheiratet – selbstverständlich waren sie schwanger gewesen. Seine älteste Schwester hatte mit einundzwanzig geheiratet und war noch vor ihrem fünfundzwanzigsten Geburtstag Mutter von vier Kindern. Ihr Mann stand am Fließband einer Autofabrik wie ihr Vater, und wenn gestreikt wurde, lebten sie alle von der Wohlfahrtsunterstützung. Es war ein Leben, das Steven gelegentlich noch in Alpträumen heimsuchte und das auch der Grund dafür war, daß er nur selten von seiner Kindheit sprach. Nur Adrian wußte, mit wieviel Widerwillen er an diese Zeit zurückdachte und wie sehr er seine Familie haßte. Seitdem er sein Elternhaus verlassen hatte, war er nie wieder nach Detroit zurückgekehrt. Adrian wußte auch, daß der Kontakt zu seinen Eltern seit über fünf Jahren abgerissen war. Er hatte ihnen nichts mehr zu sagen, wie er ihr einmal in angeheitertem Zustand nach einer Firmenparty erklärte. Er hatte seine Familie mit aller Inbrunst gehaßt, hatte ihre Armut und Verzweiflung und den ständigen Kummer im Blick der Mutter gehaßt, die für ihre Kinder nichts tun und ihnen nichts geben konnte. Aber sie muß euch alle sehr geliebt haben, hatte Adrian ihm zu erklären versucht, da sie sich in die Lage seiner Mutter hineinzuversetzen vermochte und sich auch sehr gut das Gefühl der Ohnmacht vorstellen konnte, das sie erfüllt haben mußte, weil sie den Bedürfnissen der Kinder nicht nachkommen konnte – im Falle ihres Jüngsten, des ehrgeizigen aufgeweckten Steven, eine besondere Härte.

»Ich glaube, sie hat niemanden geliebt«, hatte Steven verbittert zur Antwort gegeben. »In ihr war nichts mehr vorhanden ... da war nur er ... sie wurde sogar noch in dem Jahr schwanger, als ich fortging. Damals muß sie fast fünfzig gewesen sein ... gottlob hat sie es verloren.« Adrian spürte einen Anflug von Mitleid mit ihr, aber sie hatte es schon längst aufgegeben, bei Steven für seine Mutter einzutreten. Er hatte mit ihnen nichts mehr gemein, und auch nur von ihnen zu sprechen, bedeutete für ihn eine Qual. Zuweilen stellte sie sich die Frage, was seine Eltern von ihm halten würden, wenn sie Steven jetzt sehen könnten, hübsch, sportlich, offen, gebildet, intelligent, zielstrebig und gelegentlich ein wenig zu forsch. Immer hatte sie sein Feuer, seinen Ehrgeiz, seine Energie und seinen Schwung bewundert, und doch regte sich in ihr manchmal der Wunsch, daß dies alles nicht so ausgeprägt sein möge. Vielleicht würde sich das mit der Zeit automatisch einstellen, mit dem Alter, dank der Zuwendung derer, die ihn liebten. Gelegentlich zog sie ihn auf und nannte ihn einen Kaktus. Er ließ niemanden zu nahe an sich heran, ließ nicht zu, daß jemand sein Herz berührte, es sei denn, er erlaubte es.

Ihre nun fast drei Jahre währende Ehe hatte beiden gutgetan. Steven hatte in den letzten zweieinhalb Jahren innerhalb seiner jetzigen Firma geradezu meteorhaft Karriere gemacht, nachdem er zwölf Jahre zuvor nach Los Angeles gekommen war. Im Laufe der Jahre hatte er für drei verschiedene Werbeagenturen gearbeitet und galt in der Branche als sehr tüchtig, versiert und ziemlich rücksichtslos. Er hatte von Freunden Klienten übernommen und Kunden anderer Werbefirmen mit Methoden abgeworben, die nicht ganz korrekt waren. Seine Firma profitierte von seiner Vorgehensweise, und er ebenfalls.

Mit dem ständigen Wachsen der Firma wuchs auch Stevens Position.

Wiewohl sie und Steven völlig verschieden waren, respektierte sie ihn. Die größte Hochachtung nötigten ihr freilich seine Anfänge ab. Seinen spärlichen Andeutungen hatte sie entnommen, daß das Überleben in dem von Armut geprägten Milieu für ihn eine brutale Sache gewesen sein mußte. Ihre eigenen Anfänge freilich waren das genaue Gegenteil. Sie stammte aus einer Familie der oberen Mittelschicht Connecticuts und hatte immer nur Privatschulen besucht. Sie hatte nur eine ältere Schwester, mit der sie sich nie gut verstanden hatte, und in den letzten Jahren war sie auch zu ihren Eltern auf Distanz gegangen, obwohl diese alle paar Jahre nach Kalifornien zu Besuch kamen. Die Lebensweise der Westküste unterschied sich zu sehr von ihrem gewohnten behaglichen Leben in Connecticut, und bei ihrem letzten Besuch waren Probleme mit Steven aufgetaucht. Adrian mußte zugeben, daß er sich sehr unangemessen benommen hatte. Seine offene Kritik an ihrem Vater und dessen idealistischen Prinzipien war sehr peinlich gewesen. Ihr Vater, der in seinem Anwaltsberuf nie viel Ehrgeiz entwickelte, hatte sich früh zurückgezogen und bekleidete schon seit Jahren eine Professur für Rechtswissenschaften. Sie wußte noch, in welche Verlegenheit sie geraten war, als Steven ihren Vater auf rüdeste Weise angegriffen und sie versucht hatte, ihnen klarzumachen, daß dies eben seine Art war und er sich nichts dabei dachte. Kaum aber waren sie wieder zu Hause, hatte ihre Schwester Connie Adrian angerufen und ihr die Hölle heiß gemacht, weil Steven mit ihren Eltern so umgesprungen war. Wie hatte Adrian das zulassen können? Was denn? hatte sie gefragt. »Er hat es fertiggebracht, daß Dad sich gedemütigt fühlt. Mom sagte, Steven hätte ihn heruntergemacht. Dad will nie wieder nach Kalifornien kommen, sagt sie.«

»Connie ... um Himmels willen ...« Adrian war außer sich, als ihr klarwurde, daß ihr Vater gekränkt war, und sie mußte selbst zugeben, daß Steven ein wenig ... nun ja, zu aggressiv gewesen war, aber das war nun einmal sein Stil. Das hatte sie versucht, ihrer Schwester klarzumachen – vergebens, denn sie hatten sich nie sehr nahegestanden. Der Altersunterschied zwischen ihnen betrug fünf Jahre, und Connie hatte ihr gegenüber immer schon eine abfällige Haltung eingenommen, so als entspräche Adrian nicht den Erwartungen. Das war schließlich auch der Grund gewesen, weshalb Adrian nach dem College in Kalifornien geblieben war. Dies und die Tatsache, daß sie einen Job in der Fernsehproduktion anstrebte.

Adrian war nach Los Angeles gegangen, um Filmwissenschaften an der UCLA zu studieren, und sie hatte ihr Studium erfolgreich abgeschlossen und etliche sehr interessante Jobs gehabt, ehe Steven auf der Bildfläche erschienen war. Er hatte andere berufliche Möglichkeiten für sie gesehen. In gewisser Hinsicht war das ein entscheidender Wendepunkt. Das Filmmilieu sei genauso künstlich und verdreht wie die Fernsehfilmerei, und er bestand darauf, daß sie etwas Handfesteres, Konkreteres machen sollte. Sie lebten schon zwei Jahre zusammen, als sie das Angebot von der Nachrichtenredaktion bekam. Das bedeutete zwar mehr Geld als bis jetzt, aber es war auch ganz anders als alles, was sie sich je erträumt hatte. Sie hatte sehr geschwankt, ob sie den Job annehmen sollte, von dem sie das Gefühl hatte, er sei nicht ›ihr Job‹, aber schließlich hatte Steven sie überredet, und er hatte recht behalten. In den letzten drei Jahren hatte sie ihre Arbeit lieben gelernt. Und ein halbes Jahr, nachdem sie den neuen Job angenommen hatte, waren sie und Steven übers Wochenende nach Reno gefahren und hatten geheiratet. Er haßte große Hochzeiten und ›Familienfoltern‹, und sie war einverstanden, weil sie ihn nicht verstimmen wollte. Dafür waren ihre Eltern um so verstimmter gewesen. Sie hatten sich für ihre jüngste Tochter eine große Hochzeit zu Hause gewünscht. Statt dessen waren sie und Steven an die Ostküste geflogen und hatten ihre Eltern vor vollendete Tatsachen gestellt. Ihre Mutter hatte Tränen vergossen, ihr Vater hatte ihnen die Leviten gelesen, so daß sie sich vorgekommen waren wie heimgekehrte Ausreißer. Steven war richtig böse geworden und wie immer war Adrian mit ihrer Schwester Connie heftig aneinandergeraten. Connie war damals mit ihrem dritten und letzten Kind schwanger gewesen und hatte es wieder einmal geschafft, daß Adrian sich unzulänglich und in die Defensive gedrängt fühlte, als hätte sie etwas ganz Schlimmes ausgefressen.

»Hör zu, wir wollten keine große Hochzeit. Ist das ein Verbrechen? Große Anlässe machen Steven nervös. Warum macht man so viel Aufhebens davon? Ich bin neunundzwanzig und kann heiraten, wie es mir beliebt.«

»Warum mußt du Mom und Dad verletzen? Kannst du dir nicht einmal im Leben Mühe geben? Du lebst ohnehin dreitausend Meilen weit entfernt und machst, was du möchtest. Nie bist du zur Stelle, um ihnen zu helfen oder irgend etwas für sie zu tun ...« Ihr Jammerton erboste Adrian, die nun spürte, wieviel Bitterkeit sich zwischen ihnen angestaut hatte. Sie fragte sich, ob es noch ärger werden konnte, denn schon in den letzten Jahren hatte die Beziehung zu ihrer Schwester sich immer bedrückender gestaltet.

»Sie sind zweiundsechzig und fünfundsechzig, wieviel Hilfe brauchen sie?« fragte Adrian, worauf Connie wütend geworden war.

»Jede Menge. Charlie kommt immer und schaufelt Dads Wagen frei, wenn es geschneit hat. Hast du je daran gedacht?« In Connies Augen standen Tränen, und Adrian verspürte das überwältigende Verlangen, sie zu ohrfeigen.

»Dann sollten sie nach Florida ziehen, und uns beiden das Leben erleichtern«, hatte Adrian leise gesagt, worauf Connie in Tränen ausbrach.

»Mehr fällt dir dazu nicht ein? Auf und davon gehen ... sich auf der anderen Seite des Kontinents verstecken ...«

»Connie, ich verstecke mich nicht. Ich führe mein eigenes Leben.«

»Und was tust du? Du spielst Mädchen für alles bei Produktionsteams. Das ist Mist, das weißt du genau. Adrian, du mußt endlich erwachsen werden. Versuch so zu sein wie wir alle, eine Frau und Mutter, und wenn du unbedingt arbeiten willst, dann tu etwas Sinnvolles. Aber reiß dich zusammen und werde normal.«

»Wie wer? Wie du etwa? Bist du ›normal‹, weil du Krankenschwester warst, ehe die Kinder kamen, und ich bin nicht normal, weil ich einen Job habe, von dem du keine Ahnung hast? Vielleicht würde dir meine Arbeit in der Nachrichtenredaktion besser gefallen. Ich bin jetzt Produktionsassistentin. Kannst du dir darunter mehr vorstellen?« Wie sie das Gift haßte, das sich im Laufe der Jahre in ihre Beziehung eingeschlichen hatte, die Bitterkeit und Eifersucht. Sie hatten einander nie nahegestanden, aber früher waren sie wenigstens befreundet gewesen oder hatten so getan. Jetzt aber war der Lack ab, und es war nichts übrig außer Connies Wut, daß Adrian fort und frei war und in Kalifornien nach ihren eigenen Vorstellungen lebte. Adrian verschwieg ihnen, daß sie und Steven übereingekommen waren, sich keine Kinder anzuschaffen. Es war ein Punkt, der ihm nach seiner schrecklichen Kindheit sehr wichtig war. Adrian teilte seine Meinung zwar nicht, aber sie wußte, daß er das Elend seiner

Eltern der Tatsache zuschrieb, daß sie Kinder gehabt hatten – besser gesagt, zu viele Kinder. Doch er hatte ihr schon vor geraumer Zeit gesagt, daß Kinder in seinem Lebensplan nicht vorgesehen waren, und er wollte ganz sicher sein, daß Adrian ihm voll beipflichtete. Er hatte des öfteren eine Vasektomie erwogen, eventueller Nachwirkungen wegen aber davon abgesehen. Steven hatte sie gedrängt, eine Eileiterunterbrechung vornehmen zu lassen, sie aber hatte gezögert, weil ihr die Methode zu radikal erschien, und schließlich hatten sie sich auf andere Methoden geeinigt, die garantierten, daß sie keine Kinder bekamen. Manchmal machte es Adrian traurig, wenn sie daran dachte, nie eigene Kinder zu haben, und doch war es ein Opfer, das sie ihm zuliebe willig auf sich nahm, denn sie wußte, wie wichtig es für ihn war. Er wollte ohne Hindernisse weiter die Karriereleiter erklimmen, und er wollte, daß auch sie ihre beruflichen Ziele ungehindert verfolgen konnte. Was ihre Arbeit betraf, zeigte er sich ungemein verständnisvoll und hilfsbereit. Und sie hatte die Arbeit in der Nachrichtenredaktion in den letzten drei Jahren lieben gelernt, dachte aber manchmal sehnsüchtig an ihre Zeit bei den Serienproduktionen zurück, an ihre TV-Filme, Mini-Serien und Specials. Einige Male hatte sie sogar erwogen, die Nachrichten aufzugeben und wieder in eine Serienproduktion einzusteigen.

»Und wenn die Serie abgesetzt wird?« hatte ihr Steven immer entgegengehalten. »Was dann? Dann bist du arbeitslos, zurück auf Quadrat eins. Bleib bei den Nachrichten, die werden nie abgesetzt.« Er hatte einen Horror vor Arbeitslosigkeit, vor versäumten Chancen oder davor, nicht bis an die Spitze zu gelangen, und zwar auf schnellstem Weg. Steven behielt immer seine Ziele im Auge, und die lagen immer ganz oben. Und beide wußten, daß er es schaffen würde.

Die letzten zweieinhalb Jahre waren für sie beide sehr erfüllt gewesen. Sie hatten hart gearbeitet, Erfolg gehabt, ein paar Freunde gewonnen. Steven war im letzten und vorletzten Jahr viel gereist, und sie hatten sich eine wunderschöne Maisonette-Wohnung gekauft, der Größe nach wie geschaffen für sie, mit einem zweiten Schlafzimmer, das sie als Arbeitszimmer einrichteten, einem großen Schlafraum im Obergeschoß, einem Wohnzimmer, einem Eßzimmer und einer großen Küche. An den Wochenenden betätigte sich Adrian gern in dem winzigen Gärtchen, das dazugehörte. Ein Pool und ein Tennisplatz standen für den gesamten Komplex zur Verfügung. Zur Wohnung gehörte auch eine Doppelgarage für ihren MG und seinen neuen, schwarzschimmernden Porsche. Steven versuchte immer noch, sie zum Verkauf ihres geliebten Klassikers zu überreden, doch in diesem Punkt blieb sie eisern. Sie hatte ihn gebraucht gekauft, als sie vor dreizehn Jahren nach Stanford gekommen war, und sie war noch immer in ihn verliebt. Adrian hing an alten Dingen, während Steven immer auf der Suche nach dem Allerneuesten war. Und doch gaben sie zusammen ein gutes Gespann ab. Er verhalf ihr zu jenem zusätzlichen Quentchen Energie und Elan, die ihr gefehlt hätten, wäre sie allein geblieben. Sie wiederum glättete seine scharfen Kanten ein bißchen, aber zu wenig, wie manche meinten. Ihre Schwester Connie und ihr Schwager Charles haßten ihn noch immer, und ihre Eltern hatten nie Sympathien für ihn entdecken können. Das hatte Adrians Beziehung zu ihnen sehr getrübt, und mitunter empfand sie Bedauern, wenn sie sich vor Augen hielt, wie sehr sie sich ihnen entfremdet hatte. Aber ungeachtet ihrer Liebe zu ihnen hatte sie das Gefühl, daß sie in erster Linie Steven verpflichtet war. Er war der Mann, dessen Bett sie teilte, dessen Leben sie mitzugestalten half, der mit ihr gemeinsam eine Zukunft schmiedete. Mochte sie ihre Eltern auch noch so lieben, sie waren Vergangenheit, während er Gegenwart und Zukunft war. Das begriffen auch ihre Eltern und fragten nicht mehr, wann sie und Steven wieder zu Besuch kommen würden. Sie hatten im letzten Jahr auch aufgehört, ständig zu bohren, wann sie und Steven endlich an Kinder denken wollten. Sie hatte Connie schließlich klipp und klar gesagt, daß sie keine Kinder wollten, und sie konnte sicher sein, daß ihre Schwester es ihren Eltern weitererzählt hatte. Adrians und Stevens Beziehung war in ihren Augen nicht normal. Für sie waren die beiden egozentrische junge Genießer, die sich in Kalifornien voll auslebten. Es war zwecklos, ihnen eine völlig andere

Lebensauffassung nahebringen zu wollen. Da war es einfacher, man schränkte die Telefonate ein.

Aber Adrian war in Gedanken nicht bei ihren Eltern, als sie in jener Nacht die Ausfahrt Fairfax Avenue nahm. Sie dachte nur an Steven. Sie wußte, daß er sehr müde sein würde. Aber sie hatte eine Flasche Weißwein gekauft, dazu Käse und die Zutaten zu einem feinen Omelette. Sie lächelte, als sie in der Garage seinen Porsche sah. Er war schon da. Wie schade, daß sie ihn nicht vom Flughafen hatte abholen können. Sie hatte wie so oft in letzter Zeit länger in der Redaktion bleiben müssen, da sie bei den Spätnachrichten den Produzenten vertrat, seit sie seine Assistentin war. Es war ein interessanter Job, der sie aber so beanspruchte, daß sie oft fix und fertig war. Ihr Schlüssel drehte sich ganz leicht im Schloß. Sie sah, daß alle Lichter brannten, als sie öffnete, doch zunächst konnte sie ihn nirgends entdecken.

»Hallo? ... Ist jemand da? ...« Die Stereoanlage lief, sein Koffer stand im Flur, aber sie entdeckte nirgends seinen Aktenkoffer, und dann sah sie ihn in der Küche, mit dem Telefon in der Hand. Sein tiefschwarzes, dichtes Haar war durcheinander, er hielt den Kopf gebeugt, während er sich eifrig Notizen machte. Es war anzunehmen, daß er mit seinem Boß sprach. Er schien sie gar nicht wahrzunehmen, während er schrieb und redete. Sie ging zu ihm, legte ihre Arme um ihn und küßte ihn. Er blickte lächelnd auf sie nieder und gab ihr sanft einen Kuß auf die Lippen, während er weiterhin seinem Boß zuhörte und keine Silbe verpaßte. Er schob sie von sich, als er sagte:

»Ganz recht ... genau das habe ich ihm gesagt. Sie wollen uns nächste Woche kontaktieren, aber ich glaube sicher, sie melden sich früher, wenn wir eine schnellere Gangart vorlegen. Richtig ... richtig ... genau das ist auch meine Meinung ... sehr gut ... bis morgen ...« Und dann war sie plötzlich in seinen Armen, und er hielt sie ganz fest – die Welt war wieder in Ordnung. Sie war immer glücklich, wenn sie bei ihm war, immer überzeugt, daß sie zu ihm gehörte. Und als sie ihn küßte, konnte sie nur daran denken, wie sehr er ihr gefehlt hatte.

Er küßte sie ausdauernd und leidenschaftlich, und als er sich von ihr löste, war sie atemlos. »Mein Güte ... ich finde es wirklich reizend, Sie wieder bei mir zu haben, Mr. Townsend.«

»Hm, ich habe auch nichts dagegen, dich wiederzusehen.« Er sah sie mit spitzbübischem Lächeln an und umfaßte ihre Kehrseite mit zwei Händen, um sie enger an sich zu drücken. »Wo warst du?«

»Ich habe gearbeitet. Ich wollte heute die Elf-Uhr-Nachrichten loswerden, aber es war niemand frei. Unterwegs habe ich eingekauft. Bist du hungrig?«

»Ja.« Er lächelte beglückt, ohne einen Gedanken an den Inhalt der zwei braunen Einkaufstüten zu verschwenden. »Ehrlich gesagt, sehr.« Er knipste das Küchenlicht hinter sich aus, und Adrian lachte.

»Das habe ich nicht gemeint. Ich habe Wein besorgt und ...« Er küßte sie wieder auf den Mund.

»Später Adrian, später ...« Er führte sie leise hinauf. Sein Gepäck im Flur war vergessen, ihr Einkauf verlassen in der Küche. Sein Blick lag voller Sehnsucht auf ihr, als sie anfing, sich auszuziehen. Er drehte die Stereoanlage lauter auf und zog Adrian auf das Bett neben sich.

3

Am nächsten Tag gingen sie gemeinsam aus dem Haus. Es war eine Routine, die allmorgendlich wie ein Wecker abschnurrte. Steven hatte es sich zur Gewohnheit gemacht, vor der Arbeit eine gewisse Strecke zu laufen. Kaum war er zurück, rasierte er sich auf seinem Heimtrainer strampelnd und hatte dabei ein Auge auf die Fernsehnachrichten. Adrian, die inzwischen geduscht hatte und schon angezogen war, bereitete ein leichtes Frühstück zu. Er duschte und zog sich an, während sie die Küche in Ordnung brachte und die Betten machte. An den Wochenenden half er ihr dabei, während der Woche aber war er zu beschäftigt und in Eile, um ihr zur Hand gehen zu können.

Adrian sah sich immer die Frühnachrichten an und so viel von der Today-Show, wie sie schaffte, ehe sie aus dem Haus gingen. War etwas Interessantes vorgefallen, dann diskutierten sie darüber, meist verlief der Morgen aber wortkarg. Heute war es anders. Sie hatten sich in der Nacht zuvor zweimal geliebt, und Adrian war in gesprächiger und liebevoller Stimmung, als sie ihm eine volle Kaffeetasse reichte und diese Geste mit einem Kuß begleitete. Er war noch verschwitzt vom Laufen, aber auch mit nassem Haar und am Körper klebendem T-Shirt sah Steven Townsend aus wie ein Filmstar. Auch dies war etwas, das ihn seinerzeit zu einem Außenseiter gemacht hatte, als er darum kämpfte, aus Detroit und von seinen Eltern wegzukommen. Seine Intelligenz, sein Ehrgeiz und sein Aussehen waren Faktoren, die ihn über das Leben, in das er hineingeboren worden war, emporhoben. Auch Adrian war auf ihre Weise auffallend, aber daran hätte sie nie einen Gedanken verschwendet. Sie war mit ihrem Leben zu beschäftigt, als daß sie an ihr Aussehen gedacht hätte, außer wenn sie sich zurechtmachte, um mit Steven auszugehen. Ihre natürliche, saubere und gesunde Schönheit mußte in der künstlichen Welt, in der sie lebten, auffallen. Sie selbst war sich ihrer Schönheit völlig unbewußt, und Steven machte ihr nur selten Komplimente. Er war ständig mit anderen Dingen beschäftigt, mit seinem eigenen Leben und mit seinem Beruf. Es gab Zeiten, da nahm er sie gar nicht wahr.

»Na, ist heute etwas los?« Er warf ihr über die Zeitung einen flüchtigen Blick zu. Sie hatte das Gebäck, das sie am Abend zuvor gekauft hatte, aufgebacken und bereitete einen frischen Fruchtsalat zu, den sie mit Joghurt mischte.

»Nicht, daß ich wüßte. Wenn ich in der Redaktion bin, wird sich herausstellen, was es gibt. In den Morgennachrichten war nichts Aufregendes, aber man weiß ja nie. Während wir hier sitzen, könnte der Präsident erschossen werden.«

»Ja ...« Er studierte die Börsenkurse und blätterte den Wirtschaftsteil durch. »Bleibst du heute länger im Büro?«

»Schon möglich. Das stellt sich erst nachmittags heraus. Bei uns sind einige auf Urlaub, deshalb sind wir unterbesetzt. Vielleicht muß ich sogar am Wochenende hinein.«

»Na, hoffentlich nicht. Hast du vergessen, daß James morgen eine Party gibt?«

Ihre Blicke trafen aufeinander, und sie lächelte ihm zu. Steven konnte nicht glauben, daß sie imstande war, sich etwas zu merken, mochte sie auch Produktionsassistentin in der Nachrichtenredaktion einer großen Fernsehgesellschaft sein. »Natürlich weiß ich es noch. Wird es eine große Sache?«

Er nickte. Wenn es um seinen Beruf ging, verstand er keinen Spaß, aber daran war sie gewöhnt. »Alles was in der Werbebranche Rang und Namen hat, wird da sein. Ich wollte mich nur vergewissern, daß du es nicht vergessen hast.« Sie nickte, worauf er auf die Uhr sah und aufstand. »Ich spiele heute um sechs Squash. Wenn du länger arbeitest, komme ich zum Dinner nicht nach Hause. Hinterlaß mir im Büro eine Nachricht.«

»Mach' ich. Gibt es sonst noch etwas, das ich wissen müßte, ehe wir den Tag beginnen und in unsere verschiedenen Welten verschwinden?«

Momentan sah er sie verständnislos an, dann überlegte er kurz und schüttelte den Kopf. In Gedanken war er schon anderswo, während er noch dastand und auf Adrian hinunterblickte, die noch immer am Küchentisch saß. Er dachte an die zwei neuen Kunden, an die er herantreten wollte, und an einen Kunden, den er einem etwas älteren Mitarbeiter in seiner Firma abspenstig machen wollte. Er hatte ähnliches schon einige Male sehr erfolgreich praktiziert, eine Vorgangsweise, die ihm nicht unangenehm war und vor der er nicht zurückschreckte. Das Ziel rechtfertigt immer die Mittel, so hatte er es immer schon gehalten. Schon vor sechzehn Jahren hatte er seinen besten Freund aus dem Rennen geworfen, als es um das Stipendium für Berkeley gegangen war. Der andere wäre eigentlich viel qualifizierter gewesen, aber Steven wußte auch, daß er bei einer Klausur gemogelt hatte, und er hatte dafür gesorgt, daß die richtigen Leute zum richtigen Zeitpunkt davon Kenntnis erhielten. Daß die Zensuren seines Freundes seither einwandfrei gewesen waren und er Steven bei allen Prüfungsvorbereitungen geholfen hatte, war gegenstandslos. Dazu waren sie die besten Freunde ... aber der andere hatte nun mal gemogelt ... und er wurde disqualifiziert. Aber Steven schaffte es, Detroit hinter sich zu lassen und hatte nie wieder einen Blick zurückgeworfen. Von seinem Freund hatte er nie wieder etwas gehört. Vor Jahren hatte er von seiner Schwester erfahren, daß Tom von der Schule abgegangen war und irgendwo im Getto an einer Tankstelle arbeitete. Manchmal lief es eben so und nicht anders. Nur die Tüchtigsten überlebten. Und Steven Townsend war tüchtig. In jeder Hinsicht. Er stand da und sah Adrian einen Moment an, ehe er sich umdrehte und hinauflief, um zu duschen und sich anzuziehen.

Sie war noch immer in der Küche, als er herunterkam, untadelig – khakifarbener Anzug, hellblaues Hemd und blaugelbe Krawatte. Mit seinem schimmernden schwarzen Haar sah er wieder wie ein Filmstar aus oder zumindest wie aus einem Werbespot. Wenn Adrian ihn so ansah, war es immer wie ein kleiner elektrischer Schlag, denn er war so unglaublich hübsch.

»Gut siehst du aus, Kleiner.«

Das Kompliment schien ihn zu freuen, und er musterte sie von oben bis unten, als sie aufstand und die große Handtasche nahm, die sie immer zur Arbeit mitnahm. Es war eine weiche, schwarze Hermes-Tasche, die sie schon seit Jahren besaß und die sie wie ihren uralten Sportwagen über alles liebte. Zu ihrem marineblauen Rock trug sie eine weiße Seidenbluse und eine weiche, weiße Kaschmirjacke um die Schultern. Ihre schwarzen sportlichen Schuhe waren eine teure italienische Marke. Alles in allem war sie der Inbegriff lässiger, dezenter und teurer Eleganz. Es war nichts Auffälliges, doch beim zweiten Blick erkannte man, daß ihre Aufmachung Format verriet und ihre Herkunft aus einem erstklassigen Stall. Trotz ihres ungezwungenen Stils brachte sie es fertig, daß alles an ihr schön und hinreißend aussah. Sie waren ein hübsches Paar, als sie aus dem Haus gingen. Er stieg in seinen Porsche, sie in ihren MG. Die Miene, die er dabei zur Schau trug, brachte sie immer wieder zum Lachen. Es war ihm so peinlich, in der Nähe ihres Wagens gesehen zu werden, daß er schon gedroht hatte, sie auf den allgemeinen Parkplatz vor dem Wohnkomplex zu verbannen.

»Du bist ein Snob!« Sie lachte ihm zu, und er schüttelte den Kopf und war gleich darauf unter dem Dröhnen seines starken Motors davongebraust, während Adrian sich ein Kopftuch umband, ihre geliebte alte Karre startete und voller Liebe mitanhörte, wie der Motor spuckend zum Leben erwachte. Auf der Schnellstraße lief der Verkehr schon sehr zäh und nach wenigen Minuten saß sie im Stau und fragte sich, wie Steven wohl vorangekommen sein mochte, und mit dem Gedanken an ihn war etwas anderes verknüpft – etwas, was ihr nur selten passiert war. Sie war überfällig. Schon vor zwei Tagen hätte sie ihre Periode bekommen sollen, aber andererseits wußte sie, daß dies nichts zu bedeuten hatte. Bei ihrer unregelmäßigen Arbeitszeit und dem ständigen Streß war es nicht ungewöhnlich, obwohl es ihr nur sehr selten passiert war. Sie merkte sich im Geiste vor, in einigen Tagen wieder daran zu denken, und als die Autoschlange sich wieder in Bewegung setzte, gab sie Gas und fuhr weiter.

Als sie ankam, herrschte totales Chaos. Der Produzent war erkrankt und nicht da. Zwei ihrer besten Kameraleute hatten einen kleinen Unfall gehabt und zwei ungeliebte Reporter waren vor ihrem Schreibtisch in eine hitzige Debatte geraten. Alles endete damit, daß sie alle anschrie – eine große Überraschung, da Adrian nur selten die Nerven verlor.

»Verdammt noch mal, wie soll hier jemand arbeiten können? Wenn ihr beide euch auffressen wollt, dann macht das woanders.« Ein Senator war mit einer Verkehrsmaschine abgestürzt und von der Unfallstelle war eben die Meldung gekommen, daß es keine Überlebenden gäbe. Ein berühmter Filmstar hatte in der Nacht Selbstmord begangen. Und zwei Hollywoodlieblinge hatten ihre bevorstehende Heirat angekündigt. In Mexiko hatte ein Erdbeben an die tausend Todesopfer gefordert. Es war einer jener Tage, die dazu angetan waren, Adrian Magengeschwüre anzuzüchten. Aber zumindest war das Leben für sie interessant, oder vielmehr war es das, was Steven zu ihr sagte, wenn sie sich beklagte. Wollte sie denn wirklich im Land der Phantasie leben, für Mini-Serien arbeiten oder an Specials über Hollywoods weibliche Stars? Nein, aber sie hätte zu gern an einer erfolgreichen Prime-Time-Serie mitgearbeitet, und sie wußte, daß sie sich inzwischen genügend Erfahrung in der Produktion angeeignet hatte, um es zu schaffen. Aber sie wußte auch, daß sie Steven nie würde überzeugen können, daß ein solcher Job ihre Aufmerksamkeit verdiente.

»Adrian?«

»Ja?« Einen Augenblick hatte sie ihre Gedanken abschweifen lassen, zu dem, was nicht war, was aber hätte sein können, und dafür war keine Zeit, wenigstens heute nicht. Sie konnte sich inzwischen leicht ausrechnen, daß sie heute nicht mit ihrem Mann zu Abend essen würde. Sie hatte jemanden gebeten, ihn anzurufen und ihm Bescheid zu geben, und wandte sich nun dem Assistenten zu, der sie sprechen wollte. Das Set war wegen eines Rohrschadens überschwemmt worden, so daß man in ein anderes Studio ausweichen mußte.

Es wurde vier, ehe sie ihren Lunch verzehren konnte, und sechs, bis sie daran dachte, Steven selbst anzurufen. Aber er wollte vom Büro aus direkt zum Squash fahren, und er wußte ohnehin, daß sie lange arbeiten würde. Als sie sich auf einen langen Abend im Büro einstellte, wurde sie plötzlich von einem sonderbaren Gefühl der Einsamkeit überfallen. Es war Freitagabend, alle gingen aus oder waren zu Hause oder bei Freunden, machten sich für eine Verabredung schön oder ließen sich mit einem guten Buch gemütlich nieder. Während sie an der Arbeit war, die Polizeiberichte nach Selbstmorden und Meldungen von Tragödien durchforstete, die weltweit passierten. Eine traurige Art, den Freitagabend zu verbringen, doch gleich darauf kam sie sich albern vor.

»Na, heute siehst du aber reichlich verbiestert aus«, bemerkte Zelda, eine der Produktionsassistentinnen, als sie Adrian in einer Plastiktasse Kaffee brachte. Immer zu einem Scherz aufgelegt, war sie ein richtiges Original und gehörte zu Adrians liebsten Kolleginnen. Sie war älter als Adrian, etliche Male geschieden und ein freier Geist. Ihr flammendrotes Haar schien ungezügelt ihrem Kopf zu entsprießen und ebenso ungezügelt war ihr Humor.

»Ach, ich bin nur müde. Hin und wieder nervt einen die Arbeit hier richtig.«

»Na, wenigstens beweist das, daß du noch richtig im Kopf bist.« Zelda lächelte. Sie war eine hübsche Person, nach Adrians Schätzung um die Vierzig.

»Geht dir das alles nicht auch manchmal auf die Nerven? Die Nachrichten sind immer so niederschmetternd.«

»Ach, die höre ich mir gar nicht an.« Ihre Bemerkung war von einem gleichmütigen Achselzucken begleitet. »Und wenn ich hier rauskomme, gehe ich meist tanzen.«

»Ich glaube, das ist die richtige Auffassung.« An den meisten Abenden fuhr Adrian nach Hause und fand Steven schlafend und leise schnarchend vor. Blieben nur die gemeinsamen Frühstücke und die Wochenenden.

Die folgenden vier Stunden war Adrian mit Papierkram beschäftigt, bis sie vor den Spätnachrichten endlich gehen konnte, nicht ohne mit den Moderatoren zu plaudern und rasch die heißesten Meldungen zu überfliegen. Es war eigentlich eine eher ruhige Nacht, und sie konnte es kaum erwarten, nach Hause zu Steven zu kommen. Sie wußte, daß er mit Freunden gegessen hatte, aber sie war sicher, daß er zu Hause sein würde, wenn sie kam. Er blieb nur selten länger aus, es sei denn, es lohnte sich für ihn – beispielsweise, wenn er einen Abschluß mit einem wichtigen Kunden tätigen konnte.

Wie vorauszusehen, lief die Sendung glatt, und elf Uhr fünfunddreißig fuhr sie bereits auf dem Santa Monica Freeway nach Hause. Fünf Minuten vor Mitternacht kam sie durch die Haustür. Im Schlafzimmer brannte noch Licht, und ihr Herz tat einen Freudensprung, als sie zwei Stufen auf einmal nehmend die Treppe hinauflief. Sie mußte lachen, als sie ihn sah. Steven schlief schon, die Arme von sich gestreckt wie ein Junge, erschöpft und entspannt zugleich nach einem harten Tag im Büro, dem ein rasantes Squash-Match und ein frühes Abendessen gefolgt war. Er würde auch nicht aufwachen, denn kein Geräusch vermochte ihn mehr zu wecken.

»Na, mein Märchenprinz«, flüsterte Adrian schmunzelnd, als

sie sich im Nachthemd neben ihm niederließ. »Sieht aus, als sei alles glatt gelaufen, wie wir in unserer Branche sagen.« Sie küßte ihn sacht auf die Wange, und er rührte sich nicht, als sie das Licht löschte und es sich auf ihrer Seite des Bettes bequem machte. Und während sie dalag, dachte sie wieder an ihre verspätete Periode, obwohl sie wußte, daß wahrscheinlich nichts dahintersteckte.

4

Als Adrian um Viertel nach neun aufwachte, stieg ihr der Duft von gebratenem Speck in die Nase. Steven war in der Küche am Werk, wie laut klappernde Geräusche verrieten. Lächelnd drehte sie sich auf die andere Seite. Sie liebte die Samstage, liebte es, ihn um sich zu haben, genoß es, daß er ihr das Frühstück ans Bett brachte und daß sie sich anschließend der Liebe hingaben.

Während sie an all dies dachte, hörte sie ihn die Treppe heraufkommen, mit dem Tablett gegen die Tür stoßen, und sie hörte auch, daß die Stereoanlage unten Bruce Springsteen spielte.

»Aufwachen, Schlafmütze«, sagte er mit einem Grinsen und stellte das Tablett neben ihr ab, als sie sich rekelte und ihm zulächelte. Er war der Inbegriff gesunder, junger Männlichkeit mit seinem von der Dusche nassen Haar und den frischen weißen Tennissachen. Seine langen wohlgeformten Beine waren braungebrannt, und von ihrem Gesichtswinkel aus wirkten seine Schultern enorm.

»Weißt du, daß du recht annehmbar aussiehst für einen Burschen, der kochen kann?« Sie lächelte zu ihm empor, auf einen Ellbogen aufgestützt.

»Du auch, Faulpelz.« Er setzte sich neben sie aufs Bett.

»Du hättest dich nachts sehen sollen ... total weggetreten«, sagte sie lachend.

»Der Tag war hart, und nach dem Squash-Match war ich fix und fertig.« Er schien ein wenig verlegen zu sein und machte dies wett, indem er sie vielversprechend küßte.

»Spielst du heute Tennis?« erkundigte sie sich. Sie kannte ihn gut. Er liebte Sport, besonders Tennis und Squash.

»Ja, aber erst um halb zwölf.« Er sah auf die Uhr und lächelte ihr zu. Sie lachte wieder, aber ehe sie etwas sagen konnte, war er aus seinem Tennisdreß geschlüpft und lag im Bett neben ihr.

»Was soll das, Mr. Townsend? Wird das Tennis nicht darunter leiden?« Sie zog ihn zu gern wegen der Ernsthaftigkeit auf, die er beim Tennis an den Tag legte.

»Schon möglich.« Seine nachdenkliche Miene brachte sie wieder zum Lachen. Und dann wandte er sich ihr mit verführerischem Lächeln zu. »Aber es könnte sein, daß es sich lohnt.«

»Könnte sein? Könnte? ... Du hast vielleicht Nerven!« Aber er brachte sie mit einem Kuß zum Schweigen, und im nächsten Moment hatten sie sein Tennis vergessen, und eine halbe Stunde später döste sie zufrieden in seinen Armen, und er strich ihr sanft übers schimmernde schwarze Haar, das ihr in die Stirn fiel. »Ich persönlich ... würde ja lieber jederzeit das tun, als Tennis zu spielen«, schnurrte sie ... Sie öffnete ein Auge und hob ihm ihr Gesicht entgegen.

»Ich auch.« Er streckte sich faul, und eine Stunde später stand er widerstrebend auf und duschte noch einmal, ehe er zu dem Match ging, das er gegen einen Partner ausfocht, der im selben Komplex wohnte und den Steven nur als ›Harvey‹ kannte.

»Kommst du zum Mittagessen zurück?« fragte sie, und er rief, daß er sich einen gemischten Salat wünschte, wenn er zurückkäme, und er erinnerte sie wieder, daß sie abends um sieben zu der Party gehen mußten. Es würde für sie zeitlich sehr knapp werden. Am Abend zuvor hatte sie erfahren, daß sie bei den Abendnachrichten anwesend sein mußte, und dann wieder bei den Spätnachrichten. Das hieß, daß sie sich für die Party anziehen mußte, ehe sie zur Redaktion fuhr, und dann zurückrasen mußte, um mit Steven zusammen zur Party zu gehen oder sich sogar erst dort mit ihm zu treffen. Anschließend mußte sie die Party verlassen und zur Arbeit fahren. Doch sie wußte, daß diese gesellschaftlichen Anlässe für Steven sehr wichtig waren, und sie war gewillt, mitzugehen, auch wenn der Abend für sie sehr hektisch würde. Sie war immer bemüht, Steven nicht im Stich zu lassen, und vor allem lag ihr daran, daß ihre Tätigkeit nicht dem Privatleben in die Quere käme – anders als Steven, der viel unterwegs war. Doch seine Reisen erleichterten es ihr, notfalls bis spät in die Nacht in der Redaktion zu bleiben.

Um zwei war Steven zurück, verschwitzt und selig, weil er gewonnen hatte. Er hatte diesen Harvey ganz locker geschlagen. »Er ist verfettet und außer Form, und nach dem zweiten Satz hat er mir gestanden, daß er das Rauchen noch nicht aufgegeben hat. Der arme Teufel kann von Glück reden, daß er nicht mitten auf dem Platz einen Herzanfall bekam.«

»Na, hoffentlich hast du es ihm nicht zu schwer gemacht«, rief Adrian ihm aus der Küche zu, wo sie Limonade zubereitete, doch beide wußten, daß eher das Gegenteil der Fall war.

»Er hat es nicht verdient. Er ist ein richtiges Ekel.« Sein Salat war fertig, und sie stellte die Schüssel vor ihn hin und eröffnete ihm, daß sie noch vor der Party ins Büro müßte, aber das schien ihn nicht zu kümmern. Es kümmerte ihn auch nicht, daß sie auch noch zu den Spätnachrichten in die Redaktion mußte. »Geht in Ordnung. Sicher nimmt mich jemand im Wagen mit. Du kannst meinen haben.«

»Ich könnte dich sogar abholen.« Sie sah ihn um Verzeihung heischend an. »Es tut mir wirklich leid. Wenn nicht so viele auf Urlaub wären und der Produzent nicht krank ...«

»Kein Problem. Solange du auf einen Sprung kommen kannst, reicht es.«

Sie sah ihn fragend an. »Warum ist diese Party so wichtig für dich? Steht etwas Großes bevor, von dem ich nichts weiß?«

Im ersten Moment setzte er eine geheimnisvolle Miene auf, dann grinste er sie an. »Wenn heute alles richtig läuft, dann könnte ich möglicherweise das IMFAC-Budget bekommen. Vergangene Woche hat mich ein Insidertip erreicht, daß die Leute mit ihrer momentanen Werbeagentur nicht zufrieden sind und heimlich schon nach einer anderen Umschau halten. Ich habe die IMFAC-Leute angerufen, und Mike war richtig begeistert. Vielleicht schickt er mich schon montags nach Chikago.«

»Meine Güte, das ist ja ein Riesenetat.« Eine sehr beeindruckende Sache, sogar für einen Mann wie Steven. IMFAC vergab einen der größten Werbeetats des Landes.

»Ja, das ist es. Könnte sein, daß ich die ganze Woche weg sein werde, aber du wirst mir sicher recht geben, daß es in diesem Fall gerechtfertigt ist.«

»Das ist es gewiß.« Sie lehnte sich zurück und sah ihn an. Steven war wirklich ein bemerkenswerter Mann. Er würde nicht rasten noch ruhen, bis er nicht alles hatte, was er wollte. Was er mit seinen vierunddreißig Jahren erreicht hatte, nötigte einem Bewunderung ab, besonders wenn man seine Herkunft in Betracht zog. Im Laufe der Jahre hatte sie versucht, dies ihren Eltern klarzumachen, sie aber schienen entschlossen, alle seine guten Eigenschaften zu übersehen, und ritten immer wieder auf der negativen Seite seines Ehrgeizes herum. Als ob es ein Verbrechen wäre, Erfolg anzustreben. Wenigstens war es in ihren Augen keines. Er hatte ein Recht, zu erreichen, was er anstrebte, oder etwa nicht? Und er hatte das Bedürfnis, zu gewinnen. Zuweilen tat er ihr sogar leid, weil dieses Bedürfnis in ihm so ausgeprägt war. Es schmerzte ihn fast körperlich, wenn er verlor, sogar beim Tennis.

Und am Nachmittag spielte er wieder Tennis. Er spielte noch immer, als Adrian in die Nachrichtenredaktion fuhr. Sie hatte zugesagt, zurückzukommen und ihn um Punkt sieben abzuholen. Und als sie kam, wartete er bereits, fabelhaft aussehend in seinem neuen Blazer und weißen Hosen, mit der roten Krawatte, die sie ihm gekauft hatte. Er sah großartig aus, und das sagte sie ihm auch, worauf er sich revanchierte und ihr ebenfalls ein Kompliment machte. Sie hatte sich für ein smaragdgrünes Seidenkostüm mit passenden Schuhen entschieden und sich die Haare gewaschen, die nun schimmerten wie blankpoliertes Onyx. Als sie neben ihn in den Porsche stieg, bemerkte sie, daß er nervös und zerstreut war. Aber wenn ein Etat von der Größe des IMFAC-Werbebudgets auf dem Spiel stand, war es verständlich.

Auf der Fahrt nach Beverly Hills plauderten sie über Belanglosigkeiten, und als sie das Haus ihrer Gastgeber sah, war sie richtig beeindruckt. Mike James war Stevens Chef, und seine Frau war eine der teuersten Innenarchitektinnen von Beverly Hills. Es war ihre Hauseinweihungsparty, und Adrian hatte schon vor Monaten von den aufwendigen Renovierungen in Millionenhöhe gehört. Doch das Ergebnis konnte sich sehen lassen. Es waren bereits an die zweihundert Gäste da, als sie kamen, und Adrian verlor Steven fast augenblicklich aus den Augen. Allein gelassen schlenderte sie zwischen den Bars und Buffets hin und her und schnappte auf, was um sie herum gesprochen wurde.

Die Leute sprachen von ihren Kindern, ihrer Ehe, ihrem Beruf, über ihre Reisen, ihre Häuser.

Adrian wurde mehrfach angesprochen und ins Gespräch gezogen, aber sie kannte hier niemanden, und da ihr ohnehin nicht nach Reden zumute war, hielt sie sich nie länger bei einer Gruppe auf. Mehr als einmal fiel ihr auf, daß sie nach ihren Kindern gefragt wurde, wenn sich gesprächsweise herausstellte, daß sie verheiratet war. Irgendwie berührte es sie sonderbar, wenn sie sagen mußte, sie habe keine. Fast kam sie sich als Versager vor. In diesem Zusammenhang war es gegenstandslos, daß sie einen interessanten Beruf ausübte und erst einunddreißig war. Frauen, die Kinder hatten, waren stolz auf sich, und in letzter Zeit hatte Adrian sich des öfteren gefragt, ob sie etwas versäumten, wenn sie und Steven für immer auf Kinder verzichteten. Natürlich war das alles nicht festgeschrieben, und es war ja auch nicht so, daß man einen Entschluß nicht umstoßen konnte, doch andererseits wußte sie, wie stark Steven in dieser Hinsicht fixiert war. Dies war auch der Grund für ihr wachsendes Unbehagen, wenn sie daran dachte, daß ihre Periode noch nicht eingetreten war.

Am Nachmittag hatte sie erwogen, einen Schwangerschaftstest zu kaufen, doch es erschien ihr im Grunde ein wenig voreilig. Es bestand keine Notwendigkeit, so hysterisch zu reagieren, nur weil sie ein paar Tage überfällig war ... aber wenn sie schwanger war, was dann? Sie stand allein und in Gedanken versunken da, als ein Mann stehenblieb und mit ihr plaudern wollte. Er bot ihr ein Glas Champagner an, aber Adrian hatte an einem Gespräch kein Interesse. Und als sie wieder allein war, verfiel sie von neuem ins Grübeln. Was würde passieren, wenn sie wirklich ein Kind bekäme? Was konnte sie sagen? Was würde Steven tun? Wäre das wirklich so schrecklich für ihn? Oder wäre es ganz wunderbar? Ob es falsch war, daß er sich so vehement gegen Kinder stemmte? Oder würde er sich allmählich mit dem Gedanken anfreunden können? ... Und sie? Würde ein Kind sich mit ihrer Arbeit vereinbaren lassen? Sollte sie für immer ihren Beruf aufgeben oder nach einem Mutterschaftsurlaub weitermachen? Andere Frauen machten es so. Für andere Menschen bedeutete Nachwuchs nicht den Weltuntergang. Sie hatten Kinder und einen Beruf, und es war keine Katastrophe – oder doch? Sie war ihrer Sache nicht sicher. Während sie sich diesen Überlegungen hingab, stand plötzlich Steven an ihrer Seite.

»Geschafft.« Er strahlte.

»Das Geschäft?« Sie war wie betäubt. Sie war so in Gedanken versunken gewesen, daß er sie mit seinem plötzlichen Erscheinen erschreckt hatte. Fast befürchtete sie, er könne Gedanken lesen oder ihre Gedanken hören oder erraten, was sie dachte.

»Nein, es ist noch nicht perfekt. Aber Mike möchte, daß ich mit ihm am Montag nach Chikago fliege. Wir werden ein paar ganz diskrete Gespräche mit ihnen führen, ihnen unsere Ideen schmackhaft machen und uns ihre Vorschläge anhören. Wenn alles gutgeht, was ich für gesichert halte, werde ich die Woche darauf allein hinfliegen und die Präsentation machen.«

»Donnerwetter! Steven, das ist ja sagenhaft!« Und als sie ihn küßte, sah er aus, als teile er ihre Meinung. Er gönnte sich zwei Drinks und strahlte noch immer von einem Ohr zum anderen, als er sie zum Wagen begleitete, weil sie in die Redaktion fahren mußte. Er würde schon jemanden finden, der ihn zu Hause absetzt, versicherte er ihr noch. Sie solle nach dem Büro nicht wieder zur Party kommen, weil er ohnehin nicht lange bleiben wolle. Als sie losfuhr, winkte er ihr nach, um dann wieder zu seinem Gastgeber hineinzugehen. Für Steven war es ein toller Abend gewesen. Für Adrian weniger, und plötzlich konnte sie auch angesichts von Stevens unglaublicher Chance an nichts anderes denken, als an die Frage, ob sie schwanger war oder nicht. Diese Frage quälte sie während der Abendnachrichten und auch noch auf der Heimfahrt. Und dann, ganz plötzlich, fuhr sie kurzentschlossen an den Gehsteigrand und entschloß sich, vor einem die ganze Nacht über geöffneten Drugstore anzuhalten. Steven brauchte nichts davon zu erfahren. Sie wollte es jetzt unbedingt wissen ... und wenn nicht heute, dann sehr bald. Wenn sie sich den Test jetzt besorgte, konnte sie ihn anwenden, wenn ihr Mut dazu ausreichte. Sie konnte es tun, während Steven in Chikago war.

Sie kaufte die Testpackung und ließ sich die Schachtel in eine braune Tüte packen, die sie tief in ihrer großen Tasche vergrub. Dann stieg sie wieder in den Porsche und fuhr nach Hause. Steven war schon da, als sie ankam, und schlief schon fast mit einem glückseligen Ausdruck auf seinem Gesicht. Er war überzeugt, daß er nach Chikago fahren und den Abschluß seines Lebens machen würde.

5

Als William Thigpen am Samstagabend zu Hause aus dem Fenster in die Finsternis starrte, sah er alles andere als glückselig drein. Eine Weile hatte er getippt, hatte sich aus einem China-Restaurant etwas geholt, hatte seine Kinder in New York angerufen, ferngesehen und fühlte sich ziemlich einsam. Inzwischen war es ein Uhr morgens, und er wollte es riskieren, Sylvia in ihrem Zimmer in Las Vegas anzurufen. Um diese Zeit mußte sie schon im Hotel sein, und wenn nicht, dann konnte er für sie eine Nachricht hinterlassen. Das Telefon läutete ein halbes Dutzend Mal und als niemand abhob, wartete Bill, daß sich die Vermittlung wieder meldete. Ein Mann mit halbverschlafener Reibeisenstimme sagte: »Ja?«

»Ich möchte für 402 eine Nachricht hinterlassen«, erklärte Bill pikiert.

»Das ist Zimmer 402«, grollte die Stimme. »Was wollen Sie?«

»Ach, tut mir leid, dann muß es die falsche Zimmernummer sein ...« Doch sofort erwachte sein Argwohn.

»... erwartest du irgendeinen Anruf?« hörte er die Reibeisenstimme jemanden im Hintergrund fragen, dann folgte ein leiser Wortwechsel, während die Sprechmuschel zugehalten wurde, und plötzlich war Sylvia dran. Sie klang sehr nervös. Klüger wäre es gewesen, den Anruf nicht entgegenzunehmen, aber sie hatte nicht damit gerechnet, und sie ahnte, daß Bill aus L. A. anrief.

»Hi ... es hat hier ein totales Durcheinander gegeben«, setzte sie mit ihren Erklärungen an, während Bill fast laut gelacht hätte, so absurd war die Situation. »Bei der Reservierung wurde nur die Hälfte der Zimmer notiert, deshalb müssen wir uns zu viert eines teilen.« Herrlich ... eine Story, die seiner Seifenoper würdig wäre, und er steckte mittendrin und hatte das Gefühl, das Leben eines anderen und nicht sein eigenes zu beobachten.

»Das ist doch lächerlich ... Sylvia, was, zum Teufel, geht da vor?« Er hörte sich an wie der typische erzürnte Liebhaber, fühlte sich aber merkwürdigerweise gar nicht so. Er kam sich vielmehr dämlich und hintergangen vor und war in Wahrheit nicht einmal sonderlich böse. Seine Empfindungen beschränkten sich auf Verblüffung und Enttäuschung. Sie hatten eine Zeitlang etwas Nettes geteilt, und damit war es offenbar vorbei.

»Es ... tut mir echt leid, Bill ... im Moment kann ich es nicht gut erklären. Aber hier ist alles so konfus ... ich ...« Sie heulte, und je länger er ihr zuhörte, desto alberner kam er sich vor. Da hatte er sie in flagranti ertappt und hätte sich am liebsten für seine Dummheit entschuldigt.

»Besprechen wir die Sache, wenn du zurückkommst, ja?«

»Wirst du mich aus der Serie werfen?« Sie tat ihm leid, als er ihre Frage hörte. Das war nicht seine Art, und es tat weh, daß sie es nicht wußte.

»Sylvia, das hat nichts damit zu tun. Das sind zwei völlig verschiedene Dinge.«

»Okay ... tut mir leid ... Sonntagabend bin ich zurück.«

»Na, dann amüsier dich noch schön bis dahin«, sagte er leise und legte auf. Vorbei. Es hätte gar nicht erst anfangen sollen, doch es hatte angefangen, weil er träge und sie so bequem zur Hand und so verdammt sexy war. Sie war echt umwerfend, keine Frage, und jetzt warf sie jemanden anderen um. Ganz kurz ertappte Bill sich bei dem Wunsch, der Mann mit der Reibeisenstimme würde sie glücklicher machen, als er es vermochte. Er hatte den Frauen in seinem Leben nur wenig zu geben. Er hatte wenig Zeit für sie, und noch weniger lag ihm daran, gekränkt zu werden und wieder jenen Schmerz durchzumachen, den er beim Verlust Leslies und seiner Kinder empfunden hatte. Arrangements wie mit Sylvia waren immer leichtgewichtig und endeten meist so oder ähnlich. Der eine wollte nicht mehr, und die Party war aus. Er wußte schon seit einiger Zeit, daß sie etwas wollte, was er ihr nicht geben konnte. Zeit. Echte Hingabe. Vielleicht sogar Liebe. Er dachte über sie nach, als er dastand und zum Nachthimmel blickte, und dann trank er mit einem Club-Soda auf sie, ehe er zu Bett ging und über sein Leben Betrachtungen anstellte. Er fühlte sich einsam und fand es betrüblich, daß es so hatte enden müssen – ganz banal mit einem Anruf nach Las Vegas.

In jener Nacht lag er noch lange wach, dachte an die Frauen in seinem Leben, wie wenig sie ihm eigentlich bedeutet hatten, wie wenig ihn im Grunde mit ihnen verbunden hatte, wie bedeutungslos ihre Beziehungen, wie beiläufig ihr Sexleben gewesen war, und als er einschlief, dachte er zum erstenmal seit Jahren voller Sehnsucht an Leslie und an die Beziehung, die sie einst verbunden hatte. Es kam ihm vor, als lägen mehrere Menschenleben dazwischen, und so war es auch. Er bezweifelte, ob er je wieder etwas ähnliches empfinden würde. Vielleicht tat man das nur einmal, wenn man jung war. Vielleicht bekam man niemals wieder eine Chance für das ›Richtige‹, und vielleicht spielte es auch gar keine Rolle. Schließlich schlief er ein, in Gedanken nicht bei Sylvia oder seiner Ex-Frau, sondern bei seinen Söhnen, Adam und Tommy. Sie waren das einzige, worauf es wirklich ankam.

6

Der Sonntag verflog mit Reisevorbereitungen für Steven, von Tennisspielen unterbrochen, so daß Adrian den Schwangerschaftstest in ihrer Tasche kein einziges Mal anrührte. Sie kümmerte sich um Stevens Wäsche, bereitete das Mittagessen für ihn und für die drei Freunde, mit denen er Doppel gespielt hatte, zu, und sprach kaum ein Wort mit ihm, was ihm nicht aufzufallen schien. Am Abend gingen sie ins Kino. Von den Dialogen nahm sie kaum etwas wahr, denn während sie in der Dunkelheit sitzend die Untertitel des schwedischen Filmes las, galten ihre Gedanken einzig der Frage, ob sie schwanger war oder nicht. Verrückt, in den letzten zwei Tagen war es bei ihr zur Besessenheit ausgeartet, obwohl sie noch gar nicht so spät dran war. Aber aus irgendeinem unerfindlichen Grund hatte sie Vorahnungen. Sie litt nicht unter Übelkeit, und ihr Körper hatte sich nicht verändert, nicht mehr als sonst, wenn sie ihre Periode erwartete. Ihre Brüste waren leicht vergrößert, ihr Körper etwas aufgedunsener, sie mußte etwas öfter zur Toilette, aber nichts davon deutete auf eine große Veränderung hin. Und doch wünschte sie sich jetzt nichts sehnlicher, als daß Steven endlich abflog, damit sie in aller Ruhe den Test machen konnte. Sie mußte es unbedingt wissen, und sie war sicher, er würde sofort merken, was los ist, wenn sie es probierte, solange er zu Hause war. Sie wagte nicht einmal, den Test zu machen, als er montags zum Flughafen gefahren war. Was, wenn er zurückkäme? Wenn er etwas vergessen hatte – und sie würde im Bad mit einem Proberöhrchen voll blauer Flüssigkeit hocken?

Sie glaubte noch immer nicht, daß es ihr passiert sein könnte, da sie fast immer sehr aufgepaßt hatten, doch einmal ... vor fast drei Wochen ... drei Wochen ... Den ganzen Tag dachte sie daran, während sie nach Stevens Aufbruch im Büro saß. Nach den Nachrichten um sechs Uhr raste sie nach Hause, sperrte die Tür auf, lief hinauf und stellte das Test-Set im Bad auf. Sie ging genau nach Anweisung vor, und saß dann nervös da und beobachtete den Wecker im Schlafzimmer. Ihrer Armbanduhr traute sie nicht. Wenn es sich blau färbte, bedeutete es ... Man mußte eigentlich zehn Minuten warten, doch nach drei Minuten war das Ratespiel vorüber.

Es war keine Frage der Farbintensität, sie brauchte gar nicht erst herumzurätseln, ob die Flüssigkeit im Röhrchen sich verfärbt hatte und ob ... oder vielleicht ... Sie starrte das Röhrchen an.

Die Flüssigkeit war dunkel und leuchtendblau. Eine so eindeutige Antwort, daß sich jede weitere Frage erübrigte. Adrian stand zur Reglosigkeit erstarrt da, dann ließ sie sich auf dem Toilettendeckel nieder und starrte die blaue Flüssigkeit an. Kein Zweifel, nun stand mit Sicherheit fest, daß sie schwanger war ... egal, was Steven wollte oder nicht, wie vorsichtig sie gewesen waren oder was sie sich nicht im Laufe der Jahre immer wieder vorgenommen hatten ... ungeachtet all dessen saß sie da und starrte das Röhrchen an, und in ihre Augen traten ungeweinte Tränen ... kein Zweifel, sie war schwanger.

Die einzige Frage, die sie nun bewegte, war: Was wird Steven dazu sagen? Sie war sicher, daß er Krach schlagen würde, aber wie heftig fiel der aus? Wie ernst würde er seine Vorwürfe meinen? Vielleicht änderte er schließlich seine Meinung und gewöhnte sich doch an den Gedanken, ein Kind in die Welt zu setzen. Gewiß waren die schrecklichen Dinge, die er im Laufe der vergangenen drei Jahre gesagt hatte, nicht ernst gemeint gewesen. Ein einziges kleines Kind konnte doch nicht so viel ausmachen. Sie wußte knapp fünf Minuten, daß sie schwanger war, und schon war es ihr Baby, um dessen Überleben sie kämpfte. Sie betete darum, daß Steven ihr erlauben würde, es zu behalten. Aber er konnte sie ja nicht zwingen, es loszuwerden. Und warum auch? Er war ein vernünftiger Mensch, und es war sein Kind. Sie schloß die Augen, während ihr Tränen der Angst über die Wangen liefen. Was sollte sie jetzt tun? Sie war glücklich und bekümmert zugleich, und voller Angst, weil sie ihrem Mann diese Neuigkeit beibringen mußte. Er hatte des öfteren scherzhaft verlauten lassen, er würde sie verlassen, falls sie jemals schwanger würde und das Kind behalten wollte. Aber das hatte er doch gewiß nicht so gemeint ... wenn aber ja? Was würde sie tun? Natürlich wollte sie ihn nicht verlieren, aber wie konnte sie dieses Kind aufgeben?

Es wurde eine schreckliche Woche, die sie damit zubrachte, sich angstgeplagt zurechtzulegen, was sie Steven sagen würde, wenn er kam, und jedesmal wenn er anrief, um ihr von seinen aufregenden Fortschritten mit IMFAC zu berichten, klang Adrian verwirrter, zerstreuter, unbeteiligter, bis er sie am Donnerstag fragte, was los war. Sie redete dummes Zeug, so daß er überzeugt war, daß sie gar nichts von dem mitbekommen hatte, was er ihr erzählt hatte. Die Gespräche waren hervorragend verlaufen, und er wollte morgen nach Los Angeles zurückkommen, nur um den Dienstag darauf wieder nach Chikago zu fliegen.

»Adrian, ist bei dir alles in Ordnung?«

»Wieso?« Um sie herum schien die Welt stillzustehen. Was meinte er? Wußte er was? Aber wie?

»Na, ich weiß nicht ... die ganze Woche über bist du schon so komisch. Fühlst du dich nicht gut?«

»Doch ... nein ... ehrlich gesagt ... ich habe schreckliche Kopfschmerzen. Das macht der Streß ... die Arbeit ...« Zudem hatte sie ein-, zweimal ein flaues Gefühl gehabt, was sie aber ihrer Einbildung zuschob. Aber die Schwangerschaft war keine Einbildung. Das wußte sie genau. Sie hatte den Test sogar wiederholt, nur um absolut sicher zu sein.

Tränen brannten ihr in den Augen, als sie ihm zuhörte. Sie wünschte, er würde sofort nach Hause kommen, damit sie sich ihm anvertrauen konnte. Sie wollte es hinter sich bringen und ehrlich zu ihm sein, damit er ihr versichern konnte, daß alles in Ordnung war, daß sie sich beruhigen und das Kind bekommen solle ... das Kind ... erstaunlich ... in wenigen Tagen hatte ihr Leben eine totale Wendung genommen, und ihre Gedanken kreisten einzig und allein um ihr Baby. Es hatte ihr nichts ausgemacht, ihm zuliebe die Aussicht auf Kinder aufzugeben, und jetzt war sie plötzlich gewillt, ihr ganzes Leben für ein Baby auf den Kopf zu stellen. Sie war bereit, in ihrer Wohnung Veränderungen vorzunehmen, ihren Lebensstil und, wenn nötig, auch ihren Job aufzugeben, das Arbeitszimmer umzufunktionieren, auf die ruhigen Abende und das ganze, schöne ungebundene und freie Leben zu verzichten. Wenn sie wieder daran dachte, geschah es zwar mit einer gewissen Bangigkeit, und sie machte sich Gedanken darüber, wie es wohl sein mochte, endlich Mutter zu werden. Sie hatte Angst vor eventuellen Pannen, doch trotz allem wußte sie, daß sie es wagen mußte.

Sie wollte Steven eigentlich am Freitagabend vom Flughafen abholen, mußte aber um diese Zeit in der Redaktion sein, und sah ihn erst, als sie nach Hause kam. Er packte vor laufendem Fernsehgerät seinen Koffer aus, auch die Stereoanlage war eingeschaltet und die ganze Wohnung schien wieder voller Leben zu sein, nur weil Steven aus Chikago zurück war. Er summte vor sich hin, als sie hereinkam, und lächelte, als er sie sah.

»Ach, hallo ... wo hast du gesteckt?«

»Im Büro, wie immer.« In ihrem Lächeln lag Nervosität, während sie langsam auf ihn zuging, doch als er die Arme um sie legte, hielt sie ihn ganz fest, als fürchte sie zu ertrinken, wenn sie ihn auch nur einen Moment losließe.

»Na, Kleines ... ist etwas?« Die ganze Woche über hatte er gespürt, daß etwas nicht stimmte, nur hätte er nicht zu sagen gewußt, was es war. Aber sie sah aus wie immer, und plötzlich kam ihm der Gedanke, daß sie vielleicht entlassen worden war und daß sie Angst davor hatte, es ihm zu sagen. In Anbetracht seiner beruflichen Erfolge war es ihr vielleicht peinlich, eine Entlassung einzugestehen. Ihr Job beim Fernsehen war wirklich so toll, daß es ihm leid getan hätte, wenn sie gefeuert worden wäre. »Geht es um deine Arbeit? Ist ...« Er hielt inne, als er ihren Blick sah. Er wußte nicht, was war, doch es mußte etwas Entscheidendes passiert sein. Liebevoll zog er sie aufs Bett, um ihr alle Unterstützung angedeihen zu lassen, die er ihr geben konnte. Er konnte es sich jetzt leisten, in seinem Beruf ging es ihm blendend, und Mike, sein Boß, hatte bereits angedeutet, daß ihm ein großer Karrieresprung bevorstünde, wenn es der Firma tatsächlich gelänge, IMFAC als Kunden zu gewinnen. »Was ist?«

In ihren Augen standen Tränen, als sie zu ihm aufblickte. In diesem Moment brachte sie die Worte nicht über die Lippen. Es hätte der glücklichste Augenblick ihrer Ehe sein sollen, doch wegen der schrecklichen Dinge, die er immer gesagt hatte, war es beängstigend.

»Hat man dich gefeuert?«

Sie lachte unter Tränen auf und schüttelte den Kopf. »Nein, leider nicht. Manchmal denke ich, daß damit alles leichter wäre.«

Aber er nahm sie nicht ernst. Er wußte, wie sehr sie ihre Arbeit liebte. Es war ein großartiger Job.

»Bist du krank?«

Diesmal war ihr Kopfschütteln weniger überzeugend und ihr Blick hing in stiller Verzweiflung an ihm. »Nein, das bin ich nicht.« Sie holte tief Luft und betete darum, daß er es akzeptieren möge. »Ich bin schwanger.«

In der schier endlosen Stille, die nun eintrat, konnte sie ihr Herzklopfen und seinen Atem hören. Dann ließ er sie plötzlich los und stand auf, um mit stiller Verzweiflung auf sie hinunterzublicken. »Das kann nicht dein Ernst sein, Adrian.«

»Doch, es ist mein Ernst.« Daß es für ihn ein Schock sein würde, hatte sie gewußt. Auch für sie war es einer gewesen, doch die Kehrtwendung war auf dem Fuß gefolgt.

»Hast du mich betrogen?«

Sie schüttelte ernst den Kopf. »Nein. Es ist einfach passiert.«

»Verdammtes Pech.« In seinem Gesicht erstarrte etwas zu Eis, und als Adrian ihn sah, wurde sie wieder von Panik übermannt. »Bist du sicher?«

»Absolut.«

»Hm, schlimm«, sagte er leise und mit zutiefst bekümmerter Miene. »Das tut mir leid, Adrian. Verdammtes Pech.«

»So würde ich es nicht nennen«, gab sie zurück. »Immerhin sind wir ja ein klein wenig selbst daran schuld.«

Er nickte, von Mitleid mit sich und ihr erfüllt. »Du wirst die Sache nächste Woche erledigen müssen.« Als sie ihn ansah, stockte ihr der Atem. So einfach war das für ihn. Du wirst es erledigen müssen. So einfach aber war es für sie nicht mehr.

»Was soll das heißen?«

»Das weißt du. Wir können das Kind nicht haben, um Himmels willen, das weißt du doch.«

»Warum nicht? Gibt es etwas, was ich nicht weiß? Gibt es da eine Erbkrankheit, oder planen wir eine Reise zum Mond? Gibt es einen Grund, weshalb wir kein Kind haben können?«

»Ja, einen sehr guten.« Plötzlich wirkte er unerbittlich, als sie einander wie Gegner gegenüberstanden. »Wir sind vor geraumer

Zeit übereingekommen, daß wir keine Kinder wollen. Und ich dachte, uns beiden wäre es ernst gewesen.«

»Aber warum nicht? Es liegt doch kein triftiger Grund vor.« Sie sah ihn flehend an. »Wir beide haben gute Jobs. Wir führen ein angenehmes Leben. Wir könnten von unserem Einkommen locker ein Kind erhalten.«

»Hast du eine Ahnung, was Kinder kosten? Schule, Kleidung, Arztrechnungen. Und es wäre nicht richtig, ein unerwünschtes Kind in die Welt zu setzen. Nein, Adrian, das wäre nicht richtig.« Er war außer sich, zumal als er merkte, daß er sie nicht überzeugen konnte. Sie wußte, daß seine Ansichten wegen seiner eigenen ärmlichen Jugend extrem waren, aber sie lebten ja in völlig anderen Verhältnissen.

»Geld ist nicht alles. Wir haben Zeit und Liebe, ein hübsches Zuhause, und wir haben uns. Was braucht man mehr?«

»Das Verlangen, Kinder zu bekommen«, sagte er leise. »Und das habe ich nicht. Ich werde es nie haben. Ich will keine Kinder, Adrian. Ich wollte nie welche und werde sie nie wollen. Das habe ich dir gesagt, bevor wir geheiratet haben. Und wenn du mir jetzt in den Rücken fällst, werde ich es nicht dulden. Du mußt dafür sorgen, daß du die ...« Er zögerte, aber nur ganz kurz, »daß du die Schwangerschaft beendest.« Er weigerte sich, von einem Baby zu sprechen.

»Und wenn ich es nicht tun möchte?«

»Wenn du es nicht tust, bist du ganz schön dumm, Adrian. Wenn du dich dahinterklemmst, kannst du Karriere machen, und das geht mit einem Kind nicht.«

»Ich könnte mir ein halbes Jahr freinehmen, und dann wieder arbeiten. Das machen viele Frauen so.«

»Ja, und schließlich geben sie den Beruf auf, bekommen noch zwei Kinder und werden Hausfrauen. Und zu guter Letzt hassen sie sich und ihre Kinder deshalb.« Er sprach jetzt seine ärgsten Befürchtungen aus, sie aber war der Meinung, es lohne sich, das Risiko auf sich zu nehmen und das Kind zu bekommen. Sie wollte nicht aufgeben, nur weil es einfacher war, keine Kinder zu bekommen. Was machte es schon aus, daß sie keine Millionäre waren? Warum mußte immer alles so verdammt perfekt sein? Und warum hatte er kein Verständnis für ihre Gefühle?

»Ich glaube, wir sollten uns die Sache erst durch den Kopf gehen lassen, ehe wir etwas unternehmen, was wir beide später bereuen könnten.« Sie hatte Freundinnen, die abgetrieben hatten und sich deshalb haßten, und andere, die nicht abgetrieben hatten. Aber Steven gab ihr nicht recht.

»Glaub mir, Adrian«, er mäßigte seinen Ton und trat einen Schritt auf sie zu, »du wirst es nicht bereuen. Wenn du hinterher darüber nachdenkst, wirst du erleichtert sein. Die ganze Sache könnte für unsere Ehe zu einer ernsten Bedrohung werden.« Die ›Sache‹ war ihr Baby. Das Baby, das sie in den vier Tagen, seit sie von seiner Existenz wußte, liebengelernt hatte.

»Wir müssen es nicht dazu kommen lassen, daß es zur Bedrohung für unsere Ehe wird.« In ihren Augen standen Tränen, als sie sich an ihn lehnte. »Steven, bitte, verlang es nicht von mir ... bitte ...«

»Ich verlange überhaupt nichts«, versetzte er verärgert, als er wie ein gefangenes Tier im Schlafzimmer auf- und ablief. Er fühlte sich bis ins Innerste bedroht und war zutiefst erschrocken. »Ich habe schon gesagt, daß es ein verdammtes Pech ist und daß es an Wahnsinn grenzt, überhaupt daran zu denken, die Sache durchzuziehen. Unser bisheriges Leben steht auf dem Spiel. Um Himmels willen, tu, was du tun mußt.«

»Warum mußt du es so sehen? Warum stellt ein Kind eine so große Bedrohung für dich dar?« Sie konnte nicht verstehen, warum er in diesem Punkt so stur war. Er hatte von Kindern immer wie von einer feindlichen Invasion gesprochen.

»Du hast ja keine Ahnung, was Kinder uns antun können, Adrian. Aber ich weiß es. Ich habe es in meiner eigenen Familie erlebt. Meine Eltern haben nie etwas gehabt. Meine Mutter besaß ein einziges Paar Schuhe ... ein Paar Schuhe während meiner ganzen Kindheit. Sie machte alles selbst, und dann wurde es verwendet, bis es kaputt war und bis uns die Kleider vom Leibe fielen. Wir besaßen weder Bücher noch Puppen oder anderes Spielzeug. Wir hatten nichts außer unserer Armut.« Das hörte sie mit

Bedauern – es mußte schrecklich gewesen sein, aber es hatte mit der Realität ihres Lebens nichts zu tun – eine Tatsache, die er nicht zur Kenntnis nehmen wollte.

»Es tut mir leid, daß du das durchmachen mußtest. Aber unser Kind muß ja kein solches Leben führen. Wir beide verdienen gut. Wir könnten auch mit dem Kind ein angenehmes Leben führen.«

»Das glaubst du. Was ist mit der Schule? Mit dem College? Hast du eine Ahnung, was heutzutage Stanford kostet?« Dann setzte er wie ein enttäuschtes Kind hinzu: »Und was wird aus unserer Europareise? So etwas könnten wir uns dann nicht mehr leisten. Wir müßten alles aufgeben. Bist du wirklich dazu bereit?«

»Ich begreife gar nicht, warum du es so überspitzt siehst. Und selbst wenn wir Opfer bringen müßten, Steven – würde sich das nicht lohnen?« Er gab keine Antwort, doch sein Blick sagte alles. Er sagte ganz klar, nein, es lohnt sich nicht.

»Und wir sprechen ja nicht über Kinder, die wir uns in naher oder ferner Zukunft wünschen. Wir sprechen von einem Baby, das schon vorhanden ist. Das ist etwas ganz anderes.« Für sie, aber nicht für ihn. Das stand fest.

»Wir sprechen nicht von einem Baby. Wir sprechen von einem Nichts. Von einem Fleck Sperma, der auf ein einziges Ei gestoßen ist, und dieser Fleck ist ein mikroskopisches Nichts. Es ist ein Fragezeichen, eine Möglichkeit und mehr nicht, und es ist eine Möglichkeit, die wir nicht wollen. Das solltest du dir vor Augen halten und sonst gar nichts. Du brauchst nur zum Arzt zugehen und ihm zu sagen, daß du es nicht möchtest.«

»Und was dann?« Sie spürte, wie heißer Zorn in ihr hochstieg. »Was dann, Steven? Sagt er dann: ›Okay, Adrian, Sie wollen das Kind nicht, kein Problem‹, und schreibt es ab und streicht es auf seiner Liste durch. Nein, so nicht. Er zieht es mir mit einem Absaugapparat aus dem Leib und schabt meinen Uterus mit einem Skalpell aus. Er tötet unser Kind. Das wird er tun, Steven. Das bedeutet es, wenn ich ihm sage, daß ich es nicht möchte. Aber ich möchte es, und das solltest du auch in Betracht ziehen. Es ist nicht nur dein Kind, sondern auch meines, es ist unser Baby, ob du es willst oder nicht. Und ich werde es nicht einfach abtreiben, nur weil du es möchtest.« Sie weinte, aber Steven tat, als merke er es nicht. Er war so entsetzt, daß er sich benahm wie ein Mensch aus Eis. Steven war buchstäblich vor Angst erstarrt. Und Adrian war vor Schmerz überwältigt.

»Ich verstehe«, sagte er eisig, als er sie mit erneuter Distanz ansah. »Willst du mir damit sagen, daß du es dir nicht nehmen lassen wirst?«

»Ich sage noch überhaupt nichts. Ich bitte dich nur, es dir zu überlegen, und ich möchte dir begreiflich machen, daß ich es gern behalten würde.« Dieses Eingeständnis war für sie selbst eine Überraschung. Und die Bitte, es behalten zu dürfen, hörte sich an, als ging es um ein Hündchen und nicht um ihr Kind, wie sie entsetzt registrierte.

Steven nickte jämmerlich, nahm ihre Hand und zog sie neben sich aufs Bett. Plötzlich konnte sie nicht mehr an sich halten, als er die Arme um sie legte, und fing zu schluchzen an.

Schock, Angst, Anspannung, Aufregung, dies alles brodelte in ihr und kochte über, bis sie glaubte, nie wieder aufhören zu können.

»Es tut mir leid, Baby ... es tut mir leid, daß es uns passiert ist ... ist ja gut ... du wirst schon sehen ...«

Sie hörte gar nicht, was er sagte, aber sie war froh, daß er sie festhielt. Vielleicht würde er seine Meinung ändern, wenn er eine Weile darüber nachdachte. Sie hoffte noch immer, daß er seine Meinung ändern würde, aber es war emotionell erschöpfend, auf so viel Widerstand zu stoßen.

»Mir tut es auch leid«, sagte sie schließlich, und er trocknete ihre Tränen und küßte sie. Er strich über ihr Haar und küßte ihre Tränen weg. Dann knöpfte er langsam ihre Bluse auf und schob ihr Shorts und Unterwäsche über die Knöchel hinunter. Sie lag nackt neben ihm, und er sah sie an und bewunderte sie. Adrian besaß einen wunderschönen Körper, seiner Meinung nach wäre es ein Verbrechen gewesen, ihn mit einer Schwangerschaft zu verunstalten. Er wußte, daß sie nie wieder dieselbe sein würde.

»Ich liebe dich, Adrian«, flüsterte er. Er liebte sie zu sehr, um zuzulassen, daß sie eine so große Dummheit beging. Und er liebte auch sich und ihr gemeinsames Leben und alles, wofür sie gearbeitet hatten, was sie erreicht und erworben hatten. Dies alles sollte niemand gefährden, am allerwenigsten ein Kind.

Er küßte sie mit verzehrender Leidenschaft, und sie erwiderte seinen Kuß, in der Meinung, er hätte sie endlich verstanden. Dann liebten sie sich leise und sanft. Sie fühlten sich einander nahe und verdrängten ihre Meinungsverschiedenheit, da jeder hoffte, der andere würde zur Einsicht gelangen. Nachher hielten sie sich umschlungen und küßten sich.

Als sie am nächsten Tag erwachten, war es schon Nachmittag, und Steven schlug vor, schwimmen zu gehen, nachdem sie geduscht und gefrühstückt hatten. Adrian zeigte sich nicht sehr gesprächig, und sie sagte auch nichts, als sie Hand in Hand zum Pool gingen, der den Bewohnern des Wohnkomplexes zur Verfügung stand. Heute war außer ihnen niemand da. Es war ein schöner Mainachmittag, und die Leute tummelten sich am Strand oder lagen auf ihren Terrassen, um sich nackt zu bräunen.

Steven schwamm einige Längen, während Adrian nur so dahintrieb und in der Sonne döste. Sie wollte nicht mehr über das Baby sprechen. Sie hoffte noch immer, daß er sich beruhigen und an den Gedanken gewöhnen würde. Auch für sie war es eine große Umstellung, und sie wußte, daß es eine noch viel größere für Steven bedeutete.

»Na, gehen wir wieder hinein?« fragte er schließlich nach fünf Uhr. Sie hatten den ganzen Nachmittag kaum ein Wort miteinander gesprochen, und nach ihrer aufwühlenden Auseinandersetzung am Abend zuvor war Adrian noch total erschöpft.

Sie gingen hinein, und nachdem Adrian geduscht hatte, schaltete Steven die Stereoanlage ein, und sie hörten Musik, während sie das Abendessen zubereitete.

Adrian wollte einen ruhigen Abend mit ihm verbringen. Es gab so viel zu überlegen und zu besprechen.

»Na, wie fühlst du dich?« fragte er, während sie Pasta und eine Riesenportion grünen Salat machte.

»Ach, ganz gut – ich bin nur irgendwie müde«, sagte sie leise, und er nickte.

»Du wirst dich nächste Woche besser fühlen, wenn du es erledigt hast.« Sie konnte nicht glauben, daß sie richtig gehört hatte, und starrte ihn entsetzt an.

»Wir kannst du so etwas sagen?« fragte sie erschrocken, als ihr klarwurde, daß er sich nicht erweichen ließ. Er war eisern wie immer.

»Adrian, im Moment ist es nur ein physisches Problem. Du fühlst dich lausig, also bring es in Ordnung. Das ist alles. Mehr brauchst du dir dabei nicht zu denken.« Sie konnte nicht fassen, wie gefühllos er war, wie unberührt von der Tatsache, daß es sich um ihr gemeinsames Baby handelte.

»Das ist widerlich. Es ist viel mehr als das, und das weißt du.« Sie hatte nicht beabsichtigt, an diesem Abend wieder damit anzufangen, aber jetzt, da er das Thema angeschnitten hatte, wollte sie es ausdiskutieren. »Es ist unser Baby, um Gottes willen. «Wieder kamen ihr die Tränen und sie haßte sich deswegen. Sie weinte doch sonst auch nicht, aber er trieb sie mit seiner gefühllosen Haltung bis an ihre Grenzen. »Ich werde es nicht tun«, erklärte sie schließlich, als sie aufstand und ins Schlafzimmer lief. Über eine Stunde verging, bis er schließlich nachkam, um das Gespräch fortzusetzen. Sie lag auf dem Bett, und er setzte sich neben sie und sagte ganz leise: »Adrian, du mußt die Schwangerschaft abbrechen, wenn dir unsere Ehe etwas bedeutet. Wenn du es nicht tust, machst du alles kaputt.« So weit sie es beurteilen konnte, würde ohnehin alles in die Brüche gehen. Wenn sie das Baby nicht bekam, würde sie den Verlust immer spüren, und wenn sie es bekam, würde Steven ihr vielleicht nie verzeihen.

»Ich glaube nicht, daß ich es kann.« Das sagte sie, das Gesicht ins Kissen gedrückt. Allmählich rang sie sich zur Aufrichtigkeit durch. Eine Abtreibung war das allerletzte, was sie wollte.

»Ich denke, du kannst es nicht vermeiden. Es wird unsere Ehe zerstören und dich deinen Job kosten, wenn du keinen Abbruch vornehmen läßt.«

»Der Job ist mir egal.« Das war die Wahrheit – verglichen mit dem Kind war er ihr wirklich gleichgültig. Erstaunlich, wie schnell das Kind für sie an Bedeutung gewann.

»Natürlich liegt dir etwas an deiner Arbeit.« Steven hatte das Gefühl, aus ihr sei über Nacht eine andere geworden.

»Nein, es liegt mir nichts daran ... aber ich will nicht unsere Ehe zerstören«, sagte sie bekümmert und drehte sich um, damit sie ihn ansehen konnte.

»Aber ich will das Kind nicht, das kann ich dir versichern.«

»Es könnte ja sein, daß du später deine Meinung änderst. Das soll vorkommen«, sagte sie hoffnungsvoll, er aber schüttelte den Kopf. »Nein, ich will keine Kinder. Ich habe nie welche gewollt und werde sie nie wollen. Dir war das bis jetzt recht. Oder nicht?«

Sie zögerte und gestand dann etwas, was sie ihm verschwiegen hatte. »Ich dachte, daß mit der Zeit vielleicht ... daß du eben deine Meinung eines Tages ändern würdest. Ich meine, wenn wir wirklich niemals Kinder zeugen würden, wäre es ja vielleicht richtig gewesen. Aber in einem Fall wie diesem ... da dachte ich ... nun, ich weiß nicht ... Steven. Ich habe mir das auch nicht gewünscht. Aber jetzt ist es nun mal geschehen. Wie kann man es wieder aus dem Leben drängen, ohne einen weiteren Gedanken daran zu verschwenden?« Es war schrecklich.

»Weil unsere Lebensqualität darunter leiden würde und weil du mir viel wichtiger bist als ein Kind.«

»Es ist Platz für beides«, behauptete sie, aber er schüttelte den Kopf.

»Nicht in meinem Leben. Da ist nur Platz für dich und für sonst niemanden. Ich möchte nicht mit einem Kind um deine Aufmerksamkeit wetteifern müssen. Ich glaube nicht, daß meine Eltern in über zwanzig Jahren mehr als zwei Worte wechselten. Sie hatten weder die Zeit noch die Energie, noch die Gefühle. Sie waren ausgelaugt. Als wir heranwuchsen, war von ihnen nichts mehr übrig. Sie waren wie zwei verbrauchte, erledigte, tote Menschen. Möchtest du das?«

»Ein Kind kann uns nicht so weit bringen«, sagte sie leise und in bittendem Ton, erreichte jedoch nichts damit.

»Ich gehe das Risiko nicht ein«, beharrte er. »Laß es wegmachen.« Seine Stimme bebte. Gleich darauf ging er wieder hinunter und blieb unten, nur um nicht bei ihr sein zu müssen, bei ihr und der Bedrohung, die das Kind, das sie in sich trug, bedeutete.

Sie dachte lange darüber nach, während sie darauf wartete, daß Steven wieder zu ihr kam. Adrian spürte, daß ein bedeutsamer Teil ihrer Seele für immer verlorengehen würde, wenn sie dieses Kind aufgab.

7

Der Sonntag und der Montag waren wie ein Alptraum an Vorwürfen und Argumenten, und um sechs Uhr morgens am Dienstag, ehe Steven abflog, brach Adrian schließlich hysterisch schluchzend zusammen und gab sich geschlagen. Sie würde tun, was er wollte. Sie war seit zwei Tagen nicht in der Redaktion gewesen, und sie wollte nicht den Mann, den sie liebte, verlieren, auch wenn es bedeutete, daß sie ihr Kind aufgeben mußte. Sie versprach ihm, die Abtreibung während seiner Abwesenheit hinter sich zu bringen. An diesem Tag lag sie nur im Bett und weinte, bis sie um halb fünf zum Arzt ging.

Den ganzen Nachmittag hatte sie mit einem Angstgefühl im Bett gelegen, das sich zu blindem Entsetzen steigerte, als sie sich anzog. Am liebsten hätte sie die Flucht ergriffen, als sie aus der Wohnung lief. Sie wollte vor dem davonlaufen, war ihr bevorstand, vor dem, was Steven von ihr erwartete und was sie ihm schuldete, wenn ihr diese Ehe etwas bedeutete.

»Mrs. Townsend«, rief die Sprechstundenhilfe sie auf, und sie stand sichtlich nervös auf. Da sie ganz in Schwarz gekleidet war – schwarze Hose, schwarzer Rollkragenpullover und schwarze Schuhe –, wirkte sie mit ihrer weißen Haut und dem schwarzen Haar sehr ernst und feierlich.

Sie wurde in einen kleinen Raum geführt und angewiesen, sich auszuziehen und einen Kittel überzuziehen. Sie kannte hier alles schon, doch bei ihren jährlichen Kontrolluntersuchungen war ihr alles weniger unheilvoll und bedrohlich erschienen.

Sie saß in ihrem schwarzen Seidenhemdchen auf dem Untersuchungsstuhl, darüber den blauen Papierkittel, die nackten Füße unter sich gezogen. Wie ein kleines Mädchen sah sie aus, als sie versuchte, sich abzulenken und nicht an das zu denken, was sie hierhergeführt hatte. Sie redete sich ununterbrochen ein, daß sie es tat, weil sie Steven liebte.

Schließlich kam der Arzt herein. Er lächelte, als er einen Blick auf ihre Karteikarte warf und sie erkannte. Eine nette Person, sehr sympathisch.

»Nun, Mrs. Townsend, was kann ich heute für sie tun?« Er war vom Typ her eher altmodisch, gütig – etwa im Alter ihres Vaters.

»Ich ...« Sie brachte es nicht über sich, die Worte auszusprechen. Ihre Augen wirkten groß und erschrocken in ihrem bleichen Gesicht. »Ich bin wegen eines Schwangerschaftsabbruches da.« Sie sprach so leise, daß er sie kaum verstehen konnte.

»Ich verstehe.« Er ließ sich auf einem kleinen Drehhocker nieder und warf wieder einen Blick auf ihre Karteikarte. Verheiratet, einunddreißig, in guter gesundheitlicher Verfassung. Das alles reimte sich nicht zusammen. Vielleicht war das Kind nicht von ihrem Mann. »Liegt ein besonderer Grund vor?«

Sie nickte schmerzlich. Er sah ihr an, daß sie gar nicht hatte kommen wollen. Die Art, wie sie auf dem Stuhl kauerte, als müsse sie sich vor ihm schützen, wie sie zurückwich, wenn er sich ihr näherte, wie sie sprach, kaum imstande, die Worte über die Lippen zu bringen. Er hatte viele verzweifelte Frauen gesehen, Frauen, die alles getan hätten, um das Kind loszuwerden, das sie nicht haben wollten, aber diese Frau gehörte nicht dazu. Er hätte seinen Kopf verwettet, daß sie in Wahrheit gar keine Abtreibung wollte.

»Mein Mann meinte, daß es nicht der richtige Zeitpunkt ist, Kinder in die Welt zu setzen.«

Wieder nickte der Arzt, so als sei ihm alles klar. »Gibt es einen Grund, daß er diese Meinung vertritt? Ist er arbeitslos? Gibt es gesundheitliche Probleme?« Er wollte wissen, weshalb Adrian gekommen war, denn ohne triftigen Grund wollte er die Unterbrechung nicht durchführen. Legal oder nicht, er hatte seinen Patientinnen gegenüber eine moralische Verantwortung. Doch sie schüttelte den Kopf zu allen seinen Fragen.

»Nein, er ist ... ist einfach der Meinung, es sei nicht der richtige Zeitpunkt für Kinder.«

»Will er denn überhaupt Kinder haben?« Sie zögerte erst, dann schüttelte sie erneut den Kopf.

»Nein.« Es war kaum hörbar. »Ich glaube nicht. Er war eines von fünf Kindern und hatte eine sehr unglückliche Kindheit. Er begreift nicht, daß unsere Situation völlig anders ist.«

»Das möchte ich meinen. Sie haben einen tollen Job, und ich nehme an, bei ihm ist es ähnlich. Glauben Sie, er wird seine Meinung rechtzeitig ändern?« Sie schüttelte bekümmert den Kopf, während ihr Tränen über die Wangen liefen, so daß der Arzt rasch etwas sagte, was ihr die Nervosität nehmen sollte. »Adrian, ich werde den Abbruch nicht vornehmen.« Er benutzte ihren Vornamen. Dies war nicht der Zeitpunkt für Förmlichkeiten, sie brauchte Verständnis und Freundschaft, und er wollte ihr helfen. »Als erstes möchte ich mich vergewissern, ob Sie wirklich schwanger sind und kein Irrtum vorliegt. Haben Sie einen Test gemacht?« Er ging davon aus, daß es der Fall war, da sie sonst nicht zu ihm gekommen wäre.

»Ja, zu Hause. Zweimal. Und meine Periode ist seit zwei Wochen ausgeblieben.«

»Hm, dann wären Sie jetzt in der vierten Schwangerschaftswoche, aber wir wollen uns erst Gewißheit verschaffen. Danach sollten Sie nach Hause gehen und sich alles gründlich durch den Kopf gehen lassen. Wenn Sie dann noch immer einen Abbruch wollen, können Sie morgen wieder kommen. Na, hört sich das vernünftig an?« Sie nickte, von einem Gefühl erfüllt, das sich aus Hysterie und totaler Benommenheit zusammensetzte. Das emotionelle Trauma, das sie durchmachte, drohte sie umzubringen. Doch der Arzt war lieb und nett, er bestätigte, was sie schon wußte, riet ihr, nach Hause zu gehen und mit ihrem Mann alles noch einmal zu besprechen. Er glaubte, Steven würde sich umstimmen lassen, wenn sie ihm erklärte, daß sie auf keinen Fall einen Abbruch wollte. Was er nicht in Betracht zog, war der Umstand, daß Steven in diesem Punkt nicht ansprechbar war. Und als er sie abends anrief, war er hörbar verärgert, daß sie den Abbruch noch nicht hinter sich hatte.

»Warum, zum Teufel, hat er es heute nicht gemacht? Was für einen Sinn soll das Warten haben?«

»Er möchte, daß wir uns alles überlegen, ehe wir etwas Endgültiges unternehmen. Vielleicht ist das gar keine schlechte Idee.« Ihre Niedergeschlagenheit wuchs, wenn sie an das Bevorstehende dachte. »Wann kommst du zurück?« fragte sie, er aber schien den verängstigten Ton nicht wahrzunehmen.

»Erst am Freitag. Am Samstag spielen Mike und ich Tennis. Vielleicht könntest du und Nancy dann mit uns Doppel spielen.«

Sie konnte es nicht fassen. Entweder war er völlig gefühllos oder nur dumm.

»Ich weiß nicht, ob ich dann Tennis spielen werde.« Der Sarkasmus in ihrem Ton war unüberhörbar und brutal.

»Ach ja, richtig ... ich vergaß.« In zehn Sekunden? Wie konnte er so rasch vergessen? Wie konnte er überhaupt verlangen, daß sie so etwas über sich ergehen ließ?

»Ich glaube, du solltest es dir auch noch einmal überlegen, Steven, es ist ja nicht nur mein Kind, es ist auch deines.« Doch sie spürte, wie er die Mauer um sich aufzog, kaum daß sie die Worte ausgesprochen hatte.

»Ich sagte schon, wie ich dazu stehe, Adrian. Weitere Diskussionen erübrigen sich. Bring die Sache endlich in Ordnung, verdammt noch mal. Ich verstehe gar nicht, warum du bis morgen wartest.« Sie gab keine Antwort, niedergeschmettert von der Brutalität seiner Worte. Es war, als stelle das Kind eine Bedrohung für ihn dar und als hätte sie ihn hintergangen, indem sie die Schwangerschaft zugelassen hatte, und jetzt mußte sie diese Panne um jeden Preis in Ordnung bringen, mochte es ihr auch noch so viel Überwindung abnötigen. »Ich rufe dich morgen abend an.« Adrian hielt den Atem an. In ihren Augen brannten Tränen.

»Warum? Um dich zu vergewissern, daß ich es getan habe?« Sie meinte, ihr Herz müsse brechen, als sie sich verabschiedete und dabei dachte, daß in wenigen Stunden das Schicksal ihres Kindes besiegelt sein würde. Die ganze Nacht lag sie wach, weinte und dachte an das Kind, das sie nie kennenlernen würde, an das Kind, das sie ihrem Mann zuliebe opferte. Sie war noch immer wach, als am nächsten Tag die Sonne aufging. Sie fühlte sich, als erwarte sie ihre Hinrichtung. Sie hatte sich die ganze Woche Urlaub genommen, jetzt brauchte sie sich nur zu zwingen, zur Praxis zu fahren und den Eingriff vornehmen zu lassen.

Beim Anziehen redete sie sich ein, daß Steven in letzter Minute anrufen und sie zurückhalten würde. Doch er rief nicht an. Das Haus war still, als sie ging, in Sandalen, Jeansrock und einem alten Arbeitshemd. Seit dem vorigen Abend hatte sie nichts gegessen und getrunken für den Fall, daß sie eine Narkose bekommen mußte. Zitternd und bleich fuhr sie in ihrem MG den Wilshire Boulevard entlang. Sie kam fünf Minuten zu früh in die Praxis. Nach der Anmeldung bei der Sprechstundenhilfe setzte sie sich mit geschlossenen Augen ins Wartezimmer, mit einem Gefühl im Herzen, von dem sie wußte, daß sie es ihr Leben lang nie vergessen würde. Zum erstenmal erkannte sie, daß sie Steven hassen konnte. Sie spürte das drängende Verlangen, ihn anzurufen, herauszufinden, wo er war, und ihm zu sagen, daß er seine Meinung ändern müßte. Aber sie wußte, daß es zwecklos war.

Die Sprechstundenhilfe stand in der Tür, rief ihren Namen auf und führte sie lächelnd durch den Korridor. Sie führte sie in einen etwas größeren Raum und wies sie an, sich ganz freizumachen, den bereitliegenden blauen Kittel anzuziehen und sich auf den Stuhl zu setzen, neben dem ein bedrohlich aussehendes Gerät stand. Adrian wußte, daß es die Absaugpumpe war. Sie spürte, wie ihr Mund trocken wurde, ihre Lippen klebten wie feuchte Papiertaschentücher aufeinander. Sie wollte es ganz rasch hinter sich bringen, nach Hause gehen und versuchen, es zu vergessen. Sie wußte, daß sie nie mehr im Leben eine Schwangerschaft zulassen würde. Und doch wollte sie das Kind noch immer behalten. Es war Wahnsinn – sie bot ihre gesamte innere Kraft auf, um es loszuwerden, dennoch wollte sie es, egal was passierte oder was Steven sagte, ohne Rücksicht auf seine Komplexe.

»Adrian?« Der Arzt steckte den Kopf durch den Türspalt und sah sie mit verständnisvollem Lächeln an. »Alles klar?« Sie nickte, brachte jedoch kein Wort über die Lippen, während sie ihn mit unverhohlenem Entsetzen anstarrte. Er trat ein, schloß die Tür und sagte ganz ruhig: »Sind Sie sicher, daß Sie den Eingriff wollen?«

Erst nickte sie, dann schossen ihr Tränen in die Augen, und sie schüttelte verneinend den Kopf. Sie war total durcheinander und tief unglücklich, und sie wollte gar nicht hier sein. Sie wollte zu Hause bei Steven sein und auf ihr Kind warten. »Sie müssen es nicht tun. Sie sollten es nicht tun, wenn Sie es nicht möchten. Ihr Mann wird sich an den Gedanken gewöhnen. Viele Ehemänner spielen anfangs verrückt, und dann sind sie vor Begeisterung aus dem Häuschen, wenn das Kind da ist. Sie sollten sich die Sache wirklich gründlich überlegen, ehe Sie sich dazu entschließen.«

»Ich kann nicht«, stieß sie heiser hervor. »Ich kann einfach nicht.« Sie schluchzte hemmungslos. »Ich kann es nicht.«

»Ich auch nicht.« Er lächelte. »Also, fahren Sie schön nach Hause und raten Sie Ihrem Mann, sich eine Zigarre zu kaufen und sie aufzusparen, bis ...« Er warf einen Blick auf ihre Karteikarte. »Na, ich würde sagen bis Anfang Januar, und dann wollen wir ihn mit einem niedlichen runden Baby überraschen. Wie hört sich das an, Adrian?«

»Wunderbar.« Sie lächelte unter Tränen, und der nette alte Doktor legte einen Arm um ihre Schultern. »Fahren Sie nach Hause, Adrian. Ruhen Sie sich aus, weinen Sie sich aus. Alles wird wieder gut, Sie werden schon sehen. Und Ihr Mann wird sich auch dreinfügen.« Er klopfte ihr auf die Schulter und ging hinaus, damit sie sich anziehen und nach Hause fahren konnte – mit ihrem Baby. Unter Tränen lächelnd zog sie sich an. Sie spürte, daß etwas Wunderbares passiert war. Es war ihr erspart geblieben und sie wußte nicht einmal, warum. Sie wußte nur, daß ihr Arzt ihren Zwiespalt gespürt und entsprechend reagiert hatte.

Sie setzte sich ins Auto, mit der Absicht, nach Hause zu fahren, aber dann überlegte sie es sich anders und fuhr lieber ins Büro. Sie fühlte sich besser als seit Tagen und wollte jetzt arbeiten und ihre persönlichen Probleme vergessen. Auf der Fahrt ins Studio ließ sie sich den Wind durch die Haare wehen, atmete tief durch und lächelte wie befreit. Das Leben war plötzlich wunderbar, und sie würde ihr Kind bekommen. Mit leichtem Schritt betrat sie ihr Büro, obwohl sie das Gefühl hatte, einen Zehn-Meilen-Lauf hinter sich zu haben. Der Morgen war so schwierig verlaufen wie die letzten Tage, und ihr stand noch der Kampf mit Steven bevor, wenn er aus Chikago zurückkam. Aber jetzt wußte sie wenigstens, was sie tat. Sie war entspannter als seit Tagen, das bedrückende Gefühl der Depression war von ihr genommen.

»Hallo, Adrian.« Zelda steckte den Kopf durch die Tür. »Na, alles in Ordnung?«

»Ja, warum?« Adrian, die einen Stift hinter dem Ohr stecken hatte, wirkte zerstreut. Es war ungewöhnlich, daß sie in alten Sachen und ungeschminkt ins Büro kam.

»Na, ehrlich gesagt, hast du schon besser ausgesehen. Du siehst aus, als seist du in die Wäscheschleuder geraten«, was der Sache sehr nahe kam. »Fühlst du dich nicht gut?« Zeldas Blick war geübter, als Adrian ahnte. Sie hatte recht. Alles war ziemlich schlimm gewesen.

»Ich war erkältet.« Sie lächelte dankbar, weil Zelda so aufmerksam war. »Jetzt geht es mir wieder besser.«

»Ich dachte, du hättest dir die ganze Woche freinehmen wollen.« Zelda sah sie so prüfend an, als müsse sie sich erst ein Urteil bilden, ob ihr zu glauben sei. Aber Adrian erschien ihr glücklich und unbeschwert, wie sie inmitten des Papierkrams in ihrem Büro saß.

»Das alles hat mir zu sehr gefehlt.«

»Du bist wohl nicht zu retten.« Zelda lächelte.

»Wahrscheinlich nicht. Gehen wir später ein Sandwich essen?«

»Sehr gern.«

»Komm vorbei, wenn es dir paßt.«

»Mach' ich.« Sie verschwand, und Adrian stürzte sich in die Arbeit – besser gelaunt als seit Tagen. Die Vorstellung, ein Kind zu bekommen, ängstigte sie zwar ein wenig, aber das war etwas, von dem sie glaubte, sie würde sich daran gewöhnen können.

Es war besser als die Alternative. Sie wußte, daß sie damit nicht hätte leben können, und sie nahm es Steven noch immer übel, daß er versucht hatte, es zu erzwingen. Und immer wieder fragte sie sich, ob sie sich jemals von den seelischen Verletzungen erholen würde, die sie einander in den letzten Tagen zugefügt hatten, und ob sie das Vorgefallene vergessen konnten. Dann arbeitete sie weiter und versuchte, nicht an Steven zu denken. Sie würde sich später zurechtlegen, was sie ihm sagen wollte.

8

Ein paar Türen weiter saß Bill Thigpen in einem Studio auf einem Hocker und besprach sich mit dem Regisseur.

»Woher soll ich wissen, wo sie steckt? Sie hat vor einer Woche ihr Hotelzimmer aufgegeben. Ich weiß nicht, mit wem sie zusammen ist. Ich weiß auch nicht, wohin sie verschwunden ist. Sie ist erwachsen, und es geht mich nichts an ... es sei denn, sie macht meine Serie kaputt.« Sylvia Stewart war sonntags nicht aus Las Vegas zurückgekommen. Sie hatte am Montagmorgen ihr Hotelzimmer aufgegeben – genau vor neun Tagen –, wie das Hotel erklärte, aber sie war nicht zur Arbeit zurückgekehrt, und Bill, dem die Sache nicht geheuer vorkam, war zu ihrer Wohnung gefahren, hatte sie aber auch dort nicht angetroffen.

Für die vergangene Woche hatten sie das Drehbuch geändert, aber ohne Sylvia wurde die Lage immer komplizierter.

Noch ein paar Tage, und man würde sie ersetzen müssen, hatte Bill dem Regisseur zu verstehen gegeben. Da sie nicht einmal angerufen hatte, um zu erklären, was passiert war, hatte sie sich eindeutig eines Vertragsbruches schuldig gemacht.

»Wenn sie nicht vor der morgigen Folge auftaucht, müssen Sie mir Ersatz besorgen«, sagte Bill zum Regisseur und zu einem der Produktionsassistenten. Heute hatte man bereits Kontakt zu einer Agentur aufgenommen, aber einen Ersatz in der Serie zu repräsentieren, ohne den Unmut der Zuschauer zu erregen, war fast ein Ding der Unmöglichkeit.

»Haben alle heute das neue Material bekommen?« fragte der Regisseur. Was Bill ihm gerade ausgehändigt hatte, bewog ihn zu einem Stirnrunzeln. Es war ein ganz neues Drehbuch. Bill mußte die Drehbuchschreiber in Sylvias Abwesenheit Tag und Nacht auf Trab gehalten haben. Es war eine geradezu heroische Leistung. Die Story wurde damit während Sylvias Abwesenheit am Leben erhalten. Es ereigneten sich so viele Mini-Dramen zugleich, daß das neuntägige Ausbleiben von Vaughn Williams gerade noch plausibel erschien. Sie war noch immer hinter Gittern, weil man ihr den Mord in die Schuhe schob, den ihr Schwager vor neun Tagen, am Freitag, begangen hatte.

Bill blieb im Büro, bis sie auf Sendung gingen, und behielt die gesamte Folge im Auge. Zum Glück kamen alle mit den neuen Wendungen und mit dem neuen Drehbuch zurecht. Nach der Sendung, nachdem er sich bei allen bedankt hatte, ging er zurück in sein Büro. Eine Stunde später meldete sich seine Sekretärin per Sprechanlage. Jemand wollte ihn sprechen.

»Ist es jemand, den ich kenne? Oder ist es ein Geheimnis?« Er war müde nach den vielen Nächten, die er durchgearbeitet hatte, gleichzeitig aber froh, daß alles glattlief. Das hatte er einer einmaligen Besetzung, zwei großartigen Autoren und einem erstklassigen Regisseur zu verdanken. »Wer ist es denn, Betsy?«

Eine längere Pause. »Es ist Miß Stewart.«

»Unsere Miß Stewart? Die Miß Stewart, die wir in ganz Nevada wie eine Stecknadel gesucht haben?« Er zog interessiert die Brauen hoch.

»Genau diese.«

»Sie soll reinkommen. Ich kann es kaum erwarten, sie zu sehen.« Betsy öffnete die Tür, und Sylvia trat ein wie ein verängstigtes Kind, aber schöner als je zuvor. Das lange schwarze Haar ließ sie aussehen wie Schneewittchen, und ihre Augen, die ihn reumütig anblickten, waren riesengroß. Bill stand auf und starrte sie an, als wäre sie eine Fata Morgana.

»Wo, zum Teufel, hast du gesteckt?« fragte er in drohendem Ton. Sie wußte nicht, was sie zu erwarten hatte, und brach in Tränen aus, ohne den Blick von ihm zu wenden. »Wir sind fast verrückt geworden und haben dich in ganz Las Vegas gesucht. Die Leute von ›Mein Haus‹ sagten, du seist mit irgendeinem Kerl abgehauen. Wir wollten schon die Polizei verständigen und dich als vermißt melden.« Er hatte sich die ganze letzte Woche Sorgen um sie gemacht und tausend Ängste ausgestanden.

Sylvia ließ ein Schluchzen hören und setzte sich auf die Couch, nachdem sie sich von ihm ein Papiertaschentuch hatte geben lassen. »Es tut mir leid, ehrlich«, brachte sie heraus.

»Da tust du gut daran. Eine Menge Leute haben sich deinetwegen große Sorgen gemacht.« Er kam sich vor, als spräche er zu einem ungezogenen Kind. Daß sie wenigstens in einer Hinsicht nicht mehr sein Problem war, registrierte er mit Erleichterung. »Wo warst du?« Nicht daß es eine Rolle gespielt hätte, da sie ja wohlbehalten wieder erschienen war. Nur das hatte ihm Sorgen gemacht. In Las Vegas konnten sehr häßliche Dinge geschehen, und häufig passierten sie Mädchen, die aussahen wie Sylvia Stewart. Und die mit Fremden ins Bett gingen.

Sie starrte ihn an und heulte von neuem los. »Ich habe geheiratet.«

»Du hast ... was?« Er hätte nicht verdutzter sein können. Alles hätte er vermutet, nur das nicht. »Wen denn? Den Kerl, der auf deinem Zimmer war?«

Sie nickte und schneuzte sich. »Er ist aus der Konfektionsbranche. Aus New Jersey.«

»Allmächtiger ...« Bill ließ sich neben sie auf die Couch fallen. Er fragte sich allen Ernstes, ob er sie je richtig gekannt hatte. »Was hat dich denn dazu bewogen?«

»Ich weiß es nicht. Ich ... ach, du hast immer so viel gearbeitet, und ich war so einsam.« Du lieber Gott, sie war dreiundzwanzig, eine hinreißende Schönheit und weinte, weil sie einsam war! Millionen Frauen hätten ihren rechten Arm und mehr dafür gegeben, um so auszusehen wie sie, und sie hatte einen Kleiderfabrikanten geheiratet, den sie nur von einem Wochenende in Las Vegas her kannte! Bill fragte sich plötzlich, ob es seine Schuld war. Wenn er sie nicht so vernachlässigt hätte, wenn er sich nicht so in die Serie verbissen hätte ... es war das alte Lied. In gewisser Weise reichte das alles bis in die Zeit mit Leslie zurück. Aber hatte er denn für sie alle die Verantwortung übernommen? War es wirklich seine Schuld? Warum konnten sie sich nicht seiner Lebensweise anpassen? Warum mußten sie ausreißen und etwas Verrücktes anstellen? Und jetzt hatte dieses dumme Ding einen Wildfremden geheiratet. Aus Bills Blick sprach fassungslose Verwunderung.

»Und was hast du jetzt vor, Sylvia?« Er konnte kaum erwarten, es zu hören.

»Ich weiß es nicht. Vermutlich werde ich nächste Woche nach New Jersey ziehen. Er heißt Stanley und muß am Dienstag in Newark sein.«

»Ich kann es nicht fassen.« Bill warf den Kopf zurück und lachte. Betsy hörte ihn sogar noch draußen an ihrem Schreibtisch, und sie war erleichtert, daß er nicht brüllte. Das tat er zwar nur selten, aber Sylvias Verschwinden wäre ein triftiger Grund gewesen. »Du und Stanley, ihr müßt am Dienstag in Newark sein ...?«

»Tja ...« Es war ihr sehr peinlich. »Wenn es geht. Ich weiß natürlich, daß ich einen Vertrag habe, der noch eine Saison läuft.« Insgeheim hatte sie damit gerechnet, daß er sie nach seinem überraschenden Anruf in Vegas aus der Serie werfen würde, und in ihrer Panik hatte sie Stanley geheiratet, ohne die leiseste Ahnung, worauf sie sich eingelassen hatte. Aber Stanley war reizend zu ihr gewesen und hatte ihr in Las Vegas einen ansehnlichen Diamantring gekauft und ihr versprochen, sich auch in Newark um sie zu kümmern. Er wollte ihr als Model Arbeit verschaffen, und wenn sie wollte, sollte sie sich in New York als Schauspielerin betätigen – in Werbespots oder wie hier in einer Fernsehserie. Für sie taten sich völlig neue Horizonte auf, und in gewisser Hinsicht war Sylvia Stewart für die Rolle der Frau eines Konfektionärs aus Newark keine Fehlbesetzung. »Und was mache ich jetzt mit meinem Vertrag?« Sie sah Bill so flehentlich an, daß er beinahe wieder in Gelächter ausgebrochen wäre. Das alles war von unüberbietbarer Absurdität. Es war eine auf die Spitze getriebene Imitation der Kunst durch das Leben, und er war noch nicht so blasiert, daß er die Komik der Situation nicht erfaßt hätte.

»Weißt du, was du mit deinem Vertrag machst? Du gönnst mir noch zwei Tage Dreharbeiten, heute und morgen, und wir werden dich am Freitag in einer Szene von höchster Dramatik aus dem Weg schaffen. Danach bist du frei und kannst gehen. Du kannst mit Stanley nach Newark ziehen und zehn Kinder bekommen, wobei ich mir ausbitte, daß du das erste nach mir nennst. Ich entlasse dich aus deinem Vertrag.«

»Wirklich?« Ihre Verblüffung entlockte ihm ein Lächeln.

»Ja. Weil ich ein netter Kerl bin und weil ich dir mit meiner Arbeitswut das Leben schwer gemacht und dir nicht genug Aufmerksamkeit geschenkt habe. Heute bekomme ich die Rechnung präsentiert.« Er war heilfroh, daß sie überhaupt aufgetaucht war. Jetzt konnte man ihr Verschwinden sinnvoll in die Handlung einbauen. John würde Vaughn töten, weil sie Zeugin seines Mordes an dem Dealer geworden war. Und von diesem Punkt an konnte die Saga fortgesetzt werden – bis in alle Ewigkeit. »Es tut mir leid, Baby«, sagte er aufrichtig und liebevoll. »Ich schätze, ich bin wohl kein guter Fang gewesen. Ich bin mit der Serie verheiratet.«

»Ach, schon gut.« Sylvia sah ihn fast scheu an. »Du bist mir nicht allzu böse, weil ich es getan habe? Weil ich geheiratet habe?«

»Nicht, wenn du glücklich wirst.« Es war sein voller Ernst.

Ihre Affäre mit Bill war nichts Ernstes gewesen, wie beide wußten. Es hatte beiden nicht viel bedeutet. Der beste Beweis dafür war das Wochenende mit einem Fremden in Vegas. Bill vermutete ganz richtig, daß dieser Mann der Grund gewesen war, weshalb sie überhaupt hingefahren war.

»Darf ich die Braut küssen?« Er stand auf und sie auch, noch immer ganz verwundert, daß er es so locker nahm. Sie hatte erwartet, er würde außer sich sein und sie aus der Serie werfen, ohne ihren Vertrag zu lösen, aber so würde sie in New York viel leichter Arbeit finden. Sie wandte sich ihm zu, auf eine leidenschaftliche Umarmung um der alten Zeiten willen gefaßt, aber er gab ihr nur einen sachten Kuß auf die Wange, und einen kurzen Moment lang wußte er, daß sie ihm fehlen würde. Sie hatte etwas Liebreizendes an sich, das ihn anzog, eine gewisse Weichheit, und sie hatten viel Spaß miteinander gehabt. Sie war ihm vertraut gewesen, sie waren gute Freunde geworden, und jetzt war er wieder allein. Er würde sich in Zukunft hüten, mit jemandem aus der Serie eine Affäre anzufangen. Es war ein Fehler, der ihm nicht wieder unterlaufen würde – eine Folge von Bequemlichkeit und Genußsucht. Es gab keine Frau in seinem Leben mehr, und im Moment war er gar nicht sicher, ob es ihm etwas ausmachte. »Was hast du mit den Sachen vor, die noch bei mir in der Wohnung sind?«

»Ja, die werde ich wohl besser holen.« Das hatte sie vergessen. Viel war es nicht, aber immerhin ein Koffer voll Kleider, die sie in seinem Schrank gelassen hatte.

»Jetzt gleich?«

»Ja. Um vier treffe ich mich mit Stanley im Beverly Wilshire. Aber ich habe genügend Zeit.« Ihr Ton deutete etwas an, das er zu überhören vorgab. Für ihn war es aus. Sie hatte getan, was sie gewollt hatte, und er trug es ihr nicht nach, aber er begehrte sie nicht mehr.

Gemeinsam mit ihr verließ er das Büro, überzeugt, alle wären der Meinung, sie würden zu ihm auf eine schnelle Nummer fahren. Einfach lachhaft. Er fuhr sie zu seiner Wohnung und half ihr, alle Sachen in Kartons zu verstauen. Dann fuhr er sie nach Malibu.

»Möchtest du mit raufkommen?« Sie schenkte ihm einen traurigen Blick, als sie den letzten Karton aus seinem Kombi holte. Er schüttelte nur den Kopf. Und gleich darauf fuhr er davon. Dieses Kapitel seines Lebens war abgeschlossen.

9

Als Adrian nach den Sechs-Uhr-Nachrichten nach Hause kam, schrillte das Telefon, und sie hob in dem Moment ab, als der Anrufbeantworter sich einschaltete. Sie hielt den Hörer in der einen Hand, in der anderen Tasche und Zeitung und ein paar

Sachen, die sie unterwegs gekauft hatte. Um sie herum schien alles stillzustehen, als sie seine Stimme hörte. Es war Steven.

»Alles in Ordnung?« Das klang beklommen und angespannt.

Sie wußte sofort, warum. »Ich rufe schon den ganzen Nachmittag bei dir an. Warum hast du nicht abgehoben?« Den ganzen Tag über war er in höchster Sorge gewesen und hatte seit Mittag bei ihr angerufen, um immer nur an den Anrufbeantworter zu geraten. Um sieben, als sie endlich zu Hause ankam, war er schon halbverrückt. Auf die Idee, in der Redaktion anzurufen, war er nicht gekommen. Und Adrian hatte ihn nicht anrufen wollen. Sie brauchte Zeit, um sich zurechtzulegen, wie sie ihm beibringen sollte, daß sie den Abbruch nicht hatte vornehmen lassen.

»Ich war nicht da«, sagte sie fast reumütig. Sie mußte schnell den Gang wechseln, soviel stand fest. Seit heute morgen hatte sie ihr gemeinsames Leben in eine neue Bahn gelenkt. Er aber wußte nicht, was sie getan oder vielmehr nicht getan hatte und ging davon aus, daß der Abbruch durchgeführt worden war.

»Wo warst du? Hat man dich den ganzen Tag beim Arzt festgenagelt? Ist etwas schiefgegangen?« Seine Verzweiflung rief ihr Mitgefühl auf den Plan, aber auch ihren Zorn. Er hatte ihr zugemutet, den Eingriff ganz allein über sich ergehen zu lassen, indem er ihr weiszumachen versuchte, daß es sich um eine Bagatelle handelte, was nicht stimmte. Und deswegen war sie noch immer wütend auf ihn.

»Nichts ist schiefgegangen.« Eine lange Pause trat ein – ein geradezu endloses Schweigen –, und sie entschied sich, es ihm rundheraus zu sagen. »Ich habe es nicht machen lassen.«

Es folgte ein Augenblick stummer Ungläubigkeit, ehe er explodierte.

»Was? Warum nicht? War etwas nicht in Ordnung mit dir, so daß er es nicht machen konnte?«

»Ja«, sagte sie leise, während sie sich setzte. Plötzlich fühlte sie sich sehr alt und sehr müde und die Empfindungen, die sie den ganzen Tag unterdrückt hatte, überfielen sie mit aller Macht, so daß sie sich völlig ausgelaugt vorkam. »Ja, etwas hat nicht geklappt. Ich wollte es nicht.«

»Du hast gekniffen?« Er war entsetzt und außer sich vor Wut, was Adrian noch mehr erbitterte.

»Nun, wenn du es so formulieren möchtest. Ich habe mich entschlossen, unser Kind zu bekommen. Die meisten Leute würden sich dadurch geschmeichelt fühlen oder sich freuen oder irgendeine menschliche Regung zeigen.« Aber beide wußten, daß er in diesem Punkt nicht menschlich war.

»Ich gehöre nicht zu ihnen, Adrian. Ich bin nicht gerührt ... ich halte dich für völlig hirnverbrannt. Und außerdem glaube ich, daß du es nur tust, um mir irgendwie zu schaden. Aber ich habe dir dazu nur dies zu sagen: Ich werde es nicht zulassen.«

»Wovon sprichst du da? Du redest dummes Zeug. Das ist keine Vendetta, um Himmels willen. Es geht um ein Baby ... du weißt schon, ein winziges Menschlein, von dir und mir geschaffen, blau oder rosa, schreit gelegentlich. Die meisten Menschen können sich damit abfinden und tun nicht so, als sei ihr Leben durch einen Mafia-Killer bedroht.«

»Adrian, dein Humor ist alles andere als amüsant.«

»Und ich finde deine Wertvorstellungen noch weniger amüsant. Was ist denn in dich gefahren? Wie kannst du mich allein lassen und erwarten, ich würde einen Abbruch vornehmen lassen? Das ist kein unbedeutender Vorgang, wie du glaubst, kein ›Nichts‹. Es ist etwas. Es ist eine große Sache ... und einer der Gründe, weshalb ich es nicht tun wollte, ist meine Liebe zu dir.«

»Das ist Unsinn, und du weißt es.« Das klang, als sei er voller Angst und fühlte sich bedroht von allem, was sie sagte. Adrian war nun klar, daß sie am Telefon zu keiner Lösung gelangen würden, daß sie sich wahrscheinlich in naher Zukunft überhaupt nicht würden einigen können. Er mußte sich erst beruhigen und selbst einsehen, daß das Kind sein Leben nicht ruinieren würde. Aber zuallererst mußten sie beide aufhören, sich im Zorn Dinge an den Kopf zu werfen.

»Warum besprechen wir das alles nicht in Ruhe, wenn du nach Hause kommst?« fragte sie vernünftigerweise, er aber geriet noch mehr in Rage.

»Es gibt nichts zu besprechen. Es sei denn, du kommst zur

Vernunft und läßt den Abbruch vornehmen. Ehe das nicht geschieht, diskutiere ich mit dir nicht mehr. Ist das klar?« Er schrie sie übers Telefon an wie ein Irrer.

»Steven, hör auf! So nimm dich doch zusammen!« Sie sprach zu ihm, wie zu einem unbeherrschten Kind, aber er war nicht imstande, sich zu beruhigen. Er zitterte in seinem Hotelzimmer in Chikago vor Wut.

»Du wirst mir jetzt nicht sagen, was ich zu tun habe, Adrian. Du hast mich hereingelegt!«

»Das habe ich nicht.« Fast hätte sie gelacht, so absurd hörte es sich an, doch in Wahrheit war es gar nicht komisch. »Es war eine Panne. Ich weiß nicht, wie es passieren konnte oder wessen Schuld es war. Das spielt auch keine Rolle mehr. Ich gebe nicht dir oder mir oder irgendwem die Schuld. Ich möchte nur das Kind bekommen.«

»Du hast den Verstand verloren, und du weißt nicht, was du redest ...« Sie glaubte, einen Wildfremden zu hören, und schloß die Augen, um die Beherrschung nicht zu verlieren.

»Wenigstens bin ich nicht hysterisch. Warum vergessen wir das Ganze nicht und sprechen darüber, wenn du zurück bist?«

»Ich habe dir nichts mehr zu sagen, ehe du die Sache nicht erledigst.«

»Was soll das heißen?« Sie öffnete die Augen. Aus seinen Worten klang etwas heraus, das sie noch nie gehört hatte, eine Kälte, die ihr so große Angst einjagte, daß sie sich in Erinnerung rufen mußte, daß Steven, ihr Mann, diesen Ton anschlug.

»Es soll genau das heißen, was ich sage. Ich oder das Baby. Sieh zu, daß du es loswirst. Jetzt, Adrian. Ich möchte, daß du morgen zum Arzt gehst und einen Abbruch vornehmen läßt.« Momentan glaubte sie, eine Hand drücke ihr Herz zusammen, und sie fragte sich, ob es ihm ernst war. Sie wußte, daß es nicht sein konnte. Er konnte sie nicht vor die Wahl stellen, das war Wahnsinn. Sie wußte, daß er es nicht meinen konnte. »Liebling ... bitte ... sei doch nicht so ... ich kann nicht noch einmal dorthin. Ich kann nicht!«

»Du mußt!« Das hörte sich an, als sei er den Tränen nahe,

und sie hätte am liebsten die Arme um ihn gelegt, ihn getröstet und ihm gesagt, daß alles gut werden würde. Und eines Tages, nachdem das Kind geboren worden war, würde er selbst darüber lachen, daß er anfangs so außer sich gewesen war. Aber im Moment war er wie von einer fixen Idee besessen. »Adrian, ich will kein Kind.«

»Noch haben wir es nicht. Warum nimmst du es nicht von der lockeren Seite und vergißt es ein paar Tage?« Sie war noch immer total fertig, aber schon viel ruhiger, seit sie ihre Entscheidung getroffen hatte.

»Ich werde es nicht locker nehmen, ehe du es nicht losgeworden bist. Ich möchte, daß du den Abbruch vornehmen läßt.« Sie saß wortlos da und hörte ihm zu. Seit nahezu drei Jahren war es das erste Mal, daß sie nicht imstande war, ihm das zu geben, was er wollte. Sie war dazu nicht fähig und sie war nicht gewillt, es zu tun, was ihn noch mehr erboste. Sie konnte ihm nicht einmal versprechen, daß sie seinen Wunsch erfüllen würde.

»Steven ... bitte ...« Plötzlich traten ihr Tränen in die Augen, zum erstenmal seit dem Morgen. »Ich kann nicht. Verstehst du das nicht?«

»Ich verstehe nur, was du mir antust. Du weigerst dich böswillig, auf meine Gefühle Rücksicht zu nehmen.« Er wußte noch genau, wie sein Vater auf die Schwangerschaft der Mutter reagiert hatte. Er war wie am Boden zerstört gewesen. Jahrelang hatte er zwei Jobs gehabt, und schließlich sogar drei, bis ihn die Leberzirrhose fast ins Grab brachte. Und inzwischen waren die Kinder aus dem Haus und sein Leben vorbei. »Adrian, meine Gefühle sind dir schnuppe. An mir liegt dir überhaupt nichts. Du willst nur dein gottverdammtes Baby.« Jetzt fing er zu heulen an, und Adrian fragte sich, was sie verbrochen hatte. Sie konnte es nicht fassen. Er hatte einmal davon gesprochen, daß er vielleicht mit der Zeit Nachwuchs in Erwägung ziehen würde – später, wenn sie einigermaßen ›situiert‹ waren, aber er hatte nie erkennen lassen, daß er Kinder haßte, und ihr nie gestanden, daß er auf keinen Fall eines wollte. »Gut, du sollst meinetwegen dein Kind haben, Adrian. Du sollst es haben ... aber dann kannst du mich nicht haben ...« Er schluchzte am Telefon, und sie weinte mit, als sie es hörte.

»Steven, bitte ...« Doch er hängte schon auf, und sie hielt den Hörer noch lange in der Hand. Für sie war es unfaßbar, wie sehr er sich aufgeregt hatte, wie verzweifelt er gewesen war, und die nächsten zwei Stunden quälte sie sich mit der Frage, ob sie den Abbruch nicht doch vornehmen lassen sollte, wenn es ihm so viel bedeutete und es ihn zutiefst beunruhigte. Aber welches Recht hatte sie, das Baby zu töten, nur weil ein erwachsener Mann vor der Aussicht, Vater zu werden, zurückschreckte? Steven würde sich der Situation anpassen, er konnte lernen, damit fertig zu werden, er würde mit der Zeit sogar entdecken, daß sie ihn nicht weniger liebte – vielleicht würde sie ihn sogar mehr lieben – und daß sein Leben durch das Kind nicht bedroht würde. Ich kann das Kind nicht aufgeben, sagte sie sich immer wieder. Sie dachte daran, was es für sie bedeutet hatte, zum Arzt zu gehen, auf einen Eingriff gefaßt, und sie wußte, daß sie dazu jetzt nicht mehr fähig war. Sie würde das Kind bekommen, und Steven mußte sich damit abfinden. Sie wollte die volle Verantwortung dafür übernehmen, er brauchte nur in aller Ruhe zu warten und darauf zu achten, daß ihn nicht wieder die Nerven verließen.

Um elf fuhr sie zur Arbeit, und als sie um Mitternacht nach Hause kam, ließ sie den Anrufbeantworter ablaufen, um festzustellen, ob Steven angerufen hatte. Er hatte nicht. Am nächsten Tag hatte sie ihre Ruhe noch nicht wiedergefunden, als sie in seiner Firma anrief und fragte, mit welcher Maschine er kommen würde. Es paßte ideal. Er würde um zwei Uhr eintreffen, sie hatte also genug Zeit, um ihn abzuholen. Hoffentlich würden sich dann bis zum Abend die Wogen glätten, damit das Leben wieder seinen normalen Gang nehmen konnte. So normal wie möglich – wenigstens eine Zeitlang, denn früher oder später mußten sie sich der Tatsache ihrer Schwangerschaft stellen, wie andere Paare auch, die Kinderbettchen kauften, Kinderzimmer einrichteten und sich auf die Ankunft ihrer Sprößlinge vorbereiteten. Allein der Gedanke daran ließ sie lächeln, als sie sich wieder in die Arbeit vertiefte.

Alles war nachmittags auf dem Set versammelt und wollte miterleben, wie Sylvia in dieser Folge von John umgebracht wurde, der sich als ihr Anwalt ausgibt und sie im Gefängnis besucht. ›Vaughn‹ wird durch sein Erscheinen völlig überrascht, und Augenblicke später legt er ihr die Hände um den Hals. Sie stirbt, ohne daß der Wärter, der sie in der Besuchszelle allein gelassen hat, etwas merkt. Eine großartige Szene, die zu Bills Zufriedenheit ausfiel. Und dann kam der Moment des Abschieds von Sylvia, nachdem ihr Auftritt gelaufen war. Plötzlich waren alle in Tränen aufgelöst. Sylvia war seit einem Jahr dabei und würde eine Lücke hinterlassen. Sie war eine angenehme Kollegin gewesen, die sogar bei den Frauen beliebt war. Der Regisseur hatte Champagner kommen lassen, und auch Bill bekam einen Plastikbecher, während er aus dem Hintergrund beobachtete, wie die Seifenoper zum Leben erwachte. Nur Sylvias Stanley schien sich in seiner Haut nicht wohl zu fühlen. Schließlich versuchte Bill, sich davonzustehlen, aber Sylvia bemerkte es, ehe er verschwinden konnte. Sie ging zu ihm und sagte etwas, das nur er hören konnte. Er lächelte und hob sein Glas auf sie. Dann drehte er sich um und trank auch Stanley zu.

»Viel Glück, euch beiden. Laßt es euch gutgehen drüben in Newark. Und vergiß ja nicht, mir zu schreiben«, zog er Sylvia auf und küßte sie auf die Wange. Sie brach wieder in Tränen aus, obwohl sie wußte, daß sie mit Stanley einen großartigen Fang gemacht hatte. Er hatte für die Fahrt vom Studio zum Flughafen eine weiße, überlange Limousine gemietet. Sie wollten die Nachtmaschine nach Newark nehmen, ihre Koffer waren bereits gepackt und im Auto verstaut. Ihre Wohnung hatte sie schon aufgegeben. Sie warf Bill einen sehnsüchtigen Blick zu, als sie vom Set ging, doch er verschwand in seinem Büro, ohne sich umzudrehen. Hinter ihm lag eine lange Woche, aber alles hatte schließlich doch eine glückliche Lösung gefunden, und er konnte sich das Wochenende freinehmen und sich entspannen. Als Bill unmittelbar nach der Sendung heimfuhr, befand sich Adrian auf dem Weg zum Flughafen. Ihre Gedanken kreisten einzig und allein um das, was sie Steven sagen würde.

Als sie Steven von Bord gehen sah, fiel ihr als erstes sein Blick auf, als er sie bemerkte. Er hielt direkt auf sie zu, ohne ein Wort zu sagen. Aus seiner Miene sprachen Feindseligkeit und viele Fragen.

»Warum bist du hier?« fuhr er sie an, noch immer von dem am Vorabend geführten Gespräch erbittert.

»Ich möchte dich abholen«, antwortete sie leise. Sie wollte ihm seinen Aktenkoffer abnehmen und ihm helfen, aber er ließ es nicht zu.

»Das war nicht nötig. Mir wäre lieber, du hättest es nicht getan.«

»Ach, komm Steven, sei nicht unfair ...«

»Unfair?« Er blieb unvermittelt stehen. »Du redest von fair und unfair? Nach allem, was du mir angetan hast?«

»Ich tue dir nichts an. Ich tue mein Bestes, um ein Problem zu bewältigen. Es ist uns beiden passiert. Und ich halte es für unfair, von mir etwas so Schreckliches zu verlangen.«

»Was du tust, ist viel schlimmer.« Er setzte sich wieder in Bewegung, und sie lief ihm nach, ratlos, wohin er wollte. Sie hatte ihren Wagen in der Garage gelassen, und er strebte zu den Taxis vor dem Eingang.

»Steven, wohin willst du?« Er war bereits vor dem Flughafengebäude und hatte eben die Tür eines Taxis geöffnet. »Was hast du vor?« Plötzlich wurde sie von Panik erfaßt. Er benahm sich wie ein Wildfremder, so abweisend und schroff, daß sie es mit der Angst zu tun bekam. Sein Verhalten war ihr unbegreiflich. »Steven ...« Der Taxifahrer beobachtete sichtlich verärgert die Szene.

»Ich will nach Hause ...«

»Ich auch. Deshalb bin ich gekommen ... um dich nach Hause zu fahren.«

»... um meine Sachen abzuholen. Ich habe mich in einem Hotel eingemietet, bis du wieder zur Vernunft kommst.« Er erpreßte sie. Er wollte sie verlassen, solange sie nicht das Kind aus der Welt geschafft hatte.

»Um Gottes willen ... Steven ... bitte ...« Er knallte ihr die

Tür vor der Nase zu, drückte den Innenknopf und gab dem Fahrer die Adresse an. Im nächsten Moment fuhr das Taxi los, und Adrian stand da und starrte dem Auto fassungslos nach.

Was er ihr antat, war unglaublich. Als sie zu Hause ankam, hatte er bereits drei Koffer gepackt, Tennisschläger, Golfausrüstung und ein Aktenkoffer voller Papiere waren ebenfalls vorbereitet.

»Ich kann nicht glauben, daß du das tust.« Sie ließ den Blick entgeistert durch den Raum wandern. »Das kann nicht dein Ernst sein.«

»Oh, doch«, lautete seine kühle Antwort. »Es ist mir sogar sehr ernst. Laß dir nur Zeit mit deiner Entscheidung, du kannst mich jederzeit im Büro erreichen. Ich komme zurück, sobald du das Kind losgeworden bist.«

»Und wenn nicht?«

»Dann hole ich meine restlichen Sachen, sobald du mir deine Entscheidung mitteilst.«

»So einfach ist das für dich?« Tief in ihrem Inneren fing etwas zu glühen an, doch ein anderer Teil ihres Wesens hätte sich am liebsten verkrochen, wäre am liebsten gestorben. Von ihrer Angst war ihr nichts anzusehen, als sie ihren Mann anschaute. »Du benimmst dich wie ein Irrer. Hoffentlich ist dir das klar?«

»Keineswegs. Was mich betrifft, so hast du jede Grundlage für Vertrauen und Anständigkeit in unserer Ehe zerstört.«

»Weil ich unser Kind bekommen möchte?«

»Weil du dich gegen etwas wendest, von dem du weißt, daß mir sehr daran liegt«, erklärte er mit so viel Überheblichkeit und Anmaßung, daß sie ihn am liebsten geohrfeigt hätte.

»Na, schön. Ich bin ein menschliches Wesen und somit Veränderungen unterworfen. Ich glaube, wir können es schaffen. Wir haben einem Kind viel zu bieten, und ich meine, daß jeder normaldenkende Mensch das auch so sehen würde.«

»Ich will kein Kind.«

»Und ich möchte keinen Abbruch, nur weil du dir einbildest, keine Kinder zu mögen, und weil du nicht möchtest, daß deine Europareise ins Wasser fällt.«

»Das ist ein Schlag unter die Gürtellinie.« Er zog ein beleidigtes Gesicht. »Die Europareise hat nichts damit zu tun. Es geht um das Ganze. Ein Kind würde uns den Lebensstil kosten, für den wir uns jahrelang abgerackert haben. Ich bin nicht willens, dies alles einer Laune wegen aufzugeben, oder weil du Angst vor einer Abtreibung hast.«

»Ich habe keine Angst«, schleuderte sie ihm entgegen. »Es geht darum, daß ich das Baby bekommen möchte. Hast du das noch nicht kapiert?«

»Ich habe nur kapiert, daß du das alles nur tust, um mir eins auszuwischen.« In seinen Augen grenzte ihr Verhalten an Verrat – es war der größte Vertrauensbruch.

»Warum sollte ich dir eins auswischen wollen?« fragte sie, als er noch einmal in seinen Schrank sah, um sicherzugehen, daß er nichts von dem vergessen hatte, was er mitnehmen wollte. »Das weiß ich nicht«, gab er zur Antwort. »Ich bin noch nicht dahintergekommen.«

»Und du willst mich endgültig verlassen, wenn ich das Kind behalte?« Er nickte und sah ihr dabei in die Augen. Adrian konnte nicht anders, als ihren Kopf zu schütteln und sich auf der Treppe niederzulassen, während er seine Koffer hinausschleppte. »Du gehst wirklich?« Wieder fing sie zu weinen an, den Blick auf Steven gerichtet, der mit seinem Gepäck kämpfte. Es war für sie unfaßbar, daß er sie verlassen wollte. Nach zweieinhalb Jahren Ehe ließ er sie sitzen, weil sie ein Kind bekam – unglaublich, ja unverständlich. Während sie ihn wie betäubt anstarrte, schleppte er den letzten seiner Koffer zum Auto und kam noch einmal zurück, um sie von der Tür aus anzusehen.

»Gib mir Bescheid, wie du dich entschieden hast.« Seine Augen waren wie Eis, seine Miene gelassen, als sie schluchzend auf ihn zuging.

»Bitte, tu mir das nicht an ... Ich werde mich sehr bemühen ... ich verspreche es ... ich werde aufpassen, daß es nicht schreit ... verlaß mich nicht ... ich brauche dich.« Sie klammerte sich an ihn wie ein Kind, und er wich einen Schritt zurück, als wäre sie abstoßend. Das bewirkte, daß ihre Panik noch wuchs.

»Adrian, so beherrsche dich doch. Es liegt bei dir. Du kannst dich entscheiden.«

»Nein, das kann ich nicht.« Sie schluchzte hemmungslos. »Du verlangst etwas, was ich nicht tun kann.«

»Du kannst alles, was du willst«, meinte er kühl, worauf sie ihn zornig anschrie: »Das kannst du auch. Du könntest dich anpassen, wenn du nur möchtest.«

»Genau das ist der Punkt«, stimmte er zu. »Ich sagte schon, daß ich nicht möchte.« Er griff nach seinen Tennisschlägern und schloß mit einem letzten Blick wortlos die Tür, während Adrian dastand und die Stelle anstarrte, wo er eben noch gestanden hatte. Nicht zu fassen, daß er dazu imstande war. Er hatte sie verlassen.

10

Als sie an diesem Sonntagmorgen erwachte, roch es nicht nach Speck. Kein Frühstückstablett erwartete sie. Kein liebevoll zubereitetes Omelett. Es gab keine guten Gerüche, keine vertrauten Geräusche. Es gab nichts. Nur Stille. Sie war allein. Es war eine Erkenntnis, die sich ihr beim Erwachen wie ein Stein aufs Herz legte. Sie bewegte sich im Bett, tastete nach Steven und dann fiel ihr plötzlich alles ein. Er hatte sie verlassen.

Am Abend zuvor hatte sie sich für die Spätnachrichten krank gemeldet. Sie war zu aufgewühlt gewesen, um noch außer Haus zu gehen. Auf dem Bett liegend hatte sie geweint, bis sie bei Licht eingeschlafen war. Um drei Uhr morgens war sie wieder aufgewacht, hatte sich aus ihren Sachen geschält, das Licht ausgeknipst, ihr Nachthemd angezogen, und als sie nun erwachte, fühlte sie sich wie eine Alkoholikerin nach zweiwöchiger Zechtour. Ihre Augen waren verschwollen, ihr Mund wie ausgedörrt, ihr Magen revoltierte, ihre Glieder waren schwer. Hinter ihr lag ein höllischer Tag, eine höllische Woche. Ach, es waren schreckliche zehn Tage gewesen, seit sie ihre Schwangerschaft entdeckt hatte. Und ihre Entscheidung konnte noch umgestoßen werden. Sie konnte den Abbruch über sich ergehen lassen, und er würde zurückkommen, aber wenn sie sich dazu entschließen konnte, was würde die Folge sein? Gegenseitige Vorwürfe, Wut, schließlich Haß. Sie wußte, daß sie ihn hassen würde, wenn sie das Kind ihm zuliebe aufgab. Wenn sie sich jedoch für das Kind entschied, würde er sie immer von sich stoßen. In einer einzigen kurzen Woche hatten sie es geschafft, ihre Ehe zu zerstören, die sie für glücklich gehalten hatte.

Lange blieb Adrian so im Bett liegen, dachte an Steven und fragte sich immer wieder, warum er sich so verhielt. Seine Kindheitserinnerungen mußten viel schlimmer sein, als sie angenommen hatte. Die Aussicht, Kinder zu bekommen, war für ihn nicht nur abstoßend, sie hatte bei ihm geradezu traumatische Dimensionen angenommen. Das war nichts, was sich über Nacht ändern würde, falls es sich überhaupt jemals änderte. Und er selbst hätte auf diese Änderung bewußt hinarbeiten müssen, was aber nicht der Fall war.

Das Telefon läutete, und einen verzweifelten Moment lang betete sie darum, daß es Steven sein möge. Er hatte seine Meinung geändert, er wollte sie ... und das Baby. Mit hoffnungsvollem »Hallo« und mutloser Miene hob sie ab. Es war ihre Mutter, die sie im Abstand von einigen Monaten anrief. Die Gespräche bereiteten Adrian unweigerlich Unbehagen. Es ging dabei meist um die Großtaten ihrer Schwester, die sich in Adrians Augen hingegen eher lächerlich ausnahmen, und um unangenehme Anspielungen auf Steven. Aber am liebsten erging sich ihre Mutter in der Auflistung von Adrians Fehlleistungen. Sie hatte nicht angerufen, war über Weihnachten seit Jahren nicht nach Hause gekommen, hatte den Geburtstag des Vaters und das Ehejubiläum der Eltern vergessen, war nach Kalifornien gezogen, hatte jemanden geheiratet, den die Familie nicht ausstehen konnte, und dann hatte sie allem die Krone aufgesetzt, indem sie keine Kinder wollte. Wenigstens hatte ihre Mutter es aufgegeben, ständig zu bohren, ob sie und Steven einen Arzt aufgesucht hätten.

Adrian versicherte ihr nun, daß alles bestens sei, wünschte ihr verspätet alles Gute zum Muttertag – wieder eine Fehlleistung und entschuldigte sich, daß sie vor lauter Arbeit vergessen hätte, was für ein Tag es war. Ganz zu schweigen von der Tatsache, daß sie ihre eigenen Probleme hatte.

»Wie geht es Dad?« brachte sie noch heraus, nur um zu hören, daß er alt wurde, aber daß ihr Schwager sich einen neuen Cadillac gekauft hätte. Welchen Wagen fuhr übrigens Steven? Einen Porsche? Was denn das wäre? Ach, ein ausländisches Fabrikat ... und ob Adrian noch die lächerliche kleine Karre besäße, die sie auf dem College gefahren hatte? Ihre Mutter zeigte sich schockiert, daß Steven ihr kein anständiges Auto kaufte. Ihre Schwester besaß gleich zwei. Einen Mustang und einen Volvo. Es war ein Gespräch, das sie in jeder Hinsicht ärgern sollte, und das tat es dann auch. Adrian versicherte ihr wieder, daß alles wundervoll sei und Steven im Moment Tennis spiele. Wie schön wäre es gewesen, wenn sie eine Mutter gehabt hätte, mit der sie sich hätte aussprechen können, an deren Schulter sie sich ausweinen könnte, die ihr Mut machte, und ihr wieder auf die Sprünge half. Aber das einzige Interesse ihrer Mutter war es, auf- und abzurechnen, und als sie genug gehört hatte, bat sie Adrian, Steven ›alles Beste‹ auszurichten und legte ohne ein liebes Wort auf.

Danach läutete das Telefon noch einmal, aber Adrian hob nicht ab. Sie ließ den Anrufbeantworter laufen und hörte, daß es Zelda war. Aber sie hatte keine Lust, mit ihr zu sprechen. Sie wollte allein sein und ihre Wunden lecken. Der einzige Mensch, nach dem sie sich sehnte, war Steven. Doch er rührte sich den ganzen Tag nicht. An jenem Abend saß Adrian allein in seinem Bademantel vor dem Fernsehapparat und vergoß Tränen des Selbstmitleids.

Wieder läutete das Telefon und sie ging ohne Überlegung dran. Es war Zelda, die sie von der Redaktion aus anrief, weil sie etwas wissen wollte. Mit ihrem unerträglichen Gespür merkte sie sofort, daß etwas passiert war. Adrian klang ganz schrecklich.

»Bist du krank?«

»Mehr oder weniger ...«, murmelte Adrian und wünschte, sie hätte gar nicht abgehoben. Nachdem sie Zeldas Frage, die sich auf die Arbeit bezog, beantwortet hatte, schien ihre Kollegin zu zögern, ehe sie fragte, ob alles in Ordnung sei. In letzter Zeit war ihr Adrian irgendwie verstört vorgekommen.

»Kann ich etwas für dich tun, Adrian?«

»Nein ... ich ...« Adrian war gerührt. »Mir geht es wunderbar.«

»Aber es hört sich nicht so an«, sagte Zelda liebevoll besorgt, und Adrian fing prompt zu weinen an, als sie diese Worte hörte.

»Ja«, schnüffelte sie laut und kam sich sehr albern vor, weil sie so plötzlich die Fassung verloren hatte, doch sie war nicht mehr imstande, sich zu verstellen. Nun, da Steven sie verlassen hatte, war alles zu schwer und zu schrecklich. Sie konnte noch immer nicht glauben, daß er so etwas tat, und sie wünschte, jemand wäre zur Stelle, der sie in die Arme nahm. »Mir geht es doch nicht so gut.« Sie lachte unter Tränen und erstickte fast an einem Schluchzer. Dann aber entschied sich Adrian für Aufrichtigkeit. Es gab ja sonst niemanden, dem sie sich anvertrauen konnte, und sie und Zelda waren während ihrer langen Zusammenarbeit immer sehr gut miteinander ausgekommen. »Steven und ich ... er ... wir ... er hat mich verlassen ...« Die letzten Worte waren kaum mehr als ein Schluchzen, als sie wieder zu weinen anfing. Zelda wurde sofort von Mitleid übermannt. Sie wußte, wie schwer einem diese Dinge zu schaffen machten, und hatte das alles längst hinter sich. Schon seit langem ging sie nur noch mit ganz jungen Männern aus, um sich ein bißchen Vergnügen ohne Herz und Schmerz zu gönnen.

»Adrian, das tut mir leid ... echt leid. Kann ich etwas für dich tun?«

Adrian schüttelte den Kopf, während ihr die Tränen über die Wangen strömten. »Nein, schon gut.« Aber wann würde er zurückkommen ... wenn überhaupt? Sie betete darum, daß er zur Vernunft kommen würde.

»Klar, alles wird wieder gut«, meinte Zelda in ermutigendem Ton. »Auch wenn wir uns noch so einbilden, wir könnten nicht ohne sie leben, so können wir es doch. In ein paar Monaten wirst du vielleicht froh sein, daß es so gekommen ist.« Aber Zeldas Worte ließen die Tränen nur noch heftiger fließen.

»Das bezweifle ich.«

»Na, abwarten«, erwiderte Zelda überzeugend, aber Adrian wußte etwas, das Zelda nicht wußte. »In einem halben Jahr hast du vielleicht eine heiße Romanze mit jemandem, den du jetzt noch gar nicht kennst.«

Diese Worte brachten Adrian plötzlich zum Lachen. Die Vorstellung war bestenfalls komisch. In einem halben Jahr war sie im siebten Monat. »Das bezweifle ich.« Wieder putzte sie sich die Nase und seufzte dann schwer.

»Wie kannst du nur so sicher sein?«

Da wurde Adrian wieder ernst. »Weil ich ein Kind bekomme.«

Ein Augenblick der Stille am anderen Ende, während Zelda das Gehörte verdaute. Dann ertönte ein langgezogener, leiser Pfiff. »Das läßt alles in einem anderen Licht erscheinen. Weiß er es?« Adrian zögerte, aber nur einen Sekundenbruchteil. Sie mußte sich mit jemandem aussprechen und wußte, daß die kluge und erfahrene Zelda verschwiegen war. »Deswegen ist er ja auf und davon. Er will keine Kinder.«

»Ach, der kommt schon wieder«, behauptete Zelda im Brustton der Überzeugung. »Das ist nur eine Panikreaktion. Wahrscheinlich hat er Angst.« Sie hatte recht. Steven war zu Tode erschrocken, aber Adrian bezweifelte, daß er jemals wieder zur Vernunft kommen würde. Sie wollte es, sie wünschte es sich mehr als alles andere, aber es ließ sich schwer voraussehen, wie er sich verhielt. Es war derselbe Steven, der seiner Familie für immer den Rücken gekehrt und nie wieder einen Blick zurück getan hatte. Sie war sogar sicher, daß er seine Familie nie vermißt hatte.

Stand sein Entschluß einmal fest, dann war er imstande, eine Bindung zu durchtrennen, wenn es ihm in den Kram paßte, auch wenn die Beziehung ihm einmal viel bedeutet hatte.

»Na, hoffentlich stimmt es.« Wieder stieß Adrian einen Seufzer aus, und sie atmete bebend wie ein Kind nach einem Weinkrampf. Dann fiel ihr etwas ein. »Sag bloß niemandem im Büro ein Wort.« Sie wollte nicht, daß es publik wurde. Erst mußte mit Steven alles geklärt werden. Wenn er zurückgekommen war und sich alles beruhigt hatte, würde alles leichter sein. Dann konnte sie offen von ihrer Schwangerschaft reden. Sie wollte unbedingt vermeiden, daß in der Redaktion Unruhe entstand, weil sie noch nicht sicher war, ob sie bleiben oder kündigen würde.

»Keine Silbe«, beruhigte Zelda sie. »Was hast du vor? Wirst du kündigen oder nur Urlaub nehmen?«

»Das weiß ich nicht ... Ich habe es mir noch gar nicht überlegt. Urlaub nehmen, vermutlich.« Aber wenn Steven für immer fort war? Wenn sie allein und auf sich gestellt war? Wie würde sie Beruf und Kind unter einen Hut bringen? Sie hatte nicht einmal in Ansätzen darüber nachgedacht. Aber was immer auf sie zukommen sollte, sie würde es schaffen, das wußte sie.

»Es ist noch Zeit. Und du hast recht ... man soll die Leute nicht nervös machen.« Adrian hatte einen sehr guten Job, nein, sogar einen großartigen. Es war ein Job, an den Zelda sich nie herangewagt hätte, weil zuviel Verantwortung und zuviel Hektik damit verbunden waren, aber sie wußte, daß Adrian der Sache gewachsen war und sich mit Feuereifer in ihre Arbeit kniete. Eigentlich war der Job in der Nachrichtenredaktion ja Stevens Idee gewesen, aber Adrian hatte Gefallen daran gefunden, wenn sie sich hin und wieder auch nach einem künstlerisch angehauchten Arbeitsgebiet sehnte. Die tägliche Konfrontation mit den Nachrichten konnte zuweilen brutal sein, wie alle in der Redaktion wußten. Schreckensmeldungen von Verbrechen oder Naturkatastrophen waren in der Überzahl, Nachrichten, die Anlaß zur Freude gegeben hätten, hingegen sehr rar. Blieb nur die Befriedigung über gute Arbeit, die vom Nachrichtenteam, dem Adrian angehörte, geleistet wurde. »Immer mit der Ruhe, Adrian«, tröstete Zelda sie. »Laß diese Sorgen erst gar nicht an dich heran. Die Sache mit dem Job wird sich von selbst lösen, das Kind wird kommen, wenn es kommen soll, und Steven wird in zwei Tagen mit einem riesigen Rosenstrauß und einem Geschenk wieder auftauchen und so tun, als hätte er dich nie verlassen.«

»Na, hoffentlich hast du recht.« Und als sie nach einigen Minuten auflegte, hoffte Zelda selbst, daß sie recht behalten würde. Sie war nämlich nicht sicher, was Steven tun würde. Bei den spärlichen Begegnungen hatte er ihr zwar irgendwie imponiert, aber so richtig gefallen hatte er ihr nicht, weil sie spürte, daß er kalt und berechnend war. Er schaute durch einen hindurch, als könne er es kaum erwarten, zum nächsten überzugehen. An Warmherzigkeit und Anständigkeit konnte er es mit Adrian nicht aufnehmen. Sie hatte etwas an sich, das sie auf den ersten Blick sympathisch machte. Deswegen tat sie Zelda um so mehr leid. Es war schon ein Tiefschlag ... schwanger zu sein, und der Mann lief einem davon. Zelda schäumte insgeheim ... es war unfair, und Adrian hatte es weiß Gott nicht verdient.

Verdient hatte sie es nicht, dennoch war sie machtlos. Sie konnte nichts tun, um ihn zurückzuholen oder seine Einstellung zu ändern. Spätabends saß Adrian noch tränenblind vor dem Fernsehgerät. Schließlich schlief sie auf der Couch ein, und es war vier Uhr morgens, als sie zu den feierlichen Klängen der Nationalhymne erwachte. Sie schaltete den Apparat aus und drehte sich auf der Couch um. Hinaufgehen und sich ins leere Bett legen, wollte sie nicht. Es wäre zu niederschmetternd gewesen. Und am Morgen erwachte sie, als die ersten Sonnenstrahlen durchs Fenster fielen. Sie hörte draußen die Vögel zwitschern. Es war ein herrlicher Tag, doch als sie auf der Couch liegend an Steven dachte, hatte sie das Gefühl, eine zentnerschwere Last säße auf ihrer Brust. Warum tat er ihr und sich selbst das alles an? Warum brachte er sie beide um etwas, das von so großer Bedeutung war? Sonderbar, daß sie nun willens war, alles für dieses eine Kind zu opfern, nachdem sie sich schon abgefunden hatte, nie Kinder zu haben. Es ist alles höchst sonderbar, dachte sie, als sie sich langsam aufrichtete und auf der Couch sitzen blieb. Sie fühlte sich, als hätte sie über Nacht Prügel bezogen. Ihr ganzer Körper schmerzte, ihre Augen waren geschwollen von den am Abend vergossenen Tränen. Und als sie in den Badezimmerspiegel schaute, prallte sie entsetzt zurück.

»Kein Wunder, daß er dich verlassen hat«, murmelte sie ihrem Spiegelbild zu, und als sie kurz lachte, füllten sich ihre Augen wieder mit Tränen. Es war hoffnungslos. Sie kam aus dem Weinen nicht mehr heraus. Sie wusch sich das Gesicht, putzte sich die Zähne, bürstete sich ihr Haar und zog Jeans und dazu eine uralte Jacke von Steven an. Es war eine Möglichkeit ihm nahe zu sein. Wenn sie ihn schon nicht bei sich haben konnte, dann konnte sie wenigstens seine Sachen tragen.

Widerwillig toastete sie eine Scheibe Brot und wärmte den Kaffee vom Vortag auf. Er schmeckte scheußlich, aber das war einerlei. Sie trank nur einen Schluck und saß dann da und starrte vor sich hin, wieder in Gedanken versunken und über die Frage grübelnd, warum er sie verlassen hatte. Ihr ganzes Bewußtsein schien von diesem Thema erfüllt zu sein, und als das Telefon läutete, machte sie fast einen Luftsprung und lief wie der Blitz hin, um abzuheben, atemlos, aufgeregt ... er würde wieder zurückkommen. Er mußte. Wer sonst würde an einem Sonntag um acht Uhr morgens anrufen? Doch als sie sich meldete, hörte sie ein paar chinesisch gefärbte Worte, worauf sofort wieder aufgelegt wurde. Jemand hatte die falsche Nummer gewählt.

Die nächste Stunde schleppte sie sich in der Wohnung herum, nahm Dinge zur Hand und stellte sie wieder hin, sortierte Wäsche, aber das meiste waren Stevens Sachen, so daß ihr wieder Tränen in die Augen stiegen. Alles wurde immer schwieriger, alles schmerzte, alles war eine Erinnerung an das Geschehene. Sogar das Alleinsein in der Wohnung bedeutete Schmerz. Um neun konnte sie es nicht mehr aushalten und entschloß sich, ein Stück zu laufen. Sie wußte zwar nicht, welche Richtung sie einschlagen sollte, aber sie wollte hinaus und frische Luft schnappen, damit sie nicht ständig seine Sachen, ihre gemeinsamen Dinge und die leeren Räume vor Augen hatte, die das Gefühl trostloser Einsamkeit noch verstärkten. Sie nahm ihre Schlüssel, schloß die Tür hinter sich und hielt auf die Vorderfront des Komplexes zu. Seit zwei Tagen hatte sie keinen Blick mehr in den Briefkasten geworfen, und im Grunde war ihr die Post egal, aber es war eine Sache, die sie im Vorübergehen erledigen konnte. Sie blieb bei ihrem Briefkasten stehen und sah, an die Wand gelehnt durch, was gekommen war: Rechnungen und zwei Briefe für Steven. Für sie war nichts dabei. Sie legte alles wieder in den Briefkasten zurück und ging langsam zu ihrem Auto. Vielleicht war eine kleine Autofahrt jetzt genau richtig. Sie hatte ihren Wagen am Vortag vor dem Block stehen lassen, und jetzt sah sie, daß ein alter Kombi mit Holzaufbau daneben parkte. Im Näherkommen bemerkte sie, daß ein Mann ein Fahrrad heraushob, erhitzt und verschwitzt wie nach einer morgendlichen Radtour. Plötzlich drehte er sich um und bemerkte sie. Er starrte sie an, als müsse er überlegen, und dann lächelte er. Ihm war eingefallen, wo er sie gesehen hatte. Er verfügte über ein phantastisches Gedächtnis für Dinge wie diese, nutzlose Bagatellen, Gesichter, die er einmal gesehen hatte, Namen von Menschen, denen er niemals wieder begegnen würde. Ihren Namen kannte er nicht, deswegen konnte er ihm auch nicht einfallen, doch er erinnerte sich sofort, daß sie die hübsche Person war, der er vor einigen Tagen im Supermarkt über den Weg gelaufen war. Und er hatte sich auch gemerkt, daß sie verheiratet war.

»Ach, hallo.« Er stellte sein Rad neben sie, und sie sah in blaue Augen, die sie offen, voller Wärme und Freundlichkeit anschauten. Sie schätzte ihn auf Anfang Vierzig, nicht zuletzt seiner Augenfältchen wegen, die auf Humor schließen ließen. Er sah aus wie ein Mensch, der sich seines Lebens freute und mit sich und seiner Umgebung im Einklang war.

»Hallo.« Ihre Stimme war leise, und ihm fiel auf, daß sie sich stark verändert hatte. Sie sah müde und blaß aus, so daß sich ihm unwillkürlich die Frage aufdrängte, ob sie zuviel gearbeitet hatte oder etwa krank gewesen war. Ihre Niedergeschlagenheit ließ an einen schweren Schicksalsschlag denken, der sie getroffen hatte. Damals im Supermarkt, mitten in der Nacht, war sie ihm frischer, elastischer, energiegeladener erschienen, aber schön war sie noch immer, und er freute sich über das Wiedersehen.

»Wohnen Sie hier?« Er wollte ein Gespräch anknüpfen und etwas über sie erfahren. Es war sonderbar, daß ihre Wege sich wieder kreuzten. Vielleicht ist es unsere Bestimmung, daß sich unsere Wege kreuzen, dachte er spaßeshalber, während sein Blick voller Bewunderung auf ihr ruhte. Nichts wäre ihm lieber gewesen, wenn man davon absah, daß damit auch das Schicksal ihres Mannes berührt wurde, wie er sich in Erinnerung rief. »Ja.« Sie lächelte andeutungsweise. »Wir bewohnen eine der Maisonette-

Wohnungen am anderen Ende. Normalerweise parke ich nicht hier, aber Ihr Wagen ist mir schon aufgefallen. Ich finde ihn großartig.« Sie hatte den Kombi des öfteren bewundert, ohne zu ahnen, wem er gehörte.

»Danke, ich liebe ihn über alles. Ihr MG hat aber auch schon meinen Neid erregt.« Da er jetzt wußte, wem er gehörte, gefiel er ihm noch besser, aber der zerbeulte alte Sportwagen hatte ihm immer schon in die Augen gestochen, und jetzt fiel ihm ein, daß er sie hier im Wohnkomplex schon einmal gesehen hatte – von weitem, in Begleitung eines großen, gutaussehenden, dunkelhaarigen Mannes. Sie waren damals in einem langweiligen Wagen wie einem Mercedes oder Porsche davongefahren. Das mußte wohl ihr Mann gewesen sein. Ein hübsches Paar, wie er zugeben mußte, doch sie hatte auf ihn einen viel größeren Eindruck gemacht, als er ihr allein im Supermarkt begegnet war. Aber Frauen ohne Begleitung erweckten naturgemäß mehr Interesse bei ihm als hübsche junge Paare. »Nett, Sie wiederzusehen«, sagte er plötzlich verlegen, und dann lachte er über sich. »Diese Begegnungen versetzen einen in die Kindheit zurück ... Hi ... ich bin Bill ... wie heißt du ... Sag, gehst du auch hier zur Schule?« Das brachte er im Schuljungenton vor, und beide lachten, weil er recht hatte. Verheiratet oder nicht, sie war ein schönes Mädchen, und er war ein Mann, und beiden war klar, daß sie ihm gefiel. »Apropos ...« Er streckte ihr die Rechte entgegen, während er sein Mountainbike mit der Linken festhielt. »Ich bin Bill Thigpen, wir sind uns vor etwas zwei Wochen zu mitternächtlicher Stunde im Supermarkt begegnet. Ich habe versucht, Sie mit meiner Einkaufskarre umzufahren, und Sie haben ein Dutzend Rollen Küchentücher fallen gelassen.«

Die Erinnerung ließ sie lächeln, als sie seine dargebotene Hand ergriff. »Ich bin Adrian Townsend.« Sie schüttelte ihm ein wenig feierlich die Hand. Wie sonderbar, ihm zufällig über den Weg zu laufen. Jetzt konnte sie sich wieder an ihn erinnern, wenn auch nur undeutlich. Ihr ganzes Leben hatte sich seither geändert. Alles ... Hallo, ich bin Adrian Townsend, und mein ganzes Leben liegt in Schutt und Asche ... mein Mann hat mich verlassen ...

ich bekomme ein Kind ... »Nett, Sie wiederzusehen.« Sie wollte höflich sein, doch ihre Augen blickten noch immer so traurig. Wenn er sie so ansah, hätte er sie am liebsten in die Arme genommen. »Wohin fahren Sie mit dem Rad?« Sie suchte verzweifelt nach einem Thema, da er den Eindruck machte, als wolle er das Gespräch noch nicht beenden.

»Ach ... mal dahin, mal dorthin ... heute war ich in Malibu. Einfach herrlich war es da. Manchmal fahre ich nur hin und mache einen Strandspaziergang, damit ich den Kopf wieder klar bekomme, wenn ich die Nacht durchgearbeitet habe.«

»Kommt das oft vor?« Sie versuchte, ihre Frage interessiert klingen zu lassen, obwohl sie nicht sicher war, aus welchem Grund. Sie wußte nur, daß er einen netten Eindruck machte und freundlich zu sein schien. Sie wollte seine Gefühle nicht verletzen, und er hatte etwas an sich, was in ihr den Wunsch weckte, in seiner Nähe zu bleiben, und über Belangloses zu plaudern. Sie hatte das Gefühl, seine Gegenwart verleihe ihr für eine kleine Weile Sicherheit, so daß ihr nichts Schlimmes mehr passieren konnte – er wirkte wie jemand, der immer Herr der Lage blieb. Während sie mit ihm sprach, beobachtete er ihre Augen. In den letzten Wochen mußte mit ihr etwas vorgegangen sein, davon war er überzeugt. Er hatte keine Ahnung, was es war, doch sie hatte sich spürbar verändert. Sie wirkte tief verletzt, und das machte ihn traurig.

»Ja ... ich arbeite hin und wieder sehr lange. Bis spät in die Nacht. Und Sie? Besorgen Sie sich Ihre Lebensmittel immer um Mitternacht?«

Die Frage brachte sie zum Lachen, doch es traf zu, wenn sie etwas vergessen hatte. Sie kaufte sehr gern nach den Spätnachrichten ein. Dann war sie entspannt, aber noch hellwach von der Arbeit, und der Laden war dann immer leer. »Ja, das kann schon mal vorkommen. Ich arbeite bis halb zwölf ... wenn ich für die Spätnachrichten eingeteilt werde. Eine gute Zeit, um einzukaufen.«

Er schien belustigt zu sein. »Wo arbeiten Sie?« Als sie es ihm sagte, lachte er wieder. Vielleicht waren ihre Schicksalsfäden wirklich miteinander verknüpft. »Dann arbeiten wir ja im gleichen Gebäude.« Er hatte sie noch nie gesehen, obwohl seine Serie nicht weit von ihrem Büro entfernt aufgenommen wurde. »Ich arbeite an einer Seifenoper ... in einem Studio, das in der Nähe Ihrer Redaktion liegt.«

»Wie komisch.« Auch sie fand den Zufall amüsant, faßte ihn aber nicht wie er als Ermutigung auf. »Welche Serie?«

»Lebenswertes Leben«, sagte er beiläufig, ohne zu verraten, daß die Serie sein Werk war.

»Eine ausgezeichnete Serie. Ich habe sie mir immer gern angesehen, ehe ich in die Redaktion wechselte.«

»Seit wann arbeiten Sie dort?« Sie weckte seine Neugierde, und es behagte ihm, neben ihr zu stehen. Fast konnte er sich vorstellen, das Shampoo in ihrem Haar zu riechen. Sie sah so sauber und intelligent und anständig aus, und plötzlich ertappte er sich bei der dummen Frage, ob sie Parfum benutzte, und wenn, welche Sorte, und ob diese ihm zusagen würde.

»Drei Jahre schon«, beantwortete sie seine Frage. »Vorher habe ich Specials und Zwei-Stunden-Filme gemacht. Ich war in der Produktion. Dann bot sich mir die Chance in der Nachrichtenredaktion ...« Sie ließ den Satz unvollendet, und ihr Ton war so, als sei sie ihrer Sache noch immer nicht sicher, deshalb fragte er sich, was dahinterstecken mochte.

»Gefällt es Ihnen dort?«

»Hin und wieder. Manchmal ist es ganz schön zermürbend, und das macht mir zu schaffen.« Sie ließ ein Achselzucken folgen, als müsse sie sich für eine persönliche Schwäche entschuldigen.

»Mir würde es auch auf die Nerven gehen. Ich glaube, ich könnte es gar nicht. Da erfinde ich lieber alles selbst ... Mord, Vergewaltigung und Inzest. Das ganze deftige Zeug, nach dem Amerika giert.« Wieder grinste er und lehnte sich an sein Fahrrad, als sie lachte. Einen Moment, ganz kurz nur, sah sie unbekümmert und glücklich aus, so wie bei ihrer ersten Begegnung.

»Sind Sie Drehbuchautor?« Sie wußte gar nicht, warum sie das fragte, aber es war so einfach, mit ihm zu sprechen, und sie hatte so zeitig am Sonntagmorgen nichts zu tun.

»Ja«, gab er zur Antwort. »Aber ich schreibe nicht mehr viel selbst. Ich behalte aus den Kulissen heraus alles im Auge.« Daß er der geistige Urheber der Serie war, wußte sie nicht, und er wollte es ihr nicht sagen.

»Das muß großen Spaß machen. Vor langer Zeit wollte ich auch schreiben, aber in der Redaktion bin ich wohl besser aufgehoben.« Zumindest hatte Steven das behauptet, aber sobald sie an ihn dachte, wurde ihr Blick wieder ganz traurig, was Bill nicht entging.

»Jede Wette, daß Sie sich großartig machen würden, wenn Sie es nur versuchen. Die meisten Menschen sind der Meinung, Schreiben sei ein großes Geheimnis wie Mathe, aber das ist es nicht.« Während er mit ihr redete, konnte er fast sehen, wie sie ihm entglitt und in ihre anfängliche Traurigkeit verfiel. Einen Moment sagte keiner von beiden ein Wort. Dann schüttelte sie den Kopf und zwang sich, wieder an das Schreiben zu denken, um Steven aus ihren Gedanken zu verbannen.

»Ich glaube nicht, daß ich schreiben könnte.« Sie sah ihn dabei so traurig an, daß er am liebsten nach ihr gefaßt und sie berührt hätte.

»Sie sollten es vielleicht versuchen. Manchmal kann es sehr viel freisetzen ...« Was immer dir zu schaffen macht. Er war mit allen seinen guten Gedanken bei ihr, doch er konnte nichts sagen. Schließlich waren sie Fremde, und er konnte sie kaum fragen, was sie so unglücklich machte.

Da öffnete sie die Tür ihres Wagens und warf noch einen Blick zu ihm, ehe sie in ihren MG stieg. Fast war es, als bedaure sie, ihn verlassen zu müssen, aber sie wußte nicht, was sie noch sagen sollte. Das belanglose Geplauder war ohnehin schon so substanzlos, daß sie es für besser hielt, das Gespräch zu beenden, obschon sie es eigentlich nicht wollte. »Na, dann bis zum nächsten Mal ...«, sagte sie leise, und er nickte.

»Hoffentlich.« Er lächelte trotz ihres Eherings. Sie war ein seltenes Mädchen. Ohne sie näher zu kennen, wußte er es.

Und als sie losfuhr, stand er da, hielt sein Rad fest und blickte ihr nach.

11

Zwei Tage später rief Steven sie endlich an, ehe sie in die Redaktion fuhr. Inzwischen lechzte sie danach, von ihm etwas zu hören, und ihre Lebensgeister hoben sich jäh, als sie seine Stimme hörte, um sofort wieder abzusacken, als er ihr mitteilte, daß er seinen zweiten Rasierapparat brauchte.

»Wenn du ihn heute ins Büro mitnimmst, hole ich ihn morgen vor Arbeitsbeginn. Mein guter Apparat ist kaputt.«

»Wie schade.« Sie zwang sich zu einem gleichmütigen Ton, damit er nicht merkte, wie es um sie stand. »Und wie geht es dir sonst?«

»Gut.« Er hörte sich kühl an. »Und dir?«

»Auch gut. Du fehlst mir.«

»Aber offenbar nicht genug. Es sei denn, es ist etwas geschehen, von dem ich noch nichts weiß.« Er kam sofort zum springenden Punkt. Es gab keinen Kompromiß, keine Veränderung, kein Anzeichen von Nachgiebigkeit, und Adrian fragte sich plötzlich, ob Zelda sich geirrt hatte und ihre Ehe tatsächlich gelaufen war. Es war nicht zu fassen, aber ebenso unfaßbar war es, daß er wegen des Kindes ausgezogen war.

»Es tut mir leid, daß du noch immer so denkst, Steven. Möchtest du nicht übers Wochenende kommen, damit wir uns aussprechen können?«

»Es gibt nichts zu besprechen, wenn du von deiner Meinung nicht abgehst.« Fast war es kindisch, wie er auf dem Eingriff beharrte und ihr Konsequenzen androhte.

»Was nun? Leben wir so weiter, bis ich dir die Geburtsanzeige schicke?« Sie gab sich witzig, ihm aber war nicht danach zumute.

»Ja, vielleicht. Ich dachte, wir sollten eine Weile warten, um zu sehen, ob du in den nächsten Wochen deine Haltung änderst. Und wenn du dich entscheidest, weiterzumachen, werde ich mir eine Wohnung suchen.«

»Im Ernst?« Sie konnte ihren Ohren nicht trauen.

»Und ob. Und ich glaube, du weißt das. Du kennst mich gut

genug, um zu wissen, daß ich nicht lange herumfackele, Adrian. Überleg dir alles gut und teile mir deine Entscheidung mit, damit jeder von uns über sein Leben verfügen kann. Dieser Zustand tut keinem von uns gut.« Nicht zu fassen! Er wünschte, baldmöglichst verständigt zu werden, damit er Bekanntschaften machen und sich eine Wohnung suchen konnte. Für sie war es nach wie vor unglaublich.

»Nein, es tut uns nicht gut. Dies deiner Tochter oder deinem Sohn beizubringen, könnte dereinst interessant werden.« Doch diese Stichelei verfehlte ihr Ziel. Es war ihm offensichtlich egal, was sie ihrem Kind einmal sagen würde.

»Warum lassen wir nicht alles ein paar Wochen auf sich beruhen? Dann kannst du mich noch immer wissen lassen, wie du die Sache siehst. Nächste Woche bin ich in New York und anschließend in Chikago. In nächster Zeit werde ich überhaupt sehr viel auf Achse sein. Warum warten wir nicht bis Mitte Juni? Du hast dann einen Monat Zeit, um dir darüber Klarheit zu verschaffen, was du willst.« Sie wollte sich umbringen, das war es, was sie wollte ... oder ihn umbringen ... sie hatte keine Lust, bis Juni zu warten, während er schwankte, ob er sich scheiden lassen wollte, oder nicht.

»Willst du wirklich wegen einer vorübergehenden Marotte mehr als zweieinhalb Jahre einfach wegwerfen?«

»Ach, so siehst du das? Adrian, es fehlt dir offenbar jegliches Verständnis. Es handelt sich um eine Frage des Lebenszieles, und offenbar unterscheiden sich meine Zielsetzungen beträchtlich von den deinen.«

»Richtig ... ich bin nicht gewillt, meine Seele oder mein Kind für eine neue Stereoanlage und eine Europareise zu verkaufen. Wir sprechen nicht von einer Glücksspielshow. Es geht um unser Leben und um unser Kind. Das sage ich dir dauernd, aber ich habe nicht den Eindruck, daß du mich hörst.«

»Adrian, ich höre dich sehr wohl, aber ich bin mit dem, was du sagst, nicht einverstanden. Wir sprechen uns in ein paar Wochen wieder. Wenn du inzwischen deine Meinung geändert haben solltest, dann ruf mich früher an.«

»Wie kann ich dich erreichen?« Wenn ein Notfall eintrat oder sie ihn brauchte? Auf dem Papier war er ihr nächster Angehöriger. Auch das war ein Punkt, der Panik in ihr aufkommen ließ. So wie alles andere. Sie kam sich nun völlig verlassen vor.

»Ruf in meinem Büro an, dort wird man wissen, wo ich bin.«

»Die Glücklichen«, versetzte sie sarkastisch.

»Vergiß meinen Rasierapparat nicht.«

»Nein, bestimmt nicht ...« Er legte auf, und sie saß lange in ihrer Küche und dachte an das, was er gesagt hatte, und fragte sich, ob sie ihn je richtig gekannt hatte. Langsam begann sie daran zu zweifeln.

Sie brachte den Rasierapparat noch am gleichen Tag im Büro vorbei, und am nächsten Tag war er weg. Steven hatte ihn am Abend abgeholt und nicht einmal eine kurze Notiz für sie hinterlassen, aber sie sprach mit niemandem darüber. Nicht einmal mit Zelda. In der Redaktion wußte noch niemand, daß Steven sie verlassen hatte. Es war zu peinlich. Und wenn in einigen Wochen zwischen ihnen alles wieder im Lot war, würden ihr alle Peinlichkeiten erspart bleiben, wenn außer Zelda niemand etwas gewußt hatte.

Als Zelda von dem Anruf erfuhr, beruhigte sie Adrian mit der Versicherung, daß er in kürzester Zeit zur Besinnung kommen würde.

In der Zwischenzeit aber zogen sich die Wochenenden endlos hin. Er rief kein einziges Mal an, und Adrian merkte bald, daß sie ohne ihn mit sich nichts anzufangen wußte, weil sie sich an seine Nähe so gewöhnt hatte. Zelda führte ein ausgefülltes Leben. Ihr neuester Freund war vierundzwanzig und arbeitete als Model. Mochte Zelda sich auch noch so teilnahmsvoll zeigen, sie wurde von ihrem Leben und ihrer Liebe in Trab gehalten, und Adrian wollte ihr nicht zur Last fallen.

Es wurde sehr still um Adrian, und in gewisser Weise empfand sie es als sehr friedlich. Sie hörte auf, in ständiger Erwartung zu leben, in Erwartung seines Anrufes oder in Erwartung, ihm über den Weg zu laufen. Sie lag nicht mehr im Bett in der Hoffnung, er würde kommen, um etwas zu holen, oder er würde im Büro auftauchen und ihr erklären, daß er ein Idiot gewesen war und es ihm leid täte. Sie wußte, daß er in Chikago sein mußte, obwohl sie seit Wochen nichts mehr von ihm gehört hatte. Nach seiner Rückkehr würden sie vielleicht alle Differenzen aus der Welt schaffen und das gemeinsame Leben wieder aufnehmen können.

Unterdessen aber hatte sie das Gefühl, daß alles in der Schwebe war. Sie arbeitete, sie aß, sie schlief, und sie ging nicht aus. Nicht einmal ins Kino. Einmal war sie beim Arzt gewesen, der ihr versicherte, die Schwangerschaft mache gute Fortschritte, alles verliefe normal. Alles, bis auf den Umstand, daß mein Mann mich verlassen hat, dachte sie. Doch sie war erleichtert, daß sich das Kind gut entwickelte. Es bedeutete ihr mittlerweile alles, es war auch alles, was ihr geblieben war ... ein winzig kleines Wesen zum Liebhaben ... ein Wesen, das noch nicht auf der Welt war. Ein- oder zweimal überfiel die Einsamkeit sie mit solcher Macht, daß sie sogar versucht war, ihre Eltern anzurufen, aber sie widerstand der Versuchung. Ab und zu ging sie in der Mittagspause mit Zelda essen. Sie war wenigstens eingeweiht, so daß Adrian mit ihr über das Baby sprechen konnte.

Auch mit Bill Thigpen kreuzte sich ihr Weg bei der Arbeit einige Male. Seit sie sich nun offiziell kannten, schien die Häufigkeit der Begegnungen zuzunehmen. Sie trafen im Lift, auf dem Parkplatz, sogar noch einmal im Supermarkt aufeinander. Auch im Wohnkomplex war sie ihm schon begegnet. Bill verschwieg ihr, daß er vor einigen Wochen beobachtet hatte, wie ihr Mann mit auffallend viel Gepäck aus dem Haus gegangen war. Daß er verreist war, stand fest, doch er fragte nicht, wohin, und Adrian erwähnte es nicht, wenn sie sich am Pool zufällig trafen. Statt dessen unterhielten sie sich angeregt über ihre liebsten Bücher und Filme, und er erzählte ihr von seinen Kindern, die sein ein und alles waren, wie klar herauszuhören war. Seine Art, von ihnen zu sprechen, verriet Liebe und Stolz und rührte sie tief.

»Die Kinder müssen Ihnen unendlich viel bedeuten.«

»Ja, sie sind das Wichtigste in meinem Leben.« Er lächelte Adrian voller Bewunderung an, als sie eine weitere Schicht Sonnenöl auftrug. Sie wirkte glücklicher als noch vor kurzem, auch zugleich irgendwie gelöster, aber ihre ernste Zurückhaltung überwog. Er fragte sich, ob dies für sie typisch war oder ob sie in Gesellschaft von Fremden eine gewisse Schüchternheit an den Tag legte.

»Sie haben keine Kinder?« Er ging davon aus, daß sie keine hatte, weil sie nie mit Kindern zu sehen gewesen war und auch weil sie nie Kinder erwähnt hatte, was ungewöhnlich gewesen wäre, wenn sie welche gehabt hätte. Die meisten Bewohner des Wohnkomplexes waren kinderlos. Wenn sich bei einem Paar Nachwuchs einstellte, zog es meist in eine größere Wohnung um.

»Nein.« Ihre Antwort kam zögernd. Er horchte auf, denn es steckte mehr hinter der Geschichte. »Nein, wir haben keine Kinder. Ich ... wir beide sind mit unserem Beruf ziemlich ausgefüllt.«

Er nickte und fragte sich, wie es wohl wäre, mit ihr befreundet zu sein. Es war lange her, seit ihn eine rein platonische Freundschaft mit einer Frau verbunden hatte. Sonderbar, aber sie erinnerte ihn mit ihrer Ernsthaftigkeit, ihrer Eindringlichkeit und ihren Wertvorstellungen irgendwie an Leslie. Und Bill fragte sich immer öfter, ob er ihren Mann auch sympathisch finden würde. Vielleicht könnte sich eine Freundschaft zu dritt entspinnen. Er brauchte nur zu vergessen, daß sie sensationell aussah und sehr sexy wirkte.

Er zwang sich, ihr in die Augen zu sehen und über ihre Zukunft in der Redaktion zu diskutieren. Es war eine Möglichkeit, ihn vergessen zu lassen, wie sie in ihrem Badeanzug aussah, und die Tatsache zu ignorieren, daß er alles dafür gegeben hätte, sich über sie beugen und küssen zu können.

»Wann kommt Ihr Mann zurück?« erkundigte er sich im Plauderton – eine Frage, auf die sie mit leichtem Erschrecken reagierte. Sie hatte nicht geahnt, daß Bill von Stevens Abwesenheit wußte. Vielleicht ist mir unwissentlich etwas entschlüpft, dachte sie verwundert.

»Sehr bald«, gab sie zur Antwort. »Er ist in Chikago.« Und sobald er zurück war, mußten sie ein für allemal ihre Ehe in Ordnung bringen. Das war keine Kleinigkeit, und die Aussicht darauf bewirkte, daß sich in ihre Freude auf seine Rückkehr Angst mischte. Sie verzehrte sich danach, ihn zu sehen, fürchtete sich aber, ihm zu sagen, daß sie ihre Absicht nicht geändert hatte. Das Kind war nun ein Teil von ihr, und daran würde sich bis zur Geburt nichts ändern. Daß Steven das nicht gern hören würde, war vorauszusehen.

Am zweiten Montag im Juni meldete sich Steven schließlich, kaum daß sie in die Redaktion gekommen war. Ihre Sekretärin sagte, er sei am Telefon, und sie stürzte sich förmlich auf den Apparat. Fast einen ganzen Monat hatte sie auf seinen Anruf gewartet, und als sie nun seine Stimme hörte, standen ihr Tränen des Glücks in den Augen, obwohl sein Ton nicht der freundlichste war. Als er sich nach ihrer gesundheitlichen Verfassung erkundigte, wußte sie, wie es gemeint war, und sie entschied sich für die ungeschminkte Wahrheit.

»Steven, ich bin noch immer schwanger, und daran wird sich nichts ändern.«

»Das dachte ich mir. Sehr bedauerlich.« Es war grausam, was er sagte, aber zumindest war es ehrlich. »Du hast deine Meinung nicht geändert?«

Sie schüttelte den Kopf. Tränen liefen ihr über die Wangen. »Nein. Aber ich würde dich gern sehen.«

»Das halte ich für keine gute Idee. Es würde uns beide nur in Verwirrung stürzen.« Warum hatte er Angst vor ihr? Warum verhielt er sich so? Sie verstand es noch immer nicht.

»Was ist schon ein bißchen Verwirrung zwischen Freunden?« Sie lachte unter Tränen und versuchte, alles locker zu nehmen, doch es fiel ihr nicht leicht.

»In den nächsten Tagen werde ich meine Sachen holen. Ich möchte mir eine Wohnung suchen.«

»Warum? Warum tust du das? Warum kommst du nicht wenigstens für eine Weile zurück? Versuch es wenigstens.« Nie hatte es Anpassungsprobleme zwischen ihnen gegeben, nie Streitigkeiten. Nur dies. Ihr Kind. Plötzlich war alles aus und vorbei.

»Adrian, es hat keinen Zweck, sich zu quälen. Du hast deine Entscheidung getroffen, jetzt wollen wir nach bestem Wissen und Gewissen die Trümmer auflesen und unseren Weg fortsetzen.« Er tat so, als hätte sie ihn hintergangen, als läge die Schuld allein bei ihr und als hätte er sich anständig und vernünftig verhalten. Ob er sich tatsächlich an einen Anwalt wenden würde? »Was hast du mit der Wohnung vor?« Was meinte er damit? Was sollte sie damit vorhaben? Sie wollte darin wohnen, während sie das Kind erwartete.

»Ich wollte eigentlich darin wohnen. Hast du etwas dagegen?«

»Noch nicht. Aber das müssen wir noch klären. Jeder von uns sollte sein Geld herausbekommen, damit er sich etwas anderes kaufen kann, es sei denn, du möchtest mir meine Hälfte abkaufen.« Beide wußten, daß sie sich das nicht leisten konnte.

»Wie rasch muß ich ausziehen?« Er setzte sie auf die Straße, nur weil sie schwanger war.

»Das eilt nicht. Ich verständige dich, sobald ich etwas in dieser Richtung unternehmen möchte. Im Moment suche ich nur eine Mietwohnung.« Wie nett. Wunderschön für ihn. Ihr wurde übel, als sie ihn so reden hörte. Jetzt konnte sie sich nichts mehr vormachen. Er wollte sie verlassen. Es war aus. Falls er nicht nachher ... nach der Geburt des Kindes zurückkam und zur Einsicht gelangte, was für einen großen Fehler er begangen hatte. An diese kleine Hoffnung klammerte sie sich immer noch. Sie würde erst glauben, daß er wirklich gegangen war, nachdem er ihr Kind gesehen und ihr gesagt hatte, daß er es nicht wollte. Bis dahin wollte sie warten, mochte er in der Zwischenzeit auch verrückt spielen. Auch wenn er sich scheiden ließ, konnten sie später wieder heiraten.

»Tu, was du möchtest«, erwiderte sie ganz ruhig.

»Am Wochenende möchte ich alles holen.« Schließlich kam er in der Woche darauf, weil er erkältet gewesen war. Adrian mußte tiefbekümmert mitansehen, wie er alle seine Habseligkeiten in Kartons verstaute.

Er brauchte mehrere Stunden, um alles zu packen. Er hatte einen Kleinlaster gemietet, und ein Kollege aus seiner Firma half ihm beim Aufladen. Für sie war es sehr peinlich, das alles mit ansehen zu müssen. Das Wiedersehen war für sie ein beglückender Augenblick gewesen, er aber hatte ihr die kalte Schulter gezeigt.

Am Nachmittag, als der Wagen beladen wurde, unternahm sie eine Ausfahrt, damit ihr der Anblick erspart blieb und sie sich von ihm nicht verabschieden mußte. Die Seelenpein, die sie durchlitt, wurde immer unerträglicher, und Steven legte es sichtlich darauf an, ihr aus dem Weg zu gehen.

Nach sechs kam sie wieder nach Hause. Der Laster war fort. Sie sperrte auf, und als sie um sich blickte, stockte ihr der Atem. Als er gesagt hatte, er wollte ›alles holen‹ hatte er es wörtlich gemeint. Er hatte alles mitgenommen, was auf dem Papier ihm gehörte, alles, was er in die Ehe mitgebracht hatte, und alles, was er im Laufe der Ehe bezahlt oder wofür er ihr einen Teil des Kaufpreises gegeben hatte. Es war ein Anblick, bei dem Adrian in Tränen ausbrach. Die Couch samt Sesseln war weg, der Cocktailtisch, die Stereoanlage, der Frühstückstisch, die Küchenstühle, jedes einzelne Bild, das an den Wänden gehangen hatte. Im Wohnzimmer stand kein einziges Möbelstück mehr, und als sie hinaufging, sah sie, daß im Schlafzimmer nur das Bett zurückgeblieben war. Alle ihre Sachen aus der Kommode waren sorgfältig zusammengelegt und in Kartons verstaut. Die Kommode selbst war weg wie auch sämtliche Lampen und der bequeme lederbespannte Liegesessel. Dazu sein gesamter Kleinkram und die technischen Geräte. Sie besaß nun keinen Fernsehapparat mehr, und als sie ins Bad ging, um sich die Nase zu putzen, entdeckte sie, daß er sogar ihre elektrische Zahnbürste mitgenommen hatte. Die Absurdität der Situation brachte sie zum Lachen. Das war Irrsinn pur. Er hatte alles mitgenommen, ihr war nichts geblieben. Alles war weg, bis auf ihr Bett, ihre Kleider, den Teppich im Wohnzimmer, ein paar Kleinigkeiten, die er auf dem Boden aufgereiht hatte, und das Porzellanservice, das sie in die Ehe mitgebracht hatte und von dem der Großteil zerbrochen war.

Es hatte keine Diskussion, keinen Streit, kein Gespräch darüber gegeben, was wem gehörte oder wer was haben wollte. Er hatte einfach alles genommen, weil er das meiste bezahlt hatte und weil er das Gefühl hatte, es gehörte ihm und es sei sein gutes Recht. Als sie die Räume im Erdgeschoß wieder durchwanderte, langte sie in den Kühlschrank nach einem Getränk und entdeckte, daß er auch alle Soda-Dosen mitgenommen hatte. Da fing sie wieder zu lachen an. Es blieb ihr auch nichts anderes übrig. Sie war noch immer dabei, sich von ihrer schmerzlichen Überraschung zu erholen, als das Telefon läutete. Es war Zelda.

»Was gibt es?«

»Nicht viel.« Adrian ließ wehmütig den Blick durch den Raum schweifen. »Ehrlich gesagt, gar nichts.«

»Was soll das heißen?« fragte Zelda, ohne sich groß etwas dabei zu denken, weil Adrian sich besser anhörte als seit langem. Heute klang sie fast glücklich. Aber sie war es nicht. Sie war über den Zustand der Niedergeschlagenheit einfach hinaus. Die Grenze des Erträglichen war weit überschritten, deshalb war ihr jetzt nur mehr das Lachen geblieben.

»Attila, der Hunnenkönig war da. Er hat geplündert und geraubt.«

»Wie ... waren Einbrecher da?« Zelda erschrak.

»Ja, so könnte man sagen.« Adrian ließ sich lachend neben dem Telefon auf dem Boden nieder. Das Leben hatte sich unendlich vereinfacht. »Steven hat heute seine Sachen abgeholt. Mir hat er den Teppich und das Bett gelassen, alles andere hat er sich genommen, samt meiner Zahnbürste.«

»Hat man Worte ... wie konntest du das nur zulassen?«

»Was hätte ich denn tun sollen? Ihm mit einer Flinte nachrennen? Was hätte ich machen sollen ... um jede Tischdecke und jede Haarklammer kämpfen? Zum Teufel damit. Wenn er das Zeug will, kann er es haben.« Und falls er je zurückkommen sollte, was sie für möglich hielt, würde er den ganzen Kram ohnehin wieder mitbringen, obwohl es ihr einerlei war. Sie war über Kämpfe um Kaffeetischchen und Couches erhaben.

»Brauchst du etwas?« fragte Zelda aufrichtig besorgt, und Adrian mußte wieder lachen.

»Aber sicher. Hast du zufällig eine Wagenladung Möbel übrig? Dazu Geschirr, Tischwäsche, Handtücher ... ach, nicht zu vergessen, die Zahnbürste.«

»Mir ist es ernst damit.«

»Mir auch. Zelda, es spielt keine Rolle mehr. Er will die Wohnung ohnehin verkaufen.« Zelda konnte es nicht glauben, und Adrian auch nicht. Er hatte alles mitgenommen. Aber sie hatte das einzige behalten, worauf es ihr ankam. Ihr Kind.

Trotz allem war sie erstaunlich guter Dinge. Erst am nächsten Tag traf sie die volle Wucht des Geschehenen. Sie lag lange am Pool, dachte an ihn und fragte sich, wie es gekommen war, daß ihr gemeinsames Leben so rasch ein Ende gefunden hatte. Etwas mußte von Anfang an nicht richtig gewesen sein, etwas ganz Grundlegendes mußte immer schon gefehlt haben, ihm und vielleicht ihrer Ehe. Sie dachte an die Eltern und Geschwister, denen er vor Jahren den Rücken gekehrt hatte, an den Freund, den er verraten hatte, ohne sich jemals wieder um ihn zu kümmern. Vielleicht war einem Teil seines Wesens unbekannt, was Liebe ist. Sonst hätte nicht alles auf diese Weise in die Brüche gehen können. Es hätte nicht so kommen können ... und doch war es so gekommen. Innerhalb weniger Wochen war ihre Ehe kaputtgegangen. Darüber nachzudenken, war zutiefst bedrückend, aber es war eine Tatsache, der sie sich stellen mußte. Sie war einunddreißig und nach zweieinhalb Jahren Ehe schwanger. Eine Frau für Verabredungen war sie wohl kaum, und zudem hatte sie keine Lust, mit jemandem auszugehen. Sie wollte auch niemandem gegenüber zugeben, daß Steven sie verlassen hatte. Deshalb blieb sie bei der Version, daß ihr Mann auf Reisen sei. Das Eingeständnis, daß er sie verlassen hatte, war zu kränkend und demütigend. Und als an jenem Nachmittag Bill Thigpen mit fragender Miene am Pool auftauchte und sich bei ihr erkundigte, ob sie umziehen würden, zuckte sie merklich zusammen und erwiderte, daß sie die Einrichtung verkaufen und sich neue Sachen anschaffen wollten. Jedoch so, wie sie es sagte, klang es für sie selbst wenig glaubhaft.

»Na, die Sachen haben aber noch toll ausgesehen«, sagte er wachsam, ohne sie aus den Augen zu lassen. Stevens Miene hatte ihn irgendwie an Leslie erinnert, als sie ihn verlassen hatte. Aber Adrian wirkte zufrieden und glücklich, als sie am Rand des Pools lag, ein Buch in Händen, das sie verkehrt herum hielt, während jeder Gedanke an Steven ihr Herz mit Wehmut erfüllte.

12

In der Woche, in der Steven auszog, hatte Adrian das Gefühl, einen Traum zu durchleben. Sie stand auf, ging zur Arbeit, fuhr abends nach Hause, und jedesmal erwartete sie, ihn daheim anzutreffen. Steven mußte inzwischen zur Vernunft gekommen sein. Er würde von Reue geplagt zur ihr kommen, mit Entschuldigungen, entsetzt über sein Verhalten, und beide würden lachen, hinaufgehen und alles wiedergutmachen. In zehn Jahren würde er ihrem Kind erzählen, wie blödsinnig er sich aufgeführt hatte, als er erfuhr, daß er Vater werden sollte.

Aber wenn sie nach Hause kam, war er nicht da. Er rief auch nie an. Sie verbrachte ihre Abende auf dem Wohnzimmerteppich sitzend, bemüht, etwas zu lesen oder sich mit dem Durchsehen von Papieren zu beschäftigen.

Sie hatte erwogen, sich eine neue Einrichtung anzuschaffen. Aber sie verwarf diesen Plan wieder, für den Fall, daß er zurückkäme, eine Möglichkeit, an die sie noch immer glaubte. Und welchen Sinn hätte es gehabt, alles doppelt zu besitzen?

Sie schaltete den Anrufbeantworter meist ein, aber die Anrufe kamen nie von Steven, sondern von Freunden oder vom Büro und immer wieder von Zelda. Aber Adrian hatte keine Lust, sich mit den Menschen zu unterhalten. Ihr einziges Zugeständnis an die Normalität war die Fahrt in die Redaktion und wieder zurück. Wie ein Roboter kam sie sich vor, wenn sie täglich aufstand, in die Redaktion raste, dann nach Hause kam, sich etwas kochte, und zu den Elf-Uhr-Nachrichten zurückfuhr. Alles erschien ihr wie eine endlose Tretmühle, und Tag für Tag war der Schmerz in ihrem Blick zu lesen. Es tat Zelda bis in die Seele weh, es mitansehen zu müssen, aber auch sie konnte ihr nicht helfen. Sie konnte noch immer nicht glauben, was Steven ihr angetan hatte und daß es endgültig war. Doch immer wenn Adrian versuchte, ihn anzurufen, erklärte seine Sekretärin, er sei nicht da. Adrian war nicht überzeugt, daß es stimmte. Noch überwältigte sie beinahe die Panik, wenn sie sich ausmalte, was passieren würde, wenn sie ihn wirklich brauchte, aber im Moment war es nicht der Fall, und sie wußte ja, daß es nur eine Frage der Zeit war, bis er zur Besinnung kam.

Am Freitag des Vierten-Juli-Wochenendes lief sie Bill Thigpen wieder im Supermarkt über den Weg. Es war nach den Spätnachrichten, und ihr war eingefallen, daß für die nächsten Tage nichts im Haus war und sie das ganze Wochenende frei hatte. Er schob zwei Einkaufswagen vor sich her, in denen sich Holzkohle, zwei Dutzend Steaks, etliche Packungen Hot dogs, Hackfleisch, Brötchen, Salzgebäck und anderes Zeug häufte, lauter Sachen, die auf ein Picknick schließen ließen.

»Hi«, sagte er, als sie in einem Gang zusammenstießen, in dem er eben zwei große Ketchup-Flaschen vom Regal holte. »Ich habe Sie ja die ganze Woche über nicht gesehen«, zog er sie auf, und als er sie ansah, spürte er, wie sehr sie ihm gefehlt hatte. Ihr Gesicht war so frisch und anziehend, daß man sie allein deswegen gern ansah, und ihr Lächeln hatte etwas Strahlendes an sich. »Was bringen die Nachrichten an Neuigkeiten?«

»Immer dasselbe. Kriege, Erdbeben, Explosionen, Flutwellen, das Übliche eben. Und wie läuft es bei ›Lebenswertes Leben‹?« Die Vorstellung, daß er an einer Seifenoper mitarbeitete, war für sie noch immer Grund zur Belustigung.

»Dasselbe wie in den Nachrichten ... Kriege, Erdbeben, Explosionen, Scheidung, Mord, das übliche spannende Zeug. Vielleicht sind wir beide doch in derselben Branche tätig.«

Sie lächelte ihm zu. »Na, bei Ihnen scheint es aber mehr Spaß zu machen.«

»Stimmt ... manchmal ...« Seit Sylvia nicht mehr dabei war, fühlte er sich vereinsamt, mußte aber zugeben, daß es ein törichtes Gefühl war. Das gelegentliche Beisammensein mit ihr war amüsant gewesen, und sie hatten etwas sehr Bequemes und Angenehmes geteilt. In Wahrheit aber hatte sie sein Leben nicht bereichert und er nicht das ihre. Mit ihrem Textilfabrikanten aus New Jersey war sie viel besser dran. Sylvia hatte dem Team eine Postkarte geschickt, auf der sie von dem Haus schwärmte, das Stanley ihr gekauft hatte. Rückblickend kam Bill sich reichlich dämlich vor, weil er sich überhaupt mit ihr eingelassen hatte, ein Gefühl, mit dem er an die meisten Frauen dachte, mit denen er Affären gehabt hatte. Diese Empfindung hatte dazu geführt, daß er sich endlich aufraffte, eine neue Seite aufzuschlagen, und sich vornahm, sich nur mehr mit Frauen einzulassen, die ihm wirklich etwas bedeuteten. Das Schwierige dabei war, daß die Frauen, denen er begegnete, ihm gar nichts bedeuteten. Durch seine Arbeit kam er mit vielen Schauspielerinnen zusammen – mit Frauen, die für eine große Rolle oder eine kleine Chance in seiner Serie bereit waren, mit ihm ins Bett zu gehen. Es war für sie ein fairer Handel, nicht mehr. Diese Einstellung war einer romantischen Affäre nicht eben zuträglich, und deshalb hatte er über einen Monat keine Verabredung, ohne daß ihm etwas gefehlt hätte. Um so mehr fehlte es ihm, mit jemandem spätabends noch plaudern zu können, jemanden zu haben, mit dem er seine Ideen besprechen konnte, der mit ihm Freud und Leid teilte. Aber mit Sylvia hatte er dies ohnehin nicht gehabt – eigentlich seit Leslie nicht mehr.

»Kommen Sie morgen zum Grillfest?« fragte er Adrian hoffnungsvoll. Er unterhielt sich gern mit ihr und war neugierig auf ihren Mann. Von ihr wußte er, daß er aus der Werbebranche kam, aber Bill hätte ihn eher für einen Schauspieler gehalten. Er hatte ihn fast zwei Wochen nicht gesehen – seit er die gesamte Einrichtung auf einen Laster verfrachtet hatte und damit davongefahren war. »Zu Ehren der alljährlich am vierten Juli vom Wohnblock veranstalteten Grillparty laufe ich zur kulinarischen Höchstform auf. Das dürfen Sie nicht versäumen.« Er deutete mit einem Grinsen auf die Sachen in seinem Einkaufswagen. »Ich mache es alle Jahre wieder, anfangs auf allgemeinen Wunsch hin, jetzt aus Gewohnheit. Aber meine Steaks können sich sehen lassen.« Er lächelte wieder. »Waren Sie letztes Jahr dabei?« Er konnte sich nicht erinnern, die beiden gesehen zu haben. Und ein weibliches Wesen wie sie hätte er nicht vergessen – aber vielleicht war er abgelenkt worden.

Sie schüttelte den Kopf. »Meist verreisen wir zum vierten Juli. Ich glaube, letztes Jahr waren wir in La Jolla.«

»Und in diesem Jahr verreisen Sie auch?« Er wirkte enttäuscht.

Sie schüttelte den Kopf. »Nein ... ich ... Steven ... mein Mann ist nicht da. Er ist in Chikago.« Das hörte sich irgendwie verlegen an, und Bill machte ein erstauntes Gesicht.

»Am vierten Juli? Das ist ja ein Ding ... und was machen Sie, wenn er nicht da ist?« Er wollte nicht aufdringlich erscheinen, es war nur freundlich gemeint. Sie hatten sich einige Male am Pool sehr angeregt unterhalten. Da er wußte, daß sie verheiratet war, übte er Zurückhaltung.

»Nicht viel«, sagte sie vage und ein wenig nervös.

»Na, dann dürfen Sie die Grillparty nicht versäumen. Ihnen ist ein köstliches Steak à la Thigpen sicher.« Sein begeisterter Ausdruck entlockte ihr ein Lächeln. Er gefiel ihr sehr.

»Ich ... ich bin bei Bekannten eingeladen.« Trotz ihres Lächelns entging ihm nicht, daß ihre Augen einen melancholischen Ausdruck hatten. »Nächstes Jahr vielleicht.«

Er nickte. Dabei fiel sein Blick auf die Uhr hinter ihr. Es war halb ein Uhr morgens, und sie schwatzten, als sei es zehn Uhr vormittags. »Ich glaube, ich muß jetzt alles übrige noch zusammensuchen«, meinte er bedauernd. »Kommen Sie einfach vorbei, falls Sie doch noch Ihre Absicht ändern sollten. Und bringen Sie Ihre Bekannten einfach mit. Meine Vorräte reichen für eine ganze Armee.«

»Ich will's versuchen.« Doch während sie ihren Einkauf machte, festigte sich ihre Absicht, nicht hinzugehen. Ihr fiel ein, daß sie schon vor Wochen unter ihrer Post eine Ankündigung der Grillparty gefunden hatte, aber der Zettel lag längst im Papierkorb. Schließlich plagten sie andere Sorgen, und sie verspürte kein Bedauern. Am allerwenigsten hatte sie Lust, mit einem Haufen von Singles aus dem Wohnblock herumzuhängen. Sie mußte ihr eigenes Leben leben und war an neuen Beziehungen oder an Verabredungen nicht interessiert. Sie war verheiratet und brauchte nur zu warten, bis Steven zur Besinnung kam. Und sie war sicher, daß dies nur eine Frage der Zeit war. Wenn er wieder bei ihr war, konnten sie sich ganz auf die Geburt des Kindes konzentrieren. In der Zwischenzeit aber hatte sie auch diesen Gedanken in den Hintergrund verdrängt. Sie hatte ihre Entscheidung gefällt und an ihrer Schwangerschaft festgehalten, nun aber versuchte sie, nicht daran zu denken. Im Moment fiel ihr das noch leicht, denn ohne das gelegentliche flaue Gefühl, den größeren Appetit und die leichtere Ermüdbarkeit hätte sie glatt vergessen können, daß sie schwanger war. Man merkte noch nichts, da sie erst im dritten Monat war. Ihr ganzes Denken kreiste um ihre Arbeit und um Stevens Rückkehr. Als er ausgezogen war, hatte sie geglaubt, alles sei vorüber, er würde nie zurückkehren, und wenn, dann hätte ihre Beziehung einen bleibenden Schaden davongetragen. Doch in den vergangenen zwei Wochen war es ihr gelungen, sich einzureden, daß es nur eine vorübergehende Phase war, ein Augenblick des reinen Wahnsinns in einer ansonsten intakten Ehe. Sie weigerte sich, die Tatsache, daß er nicht anrief und für sie nie zu sprechen war, als Anzeichen dafür zu sehen, daß für ihn die Ehe zu Ende war.

Sie entdeckte Bill wieder, als er sich an der Kasse anstellte, drei hochbeladene Wagen hinter sich. Ihr eigener spärlicher Einkauf, den sie zum Auto trug, machte sie traurig. Sie brachte den gesamten Wocheneinkauf jetzt in zwei Tüten unter. Seit Steven aus ihrem Leben gegangen war, schien alles in ihrem Leben zusammengeschrumpft zu sein, und als sie zu Hause ankam, kam ihr die Wohnung so lächerlich leer vor. Sie verstaute die Sachen im Kühlschrank, löschte die Lichter und ging hinauf, wo das Bett und die Kartons mit ihren Sachen auf dem Boden lagen und standen, wie Steven sie zurückgelassen hatte. Adrian lag lange wach im Bett, dachte an ihn und fragte sich, was er übers Wochenende unternehmen mochte. Sie war versucht, ihn anzurufen und zu bitten, er solle nach Hause kommen. Sie würde alles tun ... nur keinen Abbruch vornehmen lassen. Aber das war nicht mehr der Punkt. Jetzt ging es darum, ein Leben ohne Ehemann zu führen. Noch immer war es für sie Grund zur Verwunderung, wie verloren und verlassen sie sich fühlte. Nach zweieinhalb Jahren Ehe konnte sie sich nicht einmal mehr erinnern, womit sie sich vor ihrer Hochzeit die Zeit vertrieben hatte. Es war, als hätte es vor Steven kein Leben für sie gegeben.

Erst nach drei Uhr morgens konnte sie einschlafen, und sie schlief bis kurz vor elf am nächsten Morgen – etwas, was ihr jetzt öfter passierte. Wann immer sich die Möglichkeit bot, schlief sie den ganzen Tag über. Der Arzt schob ihr Schlafbedürfnis auf das Baby. Das Baby. Noch immer erschien es ihr ganz unwirklich. Das winzige Wesen, das sie ihre Ehe gekostet hatte. Und doch wollte sie es bekommen. Irgendwie hatte sie nach wie vor das Gefühl, daß es sich lohnte.

Sie stand auf, duschte und machte sich zu Mittag Rührei, dann füllte sie ein paar Banküberweisungen aus und kümmerte sich um ihre Wäsche. Das leere Wohnzimmer reizte sie auch jetzt noch zum Lachen, aber so machte der Haushalt nicht viel Arbeit. Es gab nichts zurechtzurücken, nichts abzustauben, keine Flecken auf der Couch, keine Pflanzen, die gegossen werden mußten, denn auch die hatte er mitgenommen. Sie brauchte nur ihr Bett zu machen und staubzusaugen. Um halb drei ging sie an den Pool und sah, daß Bill schon eifrig mit den Vorbereitungen für das Grillfest beschäftigt war. Er war mit zwei anderen Männern, die Adrian vom Sehen kannte, in ein Gespräch vertieft. Zwei Frauen stellten eine große Blumenschale auf einen langen Picknicktisch. Offensichtlich wurde die Grillparty als Ereignis größeren Formats aufgezogen. Fast tat es ihr leid, daß sie nicht dabei sein würde. Sie hatte nichts zu tun und wußte nicht, wohin mit sich. Zelda war mit einem Freund in Mexiko, und mehr als ein Kinobesuch wollte Adrian nicht einfallen.

Als sie auf den Pool zuging, winkte sie Bill zu. Dann trieb sie lange auf einer Matratze auf dem Wasser und anschließend legte sie sich auf eine Liege. Nach einer Weile kam Bill zu ihr und setzte sich neben sie, glücklich, aber erschöpft.

»Erinnern Sie mich daran, daß ich nächstes Jahr die Finger davon lasse«, fing er an, als seien sie alte Freunde. Tatsächlich wurden sie dank ihrer regelmäßigen Begegnungen immer vertrauter. Sie lebten und arbeiteten am gleichen Ort und kauften sogar ihre Lebensmittel im gleichen Supermarkt. »Aber das sage ich jedes Jahr.« Und im gedämpften Verschwörerton setzte er hinzu: »Diese Typen treiben mich glatt in den Wahnsinn.«

Seine Miene entlockte ihr ein Lächeln. Er war ungewollt komisch. Mochte er den Streßgeplagten noch so überzeugend mimen, es war ihm anzusehen, daß es ihm Freude machte. »Ich möchte wetten, Sie haben Ihren Spaß dabei.«

»Und wie. Sherman hatte sicher auch seinen Spaß am Marsch auf Atlanta. Aber der war wahrscheinlich einfacher zu koordinieren als die Grillerei hier.« Er beugte sich zu ihr, damit niemand ihn hören konnte. »Die Burschen dachten wohl, ich würde diesmal Hummer besorgen, denn Steak, Burgers und Hot dogs hatten wir die letzten drei Jahre. Das Zeug steht ihnen bis oben. Und die Frauen sind der Meinung, man sollte sich die Sachen fertig liefern lassen. Herrgott, haben Sie als Kind je ein Picknick erlebt, bei dem das Essen fertig gebracht wurde? Wer hat schon mal von einem Party-Service gehört, der Hot dogs zum vierten Juli liefert?« Er schien außer sich zu sein, und sie lachte, weil sie sich köstlich amüsierte. »Hat es in Ihrer Kindheit auch Picknicks zum vierten Juli gegeben?«

Sie nickte. »Wir haben immer auf Cape Cod gegrillt. Und später dann auf Martha's Vineyard. Es war herrlich. Etwas Schöneres kann ich mir nicht vorstellen. Diese kleinen Städtchen im Sommer ... die herrlichen Strände ... und die Kinder, mit denen man jeden Sommer spielte und auf die man sich das ganze Jahr über freute. Einfach unübertrefflich.«

»Ja.« Seine eigenen Erinnerungen brachten ihn zum Lächeln. »Bei uns ging es immer nach Coney Island. Dort fuhren wir Berg- und Tal-Bahn und sahen uns das Feuerwerk an. Und abends am Strand veranstaltete Vater immer eine große Grillorgie. Als ich älter war, hatten sie ein Haus auf Long Island, und meine Mutter veranstaltete richtige Picknicks im Garten. Aber für mich war Coney Island das Größte.« Die Erinnerung an die Dinge, die er mit seinen Eltern unternommen hatte, war herrlich. Als einziges Kind hatte er sehr an seinen Eltern gehangen.

»Und jetzt ... machen sie es noch immer?«

»Nein.« Er schüttelte den Kopf und dachte an seine Eltern. Jetzt, da der Schmerz vergangen war, waren alle Erinnerungen von warmen Gefühlen geprägt. Der Schock des Verlustes war längst überwunden. Er schaute Adrian an, und was er in ihren Augen sah, gefiel ihm, und ebenso gefiel ihm, wie ihr das dunkle Haar über die Schultern fiel. »Sie sind schon lange tot. Sie starben, kurz nachdem sie das Haus auf Long Island gekauft hatten. Das ist schon lange her ...« Sechzehn Jahre. Beim Tod seines Vaters war er zweiundzwanzig gewesen, seine Mutter war ein Jahr später gestorben. »Vermutlich mache ich ihnen zuliebe diesen Wirbel am vierten Juli. Vielleicht ist es meine Art des Erinnerns.« In seinem Lächeln lag Wärme. »Mir scheint, hier haben die meisten Leute keine Familie. Man hat Freundinnen und Kinder und Hunde, aber unsere Tanten und Onkel und Eltern und Großeltern und Cousins sind alle irgendwoanders. Ganz im Ernst, sind Sie jemals jemandem begegnet, der in L. A. aufgewachsen ist? Ich meine jemandem, der stinknormal ist, nicht aussieht wie Jean Harlow und seine Schwester über alles liebt?« Sie lachte. Er war so natürlich, solid und zugleich gutgelaunt und lustig. »Woher kommen Sie?«

Aus L. A. lag ihr auf der Zunge, doch sie sagte: »Aus New London in Connecticut.«

»Ich bin New Yorker. Aber ich komme kaum mehr hin. Sind Sie öfter in Connecticut?«

»Nicht, wenn es sich vermeiden läßt.« Sie schmunzelte. »Es hörte auf, ein Spaß zu sein, als wir nicht mehr auf Martha's Vineyard Picknick machten und ich aufs College ging. Aber meine Schwester lebt noch immer dort.« Sie, ihre Kinder und ihr unglaublich langweiliger Ehemann. Es war so schwierig, mit ihnen eine Beziehung aufrechtzuerhalten, und seit sie mit Steven verheiratet war, war es gänzlich unmöglich. Sie wußte, daß sie ihnen in nächster Zeit von ihrer Schwangerschaft Mitteilung machen mußte, aber sie wollte warten, bis Steven wieder zu Hause und zur Vernunft gekommen war. Es wäre zu kompliziert gewesen, zu erklären, daß sie schwanger war und daß er sie verlassen hatte – ganz zu schweigen von seinen Gründen.

»Schade, daß Sie heute nicht mitfeiern können«, murmelte er ganz unglücklich. Sie nickte, obwohl ihr die Lüge peinlich war, aber es war einfacher für sie, nicht zu dieser Party zu gehen. Sie sprang ins Wasser und schwamm ein paar Längen, während er sich wieder an seine Vorbereitungen machte und nach einer Weile in seine Wohnung ging, um die Steaks zu marinieren. Die Grillparty würde wohl eine ganz große Sache werden.

Um fünf Uhr ging Adrian nach Hause, legte sich aufs Bett und versuchte zu lesen. Aber sie konnte sich nicht konzentrieren. Neuerdings passierte ihr das immer öfter – sie hatte einfach zu viele Dinge im Kopf. Und während sie auf dem Bett lag, drangen die ersten Partygeräusche an ihr Ohr. Um sechs trudelten die ersten Gäste ein. Man hörte Musik und Gelächter. Das Stimmengewirr ließ auf mindestens fünfzig Personen schließen. Nach einer Weile ging sie auf ihre Terrasse, von der aus sie den Lärm hörte und die Düfte riechen konnte, ohne selbst etwas zu sehen oder gesehen zu werden. Aber alles hörte sich sehr festlich und hochgestimmt an. In das Gläsergeklirr mischten sich alte Beatles-Melodien und andere Musik aus den Sechzigern. Das alles klang so verlockend, daß sie schon bedauerte, abgesagt zu haben. Aber es wäre zu peinlich gewesen, erklären zu müssen, weshalb Steven nicht da war, obwohl sie schon erklärt hatte, daß er sich wegen einer geschäftlichen Angelegenheit in Chikago aufhielt. Zudem war es ihr nicht geheuer, allein auszugehen. Sie hatte es noch nicht versucht und war im Grunde auch noch nicht bereit dafür. Doch der Duft, der ihr verlockend in die Nase stieg, weckte ihren Hunger immer mehr. Schließlich ging sie ins Erdgeschoß und sah im Kühlschrank nach, aber nichts sah so gut aus wie das, was sie roch, und die Zubereitung wäre ihr zu mühsam gewesen. Plötzlich hätte sie ihr Leben für einen Hamburger gegeben. Es war halb acht, und sie war am Verhungern. Seit dem Frühstück hatte sie nichts mehr zu sich genommen. Schon überlegte sie, ob sie sich nicht einfach unter die Gruppe mischen, sich einen Happen schnappen und wieder verschwinden sollte. Später konnte sie Bill Thigpen immer noch einen Scheck für das Konsumierte schicken. Ganz einfach und nicht der Rede wert. Es wäre ja kein richtiges Ausgehen. Sie wollte ja nur essen wie in einem Schnellimbiß. Sie konnte sich einen Hamburger besorgen und ihn hier in der Wohnung verzehren, ohne auf der Party herumzuhängen.

Wieder lief sie hinauf, sah in den Badezimmerspiegel, kämmte sich, strich das Haar zurück und faßte es mit einem weißen Seidenband zusammen. Dann zog sie ein weißes mexikanisches Spitzenkleid an, das sie gemeinsam mit Steven in Acapulco gekauft hatte. Es war hübsch und sehr weiblich, vor allem aber verbarg es ihre kleine Wölbung, die das Tragen von Hosen und Jeans inzwischen erschwerte. In Kleidern sah man noch gar nichts. Sie zog silberne Sandaletten an und schmückte sich mit großen baumelnden Silberohrringen. Ehe sie hinunterging, zögerte sie kurz. Was, wenn dort unten nur Paare waren oder wenn sie niemanden kannte? Aber selbst wenn er in Begleitung war, so konnte sie wenigstens mit Bill Thigpen, der stets freundlich und ungezwungen war, sprechen. Endlich faßte sie sich ein Herz und ging hinunter. In nächsten Moment stieß sie zur Schar der Gäste, die einen der großen Picknicktische umlagerten, die sich unter der Last der vollen Schüsseln und Platten bogen. Überall hatten sich Gruppen zusammengefunden, es wurde gelacht und geplaudert. Einige saßen direkt am Pool, mit den Tellern auf dem Schoß, oder sie hielten ein Glas Wein in der Hand und standen nur da, entspannten sich und genossen die Party. Alle schienen sich blendend zu unterhalten, während Bill Thigpen mit einer blauen Schürze über dem gestreiften Hemd und der weißen Hose das Grillen überwachte.

Adrian blieb zögernd stehen und sah ihm zu, wie er die Steaks professionell austeilte und mit allen, die kamen und gingen, ein paar Worte wechselte. Es sah aus, als sei er ohne Begleitung hier, aber das war ohnehin unwichtig. Adrian fiel ein, daß sie nicht einmal wußte, ob er eine Freundin hatte, aber auch das spielte keine Rolle. Aber irgendwie war sie davon ausgegangen, daß er ungebunden war. Er machte einen so unbelasteten, freien Eindruck. Sie schlenderte gemächlich in seine Richtung, und als er sie bemerkte, stutzte er, ehe ein breites Lächeln seine Miene erhellte. Er registrierte alles ganz genau, das weiße Spitzenkleid, ihr schimmerndes schwarzes Haar, die großen blauen Augen ... wunderschön sah sie aus, und er freute sich riesig, sie zu sehen. Fast kam er sich vor wie der Junge, der sich in das Mädchen von nebenan verknallt hat. Wochenlang sieht man sie nicht, dann biegt man plötzlich um eine Ecke, und da steht sie und sieht umwerfend aus. Man kommt sich vor wie ein Idiot, hat auf einmal zwei linke Füße, und dann ist sie wieder verschwunden. Man glaubt, die Welt ginge unter –, bis zum nächsten Mal. Und neuerdings wuchs in ihm das Gefühl, als bestünde sein ganzes Leben, oder zumindest der einzig wichtige Teil, aus einer Reihe zufälliger Begegnungen.

»Ach, hallo!« Er lief rot an und hoffte inständig, sie würde sein Erröten auf die Hitze vom Grill zurückführen. Er wußte nicht, wie es kam, aber sie war die erste verheiratete Frau, für die er sich ernsthaft interessierte. Es war nicht allein ihr Aussehen, das ihn anzog, er genoß es auch, sich mit ihr zu unterhalten. »Na, haben Sie Ihre Freunde mitgebracht?«

»Sie haben in letzter Minute angerufen und gesagt, daß sie es nicht schaffen.« Die Lüge kam ihr glatt über die Lippen und war von einem strahlenden Lächeln begleitet.

»Das freut mich ... ich meine ... ja, tatsächlich, es freut mich.« Und dann deutete er auf das Fleisch. »Was darf ich Ihnen anbieten? Ein Hot dog, Hamburger, Steak? Ich könnte Ihnen die Steaks empfehlen.« Er versuchte, seine Gefühle mit banalem Geplauder über seine Kochkünste zu übertünchen. Aber immer wenn er sie sah, kam er sich wie ein kleiner Junge vor. Und sie wie ein kleines Mädchen. Das Komische war, daß sie eigentlich nur mit ihm reden wollte. Er war so umgänglich, und man konnte so gut mit ihm plaudern.

Eben noch hatte sie nach einem Hamburger gelechzt, aber plötzlich sahen die Steaks viel verlockender aus. »Ich möchte ein Steak, bitte, durchgebraten.«

»Bitte sehr, bitte gleich. Dort drüben auf dem Tisch gibt es jede Menge andere Köstlichkeiten. Vierzehn verschiedene Salate, ein kaltes Soufflée, Lachs aus Neuschottland, Käse ... aber dafür bin ich nicht zuständig. Ich bin der Grillspezialist. Gehen Sie ruhig hin, und sehen Sie sich alles an. Wenn Sie wiederkommen, ist Ihr Steak fertig.« Sie befolgte seinen Rat, und er sah, daß sich auf ihrem Teller Salate und Krabben und andere Dinge türmten, die sie am Buffet entdeckt hatte. Angesichts ihrer Zierlichkeit ein gesunder Appetit. Das ließ darauf schließen, daß sie sehr sportlich sein mußte.

Er legte ein Steak auf ihren Teller und bot ihr Wein an, den sie ablehnte. Dann setzte sie sich an den Pool, und er hoffte, sie würde noch da sein, wenn er seine Pflicht am Grill erfüllt hatte. Eine halbe Stunde später meinte er, genug getan zu haben. Jeder hatte etwas bekommen. Ein Nachbar bot ihm an, seine Stelle einzunehmen, und Bill machte sich auf die Suche nach Adrian, die schon glücklich bei ihrem Nachtisch angelangt war. Sie saß allein da und lauschte den Gesprächen der anderen.

»Na, wie war es? Es kann nicht so übel gewesen sein.« Das Steak war mit sämtlichen Beilagen verschwunden. Fast war es ihr peinlich, wie ihr verlegenes Lachen verriet.

»Es war köstlich. Und ich war am Verhungern.«

»Sehr gut. Nichts ist mir widerwärtiger, als für Leute zu kochen, die nicht essen. Kochen Sie gern?« Er war ganz einfach neugierig, wie sie war, was sie trieb, wie glücklich sie mit ihrem Mann war. Eigentlich hätte es ihm gleichgültig sein müssen, das war es aber nicht. Er hörte Alarmglocken in seinem Kopf schrillen, die ihn mahnten, innezuhalten, aber eine andere, stärkere Stimme drängte ihn, weiterzufragen.

»Hin und wieder. Ich bin nicht sehr begnadet und habe auch nicht viel Zeit zum Kochen.« Und niemanden, für den sie kochen konnte. Im Moment zumindest. Aber Steven war ohnehin kein großer Esser. Am liebsten war ihm immer Salat gewesen.

»Nicht, wenn Sie bei beiden Abendnachrichten eingespannt werden. Fahren Sie zwischen den Sendungen nach Hause?« Er wollte alles über sie wissen.

»Meist schon, falls sich nicht etwas ganz Dramatisches tut, und ich nicht aus der Redaktion kann. Aber gewöhnlich komme ich um sieben nach Hause und fahre um zehn oder halb elf wieder in die Redaktion. Um Mitternacht bin ich dann endgültig dienstfrei.«

»Ich weiß.« Er lächelte. Das war meist die Zeit ihrer Begegnungen im Supermarkt.

»Sie müssen auch bis in die Nacht arbeiten.« Adrian lächelte, während sie mit dem Apfelkuchen auf ihrem Teller herumspielte, weil es ihr peinlich war, ihn vor seinen Augen zu verschlingen.

»Stimmt. Es kann auch vorkommen, daß ich auf der Couch in meinem Büro übernachte.« Damit gab er einen großartigen Partner ab, wie eine Anzahl von Frauen ihr bereitwillig versichert hätten. »Unsere Drehbücher sind manchmal so raschen Änderungen unterworfen, daß die ganze Besetzung durcheinandergewürfelt wird. Eine Art Welleneffekt, mit dem man oft nur mit Mühe Schritt halten kann. Aber es macht auch Spaß. Sie müssen sich ab und zu mal eine Folge ansehen.« Sie sprachen eine Weile über die Serie, von ihren Anfängen in New York vor zehn Jahren und wie er damit nach Kalifornien gekommen war. »Das Schlimmste am Umzug war der Umstand, daß ich meine zwei Söhne zurücklassen mußte«, gestand er leise. »Es sind prächtige kleine Jungen, und sie fehlen mir sehr.« Er hatte schon einige Male von ihnen gesprochen, aber es gab noch vieles, was sie nicht wußte.

»Sind Sie oft mit ihnen zusammen?«

»Längst nicht so oft, wie ich möchte. Sie kommen während der Schulferien und im Sommer einen ganzen Monat. In zwei Wochen ist es wieder soweit.« Seine Miene erhellte sich zusehends – ein Anblick, der sie rührte.

»Und was fangen Sie mit den Kindern an?« Bei seiner Arbeitswut war es bestimmt nicht einfach, mit zwei kleinen Jungen fertig zu werden.

»Ach, ich rackere wie besessen, ehe sie kommen, und dann nehme ich mir vier Wochen frei. Dann und wann schaue ich im Büro vorbei, zur Kontrolle sozusagen, aber im Grunde genommen läuft die Serie auch ohne mich großartig, so ungern ich es eingestehe.« Es war ein Eingeständnis, das ihm ein fast albernes Lächeln entlockte. »Wir planen eine zweiwöchige Campingtour, anschließend lungern wir zwei Wochen in meiner Wohnung herum. Sie sind begeistert, aber ich käme gut ohne die Campingtour aus. Eine Woche im Bel Air wäre mir lieber. Aber den Kindern gefällt es, wenn sie Strapazen auf sich nehmen und im Wald übernachten können. Auf die harte Tour geht es allerdings nur eine Woche, die zweite Woche bleiben wir in einem Hotel im Ahwahnee im Yosemite Park, oder wir fahren an den Lake Tahoe. Mehr als eine Woche mit Zelt und Schlafsack ist bei mir nicht drin, aber es tut uns allen sehr gut und hilft mit, daß bei mir die Bäume nicht in den Himmel wachsen.« Er lachte, und Adrian aß ihren Apfelkuchen auf, während sie ihm zuhörte. Diesmal herrschte zwischen ihnen Nervosität – oder besser gesagt, eine gewisse Erregung. Es war das erste Mal, daß sie sich bei einem geselligen Anlaß begegnet waren.

»Wie alt sind die beiden?«

»Sieben und zehn. Prächtige Kinder. Sie werden die beiden hier am Pool kennenlernen können. Für sie besteht Kalifornien nur aus Swimmingpools. Es ist hier so ganz anders als in Great Neck bei New York, wo sie mit ihrer Mutter leben.«

»Sehen sie Ihnen ähnlich?« fragte Adrian mit einem Lächeln. Sie konnte sich ihn ganz gut mit zwei kleinen Ebenbildern vorstellen.

»Keine Ahnung ... im allgemeinen heißt es, der Jüngere sei mir ähnlich, aber ich finde, beide sind eher ihrer Mutter nachgeraten.« Und dann setzte er ein wenig wehmütig hinzu: »Adam ist sehr rasch nach unserer Heirat auf die Welt gekommen. Das hat uns ziemlich hart getroffen. Leslie, meine Frau, mußte aufhören zu arbeiten ... sie war damals Tänzerin am Broadway. Und ich hatte als Autor schwer zu kämpfen. Manchmal dachte ich, wir würden verhungern, aber es ist immer irgendwie weitergegangen. Das Baby war das Beste, was uns passieren konnte. Ich glaube, das ist einer der wenigen Punkte, über den wir uns jetzt noch einig sind. Adam und die Serie erblickten praktisch gleichzeitig das Licht der Welt. Ich hatte immer das Gefühl, die Vorsehung hätte uns geschickt, was wir für ihn und uns brauchten. Die Serie hat sich für mich zu einem sehr erfolgreichen Dauerbrenner entwickelt.« Das hörte sich an, als hätte er das Gefühl, unverdient Glück gehabt zu haben. Und Adrian fiel während des Zuhörens auf, wie stark er sich von Steven unterschied. Seine Kinder bedeuteten ihm sehr viel, und er war trotz seines Erfolges bescheiden geblieben. Die zwei Männer hatten sehr wenig gemeinsam. »Und was ist mit Ihnen?« fragte er sie. »Glauben Sie, daß Sie den Nachrichten treu bleiben?«

»Das kann ich nicht sagen.« Sie selbst hatte sich diese Frage schon gestellt. Während des Mutterschaftsurlaubes würde sie vielleicht Zeit haben, sich darüber den Kopf zu zerbrechen, was sie mit dem Rest ihres Lebens anfangen sollte ... von ihrem Dasein als Mutter abgesehen.

»Hin und wieder denke ich daran, eine neue Serie anzufangen, aber nie bleibt mir ausreichend Zeit, etwas zu entwerfen, geschweige auszuarbeiten. ›Lebenswertes Leben‹ nimmt noch immer meine gesamte Zeit in Anspruch.«

»Und woher beziehen Sie die Ideen?« fragte sie zwischen zwei Schlucken an einem Glas Limonade, das ihr jemand eingeschenkt hatte.

»Tja, ich hole sie mir Gott weiß woher.« Er lächelte. »Aus dem Leben, aus meiner Phantasie. Ich greife nach allem, was mir einfällt und annähernd paßt. Es geht ja immer wieder um die Dinge, die im Leben der Menschen passieren ... alles in einen Topf geschüttet und fest umgerührt. Die Menschen tun die unwahrscheinlichsten Dinge und geraten in die unglaublichsten Situationen.« Sie nickte nachdenklich. Sie wußte genau, was er meinte, und er beobachtete ihre Miene. Als sie wieder aufsah, begegnete sie seinem Blick, und es sah aus, als wollte sie etwas sagen. Es blieb unausgesprochen.

Inzwischen waren schon viele Gäste gegangen, nachdem sie sich bei Bill bedankt hatten. Er schien alle zu kennen und war zu allen freundlich und nett. Das Zusammensein mit ihm war für Adrian angenehmer denn je. Es verwirrte sie, daß sie sich in seiner Gesellschaft so wohl fühlte, und beinahe konnte sie sich vorstellen, ihm alles zu erzählen. Fast. Nur nicht von Steven. In gewisser Weise empfand sie es als persönliches Versagen, daß er sie verlassen hatte.

»Möchten Sie einen Drink?« fragte er. Bill selbst hatte sich den ganzen Abend an ein einziges Glas Wein gehalten, und als sie ablehnte, stellte er sein Glas ab und schenkte sich eine Tasse

Kaffee ein. »Ich trinke nicht viel«, erklärte er. »Wenn ich es täte, könnte ich nicht so viel arbeiten.«

»Ich auch nicht.« Sie lächelte. In der Nähe saßen einige junge Paare, die händchenhaltend lachten und scherzten, so daß sich Adrian ganz vereinsamt vorkam. Das führte ihr plötzlich deutlich vor Augen, daß sie wieder allein war. Nachdem sie fünf Jahre alles in die Gemeinschaft mit Steven investiert hatte, war sie allein und hatte niemanden, der sie in die Arme nahm und liebte.

»Na, und wann wird Ihr Mann wieder zurück sein?« fragte Bill leichthin und empfand fast Bedauern darüber, daß sie ihren Ehemann bald zurückerwartete. Dieser Mann war ein Glückspilz, und Bill hätte sich gewünscht, daß Adrian noch frei gewesen wäre.

»Nächste Woche«, sagte sie beiläufig.

»Und wo ist er jetzt?«

»In New York«, sagte sie rasch – für Bill ein Grund sie überrascht und fragend anzusehen.

»Ich dachte, Sie hätten gesagt, er wäre in Chikago.« Er war echt erstaunt, ließ das Thema aber fallen, als er die Panik in ihrem Blick las. Etwas mußte sie sehr verstört haben, und er wechselte rasch das Thema.

»Es war eine tolle Party«, sagte sie, als sie aufstand und nervös um sich sah. »Ich habe mich wunderbar unterhalten.« Sie wollte gehen, Grund genug für ihn, in Verzweiflung zu versinken. Er hatte sie ungewollt vertrieben. Ohne zu überlegen faßte er nach ihrer Hand. Er wollte sie unbedingt in seiner Nähe halten.

»Bitte gehen Sie nicht, Adrian ... der Abend ist herrlich, und es ist so schön, einfach dazusein und mit Ihnen zu plaudern.« Er sah sehr jung und verletzlich aus, und seine Worte rührten ihr Herz an.

»Ich dachte nur ... vielleicht ... haben Sie etwas anderes vor ... ich wollte Sie nicht langweilen ...« Sie wirkte sehr verlegen, als sie sich wieder setzte. Er hielt ihre Hand noch immer fest und fragte sich, was er da machte. Sie war verheiratet, und ein gebrochenes Herz war das Allerletzte, was er brauchte.

»Sie langweilen mich nicht. Sie sind wundervoll, ich unterhalte mich prächtig. Erzählen Sie ein wenig von sich. Was tun Sie am liebsten? Was ist Ihr Lieblingssport? Welche Musik lieben Sie?«

Sie lachte. Seit Jahren hatte ihr niemand solche Fragen gestellt, aber es machte Spaß, mit ihm zu reden, solange er ihr keine Fragen über Steven stellte. »Ach, ich mag alles ... Klassik ... Jazz ... Rock ... Country ... ich liebe Sting, die Beatles, U2, Mozart. Früher bin ich viel Ski gelaufen, aber das liegt schon Jahre zurück. Ich liebe Strände ... heiße Schokolade ... und Hunde ...«, plötzlich lachte sie, »und rotes Haar. Immer habe ich mir rotes Haar gewünscht.«

Plötzlich machte sie ein nachdenkliches Gesicht. »Und Babys. Die habe ich auch schon immer gemocht.«

»Ich auch.« Er lächelte ihr zu und wünschte, ein ganzes Leben und nicht nur einen Abend mit ihr verbringen zu können. »Meine Söhne waren als Babys so niedlich. Ich ging fort, als Tommy nicht mal ein Jahr alt war. Damals glaubte ich, ich würde es nicht überleben.« Aus seinem Blick sprach echter Schmerz. »Sie müssen die beiden kennenlernen, wenn sie kommen. Vielleicht könnten wir alle einen Abend zusammen verbringen.« Er wußte, daß er sich auch mit ihrem Mann anfreunden mußte, wenn er sich mit Adrian anfreundete. Es war die einzige Art von Beziehung, die ihnen offenstand, und er war gewillt, sich darauf einzulassen, nur um sie kennenzulernen. Vielleicht war ihr Mann netter, als sein Aussehen vermuten ließ, aber Bill hielt es für unwahrscheinlich.

»Ja, ich würde sie gern kennenlernen. Wann gehen Sie auf Campingtour?«

»In zwei Wochen.« Er lächelte. »Wir fahren über Santa Barbara, San Franzisko und das Napa Valley zum Lake Tahoe. Dort zelten wir fünf Tage.«

»Na, das ist ja ziemlich zivilisiert.« Sie hatte sich etwas viel Strapaziöseres vorgestellt.

»Anders schaffe ich es nicht. Zuviel frische Luft könnte sich auf meinen Kreislauf wie ein Schock auswirken.«

»Spielen Sie Tennis?« fragte sie ein wenig zögernd. Sie wollte nicht vergleichen, aber neugierig war sie doch. Bei Steven war Tennis zur Besessenheit geworden.

»Na ja, wenn man mein Spiel Tennis nennen darf«, meinte er entschuldigend. »Ich bin nicht sehr gut.«

»Ich auch nicht.« Sie lachte. Es gelüstete sie nach einem zweiten Stück Apfelkuchen, nur wagte sie nicht, sich noch eines zu holen. Er würde sie für verfressen halten, wenn sie noch mehr in sich hineinstopfte, aber das Essen war zu köstlich gewesen. Der ›Aufräumtrupp‹ war bereits eifrig am Werk und während sie am Pool saßen, war es dunkel geworden. Die Zahl der Gäste hatte sich verringert, aber Adrian wollte noch nicht gehen, weil ihr Bills Nähe so behagte. Plötzlich fing das Feuerwerk an, das in einem nahen Park veranstaltet wurde, und alles blieb stehen und starrte zum Himmel, der in allen Farben erstrahlte. Auch Adrian betrachtete wie ein entzücktes Kind den Feuerregen. Bill beobachtete es lächelnd. Mit emporgewandtem Gesicht sah sie aus wie ein kleines Mädchen, wie ein sehr hübsches allerdings, und er verspürte den überwältigenden Drang, sie zu küssen. Er hatte dieses Verlangen schon zuvor verspürt, aber es wurde mit jeder Begegnung drängender.

Das Feuerwerk dauerte eine halbe Stunde und fand seinen Höhe- und Schlußpunkt in einem dichten, nichtendenwollenden Schauer in Rot, Weiß und Blau. Dann wurde der Himmel wieder schwarz, und die funkelnden Sterne waren zu sehen. Schwarzes Pulver vom Feuerwerk und kleine Rauchwölkchen schwebten langsam zur Erde, als Bill nahe bei Adrian saß und ihr Parfüm roch. Chanel Nr. 19, wie er angenehm berührt feststellte.

»Haben Sie für das Wochenende schon etwas vor?« fragte er schüchtern, weil er nicht sicher war, ob sich seine Frage schickte. Aber es sprach nichts dagegen, daß sie Freunde sein konnten. Solange er sich beherrschte, gab es keinen Grund, sich nicht zu treffen. »Vielleicht hätten Sie Lust, an den Strand zu fahren oder sonst etwas zu unternehmen.« Ihre Vorliebe für Strände hatte sie eingestanden.

»Ich ... hm ... ich weiß nicht recht ... mein Mann könnte kommen ...« Sie war verlegen und wäre gern mitgekommen, aber sie wußte nicht, wie sie auf die Einladung reagieren sollte.

»Ach, ich dachte, er wäre in New York ... oder Chikago ...

bis nächste Woche. Sicher hätte er nichts dagegen. Ich bin hochanständig. Und es ist besser, als das ganze Wochenende hier zu hocken, falls Sie nicht arbeiten. Wir könnten nach Malibu fahren, ich habe Freunde, zu deren Haus ich Zutritt habe. Sie leben in New York und halten sich das Haus hier nur zum Spaß. Ich spiele dort ein wenig Hauswart. Es wird Ihnen gefallen.«

»Na schön.« Sie lächelte ihn unsicher an. Warum ließ sie sich darauf ein? Bill Thigpen hatte etwas unwiderstehlich Angenehmes und Anziehendes an sich. Sie stand auf, bereit nach Hause zu gehen. »Ich freue mich.«

»Wie wär's um elf Uhr?«

Sie nickte. Es klang perfekt, zugleich aber auch ein wenig angsteinflößend. »Ich bringe Sie an Ihre Tür.« Seine Schürze hatte er längst abgelegt und sah sehr gut aus, als er sie zu ihrem in den Komplex integrierten Haus begleitete. Vor der Haustür angekommen, sperrte sie vorsichtig auf und öffnete nur einen Spalt, ohne Licht zu machen. Er sollte nicht sehen, wie leer es bei ihr war.

»Vielen Dank, Bill. Es war wunderbar. Nochmals danke, daß Sie mich heute eingeladen haben.« Es war besser, als zu Hause zu sitzen, im Selbstmitleid zu versinken und sich ständig zu fragen, was Steven jetzt treiben mochte.

»Für mich war es auch sehr schön.« Er lächelte glücklich, entspannt und zufrieden. »Also, ich komme dann morgen um elf vorbei.«

»Nicht nötig. Wir könnten uns am Pool treffen.«

»Nein, ich hole Sie ab«, erklärte er sehr nachdrücklich, und sie war nicht wenig nervös, als sie sich daranmachte, durch die Tür zu schlüpfen, ehe er einen Blick ins Innere werfen konnte. »Nochmals vielen Dank.« Dann war sie verschwunden wie eine Geistererscheinung. Eben hatte sie noch vor ihm gestanden, und im nächsten Moment war sie im Haus, und die Tür war zu, so schnell, daß er gar nicht wußte, wie sie dies zuwegegebracht hatte. Es war eine der schnellsten Verabschiedungsszenen, die er je erlebt hatte, ging es ihm durch den Sinn, als er mit einem Lächeln zu seiner Wohnung ging.

13

Am nächsten Tag holte Bill Adrian um Punkt elf ab. Sie erwartete ihn draußen, in Jeans, einem losen Hemd, mit Sonnenhut und Turnschuhen. In einer Strandtasche hatte sie Handtücher, Sonnenöl, Bücher und eine Frisbeescheibe dabei. Ihre Aufmachung brachte Bill zum Lachen, »So sehen Sie aus wie ganze vierzehn.«

Das Hemd, das Steven gehörte, hatte sie immer schon gern getragen, und jetzt verhüllte es die Tatsache, daß ihre Jeans schon etwas knapp wurden, aber Bill schien es nicht aufzufallen.

»Soll das ein Kompliment oder eine Rüge sein?« fragte sie gutgelaunt. Als sie ihm über das Gelände des Wohnblocks zum Parkplatz folgte, war sie schon in Freizeitstimmung.

»Ein Kompliment, ganz eindeutig.« Plötzlich blieb er stehen und drehte sich zu ihr um. »Haben Sie nicht ein paar Flaschen Sprudel zu Hause? Mir sind sie ausgegangen.« Und alle Geschäfte hatten geschlossen. Es war Sonntag.

»Klar.«

»Dann sollten wir lieber ein paar mitnehmen, für den Fall, daß uns der Durst plagt.« Sie machte kehrt und strebte ihrem Haus zu. Er folgte ihr. Vor der Haustür angekommen, hielt sie inne und warf ihm einen Blick über die Schulter zu.

»Ich lauf rasch hinein und hole die Flaschen. Bleiben Sie hier draußen bei den Sachen?« Sie tat so, als müsse sie befürchten, jemand würde mit ihrer Strandtasche das Weite suchen.

»Ich komme mit und helfe Ihnen.«

»Nein, schon gut. Es ist nicht aufgeräumt. Ich hatte keine Zeit sauberzumachen, seit Steven ging ... seit gestern, meine ich ... als er nach New York flog ...« Ist er in New York oder Chikago? fragte sich Bill, sagte aber nichts, weil er spürte, daß sie ihn nicht im Haus haben wollte.

»Ich warte hier draußen«, sagte er an der Tür, obwohl er sich dabei ein wenig albern vorkam. Sie ließ die Tür angelehnt, so daß er nicht hineinsehen konnte, fast so, als hätte sie etwas in ihrer Wohnung zu verbergen. Im nächsten Moment hörte er ein lautes Poltern. Ohne lange zu überlegen, stürzte er hinein, um ihr zu helfen. Sie hatte zwei Sprudelflaschen fallengelassen, und der Küchenboden war mit Wasser und Scherben bedeckt. »Haben Sie sich verletzt?« fragte er mit besorgtem Blick. Sie schüttelte den Kopf, als er schon nach einem Lappen griff und ihr beim Aufwischen half.

»Wie dumm von mir«, sagte sie. »Ich muß sie geschüttelt haben, ohne es zu merken, und dann habe ich sie fallenlassen.« Es dauerte nur ein paar Minuten, bis sie alles in Ordnung gebracht hatten. Bill war nichts Ungewöhnliches aufgefallen, bis sie noch ein paar Sprudelflaschen holte und er sehen konnte, daß die Küche merkwürdig kahl war. Der für den Tisch vorgesehene Platz war leer. Ein einsamer Hocker stand neben einem Telefonapparat am anderen Ende. Und als sie das Wohnzimmer durchschritten, überkam ihn fast ein unheimliches Gefühl. Auch hier keine Möbel. An den Wänden Spuren, wo Bilder gehangen hatten. Plötzlich fiel ihm ein, daß er Steven vor zwei Monaten beim Verladen von Einrichtungsgegenständen gesehen hatte. Sie hatte behauptet, sie wollten alles verkaufen, um sich neue Sachen anzuschaffen. Bis dahin mußten die beiden mit einer kahlen und bedrückend wirkenden Wohnung vorliebnehmen. Aber Bill enthielt sich jeglicher Bemerkung, und Adrian war flink mit einer Erklärung zur Hand. »Wir haben viele neue Sachen bestellt. Aber Sie wissen ja, wie das ist. Die Lieferzeit beträgt meist zehn bis zwölf Wochen. Es wird sicher August, ehe es hier wieder einigermaßen wohnlich aussieht.« In Wahrheit hatte sie kein einziges Stück bestellt. Sie wartete noch immer, daß Steven mit den alten Sachen zurückkehrte.

»Ja, natürlich, ich kenne das.« Aber irgendwie klang ihm das alles falsch in den Ohren, aber er hätte nicht zu sagen gewußt, was so falsch war ... Vielleicht waren sie zu knapp bei Kasse, um sich neue Möbel zu kaufen, oder sie hatten die noch nicht abbezahlten Sachen zurückgeben müssen. In Hollywood war so etwas keine Seltenheit. Er hatte viele Bekannte, denen es so ergangen war. Es war nicht zu übersehen, daß Adrian sehr verlegen war. »Ein netter, ordentlicher Look«, zog er sie auf. »Und so pflegeleicht.« Wieder wirkte sie sehr verlegen, deswegen sagte er beschwichtigend: »Ach, vergessen Sie es. Wenn die neuen Sachen da sind, wird es sicher toll aussehen.« Aber bis dahin war von toll keine Rede. Die Wohnung sah unbewohnt und kahl aus.

Kaum waren sie draußen, vergaßen sie alles und verbrachten am Strand einen herrlichen Tag. Sie blieben bis nach fünf Uhr, bis es kühl wurde, sprachen vom Theater, über Bücher, von New York, Boston und Europa. Sie unterhielten sich über Kinder, Politik und über die Philosophien, auf die sich Endlosserien sowie Nachrichtenmagazine gründeten, sie sprachen auch von den Sachen, die er schreiben wollte, und über die Kurzgeschichte, die er auf dem College verfaßt hatte. Sie redeten über Gott und die Welt, und sie redeten auch noch, als er sie in seinem Kombi mit dem Holzaufbau nach Hause fuhr.

»Übrigens, ich bin verliebt in Ihr Auto.« Er bewunderte den MG, seit er ihm zum ersten Mal aufgefallen war.

Das Kompliment schien sie zu freuen. »Ich auch. Alle reden mir seit Jahren zu, ich solle ihn aufgeben, aber ich kann nicht. Ich liebe ihn zu sehr. Er ist ein Teil von mir.«

»So wie mein Kombi.« Er strahlte. Dies war eine Frau, die verstand, was es bedeutete, einen Wagen zu lieben. Dies war eine Frau, die sehr vieles verstand und wußte, was Anteilnahme und Verlust, Anständigkeit, Liebe und Respekt zu bedeuten hatten. Sie teilte sogar seine Vorliebe für alte Filme. Der einzig störende Punkt – von ihrer Gewohnheit, unmäßig viel zu essen, abgesehen – war die Tatsache, daß sie verheiratet war. Doch er hatte beschlossen, dies zu ignorieren und nicht verrückt zu spielen. Statt dessen wollte er die Freundschaft mit ihr pflegen, eine Rarität, denn zwischen Mann und Frau war Freundschaft ohne Hoffnung auf eine sexuelle Beziehung sehr selten. Und wenn sie es schafften, eine echte Freundschaft miteinander zu pflegen, durfte er sich glücklich schätzen. »Möchten Sie auf der Rückfahrt zu Abend essen? Am Santa Monica Canyon gibt es einen fabelhaften Mexikaner, falls Sie das Lokal einmal ausprobieren möchten?« Er behandelte sie wie eine alte Bekannte, wie jemanden,

den er schon lange kannte und schätzte. »Ach, wissen Sie was ... mir sind noch ein paar Steaks von gestern geblieben. Wir wär's, wenn Sie zu mir kämen und ich das Abendessen mache?«

»Wir könnten die Steaks auch bei mir braten.« Sie hatte schon zu einer Ausflucht greifen und sagen wollen, daß sie nach Hause müßte, aber es gab keinen Grund für sie, nach Hause zu gehen, und eigentlich wollte sie es gar nicht, da sie einen einsamen Sonntagabend vor sich sah und sich noch nicht von ihm trennen wollte.

»Na, ich bin nicht sehr scharf darauf, vom Boden zu essen«, neckte Bill sie. »Oder gibt es noch ein paar Möbelstücke, die mir entgangen sind?« Nur ihr Bett, aber das ließ sie unausgesprochen.

»Snob«, schalt sie ihn. »Aber gut, gehen wir zu Ihnen«, sagte sie kokett und kam sich dabei wie ein halbes Kind vor. Es war viel Zeit vergangen, seit sie so etwas zu einem Mann gesagt hatte. Sie und Steven waren mehr als zwei Jahre miteinander ausgegangen, ehe sie geheiratet hatten. Und da war sie nun, fünf Jahre später, und wollte in der Wohnung eines Mannes zu Abend essen. Doch sie mußte zugeben, daß sie es gern tat. Bill Thigpen war großartig. Er war klug, interessant, liebenswürdig, und er vermittelte ihr in allem, was sie tat, das Gefühl, um sie besorgt zu sein. Immer war er aufmerksam um sie bemüht, fragte sie, ob sie hungrig oder durstig war, ob sie ein Eis wollte oder ein Soda, ob sie einen Hut brauchte, ob sie fror, ob sie sich gut und glücklich fühlte, und die ganze Zeit über amüsierte er sie mit seinen Geschichten über die Serie, über die Leute, die er kannte, oder über seine Söhne Adam und Tommy.

Beim Betreten seiner Wohnung lernte sie eine neue Dimension Bill Thigpens kennen. An den Wänden hingen aufregend moderne Bilder, interessante Skulpturen, die er im Verlauf seiner Reisen erworben hatte, waren geschickt über die Räume verteilt. Die Ledersitzmöbel waren bequem und ein wenig abgenutzt, aber riesig, weich und einladend. Im Eßzimmer bewunderte sie einen wunderschönen Tisch aus einem italienischen Kloster und einen aus Pakistan stammenden Teppich, und überall sah man Bilder seiner Kinder. Es waren Räume, die sehr anheimelnd wirkten, mit Wänden voller Bücher, die zum Schmökern einluden, mit einem gemauerten Kamin und einer großen gemütlichen Küche im Landhausstil. Man hatte eher das Gefühl, in einem richtigen Haus zu sein und nicht nur in einer Etagenwohnung. Er hatte auch ein urgemütliches Arbeitszimmer mit einer alten Schreibmaschine, die fast so alt war wie seine Royal. Auch dort gab es Bücher und einen großen behaglichen, schon ziemlich ramponierten Lehnsessel, der von ihm heiß geliebt wurde, weil er seinem Vater gehört hatte. Das Gästezimmer sah aus, als sei es nie benutzt worden – ganz in Beige, mit einem großen Schafwollteppich und einem modernen Himmelbett, während das große und farbenfrohe Kinderzimmer mit einem grellroten, einer Lokomotive nachgebildeten Stockbett ausgestattet war. Bills Schlafzimmer, das in warmen Erdtönen gehalten war, hatte große Fenster, die auf einen Garten blickten, von dessen Existenz innerhalb des Komplexes Adrian gar nichts gewußt hatte. Einfach vollkommen. So wie er. Angenehm, warm und liebevoll und von der vielfachen Berührung schon ein wenig abgenutzt. Es war eine Wohnung, in der man gern länger verweilte, nur um sich umzusehen und alles kennenzulernen, ein schreiender Gegensatz zu der kostspieligen Sterilität, die sie mit Steven geteilt hatte, bis er mit allem auf und davon war und ihr nur das Bett und einen Teppich gelassen hatte.

»Bill, ich finde die Wohnung einmalig«, sagte sie mit aufrichtiger Bewunderung.

»Ja, ich lebe sehr gern hier«, gestand er. »Haben Sie das Bett der Kinder gesehen? Ich habe es von einem Schreiner in Newport Beach anfertigen lassen. Er fertigt im Jahr zwei Betten dieses Typs an. Ich hatte die Wahl zwischen diesem und einem Doppeldeckerbus. Den hat ein Engländer gekauft, und ich bekam die Lokomotive. Ich hatte schon immer eine Schwäche für Züge. Sie sind so groß und altmodisch und behaglich.« Das hörte sich an, als liefere er eine Selbstbeschreibung, und Adrian lächelte.

»Ich bin hingerissen.« Kein Wunder, daß ihre leere Wohnung ihm lachhaft vorgekommen war, wenn seine eigene so viel Charakter und Wärme ausstrahlte. Ein herrlicher Ort zum Wohnen und zum Arbeiten.

»Seit Jahren schon versuche ich mich zum Kauf eines Hauses durchzuringen, aber ich hasse Umzüge, und hier läßt es sich herrlich hausen. Es läuft ohne Komplikationen, und die Jungen sind gern hier.«

»Das kann ich mir denken.« Er hatte ihnen das größte Zimmer überlassen, obwohl sie immer nur kurz bei ihm waren, aber das war es ihm wert.

»Ich hoffe sehr, daß sie mehr Zeit hier verbringen, wenn sie älter sind.«

»Davon bin ich überzeugt.« Wer würde nicht gern hier sein, bei diesem Vater, in dieser Wohnung. Nicht weil die Wohnung so groß oder besonders luxuriös gewesen wäre, das war gar nicht der Fall. Sie war warm und einladend und vermittelte einem das Gefühl liebevoller Geborgenheit. Adrian spürte es, als sie auf der Couch sitzend den Blick durch den Raum wandern ließ, ehe sie in die Küche ging, um ihm zu helfen. Er hatte die Küche größtenteils selbst zusammengebaut, und Adrian merkte sofort, daß er sich beim Kochen sehr geschickt anstellte.

»Gibt es etwas, was Sie nicht können?« fragte sie neugierig.

»Ich bin total unsportlich. Wie ich schon sagte, spiele ich ein lausiges Tennis, und ich könnte in der Wildnis kein Feuer zustande bringen, auch wenn mein Leben davon abhinge. Wenn wir zelten, muß Adam immer das Feuermachen übernehmen. Und ich stehe beim Fliegen Todesängste aus.« Eine kurze Fehlerliste angesichts seiner zahlreichen Pluspunkte.

»Na, wenigstens tut es gut zu wissen, daß Sie auch nur ein Mensch sind.«

»Und wie steht es mit Ihnen, Adrian? Wo liegen Ihre Schwächen?« Es war immer interessant, wie die Menschen sich selbst einschätzten. Er stellte ihr die Frage, während er sorgfältig frisches Basilikum für den Salat kleinhackte.

»Ach, ich kann sehr vieles nicht. Skilaufen habe ich verlernt. Im Tennis bin ich höchstens mittelmäßig, beim Bridge unter aller Kritik. Überhaupt bin ich ganz jämmerlich bei Gesellschaftsspielen, ich kann mir die Regeln nicht merken, und überdies läßt es mich kalt, ob ich gewinne. Und Computer ... ich hasse Computer.« Sie überlegte ernsthaft. »Und Kompromisse. Ich kann keine Kompromisse machen, wenn es um grundsätzliche Dinge geht.«

»Nun, das ist in meinen Augen eher eine Tugend als ein Fehler.«

»Manchmal kann es ein Fehler sein«, sagte sie nachdenklich. »Es kann einen sehr viel kosten.« Sie dachte dabei an Steven. Sie hatte einen hohen Preis für ihre Prinzipientreue bezahlt.

»Aber lohnt es sich denn nicht?« kam leise sein Einwand. »Ist es nicht besser, man bezahlt einen Preis und hält an seinen Grundsätzen fest? Ich habe es immer so gehalten.« Aber auch er war nun allein ... eine Tatsache, mit der er sich längst abgefunden hatte.

»Manchmal ist es nicht leicht, zu entscheiden, was man tun soll.«

»Man tut sein Bestes. Man entscheidet nach bestem Wissen und Gewissen und hofft, daß es richtig ist. Und wenn es den anderen nicht paßt«, fuhr er mit einem philosophischen Achselzucken fort, »na, dann sollen sie es doch besser machen.« Leicht gesagt. Sie konnte noch immer nicht fassen, was ihr zugestoßen war, nachdem sie Steven gegenüber auf ihrem Standpunkt beharrt hatte. Aber ihr war keine andere Wahl geblieben. Sie hätte gar nicht anders handeln können. Ganz ausgeschlossen. Dafür gab es auch keinen Grund. Es war ihr gemeinsames Kind, und sie liebte Steven. Damit war es unmöglich, das Kind aus der Welt zu schaffen, einfach so, nur weil Steven Angst hatte. Und deshalb hatte sie ihn verloren.

»Würden Sie denn an einem Grundsatz festhalten, ohne Rücksicht auf die Gefühle eines anderen?« fragte sie, als sie sich vor die großen, saftigen Steaks setzten, die er vor ihren Augen zubereitet hatte. Adrian hatte den Tisch gedeckt und den Salat gemacht, während er für alles andere gesorgt hatte. Es sah köstlich aus – Steaks, Salat, Knoblauchbrot. Zum Nachtisch gab es Erdbeeren, in Schokolade getunkt. »Würden Sie auf Ihrem Standpunkt beharren, ohne Rücksicht auf die Folgen?«

»Kommt darauf an ... Sie meinen, wenn es auf Kosten eines anderen ginge?«

»Könnte ja sein.«

Er überlegte kurz, während sie Salat auf ihren Teller häufte.

»Ich glaube, das würde von der Intensität meiner Gefühle abhängen. Wahrscheinlich. Falls ich wirklich der Meinung wäre, meine Integrität stünde auf dem Spiel – oder die Integrität der Situation. Manchmal spielt es keine Rolle, wie unbeliebt man sich macht, man kann einfach nicht von seinen Grundsätzen lassen. Mit zunehmendem Alter soll man ja nachgiebiger werden, und in gewisser Weise trifft das auch auf mich zu. Ich bin jetzt neununddreißig und sicher toleranter als früher, aber trotzdem nehme ich in Dingen, die mir wichtig sind, eine unbeugsame Haltung ein. Damit konnte ich zwar nicht viele Lorbeeren ernten, andererseits wissen aber meine Freunde, daß man auf mich bauen kann. Und das ist auch etwas wert, denke ich.«

»Ja, das glaube ich auch«, sagte sie leise.

»Und wie denkt Steven darüber?« Er war neugierig auf ihren Mann. Adrian sprach so selten von ihm, daß er sich schon fragte, wie die beiden miteinander auskommen mochten ... wieviel sie gemeinsam hatten. Allein vom äußeren Eindruck her wirkten sie sehr verschieden.

»Ich glaube, er ist auch sehr prinzipientreu. Das geht so weit, daß er sich in andere Menschen nur schwer hineindenken kann.«

Das klassische Beispiel für eine Untertreibung.

»Hat er sich Ihnen einigermaßen angepaßt?« Ihre Ehe reizte seine Wißbegierde. Er wollte unbedingt beide kennenlernen, da er sie nicht für sich allein haben konnte, so sehr er es sich auch gewünscht hätte.

»Nicht immer. Wir führen ein ...«, sie suchte nach den passenden Worten »... ein Leben, das in parallelen Bahnen verläuft ... ja, so kann ich es am besten beschreiben. Er macht, was er will, und läßt einen tun, was man selbst möchte, ohne sich einzumischen.« Solange man das tat, was er für das Vorwärtskommen richtig hielt. Wie die Arbeit in der Nachrichtenredaktion.

»Und das klappt?«

Es hatte geklappt, bis er aus ihrem Leben verschwunden war, weil es ihm nicht paßte, was sie wollte. Nach einem tiefen Atemzug versuchte sie es Bill Thigpen zu erklären. »Eine funktionierende Ehe braucht aber mehr Gemeinsamkeit, in jeder Hinsicht. Es genügt nicht, den anderen einfach in Ruhe zu lassen, man muß einige gemeinsame Berührungspunkte haben.« Sehr vernünftige Ansichten, die er in seiner Ehe mit Leslie selbst entdeckt hatte. »Aber das weiß ich erst seit kurzem.«

»Tja, der springende Punkt ist, daß dies das ganze Geheimnis einer Ehe darstellt. Die meisten Menschen lassen den Partner einfach gewähren. Nur sehr wenige haben das Verlangen nach Gemeinsamkeit und wollen dasselbe, wie man selbst will. Ich selbst habe noch niemanden gefunden, obwohl ich zugeben muß, daß meine Suche in den letzten Jahren nicht sehr intensiv ausfiel. Dazu fehlt mir die Zeit und die Neigung«, setzte Bill hinzu.

»Wieso?« Auch sie war auf ihn neugierig. Er machte den Eindruck, für die Ehe wie geschaffen zu sein.

»Ich glaube, ich hatte zuviel Angst. Die Trennung war zu schmerzhaft ... besonders weh hat die Trennung von den Kindern getan. Etwas ähnliches möchte ich nie wieder durchmachen müssen. Ich wollte nie wieder so viel Gefühl investieren und wieder verletzt werden, und ich wollte keine Kinder haben, die man mir wieder wegnehmen kann, falls es mit der Ehe nicht klappt. Mir ist das immer sehr unfair vorgekommen. Warum muß ich meine Kinder verlieren, nur weil meine Frau mich nicht mehr liebt? Aus diesem Grund wurde ich sehr vorsichtig.« Und träge. Er hatte sich seit langem bewußt nicht um eine ernsthafte Beziehung bemüht, und sich weisgemacht, er sei nicht bereit dafür.

»Meinen Sie, Ihre Ex-Frau wird Ihnen die Kinder jemals ganz überlassen oder mehr als nur ein paar Wochen alljährlich?«

»Das bezweifle ich sehr. Sie ist der Meinung, sie hätte ein Recht auf die Kinder. Wenn sie mir die beiden überläßt, dann hält sie es für eine reine Gefälligkeit. In Wahrheit habe ich dasselbe Recht, mit ihnen zusammenzusein, wie sie. Es ist eben mein Pech, daß ich in Kalifornien lebe. Ich könnte jederzeit nach New York ziehen, damit ich sie öfter sehen kann, aber das würde für mich alles nur erschweren. Ich möchte nicht jeden Abend zehn Blocks von ihnen getrennt sein und mich fragen, was sie machen. Ich möchte in ihr Zimmer gehen, wenn sie am Telefon sitzen, ihre Aufgaben machen oder mit Freunden zusammen sind. Ich möchte dastehen und sie mit Tränen der Rührung in den Augen schlafen sehen. Ich möchte zur Stelle sein, wenn sie krank sind, wenn sie sich den Magen verdorben haben oder ihnen die Nase läuft. Ich möchte da sein, wenn es um den Alltag geht und nicht nur um ein paar Wochen Disneyland oder Lake Tahoe im Sommer.« Er hob resigniert die Schultern, nachdem er ihr sein Herz ausgeschüttet hatte. Adrian registrierte es mit Rührung. »Aber mehr ist für mich wohl nicht drin. Deshalb mache ich das Beste daraus. Und die meiste Zeit nehme ich alles, wie es kommt und lasse mir deswegen keine grauen Haare wachsen. Früher habe ich mir immer noch ein paar Kinder gewünscht, damit ich es diesmal ›richtig machen‹ kann, aber inzwischen habe ich eingesehen, daß es so am besten ist. Ich möchte nicht noch einmal Seelenqualen leiden müssen, falls wieder einmal jemand entdecken sollte, daß er mich nicht mehr liebt.«

»Vielleicht dürfen Sie nächstes Mal die Kinder behalten.« Sie lächelte bekümmert, und er schüttelte den Kopf. Er wußte es besser.

»Vielleicht ist es klüger, erst gar nicht zu heiraten und Kinder in die Welt zu setzen.« Und genau nach diesem Grundsatz lebte er seit Jahren, obwohl er im tiefsten Grunde seines Herzens wußte, daß es nicht das Wahre war. »Und wie steht es mit Ihnen? Werden Sie und Steven sich Kinder anschaffen?« Eine indiskrete Frage, die er nur zu stellen wagte, weil er sich mit Adrian so gut verstand.

Sie zögerte lange, weil sie unschlüssig war, wie sie reagieren sollte. Momentan erwog sie sogar, ihm die Wahrheit zu sagen, verwarf den Gedanken dann aber. »Vielleicht. Aber erst später. Steven ist Kindern gegenüber ... nervös.«

»Wieso das?« Für Bill ein Grund zur Verwunderung. Kinder waren für ihn das Beste an einer Ehe. Aber er konnte nur aus eigener Erfahrung sprechen.

»Er hatte keine glückliche Kindheit. Seine Eltern waren bettelarm. Deswegen setzte sich bei Steven früh die Meinung fest, Kinder wären die Wurzel allen Übels.«

»Ach, du liebe Güte ... so einer ist er. Und was sagen Sie dazu?«

Als sie seinem Blick begegnete, seufzte sie. »Es ist für mich nicht immer leicht, aber ich hoffe, er wird eines schönen Tages zur Vernunft kommen.« Im Januar vielleicht.

»Adrian, warten Sie nur nicht zu lange. Sie würden es sehr bereuen. Kinder sind die größte Freude, die einem im Leben widerfahren kann. Bringen Sie sich nicht um diese Freude, wenn es sich irgendwie einrichten läßt.« Kinderlosigkeit erschien ihm als beklagenswerter Zustand.

»Ich will es an Steven weitergeben.« Sie lächelte, und Bill erwiderte ihr Lächeln und wünschte Steven zur Hölle. Es wäre so schön gewesen, wenn sie frei gewesen wäre. Er berührte ihre Hand, nicht aufdringlich, sondern sehr herzlich.

»Adrian, für mich war es ein herrlicher Tag. Hoffentlich wissen Sie das.«

»Für mich war es auch ein schöner Tag.« Mit glücklichem Lächeln verzehrte sie den letzten Bissen des Steaks, während Bill mit seinem Salat beschäftigt war.

»Für ein so dünnes Mädchen langen Sie aber kräftig zu.« Da er seine offenen Worte in scherzhaftem Ton vorbrachte, lachten beide.

»Ich muß mich entschuldigen. Das macht die frische Luft.« Sie kannte den wahren Grund, verriet ihn aber mit keinem Wort.

»Na, Sie können es sich glücklicherweise leisten.« Adrian besaß eine fabelhafte Figur, und es gefiel ihm, daß sie mit seinen Kochkünsten zufrieden war.

Sie unterhielten sich bis zehn, und dann half sie ihm, die Küche in Ordnung zu bringen. Schließlich begleitete er sie, ihre Strandtasche in der Hand, zu ihrer Tür. Es war wieder ein herrlicher Abend ohne Smog, die Sterne funkelten hell an einem klaren Himmel. Die Aussicht, am nächsten Tag wieder arbeiten zu müssen, war alles andere als verlockend, denn es war Montag, der letzte Tag eines verlängerten Wochenendes. Sie hatte in der Redaktion angekündigt, sie würde kommen, weil sie sonst nichts zu tun hatte, als auf Stevens Anruf zu warten. Und das Nachrichtenmagazin stand auch an langen Wochenenden auf dem Programm. Bill hatte ebenfalls im Studio zu tun.

»Wie wär's, wenn Sie mich morgen besuchen?« schlug er aufgeräumt vor. »Ich werde ab elf in meinem Büro sein.«

»Ja, das klingt verlockend.«

»Die Sendung beginnt um eins. Kommen Sie doch, wenn es sich einrichten läßt. Sie können im Studio dabeisein, die morgige Folge ist wirklich gut.« Die Aussicht ließ sie lächeln, und als sie diesmal ihre Tür aufschloß, war sie viel unbefangener. Ihre leere Wohnung hatte er schon gesehen. Es gab nichts, was sie vor ihm zu verbergen hatte. Bis auf die Tatsache, daß Steven sie vor zwei Monaten verlassen hatte und sie schwanger war.

»Möchten Sie noch auf eine Tasse Kaffee hereinkommen?« Er wollte schon ablehnen, besann sich aber anders, nur um den Abend noch ein wenig zu verlängern. Sie holte den Hocker und bot Bill Platz an, während sie Kaffee machte. Dann gingen sie mit ihren Tassen ins Wohnzimmer und setzten sich auf den Boden, weil es sonst keine Sitzgelegenheiten gab. Ein himmelschreiender Gegensatz zu seiner behaglichen Wohnung!

Auf dem Boden sitzend fiel ihm auf, daß sie nicht einmal ein Fernsehgerät oder ein Radio besaß. Und dann sah er, daß Stereo-Boxen vorhanden gewesen sein mußten. Plötzlich ging ihm auf, daß sie diese Dinge wohl kaum verkauft hatte. Ihre Wohnung war völlig kahl bis auf Glühbirnen, Türknäufe, einen Teppich im Wohnzimmer und einen Anrufbeantworter auf dem Boden neben dem Telefon. Es sah hier aus wie bei einem Umzug, und kaum war ihm dieser Gedanke gekommen, als ihm auch schon klar war, daß genau dies eingetreten sein mußte. Er sah sie an, als hätte er die Worte laut ausgesprochen, erschrocken über diese Idee, aber zu fragen wagte er nicht.

»Erzählen Sie mir doch, was Sie sich an neuen Sachen angeschafft haben«, sagte er mit gespielter Beiläufigkeit, während er aufstand und um sich blickte. »Was haben Sie bestellt?«

»Ach, das Übliche«, antwortete sie vage und fuhr fort, ihm von der Arbeit in der Nachrichtenredaktion zu erzählen, in der Hoffnung, ihn abzulenken.

»Ihr Grundriß ist so anders als der meiner Wohnung, daß man gar nicht meinen möchte, sie gehörte dem gleichen Wohnkomplex an.«

»Ich weiß. Komisch, nicht? Mir ist das schon aufgefallen, als ich bei Ihnen drüben war.« Sie lächelte. Nach diesem herrlichen Tag fühlte sie sich völlig entspannt, wenn auch ein wenig müde.

»Wieviel Platz ist oben?«

»Nur ein Schlafzimmer und ein Bad«, gab sie zurück. »Wir haben hier unten noch einen Schlafraum, den wir aber nicht benutzen.«

»Darf ich mir alles ansehen?« Er hatte sie seine ganze Wohnung besichtigen lassen, so daß es unfreundlich gewirkt hätte, wenn sie es ihm nicht auch gestattete, deshalb nickte sie nach kurzem Zögern. Er ging ungezwungen ins Obergeschoß, nicht ohne sie um eine zweite Tasse Kaffee gebeten zu haben. Und während sie in der Küche verschwand, fegte er wie ein Wirbelwind durch ihr Schlafzimmer. Wie erwartet, war es leer. In Sekundenschnelle öffnete er beide Schränke, sah in den Wandschränken des Badezimmers nach, durchsuchte die Kartons, in denen sie ihre Sachen aufbewahrte und entdeckte, was er geahnt, sie ihm aber verschwiegen hatte ... es sei denn, Stevens Sachen waren im Erdgeschoß, was Bill brennend interessiert hätte, aber er getraute sich nicht zu fragen. Sein sechster Sinn sagte ihm, daß es einen Grund gab, weshalb Steven Townsend sämtliche Habseligkeiten zusammengepackt hatte, und der Grund war nicht eine neue Einrichtung. Sogar das Hochzeitsbild im silbernen Rahmen stand mit der einzigen Lampe des Raumes auf dem Schlafzimmerboden, da Steven die Kommode und alle Beistelltische mitgenommen hatte.

»Die Einteilung gefällt mir«, sagte er, als er wieder unten ankam, beruhigt, daß seine hastige Durchsuchung unbemerkt geblieben war, und dann fragte er sie, ob er das Bad benutzen dürfe. Im Erdgeschoß gab es zwei in Frage kommende Türen, und er wählte mit Absicht jene, von der er annahm, daß sich ein Einbauschrank dahinter verbarg. Er öffnete diese Tür und sah, daß der Schrank bis auf ein paar Kleiderbügel leer war. Dann machte er die rechte Tür auf und schloß sie hinter sich, als er das Badezimmer betreten hatte. Er öffnete rasch alle Schränkchen, ganz leise, dann betätigte er die Wasserspülung und ließ Wasser ins Waschbecken laufen. Und als er sich wieder zu ihr und dem Kaffee setzte, beobachtete er, ob ihre Augen eine Antwort auf seine Fragen lieferten. Er sah keine. Sie hatte ihm nichts verraten. Seit Wochen schon hatte sie vorgegeben, Steven sei geschäftlich unterwegs und würde bald zurückkommen, sie hatte getan, als ob alles in Ordnung sei, obwohl sie bei Tisch immerhin zugegeben hatte, daß es nicht immer einfach war. Sie war eine schöne Frau und verheiratet. Sie trug noch immer ihren Ehering. Aber nachdem er alle Schränke geöffnet hatte, wußte er noch etwas. Steven Townsend lebte nicht mehr mit seiner Frau zusammen und hatte, als er ausgezogen war, alles mitgenommen – was immer die Gründe dafür sein mochten.

Bill bedankte sich und ging nach einer Weile, nachdem er ihr noch gesagt hatte, daß er am nächsten Tag bei ihr in der Nachrichtenredaktion vorbeisehen wollte. Auf dem Weg zu seiner auf der anderen Seite des Wohnkomplexes gelegenen Wohnung war er in Gedanken noch bei ihr. Er konnte aus allem, was er nun wußte, nicht klug werden. Vergeblich rätselte er herum. Was stimmte nicht mit ihr? Und warum? Warum gab sie vor, alles wäre in bester Ordnung? Warum hatte sie nicht zugegeben, daß sie allein lebte? Was hatte sie zu verbergen? Und aus welchem Grund? Doch der Gedanke an die leeren Schränke weckte in Bill Thigpen Freude und Erleichterung.

14

Die überraschenden Wendungen der Handlung, die er immer wieder zu erfinden imstande war, schienen die Serie für eine endlose Laufzeit vorzuprogrammieren. Im Moment war Helens

Mann John wegen des Mordes an Helens Schwester Vaughn, gespielt von einer großartigen Sylvia, ehe diese nach New Jersey zog, und an einem jungen Drogendealer namens Tim McCarthy, in Haft. Vaughns Drogensucht war offenkundig geworden, ebenso ihr Leben als Callgirl, das zu einigen peinlichen Enthüllungen führte. Ein Politiker, der zu ihrer Klientel gehörte und dessen Kind sie abgetrieben hatte, wurde öffentlich bloßgestellt, als der Skandal von der Presse aufgegriffen und ausgeschlachtet wurde. Was aber noch wichtiger war – Helens Schwangerschaft sollte in dieser Woche enthüllt werden. Und der eigentliche Skandal bestand darin, daß das Kind nicht von ihrem Mann stammte. In diesem Fall war das aber ein wahrer Segen und Grund für viel Rätselraten in unzähligen Küchen im ganzen Land. Wer mochte der Vater des Kindes sein? Die Ehe von John und Helen würde in die Brüche gehen, während er die zwei Morde mit einer lebenslänglichen Zuchthausstrafe büßte, und die Identität des Vaters von Helens Kind würde aufgedeckt. Und bis dahin stand Bill viel Freude an der Arbeit bevor.

Auf der Fahrt ins Büro dachte er wieder an Adrian und an die Gründe, die sie bewogen haben mochten, ihm zu verschweigen, daß Steven sie verlassen hatte. Die Sache kam ihm wie eines seiner Drehbücher vor, nur waren die Gründe zweifellos weniger kompliziert. Zudem bestand immer die Möglichkeit, daß er sich irrte, aber eigentlich war er seiner Sache ziemlich sicher. Im ganzen Haus kein einziges männliches Kleidungsstück, keine Toilettensachen, die einem Mann gehörten, kein After-shave, kein Rasierapparat. Aber was versuchte sie zu verbergen? Und warum hatte sie ihm nichts gesagt? Vielleicht war es ihr peinlich, oder aber sie war noch nicht bereit, wieder Verabredungen zu treffen und auszugehen.

Im Büro angelangt, hatte er keine Zeit mehr für Überlegungen in diese Richtung. Einer der Darsteller war erkrankt, und die zwei wichtigsten Drehbuchschreiber der Serie waren sich in die Haare geraten. Es war fast Mittag, ehe er wieder zu Atem kam. Er wollte Adrian in der Redaktion abholen, damit sie die Live-Sendung von ein Uhr an miterleben konnte.

Adrian wiederum sah sich in der Redaktion der Tatsache gegenüber, daß der Sohn eines Senators entführt und vergangene Nacht ermordet worden war. Es war ein grauenhaftes, aufsehenerregendes Verbrechen, das die Familie des Opfers als schwerer Schicksalsschlag traf. Der Junge war nicht älter als neunzehn gewesen, ein Umstand, der in der Redaktion alle zutiefst erschütterte. Als Adrian die Filme zu sehen bekam, wurde ihr übel. Man hatte ihn seinen Eltern mit durchgeschnittener Kehle vor die Haustür gelegt.

Sie war dabei, ihrem Team die einzelnen Meldungen zur Ausarbeitung zuzuteilen und Reporter loszuschicken, die Freunde der Familie interviewen sollten, als ihr mitgeteilt wurde, daß ein Anruf für sie gekommen sei. Der Name sagte ihr nichts, als sie zum Hörer griff. Sie hatte keine Ahnung, wer der Mann namens Lawrence Allman war, der sie sprechen wollte.

»Ja?« Sie war in Gedanken bei anderen Dingen und machte sich eilig Notizen, während sie auf seine Reaktion wartete.

»Mrs. Townsend?«

»Ja.«

»Ihr Mann hat mich gebeten, Sie anzurufen.« Adrians Herz drohte auszusetzen.

»Was ist ...? Hat er einen Unfall gehabt? Wie geht es ihm?«

Ihre Reaktion erregte sein Mitgefühl. Das war nicht die Frau, die ihrem Mann mit Gleichgültigkeit gegenüberstand, mochte Steven auch das Gegenteil behauptet haben. »Nein, ihm ist nichts passiert. Ich bin sein Anwalt und vertrete ihn.« Adrians Verwirrung wuchs. Warum rief ein Anwalt sie an? Warum hatte Steven ihn damit beauftragt?

»Ist etwas passiert?«

Momentan war er ratlos, was er sagen sollte. Sie schien so völlig unvorbereitet ... richtig gemein kam er sich vor. »Hm, ich dachte, Ihr Mann hätte schon etwas angedeutet. Aber ich sehe, daß das nicht der Fall ist.« Oder vielleicht spielte sie ihm nur etwas vor, was aber wenig wahrscheinlich schien. Es klang so gar nicht danach. »Ihr Mann will die Scheidung einreichen und möchte, daß ich einige Punkte mit Ihnen kläre, Mrs. Townsend.«

Sie hatte das Gefühl, den ganzen Tag auf einer Berg- und Talbahn verbracht zu haben, die eben angehalten und sie aus dem Sitz geschleudert hatte, wobei ihr Herz weit zurückgeblieben war. Sie rang um Atem, während sie ihm zuhörte. Steven wollte ... was?

»Verzeihung, ich ... ich verstehe wohl nicht ganz. Worum geht es eigentlich?«

»Um eine Trennung, Mrs. Townsend.« Er sagte es so behutsam wie möglich. Er war ein anständiger Mensch, und er hatte den Fall nur ungern übernommen. Steven war Vernunftgründen nicht zugänglich gewesen, als er die Sache mit ihm durchgesprochen hatte. »Eine Scheidung. Ihr Mann will die Scheidung.«

»Ich ... ich verstehe ... kommt das nicht etwas übereilt?«

»Ich fragte ihn, ob er nicht mit Ihnen eine Eheberatungsstelle aufsuchen wollte, aber er beharrte darauf, daß unvereinbare Gegensätze vorlägen.«

»Kann ich denn ablehnen ...? Die Scheidung, meine ich ...« Sie schloß die Augen und kämpfte um Fassung, um nicht loszuheulen. Sie mußte ganz ruhig bleiben, aber allein das Zuhören brachte sie beinahe um den Verstand. Sie konnte es nicht glauben, Steven wollte die Scheidung, ohne sich mit ihr darüber auszusprechen. Er hatte einen Wildfremden beauftragt, sie anzurufen.

»Nein, Sie können nichts dagegen unternehmen«, erklärte der Anwalt. »Diese Gesetze gelten schon lange nicht mehr. Sie oder Mr. Townsend haben das Recht, eine Scheidung einzureichen, ohne Rücksicht auf das Einverständnis des Ehepartners nehmen zu müssen.« Sie wollte ihren Ohren nicht trauen, aber das war noch längst nicht alles, was er zu sagen hatte. »Da wären noch ein paar zusätzliche Papiere, von denen Mr. Townsend möchte, daß Sie ihnen Beachtung schenken.«

»Er möchte die Wohnung verkaufen, so ist es doch?« Tränen brannten ihr in den Augen, während sie spürte, daß die Welt um sie herum zusammenbrach.

»Nun ja, das auch, aber er ist bereit, Ihnen ein Vierteljahr Zeit einzuräumen, ehe er Verkaufsgespräche führt, es sei denn, Sie möchten ihn zu einem fairen Preis ausbezahlen.« Ein Schwächeanfall drohte sie zu überwältigen, als sie sich das alles anhören mußte. Steven wollte die Scheidung. Und er wollte ihr gemeinsames Heim verkaufen. »Aber das war es eigentlich nicht, was ich meinte. Mr. Townsend ist bereit, wegen des Hauses mit sich reden zu lassen. Ich meinte ...« Er schien zu zögern. Er hatte versucht, Steven davon abzubringen und konnte nur annehmen, daß Zweifel an der Vaterschaft bestehen mußten, weil Steven sich Vernunftargumenten unzugänglich gezeigt hatte. »Er bat mich, ein paar zusätzliche Dokumente aufzusetzen. Ich möchte, daß sie sich diese ansehen.«

»Um was geht es dabei?« Tief durchatmend versuchte sie, ihre Fassung wiederzuerlangen, während sie sich mit zitternden Fingern die Tränen abwischte.

»Um ihr Baby. Mr. Townsend möchte schon vor der Geburt auf sämtliche Rechte als Vater verzichten. Mir kommt das alles ein wenig überstürzt vor, und ich muß Ihnen sagen, daß ich ihm dringend abgeraten habe. Es ist eine höchst ungewöhnliche Vorgangsweise. Doch er zeigte sich leider unnachgiebig. Ich habe nur die Papiere aufgesetzt, nichts ist endgültig, nur damit Sie sich informieren können. Darin wird bestätigt, daß er sich aller Rechte auf das Kind entäußert. Daraus folgt, daß er kein Besuchsrecht hat und auch sonst keine Ansprüche irgendwelcher Art. Das Kind wird nicht seinen Namen tragen. Sie werden aufgefordert, Ihren Mädchennamen wieder anzunehmen und ihn dem Kind zu geben. Sein Name wird auf der Geburtsurkunde nicht aufgeführt, und Sie und das Kind werden keine rechtlichen oder finanziellen Forderungen an Mr. Townsend stellen. Er war zwar bereit, sich finanziell irgendwie erkenntlich zu zeigen, aber ich mußte ihm eröffnen, daß dies nach den in Kalifornien geltenden Bestimmungen nicht rechtmäßig wäre. Der Verzicht auf elterliche Rechte darf nicht mit finanziellen Transaktionen verknüpft werden, da andernfalls die Verzichtserklärung später für ungültig erklärt werden kann.«

Nun ließ sie ihren Tränen freien Lauf, ohne Rücksicht darauf, daß der Anwalt sie hören konnte.

»Was wollen Sie von mir? Warum rufen Sie mich heute an?«

schluchzte sie. »Wir haben Feiertag ... wie kommt es, daß Sie heute arbeiten?«

Steven hatte ihm gesagt, daß sie aller Wahrscheinlichkeit nach in der Nachrichtenredaktion war, und hielt den Zeitpunkt für günstig, deshalb rief er sie von zu Hause aus an. Er kam sich wie ein richtiges Scheusal vor, weil er ihr alle diese Dinge sagte, noch schlimmer wäre es aber gewesen, wenn sie seinen Brief samt allen Dokumenten in ihrer Post gefunden hätte. Steven hatte behauptet, es hätte keinen Streit gegeben, sie sei eine gute Ehefrau und er sei mit ihr auch glücklich gewesen, er hätte aber das Kind nicht gewollt, und sie hätte sich geweigert, es abtreiben zu lassen. Für Steven war es ganz logisch, während Larry Allman sich ernsthaft fragte, ob Townsend in diesem Punkt ganz zurechnungsfähig war. Es war jedoch nicht seine Aufgabe, dies mit ihm auszudiskutieren. Er hatte versucht, ihn zu überreden, es mit einer Eheberatung zu versuchen, hatte ihn gedrängt, sich alles gründlich zu überlegen und auf seine Rechte als Vater nicht zu verzichten, ehe er nicht wenigstens einen Blick auf das Baby geworfen hätte. Aber Steven hatte davon nichts hören wollen.

»Mrs. Townsend, es tut mir aufrichtig leid«, sagte Allman leise. »Für mich ist es alles andere als angenehm, Sie über das alles informieren zu müssen. Ich dachte, ein Anruf wäre ...«

»Es ist nicht Ihre Schuld«, schluchzte sie. Sie wünschte sich noch immer, Steven zu einem Sinneswandel zu bewegen, aber sie wußte, daß sie es nicht konnte. »Geht es ihm gut?« fragte sie dann zu Allmans Verwunderung.

»Ja. Und geht es Ihnen gut?« Das erschien ihm viel wichtiger.

Sie nickte, während ihr neue Tränen über die Wangen liefen. »Mir geht es gut.«

Er lächelte bekümmert. »Es tut mir leid, das sagen zu müssen, aber diesen Eindruck habe ich ganz und gar nicht.«

»Ach, es war ein lausiger Tag ... der Sohn des Senators und jetzt dies.« Alles war schrecklich. Und das Wochenende war so schön gewesen. »Glauben Sie ...« Sie kam sich dumm vor, weil sie es fragte, aber sie wollte wissen, ob er glaubte, daß Steven seine Meinung ändern könnte, wenn das Kind zur Welt gekommen war und er es sich ansah. Sie war noch immer überzeugt, daß dann alles anders werden würde. Schließlich war er der Vater. »Glauben Sie, er wird es sich anders überlegen? Später, meine ich ...«

»Möglich wäre es. Er unternimmt im Moment sehr drastische Schritte, ungerechtfertigte Schritte, aber er scheint entschlossen zu sein, die Trennung zu vollziehen, um seines eigenen Seelenfriedens willen. Er möchte, daß alles schriftlich festgehalten und gesetzlich geregelt wird.«

»Wann wird die Scheidung rechtskräftig?« Als ob das von Bedeutung gewesen wäre. Was machte es schon aus? Nur wäre es nett gewesen, bei der Geburt des Kindes verheiratet zu sein.

»Er hat die Scheidung vor zwei Wochen eingereicht. Das heißt, daß sie ... sagen wir mal, Mitte Dezember rechtskräftig wird.« Wunderbar. Zwei Wochen vor der Entbindung. Ohne Namen des Vaters auf der Geburtsurkunde. Eine großartige Nachricht. Sie war froh, daß er sie angerufen hatte.

»Ist das alles?«

»Ja ... ich schicke Ihnen morgen alles zu.«

»Danke.« Wieder wischte sie sich mit zitternden Fingern die Augen trocken.

»In einigen Monaten werde ich mich mit Ihnen wegen der Wohnung in Verbindung setzen. Selbstverständlich kann Ihr Anwalt Antrag auf Unterhaltszahlung stellen.«

»Ich habe keinen Anwalt. Und ich möchte keinen Unterhalt.«

»Mrs. Townsend, Sie sollten sich in diesem Punkt beraten lassen. Nach kalifornischem Recht haben Sie Anspruch auf Unterhalt.«

Seiner Meinung nach war sie schön dumm, wenn sie auf Unterhalt verzichtete. Der ganze Fall war ihm äußerst unangenehm, deshalb hätte er es gern gesehen, wenn sie wenigstens Geld von Steven bekommen hätte. Steven stand in ihrer Schuld, und er als sein Anwalt hatte sich diesbezüglich kein Blatt vor den Mund genommen. »Also, wir sprechen uns noch.«

»Danke.« Sie hörte das Klicken, als er auflegte, nachdem er sich verabschiedet hatte. Sie blieb stehen, den Hörer am Ohr, als würde eine Stimme ihr mitteilen, alles sei ein Irrtum, Steven und sein Anwalt hätten sich mit ihr einen Scherz erlaubt. Doch es war kein Scherz. Steven hatte die Scheidung eingereicht und wollte auf seine väterlichen Rechte verzichten. Das war das Schlimmste, was ihr je zu Ohren gekommen war. Sie zitterte am ganzen Körper, während sie dastand und überlegte, was sie nun unternehmen sollte. In Wahrheit hatte sich nichts geändert. Sie besaß noch immer ihr Zuhause, für eine Weile wenigstens, er wiederum hatte die ganze Einrichtung, und sie hatte das Baby. Aber trotzdem war alles anders geworden. Ihre Hoffnung war zunichte gemacht worden, nur noch ein wildes Hirngespinst. Steven würde nicht mehr zurückkehren und sein Herz an sein Kind verlieren. Sie mußte sich damit abfinden, das Kind allein auf die Welt zu bringen, ihren Job zu behalten, eine neue Wohnung zu finden und sich wenigstens eine Couch anzuschaffen, auf der sie sitzen konnte. Aber wichtiger noch, sie mußte sich der Tatsache stellen, daß er sich scheiden ließ und das Kind keinen gesetzlichen Vater haben würde. Es war ein schwerer Schlag, und ihre Schultern bebten, als sie schluchzend den Hörer auflegte. Sie stand mit dem Rücken zur Tür und hatte überhört, daß jemand eingetreten war. Da er nur ihren Rücken sah, merkte er nicht, daß sie weinte. Langsam drehte sie sich um, tränenüberströmt, und sah ihn wie durch einen Schleier. Es war Bill Thigpen.

»O mein Gott ... verzeihen Sie ... ich wollte nicht ... der Zeitpunkt ist wohl nicht der günstigste ...« Das war gelinde gesagt eine Untertreibung, und sie versuchte ein Lächeln unter Tränen, während sie in ihrem Schreibtisch nach einem Taschentuch suchte.

»Nein ... ich eigentlich ... schon gut ...« Dann brach sie auf ihrem Stuhl zusammen und heulte hemmungslos, die Hände vors Gesicht geschlagen. »Nein ... es ist schrecklich.« Sie konnte es ihm nicht erklären, und sie wollte es auch nicht. »Es ist nur ... ich bin nicht ... ich kann nicht ...« Sie brachte nur sinnloses Zeug über die Lippen. Er trat näher und umfaßte ihre Schultern.

»Adrian, beruhigen Sie sich. Alles wird wieder gut. Was immer es ist, früher oder später wird es wieder gut ...« Hat man sie entlassen, oder ist jemand gestorben? überlegte er. Sie zitterte wie Espenlaub und war aschfahl im Gesicht. Einen Augenblick befürchtete er schon, sie würde in Ohnmacht fallen. Doch er riet ihr, tief durchzuatmen und brachte ihr ein Glas Wasser. Gleich darauf sah sie schon besser aus. »Hm, sie müssen ja einen schrecklichen Morgen hinter sich haben.«

Er blickte voller Mitgefühl auf sie nieder, und sie versuchte ein Lächeln, das ziemlich kläglich ausfiel.

»Ja, der Tag hat's in sich.« Wieder putzte sie sich die Nase. Dann blickte sie mit einer Mischung aus Verlegenheit und Wertschätzung zu ihm auf. »Erst wird der Sohn des Senators entführt und getötet, und wir bekommen fünftausend Meilen Film mit Großaufnahmen seiner durchgeschnittenen Kehle.« Der Gedanke daran schnürte ihr die Kehle zu. »Und dann ...« Sie zögerte und kämpfte mit sich, ob sie es ihm sagen sollte oder nicht. Aber es war sinnlos, die Sache weiterhin geheimzuhalten, und auch wenn die Schuld für die Trennung bei ihr lag, so war es nicht ihre Entscheidung. »Und dann ... dann bekam ich diesen dummen Anruf vom Anwalt meines Mannes.« Wieder füllten sich ihre Augen mit Tränen, und ihre Stimme bebte, als sie die Worte aussprach.

»Anwalt? Weshalb hat er Sie angerufen? Und außerdem haben wir heute Feiertag.«

»Das habe ich auch gesagt.«

»Und was wollte er?« Bill machte ein besorgtes Gesicht, da er plötzlich das Gefühl hatte, sie brauche Schutz.

Wieder atmete sie tief durch und zerknüllte das Taschentuch in ihrer Hand, während sie seinem Blick auswich. Sie konnte Bill nicht ansehen, als sie es aussprach. »Er hat mich angerufen, um mir mitzuteilen, daß mein Mann ...«, Ihre Stimme sank zu einem kaum hörbaren Flüstern herab »... die Scheidung eingereicht hat. Schon vor zwei Wochen.«

Bill war zutiefst erschrocken – mehr über die Art, wie sie es aufnahm, als über die Tatsache an sich. Es war ihr tiefer Kummer, der ihn anrührte. Daß sie getrennt lebten, hatte er sich schon gestern ausrechnen können, und jetzt war er erleichtert, daß es kein Geheimnis mehr war. Aber sie tat ihm leid, weil es sie sehr tief zu treffen schien wie ein ganz unerwarteter Schlag.

»Adrian, ist es für Sie ein großer Schock?« fragte er leise.

»Ja.« Seufzend blickte sie zu ihm auf. Bill stand an den Schreibtisch gelehnt da, den Blick auf sie gerichtet. »Ich hätte nie gedacht, daß er es wirklich tut. Er hat zwar gesagt, daß er die Absicht hätte, aber ich habe ihm nicht geglaubt.«

»Wie lange geht das schon so?«

»Ein paar Wochen etwa ... vor einiger Zeit hat er seine Sachen abgeholt. Und auch meine.« Sie lächelten, als beide an die leere Wohnung dachten ... »Das ist mir gleichgültig. Ich hätte nur nicht gedacht ... ich wollte nicht ...«

»Kann ich gut verstehen. Mir ging es ähnlich, als Leslie sich scheiden ließ. Ich selbst habe die Scheidung nie gewollt. Aber urplötzlich faßte sie den Entschluß und behauptete, es sei alles aus. Es kommt einem so unfair vor, wenn der andere eine solche Entscheidung trifft.«

»So ähnlich war es auch bei ihm.« Sie fing wieder zu weinen an, obwohl es ihr vor Bill sehr unangenehm war. Er hingegen schien es gelassen zu nehmen. »Es tut mir leid ... ich bin total durcheinander.«

»Dazu haben Sie jedes Recht. Können Sie nicht nach Hause gehen und sich den Nachmittag frei nehmen?«

»Glaube ich nicht. Wir haben vor den Nachrichten eine Sondersendung anberaumt.«

»Warum hat er Sie nicht selbst angerufen?«

»Ich weiß es nicht.« Sie schien ziemlich am Ende zu sein, als sie sich an ihren Schreibtisch setzte, auf dessen Ecke er hockte. »Ich nehme an, er möchte mit mir kein Wort mehr wechseln.«

»Wenn man keine Kinder hat, ist das wohl das Härteste an einer Scheidung. Hat man aber Kinder, dann ist man gezwungen, miteinander zu reden, bis sie erwachsen sind zumindest. Manchmal macht es einen wahnsinnig, aber es ist wenigstens eine Art fortgesetzter Kontakt.« Sie nickte. Wir haben ja ein Kind, dachte sie. Oder zumindest hatte sie eines. Steven hatte sich seiner ›entäußert‹. »Kennen Sie den Grund? Oder geht mich das nichts an?«

Sie lächelte traurig. »Ich kenne den Grund. Und eigentlich spielt er keine Rolle. Steven hat einen Standpunkt eingenommen, und ich ebenso. Ich war einfach nicht imstande, das zu tun, was er von mir erwartete. Wir beide hatten wohl das Gefühl, daß unsere Persönlichkeit auf dem Spiel stand, deshalb hat sich jeder unbeugsam gezeigt. Und er hat gewonnen, denke ich. Oder wir beide haben verloren. So irgendwie. Sobald sein Entschluß feststand, hatte ich keine Chance mehr.«

»Hm, das war mit Leslie ähnlich. Doch damals spielte ein Dritter eine Rolle, von dessen Existenz ich nichts wußte. Glauben Sie, daß er eine andere Beziehung hat?«

»Mag sein. Aber eigentlich glaube ich es nicht. Ich denke vielmehr, es hängt mit dem zusammen, was er vom Leben erwartet und was nicht, und plötzlich strebten unsere Wege auseinander.«

»Ein ziemlich brutaler Schritt, den er unternimmt, weil ›die Wege auseinanderstreben‹.« Aber die Menschen waren nun einmal sonderbar und taten sonderbare Dinge. Das wußten sie beide. »Ich wollte Sie zu einer Tasse Kaffee ins Studio einladen, aber es ist wohl nicht der richtige Zeitpunkt.« Sie tat ihm leid. »Vielleicht ein andermal.« Er strich ihr teilnahmsvoll über die Wange.

Sie nickte, von dem Gefühl erfüllt, Allmans Worte wären wie Prügel auf sie niedergesaust. »Ich muß mich an die Arbeit machen. Wir stellen eben einen Bericht zusammen ... über die Familie des Senators. Der Junge gehörte dem Football-Team der UCLA an, war auf der High-School in der Auswahlmannschaft und hatte sich in der Sozialarbeit engagiert. Seine Freundin war die Nichte des Gouverneurs. Die Story wird allen das Herz zerreißen.« Sie hatte ihr das Herz zerrissen, und Steven hatte den Rest zertrampelt. »Ich werde bis ein Uhr morgens hier sein, vielleicht bis zwei.« Sie sah jetzt schon abgespannt aus.

»Können Sie nicht eine Pause einlegen? Wenigstens einen Sprung hinausgehen und etwas essen.«

»Das bezweifle ich. Ich werde dafür morgen später anfangen.« Jetzt fehlte noch, daß sie das Kind verlor. Aber daran konnte sie jetzt keinen einzigen Gedanken verschwenden. Sie mußte den Tag durchstehen, dann noch einen Tag und einfach weitermachen.

»Ich arbeite heute auch bis spät in die Nacht. In der Serie bahnen sich eine Menge neuer Entwicklungen an. Morde, Prozesse, Scheidungen, illegitime Babys. Das übliche Verwirrspiel. Das hält mich ziemlich auf Trab. Und ich möchte sicher sein, daß unsere Autoren ihre Drehbücher fertig haben, ehe meine Söhne kommen.«

»Das klingt ja wie die Story meines eigenen Lebens.« Sie lächelte matt, und er gab ihr einen Kuß aufs Haar, als er aufstand und gehen wollte.

»Bleiben Sie hier. Ich komme später noch mal vorbei. Wenn Sie etwas brauchen, dann lassen Sie es mich wissen. Unsere Studioküche ist heute mit Vorräten vollgestopft, weil alle Restaurants in der Umgebung geschlossen haben.«

»Danke, Bill.« Sie sah ihn dankbar an, und er ging mit einem Winken und ließ sie allein zurück. Eine Weile saß sie da und starrte aus dem Fenster. Was für eine verrückte Welt! Steven hatte sie verlassen, sie und ihr Kind. Und ein Neunzehnjähriger mit goldenem Herzen, der das ganze Leben noch vor sich hatte, war ermordet worden – in einem einzigen Augenblick ausgelöscht.

Sie machte sich wieder an die Arbeit und versuchte ihre eigenen Probleme zu vergessen, aber Bill schlich sich immer wieder in ihre Gedanken ein, und sie war dankbar, daß er ihr seine Hilfe angeboten hatte.

Die Sondersendung, die sie zusammengestellt hatte, ging um fünf Uhr auf Sendung und war so bewegend, daß sogar in der Redaktion die Tränen flossen. Dann kamen die Sechs-Uhr-Meldungen, und anschließend sah sie sich noch einen Film an, um für die Sondersendung, die um Mitternacht wiederholt werden sollte, noch etwas Neues zu haben. Es war ein endloser Tag, und es wurde neun Uhr, ehe sie das Dinner entdeckte, das Bill ihr geschickt hatte. Um Mitternacht, während sie im Studio saß und die Sendung sah, bemerkte sie, daß er hereinkam. Sie deutete auf den Stuhl neben sich. Er setzte sich leise und sah sich die Sendung offensichtlich gerührt mit ihr an.

»Was für eine grauenhafte Geschichte«, sagte er nachher. Der Senator hatte in aller Öffentlichkeit vor der Kamera Tränen vergossen. Und es war die Rede von Gott und seiner Liebe für alle gewesen, von seinem Glauben an ihn, doch damit würde der Schmerz über das Geschehene nicht gelindert. Und dann betrachtete Bill ihr Gesicht. Sie sah noch schlimmer aus als zu Mittag. Hinter ihr lag ein endlos langer Arbeitstag. »Wie fühlen Sie sich?«

»Müde.« Das Wort gab nicht annähernd wieder, was sie empfand, und in sie dringen wollte er nicht. Vielmehr wollte er ihr helfen. Sie sah zu erschöpft aus, um selbst nach Hause fahren zu können, deshalb bot er ihr an, sie mitzunehmen.

»Warum fahren Sie nicht mit mir? Morgen können Sie ein Taxi nehmen. Lassen Sie Ihr Auto einfach hier stehen. Oder ich fahre es für Sie und lasse meines hier.« Er traute ihren Fahrkünsten nicht mehr. Sie war so erschöpft, daß man den Eindruck hatte, sie würde am Steuer einschlafen, und sie hatte auch nicht mehr die Energie, mit ihm zu streiten.

»Ich werde mein Auto hier lassen. Ach, übrigens vielen Dank für den Imbiß.« Er schien an alles zu denken, mochte er selbst auch noch so lange arbeiten. Beide meldeten sich beim Pförtner ab, und als Adrian in dem bequemen alten Kombi auf die Beifahrerseite rutschte, stöhnte sie: »O Gott ... ich bin halbtot.«

»Nicht ausgeschlossen, wenn Sie sich nicht ausschlafen.« Er setzte sich hinters Steuer, und sie war zu müde, um sich auf der Heimfahrt über den Santa Monica Freeway auch nur mit ihm zu unterhalten. Vor dem Wohnblock parkte er seinen Wagen und brachte sie an die Tür, ohne ein Wort zu äußern. Kaum hatte sie aufgesperrt und sich zu ihm umgedreht, fragte er: »Kommen Sie allein zurecht?«

Ihr Nicken wirkte nicht sehr überzeugend. »Ich denke schon.« Sie war nie trauriger und einsamer gewesen. Sie hatte das Gefühl, daß Steven sie heute noch einmal verlassen hatte.

»Rufen Sie an, falls Sie mich brauchen. Ich bin in der Nähe.« Er berührte ihren Arm, und sie lächelte und schloß dann die Tür. Sie war wie ausgelaugt. Langsam ging sie die Treppe hinauf, ohne Licht zu machen. Sie wollte die kahlen Wände und leeren Räume nicht sehen. In ihrem Schlafzimmer warf sie sich aufs Bett und lag schluchzend da, bis sie in ihren Kleidern einschlief.

15

In den nächsten Tagen hatte Adrian das Gefühl, einen Traum zu durchleben. Die Papiere, die Lawrence Allman angekündigt hatte, waren gekommen, und sie setzte ihre Unterschriften an die richtigen Stellen. Sie kreuzte das Kästchen an, das besagte, daß sie keinen Unterhalt wollte, und sie war einverstanden, ab ersten Oktober einen Käufer für die Wohnung zu suchen. Mit Bill sprach sie darüber nur wenig, obwohl er fast täglich bei ihr im Büro vorbeisah. Er drängte sie nicht, mit ihm auszugehen, da er spürte, daß der Schock über die Trennung noch nicht überwunden war. Sie hatte zuviel mitgemacht. In der Redaktion war es ziemlich hektisch zugegangen, und er selbst hatte mit den Script-Änderungen alle Hände voll zu tun. Dazu bemühte er sich, seinen Schreibtisch vor dem vierwöchigen Urlaub leer zu bekommen.

Trotzdem hatte er Zeit gefunden, Adrian eines Nachmittags ins Studio mitzunehmen, wo sie fasziniert zusah, wie eine Folge live ausgestrahlt wurde. Sofort erwachten in ihr Erinnerungen an die Zeit, als sie selbst an Serien mitgearbeitet hatte. Und nachher machte er sie mit allen bekannt. Als sie in sein Büro zurückging, bewunderte sie seine Emmys, und er erläuterte ihr das Handlungsgerüst der Serie. Er hatte die Handlung der nächsten Monate skizziert und Alternativlösungen für allfällig auftauchende Probleme vorgesehen. Auf seinem Schreibtisch lag ein ganzer Stapel von Drehbüchern, die er noch absegnen mußte. Während er ihr alles erklärte, erwachte in ihr der Wunsch, an einer Serie wie dieser mitzuarbeiten statt in der Nachrichtenredaktion, und als sie seine Notizen las, hatte sie einige sehr interessante Bemerkungen dazu zu machen.

»Warum gehen Sie mir nicht hin und wieder beim Weiterspinnen des Handlungsfadens zur Hand? Die Autoren freuen sich über ein wenig Hilfe, weil man neue Ideen immer gebrauchen kann. Es ist gar nicht so einfach, fünf Folgen wöchentlich auf die Beine zu stellen.«

»Kann ich mir denken ...« Als sie ihn ansah, blitzte Erregung und Interesse in ihrem Blick. »Meinen Sie das ernst, Bill? Soll ich wirklich ein paar Ideen beisteuern?«

»Aber sicher. Warum nicht? Wenn Sie wollen, können wir uns einmal beim Abendessen zusammensetzen und alles besprechen. Ich liefere Ihnen dann das Hintergrundmaterial über die handelnden Personen. Sie werden sehen, es macht Spaß.« Er schien es für eine großartige Idee zu halten, und Adrian teilte insgeheim seine Meinung. Sie waren noch immer in ihr Gespräch vertieft, als sie zurück in ihre Redaktion gingen. Und auch am nächsten Abend war die Rede davon, als sie schließlich, zwei Wochen nach dem Grillfest, mit ihm ausging.

Es war ein Samstagabend, und sie waren sich am Morgen beim Pool über den Weg gelaufen. Sie sah besser aus als seit Tagen und schien endlich den Schock einigermaßen überwunden zu haben. Noch immer schwärmte sie begeistert von den Aufnahmen zu seiner Serie, die sie tags zuvor gesehen hatte. Und während sie davon sprachen, erschien sie ihm begehrenswerter als je zuvor.

»Ob ich es schaffe, bei Ihnen heute abend Interesse für eines der berühmten Thigpen-Steaks zu wecken? Oder wie wäre es mit etwas Großartigerem, einem Abendessen bei Spago beispielsweise?« Es war das Lieblingslokal der Fernseh- und Filmgrößen, das sein Besitzer Wolfgang Puck dank seiner köstlichen Pastagerichte, seiner phantasievollen Pizza-Kompositionen und anderer Kreationen der *nouvelle cuisine* zu einem Treffpunkt der verwöhntesten Feinschmecker gemacht hatte.

In den letzten zwei Wochen hatte Adrian es geschafft, sich mit den Tatsachen ihres Lebens einigermaßen abzufinden, so daß ihr die Aussicht auf einen Abend außer Haus sehr verlockend erschien. Und Bill hatte unendliche Geduld bewiesen. Er hatte sie unauffällig im Auge behalten, ohne je aufdringlich zu werden. Während der Arbeit war er öfter bei ihr aufgetaucht, hatte ihr spätabends etwas zu essen geschickt und ihr ein- oder zweimal angeboten, sie im Auto mitzunehmen. Niemals aber hatte er ihr eine Verabredung oder einen Abend in seiner Gesellschaft aufgedrängt, weil sie dafür offensichtlich noch nicht bereit war. Er hatte ihr sogar einen Anwalt empfohlen, der sich ihrer Angelegenheit annahm und mit Lawrence Allman schon einige Male gesprochen hatte. Doch nach vierzehn Tagen tiefsten Kummers und Seelenschmerzes hatten sich ihre Lebensgeister wieder gehoben, und Bills Vorschläge erschienen ihr äußerst verlockend.

»Was immer Sie wollen.« Sie lächelte voller Dankbarkeit. Er war ihr in kurzer Zeit ein guter Freund geworden.

»Na, dann das Spago?«

»Himmlisch!« Sie lächelte, und beide gingen in ihre Wohnungen, um all jene Dinge zu erledigen, die unumgänglich waren, die Wäsche, die Rechnungen ... die Zahlungen schienen kein Ende zu nehmen, seit Steven sich nicht mehr daran beteiligte. Ihr Gehalt deckte alle Bedürfnisse, aber neuerdings versuchte sie, so viel wie nur möglich auf die Seite zu legen, weil sie Geld für das Baby brauchen würde. Da Steven nichts mehr zum Haushalt beitrug, mußte sie ihre Ausgaben sehr vorsichtig kalkulieren.

Bill holte sie um acht ab, fein gemacht, in khakifarbenen Hosen, weißem Hemd und einem blauen Blazer, während sie ein Kleid aus weicher, fließender pfirsichfarbener Seide, die ihr locker von den Schultern fiel, ausgewählt hatte. Auf der Fahrt zum Sunset plauderten sie von der Arbeit und davon, wie hektisch es in den letzten Wochen für sie beide gewesen war. Adrian merkte ihm an, wie sehr er sich auf seine Söhne freute, die am Mittwoch eintreffen sollten. Sie würden zwei Tage mit ihm in der Stadt verbringen, ehe sie zu ihrem großen Abenteuer aufbrachen.

Bill bestellte sich eine Pizza mit Ente, und sie entschied sich für Cappelletti mit frischen Tomaten und Basilikum. Als Dessert teilten sie sich ein Riesenstück Schokoladenkuchen, der mit einer verlockenden Haube aus Schlagsahne serviert wurde. Wie immer aß sie alles auf, und Bill zog sie wieder einmal mit ihrem Appetit auf, dem sie frönen konnte, ohne zuzunehmen, doch als er es sagte, reagierte sie etwas nervös.

»In letzter Zeit habe ich mich beim Essen gehenlassen, das muß aufhören.« Ihm fiel auf, daß sie nicht mehr bleistiftdünn war, ohne daß man sie als füllig hätte bezeichnen können. Als einziges war ihm aufgefallen, daß ihr Brustumfang sich fast täglich zu vergrößern schien, aber er war nicht sicher, ob dies nicht auf ungenaue frühere Beobachtung seinerseits zurückzuführen war. »Ich werde mich in nächster Zeit nur von Salat ernähren.«

»Das sind ja trübe Aussichten.« Er hielt die Luft an und tat so, als zöge er seinen Bauch ein. Bill war zwar solid gebaut, aber beileibe nicht übergewichtig. »Mir stehen in den nächsten vierzehn Tagen Hamburger und Pommes frites in Schnellimbißrestaurants bevor. Wenn ich mich daraufhin nicht zurückentwickle und mit Jugendakne ende, wird es ein wahres Wunder sein.« Beide lachten, worauf er sie mit einem merkwürdigen Blick ansah. Schon seit Wochen hatte er sie etwas fragen wollen, schon seit dem Zeitpunkt, als er von Stevens Scheidungsabsichten erfahren hatte, er hatte die Frage jedoch nicht zu früh stellen wollen. Und er war auch jetzt nicht sicher, ob sie schon dazu bereit war. »Adrian, ich möchte Ihnen eine komische Frage stellen.«

Kaum hatte er die Worte ausgesprochen, machte sie ein erschrockenes Gesicht. »Werden Sie bloß nicht nervös ... es ist nichts ausgesprochen Persönliches, und meine Gefühle werden nicht leiden, falls Sie nicht darauf eingehen. Ich frage nur, weil vielleicht doch die Chance besteht, Sie überreden zu können.« Er hielt inne, als warte er auf Trommelwirbel. »Nun, wie stehen die Chancen, daß Sie sich ein, zwei Wochen von der Redaktion loseisen können?«

Sie ahnte, was er sie fragen wollte, und lächelte. Adrian fühlte sich sehr geschmeichelt. Sie wußte, wieviel seine Kinder ihm bedeuteten. Die Tatsache, daß er gewillt war, sie mit ihr zu teilen oder sie gar nur mit ihnen bekanntzumachen, bedeutete ihr sehr viel. »Ausgeschlossen wäre es nicht. Vier Wochen Urlaub stehen mir ohnehin zu. Ich habe mir die Zeit für eine Europareise im Oktober zusammengespart.« Eine Reise, die sie nun ganz gewiß nicht unternehmen würde. Sie würde im Herbst nirgends hinfahren, mit niemandem. Um diese Zeit würde sie im sechsten Monat sein.

»Glauben Sie, daß man Ihnen kurzfristig freigeben könnte? Mich bewegt die Frage, ob Sie an unserer Tour nach Norden teilnehmen möchten. Hätten Sie Interesse? Wenn nicht, dann zeugt das von Ihrer Vernunft und Urteilsfähigkeit. Eine bequeme Fahrt wird es nicht. Den lieben langen Tag mit zwei kleinen Jungen im Auto, endloses zänkisches Geplänkel, ungenießbares Essen von einem Ende Kaliforniens zum anderen und zu guter Letzt die Nächte in einem Schlafsack auf hartem Boden am Lake Tahoe.« Er liebte diese Art, Ferien zu machen, wie sie ihm anmerkte, und es war eigentlich eine Auszeichnung, daß er sie einlud, mitzukommen.

»Es klingt großartig.« Ihre Antwort war von einem Lächeln begleitet.

»Meinen Sie, daß Sie Urlaub bekommen könnten?«

»Das weiß ich nicht, aber man kann ja fragen.« Sie hatte keine Ahnung, wie man in der Redaktion reagieren würde, aber es war gut möglich, daß man sie für eine, wenn nicht gar für zwei Wochen entbehren konnte, und es war genau das, was sie jetzt dringend nötig hatte.

»Falls man Ihnen die erste Woche nicht freigibt, könnten Sie direkt nach Reno fliegen und in der zweiten Woche am Lake Tahoe zu uns stoßen. Aber auch der erste Teil wird ein großer Spaß. Wir wollen auf der San Ysidro Ranch unweit von Santa Barbara Station machen und später in San Franzisko in einem urgemütlichen alten Hotel, das wir sehr lieben, absteigen. Dann geht es weiter ins Napa Valley. Dort gibt es ganz bezaubernde kleine Landgasthäuser, und ich dachte mir, es wäre eine hübsche Zwischenstation auf dem Weg zum Lake Tahoe.«

»Das macht einem ja richtig Lust.« Sie lächelte ihn an. Zum erstenmal seit Wochen war jegliche Anspannung von ihr gewichen. »Ich glaube, ich muß mich bei Ihnen entschuldigen. Die letzten zwei Wochen habe ich wie unter Schockeinwirkung verbracht. Seit dem Anruf von Stevens Anwalt.« Ihr Eingeständnis lieferte ihm den Vorwand für eine Frage, die er ihr schon längst hatte stellen wollen.

»Warum haben Sie mir nie gesagt, was vorher passiert ist?«

»Bill, ich weiß es nicht. Vermutlich war es mir peinlich. Als Steven mich verließ, kam ich mir wie der größte Versager vor.« Er nickte, da er sie nur zu gut verstehen konnte, aber es hätte ihm viel Kummer erspart, wenn sie ihm gegenüber offen gewesen wäre. Zum erstenmal im Leben hatte er ernsthaft erwogen, es bei einer verheirateten Frau zu versuchen, und er mußte tagelang Kämpfe mit sich selbst ausfechten. Das hätte sie ihm ersparen können, aber jetzt war das alles unwichtig geworden. Adrian schien nun in viel besserer Verfassung zu sein. Die Wirkung des Schocks war von ihr gewichen, und er hatte sie nicht mehr weinen gesehen. Sie war aus hartem Holz geschnitzt.

»Nun, was halten Sie von der Tour? Glauben Sie, daß Sie Urlaub bekommen?«

»Das will ich gleich am Montag als erstes herausfinden. Ich halte es nicht für ausgeschlossen. Im Moment läuft alles gemächlicher, und es sind nicht zu viele Kollegen in Urlaub. Die meisten ziehen Frühjahr und Herbst vor, wenn nicht alles so überfüllt ist.«

»Das würde ich auch gern so halten, aber ich muß Urlaub nehmen, wenn die Jungen kommen.«

Als sie ihn anschaute, schoß ihr die Frage durch den Kopf, wie das alles praktisch ablaufen sollte. Sie wollte keinesfalls ein Zimmer mit ihm teilen, andererseits kannte sie die Jungen ja gar nicht. Die beiden würden wahrscheinlich nicht erbaut sein, mit einer wildfremden Frau in einem Raum schlafen zu müssen. Beim Zelten würde alles einfacher sein, aber in einem Hotel konnten Komplikationen auftauchen, wenn sie nicht auf einem eigenen Zimmer und auf getrennter Rechnung bestünde. Sie war nahe daran, mit diesem Vorschlag herauszurücken, als Bill in schallendes Gelächter ausbrach.

»Was ist denn so komisch?«

»Sie sind es. Ich kann direkt beobachten, wie sich in Ihrem Kopf die Rädchen drehen. Machen Sie sich am Ende Gedanken wegen der Schlafordnung?«

»Ja.« Sie lächelte. »Es ist ja nicht so, daß ich Ihnen nicht trauen würde, im Gegenteil, aber ...«

»Sie sollten mir nicht trauen«, gestand er. »Ich bin gar nicht sicher, ob ich mir selbst traue. Aber daneben habe ich eine gehörige Portion Angst vor meiner Ex-Frau. Also, es wird alles hochanständig verlaufen, das verspreche ich. Wahrscheinlich werde ich mit den Jungen schlafen, wie gewöhnlich, die sind nämlich begeistert davon. Sie können mein Zimmer haben.«

»Ist das für Sie nicht sehr unbequem?«

»Nein, es würde mir viel bedeuten, Sie bei uns zu haben«, sagte er leise. »Es wäre sehr schön, wenn Sie mit mir und den Kindern Urlaub machen.« Er hätte ihr zu gern mehr von seinen Gefühlen erzählt, aber er wußte, daß dies nicht der geeignete Zeitpunkt war. Sie mußte sich noch von dem Schlag erholen, den Steven ihr versetzt hatte. Und der Ober wartete schon geduldig, ob ihr Tisch frei würde. Es war ein sehr hektischer Samstagabend, die Leute standen Schlange die ganze Treppe entlang und bis vor die Tür. Als sie gingen, sah Adrian Zelda in der Reihe warten in Gesellschaft eines ganz jungen Mannes, dem Star einer TV-Serie. Er war ein Bild von Mann, und Zelda selbst hatte nie glücklicher und besser ausgesehen.

Zelda entging auch nicht, daß Adrian mit Bill zusammen war, Anlaß für sie, der Freundin ihre Billigung mit einer entsprechenden Geste zu signalisieren. Adrian registrierte es mit einem Lachen und folgte Bill hinaus zu seinem Kombi. Sie dankte ihm mit ernstem Blick für die Einladung.

»Ich möchte mich auch bedanken, daß Sie mich auf Ihre Urlaubstour einladen. Es bedeutet mir sehr viel, da ich weiß, wie wichtig die Kinder für Sie sind, Bill.«

»Ja, das sind sie«, sagte er mit einem Nicken. Dann schaute er sie eindringlich an und fuhr, alle Förmlichkeiten außer acht lassend, fort: »Und du auch. Du bist ein ganz besonderer Mensch, Adrian.« Sie sah beiseite, ratlos, wie sie auf diese vertrauliche Anrede reagieren sollte. Versprechen konnte sie ihm nichts. In ihrem Leben herrschte noch zuviel Verwirrung. Wenn Steven sie mit ihrem Kind nicht wollte, dann würde ein anderer sie noch weniger wollen, das stand für sie fest.

»Ich weiß alles zu schätzen, was du für mich getan hast«, griff sie seinen Ton auf und stieg ein, ohne ihn anzusehen. Nicht auszudenken, was er empfinden würde, wenn er die Sache mit dem Baby entdeckte ... ihn an der Nase herumführen war das Allerletzte, was sie wollte.

»Adrian, stimmt etwas nicht?« Er griff behutsam nach ihrer Hand. Sie standen noch immer vor dem Restaurant, da er noch nicht losgefahren war. Ganz plötzlich flammte in ihm wieder Sorge um sie auf. Immer wieder gab es Augenblicke, in denen sie unglücklich und verhärmt wirkte. Die Scheidung mußte ihr noch sehr schwer zu schaffen machen. Er hätte ihr zu gern über ihre Tiefpunkte hinweggeholfen.

»Mein Leben ist im Moment ziemlich kompliziert«, gab sie rätselhaft von sich, und er lächelte.

»Du redest wie eine der Personen aus meiner Serie. Ehrlich gesagt, habe ich gerade gestern diese Zeile ins Drehbuch geschrieben. Und du willst von Sorgen sprechen ... meine Heldin erwartet ein außereheliches Kind.« Seine Worte bewirkten, daß sie sich fast verschluckte. Als er den Wagen startete, versuchte sie ein Lachen, das aber als mattes Kichern auf der Strecke blieb. Wieder einmal zeigte sich die Kunst als Imitation des Lebens ... in letzter Zeit für ihren Geschmack zu häufig.

Sie fuhren direkt nach Hause, und Bill bat sie noch auf eine Tasse Kaffee zu sich. Adrian bewunderte seine ausgefallene Espresso-Maschine, und dann saßen sie noch lange in seiner gemütlichen Küche beisammen.

»Bevor die Jungen zu mir kommen, habe ich immer das Gefühl, ich müßte noch einen letzten Blick auf die ganze Wohnung werfen.« Er grinste. »Vom Augenblick ihrer Ankunft bis zum Abschied herrscht hier totales Chaos, der Fernsehapparat läuft ununterbrochen, auf jedem Stuhl liegen Kleidungsstücke, auf dem Tisch liegen Socken, die Badezimmer sehen aus wie nach einem Wirbelsturm und auf sämtlichen Gegenständen kleben Süßigkeiten und Kaugummi. Die beiden sind wirklich hoffnungslos.«

»Klingt aber lustig und glücklich.« Sie lächelte ihm zu.

»Eine sehr gefährliche Haltung.« Er erwiderte ihr Lächeln. Nach allem, was er bislang von ihr gesehen hatte, war sie in seinen Augen die vollkommene Frau. Schon längst war er zu der Meinung gelangt, Steven Townsend müsse entweder ein Ekel oder ein Vollidiot sein, weil er sie verlassen hatte und die Scheidung wollte. »Ich kann es kaum erwarten, daß du sie kennenlernst.«

»Ich auch nicht«, sagte sie, als sie ihren Cappuccino schlürfte.

»Ich hoffe sehr, daß du mitkommen kannst.«

»Ich auch.« Es war aufrichtig gemeint. »Und wenn ich keinen Urlaub bekomme, könnte ich vielleicht über ein Wochenende an den Lake Tahoe fliegen.«

»Das wäre nett. Aber ich wünschte mir viel mehr.« Zwei Wochen mit ihr und seinen Söhnen zusammen – für ihn der Inbegriff des Glücks. Es war ein Leben, wie er es sich in den vergangenen sieben Jahren ersehnt hatte, ein Leben, das er verloren und von dem er geglaubt hatte, er würde es nie wieder finde-n. Aber Adrian war eine ganz besondere Frau. Irgendwie ängstigten ihn seine Gefühle für sie, andererseits aber genoß er sie sehr.

Um Mitternacht brachte er sie bis an ihre Haustür, und sie kam sich wie ein Teenager vor, als sie im Eingang stehenblieb. Er wünschte sich nichts sehnlicher, als ihr endlich näherkommen zu können, doch er spürte instinktiv, daß sie dazu nicht bereit war. Auch am Lake Tahoe würde sein Verlangen keine Erfüllung finden, da er auf einer mit den Kindern gemeinsam unternommenen Tour keinen Annäherungsversuch wagen würde. Er hatte ja keine Ahnung, ob sie sich zu ihm hingezogen fühlte, und wollte es nicht darauf ankommen lassen, jedenfalls nicht zu rasch, denn es bestand immer Gefahr, daß er sich eine Abfuhr holte. Adrian war dankbar, daß er sie nicht drängte. Sie hauchte ihm einen keuschen Kuß auf die Wange, und als er zurück zu seiner Wohnung ging, machte ihn das Verlangen nach ihr fast wahnsinnig.

Am nächsten Tag unternahm er mit ihr eine kleine Spritztour, auf der sie in Laguna Niguel im Ritz-Carlton den Sonntagslunch einnahmen. Anschließend mußten sie zurück, weil er zu tun hatte. Die Arbeit half ihm wie immer über seinen konstanten Frust hinweg. Sylvia war schon eine ganze Weile fort, und seit Adrian in sein Leben getreten war, hatte er keine andere gewollt. Doch nun wurde er von Träumen verfolgt, in denen sie die Hauptrolle spielte.

Am Montag kurz vor Mittag tauchte sie in seinem Studio auf, mit Siegesmiene und sichtlich aufgekratzt, während er sich mit Änderungen in letzter Minute abplagte.

»Ich kann mitkommen. Ich habe zwei Wochen Urlaub bekommen!« verkündete sie frohlockend. Zwei Darstellerinnen konnten sich ein Kichern nicht verkneifen. Bill sah sie mit bangem Entzücken an und bat sie, zu bleiben, bis er die letzten Anweisungen gegeben hatte, bevor sie auf Sendung gingen. Dann lud er sie ein, die Aufnahmen von der Regiekabine aus zu beobachten.

Es war eine mit Handlung vollgepackte Folge, konfliktreich und gefühlsträchtig. Helen hatte ihre Schwangerschaft eingestanden, verriet aber nicht, wer der Vater des Kindes war. John war im Gefängnis und würde in Kürze vor Gericht stehen. In dieser Folge rief Helen einen Unbekannten an und drohte ihm für den Fall, daß er verriete, daß er der Vater ihres Kindes war, mit Selbstmord. Die Darstellerin der Helen, eine routinierte Schauspielerin, lieferte die vom Drehbuch geforderte Gefühlsskala sehr überzeugend. Sie war seit Jahren dabei und stellte eine der Stützen von ›Lebenswertes Leben‹ dar. Bill entging nicht, daß Adrian alles mit größtem Interesse verfolgte. Für sie war es eine herrliche Abwechslung, bei den Dreharbeiten dabeisein zu dürfen. Sie fand alles großartig.

»Bill, die Serie ist einmalig.« Ihre Zustimmung bedeutete ihm sehr viel. Und sie diskutierten noch immer über einige Einzelheiten, als sie die Regiekabine verließen. Er machte sie mit den Darstellern bekannt, denen sie noch nicht begegnet war, und sie gratulierte ›Helen‹ zu ihrem glänzenden Auftritt. Dann mußte Adrian zurück in ihre Redaktion.

Nun hatte sie etwas, auf das sie sich freuen konnte, nämlich auf die Fahrt und auf die Begegnung mit seinen Kindern. Hoffentlich passe ich dann noch in meine Jeans, dachte sie ein wenig bang, als sie wieder bei ihrer Arbeit saß.

16

Zwei Tage darauf kamen die Kinder. Es war ein Mittwochnachmittag, und Bill holte sie vom Flughafen ab. Er hatte Adrian gebeten, mitzukommen, aber sie wollte sich nicht aufdrängen. Die Jungen hatten ja keine Ahnung, wer sie war, und sie waren seit den Osterferien nicht mehr bei ihrem Vater gewesen. Außerdem war Adrian an diesem Tag beim Arzt bestellt. Zum erstenmal hörte sie die Herztöne des Babys. Der Arzt hielt ihr das Stethoskop an die Ohren, während er mit einem kleinen mikrophonähnlichen Ding über ihren Leib fuhr. Das erste laute Dröhnen, das sie vernahm, war der eigene Herzschlag oder vielmehr die Plazenta, die das Baby mit Blut versorgte. Doch daneben, viel leiser und schneller, war der Herzschlag des winzigen Kindes zu hören. Sie lauschte voller Verwunderung und mit Tränen in den Augen.

»Hm, das klingt tadellos«, bemerkte der Arzt, als sie sich aufsetzte. Ihr Blutdruck war in Ordnung, auch ihr Gewicht, obwohl sie schon ziemlich zugenommen hatte. Kein Zweifel, ihr Körper zeigte Anzeichen der Veränderung. Wenn sie sich im Spiegel von der Seite betrachtete, sah sie eine deutliche Wölbung. Sie war nun gezwungen, lose Kleider zu tragen, aber wer es nicht wußte, hätte nie vermutet, daß sie im vierten Schwangerschaftsmonat war. »Gibt es Probleme, Adrian?« fragte der Arzt noch. Sie war seit ein paar Wochen nicht mehr bei ihm gewesen. Kurz nach ihrem letzten Besuch war Steven ausgezogen und hatte ihr später die schicksalsträchtigen Dokumente zuschicken lassen.

»Mir ist nichts aufgefallen«, sagte sie. »Ich fühle mich wunderbar.« Das stimmte auch für die meiste Zeit, nur wenn sie ab und zu sehr lange arbeitete oder erst spätabends nach Hause kam, war sie total am Boden zerstört.

»Und wie hat Ihr Mann sich auf die Situation eingestellt?« fragte er sie, während er sich die Hände wusch. Er hatte nichts anderes erwartet, als daß Steven zur Besinnung kommen würde. Von den Vorgängen der letzten Zeit wußte er nichts, und Adrian wollte ihm nichts sagen. Es war zu peinlich, und das Eingeständnis, daß er sie verlassen hatte, löste bei ihr immer das niederschmetternde Gefühl aus, versagt zu haben. In der Redaktion hatte sie es auch noch niemandem erklärt. Die einzige, die es wußte und die sie zum Schweigen verpflichtet hatte, war Zelda, die behauptete, es sei dumm von Adrian, daß sie nicht offen darüber spräche, weil sie ja nichts Schlimmes getan hatte. Es wäre eher an Steven gewesen, sich zu schämen. Aber Adrian tat vor allen so, als sei alles in schönster Ordnung, und gab vor, Steven sei beruflich viel unterwegs. Auch ihrer Mutter gaukelte sie dies vor, wenn sie, selten genug, anrief. Und außer Zelda hatte sie keiner Menschenseele anvertraut, daß sie ein Baby erwartete.

»Ach, ganz gut«, antwortete Adrian auf die Frage des Arztes in aller Unschuld. »Im Moment ist er nicht da.« Als ob der Arzt hätte wissen müssen, daß Steven weg war. Sie stand auf und zog ihr Kleid nach der Untersuchung herunter. Von nun an würde er sie allmonatlich nur wiegen, ihren Blutdruck messen und die Herztöne des Kindes abhören. Dies hatte er schon im Vormonat versucht, aber es war noch zu früh gewesen.

»Haben Sie sich für den Sommer etwas vorgenommen?« erkundigte er sich liebenswürdig, und ihr war es sehr peinlich, daß sie ihn wieder belügen mußte.

»In ein paar Tagen wollen wir an den Lake Tahoe – campen.«

»Wie schön. Aber übertreiben Sie es nicht mit der Höhe, und muten Sie sich insgesamt nicht zuviel zu. Sie tun gut daran, die Fahrt alle zwei Stunden zu unterbrechen, ein bißchen zu laufen und die Beine zu strecken. Dann fühlen Sie sich sofort besser.« Bislang war die Schwangerschaft ohne Komplikationen verlaufen, von der Tatsache abgesehen, daß ihr Mann die Scheidung eingereicht hatte.

Anschließend fuhr sie ins Büro und fand wie immer einen Berg Arbeit vor. Von Bill hörte sie nichts, nahm aber an, daß die Jungen wohlbehalten eingetroffen waren. Am Abend rief er sie in der Redaktion an – kurz vor den Spätnachrichten. Die Jungen waren im Bett, er klang glücklich und erschöpft.

»Ich habe das Gefühl, daß ein Wirbelsturm über die Wohnung hinweggefegt ist«, seufzte er. Dennoch war herauszuhören, daß er diese Situation genoß.

»Sicher sind die Jungen glücklich, bei dir zu sein.«

»Das will ich hoffen. Ich jedenfalls bin froh, sie bei mir zu haben. Morgen bringe ich sie mit ins Studio, damit sie dort alles durcheinanderbringen können. Adam findet beim Drehen alles faszinierend und möchte später Regisseur werden, aber Tommy wird immer ein wenig zappelig. Ich dachte, wir könnten vorbeikommen, dich begrüßen oder zum Lunch ausführen, wenn es deine Zeit erlaubt. Kommt darauf an, wie du es dir einteilen kannst. Die Jungen würden dich gern kennenlernen.«

»Ich kann es selbst kaum erwarten.« Sie lächelte trotz ihrer Nervosität. Die Kinder besaßen für ihn einen so großen Stellenwert, daß sie der ersten Begegnung mit einer gewissen Bangigkeit entgegensah.

Was, wenn die Jungen sie nicht mochten? Gewiß, sie und Bill hatten keine tiefgehende Beziehung, aber er gefiel ihr sehr gut, und sie spürte, daß er sie mochte. Wenn schon sonst nichts, so hoffte sie auf erste Ansätze einer ernsthaften Freundschaft. Und dazu gab es Untertöne, die auf mehr hindeuteten, auf etwas, das beide ihrer besonderen Umstände wegen nicht handhaben konnten. In letzter Zeit war zuviel über sie hereingebrochen. Zuviel war vorgefallen. In Erwartung des Kindes und der Scheidung war sie für eine engere Beziehung nicht bereit. Und doch fühlte sie sich immer mehr zu Bill hingezogen. Sie mußte entdecken, daß sie ihn oft ganz unerwartet brauchte, und in gewisser Weise fürchtete sie, sie würde ihn noch mehr brauchen, wenn sie ihren Gefühlen freien Lauf ließe.

»Möchtest du morgen nach der Sendung ins Studio kommen oder sollen wir in der Redaktion vorbeischauen?« fragte er. Er hatte seinen Kindern von ihr erzählt, ohne daß sie mit Erstaunen reagierten, da sie schon zuvor seine Freundinnen kennengelernt hatten und diese Situation für sie nicht neu war. Meist nahmen sie kein Blatt vor den Mund und sagten ihm, was sie von den Frauen hielten, von denen einige sie auch auf die Urlaubsfahrten begleitet hatten. Nun fiel es ihm schwer, ihnen zu erklären, daß dieser Fall anders gelagert war. Dies war eine Frau, die er achtete und schätzte, jemand, den er lieben könnte, wie er argwöhnte. Aber davon sagte er ihnen nichts.

»Ich schaue im Studio vorbei. Ich möchte sehen, was du dir für deine armen Darsteller ausgedacht hast. Wie geht es der Frau mit dem illegitimen Baby?«

»Sie trinkt zuviel – verständlicherweise. Alle wollen wissen, wer der Vater des Kindes ist. So viel Post haben wir noch nie bekommen. Erstaunlich, wie diese Probleme die Zuschauer faszinieren. Zweifelhafte Vaterschaft scheint für die meisten von uns ein Thema von allergrößtem Interesse zu sein. Oder vielleicht überhaupt Babys.« Wieder hatte er fast ins Schwarze getroffen, und sie reagierte mit Nervosität. Der Vater ihres Kindes war für sie Grund für viel Kümmernis. Seufzend nahm sie zur Kenntnis, daß sie in der Regiekabine gebraucht wurde.

»Also, bis morgen. Richte ihnen meine Grüße aus.«

»Mach' ich«, sagte er mit einer Wärme, die allein ihr galt, wie sie spürte. Sie lächelte versonnen, als sie auf dem Weg zur Regiekabine mit Zelda zusammenstieß.

»Na, wie geht's?« fragte Zelda mit besonderer Betonung. Hin und wieder erwachte ihre Sorge um Adrian, sie waren jedoch beide viel zu beschäftigt, um mehr Kontakt miteinander zu pflegen. Zelda fragte sie von Zeit zu Zeit, ob sie etwas von Steven gehört hatte, und sie war immer entsetzt, wenn sie erfuhr, daß es nicht der Fall war.

»Sehr gut«, sagte Adrian lächelnd. Sie wußte, daß ihre Geheimnisse bei Zelda sicher waren.

»Gestern habe ich dich mit Bill Thigpen gesehen.« Das hatte Zeldas Neugierde auf den Plan gerufen. Sie wußte, wer er war und wie erfolgreich seine Serie lief, und sie hätte zu gern gewußt, ob sich zwischen ihm und Adrian etwas anbahnte, aber sie vermutete, daß Adrian sich noch immer Illusionen über Steven hingab. »Läuft da etwas?« fragte sie unverblümt, und Adrian kränkte diese Unverfrorenheit.

»Ja, eine schöne Freundschaft.« Sie lief zur Regiekabine weiter, und um Mitternacht fuhr sie nach Hause und fiel ins Bett. Sie war zu müde, um noch einen klaren Gedanken zu fassen, und in den kommenden zwei Tagen, ehe sie in Urlaub fahren wollte, gab es noch viel zu tun.

Am nächsten Tag, als sie einen Besuch in Bills Studio machte, kam sie gerade noch rechtzeitig zum Sendetermin. Fasziniert erlebte sie mit, wie die schwangere Heldin in Tränen ausbrach, als sie von ihrem Kind sprach. Ihr Mann war noch hinter Gittern, und sie wurde von einer Frau erpreßt, die zu wissen vorgab, wer der Vater des Kindes war. Der Prozeß gegen ihren Mann hatte schon begonnen, dazu kam, daß Helen noch den Tod der Schwester betrauerte. Daß die Zuschauer sich davon so mitreißen ließen, war verständlich. Alles war so absurd, so übertrieben – und doch wieder nicht. Es war übertrieben, so wie das wirkliche Leben mit all seinen unerwarteten Drehungen und Wendungen und seinen plötzlich hereinbrechenden Katastrophen. Menschen fielen Unfällen zum Opfer, kamen ums Leben, betrogen einander, verloren ihre Arbeit und bekamen Kinder. In der Serie ging es wohl etwas melodramatischer zu als im Leben der meisten Menschen, aber doch nicht so viel, wie man denken könnte, überlegte Adrian, die an ihr eigenes Leben dachte.

Nachdem sie sich auf leisen Sohlen ins Studio geschlichen hatte, entdeckte sie die zwei Jungen neben Bill, die wie gebannt den Schauspielern zusahen. Adam war für sein Alter sehr groß. Er hatte sandfarbenes, blondes Haar, große, blaue Augen und lange Beine, die in Jeans steckten. Dazu trug er ein T-Shirt und hochgeschnürte Turnschuhe. Tommy, der Kleinere, hatte sich in Cowboyhemd und -hosen neben einem Regiesessel postiert. Er trug genau denselben Ausdruck zur Schau wie Bill, wenn er sich auf etwas konzentrierte. Die beiden sahen einander ähnlich wie Zwillinge, nur daß der eine viel kleiner war. Tommys Anblick allein genügte, um das Verlangen zu wecken, ihn in die Arme zu nehmen. Er hatte weiche braune Locken, und seine blauen Augen waren noch größer als die seines Bruders. Er war es, der sie zuerst bemerkte, und er starrte sie neugierig an, statt der Live-Sendung zuzusehen. Sie lächelte ihm zu und winkte, und er reagierte mit einem Grinsen und zupfte seinen Vater am Ärmel. Als er Bill etwas zuflüsterte, drehte dieser sich um. Er begrüßte sie erst, als eine Werbeeinschaltung kam und machte sie ganz rasch miteinander bekannt, bevor wieder absolute Stille herrschen mußte. Adam schüttelte ihr ernst die Hand, und Tommy fragte feixend, ob sie die sei, die mit an den Lake Tahoe käme. Sie hatte nur Zeit für ein geflüstertes Ja und ertappte sich dabei, daß sie wiederholt über seine weichen Löckchen strich, während sie den Rest der Folge ansah. Er schien nichts dagegenzuhaben.

»Dad, das war sehr gut«, meinte Adam, kaum, daß die Scheinwerfer erloschen waren. Bill stellte ihn allen Darstellern vor. Die meisten kannte er schon, aber es waren wieder ein paar neue Gesichter dabei. Adrian war gerührt, als sie sah, wie stolz er auf seine Kinder war. Bill mußte ein wunderbarer Vater sein.

Tommy kletterte vor Adrians Augen auf eine der Kameras, und sie bemerkte, daß er sie verstohlen beobachtete, während er so tat, als sähe er sie nicht. Schließlich genehmigten sie sich einen Lunch, und Tommy musterte sie bei Sandwiches aufmerksam.

»Wie lange kennen Sie meinen Dad schon?« fragte er, ungeachtet eines mahnenden Blickes, den Adam ihm zuwarf.

»Tommy, sei still! Das fragt man nicht!«

»Schon gut.« Sie bezog in ihr Lächeln beide mit ein und überlegte angestrengt. Es kam darauf an, wann man zu zählen anfing. Von der ersten Begegnung im Supermarkt an oder von dem Moment, als sie sich zum erstenmal unterhielten. Sie war nicht sicher, was sie sagen sollte, und entschied sich für die erstere Variante, damit es aussah, als würden sie sich schon etwas länger kennen. »Ach, seit ein paar Monaten.«

»Und geht ihr viel zusammen aus?« fuhr Tommy fort. Adrian quittierte die Frage mit einem Lächeln, während Adam ihm zurief, er solle den Mund halten.

»Ja, manchmal. Wir sind gute Freunde.« Doch er hatte etwas Interessantes an ihrer linken Hand entdeckt und starrte es an, während sie ihr Sandwich verzehrte.

»Sind Sie verheiratet?«

Nun trat eine lange Pause ein. Sie wich Bills Blick aus. Sie wollte aufrichtig mit ihnen sein, so schwer es ihr auch fallen mochte.

»Ja.« Sie trug noch immer ihren Ehering, weil sie es nicht übers Herz gebracht hatte, ihn abzulegen. Auch Bill war es schon aufgefallen, er hatte aber nie ein Wort darüber verloren, und er hätte auch nie wie sein jüngerer Sohn den Mut aufgebracht, sie danach zu fragen. »Besser gesagt, ich war es«, berichtigte sie sich.

»Sind Sie geschieden?« Diesmal stellte Adam, dessen Neugierde erwacht war, die Frage.

»Nein«, gab sie leise zurück. »Aber es wird bald soweit sein.«

»Wann?« Seine unschuldige Frage traf sie mitten ins Herz, doch sie tat ihr Bestes, um sich nichts anmerken zu lassen.

»Vielleicht um die Weihnachtszeit.«

»Oh ...«

Wieder war es Tommy, der fragte: »Warum tragen Sie dann noch immer Ihren Ehering? Meine Mom trägt auch einen«, informierte er sie, »nur größer und mit einem Diamanten dran.«

Adrians Ring war ganz schmal und schlicht. Sie hatte ihn immer sehr geliebt.

»Wie schön ... ich trage meinen, weil ... nun ja, weil ich daran gewöhnt bin, glaube ich.« Sie hatte im vergangenen Monat erwogen, ihn abzulegen, hatte dann aber doch Abstand davon genommen.

»Wollten Sie geschieden werden?« erkundigte sich Adam, und Bill entschloß sich zum Einschreiten, um ihr aus der Klemme zu helfen. Es reichte.

»He, Jungs, jetzt laßt die Lady endlich in Ruhe. Tommy, gib acht, was du tust, sonst verschüttest du das Zeug.« Er rettete eine Dose Saft vor ihm und warf Adrian einen entschuldigenden Blick zu. Die strenge Befragung war nicht geplant gewesen.

»Ich glaube, wir schulden Adrian eine Entschuldigung. Ihr Privatleben geht niemanden etwas an.«

»Entschuldigung.« Adam sah sie reumütig an. Mit fast zehn Jahren wußte er es besser, aber er hatte sich von der Fragerei seines jüngeren Bruders mitreißen lassen.

»Schon gut. Manchmal ist es besser, man stellt Fragen, als daß man unnötig herumrätselt. Ich hätte euch zu verstehen gegeben, wenn es mir unangenehm gewesen wäre.« Aber seine Frage, ob sie die Scheidung wollte, beantwortete sie nicht. Die Wunde war noch zu frisch. »Und was ist mit euch?« Sie sah die Jungen ernst an. »War einer von euch schon mal verheiratet?« Adam grinste, und Tommy blieb der Mund offen stehen. »Kommt schon, ich habe euch alles gesagt, jetzt seid ihr an der Reihe. Na, wie läuft es bei euch?« Sie sah von einem zum anderen, als beide zu lachen anfingen. Tommy war der erste, der mit einer Antwort herausrückte.

»Nein, aber Adam hat eine Freundin. Jenny heißt sie.«

»Sie ist nicht mehr meine Freundin.« Adam schien verärgert zu sein und versetzte seinem Bruder einen Schubs.

»Ist sie doch!« Tommy verteidigte seine Wahrhaftigkeit. »Er hatte eine Freundin, die hieß Carol, aber die hat ihn sitzengelassen.«

Adrian lachte. Mit einem teilnahmsvollen Blick zu Adam hin sagte sie: »Das passiert auch den Besten von uns.« Sie lächelte. »Und was ist mit dir?« wollte sie von Tommy wissen. »Gibt es bei dir Mädchen, von denen wir wissen sollten? Ich meine, wenn wir schon Freunde werden wollen, dann solltest du mir es sagen.« Sie wendete dieselben Regeln an, denen die Jungen sie unterworfen hatten, und es machte ihr Spaß, sie ein wenig aufzuziehen – vor Bills Augen. Sie war so lieb, warm und unbefangen mit ihnen wie mit ihm. Und wieder war er hingerissen von ihr ... Adrian war einmalig.

Sie unterhielten sich so angeregt, daß Adrian sie sehr ungern verließ und in ihr Büro zurückging. Sie lud sie in die Nachrichtenredaktion ein, bot ihnen aber nicht an, bei der bevorstehenden Sendung zuzusehen. Einige der eingetroffenen Filme waren zu schrecklich, und sie wollte nicht, daß sie das zu sehen bekamen. Dafür zeigte sie ihnen das Studio und die Redaktionsräume und stellte sie allen vor, auch Zelda, die die Jungen und deren Vater eingehend begutachtete. Kaum waren die drei gegangen, und Adrian wieder in ihrem Büro, unterzog Zelda sie einem Verhör.

»Könnte etwas Ernstes daraus werden?«

»Nicht sehr wahrscheinlich«, erwiderte Adrian kühl. Schließlich wußte Zelda, daß sie schwanger war. Aber sie wußte auch, daß Steven sie verlassen hatte. »Unter diesen Umständen.«

»Na, er könnte eine schlechtere Wahl treffen.« Sie sah ihre Kollegin vielsagend an. »Heutzutage gibt es doch so etwas wie eine Jungfrau nicht mehr.« Adrian mußte lachen. Ein Standpunkt, der etwas für sich hatte.

»Ich will daran denken, falls ich je wieder Lust auf eine Romanze haben sollte.« Ihre Freundschaft mit Bill Thigpen sah sie in einem anderen Licht. Sie fand ihn sehr sympathisch, und wenn sie es recht bedachte, dann fand sie ihn auch anziehend, aber sie hatte nie das Gefühl, daß dies eine besondere Rolle spielte. Sie waren gern zusammen und hatten viel gemeinsam. Und seine Kinder waren reizend. Jetzt freute sie sich richtig auf die Fahrt, und sie fand es großartig, daß er sie eingeladen hatte. Es würde herrlich sein, endlich Urlaub machen zu können. Sie erwog, Steven eine kleine Nachricht zu hinterlassen, für alle Fälle, aber die Idee verwarf sie sofort. Es war lächerlich. Er wechselte kein Wort mehr mit ihr, hatte die Scheidung eingereicht und würde wohl kaum versuchen, sie zu erreichen. Und falls er wider Erwarten seine Haltung änderte und wieder nach Hause kam, würde er gewiß ihr Büro anrufen, um zu erfahren, wo sie steckte. Deshalb hinterließ sie bei Zelda und dem Chef der Nachrichtenredaktion die Liste der Hotels, die Bill ihr gegeben hatte, obwohl sie stark bezweifelte, ob jemand sie anrufen würde. Wieder an ihrem Schreibtisch dachte sie an die Fragen, die Adam und Tommy ihr über den Ring und die Scheidung gestellt hatten, und ob sie die Scheidung gewollt hatte oder nicht. Doch als die Abendnachrichten näher rückten und sie keine Zeit mehr hatte, vergaß sie alles.

Am nächsten Tag sah sie die drei wieder, als sie vorbeikamen und Bill sie fragte, ob sie einen Schlafsack besäße. Er hatte eben entdeckt, daß er nur drei hatte, und wollte wissen, ob er ihr einen besorgen sollte.

»Ach, herrjeh, ich habe keinen«, rief sie betroffen. Daran hatte sie keinen Gedanken verschwendet. Bill versicherte ihr, daß es kein Problem sei. Alles andere hatte er bereits. Er riet ihr, ein hübsches Kleid für die Ausgänge mitzunehmen und eine warme Jacke für die Abende am Lake Tahoe.

»Und das wär's?« zog sie ihn auf. »Sonst nichts?«

»Ganz recht.« Er lächelte. Er genoß das Gefühl ihrer Nähe, und es fiel ihm zunehmend schwerer, Abstand zu wahren. »Nur einen Badeanzug und Jeans.«

»Wenn ich nicht mehr mitnehme, wirst du mich bald satt haben«, warnte sie ihn, aber Bill schüttelte den Kopf und schenkte ihr einen Blick voller Wärme.

»Das bezweifle ich.«

»Wie steht es mit Spielen? Gibt es etwas, was die Herren besonders mögen? Scrabble? Bingo? Karten?« Sie hatte auf eigene Faust eine Liste zusammengestellt und beabsichtigte, einiges gegen allfällige Langeweile mitzunehmen. Tommy nutzte die Chance und orderte Comic-Heftchen und eine Wasserpistole.

»Das schlagt euch aus dem Kopf«, ermahnte Bill sie, ehe sie gingen. Sie hatten noch ein paar Einkäufe in letzter Minute zu erledigen. Am nächsten Morgen sollte es losgehen.

Adrian packte nach den Abendnachrichten, und als sie noch einmal für die Spätsendung ins Studio fuhr, stand alles fertig an der Haustür. Ihre zwei kleinen Reisetaschen nahmen sich in der leeren Wohnung sehr sonderbar aus. Es sah aus, als wolle nun auch sie endgültig ausziehen. Durch die Leere wirkte die Wohnung noch bedrückender, so daß sie schon erwogen hatte, sich wenigstens ein paar Stücke anzuschaffen, aber irgendwie war sie dazu nicht fähig. Damit hätte sie allem den Stempel der Endgültigkeit aufgedrückt, obschon immer noch die Möglichkeit bestand, daß Steven mit all seinen Sachen zurückkam. In ein paar Monaten mußte sie die Wohnung ohnehin aufgeben.

Gleich nach den Nachrichten rief Bill sie an, und sie plauderten ein paar Minuten über die bevorstehende Tour. Er schien ebenso aufgeregt zu sein wie Adrian, die sich wie ein Kind vorkam, das zum erstenmal zelten darf, und zum erstenmal seit langer Zeit war sie wirklich glücklich. In den letzten zwei Monaten hatten sich so große Schwierigkeiten vor ihr aufgetürmt ... die mit Bill verbrachten Stunden waren die einzigen Lichtblicke gewesen.

»Ich dachte, wir könnten so um acht losfahren. Dann müßten wir um zehn in Santa Barbara sein. Vor dem Essen wäre noch Zeit zum Reiten. Die Jungen sind verrückt danach.« Das war das erste Mal, daß sie ans Reiten dachte. Es gehörte zu den wenigen Dingen, die ihr verwehrt waren. Hoffentlich würde Bill nicht enttäuscht sein, wenn sie nicht mithalten konnte.

»Ach, ich glaube, ich werde mir eine kleine Pause gönnen, während ich die Herren ausreiten lasse.«

»Bist du denn keine Pferdeliebhaberin?« fragte er erstaunt. Er hoffte, am Lake Tahoe eine Tour hoch zu Roß mit Übernachtung organisieren zu können. Aber wenn es nicht klappte, war es nicht weiter schlimm. Fest vornehmen wollte er sich für den Urlaub nichts.

»Nicht besonders. Und meine Reitkünste sind höchstens mittelmäßig.«

»Uns geht es ähnlich. Na, wir werden sehen, wie du morgen darüber denkst. Um acht holen wir dich ab.« Er konnte es kaum erwarten und sie ebensowenig, während sie im Bett liegend daran dachte. Dabei strich sie gedankenverloren über ihren Leib, der nun nicht mehr ganz so flach war. Zwischen ihren Hüftknochen machte sich eine sanfte Wölbung bemerkbar, die im Stehen noch deutlicher fühlbar war. Manche Kleider saßen nun schon ziemlich knapp, und es würde nicht mehr lange dauern, und man würde es ihr ansehen. Dann würde sich alles für sie ändern – auch ihre Beziehung zu Bill. Sobald ihre Schwangerschaft sichtbar war, würde er mit ihr nicht mehr ausgehen wollen. Aber im Moment konnte sie das Zusammensein noch genießen und freute sich riesig auf den Urlaub. Es bestand kein Grund, ihm jetzt schon alles zu offenbaren, solange sie über den Jeans lose Blusen, Sweatshirts und Jacken trug.

Um Viertel nach acht wurde sie abgeholt. Bill nahm beide Reisetaschen, während sie zusätzlich eine große Schultertasche mitnahm, in der sie neben ihren Schmink- und Toilettenutensilien ein paar Kleinigkeiten zum Naschen für unterwegs und die Spiele für die Kinder untergebracht hatte.

Bill, der glücklich und aufgeräumt wirkte, als er ankam, beugte sich zu ihr, als wolle er sie küssen, aber dann überlegte er es sich anders und ging mit einem scheuen Blick auf Abstand. Dann betrachtete er über die Schulter hinweg die Kinder. Er hatte einen Kleinbus gemietet, in dessen Fond sich Schlafsäcke, Zelte und Koffer stapelten. Sie waren für alle Eventualitäten bestens ausgerüstet.

»Na, alles fertig?« fragte er und strahlte Adrian, die vorn neben ihm saß, an. Dann blickte er sich nach den Kindern um.

»Fertig!« riefen sie einstimmig.

»Gut! Dann nichts wie los mit der ganzen Truppe!« Er startete und fuhr los, Richtung Freeway nach Norden. Adam hörte über Kopfhörer eine Kassette, Tommy spielte mit kleinen Figürchen, Zivilisten und Soldaten, während er versonnen vor sich hinsummte. Bill und Adrian plauderten angeregt – wie eine ganz gewöhnliche Familie auf Sommerurlaub. Als sie daran dachte, mußte Adrian lachen. Sie hatte ihr Haar mit einem blauen Band zurückgebunden. Auch ihr Sweatshirt war hellblau, dazu trug sie uralte Jeans und Turnschuhe. Bill stellte fest, daß sie selbst wie ein Kind aussah, als sie lachend neben ihm saß. »Was ist so komisch?«

»Nichts. Es ist herrlich. Ich habe das Gefühl, eine Rolle in einer Situationskomödie zu spielen.«

»Na, besser als in einer Seifenoper.« Er grinste. »Dann müßtest du nämlich mit einem Trinker verheiratet sein und eine Tochter haben, die vor kurzem ausgerissen ist, und einen Sohn, der insgeheim schwul ist, oder du müßtest von einem anderen schwanger sein oder gegen eine tödliche Krankheit ankämpfen.« Er rasselte die Möglichkeiten herunter und entlockte ihr damit ein Lächeln, obwohl er ungewollt wieder fast ins Schwarze getroffen hatte.

»Das hier ist viel besser.«

»Das meine ich auch.« Er schaltete das Radio ein, und sie fuhren in gemächlichem Tempo nach Santa Barbara. Kurz nach halb elf erreichten sie die San Ysidro Ranch, wo sie ein zauberhaftes Gäste-Cottage erwartete, mit zwei Schlafzimmern, zwei Bädern und einem anheimelnden Wohnzimmer, in dem es einen großen Kamin gab. Alles war wie für Flitterwöchner geschaffen, und Bill brachte seine Sachen wie vereinbart im Zimmer der Jungen unter und überließ Adrian den hübscheren der zwei Schlafräume.

»Bist du sicher?« fragte sie mit schlechtem Gewissen, weil sie das bessere der beiden Zimmer beziehen sollte, aber er bestand darauf und behauptete, er teile sich das Zimmer gern mit den

Kindern. »Ich könnte auf der Couch im Wohnzimmer schlafen«, schlug sie vor.

»Gewiß doch. Oder gar auf dem Boden. Warum machen wir es in San Franzisko nicht so?«

Sie lachte und half den Jungen, ihre Sachen zu verstauen, und wenig später gingen Bill und die Kinder los, um sich nach Reitpferden zu erkundigen. Sie hatte sich entschuldigt und gesagt, sie wolle sich im Cottage häuslich einrichten, da sie zwei Tage bleiben wollten. Als die drei zurückkamen, war alles fein säuberlich aufgeräumt und alles an seinem Platz.

»Du bist ein Organisationstalent«, lobte er sie mit einem Lächeln.

»Danke. Und wie war der Ausritt?«

»Herrlich. Du hättest mitmachen sollen. Die Pferde sind so gutmütig, daß man mit geschlossenen Augen reiten könnte.« Gut möglich, aber nicht mit ihrem Baby.

»Nächstes Mal vielleicht.« Er spürte, daß da etwas war, vor dem sie zurückscheute, deshalb drang er nicht weiter in sie. Sie bestellten ihren Lunch und legten sich an den Pool. Aber es sollte nicht lange dauern, bis die Jungen Anzeichen von Langeweile erkennen ließen und nach Aktivität lechzten, deshalb organisierte Bill ein Tennismatch. Es gestaltete sich zu einem Mordsspaß, da sie alle ähnlich trainiert waren und so viel lachten, daß sie kaum spielen konnten. Schließlich gewannen Adrian und Tommy, aber nur weil die anderen sich absichtlich drückten und noch schlechter spielten.

Sie nahmen das Abendessen im Speisezimmer des Ranchhauses ein und brachten dann die Kinder sofort ins Cottage, damit sie baden und fernsehen konnten, ehe Bill sie um neun zu Bett brachte und ihnen einschärfte, daß er kein Wort mehr hören wollte, eine Ermahnung, die er bis kurz vor elf des öfteren wiederholen mußte. Die Kinder wisperten und alberten, bis Tommy heulend herauskam, weil er den alten abgenutzten Stoffhasen, den er beim Einschlafen immer dabei haben mußte, nicht finden konnte. Adam hatte ihn unter dem Bett versteckt. Bill war glücklich und erschöpft zugleich, als die Kinder endlich eingeschlafen waren. Er und Adrian saßen noch lange im Wohnzimmer vor dem Kamin und unterhielten sich im Flüsterton.

»Sie sind ganz reizend«, sagte sie und konnte nicht umhin, die Art zu bewundern, wie er mit ihnen fertig wurde, mit mehr Güte als Strenge und mit sehr viel gesundem Menschenverstand, mit Liebe und vernünftigen Argumenten.

»Ja, besonders wenn sie schlafen«, gab er ihr recht. Er wollte ihr sagen, daß auch sie reizend war, getraute sich aber nicht. Eines der Kinder hätte aufwachen und sie belauschen können. »Bist du sicher, daß du nach zwei Wochen nicht total durchgedreht bist?«

»Ja, und wenn ich wieder zu Hause bin, fühle ich mich bestimmt einsam.«

»Ja, mir wird es ähnlich ergehen«, meinte er gedankenverloren. »Es ist zu brutal. Immer wieder stellt sich dann die Erinnerung an die schlechte alte Zeit ein, als ich herkam, nachdem Leslie mich verlassen hatte. Aber jetzt hält mich die Serie in Schwung, und zudem gewöhne ich mich rasch wieder um.« Vielleicht war in diesem Jahr das Glück auf seiner Seite, und er würde von Adrian ein wenig in Schwung gehalten werden. Er hoffte es, aber er war sich noch nicht im klaren, was Adrian von ihm erwartete: Distanz oder Nähe. Er war seiner Sache einfach nicht sicher – Freundschaft oder Romanze, oder beides. Er ließ noch immer Vorsicht walten, um sie nicht zu verlieren. Zwar sprach sie von ihrem Mann nur ganz selten, doch er wußte, daß er ihre Gedanken noch beherrschte, das merkte man an Kleinigkeiten, die sie sagte. Und Adam hatte mit der Frage nach dem Ehering einen Treffer gelandet. Warum trug sie den Ring noch?

»Ich kann dir gar nicht genug danken, daß du mich auf diese Fahrt mitgenommen hast.«

»Keine Bange, du wirst mich verfluchen, noch ehe wir zu Hause ankommen.« Er grinste, und beide wußten, daß es nicht stimmte. Die Kinder waren wahre Prachtexemplare.

»Gibt es etwas Besonderes, das ich machen könnte? Wie könnte ich dir mit ihnen helfen?«

»Na, das werden sie dir deutlich zu verstehen geben.«

»Ich habe von Kindern nicht viel Ahnung«, gestand sie ein wenig wehmütig. Sie würde es ganz rasch lernen müssen.

»Die bringen dir alles bei, was du wissen mußt. Ich glaube, am wichtigsten ist ihnen, daß man aufrichtig zu ihnen ist«, sagte er nachdenklich und lehnte sich auf der Couch neben ihr zurück.

»Das bedeutet Kindern sehr viel. Die meisten Kinder haben Respekt vor Menschen, die offen und ehrlich sind.«

»Das habe ich auch.« Das war etwas, was sie von Anfang an bei Bill geschätzt hatte.

»Und es gefällt mir an dir!« gestand er im Flüsterton, um die Kinder nicht zu wecken. »Es gibt vieles, was mir an dir gefällt, Adrian.«

Sie schwieg einen Augenblick, dann nickte sie. »In den letzten Wochen war ich wohl ziemlich ungenießbar. Mein Leben wurde von einigen Turbulenzen erschüttert.« Es war die Untertreibung des Jahrhunderts.

»In Anbetracht der Umstände hast du dich tapfer gehalten. Besonders gemein ist es, wenn man selbst die Scheidung nicht will. Aber manchmal glaube ich, daß diese Dinge aus einem bestimmten Grund passieren. Vielleicht hat das Schicksal für dich etwas Besseres auf Lager ... eine Beziehung, die dich viel glücklicher macht als deine Ehe mit Steven.« Das war nur schwer vorstellbar, obwohl sie nicht behaupten konnte, jede einzelne Sekunde glücklich mit ihm gewesen zu sein. Aber im Grunde hatte sie nie ihre Gemeinsamkeit in Frage gestellt. Sie erschien ihr richtig und wie für die Ewigkeit gedacht. »Was haben deine Eltern gesagt, als er auszog?« Daß sie kein besonders gutes Verhältnis zu ihnen hatte, ahnte er, und er konnte sich denken, daß man im prüden Boston ziemlich schockiert gewesen sein mußte.

Sie stutzte zunächst, dann lächelte sie verlegen. »Ich habe es ihnen noch gar nicht erzählt.«

»Im Ernst?« Sie nickte. »Warum nicht?«

»Ich wollte ihnen Kummer ersparen, und dann dachte ich, es wäre viel einfacher, ihnen gar nichts zu erklären, falls er doch noch zurückkommt.«

»Ja, so kann man es auch sehen. Glaubst du denn, er wird

zurückkommen?« Sein Herz schlug schneller, als er die Frage stellte.

Sie schüttelte den Kopf, nicht imstande oder nicht willens, ihm die komplizierten Einzelheiten der Situation zu erklären. Sie wollte ihm nicht sagen, daß sie schwanger war. »Nein, aber es gibt da ein paar kleine Komplikationen, die es mir erschweren, meinen Eltern alles zu erklären.«

Vielleicht ist der Kerl schwul, dachte Bill. Eine Möglichkeit, die er zuvor nie in Betracht gezogen hatte. Er wollte jetzt nicht weiter in sie dringen und sie in Verlegenheit bringen. War ihr Mann schwul, dann war damit alles erklärt ... Adrian aber schien sich über die Sache nicht weiter äußern zu wollen.

Sie unterhielten sich noch eine Weile, und schließlich standen sie auf und wünschten sich eine gute Nacht, während Bill ihr einen sehnsüchtigen Blick zuwarf. Lächelnd sah er ihr nach, als sie ihm zuwinkte und die Tür zu ihrem Zimmer schloß. In jener Nacht schloß sie die Tür nicht ab, weil sie ihm vertraute und wußte, daß es nicht nötig war. Beim Erwachen am nächsten Morgen hörte sie, daß die Jungen im Wohnzimmer den Fernsehapparat eingeschaltet hatten. Es war acht Uhr. Und als sie geduscht und in Jeans, rosa Shirt und rosa Turnschuhen herauskam, hatte Bill bereits das Frühstück bestellt.

»Sind dir Pfannkuchen und Würstchen recht?« fragte er mit einem Blick über den Zeitungsrand, und sie reagierte mit einem Stöhnen.

»Großartig. Ich werde dick wie ein Walroß sein, ehe wir den Lake Tahoe erreichen.« Er wußte schon, daß sie gern aß, und er bewunderte sie, weil man es ihr, von ihrer Taille abgesehen, nicht anmerkte.

»Wenn wir wieder zu Hause sind, kannst du Diät machen. Ich mache mit.« Er hatte sich Würstchen, Eier, Toast, Orangensaft und Kaffee bestellt. Adrian aß ihren Teller leer, und die Jungen vertilgten Riesenpfannkuchen. Anschließend wurde wieder geritten, und am Nachmittag unternahmen sie einen Rundgang durch Santa Barbara. Adrian kaufte den Kindern einen Drachen, und sie fuhren an den Strand, um ihn steigen zu lassen. Alle waren tüchtig vom Wind durchgepustet und glücklich, als sie ins Hotel kamen und zum Dinner gingen. Diesmal fielen die Jungen kurz nach sieben total erschöpft ins Bett. Adrian hatte ihnen ein Bad aufgezwungen, was ihr heftigen Protest einbrachte, aber Bill hatte ihren Vorschlag befürwortet.

»Was für Ferien sollen das sein?« fragte Tommy erbost.

»Auf jeden Fall saubere!« Doch als es dann ins Bett ging, hatten sie Adrian schon verziehen, und sie revanchierte sich mit einer ganz langen Geschichte. Es war eine Geschichte, die sie noch aus ihrer Kindheit in Erinnerung hatte, von einem kleinen Jungen, der weit, weit übers Meer gezogen war und eine Zauberinsel entdeckt hatte. Sie schmückte die Geschichte, die ihr Vater ihr früher erzählt hatte, aus, und beide schliefen sofort ein, nachdem Adrian sie zu Ende erzählt hatte.

»Wie hast du das geschafft? Hast du ihnen ein Schlafmittel eingeflößt? So kenne ich die beiden gar nicht, so brav und friedlich«, sagte er voller Bewunderung.

»Das waren der Strand, der Drachen, das Bad und das Dinner. Ich könnte auch glatt ins Bett fallen«, sagte sie lachend, während er zwei Gläser Wein einschenkte. Hinter ihnen lag ein herrlicher Tag, so daß nicht einmal der Anruf des Regisseurs der Serie Bill aus der Ruhe brachte. Ein kleines Problem war aufgetaucht, das sich telefonisch leicht lösen ließ. Bill war ganz locker, als er sich neben Adrian auf die Couch setzte und sie über seine Kinder sprach.

»Hast du immer schon gewußt, daß du Kinder magst?« fragte sie.

»Keine Rede davon.« Er lachte. »Als Leslie mir sagte, sie sei schwanger, war ich starr vor Entsetzen. Ich wußte nicht mal, wo bei einem Baby oben oder unten ist.« Seine Antwort ließ sie lächeln. Genauso war Steven, aber er hatte sich der Situation nicht gestellt, er hatte Reißaus genommen – anders als Bill vor Adams Geburt. Sie war noch immer überzeugt, daß Steven mit der Zeit entdeckt hätte, daß alles nur halb so schlimm war ... wenn er es auf einen Versuch hätte ankommen lassen ... vielleicht würde es noch dazu kommen ... »Du kannst mit Kindern gut umgehen,

Adrian. Du solltest dir eines Tages Kinder zulegen. Du würdest eine wunderbare Mutter abgeben.«

»Woher willst du das wissen?« fragte sie besorgt. »Was ist, wenn ich es nicht bin?« Es war eine Frage, die ihr in letzter Zeit viel zu schaffen gemacht hatte.

»Woher weiß man das überhaupt? Man tut sein Bestes. Mehr kann man nicht tun.«

»Es ist ziemlich furchteinflößend.«

Er nickte zustimmend. »Das trifft auf alles im Leben zu. Woher hättest du wissen sollen, daß du dich in der Nachrichtenredaktion bewährst oder das College schaffst oder eine Ehe führen kannst? Du hast es versucht. Mehr kann man nicht machen.«

»Ja.« Sie lächelte wehmütig. »Sehr gut war ich da wohl nicht.«

»Ach, Unsinn, so wie ich es sehe, hat er versagt und nicht du. Nicht du hast ihn verlassen, es war genau umgekehrt.«

»Er hatte seine Gründe.«

»Wahrscheinlich. Aber du hast es immerhin versucht. Jetzt kannst du nicht den Rest deines Lebens mit Selbstvorwürfen oder Schuldgefühlen zubringen.«

»Geht es dir denn anders?« fragte sie unumwunden. »Hast du nicht auch das Gefühl, das Scheitern deiner Ehe sei deine Schuld?«

»Ja, doch.« Er war ebenso ehrlich. »Aber ich weiß, daß es nicht ausschließlich meine Schuld war. Ich hatte mich sehr auf meine Arbeit konzentriert und meine Frau vernachlässigt, aber ich habe sie geliebt und war ein guter Ehemann und hätte sie nie verlassen. Es ist also zum Teil meine Schuld, aber nicht zur Gänze. Ich fühle mich schon viel weniger schuldig als früher.«

»Das ist ja richtig ermutigend. Ich habe noch immer Schuldgefühle.« Sie zögerte und sagte dann: »... und fühle mich wie ein Versager.«

»Das bist du nicht. Du mußt dir nur einreden, daß es einfach nicht geklappt hat. Nächstes Mal läuft es sicher besser«, sagte er zuversichtlich, und sie lachte.

»Ach, was heißt ›nächstes Mal‹. Wieso glaubst du, es würde ein nächstes Mal geben? So dämlich bin ich nicht ... und auch nicht so tapfer.« Und wer würde sie noch wollen, wenn sie ein Kind hatte? Sie konnte sich ihre Zukunft noch immer nicht ohne Steven vorstellen. Aber Bill lehnte sich zurück und lachte. »Im Ernst? Glaubst du wirklich? Du glaubst, mit einunddreißig sei alles vorbei?« Er schien mehr belustigt als mitleidig zu sein. »Das ist doch das Albernste, was ich je hörte.« Besonders für eine Frau, die aussah, die dachte und sich benahm wie sie. Jeder Mann hätte sich glücklich schätzen dürfen, sein Leben mit ihr zu teilen.

»Na, du hast es ja auch nicht noch einmal versucht.« Sie sah ihn fragend an.

»Richtig.« Er lächelte. »Aber ich habe die Richtige eben nicht gefunden.« Er hatte auch alles darangesetzt, sie nicht zu finden.

»Warum nicht?«

»Aus Angst«, gestand er. »Aus Arbeitsbesessenheit, Faulheit, fehlender Motivation. Ich könnte viele Gründe aufzählen. Außerdem war ich bei der Scheidung älter als du. Ich hatte schon zwei Kinder und wußte, daß ich nicht noch mehr Kinder wollte. Damit war für mich der Anreiz, nach jemandem zu suchen, schon viel geringer.«

»Warum nicht? Warum nicht noch mehr Kinder, meine ich?«

»Ich möchte nicht wieder Kinder haben und sie wieder verlieren müssen«, sagte er fast wehmütig. »Einmal reicht mir, ich könnte es nicht noch einmal durchstehen. Immer wenn sie nach New York zurückfliegen, dreht es mir das Herz im Leib um. Dieses Risiko nehme ich nicht noch einmal auf mich.« Sie nickte, weil sie glaubte, verstanden zu haben.

»Das muß hart sein«, sagte sie verständnisvoll.

»Ja, härter, als man es sich vorstellen kann.« Dann lächelte er ihr zu, und einen Moment war das Verlangen, ihm von dem Baby zu erzählen, übermächtig.

»Manchmal ist das Leben komplizierter, als es den Anschein hat«, sagte sie vage.

»Das stimmt.« Er hätte zu gern gewußt, wie es gemeint war, drängte sie aber nicht. Daß hinter Stevens Verhalten mehr steckte, als sie verriet, glaubte er zu wissen. Eine andere Frau, ein Mann ... irgendein Herzenskummer oder eine Enttäuschung.

Sie saßen nebeneinander und redeten noch lange miteinander. Da die Nacht kühl war, hatte Bill im Kamin Feuer gemacht, und es brannte immer noch. Die Kinder rührten sich kein einziges Mal, und sie selbst waren müde, aber keiner schien den anderen verlassen zu wollen. Sie hatten unendlich viel zu besprechen, Erfahrungen auszutauschen, Meinungen zu teilen, und mit dem Fortschreiten des Abends schien Bill unwillkürlich immer näher zu rücken. Es war Ausdruck dessen, was er für sie empfand, und sie schien nichts dagegen zu haben. Plötzlich, es war fast Mitternacht, sah er sie an und konnte sich nicht mehr erinnern, was er gesagt hatte. Er wußte, wie sehr er sie begehrte. Ohne zu überlegen, nahm er ihr Gesicht zwischen beide Hände, raunte leise ihren Namen und küßte sie zärtlich. Sie war darauf nicht gefaßt, und fühlte sich überrumpelt, aber sie stieß ihn nicht von sich und rührte sich auch sonst nicht. Sie erwiderte seinen Kuß und spürte, wie in seinen Armen ihre Sehnsucht erwachte. Schließlich machte sie sich mit wehmütigem Blick los.

»Bill ... nicht ...«

»Es tut mir leid«, sagte er, obwohl er es nicht meinte. Er war nie im Leben glücklicher gewesen, hatte nie eine Frau heftiger begehrt und nie jemanden mehr geliebt als sie. Er liebte sie aufrichtig nach all der Leere der vergangenen sieben Jahre – mit aller Zärtlichkeit und Weisheit seiner fast vierzig Jahre. »Es tut mir leid, Adrian ... ich wollte dich nicht verstimmen ...«

Langsam stand sie auf und ging durch den Raum, als müßte sie sich von ihm losreißen, um keine Torheit zu begehen. »Du hast mich nicht verstimmt.« Sie drehte sich um und sah ihn bedauernd an. »Es ist nur ... ich kann es nicht erklären ... ich möchte dir keinen Schmerz zufügen.«

»Mir?« Er schien verblüfft. »Wie könntest du mir Schmerz zufügen?« Er ging zu ihr, ergriff ihre Hände und sah tief in die blauen Augen, die er schon so liebgewonnen hatte.

»Mein Wort darauf ... im Moment habe ich nichts, was ich dir geben könnte. Nur Kopfschmerzen.«

Er lächelte. »Na, das klingt ja sehr ermutigend.« Er wollte sie wieder küssen, unterließ es aber.

»Es ist mein Ernst.« Und genauso sah sie auch aus. Es war ihr viel ernster, als er ahnte. Sie wollte niemanden mit der Verantwortung für ihr Kind belasten, wenn Steven das Kind nicht wollte. Das war jetzt ihr Problem und nicht das von Bill.

»Mir ist es auch ernst, Adrian. Ich wollte dich nicht drängen, weil ich weiß, daß die Scheidung für dich ein schrecklicher Schlag ist.« Er blickte auf sie nieder, und alles, was er für sie empfand, erfüllte ihn mit neuer Intensität. »Adrian ... ich liebe dich. Ich weiß, das hört sich albern an, aber es ist so – ich werde dich nicht drängen, und wenn dies nicht der richtige Zeitpunkt ist, dann werde ich warten ... aber gib der Sache eine Chance ... gib mir eine Chance«, flüsterte er, und dann war es mit seiner Zurückhaltung vorbei. Er küßte sie. Ihr Widerstand war von kurzer Dauer, dann schmolz sie in seinen Armen dahin. Sie wußte, daß auch sie im Begriff stand, sich in ihn zu verlieben. Aber sie durfte es nicht. Es war nicht fair. Sie war ganz außer Atem und wirkte ziemlich durcheinander, als er innehielt. Er lächelte nur und berührte ihre Lippen mit den Fingern. »Ich bin ein großer Junge. Ich kann gut auf mich achtgeben. Du brauchst keine Angst zu haben, daß ich mich vergesse. Ich kann warten, bis sich mit Steven alles geklärt hat.«

»Aber das wäre dir gegenüber nicht fair.«

»Noch weniger fair ist es, dies alles erst gar nicht in Erwägung zu ziehen. Seit unserer ersten Begegnung wurden wir voneinander angezogen wie Magneten. Nenne es Kismet, Bestimmung, Schicksal, was immer. Aber ich habe das Gefühl, daß es uns zugedacht ist. Ich möchte es nicht verlieren. Du kannst davor nicht davonlaufen, und ich werde dich nicht drängen. Ich werde warten – ewig, wenn es sein muß.« Das war ein Angebot, das sich hören lassen konnte, und sie war gebührend bewegt, nicht zuletzt, weil ihre Empfindungen ähnlich waren, doch das Kind änderte für sie alles. Sie mußte Steven die Chance geben, zurückzukommen, wenn er seine Haltung geändert hatte. Und sie mußte ihre ganze Liebe und Energie dem Kind widmen. Es wäre nicht fair, wenn sie, von ihrem Ehemann schwanger, in Bills Leben trat. Es wäre ganz so gewesen wie in den Drehbüchern für seine Serie, und als sie erwog, es ihm zu erklären, wurde sie von Mutlosigkeit erfaßt. »Ich verspreche, daß ich nichts erzwingen werde. Ich werde dich auch nicht wieder küssen, wenn du es nicht möchtest. Ich möchte nur mit dir zusammen sein und dich kennenlernen.«

»Ach, Bill.« Sie schmiegte sich in seine Arme, und er hielt sie lange fest. Am liebsten wäre sie für immer in seinen Armen geblieben. Er war alles, was sie sich je gewünscht hatte, nur war er nicht ihr Mann und nicht der Vater ihres Kindes. »Ich weiß nicht, was ich darauf sagen soll.«

»Gar nichts. Hab Geduld mit dir selbst und mit mir. Und laß dir Zeit. Dann werden wir ja sehen. Vielleicht werden wir entdecken müssen, daß es nicht richtig ist und nie sein wird. Aber wir wollen uns wenigstens eine reelle Chance einräumen. Ja?« Hoffnungsvoll sah er sie an, während sie sich seinen Vorschlag durch den Kopf gehen ließ. »Bitte ...«

»Aber du weißt ja nicht ... es gibt so vieles, was du von mir nicht weißt.«

»Was kann es denn so Schreckliches geben? Hast du deinen Mann betrogen? Welche schrecklichen Geheimnisse verbirgst du vor mir?« Er neckte sie, um der Situation eine leichtere Note zu geben, und sie lächelte. Es war kein schreckliches Geheimnis, nur ein großes. Ein Baby. »Ich kann mir nicht vorstellen, daß in deiner Vergangenheit oder gar Gegenwart etwas so Schreckliches lauert, das an meinen Gefühlen etwas ändern könnte.«

Fast hätte sie laut gelacht, weil sie daran dachte, wie unnachgiebig Steven sich im Hinblick auf das Kind gezeigt hatte. Aber das war nicht Steven, das war Bill, und fast glaubte sie, daß er sie wirklich liebte. Aber sie als schwangere Frau zu akzeptieren, wäre zuviel verlangt gewesen, auch von Bill. Das konnte sie nicht tun. »Warum lassen wir die Dinge nicht einfach laufen ... und erholen uns, genießen unsere Ferien. Zu Hause können wir immer noch ernst an die Sache herangehen und alles durchsprechen. Na, ist das ein Vorschlag? Wir sollten bis dahin alles leicht und locker nehmen? Und ich werde mich gut benehmen, das verspreche ich.« Er schüttelte ihr die Hand und kämpfte gegen das Verlangen an, sie noch einmal zu küssen. »Einverstanden?«

Widerstrebend schüttelte sie seine Hand und lächelte. »Du bist sehr hartnäckig im Feilschen.« Aber Adrian war froh. Sie war ganz kurz versucht gewesen, wieder zurück nach L. A. zu fahren, nur um ihrer eigenen Sehnsucht nach ihm zu entfliehen. Jetzt war sie erleichtert, daß sie es nicht getan hatte.

»Aber nicht vergessen!« Er drohte ihr mit dem Finger. »Ich bin auf etwas Dauerhaftes aus«, flüsterte er, als er die Lichter löschte. Gleich darauf gingen sie zu Bett, jeder mit seinen eigenen Gedanken und der Erinnerung an die Leidenschaft, die zwischen ihnen beinahe entfesselt worden wäre. Beide wußten, daß sie vorhanden war. Auch wenn sie sich im Moment beherrschten, war sie etwas, dem sie sich früher oder später stellen mußten. Adrian wußte, daß Bill ein ernsthafter Mensch war, eine ernsthafte Kraft, mit der sie es aufzunehmen hatte.

17

Am Tag darauf fuhren sie bis San Franzisko. Unterwegs hielten sie in Carmel an, durchstreiften die kleinen Läden, lachend und gutgelaunt. Adrian nutzte die Gelegenheit, um Kleinigkeiten für die Kinder zu kaufen. Aber heute zeigte Bill sich von der stillen Seite. Er dachte an den Vorabend und fragte sich, was ihr wohl so großes Kopfzerbrechen bereitete und warum sie so sicher war, daß er sie zurückweisen würde. Er wußte, daß es mit ihrer Ehe zusammenhing – oder mit ihrer Scheidung. Was immer es war, es reizte ihn, dahinterzukommen.

In San Franzisko hatte er wieder zu seiner unkomplizierten Art zurückgefunden und fühlte sich viel besser. Sie sahen sich Fisherman's Wharf an, fuhren mit der alten Straßenbahn, besuchten den Ghirardelli Square, kurzum, sie ließen keine Touristenattraktion aus. Es wurden zwei anstrengende Tage, und Adrian sah reichlich mitgenommen aus, als sie schließlich mit Ziel Napa Valley losfuhren.

»Alles klar?« fragte Bill leise am Morgen ihrer Abfahrt. Er saß wieder am Steuer, obwohl sie ihm angeboten hatte, ihn abzulösen, er aber wollte, daß sie sich entspannte und die Fahrt durch Sonoma genoß. Sie fuhren an Blumenwiesen vorüber, an Weingärten, an Herden grasender Rinder, Schafen und Pferden und an schönen, hohen Bäumen, die ihnen auf der sich dahinschlängelnden Straße Schatten spendeten. Und immer sah sie in der Ferne die Hügel vor sich. »Du siehst müde aus«, bemerkte erbesorgt. Sie ermüdete rasch und sah blaß aus, dennoch kam ihr selten eine Klage über die Lippen. Alles in allem schien sie aber bei bester Gesundheit, hatte Appetit und war immer bester Laune. Nach ihrem ernsthaften Gespräch am zweiten Abend hatte er sich bemüht, ihr nicht zu nahe zu kommen und keine ernsthaften Themen anzuschneiden. Sie wußte jetzt, was er für sie empfand, und ihm war nicht verborgen geblieben, daß es um ihre Gefühle ähnlich stand, ebenso aber wußte er, daß ein Hindernis vorhanden war. Er wollte ihr ausreichend Zeit und auch Raum geben, es aus der Welt zu schaffen, denn eines stand für ihn unverrückbar fest: er wollte sie nicht verlieren.

Im Umgang mit den Kindern zeigte sie sich unschlagbar. Mit keiner seiner Freundinnen hatten die beiden so leicht Kontakt gefunden. Sie zogen Adrian zwar erbarmungslos auf, und Tommy tat nichts lieber, als sie zu kitzeln, mit ihrem Haar zu spielen und auf ihr herumzuturnen, nur um ihr zu verstehen zu geben, daß er sie mochte. Beide waren richtig versessen auf sie und wie sie so gemächlich durch das Napa Valley gondelten, wirkten sie wie eine völlig normale Familie. Sie stiegen in einem urgemütlichen Hotel im viktorianischen Stil ab und besuchten mehrere Weingüter. Dann fuhren sie weiter nach einem heißen, sonnigen Nachmittag in Calistoga, den sie zu einem Segelrundflug nutzten. Adrian hielt nicht mit, und Bill drängte sie nicht. Sie ließ auch die Fahrt im Heißluftballon aus, den er mietete, um den Jungen das übrige Napa Valley bei Sonnenaufgang zu zeigen. Sie beharrte darauf, daß sie an Höhenangst litt, und weigerte sich standhaft. Bill hatte das Gefühl, daß mehr dahintersteckte, aber er sagte kein Wort und fragte sie auch nicht. Die Kinder waren enttäuscht, daß sie bei diesen luftigen Abenteuern nicht mitmachen wollte, aber Adrian gelang es, die Sache locker zu überspielen, so daß sie auf der Weiterfahrt zum Lake Tahoe kein Thema mehr war. Sie wechselte sich am Steuer mit Bill ab und regte an, daß alle paar Stunden gerastet wurde, damit sie sich die Beine vertreten konnte. Sie behauptete, sie würde zu steif, wenn sie ohne anzuhalten zu lange im Auto säße. Deshalb wurde am Nut Tree eine Rast eingelegt, dann in Placerville, und für die Jungen wurde die Fahrt mit der alten Bahn am Nut Tree ein besonderes Erlebnis.

Am Freitagnachmittag erreichten sie den Lake Tahoe und wurden von herrlich frischer Bergluft und einem blauen Himmel empfangen, auf dem kleine Wolkenbällchen einander über die Berge jagten. Die Szenerie war vollkommen.

Der im voraus reservierte Zeltplatz wurde auf Anhieb gefunden, und Bill machte sich an den Zeltaufbau. Er hatte ein größeres für sich und die Kinder dabei und ein kleineres, das eigens für Adrian angeschafft worden war. Er stellte sie Seite an Seite auf, und Tommy verkündete, er wolle bei Adrian schlafen, weil ihr Zelt so gemütlich wäre, und sie zeigte sich sehr geschmeichelt. Alle waren reizend zu ihr, und in gewisser Weise hatte sie das Gefühl, als verdiente sie so viel Zuneigung gar nicht. Sie verzweifelte fast, wenn sie immer wieder alles abwog und ihre Gefühle analysierte – immer unter dem Eindruck der Gewißheit, daß sie sich an einem gewissen Punkt zurückziehen mußte. Sie konnte sich nicht mit Bill einlassen, wenn sie ein Kind erwartete. Und doch konnte sie nicht auf ihn verzichten. Am liebsten hätte sie Tag und Nacht mit ihm Gedanken ausgetauscht, ihn angesehen, seine Gesellschaft genossen, die Wärme seiner Nähe. Immer wieder ertappte sie sich dabei, daß sie ganz dicht bei ihm stand, seine Hand berührte, seine Hände auf ihrem Gesicht spüren wollte, seine Lippen auf den ihren. Und sie konnte nichts anderes tun, als ihn ansehen und wünschen, die Dinge wären anders. Sie bedauerte nicht, daß sie ein Kind unter dem Herzen trug, sie bedauerte vielmehr, daß es nicht sein Kind war, und sie wünschte, das Leben hätte ihnen andere Karten zugeteilt und sie wäre nie mit Steven verheiratet gewesen.

»Na, was hast du eben überlegt?« Sie hatte reglos dagestanden und in den Wald gestarrt. Ihm war das nicht entgangen. Dabei war ihr Ausdruck so traurig gewesen, daß sofort seine Besorgnis erwachte.

»Nichts ...« Sie wollte nicht damit herausrücken. »Ich habe nur vor mich hingeträumt.«

»Ja, du warst in Gedanken versunken. Du hast sehr traurig ausgesehen.« Er berührte kurz ihre Hand und ging dann rasch wieder auf Distanz. Er mußte sich ermahnen, sie nicht anzufassen, aber das fiel ihm nicht leicht. Er wollte ihr wieder sagen, daß er sie liebte, er wußte jedoch, daß er warten mußte, bis sie bereit war, seine Liebe anzunehmen.

Er fuhr mit dem Aufbau der Zelte fort, und Adam ging ihm dabei fachmännisch an die Hand. Sie machten ihre Sache ausgezeichnet, und anschließend fuhren Adam und Adrian Lebensmittel einkaufen, während Bill und Tommy ›das Lager aufschlugen‹. Alles war ein großer Spaß, auch für Adrian. Es wurden Steaks eingekauft, die Bill grillen würde, dazu Hot dogs, etwas zum Nachtisch und viele gute Dinge für das Frühstück. Adrian bekam langsam das Gefühl, als würden sie ununterbrochen essen, Tag und Nacht. Ihre umfangreicher werdende Taille trat immer deutlicher in ihr Bewußtsein. In der Woche, in der sie nun unterwegs waren, war sie aus fast allen Sachen herausgewachsen, die sie mitgenommen hatte. Dabei hatte sie nicht so sehr an Gewicht zugenommen, aber ihre Figur hatte sich radikal verändert – fast über Nacht, und an ihrem ersten Abend am See mußte sie sich eine von Bills großen, losen Jacken borgen. Ihn schien der Grund nicht zu kümmern, falls er ihm überhaupt auffiel, und sie war dankbar dafür. Sie wollte nicht, daß er es wußte, und war noch immer unschlüssig, wie sie die Beziehung beenden sollte, wenn sie nach Hause gekommen waren. Es wäre nicht fair gewesen, sich oder ihn zu quälen, und während ihrer Schwangerschaft konnte sie mit ihm keine Liebesbeziehung anfangen. Vielleicht nachher, wenn sie bis dahin Freunde bleiben sollten. Vielleicht später, wenn er von dem Kind wußte, dann wäre es vielleicht eine faire Sache ... ihre Gedanken kreisten ständig darum, und er merkte ihr an, daß sie zutiefst bekümmert war.

»Jetzt tust du es wieder«, flüsterte er, als sie abends nach einem herrlichen Dinner am Lagerfeuer saßen. Die Jungen hatten Lieder gesungen, bis sie eingeschlafen waren, beide in Bills Zelt, aber Tommy schwor, er wolle die nächste Nacht mit Adrian im Zelt verbringen.

»Was tue ich wieder?« sagte sie sinnend und starrte geistesabwesend ins Feuer. Ein wundervoller Abend lag hinter ihr.

»Du hast an etwas viel zu Ernstes gedacht. Ab und zu werden deine Augen ganz traurig. Ich wünschte, du würdest mir sagen, was dich bedrückt.« Es verdroß ihn sehr, daß sie ihn mitunter völlig ausschloß, doch die meiste Zeit hätten sie gar nicht vertrauter sein können.

»Nichts bedrückt mich, gar nichts.« Das hörte sich nicht überzeugend an, und er ließ sich auch nicht überzeugen.

»Ich wünschte, ich könnte dir glauben.«

»Ich war nie glücklicher.« Sie sah ihm in die Augen, und er glaubte ihr, und doch wußte er, daß ihr etwas sehr zu schaffen machte. Adrian machte sich Sorgen wegen des Kindes ... wie sie es schaffen würde, sich um das Kleine zu kümmern. Wie es sein würde, mit dem Kind allein ... wenn sie die Entbindung allein durchstehen mußte. Das Baby wurde für sie immer mehr zur Realität, und ihre Sorgen wuchsen mit dem Kleinen. Sie hatte Angst, Bill zu verlieren, und wußte doch, daß es unvermeidlich war. Sobald er es erführe, war es unausweichlich, wenn nicht schon früher. Und plötzlich, während sie daran dachte, standen ihr Tränen in den Augen. Bill bemerkte es und zog sie wortlos in die Arme und hielt sie fest.

»Ich bin für dich da, Adrian ... ganz nahe ... solange du mich brauchst.«

»Warum bist du so gut zu mir?« fragte sie unter Tränen. »Das verdiene ich gar nicht.«

»Das darfst du nicht sagen.«

Sie litt unter Schuldgefühlen, denn es war nicht fair, ihm nichts von dem Baby zu sagen, und doch konnte sie es nicht. Was hätte sie ihm denn sagen sollen? Daß sie eine Campingtour mit ihm und seinen Kindern machte, da sie sich in ihn verliebt hatte, während sie mit Stevens Kind schwanger war? Wie hätte sie das sagen können? Und plötzlich mußte sie unter Tränen über die Absurdität lachen. Es war eine lächerliche Situation.

»Wo warst du übrigens vor ein paar Jahren?« Sie lachte, und er reagierte auf ihre Frage mit einem Lächeln.

»Ich habe mich wie gewöhnlich zum Narren gemacht. Aber besser spät als nie.« Schlimm war nur, daß er für sie zu spät gekommen war.

Sie nickte, und sie blieben lange so sitzen, hielten sich umfangen und sahen ins Feuer, aber diesmal küßte er sie nicht. Er hätte es gern getan, wollte sie aber nicht durcheinanderbringen.

Schließlich schlug er vor, sich zur Ruhe zu begeben, und half ihr ins Zelt, ehe er sich in seinem Zelt in den Schlafsack verkroch, doch im nächsten Moment hörte er ein Geräusch, und sie stand neben ihm, sichtlich erschrocken.

»Ist etwas?« fragte er verblüfft.

»Ja«, flüsterte sie nervös. »Ich habe dort drüben ein Geräusch gehört.« Sie deutete über sein Zelt hinweg. »Hast du nichts gehört?«

Er schüttelte den Kopf. Er war schon halb eingeschlafen gewesen. »Nein, da ist nichts. Kojoten vielleicht ...«

»Glaubst du nicht, es könnte ein Bär sein?«

Er grinste sie an. Am liebsten hätte er ihr weisgemacht, es lauerten mindestens zehn Bären darauf, und sie täte gut daran, sich in einem Schlafsack in Sicherheit zu bringen, aber er tat es nicht. »Ich glaube nicht. Die Bären hier in der Gegend sind ziemlich zahm.« Trotz gelegentlicher Unfälle, die sich aber meist nur ereigneten, wenn die Bären gereizt wurden. Ließ man sie in Ruhe, dann griffen sie selten oder nie an, und im Moment reizte Adrian nur ihn, wie sie in ihren Jeans und seiner Jacke vor ihm stand. »Willst du hier drinnen bei uns schlafen? Mit dem Platz wird es dann zwar knapp, aber die Buben wären begeistert.« Sie nickte mit der Miene eines Kindes, und er sah lächelnd zu, wie sie sich in ihrem Schlafsack neben ihm niederließ und einschlief. Sie hielt seine Hand ganz fest, während er dalag und sie nicht aus den Augen ließ.

18

Am nächsten Tag erwachten sie zu viert im Zelt, und Tommy nutzte die Gelegenheit sofort, um seinen Vater zu ärgern. Er fing ihn erbarmungslos zu kitzeln an, bis Adam und Bill den Spieß umdrehten und sich über Tommy hermachten. Adrian mußte ihm zu Hilfe kommen, und in Sekundenschnelle gab es ein wildes Durcheinander von Armen und Beinen, dazu Gekreische und Hände, die kitzelten, bis Adrian flehte, man möge ein Ende machen. Sie hatte so sehr gelacht, daß der Reißverschluß ihrer Jeans aufgeplatzt war. Zum Glück hatte sie eine zweite Hose dabei. Sie lachte so sehr, daß sie kaum aufrecht gehen konnte, und den anderen ging es ebenso. Es war eine sehr nette Art zu erwachen, viel besser jedenfalls, als in der einsamen Stille ihrer unmöblierten Wohnung.

»Wie kommt es, daß du bei uns geschlafen hast?« wollte Adam wissen, der sich im Freien drehte und streckte.

»Sie hatte Angst, ein Bär würde sie auffressen«, erklärte Bill ganz sachlich.

»Stimmt nicht.« Sie versuchte sich zu verteidigen, während er mit den Kindern über sie lachte.

»Und ob! Wer tauchte denn in unserem Zelt auf, als wir alle schliefen und sagte, er hätte Geräusche gehört?«

»Ich dachte, du hättest gesagt, es seien Kojoten.«

»Das habe ich ja auch gesagt.«

»Na schön, dann hatte ich eben Angst, von einem Kojoten gefressen zu werden.« Sie lachte, und alle lachten mit ihr, und als sie mit Adams Hilfe das Frühstück zubereitete, kündigte Bill an, er wolle gleich nach dem Essen mit ihnen angeln gehen.

»Und abends können wir dann unsere Beute verzehren.«

»Klasse ... und wer nimmt den Fisch aus?« beeilte Adam sich zu fragen. Er kannte die Spielregeln von früheren Campingtouren mit seinem Vater. Wenn sein Vater eine Freundin dabei hatte, mußte Adam die Fische ausnehmen, da die Mädchen meist zu zimperlich waren.

»Ich schlage folgendes vor«, sagte Bill, als Adrian das Feuer entfachte. »Jeder nimmt seinen Fisch selbst aus. Na, ist das fair?«

»Und wie«, erwiderte Adrian mit breitem Lächeln. »Ich habe sowieso noch nie im Leben etwas gefangen. Ich begnüge mich mit einem Hot dog.«

»Unfair!« beklagte sich Adam, begierig den Duft des Specks einatmend, den Adrian briet.

»Gibt es Maisfladen?« fragte Tommy. Das gehörte zu den Attraktionen beim Zelten. Maisfladen und den Schlafsack mit dem Vater teilen. Es war, als schliefe man mit einem großen Teddybären, mit dem man die ganze Nacht kuscheln konnte und der einen warm und angenehm festhielt.

»Heute abend werde ich welche machen«, versprach Bill mit einem Blick zum Himmel. Es war ein prächtiger Tag, und die Welt war in Ordnung. Er sah Adrian über die Köpfe der Kinder hinweg an und schenkte ihr ein Lächeln. Sie spürte, wie ihr Herz weich wurde.

»Warum gehen wir heute nicht schwimmen?« schlug Adrian vor, als sie Spiegeleier briet. Es war schon fast warm genug, und in einer Stunde würde die Temperatur genau richtig sein. Im See war das Wasser eiskalt, doch hinter ihrem Zeltplatz floß in einiger Entfernung ein Fluß, wie sie am Tag zuvor gesehen hatten. Stromschnellen machten ihn an manchen Stellen reißend und für Floßfahrten attraktiv.

»Erst gehen wir angeln«, lautete Bills Vorschlag, als sie ihm und den Kindern das Frühstück servierte. Die Jungen waren aber mit Adrian eines Sinnes und bestanden darauf, erst schwimmen zu gehen und die Angeltour auf später zu verschieben.

»Schon gut, schon gut. Also erst schwimmen, und dann besorge ich die Köder. Nach dem Mittagessen kommen wir dann zur Sache. Und wer keinen Fisch fängt, der muß verhungern.« Seine in grollendem Ton vorgebrachte Drohung rief bei allen Heiterkeit hervor.

»Vergiß bloß nicht meinen Hot dog«, ermahnte Adrian ihn übertrieben besorgt.

»O nein, du wirst auch angeln. Und komm mir jetzt nicht damit, daß du dich vor kaltem Wasser fürchtest.« Er hänselte sie, weil sie an dem Segelflug und an der Ballonfahrt im Napa Valley nicht teilgenommen hatte. Doch Adrian hatte nur dem Baby zuliebe verzichtet, genau wie auf den Ausritt in Santa Barbara, aber das konnte er ja nicht wissen.

»Ich habe keine Angst vor Wasser.« Mit beleidigter Miene machte sie sich über ihre Rühreier her und verdrückte wieder einmal ein gewaltiges Frühstück. Die Bergluft hatte ihren Appetit geradezu unmäßig angeheizt. »In Stanford war ich Captain des Schwimmteams, müßt ihr wissen. Und zwei Sommer lang war ich Rettungsschwimmerin.«

»Kannst du richtig gut tauchen?« erkundigte Tommy sich sichtlich beeindruckt von diesen Referenzen.

»Ja, ziemlich gut.« Sie fuhr ihm lächelnd durchs Haar.

»Wirst du es mir beibringen, wenn wir wieder bei Dad zu Hause sind?«

»Sicher.«

»Mir auch«, forderte Adam halblaut. Er mochte sie sehr und bewunderte sie, obwohl sie die Fahrt im Heißluftballon ausgelassen hatte. »Letztes Jahr hat Dad mir Tauchen beigebracht, aber ich glaube, den Winter über habe ich alles vergessen.«

»Sobald wir zurück sind, wollen wir das Tauchen in Angriff nehmen.« Dann machte sie unter Mithilfe der anderen nach dem Frühstück Ordnung. Sie rollten die Schlafsäcke zusammen und zogen ihre Badesachen an, ehe sie ihre Zelte verschlossen und an den Fluß gingen. Adrian hatte über ihrem Badeanzug ein T-Shirt an und sah tadellos damit aus, auch in Bills Augen.

Sie entdeckten eine herrliche Stelle, an der sich andere Familien mit Kindern tummelten. Dort sprangen sie unter viel Gelächter und Scherzen ins Wasser und bespritzten sich reichlich mit Wasser. In einiger Entfernung, hinter einer Felsformation, tosten die Stromschnellen, über die sich die Leute auf Flößen dahintreiben ließen.

Über eine Stunde lang vergnügten sie sich an der ruhigen strömungsfreien Stelle, dann stieg Bill aus dem Wasser und kündigte an, er wolle zum Laden fahren, Köder und einige Vorräte besorgen. Adrian und die Kinder wollten unterdessen am Fluß bleiben. Sie hatten großen Spaß im Wasser, und zum Angeln war später auch noch genug Zeit. Bill wollte sich außerdem nach Mietbooten erkundigen und dazu mußte er ebenfalls zu dem Angelausrüstungsladen.

»Wir treffen uns bei den Zelten«, rief er Adrian zu, als er über die Lichtung ging und verschwand, und sie drehte sich wieder zu den Kindern um. Tommy war im Wasser in seinem Element, und Adam versuchte zu tauchen, um festzustellen, wie tief das Wasser an dieser Stelle war. Adrian untersagte es ihm. Man konnte hier nicht auf den Grund sehen und unterscheiden, ob unter Wasser Felsen aufragten. Sie wollte nicht, daß er sich verletzte. Er zeigte sich sehr einsichtig und hörte auf das, was sie ihm sagte. Adrian erklärte ihm geduldig, daß man das Tauchen an Stellen vermeiden sollte, die man nicht kannte, und sie wandte sich um, weil sie Tommy dasselbe ans Herz legen wollte, und nun erst merkte sie, daß der Kleine verschwunden war. Sie ließ ihren Blick wandern ... keine Spur von Tommy. Panik überfiel sie, doch dann erspähte sie ihn auf einem der Felsen. Er beobachtete die Leute, die auf Flößen über die Stromschnellen hinunterschossen. Aufgeregt rief sie ihn. Er hatte eine Strafpredigt verdient, weil er die ruhige, zum gefahrlosen Schwimmen geeignete Stelle verlassen hatte. Er schien sie nicht zu hören. Sie rief ihn noch mal, wieder vergebens. Sie mußte aus dem Wasser und ihn holen und bat Adam, ebenfalls ans Ufer zu gehen und auf sie zu warten, während sie über die Steine kletterte, um Tommy zu holen.

Wieder rief sie seinen Namen. Tommy drehte sich um und grinste ihr spitzbübisch zu. Sie mußte über Geröll klettern. Er stand direkt an der Uferböschung, ganz weit vorgebeugt, als drei Flöße an ihm vorüberschossen. In seinen Augen ein Mordsspaß ... er wollte seinen Vater bitten, ein Floß zu mieten und mit ihnen den Fluß hinunterzusausen. Das war sehr viel spannender als mit einem Boot auf dem Lake Tahoe zu rudern und dort die Angeln auszuwerfen.

»Tommy! Komm her!« rief sie. Adam folgte ihr über das Felsgeröll etwas langsamer, verärgert, weil sein Bruder sie vom

Schwimmen abhielt. Doch während er hinsah, verschwand Tommy plötzlich. Er rutschte von der Böschung und fiel ins wild schäumende Wasser. »Tommy!« schrie Adrian erschrocken. Auch sie hatte es mitangesehen, aber er hörte sie nicht, als er rasch flußabwärts zu den Klippen vor dem Wasserfall getrieben wurde.

Adrian hielt verzweifelt nach etwas Ausschau, das sie ihm hinhalten konnte, nach einem Ruder, einer Stange, einem Ast, aber da war nichts, und von den anderen hatte niemand den Unfall beobachtet. Adam lief zu ihr und brüllte den Namen seines Bruders, aber alles, was Adrian sehen konnte, war der Ausdruck von Panik auf Tommys Gesicht, während er weiter flußabwärts trieb. Plötzlich merkten zwei Männer auf einem Floß, was da vor sich ging.

»Faßt ihn! ... Packt den Jungen!« rief der eine den Leuten auf dem Floß zu, doch die hörten über dem Tosen des Wassers nichts, und sie sahen auch die kleine Gestalt in der blauen Badehose nicht, die auf dem Wasser trieb. Wild mit den Armen um sich schlagend, sank er immer wieder unter die Wasseroberfläche, und Adrian wußte sofort, daß etwas Schreckliches bevorstand. Adam, der hysterisch brüllte, wollte ins Wasser springen, aber Adrian bekam ihn zu fassen und stieß ihn rüde beiseite.

»Nicht, Adam, nicht springen!« rief sie ihm drohend zu und schubste ihn zurück. Kaum hatte sie diese Warnung ausgestoßen, fing sie zu laufen an, das Ufer entlang, über Steine, Baumstämme und andere Hindernisse. Sie stieß alle Leute weg, die ihr im Wege standen. Noch nie im Leben war sie so schnell gelaufen. Sie wußte, daß Tommys Leben davon abhing. Inzwischen begleiteten die Leute auf der Uferböschung die Vorgänge mit lautem Geschrei. Jetzt sahen ihn alle. Aber alle waren sie hilflos. Zwei Männer hielten Tommy von einem der Boote aus ein Ruder hin, aber der Junge war zu klein und zu verängstigt, um sich daran festzuhalten. Die Strömung drückte ihn immer wieder unters Wasser, während Adrian weiterlief, ohne ein einziges Mal innezuhalten. Sie wußte, was sie zu tun hatte, und wohin sie wollte, wenn es nur nicht schon zu spät war. Sie spürte, wie

Zweige ihr die Beine aufritzten, etwas schlug gegen ihre Hüfte, ihre Füße waren von den scharfen kantigen Steinen schon gefühllos, und ihre Lungen brannten, aber sie konnte Tommy noch sehen. Dann sprang sie, mit dem Kopf voran, dicht vor den Klippen in das wildbrodelnde Wasser. Sie tauchte unter die Oberfläche, mit einem Stoßgebet auf den Lippen, sie möge nicht irgendwo aufprallen und es möge ihr gelingen, ihn zu fassen, bevor es zu spät war. Wenn nicht, dann war alles verloren, und das durfte sie nicht zulassen, egal, was es sie kostete.

Fast wurde sie von einem Ruder getroffen, als sie kraftvoll, schnell und sicher weiterschwamm. Von weitem hörte sie Menschen schreien, und aus noch größerer Entfernung das Heulen einer Sirene. Und als die Wucht des Wassers sie hinunterdrückte, stieß sie plötzlich gegen einen Widerstand, das ihr ins Gesicht schlug. Sie faßte danach, und als sie ihn berührte, wußte sie, daß sie ihn hatte. Es war Tommy. Sie hob ihn an die Oberfläche, während sie selbst um Atem kämpfte und die Strömung sie wieder unters Wasser drückte. Dennoch schaffte sie es, ihn über ihrem Kopf zu halten, bemüht, ihn aus dem Wasser zu zwingen. Er spuckte und keuchte und schluckte bei jedem Mal, wenn sie untertauchten, Wasser. Dazu setzte er sich gegen sie mit aller Kraft zur Wehr, trotzdem ließ sie ihn nicht los. Und während die reißende Strömung an ihr zerrte, stieß sie ihn immer wieder nach oben. Dann war er plötzlich fort. Sie spürte sein Gewicht nicht mehr. Er mußte irgendwo sein, aber sie fand ihn nicht mehr. Sie wurde in ein schwarzes Loch gedrückt und fiel in etwas Tiefes und sehr Weiches. Alles war still, während sie immer tiefer sank.

19

Als Bill zurückkam, war die Luft von Sirenengeheul erfüllt. Er stellte seine Tasche vor dem Zelt ab, ließ sich nieder und streckte die Beine in die Sonne, während er auf Adrian und die Kinder wartete. Ein Rettungswagen brauste an ihm vorüber. Er sah ihm erschrocken nach. Einem Instinkt folgend, stand er auf und ging zu der Stelle am Fluß, wo er Adrian und die Kinder zurückgelassen hatte. Dort traf er Adam an, der schreiend am Ufer auf und ab lief.

»O Gott …« Am ganzen Körper zitternd, lief Bill zu ihm. Einige Erwachsene umstanden den Jungen und versuchten, ihn zu trösten. Adam rief ständig Tommys Namen, und als er seinen Vater entdeckte, stürmte er auf ihn zu. Bill riß Adam an sich, um sofort wieder auf Abstand zu gehen und ihn anzusehen: »Was ist passiert? Was, um Himmels willen?« Er schüttelte ihn, in dem Bemühen, ihn zu beruhigen, damit er ihn verstehen konnte, aber Adam konnte nichts sagen und tun. Er deutete nur in die Richtung, wo der Rettungswagen und zwei Fahrzeuge der Forstverwaltung standen. Bill ließ ihn stehen und rannte zu den Wagen. Die Einsatzfahrzeuge wurden von einer dichten Menschenmenge umringt, Leute von den Flößen riefen etwas, als Bill die Stelle erreichte, wo eine Gruppe von Forstaufsehern beisammen stand, von denen einige ins Wasser gewatet waren. Bill sah, wie sie ein Häufchen Mensch in einer blauen Badehose zu fassen bekamen und erkannte voll Entsetzen, daß es sein Sohn war, bewußtlos, blau angelaufen. Man legte ihn auf den Boden, kontrollierte seine Reaktionen, und einer der Männer begann mit künstlicher Beatmung, während Bill schreckensstarr zusah. Er war tot … mußte tot sein … die Menschen registrierten erschrocken, wie Bill sich an ihnen vorbeidrängte und neben dem Jungen auf die Knie fiel.

»Bitte … o Gott … bitte … tu etwas …« Er konnte nur an den Jungen denken, an das Baby, das er so liebte, und während er ihn wie gebannt beobachtete, hörte man ein schreckliches Gurgeln, gefolgt von einer Wasserexplosion. Der Junge war noch immer grau im Gesicht, aber er bewegte sich, und gleich darauf schlug er die Augen auf und blickte zu seinem Vater empor. Zunächst schien er noch benommen zu sein, und dann fing er zu weinen an, während Bill Tommy in die Arme nahm und schluchzte. »O Baby … Baby … Tommy … ich hab' dich so lieb«, stieß er unter Tränen hervor.

»Es … ich …« Wieder würgte Tommy und erbrach Wasser. Er hatte Abschürfungen und Prellungen davongetragen, sein Haar war schlammverklebt, aber er lebte. Sein verzweifelter Blick hing an Bill, und als der Brechreiz vergangen war, sagte er etwas, und seine Worte bewirkten, daß Bills Herz auszusetzen drohte.

»Wo ist ... Adrian?« Adrian. O Gott ... Er drehte sich um. Nun erst wurde er gewahr, daß er sie nirgends gesehen hatte, und als er sich umdrehte, beobachtete er, wie die Männer ihre reglose Gestalt aus dem Wasser hoben.

»Behaltet meinen Jungen im Auge!« rief Bill einem der Männer zu und war in zwei Sätzen bei Adrian. Sie sah aus wie tot ... fahlgrau, und mit einer schrecklichen Wunde an einem Arm und einem Bein. Aber ihr Gesichtsausdruck jagte ihm vor allem Angst ein. Er erinnerte ihn an einen Verkehrsunfall, dessen Augenzeuge er geworden war. Die Frau hatte tot im Wagen gelegen, als er bei ihr angekommen war. »O mein Gott ... können Sie nichts tun?« Niemand hörte ihn. Man versuchte, Adrian zu beatmen, aber sie zeigte keinerlei Reaktion.

»Ist sie Ihre Frau?« fragte jemand ihn hastig, und er wollte schon verneinend den Kopf schütteln, überlegte es sich aber anders und nickte. Es war einfacher, als die Situation langatmig erläutern zu müssen. »Sie hat den Jungen gerettet«, erklärte der Mann. »Noch ein paar Sekunden, und er wäre über die Klippen getrieben worden. Sie hielt ihn an der Oberfläche, bis wir ihn zu fassen bekamen. Sie hat sich den Kopf angeschlagen, glaube ich.« Überall war Blut, wie Bill mit Entsetzen wahrnahm.

»Atmet sie noch?« fragte Bill, ohne den Blick von ihr zu wenden. Vier Männer beugten sich über sie. Er sah es, während ihm Tränen übers Gesicht liefen. Sie hatte mit dem Leben dafür bezahlt, daß sie seinen Sohn gerettet hatte ... sie hatte ihn gerettet und ... man unternahm Wiederbelebungsversuche, die nichts nützten. Und plötzlich heulte die Sirene wieder und einer der Männer rief dem Fahrer etwas zu.

»Wir haben Herzschlag!« Adrian stieß einen kleinen Seufzer aus, sah aber immer noch grauenvoll aus, während man sie weiter künstlich beatmete. Dann warfen die Männer Bill triumphierende Blicke zu. »Sie atmet wieder ohne Hilfe. Wir bringen sie ins Krankenhaus. Wollen Sie mit uns fahren?«

»Ja. Wird sie es schaffen?« fragte er, während er sich verzweifelt nach Adam umsah.

»Das kann man noch nicht sagen. Wir wissen nicht, welcher Art ihre Kopfverletzung ist. Und sie hat viel Blut verloren.« Er sah Bill an, während er einen Preßverband an ihrem Arm anlegte und Druck darauf ausübte. Adam warf sich weinend seinem Vater in die Arme, als die Sanitäter Tommy auf einer Bahre in den Rettungswagen hoben. Bill sprang hinter ihm hinein, und jemand half Adam beim Einsteigen und gab ihm eine Decke, während zwei vom Sanitätspersonal Adrian hereinhoben. Auf ihrem noch immer totenblassen Gesicht lag eine Sauerstoffmaske. Bill kniete neben ihr nieder.

»Ist sie tot?« fragte Adam tiefbekümmert, und Tommy starrte sie nur an. In ihrem Haar hatte sich Laub verfangen, und einer der Sanitäter übte ununterbrochen Druck auf den Arm aus, während Bill als Antwort auf Adams Frage den Kopf schüttelte. Tot war sie nicht, aber sie atmete kaum noch.

In knappen zehn Minuten schafften sie es zum Krankenhaus. Bill strich über ihr Gesicht und schickte dabei inbrünstige Gebete zum Himmel. Zweimal bemerkte er, daß die Sanitäter sie aufmerksamer überwachten, und er spürte auch, daß ihnen nicht gefiel, was sie sahen. In Truckee wurden sie von einem ganzen Team empfangen. Tommy wurde herausgehoben, dann stieg Adam aus dem Rettungswagen. Alle sahen aus wie unter Schockeinwirkung, und eine ältere Schwester redete gedämpft auf Bill ein.

»Ich bleibe bei den Buben, damit Sie ungestört bei Ihrer Frau sein können. Den Kindern fehlt nichts. Wir suchen warme Sachen für sie, und der Kleinere muß noch ein wenig unter Beobachtung bleiben, das ist aber auch alles.« Er nickte und sagte den Kindern, daß er gleich wiederkommen würde. Seine Schritte klangen laut auf dem Steinboden, als er in das Gebäude lief, in das man Adrian geschafft hatte.

»Wo ist sie?« wollte er wissen, kaum, daß er das Gebäude betreten hatte. Alle wußten, wen er meinte, sie war im Moment jene Patientin, deren Zustand am kritischsten war, und eine Schwester deutete auf zwei Flügel einer Schwingtür. Er stürmte durch die Tür und fand sich in der mit allen technischen Finessen ausgestatteten Intensivstation wieder, in der es unzählige Schalter und Knöpfe und Skalen gab sowie eine Vielzahl hellaufleuchtender Lichter und ein Dutzend Menschen in grünen Kitteln, die sich an Adrian zu schaffen machten. Sie schienen viele Dinge auf einmal zu tun, während sie ein Dutzend Monitore im Auge behielten und in einem für ihn unverständlichen Geheimcode Informationen austauschten. Fast kam er sich vor wie in einem Sciencefiction-Film. Sein Inneres war wie abgestorben. Er hatte noch immer nicht begriffen, was eigentlich vorgefallen war. Er wußte nur, daß Tommy etwas Schreckliches zugestoßen sein mußte und daß sie ihn gerettet hatte, aber um welchen Preis ... falls sie es überlebte, würde er ihr ewig dankbar sein. Doch im Moment war dies wenig wahrscheinlich. Diese Frau, die er kaum kannte, das Mädchen, in das er sich verliebt hatte, lag da wie jemand in einem Alptraum oder in einem Gruselfilm.

»Was ist mit ihr?« fragt er immer wieder, doch man war zu beschäftigt, um ihm zu antworten. Er sah, daß ihre Armwunde genäht wurde, dann bekam sie eine Blutkonserve und eine Infusion, ein EKG wurde gemacht, und noch immer war sie grau und bewußtlos. Er durfte nicht in ihre Nähe. Es waren zu viele um sie herum. Sie war zu schwer verletzt, und man mußte zuviel unternehmen, um sie zu retten.

Als ihm schließlich schon ganz übel war von allem, was er mit ansehen mußte, nahm einer der Ärzte ihn beiseite und bat ihn, mit ihm hinauszugehen.

»Möchten Sie sich setzen?« Dem Arzt war nicht entgangen, wie verzweifelt Bill aussah. Bill ließ sich dankbar in einen Sessel sinken, in Gedanken bei den Vorgängen im Raum daneben, bei dem verzweifelten Kampf um Adrians Leben, einem Kampf, dessen Ausgang ungewiß war.

»Was ist mit ihr?« fragte er wieder, und diesmal bekam er eine Antwort.

»Wie Sie wissen, war ihre Frau nahe daran zu ertrinken. In ihre Lungen ist viel Wasser gedrungen, sie hat aus der Armwunde viel

Blut verloren. Eine Arterie wurde verletzt, allein dies hätte schon zum Tod führen können. Unter der Wasseroberfläche muß sie auf etwas Scharfes gestoßen sein. Dazu muß sie einen ziemlich heftigen Schlag auf den Kopf bekommen haben. Erst befürchteten wir einen Schädelbasisbruch, aber dieser Verdacht ist nicht bestätigt worden. Wir glauben jetzt, daß sie eine Gehirnerschütterung davongetragen hat, und natürlich wird alles durch ihren Zustand noch kompliziert.«

»Welchen Zustand?« Er sah erschrocken und verwirrt aus. Er hatte keine Ahnung, ob sie eine chronische Krankheit hatte – vielleicht litt sie an Diabetes. »Wird sie wieder zu sich kommen?«

»Das kann man noch nicht sagen.« Als er jetzt Bill ansah, wirkte er noch ernster. »Angesichts der Schwere ihrer Verletzungen besteht leider die Möglichkeit, daß sie das Baby verliert.« Bill starrte den Arzt wie betäubt an, als er die Worte hörte.

»Das Baby?« Er wußte nicht aus noch ein. Wie ein richtiger Vollidiot kam er sich vor.

»Natürlich«, fuhr der Arzt fort, der wohl annehmen mußte, daß er noch unter Schockeinwirkung stand, nachdem er beinahe seinen kleinen Sohn verloren hatte und sich nun der Gefahr gegenübersah, auch noch seine schwangere Frau zu verlieren. »Sie ist jetzt ... im vierten Monat oder etwas darüber.«

»Ich ... natürlich ... ich ... ich bin so durcheinander ... ich ...« Es war Wahnsinn, warum tat er überhaupt so, als sei sie seine Frau? Und warum hatte er dieses Gefühl? Warum hatte er tatsächlich das Gefühl, als sei sie seine Frau und das Baby von ihm? Und warum, in Gottes Namen, hatte sie ihm nichts gesagt? Er hatte das Gefühl, einen neuen Schock erlitten zu haben, als der Arzt ihn bat zu bleiben, wo er war. Er wollte wieder zur Patientin gehen, und Bill Bescheid geben, sobald eine Änderung der Lage eintrat.

Bill saß lange allein da und versuchte zu verarbeiten, was geschehen war und was er eben gehört hatte. Er schaffte es zunächst nicht. Es war unverständlich, was vor sich gegangen war – nun paßten plötzlich kleine Teile des Puzzles zueinander. Ihr gewaltiger Appetit, die Tatsache, daß es aussah, als hätte sie ein wenig zugenommen, seitdem er sie kennengelernt hatte. Wichtiger noch war jedoch die Tatsache, daß Steven sie verlassen hatte ... aber warum, wenn sie ein Kind bekam? Er muß ein richtiges Scheusal sein, dachte Bill. Und das war auch der Grund, warum sie immer noch glaubte, er würde zurückkommen, und warum sie ihren Ehering trug, und weshalb sie keine Beziehung mit ihm anfangen wollte. Plötzlich ergab alles einen Sinn. Bis auf die Gefahr, das Kind zu verlieren. Viereinhalb Monate, das war keine Kleinigkeit ... und sie selbst schwebte in Lebensgefahr, was noch viel ernster war. Er hatte das Gefühl, das Herz würde ihm aus dem Leib gerissen, als ein anderer Arzt langsam auf ihn zukam. Seine Miene verhieß nichts Gutes, als Bill zu ihm empor starrte, voller Angst vor dem, was er hören würde.

»Wir haben alles Menschenmögliche für sie getan. Sie atmet jetzt ohne Hilfe, und sie hat eine Bluttransfusion bekommen. Die Gehirnerschütterung ist schwer, aber nicht unbedingt lebensgefährlich, es ist kein Schädelbruch ... aber man muß warten. Sie ist noch nicht zu sich gekommen.« Bill wußte, daß sie ins Koma verfallen und sterben konnte. Dergleichen kam oft genug vor. »Es liegt kein Grund zu der Annahme vor, daß Dauerschäden zurückbleiben, wenn sie überlebt. Aber die große Frage heißt: Wird sie überleben? Darauf haben wir noch keine Antwort.«

»Und das Baby?« Er fühlte sich jetzt auch für das Kind verantwortlich. Für beide. Er wollte, daß beide am Leben blieben. Er wollte beide ... oder nur sie ... bitte, laß sie am Leben bleiben ... Er sah den Arzt erwartungsvoll an.

»Die Schwangerschaft ist noch aufrecht. Wir haben sie an einen Monitor angeschlossen, und bislang sieht es nicht schlecht aus. Wir hören die fetalen Herzschläge.«

»Gottlob.« Bill stand auf. Eigentlich hoffte er auf mehr Informationen, doch er erfuhr nicht mehr. Nur die Zeit konnte zeigen, was passieren würde. »Darf ich sie sehen?«

»Natürlich. Wir lassen sie, wo sie ist, bis wir mehr wissen. Sie ist noch immer auf der Intensivstation. Erst wenn ihr Zustand sich bessert, wird sie verlegt.« Nicht zu fassen! Vor wenigen Stunden hatte sie Schinken und Ei zum Frühstück gebraten, und jetzt stand sie an der Schwelle des Todes, nachdem sie Tommy das Leben gerettet hatte.

»Ist mein Sohn außer Gefahr?«

»Ich habe ihn nicht selbst untersucht. Aber nach allem, was ich gehört habe, lassen er und sein Bruder sich das Mittagessen auf der Kinderabteilung schmecken.« Er lächelte Bill an. »Wenn Sie mich fragen, ist ihm nichts passiert. Ein kleiner Glückspilz. So viel ich hörte, ist es nur dem raschen Reaktionsvermögen Ihrer Frau zu verdanken, daß er gerettet wurde. Bei ihrer Zierlichkeit ist es ein Wunder, daß sie ihn so in die Höhe stemmen konnte. Dabei muß sie sich den Arm aufgerissen haben ...« Und ihren Kopf angeschlagen haben ... und fast ertrunken sein ... und fast ihr Baby verloren haben ... und dennoch hatte sie keinen Augenblick gezögert, obwohl sie schwanger war. Er stand tief in ihrer Schuld. Er hoffte nur, sie würde am Leben bleiben, damit er diese Schuld abtragen konnte.

Langsam ging er auf die Tür zur Intensivstation zu, trat ein und setzte sich neben Adrian. Man hatte den Eindruck, jeder einzelne Körperteil sei an einen medizinischen Apparat angeschlossen – die Sauerstoffmaske verdeckte einen Teil ihres Gesichts. Er nahm ihre Hand und küßte ihre mit Abschürfungen übersäten Finger. Unter ihren Fingernägeln sah er Erde. Sie mußte verzweifelt gekämpft haben, um Tommy zu retten.

»Adrian«, flüsterte er der leblosen Gestalt zu. »Ich liebe dich, ich liebe dich, seit ich dich zum erstenmal sah.« Er war entschlossen, es ihr jetzt zu sagen, für den Fall, daß er nie wieder die Chance dazu bekam. Vielleicht konnte sie ihn hören, und es würde ihr helfen. »Ich habe dich von Anfang an geliebt, gleich beim ersten Mal im Supermarkt, als ich dich fast über den Haufen fuhr ... kannst du dich noch erinnern?« Er lächelte unter Tränen und küßte wieder ihre Finger. »Und ich liebte dich noch mehr beim nächsten Mal, als ich dich auf dem Parkplatz vor dem Wohnkomplex sah. Weißt du noch? An einem Sonntagmorgen, glaube ich ... und am Pool ... ich liebe dich ... ich liebe alles an dir ... und auch die Kinder haben dich lieb ... Adam und Tommy. Sie möchten, daß du wieder gesund wirst.« Er redete mit seiner eindringlichen sanften Stimme auf sie ein und hielt ihre Hand fest. »Und ich habe das Baby auch lieb ... ganz recht. Wenn du das Kind möchtest, dann möchte ich es auch ... ich möchte dich und das Kind, Adrian. Euch beide. Das Baby hat keinen Schaden genommen, das hat der Arzt gesagt.« Er behielt ihr Gesicht genau im Auge und glaubte, bemerkt zu haben, wie sie zusammenzuckte, doch als er genauer hinsah, hielt er es für Einbildung. Sie kam ihm wieder so ausdruckslos wie vorher vor. Lange redete er so auf sie ein, flüsterte ihren Namen und sagte ihr, wie sehr er sie und das Baby liebte. Dann legte er die Hand auf das Kind und spürte die kleine Wölbung, die ihm zuvor gar nicht aufgefallen war und von der sie ihm nichts gesagt hatte. Er sagte auch dem Baby, wie sehr er es liebte, und daß es gut daran täte, sich nicht aus dem Staub zu machen, weil es damit viele Menschen unglücklich machen würde. »Du glaubst doch nicht, daß deine Mutter all das auf sich genommen hat, nur damit du dich jetzt drückst – also, immer mit der Ruhe, nicht wahr, Adrian? Sag dem Baby, es soll sich beruhigen.« Und dann küßte er sie sanft auf die Wange und redete weiterhin auf sie ein, während eine der Schwestern ihn vom Eingang her beobachtete. Sie hatte noch nie jemanden erlebt, der so verzweifelt gewesen war, vor allem aber hatte sie noch nie gehört, daß jemand so mit einer Frau gesprochen hatte. Ihrer Ansicht nach konnte Adrian sich glücklich schätzen, einen Mann zu haben, der sie so liebte. Und während sie die beiden beobachtete, sah sie etwas auf den Monitoren, das ihre Aufmerksamkeit auf sich zog. Sie runzelte die Stirn und betrat den Raum. Als sie näher kam, wandte Adrian sich Bill zu, schlug die Augen auf und schloß sie wieder. Einen schrecklichen Moment blanken Entsetzens dachte er, sie wäre eben gestorben, so daß er einen fast tierhaften Klagelaut ausstieß, während er aufstand und und wieder voller Angst auf sie niederblickte. Doch sie öffnete die Augen wieder, und die Schwester kontrollierte ihre Werte und lächelte ihr zu. Auch Bill lächelte unter Tränen, ohne ein Wort herauszubringen. Sie hatte ihm den Atem geraubt, und er war so gerührt, daß er am ganzen Leibe zitterte.

»Sie haben großes Glück gehabt«, sagte die Schwester zu ihr. »Ihr kleiner Junge ist unversehrt. Ich habe ihm etwas zum Naschen zugesteckt.« Sie warf Bill einen ermutigenden Blick zu. »Und Ihr Mann ist nicht von Ihrer Seite gewichen und hat unermüdlich auf sie eingeredet, seit Sie hier eingeliefert wurden.« Dann fiel ihr etwas ein, und sie warf einen Blick auf den Monitor des ungeborenen Kindes. »Ihr Baby ist auch in Ordnung«, sagte sie sogleich mit einem Blick zu Adrian hin. »Hm, sieht aus, als würde alles wieder ins Lot kommen. Na, wie fühlen Sie sich, Mrs. Thigpen?«

Adrian bemühte sich, ihre Sauerstoffmaske abzustreifen, und die Schwester kam ihr zu Hilfe. »Nicht besonders«, krächzte sie. Man hatte ihr den Magen ausgepumpt, und jetzt war sie heiser. Dazu kam das Gefühl großer Übelkeit und Erschöpfung. Ihre letzte Erinnerung war das Abgleiten in etwas Weiches, Warmes, als sie mit dem Kopf auf einen Felsen aufgetroffen war und fast ertrunken wäre.

»Kann ich mir vorstellen, daß Sie sich elend fühlen.« Die Schwester schob ihr etwas unter den Kopf. »Sie hatten einen Kampf mit einem Felsen auszufechten und nicht zuletzt mit dem vielen Wasser. Wie ich hörte, haben sie ein Wettrennen gewonnen und Ihren kleinen Jungen gerettet. Sie haben es geschafft!« Sie lächelte ihr zu, und Bill sah Adrian mit angehaltenem Atem und unter Tränen an.

»Adrian, du hast Tommy gerettet.« Er fing wieder zu schluchzen an und beugte sich über sie und küßte ihr Gesicht. »Baby, du hast ihn gerettet.«

»Ich bin ja so froh ... ich hatte solche Angst ... länger hätte ich ihn nicht halten können ...« Bill sah deutlich den leblosen Körper und das graublaue Gesicht vor sich, als man ihr Tommy knapp unter der Wasseroberfläche abgenommen hatte. »Die Strömung war so stark ... und ich hatte Angst, daß ich nicht schnell genug laufen kann.« Auch in ihren Augen standen Tränen, doch es waren Tränen der Erleichterung und des Triumphes. Sie drückte Bills Hand, und die Schwester beeilte sich, die glückliche Wendung dem Arzt zu melden. Bill beugte sich wieder über sie und flüsterte ihr zu: »Warum hast du mir nichts von dem Kind gesagt?«

Langes Schweigen trat ein, als sie ihn ansah, dankbar, daß er da war. Aus ihrem Blick sprach die Liebe zu ihm, gegen die sie so lange angekämpft hatte. »Ich war der Meinung, es wäre dir gegenüber unfair.« Sie fing zu weinen an, und er küßte sie sanft und schüttelte den Kopf.

»Es hätte sich nichts geändert.« Er lächelte und setzte sich neben sie, ohne sie aus den Augen zu lassen. »Ein wenig ungewöhnlich ist es schon, das gebe ich zu, aber was soll's? Für jemanden, der sich sein Geld als Drehbuchschreiber für eine Seifenoper verdient ... hast du wirklich gedacht, ich hätte kein Verständnis für deine Situation?« Sie lächelte und mußte husten, während er sie festhielt und sie dann sanft in das Kissen zurücklegte. »Ehrlich, Adrian, ich bin richtig erleichtert. Ich habe schon befürchtet, dein gewaltiger Appetit sei für dich der Normalzustand.« Wieder lachte sie und seufzte dann mit besorgter Miene.

»Ist das Kind in Ordnung?«

»Die Ärzte sagen, es hätte nicht gelitten. Ich glaube, du wirst eine ganze Weile kürzer treten müssen. Aber Babys sind meist recht robust.« Er dachte daran, daß Leslie in ihrer ersten Schwangerschaft böse gestürzt war. Ihn hatte fast der Schlag getroffen, als er sie die Treppe hinunterfallen sah, aber ihr war nichts passiert. Und dann fiel ihm etwas ein, was er Adrian fragen wollte. Bei ihm regte sich ein gewisser Argwohn. »Ist das der Grund, weshalb Steven dich verlassen hat?« Das mußte er wissen. Wenn es stimmte, dann war es unentschuldbar. Während sie bewußtlos dagelegen hatte, war ihm eingefallen, daß dies vielleicht der Grund für ihre Trennung war.

Sie nickte bekümmert. »Er will keine Kinder haben und stellte mich vor die Wahl: er oder das Baby.« Die Erinnerung ließ sie in Tränen ausbrechen. Sie klammerte sich verzweifelt an Bill. »Ich habe es versucht ... aber ich brachte es nicht über mich. Ich war beim Arzt, zu einem Abbruch entschlossen, aber ich konnte es nicht. Deshalb hat er mich verlassen.«

»Das muß aber ein reizender Mensch sein.«

»Er hat in diesem Punkt sehr festgefahrene Ansichten«, versuchte sie eine Erklärung, und Bill sah sie voller Bedauern an.

»Das nenne ich eine klassische Untertreibung. Der Mensch läßt sich scheiden, weil du sein Kind bekommst. Weiß er, daß es sein Kind ist, oder hat er die Vaterschaft in Frage gestellt?«

»Nein, er weiß, daß es sein Kind ist. Sein Anwalt hat mir Papiere geschickt ... Steven hat den Verzicht seiner elterlichen Rechte beantragt, so daß weder ich noch das Kind Ansprüche stellen können. Es läuft darauf hinaus, daß das Kind illegitim sein wird«, schloß sie traurig.

»Das ist abscheulich.«

Sie seufzte wieder. »Aber vielleicht ändert er seine Meinung, wenn er das Kind sieht.« Jetzt wurde ihm klar, worin ihr Problem bestand. Sie gab sich noch immer der Hoffnung hin, Steven würde zurückkehren, um des Kindes willen, wenn schon aus keinem anderen Grund. Und dann fragte er sie noch etwas.

»Adrian, liebst du ihn noch immer?« Sie zögerte lange mit der Antwort und schüttelte dann den Kopf, den Blick auf Bill geheftet.

»Nein«, sagte sie leise. »Ich liebe ihn nicht mehr. Aber das Kind hat ein Recht auf seinen leiblichen Vater.«

»Würdest du ihn wieder nehmen, wenn er dich zurückhaben wollte?«

»Möglich ist es schon – dem Kind zuliebe.« Sie schloß die Augen. Übelkeit und Erschöpfung ergriffen wieder von ihr Besitz. Bill sah sie stumm an, betrübt von ihren Worten, zugleich aber dankbar für ihre Offenheit. Es war eine der Eigenschaften, die er an ihr liebte. Er glaubte nicht daran, daß Steven zurückkommen würde, nicht, wenn er formell auf seine väterlichen Rechte verzichtete und die Scheidung einreichte. Der Kerl mußte glatt den Verstand verloren haben. Ebenso klar war aber, daß sie das Gefühl hatte, ihm und dem Kind etwas schuldig zu sein, und meinte, sie hätten eine Beziehung verdient, auch wenn es bedeutete, daß sie selbst etwas aufgeben mußte. Aber so war sie eben. Bei dem Bemühen, Tommy zu retten, hatte sie ihr Leben und das des ungeborenen Kindes riskiert. Sie war ein Mensch, bei dem es immer alles oder nichts hieß. Adrian lag mit geschlossenen Augen da, und eine ganze Weile fiel kein Wort zwischen ihnen. Dann sah sie Bill wieder an, voller Sorge, was er denken mochte.

»Haßt du mich jetzt?«

»Wo denkst du hin? Wie kannst du so etwas sagen? Du hast meinem Kind das Leben gerettet.« Und sie war dabei fast selbst ums Leben gekommen. Er rückte wieder näher an sie heran und berührte ihr von Abschürfungen übersätes Gesicht mit sanften Fingern. »Adrian, ich liebe dich. Es ist hier nicht der Zeitpunkt oder Ort, um es zu sagen, aber ich liebe dich. Ich bin schon seit Monaten in dich verliebt – vielleicht sogar länger.« Dann küßte er ihre Hand und ihre Finger. Er hatte Angst, ihr weh zu tun, wenn er sie richtig küßte.

»Du bist mir nicht böse wegen des Babys?« In ihren Augen standen Tränen.

»Wie könnte ich? In meinen Augen bist du wundervoll, mutig und unglaublich stark. Eine bewundernswerte, anständige Frau. Ich finde es wunderbar, daß du das Kind um jeden Preis bekommen willst.« Es war das erste freundliche Wort, das jemand über ihre Schwangerschaft gesagt hatte, von Zeldas Tröstungen abgesehen. Von Steven hatte sie so viel einstecken müssen, daß Bills liebe Worte sie zu Tränen rührten. Liebevoll wischte er ihr die Tränen weg, während sie schluchzend versuchte, ihm alles zu erklären. Ihre ohnehin sehr labile Gemütslage war nun vollends erschüttert, denn urplötzlich war der Damm gebrochen, nach drei Monaten voller Ausflüchte und Entschuldigungen von ihrem Mann, nach einer Zeit, in der sie mit der Schwangerschaft ganz allein hatte zurechtkommen müssen.

»Jetzt beruhige dich erst mal.« Sie steigerte sich immer mehr hinein, so daß er es schon mit der Angst zu tun bekam. Ihr Kreislauf hatte eben erst einen Schock überstehen müssen. »Alles wird wieder gut, ja?« Er strich ihr das Haar aus dem Gesicht und zog ihr die Decke bis unters Kinn. Sie sah aus wie ein geprügeltes Kind und hatte Schluckauf wie ein kleines Mädchen nach dem Weinen. »Du wirst dein Baby bekommen, und es wird ein prächtiges Kind.« Er beugte sich zu ihrem Gesicht und küßte sie behutsam, ganz behutsam, auf die Lippen. Auch in seinen Augen standen Tränen. »Ich liebe dich, Adrian ... Ich liebe dich so sehr ... dich und das Baby.« Das Schöne daran war, daß er es ehrlich meinte.

»Wie kannst du das sagen?« Steven hatte sie wegen dieses Kindes verlassen, und jetzt sagte Bill, der sie erst seit kurzem kannte, daß er sie liebte. »Es ist doch nicht dein Kind.«

»Ich wünschte, es wäre meines«, erwiderte er aufrichtig. Und dann wagte er endlich zu sagen, was er empfand. »Und eines Tages, wenn das Glück es sehr gut mit mir meint, wird es vielleicht meines sein.« Da flossen bei ihr von neuem die Tränen. Sie brachte kein Wort über die Lippen, hielt nur seine Hand fest und nickte mit geschlossenen Augen. Dann döste sie eine Weile, ohne seine Hand loszulassen. Bill behielt die Monitore im Auge, während sie schlief. Einige Male kam die Schwester und versicherte ihm, daß alles normal sei. Schließlich wagte er, Adrian eine Weile allein zu lassen, weil er nach seinen Söhnen sehen wollte. Er traf Tommy schlafend an. Der Junge sah wieder ganz normal aus. Er hatte eine Glukose-Infusion bekommen, zudem wurde seine Temperatur regelmäßig kontrolliert. Bill bekam die Auskunft, daß er ihn gegen Abend mitnehmen könnte. Adam sah sich unterdessen die Wiederholung einer alten Fernsehserie an.

»Na, wie geht's, Sportsfreund?« Bill ließ sich im Fernsehraum neben ihm nieder, so daß er zum schlafenden Tommy hinübersehen konnte.

»Wie geht es Adrian?« lautete Adams erste Frage, obwohl Bills erleichterte Miene verriet, daß alles in Ordnung sein mußte. Eine Schwester hatte ihn schon beruhigt, daß es seiner ›Mutter‹ viel besser ging. Er hatte das Mißverständnis nicht aufgeklärt. Schließlich war er alt genug, um sich auszurechnen, daß es so einfacher war.

»Sie schläft, aber es geht ihr besser.« Den ganzen Nachmittag hatte er sich den Kopf zerbrochen, was im Moment die beste Lösung wäre. In Anbetracht ihrer Schwangerschaft erschien es ihm besser, ihre Fahrt nicht fortzusetzen, vor allem nicht als Campingtour. Jetzt war eine Woche Erholung in einem erstklassigen Hotel angesagt, ein wenig Sonne und ein guter Zimmerservice. »Was würdest du davon halten, wenn wir in einem Hotel absteigen, statt zu zelten?« Er wollte seine Söhne nicht enttäuschen, aber er fühlte sich nach allem, was Adrian für Tommy getan hatte, auch für sie verantwortlich. Der Tag hätte mit einer Tragödie enden können. Hätte sie nicht so viel Kraft und Ausdauer an den Tag gelegt, wäre Tommy jetzt nicht mehr am Leben, davon war er überzeugt. Er stand in ihrer Schuld. Aber er mußte auch an Adam denken und sah ihn ein wenig zerknirscht an. »Wärst du sehr enttäuscht, wenn dieser Urlaub nicht ganz rauh und zünftig abläuft?«

Aber Adam schüttelte energisch den Kopf. »Ich bin froh, daß beide es gut überstanden haben. Dad, du hättest Adrian sehen sollen. Sie rannte wie verrückt, als die Strömung ihn erfaßte, und wollte ihn überholen und abfangen, aber als es passiert ist, habe ich gar nichts kapiert. Es hat geklappt. Aber bis es so weit war ... einfach schrecklich.« Er erstickte fast an seinen Worten. »Dauernd gingen sie unter, und zuerst kam ihnen niemand zu Hilfe. Sie hat Tommy immer wieder nach oben gehalten und durch die Strömung wurde sie immer wieder hinuntergedrückt. Sie hat nicht aufgegeben und es immer wieder versucht, und dann ist sie untergegangen. Es war grauenhaft ...« Er drückte sein Gesicht an Bills Brust, und dieser hielt seinen Sohn lange fest.

»Tommy hätte nie ausreißen dürfen. Was, zum Teufel, hat er denn getrieben?«

»Ich glaube, er wollte die Flöße beobachten. Und dabei hat er das Gleichgewicht verloren.«

»Wenn er aufwacht, müssen wir mit ihm ein Wörtchen darüber reden.« Nach einer Weile ging er zum schlafenden Tommy. Atmung und Temperatur waren völlig normal. Er sah aus wie immer und hatte kaum eine Schramme abbekommen. Unglaublich, daß es dasselbe Kind war, das noch vor wenigen Stunden ganz blau gewesen war – diesen Anblick würde Bill sein Leben lang nie vergessen.

Danach telefonierte er herum und ließ sich eine große Suite in einem Luxushotel reservieren. Anschließend sah er noch bei

Adrian vorbei und sprach mit ihrem Arzt. Sie schlief noch immer, und das war auch gut so, wie ihm der Arzt versicherte. Der Wiederherstellungsprozeß brauchte seine Zeit. Wenn keine weiteren Probleme auftauchten, konnte sie am nächsten Tag entlassen werden. Aber man wollte sicher sein, daß sie keine Lungenentzündung bekam und daß Komplikationen mit dem Baby auszuschließen waren. Bislang schien sich alles zum Besseren zu wenden.

Bill versprach, bald wiederzukommen, und ging zu Adam, um ihm alles zu berichten. Dann fuhr er zum Zeltplatz. Dort stand er dann, ließ den Blick schweifen. Er war erschüttert, weil noch am Morgen das Leben sorglos und einfach gewesen war. Und dann plötzlich waren zwei Menschen, die er liebte, beinahe ums Leben gekommen – drei, wenn er das Baby mitzählte. Er war von demütiger Dankbarkeit erfüllt und unendlich erleichtert, nachdem er alles zusammengepackt hatte und zum Hotel fuhr. Er hatte eine schöne Suite mit zwei Schlafzimmern gemietet, und es stand für ihn fest, daß er auf der Couch schlafen würde. Er wollte Adrian die Nacht über im Auge behalten und sicher sein, daß er sie hörte, wenn sie rief ... Am liebsten hätte er im gleichen Raum mit ihr geschlafen, fürchtete aber, die Kinder damit aus dem Gleichgewicht zu bringen.

Kaum hatte er ihr Gepäck in die Suite geschafft, fuhr er wieder ins Krankenhaus und stellte erschrocken fest, daß es sechs Uhr war und die Kinder beim Essen saßen.

»Wo warst du?« fragte Tommy. Sie hatten ihn von der Infusion losgemacht, und er sah aus wie immer, als Adam ihn ermahnte, nicht mit den Fingern ins Kartoffelpüree zu fassen. Die Kinderabteilung war so gut wie leer. Es gab einen Beinbruch, einen Armbruch, eine kleine Unfallverletzung, die mit ein paar Stichen genäht worden war und schließlich Tommy, der seinen Sturz in den Fluß überlebt hatte. Die anderen Kinder waren meist älter und bezogen ihn bei Tisch nicht in ihre Gespräche ein.

»Ich habe ein Hotelzimmer für uns alle gebucht«, erklärte Bill. »Nachmittags habe ich immer wieder bei dir vorbeigeschaut, aber du hast die ganze Zeit geschlafen.« Er beugte sich über ihn und gab ihm einen Kuß. Erst in diesem Moment merkte Bill, daß er Hunger hatte. Seit dem von Adrian zubereiteten Frühstück hatte er nichts mehr zu sich genommen.

»Geht es Adrian gut?« Tommys Gesicht bewölkte sich besorgt.

»Sie wird bald wieder auf den Beinen sein«, beruhigte Bill ihn. »Sie hat sich um dich große Sorgen gemacht. Um dich zu retten, hat sie einiges abbekommen. Übrigens, junger Mann, was hast du allein abseits der Schwimmstelle getrieben?« Tommys Augen wurden noch größer und füllten sich mit Tränen. Er wußte genau, welche Rolle er bei diesem Ereignis gespielt hatte, und er war alt genug, um zu begreifen, daß er und Adrian beinahe ertrunken wären. Seine Reue war riesengroß.

»Es tut mir ja so leid ... ehrlich.«

»Das weiß ich, mein Sohn.«

»Kann man sie schon besuchen?«

»Morgen vielleicht. Sie ist im Moment ziemlich müde. Hoffenflich entläßt man sie morgen, damit wir sie mit uns ins Hotel nehmen können.«

»Darf ich heute schon raus?«

»Man wird sehen.« Er wäre gern die Nacht über bei Adrian geblieben, wollte aber die Buben nicht allein im Hotel lassen, und auch im Krankenhaus hätte Tommy erwartet, daß sein Vater bei ihm blieb. Adam durfte ohnehin nicht bei Tommy bleiben, weil er kein Patient war. Bill blieb also nichts übrig, als sie ins Hotel zu bringen und Adrian am Morgen zu holen.

Es schien ihr nichts auszumachen, stellte er fest, als er sie wieder besuchte. Sie war vom gefährlichen Abenteuer des Tages so erschöpft, daß sie nur ein paar Worte mit ihm wechselte und sofort wieder einschlief. Die Krankenschwester riet ihm, sie allein zu lassen.

»Sie wird kaum merken, daß Sie nicht da sind, und ich werde es ihr erklären, wenn sie aufwacht«, versprach die Schwester. »Wenn sie möchte, kann sie Sie ja anrufen.« Er hinterließ die Nummer des Hotels und seines Zimmers, ehe er ging, um die Kinder zu holen. Eine Stunde später hüpften sie auf den Betten herum und sahen fern. Tommy wollte Schokoeis über den Zimmerservice bestellen. Unglaublich, daß er am Morgen in Lebensgefahr geschwebt hatte.

Bill badete ihn und brachte beide zu Bett, und dann streckte er sich in dem Zimmer aus, das Adrian zugedacht war. Er war am Ende seiner Kräfte. Er konnte sich an keinen einzigen Tag in seinem Leben erinnern, der so traumatisch verlaufen war. Immer wieder sah er das schreckliche Bild der zwei leblosen Körper, um die sich die Sanitäter und die Leute von der Forstaufsicht bemühten ... die Sirenen ... die Geräusche ... der Anblick ihrer Gesichter. Er wußte, daß ihn dies noch jahrelang in Alpträumen verfolgen würde, und als er an Adrian dachte, spürte er, wie sie ihm fehlte ... wie gern er sie in seinen Armen gehalten hätte. Es gab so vieles, was er ihr jetzt sagen wollte, so vieles, das sie gemeinsam herausfinden, tun und entdecken mußten ... und dann war da noch das Baby. Er wußte nicht einmal, wie weit fortgeschritten die Schwangerschaft war. Er kannte nur die Vermutung, die der Arzt ausgesprochen hatte. Erstaunlich, wie unvermutet ein neues Menschenleben in sein Leben getreten war – und eine ganz neue glückhafte Zukunftsaussicht. Er hatte sie schon zuvor geliebt, nun aber wußte er, daß er sie doppelt liebte. Und als er auf ihrem Bett liegend darüber nachdachte, läutete das Telefon.

»Hallo?« Seine Stimme klang rauh, nur weil er dagelegen und an die Gefühle des Tages gedacht hatte, aber er lächelte, sobald er ihre Stimme erkannte. Es war Adrian, die ihn vom Krankenhaus anrief. Sie war aufgewacht und hatte ihn nicht gesehen. Er fehlte ihr, so wie sie ihm fehlte, denn seit heute morgen war zwischen ihnen eine neue Bindung entstanden.

»Wo bist du?«

»Hier, in deinem Bett«, sagte er mit einem Lächeln. »Und ich wünschte, du wärest bei mir.« Angesichts der Keuschheit ihrer Beziehung eine kühne Aussage, doch er vermutete, daß sie nach allem, was sie durchgemacht hatte, nichts dagegen hätte. Fast hatte er das Gefühl, als seien sie verheiratet, und sie hätte ihm eben eröffnet, daß sie ein Kind bekommen würde.

»Sind denn heute wieder Bären zu hören?« zog sie ihn heiser, aber schon in viel kräftigerem Ton auf.

»Weder Bären noch Kojoten.« Der stolze Preis der Suite und der herrliche Seeblick, den man von hier aus genoß, garantierten, daß hier nur die Geräusche von Nerzmänteln und Luxuskarossen hörbar waren. »Aber ohne dich ist es einsam«, gestand er.

»Hier auch.« Das Krankenhaus ging ihr schon auf die Nerven, und er fehlte ihr. »Wie geht es den Kindern?«

»Ich hoffe, sie schlafen schon. Vor einer Stunde habe ich sie zu Bett gebracht. Und wenn sie nicht schlafen, möchte ich es nicht wissen.« Er war fast so müde wie sie. »Wie geht es dem Baby?« fragte er mit zärtlichem Lächeln.

»Gut, glaube ich.« Mit ihm darüber zu sprechen, war ihr noch ein wenig peinlich. Für sie war das alles so neu. Monatelang hatte sie das Kind mit Absicht ignoriert, und jetzt stand es plötzlich im Mittelpunkt ihrer beider Aufmerksamkeit. »Es ist alles so merkwürdig. Ich habe mich noch nicht daran gewöhnt.«

»Das kommt noch. Wann soll es zur Welt kommen?«

»Anfang Januar. Um den zehnten herum.«

»Gerade richtig zu meinem vierzigsten Geburtstag. Er fällt auf den Neujahrstag.«

»Klingt lustig.«

»Wie das Baby«, sagte er verhalten. »Es ist solange her, daß ich mich in Gedanken mit ganz kleinen Babys befaßt habe. Das erinnert mich an die Zeit, als Adam und Tommy winzig waren. Sie waren entzückend. Und das wird dein Baby auch sein, wenn es dir nachgerät.« Sie konnte ihren Ohren nicht trauen. Der Mann, der es gezeugt hatte, war rasend vor Wut davongelaufen, und dieser Mann, praktisch ein Fremder, den sie erst seit einigen Monaten kannte, war vor Freude über das Baby außer sich. Plötzlich kam sie sich geborgen vor, fühlte sich glücklich und viel weniger einsam.

»Warum bist du so gut zu mir?« Was wollte er? Und dann würde er zu einem Schlag gegen sie ausholen? Aber es erschien ihr unmöglich, daß er zu dieser Sorte gehörte. Oder doch?

»Weil du es verdienst.«

Sie lachte. »Du benutzt mich nur zu Studienzwecken für deine Serie.« Und sie hörte nicht auf zu lachen, weil sie an die absurde

Parallele zwischen der illegitimen Schwangerschaft in der Serie und ihrem eigenen Baby dachte.

»Sie lassen jedenfalls keine Langeweile aufkommen, Mrs. Townsend. Oder soll ich Sie mit einem anderen Namen anreden?« Er war nicht sicher, ob sie den Namen behalten würde.

»Mein Mädchenname lautet Adrian Thompson.« Sie würde ihn wieder annehmen müssen, da das Kind den Namen Townsend nicht tragen durfte, aber bis dahin war noch lange Zeit. »Ich kann nicht bis morgen warten. Hier ist es so bedrückend.«

»Warte, bis du dein Hotelzimmer siehst.«

»Ich kann nicht warten.« Fast hatte sie das Gefühl, ihr stünden Flitterwochen bevor, wäre da nicht die Infusion gewesen, die an ihrem Arm hing, und dazu die zwei winzigen Röhrchen unter der Nase, durch die sie Sauerstoff bezog. Gesicht, Hände und Arme sahen aus, als hätte sie mit einer Katzenmeute gekämpft. Sie konnte sich noch erinnern, daß Tommy ihr einige der Kratzer zugefügt hatte. Es war ein unglaublicher Tag gewesen, dessen glücklichen Ausgang sie ehrfürchtig als Wunder hinnahm. Und etwas Gutes hatte der Tag auch gehabt. Bill wußte jetzt von dem Baby. Und er hatte sie nicht von sich gestoßen, und – sie lächelte – er hatte ihr sogar gesagt, daß er sie liebte.

»Ich komme morgen zu dir. Und jetzt ruh dich aus«, flüsterte er ihr zu. Es war schon so spät, daß man das Gefühl hatte, die ganze Welt sei zur Ruhe gegangen. »Du fehlst mir ...«

»Du mir auch. Gute Nacht«, flüsterte sie.

»Vergiß nicht, wie sehr ich dich liebe«, ermahnte er sie mit einem Lächeln.

20

Als Bill Adrian am nächsten Tag vom Krankenhaus abholte, nahm er die Buben mit, die mit Blumen, bunten Ballons und einem großen ›Danke‹-Schild anrückten, das Tommy unbedingt allein tragen wollte. Und als sie ihr in den Wagen halfen, sah es aus, als hätten sie den Jackpot im Kasino gewonnen. Bei der Entlassung war Adrian noch ziemlich wacklig auf den Beinen, so daß sie direkt ins Hotel fuhren, damit sie sich sofort wieder hinlegen konnte.

Bill machte ihr auf einem Liegesessel mit vielen Kissen auf der Terrasse ein Ruhelager zurecht. Adrian, die sich von der luxuriösen Umgebung gebührend beeindruckt zeigte, gestand Bill ganz im Vertrauen, daß sie ein Nobelhotel einem Zelt bei weitem vorzog. Er antwortete mit einem Lachen und schloß die Bemerkung an, daß manche Menschen eben nichts unversucht ließen, um einer Übernachtung im Zelt zu entgehen, und sie gehöre offenbar dazu. An einem einzigen Tag hatte sie es fertiggebracht, fast ums Leben zu kommen, Tommys Leben zu retten und die Tatsache publik zu machen, daß sie schwanger war.

Das Mittagessen ließen sie sich aufs Zimmer bringen, und anschließend ging Bill mit seinen Söhnen angeln. Sie fingen drei Fische, die sie in der Hotelküche ablieferten und ausnehmen und zubereiten ließen. Besser hätten sie es nicht treffen können.

»Diesen Campingurlaub lobe ich mir«, verkündete Adrian, als schließlich die Tabletts heraufgebracht wurden – angeblich mit dem selbstgefangenen Fisch in köstlicher Zitronenbutter. Bill und die Kinder waren überzeugt, daß es sich um ihre Fische handelte, während Adrian ihre Zweifel für sich behielt. Danach sahen sie sich im Fernsehen alte Filme an und gingen früh zu Bett. Die ganze Nacht schreckte Adrian immer wieder auf, weil sie glaubte, Geräusche gehört zu haben, und immer war es Bill, der zu ihr hereinspähte, um sich zu vergewissern, daß es ihr gut ging und daß sie nichts brauchte. Am nächsten Morgen beim Frühstück bedankte sie sich bei ihm dafür.

»Du brauchst dir meinetwegen keine Sorgen zu machen. Mir geht es wieder tadellos.«

»Ich möchte nur ganz sicher sein. Immerhin bist du erst gestern entlassen worden.« Bill führte sich auf wie eine Glucke, und Adrian war zutiefst gerührt von seiner Fürsorge.

»Ich fühle mich großartig.« Doch wenn sie sich im Zimmer hin und her bewegte, fiel ihm auf, daß sie ihren gewohnten Schwung noch nicht wiedergefunden hatte, und sie hatte es nicht eilig, auszugehen. Schließlich dauerte es vier Tage, bis sie wieder zu ihrer gewohnten Energie und Tatkraft zurückgefunden hatte, und da war der Urlaub auch schon fast vorbei. Aber sie hatten sich bei Spaziergängen um den See prächtig erholt. Der Fluß und die Stromschnellen wurden gemieden, und die Buben ließen von ihrer Forderung nach einer Floßfahrt nichts mehr hören.

Statt dessen statteten sie Sugar Pine Point, dem Nationalpark, einen Besuch ab, außerdem stand ein Ausflug nach Squaw Valley auf dem Programm. Dort fuhren sie mit dem Skilift bis auf den Berggipfel und wieder herunter. Es war wunderschön, und am letzten Abend hätte man meinen können, daß Adrian und die Kinder uralte Freunde seien. Sie hatten schon vor einigen Tagen ihre Mutter angerufen und ihr von Tommys Unfall und Adrians Heldentat berichtet. Leslie hatte darauf bestanden, mit ihr zu sprechen und sich bei Adrian selbst zu bedanken. Sie hörte sich am Telefon sehr nett an, und die Vorstellung, was alles hätte passieren können, hatte ihr reichlich Tränen entlockt.

»Sie scheint eine sehr nette Person zu sein«, sagte Adrian später zu Bill. »Und man hat den Eindruck, daß sie dich noch immer mag.«

»Mir kommt das auch so vor. Ich mag sie auch noch, obwohl wir gelegentlich sehr aneinandergeraten können, wenn wir uns wegen der Kinder nicht einigen können. Ihr Mann muß ein richtig steifleinener Typ sein. Kalifornien ist in seinen Augen unzivilisiert und bar aller Kultur, und ähnlich denkt er wohl über mich, weil ich Autor einer Fernsehserie bin. Aber ich glaube nicht, daß Leslie abschätzige Äußerungen in diese Richtung toleriert. Zumindest behaupten das die Kinder. Leslies Kinder aus der Ehe mit ihm müssen sehr wohlgeraten sein. Die beiden Mädchen sind vier und fünf und spielen schon fleißig Klavier und Geige. Ich glaube, damit können wir uns noch ein paar Jahre Zeit lassen.« Er grinste. »Meinst du nicht auch?«

»Ganz recht.« Sie lächelte. »Aber Leslie ist mir trotzdem sehr sympathisch vorgekommen.«

»Ich glaube, sie hat jemanden gesucht, der völlig anders ist als ich – anders als das, was ich damals war. Sie wollte jemanden, der viel zu Hause ist, jemanden, der sehr beherrscht ist und nicht so impulsiv, vielleicht auch nicht so überschwenglich. Und das hat sie wohl bekommen.«

»Zu schade«, sagte Adrian, ohne zu überlegen, und lachte. »Ich meinte nur, daß mir deine Eigenschaften viel besser zusagen.«

»Danke.« Damit beugte er sich zu ihr und küßte sie. Aus dem Augenwinkel bemerkte er, daß Tommy sich ein Kichern nicht verkneifen konnte. Dann wandte er sich wieder an Adrian. In den letzten Tagen hatten ihn zu viele Fragen beschäftigt. »Nun Adrian, was soll geschehen, wenn wir nach Hause kommen? Mit uns, meine ich.«

»Ich weiß es nicht.« Sie sah ihm in die Augen. Auch sie hätte es gern gewußt und war ratlos. »Was möchtest du denn?« Sie glaubte es zu wissen, hätte es aber gern von ihm gehört. Sie mußte auch überlegen, wie sie sich verhalten sollte, falls Steven doch noch zurückkam. Es wäre nicht fair gewesen, eine Beziehung mit jemandem anzufangen, solange sie sich innerlich von Steven nicht ganz gelöst hatte. Noch immer hatte sie das Gefühl, Steven und dem Kind verpflichtet zu sein. Andererseits konnte sie auch nicht ihr Leben lang nur dasitzen und auf ihn warten ... Im Moment war er nicht gewillt, mit ihr auch nur zu sprechen. Er hatte alles unternommen, um sie für immer zu verlassen, und sie tat gut daran, sich auf ein Leben ohne ihn einzustellen.

»Was ich möchte?« Bill überlegte kurz. Dann lächelte er. »Ich möchte ein Happy-End, dem ein glücklicher Neubeginn vorangeht. Ich glaube, vor uns liegt ein guter Start, meinst du nicht auch?« Sie nickte. »Und ich möchte Zeit mit dir verbringen und in unserer Freizeit viel mit dir unternehmen. Ich möchte dich kennenlernen. Ich glaube, ein wenig kenne ich dich schon, aber das reicht mir nicht. Und ich möchte, daß du mich kennenlernst ... Ich möchte, daß wir ... nun«, er suchte nach den passenden Worten, während er sie unausgesetzt ansah, »daß aus uns etwas Besonderes wird.« Dann lächelte er. »Und im Januar möchte ich ...« Er verschluckte sich fast an den Worten, »das Baby mit dir genießen. Es ist ein Wunder, Adrian ... und das möchte ich mit dir teilen, wenn das Glück mich weiterhin begünstigt und du mich noch immer brauchst.«

»Nicht du bist es, der sich glücklich nennen darf«, sagte sie mit feuchten Augen »... sondern ich. Warum willst du dies alles für mich tun?« fragte sie noch immer ein wenig ratlos, weil sie vor einem Rätsel stand. Nach allem, was Steven getan hatte, um sie zu verlassen, war es für sie unfaßbar, daß sie jemanden gefunden hatte, der unbeirrt zu ihr halten wollte.

»Weil ich dich liebe«, bekannte er schlicht. »Und du sollst wissen, daß dies für mich ein echter Neubeginn ist. Ich hatte seit Jahren mit niemandem mehr eine ernsthafte Beziehung. Wahrscheinlich nicht mehr seit dem Scheitern meiner Ehe. Und ich habe mir geschworen, nie wieder Kinder in die Welt zu setzen ... ich möchte dein Kind nicht liebgewinnen und es dann verlieren, falls du mich verläßt. Aber ich bin gewillt, die Chance zu nutzen, wenn du mir mit Offenheit begegnest. Und wenn die Offenheit beinhaltet, daß du die Möglichkeit einer Rückkehr Stevens nach der Geburt des Kindes in Betracht ziehst, dann nehme ich dieses Risiko auf mich, denn es ist für meine Begriffe ein redliches Abkommen. Ich sage dir, daß ich gewillt bin, das Risiko auf mich zu nehmen und für dich da zu sein. Aber vergiß ja nicht, mich auf dem laufenden zu halten, so wie du vergessen hast, mir von deiner Schwangerschaft etwas zu sagen.«

»Vergessen habe ich es nicht«, erklärte sie, und er schmunzelte.

»Ja, ich weiß. Du hast deinen Zustand nur nicht erwähnt. Ein kleines Versehen. Und wie hättest du es mir in ein paar Monaten erklärt, nachdem dein ungeheurer Appetit mich um Haus und Hof gebracht hat?« zog er sie auf.

»So viel esse ich gar nicht!« Sie schleuderte eine Serviette nach ihm.

»Doch, das tust du, aber das solltest du auch. Das Baby braucht es.«

Sie wurde wieder ernst. »Du scheust das Risiko also nicht? Und wenn er zurückkommt? Ich schulde ihm ein Leben mit seinem Kind, und ebenso schulde ich dem Kind ein Leben mit seinem leiblichen Vater.«

»Das sehe ich anders. Ich glaube nicht, daß du ihm überhaupt etwas schuldest, nachdem er dich so behandelt hat, aber wenn du dieser Meinung bist, muß ich es respektieren. Ich glaube nur nicht, daß er zurückkommen wird. Wenn jemand so weit geht, auf seine väterlichen Rechte zu verzichten – und dies in einem Staat, in dem sogar ein Massenmörder seine Kinder behalten darf –, hat er nicht die Absicht, nach Hause zu kommen und den Daddy zu spielen. Aber ich kann mich auch irren. Ich sagte schon, ich nehme das Risiko auf mich, weil ich dich liebe.« Sie stand auf und ging auf ihn zu. In den letzten zwei Tagen hatte sie sich schon sehr viel besser gefühlt, und in ihre gelegentlichen verstohlenen Küsse hatte sich wachsende Leidenschaft eingeschlichen. Sie fragte sich, was auf sie zukommen würde, sobald sie wieder in L. A. waren, aber solange er die Kinder bei sich hatte, war das kein Thema.

Ihren letzten Abend verbrachten sie ganz ruhig auf der Terrasse. Sie hielten sich an den Händen und blickten zu den Sternen empor, und plötzlich mußte er lachen und sah sie von einem geradezu lächerlichen Glücksgefühl beseelt an. »Ist dir auch klar, wie verrückt das ist?« Er grinste. »Ich bin in eine Frau verliebt, die im vierten Monat schwanger ist. Kannst du dir vorstellen, wie komisch das sein wird, wenn du dein eigenen Füße nicht mehr sehen kannst? Das nenne ich eine moderne Romanze!« Sie fiel in sein Gelächter ein – ihre Situation war wirklich absurd. »Fast wie im Kino ... Mann trifft Frau im Supermarkt, verliebt sich wie wahnsinnig in sie, sie treffen sich immer wieder. Die Frau ist verheiratet, doch ihr Mann verläßt sie, als er entdeckt, daß sie schwanger ist ... mit seinem Kind. Der Bursche vom Supermarkt kreuzt wieder auf, und sie verlieben sich ineinander. Dann stolpert das Mädchen mit dickem Bauch durch die Gegend und tanzt mit dem Helden wie Fred Astaire mit Ginger Rogers. Das Baby kommt. Und wenn sie nicht gestorben sind, dann leben sie noch heute. Hübsch, nicht? Vielleicht sollte ich die Geschichte in die Serie einbauen. Aber sie ist zu einfach. Um sie in einer Seifenoper unterzubringen, müßte man Steven umbringen, und das Baby müßte eigentlich das eines anderen sein. Nachher würde es sich herausstellen, daß ich schon mit deiner Schwester verheiratet war, oder noch besser, daß ich eigentlich dein Vater bin. Das wäre ein origineller Einfall. Ich muß versuchen, ihn irgendwo unterzubringen.« Sie kam aus dem Lachen nicht mehr heraus. Er hatte recht. Es war eine lächerliche Situation. Aber er hatte ihr eine ernste Frage zu stellen. »Wann wird deine Scheidung über die Bühne gehen? Vor oder nach dem Baby?«

»So um den Geburtstermin herum. Das genaue Datum ist mir nicht bekannt.«

»Es wäre sicher nett, wenn wir dem Sprößling einen anderen Namen als Thompson verpassen könnten.« Es war ihr Mädchenname. Adrian war gerührt von seinen Worten. Er bot ihr die Ehe an, wenn auch nur, um das Kind zu legitimieren. Sie beugte sich zu ihm und küßte ihn.

»Bill, das brauchst du nicht.«

»Ich weiß. Aber vielleicht will ich es. Und du auch ... wenn ich viel Glück habe.« Er blinzelte sie an, und sie lehnte sich zurück und betrachtete wieder die Sterne. Sie wünschte, sie hätte alle Antworten zur Hand. Aber Bill war bereit, ihr eine Tür offen zu lassen, und mehr konnte sie nicht verlangen. Es war ja viel mehr, als sie je zu hoffen gewagt hatte. Sie hatte sich schon allein und verzweifelter Einsamkeit überlassen gesehen, bis das Baby zur Welt kommen würde. Nie hätte sie gedacht, daß sie vor der Geburt des Kindes dies alles erleben durfte.

Am Tag darauf nahmen sie Abschied vom See und traten die Rückfahrt nach L. A. an. In San Franzisko wurde die Fahrt wieder für eine Nacht unterbrochen. Dann ging es auf dem Highway 5 weiter, und sie kamen in Los Angeles gerade noch rechtzeitig vor dem Dinner an. Adrian fabrizierte Käsetoast, während Bill die Kinder fürs Bett zurechtmachte. Sie aßen in ihren Schlafanzügen, während Adrian ihnen komische Geschichten aus der Nachrichtenredaktion auftischte – wie einmal das Schwein aus einem Werbegag sich losgerissen hatte und Amok lief und alles umwarf oder wie es in der Kantine eine Schlägerei gab, die außer Kontrolle geriet, so daß es zwei Wochen dauerte, bis sämtliche Speisereste von der Zimmerdecke gekratzt waren. Adam fand besonderen Gefallen an dieser Geschichte, und Bill grinste ihr verstohlen zu, während sie erzählte. Sie waren alle ein wenig betrübt, weil der Urlaub zu Ende war. Und Adrian ganz besonders, da sie am folgenden Morgen in die Redaktion mußte. Bill wollte noch zwei Wochen Urlaub nehmen, damit er sich den Kindern widmen konnte, bei Adrian war das nicht möglich.

»Werden wir dich jeden Tag sehen?« fragte Tommy besorgt.

»Nach dem Büro komme ich täglich vorbei. Das verspreche ich.«

»Können wir dich in deinem Büro besuchen?« fragte Adam, den die Neugierde plagte.

»Ja, aber sehr lustig geht es bei mir nicht zu.« Und dazu war sie immer sehr beschäftigt, wie Bill wußte. Er schlug fürs Wochenende einen Besuch in Disneyland vor, und Adrian hatte nun etwas, worauf sie sich auch freuen konnte. Daß sie nicht mehr so eng mit ihnen beisammen sein konnte, schmerzte. Sie kam sich plötzlich ausgeschlossen vor und war richtig wehmütiger Stimmung, als sie mithalf, die Kinder zu Bett zu bringen.

»Ich gehe sehr ungern«, sagte sie ganz leise zu Bill, nachdem sie die Küche fertig aufgeräumt hatten. Sie war noch nicht bei sich zu Hause gewesen. Ihre Reisetaschen standen in seinem Flur.

»Dann bleib doch. Du könntest im Gästezimmer schlafen.«

»In den Augen der Kinder würde sich das sehr sonderbar ausnehmen. Schließlich habe ich meine eigene Wohnung in unmittelbarer Nähe.«

»Na und? Sag, du hättest deine Schlüssel verloren.« Die Idee gefiel ihm immer besser und ihr ebenso, daß sie zu guter Letzt mit einem verschämten Kichern ihre Zustimmung gab. Eine halbe Stunde später saßen sie auf seiner Couch, sie im Nachthemd, er in einem seiner Bademäntel.

»Was für ein Spaß«, sagte sie lachend. Er hatte eben eine Schüssel mit Popcorn vor sie hingestellt. »Ich komme mir vor wie in meiner Kindheit, wenn ich bei einer Freundin übernachtete.«

Er schenkte ihr ein Lächeln voller Unschuld. »In meinem Alter nennt man das anders.« Schließlich war er fast vierzig.

»Ach?« Sie ging darauf ein. »Wie denn?«

»Ich glaube, man nennt es Ehe.« Da verstummte sie und machte sich über das Popcorn her. »Man kann sehr glücklich in einer Ehe sein, mußt du wissen. Besonders, wenn es sich um zwei Menschen handelt, die wissen, was sie tun, und die sehr verliebt sind. Vielleicht werden einmal beide Punkte auf uns zutreffen. Wir werden vielleicht sogar ein Baby haben. Unser eigenes meine ich. Na, wäre das nicht etwas?« Plötzlich war er begeistert von der Idee, ungeachtet seiner Jahre währenden Vorbehalte. Aber auch auf ihr Baby freute er sich, seit dem Moment schon, als er davon erfahren hatte, und er redete ständig davon, was sie für das Kind tun mußte.

»Was meinst du ... was würden deine Söhne sagen?«

»Na, die würden aus dem Staunen nicht herauskommen.« Er gab ihr lächelnd eine Handvoll Popcorn. »Kinder denken über diese Dinge nicht nach. Du könntest mit deinem Geständnis bis zum siebten Monat warten und würdest bei ihnen große Verwunderung hervorrufen. Wenn du ihnen nicht den wahren Grund eingestehst, glauben die doch glatt, du wärest einfach so aus dem Leim gegangen.«

»Gar nicht unvernünftig. Mir ging es ähnlich, bis ich den Test gemacht habe.«

»Warst du sehr erstaunt?« wollte er wissen.

»Mehr oder weniger. Vielleicht weniger als mehr. Aber damals redete ich mir ein, ich wäre geschockt. Gut möglich, daß ich es gar nicht war. Ich hatte einfach Angst vor Stevens Reaktion.«

»Wann hast du es ihm gesagt?«

»Als er von einer Reise zurückkam. Sehr erbaut war er nicht.« Eine gewaltige Untertreibung.

Sie schlief in jener Nacht in seinem Gästezimmer, und am Morgen kamen die Kinder hereingestürmt und balgten sich mit ihr. Sie waren begeistert, daß sie geblieben war – von Schockiertsein konnte nicht die Rede sein. Sie forderten, daß sie für immer blieb, worauf sie sagte, daß sie in ihre Wohnung müsse. Sie mußte tatsächlich gehen, um sich fürs Büro umzuziehen, und Adam und Tommy gingen mit ihr. Als sie sahen, daß sie unmöbliert hauste, waren sie platt. Tommy ließ mit offenkundiger Mißbilligung den Blick durch die leeren Räume wandern.

»Warum wohnst du so?« fragte er. »Du hast ja nicht mal eine Couch!« Das war für ihn die Mindestanforderung, und Adam war richtig außer sich. Er glaubte, daß sie zu arm war, um sich etwas kaufen zu können, und fragte sich, warum Bill ihr nicht aushalf. Adrian beruhigte ihn sofort.

»Mein Mann hat die Sachen mitgenommen, als er fortgezogen ist«, erklärte sie.

»Das war aber fies von ihm«, meinte Tommy – ein Urteil, das unwidersprochen blieb.

»Warum hast du nicht neue Sachen gekauft?« erkundigte sich Adam.

»Ich bin nicht dazu gekommen. Er ist noch nicht lange weg.«

»Wie lange ist es her?« wollte Tommy wissen.

»Zwei Monate ... nein drei.«

»Du solltest dir ein paar Sachen anschaffen«, riet ihr Thomas Thigpen ernst.

»Ich werde mein Bestes tun. Vielleicht sieht es hier wieder einigermaßen aus, wenn ihr wiederkommt ...« Dann ging sie hinauf, um sich umzuziehen, und als sie wieder herunterkam, stieß Adam einen anerkennenden Pfiff aus. Sie trug ein schlichtes schwarzes, raffiniert geschnittenes Leinenkleid, das ihre Beine sehen ließ – das einzige, was von ihrer Figur ansehnlich geblieben war.

»Du solltest eine Diät machen«, riet Adam ihr. »Meine Mom hat eine gemacht. Und sie sieht toll aus. Du könntest richtig hübsch sein, wenn du etwas abnehmen würdest ... ich meine, hübsch bist du jetzt auch ... es ist nur ... es wäre günstiger, wenn du am Bauch etwas abnehmen würdest.« Sie wollte erst lachen, dann tat sie aber, als nähme sie es sehr ernst, und in diesem Moment kam Bill herein, um die Kinder abzuholen.

»Wir haben unterdessen alle meine Probleme gelöst«, erklärte sie. »Ich brauche eine Couch und muß dringend abspecken.« Sie konnte kaum ernst bleiben, als er ihre zwei kleinen Freunde strafend musterte.

»Hast du das zu Adrian gesagt?« fragte er Tommy.

»Nein«, sprang sie ein. »Wir sind gemeinsam zu diesem Schluß gelangt. Und sie haben recht.« Natürlich ließ sie unerwähnt, daß sie ihr Zuhause in zwei Monaten verkaufen mußte und ein Baby erwartete.

Sie fuhr in die Redaktion und verbrachte einen Tag, der ihr ohne Bill und die Kinder endlos erschien. Am Abend freute sie sich, nach Hause zu kommen, und schlief in ihrer Wohnung, weil sie der Meinung war, daß Bill die Zeit allein mit den Kindern brauchte. Sie war ohnehin sehr viel mit ihnen zusammen. Der Ausflug nach Disneyland wurde zu einem einmaligen Erlebnis und ihr letzter gemeinsamer Tag kam viel zu schnell. Bill, der ihnen eine besondere Attraktion bieten wollte, führte sie ins Spago aus, aber es wurde ein von Wehmut begleitetes Dinner. Bill und Adrian tat es unendlich leid, die Jungen verabschieden zu müssen, und den Kindern brach das Herz, weil das Zusammensein ein Ende hatte. Beim Zubettgehen weinten beide. Und am nächsten Tag fuhr Adrian mit zum Flughafen, damit Bill anschließend die Einsamkeit nicht so quälte. Als die Kinder abflogen, hatte Adrian das Gefühl, als sei jemand gestorben, und Bill sah wirklich aus, als sei er in Trauer. Adam und Tommy hatten bis zum letzten Moment gewinkt, als sie an Bord gingen, und sie hatten versprochen, sofort anzurufen, sobald sie zu Hause eingetroffen waren. Tommy hatte sich beim Abschied noch leise für die Rettung bedankt, und von beiden hatte Adrian einen Kuß bekommen. Tränen waren reichlich geflossen.

»Daran kann ich mich nie gewöhnen«, sagte Bill, als sie zum Auto gingen. Sie waren in seinem geliebten Kombi gekommen. »Früher brachte der Abschied mich jedesmal fast um. Ach, jetzt ist es eigentlich nicht viel anders.« Im Auto drehte er sich zu ihr um und legte trostsuchend seine Arme um sie. Aber es gab nichts, was sie hätte sagen können, um ihn zu trösten, nichts, was sie tun konnte, um ihm die Kinder vor Thanksgiving wiederzugeben. »Deshalb wollte ich nie mehr Kinder haben. Ich wollte sie nicht wieder verlieren.« Und doch ... er wollte das Baby mit ihr und es hergeben, falls Steven zurückkehrte. Ein erstaunlicher Mensch, dieser Bill Thigpen.

21

Als sie nach dem Abflug der Kinder ankamen, wirkte die Stille in Bills Wohnung fast ohrenbetäubend. Und Bill sah aus, als hätte er einen schweren Verlust erlitten. Adrian bemühte sich nach besten Kräften, ihn abzulenken. Sie bot sogar an, für ihn zu kochen.

»Warum setzt du dich nicht vor den Fernseher, während ich rasch etwas koche?« schlug sie vor. Er war in Gedanken noch immer bei seinen Söhnen, während sich Adrian in der Küche lautstark zu schaffen machte. Zunächst hörte er es nur mit halbem Ohr, dann erst ging ihm auf, daß ihr praktisch alles aus der Hand fiel. Erst ließ sie die Rührschüssel aus Metall fallen, dann ertönte das Geklapper von Pfannen und das Knallen von Schranktüren. Er lächelte. Adrian war überall von sagenhafter Tüchtigkeit, nur nicht in der Küche.

»Brauchst du Hilfe?« übertönte er den Küchenlärm, und ihre Antwort kam ein wenig zerstreut.

»Nein, ich komme gut zurecht. Aber wo ist die Vanille?«

»Was soll es denn werden?«

»Lasagne«, gab sie zur Antwort, während sie drei weitere Schüsseln fallen ließ und die Backrohrtür zuknallte.

Da erschien er mit breitem Lächeln in der Küchentür.

»Adrian, ich sage es nur ungern, aber zur Lasagne gehört keine Vanille. Nicht in den Rezepten, die ich kenne. Du mußt etwas anderes geplant haben.« Er wirkte höchst belustigt, während sie einen total verwirrten Eindruck machte. Jede Schüssel, jeder Topf, jede Backform und jede Bratpfanne waren aus den Schränken geholt worden und standen aufgereiht auf der Arbeitsfläche. Bill enthielt sich einer Bemerkung.

»Ach, sei still«, sagte sie nach einem Blick in sein Gesicht. Sie strich sich mit dem Unterarm eine Haarsträhne aus den Augen. »Daß in Lasagne keine Vanille gehört, weiß ich. Ich war in Gedanken schon beim Nachtisch«, erklärte sie. »Außerdem gibt es Salat ...«

»Wunderbar. Also, brauchst du Hilfe?«

»Nein, ich brauche einen Koch.« Sie ließ ein hilfloses Lächeln sehen. »Wir wär's mit einem Sandwich?« Er konnte sein Lachen nicht mehr unterdrücken, betrat die Küche und legte die Arme um Adrian. Noch nie war er mit ihr allein gewesen, nicht richtig jedenfalls, nicht seit die Kinder gekommen waren und er ihr gesagt hatte, daß er sie liebte. Die Kinder hatten einen Monat mit ihm verbracht, und in dieser Zeit war sehr viel passiert.

»Möchtest du ausgehen?« fragte er. Der Duft ihres schimmernden schwarzen Haars stieg ihm verlockend in die Nase. »Wir könnten im Spago essen.« Bill, der zur Hollywood-Elite gehörte, bekam dort jederzeit einen Tisch. Die meisten Menschen hätten glatt einen Mord begangen, um ins Spago zu kommen. »Oder soll ich für dich kochen? Was meinst du?« Er wäre gern zu Hause geblieben, da er sich auf einen ruhigen Abend gefreut hatte. Es war Samstag, und sämtliche Lokale der Stadt würden zum Bersten voll sein.

»Nein«, widersprach sie eigensinnig mit einem Blick auf das Durcheinander, das sie angerichtet hatte. »Ich habe gesagt, ich würde kochen, und dabei bleibt es.«

»Und wenn ich dir dabei helfe? Betrachte mich als *sous-chef.*«

»Also gut.« Sie lächelte schelmisch. »Sag mir nur, wie man Lasagne macht.« Er lachte schallend und machte sich daran, das Kochgeschirr wegzuräumen. Gemeinsam wurde ein Salat improvisiert, Bill grillte Steaks, und sie plauderten bei der Arbeit über die Kinder, die Serie und die neue Saison. Bill war vom Saisonwechsel weniger betroffen als die Abendserien, weil es von seiner Serie keine Sommerwiederholungen gab und sie das ganze Jahr über live gesendet wurde. Aber er mußte die Folgen immer in Schwung halten und immer wieder mit frischen Ideen anreichern, deshalb arbeitete er im Moment an der Entwicklung neuer Nebenhandlungen, die sie eingehend besprachen. Adrians Ideen sagten ihm sehr zu, außerdem hatte sie ihm schriftliche Vorschläge gegeben, von denen er sich sehr beeindruckt zeigte. Bei Tisch waren sie wieder bei diesem Thema angelangt.

»Du hast ja recht, Adrian.« Sie hatte eben einen treffenden

Einwand vorgebracht. »Aber erst müssen wir Helens Baby auf die Welt bringen«, erklärte er und stellte ihren Standpunkt in Frage. »Danach könnte ich mich mit der Entführungsidee anfreunden. Das Kind verschwindet ... es stellt sich heraus, daß der Entführer John haßt und daß es nichts mit Helen zu tun hat oder ...« Er kniff die Augen zusammen, während er überlegte und sich im Kopf alles notierte. »Oder in Wirklichkeit ist der Entführer der leibliche Vater des Kindes. Es folgt eine Jagd durch mehrere Staaten ... und wenn wir den Entführer und das Kind fassen, dann kennen wir auch die Identität des Vaters.« Sie sah ihn fasziniert an. Ihr war noch immer unbegreiflich, wie all diese Charaktere in seinem Kopf existieren konnten. Bei ihr wuchs das Verständnis dafür erst allmählich.

»Wer ist übrigens der Vater des Kindes?«

»Das habe ich mir noch nicht zurechtgelegt.«

Adrian lachte. »Helen ist schon schwanger, und du weißt nicht, wer der Vater ist? Das ist ja schrecklich?«

»Was soll ich sagen? Eine moderne Romanze.«

»Auf die Spitze getrieben.«

»Mir gefällt die Richtung, die du gestern vorgeschlagen hast, weil wir aus einer plausibel angelegten, sympathischen Rolle, die vom Publikum ins Herz geschlossen wird, unzählige Filmmeter herausschinden können.«

»Wie steht es mit Harry?« schlug Adrian vor.

»Harry?« Bill war erstaunt. Harry hätte er nie in Betracht gezogen. Er war als Witwer von Helens bester Freundin ein wahrscheinlicher Kandidat – und doch wieder nicht. Der Vorschlag war an sich nicht schlecht, da John für zwei begangene Morde lebenslänglich bekommen hatte, war es sinnvoll, Helen mit jemandem zu verkuppeln, den sie mit der Zeit auch heiraten konnte. »Eine hervorragende Idee.« Und der Darsteller des Harry, ein sehr versierter Schauspieler, würde überwältigt sein, da seine Rolle geschrumpft war, seit dem Tod seiner Frau. »Adrian, du bist ein wahres Genie!«

»Ja.« Sie lächelte liebreizend. »Und eine sagenhafte Köchin, findest du nicht?«

»Absolut.« Er beugte sich über sie und küßte sie. Er war nun in bester Laune. Ihre Gesellschaft war so amüsant und unkompliziert, und er schätzte die Tatsache, daß sie der Serie nicht ablehnend gegenüberstand, ja, daß sie ihr sogar gefiel. »Könntest du dir vorstellen, an einer Serie wie dieser mitzuarbeiten?« Seit sie ihm so viele brauchbare Vorschläge geliefert hatte, dachte er ernsthaft an diese Möglichkeit.

»Ich habe es nie in Erwägung gezogen, da ich mit Vergewaltigungen, Morden und Naturkatastrophen im wirklichen Leben ausgelastet bin. Aber eine Seifenoper wäre natürlich sehr viel amüsanter. Aber warum ... bist du dabei, Leute anzuheuern?«

»Möglich wäre es – zu einem gewissen Zeitpunkt jedenfalls. Hättest du Interesse?«

»Ist das dein Ernst?« Sie sah ihn an. Zu ihrer Verwunderung nickte er. »Ja, ich fände es herrlich.«

»Ich auch.« Die Vorstellung, eng mit ihr zusammenzuarbeiten, war sehr verlockend. Aber beide mußten zuerst vieles andere bedenken. Adrian wußte, was auf sie zukam. Sie war dabei, mit dem Anwalt, den Bill ihr empfohlen hatte, ihre Scheidungsstrategie auszuarbeiten, und im Januar würde sie ihr Baby zur Welt bringen. Ihr Entschluß, Urlaub zu nehmen, stand fest, doch in der Redaktion wußte man noch nichts davon. Vielleicht konnte sie nach der Geburt für Bill arbeiten, statt bei den Nachrichten weiterzumachen – ganz entschieden eine verlockende Vorstellung. Und während sie bei einem Cappuccino, den Bill gemacht hatte, darüber nachdachte, wurde ihr klar, daß es genau das war, was ihr Spaß machen könnte. Es war ziemlich gewagt, Beruf und private Beziehung zu verquicken, aber vielleicht würde es klappen. Zumindest lohnte es sich, darüber nachzudenken. »Gibt es denn etwas, das du nicht kannst?« fragte sie voller Bewunderung. Auf einem Hocker sitzend, beobachtete sie ihn und dachte daran, wie nett es wäre, mit ihm zusammenzuarbeiten.

»Ja«, sagte er mit liebevollem Lächeln und küßte sie zärtlich auf die Lippen. »Babys bekommen. Apropos, wie fühlst du dich?« Es war ihr noch immer unangenehm, wenn er sich nach ihrem Befinden erkundigte. Sie war noch nicht soweit, daß sie sich unbefangen mit ihm über ihre Schwangerschaft hätte unterhalten können. Obwohl er reizend zu ihr war, seit er es wußte, waren ihr Gespräche in dieser Richtung nicht geheuer. Es war ihr tiefstes, ihr dunkelstes Geheimnis.

»Ich fühle mich gut«, beruhigte sie ihn. Es war bemerkenswert, daß sie nicht unter Nachwirkungen des gefährlichen Urlaubsabenteuers litt. Gleich nach der Rückkehr hatte sie ihren Arzt konsultiert, und nach ein paar Tagen waren die Fäden ihrer Armverletzung gezogen worden. Die Prellungen und Abschürfungen waren längst verheilt, die Gehirnerschütterung überwunden, das Baby nicht gefährdet. Ein wahres Wunder. Der Arzt war aus dem Staunen nicht herausgekommen und hatte festgestellt, daß sie ein erstaunlich widerstandsfähiges Kind in sich trüge. Bill hörte das mit Erleichterung. Er benahm sich so, als sei es sein Kind, und wann immer er davon sprach, war sie sehr gerührt.

»Macht es dir angst, Adrian? Die Schwangerschaft, meine ich. Ich habe mir immer vorgestellt, daß es ein wenig furchteinflößend sein muß. Es ist schon sonderbar ... man macht mit jemandem Liebe, und der kleine Samen wächst zu einem Menschlein heran, als hätte man ihn verschluckt oder so. Und es wächst und wächst, bis du zum Platzen aussiehst, und dann kommt der schwere Teil. Man muß es aus dem Körper herauspressen. Richtig beängstigend muß es sein. Psychologisch, meine ich. Körperlich geht das schon irgendwie. Mich hat am meisten beeindruckt, wenn eine Frau zwei Stunden nach der Entbindung erklärt, es wäre gar nicht so schlimm gewesen, und sie würde es sofort wieder tun. Das finde ich wirklich erstaunlich. Meinst du nicht?«

»Ja, mir kommt das alles auch ein wenig seltsam vor. Besonders, daß ich niemanden hatte, dem ich meine Empfindungen mitteilen konnte. Deshalb machte ich mir die meiste Zeit vor, daß ich gar nicht wirklich schwanger bin. Erst jetzt kommt mir so richtig zu Bewußtsein, daß ich das Kind nicht mehr ignorieren kann und daß ich mich der Tatsache stellen muß.« Er reichte ihr noch einen Cappuccino. Sie rührte um und schlürfte den mit geriebener Schokolade bestreuten Milchschaum. Bill war in der Küche eindeutig besser als sie.

»Spürst du schon die Bewegungen?« Sie schüttelte den Kopf. »Wenn es so weit ist ... es ist wundervoll. Das Leben ...« Er setzte sich und sah sie voller Liebe an »... grenzt an ein Wunder. Wenn ich meine Kinder ansehe, denke ich mir oft, was für ein Wunder sie doch darstellen, auch jetzt, als große Bengel, mit Strubbelhaar, mit zerschundenen Knien, in Jeans und mit dreckigen Turnschuhen ... Für mich sind sie einfach herrlich.« Das war mit ein Grund, weshalb sich ihre Liebe zu ihm entwickelt hatte. Er war so handfest, so gut und lieb und so ernsthaft, wenn es um Dinge ging, die wirklich wichtig waren, wie Freundschaft, Liebe, Familie und Wahrheit. Sie liebte seine Wertmaßstäbe und seine Prinzipien. Anders als Steven, der vor der Herausforderung in Gestalt des Kindes die Flucht ergriffen hatte und nichts geben wollte – es war das Gegenteil von dem, wofür Bill stand. Sie konnte es noch immer nicht fassen, daß sie das Glück gehabt hatte, ihm zu begegnen. Er stellte ihre Tassen in die Spüle und drehte sich mit einem zaghaften Lächeln zu ihr um. Ihre Blicke begegneten sich, und sie fühlte sich unwiderstehlich von ihm angezogen. Er mußte etwas Magnetisches an sich haben, dem sie nicht zu entrinnen vermochte.

»Ja?« Sie wußte, daß er ihr eine Frage stellen wollte. Er lachte, weil sie ihn durchschaut hatte.

»Ich wollte dich etwas fragen, war aber nicht sicher, ob ich es sollte.«

»Was denn? Bin ich denn eine Jungfrau? Ja, ich bin eine.«

»Gott sei Dank.« Er atmete hörbar auf. »Ich kann Frauen, die keine Jungfrauen sind, nämlich nicht ausstehen.«

»Ich auch nicht.«

Er grinste. »In diesem Fall ... möchtest du über Nacht bleiben? Du kannst im Gästezimmer schlafen.«

Es war zu dumm, ihre Wohnung lag am anderen Ende des Blocks. Aber sie war wirklich geneigt, zu bleiben. Ihre eigene Wohnung war so leer. Es hatte keinen Sinn, Möbel zu kaufen, wenn sie die Wohnung ja doch verkaufen mußte, sagte sie sich immer wieder. Bills Gästezimmer hingegen war wie ein warmes, behagliches Nest, ein Ort, der einem vor den Ansprüchen der

Welt Zuflucht bot und einen die Wärme von Bills Gegenwart genießen ließ. »Ein bißchen komisch ist es schon, meinst du nicht?« entgegnete sie verschämt. »Ich sollte lieber nach Hause gehen.«

»Ich dachte nur ...« Er machte ein trauriges Gesicht. »Es wäre heute so nett ... ohne die Kinder.« Sie wußte, daß es stimmte, und sie wollte ja für ihn da sein. »Wir könnten Popcorn rösten und im Fernsehen alte Filme ansehen.«

»Einverstanden. Ich bleibe.« Ihr Lächeln fiel schüchtern aus, obwohl sie sehr gern mit ihm zusammen war. Bill stellte ihr mit gespielt ernsthaftem Blick noch eine Frage.

»Rein interessehalber ... was hat deine Entscheidung beeinflußt? Die Aussicht auf Popcorn oder die alten Filme? Vielleicht sollte ich es wissen, nur für den Fall, daß ich dich eines Tages noch einmal überreden möchte.«

Sie lachte unbeschwert. »Das Popcorn natürlich. Und das Gratisfrühstück am Morgen.«

»Wer hat etwas von Frühstück gesagt?« zog er sie mit Unschuldsblick auf.

»Sei bloß nett zu mir, oder ich koche Lasagne ... mit Vanille!«

»Das hatte ich befürchtet. Die Vanille-Jungfrau – ein toller Titel für die neue Serie ... oder vielleicht nur für eine Episode ... was meinst du?« Er drehte sich um und stand nun ganz dicht bei ihr.

»Wenn du mich fragst ... du bist wundervoll«, sagte sie ganz leise.

Wieder legte er den Arm um ihre Schultern und küßte sie sanft auf den Nacken. »Das freut mich zu hören ... ich glaube, ich liebe dich.« Sie aber wußte mit Sicherheit, daß sie ihn liebte. Sie wußte es schon seit Wochen, seit sie im Krankenhaus in Truckee zu sich gekommen war und er ihr gesagt hatte, daß er sie und ihr Kind lieb hätte. Und doch berührte es sie merkwürdig, jetzt mit ihm darüber zu sprechen. Er schien über Schwangerschaft und Kinderkriegen mehr zu wissen als sie. In gewisser Hinsicht war dies sehr tröstlich, und sie hatte es sich zur Gewohnheit gemacht, sich immer mehr auf ihn zu verlassen und seine Nähe, die sie als wohltuend empfand, zu suchen. »Was hältst du davon, wenn wir heute in meinem Zimmer fernsehen?« fragte er. Er hatte im Schlafzimmer ein großes Gerät stehen. Mit seinen Kindern hatte er allabendlich vom Bett aus ferngesehen. Einige Male hatte sie ihnen Gesellschaft geleistet, an jenen Abenden, an denen sie im Gästezimmer geschlafen hatte. Aber jetzt war es doch etwas anderes, weil die Buben nicht mehr da waren. Zunächst mutete es sie ein wenig merkwürdig an, allein mit ihm auf seinem Bett zu sitzen, aber sie mußte sich eingestehen, daß es sehr gemütlich war.

Sie stützte sich auf die Kissen des Bettes, und er schaltete den Apparat per Fernbedienung ein, ehe er hinausging, um Popcorn zu machen.

Sie dachte darüber nach, wieviel er ihr bedeutete und wie stark sie sich zu ihm hingezogen fühlte. Merkwürdig war es schon, im fünften Schwangerschaftsmonat sexuell von einem Mann fasziniert zu sein, der nicht der eigene war. Genau in dieser Situation befand sie sich. Sie fühlte sich zu ihm hingezogen, und wußte nicht, wie sie es ihm zeigen sollte.

»Popcorn!« kündigte er an und kam gleich darauf mit einer großen Schüssel aus der Küche. Das Popcorn war noch heiß und geradezu perfekt gebuttert und gesalzen.

»Himmlisch ist das!« lobte sie lächelnd und schmiegte sich an ihn, als er auf der Fernbedienung einen Kanal wählte, der nur alte Filme zeigte. Es lief ein alter Streifen mit Cary Grant, und Adrian bestand darauf, daß er ihn laufen ließ. »Genauso habe ich es gern«, gestand sie und tat sich an dem Popcorn gütlich. Er gab ihr einen sanften Kuß.

»Ich auch.« Es war ehrlich gemeint. Sie war sein bester Freund, und daneben war noch mehr zwischen ihnen. Er entdeckte, daß er nicht aufhören konnte, sie zu küssen, während sie sich an dem Popcorn delektierte und so tat, als sähe sie sich den Film an. Sie lehnte an den Kissen seines Bettes, und Bill nahm ihr die Sicht auf den Fernsehapparat, aber das machte ihr nichts aus. Sie erwiderte seine Küsse, und in ihr wuchs eine Leidenschaft, die sie nie erlebt hatte, als er ihr zuflüsterte: »Nimmst du die Pille!« Sie lachte und küßte ihn.

»Ja«, antwortete sie leise. Zwischen ihnen war Humor, Liebe und Lachen, doch mit wachsender Leidenschaft wurden sie ernster. Die Film-Romanze mit Cary Grant war vergessen. Bill stellte die Schüssel Popcorn ab, löschte das Licht und wandte sich wieder Adrian zu. Sie war so schön, so sexy und so sanft. Sie trug noch immer das weichfallende, pfirsichfarbene Kleid, in dem sie die Kinder zum Flughafen begleitet hatte. Er knöpfte es gemächlich auf, während sie ihre Hände unter seinen Pullover gleiten ließ. Ihre Lippen berührten sich, trennten sich, um sich von neuem zu finden. Es war, als wolle er sie mit seinen Küssen verschlingen, und schließlich lagen sie sich nackt in den Armen, und er vergaß alle Vorsicht, als sie sich in Liebe vereinten und ihre Körper unter seiner Berührung erbebte. Stunden schienen zu vergehen, während sie beisammen lagen und sich ekstatische Wonnen schenkten.

Beide vergaßen die Zeit, als sie Seite an Seite lagen, noch immer Küsse tauschten und in der Finsternis flüsterten.

»Du bist so schön«, sagte er und berührte wieder zärtlich ihr Gesicht mit Fingern, die sofort tiefer glitten. Sie besaß einen sehr reizvollen Körper, dem auch jetzt anzusehen war, wie schlank und zierlich er sein mußte, wenn sie nicht schwanger war. »Alles in Ordnung?« Plötzlich bekam er es mit der Angst zu tun, ob er ihr oder dem Baby geschadet hatte. Sie lächelte nur und drückte ihm Küsse auf Hals und Lippen und strich über seine männliche Brust. Er weckte in ihr das Gefühl, glücklich, sicher und geborgen zu sein.

»Du bist wundervoll.« Aus ihren Augen leuchtete die Liebe, die sie für ihn empfand, und als er sie fasziniert ansah, tastete er über die Wölbung ihres Leibes. Sie runzelte die Stirn und sah ihn fragend an. »Hast du das eben gemacht?«

»Was denn?«

»Ich weiß nicht ... etwas ... ich bin nicht sicher, was es war ...« Es hatte sich wie ein kleines Flattern angefühlt, und zuerst dachte sie, es wären seine Hände gewesen, aber die hatten sich gar nicht bewegt. Ganz plötzlich wußten beide gleichzeitig, was es war. Sie hatte zum erstenmal die Bewegung des Kindes gespürt, so als sei das Kind durch ihre Liebe zum Leben erwacht. Es war jetzt auch sein Baby, ihr gemeinsames, weil er es haben wollte und weil er sie liebte.

»Laß mich fühlen.« Wieder legte er die Hand auf ihren Bauch, aber er spürte nichts, dann aber glaubte er ganz kurz etwas wahrzunehmen, nahezu unmerklich. Es waren so zarte Bewegungen, daß sie kaum zu fühlen waren. Er zog Adrian nahe an sich und umfaßte ihre vollen Brüste. Er liebte alles an ihr. Es war ungewöhnlich, eine Frau in einem solchen Zustand kennenzulernen, er fühlte sich irgendwie an das Baby gebunden, als wäre es auch seines. Es war ein Teil von ihr, auf den er nicht verzichten wollte.

Er deckte sie sorgfältig zu, und sie lagen aneinandergeschmiegt da, flüsternd, lachend und träumend. Immer wieder kam die Rede auf das Kind.

»Komisch«, gestand er, während er Cary Grants Stimme vage im Hintergrund wahrnahm. Popcorn und Film waren längst vergessen. »Ich habe das Gefühl, als sei das Kind zum Teil von mir. Ich weiß nicht ... es erweckt vertraute Gefühle und Erinnerungen an all die Aufregung vor Tommys und Adams Geburt ... ich ertappte mich bei dem Gedanken, ein Kinderbett zu kaufen, dir bei der Einrichtung des Kinderzimmers an die Hand zu gehen, bei der Geburt dabeizusein. Immer wieder muß ich mich ermahnen, zurückzuschalten, weil es ja nicht mein eigenes Kind ist ...«, äußerte er bedauernd. Aber er wollte, daß es seines wäre. Auch wenn er sie gerade zum erstenmal geliebt hatte, wünschte er es sich sehnlichst.

»Ehe du in mein Leben getreten bist, war ich so verloren und einsam.« Sie sah ihn betroffen an. Seine Gefühle weckten ihre Besorgnis. »Das Baby stört dich doch nicht? Manchmal komme ich mir so unförmig und häßlich vor.«

Er lachte verhalten, in dem Bett, das sie zu dem ihren gemacht hatten. »Das, meine Liebe, wird noch viel schlimmer. Du wirst aussehen wie ein Ballon, und ich werde hingerissen sein. Du wirst ganz dick und süß sein, und wir werden mit dem Baby viel Spaß und Freude haben.«

»Entsetzlich.« Der Gedanke an den ihr bevorstehenden gewaltigen Umfang ließ sie zurückschrecken. Das war etwas, woran sie noch keinen Gedanken verschwendet hatte. Sie fürchtete sich ein wenig. Ihre Schenkel fühlten sich bereits doppelt so dick an wie noch vor zwei Monaten, und ihre Brüste waren im Vergleich zum Normalzustand riesig. Sie, die sonst sehr zierlich gewesen war, fand sich plötzlich richtig vollbusig. Diese Veränderungen erschienen ihr fremd und merkwürdig, aber sie vermochten die Vorfreude auf ihr Kind nicht zu trüben. Daß Bill sich auch freute, erschien ihr unglaublich. Daß sie ihn gefunden hatte, war für sie noch immer wie ein Wunder.

»Es muß poetische Gerechtigkeit sein«, sagte er, setzte sich auf und sah auf sie hinunter, »daß ich mich mit einer im vierten Monat schwangeren Frau eingelassen habe. Ich hatte Beziehungen mit mehr magersüchtigen Models, als jemand in einem Menschenleben verkraften kann, und urplötzlich bin ich mit einer Frau zusammen, die ich liebe, mit einer Frau in voller Blüte, die in allerkürzester Zeit ihre Zehen nicht mehr sehen kann.«

»Du machst mir richtig angst. Gibt es denn keine Möglichkeit, dieses Ballonstadium zu umgehen?« fragte sie mit besorgtem Blick. Grund für ihn, sie wieder zu küssen.

»Absolut keine Möglichkeit. Es ist ein schönes Geschenk. Erfreue dich daran.«

»Aber wirst du mich auch noch lieben, wenn ich so dick bin?« Es war die für den Mann einer Schwangeren vertraute Wehklage.

»Natürlich. Würdest du mich nicht mehr lieben, wenn ich derjenige wäre, der das Kind austragen müßte?«

Die Vorstellung reizte sie zum Lachen, aber er stellte die Frage so natürlich, daß ihr die Zukunft nicht mehr so schrecklich erschien. So machte er es mit allem bei Bill wurde alles normal, einfach und simpel. »Doch, natürlich.« Ihrem Lächeln war anzusehen, wie behaglich sie sich in seinem Bett fühlte.

»Damit ist deine Frage wohl beantwortet, oder? Du bist wunderschön schwanger. Mach dir lieber Gedanken darüber, ob du mich begeistern kannst, wenn du wieder dünn bist. Wir wissen, wie du auf mich wirkst, wenn du so bist.« Er grinste boshaft, und sie lachte. Bei ihm fühlte sie sich völlig unbefangen, und vor allem wurde sie geliebt wie nie zuvor. Das Schönste jedoch war, daß auch sie ihn mehr liebte als sonst jemanden auf der Welt... mehr auch als Steven. Steven war nie so gut zu ihr gewesen, nie so lieb, so gescheit und für ihre Bedürfnisse, Ängste und Stimmungen so offen. Das stand für sie fest. Sie war eine glückliche Frau und Bill Thigpen ein Mensch, wie es nicht viele gab.

»Du machst mich wahnsinnig vor Leidenschaft, Adrian«, sagte er in gespielt verzweifeltem Ton, während er so tat, als wolle er sich auf sie stürzen.

»Hör auf damit«, stieß sie lachend hervor. »Wo ist mein Popcorn?«

»Du hast kein Herz.« Er reichte ihr die Schüssel. »Nur einen Magen.« Er küßte sie laut auf ihre Kehrseite und ging dann eine Flasche Wasser holen, weil er wußte, daß sie durstig war, ohne daß sie es sagen mußte.

»Du kannst Gedanken lesen, weißt du das?«

»Das gehört dazu ...« Er verzehrte sich danach, sie wieder zu lieben, befürchtete aber, daß es zuviel sein und dem Kind schaden könnte. Er war gewillt, Geduld zu zeigen und sie in den nächsten viereinhalb Monaten sehr behutsam zu lieben. Es erschien ihm als gerechtfertigter Preis für das Wunder eines Kindes, und für das Geschenk, es mit ihr teilen zu dürfen. Er nahm sich vom Popcorn, stellte den Fernseher lauter und betrachtete Adrian. Jetzt hatte er schon das Gefühl, als ob sie zusammengehörten und immer schon verheiratet gewesen wären. Es war unglaublich, daß sie noch mit einem anderen verheiratet war und das Kind dieses Mannes erwartete, eines Mannes, der weder Adrian noch das Kind wollte.

Das Telefon läutete, als Adrian schon fast eingeschlafen war, eng an ihn geschmiegt, während er fernsah und sie gelegentlich mit einem Lächeln bedachte. Es waren Tommy und Adam, die sich, wohlbehalten in New York angekommen, meldeten.

»Wie war der Flug?«

»Herrlich«, rief Tommy. Die Stewardeß hatte ihm drei Hot dogs zukommen lassen. Bill hatte in L. A. Spezialverpflegung für die beiden bestellt. Das machte er immer. »Wie geht es Adrian?

Ist sie da?« fragte Tommy hoffnungsvoll, und Bill nickte mit einem Blick zu ihr.

»Ja, wir sehen fern und essen Popcorn. Ihr fehlt uns. Es war hier richtig traurig, als ihr abgeflogen seid.« Er war zu ihnen immer ehrlich, auch was seine Gefühle betraf. »Wir können Thanksgiving kaum erwarten.« Er gebrauchte bereits das Wörtchen ›wir‹, wenn er von sich und Adrian sprach. Für ihn stand fest, daß sie dann immer noch beisammen sein würden. Nur würden sie den Kindern reinen Wein einschenken müssen. Er wollte es Adrian überlassen, wie sie ihnen beibringen wollte, daß sie ein Kind erwartete. Während er daran dachte, legte er wieder die Hand auf ihren Bauch, um festzustellen, ob er das Baby fühlen konnte. Sein Besitzerinstinkt regte sich, seit er ihm näher war und er ihren Körper an dem seinen spürte. Nie hatte er sich einer Frau mehr verbunden gefühlt.

Dann kam Adam ans Telefon und berichtete von dem Film, den er auf dem Flug gesehen hatte. Etwas über den Vietnamkrieg, das sich ziemlich aufregend anhörte, aber Adam hatte es offenbar gefallen. Dann verlangte er Adrian, und Bill schubste sie sanft und sagte, mit der Hand über dem Hörer:

»Schätzchen, es ist Adam. Er möchte dich sprechen.«

»Na schön.« Sie griff mit verschlafenem Lächeln nach dem Hörer, doch als sie dann mit Adam sprach, bemühte sie sich, normal zu klingen. »Hi, Adam. Na, wie war der Flug? Waren tolle Mädchen da?«

Adam hätte nicht verdutzter sein können. Adrian war die erste, der aufgefallen war, daß sein Interesse an Mädchen allmählich erwachte und er viel Zeit im Bad verbrachte, wo er sich sein Haar mit einer Auswahl entsprechender Produkte zurechtfrisierte. »Eigentlich nicht. Nur eine, direkt hinter uns.«

»Hast du ihre Nummer?« neckte Adrian ihn, aber er antwortete ernst.

»Ja, sie wohnt in Connecticut. Ihr Dad ist Pilot.«

»Hm, schade, daß du dich nicht für sie interessierst ... nicht sehr stark jedenfalls.« Beide lachten, und wenig später sprach sie mit Tommy. Sie sagte beiden, wie sehr sie ihnen fehlten. »Euer

Dad und ich, wir haben den ganzen Abend einsam und traurig dagesessen. Sogar das Popcorn schmeckt ohne euch nicht so gut.«

»Vielen Dank.« Bill tat, als schmollte er, während er dem angeregten Gespräch zwischen ihr und den Kindern mit Vergnügen lauschte. Sie war wundervoll zu seinen Kindern, und er würde ihr nie vergessen, daß sie unter Einsatz ihres und des Lebens ihres Kindes Tommy gerettet hatte. Noch nie war er so erschrocken gewesen wie bei dem Anblick des kleinen leblosen Körpers und dann des ihren ... die Erinnerung ließ ihn schaudern.

Sie reichte ihm den Hörer zurück, und er plauderte noch eine Weile mit den Kindern, ehe er das Gespräch beendete, damit sie Zeit für ihre Mutter fanden. Sie hatte die Kinder einen Monat nicht gesehen und war sicher gespannt, was sie zu erzählen hatten.

»Es klingt, als wären sie ganz nahe, und doch sind sie so weit entfernt«, sagte Adrian mit Wehmut. Ein Vierteljahr erschien ihnen als unerträglich lange Wartezeit, und sie fragte sich, wie er das aushielt, zumal er in Kalifornien keine zweite Familie hatte. Sie hatte jetzt einen Begriff davon, wie sehr ihm seine Kinder fehlten. »Bis Thanksgiving dauert es noch sehr lange.«

»Na, jetzt weißt du, wie es ist, annähernd jedenfalls«, sagte er ganz ernst, als er wieder zu ihr ins Bett kletterte und den Fernsehapparat ausschaltete. »Deswegen wollte ich nie mehr Kinder in die Welt setzen. Ich wollte vermeiden, daß mir das jemals wieder passiert und mir jemand die Kinder wegnimmt. Leslie mag noch so anständig sein, die Tatsache bleibt bestehen, daß die Buben bei ihr leben und ich sie nur sechs oder sieben Wochen im Jahr bei mir habe. Lausig ist das.«

»Ich kann dich verstehen«, sagte sie leise. Sie verstand ihn wirklich. Und sie kannte ihn gut genug, um zu wissen, wie sehr er litt. Und dann sagte sie ganz unerwartet: »Bill, ich würde dir so etwas nie antun.«

»Woher willst du das wissen? Niemand kann seiner Sache sicher sein. Sieh dich doch an ... du fühlst dich noch immer Steven verpflichtet. Was wird aus uns, wenn er nach der Geburt des Babys zurückkommt? Darauf kannst du keine Antwort wissen«, sagte Bill verbittert und unglücklich, weil er sie liebte und weil ihm seine Kinder fehlten.

»Nein, darauf weiß ich keine Antwort. Aber ich möchte dir nie weh tun.« Dessen war sie sicher. Sie wußte zwar nicht, was sie tun würde, wenn Steven zurückkäme, und Bill hatte recht, sie fühlte sich ihrem Mann noch verpflichtet. Aber sie empfand jetzt auch etwas anderes, eine Bindung an Bill, die sich heute verfestigt hatte, als sie intim geworden waren, und die schon in den vergangenen Monaten, als sie sich angefreundet hatten, herangereift war. Aber es war etwas geschehen, das sie aneinanderband, und sie wußte, daß sie nie imstande sein würde, ihn einfach sitzenzulassen ... oder ihm etwas oder jemanden wegzunehmen. Zumindest hoffte sie es. »Ich liebe dich, Bill«, gestand sie leise, in Gedanken bei ihm, seinen Söhnen und ihrem Kind.

»Ich liebe dich auch«, flüsterte er als Antwort. Seine Gedanken galten freilich allein ihr, und wieder siegte seine Leidenschaft, als er seine Hand über ihre weiche Haut gleiten ließ, bis sie vor Verlangen stöhnte und er sie wieder liebte. Es war eine lange, glückliche Nacht, und als sie am Morgen erwachten, waren sie noch immer eng umschlungen.

Sie öffnete ein Auge und reagierte mit freudigem Erschrecken, als sie Bill sah. Einen Moment lang hatte sie geglaubt, es sei ein Traum. Doch es war keiner. Bill schlief noch und schnarchte leise. Ein paar Minuten später war auch er wach, und als sie sich streckte, verschob er das Gewicht seines Beines auf ihr ein wenig.

»Bist du das?« brummte er verschlafen. »Oder bin ich gestorben und im Himmel gelandet?« Er lächelte selig mit geschlossenen Augen in die Morgensonne.

»Ich bin es. Aber bist du es?« flüsterte sie beglückt. Es war die schönste Nacht ihres Lebens, die vollkommenen Flitterwochen trotzt ihrer Schwangerschaft.

»Ich bin es ... bist du noch immer Jungfrau?« neckte er sie, und sie schmunzelte.

»Ich glaube nicht.«

»Gut. Hoffen wir, daß du nicht schwanger wirst.«

»Keine Angst. Ich nehme die Pille.« Sie kicherten und balgten sich und schmiegten sich im zerwühlten Bett aneinander.

»Ich bin erleichtert, das zu hören. Möchtest du mir zum Frühstück Lasagne machen?« Er streckte sich schmunzelnd, und sie nickte.

»Mit Vanille.«

»Großartig. So schmeckt sie mir am besten.« Dann drehte er sich auf den Bauch und küßte sie. »Ich habe eine besondere Idee. Du ruhst dich noch aus, und ich mache das Frühstück. Was hättest du gern? Waffeln oder Pfannkuchen?«

»Sollte ich nicht irgendeine Diät machen?« Sie litt unter Schuldgefühlen. Sie aßen ständig, und doch war sie, von ihrem Bauch abgesehen, nicht dick. Das Baby schien alles irgendwie zu absorbieren.

»Darüber kannst du dir später Sorgen machen. Was wäre nach deinem Geschmack?«

»Du.« Und sie bewies es ihm zu seinem Entzücken noch vor dem Frühstück ausgiebig. Es vergingen zwei Stunden, ehe sie wieder auf das Frühstück zurückkamen, und diesmal stand er auf und machte Rührei mit Schinken und dampfendheißen Kaffee. Sie frühstückten in der Küche, in seine Morgenmäntel gehüllt und in die Sonntagszeitung vertieft.

»Besser kann man einen Sonntagmorgen nicht verbringen«, verkündete sie, und er bedachte sie mit einem Lächeln. Er las eben den Unterhaltungsteil.

»Da gebe ich dir recht.« Es war ein an Vollkommenheit grenzender Zustand.

Nachher duschten sie, zogen sich an und unternahmen eine Fahrt in Adrians MG. In Malibu machten sie halt, um einen langen Strandspaziergang zu unternehmen, und bei Sonnenuntergang fuhren sie mit geöffnetem Verdeck und dem Wind im Gesicht nach Hause. Sie wirkten glücklich, gelöst und jung, und die ganze Welt gehörte ihnen. Beim Supermarkt, in dem sie sich kennengelernt hatten, hielten sie an und kauften ein. Dann fuhren sie zu ihm und machten sich an die Zubereitung des Dinners. Vor dem Essen schenkte Bill Champagner ein.

»Auf die Verbindung zweier Herzen ... mit der Erwartung auf ein drittes«, trank er ihr lächelnd zu. Es folgte ein Kuß. »Ich liebe dich, mein Schatz.« Wieder küßten sie sich. Sie verbrachten einen stillen Abend zu Hause und sahen wieder fern. Adrian deutete an, sie wolle nach Hause gehen, um ihm nicht lästig zu fallen. Sie hatte schließlich ihre eigene Wohnung, er aber wollte nichts davon hören. Bill hatte vor, einige ihrer Sachen herüberzuschaffen. Er sah nicht ein, welchen Sinn es hatte, daß sie die bedrückende Leere ihrer vier Wände ertragen sollte, und sie mußte ihm recht geben. Die Aussicht darauf war nicht sehr verlockend, schon gar nicht jetzt, wenn sie mit ihm zusammensein konnte.

Bill fuhr sie am nächsten Tag zur Arbeit. Nach den Nachrichten um sechs wollte er sie abholen und für die Spätnachrichten wieder hinfahren. Und als Zelda Adrian lächelnd an ihrem Schreibtisch sah, wußte sie sofort, daß mit ihr etwas vor sich gegangen war. Doch sie drang nicht in sie. Ihre Vermutungen aber gingen in die richtige Richtung, als sie durch den Korridor ging und sich für die Freundin freute. Als Bill zu Mittag kam, wußte Zelda, was passiert war.

»Es hat geklappt!« rief Bill strahlend.

»Was denn?« Im Zoo war ein Kind von einem Bären angefallen worden, und Adrian mußte nun entscheiden, welchen Teil des Filmmaterials sie verwenden wollte – kein Grund, sich über Bills Besuch nicht zu freuen, als sie aufblickte und sein breites Lächeln sah. »Was hat geklappt?« fragte sie etwas gemäßigter. Trotz der morgendlichen Hektik war für sie alles in einen Dunstschleier des Glücks und der Wonne gehüllt.

»Na, deine Idee. Daß Harry der Vater des Kindes sein soll. Es paßt perfekt. Alle Mitarbeiter sind begeistert, besonders der Regisseur. Die Arbeit mit George Orben ist ein reines Vergnügen, und alle freuen sich, daß seine Rolle ausgebaut wurde. Du bist ein Genie!«

»Mit Ihnen kann ich alles, Mr. Thigpen!« Sie lächelte. Sie hoffte tatsächlich, daß eines Tages eine Mitarbeit an seiner Serie möglich sein würde und sie aus der Nachrichtenredaktion hinüberwechseln konnte.

»Kannst du zu Mittag eine Pause machen?« fragte er hoffnungsvoll, sie aber schüttelte den Kopf. Es war zu viel los: der Bär im Zoo, vor einer Stunde war ein Polizist brutal ermordet worden, und in Venezuela hatte es einen Putsch gegeben.

»Ich glaube, heute komme ich hier erst nach sechs weg.« Er nickte, küßte sie, verschwand und war eine halbe Stunde später wieder mit einem Riesenhamburger, einer Tasse Suppe und einem Fruchtsalat zur Stelle.

»Alles, was für dich gut ist. Iß es brav auf.«

»Jawohl, Sir.« Und dann flüsterte sie ihm zu: »Ich liebe dich.« Als sie aus dem Augenwinkel den mißbilligenden Blick ihrer Sekretärin wahrnahm, wurde ihr klar, was sie getan hatte. Ihre Sekretärin hatte keine Ahnung, daß sie und Steven sich getrennt hatten, und nun küßte Adrian im Büro einen anderen Mann! Es gab noch andere sehr interessierte Blicke, und sie wußte, daß noch interessiertere Blicke folgen würden, sobald ihre Schwangerschaft sich nicht mehr verbergen ließ.

»Wer war das?« fragte einer der Kollegen sie unverblümt, nachdem Bill gegangen war.

»Er heißt Harry«, gab sie geheimnisvoll von sich. »Seine Frau ist leider vor einigen Monaten gestorben.« Sie spielte auf seine Serie an, was natürlich niemand ahnen konnte. »... sie war Helens beste Freundin.« Der Kollege zog eine Braue hoch und wandte sich zum Gehen, als Adrian sich wieder über ihre Arbeit beugte.

Und als er sich noch einmal umdrehte, ehe er ging, sah er, daß sie lächelte.

22

Der September verflog bei viel Arbeit, glücklichen Nächten und seligen Wochenenden. Gegen Monatsende merkten alle, daß Adrian schwanger war. Sie war fast im sechsten Monat, so daß man trotz der losen Kleider ahnte, was sich darunter befand. Adrian hatte noch nicht um Mutterschaftsurlaub angesucht. Sie war entschlossen, bis zum Schluß zu arbeiten und statt dessen nach der Entbindung Urlaub zu nehmen, weil es ihr einfacher erschien.

»Wenn ich vorher schon zu Hause bleibe, sterbe ich vor Langeweile«, vertraute sie Bill an, und er hatte nichts dagegen einzuwenden. Seiner Meinung nach sollte sie tun, was ihr beliebte, solange der Arzt nichts dagegen hatte. Er hatte seinen Vorschlag wiederholt, daß sie nach der Entbindung bei seiner Serie einsteigen und in der Nachrichtenredaktion kündigen sollte.

Sie gingen sehr häufig aus, wobei sie ruhigere Restaurants bevorzugten, wo sie sich richtig entspannen konnte, wie das Ivy, das Chianti oder Bistro Garden. Wenn ihnen gelegentlich nach mehr Wirbel zumute war, gingen sie ins Morton, ins Chasen und natürlich ins Spago. Mindestens zweimal wöchentlich gab es lange Telefonate mit Adam und Tommy, denen es sehr gut ging.

Die Einschaltziffern von Bills Serie waren höher als je zuvor. Alles lief glatt, und als der nächste Arzttermin fällig wurde, wollte Bill Adrian begleiten. Es war jetzt auch sein Baby, ganz egal, wessen Gene beteiligt waren. Sie waren so oft zusammen gewesen und inzwischen miteinander so vertraut, daß er wirklich das Gefühl hatte, der Vater zu sein, und Adrian stritt es nicht ab. Sie hatte seit Monaten nichts mehr von Steven gehört, von seinem Anwalt nicht mehr seit Juli, und sie machte sich deswegen keine Gedanken, weil sie davon ausging, daß das Scheidungsverfahren eingeleitet worden war und alles seinen normalen Lauf nahm. Viel Überlegung verschwendete sie nicht daran. Im Büro gab es zuviel zu tun, und sie war mit Bill zu glücklich. Seit dem Abend, an dem die Kinder abgeflogen waren, hatte sie ihre eigene Wohnung nicht mehr benutzt. Als ihr Anwalt sie am ersten Oktober anrief, war es dennoch eine Überraschung für sie. Er teilte ihr mit, daß Steven die Eigentumswohnung verkaufen wollte. Sie hatte es erwartet, aber das Bewußtsein, eigene vier Wände zu besitzen, hatte ihr eine gewisse Sicherheit gegeben, obwohl sie nicht mehr darin gewohnt hatte.

»Man will sichergehen, daß Sie nicht anwesend sind, wenn Interessenten die Wohnungen besichtigen«, sagte der Anwalt.

»Das soll mir recht sein«, erwiderte sie kühl.

»Außerdem wird erwartet, daß Sie den Schlüssel zur Verfügung stellen und die Wohnung aufgeräumt hinterlassen.«

»Das ist kein Problem. Wissen Sie denn nicht, daß mein Mann alle Möbel mitgenommen hat? Ich besitze nur mehr das Bett, meine Kleider in den Einbauschränken und einen Teppich. Ach ja, und einen Küchenhocker. Ich werde mein Bestes tun, die Wohnung ordentlich zu präsentieren.« So traurig das alles war, es hatte auch etwas Komisches an sich.

»Haben Sie sich nicht neu eingerichtet?« Ihr Anwalt wirkte erstaunt. Sie hatte ganz vergessen, es ihm zu sagen, und Stevens Anwalt hatte auch nichts verlauten lassen, aber es stand zu vermuten, daß es sehr viel mehr gab, als Stevens Anwalt ihm mitgeteilt hatte ... so zum Beispiel den Grund, weshalb er sein eigenes Kind verstieß und seine Ehe mit einer Frau beendete, die einen vernünftigen und anständigen Eindruck machte.

»Nein, das habe ich nicht. Die Wohnung ist leer.«

»Hm, das macht sich nicht sehr gut. Die Gegenseite dürfte der Meinung sein, Sie hätten sich neu eingerichtet.«

»Das hätte Steven bedenken müssen, ehe er alles ausgeräumt hat. Ich denke nicht daran, mir eine neue Einrichtung anzuschaffen, nur damit er die Wohnung besser verkaufen kann.«

»Wären Sie daran interessiert, ihn auszuzahlen?«

»Nein. Auch wenn ich daran interessiert wäre, könnte ich es mir nicht leisten.« Der Anwalt hatte ihnen gesagt, welchen Preis Steven erzielen wollte. Sie hielt ihn für stark überhöht. Wenn er aber bekam, was er sich vorstellte, gehörte die Hälfte davon ihr – ein Grund für sie, nicht daran zu rühren. »Macht das Verfahren Fortschritte?« fragte sie wachsam. Die Scheidung war für sie immer noch ein heikles Thema.

»Alles läuft, wie es laufen soll.« Nach kurzem Zögern entschloß sich der Anwalt zu einer Frage, die nicht einmal ihren Mann interessierte. »Wie verläuft Ihre Schwangerschaft?«

»Sehr gut. Hat Stevens Anwalt diesbezüglich Fragen gestellt?«

»Nein«, sagte er bedauernd, und sie nickte nur.

»Sonst noch etwas?«

»Nein. Es geht nur um die Wohnung. Wir setzen uns mit ein paar Maklern in Verbindung und werden Ihnen dann mitteilen, über welche Firma alles abgewickelt wird. Wann könnten die ersten Interessenten kommen?«

Sie überlegte kurz. »Meinetwegen schon morgen.« Es gab für sie nichts zu tun. Sogar die Schränke waren ordentlich aufgeräumt, zumal die Hälfte ihrer Sachen bereits im Einbauschrank von Bills Gästezimmer hingen.

»Wir sprechen uns wieder.« Sie bedankte sich und legte auf. Adrian war noch immer in Gedanken, als Bill sie nach den Nachrichten um sechs Uhr abholte und nach Hause brachte. Das tat er jetzt immer häufiger, und der Klatsch über sie blieb nicht aus. Man wußte, wer Bill war. Aber vor allem erregten die Umstände die Neugierde der anderen, denn Adrian ließ ihre Schwangerschaft noch immer unerwähnt. Als eine Kollegin, die sie nicht ausstehen konnte, sie danach fragte, sah sie ihr offen in die Augen und antwortete: Nein, sie sei nicht schwanger.

»Na, was war heute los?« Bill, der frische Krabben besorgt hatte, spürte ihre Niedergeschlagenheit.

»Ach, nicht viel«, schwindelte sie. Der Anruf des Anwalts machte ihr noch zu schaffen.

»Du bist so in dich gekehrt.«

»Und du bist klüger als dir guttut.« Sie beugte sich zu ihm und küßte ihn. »Heute hat mein Anwalt angerufen.«

»Was gibt es?« Seine Besorgnis trat sofort auf den Plan.

»Steven möchte die Wohnung verkaufen.«

»Stört dich das?« Bill warf ihr mit gerunzelter Stirn einen Blick zu. Gespräche über Steven waren ihm nicht angenehm. Sie wiederum konnte Erinnerungen an Leslie nicht vertragen.

»Ja, schon. Auch wenn ich nicht dort wohne, ist es beruhigend zu wissen, daß man eigene vier Wände besitzt.«

»Warum? Was macht das schon aus?«

»Tja ... was ist, wenn du mich satt bekommst oder wenn wir uns streiten ... ach, ich weiß nicht. Was machen wir, wenn die

Kinder über Thanksgiving kommen?« Es stand zu bezweifeln, daß die Wohnung bis dahin schon verkauft war.

»Dann sagen wir ihnen, daß wir uns lieben und ein Baby erwarten und daß wir zusammen wohnen, so einfach ist das. Wirklich keine große Sache.«

Sie lächelte wehmütig. »Du schreibst schon zu lange Seifenopern. Für dich mag es normal sein, aber nicht für die meisten anderen Menschen, und auch nicht für Adam und Tommy. Wenn ich ständig hier wohne, wird es ihnen womöglich zuviel, und sie werden sich gegen mich wenden.« Den ganzen Tag hatte sie darüber gegrübelt und sich deswegen Sorgen gemacht.

»Was willst du mir damit zu verstehen geben? Bestehst du auf einer eigenen Wohnung?« Er war nicht erbaut von dieser Idee.

»Nein, nein, das käme mir albern vor. Ich will dir damit nur sagen, daß ich über seine Verkaufsabsichten nicht entzückt bin. Es ist einfach nett, eine Wohnung zu haben.«

»Wieviel möchte er für die Wohnung bekommen?« Sie nannte ihm den Betrag, und er stieß einen Pfiff aus. »Na, das nenne ich einen stattlichen Preis, aber wenigstens steht dir die Hälfte zu, nehme ich an ... Vielleicht ist es angenehmer, Geld auf der Bank zu haben, statt eine Wohnung, die man nur besitzt.«

Sie nickte seufzend. Was er sagte, leuchtete ihr ein. »Wahrscheinlich hast du recht, und es ist ja keine Katastrophe – nur eine Veränderung, an die man sich anpassen muß.« Und Veränderungen hatte es seit Juni reichlich gegeben. Aber auch sehr viele wundersame Wendungen.

»Möchte er mit dir darüber sprechen?« fragte Bill ruhig, als er auf seinen Parkplatz fuhr. Adrian schüttelte den Kopf. Steven wollte nicht mit ihr sprechen.

Aber am nächsten Morgen rief sie Steven in seinem Büro an. Sie erkannte die Stimme der Sekretärin und verlangte höflich ihren Mann.

»Tut mir leid, Mr. Townsend ist nicht zu sprechen. Er ist in einer Besprechung.«

»Könnten Sie ihn wohl verständigen, daß ich ihn sprechen möchte?« erwiderte Adrian.

»Ich weiß nicht, ob ich ihn stören darf.«

»Bitte, versuchen Sie es«, drängte Adrian mit wachsender Verärgerung. Er mußte seiner Sekretärin Anweisung gegeben haben, daß er für seine Frau nicht zu sprechen war. Das hatte Adrian nicht verdient.

Die Sekretärin verstummte und meldete sich in so kurzer Zeit wieder, daß sie unmöglich jemanden hatte verständigen können. Es war nur eine Farce. »Tut mir leid, Mr. Townsend wird den ganzen Tag beschäftigt sein, aber ich kann gern etwas ausrichten.« Sag ihm, er soll auf der Stelle tot umfallen, hätte Adrian am liebsten ins Telefon gerufen, aber sie hielt sich zurück. Ihr kamen noch andere Varianten in den Sinn, die sie sich alle verkniff.

»Sagen Sie nur, ich hätte wegen der Wohnung angerufen«, fing sie an, und entschied sich dann, ihm zusätzlich etwas Saftiges hinzuknallen, »und wegen des Babys.« Die Bombe hatte eingeschlagen. Stille machte sich breit. »Vielen Dank.«

»Ich werde es sofort weitergeben«, versprach die Sekretärin hastig. Steven würde schäumen, so viel stand fest. Wenn seine Sekretärin Bescheid wußte, würde der Klatsch nicht lange auf sich warten lassen.

Er rief nicht zurück. Dafür tat es eine halbe Stunde später sein Anwalt. Steven hatte ihn sofort verständigt, und der Anwalt hatte prompt versucht, sich mit ihrem Anwalt in Verbindung zu setzen, ihn aber nicht erreicht. Aus diesem Grund rief er Adrian selbst an, damit er Steven sofort zurückrufen und die Panik seines Klienten dämpfen konnte.

»Gibt es Probleme, Mrs. Townsend? Wie ich hörte, haben Sie Ihren ... hm, Mr. Townsend angerufen.«

»Ganz recht. Ich wollte ihn sprechen.« Einen wahnwitzigen Augenblick lang hatte sie Steven fragen wollen, warum er ihr dies antat, warum er ihr alles nahm, was ihnen gehört hatte, und warum er das gemeinsame Kind verstieß. Nun, da es sich bewegte, da es lebte, da sie es fühlte und die Wölbung sah, war es ihr noch unbegreiflicher, daß er sie beide von sich stieß. Da sie keinen Sinn darin sah, wollte sie sich mit ihm darüber aussprechen. Es hatte nichts mit ihrer Liebe zu Bill zu tun. Sie liebte Bill aufrichtig, aber Steven war noch immer der Vater des Kindes.

»Macht es Ihnen etwas aus, mir den Grund Ihres Anrufes zu nennen?« Der Anwalt war um einen freundlichen Ton bemüht. Steven hatte ihm unmißverständliche Anweisungen gegeben.

»Es macht mir etwas aus. Es geht um persönliche Dinge.«

»Tut mir leid.« Er verstummte, und Adrian war alles klar.

»Er will nicht mit mir sprechen, so ist es doch?«

Eine direkte Antwort wollte er nicht geben, doch sein Schweigen war ebenso deutlich. »Er hat das Gefühl ... es würde für Sie beide zu schwierig sein, ganz besonders in Anbetracht der Umstände.« Er befürchtete, sie würde versuchen, ihm das Kind aufzuzwingen. Steven hatte ja keine Ahnung, daß sie mit einem Mann zusammenlebte, der sie innig liebte und ihr Kind voll und ganz akzeptierte. Und er würde es nie verstehen können.

»Gibt es Probleme mit der Schwangerschaft? Etwas, was Mr. Townsend betrifft ... trotz der rechtlichen Schritte, die er unternommen hat?« Am liebsten hätte sie ihm entgegengeschleudert, er solle den Mund halten, sie mit seinem Juristenjargon verschonen und sie wie ein menschliches Wesen behandeln. Aber das Traurige war, daß er sich ohnehin sehr bemühte.

»Ach, es ist unwichtig. Sagen Sie ihm, er soll es vergessen.« Genau das wollte Steven. Er hatte dem Anwalt gesagt, daß er alles vergessen wollte, was mit ihr zusammenhing, aber das hätte der Anwalt ihr natürlich nie anvertraut.

Sie legte auf und zeigte sich nachmittags verschlossener als sonst, und wieder spürte es Bill, vermutete aber, daß sie sich wegen des Wohnungsverkaufs grämte, was in seinen Augen kindisch war. Er hatte ja keine Ahnung, daß sie versucht hatte, Steven zu erreichen, nur um mit ihm zu sprechen und ihn zu fragen, warum er solche Schritte unternahm. Es ging ihr gar nicht mehr darum, ihn umzustimmen, sie wollte nur wissen, warum er sie nicht geliebt hatte und warum er sich weigerte, das Kind anzuerkennen. Es mußte einen Grund geben, eine Ursache, die über eine unglückliche Kindheit hinausging. Aber das wollte sie Bill nicht sagen. Statt dessen war sie ziemlich einsilbig und rückte dann mit dem Vorschlag heraus, nach dem Dinner die Kinder anzurufen. Ein Gespräch mit den beiden heiterte sie immer auf. Und am nächsten Tag rief ihr Anwalt sie an und nannte ihr den Namen des Immobilienmaklers, der den Verkauf der Wohnung übernommen hatte.

Übers Wochenende fuhren Adrian und Bill weg, und am Montag fühlte sie sich merklich besser. Der Wohnungsverkauf erschien ihr nun nicht mehr wichtig, denn sie wußte jetzt, daß sie keine eigene Wohnung brauchte. Sie war glücklich und zufrieden, bei Bill zu wohnen. Die Wohnung, die sie mit Steven geteilt hatte, war es nicht wert, daß sie sich an sie klammerte.

Sie hatten das Wochenende mit Bills Freunden in Palm Beach verbracht, mit einem Schauspieler, der in jüngeren Jahren bei der Serie mitgewirkt und später einige sehr erfolgreiche Filme gedreht hatte. Er war ein interessanter Mensch mit einer reizenden Familie und einer Frau, die Adrian sehr sympathisch fand. Bill war von seinem Bekannten weidlich mit dem Baby geneckt worden. Sie gingen davon aus, daß es sein Kind war, und fanden es überhaupt nicht ungewöhnlich, daß sie nicht miteinander verheiratet waren. Trotzdem bemühten sich ihre Gastgeber, ihnen die Ehe als erstrebenswert hinzustellen, und Janet, die Dame des Hauses, die sich rührend um Adrian kümmerte, wurde nicht müde, von den ›Wundern der Schwangerschaft‹ zu schwärmen. Zuweilen fragte sich Adrian ernsthaft, ob sie diese Schwangerschaft überhaupt überleben würde, dann wiederum vergaß sie ihren Zustand völlig. Es schien von der Tagesverfassung, von der Stimmung und von allen möglichen Dingen abzuhängen. Aber Janet hatte sie ermahnt, sich stets vor Augen zu halten, daß am Ende des Weges die Belohnung nicht dicke Schenkel waren, sondern das größte Wunder überhaupt, nämlich ein Baby.

Beide waren sie aus dem Wochenende ausgeruht und voller Freude über das Baby heimgekehrt. Bill zog einige der Bücher hervor, die er für sie gekauft hatte. Daraus las er ihr nun alles mögliche vor, was ihr einen heillosen Schrecken eingejagt hätte, wäre sie nicht so guter Dinge gewesen. Später liebten sie sich wieder, was viel erfreulicher war.

Am nächsten Morgen rief ihr Anwalt im Büro an und sagte ihr, daß bereits ein Angebot für die Wohnung vorläge und daß Steven es akzeptiert hatte. Es entsprach seinen Preisvorstellungen bis auf zehntausend Dollar. Adrian konnte es nicht fassen.

»Was ... schon?« entfuhr es ihr verblüfft.

»Wir haben uns auch gewundert. Der Käufer möchte alles innerhalb von dreißig Tagen unter Dach und Fach bringen, wenn es Ihnen recht ist. Uns ist bewußt, daß die Zeit für Sie vielleicht ein wenig zu knapp wird.« Aber urplötzlich machte es ihr überhaupt nichts mehr aus. Sie mußte die Wohnung also im November, wenn die Buben über Thanksgiving hier waren, räumen. Bill hatte darauf bestanden, daß sie in dieser Zeit bei ihm bleiben sollte, und vorgeschlagen, das Gästezimmer in den nächsten Monaten in ein Kinderzimmer umzufunktionieren – ein Vorschlag, den sie freudig akzeptiert hatte. »Also, was halten Sie von der Monatsfrist?« fragte der Anwalt sie ohne Umschweife.

»Mir soll es recht sein.« Er staunte über ihre Gelassenheit.

»Und der Preis?« Sie saß sekundenlang still da, aber nur, weil sie der Wohnung und Steven im Geiste Lebewohl sagte.

»Auch der soll mir recht sein.«

»Sie gehen also darauf ein?«

»Ja.« Du lieber Gott ... es ging richtig Schlag auf Schlag.

»Ich lasse Ihnen die Unterlagen heute noch zukommen. Sie können alles unterschreiben, und anschließend schicke ich die Papiere unverzüglich an den Anwalt Ihres Mannes.«

»Sehr schön.«

»Wir senden Ihnen alles sofort zu.« Als die Papiere ankamen, war es für sie ein sonderbares Gefühl, Stevens Unterschrift zu sehen, die ihr förmlich ins Auge zu springen schien. Sie hatte ihn so lange nicht zu Gesicht bekommen, daß seine Handschrift ihr wie ein Zeitsprung in die Vergangenheit vorkam. Aber sonst war nichts von ihm zu entdecken, keine Notiz, kein Brief, keine Randbemerkungen. Er hatte sich aus ihrem Leben völlig zurückgezogen. Fast sah es aus, als hätte er aus unerklärlichen Gründen Angst vor ihr. Es erschien ihr völlig sinnlos, aber andererseits spielte es für sie keine Rolle mehr.

Am Abend zeigte sie Bill den Kaufvertrag, und er machte ein paar Vorschläge, den Vorvertrag und die Anzahlung betreffend, vor allem aber riet er ihr, sie solle ihren Anwalt zur Rate ziehen, damit sie den ihr zustehenden Anteil am Verkaufserlös auch wirklich bekam. Und dann fragte er sie etwas, was ihm schon seit einiger Zeit Kopfzerbrechen bereitete. Er hatte das Thema nicht anschneiden wollen, um sie nicht aufzuregen.

»Wie steht es mit Unterhaltszahlungen? Hat er dir nichts angeboten? Und Unterhalt für das Kind?«

»Ich habe ihn nicht darum gebeten«, erklärte sie leise. »Ich habe mein Gehalt. Und daß er für das Kind nicht zahlen will, hat er mir schon zu verstehen gegeben. Du weißt ja, daß er schon vor der Geburt auf alle Rechte verzichtet.« Als sie darüber sprach, regte sie sich von neuem auf. »Ich möchte nichts von ihm.« Wenn er sie und das Kind nicht wollte, dann wollte sie sein Geld auch nicht. Bill freilich hielt ihre Einstellung für edelmütig und dumm zugleich.

»Und wenn du krank wirst? Wenn dir etwas zustößt?« fragte er liebevoll.

»Ich habe eine Versicherung«, gab sie mit einem Achselzucken zurück. Er drehte sich mit dem Ausdruck stiller Verzweiflung zu ihr um.

»Adrian, warum läßt du den Kerl ungeschoren davonkommen? Liebst du ihn noch immer? Er hat dich verlassen. Er ist dem Kind und dir etwas schuldig.«

Er spürte, wie sein Herz absackte, als sie mit einem Kopfschütteln nach seiner Hand faßte.

»Du mußt doch wissen, daß ich ihn nicht liebe. Aber ich war mit ihm verheiratet. Er war mein Mann und ist es formal immer noch ... und«, sie erstickte fast an dem Wort, nach allem, was Bill für sie getan hatte, aber es war die Wahrheit, »er ist der Vater des Babys.« Sie wollte Bill nicht weh tun, aber es war die Wahrheit, und es bedeutete ihr etwas, wie er genau wußte.

»Dies ist für dich wohl immer noch bedeutsam?«

Sie hielt ihren Blick auf die Hände gerichtet. Dann aber schaute sie auf und nickte. »Ja«, sagte sie fast unhörbar. »Nicht viel. Aber ein wenig. Es ist sein Kind, Bill. Was, wenn er eines Tages zur Besinnung kommt? Er hat ein Recht auf etwas ... auf einen Teil ... ich möchte nicht alle Türen zuschlagen, für den Fall, daß er uns eines Tages doch akzeptiert.«

»Ich kann mir nicht denken, daß dieser Fall je eintreten wird«, gab Bill ebenso leise zurück. Er wollte keinen Streit mit ihr, und während er ihr zuhörte, fragte er sich, ob es überhaupt einen Sinn hatte, den Kampf gegen Steven aufzunehmen. Bill wollte nicht verletzt werden, aber ebensowenig wollte er sie und das Kind verlieren. »Ich glaube, du flüchtest dich in einen Traum, wenn du glaubst, er würde zu dir zurückkommen. Meiner Meinung nach hat er seinen Standpunkt eindeutig klargemacht.«

»Er könnte ihn ja ändern.«

»Möchtest du das, Adrian? Möchtest du ihn wiederhaben?«

Als er ihr in die Augen sah, schüttelte sie den Kopf. Er glaubte ihr. Wortlos nahm er sie in die Arme. »Wenn ich dich verliere, ist es mein Tod.« Das wußte sie, und für sie galt ähnliches, und doch ... das Gespenst Steven lauerte im Hintergrund.

»Auch ich möchte dich nicht verlieren.«

»Das wirst du nicht.« Dann lächelte er. Da er sie ganz eng umschlungen hielt, spürte er, wie das Baby strampelte.

»Danke, daß du so gut zu mir bist.«

»Sei nicht albern.« Er küßte sie, und sie saßen noch lange beisammen, aber das Gespräch gab ihm im nachhinein viel Anlaß zur Sorge. Er wußte, wie ausgeprägt ihre Loyalität war. Obwohl sie ihn liebte, war es für sie noch immer von Bedeutung, daß Steven der leibliche Vater des Kinder war. Und Bill wußte, daß er dieser Problematik schutzlos ausgeliefert war. Er mußte das Risiko auf sich nehmen, weil er sie von Herzen liebte.

23

Der Verkauf der Wohnung wurde rasch und reibungslos abgewickelt, so daß in der ersten Novemberwoche alles unter Dach und Fach war. Adrian packte mit Bills Hilfe ihre Sachen zusammen und schaffte sie in seine Wohnung. Alles war ganz unkompliziert und viel weniger gefühlsbefrachtet, als sie befürchtet hatte. Es war nichts da, an dem sie sich hätte festhalten können oder das sentimentale Gefühle in ihr geweckt hätte. Steven hatte vor fünf Monaten alles mitgenommen, sogar das Album mit den Hochzeitsbildern. Was er damit anfangen wollte, war ihr schleierhaft, vermutlich hatte er es weggeworfen. Sonderbar. Alles war wie vom Erdboden verschluckt, alles war verschwunden, als wäre es nie gewesen. Sie versuchte, dies Bill zu erklären, als er den Rest ihrer Habseligkeiten im Gästezimmer verstaute.

»Fast kommt es mir vor, als wären wir nie verheiratet gewesen. Ich habe das Gefühl, ich hätte ihn nie gekannt.« Aber daneben existierte noch immer so etwas wie Loyalität, wie Bill wußte.

»Vielleicht hast du ihn nie wirklich gekannt. Menschen wie ihn gibt es eben.« Er war glücklich, daß sie nicht mehr so niedergeschlagen wirkte. Zwar wurde sie jetzt viel rascher müde, fühlte sich aber im allgemeinen noch recht wohl. Sie war im siebten Monat, und beide freuten sich sehr, daß die Kinder über Thanksgiving kommen sollten – in zwei Wochen also. In der Woche davor mußte sie zum Arzt, und diesmal kam Bill mit. Er hatte diesen Wunsch schon vor Monaten geäußert, doch sie hatte immer Arzttermine, wenn er sich bei der Serie einer Krise gegenübersah oder eine Sitzung mit den Fernsehbossen hatte. Diesmal aber hatte er seiner Sekretärin Bescheid gesagt, daß er für zwei Stunden verschwinden mußte. Er fuhr Adrian selbst zur Praxis. Kurz nachdem sie Bill kennengelernt hatte, war Adrian zu einer Ärztin übergewechselt, die ihr von einigen Freundinnen empfohlen worden war und die ihr sehr sympathisch war. Und als Bill ihre Bekanntschaft machte, verstand er, warum. Jane Bergman war eine patente Person, die ihren Patientinnen den Eindruck vermittelte, daß es sich beim Kinderkriegen um die normalste und natürlichste Sache der Welt handelte. Sie versicherte ihnen, daß die Geburt aller Wahrscheinlichkeit nach normal und leicht verlaufen würde. Auch die Tatsache, daß Adrian und Bill nicht verheiratet waren, erschütterte die Ärztin keineswegs. Einer der Gründe für den Arztwechsel war, daß Adrians voriger Arzt von Steven wußte und zu viele Fragen gestellt hätte. Dr. Bergman aber hatte keine Ahnung, daß das Kind nicht von Bill war. Sie ließ Bill den Herzschlag des Babys hören, und er strahlte.

»Hört sich an wie ein Hamster«, erklärte er beim Abhören der Herztöne.

»Was Netteres fällt dir wohl nicht ein?« meinte Adrian amüsiert. Aber Bill war bewegt, daß er die Herztöne hatte hören dürfen, und er war bewegt von ihrer Hilflosigkeit, als sie mit ihrem unförmigen Leib auf der Liege lag. Dr. Bergman erklärte, daß das Kind normal entwickelt sei, und sie empfahl Adrian, einen Lamaze-Kurs zu besuchen. Beide wußten, was das war, aber Adrian war nicht sicher, worum es dabei ging, und seit Bill einen Kurs mit Leslie gemacht hatte, waren acht Jahre vergangen.

»Es könnte die Entbindung sehr erleichtern«, sagte die Ärztin beiläufig. Sie war eine Frau in Bills Alter und erschien sehr kompetent. Er war sehr froh, daß er mitgekommen war und die Ärztin kennengelernt hatte, und das sagte er auch zu Adrian, als sie zurück ins Büro fuhren.

»Ich wünschte, ich könnte das Kind daheim bekommen«, sagte Adrian sehnsüchtig und mit einem Blick aus dem Fenster.

»O Gott«, stöhnte Bill. »Das sollst du nicht mal denken.«

»Warum?« Es hörte sich fast kindisch an und machte ihn sehr nervös. »Es wäre viel netter.«

»Und viel gefährlicher. Sei artig und hör auf Dr. Bergman. Nach dem Besuch der Kinder wollen wir den Lamaze-Kurs anfangen.« Somit hätten sie einen Monat bis zur Entbindung Zeit. Neuerdings war ihm aufgefallen, daß Adrian unter wachsender Nervosität litt. Sieben Monate lang hatte sie es geschafft, dem Problem auszuweichen und so zu tun, als wäre sie nicht schwanger, aber jetzt rückte die Entbindung unausweichlich näher, und sie mußte sich der Tatsache stellen. Sie stellte Bill viele Fragen über die Geburt seiner Söhne, und sie fing an, sich in die einschlägige Literatur zu vertiefen – aus Angst vor Schmerzen und möglichen Komplikationen, wie er vermutete. Ihr Umfang war mittlerweile geradezu beängstigend geworden.

»Ich liebe dich«, rief er ihr in Erinnerung, als sie sich auf dem Korridor vor der Nachrichtenredaktion trennten.

»Hi, Harry!« rief da einer der Redakteure, und Bill starrte Adrian verwirrt an.

»Wer ist denn Harry?« Sie fing zu lachen an, weil ihr einfiel, welche Geschichte sie vor Monaten ihren Kollegen aufgetischt hatte.

»Du bist es. Ich habe ihnen gesagt, du seist Harry ... ein Witwer, und deine Frau sei eine von Helens besten Freundinnen gewesen.« Mit ernstem Gesicht lieferte sie eine Inhaltsangabe seiner Serie, die er mit schallendem Gelächter quittierte.

»Du bist unmöglich. Geh an die Arbeit und hör auf, dir Sorgen um das Baby zu machen.«

»Wer macht sich Sorgen?« Sie gab sich überlegen, aber er wußte, daß sie trotz allem, was sie behaupten mochte, von Sorgen geplagt wurde, was man verstehen konnte, da sie während der Schwangerschaft durch die Scheidung zusätzlich belastet wurde.

»Also bis später, mein Schatz.« Er küßte sie wieder und beeilte sich, in sein Büro zu kommen, nicht ohne ihr versprochen zu haben, sie nach den Abendnachrichten abzuholen und zum Dinner auszuführen.

Sie gingen ins Le Chardonnay, ließen sich die Köstlichkeiten schmecken und verbrachten insgesamt einen unterhaltsamen Abend. Bill hatte vor kurzem wieder einen Preis für seine Serie bekommen, und es hatte einigen Presserummel gegeben. Sie teilte seinen Stolz, und Bill behauptete steif und fest, daß der Erfolg ihrer Mithilfe zu verdanken sei.

»Mit deinen verrückten Ideen läßt du die Einschaltziffern emporschnellen.« Sie versorgte ihn mit Unmengen origineller Handlungsvarianten, und er hoffte noch immer, sie würde nach der Entbindung zu einer festen Mitarbeit zu bewegen sein. Sie amüsierten sich und sprachen angeregt von der Serie, als am Nebentisch ein Paar Platz nahm. Bill wußte gar nicht, wie es kam, aber Adrian erbleichte plötzlich und starrte die beiden erschrocken an. Besonders den Mann sah sie an, als wäre ihr ein Gespenst erschienen, während er mit sichtlicher Betroffenheit auf ihre Anwesenheit reagierte, ehe er sich abwandte und das Gespräch mit der Frau fortsetzte, in deren Begleitung er gekommen war. Sie war jung, schlank, sehr attraktiv und wirkte sehr sportlich. Aber sie war nicht halb so hübsch wie Adrian, wenngleich sie ein paar Jahre jünger aussah. Aber Bill sah nicht das Mädchen am Nebentisch an, er beobachtete vielmehr Adrian über den Tisch hinweg. Und dann drehte er den Kopf und erkannte den Mann am Nebentisch. Es war Steven.

Adrian starrte ihn noch immer an und beugte sich, ohne ein Wort zu Bill zu sagen, zum Nebentisch, um ihren Mann anzusprechen. »Steven ...« Sie vollführte eine Geste, als wolle sie seine Aufmerksamkeit auf sich lenken, aber nur Stevens Begleiterin drehte sich neugierig nach ihr um. Steven kehrte ihr den Rücken zu, indem er so tat, als rief er den Ober. »Steven ...« Adrian sprach seinen Namen diesmal noch deutlicher aus, und das Mädchen machte ein Gesicht, als wüßte sie nicht, ob sie lächeln oder sich neutral verhalten sollte, Adrians Gesichtsausdruck war so eigentümlich, so erregt, und ihre Schwangerschaft war nicht zu übersehen.

Als wüßte er, daß er ihr nicht länger ausweichen konnte, sagte er bereits im Aufstehen in barschem Ton zu dem Mädchen: »Gehen wir. Die Bedienung hier ist unter aller Kritik.« Er war schon auf halbem Weg zur Tür, ehe das Mädchen ein Wort sagen konnte. Ihr verwirrter und enttäuschter Blick fiel auf Adrian, als wolle sie sich entschuldigen. »Ich glaube, er hat Sie nicht gehört«, stammelte sie.

»Doch, das hat er«, gab Adrian zurück. Sie war totenbleich geworden, und ihre Hände waren feucht. »Er hat mich sehr gut gehört.« Und mit der Bedienung stimmte alles.

»Tut mir leid.« Das Mädchen nickte und lief ihm nach. Adrian sah, daß sie auf Steven einredete, doch er zerrte sie durch die Tür hinaus. Sie waren fort, und Adrian zitterte am ganzen Körper. Bill bezahlte die Rechnung. Ihm war die Szene durch und durch gegangen, er ließ aber kein Wort über die Sache laut werden. Sie traten ins Freie, und in der frischen Luft hielt Adrian plötzlich den Atem an. Ihr war übel geworden und das nach diesem herrlichen Dinner. Auf der Straße konnten sie noch mitansehen, wie Steven mit dem Mädchen in seinem Porsche davonbrauste.

»Warum hast du ihn angesprochen?« fragte Bill, als sie in seinen Kombi stiegen. »Warum hast du dich dazu herabgelassen?« Er wirkte sehr ungehalten. Adrian drehte sich mit flammendem Blick zu ihm um. Sie war nicht in der Stimmung, sich mit ihm oder irgend jemandem anderen zu streiten. Stevens Verhalten hätte nicht unmißverständlicher sein können – wie in der Vergangenheit auch.

»Ich habe ihn seit fünf Monaten nicht gesehen und war zweieinhalb Jahre mit ihm verheiratet. Ist es so unbegreiflich, daß ich mit ihm reden möchte?«

»Wenn man bedenkt, wie er dich behandelt hat, ist es schon unbegreiflich. Oder wolltest du dich bei ihm für all die Nettigkeiten bedanken, die er dir angetan hat?« In Wahrheit war Bill eifersüchtig, und er hätte sich selbst ohrfeigen können, weil er so ein Aufhebens von der Sache machte. Ihr Blick hatte seinen Haß geweckt, ebenso der Schmerz in ihrer Miene, als sie die Hand ausgestreckt hatte. Und er haßte Steven, weil er sie kränkte. Er wollte, daß er für immer aus ihrem Leben verschwand.

»Hack nicht auf mir herum.« Sie brach in Tränen aus. Noch immer geisterhaft bleich fing sie an, im Auto sitzend, ihren Leib zu massieren. Sogar das Baby hatte sich aufgeregt und strampelte kräftig. Sie wollte nur nach Hause, sich hinlegen und Steven vergessen. »Nicht einmal eines Blickes hat er mich gewürdigt!«

»Adrians«, stieß Bill zähneknirschend hervor, »der Kerl ist wirklich das allerletzte. Wie lange wird es dauern, bis du dich damit abfindest? Ein Jahr? Fünf? Zehn? Du wartest noch immer darauf, daß er zurückkommt und dir und dem Baby Rosen streut. Und ich sage dir immer wieder, daß er es nicht tun wird. Hat dir die Szene von vorhin nicht gereicht? Er wollte nicht mal mit dir sprechen, er ist einfach aufgestanden und hat sich verdrückt. Das ist ein Mensch, der sich einen Dreck um dich und dein Kind schert.« Bill argwöhnte, daß Steven sich nie viel aus ihr gemacht hatte, aber das ließ er lieber unausgesprochen.

»Wie kann er das nur tun? Wie kommt es, daß er für sein eigenes Kind kein Gefühl aufbringt? Er unterdrückt es, aber früher oder später wird er sich ihm stellen müssen.«

»Du wirst dich stellen müssen. Er ist fort, Liebes. Vergiß ihn.« Sie gab keine Antwort, und sie legten den Rest der Strecke schweigend zurück. Zu Hause angekommen, fingen sie wieder zu streiten an, und Adrian ging im Gästezimmer in Tränen aufgelöst zu Bett. Auch am nächsten Morgen war sie noch niedergeschlagen. Bill sagte zunächst kein Wort und ließ zu, daß sie sich das Frühstück selbst machte. Bei der Lektüre der Sportseite warf er ihr dann über die Zeitung hinweg einen Blick zu.

»Was erwartest du eigentlich von ihm? Warum erklärst du es mir nicht ein für allemal, damit ich verstehe, was du von ihm möchtest?« Und in welchen Wettstreit er selbst treten mußte.

»Von Steven?« Er nickte. »Ich weiß es nicht. Ich erwarte einfach, daß er sich der Tatsache stellt, daß sein Kind bald auf die Welt kommt. Er weiß ja noch gar nicht, was er verstößt. Ich kann mich mit der Tatsache abfinden, daß er sich von mir scheiden läßt, weil er der Meinung ist, ich hätte ihn hintergangen. Aber ich kann nicht hinnehmen, daß er seinem eigenen Kind den Rücken kehrt. Eines Tages wird er es bereuen.«

»Natürlich wird er das. Aber das ist der Preis, den er zahlen muß. Vielleicht wird er auch nie zur Vernunft kommen. Und wie kannst du sagen, du hättest ihn hintergangen? Hast du ihn getäuscht? Bist du absichtlich schwanger geworden?«

»Aber nein, gewiß nicht.« Sie wirkte gekränkt. Es war eine Frage, die er ihr noch nie gestellt hatte, obwohl sie ihn immer schon interessiert hatte, weil darin vielleicht den Grund für ihre Schuldgefühle zu suchen war. »Ich wußte ja, wie er darüber denkt. Deshalb war ich immer sehr vorsichtig.«

»Das dachte ich mir.« Fast hätte er gelächelt. Er liebte sie so sehr, und er haßte ihre Streitigkeiten. Zum Glück kam so etwas nur selten vor, und wenn, dann nur wegen Steven. »Aber fragen darf man ja wohl. Los, sag schon. Was möchtest du von ihm?« Er wollte es wissen, sich selbst zuliebe, ihr zuliebe. Sie mußten sich irgendwie darauf einstellen.

»Ich möchte ja nur, daß er das Kind anerkennt. Daß er zugibt, daß es sein Kind ist, und sich der Tatsache stellt. Ich glaube, er ist von Anfang an nur davor weggelaufen. Ich möchte, daß er das Baby sieht und sagt: Gut, alles klar, es ist mein Kind, aber ich möchte es nicht haben ... oder aber er sagt: Ich habe mich geirrt, ich liebe mein Kind. Aber ich möchte nicht, daß er ewig vor mir davonläuft, weil ich der Meinung bin, daß er es an einem gewissen Punkt bedauern wird. Er wird uns zurückgewinnen wollen, und mein Leben genauso wie deines und das des Kindes und schließlich sein eigenes verderben. Ich werde für immer an Gewissensbissen leiden, was immer ich tue. Ich muß mich frei von ihm fühlen, völlig frei, ehe ich mein eigenes Leben führen kann. Ich möchte diese Freiheit spüren, aber dazu muß er diese Dinge klar aussprechen oder mir erklären, weshalb er sich so und nicht anders verhält. Seit er ausgezogen ist, hatte er nicht einmal soviel Anstand, ein paar Worte mit mir zu wechseln.« Es war das erste Mal, daß sie es so deutlich zum Ausdruck brachte, und es ergab plötzlich einen Sinn. Adrian war nicht imstande hinzunehmen, daß Steven für immer gegangen war. Sie wollte von ihm die Bestätigung, daß ihm klar war, was er aufgab, und daß es ihm ernst war. Es ergab durchaus einen Sinn, doch Bill glaubte nicht, daß sie das Gewünschte bekommen würde. Steven war nicht der Mensch dafür. Er hatte ihr das schon bewiesen, fünf Monate lang, und am gestrigen Abend besonders drastisch. Er wollte weg, wollte durch Anwälte die Scheidung erreichen und das Kind aufgeben, ohne auch nur einen Blick darauf zu werfen.

»Ich glaube nicht, daß du jemals mehr von ihm bekommst als das, was du bislang bekommen hast. Er ist nicht imstande, dieses Problem zu bewältigen.«

»Woher willst du das wissen?«

»Denk daran, welchen Eindruck er gestern gemacht hat. Benimmt sich so ein Mann, der halbwegs Mumm hat und sich dir stellen möchte? Er ist praktisch geflüchtet – ein gutes Stück vor seiner Freundin.«

»Du glaubst, das war seine Freundin?« fragte sie nachdenklich, und er ärgerte sich wieder.

»Woher soll ich das wissen?«

»Sie hat sehr jung ausgesehen«, meinte sie, und Bill stöhnte.

»Jung siehst du auch aus, weil du jung bist. Also, hör auf damit. Was macht es schon aus? Du mußt dich von ihm endgültig lösen, Adrian. Darum geht es.«

»Aber was ist, wenn er später zurückkommt?« Das war ein Punkt, der ihr große Sorgen machte. Sie fürchtete, daß er wieder in ihr Leben treten könnte, wenn das Baby geboren war.

»Dann wirst du dich der Situation stellen, wenn es soweit ist.«

»Aber das Kind hat ein Recht ...«

»Ich weiß, ich weiß.« Er hieb mit der Faust auf den Küchentisch, so daß sie zusammenzuckte. »Das Kind hat ein Recht auf seinen leiblichen Vater, so ist es doch? Das kenne ich schon. Aber was ist, wenn sein oder ihr leiblicher Vater ein Armleuchter ist? Was dann? Wäre es nicht einfacher, die Sache auf sich beruhen zu lassen?«

»Und wenn Leslie dir im betrunkenen Zustand eröffnet hätte, sie wolle dich verlassen? Hättest du dich nicht verpflichtet gefühlt, abzuwarten, was sie empfindet, wenn sie wieder nüchtern ist?«

»Vielleicht? Warum?«

»Weil ich glaube, daß Steven vor Angst nicht bei Verstand ist, seit ich ihm eröffnet habe, daß ich schwanger bin. Und wenn er sich beruhigt hat, aus seiner Panikstimmung herausfindet und die Sache nüchtern ansieht, dann wird seine Reaktion anders ausfallen.«

»Vielleicht auch nicht. Könnte ja sein, daß er Kinder wirklich nicht ausstehen kann. Vielleicht solltest du auf ihn hören. Vielleicht meint er es ernst.«

»Ich möchte nur von ihm selbst hören, daß er weiß, was er tut.«

»Vielleicht weiß er es nicht. Willst du deswegen dein Leben nach ihm einrichten?« Besser gesagt, sollten sie deswegen kein gemeinsames Leben führen? Dennoch wußte er, daß es nicht einfach war, einen Mann zu vergessen, mit dem man ein Kind hatte und mit dem man zweieinhalb Jahre verheiratet gewesen war.

»Du hältst mich für sehr töricht, weil ich solche Überlegungen anstelle?«

»Nein.« Er lehnte sich seufzend zurück. »Ich bin nur der Ansicht, daß du deine Zeit verschwendest. Vergiß ihn einfach.«

»Ich habe das Gefühl, daß ich ihm etwas wegnehme«, erklärte sie und ließ ihn aufhorchen. »Ich nehme ihm sein Kind weg, und gebe es dir, weil du es haben willst. Aber wenn er zurückkommt und sagt: Moment, das gehört mir, gibt es mir wieder ... was dann?« Ein Standpunkt, der viel für sich hatte, aber Bill glaubte einfach nicht, daß Steven jemals seine Haltung ändern würde. Er war dumm, wenn er es nicht tat, aber Bill war überzeugt, daß es nicht dazu kommen würde.

»Du mußt abwarten. Schließlich ziehen wir nicht um. Wir gehen mit dem Kind ja nicht nach Afrika.« Nein, das nicht, aber ihre Beziehung wurde immer enger, und das wußte er genau. Er hatte bereits das Gefühl, ihr Kind sei von ihm. Er wußte, daß Adrian ihn in gewisser Hinsicht vor einer Kränkung zu bewahren versuchte, und sie wollte Steven davor bewahren, einen Fehler zu begehen, den er ewig bereuen würde. »Du kannst nicht für alle Beteiligten die Verantwortung übernehmen. Soll doch jeder seine eigene Entscheidung treffen, und wenn es eine lausige Entscheidung ist, dann ist es doch nicht dein Problem.« Er winkte sie zu sich, als er die Zeitung aus der Hand legte. »Ich liebe dich, und ich möchte das Kind. Wenn Steven seine Haltung ändert und zurückkommt, dann werden wir eben sehen müssen, wie wir damit zurechtkommen. Was ist das denkbar Schlimmste? Daß er das Besuchsrecht bekommt? Halb so wild. Damit können wir leben.« Als er sie anschaute, spürte er, wie eiskalter Schreck ihn erfaßte. »Oder würdest du zu ihm zurückkehren?« fragte er und wartete mit angehaltenem Atem auf die Antwort. Sie schüttelte den Kopf, aber er glaubte eine Andeutung von Zögern bemerkt zu haben.

»Ich denke nicht.«

Ihm war, als würde ihm der Boden unter den Füßen entzogen. »Was heißt das, du denkst nicht?«

»Damit meine ich: nein. Aber es würde von den Umständen

abhängen ... von sehr vielen Dingen ... Bill, ich liebe ihn nicht mehr, falls es das ist, was dich interessiert. Ich liebe dich. Aber es geht um mehr als nur um uns – es geht um das Baby.«

»Würdest du zu einem Mann zurückkehren, den du nicht liebst, nur seinem Kind zuliebe?«

»Ich bezweifle es.« Aber sie konnte es nicht beschwören.

Bill stand auf und ging. Es folgten ein paar schwierige Tage, bis sich Adrian wieder beruhigt hatte. Und schließlich schlossen sie eine Art Waffenstillstand und verbrachten das Wochenende im Bett, plaudernd, der Liebe hingegeben und immer wieder mit der Klärung ihrer Positionen beschäftigt. Adrian wollte sicher sein, daß Steven nicht seine Haltung änderte und Ansprüche auf das Kind anmeldete, und sie war der Meinung, er solle es nach der Geburt wenigstens einmal sehen. Obwohl Bill diese Aussicht nicht behagte, war er gewillt, sich damit abzufinden. Nach dem Auftritt, den Steven Abende zuvor geliefert hatte, hielt Bill es für sehr unwahrscheinlich, daß er sich das Kind überhaupt ansehen würde.

»Und nachher ... wirst du mich dann heiraten?« fragte er ernst, und Adrian strahlte.

»Ja, das werde ich. Wenn du mich noch willst.« Sie wollte nur nicht, daß seine Kinder von der geplanten Heirat erfuhren, solange die Einzelheiten nicht bereinigt waren – der Verzicht auf Stevens väterliche Rechte und die Scheidung – und bis sie sich Sicherheit über Stevens Haltung verschafft hatte. Bill hatte zwar noch immer das Gefühl, daß dies eine Vergünstigung wäre, die ihrem Ex-Mann keinesfalls gebührte, aber er wollte Adrian gewähren lassen. Die Aussicht, sie schließlich heiraten zu können, beflügelte ihn sehr. »Glaubst du, daß deine Söhne etwas dagegen haben werden?« fragte sie ängstlich. In letzter Zeit fürchtete sie sich vor vielem – in diesem Schwangerschaftsstadium nichts Ungewöhnliches, wie die Ärztin erklärte. Adrian war in ständiger Sorge wegen der Entbindung, der Wehen, der Schmerzen, der Gesundheit des Kindes, aller jener Dinge wegen, um die die Gedanken einer werdenden Mutter kreisen. Bill wußte, daß die Scheidung und der Wohnungsverkauf eine zusätzliche Belastung darstellten. Adrian hatte sich lange Zeit wacker gehalten, nun aber fing sie an, sich wegen jeder Kleinigkeit unnötig aufzuregen. Er mutmaßte, daß auch ihr Beharren, Steven gegenüber fair zu bleiben, Teil dieser Entwicklung war.

Als Adam und Tommy eintrafen, war sie nicht mehr so unbekümmert wie beim letzten Mal, nicht zuletzt, weil sie tausend Ängste litt, die beiden würden schockiert sein, wenn sie von dem Baby erfuhren. Dennoch war sie zur Offenheit entschlossen. Als sie die beiden mit Bill am Flughafen abholte und die Kinder ihren Bauch sahen, war das Erstaunen groß.

»Wumm!« gab Tommy erschrocken von sich. »Was ist denn mit dir passiert?«

»Ich erwarte ein Baby«, erklärte Adrian überflüssigerweise, da dies sogar für Tommy klar ersichtlich war.

»Ist es Daddys Baby?« fragte er sofort, und Adam versetzte ihm einen diskreten Tritt.

»Nein«, erklärte sie, als sie bei heißer Schokolade in der gemütlichen Küche saßen. »Es ist von meinem Mann. Wir leben noch immer in Scheidung. Tatsächlich ...« Sie wollte ihnen nichts vorenthalten, und Bill hatte versprochen, ihr Schützenhilfe zu leisten. »... ist das der Grund, weshalb er mich verlassen hat. Er wollte kein Kind. Deswegen reichten wir die Scheidung ein, und er verzichtete auf alle Rechte als Vater.« Sie brachte das alles ganz unbefangen vor, und die Buben sahen richtig betroffen drein.

»Das ist ja schrecklich«, meinte Adam betrübt.

»Nein, das ist es nicht«, erklärte Tommy nüchtern. »Hätte sie sich nicht scheiden lassen, wäre sie nicht mit Daddy zusammen und wäre auch nicht da gewesen, um mich am Lake Tahoe zu retten.«

»Das stimmt«, sagte Adrian lachend. Bei Kindern wurde rasch alles auf das Praktische, Grundlegende reduziert.

»Wann kommt das Baby?« wollte Adam wissen.

»Im Januar. In sieben Wochen etwa.«

»Hm, das ist ja ziemlich bald.« Adams Miene verriet Mitgefühl. »Wo wirst du wohnen? In deiner Wohnung?«

Nun mußte Bill eingreifen. »Nein, hier, mit uns ... mit mir.« Er lächelte. »Das Baby bekommt das Gästezimmer.«

»Werdet ihr heiraten?« fragte Tommy hoffnungsvoll, und auch Adam schien dieser Idee nicht ablehnend gegenüberzustehen.

»Irgendwann sicher«, warf Bill ein, »aber das kann dauern. Wir müssen uns erst über ein paar Punkte einig werden.«

»Klasse!« Tommy freute sich aufrichtig, und Adam beugte sich zu Adrian und umarmte sie. Daß ihr Mann sie verlassen hatte, fand er schrecklich, und später riet er seinem Vater, sie zu heiraten, bevor das Baby zur Welt kam.

»Ich werde daran denken, mein Sohn.« Und dann gab er ihm ganz ernst die Antwort: »Ich würde es gern tun. Aber wir müssen warten, bis ihre Scheidung rechtskräftig wird.«

»Und wann wird das sein?«

»Sehr bald. Wir werden euch über alles auf dem laufenden halten.« Die Kinder hatten gleich am ersten Abend allerhand zu verkraften, doch am nächsten Morgen war alles so wie immer. Das Fernsehen lief, überall lagen Kleidungsstücke herum, die Buben tobten durch die Wohnung, und Bill machte in der Küche das Frühstück. Es war wie in einer glücklichen, normalen Familie, und Tommy vertraute Adrian an, er hoffe sehr, das Baby würde ein Junge, weil Mädchen doof wären, aber Adam lächelte nur und versicherte ihr, daß sie das Kleine in jedem Fall liebhaben würden. Das war so reizend und gutgemeint, daß sie Tränen darüber vergoß. Die Kinder gingen mit ihrem Vater aus, und Adrian räumte die Wohnung auf.

Gemeinsam mit Bill bereitete Adrian das Thanksgiving-Dinner zu, und es wurde ein schöner Feiertag für alle. Der einzige Grund zu einer kleinen Verstimmung war Adrians Telefongespräch mit ihrer Mutter, das Bill mithörte.

»Nein, es geht ihm gut«, sagte sie. »Er mußte geschäftlich nach London.« Und dann sah sie Bills Gesicht, und als sie auflegte, stellte er sie in der Küche zur Rede. Das Dinner war vorbei, die Kinder schliefen bereits.

»Was war das eben?« Er wußte es ohnehin. Sie hatte ihrer Mutter wegen Steven etwas vorgelogen.

»Es hat doch keinen Sinn, sie in Unruhe zu versetzen. In unserer Familie hat es bis jetzt keine Scheidungen gegeben, und immerhin ist Feiertag.«

»Er ist seit einem halben Jahr fort. Du hattest ausreichend Zeit, es ihr beizubringen.« Und dann fiel ihm etwas anderes ein. »Hast du ihr schon von dem Baby erzählt?« Sie schüttelte den Kopf, worauf er sich in einen Sessel fallen ließ und sie strafend ansah. »Was wird da gespielt, Adrian? Warum willst du ihn schonen?«

»Das tue ich ja gar nicht.« Wieder standen ihr Tränen in den Augen. »Ich will nicht mit Mutter darüber sprechen. Erst habe ich es ihr nicht gesagt, weil ich dachte, er würde zurückkommen, und jetzt ist es mir peinlich. Noch mehr Druck vertrage ich nicht. Ich habe mich mit meinen Leuten nie verstanden.« Sie konnte Bill nur schwer verständlich machen, wie gespannt das Verhältnis zu ihrer Familie immer schon gewesen war.

»Wann wirst du es ihnen sagen? Nach unserem dritten Kind? Oder wenn das Baby seinen Abschluß auf dem College gemacht hat. Vielleicht solltest du vorher eine Andeutung fallenlassen.«

»Was soll ich darauf sagen? Wir waren nie sehr vertraut miteinander. Ich möchte mit ihr darüber nicht sprechen.«

»Du könntest dich ja darauf beschränken, ihr zu sagen, daß du ein Baby bekommst.«

»Warum?« Sie wußte, daß es eine dumme Frage war.

»Warum willst du warten?« Er sah ihr unbeirrt in die Augen, und diesmal berührte Furcht ihr Herz, denn sie spürte, daß er verletzt und wütend war.

»Wartest du darauf, daß er zurückkommt, damit du ihnen geordnete Verhältnisse präsentieren kannst?« Er hatte einen wunden Punkt getroffen und wußte es.

»Anfangs vielleicht ... und jetzt ist alles so verdammt kompliziert. Wo soll ich überhaupt anfangen?«

»Einmal mußt du es tun ...« Es sei denn, Steven käme zurück ... aber das wollte er nicht noch einmal diskutieren. »Hör mal, es ist dein Leben. Es sind deine Eltern. Mir ist nur unbegreiflich, was du damit bezweckst.«

»Ich verstehe es mitunter auch nicht«, gestand sie. »Es tut mir leid, Bill. Als er ging, geriet ich in eine so schwierige Lage, und ich sagte keinem Menschen ein Wort davon. Erst war es mir peinlich, dann war es zu spät, und jetzt ist es lächerlich. Verdammt ... im Büro glaubt mindestens die Hälfte, ich betrüge meinen Mann.«

Sie lächelte, und er zog sie an sich.

»Manchmal machst du mich verrückt, aber vielleicht liebe ich dich gerade deswegen so sehr.«

»Deswegen liebt Harry Helen, die beste Freundin von ...« Sie brach in Gelächter aus, und er ließ das Küchenhandtuch auf ihre Kehrseite klatschen, als er den letzten Teller wegräumte.

»Hör auf! Das hört sich an wie die nichtendenwollende Ahnenreihe aus der Bibel.«

»Es tut mir leid, Bill ... manchmal bringe ich wirklich alles durcheinander.«

»Früher oder später bringen wir alles in Ordnung.« Er glaubte fest daran, und hoffte, daß es eher früher als später sein würde.

24

Das verlängerte Thanksgiving-Wochenende verging wie im Flug, nicht zuletzt weil ihnen der Gesprächsstoff nicht ausging, da die Kinder nun wußten, daß Adrian bei Bill wohnte und ein Kind erwartete. Besonders Adam zeigte sich fasziniert davon, und äußerte den Wunsch, ihren Bauch zu berühren, um zu spüren, ob es sich bewegte. Er war wie elektrisiert, als es wieder strampelte. Mit seinen großen Augen sah er Adrian voller Staunen an, und Bill registrierte es lächelnd.

»Richtig niedlich, nicht?« Auch Bill empfand es jedesmal als Wunder, wenn er es fühlte.

Und alle fanden es urkomisch, daß Adrian vor einem gemeinsamen Spaziergang ihre eigenen Turnschuhe nicht mehr zubinden konnte. »Ich habe das Gefühl, daß ich mich über einen großen Wasserball beugen muß.«

»Ich auch«, flüsterte Bill, als er sich hinkniete, um ihr zu helfen. Sie schliefen noch zusammen, wenn es die Zeit und ihre Energie zuließ, doch ihr Leibesumfang, der verhinderte, daß sie sich Schuhe zubinden konnte, ließ auch die Liebe rasch zu einer besonderen Herausforderung werden. »Das kann auch nur mir passieren«, sagte er lachend, nachdem er mit den Schuhen fertig war und auf dem Boden sitzend zu ihr aufschaute.

Sie spähte über ihren Bauch. »Was denn?«

»Mich in eine schwangere Frau zu verlieben.«

Sie kicherte, da sie für seinen Humor nicht unempfänglich war. Es war zweifellos eine höchst ungewöhnliche Zeit für einen Flirt und einen neuen Anfang. »Vielleicht könntest du das Motiv in deine Serie einbauen. Harry könnte Helen verlassen, und sie könnte ihre Zuneigung für einen anderen entdecken«, schlug sie gutgelaunt vor, während sie in eine seiner Jacken schlüpfte.

»Das nimmt einem doch kein Mensch ab«, erwiderte er fröhlich schmunzelnd, und sie gingen aus, um im Penman Park mit Adam und Tommy Ball zu spielen.

Schon an nächsten Tag mußten die Kinder abfliegen, und ohne sie wirkte die Wohnung wieder einsam und verlassen. Ein Glück, daß es sehr viel zu tun gab. In der Redaktion ging es hoch her, und die Besetzung von Bills Serie spielte vor Weihnachten immer ein wenig verrückt. Das Privatleben der Darsteller und die fiktiven, schicksalsschweren Ereignisse der Filmhandlung schienen sich zu vereinen und den gesamten Drehstab ziemlich aus dem Gleichgewicht zu bringen. Adrian war indessen bemüht, das Kinderzimmer vorzubereiten. Allabendlich saß sie da, nähte Volants für die Wiege und versuchte sich schlüssig zu werden, wie sie die Gardinen aufhängen sollte.

»Komm, laß mich das machen!« Bill scheuchte sie immer wieder von der Leiter oder mühte sich selbst mit dem Bettchen ab, immer Grund für beide, einander anzusehen und zu lachen. Alles war sehr aufregend. Und die Buben hatten es ebenfalls aufregend gefunden. Davon, daß sie das Baby abgelehnt hätten, war gar keine Rede gewesen. Im Gegenteil, Adrian konnte ihres Mitgefühls sicher sein, weil sie von ihrem Mann verlassen worden war. Die Aussicht, das Wunder, das ein Baby bedeutete, miterleben zu dürfen, war eine große Freude für sie. Bei jedem Anruf war die erste Frage unweigerlich, ob sie es schon bekommen hatte oder nicht. Aber Bill versprach, er würde sie im Ernstfall sofort verständigen. Seine Söhne sollten die ersten sein, die es erfuhren. Sie hofften auf einen Jungen, während Bill sich insgeheim ein Mädchen wünschte, ohne sich jedoch allzu festzulegen.

Nach Thanksgiving nahmen sie das erstemal an einem Lamaze-Kurse für Geburtsvorbereitung teil. Adrian war es geglückt, im Krankenhaus einen Kurs zu belegen, der unmittelbar nach den Abendnachrichten begann. Sie trafen dort auf ein Dutzend anderer Paare, von denen sich mit Ausnahme eines einzigen alle zum erstenmal auf eine Geburt vorbereiteten. Die Umgebung war für Adrian ungewohnt, und es war ihr unangenehm, die Übungen in einem Raum voller Wildfremder zu machen. Aber Bill und die Ärztin hatten darauf bestanden, weil es ihr die Sache erleichtern würde.

»Was soll es mir erleichtern?« fragte sie angriffslustig. Gleich nach der Übungsstunde mußte sie wieder zurück zu den Spätnachrichten. »Das Baby wird herauskommen, ob ich nun schnaufe und hechele oder nicht.« Sie wußte nur, daß Lamaze irgendwie mit Atemtechnik zu tun hatte.

»Die Übungen werden dir das Entspannen erleichtern«, entgegnete er ruhig.

Da warf sie ihm einen fast eifersüchtigen Blick zu. »Hast du das mit Leslie auch mitgemacht?« Es wurmte sie zunehmend, daß er das alles schon einmal erlebt hatte. Von den Geheimnissen der Schwangerschaft schien er mehr zu wissen als sie.

Er gab sich bemerkenswert zugeknöpft, weil er nur ungern sein früheres Leben mit dem jetzigen verglich. Es unterschied sich von allem, was er je mit einer Frau geteilt hatte, und es war einzigartig. »Ja ... so irgendwie ...«, war alles, was er sagte und er ließ sich nicht davon abbringen, daß der Kurs sich lohnte.

»Ich plädierte noch immer dafür, das Kind zu Hause zu bekommen.« Es war die alte Leier, die er nun schon gut kannte. Seiner Meinung nach ein Unding, daß sie daran auch nur einen Gedanken verschwendete.

Sie parkten in der Garage, betraten das Gebäude und folgten einigen Hochschwangeren in den zweiten Stock, wo sich alle samt ihren ›Andersgearteten‹, wie die Kursleiterin die Partner nannte, zusammenfanden. Man forderte sie auf, es sich auf dem Boden bequem zu machen. Im Schneidersitz auf Übungsmatten sitzend, stellten sie sich und ihre Ehemänner vor ... Zwei Lehrerinnen, eine Krankenschwester, zwei nicht berufstätige junge Mädchen, eine Sekretärin, eine Postangestellte, eine Schwimmlehrerin, die aussah, als sei sie prima in Form, eine Friseurin, eine Musikerin und eine Klavierstimmerin. Die Ehemänner hatten ebenso vielfältige Berufe. Adrian und Bill waren eindeutig die am besten Situierten und beruflich Erfolgreichsten, aber sie beschränkten sich darauf, zu sagen, daß sie beim Fernsehen in der Produktion arbeiteten, was niemand sonderlich beeindruckte. Die einzige Gemeinsamkeit war die Schwangerschaft. Sogar im Alter unterschieden sie sich beträchtlich. Von den nicht berufstätigen Schwangeren war die eine neunzehn und besuchte noch das College, und ihr Mann war erst zwanzig. Und die Postangestellte war zweiundvierzig, ihr Mann fünfundfünfzig. Für beide war es das erste Kind. Adrians Interesse erwachte, und sie verbrachte mehr Zeit damit, die anderen zu beobachten, als selbst zu üben, bis endlich ›Kaffeepause‹ gemacht wurde. Die Frauen tranken Mineralwasser und Limo, während die Männer sich an Tee und Kaffee hielten. Alle wirkten reichlich nervös.

Dann wandte sich die Kursleiterin wieder an sie und versicherte, daß die Atemtechnik – ausreichende Übung vorausgesetzt – wirklich helfen würde. Um diese Behauptung zu untermauern, wurde ihnen nun der Film einer natürlichen Geburt nach der Methode Lamaze gezeigt, vom Anfang bis zum Ende. Als Adrian sah, wie die Frau auf der Leinwand sich vor Schmerzen wand, faßte sie erschrocken nach Bills Hand. Es war die zweite Entbindung der Frau, erklärte die Lehrerin. Die erste sei eine ›medikamentöse Geburt‹ gewesen, wie sie geringschätzig hinzusetzte. Die natürliche Geburt sei dagegen ein großer Fortschritt. Man konnte jedes Stöhnen und Pressen auf der Leinwand miterleben, und Adrian mußte feststellen, daß der detailgenaue Ablauf der Vorgänge alles andere als tröstlich war. Die Gebärende machte den Eindruck, als hätte ihre letzte Stunde geschlagen, bis schließlich dank richtig dosierter Atmung und nach starkem Pressen, das ihr Gesicht dunkelrot anlaufen ließ, ein langgezogener, dünner Schrei, begleitet von gräßlichem Ächzen und Stöhnen ertönte. Zwischen ihren Beinen wurde ein winziges, rotes Gesichtchen sichtbar, und sie lächelte unter Tränen, während im Kreißsaal freudige Ausrufe laut wurden, als das Baby endlich geboren war. Es war ein Mädchen. Die Mutter ließ sich triumphierend zurücksinken, der Vater strahlte und half, die Nabelschnur zu durchtrennen. Dann gingen die Lichter an, der Film war aus. Adrian war von dem Gesehenen zutiefst erschüttert. Zwischen ihr und Bill fiel kein Wort, bis sie gingen und zurück zum Studio fuhren.

»Nun, was hältst du davon?« fragte er leise. Es war ihr anzusehen, wie entsetzt sie war, aber er hatte keine Ahnung, wie sehr, bis sie ihn mit schreckgeweiteten Augen anblickte.

»Ich möchte einen Abbruch.« Fast hätte er gelacht, so süß sah sie aus. Er küßte sie voller Mitgefühl. Seiner Meinung nach war der Film zu drastisch gewesen. Es hätte Wege gegeben, den Vorgang weniger beängstigend aussehen zu lassen. Zudem bezweifelte er, ob es angebracht war, Erstgebärenden eine Geburt auf der Leinwand zu zeigen.

»So schlimm wird es schon nicht. Das verspreche ich.« Seine Liebe hätte nicht größer sein können. Und er wollte, daß alles gutging, sie ein gesundes Kind bekam und nicht zu viel leiden mußte. Er wußte noch, wie schlimm es für Leslie gewesen war und wieviel Angst er bei Adams Geburt ausgestanden hatte. Bei Tommy war es schon viel leichter gegangen. Er hoffte, daß er mit dem wenigen, was ihm in Erinnerung geblieben war, Adrian die Sache erleichtern konnte. Das einzige Schlimme dabei war die Aussicht, sie leiden sehen zu müssen.

»Wieso willst du wissen, daß es nicht so schlimm sein wird?« fragte sie aufgebracht. »Hast du je ein Kind bekommen? Hast du das Gesicht der Frau gesehen? Ich dachte, sie würde sterben, während sie preßte.«

»Ich auch. Es war ein lausiger Film. Vergiß ihn.«

»Ich gehe nicht weiter in den Kurs.«

»Damit ist nichts gewonnen. Wir wollen wenigstens die Atemtechnik erlernen, damit ich dir helfen kann.«

»Ich möchte eine Vollnarkose«, erklärte sie nüchtern, aber als sie beim nächsten Besuch in der Praxis ihre Ärztin darauf ansprach, erntete sie ein nachsichtiges Lächeln.

»Das wird nur ganz selten gemacht, bei Notfällen etwa, wenn keine Zeit mehr für einen Kaiserschnitt mit Rückenmarknarkose ist. Zudem besteht kein Grund, anzunehmen, daß es bei Ihnen Probleme geben wird. Besuchen Sie den Kurs, Adrian, und Sie werden staunen, wie glatt alles geht, wenn Sie in den Wehen liegen.«

»Ich will das Kind nicht bekommen«, wiederholte Adrian, als sie die Praxis verließen. Sie sagte es ganz sachlich und war voller Angst dabei.

»Dafür ist es zu spät, mein Schatz«, erwiderte Bill gelassen, Adrian trug ein rosa Kleid und hatte ihr Haar zu einem Pferdeschwanz zusammengefaßt. Seit dem ersten Kursbesuch stand sie Todesängste aus. Insgesamt waren sie erst zweimal dabeigewesen.

»Diese dumme Atemtechnik klappt nicht. Ich kann mich nicht mal erinnern, wie man es macht.«

»Keine Angst. Wir werden es üben.« Und am Abend bestand er darauf, daß sie sich hinlegte und eine Wehe simulierte. Er tat so, als würde er die Dauer der Wehe stoppen, und sie probierte die Atemtechnik. Die Übung war noch nicht mal halb zu Ende, als sie innehielt und eine Hand graziös in seine Hose gleiten ließ. »Hör auf! Wirst du wohl ernst bleiben!« Er versuchte, ihre Hand abzuwehren, doch sie kitzelte ihn so, daß er lachen mußte.

»Machen wir lieber etwas anderes«, schlug sie mit blitzenden Augen vor.

»Adrian … bleib doch ernst! Hör auf!«

»Mir ist es ernst!« Aber nicht mit der Atemtechnik.

»Auf diese Weise hast du dir die ganze Problematik eingehandelt.«

»Da hast du allerdings recht.« Sie versuchte sich auf den Bauch zu drehen, kam aber nicht weit. Der Klumpen, wie sie ihren Bauch manchmal nannte, schien stündlich zu wachsen. Und das Kind mußte sehr temperamentvoll sein. Sie spürte das Gestrampel fast ständig, besonders in der Nacht. Erst am frühen Morgen gab es ein wenig Ruhe. »Vielleicht bleibe ich immer schwanger. Dieses Ding hinauszubefördern macht zuviel Mühe. Es ist, als würde man einen Ozeandampfer im Keller bauen.«

»Ich hätte nichts dagegen, dich wieder schlank zu sehen«, sagte er mit einem Anflug von Bedauern. »Als wir uns kennenlernten, hattest du eine sehr reizvolle Figur.«

»Danke«, sagte sie, und rollte sich nach Art eines gestrandeten Wales auf den Rücken.

Wenn sie so dalag, sah sie noch gewaltiger aus als im Stehen. »Gefällt dir meine Figur nicht?« fragte sie halb im Ernst, und er wußte, daß er vorsichtig sein mußte. Neben ihr auf dem Bauch liegend, stützte er sich auf die Ellbogen und gab ihr einen Kuß.

»Zufällig bin ich der Meinung, daß du die schönste Frau bist, die ich kenne, schwanger oder nicht.«

»Danke.« Sie lächelte und konnte ihre Tränen kaum zurückhalten. Als sie ihm wie ein Kind die Hände um den Hals legte, gab es kein Zurückhalten mehr, und die Tränen flossen ungehindert. »Ich habe Angst«, gestand sie.

»Ich weiß, aber es wird alles glatt verlaufen. Das verspreche ich.«

»Und wenn nicht? Was ist, wenn etwas passiert ... mir oder dem Kind?« Es war zu dumm, aber sie hatte Angst, daß sie sterben würde. Sie mußte ständig an die Frau in dem Film denken, die gräßliche Schmerzen gelitten und laut geschrien hatte. Kein Mensch hatte ihr gesagt, daß es so sein würde. Sie hatte geglaubt, das Baby käme einfach irgendwie heraus, und die Sache sei erledigt. Kein Mensch hatte sie gewarnt, daß es schmerzhaft sein würde.

»Dir und dem Kind wird nichts passieren. Das werde ich nicht zulassen. Ich werde jede Sekunde da sein, deine Hand halten und dir beistehen. Es ist vorbei, ehe du weißt, wie dir geschieht.«

»Ist es wirklich so schlimm?« Sie sah ihm dabei ernst in die Augen, aber er wollte ihr nicht sagen, wie schwer Leslie es gehabt hatte. Es mit ansehen zu müssen, hatte ihn fast wahnsinnig gemacht.

»Nicht unbedingt. Bei manchen geht es ganz einfach.«

»Ja, wenn eine Hüften hat, breit wie der Panamakanal«, sagte sie ziemlich bekümmert, weil sie nicht in diese Kategorie fiel.

»Bei dir wird alles glattgehen.« Er küßte sie sachte auf die Lippen, und sie faßte unter sein Hemd und berührte seine Schultern. Und dann ließ sie die Hände über seinen Rücken gleiten, und die Erregung ließ ihn erbeben. Sie tauschten Küsse, und Adrian berührte ihn, während seine Hände über ihren Körper strichen. Trotz seines Verlangens brachte er lächelnd hervor: »Man sollte mich bestrafen, weil ich eine Frau in deinem Zustand belästige.« Die Absurdität der Situation kam ihm überdeutlich zu Bewußtsein.

»Nein, stimmt nicht«, neckte sie ihn, und er stellte wieder einmal überrascht fest, wie rasch sie seine Leidenschaft zu wecken vermochte. Er rollte sich auf den Rücken, während sie sich ihrer Kleidung entledigten. Und nachdem eine halbe Stunde vergangen war, lagen sie erschöpft nebeneinander, und er warf ihr einen reuigen Blick zu. Er litt tausend Ängste, daß ihre Wehen dadurch womöglich verfrüht ausgelöst werden könnten, aber die Ärztin hatte nichts von Zurückhaltung gesagt.

»Alles in Ordnung?« fragte er nervös. Aus seinem Blick sprach die Furcht, sie könne jeden Moment explodieren.

»Mir ist es nie besser gegangen.« Sie sah ihn an, als wäre sie beschwipst, dann kicherte sie.

»Ich bin abscheulich«, sagte er, ohne den Blick von ihr zu wenden. »Ich sollte das nicht tun.«

»Doch, du solltest. Ich gehe lieber mit dir ins Bett, als daß ich das Baby bekomme. Und jetzt kann ich wenigstens nicht schwanger werden.«

Er runzelte die Stirn. »Ich dachte, du hättest gesagt, du seiest Jungfrau.«

»Bin ich auch«, erklärte sie beglückt. Es grenzte für sie an ein

Wunder, daß ihre Beziehung sich noch so leidenschaftlich gestaltete, obwohl sie schon über den achten Schwangerschaftsmonat hinaus war.

»Na, möchtest du es wieder mit der Atemtechnik versuchen?« bot er ihr an. Er hatte das Gefühl, seine ungezügelte Leidenschaft irgendwie kompensieren zu müssen.

»Ich dachte, die hätten wir eben absolviert«, sagte sie befriedigt. Und dann warf sie einen Blick auf die Uhr und erschrak. Es war zehn Uhr. Sie mußte sich aufraffen und in die Nachrichtenredaktion fahren. Adrian war noch immer fest entschlossen, bis zum letzten Moment zu arbeiten. Zelda hatte ihr angeboten, für sie einzuspringen, aber bislang hatte Adrian keinen Gebrauch von dieser Offerte gemacht. Sie wollte ihren Mutterschaftsurlaub an dem Tag antreten, an dem das Baby zur Welt kam. Bill hatte ihr bereits vorgehalten, daß ihr Pflichteifer übertrieben sei.

»Warum gönnst du dir vorher nicht ein paar Wochen Ruhe?«

»Die kann ich mir nach der Entbindung gönnen.«

»Das glaubst du.« Er grinste, in Erinnerung an die gestörten Nächte, wenn ein Baby gestillt werden mußte, das alle zwei, drei Stunden nach der Mutterbrust verlangte. Das versuchte er ihr klarzumachen, aber sie beharrte darauf, daß sie bis zum Schluß arbeiten würde. Sie fühlte sich wunderbar und behauptete, daß sie Ablenkung brauchte. Aber jedesmal, wenn sie ins Büro kam, traf Zelda bei ihrem Anblick fast der Schlag.

»Wie kann man sich damit überhaupt rühren?« fragte sie und deutete auf Adrians Bauch. »Tut das nicht weh?«

»Nein.« Adrian lächelte. »Man gewöhnt sich daran.«

»Na, hoffentlich nicht«, Zelda zeigte sich mitfühlend. Es war etwas, was ihr völlig fremd war, und sie hatte kein Verlangen, damit vertraut zu werden. Babys waren für sie nicht erstrebenswert, ein Ehemann ebensowenig. Längeres Zusammensein mit einem Mann machte sie kribbelig, hatte sie Adrian anvertraut. Es kam ihr viel zu ... verheiratet vor. Aber sie freute sich für Adrian, weil Bill ihr gut gefiel und weil sie ihr das Glück gönnte. Keine Frau verdiente einen guten Mann mehr als Adrian. Und Zelda zweifelte keinen Augenblick, daß Bill ein guter Mann war.

Nicht so wie dieser Unmensch Steven. Sie war ihm einige Male über den Weg gelaufen, da er dasselbe Fitneß-Institut besuchte wie sie, aber er hatte so getan, als sähe er sie nicht. Immer war er in anderer weiblicher Begleitung. Sie hätte ihren Kopf verwettet, daß keines der Mädchen ahnte, daß er seine Frau verlassen hatte, weil sie ein Baby bekam.

Ein- oder zweimal fragte sie Adrian, ob sie etwas von ihm gehört hätte, doch Adrian schüttelte immer nur den Kopf. Es war ein heikles Thema, und Zelda hütete fortan ihre Zunge.

Bill brachte Adrian an jenem Abend zur Redaktion wie immer in letzter Zeit und verbrachte eine Stunde an seinem eigenen Schreibtisch, während sie bei den Spätnachrichten zu tun hatte. Nachher pflegte sie zu ihm zu gehen, um ihn abzuholen, und es kam vor, daß sie dort sitzen blieben, weil es sich in seinem gemütlich eingerichteten Büro so gut plaudern ließ. Nie mangelte es ihnen an Themen oder Ideen oder an neuen Variationen für die Serie. In gewisser Hinsicht waren sie ein ideales Gespann, und sie verbrachten eine herrliche Zeit miteinander – im Bett und außerhalb. Als sie gutgelaunt zum Lift gingen, blieb sie unvermittelt stehen. Ihr Gesichtsausdruck hatte sich merkwürdig verändert.

»Was ist denn?« Er sah sie besorgt an.

»Ich weiß nicht ...« Sie lehnte sich an ihn, überrumpelt von dem Gefühl, das sie eben verspürt hatte. Ihr ganzer Leib war hart wie Stein geworden, und es hatte sich angefühlt, als würde er von einem Schraubstock zusammengepreßt. Aus dem Lamaze-Kurs wußte sie, was dies bedeutete. »Ich glaube, ich hatte eben eine Wehe.« Aus ihrer Miene sprach so große Angst, daß er tröstend den Arm um ihre Schultern legte. Aber gleich darauf war alles wieder in Ordnung. Die Kontraktion war gekommen und vergangen, aber die Panik war nicht aus ihrem Blick gewichen.

»Du hast zu intensiv gearbeitet. Du mußt kürzer treten, sonst gibt es womöglich eine Frühgeburt.«

»Das kann ich nicht. Ich bin noch nicht so weit.« Das Kinderzimmer war fast fertig, doch in ihrem Kopf war sie noch nicht auf das Bevorstehende eingestellt. »Ich möchte in aller Ruhe Weihnachten feiern, ehe ich das Kind bekomme.«

»Dann hör mit der Plackerei auf«, schalt er sie. »Sag in der Redaktion, daß du die Spätnachrichten nicht mehr machen kannst. Man wird sicher Verständnis dafür haben ... Herrgott, du bist immerhin im achten Monat.« Und sie war nicht mal sicher, ob sie je in die Redaktion zurückkehren würde. Sie wollte ihren Mutterschaftsurlaub dazu nutzen, um sich zu entscheiden, ob sie nicht lieber für Bill arbeiten wollte, obwohl sie es immer noch als beängstigend empfand, sich von ihm dermaßen abhängig zu machen.

Auf der Fahrt nach Hause hatte sie zwei weitere Kontraktionen. Zu Hause angekommen, schenkte Bill ihr ein Gläschen Weißwein ein und bestand darauf, daß sie es austrank. Und wie durch ein Wunder hörten die Kontraktionen auf. Sie war unendlich erleichtert, da sie befürchtet hatte, daß das Baby sich schon ankündigte. »Das hat gewirkt.«

»Aber natürlich.« Er schien sehr selbstzufrieden, als er sie küßte. Ein wenig schuldbewußt auch. »Vielleicht sollten wir ab jetzt auf die Liebe verzichten.« Er war nicht sicher, ob ihre leidenschaftlichen Liebesintermezzi nicht die Wehen ausgelöst hatten.

»Die Ärztin hat nichts gesagt. Ich glaube, es waren die Aufwärmkontraktionen, die alles weitere in Schwung bringen.«

»Je mehr du davon jetzt hast, desto einfacher wird es später.«

»Gut. Dann laß uns wieder Liebe machen.« Sie schaute lächelnd zu ihm auf. Dabei sah sie aus wie eine Elfe mit enormem Leib.

»Langsam glaube ich, du bist pervers.« Und das Schreckliche war, daß er sie begehrte und sich am liebsten die ganze Zeit mit ihr der Liebe hingegeben hätte. Wie kam es, daß seine sexuellen Phantasien sich um eine im achten Monat schwangere Frau drehten? Er mußte entdecken, daß er sie mit jedem Tag mehr liebte und sie trotz ihres Zustandes sehr anziehend fand – hilflos und anschmiegsam und ungemein reizvoll. Er beugte sich zu ihr und küßte sie, schaffte es aber, sie abzuwehren, als sie wieder handgreiflich werden wollte. »Adrian, wenn du damit nicht aufhörst, wirst du noch Drillinge bekommen.«

»Das wäre doch etwas!« Aber sie wurde sofort ernst, als sie an die Entbindung dachte. »Das muß eine Qual sein.«

»Sei froh, daß du nur eines bekommst.« Nun trat eine längere Schweigepause ein, ehe sie flüsterte: »Was ist, wenn es Zwillinge sind, ohne daß man es gemerkt hat?«

»Glaub mir, heutzutage merkt man das.« Sie machte sich wegen allem Sorgen und hielt jede Nacht mehrmals im Kinderzimmer Nachschau, zählte alles durch, faltete Hemdchen, begutachtete winzige Mützchen und Söckchen und Nachthemdchen. Es rührte ihn, sie dabei zu beobachten, und jedesmal dachte er, was für ein Widerling Steven doch war, weil er dies alles aufgegeben hatte. Bill bedeutete es so viel und Steven gar nichts.

Bill hatte ihr Zimmer selbst tapeziert. Auf der weißgrundigen Tapete waren rosa und blaue Sternchen verteilt, eine hübsche rosa-blaue Borte bildete den Abschluß. Das Gästebett hatte er im Kellerabteil untergebracht, und Anfang Dezember hatten sie gemeinsam Möbel fürs Kinderzimmer gekauft. In der Woche vor Weihnachten war alles fertig. Sie hatten einen Christbaum besorgt und ihn mit altmodischem Schmuck und mit kandierten Früchten behängt.

»Schade, daß die Kinder ihn nicht sehen können«, sagte Bill voller Stolz. Es war ein hübsches kleines Bäumchen, das die ganze Wohnung festlich wirken ließ. Die Kinder waren über die Feiertage zum Skilaufen nach Vermont gefahren. Vor ihrer Abreise hatten Bill und Adrian oft mit ihnen gesprochen. Doch für Bill war es nicht dasselbe, wenn er Weihnachten ohne seine Söhne feiern mußte. Sie sollten erst im Februar, in den Ferien kommen – ein idealer Termin. Kam das Baby pünktlich, würde es dann drei Wochen alt sein, und Adrian hatte sich mehr oder weniger erholt, wenn man von den gestörten Nächten absah. Sie war entschlossen, das Kind zu stillen, deshalb sollte es in einem Körbchen neben ihrem Bett liegen, damit sie nicht jedesmal, wenn es Hunger hatte, aufstehen mußte.

Für die Einkäufe nahm sie sich einen Tag frei. Eigentlich stand ihnen ja ein Doppelfeiertag ins Haus. Am ersten Januar feierte Bill seinen vierzigsten Geburtstag. Sie hatte ihm eine schicke goldene Uhr bei Cartier am Rodeo Drive gekauft, die ein Vermögen kostete, doch das war ihr die Sache wert. Diese Uhr konnte er sein Leben lang tragen. Es war ein Modell, das auf eine für einen Sultan 1920 angefertigte Uhr zurückging und den bezeichnenden Namen ›Pascha‹ trug. Adrian wußte, daß Bill begeistert sein würde. Als Weihnachtsgeschenk hatte sie ihm ein winziges tragbares Telefon zugedacht, das in einer Kassette von der Größe eines Rasierapparates Platz hatte. Es war für ihn ideal, da er am liebsten ständig mit dem Studio in Verbindung gestanden hätte, und der Produktionsstab in Panik geriet, wenn er nirgends zu erreichen war. Sie hatte auch noch andere Dinge für ihn gekauft, eine Jacke, eine Herrenparfum, ein Buch über alte Filme, das ihn interessierte, und ein Mini-Fernsehgerät, das er im Badezimmer oder auch im Auto behalten konnte, falls er auch unterwegs unbedingt seine Serie sehen wollte. Die Einkäufe hatten ihr viel Freude gemacht. Für die Kinder hatten sie gemeinsam Skier und Stiefel besorgt und sie ihnen rechtzeitig vor Weihnachten zugeschickt. Für Tommy war es die erste eigene Ausrüstung. Adrian hatte hübsche Anoraks und für jeden ein elektronisches Spiel besorgt, schon für den nächsten Urlaub, wenn man sie wieder beschäftigen mußte. Nächstes Jahr war ein Monat in Hawaii geplant. Noch ein Campingurlaub am Lake Tahoe hätte wenig Begeisterung hervorgerufen.

Drei Tage vor Weihnachten verpackte Adrian die Geschenke. Sie wollte damit fertig sein, ehe Bill heimkam. Anschließend wollten sie die alljährlich stattfindende Weihnachtsparty der Mitarbeiter seiner Serie besuchen. Zuvor aber mußte sie alle für ihn bestimmten Päckchen verstecken. Die meisten hatte sie in die Babywiege getan und die Steppdecke darüber gebreitet. Sie lächelte, als sie das winzige Telefon einwickelte, das ihn bestimmt begeistern würde. Aus Sparsamkeit hatte er bis jetzt gezögert, es sich zuzulegen. Es war schön, ihn verwöhnen zu können. Als sie fertig war, ging sie die Post holen. Sie erschrak nicht wenig, als sie den Stempel des Rathauses sah. Hastig riß sie den Umschlag auf. Sie schnappte buchstäblich nach Luft beim Anblick der Dokumente.

Am 21. Dezember war ihre Scheidung ausgesprochen worden. Sie war nicht mehr mit Steven verheiratet. Steven hatte den Wunsch geäußert, sie solle wieder ihren Mädchennamen annehmen, ein Punkt, in dem er von ihrem guten Willen abhängig war, da er dies gesetzlich nicht erzwingen konnte. Die Papiere, die den Verzicht auf seine väterlichen Rechte beurkundeten, waren beigefügt. Dem Gesetz nach war das Ungeborene nicht mehr sein Kind. Es war Adrians Kind. Punktum. Das Kind hatte vor dem Gesetz keinen Vater. Stevens Name würde auf der Geburtsurkunde nicht vermerkt, hatte ihr der Anwalt schon im Sommer erklärt. Sie saß da und starrte die Papiere an, während sich ihre Augen mit Tränen füllten. Einfach albern, sich jetzt noch dermaßen aufzuregen, ermahnte sie sich. Eine Überraschung war es nicht. Sie hatte es erwartet, und doch schmerzte es. Es war die letzte, die endgültige Zurückweisung. Eine Ehe, mit Hoffnung und Liebe begonnen, hatte mit totaler Verstoßung geendet. Er hatte nicht nur sie verstoßen, sondern auch ihr Kind.

Sie legte die Papiere in die Lade, die Bill ihr in seinem Schreibtisch zur Verfügung gestellt hatte. Bill hatte mit ihr großzügig alles geteilt, was er besaß, sein Herz, seine Wohnung, sein Leben, sein Bett, und er war sogar bereit, ihr Baby anzunehmen. Unglaublich, wie sehr sich die beiden Männer unterschieden, wie anders sie in jeder Hinsicht waren. Adrians Gedanken waren voller Wehmut, und sie wünschte, Steven hätte es über sich gebracht, Gefühle für das Baby zu entwickeln.

Bill kam heim, als sie sich umzog, und wie immer spürte er sofort, daß etwas geschehen war. Er glaubte zunächst, sie mache sich wieder um das Baby Sorgen, denn in letzter Zeit war sie von einem Angstzustand in den anderen gefallen, weil sie befürchtete, daß das Kind nicht normal sein könnte. Im Lamaze-Kurs hatte man ihr versichert, daß diese Befürchtungen nicht ungewöhnlich wären, daß sie dazugehörten und keineswegs als Vorahnung zu betrachten seien.

»Hast du wieder Krämpfe?« fragte er. Daß sie sich aufgeregt hatte, war für ihn eindeutig.

»Nein, es geht mir gut.« Und dann entschloß sie sich, ihm sofort reinen Wein einzuschenken. Das tat sie eigentlich immer. Er kannte sie zu gut. »Heute sind meine Scheidungspapiere gekommen. Und die Verzichtserklärung. Alles ist jetzt amtlich und unumstößlich. «

»Ich könnte dir gratulieren, tue es aber nicht.« Er sah sie eindringlich an. »Ich weiß, wie man sich fühlt. Auch wenn es nicht unerwartet kommt, es ist doch ein Schock.« Er legte den Arm um sie und küßte sie, während sie wieder gegen die Tränen ankämpfte. »Es tut mir leid, Baby. Um diese Zeit trifft es dich besonders schwer. Aber eines schönen Tages wird es nur mehr eine Erinnerung sein und dir nichts mehr bedeuten.«

»Das hoffe ich. Mir war ganz elend zumute, als ich die Papiere sah. Ich weiß nicht ... es war, als wäre man von der Schule geflogen, als wüßte man, daß man versagt hat.«

»Nicht du hast versagt, sondern er«, rief er ihr in Erinnerung, aber Adrian ließ sich ganz zerknirscht und weinerlich auf dem Bett nieder.

»Ich habe noch immer das Gefühl, etwas falsch gemacht zu haben ... ich meine, weil er das Kind nicht wollte, muß ich irgendwo ganz schlimm versagt haben.«

»Nach allem, was du mir von ihm erzählt hast, kann ich mir nicht denken, daß es jemals anders hätte kommen können. Hätte dieser Mann auch nur einen menschlichen Zug an sich, dann wäre er mittlerweile längst zur Besinnung gekommen.« Er brauchte sie nicht daran zu erinnern, daß das nicht der Fall war. Steven war ihr sogar im Oktober bei der zufälligen Begegnung im Restaurant auf die denkbar schäbigste Art ausgewichen. Welcher Mann wäre dazu imstande gewesen? Ein echtes Charakterschwein, ein hochrangiger Egoist, lautete Bills unausgesprochene Antwort. »Du mußt das alles einfach zurücklassen.« Sie nickte, wohl wissend, daß er recht hatte, aber leicht fiel es ihr nicht. Noch bei der Weihnachtsparty im Studio war sie still und in sich gekehrt, während um sie herum hochgestimmt und beschwipst gefeiert wurde, so daß sie sich plötzlich unbehaglich, häßlich und sehr niedergeschlagen fühlte. Sie machte eine lausige Phase durch, und Bill verließ die Party zeitig, um sie nach Hause zu bringen, denn er sah ihr an, daß sie sich nicht gut unterhielt. Die anderen würden sicher Verständnis dafür haben, wenn er mit ihr ging. Und wenn nicht, so kümmerte es ihn nicht, denn seine Sorge galt in erster Linie Adrian. Beim Zubettgehen machten sich wieder Kontraktionen bemerkbar, und Adrian zeigte zur Abwechslung nicht das geringste Interesse für die Liebe.

»Jetzt weiß ich, daß deine Depression echt ist«, zog er sie auf. »Womöglich ist es schon soweit. Soll ich die Ärztin verständigen?« Er spielte den Überbesorgten und brachte sie damit auch zum Lachen, doch man merkte ihr auch im Bett noch an, daß sie litt. Das Körbchen für das Baby stand schon fertig in der Ecke. Bis zum voraussichtlichen Entbindungsdatum waren es nur mehr zweieinhalb Wochen, und ihre Nervosität nahm stetig zu. Der Lamaze-Kurs hatte diesbezüglich nicht viel genützt, obwohl das dort vermittelte Wissen vielfältig und hilfreich war. Dennoch wirkte die Realität auf Adrian unverändert furchteinflößend. Aber heute dachte sie nicht daran, sie dachte nur an Steven, an die Scheidung und an die Tatsache, daß ihr Kind keinen Vater haben würde.

»Ich habe eine Idee«, schlug er munter vor. »Sie ist zwar ein wenig ungewöhnlich, aber nicht ganz ungehörig. Laß uns zu Weihnachten heiraten. Wir hätten jetzt gerade noch drei Tage für den Bluttest und die Heiratslizenz Zeit ... Ich glaube, mehr braucht man nicht. Das und zehn Dollar. Ich schaffe es sogar, das Geld zusammenzukratzen.« Sein Antrag war absolut ernst gemeint, trotz der scherzhaften Note.

»Das wäre nicht richtig«, antwortete sie bekümmert.

»Was denn ... das mit den zehn Dollar?« Er war noch immer bemüht, sich ganz locker zu geben. »Na schön, wenn es mehr ausmachen sollte, nehme ich vielleicht einen Kredit auf.«

»Nein, im Ernst, Bill. Es wäre nicht recht, daß du mich aus Mitleid heiraten würdest. Du verdienst mehr – und Adam und Tommy ebenso.«

»Ach, um Himmels willen.« Er legte sich seufzend im Bett zurück. »Tu mir einen Gefallen und hör auf, mich vor mir selbst zu retten. Ich bin ein großer Junge, der weiß, was er tut, und zufällig liebe ich dich.«

»Ich liebe dich auch«, sagte sie traurig. »Aber es wäre nicht fair.«

»Wem gegenüber?«

»Dir oder Steven oder dem Kind gegenüber.«

»Würdest du mir wohl erklären, durch welche verdrehte, neurotische Verirrung du zu diesem Schluß gelangt bist?« Manchmal konnte sie ihn richtig auf die Palme bringen, besonders in letzter Zeit. Ihre Sorgen schienen kein Ende zu nehmen, und sie empfand die Verpflichtung, fair zu sein, ihm gegenüber ... dem Kind gegenüber ... sogar diesem verdammten Steven gegenüber.

»Ich werde nicht zulassen, daß du mich unter Zwang heiratest, unter dem Gefühl, du wärest mir etwas schuldig oder hättest die Verpflichtung, mir aus der Klemme zu helfen oder dem Kind ein Vater zu sein. Wenn du heiratest, sollte es geschehen, weil du es möchtest, nicht weil du mußt oder glaubst, es jemandem schuldig zu sein.«

»Hat dir schon einmal jemand gesagt, daß du spinnst? Du bist sexy ... schön ... hast großartige Beine ... aber du spinnst. Ich bitte dich nicht, mich zu heiraten, weil ich mich dazu verpflichtet fühle. Ich bin zufällig in dich verliebt – seit einem halben Jahr schon, oder ist dir das nicht aufgefallen? Muß ich deiner Erinnerung auf die Sprünge helfen ... ich bin der Kerl, mit dem du seit dem Sommer zusammenlebst, der Kerl, dessen Kind du gerettet hast und dessen Söhne dich in den Himmel heben.«

Seine Worte freuten sie mächtig, aber sie schüttelte dennoch den Kopf. »Es wäre trotzdem nicht richtig.«

»Warum nicht?«

»Es ist dem Kind gegenüber nicht fair.«

Er sah sie fast böse an. Dieses Argument kannte er bereits, und er mißbilligte es. »Oder willst du statt dessen sagen, es sei Steven gegenüber nicht fair?«

Sie zögerte und nickte dann. Aber sie fühlte auch die Verpflichtung, Steven vor sich selbst zu retten. »Er weiß nicht, was er aufgibt. Er muß eine Chance bekommen, seine Entscheidung zu revidieren, nachdem das Kind zur Welt gekommen ist ... ehe ich einen Schritt weitergehe und ihn für immer aus meinem Leben ausschließe.«

»Das Gesetz sieht das anders. Die Dokumente wurden bestätigt, Adrian. Er hat keinen Anspruch mehr auf das Kind.«

»Dem Gesetz nach nicht. Aber moralisch? Kannst du das auch behaupten?«

»Herrgott, ich weiß wirklich nicht, was ich noch sagen soll!« Er stieg aus dem Bett und lief im Zimmer auf und ab, nicht ohne ihr immer wieder einen Blick zuzuwerfen. Dabei wäre er fast gegen das kleine weiße Körbchen gestolpert. »Eines weiß ich ... ich habe dir mein Herz geschenkt und alles sonstige – was immer du willst. Und ich habe es getan, weil ich dich und das Kind liebhabe. Ich muß nicht abwarten, um es zu sehen, um zu überprüfen, ob es süß ist oder nicht, ich muß auch nicht meine Seelentemperatur am Tag der Geburt messen. Es ist, du bist und ich bin, wir drei sind genau das, was ich immer schon wollte. Ich sage dir ständig, daß ich dich heiraten möchte, in guten wie in schlechten Tagen, gesund oder krank, für immer. Mehr will ich nicht, nur euch beide. Die letzten sieben Jahre hatte ich nicht den Mut, mich zu binden. Ich hatte nicht mal den Mut, es auch nur in Erwägung zu ziehen. Weil ich, wie ich dir schon sagte, nie wieder solche Gefühle entwickeln wollte, weil ich nicht wollte, daß mich wieder eine Frau verläßt und meine Kinder mitnimmt. Dieses Kind ist nicht von mir, es ist seines, wie du mir ohne Unterlaß vorbetest, aber ich liebe es, als wäre es von mir, und ich möchte es nicht verlieren. Ich möchte mit dir hier keine Posse aufführen. Ich möchte hier nicht sitzen und warten, bis er zurückkommt, und sich alles wieder nimmt, was ich liebgewonnen habe. Ich glaube ohnehin nicht, daß er kommt, und auch das habe ich dir immer wieder gesagt. Aber ich werde nicht dasitzen und warten, daß er zur Besinnung kommt oder daß er anfängt, sich mit seinen Flittchen zu langweilen und zu dir und dem Kind zurückkehrt. Wenn es nach mir geht, Adrian, bekommt er dich nicht mehr zurück. Aber wenn er dich will und du ihn, dann solltet ihr euch lieber ganz schnell entscheiden. Ich möchte mit unserem Leben weitermachen, ich möchte heiraten, ich möchte das Kind adoptieren, das du neun Monate in dir getragen hast und dessen Bewegungen ich spüre. Ich werde nicht dasitzen und Herz und Mut ständig auf Trab halten. Wenn du also von Fairneß reden willst, bitte, dann wollen wir davon reden. Was ist fair? Wie lange muß man fair sein? Wie lange wird von mir erwartet, Steven ›Fairneß‹ angedeihen zu lassen?«

»Ich weiß es nicht.« Was er sagte, hatte sie beeindruckt. Und sie liebte ihn mehr als je zuvor. Am liebsten wäre sie auf alles eingegangen, was er wollte, aber sie hatte noch immer das Gefühl, warten zu müssen. Aber Bill hatte recht. Es war nicht fair, ihn ewig warten zu lassen.

»Was würdest du als fair bezeichnen? Eine Woche? Einen Monat? Ein Jahr? Möchtest du ihm nach der Geburt des Kindes einen Monat einräumen und über seine Anwälte feststellen lassen, ob er noch immer jeden Kontakt mit dem Kind ablehnt? Hört sich das vernünftig an?« Er versuchte, auch fair zu sein, obwohl sie ihn wahnsinnig machte.

»Ich werde nicht zu ihm zurückkehren«, erklärte sie. Daran bestand für sie kein Zweifel mehr. Aber Bill war dessen nicht immer sicher, und das war seine größte Sorge, wenn sie von Fairneß sprach. Frauen konnten sehr sonderbar sein, wenn es um die Männer ging, die ihre Kinder gezeugt hatten. Sie räumten ihnen mehr Verständnis, mehr Freiheit, mehr Spielraum ein. Bei Männern lief das anders, weil sie nie ganz sicher sein konnten, ob sie wirklich der Vater des Kindes waren. Frauen hingegen konnten dessen sicher sein. Sie wußten es. Und er fragte sich, ob sich Adrian durch das Kind ewig an Steven gebunden fühlen würde. Er hoffte es nicht. Aber auch sie selbst konnte diese Frage nicht beantworten. »Es geht nur um das Kind, Bill ...«

»Ich weiß, ich weiß, aber ich verstehe es nicht ... aber manchmal jagst du mir richtig Angst ein.« Er setzte sich neben sie, und jetzt standen auch in seinen Augen Tränen. »Ich liebe dich.«

»Ich liebe dich auch«, sagte sie leise, als er sie küßte.

»Was meinst du ... sollten wir uns auf einen Monat einigen? Einen Monat nach der Geburt des Babys. Wir nehmen mit dem

Kerl nach der Geburt Kontakt auf und lassen ihm einen Monat Zeit, seine Haltung zu ändern. Danach vergessen wir ihn für immer. Na, ist das ein faires Abkommen?«

Sie nickte ernst. Es erschien ihr vernünftig, und es war mehr, als Steven verdiente. Schließlich hatte er die Verzichtserklärung unterschrieben ... Verzicht ... Auflösung ... es klang fast wie Mord, und in gewisser Weise war es Mord gewesen. In gewisser Weise hatte das, was er ihr angetan hatte, sie fast getötet. Andererseits hatte Bill sie gerettet, und dafür würde sie ihm ewig dankbar sein. In Wahrheit schuldete sie Bill viel mehr. Und dennoch ... Steven war ihr Mann gewesen. Alles war so schrecklich verwirrend. Wem schuldete sie Loyalität? Wem war sie mehr verpflichtet? Bill, weil er für sie dagewesen war ... und dennoch ... sie haßte sich, weil sie sich so hin- und hergerissen fühlte, und doch war es so. In ihrem Herzen gab es nur einen. Doch in ihrem Kopf hatten zwei Platz, und das war das Problem. Nun hatten sie sich auf einen Monat nach der Geburt geeinigt – eine faire Lösung. Danach würde die Tür für Steven endgültig zugeschlagen werden. Für sie und das Baby. Steven wußte es gar nicht, doch sie schenkte ihm Zeit und Entscheidungsfreiheit.

»Wirst du mich dann heiraten?« drängte Bill sie, und sie nickte mit einem schüchternen Lächeln. »Bist du sicher?«

Wieder nickte sie, und dann senkte sie den Blick und flüsterte: »Erst muß ich ein Geständnis ablegen.«

»Ach, verdammt ... was denn?« Er war am Ende seiner Weisheit. Der Abend war lang gewesen, und er war müde.

»Ich habe dich angelogen.« Seine Besorgnis wuchs, als sie fortfuhr, ohne ihm in die Augen zu sehen.

»Worum geht es?« fragte er.

Er konnte ihre Worte kaum verstehen, als sie sagte: »Ich bin keine echte Jungfrau.«

Nun senkte sich Schweigen über sie, und er sah sie finster, aber sehr erleichtert an, während sie ein Kichern unterdrückte.

»Du Schlampe!« stieß er grollend hervor, und dann liebte er sie wieder ungeachtet seiner guten Vorsätze, und als alles vorüber war, schliefen sie friedlich umschlungen bis zum Morgen.

25

Am Weihnachtstag hatte Adrian frei, so daß sie lange im Bett bleiben konnten und bis um Viertel nach neun, als das Telefon läutete, dösten und schmusten. Es waren Adam und Tommy, die aus Stowe anriefen, wo sie mit ihrer Mutter Winterurlaub machten. Beide waren aufgeregt und lebendig, und nachdem sie aufgelegt hatten, lächelte Adrian und wünschte Bill frohe Weihnachten. Sie sprangen aus dem Bett, liefen zu ihren Geschenkverstecken und kehrten mit Armladungen voller bunt verpackter Päckchen wieder. Seine Geschenke waren von den jeweiligen Geschäften sachkundig verpackt worden, die ihren waren in dem Stil verpackt, wie sie auch kochte. Aber er war von allem begeistert, was sie ihm schenkte, ganz besonders aber hatten es ihm der Mini-Fernsehapparat und das Telefon angetan. Den Pullover zog er unter die rote lederne Baseballjacke an, die sie ihm erst zwei Tage zuvor bei einem Bummel am Melrose gekauft hatte.

Adrian war von ihren Geschenken hingerissen. Er hatte ihr ein schickes, grünes Wildlederkleid von Giorgio gekauft, für die Zeit nach dem Baby, und eine schwarze Hermès-Krokotasche im Grace-Kelly-Stil, die sie jedesmal im Vorübergehen bewundert hatte. Dazu Bücher und witzige rosa Schuhe mit Wassermelonenmuster, drei schöne Nachthemden und einen Morgenmantel fürs Krankenhaus. Daneben hatte er ihr auch jede Menge lustige Kleinigkeiten gekauft – eine goldene Schlüsselkette, einen antiken Federhalter und eine Mickymaus-Uhr, die sie entzückte, sowie einen Gedichtband, der alles ausdrückte, was er für sie empfand. Nachdem sie alles ausgepackt hatte, war sie in Tränen aufgelöst, und er freute sich riesig über ihre Reaktion. Dann verschwand er wieder und kam mit einem winzigen, in türkisfarbenes Papier gewickelten Päckchen wieder, um das sich ein weißes Seidenband schlang.

»Nein, nicht noch mehr!« Sie drückte die schwarzen Gucci-Leder-Handschuhe mit den roten Schleifchen ans Gesicht. Sie war hingerissen. »Bill, das geht doch nicht!«

»Richtig.« Er grinste sie an. »Es geht nicht, und ich wollte eigentlich nicht. Aber warum machst du es nicht auf?« Adrian wagte es nicht. Ihr Instinkt sagte ihr, daß es trotz seiner Kleinheit eine große Sache sein mußte. »Los, sei nicht so feig ...« Mit zitternden Fingern löste sie die Schleife und stieß zunächst auf ein Schächtelchen in demselben Blau wie das Papier mit der Aufschrift Tiffany. Darin befand sich ein schwarzes Samtetui. Langsam, ganz langsam öffnete sie es und schnappte prompt nach Luft. Es war ein Ring mit Diamanten im Baguette-Schliff. Sie starrte den Ring wie gebannt an. »Los, du Dummchen.« Er nahm ihr das Etui aus der Hand. »Probier ihn an, ob er paßt ...« Er wußte, daß ihre Hände ein wenig geschwollen waren, er hatte die Größe daher nur ungefähr angeben können. Aber als er ihr den Ring überstreifte, saß er perfekt.

»O Gott ... Bill ...« Sie saß da und sah ihn fassungslos an. Wieder konnte sie die Tränen nicht zurückhalten. »Er ist so schön, aber ...« Sie hatte ihm erst am Tag zuvor erklärt, daß sie für eine Ehe nicht bereit war. Es war ein sehr schöner Ring – von der Art, wie ihn nur ganz wenige, vom Glück begünstigte Frauen nach zwanzigjähriger Ehe bekamen. Bills Fernsehserie hatte wieder einen Preis bekommen, der ihm ein Vermögen einbrachte, wie sie genau wußte, wenngleich er nie darüber sprach.

»Ich dachte mir, du solltest im Krankenhaus einen ehrbaren Eindruck machen. Eigentlich ist es ein Verlobungsring, aber er gefiel mir besser als irgendein großer Brocken ... und du siehst damit irgendwie verheiratet aus«, meinte er schüchtern. »Wenn wir uns dann wirklich trauen lassen, kannst du einen schlichten goldenen Ring bekommen, wenn du willst.« Es war ein herrlicher Ring, und sie liebte Bill über alle Maßen. Er war unglaublich. Und als sie einen Blick auf ihre Linke mit dem Ring warf, war sie geblendet. Ihren goldenen Ehering hatte sie schließlich doch abgelegt, weil er ihr mit dem allmählichen Anschwellen der Hände zu knapp geworden war.

»O Bill, er ist prachtvoll!«

»Gefällt er dir wirklich?« Er schien sehr erfreut, und sie war gerührt wegen allem, was er für sie getan hatte.

»Soll das ein Scherz sein? Gefallen? Ich bin völlig außer mir vor Entzücken.« Mit breitem Lächeln legte sie sich im Bett zurück und betrachtete die Hand mit dem Ring. Nun erst sah sie, wie er funkelte. »Ich werde die Schwester im Krankenhaus damit gehörig beeindrucken, wenn ich das Baby bekomme.«

»Komisch.« Er kniff die Augen zusammen. »Verlobt siehst du nicht gerade aus.« Er tätschelte ihren Leib und spürte, wie das Kind sich bewegte. »Es muß ein Mädchen sein«, stellte er beglückt fest.

»Warum?« Sie war noch immer in die Betrachtung des Rings versunken. Sie konnte es nicht fassen ...

»Sie stampft dauernd mit den Füßen auf«, erklärte er nüchtern.

»Vielleicht wünscht sie sich einen Ring, wie ihn ihre Mutter hat.« Sie gab ihm einen Kuß. Nun war sie doppelt froh, daß sie ihm die schöne Cartier-Uhr gekauft hatte, die sie ihm am Neujahrstag zum Geburtstag schenken wollte. Sie hatte dafür zwar einen ansehnlichen Teil ihres Gewinnes aus dem Wohnungsverkauf aufgewendet, aber es hatte sich gelohnt. Den Rest des Geldes sparte sie für das Baby. Bill hatte ihr bereits angekündigt, daß er die Krankenhausrechnung übernehmen wollte, Adrian aber war entschlossen, dies nicht zuzulassen.

»Bist du sicher, daß du es dir nicht überlegst und doch gleich heiraten möchtest?« fragte er hoffnungsvoll, noch immer bemüht, sie umzustimmen. Es hätte zumindest bedeutet, daß auf der Geburtsurkunde ihres Kindes sein Name hätte stehen können, was ihm viel erstrebenswerter erschien als ›Vater unbekannt‹ – oder ein leeres Kästchen, wie der Anwalt vorgeschlagen hatte. Aber bei einer späteren Heirat konnten sie die Eintragung noch immer ändern und seinen Namen hinzufügen.

Sie sah Bill traurig an, weil sie ihn nicht kränken wollte. »Ich glaube noch immer, daß wir warten sollten.« Sie hatten sich auf Februar als letzten Termin geeinigt, falls alles gutging und Steven sich nicht als Problem entpuppte, indem er alles über den Haufen warf und seine Haltung völlig änderte. Es war eine Gnadenfrist, die er nach Bills Meinung nicht verdiente, während Adrian noch immer der Vorstellung anhing, er würde nach der Entbindung im Laufschritt zu ihr kommen. Aber irgendwie hatte Bill das Gefühl, sie würde zur Besinnung kommen und alles realistischer sehen, sobald das Kind auf der Welt war. Im Moment brauchte sie wohl das Traumgebilde, daß Steven eines Tages von Reue gepackt zurückkehren würde. Vielleicht war es ihre Art, sich vor der traurigen Realität zu schützen, die darin bestand, daß Steven das Kind nicht wollte.

Sie verbrachten einen ruhigen Nachmittag, und Bill kochte für das Dinner einen Puter, den er stundenlang vorbereitet hatte, während sie sich auf der Couch ausruhte und dann einnickte. Den Ring, den sie am Morgen von ihm bekommen hatte, trug sie noch immer.

Und am nächsten Tag ließ Zelda sich prompt zu einer Bemerkung hinreißen. Man konnte den Ring auch unmöglich übersehen, und die rothaarige Zelda riß die Augen auf, als sie ihn entdeckte.

»Donnerwetter! Hast du am Wochenende geheiratet?«

»Unsinn.« Adrian ließ ein undeutbares Lächeln sehen. »Ich habe mich verlobt«, sagte sie und mußte selbst lachen. Ihre Schwangerschaft war so weit fortgeschritten, daß auch nur der Gedanke an eine Verlobung lächerlich wirkte.

»Der Ring ist eine Wucht«, entfuhr es Zelda voller Bewunderung.

»Der Mann ist eine Wucht«, ergänzte Adrian und ging nach hinten, um mit einem der Redakteure zu sprechen.

Den Rest der Woche versuchte sie noch möglichst viel zu erledigen und Zelda in ihre Arbeit einzuweisen. Da sie in zwei Wochen gehen wollte, erschien es ihr nahezu unmöglich, in dieser Zeit noch alles unter Dach und Fach zu bringen. In der Wochenmitte sprach sie jemand aus Bills Mitarbeiterstab an und vertraute ihr an, daß zu seinem vierzigsten Geburtstag eine Überraschungsparty geplant sei. Adrian freute sich für ihn. Sein richtiger Geburtstag war am Neujahrstag, man wollte die Party am Nachmittag auf dem Set feiern, mit einer Band und mit den Darstellern, ehemaligen und momentanen, und mit so vielen Freunden wie man zusammentrommeln konnte. Adrian fand die Idee großartig, so daß sie zu Silvester kaum an sich halten und das Geheimnis wahren konnte.

Zum Jahresausklang aßen sie mit Bekannten bei Chasen's in kleiner Runde, zu der ein Autor, den Bill kannte, eingeladen hatte. Und als sie nachher nach Hause fuhren, war Adrian sehr schläfrig. Bill hatte ziemlich viel getrunken, ohne angeheitert zu sein. Es war kurz nach Mitternacht, als sie zu Hause eintrafen, und er ging zu Bett, kaum daß er sich ausgezogen hatte, und schlief schon fast, als sich Adrian neben ihn legte.

»Ein glückliches neues Jahr«, flüsterte sie, und er lächelte. »Und alles Gute zum Geburtstag!« Sie dachte an die bevorstehende Party, er aber schlief schon, noch ehe sie die Worte ausgesprochen hatte. Sie beugte sich über ihn und küßte ihn. Er war so lieb und gut zu ihr, und sie liebte ihn so sehr. Eine Weile lag sie noch wach, müde, aber nicht mehr so schläfrig wie noch vor einer Stunde, und dann ganz plötzlich spürte sie einen heftigen Tritt und dann ein Spannungsgefühl, das sie von der Brust bis zu den Schenkeln erfaßte, atemberaubend stark, ohne daß es richtig geschmerzt hätte. Vermutlich wieder eine Übungsrunde, dachte sie. Fast hatte sie sich inzwischen an die Vorwehen gewöhnt, die meist an sehr hektischen Tagen, oder wenn sie übermüdet war, auftraten. Sie störten sie nicht mehr. Sie lag da, stellte ganz ruhig Überlegungen an, und dann spürt sie wieder diese Anspannung und dann die nächste. Sie entschloß sich, einen von Bills Tricks anzuwenden, ohne ihn zu wecken. Sie stand auf, schenkte sich ein Glas Wein ein und trank einen Schluck. Aber diesmal ließen sich die Kontraktionen damit nicht aus der Welt schaffen. Um drei Uhr kamen sie schon regelmäßig, aber noch immer nahm Adrian sie nicht ernst. Sie drehte das Licht ab und versuchte einzuschlafen, aber jedesmal, wenn sie es geschafft hatte, wurde sie durch eine Wehe wieder geweckt, so daß Bill schließlich durch ihr unruhiges Hin- und Herwälzen geweckt wurde. Er fragte, was los sei.

»Nichts«, gab sie unwirsch zurück. »Nur diese dummen Kontraktionen.«

Er machte ein Auge in der Dunkelheit auf und spähte zu ihr herüber. »Was meinst du ... ist es diesmal echt?«

»Nein.« Die Wehen verschafften ihr zwar ein gewisses Unbehagen, aber sie wußte, daß das von ihrer Müdigkeit kam. Die richtigen Wehen waren das nicht, davon war sie überzeugt. Das Kind war ja erst in zwei Wochen fällig, und es gab keinen Grund, weshalb es früher hätte kommen können. Erst am Tag zuvor war sie bei der Untersuchung gewesen, und auch ihre Ärztin hatte nichts dergleichen angekündigt, obschon sie erklärt hatte, daß das Baby ausreichend entwickelt war und von nun an jeden Moment kommen konnte.

»Wie lange geht das schon so?« murmelte Bill.

»Weiß nicht ... drei, vier Stunden.« Es war kurz vor halb vier.

»Nimm ein heißes Bad.« Auch eines seiner Zaubermittel, eines, das ebenfalls gewirkt hatte. Sie hatte es mehrfach ausprobiert, wenn sie Wehen gehabt hatte, und es hatte immer geholfen. Die Ärztin hatte ihnen gesagt, daß die echten Wehen sich durch nichts zum Stillstand bringen lassen würden, nicht durch Wein oder heiße Bäder oder Kopfstände. Wenn das Baby kommen wollte, dann würde es kommen. Und der Gedanke, jetzt aufzustehen und ein Bad zu nehmen, was ihr widerwärtig. »Los«, drängte Bill sie, »versuch es, damit du endlich schlafen kannst.«

Kurz darauf schleppte sie sich ins Bad, und er lächelte, als er, ihren Watschelgang sah. Er nickte wieder ein, als er hörte, wie das Wasser einlief. Es kam ihm vor, als seien Stunden vergangen, als er sie wieder neben sich spürte, doch ganz plötzlich merkte er, daß sie erstarrte und ein sonderbares Geräusch von sich gab. Sofort war er hellwach und spähte zu ihr hinüber. Ihr Gesicht verriet Anspannung, und ihr ganzer Körper war steif, als ihn Bill umfaßte.

»Baby, ist alles in Ordnung?« Seine Besorgnis wuchs, als er Licht machte und Schweiß auf ihrer Stirn sah. Das Bad hatte offenbar nicht vermocht, die Wehen zum Stillstand zu bringen. Er lächelte erleichtert, als sich ihr Körper wieder entspannte. Die Angst in ihrem Blick blieb. Er griff nach ihrer Hand und küßte die Finger. »Ich glaube, unser kleiner Freund möchte mit uns

Neujahr feiern. Was meinst du, mein Schatz? Soll ich die Ärztin verständigen?« Für ihn stand fest, daß es richtig losging.

»Nein ...« Wieder drückte sie seine Hand. »Schon gut ... wirklich. Oh nein!« schrie sie. »Nein, nicht ... o Bill!« Sie drückte seine Hand ganz fest und vergaß alles, was man ihr an Atemtechnik beigebracht hatte. Bill rief es ihr wieder in Erinnerung, und sie atmete sich über die Wehe hinweg. Ihm war klar, daß nicht viel Zeit zu verlieren war. Ganz unerwartet bekam sie große Schmerzen – höchste Zeit, ins Krankenhaus zu fahren. Er half ihr, sich aufzusetzen,und sie ging mit angehaltenem Atem und benommenen Blick zu ihrem Schrank. Sie war müde, verängstigt, und plötzlich zitterte sie am ganzen Leib. Eine Minute später war sie sichtlich von Panik erfaßt. Er lief zu ihr und half ihr auf einen Stuhl. Wenn sie von einer Wehe überfallen wurde, brachte sie kein Wort mehr heraus. Und während sie dasaß und um Atem rang, fielen ihr die Qualen der Frau in dem Film ein. Ihr selbst kam jedoch alles noch viel schrecklicher vor. Sie kam überhaupt nicht mehr zu Atem, denn nun jagte eine Wehe die andere.

»Rühr dich nicht ... bleib ruhig ... immer tief durchatmen ...«, befahl Bill zugleich ihr und sich selbst, während er ein loses Kleid aus ihrem Schrank holte. Er half ihr, das Nachthemd auszuziehen, zog ihr das Kleid über den Kopf und suchte und fand ein Paar alte Turnschuhe.

»Ich kann doch nicht so gehen«, stieß sie zwischen zwei Wehen hervor. Bill hatte ihr häßlichstes Kleid erwischt.

»Keine Angst, du siehst großartig aus.« Er fuhr blitzschnell in seine Jeans, zog sich einen Pullover über den Kopf und schlüpfte in seine unter dem Bett stehenden Schuhe, ohne daß er Adrian aus den Augen gelassen hätte. Dann rief er die Ärztin an. Sie versprach, in einer halben Stunde im Krankenhaus zu sein. Bill zog Adrian ganz langsam auf die Füße, aber noch ehe sie den Raum durchquert hatte, wurde sie von einer neuen Wehe überfallen, die ihr fast den Verstand raubte. Er überlegte bereits, ob er einen Rettungswagen rufen sollte. Hoffentlich waren sie nicht zu spät dran – er war entschlossen, ihr nicht den Wunsch zu erfüllen, das

Kind zu Hause zu bekommen. Er redete ihr gut zu und machte ihr Mut, mit seiner Hilfe hinauszugehen, sobald die Wehe abgeklungen war. Er trug ihre Tasche fürs Krankenhaus, und sie hatten es schon fast bis zur Tür geschafft, als wieder eine Wehe kam. Auf diese Art kamen sie nur ganz langsam voran, und Adrian brach in Tränen aus, als wieder eine Wehe einsetzte. »Schon gut, mein Schatz ... schon gut. Wir schaffen dich sofort ins Krankenhaus, dort wirst du dich besser fühlen.«

»Nein, werde ich nicht«, schrie sie, und klammerte sich an ihn. »O Bill ... die letzte war schrecklich.«

»Ich weiß, ich weiß, aber es wird bald vorüber sein, und wir werden ein bildhübsches Baby haben.« Sie lächelte ihm unter Tränen zu und versuchte, sich über die Wehe mit Atemtechnik hinwegzuhelfen, was ihr nicht leichtfiel. Er hatte recht, und es half bis zu einem gewissen Grad. Leider näherte sie sich sehr rasch jenem Stadium, da sie dazu nicht mehr imstande sein würde.

Stunden schienen zu vergehen, bis sie zu seinem Auto gelangten. Endlich half er ihr in seinen Kombi, warf die Tasche auf den Rücksitz und fuhr so rasch zum Krankenhaus, daß er nur hoffen konnte, er würde keiner Verkehrsstreife auffallen, obwohl er diesmal nichts dagegen gehabt hätte, aufgehalten zu werden. Er hoffte auf eine Polizeieskorte, für den Fall, daß das Kind unterwegs kam. Doch es kam nicht, und es ließ sich kein Polizeifahrzeug blicken. Vor dem Eingang für Notfälle hupte er, während er ein Stoßgebet ausstieß, jemand würde kommen und ihm helfen. Gleich darauf war ein Krankenpfleger zur Stelle, als Adrian sich verzweifelt an Bill klammerte und sich unter einer atemberaubenden Wehe wand. Sie halfen ihr in den Rollstuhl, und dann wurde sie im Laufschritt den Korridor entlanggeschoben, während Bill nebenher lief.

»Ich kann nicht, Bill ... oh ...« Sie konnte nicht mehr sprechen, und er sah, daß sie am ganzen Leib zitterte.

»Doch, du kannst ... komm schon ... du machst es prima ... gut ... gut ... es ist fast vorbei.« Es waren leere Worte, aber für sie waren sie das einzige, woran sie sich festhalten konnte. Er wußte, daß man sie im Kreißsaal sofort an ein Wehenüberwachungsgerät anschließen würde. Man konnte dann ablesen, wie stark die Wehen waren, wie lange sie dauerten, wann sie den Höhepunkt erreichten und wann sie nachließen. Das alles war aber noch nicht der Fall, und Adrian hatte nur den Schmerz und das Angstgefühl, daß ihr noch Schlimmeres bevorstünde und sie völlig die Kontrolle über sich verlieren würde. Sie glaubte, sterben zu müssen, und fuhr Bill schroff an, als er versuchte, ihr aus dem Rollstuhl zu helfen.

Die Ärztin erwartete sie bereits und half Adrian ins Bett, wobei ihr eine muntere junge Schwester half, gegen die Adrian auf Anhieb eine Antipathie entwickelte. Heute war ganz und gar nicht ihr Tag, und sie bekam fast einen hysterischen Anfall, als man ihr das Kleid auszog und versuchte, ihr den Gurt des Monitors umzuschnallen, während eine neue Wehe sie überfiel.

»Ruhig, Adrian ... das dauert nur ganz kurz«, beruhigte die Ärztin sie und half der Schwester mit geschickten Händen, während Bill bemüht war, Adrian zum richtigen Atmen anzuhalten. Sie litt große Schmerzen und konnte es kaum aushalten, als sie die drei plötzlich zu Tode erschrocken anstarrte.

»Es kommt!« schrie sie auf, während ihr Blick verzweifelt von Bill zu der Ärztin glitt. »Es kommt ... das Baby kommt!«

»Nein, keine Rede davon.« Die Ärztin versuchte sie zu beruhigen und wies sie an, zu hecheln, während Bill ihr sagte, wie sie es machen sollte, aber Adrian hörte nicht auf zu schreien und behauptete stöhnend, das Kind käme jeden Moment. »Nicht pressen!« Nun war auch die Ärztin nahe daran zu schreien, und plötzlich waren zwei weitere Krankenschwestern zur Stelle. Die Ärztin sah mit gerunzelter Stirn auf den Wehenschreiber und sagte dann zu Bill, während sie sich die Hände wusch: »Die Wehen sind sehr stark ... und sehr lang ... sie ist vielleicht schon weiter, als ich dachte.« Sie sagte es ganz leise, während Adrian schrie.

»Es kommt ... es kommt ...« Sie schrie und schluchzte, und Bill hätte am liebsten mitgeweint. Es war ihm unerträglich, sie so leiden zu sehen, und es wurde noch schlimmer, als sie untersucht wurde. Sie hatte das Gefühl, ein gewaltiger Schmerz würde sie zerreißen, aber die Ärztin nickte befriedigt.

»Jetzt heißt es bald pressen, Adrian ... nur noch ein paar Wehen.«

»Nein!« kreischte sie und kämpfte sich zur sitzenden Position hoch, wobei sie sich bemühte, den Gurt von ihrem gewölbten Leib zu lösen, was ihr auch gelang. »Ich will nicht! Ich kann nicht!«

»Doch, Sie können«, ließ sich die Ärztin vernehmen, während Bill vergebens bemüht war, sie zu beruhigen. Adrian wand sich vor Schmerzen, während die Ärztin sich mit den Schwestern beriet. Es war viel schlimmer als in dem Lehrfilm, und Bill wollte schon fragen, warum man ihr kein schmerzlinderndes Mittel gab, aber die Ärztin unterbrach ihn, als er die Frage formulierte. »Adrian, möchten Sie das Kind gleich hier bekommen? Es wird sehr bald da sein. Ich kann den Kopf schon sehen. Ja, so ist es recht ... kommen Sie ... pressen.« Adrian stieß einen jämmerlichen Schrei aus, und sie sah Bill an, als flehte sie ihn um Rettung an. Eine der Schwestern befestigte Handgriffe am Bett, die zwei Fußstützen am anderen Ende, und plötzlich wurde alles mit blauem Papier abgedeckt. Bill bekam eine Haube und einen grünen Kittel, während er Adrians Schultern umklammert hielt. »So ist's recht ... pressen ... fest!« spornte die Ärztin sie an, und Adrian beteuerte immer wieder, sie könne es nicht. Sie schien überhaupt nur aus Schmerzen zu bestehen, und Bill wollte die Bitte äußern, man sollte ihr ein Mittel geben. Bei jedem Pressen schrie sie, während er sie festhielt und weinte. Aber niemand bemerkte seine Tränen. Auch Adrian weinte, und dann, ganz plötzlich, als sie sich wieder zurücksinken ließ, um sich gleich darauf erneut zum Pressen aufzurichten, ertönte ein langgezogener dünner Jammerton, und Bill sah erstaunt auf. Er musterte Adrian, und sie lächelte unter Tränen und stieß gleich darauf wieder einen Schrei aus, als der Kopf des Kindes austrat. Nun ließ sie sich erschöpft in die Kissen zurückfallen. »Ein Junge!« stellte die Ärztin fest. Adrian und Bill lachten und weinten gleichzeitig. Er betrachtete das winzige Wesen, das mit großen Augen in die Welt blickte und dieselbe kleine Nase wie seine Mutter hatte. Auch Adrian bemühte sich, das Kind zu sehen, doch nun kam die Plazenta, und es entrang sich ihr ein letztes, schmerzliches Stöhnen.

»Er ist so schön«, sagte Bill heiser, »so schön wie du.« Er beugte sich über sie und küßte sie, und sie wandte sich ihm mit einem Blick zu, den sie ihm nie wieder schenken und der ihnen beiden auf ewig unvergeßlich bleiben würde.

»Ist er gesund?« fragte sie matt.

»Er ist perfekt«, verkündete die Ärztin, die den Dammriß mit ein paar Stichen nähte. Man hatte Adrian eine Lokalanästhesie verpaßt, ohne daß sie es gemerkt hatte. Nun war auch der Kinderarzt zur Stelle, um das Neugeborene zu untersuchen, das prächtig aussah und mehr als acht Pfund wog. Bill wiederholte immer wieder, daß es seiner Mutter ähnlich sähe, während Adrian den Eindruck hatte, es sei Bill nachgeraten, was natürlich Unsinn war, aber Bill wollte sie nicht darauf hinweisen.

Er half, das Baby ins Säuglingszimmer zu bringen, während Adrian gewaschen und zurechtgemacht wurde. Eine halbe Stunde später war er wieder bei ihr. Es war erst Viertel nach fünf. Für eine Erstgeburt war es überraschend schnell gegangen, da sie erst um halb fünf im Krankenhaus eingetroffen waren. Aber Adrian waren die letzten Augenblicke endlos vorgekommen.

»Es tut mir leid, daß es für dich so schrecklich schwer war«, flüsterte er über sie gebeugt. Die Veränderung, die sie in den letzten Minuten durchgemacht hatte, war frappierend. Ihre Haare waren gekämmt, Gesicht und Körper gewaschen, sogar Lippenstift hatte sie aufgetragen. Sie war nun eine völlig andere als die Frau, die hysterisch und in Todesangst geschrien und sich vor Schmerzen gewunden hatte.

»So schlimm war es gar nicht«, behauptete sie leise. Und es erschien ihm merkwürdig, aber als er sie genauer ansah, wirkte sie plötzlich erwachsener und reifer. Es war, als wäre sie innerhalb weniger Augenblicke mehr Frau geworden. Zuvor war sie ein Mädchen gewesen. Irgendwie hatte sie recht gehabt, sie war wirklich jungfräulich gewesen. »Wirklich ... so schlimm war es gar nicht«, versicherte sie ihm selig. »Ich würde es wieder tun ...« Sie lächelte, und er fing zu lachen an. Sie sagte genau das, was er vorausgesehen hatte. »Ist der Kleine in Ordnung?«

»Er ist wundervoll. Er wird gebadet und feingemacht und dann wird man ihn dir bringen.« Minuten später kam eine Schwester mit dem gebadeten und süß duftenden Baby, das gewickelt und in eine Decke gehüllt war. Das Baby öffnete die Augen, als die Schwester es Adrian reichte, und Bill und Adrian blickten wie in einem Wunder befangen auf das Kind nieder. Es war vollkommen in jeder Hinsicht, ein Wunder, das über alles hinausging, was Adrian sich je erträumt hatte. Es erinnerte Bill an Adam und Tommy, doch diese Geburt war anders gewesen.

Anders und etwas ganz Besonderes. Er fühlte sich Adrian nun viel näher, als hätten sie eine Seele, einen Verstand, ein Herz ... und ein Baby – so als sei ihnen zu dritt ein Herzschlag zu eigen. Das Baby sah sie an, als müßte es sich besinnen, ob sie ihm bekannt waren.

Adrian fing wieder zu weinen an, aber diesmal vergoß sie Freudentränen. Alle Opfer, die sie für dieses winzige Wesen gebracht hatte, hatten sich gelohnt. Alle Schmerzen, alle Ängste und alle Sorgen, die hinter ihr lagen. Es hatte sich sogar gelohnt, daß sie ihre Ehe aufs Spiel gesetzt hatte, und jetzt war sie doppelt froh, daß sie sich von Steven nicht zur Abtreibung hatte zwingen lassen. Es war eine schreckliche Vorstellung. Bill half ihr, das Neugeborene an die Brust zu legen. Das Baby fing sofort zu saugen an. Alles war so einfach und so leicht, ganz so, wie das Leben sein sollte. Zwei Menschen, die sich und die Kinder liebten, die wie kleine Glücksbringer in ihr Leben traten.

»Wie sollen wir ihn nennen?« flüsterte sie Bill zu.

»Ich halte Thigpen für einen hübschen Namen.«

»Zufällig gefällt er mir auch«, sagte sie zärtlich. Sie würde nie vergessen, was er für sie getan hatte, wie er ihr von Anfang bis zum Ende zur Seite gestanden war, und sie wußte, daß sie ohne ihn die Geburt nicht überstanden hätte. Ärztin und Schwestern waren längst nicht so wichtig gewesen. »Das nächste bekomme ich zu Hause«, kündigte sie an und entlockte Bill damit ein Stöhnen.

»Bitte ... darf ich mal Atem holen? Es ist noch nicht mal sechs Uhr am Morgen.« Trotzdem war er glücklich, sie vom ›nächsten‹ reden zu hören. Und als sie ihm zulächelte, fiel ihr ein, daß Neujahr und sein Geburtstag war.

»Alles Gute zum Geburtstag.« Sie gab ihm einen Kuß unter den Blicken des Babys, das kleine Schnüffelgeräusche hören ließ, sich aber ansonsten bei ihnen sehr wohl zu fühlen schien.

»Das nenne ich ein Prachtgeschenk!« Es war ein schöner Vierziger, ein Innehalten und Gedenken, wie kostbar das Leben war, wie einfach und wie wertvoll. Das Geschenk eines Kindes, von der Frau, die er liebte ... Vollkommenheit. »Was hältst du übrigens von Teddy?«

Sie überlegte kurz, ehe sie die Gegenfrage stellte: »Wie wäre es mit Sam?«

Er nickte und sah das Kleine an. Ein reizendes Baby, zu dem der Name gut paßte. »Sehr hübsch, Sam Thigpen.« Da sah er sie an ... aber fragen wollte er sie nicht. Würde es Sam Thigpen heißen. Oder Sam Townsend oder Sam Thompson, wenn ihr Mädchenname eingetragen würde? Für diese Frage war es noch viel zu früh.

Bill blieb bis acht bei ihr, dann fuhr er nach Hause, um zu duschen, aufzuräumen und zu frühstücken. Er versprach, spätestens zu Mittag wieder bei ihr zu sein, und riet ihr, sich auszuruhen. Und als er auf Zehenspitzen aus dem Zimmer schlich, drehte er sich an der Tür noch einmal um und sah sie an. Das Baby in den Armen der Mutter, beide friedvoll und von Liebe umgeben, und zum erstenmal seit sehr langer Zeit hatte er das Gefühl totaler Erfüllung, von Frieden und Glück.

26

Adrian erwachte nach einer Stunde. Das Baby schlief noch, und die Schwestern sahen nach, wie es ihr ging. Sie fühlte sich blendend, trotz der kleinen Nachwehen, die sie noch hatte. Aber alles war in bester Ordnung, und sie lag lange da und dachte nach, nachdem die Schwestern wieder gegangen waren. Zwei Anrufe mußte sie erledigen, und dafür war jetzt ebensogut Zeit wie ein andermal. Fast fühlte sie sich wie elektrisiert, wenn sie das schlafende Neugeborene ansah. Es war der aufregendste Tag ihres Lebens, der glücklichste Augenblick, und sie hatte das Bedürfnis, ihre Empfindungen mit anderen zu teilen.

Als erstes rief sie in Connecticut an. Es war ein schwieriges Gespräch, das nur durch die gute Nachricht etwas erleichtert wurde.

»Warum hast du mir nichts gesagt?« erkundigte sich ihre Mutter schockiert, weil sie ein Enkelkind bekommen hatte und von Adrians Schwangerschaft nichts geahnt hatte. »Ist er nicht normal?« Es war der einzige Grund, der ihr für Adrians Verhalten einfallen wollte – typisch für die Natur der Beziehung, die Adrian in den letzten Jahren mit ihren Eltern verbunden hatte, seit sie Stevens Frau geworden war. Ihre Eltern hatten nie ein Hehl daraus gemacht, daß sie ihn nicht leiden konnten. Sie hatten sich in ihrer Abneigung nicht geirrt, wie sich herausgestellt hatte, aber dadurch war die Beziehung zu ihrer Tochter auf Dauer geprägt worden.

»Tut mir leid, Mutter. Hier bei mir ist es ziemlich turbulent zugegangen. Steven ist im Juni ausgezogen. Und ... ich dachte, er würde zurückkommen. Ich wollte euch von dem Kind nichts sagen, bevor er wieder bei mir war ... das war ziemlich dumm von mir.«

»Ach so.« Stille. »Bekommst du Unterhalt?« Merkwürdig, daß dies das einzige war, was ihrer Mutter einfiel.

»Nein, ich wollte keinen.«

»Wird er mit dir um das Sorgerecht kämpfen?«

»Nein.« Die Einzelheiten wollte sie ihnen ersparen, und von Bill wollte sie zunächst auch nichts sagen, sonst glaubte ihre Mutter womöglich, sie hätte eine Affäre gehabt und Steven wäre aus diesem Grund auf und davon. Adrian wollte ihr zunächst nur von dem Baby erzählen.

»Wie lange wirst du im Krankenhaus bleiben?« Ihre Mutter war so schrecklich nüchtern, daß es Adrian schwerfiel, ein Gefühl der Nähe zu empfinden, auch jetzt nicht, da sie selbst Mutter geworden war.

»Vielleicht bis morgen.« Das stand nicht fest. »Oder ein paar Tage. Ich weiß es wirklich noch nicht.«

»Ich werde dich zu Hause anrufen. Hast du noch dieselbe Nummer?« Bezeichnend, daß sie fragen mußte.

»Ja.« Sie hatte ihr Telefon bei Bill anschließen lassen, als sie ihre Wohnung aufgab. Damals war es einfacher gewesen, als Erklärungen liefern zu müssen. »Ich werde dich anrufen, Mom.«

»Sehr schön und ... ach, meinen Glückwunsch ...« Ihre Mutter hörte sich noch immer an, als wüßte sie nicht, was davon zu halten war, und ihr Vater war gar nicht zu Hause. Irgendwie hatte es sie traurig gestimmt, ihre Eltern anzurufen, aber wenigstens hatte sie ihre Pflicht getan.

Der nächste Anruf fiel ihr noch schwerer. Ihr Anwalt war durch ein Versehen an Stevens Privatnummer gekommen, aber er hatte Adrian geraten, keinen Gebrauch davon zu machen. Sie holte ihr Adreßbuch aus der Handtasche und wählte, im linken Arm das Baby, die Nummer. Dabei sah sie Sam an. Der Kleine war so hübsch, so niedlich und brav. Es war alles, was sie sich gewünscht hatte und noch viel mehr ... Vier Stunden war er jetzt alt, und sie hatte schon das Gefühl, ihn immer gekannt zu haben.

»Hallo!« Die Stimme, die an ihr Ohr drang, klang vertraut, da Adrian sie aber seit Monaten nicht mehr gehört hatte, war sie plötzlich verlegen.

»Hallo ... Steven ... ich ... hier Adrian. Entschuldige den Anruf.« Stille. Steven konnte sich nicht vorstellen, weshalb sie ihn anrief oder wie sie an seine Geheimnummer geraten war.

»Warum rufst du an?« Er tat so, als hätte sie kein Recht, ihn auch nur anzusprechen. Ihre Hand zitterte.

»Ich dachte, du solltest davon erfahren ... heute morgen ist das Baby zur Welt gekommen. Ein Junge.« Jetzt kam sie sich noch dümmer wegen des Anrufs vor, da eine noch hartnäckigere Stille eintrat. »Tut mir leid ... ich hätte wohl nicht anrufen sollen ... ich dachte nur ...«

Und dann erklang endlich wieder seine Stimme. »Ist er normal?« Es war die Frage, die auch ihre Mutter gestellt hatte und die Adrian irgendwie als kränkend empfand.

»Ja, er ist in Ordnung«, sagte sie leise. »Ein bildhübsches Kind.« Dann hörte sie Steven zögernd fragen: »War es sehr schlimm? Geht es dir einigermaßen?« Fast hörte er sich an wie der Mann, den sie einst gekannt hatte.

»Es ging alles glatt.« Es hatte keinen Zweck, ihm zu erzählen wie es gewesen war. Eine Geburt war viel schlimmer, als sie angenommen hatte, aber rückblickend erschien es ihr selbst nicht mehr so arg, weil sie Sam in den Armen hielt und alles vorüber war.

»Es hat sich gelohnt.« Und dann sagte sie: »Ich wollte dich anrufen ... ich dachte nur ... ich weiß, daß du diese Dokumente unterschrieben hast, aber ich wollte dir die Möglichkeit geben, ihn zu sehen, wenn du möchtest.« Das war sehr viel entgegenkommender, als die meisten Frauen sich benommen hätten, aber Adrian war immer schon so gewesen. »Natürlich erwarte ich es nicht ... ich dachte nur, du sollst es wissen, für den Fall, daß ...« Sie ließ den Satz unvollendet, und er ging sofort darauf ein.

»Ja, sehr gern.« Adrian wußte gar nicht, wie ihr geschah. Sie hatte immer geplant, ihm diese Chance zu geben, aber nie wirklich erwartet, daß er sie nützen würde. »Wo bist du?«

»Im Cedars-Sinai.«

»Ich komme heute irgendwann vorbei.« Und dann fragte er in merkwürdig nachdenklichem Ton: »Hat er schon einen Namen?«

Sie nickte, während ihr Tränen übers Gesicht liefen. Alles war so unerwartet, daß sie jetzt ganz durcheinander war. Seit Juni hatte sie Steven nicht mehr gesehen, und jetzt wollte er nach dieser langen Zeit sein Baby sehen.

»Er heißt Sam«, flüsterte sie.

»Gib ihm einen Kuß von mir. Wir sehen uns später.« Was er eben gesagt hatte, bedeutete einen noch größeren Schock für sie. Er klang so anders, so ungewohnt sanft, und sie bekam es mit der Angst zu tun. Was würde geschehen, wenn er sie wirklich besuchte? Den ganzen Morgen lag sie da und grübelte. Das Baby in ihren Armen rührte sich kein einziges Mal und schlief ganz ruhig. Es war kurz vor Mittag, als sie hörte, wie die Tür geöffnet wurde. Sie sah Steven im Eingang stehen – in grauer Hose, blauem Hemd und Blazer. Sein Haar war länger als seinerzeit, er war sonnenverbrannt und sah besser aus als je zuvor.

»Hallo, Adrian, darf ich?« Er zögerte in der Tür, und sie nickte, wobei sie gegen ihre Tränen ankämpfte. Vergeblich, denn als er auf sie zuging, weinte sie. Plötzlich mußte sie daran denken, wie sehr sie ihn geliebt hatte, was für Hoffnungen sie beflügelt hatten, wie überzeugt sie gewesen war, daß ihre Ehe ewig halten würde und wie verzweifelt sie gewesen war, als er sie verlassen hatte. Damals hatte er ihr das Herz gebrochen.

Zunächst sah er nur sie, als er langsam näher kam, mit einem großen Strauß gelber Rosen in der Hand. Erst aus der Nähe bemerkte er das in eine blaue Decke gehüllte Baby, dessen winziges, rosiges Gesichtchen wie eine Rosenknospe aussah.

»O mein Gott ...« Er starrte auf das Kind nieder. »Ist er das?«

Sie nickte unter Tränen. Was für eine dumme Frage. »Ist er nicht süß?«

Diesmal war es an Steven zu nicken. Mit Tränen in den Augen sah er sein Kind an und dann die Frau, die es geboren hatte. »Was für ein Idiot ich doch war ...« Es waren genau die Worte, die sie sich erträumt, aber nie wirklich erwartet hatte.

Sie nickte und ließ ihren Tränen freien Lauf. Seine Äußerung blieb unwidersprochen. Im Sommer hätte niemand ihn umzustimmen vermocht, sein Anwalt hatte es versucht und nichts erreicht. »Ich glaube, du hattest einfach Angst.«

»Ich weiß, daß ich Angst hatte. Ich konnte mir nicht vorstellen, Kinder zu haben und all die Opfer zu bringen, die damit verbunden sind. Ich kann es mir noch immer nicht vorstellen«, fügte er offen hinzu. Aber der Anblick seines Babys überwältigte ihn. Sein Kind. Sein Geschöpf.

»Er ist wunderschön, nicht?« fragte er versonnen, während sein Blick unverwandt auf dem Kind ruhte. Schließlich richtete er den Blick auf Adrian, aber aus seinen Augen sprach Nüchternheit und nicht Zärtlichkeit. »Es muß für dich in letzter Zeit sehr schwer gewesen sein.« Sie nickte. Von Bill wollte sie nichts sagen. Das ging ihn nichts an. »Wo wohnst du jetzt?« Sonderbar, daß er sie das jetzt fragte – nach dieser langen Zeit. Sie gab ihm eine Antwort, die nichts verriet. Die ganze Zeit über hatte er sich nicht gekümmert, wo sie war oder wie es ihr ging. Und jetzt auf einmal wollte er es wissen ...

»Dieselbe Adresse, am anderen Ende des Blockes.« Er nahm an, daß sie sich eine kleinere Wohnung von ihrem Anteil am Verkaufserlös zugelegt hatte.

»Sehr schön.« Dann starrte er wieder seinen Sohn an und faßte behutsam nach den zarten Fingerchen. »Er ist so klein.« Und so vollkommen.

»Er wiegt fast neun Pfund«, verteidigte sie Sam, aber Steven konnte nichts anderes tun, als ihn wie ein Wunder zu bestaunen. Der Kleine sah ihm nicht ähnlich – eher Adrian, aber nur andeutungsweise. Er sah aus wie eine eigene Persönlichkeit, und Steven hatte nichts dagegen. Dann fragte Adrian zögernd: »Möchtest du ihn halten?« Ihre Hände zitterten noch vom Schock des Wiedersehens.

Plötzlich bekam Steven es mit der Angst zu tun, aber er setzte sich selbst und sie in Erstaunen, als er nickte und die Arme ausstreckte. Adrian übergab ihm vorsichtig das Kind. Schließlich war es sein Sohn, und sie hatte ihn angerufen. Um zu sehen, ob ihm etwas an dem Kind lag, um ihm eine letzte Chance zu geben, das Kind aufzunehmen, das er zurückgestoßen hatte. Sie bettete das Baby in seine Arme und unterdrückte ein Schluchzen, als sie sah, daß er das Kleine in stummer Faszination ansah. Er setzte sich auf einen Stuhl neben dem Bett, zu eingeschüchtert, um sich zu rühren, mit angstvoller Miene und reglosen Armen, als fürchte er, das Baby würde aufspringen und ihn beißen. So saß er da, in die Betrachtung seines Kindes versunken, und während sie ihn beobachtete, ging die Tür auf – Bill mit einem großen Strauß, zwei Dutzend Helium-Ballons und einem großen Plüschbären, den er unbeholfen in der Tür niedersetzte. Er wollte eintreten, als Steven sich über Adrian beugte und ihr das Kind zurückgab. Von seinem Standpunkt aus konnte Bill nur die rührende Szene der wiedervereinigten Familie erfassen. Adrian blickte erschrocken zu Bill auf. Steven stand so nahe bei ihr, als hätte er sie nie verlassen, und zum erstenmal fing das Baby zu brüllen an, als ahne es, daß sich etwas Schreckliches zugetragen hatte.

»Ach ... Verzeihung ... wie ich sehe, ist der Zeitpunkt ungünstig«, sagte Bill zu niemandem besonderen. Er hatte Angst, Adrian in die Augen zu sehen, weil er sich vor dem fürchtete, was er darin lesen würde.

»Macht nichts«, erwiderte Adrian verlegen. »Das ist Steven Townsend, mein ...« Sie erstickte fast an dem Wort. Sie sah, wie die Farbe aus Bills Gesicht wich. Am liebsten hätte sie ihm zugerufen, er solle nicht verrückt spielen und hereinkommen, Steven würde im nächsten Moment ohnehin gehen. Aber sie brachte kein Wort heraus, während Steven Bill abweisend anstarrte und Bill rücklings wieder hinausging, ohne eine Erklärung abzuwarten.

»Ich komme später wieder.«

»Nein ... Bill ...« Aber er war schon fort, lief den Korridor entlang. Ein Klumpen drückte ihm die Kehle ab, derselbe Klumpen, den er gespürt hatte, als Leslie ihm erklärte, daß sie nicht mit nach Kalifornien gehen würde. Es wiederholte sich alles, der Verlust, der Schmerz, der Kummer, die Einsamkeit ... aber diesmal würde er es nicht hinnehmen.

Adrians Verwirrung und Verzweiflung war so groß, daß Steven aufmerksam wurde. »Wer war das?« fragte er unwillig. Die Störung hatte ihn sichtlich verärgert.

»Ein Freund«, sagte sie leise. Sie spürte, daß Steven ungehalten war, aber beiden war klar, daß er kein Recht dazu hatte, und jetzt sah er mit ernster Miene auf sie nieder. Seit ihrem Anruf und seit er das Kind gesehen hatte, war ihm einiges durch den Kopf gegangen.

»Ich schulde dir eine Entschuldigung«, sagte er finster, während Adrian sich insgeheim wegen Bill Vorwürfe machte. Sie hatte nicht erwartet, daß Steven so prompt reagieren würde, und als er angeboten hatte, zu kommen, war sie froh, es hinter sich zu bringen, damit sie und Bill endlich in Ruhe zusammen leben konnten. Sie hatte sich vorgenommen, Steven anzurufen, ohne mit einer Situation wie dieser zu rechnen, vor allem aber nicht damit, daß Bill sie überraschen würde. Plötzlich war alles durcheinandergeraten, und sie wußte nicht, was sie mit dem brüllenden Baby anfangen sollte. Sie läutete nach der Schwester, die anbot, den Kleinen eine Weile ins Säuglingszimmer zu bringen. Adrian drehte sich überrascht und ein wenig erschrocken zu Steven. »Es tut mir leid, wenn ich dir weh getan habe, Adrian.« Plötzlich fiel ihr jener Abend ein, an dem er sie im Le Chardonnay geschnitten hatte. »Das letzte halbe Jahr muß für dich sehr schwer gewesen sein«, fuhr er fort. Was sie durchgemacht hatte, wurde damit nicht annähernd beschrieben. Hätte Bill sich nicht ihrer angenommen, hätte sie das alles nicht überstanden. »Aber für mich war die Zeit nicht minder schwer.« Adrian wollte ihren Ohren nicht trauen. Schließlich war nicht sie es gewesen, die auf die Scheidung bestanden hatte. Und während sie ihm zuhörte, ging ihr auf, daß ihre Wut und ihr Groll unvermindert waren. Sie war zornig, gekränkt und nicht sicher, ob sie ihm je vergeben konnte. »Du hast mich durch dein Verhalten bis ins Innerste erschüttert. In gewissem Sinn war es ein Betrug, den du dir geleistet hast.« Er fuhr unbeirrt fort, während Adrian ihn ungläubig anstarrte. An Stevens Egoismus hatte sich nichts geändert. »Aber meinem Sohn ... unserem Kind zuliebe ... glaube ich, dir mit der Zeit vergeben zu können.«

Sie sah ihn aus aufgerissenen Augen an. Nicht zu fassen. Er war willens, ihr zu verzeihen. »Das ist sehr gütig von dir«, sagte sie leise. »Ich weiß das sehr zu schätzen.« Fast erstickte sie an den Worten. »Aber Steven, du warst nicht der einzige, der gekränkt und verletzt wurde. Es tut mir leid, wenn du dir verraten und verkauft vorgekommen bist. Aber du hast mich verlassen, als ich schwanger war. Du hast mich völlig aus deinem Leben verdrängt. Du hast die gesamte Einrichtung mitgenommen, mich aus unserer Wohnung geworfen, du hast dich scheiden lassen und auf sämtliche väterlichen Rechte verzichtet. Du hast dich geweigert, mit mir zu sprechen, wenn ich dich anrief.«

»Sei dem, wie es sei.« Er überging alles, was sie vorgebracht hatte. »Ich glaube, dem Kind zuliebe sollten wir von vorn anfangen.«

»Ist das dein Ernst?« Aus ihrem Blick sprach blankes Entsetzen. Es war nicht das, was ihr vorgeschwebt hatte. Steven war womöglich noch gefühlloser und anmaßender als früher, und wie alles andere im Leben trug auch das Baby nur zur Steigerung seines Selbstwertgefühls bei. Da er es gesehen und für gut befunden hatte, und da es ein Sohn war, schien er plötzlich gewillt, es anzunehmen. Es war die Gelegenheit, die sie ihm hatte einräumen wollen, doch sie hatte, falls überhaupt, ein echtes Gefühl für das Kind erwartet, eine Spur Zärtlichkeit und Güte. Eine Spur von Reue oder Bedauern, einen Anflug von Anständigkeit und Liebe. Da wurde ihr plötzlich klar, daß sie eigentlich in Gedanken bei Bill war, denn Steven war bar jeglicher Empfindungen.

»Ich glaube du begreifst nichts«, erklärte sie. »Steven, du hast alles aufgegeben, weil dir an uns beiden nichts lag. Du hast uns verlassen. Der Grund meines Anrufes war die entfernte Möglichkeit, daß du es vielleicht bereuen könntest. Ich wollte dir die Möglichkeit geben, das Kind zu sehen. Aber das alles bedeutet dir nichts, auch jetzt nicht. Du hast kein Gefühl für das, was du getan hast. Das einzige, woran dir liegt, bist du selbst ... Du hast doch tatsächlich die Dreistigkeit zu behaupten, du wärest ›hintergangen‹ worden. Ich bin gar nicht sicher, ob du je Gefühle für das Kind entwickeln könntest. Du bist mit dir selbst so beschäftigt, daß ich oder das Kind dich keinen Deut kümmern. Es mag auf dich Eindruck machen, daß du nun einen Sohn hast, aber das ist auch alles. Was ist er für dich? Was bedeutet er dir? Was bist du bereit, ihm zu geben?« Das waren wichtige Fragen, und Steven reagierte darauf ziemlich verärgert.

»Wohnung, Nahrung, Erziehung, Spielzeug ...« Etwas anderes wollte ihm nicht einfallen, doch sie schüttelte den Kopf. Er hatte die Prüfung nicht bestanden. Es würde sie nie schaffen. Jetzt wußte sie es. Es war das, wovon sie sich hatte überzeugen müssen, und jetzt war sie froh, daß sie ihn angerufen hatte.

»Du vergißt etwas ganz Wichtiges.«

Steven überlegte, aber ihm fiel nichts mehr ein. Mochte er auch noch so gut aussehen, er wirkte dennoch leer.

»Du hast die Liebe vergessen. Sie bedeutet mehr als Wohnung, Nahrung, Bildung oder sonst was. Sie bedeutet mehr als Computer, Tennisschläger, Möbel, Stereoanlagen, Jobs. Liebe. Ich glaube, dies ist der Punkt, den du bei unserer Heirat völlig vernachlässigt hast. Hättest du mich geliebt, hättest du mich und das Kind nie verlassen.«

»Ich habe dich geliebt ... du mich aber nicht. Du hast das feierliche Versprechen, nie Kinder zu bekommen, gebrochen.« Es war sein voller Ernst.

»Ich konnte nicht anders.« Sie bereute nichts. »Und es tut mir auch nicht leid.«

»Es sollte dir aber leid tun«, sagte er bekümmert. »Denn du hast mir großen Kummer bereitet.«

»Kummer ... ich dir?« Adrian starrte ihn groß an, als er aufstand und auf- und abging, nicht ohne den großen Bären ausgiebig zu betrachten, den Bill an der Tür zurückgelassen hatte.

»In Wahrheit hast du mich betrogen«, fing er wieder an, »und wenn ich dir jetzt dem Kind zuliebe verzeihe, hast du allen Grund, dankbar zu sein.« Wieder glaubte sie, nicht richtig zu hören.

»Ich bin dir nicht dankbar, keine Spur«, versetzte sie, und dann stellte sie ihm die beängstigende Frage. »Steven, liebst du das Kind? Ich meine ... wirklich? Möchtest du den Kleinen mehr als alles andere haben ... möchtest du alles andere hintanstellen, um ihm sein Leben zu erleichtern?«

Sehr lange sah er sie stumm an. »Sicher könnte ich es mit der Zeit lernen.« Doch sie entdeckte, daß in seinem Inneren etwas vor langer Zeit gestorben war, ohne daß sie es bemerkt hatte.

»Und wenn du dich von uns wieder bedroht fühlst, was dann? Wirst du wieder ausziehen? Die Wohnung verkaufen? Oder einfach die Scheidung einreichen?« Er war grausam zu ihr und indirekt auch zu seinem Kind gewesen. Das wußten beide, mochte er jetzt auch von ›Betrug‹ ihrerseits sprechen.

»Ich kann dir für die Zukunft keine Versprechen geben. Ich kann nur sagen, daß ich es versuchen werde. Aber ich glaube, du bist es mir schuldig, zurückzukommen und es auch zu versuchen.« Sie war es ihm schuldig? Wie liebevoll! Wie zärtlich!

»Auf welcher Basis? Soll ich dich wieder heiraten?« Sie wollte ein für allemal alles geklärt wissen. Dies war die Konfrontation, die sie herbeigesehnt hatte.

»Nein, ich glaube ... ich glaube, wir sollten es einfach versuchen. Du solltest zurückkommen und uns ein halbes oder ganzes Jahr Zeit geben, während ich sehe, ob ...«

»Ob dir die Vaterrolle zusagt, so ist es doch? Und wenn nicht?«

»Dann schadet es auch nicht. Die Dokumente sind eingereicht, wir wechseln einen Händedruck und wünschen uns alles Gute.« Wie ein geschäftlicher Vertrag, so hörte es sich an.

»Und Sam?«

»In diesem Fall gehört er dir.«

»Wie nett. Und wie soll ich ihm das später einmal erklären? Daß du es probiert hast, für ihn aber keine Zuneigung entwickeln konntest? Nein, Steven. Vaterschaft kann man nicht mieten, um sie auszuprobieren. Man tut es oder läßt es, wie Ehe, Liebe, wie das wirkliche Leben eben. Es handelt sich nicht um eine deiner Tennispartien, bei denen du dir unter verschiedenen Partnern den Schwächsten aussuchst, damit du deinem Ego Streicheleinheiten verpassen kannst.« Ihre Worte machten ihn wütend, aber sie entsprachen der Wahrheit, und er wußte es.

»Warum hast du mich dann angerufen? Wolltest du das nicht von mir hören? Oder bist du auf der Suche nach einem besseren Angebot?« Ihr kostbarer Diamantring war nicht unbemerkt geblieben, auch nicht die vielen Geschenke, die Bill an der Tür zurückgelassen hatte.

»Auf dein Bestangebot verzichte ich. Aber ich wollte dir einen Blick auf deinen Sohn gestatten, ehe du ihn endgültig aufgibst. Ich war der Meinung, du hättest es verdient, weil ich an die Möglichkeit glaubte, du würdest es eines Tages bitter bereuen, und du könntest ihn vielleicht liebgewinnen. Aber es hat nicht sein sollen. Alles, was dir zu dem Kind einfällt, ist, daß du es ausprobieren möchtest wie einen Mietwagen. Und du möchtest mich zurückhaben, damit ich mich um ihn kümmere, weil du gewillt bist, mir meinen ›Betrug zu vergeben‹, wie du es nennst. Aber den Betrug habe nicht ich begangen, sondern du, und das Kind gehört jetzt mir.«

Er war verblüfft, aber nicht sonderlich betroffen. Fast hatte sie sogar den Eindruck, daß er erleichtert war. So oder so, er hatte sich nicht verändert. Das wußte sie jetzt mit Sicherheit.

»Du kannst ihm sagen, ich hätte dir angeboten, wieder mit dir zu leben, und du hättest abgelehnt.«

»Auf Probe ... Steven, das ist gar nichts.« Sie merkte plötzlich, daß sie laut schrie, und es war ihr egal. Es tat wohl, ihn anzuschreien.

»Ich möchte ihn bedingungslos lieben, durch dick und dünn mit ihm gehen, ob häßlich oder hübsch, in guter Stimmung oder in schlechter, in kranken und gesunden Tagen, mit jedem Quentchen Liebe, die ich geben kann. Das möchte ich unserem Kind geben.« In ihren Augen standen Tränen, und als sie die Worte sagte, wurde ihr klar, daß es genau das war, was sie auch Bill geben wollte.

»Bedingungslose Liebe gibt es nur unter Narren«, sagte er zynisch.

»Dann bin ich eben eine Närrin.« Sie hatte ihm dies alles einst angeboten, und er hatte sie im Stich gelassen.

»Dann viel Glück.« Er stand da und sah sie an. Jedes Gefühl, das sie einst füreinander empfunden hatten, schien verflogen. Ein wenig sanfter setzte er hinzu: »Es tut mir leid, daß es so gekommen ist, Adrian.« Doch es schien ihm nicht aufrichtig leid zu tun, daß er das Baby aufgeben mußte. Einen kurzen Moment waren seine Neugierde und seine Faszination erwacht, doch der Augenblick war vorüber. Kaum hatte die Schwester das Baby hinausgebracht, schien Steven es vergessen zu haben.

»Mir tut es auch leid.« Sie blickte zu ihm auf, von der Frage bewegt, was für ein Mensch er in all der Zeit, da sie ihn zu kennen geglaubt hatte, wirklich gewesen war. »Es tut mir leid für dich«, sagte sie leise.

»Nicht nötig.« Während sie ihn ansah, fühlte sie sich plötzlich frei und war jetzt doppelt froh, daß sie ihn angerufen hatte. Er war aufrichtig zu ihr, er hatte nichts mehr zu verlieren. »Adrian, ich war dafür nicht bereit. Ich nehme an, daß sich daran bei mir nie etwas ändern wird.« Er war ehrlich wie nie und tat sich keinen Zwang an, mochte das Neugeborene noch so niedlich sein. Aber er war eben nicht Bill, und Adrian war nun völlig klar, daß sie Steven nicht mehr liebte. Seit Monaten nicht mehr, nicht seit Bill ... oder vielleicht seit dem Baby ...

»Ich weiß.« Sie nickte langsam und lehnte den Kopf an das Kissen. Hinter ihr lag ein unendlich langer Morgen. »Danke, daß du gekommen bist.« Er berührte ihre Hand, drehte sich um und ging wortlos hinaus. Diesmal wußte sie, daß er für immer gegangen war, und sie bedauerte es, obwohl sie wußte, daß er ihr nicht fehlen würde. Adrian lag im Bett, in Gedanken bei Bill. Sie durfte gar nicht daran denken, welchen Eindruck er gewonnen haben mochte, als er sie mit Steven zusammen gesehen hatte. Sie wünschte sich nichts sehnlicher, als daß er wiederkommen würde, damit sie ihm alles erklären konnte.

Während sie an Bill dachte, schritt Steven mit ausgreifenden, entschlossenen Schritten den Korridor entlang. Vor der Säuglingsstation mit dem großen Fenster blieb er stehen. Er konnte das Kind sehen – ein blaues kleines Bündel in einem durchsichtigen Acryl-Bettchen, ein wenig aufgerichtet, damit die Schwestern es besser im Auge behalten konnten. Auf der blauen Karteikarte am Bettchen stand; »Thompson, männlich, 8 Pfund, 14 Unzen, 5.15 Uhr.« Das Baby trug Adrians Mädchennamen, wie er es gerichtlich gefordert hatte. Und während er das Kind betrachtete, wartete Steven, daß sich in ihm ein nie gekanntes Gefühl regte, doch er wartete vergeblich. Das Baby war so niedlich, so unglaublich klein und hilflos. Am liebsten hätte man die Hand nach ihm ausgestreckt und es berührt. Und er würde nie vergessen, was für ein Gefühl es gewesen war, es in den Armen zu halten. Dennoch war er erleichtert gewesen, als Adrian das Kleine wieder übernommen hatte, so wie er jetzt erleichtert war, weil er wußte, daß das Baby Adrian gehörte und nicht ihm. Es tat gut, zu wissen, daß sich ein anderer darum kümmerte. Steven hatte erwogen, es eine Weile mit dem Baby zu versuchen, vielleicht nur, um Adrian wieder für sich zu gewinnen, aber jetzt atmete er auf, weil ihm das erspart blieb. Sogar ihm war aufgegangen, daß ihre Beziehung endgültig zerstört war. Sie wollte zu vieles, an dem ihm nichts lag. Sie erwartete zuviel von ihm.

»Na, Ihr Junge?« fragte ein alter Mann mit Zigarre und Glatzkopf und breitem Lächeln. Steven sah ihn verblüfft an und schüttelte den Kopf. Nein. Nicht sein Junge. Das Kind eines anderen. Und dann ging er entschlossen weiter, endlich wieder im reinen mit sich selbst. Für Steven hatte die Tortur ein Ende gefunden.

27

Adrian wartete den ganzen Tag auf Bill, aber er kam nicht. Immer wieder rief sie in seiner Wohnung an, doch es hob niemand ab. Um vier war sie der Verzweiflung nahe, weil sie ihn nirgends erreichen konnte. Ihr war schmerzlich bewußt, was er sich denken mochte. Um so drängender war das Verlangen, ihm alles zu erklären und ihm zu sagen, welchen Verlauf Stevens Besuch genommen hatte. Aber sie konnte ihn nirgends ausfindig machen. Zudem machte ihr die Party Sorgen, da man damit gerechnet hatte, daß sie ihn ins Büro bringen würde, wo der gesamte Drehstab und alle Darsteller ihm eine Überraschung bereiten wollten. Schließlich rief sie in seinem Büro an, in der Annahme, die anderen müßten inzwischen da sein. Um sechs wurde endlich abgehoben, und sie hörte lauten Hintergrundtrubel. Sie mußte den Lärm übertönen und dem Regieassistenten lautstark ihren Namen nennen.

»Adrian? Ach, herzlichen Glückwunsch zum Baby!« Bill hatte allen glückstrahlend von Sam erzählt, aber wer ihn kannte, der merkte, daß er merkwürdig verändert war. Nicht weiter verwunderlich, wenn er nach einer langen Nacht, in der er Adrian beigestanden hatte, müde war. Und in die Party war er ganz zufällig geraten. Nachdem er das Krankenhaus verlassen hatte, war er ins Büro gefahren, um einen klaren Kopf zu bekommen. Er war kurz nach dem Zeitpunkt eingetroffen, den Adrian mit den Kollegen vereinbart hatte. Es war, als wäre es ihm, mit ihr oder ohne sie, bestimmt gewesen, dorthin zu gelangen.

»Ist Bill da?« Endlich hatte sie ihn gefunden.

»Er ist eben gegangen. Er müßte noch einiges erledigen, hat er gesagt. Eine tolle Party, wirklich.« Der Regieassistent schien schon ziemlich angeheitert zu sein. Offenbar war die Stimmung so gut, daß der Ehrengast nicht vermißt wurde. Bill hatte sich aus dem Staub gemacht, gerührt, weil man ihn feiern wollte. Dennoch konnte er es kaum erwarten, wieder allein zu sein. Das war ein Geburtstag, der es in sich hatte ...

Adrian versuchte wieder, ihn zu Hause zu erreichen. Sie geriet an den Anrufbeantworter. Sie konnte es nicht fassen. Vielleicht wollte er ihr gar nicht die Möglichkeit einer Erklärung einräumen. Er hatte immer gewußt, daß es ihre Absicht gewesen war, mit Steven nach der Geburt Kontakt aufzunehmen – aber Bill hatte gewiß nicht erwartet, ihn an ihrer Seite sitzend anzutreffen, in ihrem Krankenzimmer, das Baby in den Armen. Er hatte daraus sofort einen schmerzlichen Schluß gezogen. Und Adrian, die sehnsüchtig auf ihn wartete, fürchtete schon das Schlimmste, als Stunden vergingen und er sich nicht blicken ließ. Er mußte ihr so böse sein, daß er sie nicht wiedersehen wollte, und es gab keine Möglichkeit, ihn zu erreichen. Sie konnte ihr Zimmer und das Krankenhaus nicht verlassen und fühlte sich hilflos und wie in einer Falle gefangen.

Sie hielt das Baby den ganzen Nachmittag im Arm. Erst gegen Abend legte sie Sam in das Bettchen, das neben ihrem Bett stand. Als das Abendessen kam, ließ sie das Tablett unberührt und schickte es weg. Den großen blauen Bären setzte sie in einen Sessel und widmete sich traurig der Betrachtung von Bills Rosenstrauß. Sie wünschte sich sehnlichst, ihn zu sehen und ihm sagen zu können, wie sehr sie ihn liebte.

»Möchten Sie ein Schlafmittel?« fragte die Schwester um acht Uhr, aber Adrian schüttelte nur den Kopf. Die Schwester vermerkte daraufhin auf dem Krankenblatt, daß bei der Patientin eine postnatale Depression nicht auszuschließen sei. Sie hatte den ganzen Tag nichts zu sich genommen und schien auch nicht sonderlich interessiert, das Baby zu stillen. Sie war in sich gekehrt und einsilbig. Kaum war die Schwester wieder gegangen, wählte Adrian erneut die Nummer von Bills Wohnung. Noch immer war der Anrufbeantworter eingeschaltet. Sie hinterließ die Nachricht, er solle sie anrufen.

Sie nahm das Baby in den Arm und versenkte sich in die Betrachtung ihres Söhnchens ... die winzige Nase, die geschlossenen Augen, der vollkommene Mund, die winzigen, zu Fäusten geballten Fingerchen. Er war so süß, so klein und makellos, und sie war so vertieft in seinen Anblick, daß sie gar nicht hörte, wie um neun die Tür geöffnet wurde. Bill sah sie an, bemüht, jede Regung, die er für sie und das Kind empfand, zu verdrängen, als sie den Kopf drehte und ihn bemerkte. Ihr Atem stockte, unwillkürlich streckte sie eine Hand aus und wollte sofort aufstehen, was nicht ganz einfach war.

»Bleib im Bett«, sagte er leise. »Steh nicht auf. Ich wollte mich nur verabschieden.« Seine Stimme klang kühl und gelassen. Er kam ein wenig näher, aber nicht ganz nahe. Ihr fiel auf, daß er korrekt gekleidet war. Nicht wegen der Party, soviel war klar. Die Party war eine Überraschung gewesen, er hatte in Sweatshirt und Jeans gefeiert, jetzt aber sah er aus wie für einen besonderen Anlaß gekleidet – Tweedanzug, cremefarbenes Hemd, Hermès-Krawatte und braune Schuhe. Über dem Arm trug er einen Wintermantel. Und plötzlich wußte sie, daß er weg wollte.

»Wohin gehst du?« fragte sie voller Angst. Sie spürte instinktiv, daß zwischen ihnen alles anders geworden war. Und das alles innerhalb weniger Stunden. Noch vor zwölf Stunden waren sie ein Herz und eine Seele gewesen, und jetzt hatte er sich von ihr losgerissen und wollte sie verlassen. Sie wußte auch, warum. Ihr einziger Wunsch war, den Schmerz zu lindern, den sie ihm zugefügt hatte.

»Ich dachte, ich könnte kurzfristig nach New York fliegen und die Kinder für ein paar Tage besuchen.« Er warf einen Blick auf seine Uhr. »Ich muß in ein paar Minuten gehen, damit ich die Nachtmaschine erwische.« Ihr Herz sackte ab, als sie ihn ansah. Ihr einziges Gefühl war Panik und die verzweifelte Angst, ihn zu verlieren. Fast raubte es ihr den Atem, als sie merkte, daß er sich voller Unbehagen im Raum umsah. Dabei schien er dem Baby mit seinem Blick auszuweichen.

»Wissen die beiden, daß du kommen willst?«

»Nein, ich wollte sie überraschen.«

»Wie lange bleibst du weg?« Sie wußte nicht, was sie sonst hätte sagen sollen ... außer daß es ihr leid tat, daß sie sehr dumm gewesen war, daß sie sich um Stevens Gefühle nicht hätte kümmern sollen, daß Steven ein Ekel war – und sie auch –, und daß sie Bill über alles liebte und Sam als ihr gemeinsames Kind aufwachsen sollte ... falls er blieb, falls Bill bleiben würde ... und wenn er ihr verzeihen konnte.

»Ich weiß nicht, wie lange ich bleibe«, sagte er, den Blick voller Sehnsucht auf sie gerichtet.

»Eine Woche ... zwei ... vielleicht mache ich mit ihnen einen Kurzurlaub, wenn sie aus Vermont zurück sind, falls Leslie es erlaubt ...« Immer war er auf Gedeih und Verderb jemandem ausgeliefert, um mit den Menschen, die er liebte, zusammensein zu dürfen ... Leslie, Adrian ... Steven aber daran durfte er jetzt nicht denken. Es würde ihm guttun, seine Söhne zu sehen und Kalifornien für eine Weile den Rücken zu kehren. Es reichte ihm. Er brauchte Abwechslung. Er schenkte sich selbst ein wenig Tapetenwechsel zum Geburtstag. Sollte jemand anderer sich doch um seine Probleme kümmern. Es lagen jede Menge Drehbücher vor, an die sich die anderen in seiner Abwesenheit halten konnten, und wenn sie ihnen nicht gefielen, mußten sie sich selbst etwas ausdenken.

»Ach, übrigens ... ich habe für dich eine Säuglingsschwester engagiert. Sie wird tagsüber kommen, kann aber auch über Nacht bleiben, falls du sie brauchst für die Zeit nach dem Krankenhaus. Ich habe sie nicht persönlich in Augenschein genommen, aber die Agentur hat sie mir als großartig empfohlen.« Er dachte an alles, und Adrians Augen füllten sich mit Tränen.

»Das hättest du nicht tun müssen. Ich komme gut allein zurecht.«

»Ich dachte, du würdest mit dem Kleinen Hilfe brauchen. Es

sei denn ...« Auf diesen Gedanken war er gar nicht gekommen, und dann sah er sie neugierig an und kam sich noch dämlicher vor ... »Wirst du bei mir wohnen oder bei Steven?« Jetzt wurde ihr endgültig klar, was er geglaubt hatte, und es tat ihr aus tiefstem Herzen leid. Es war ihre Schuld, sie hatte ihm so viel Schmerz zugefügt.

»Zu Steven gehe ich nicht. Er ist für mich erledigt«, erklärte sie mit solcher Bestimmtheit, daß er sie verdutzt ansah.

»Heute morgen hatte ich aber den Eindruck, daß ... ich dachte ... ich habe ja gewußt, du würdest ihn verständigen«, erklärte er. »Ich war nur überrascht, daß du es so rasch tun würdest. Darauf hätte ich vorbereitet sein sollen«, setzte er leise hinzu, »aber ich war nicht darauf gefaßt. Ich wurde praktisch überrumpelt, als ich euch drei hier ertappte ... und ich hatte mich über Sam und alles andere so gefreut ...« Seine Miene drückte soviel Kümmernis aus, daß ihr zum Heulen zumute war.

»Ich wollte es hinter mich bringen. Ich weiß, daß es nicht richtig war, aber ich wollte, daß er das Kind sieht, damit er es freigibt – geistig, meine ich – oder damit er ihm seinen Segen gibt oder sonstwas. Ich weiß nicht, was ich dachte, ich weiß auch nicht, was für verrückte Vorstellungen ich die ganze Zeit über hatte. Ich war der Meinung, Steven etwas schuldig zu sein. Vielleicht fühlte ich mich schuldig, weil ich ihm etwas so Herrliches wegnahm und damit davonging, vielleicht auch, weil ich es mit dir teilen will. Aber in Wahrheit weiß er ja gar nicht, was es heißt, ein Kind zu haben. Er weiß gar nicht, was Liebe ist. Für ihn ist das Baby nur eine Belastung. Er ist ein Narr und ein Idiot, und ich war eine noch größere Närrin und Idiotin, weil ich ihn überhaupt geheiratet habe.« Sie sah Bill kläglich an und weinte. Plötzlich fing das Baby in ihren Armen zu brüllen an. Bill legte seinen Mantel hin und trat ans Bett, um ihr zu helfen.

»Komm, laß mich das machen ...« Er war ganz ruhig, seine Hände waren sicher. »Hat er Hunger?«

»Ich weiß es nicht. Eben erst habe ich ihn gestillt, aber das hat er wohl noch nicht bemerkt.«

»Na, könnte ja sein, daß er naß ist.« Er sah fachmännisch

nach, um das Baby dann mit geübten Griffen wieder in seine Hüllen zu wickeln, während sie wortlos staunte, wie geschickt er in allem war. »Ich glaube, er wollte einfach fester gewickelt werden. Die Windel war zu locker. Babys haben es gern, wenn sie stramm gewickelt sind – wie in einem Kokon. Da, ich zeige es dir.« Er führte es ihr rasch vor und reichte ihr das Kind mit sicheren Händen. Sie bedankte sich und putzte sich die Nase.

»Ich weiß gar nicht, was ich gedacht habe, als ich Steven anrief. Kaum war er da, wußte ich, daß es ein Fehler gewesen war, und dann bist du gekommen, und ehe ich etwas sagen konnte, warst du auch schon wieder fort.« Sie fing wieder zu weinen an. Die Schwester kam herein und schüttelte den Kopf. Für sie war klar, daß Adrian die ersten Symptome der typischen postnatalen Depressionen zeigte, oder aber ihr Mann machte ihr zu schaffen, jedenfalls war klar, daß die Patientin unter extremer Belastung stand. »Ich habe den ganzen Tag versucht, dich zu erreichen«, fuhr Adrian fort. »Ich konnte dich nirgends finden!« setzte sie anklagend hinzu. »Und dabei ist heute dein Geburtstag.«

»Das weiß ich.« Er lächelte. Sie wirkte so aufgeregt und kindlich mit dem blauen Band im Haar. Wie ein Teenager sah sie aus, der in den Armen ein fremdes Kind hielt. »Mir war es verdammt peinlich, als ich in seiner Gegenwart hereinplatzte. Ich war nicht darauf gefaßt und schon gar nicht darauf, daß ich eine so innige Szene vorfinden würde.«

»Na ja, zuerst war es wirklich rührend«, erklärte sie. Sie wünschte, Bill würde sich setzen, aber sie wollte es ihm nicht vorschlagen, aus Angst, ihm würde einfallen, daß er die Nachtmaschine erreichen mußte. »Steven schaute das Baby an, als hätte er noch nie eines gesehen. Aber er ist wirklich ein Esel und ein aufgeblasener Kerl dazu. Ich glaube er hat nie im Leben wirklich Liebe empfunden, außer für seinen Tennisschläger oder seinen Porsche. Er war willens ›mir zu vergeben‹, weil ich ihn ›hintergangen‹ hätte, und mich und das Kind auf Probe bei sich aufzunehmen. Kann man sich das vorstellen?«

»Und wenn er dich bedingungslos zurückgenommen hätte? Wenn er gesagt hätte, daß er dich liebt?«

»Mir war klar, daß es zu spät war, daß alles aus war, falls je etwas an Liebe vorhanden gewesen war. Er und ich hatten niemals das, was wir beide jetzt haben. Wir hatten nur etwas Künstliches, Unreifes. Ehe ich dich kannte, wußte ich gar nicht, was Liebe ist«, flüsterte sie leise, und er legte den Mantel neben den blauen Plüschbären und trat ans Bett, in dem sie mit dem Kind saß.

»Adrian, mir war der Gedanke, dich zu verlieren, unerträglich ... ich weiß, wie das ist.« Er sah auf das schlafende Neugeborene nieder. »Ich wollte dich nicht verlieren. Ich wollte euch beide, und dazu Tommy und Adam, wann immer es sich einrichten läßt ... für immer. Ich habe nicht das Recht, dir im Weg zu stehen. Du warst mit Steven verheiratet, und du hast das Recht, zu ihm zurückzukehren, wenn du willst. Aber wenn du dich jetzt entschieden hast, wenn du deiner Sache sicher bist, dann muß ich es wissen ...« Er sah sie mit einem gequältem Blick an. An seinem vierzigsten Geburtstag war er mündig geworden.

»Niemals habe ich jemanden mehr geliebt.« Sie streckte die Arme nach ihm aus, und er umfing Adrian, die ihren Tränen freien Lauf ließ. Sie hatte das Gefühl, den ganzen Tag geweint zu haben, aber ihm ging es nicht anders – ein Geburtstag, den er nie vergessen würde ... »Ich könne ohne dich nicht leben.« Die Vorstellung, daß sie ihn durch ihre eigene Dummheit beinahe verloren hätte, ließ sie innerlich erbeben.

Bill lächelte und sagte nichts, als er ihr half, das Baby hinzulegen. Dann sah er sie wieder an. »Ich liebe dich. Ich möchte, daß du dessen ganz sicher bist.« Dann sah er auf seine Uhr und setzte sich lächelnd auf die Bettkante neben sie. »Sieht aus, als hätte ich die Nachtmaschine verpaßt.« Da er sich aber bei den Kindern nicht angekündigt hatte, würden sie nicht enttäuscht sein. »Hast du etwas dagegen, wenn ich die Nacht über bei dir bleibe?« Er grinste, und sie lachte und putzte sich wieder die Nase. Hinter ihr lagen ein gefühlsintensiver Tag und eine ebensolche Nacht.

»Ich weiß nicht, was die Schwestern dazu sagen.« Doch es war für beide kein Hindernis, als sie sich im Bett aneinanderschmiegten, Adrian in ihrem rosa Nachthemd, das Bill ihr zu Weihnachten geschenkt hatte, und Bill in seinem englischen Tweedanzug. Die Schwester, die erschien, um nach Adrian zu sehen, sah, wie die beiden sich küßten und schloß leise die Tür. Mrs. Thompson schien es viel besser zu gehen.

»Die halten uns sicher für völlig unmöglich«, flüsterte Adrian ihm zu, als die Tür hinter der Schwester ins Schloß fiel.

»Zu Recht«, flüsterte er schmunzelnd.

»Ich habe für dich ein Geburtstagsgeschenk.« Adrian war die Uhr eingefallen, während sie sich küßten und sich im Flüsterton unterhielten.

»Schon?« sagte Bill lachend. »Ist das nicht zu früh?«

»Du bist widerlich.« Er küßte sie lange und leidenschaftlich, und die Welt war wieder in Ordnung, als er sie in den Armen hielt.

»Ich habe eine Überraschung für dich«, eröffnete er ihr nachdenklich, als sie Seite an Seite an die Kissen gelehnt dalagen.

»Was denn?« Sie sprachen noch immer ganz leise, damit sie das Baby nicht weckten, und weil ihr Leben plötzlich so einfach und friedlich aussah.

»Wir heiraten in den nächsten Tagen.«

»Es wird auch Zeit.« Sie tat, als sähe sie ihn mit einem finsteren Blick an, und ließ den Ring aufblitzen.

»Ich möchte meinen Namen auf Sams Geburtsurkunde lesen«, erklärte er fast streng.

»Wie wär's mit Samuel William Thigpen«, schlug sie mit schüchternem Lächeln vor, und er beugte sich zu ihr und gab ihr einen Kuß.

»Das geht ...« Er lächelte. »Das klingt wunderbar.« Damit zog er sie wieder so eng an sich, daß er ihren Herzschlag an seinem spürte, und es war, als schlügen beide Herzen im Gleichklang.